Karl Müllenhoff

Sagen, Märchen und Lieder der Herzogthümer Schleswig, Holstein und Lauenburg

Salzwasser

Karl Müllenhoff

Sagen, Märchen und Lieder der Herzogthümer Schleswig, Holstein und Lauenburg

1. Auflage | ISBN: 978-3-84606-254-8

Erscheinungsort: Paderborn, Deutschland

Erscheinungsjahr: 2015

Salzwasser Verlag GmbH, Paderborn.

Nachdruck des Originals von 1845.

Sagen

Märchen und Lieder

der Herzogthümer

Schleswig Holstein und Lauenburg

Herausgegeben

von

Karl Müllenhoff

Einleitung.

Wie sehr man auch bei uns sich der Vernachlässigung und Verachtung der mündlichen Überlieferungen des Volkes schuldig gemacht hat, beweist hinreichend die geringe Ausbeute, die die Literatur für diese Sammlung ergab. Das Verdienst zuerst den Vorsatz ausgesprochen zu haben, diese Schuld zu tilgen, gebürt meinen Freunden, dem Dr. jur. Theodor Mommsen aus Oldesloe und dem Adv. Theodor Woldsen-Storm in Husum. Sie theilten im Herbste des Jahres 1842 im ersten Jahrgange des Biernatzkischen Volksbuches aus ihrer Sammlung einige ansprechende Proben mit, kündigten ihr Unternehmen an und baten um Unterstützung und Förderung desselben. Geleitet von poetischem und patriotischem Sinn, war jeder schon in seinem Kreise thätig gewesen, und es war gelungen namentlich eine ansehnliche Reihe schöner Zwergsagen zusammen zu bringen. Zu gleicher Zeit hatte der jetzige Herausgeber in Ditmarschen zu sammeln begonnen, auch bereits mit der Durchsicht der Literatur zu jenem Zwecke angefangen, und stand eben im Begriff eine ähnliche Bitte auszusprechen, als die Freunde ihm unversehens zuvorkamen. Durch die freundlichste Bereitwilligkeit von ihrer Seite ward leicht eine Verbindung zu gemeinsamer, eifriger Thätigkeit geschlossen und noch im Herbst desselben Jahrs eine neue Aufforderung zahlreich in alle Theile des Landes an solche Männer versandt, auf deren Theilnahme wir glaubten rechnen zu dürfen. Es war ein glücklicher Zeitpunkt getroffen. Bald giengen uns reichliche Mittheilungen zu, und wenn auch nicht überall unsre Bitte gleiches Gehör fand und gleichen Erfolg bewirkte, so ward unsre Erwartung doch fast übertroffen. Ohne Arndts unermüdliche Thätigkeit, ohne die Bereitwilligkeit Klanders und Herrn Schullehrer Hansens, mit der sie uns ihre eignen Sammlungen übergaben, ohne die gütige Förderung vieler anderer Männer, die durch zahlreiche Mittheilungen oder durch Aufmunterung anderer oder durch stets auf unsre Anfragen und Erkundigungen bereitwillig gegebene Auskunft uns beistanden, ohne solche vielfältige, aufopfernde Theilnahme wäre die Sammlung nicht so rasch gediehen. Ich freue mich, dafür allen, die mit geholfen haben und deren

Namen ich nicht verschwiegen, hier öffentlich meinen wärmsten Dank sagen zu können. Was an feindseligen Stimmen vor und nach dem Erscheinen der Sammlung gegen dieselbe laut ward, als verbreite sie von neuem den alten Aberglauben, den man längst glaubte ausgerottet zu haben, und werde nun in den Augen der aufgeklärten und gebildeten Welt unserm Land und seinen Geistlichen nur Schande machen; ferner daß sie Gotteslästerung enthalte, N. 213, ein unchristliches, heidnisches Werk, kurzum »das aller verderblichste Buch sei, das je unter uns erschienen,« obwohl diese Stimmen, man weiß wohl, von welcher Seite, sich zahlreich und selbst öffentlich so aussprachen, so will ich sie doch gerne auch ferner anhören, froh der Theilnahme, die dies Buch seit seinem Entstehen fand, und weil ich weiß, daß sie ihm nicht gar viel geschadet haben, und ich im stillen auch die Hoffnung hege, solche Meinungen und ähnliche nächstens bei einer neuen Auflage schon als Sagen benutzen zu können. Sie zu widerlegen, würde noch vergeblicher und nutzloser sein, als die Ausrottung des Aberglaubens.

Unterdes verließ uns Mommsen im vorigen Jahre und gieng mit königlicher Reiseunterstützung nach Italien; dadurch schied er von der fernern Theilnahme an der begonnenen Arbeit ab. Auch Storm trennte sich jetzt und so fiel der gesammelte Schatz mir allein zu. Je schmerzlicher ihnen der Rücktritt von einem so lieben Werke wird gewesen sein, je mehr ihnen dieses verdankt und ich ihre Hilfe entbehren muste, je mehr fühle ich mich ihnen verpflichtet. Was die jetzt vorliegende Arbeit an Tadel treffen mag, kann allein meine Schuld sein; die dabei befolgten Grundsätze sind diese gewesen.

Nur kurze Zeit konnte mir Mommsen bei der Durchsicht unserer vaterländischen Literatur helfen; die wenig erfreuliche Arbeit habe ich zum grösten Theile allein beschafft; ich möchte glauben, daß mir nichts bedeutendes entgangen ist. Mirakel und Heiligengeschichten aus Albert Kranzens Metropolis rc wie sie sich freilich in andern Sammlungen finden, wurden meist bei Seite gelegt, ebenso für das, was an Zauber- und Spukgeschichten die mündliche Überlieferung bot, Beschränkung eingehalten; es wurden nur die nothwendigen Beispiele zur Übersicht des ganzen großen Reichs des eigentlichen Aberglaubens gegeben. Nachgiebiger fast, wie ich aber glaube mit gutem Grunde, war ich in der Aufnahme historischer Stücke, besonders aus dem Presbyter brem. Gleichwohl weiß ich, daß entstellte Geschichte noch keine Sage ist. Die späteren Chronisten schrieben ihn fast alle aus, und klüger besserten sie seine chronologischen Fehler. So giengen seine Nachrichten zum Theil in unsre Landesgeschichten über, und man hat sich vielleicht gewundert, jetzt manches als Sage vorzufinden, was bisher für Geschichte galt oder doch stillschweigend dafür passierte.

Je unhistorischer der Presbyter ist, ich muste nur ihm folgen, mag er »der schwarzen Margaret auch allzuviel in die Schuhe schieben« und dieser wegen die Jahreszahl über N. 11. falsch sein. Ferner beim Beówulf werden Kundige nicht die Erwähnung des Ortes Bau bei Flensburg vermissen, oder nach einer Sage von den Dannebrogschiffen bei Gienner suchen, oder nach der Hertha bei Herrested, nach dem Gott Flins bei Flintbek und Flensburg ꝛc. Man findet das und manches ähnliche zwar in vielen und neuen Büchern, die immer wieder von einander abschrieben, als Sage angegeben. Aber jenen Ort und den Helden hat erst der sel. Pastor Outzen in Breklum vor ungefähr dreißig Jahren nach seiner Weise zusammengebracht, die ganze Geschichte von den Dannebrog oder (nach Major) Dannebodschiffen, die freilich Thiele * auch für eine Sage hielt, ist ja nur eine Phantasie Arnkiels **, und die Gelehrten, die die falsche Lesart im Tacitus als Göttin in Nordschleswig verehren ließen, einen Flins erfanden, mögen das vor ihrem eignen Gewissen verantworten. Ich führe diese Dinge hier nur an, weil man sie hin und wieder hier zu Lande noch für was rechtes zu halten scheint. Ich habe sie und ähnliche Erfindungen natürlich absichtlich ausgelassen.

Man wird nicht sagen, daß diese Sammlung ohne Bewußtsein des großen Ganzen, dem wir angehören, gemacht sei. Doch schien mir ein streng provinzieller Charakter für sie die erste Forderung, so auch für die folgende Abhandlung. Dies Buch sollte zunächst ein Buch für unser Land sein, und wenn es diese seine Aufgabe recht erfüllt, glaube ich, wird es auch dem großen Vaterlande und der Wissenschaft seine völlige Pflicht zu leisten im Stande sein. Ich nahm daher sowohl die allerverbreitetsten und bekanntesten Sagen auf, die wohl hundert Mal schon aus anderen Gegenden mitgetheilt wurden, als auch die unseres Landes, die in Grimms deutschen Sagen sich fanden. Ich habe seine politischen Grenzen aber eingehalten, so gerne ich auch Hamburgs und Lübeks Sagen eingeschlossen hätte, und so sehr diese herzu gehören, weil es bald für sie an Raum gebrach. Es war anfangs Absicht, nicht über die Grenzen der deutschen Nationalität hinaus zu gehen, aber die Unmöglichkeit leuchtete bald hierfür ein, und das freundlichste Entgegenkommen von Seiten unserer nordschleswigschen Landesgenossen verbot die Absicht zu verfolgen. Nur Aröes Sagen glaubte ich ausschließen zu dürfen, zumal da sie, von Dr. Hübertz fleißig gesammelt, in Etatsrath Thieles trefflicher Sammlung der dänischen Volkssagen schon mitgetheilt wurden. Es ist lehrreich den Übergang und die Berührung zweier Nationalitäten auch in den Sagen zu verfolgen. In Nordfriesland zeigt nicht nur die Sprache, sondern auch der eigentliche

* Danm. Folkes. I. 31.
** Cimbrischen Heidenrel. IV. 340 b.

1 *

Aberglaube starke Einwirkung des dänischen. Südlich der Schlei und der Trene ist es zwar in einzelnen Ortsnamen zu spüren, aber ich wüßte keine Spur desselben sonst anzugeben; in Angeln aber treten dänische Reime neben niederdeutschen auf, N. 56. 106. 603, bei Flensburg jagt König Wollmer wie auf Seeland, N. 486, es wird Ballerune gespielt, S. 606. Nordschleswig endlich nahm nicht nur ehedem Theil an dem dänischen Volksgesang im Ausgange des Mittelalters, das erste Auftreten reiner Elbensage, N. 457, der wunderbar fest ausgebildete Glaube an die schwarze Schule und Cyprianus Bücher, der nach Angeln und Friesland hinüber reicht, und manches andre beweisen eben so entschieden als die Sprache, daß die deutsche Nationalität hier ihre Grenze gefunden hat. Man könnte darnach für die Anlage der Sammlung die Form einer Districtseintheilung, wie bei den märkischen Sagen verlangen, doch habe ich eine freiere Anordnung, deren Faden ein aufmerksamer und nachdenkender Leser schon finden wird, vorgezogen, indem die Vortheile jener dadurch eingeholt wurden, daß genauer, als in manchen andern Sammlungen geschieht, die Heimat jeder Sage, der Ort ihrer Quelle und zugleich in den Anmerkungen ihre Verbreitung im Lande angegeben ward; endlich ist auch in dem angehengten Inhaltsverzeichnis die ungefähr angenommene Districtseintheilung neben jeder Nummer bezeichnet worden. Einzelne Irrthümer, die sich, wie begreiflich, leicht einschlichen, sind im Anhange, so weit sie bemerkt wurden, verbessert. Schwerlich möchten sie sich auch zahlreicher finden. Sonst bitte ich um Berichtigung.

In der Behandlung und Bearbeitung des gesammelten Stoffs war es das erste Bestreben, jedem Stücke eine ihm gemäße einfache Gestalt zu geben, in der sein thatsächlicher Inhalt frei und unverhüllt hervortrete. Das sogenannte volksmäßige suchte ich nicht, Provinzialismen aber ließ ich gerne einfließen; mit dem armseligen Plunder »des Modekleides der Novelle« mag man andre Stoffe, die dessen bedürfen, behangen. Mit Bedauern spreche ich es aus, daß Lübeks und Hamburgs schöne Sagen durch die Literatur auf diese Weise zu Schanden gemacht werden, und leider auch an andern Orten. Ich verhehle meinen Abscheu vor einer solchen Behandlungsweise nicht. Das mag mich zwar, besonders anfänglich, zu einer allzugroßen Strenge verleitet haben, mein Wunsch war nur so zu erzählen, wie man es schlichtweg mündlich thut. Was mir schriftlich mitgetheilt ward, war glücklicher Weise fast immer frei von jenem verschönernden Bestreben, und unsre Bitte um treue und einfache Aufzeichnung ist durchweg erfüllt worden. Daß aber dennoch selten ganz wörtlich wieder abgedruckt ward, wird hoffentlich keiner verübeln; es sollte diese Sammlung kein Itzehoer Wochenblatt und keine Sammlung von Stilproben werden. Nur wenn die Aufzeichnung genau die Worte aus dem Munde des Volkes und in seiner Sprache wiedergab, brauchte und durfte wenig geändert werden. Ich selbst konnte bisher fast nur in Ditmarschen unmittelbar aus dem Munde des Volkes schöpfen. Sonst stellte ich mich allen schriftlichen Mittheilungen so gegenüber, als hätte ich sie von dem gütigen Einsender mündlich empfangen, und erzählte dann nach meinem Sinn. Ich glaubte damit nur im Interesse der Sammlung zu handeln, und bin überzeugt, jeder, der eine so vielfältige bunte Masse vor sich gehabt hätte, würde dieselbe Pflicht empfunden haben.

Niederdeutsche Stücke aus ältern Schriften sind nur in vereinfachter und mehr geordneter Orthographie wiedergegeben. Bei dem Gewirre und der formellen Unfähigkeit der heutigen Dialecte aber war eine möglichst genaue Darstellung der Aussprache erste Forderung. Es schien daher vor allem nöthig, die Länge von der Kürze zu unterscheiden. Da die deutsche Schrift außer dem entstellenden h keine andre Hilfe bot, ward nach Anleitung der Schreibung mancher heutigen Eigennamen rc. das e als Dehnungszeichen in sogenannten geschlossenen Silben durchgeführt; für den tieftonigen, in Plön, Stör rc. hörbaren, zwischen ä und ö schwebenden Laut ward das dänische æ gewählt. Im übrigen werden Schwankungen sein; nur darin herrscht noch Consequenz, daß die weiche, fast unhörbare Media d nicht wie im Hochdeutschen, auch im Auslaut angewendet ward. Ich bin überzeugt und habe es erfahren, daß der des Plattdeutschen kundige nach der gewählten Schreibung unschwer liest, und das zu erreichen, war hier nur Aufgabe. Ich habe zugleich darnach gestrebt, durch die Mittheilung dieser Stücke eine Übersicht der Dialecte unseres Landes zu geben; augenscheinliche Verschiedenheiten stellen sich heraus. Hoffentlich wird einmal nach fleißiger und fortgesetzter Sammlung ein vollständiges Idiotikon möglich werden. Ich freue mich aber auch, zum ersten Male volksmäßige Stücke in nordfriesischer Mundart mittheilen zu können.

Dieses Buch ist in viele und verschiedene Hände gekommen. Ich weiß, daß es in manche Häuser Eingang fand, wohin sonst selten Bücher gelangen, daß es da mit Freude aufgenommen und, von Hand zu Hand gehend, fast eher schon zerlesen ward, als es vollendet ist. Die Geschichten sind ja schnell gelesen und schnell wieder vergessen und ergötzen darum immer wieder von neuem; dies Lob hörte ich aussprechen. Die Sage bewährt also auch schwarz auf weiß ihre unverjährte Kraft gerade in dem Kreise, dem sie von Anfang angehörte, wo von Geschlecht zu Geschlecht sie ihre Pflege, ihren Schutz und ihre Freunde fand. Ich möchte diesem Buche lauter solche Leser wünschen. Für sie bedarf es keiner gelehrten Einleitung und Auslegung; ich habe diese versprochen, aber wahrlich dabei nicht an die gewöhnliche, hochdeutsche Lesewelt gedacht, für diese möchte ich keinen Federstrich gethan haben, sondern ich weiß, daß es Männer gibt, denen weder der einfache Sinn für die Sage mangelt, noch auch der vaterländische Geist, der Erkenntnis des Heimischen fordert, dem darum nicht die Vergangenheit, auch die fernste nicht, um der Gegenwart willen gleichgiltig ist, sondern welcher meint, daß daß diese nur durch jene recht begriffen wird und inniger geliebt werden kann. Diesen Männern liegt es am Herzen die Kluft, die Bildung, Sprache und Eitelkeit in unser Leben gebracht haben, wieder zusammen zu fügen. Wenn dazu dieses Buch schon mitgewirkt hätte und ferner wirken könnte, so löste es seinen höchsten Zweck. Die Gebildeten müssen einsehen lernen, daß in vieler Hinsicht die, über welche sie sich erhaben wähnen, ihnen voraus und überlegen sind, und daß sie mit aller ihrer Bildung nur das erstreben, was diesen gegeben ist, ein fest ausgeprägtes, in allem Wechsel beharrliches Wesen.

Wenn nun auch der Reichthum und die Vielseitigkeit des Volkslebens, so weit dieses in Sage und Poesie Sprache gewann, sich auf wenigen Blättern nicht darlegen läßt, so folge ich doch mit Freuden den Erinnerungen und Ermahnungen mancher Freunde, eine Seite desselben, wozu die Sammlung besonders Anlaß gibt, aufzudecken. Ich will den Versuch einer Geschichte unseres Volksgesanges geben; zwar muß ich da die allgemeine Geschichte desselben im gesammten Vaterlande herzuziehen, aber wir sind ja auch nur ein Theil des Ganzen, und dies eben darzuthun und zu sehen ist eine Lust. Anhengen will ich dann noch einige Bemerkungen, um darauf aufmerksam zu machen, wie vielseitige Betrachtung und wie zahlreiche Resultate eine jede solcher Sammlungen gewährt, zunächst für das Land, aus dem sie hervorgieng. Das Feld ist fast unbegrenzt und so leicht nicht ausgebeutet.

Bei ihrem Eintritt in die Geschichte besaßen die Deutschen schon alte Lieder, die von den Göttern und den göttlichen Ahnen des Volkes und seiner Stämme handelten. Der Stamm der Ingävonen, der unsre Halbinsel ganz hinauf bis Skagen inne hatte, die Sachsen, Angeln und Jüten werden nicht allein von den ihrigen geschwiegen haben. Der ganze Haufe, wenn er in die Schlacht zog oder beim fröhlichen Opfermahle war, sang; die Lieder waren also von epischem Inhalt und hymnisch-chorischer Art, ganz an die Verehrung der Götter geknüpft, und man kann daher über die directen Zeugnisse hinaus mit aller Sicherheit schließen, daß, was von den Mythen der Götter in unmittelbarem Zusammenhange stand mit den jährlichen heiligen Festen, und Werken, wie vor allem die Schlacht, bei denen man die Götter gegenwärtig glaubte, daß so viel auch in Liedern vorhanden war. Aber dagegen darf man fast mit völliger Gewisheit (ein Zeugnis nur s c h e i n t zu widersprechen) das Dasein eines historischen

Gesanges leugnen. Dieser setzt schon einen erhöhteren Bildungszustand voraus, nicht nur eine größere Freiheit und Ungebundenheit der Poesie, die wieder eine gewisse Behaglichkeit des Lebens fordert, sondern auch das Erwachen eines historischen Sinnes, was wir beides den halbnackten Deutschen, die die Römer schildern, nicht zuschreiben möchten. Beide Bedingungen aber traten ein in der Zeit der großen Wanderungen und Eroberungen unseres Volkes. Da sind einzelne Sänger da, die den Stoff wählen konnten und nun zur Lust und Erhebung der Helden und Edlinge den Gesang übten; das Lied war frei geworden und ward nicht mehr ausschließlich nur von Schaaren angestimmt, und war nicht mehr ein von Altersher überliefertes, sondern ward neu geschaffen. Wie an den Höfen der fränkischen und gothischen Könige, so erzählen angelsächsische Gedichte, waren auch an dem Hofe eines holsteinischen Königs zwei Sänger, die »oft in schöner Rede vor ihrem Siegfürsten den Sang erhuben und hell zur Harfe den Hall erklingen ließen.« So ist auch im Beówulf ein Sänger, der beim Mahle und gleich nach der Heldenthat den Gesang zur Harfe beginnt. Da der thatsächliche epische Inhalt, das Wort Hauptsache ist, war das Singen jedoch mehr ein Sagen, als Gesang in unserm Sinne, beide Ausdrücke werden in der alten Kunstsprache verbunden und sind fast gleichbedeutend; die Harfe aber begleitete das feierlich Gesagte, ganz so wie im Homer die Phorminx. Der Sänger hieß Scóp *, und entweder war er bei einem Könige oder Edeling in festem Dienst, oder zog mit seiner Kunst, wie einer jener holsteinischen Sänger, an fremden Höfen umher, stets Lohn empfangend. Aber darum war er nicht weniger als irgend ein anderer Mann eines Königs; Könige und Helden dieser Zeit übten selbst den Gesang, und dieser stand mit dem gesammten Heldenleben im nächsten Zusammenhange. Indem nicht nur die alten Götter und Heroenmythen Gegenstand des Gesanges waren, sondern dieser auch unmittelbar die Gegenwart und ihre großen Ereignisse ergriff, sammelte sich ein großer Schatz nationaler Heldensage, worauf der ganze spätere Volksgesang sich gründet. Was die Angelsachsen an alten Erinnerungen bewahrt haben, dürfen wir um so mehr unserem Lande zusprechen, weil hier die Heimat ihrer Helden und der Spielraum ihrer Thaten ist. Eine große Reihe nennt ein altes Lied bei den Völkern an Ost- und Westsee **. Skeáf, Beówulf und Offa, N. 1. 2. 3, gehören hierher. Sagen und Gedichte melden ferner von der Freundschaft und Feindschaft der alten Holsteiner und ihrer südlichen Nachbaren jenseits der Elbe, der Langobarden, von

* Hochdeutsch Scôf oder Scuof von schaffen, und nicht Barde, wovon noch kürzlich unter uns erschienene Bücher reden. Man sollte auch hier längst gewust haben, daß Barden nur den Galliern angehörten.

** Nordalbing. Studien. I. 148.

den Kämpfen der Angeln und Dänen, der Dänen und Friesen, der Angeln und Holsteiner, N. 2, der Jüten und Schweden und anderer mehr; sie melden von Hygelâcs und seines Helden Beówulf Zuge gegen die Franken und Friesen am Rhein, und von ihrer Freundschaft mit dem Dänenkönig Hrôdgâr, N. 345. Und an diesem Reichthum heimischer Stoffe war es nicht genug; zum Theil sind sichere Zeugnisse vorhanden, daß die Thaten und die Helden anderer deutscher Völker auch hier ihre Sänger fanden. Die Sagen von den Nibelungen und Welsungen, und von dem König Ermanrich, die der Norden aus Deutschland empfieng und in seinen Eddaliedern aufbewahrte, möchten ihre Wanderung doch am ersten durch unser Land gemacht haben. Die Namen der Hauptpersonen, wie Jakob Grimm nachwies, zeigen nicht alle die rein nordische Form, sondern verrathen ihren Durchzug durch Altsachsen. Das Schicksal hat es nicht gewollt, daß einheimische Lieder oder Nachrichten uns erhalten wären. Nachdem im sechsten Jahrhundert die Auswanderung zu Ende war und der gröste Theil der Halbinsel den Dänen zufiel, nahm das Volk die Sprache der Sieger an und seine alten Helden traten in die Reihe der dänischen, so der jütische Amleth, der anglische Offa und der gleichfalls anglische Frowin, deren Sagen Saxo in das dritte und vierte Buch seiner dänischen Geschichte aufnahm. In England hegte man, wie wir sahen, zwar die alten Erinnerungen, wenigstens während zweier Jahrhunderte. Aber früh verschmolz der mythische Göttersohn Beówulf mit dem historischen gleiches Namen, eine Erscheinung, die sich im deutschen Epos ähnlich überall wiederholt; Offa, der Kämpe auf der Eiderinsel, ward mit Offa II. von Mercien verwechselt und nun in England localisiert, und die schöne Sage von seiner Gemahlin, N. 3, die augenscheinlich auf dem ältesten Grunde ruht, ward legendenartig, durch Einmischung des christlichen, umgebildet. Zwar Holstein bewahrte seine deutsche Nationalität, aber dennoch werden auch hier die einheimischen Sagenstoffe allmählig eingeschwunden sein, nachdem für sie der Halt des alten Volkskönigthums dahin war und endlich des Landes schönste Hälfte den Wenden zufiel. Als dieses wieder gewonnen ward, waren es nicht die alten Bewohner, die es von neuem bevölkerten, und zugleich die Marschen, sondern Einwanderer.

Den Untergang ihrer alten landschaftlichen Heldenpoesie, um sie so zu bezeichnen, so reich auch der angesammelte Stoff war, hat fast jedes deutsche Land zu beklagen. Er war im achten und neunten Jahrhundert schon entschieden, wenn auch nicht vollendet. Denn wie nach der Zeit der Wanderung die deutschen Völkerschaften sich enger in größere Stämme zusammenschlossen und daraus endlich ein deutsches Reich erwuchs, so drängte auch die Poesie in denselben Jahrhunderten nach einem großen, umfassenden Ganzen hin, das allen deutschen Stämmen Gemeingut ward. Es gibt in der Zeit der Völkerwanderung keine wunderbarere Erscheinungen als das Reich des Attila und die zweimalige Größe des mächtigen Gothenvolks unter Ermanrich und Theodorich; ihr Sturz und Untergang war eben so jäh, als ihr Aufsteigen plötzlich und überraschend. Von hier aus fließt nun der große Strom der deutschen Heldensage, der in seinen Zug schnell eine Masse altheidnischer Heroenmythen aufnahm, und manche Trümmer der historischen Sage einzelner Landschaften mit sich fortriß, und bald hier, bald dort hin seinen Lauf wendend, erst nach einem Jahrtausend versiegt war; seine letzten Tropfen mögen wir noch aus unsern Volkssagen sammeln. Seine gröste Breite aber nahm er ohne Zweifel im achten und neunten Jahrhundert ein. Damals hatte die Dichtkunst nicht mehr den nahen Zusammenhang mit dem Heldenleben, dies war selbst vorüber, das Volk in Stände schärfer geschieden, die obern neigten sich mit den Geistlichen einer fremden Bildung zu und waren nur mit halbem Sinne mehr der alten Poesie zugewandt, deren Muse nunmehr erst recht die Mnemosyne war. Zwar kam sie zu Zeiten auch in die Häuser der Vornehmen und ward ehrenvoll empfangen und gerne angehört, Kaiser Karl selbst sammelte Lieder, und sein Sohn hatte in seiner Jugend sie auswendig gelernt; aber ihre Pflege und rechte Heimat hatte die Dichtkunst nur unter dem Landvolk. Aus diesem giengen die sagenkundigen Sänger dieser Zeit, wie auch der folgenden, hervor. Nur diese können es auch gewesen sein, die damals der ganzen großen Masse des Epos denjenigen Gedanken unterlegten und einprägten, den die spätern Jahrhunderte weiter auszuführen und zu verfolgen suchten; es kann nur in dieser Zeit das Streben begonnen haben den Untergang des Heldenalters darzustellen in einer Verknüpfung der drei großen Sagenkreise Ermanrichs, Etzels und Dietrichs zu einem gewaltigen Ganzen. Zu keiner Zeit kann der Schmerz über den Untergang der ruhmvollen Vergangenheit im Volke lebendiger gewesen sein, und keine Zeit war auch fähiger ihn dem Stoff mitzutheilen und dieser ihn zu empfangen. Fast alle deutsche Helden sind tragische Charaktere, ja das ganze Epos sollte eine große tragische Handlung werden, die nach wunderbarer Schicksalsverkettung aller mit dem Tode oder dem Verschwinden der letzten und grösten Helden endete. Kein Epos sonst hat so tiefsinnige Ideen wie das deutsche ausgesprochen, keins hat eine großartigere Anlage und so gewaltige Charaktere im Guten wie im Bösen. Zum völligen Abschluß kam jedoch die Durchführung der Idee im Ganzen nie, eben so wenig als das deutsche Reich vollendet ward; wie sie aber verfolgt und auszuführen versucht ward, hat die Geschichte unsers Epos darzustellen.

Nicht alle deutsche Landschaften werden an der Blüthe des Epos damals gleichmäßig thätigen Antheil genommen haben, eben so wenig als in den spätern Epochen; denn nicht alle sind gleich fähig. Aber man kann mit Sicherheit annehmen, daß jede damals ein gleiches Theil empfieng und auch dessen sich erfreute, wie in den jüngern Zeiten. Kein Zeugnis deutet direct auf unser Land, aber in England und im Norden selbst war der Ruhm der deutschen Helden verbreitet und ward in Liedern gefeiert. Doch wird von norddeutschen Markmannen erzählt, daß sie ihre Gedichte, Zaubersprüche und Weissagungen mit Runen aufschrieben. Wilhelm Grimm * erklärte sie für Nordalbinge und Lachmann ** nannte die niederdeutschen Verse, die dem Runenalphabet in einer sangallischen Handschrift beigeschrieben sind, nordalbingisch. Aber es ist nur alte Weiber- und Kinderpoesie, jedoch in alter stabreimender Form. Alles dies räth einen Blick zu werfen auf unsre heute gesammelten Segen und Sprüche, S. 508.

Offenbar sind die meisten, z. B. N. 20. 27. 34. 17 ꝛc., wenn nicht alle, ihrer Grundlage nach heidnisch und vom höchsten Alterthum. Das beweist nicht nur die Verbreitung vieler über ganz Deutschland, sondern auch die Vergleichung mit nordischen und englischen Sprüchen ähnlicher Art. Ich habe alle, auch die zerrüttetsten aufgenommen, eben um diese Vergleichung möglich zu machen und Zeugnis zu geben, wie langlebig und zäh diese Sprüche im Volke haften. N. 11. 31. 34. sind schon fast gleichlautend aus Handschriften des fünfzehnten und sechszehnten Jahrhunderts in Grimms Mythologie mitgetheilt. Ganz alterthümliche Form hat auch N. 22, verglichen mit dem einen Merseburger Zauberspruch von Wodan und Balder. Ebenfalls die Räthsel sind theilweise höchst alterthümlich und weit verbreitet, z. B. die Räthsel vom Ei (Entepuntente ꝛc.); ich habe nur ausgewählt. In einer nordischen Saga *** gibt Odin dem König Heidrek unter andern dieses Räthsel auf: »Wer sind die zwei, die zum Thing eilen? Zusammen haben beide drei Augen, zehn Füße und einen Schwanz und so fahren sie über Land;« Heidrek antwortet, daß das der einäugige Odin auf seinem achtfüßigen Pferde sei. Man vergleiche damit, der Form und dem Inhalt nach, die Räthsel S. 504 fg., besonders N. 22. 23. Ein zweites Beispiel noch größerer Übereinstimmung ist das Räthsel von der Kuh, das Odin auch dort aufgibt: »Vier wandeln, vier hangen, zwei den Weg weisen, zwei Hunden wehren, einer schleppt nach, ein Leben lang, der ist allzeit schmutzig,« welches bei uns lautet: »Veer Hengels, veer Gängels, twee wyst den Weg, twee seht den Weg, een släpt achterna; rade mael wat meen ik da?« Auch das erste Räthselmärchen, S. 503, findet dort sein Gegenstück. Sprichwörter, für die es leider an Raum gebrach, ruhen zum Theil auf gleich alter Grundlage. Obgleich diese Räthselpoesie nur eine Nebengattung ist, die in der Geschichte der Poesie kaum von Belang wird, so lehrt doch das heute erst gesammelte, daß es auch in Deutschland in ältester

* Über deutsche Runen. S. 149.

** Histor. philol. Abhandlungen der Berlin. Acad. 1833. S. 120.

*** Hervarar saga S. 174. 170. 144.

Zeit, wie im Norden, dialogisch fortlaufende Räthsellieder gab, woraus die heutigen Räthsel nur Bruchstücke sind, wenn wir nemlich Lieder, wie das S. 473 mitgetheilte oder das S. 608 angeführte hinzuhalten. Es sind übrigens ähnliche Lieder in Deutschland schon im zwölften Jahrhundert nachweisbar; und noch weit früher bei den Angelsachsen.

Läßt dies uns einen Blick in die Form und Manier einer gewissen Seite der alten Poesie thun, so wird einem aufmerksamen Leser die wunderbar symmetrische und doch freie, ungesuchte Anlage mancher Märchen und Sagen schon nicht entgangen sein. Ich will hier nicht auf die Art der Charakteristik, die Mannigfaltigkeit, die Gruppierung und die einfachen Gegensätze der handelnden Personen aufmerksam machen, sondern nur darauf hinweisen, wie z. B. in N. 565. die Handlung fortschreitet: Der Bauer reist erst zu Schiffe, dann zu Wagen, endlich zu Pferde, das erste Mal muß er einen Tag, das zweite Mal zwei, das dritte Mal drei Tage warten; oder als Dreibein in N. 591. den diebischen Bauern verfolgen soll, ruft Ein Unterirdischer, Zweibein aber wird von vielen Stimmen, Einbein endlich von Allen gerufen. Durch so einfache Mittel erreicht auch noch die heutige schwächere Sage Wechsel und Steigerung; wie ganz anders nimmt sich eine solche Gliederung in unsern alten inhaltsreichern Heldensagen aus! Freilich sie ist oft zerstört und wird auch heute nicht leicht von jedem erkannt, auch wenn sie sich erhielt; aber immer wird sie dennoch zur rechten Wirkung dienen, je ungesuchter und natürlicher sie allezeit war.

Die Blüthe der Heldenpoesie des karlingischen Zeitalters war, als wilde Stürme am Schlusse des Jahrhunderts über Deutschland herein brachen und lange anhielten, zu Ende. Bis dahin hatte der Poesie ja die alte Form des Stabreims gedient, der noch in formelhaften Ausdrücken, wie Mann und Maus, Haus und Hof, Frisch gewagt, ist halb gewonnen 2c., haftet. Aber gerade diese Neigung zum Formelhaften, die der Stabreim mit sich bringt, führte im Norden zur völligen Erstarrung der Poesie. In Deutschland war dieselbe Gefahr da. Schon im neunten Jahrhundert war eine Entartung der stabreimenden Poesie eingetreten; aber der gesunde Sinn des Volkes, dem natürlichen geneigt, fand einen Ausweg; man ließ die alte Form fallen und im Verlaufe des zehnten Jahrhunderts setzte sich der Endreim auch in der Volkspoesie durch. Das beweisen die wenigen aus dieser Zeit erhaltenen Reste. Indem aber diese Form aufkam und durchdrang, war der allmählige Untergang der alten stabreimenden Lieder, die noch aus den frühern Zeiten erhalten waren, die natürliche Folge. Man kann nun recht wohl verfolgen, auf welche Seite vorzüglich sich die neue Poesie hinwandte. Mit den sächsischen Kaisern erreichte Deutschland die höchste Stufe seiner nationalen Kraft; die Stände hatten sich wieder genähert, die Bildung der Geistlichen hatte einen nationalern Charakter angenommen, als in der karlingischen Universalmonarchie, auch die Politik der Kaiser wirkte nach außen hin nur in einem großartigen, deutschnationalen Sinne; die Kämpfe und Parteien im Innern, zunächst aus alter Feindschaft der Stämme entspringend, dann genährt durch die Streitigkeiten der Kirche, wiederholten fast die Zeiten des alten Reckenwesens, weckten aber zugleich eine Fülle geistiger Bewegung; alles das wäre nicht geschehen ohne den eifrigen, nachhaltigen Antheil des gesammten Volkes. Diese Bewegung der Nation dauerte bis tief ins zwölfte Jahrhundert. Die Poesie wandte sich nun zunächst mit neuer Begeisterung der Gegenwart zu. Um Heinrich, Otto den ersten und zweiten und ihre Helden und Gegner und manche andre hervorragende Ereignisse und Persönlichkeiten sammelten sich eine Menge von Liedern und Sagen. Offenbar hengt es mit dieser Richtung des Volksgesanges auf das historische zusammen, daß nun auch diese Seite des alten Epos gerade vorwiegend kultiviert ward. Und erscheint später seine mythische Seite entweder vermenschlicht oder verwildert, so wird beides auch nur seinen Grund in dieser Zeit haben. Es erwuchs dem historischen Theil des Epos jetzt vielfältige Bereicherung und Erweiterung, nicht nur aus ältern landschaftlichen Sagen, sondern auch aus der Zeitgeschichte selbst. Eine große Wendung schreibt sich daher. Ermanrich hatte in frühern Jahrhunderten, wie angelsächsische Zeugnisse beweisen, sein altes gothisches Sagenreich in Norddeutschland; nachdem die römische Kaiserkrone das Haupt niedersächsischer Könige zierte, herrschte er zu Rom und in Italien; von da aus verleiht sein Nachfolger noch Länder in Norddeutschland, und in seinem Gefolge hat er fast nur norddeutsche Helden, und unter diesen einen Meizunc von Ditmarschen und einen Enenum von Westenlande, d. i. Nordfriesland.* Ich glaube bewiesen zu haben**, daß die Sage von Siegfried und Starkad, N. 4, eine altsächsische ist, wenn sie auch im Norden gangbar und aufbewahrt ward. Sie mag uns offenbaren, was man etwa im zehnten Jahrhundert den Landesfeinden gegenüber empfand, als die Kaiser unsre Grenzen noch zu schützen wusten; der ruhmvollste gröste Kämpe des Nordens muß dem Helden des Südens schimpflich unterliegen. Es gibt noch andre Beispiele, wo der alten Heldensage eine solch unmittelbare Beziehung auf die spätere Geschichte gegeben wurde. Auf der Grenze dieses Zeitraums steht jener sächsische Sänger Sivard, der mit einem Liede von »dem allbekannten Verrath der Kriemhild an ihren Brüdern« den Herzog Knud Laward vor den Nachstellungen seines Vetters Magnus vergeblich zu warnen suchte. Freilich es läßt sich nicht behaupten, daß der Sänger ein Holsteiner war. Dännemark ward aber häufig von niederdeutschen Sängern

* Nordalb. Stud. I. 149. 163.
** a. a. O. I. 191 fg.

besucht; darum konnte Saxo die Sage von Kriemhild als allbekannt bezeichnen. Auch in späterer Zeit nahmen deutsche Sänger häufig ihren Weg durch unser Land und aus unserm Lande selbst nach Dännemark; denn nur durch neue mündliche Zuflüsse von Deutschland erklären sich manche Eigenthümlichkeiten der Sage in dänischen Kämpevisern, die den deutschen Heldenkreis betreffen. Gegen Schluß des dreizehnten Jahrhunderts kamen mehrere deutsche Sänger, die freilich keine Epiker waren, nach Holstein zu unsern Grafen, nach Schleswig und nach Dännemark; mehrere ihrer Lob- und Preislieder sind erhalten; und daß solche hungrige Gäste noch später hier durchkamen, lehrt die Anecdote von Greve Klaus, N. 25.

Gegen den Schluß des zwölften Jahrhunderts hatte das Epos einen neuen Aufschwung genommen, gleichzeitig der blüthenreichen Entfaltung des Minnegesangs und der romantischen Ritterpoesie. In Süddeutschland entstanden damals die Lieder von den Nibelungen, dann auch das Gedicht von Kudrun und eine Reihe anderer Heldenlieder, die theils ganz verloren, theils nur in Bruchstücken erhalten sind. In Norddeutschland war aber gleichfalls in Dichtung nicht müssig, im dreizehnten Jahrhundert schrieben nordische Männer in niedersächsischer Gegend, in Westfalen und um Bremen nach deutschen Gedichten, Liedern und Erzählungen ein großes Sagenbuch zusammen, das fast den ganzen Reichthum des damaligen epischen Stoffs Deutschlands umfaßt. Eine genaue Betrachtung vermag noch den Umfang einzelner Lieder und Gedichte zu erkennen. Aus dieser Zeit erwähnt nun Arnold von Lübek des alten Hildebrand, den noch heute das Märchen nennt, S. 607, und an seinen Namen schließen sich unmittelbar Dietrich von Bern und die große Reihe seiner Helden. Und wenn der Ortsname Hettelingen * bei Winterthur in der Schweiz auf die Sage der Kudrun weist, so mag man auch bei unserm Hettlingen an an der Elbe an dieselbe Sage erinnert werden. Aber was das Gedicht von Ditmarschen und Holsteinern erzählt, die »gar ziere Degen« heißen, so muste die Kritik das nicht einmal als in echter Sage begründet, sondern als willkürliche Einschwärzung einer jüngern Hand erkennen.

Um das Jahr 1200 fällt die letzte Blüthe des Epos. Von da an läuft es in drei Wegen aus: entweder in das lyrische Volkslied des vierzehnten, funfzehnten und sechszehnten Jahrhunderts, oder in die Prosa des Volksbuchs, oder endlich in Märchen und Volkssage. Die Spuren und Ansätze solcher Übergänge finden sich natürlich auch schon früher. Der Inhalt des Liedes ** vom Herrn Hinrich und seiner gefahrvollen Brautfahrt

* S. meine Abhandlung über Kudrun S. 109.

** Vielleicht ist es nicht einmal ein ursprünglich ditmarsches. Lütke Loiken, d. h. Lüdger Ludwigs Sohn, beides Namen, die in der Nord-

N. 43, ist augenscheinlich ein Rest alter Seehelbensage. Mitten aus der alten Heldensage ist unsre Sage von dem Meisterschützen Henning Wulf, N. 66, herausgegriffen; sie wurzelte ursprünglich in dem Kreise der mythischen Heldenfamilie, Wate, Wieland, Wittich, Eigel, Orendel; der ältesten Heldensage gehörte ebenfalls die Sage vom Ursprung der Wülfinge N. 513, an. Irgendwo auch müssen einmal die weit verbreiteten Sagen vom verlornen oder ins Meer versenkten Ringe, N. 59. 60. 178, im Epos einen festen Halt gehabt haben; die letztere selbst leicht in einem Mythus. So sind auch augenscheinlich einzelne Züge der spätern Sage daher geflossen, z. B. die Sage vom wandelnden Wald, N. 9. 10, oder wenn Graf Geert in seiner Jugend seiner Heldennatur uneingedenk scheint, N. 22. Man vergleiche damit Offa. Die Sage von treuen Küchenjungen, N. 6, so vielfach variiert und erweitert sie, z. B. in den Weibern von Weinsberg, auftritt, muß in der einfachen Gestalt auch in die älteste Zeit gehören. Die Märchen entstanden aus mündlicher prosaischer Erzählung der Helden- und Göttermythen, als diese herabsanken. Sie werden sich früh angebahnt haben und werden wenigstens im zehnten Jahrhundert, wenn auch noch in weit kräftigerer Gestalt, schon da gewesen sein. Elemente aus den verschiedensten Mythen und Sagen wurden zusammen gefügt, je mehr der phantastische Charakter des Märchens sich entwickelte, das oft freilich sehr übereinstimmend an den entlegensten Gegenden auftritt, eben so oft aber die gröste Abweichung zeigt. Doch bleibt die einfache zu Grunde liegende Handlung bei aller Verschiedenheit der Ausführung meist dieselbe. Der dänische Saxo Grammaticus zeigt am deutlichsten den Übergang des Mythus und der Heldensage in Märchen. So mag man in Deutschland im achten und neunten Jahrhundert sie erzählt haben; im zehnten und elften Jahrhundert waren sie wohl schon flüchtiger. Das bekannte Räthselmärchen von der klugen Bauertochter, die einen Mörser fand und dem König brachte, nun aber auch den Kloben bringen oder ungekleidet und nicht nackt, nicht gegangen, nicht gefahren, nicht in dem Wege, nicht außer dem Wege, nicht allein, nicht unbegleitet, nicht in der Woche, nicht außer der Woche, zum Könige kommen sollte, dieses Märchen hat im Norden z. B. noch festern Halt in der Lodbroksage. Der dumme Hans unserer Märchen ist oft deutlich gleich Siegfried dem Drachentöter, der einen Schatz und eine schöne Frau gewann. Das Volk hat diesen gutmüthigen sorglosen Charakter auch so ausgeprägt, daß man des Volkes eignes Ebenbild an schweigsamer Klugheit, Beharrlichkeit, Muth und Herzensgüte darin erkennen wird. Das erinnert wieder ans

seehelbensage vorkommen, weist, wie Hoiken auf das niederl. Huyke S. 530, auf das niederländ. Luyke, Ludwig. Der Diphtheng oi ist nicht niederdeutsch. Und wenn der Refrain vul grone ursprünglich vul grome wäre, so deutete das ebenfalls am ersten in die Fremde.

alte Epos. Unser starke Hans mit der eisernen Stange, S. 416, scheint ein Namensvetter des Riesen Widolf mit der Stange, und der starke Hans mit dem blauen Bande am Arm, das ihm Kraft gibt, der nach einer mir eben aus Plön zugehenden, sonst noch mehr verstümmelten Relation Bären statt der Löwen in seinem Gefolge hat, gemahnt an den Wildeber mit dem Schwanringe, der nach der Heldensage eine Bärenhaut umnahm und darin tanzte. Aber nun gibt es der Märchen noch eine Menge, die, so groß auch ihre Verbreitung ist, man mit Sicherheit dennoch für undeutsch ihrem Ursprunge und ihren Hauptbestandtheilen nach erklären muß. Ihr Character verräth sie. Das Märchen vom Mann ohne Herz, S. 404, wird niemals eine deutsche Erfindung sein, obgleich es ebenso in Norwegen erzählt wird; es wird sich gewis in Frankreich und Italien nachweisen lassen, wie das Märchen vom Tode des Teufels, S. 466, das unverkennbar ein fremdes ist. Auch der starke Franz, S. 420, hat mindestens fremdartige Elemente an sich gezogen; ja wohl die meisten Märchen. Schon im zehnten und elften Jahrhundert verbreiteten sich fremde Stoffe in Deutschland, und mit der Blüthe der mittelhochdeutschen Literatur im dreizehnten Jahrhundert drangen zahllose Novellen, Märchen und Erzählungen aus der Fremde ein, ja ihre Masse wuchs noch in den nächsten Jahrhunderten und fand nicht allein durch Volksbücher Verbreitung, sondern wohl eben so viel durch den Mund der überall umher schwärmenden sogenannten fahrenden Leute, die überhaupt die Vermittler zwischen der romantisch-höfischen Poesie, die am Fremden hieng, und dem Volke wurden. Von Volksbüchern ist jetzt, glaube ich, unter uns wenig mehr zu finden; zwar werden jährlich in Hamburg (bei Wittwe Kahlbrock) sie noch immer zahlreich gedruckt, und so verstümmelt sie sind, verkauft; aber wenige werden davon über unsre Grenze kommen. Allein der Eulenspiegel hat sich bis heute gehalten; man findet ihn noch zuweilen. In Mölln soll man außerdem allerlei geheime Nachrichten über »den alten Herrn« haben, aber man spricht nicht davon gegen Fremde. Die Schildbürger müssen ebenfalls unter uns sehr gelesen gewesen sein; sonst wäre kaum die große Verbreitung und Localisierung ihrer meisten Geschichten zu begreifen, wenn auch viele uralte Volkswitze sind, deren Spur sich schon über das achte Jahrhundert hinauf nachweisen läßt. Wir theilten von den Jaglern, den Hostrupern, den Gablern, Romöern und den übrigen Schildbürgern unsers Landes, so weit wir von ihnen erfuhren, S. 92 fg., 539, immer nur eine Geschichte mit, um ganz unnöthigen Wiederholungen auszuweichen und um nur der ästhetischen Geographie eine Übersicht zu geben. Kaum aber möchte Thüringen mehr Schildas aufzuweisen haben als wir. Als Märchen wurde mir ferner die Geschichte von den beiden Freunden Alexander und Ludewig aus Meldorf mitgetheilt; sie stimmte noch fast ganz mit der Erzählung im Buche von den sieben weisen Meistern.

In Dännemark* ist sie als Lied auf einem fliegenden Blatt vorhanden; vielleicht fand sie in ähnlicher Weise auch unter uns ihre Verbreitung; so auch die Erzählung vom König von Spanien, S. 586. Das Volksbuch von der Genovefa ist S. 591 nachgewiesen; über andre bin ich ungewis. Nur daß der gehörnte Siegfried früher auch gelesen ward, lernen wir aus dem Siegfried von Lindenberg. Auch Reinke Voß ist im Volke bekannt; doch die Thierfabeln, die erzählt werden, S. 468 fg., 590, und andre nicht aufgenommene sind augenscheinlich nicht aus ihm geflossen. Es gibt außerdem noch eine Reihe schwankhafter Märchen und Sagen, die keineswegs aus jenen Novellen und Volksbüchern herstammen, sondern von Altersher überliefert und gleiches Ursprungs mit denen sind, woraus die Volksbücher von den sieben Schwaben, den Schildbürgern, Eulenspiegel &c. zum Theil zusammen gesetzt wurden. Damit verhält es sich nun so.

Mit den oben S. XII. erwähnten Räthselliedern stehen ihrem Character und ihrer Form nach die meisten Kinderreime und rhythmischen Märchen, S. 469—478, 497—503, in der nächsten Verbindung. Die Lügenlieder, Vögelhochzeiten, Darstellungen einer verkehrten Welt, und manches andre, wie das bekannte »Jk been myn Herrn wul sæben Jaer« mit den poetischen Namen Hebberecht, Lusebung, Unverfeert, Brumnichso &c. setzen ebenfalls ihrer Manier und Grundlage nach eine gleich lange Überlieferung voraus. Ohne Zweifel kannte man ähnliche und gewis bessere, vormals schon in stabreimender Form eben so gut als Räthsellieder. Denselben possenhaften, niedrig-komischen Character haben die Schwänke und manche Märchen und Sagen, nur daß diese eine wirkliche, einfache, komische Handlung zum Inhalt haben, jene Reime und Lieder aber durch bloßen Wortklang oder durch an einander gereihte Einfälle die komische Wirkung zu erreichen suchen. Solche Reime werden ehemals nicht ausschließlich den Kindern und Ammen angehört haben, sie werden auch von denselben fahrenden Leuten**, die vorzüglich die Gattung der Schwänke, überhaupt aber die gesammte niedere Epik cultivierten, erfunden und vorgetragen sein. Man darf diese gemeinen Spielleute, denen man nach dem Sachsenspiegel mit dem Schatten eines Mannes büßen soll, nicht mit jenen Trägern des edlen höhern Heldenepos zusammen werfen, obgleich sie vielfach in ihr Gebiet hinüber griffen und im zwölften Jahrhundert selbst mit den französischen Ritterepen wetteifern wollten und große, aber höchst rohe und ungeschlachte Gedichte verfaßten, deren Frische und echte Komik zwar oft erfreut. Die Scôpe, die geachteten Sänger des höhern Epos, lebten nicht in Schaaren, wie die Spielleute. Diese treten mit dem Untergang des Heidenthums auf, aber Bonifazius und die Fürsten und Concilien

* Danske Viser V. 67.

** Ich erinnere an das im 12. Jahrhundert bekannte Tragemundslied.

verfolgten sie mit stets wiederholten Verboten; doch es half nichts. Im zehnten und den folgenden Jahrhunderten sind sie noch eben so wohl da wie früher und treiben sich auf allen Straßen umher, finden sich in Haufen bei den Festen der Fürsten ein und führen da ihre Tänze und Spiele unter schallender Musik auf und tragen ihre Lieder ebenso vor, gewis auch selten ohne mimische Bewegungen, oft bei Tische in den Häusern der Vornehmen, oder auf Kreuzwegen und Plätzen vor dem Volke. Ihr Treiben scheint sogar noch an Ausdehnung gewonnen zu haben; selbst in Klöstern, die ihnen früher streng verboten wurden (Äbte und Äbtissinnen sollten keine Hunde, Falken und Gaukler halten), finden sie sich jetzt, und die lustigen Mönche setzten ihre Lieder ins lateinische um und sangen sie selbst. Diese Lieder waren von der mannigfaltigsten Art, meist behaglich, schwankhaft und spöttisch, seltener ernst, oft jedoch mit gnomischen Theilen und von didactischer Tendenz. Ihre einfachen Stoffe waren entweder aus alten Mythen entlehnt oder aus der Thierfabel, aus dem täglichen Leben und der Geschichte, aus der Legende und selbst aus der Heldensage, die nur possenhaft verdreht ward. So im Gedicht von Saleman und Morolt. Auf diese Weise verdankt eine große Menge deutscher Märchen, Sagen und Schwänke sicherlich der Thätigkeit dieser Spielleute im neunten, zehnten und elften Jahrhundert ihren Ursprung. Allem Anschein nach war diese Zeit für sie die reichste Werkstatt. Das bekannte Märchen vom Schneider, der in den Himmel kommt und auf des Herrn Stuhl steigt, kann nur in einer Zeit entstanden sein, wo noch heidnische Vorstellungen von Wodans Himmelsstuhl nachwirkten. Dasselbe ist der Fall bei dem Märchen von der dümmsten Frau, S. 413. Ebenso fordern N. 209. und noch mehr N. 213. eine heidnische Grundlage. Von N. 212. wissen wir, daß eine ähnliche Geschichte schon im zehnten oder elften Jahrhundert von Spielleuten und Mönchen gesungen ward, und ebenso waren unsere Märchen vom Vater Strohwisch und von den reichen Bauern, S. 458, 461, Inhalt eines Liedes; das Märchen auf S. 589. hat ganz denselben Character. Daher kann man unbedenklich Stücke, die diesen leicht erkennbaren Character tragen, wie N. 208. 210. 608, überhaupt einen großen Theil der von S. 145—166 mitgetheilten und andere, die augenscheinlich nur zufällig an ein Local geheftete Märchen sind, für die Reste jener wuchernden Spielmannspoesie halten. Den Spielleuten darf man auch vor allem die Ausbildung des Thierepos, ihnen viele Eulenspiegel- und Schildbürgergeschichten zuschreiben, und ohne Zweifel verdanken wir ihrer lang anhaltenden Thätigkeit nicht weniger die Verbreitung vieler Sagen. Denn das Volk sang, wie heute noch, die vorgetragenen Lieder nach, und entfloh endlich das Wort, so vergaß man darum doch nicht den Inhalt. Schon schrieben wir ihnen auch die Verbreitung fremder Märchen zu.

Die Spielleute erlitten aber darum anfangs von der Geistlichkeit so heftige Verfolgung, nicht etwa bloß wegen ihrer schlechten Sitten, sondern wegen ihres unmittelbaren Zusammenhanges mit dem Heidenthum. Es gab zur Frühlings-, Sommer- und Julzeit feierliche Festaufzüge, verbunden mit Spielen und Liedern. Über unsre Maigrefenfeste, das Fuchsaustragen,* Weihnachtsaufzüge &c. wird die Sammlung der Sitten und Gebräuche unseres Landes einst ausführlicher Nachricht geben; aber sie sind die letzten Reste der altheidnischen Festfeiern, die für die Entwickelung der deutschen Poesie von unendlicher Bedeutung sind. Jakob Grimm ** bemerkte, daß in den Spielen die ersten Anfänge dramatischer Aufführungen zu suchen seien. Denn ein Mythus selbst mit vertheilten Rollen wird darin dargestellt: Der Junge, der den Fuchs umträgt, nennt sich selbst Hans Voß, oder in den Maispielen stellt einer den Sommer dar, ein anderer den Winter u. s. w. Leute aus dem Volke selbst übernehmen gewöhnlich in einer Vermummung die Rollen, das ganze Volk nimmt Theil, die Handlung geschieht auf offenem Raum, ganz so wie später die geistlichen Spiele und sogenannten Mysterien, die die Geistlichkeit an ihre Stelle setzte und von denen zunächst das Drama ausgieng. Aber noch weit früher als das Drama, entwickelten sich auch aus diesen Festspielen andere Aufführungen, die zum großen Theil nur durch jene Spielleute ausgebildet und cultiviert wurden. An der dem Maigrafenfest entsprechenden Umführung des Bären in der Frühlingszeit kann man diese Entwickelung deutlich verfolgen: *** ursprünglich hatte die Sitte religiöse und mythische Bedeutung, dann aber machten sich die Spielweiber ein Gewerbe daraus. Und wie nahe lag es doch, von der Darstellung jener Mythen zur Aufführung anderer frei gewählter Stoffe über zu gehen! So wurden schon im zehnten Jahrhundert in Klöstern Scenen aus der Thierfabel mimisch dargestellt; **** wie damals die Geistlichen ihre Lieder von den Spielleuten empfiengen, so werden sie auch diese Aufführungen nur ihnen abgelernt haben. Denn außer dem Vortrag von Liedern werden ihnen auch, wie wir schon erwähnten, Spiele Tänze und Possen beigelegt. Sie werden der einfachsten Art gewesen sein, wie später noch die Fastnachtsspiele und die weltlichen Theile der Mysterien. Und sehen wir unsre Kinderspiele an, die nicht gesungen, wie die Tanzlieder, sondern nur halbsingend recitiert werden, mit ihrer dialogischen Form, ihrem bald romanzen- und legendenartigen, bald auf eine Thierfabel oder ein Märchen weisenden Inhalt, ***** beachten wir den Zusammenhang von Wort und Darstellung,

* Das Lied bei Schütze Idiotik. III. 165.

** Mythol. S. 744.

*** Mytholog. 736. 743 fg. Lat. Ged. des 10. und 11. sec. S. XV.

**** F. Wolf über die Lais S. 238 fg.

***** Durch ein Versehen ist nicht das Dutzend der S. 484 fg. mitge-

erwegen wir ferner, daß ganz dieselben Stoffe zugleich auch Gegenstand der alten Lieder der Spielleute waren, so ist es nicht zu viel behauptet, wenn wir sie für die letzten Reste und Nachahmungen jener alten Aufführungen erklären, die uns diese selbst wohl veranschaulichen mögen. In der Geschichte der Volkspoesie ist nichts wunderbarer, als ihre immer neue Triebkraft und daneben die zähe Dauer des einmal entstandenen. Jene Aufführungen der Spielleute entsprangen aus den alten heidnischen Festspielen; diese dauerten fort, nachdem das Volk auch schon jene Spiele aufgenommen, und nachdem das Drama, wohl eine Folge beider, längst sich entwickelt hatte; ja, sie werden noch heute aufgeführt, die doch den Grund zu allem hergaben; die Spiele der Fahrenden aber leben ebenfalls noch, aber in der Kinderwelt.

Man muß von den Spielen die eigentlichen Aufzüge und festlichen Tänze des Volkes wohl unterscheiden; jene gehen nur neben diesen her und nehmen darum ein gleich hohes Alter in Anspruch. Die Tänze geben keine halbdramatische Darstellung eines Mythus, doch ist stets Gesang damit verbunden. Freilich wenn die fröhlichen Frühlings- und Sommerfeuer jetzt angezündet und umtanzt werden, N. 228. S. 598, so hört man nur noch einzelne Rufe, aber ehedem erschollen ohne Zweifel den höchsten Göttern Lieder. Stumm wird jetzt nach beendigter Aussaat dem höchsten Gotte für sein Pferd die Gabe hingestellt, N. 490, aber in Westfalen und Mecklenburg wurden bei demselben Erntegebrauch vor einigen Jahren doch noch einige Reime gesungen und Tänze aufgeführt. Unter dem Segen eines Priesters und mit Anrufung christlicher Heiligen wurden später Umzüge um die bestellten Äcker, oder um Regen zur Zeit der Dürre oder um einen gesegneten Fischfang zu erflehen, gehalten, S. 597; führte man bei solchen Gelegenheiten im Heidenthum ein Götterbild statt des Heiligenbildes umher, so werden auch entsprechende Lieder nicht dabei gefehlt haben. Vor zweihundert Jahren wusten alte Leute zu erzählen, daß zur Zeit der Julfeier mannbare Jungfrauen auf Westerlandföhr vor der Westerkirchpforte das neue Jahr, auch Nachmittags nach dem Gottesdienste, (singend) eintanzten.* Den Föhringern muß also das Gebot des heiligen Bonifaz an die neubekehrten Deutschen auch später nicht zugegangen sein, in den Kirchen keine Tänze und »Mädchenlieder« aufzuführen und Schmäuse zu halten.** Aber nicht allein an den höchsten oder bei den ländlichen Festen fanden solche mit Tanz und Gesang verbundene Aufzüge statt, sondern bei keiner feierlichen Handlung, bei keinem größern Opfer fehlten sie. Bei Hochzeiten,

theilten voll geworden. Das bekannte „Blinde Ko, ik leide dy" ꝛc. hätte nicht fehlen sollen.

* Heimreich, herausg. von Falk. I. 120. Vergl. Anm. auf S. 319 dieser Sammlung.

** Statut. Bonifac. c. 21.

Bestattungen, S. 256, und wenn man in die Schlacht zog, erschollen sie. Ein solches, stets mit Tänzen oder orchestischem Einherschreiten verbundenes Lied hieß nun ein Leich.* Seine Form ward später unter dem Einfluß der geistlichen lateinischen Kirchenpoesie besonders zu den Zeiten des Minnegesangs sehr künstlich ausgebildet. Eigenthümlich sind ihr ungleiche Strophen, nicht dieselbe kehrt regelmäßig wieder wie im Liede. Diese Eigenthümlichkeit kann der Leich schon frühe, als er die alte heilige Poesie des Volkes ausmachte, gehabt haben; sie stellte sich leicht bei dem Chorliede ein, wie der griechische Dithyrambos lehrt, und widerstrebt nicht dem Wechselgesange. Doch werden die alten Lieder einfach und kurz gewesen sein von wenigen Strophen, aber von verschiedenartigem Inhalt, bald ernster, bald heiterer. Solche hymnisch-chorische Gesänge, sahen wir schon, giengen dem Epos vorauf. Jetzt will ich nachweisen, daß auch die Lyrik von ihnen ausgieng.

Zunächst ist es ganz deutlich, daß der spätere deutsche Tanz, der Reigen, aus solchen chorischen Aufzügen und Tänzen entstanden ist. Neocorus** beschreibt ihn für Ditmarschen, wo er der lange Tanz genannt ward; daß er aber auch in Holstein, wie im übrigen Deutschland gebräuchlich war, lehren N. 25. 31. Nur mögen die Ditmarschen sich gerne besonderer Kunst und Geschicklichkeit haben rühmen können, wie ihnen auch der größere Liederreichthum zustand. Es gab dort zwei Arten des langen Tanzes, einen sogenannten Trümmekendanz, Trommeltanz, der mit vielem Treten und Handgebärden ausgerichtet ward, und als zweite Art den Springeltanz, S. 482, bei dem viel gehüpft und gesprungen ward. Der Trümmekentanz war schon zu Neocorus Zeit fast außer Gebrauch gekommen; er ist offenbar die ältere Art, wenigstens von kriegerischem und höherem Character. Nur wenige Lieder wurden noch dabei gebraucht. Man darf vermuthen, daß die historischen Lieder voll kriegerisches Geistes ursprünglich nur zum Trümmekentanz gesungen wurden. Ich führe hier noch ein Zeugnis an. Heinrich Giesebrecht, ehedem Landmann in Fedderingen in Norderditmarschen, zugleich aber ein gelehrter Jurist, (er stand mit Leibnitz in Briefwechsel) erzählt:*** »Noch gibt es

* Mythol. S. 44.

** I. 177.

*** In seinem vergleichenden Ditmarscher Landrecht Periculum statutorum harmoniae practicae etc. Lubecae 1652. 4. p. 17: Adhuc supersunt carmina, qualia Tacitus describit, quorum cantu vel barditu (quod barritum alii vocant hoc est vociferationem confusam) accendunt animos et terrendo trepidandove, prout sonuêre acies, ipsam pugnae faciem repraesentare solent, idque ex professo agere incolae, quando solemniter saltare carmina haec ipsis moris est, ut sit ille non tam vocis, quam virtutis concentus. Und nachdem er von der Tapferkeit ihrer Frauen und ihrer Verachtung des Geldes (?) gesprochen, heißt es p. 18: Chronica Holsatorum quaeque carmina in solennibus suis festivitatibus

Lieder bei den Ditmarschen, wie sie Tacitus beschreibt, durch deren Gesang sie die Gemüther entflammen und das Bild eines Kampfes selbst darstellen, wenn sie darnach bei festlichen Gelegenheiten tanzen. Es ist nicht ein Gesang der Stimme allein, sondern vielmehr der Tapferkeit. Der Spott dieser Lieder über die früher erlittenen Niederlagen soll unter andern Grund des Krieges für den Herzog Adolf von Holstein gewesen sein, wodurch die Ditmarschen um ihre Freiheit kamen.« Offenbar handelt es sich hier nur um die historischen Lieder, und der gemeinte Tanz kann nur der Trümmekentanz sein, wenn nicht etwa der alte Schwerttanz, den Tacitus schon beschreibt und den Viethen im vorigen Jahrhundert noch in Büsum aufführen sah. * Auch aus Schweden gibt es eine ältere Beschreibung desselben; eine englische Sitte ** zeigt Verwandtschaft; aber überall scheint es ein stummes Spiel ohne Gesang gewesen zu sein. Doch irre ich nicht, so haben einmal irgendwo die Brüder Grimm die Mittheilung des hessischen Schwerttanzliedes versprochen. Dann würde diese alte Sitte für die Ausbildung der kriegerischen Poesie auch ohne Zweifel von Bedeutung gewesen sein. *** Sonst freilich hat diese ganz einfach ihren Grund in alten Siegesfeiern.

Die zweite Art, der Springeltanz, hat einen heiterern Character. Er war vorwiegend in Gebrauch und die meisten Lieder, auch die Lügenlieder, S. 473. 482, wurden dazu gesungen. Beiden Arten gemein scheint diese Weise der Ausführung gewesen zu sein: »Ein Vorsinger, der auch wohl einen zu sich nimmt, der ihm beistehe und ihn ablöse, steht und hat ein Trinkgeschirr (wie in den Tänzen der Elbe und Zwerge) in der Hand und hebt also den Gesang an. Wenn er einen Vers ausgesungen, singt er nicht weiter, sondern der ganze Haufe, der entweder den Gesang auch kennt oder wohl aufgemerkt hat, wiederholt denselben. Und wenn sie es so weit gebracht, da der Vorsinger es gelassen, hebt dieser wieder an und singt abermals einen Vers. Sobald dieser Gestalt nun ein oder zwei Verse wiederholt sind (ein Stasimon), springt und thut sich einer hervor, der vortanzen und den Tanz führen will, nimmt seinen Hut in die Hand und tanzt gemächlich im Gemache umher und fordert auf diese Weise die

olim soliti sunt saltare Ditmarsi, haec referunt, quodque cladium inde acceptarum exprobratio inter alias causa belli fuisse Adolfo Holsatiae duci memoratur ultimi, cujus impulsu tandem super libertate sua Ditmarsi transegêre, ut refert Cluver. ex Ensio et Cilicio in epit. hist. anni 1559. m. p. 726. et Chytr. Saxo. Chr. lib. 20. in princ.

* Tacit. German. c. 24. Viethens ausführliche Beschreibung in Dahlmanns Neocorus II. 566.

** Mythol. S. 281.

*** In Gemeinschaft mit den Spielleuten lebten Klopffechter, die wie jene rechtlos und unehrlich waren; durch einwigi, Zweikampf, verdeutschen althochd. Glossen regelmäßig spectaculum, ludicra.

übrigen zum Tanze auf.* Darauf fassen sie all nach gerade sich der Reihe nach an, doch so, daß angesehenen Leuten die hohe Hand gelassen wird. Wie nun der Vortänzer sich nach dem Gesange und dem Vorsinger richtet, so richten sich die Nachtänzer und alle Personen, wes Standes sie auch seien, durch einander nach ihrem Führer in so großer Einigkeit, daß ein Vortänzer in die zweihundert Tänzer an der Reihe führen und regieren kann.« Man ersieht daraus, dieser Tanz mit seinem wechselnden Gesange, seinen mimischen Gebärden und Handbewegungen, dem Vortänzer und der reihenweis ihm folgenden Schaar ist wesentlich der alte Leich, nur in einzelnen vielleicht fortgebildet oder vereinfacht; jedenfalls standen ihm verschiedenartigere Lieder zu Gebot. Erst nach der jüngsten Fehde 1559 drang in Ditmarschen der Biparendanz ein, wohl unser Walzer oder der sogenannte polnische Tanz: es tanzten nur zwei und zwei. Dadurch gieng endlich die alte Tanzweise unter, traurige Reste derselben sind noch der Großvatertanz und der Kehraus.

Man muß den Untergang der alten Tanzweise bedauern. Denn sie allein war fähig Träger des Wortes und der Melodie zu sein, sie war nicht blos eine angenehme, reizende Leibesbewegung, sondern lebendige Begleitung des Liedes nach seinem Inhalt und seiner Form. Je weiter wir in der Zeit zurück gehen, je mehr müssen wir den engsten Zusammenhang des Liedes und des Tanzes selbst annehmen. Wie aber ein solcher Tanz beschaffen sei, lehren noch die Kindertänze, S. 484. Auch da wird gesungen und der Tanz folgt genau dem Worte, nicht aber wird, wie in den Spielen, eine Fabel dramatisch dargestellt. S. 485. N. 4. ist zugleich augenscheinlich ein kleiner Leich. Nicht weniger aber, wie mit dem Tanze, hieng der Inhalt des Liedes genau mit seiner Melodie zusammen. Und nothwendiger Weise wog der eigentliche Gesang bei hymnisch-orchestischen Chorliedern eben so sehr vor, wie er und die begleitende Harfe beim Vortrag der eigentlichen epischen Poesie untergeordnet war.

Je näher aber Tanz und Wort und Weise zusammenhiengen, und alle im nächsten Bezuge zum heidnischen Kultus standen (das Wort enthielt ja den Preis der Götter oder Gebete an sie, oder doch heidnische Gedanken), desto mehr muste diese ganze Kunst erschüttert werden durch das Eindringen des Christenthums. Seine endliche Herrschaft zerstörte den alten Zusammenhang. Das Volk hielt jedoch die alten festlichen Zeiten, wo es sich der Freude und Feier hingab, wie das in der Natur der Sache liegt, fest. Zwar wohin die Kirche reichen konnte, da setzte sie auch ihre kirchlichen Handlungen und Gesänge an die Stelle, zunächst in den aus den

* Neocorus, der die Tanzweise seiner Büsumer Marschleute und der Oldenwördener beschreibt, fügt hinzu, daß auf der Geest der Vortänzer auch sich einen Gehilfen nahm, der ihm in der Leitung beistand.

alten Tempeln entstandenen Kirchen selbst, bei Feldumzügen, bei Bestattungen u. s. w.; selbst wenn es in die Schlacht gieng, ward das Kyrie jetzt angestimmt. Aber bei Hochzeiten, Kirchmessen (statt der Opfer eingerichtet *) Erntefeiern, überhaupt bei vielen öffentlichen und häuslichen Festlichkeiten muste die Geistlichkeit das Volk der weltlichen Freude und Heiterkeit schon ungestörter überlassen. Nur heidnische Lieder und directe Beziehung auf das Heidenthum wird sie zu verbannen gesucht haben, und im Laufe des achten und neunten Jahrhunderts gelang ihr dies; dennoch aber blieben viele heidnische Gebräuche stehen und Reste heidnischer Lieder haben sich im Munde des Volkes selbst bis heute erhalten. An die Stelle der alten Lieder, voll Mythologie und Heidenthum, wurden nun ohne Zweifel zunächst epische Lieder, wie sie die Spielleute sangen, beim Tanze gebraucht, schwerlich eigentliche Heldenlieder. Von den Zeiten der Einführung des Christenthums bis zum zwölften Jahrhundert nahm von Jahrhundert zu Jahrhundert allmählich die Behaglichkeit und Mannigfaltigkeit des Lebens zu. Der Tanz und seine Lieder werden diesem Zuge gefolgt sein, er war nicht mehr ein Theil des Kultus, sondern diente nunmehr bloß zur Ergötzung und Feier. Die christliche Religion aber bewirkte im Gemüthe des Volkes nach und nach ein erhöhteres Gefühlsleben und eine größere Beweglichkeit und Freiheit der Empfindung. Aber doch erst im zwölften Jahrhundert war diese so mächtig, daß mitten in einem reichern, behaglichern Leben die Lyrik entsprang. Homerische Hymnen sind epische Lieder und die ältesten Gesänge der Deutschen waren nicht anderer Art; manche spätere Heldenlieder mögen aus ihnen in ähnlicher Weise entstanden sein, wie vielleicht der erste Gesang der Ilias aus einem Hymnus auf Apollon. Hier tritt die Empfindung wie in allem Epos hinter dem stofflichen Inhalt zurück, in der Lyrik aber herrscht sie. Diese fand nun gleich bei ihrem Auftreten den weitesten Spielraum vor, je vielfältigere Verhältnisse die epische Poesie, namentlich die niedere der Spielleute, schon ergriffen hatte; es gab Spottlieder, Loblieder, Trauer- und Freudenlieder. Zechlieder kennt jedoch die ritterliche Lyrik unseres Mittelalters nicht, noch auch der eigentliche Volksgesang; nur die lateinische und die spätere deutsche Vagantenpoesie hat sie. Der Mittelpunkt alles Volksgesanges bleibt aber immer das Tanzlied, und wo dieses lyrisch wird, ist das Liebeslied die erste Gattung, die sich ausbildet. Seines Ursprungs aus dem Epos bleibt jedoch diese Art des Volksliedes stets eingedenk. Denn es macht nicht den vergeblichen Versuch die Empfindung und innern Zustände so nackt und kahl hin zu stellen, sondern kleidet sie ein in eine einfache Situation oder Scene, es führt Personen im Selbst- oder im Wechselgespräch auf und gibt so des Herzens innerste Freude oder seinen Schmerz

* Beda historia eccl. I. 30.

kund. Das ist überhaupt die einzige Weise echter Lyrik, unsre grösten Dichter, Göthe, Uhland, machen es nicht anders. Schillern lag die Lyrik ferner. Unsre heutigen Poeten, die den Kopf so voll von Ideen zu haben glauben und den Mund noch voller nehmen, können auch nicht ein einziges einfaches Lied zu Stande bringen. In der ganzen Fülle des gegenwärtigen Lebens stehend, vermochte das Volkslied durch die nun ihm nie ausgehende Kraft auch die einfachsten Motive hundertfach zu variieren, ohne daß die Wiederholung ermüdend würde oder Erschlaffung zeigte, wie bei der Kunstpoesie. Der höfische Minnegesang gieng im zwölften Jahrhundert von dem Volksliede aus. Auch in seiner Blüthe, als er schon die reichste Entfaltung gefunden hatte, erinnern die schönsten Lieder Walthers,* Heinrichs von Morungen und anderer unverkennbar an die Weise des Volksliedes. Nithart (um 1230) schließt sich ganz an dasselbe an. Die Motive seiner Lieder sind ihm zum großen Theil überkommen, nur daß er sie zur Verspottung des bäurischen Wesens ausbeutet. Eines der beliebtesten ist, daß eine tanzlustige Alte statt ihrer Tochter zum Reien will, oder umgekehrt, die Tochter wider den Willen der Mutter dahin eilt. Und dasselbe Thema, nur ohne ironische Zugabe, zeigen noch das ditmarsche Lied, S. 482, das Liedchen von der Anna Susanna, S. 483, und das erste Kinderlied, S. 484, das zugleich sein Alter durch das Schellenkleid verräth. Obwohl also über vierhundert Jahre zwischen Nithart und Hans Detlefs, der jenes Lied aufzeichnete, liegen, so war das Volk der Wiederholung doch nicht müde geworden; das Lied wirkt durch immer gleich jugendliche Frische. Andre Themata, für die wir keine Beispiele aus unserer Sammlung anführen können, weisen in eben so alte Zeit zurück. Das angeführte ist augenscheinlich aber eins der ältesten nach seinem Zusammenhange mit dem Tanz.

Nachdem nun die höfische Poesie sich im dreizehnten Jahrhundert ausgelebt und gleichzeitig das alte Volksepos seinen Untergang gefunden hatte, schoß, durch die Kunst der fahrenden Leute nicht ohne befruchtenden Zusammenhang mit beiden, die Volkslyrik in immer reichern Trieben hervor. Fortgetragen und wachsend in dem Zuge der Zeit nach einem neu verjüngten Leben — ein frischer Hauch durchwehte damals alle Völker und weckte überall fast eine ähnliche Poesie — dauerte sie an bis in die Zeiten der Reformation. Während damals der zünftige Meistergesang sich hinter die Thore der Reichsstädte verschloß, schwärmte der Volksgesang auf allen Straßen und Feldern Deutschlands umher, überall wurden mit freier Kunst die Lieder angestimmt, jede Mundart kam wieder zu ihrem Rechte. Die Vaganten dieser Zeit, Sänger, die aus ihrer Kunst ein

* Nemt, frowe, disen kranz ꝛc. Under der linden ꝛc. Herzeliebez frowelîn ꝛc., In einem zwîvellîchen wân ꝛc.

Gewerbe machten, N. 25, freie Knaben, Lanzknechte, Reiter, Jäger, Schreiber, fahrende Schüler, Handwerker ꝛc. waren zum großen Theil die Dichter dieser Lieder und trugen sie von Ort zu Ort, so daß dasselbe Lied zwar meist verändert und umgedichtet, oft aber fast ganz übereinstimmend in den verschiedensten Gegenden und Dialecten wieder gefunden wird. Neocorus und Hans Detlefs hielten die Lieder, die sie mittheilten, für gut ditmarsche; aber wenn nun Uhlands Sammlung fast gleichlautende hochdeutsche Lieder aus ältern und eben so alten Aufzeichnungen bringt, wohin gehören sie dann? Das Landvolk sang damals ganz in derselben Weise, wie die Fahrenden; das beweisen unsre ditmarschen Lieder, die Schlußstrophe des Liedes auf Wiben Peter, N. 74, z. B. kehrt ganz häufig in Reiterliedern wieder. Viele Lieder, die unter dem Landvolk entstanden, werden an die Fahrenden übergegangen sein, und umgekehrt wird das Landvolk sich manche Lieder dieser angeeignet haben. Man sehe die Reihe der S. 608 angeführten durch, der lebendigste Austausch fand statt. Aber leider ist die ländliche Poesie nicht so glücklich gewesen, wie die Vagantenpoesie. Diese nahm im fünfzehnten Jahrhundert augenscheinlich eine Richtung, daß ihr vieles von dem, was jene schuf, weniger zusagte. Durch den Verkehr und Zusammenhang, der in ihrem Stande selbst und mit der städtischen Bevölkerung herrschte, kam es ohne Zweifel, daß viele ihrer Lieder Aufzeichnung fanden, ja zum Druck gelangten. Die bäuerliche Dichtung war ganz auf die mündliche Tradition gewiesen, und daher geschah es denn, daß so viele ihrer Lieder, und gerade die werthvollsten untergiengen. Wir wissen, daß in jenen Jahrhunderten das Landvolk* noch von Dietrich von Bern, von Siegfried und andern Helden des Epos sang, daß die Sage damals eine ganz eigenthümliche Gestalt gewonnen hatte. Aber von allen diesen Liedern ist auch nicht ein einzigstes erhalten. Unter dem Landvolk hatte die Poesie noch einen festen Halt an den jährlichen Festen und Tänzen, und seine Lieder sind fast alle Tanzlieder oder konnten doch beim Tanze gebraucht werden;** unter den Fahrenden war das Lied ungebundener, und das Trink- und Wanderlied wog augenscheinlich vor. Dennoch hat diese ganze Poesie einen gleichartigen Character, so daß in der Anschauungs und Gefühlsweise und im Tone keine große Verschiedenheit zu entdecken ist. Nicht alle Lieder, die entstanden, sind von gleichem Werthe, denn nicht alle Sänger besaßen gleiche Begabung, und nicht jeder war allemal gleich glücklich. Aber eine individuelle Bildung der Dichter zeigt sich nirgend, selbst wenn man auch den Stand derselben unterscheiden kann, in der Weise, wie bei der Kunst-

* Die Zeugnisse in Wilh. Grimms Heldensage N. 117. 122. 129 fg.

** Neocor. I. 177. „up dat de Gesenge edder Geschichte deste ehr geleret und beter beholden worden und lenger im Gebruke bleven, hebben se de alle fast den Denzen bequemet.“

poesie, die nur bei einer großen Verschiedenheit und Mannigfaltigkeit der Dichter möglich ist. Darin liegt überhaupt der Unterschied der Kunst- und Volkspoesie. Die Kunstpoesie findet sich in Zeiten ein, wo eine Classe höher Gebildeter sich von der Masse absondert, so im Mittelalter, so in der neuesten Zeit. Im Reformationszeitalter und dem nächsten vorangehenden bestand ein solcher Unterschied kaum, wenn er sich auch seit der sogenannten Wiederherstellung der Wissenschaften anbahnte. Mit vollem Rechte konnte Uhland Luthers »Eine feste Burg ist unser Gott« in die Reihe der deutschen Volkslieder stellen, sollten einmal für den geistlichen Volksgesang Beispiele gegeben werden. Trug endlich ein gutes Lied einzelne Spuren der Individualität des Dichters, so gieng es so lange durch aller Mund, bis nur der allgemeine Character des Volksliedes an ihm ausgeprägt und zu erkennen war. Schlechte Lieder giengen schnell unter und hielten sich nicht im Gesange. Bruchstücke, die noch heute umgehen, können wir immer für Reste guter Lieder ansehen.

Aber trotz dieses allgemeinen feststehenden Characters hat der gute Volksgesang dennoch einen Reichthum und eine Mannigfaltigkeit der Productionen, wenn man namentlich die Masse des untergegangenen anschlägt, daß er darin immer mit der guten Kunstpoesie wetteifern kann. Wie sehr hengt wieder das Gefallen, ja der Werth ihrer Schöpfungen von der Individualität der Empfangenden ab! Ein echtes Volkslied aber darf auf gleiche Wirkung bei hoch und niedrig rechnen. Das ist die Folge seiner Naturwahrheit, seines allgemeinen Characters. Das fremdartige mied der Volksgesang und gerieth so nicht in die Verirrungen der Kunstpoesie. Von dem rechten Sinne geleitet, wandte er sich keinen Stoffen zu, die außer seinem Kreise lagen; nur selbst erlebtes, empfundenes und geschautes gibt wahre Poesie und die Lyrik vor allen vermag nicht über die Nähe und Gegenwart des eignen Lebens hinaus zu gehen. Neocorus* sagt von den Ditmarschen: »Se hebben sick ock vor allen benaburten Völkern in Poeterien, Dichten und Singen, darin men jo gude ingenia lichtlich spören kann, geövet und hervor gebaen, dat se darin den Bardis bi den Gallis nichtes nagegeben, wo dan solches de olden ditmerschen Gesenge tügen, de se van eren Schlachtingen, Averwinningen, wunderlichen Geschichten, seltsamen Aventuren edder andern lustigen Schwenken, ock wol Bolschaften und anderen Lastern gewisser Personen mit sonderlicher Leflichheit und Meisterschop gedichtet hebben, de ock so kunstlich gestellet sin, dat fast nicht ein tropus edder figura in der edlen Redekunst, so nicht in einen edder meer Gesengen konde gewiset werden. Solche averst sin to dem Ende sonderlich gerichtet, dat se allenthalven ock in eren Erenfrowden aller Manheit, Doget und Ere so weinig vorgeten, dat se ock

* I. 176.

ermanet unde gereizet, im Jegendeel averst van Lastern und Sünden afgeschrecket unde afgeholden worden.« Der Kreis, in dem der Volksgesang sich bewegt, kann nicht besser angegeben werden, und das Gesagte bestätigt sich, zugleich aber sehen wir, welche sittliche Bedeutung man ihm zuschrieb, die auch aller Volkspoesie in Wahrheit eigen ist. Gewisse Leute mögen das zu Herzen nehmen. Zwar die Reiter- und Schreiberlieder z. B. sind nicht immer die züchtigsten, nnd es gibt Pöbelreime * im Tone des Volksliedes und dieses oft parodierend; aber es wäre Unverstand nach der Entartung seinen Werth zu beurtheilen. Das echte Volkslied, voll frischer Sinnlichkeit und absichtsloser Naturwahrheit, ist keusch, ohne Ziererei und niemals gemein und platt. Es kann eben so wenig, wie jede andre Poesie, ohne Idealität bestehen. Eine traurigere Verkennung desselben gibt es daher nicht, als wenn ihm alle die prosaischen Lieder, die in der Volkssprache verfaßt werden, oder die, welche eine gewisse Verbreitung fanden, zugezählt werden.

Reizend bewegen sich S. 489. N. 42. 45. 46. um Scenen eines ländlichen Liebeslebens. Diese Kleinigkeiten lassen den Verlust ähnlicher größerer Stücke schmerzlich empfinden. Neocorus I. 177. 357. führt noch zwei Lieder an, die hierher gehören mögen. Das erste begann: »Mi boden dre hövische Medlin,« es ward jedoch zum kriegerischen Trümmekentanz, aber vielleicht nur seines Strophenbaus wegen, gesungen. Das zweite soll nach ihm beweisen, daß das ehemalige adliche Geschlecht van Hage aus Ditmarschen stamme, wie die Reventlowen; sein Anfang lautete: »Kolde Winter, lat nu din Dwingen« und darin kamen die zwei Zeilen vor:

Johans van dem Hage dat is en erbar Man,
De sinen Schilt ton Eren fören kann.

Vielleicht jedoch waren diese Lieder von balladenartigem Inhalt. Die früher angeführten Beispiele beweisen den vorwiegend heitern Character des ländlichen Liebesliedes. Es drückt fast nur die Stimmung der siegreichen Liebe aus. Die zarten Lieder voll Sehnsucht und Kläge sind die seltneren und wurden wohl wenig beim Tanze benutzt, sind überhaupt jüngerer Art. Spuren solcher Lieder brechen durch in unsern Reimen, S. 485, 4. S. 490, 44. S. 588 und einige der S. 608 gehören dazu. Es ist dem heitern offenen Sinne des Liebesliedes vor allem eigen, jene lebendige Auffassung der Natur und ihr oft kühnes Hineinziehen in die

* Die Pöbelsprache wird eben so häufig mit der Volkssprache verwechselt, ja für das eigentlich volksmäßige gehalten. Dieses Irrthums hat sich Schütze, der Sammler des Idiotikon, schuldig gemacht; Voß in seinen Idyllen selbst tendiert zum platten. Die Volkssprache macht aber eben so wohl, wie die Sprache der Gebildeten, einen Unterschied zwischen dem Gemeinen und Anständigen.

menschliche Welt, die man zwar mit Recht als einen allgemeinen Charakterzug des Volksliedes angibt, der aber doch in den übrigen Gattungen desselben keinen gleich freien Raum hat. In unserer Sammlung sind die beiden Lieder vom guten Propheten Kukuk und der werbenden Nachtigal, S. 480. 481, dafür Beispiele; es wirken mythische Vorstellungen dabei nach, schale Sentimentalität ist es nie. Aber dem innigen Gefühl, das dieser Auffassung der Natur zu Grunde liegt, gerade entgegengesetzt ist es, wenn ihre ganze Ordnung in heiterkomischer Weise auf den Kopf gestellt wird, S. 473. 474. Diese Lügenlieder schließen sich ihrem heitern Character nach an das Liebeslied an, das erste enthält auch eine scherzhafte Werbung, sonst aber weisen sie zurück auf die alte Spielmannspoesie,* und zeigen sich dadurch als einen Ausfluß des Epos, so weit dies Gnome, Sprichwort, Fabel und Räthsel einschließt. Sie bilden daher, so beliebt und zahlreich sie sind, nur eine Nebengattung.

Das Liebeslied bleibt bei einer Situation, bei einem einzelnen Momente eines freude- oder wechselvollen Lebens stehn. Die zweite Hauptgattung des Volksliedes aber, die man am bequemsten als die Ballade bezeichnet, hat immer eine dramatisch geschlossene Handlung zu ihrem Gegenstande. Häufig, jedoch nicht ausschließlich, ist dieser erotisch; das Lied auf S. 491 ist schwach und nur eine Parodie eines andern mit tragischem Schluß. Denn das ist wieder eine Eigenthümlichkeit der Ballade, dem Liebeslied gegenüber, daß sie meist einen ernsten, zuweilen selbst finstern Character hat. Darum aber eignet sie sich nicht weniger zum Tanze. Die Freude schließt den Ernst nicht aus, der Tanz an den ländlichen Festen des Jahres oder bei Hochzeiten ist zugleich eine Feier, und es gab ja einen muntern und einen würdigeren Reigen. Die Ballade steht dadurch höher als das Liebeslied und hat einen erhabenern Schwung. Dieses ist nothwendig die älteste, rein lyrische Gattung, die Ballade trat erst ein nach Untergang des alten Epos und ist recht eigentlich die lyrische Fortsetzung desselben. Die Sage ist vor allem ihre Quelle. Wir erkannten schon, daß das Lied von Herrn Hinrich, N. 43, auf einer alten Seeheldensage beruhen müßte; es ward zum ernstern Trümmekentanz gesungen. Unsre Tellsage, N. 66, hat sich wohl nur durch ein jetzt freilich unwiederbringlich verlornes Volkslied so frisch erhalten. Denn nahm der Volksgesang erst seine Stoffe aus der Sage heraus, so flossen sie, als das Lied entfloh, wieder in diese zurück. Dasselbe erfuhren wir schon früher bei der alten Spielmannspoesie und müssen es jetzt abermals geltend machen. Ein großes, erfreuliches Glück war die Rettung des merkwürdigen Liedes von Graf Hans und Annchristine, S. 492, ich hoffe, daß ich durch neue

* Eher aus ihr unmittelbar, als aus einem Liede, ist die Hochzeit der Thiere S. 475, 33. herzuleiten.

Relationen es noch weiter werde ergänzen und nachbessern können; aber beklagen muß ich den Untergang des Liedes, worauf die schöne, weit verbreitete, aber nirgend so gut erhaltene Räubersage, S. 37, vergl. 592, beruhte. Ich vermuthe dies freilich nur, aber ich zweifle auch nicht im entferntesten daran, daß hier mich mein Gefühl täuscht. Man vergleiche die prächtigen Lieder vom Ulinger, Adelger, Graf Albert und Herrn Halewin bei Uhland I. S. 153 fg., die große Ähnlichkeit mit unserer Sage zeigen. Und in Schweden war gerade dieselbe Sage in einem Volksliede * behandelt, nur daß hier der Mädchenräuber alterthümlicher ein Bergtroll ist, wie denn überhaupt manche Räubersagen nur verwandelte Zwergsagen sind. ** Die Ballade »Et weren twee Königskinder,« deren Inhalt an Hero und Leander erinnert, wird noch fast vollständig bei uns gesungen, S. 609. Aber eine, die einen der Geschichte von Pyramus und Thisbe ähnlichen Inhalt hatte, *** hat sich kaum als Sage bei Steinkreuz gerettet, N. 92. Nur ein Rest des Liedes vom Morde der Eltern an dem eignen Sohn, N. 535, erhielt sich; es lebte unter uns in eigenthümlicher Gestalt; und ebenso das Lied, das Bürger in seiner Leonore nachahmte, »De Doet de ritt so snell, de Maen de schynt so hell,« N. 224. Die Vorsflether Sage von dem Doppelmord der Brüder, S. 47, war auch in einem Lied behandelt; ob die ähnlichen Sagen ebenfalls auf ein Lied zurück zu führen sind, muß dahin gestellt bleiben. Aber ein Lied war ferner die Sage vom tanzlustigen Mädchen, das der Teufel holte, N. 201, 2; auch die vom Gottesdienst der Toten, N. 233. Und ähnlich wird es sich noch mit manchen andern Sagen verhalten, für die wir die Lieder nicht mehr nachweisen können. **** Zu den Seltenheiten gehören legendenartige Volkslieder, wie das von den drei Schwestern, S. 496; der Schluß dieses Liedes ist uns eigenthümlich und vorzüglicher als in andern Relationen.

Einem Balladenstoff fehlt selten Mord und Blut. Die Zeiten des Faustrechts waren zugleich die des Volksgesanges; viele Sagen geben ein Bild derselben, dem Volksgesang boten die Ereignisse des Tages nicht weniger Stoffe für seine Balladen, als die alten Sagen. Aber wie fähig noch die poetische Kraft des Volkes war, die spröde Geschichte zu bewältigen und in reine Sage zu verwandeln, beweisen unter den angeführten schon das Lied vom Grafen Hans und die Sage vom Meisterschützen Henning Wulf. Erst am Schlusse des 14ten Jahrhunderts schaffte Greve Klaus unter dem Landvolk die Blutrache ab, aber in den Gemüthern wirkte sie

* Angeführt Mythol. S. 435.
** Vergl. N. 416—423.
*** Das vollständige Lied steht bei Uhland I. S. 190.
**** Zu den angeführten Nummern sehe man die Anmerk. S. 591 fg. nach.

noch lange nach und übte augenscheinlich ihren gewaltigen Einfluß auf die Umbildung des Geschichtlichen zum poetisch Sagenhaften. Heinrich Ranzau, der Statthalter, erzählte die Geschichte des Zwistes von Bockwold und Walstorp, N. 47, nach einem Liede; er werden noch zwei Zeilen daraus angeführt. Daß er auch für seine Erzählung von der Fehde Bockwolds und Bülows, N. 50, ein Lied benutzte, muß man annehmen nach den Schlagworten und dem ganz balladenartigen Fortschritt der Handlung. Man muß es bedauern, daß er die Lieder nicht aufbewahrt hat, und dafür nur eine Paraphrase in schwülstigen, oft unklaren und schwierigen lateinischen Versen gab. Ganz einfach, wie nach einer neu-münsterschen und segebergischen Localsage, berichten nun Albert Kranz und Johann Petersen in zwei Versionen von Hartwig Reventlows That, N. 19, 1. 2. Aber noch in demselben Jahrhundert bricht in Heinrich Ranzaus Erzählung der volle Balladenstoff, N. 19, 3, hervor, die Reden der Handelnden und der dramatische Fortschritt fehlen nicht, und ich zweifle auch hier eben so wenig, daß ein Lied vorlag. Dies lebte fort, verwandelte sich, wie andere Lieder und Sagen lehren, so daß aus der Schüssel, worauf das Haupt des ermordeten Bruders dargebracht ward, ein Atreusmahl entstand. Aufgelöst und vergessen blieb sein Inhalt als Sage am Ort der Handlung haften, N. 19, 4. Der Untergang vieler Lieder aus dieser Zeit hat denselben Grund, der einst nach der Völkerwanderung der landschaftlichen Heldensage den Tod gab; sie waren durchaus provinziell, und das Volk ließ sie fallen, je ferner ihm die Zeit kam, der sie angehörten und deren Bild und Stempel sie trugen; es sang zuletzt nur, was man in ganz Deutschland sang, wenige und großentheils gute Lieder, die aber für den ehemaligen Reichthum uns nicht entschädigen können. Wie wir schon frühe Theil nahmen an dem Volksgesang des übrigen Deutschlands, beweisen vor allen die ditmarschen Lieder und manche andre der angeführten, die man fast überall in Deutschland kennt oder kannte; und endlich das Verzeichnis auf S. 608.

Aber nicht bloß in Holstein, auch in Schleswig lebte der Volksgesang. Den Friesen werden von ihren niedersächsischen und dänischen Nachbarn zugleich manche Lieder zugeflossen sein. Man hat leider verabsäumt, zu rechter Zeit auch nur eines aufzuzeichnen, sie werden auch an selbst erzeugten Liedern nicht arm gewesen sein. Denn falsch ist der Satz: Frisia non cantat. Dr. Clement* sagt: »Auf Hochzeiten sind sie früher außerordentlich lustig gewesen bei Tanz und Gesang. Viele Lieder waren noch am Leben, auf Föhr besonders; »Trintje Drügh Sees,« »Bai Redder,« eine sehr alte Ballade mit wilder, der schottisch-hochländisch ähnlichen Musik, und viele andre Volkslieder haben nun ein Ende.« Man forsche

* Lebens- und Leidensgeschichte der Friesen S. 149.

nur und frage nach, vielleicht ist doch noch eins oder das andere zu retten, wenigstens der Inhalt zu erfahren; warum so bald verzweifeln? Durch Herrn Johannsen von Amrum erfuhr ich auf meine Nachfrage vom ersten Liede dies wenige, Anfang und Schluß, mehr erinnere er sich nicht:

An Trintje fan Drügsesh's Bradlapdaih,
Diär wiär flok Büüran, det kaan ik jam saih.
Jam könt uk sallaw efter lesh
Uunt Liid fan Trintje an Drügsesh.

und dann der Schluß:

Hat wurd iinplompt uunnan jippan Suas,
Det wiär sin Dünbadh efter a Duas. *

Die Berufung auf ein gedrucktes oder geschriebenes Lied in der ersten Strophe fällt auf; doch kommt ähnliches in den faröischen Liedern vor. Traf eine untreue Braut die alte Strafe des Wapeltranks? oder was war der Inhalt? Herr Johannsen meint eine Hochzeit der Unterirdischen. Unter den friesischen Kinderreimen, S. 501, ist N. 6. offenbar Rest einer alten Ballade oder eines Liebesliedes; die übrigen zeigen vielfache Verwandtschaft mit deutschen; sie sind zum Theil Fabeln wie die auf S. 479, vergl. S. 501, 4. Gleichzeitig mit dem deutschen und in ganz ähnlicher Weise blühte in Dännemark und im ganzen Norden der Volksgesang. Der Sinn der Dänen, gerne aufs vaterländische gerichtet, und mit Recht voll Bewunderung und Liebe für ihr Alterthum, ließ sie frühzeitig genug an die Erhaltung der Volkslieder denken, und die herrlichsten Kleinode ihrer ganzen Literatur wurden gerettet. Es gab in Dännemark keinen so ausgebreiteten Vagantenstand, wie in Deutschland. Die sogenannten Kämpeviser sind hauptsächlich die Erzeugnisse der Poesie des Landvolkes. Nordschleswig nahm an der Blüthe derselben Theil, wie wir schon bemerkten, und unsre Sammlung enthält mehrere Sagen, die prosaisch aufgelöste Lieder sind, N. 41. 49. 51. 80. und die Anmerk. S. 593. 594. 599. Einige sind darunter, die eigenthümlich sein werden und die ich nicht in den Sammlungen der dänischen Volkslieder fand. So fand ich auch nirgend ein reizendes Kindertanzlied »Munken gaaer i Enge den lange Sommertid 2c.,« das mir kürzlich aus Sundewith zugieng, und das ganz ebenso wie die unsrigen den nächsten Zusammenhang von Tanz und Wort zeigt. Welche von den übrigen nordschleswigschen Sagen auf Lie-

* Auf T. von D. Hochzeitstage
Da waren viel Bauern, das kann ich euch sagen.
Ihr könnt es auch selbst nachlesen,
Im Liede von Trintje und Drügses.

Das Trinchen ward geworfen in einen tiefen Sod,
Das war sein Dunenbett nach dem Tod.

dern beruhen möchten, ob N. 72? wage ich nicht zu bestimmen. Einfluß auf diese Sage könnte ein Lied geübt haben.

Es ist merkwürdig, wie diese Lieder alle an die ältere Poesie erinnern. Es schreitet die Darstellung, wie früher, nur in Sprüngen fort, die Strophe bildet keine Periode, einfache Sätze stehen neben einander, eigentliche Bilder und Vergleichungen sind selten, die Gedanken sind wie abgebrochen und hingeworfen, die Charactere nur durch wenige, aber kräftige Züge skizziert, die Situation wird nur angedeutet, und doch ist alles voll Leben, voll Sinnlichkeit, Faßlichkeit, Anschaulichkeit; keine Breite ist zu bemerken. Die Darstellung arbeitet vor allem auf die Exposition des Innerlichen hin, ganz so wie im alten deutschen Epos, daher waltet die Rede vor, das Äußerliche der Handlung nimmt den kleinern Raum ein. Auch hier, wie ehemals, kehren dieselben Wendungen, Ausdrücke, Gedanken, ja ganze Strophen in den verschiedensten Liedern wieder. Nur die Empfindung herrscht jetzt eben so sehr, wie früher das Stoffartige. Daher tritt an diesen Liedern besonders ein musikalischer Character der Form hervor: Refrains, Alliterationen, innere Reime, Wiederholung desselben Satzes oder desselben Gedankens mit andern Worten unmittelbar nach einander dienen dazu und stellten sich ungesucht ein. Das Volkslied bequemte sich nicht der hölzernen Manier der Meistersänger die Silben zu zählen, ohne Rücksicht auf den Wortaccent; es hielt sich freier, der alten Weise näher und zählte nur die Hebungen und ließ Senkungen fehlen, oder füllte sie gar mit mehreren Silben. Und der Reim ist oft nur Assonanz. So gab das Wort von selbst fast die Melodie, beide entstanden mit einander. Und daher wird auf künstlerischem Wege eingestandner Maßen heute selten oder nie eine solche Übereinstimmung zwischen Wort und Weise erreicht, wie in Volksliedern. Neocorus sagt: »Und is to verwundern, dat ein Volk, so in Scholen nicht ertagen, so vele schone lefliche Melodien jedem Gesange na Erforderinge der Wort und Geschichte geven konnen, up dat ein ides (jedes) sine rechte Art und eme gebörende Wise etweder st mit ernster Gravitetischeit edder frowdiger Lustichelt hedde.« Wir mögen wohl mit Dahlmann bedauern, daß Neocorus sein Versprechen, auch die Weisen mitzutheilen, nicht erfüllte.* Man muß den Männern großen Dank wissen, die die heute noch lebenden fleißig sammelten. Die empfindungsvolle Molltonart herrscht vor, und man hat bemerkt, daß deutsche Volksweisen leichter, als die anderer Völker, eine Harmonisierung zulassen, und hat dabei mit Recht auf unsre großen Tonkünstler hingewiesen. Aus Neocorus erfährt man außerdem, daß der Gesang beim Tanze oft, aber nicht immer unter Begleitung von Seitenspiel ausgeführt ward. **

* Neocorus I. 182.
** a. a. O. S. 177. 180. 182.

Die dritte Hauptgattung des Volksgesanges ist das historische Lied. Es bedient sich nicht in gleichem Maße, wie die Ballade oder das Liebeslied, der musikalischen Mittel der Form, des Refrains, der Alliteration rc.; es hat meist auch umfangreichere Strophen, überhaupt einen höhern, einfachern und würdevollern Character. Dennoch ist es echte Lyrik und ward, wie jene Lieder, zum Tanze gesungen. Aber seine ersten nothwendigen Bedingungen sind Freiheit und Selbstthätigkeit des dichtenden Volkes, die eigne thätige Theilnahme desselben an dem besungenen Ereignis. Daher kommt das historische Lied nicht überall vor, wie die Ballade und das Liebeslied. Die Schweiz, die Hansestädte, die Stegreifritter und ihre Gesellen, die Lanzknechte kannten es; auch in Dännemark und England gab es historische Volkslieder. Wäre der Reim *

Hos Immervad, hos Immervad
Der fik Danmark it Fandens Bad

aus einem Spottliede auf die 1420 in einem kleinen Gefecht dort geschlagenen Dänen, so müßte man Nordschleswig auch einen eignen historischen Gesang zuschreiben. Merkwürdig ist es, daß sich dafür bei unsern »edlen, freien« Friesen keine Spur zeigt, man müßte denn N. 37. dafür ansehen; freilich hatten die Friesen allezeit mehr zu leiden, als zu thun. Aber es gibt im großen Deutschland wohl kaum einen Fleck, es sei denn die Schweiz, wo eifriger, anhaltender und glücklicher der historische Gesang geübt wäre, als in meiner lieben Heimat, dem kleinen freien Ditmarschen. Seit dem Anfange des fünfzehnten Jahrhunderts erkennen wir es deutlich, bei jedem die Masse ergreifenden Ereignis, mochte es nun drohen oder schon überstanden sein, bringen die Lieder eins neben dem andern hervor: zum Jahre 1404 N. 27; zu 1437 N. 33; zu 1490 N. 67; zu 1500 N. 68, 1. 2. 3; zu 1531 N. 73, 1. 2; zu 1545 N. 74, 1. 2. Und »Help Gott,« ruft Neocorus aus, »wo manige lefliche schone Gesenge an Wort und Wisen, ach wo vele, sonderlich der olden Leder sin undergangen, de uns so untelliger Hendeln underrichten konden, so dorch Veelheit der nien vorgeten und ut dem Gedechtnis entfallen!« Kein Lied besingt die Niederlage; sondern nur je größer die Bewegung im Innern, die Gefahren von Außen waren, desto reicher wird die Poesie gewesen sein, so lange Hoffnung und Muth zum Siege noch in den Gemüthern lebte. Sollte Kalves Karstens starke Partei zum Spott der Gegner, N. 33, geschwiegen haben? Es wäre wunderbar, wenn Graf Geerts unglücklicher Zug, N. 20, die Schlacht in der Hamme, N. 28, und wann sonst des Landes Freiheit bedroht war und gerettet ward, keine Lieder zur Folge gehabt hätten, da doch weit unbedeutendere Vorfälle, N. 67. 73, 1. 2, ihre fanden. Aber sie wurden vergessen, wie die alten Lieder,

* Bei Hvitfeld I. 681.

die wohl von der Vertreibung der Grafen, N. 7. 9, meldeten, vergessen wurden, als kein Adel mehr im Lande zu finden und zu fürchten war, und die Masse neuer Lieder mit jedem neuen Ereignis wuchs. Drei Lieder von der Schlacht bei Hemmingstede sind uns erhalten, aber das sind schwerlich alle, die es gab. Vor wenigen Jahren kannte man noch in Ditmarschen, besonders auf der Geest und den nördlichern Marschkirchspielen, ein Lied, das so anfieng:

Stuef vör Meldorp slogen wy,
Slogen wy de Deusen.*

Dieser Anfang ward erhalten, weil, wenn es auf Bieren und Hochzeiten hoch hergeht, die Tänzer damit noch heute eine rauschende kriegerische Waldhorn- und Trompetenmusik bei den Spielleuten bestellen. Man sieht, unmittelbar nach der gelungenen That in der ersten frischen Siegesfreude, oder auch bei dem unverzagten Entschlusse zu muthiger Abwehr und Vertheidigung des lieben Landes, N. 27. 73, auch im heftigen Streit der Parteien im Innern, N. 33, entsprangen diese Lieder. Darum sind sie alle voll von der Leidenschaft des Augenblicks, diese allein war auch fähig den spröden historischen Stoff, so weitschichtig er oft war, zu bewältigen und in lyrischen Fluß zu bringen. Das Lied gibt im rechten Augenblicke der Empfindung eines ganzen Landes Worte, und nur dadurch konnte es so mächtig und so groß werden, wie jenes dritte Hemmingsteder Siegeslied, S. 62; meine Liebe täuscht mich nicht, es wird die Krone aller historischen Lieder sein. Neben dem Spott und der Freudigkeit der Sieger birgt es nicht die menschlichste Wehmuth über den wunderbaren Untergang des großen Heeres und so vieler tapferer Helden, und es verhehlt das Gefühl nicht, daß diesmal eine höhere Hand rettete. Und ein Bild des ganzen Hergangs breitet zugleich sich aus, so klar und lebendig in seinem weiten, tiefen Hintergrund, und so reich und voll gedrängt, je mehr die Handlung ihrem Ende zu eilt. Es wird nichts beschrieben, noch erzählt, sondern soviel des Thatsächlichen tritt nur hervor, als eben die Empfindung mächtig angeregt hatte, daß nun auch das Lied wieder fähig ist eine gleiche Stimmung zu erwecken, wie der Eindruck war, der es geboren hat. Man muß sich schämen, daß, wo solche Beispiele vorliegen, die prosaischsten Reimereien von historischem Inhalt aus verschiedenen Zeiten und Gegenden, von Geistlichen und Gott weiß welchen Leuten verfaßt (wie auch Neocorus noch solche mittheilt), in »Sammlungen historischer Volkslieder der Deutschen« mit diesen in eine Reihe gestellt werden. Der

* Stuef stumpf, eben vor M.; Deusen ist zunächst euphemistische Corruption für Teufel, dann für Dänen, die auch ebenso in dem bekannten Gedicht (bei Peter Mohr zur Verfass. Ditmarschens; Wolf und Hansens Chronik) bezeichnet werden, welches anfängt: „Nu, myn Dochter, segg van Harten, Wat dünkt dy by Reimer Marten“ rc.

Unterschied des historischen Liedes von der Ballade springt in die Augen; nur ein selbst durchlebtes historisches Ereignis kann sein Gegenstand werden; und da dieses nur nach dem Eindruck, den es auf die Gemüther machte, in ihm wieder hervor tritt, so wirkt es nicht blos poetisch, wie die Ballade durch ihren abgerundeten Inhalt, sondern wird ein muthweckendes, zornerregendes Lied und ein Ausdruck der Tapferkeit und Entschlossenheit, eine Eigenschaft, die früher angeführte Zeugnisse ihm beilegten. Unsre Dichter möchten darnach lernen, was politische Poesie ist und welche Bedingungen sie nothwendiger Weise hat. Es ist die höchste und erhabenste Lyrik und die äußerste Grenze dieser Kunst. War aber das Liebeslied, die älteste Lyrik, zunächst an die Stelle der festlichen Chorlieder getreten, hatte dann die Ballade, die lyrische Fortsetzung der heroischen Sagenpoesie, sich ihm zugesellt, so steht jetzt das dritte neben ihnen, das historische Lied als der Nachwuchs der ehemaligen historischen Epik, die eben so wenig, wie jenes, in allen Gegenden und zu allen Zeiten in in gleichem Maße angebaut ward. Ich freue mich aber den historischen Volksgesang auch in Holstein nachweisen zu können; Ditmarschen kann nicht mehr ausschließlich unter uns diesen Ruhm behaupten. Ein Ruhm aber ist es, weil ohne Freiheit und Thatkraft kein solches Lied möglich ist.

Es ist merkwürdig, daß der Presbyter gerade an der Stelle, wo er seinen ganzen Haß gegen die Ditmarschen ausläßt, Worte eines Dichters (carminator) anführt, der der Ditmarschen Treue in keineswegs rühmlichen Ausdrücken gedacht hatte, N. 28. Es war wohl ein Zorn- und Spottlied, und zwar volksmäßig nach dem, was und wie dies der Presbyter anführt. Ferner wer den Character dieser historischen Lieder kennt, der wird nicht zweifeln, daß des Presbyters Erzählung von dem Gefecht bei Tipperslo, N. 25, gegen die Ditmarschen auf einem holsteinischen Bauernliede beruht. Alles führt wenigstens darauf: der allmählige, beschreibende Anfang, das rasche Anschwellen der Handlung nach ihrem Ende zu, die Theilnahme der Bauern an derselben, dazwischen die schlagenden Reden des Greve Klaus, dann seine mannliche Tapferkeit und endlich sein „Schwabenstreich“ * an dem großen Ditmarscher in der gestickten bunten Jacke; ich wüste auch nicht einen Zug anzugeben, der nicht auf ein Lied, das dem Presbyter vorlag, schließen ließe. Aber nicht gegen die Ditmarschen allein, auch gegen die Hansestädte scheint sich der holsteinische Bauerngesang gerichtet zu haben, wenn nemlich der Spottreim, den eine Chronik ** des 15ten Jahrhunderts anführt, aus einem Liede wäre:

Hamborg du bist erenvast,
De van Lübek vörent den Badequast.

* Vergl. Uhlands „Als Kaiser Friedrich lobesam“ ꝛc. nach Niketas dem Byzantiner.

** Staatsbürgerl. Magazin IX. 370.

Wie nahe grenzen auch die Lieder, die Heinrich Ranzau für N. 50 und 48 gebrauchte, an die historischen! Auf Femern, wo die Vettern der Ditmarschen wohnen, sang man noch im 17ten Jahrhundert ein Lied von Erichs gräulicher Verwüstung der Insel, N. 31. In demselben Jahrhundert und später noch ward das Lied von Störtebeker unter unter uns gesungen, N. 517, das aber wohl in Hamburg entstanden ist. Von ähnlichem Inhalt, jedenfalls ein Schiffer- oder Seeräuberlied, war die sogenannte »blaue Flagg'.« Der Anfang lautet:

Laet de blaue Flagg' mael weien,
Laet se drillen, laet se dreien;
Denn dat Schip to See angeit.

In der Südermarsch von Ditmarschen ist außer einer gemeinen Parodie, die unter den Grönlandsfahrern gesungen wird, dieser Anfang allein noch bekannt; doch ist die prächtige Melodie erhalten, und zwar auf ähnliche Weise wie der Anfang jenes »Stuef vör Meldorp.« Ich habe keinen Grund die Hoffnung schon ganz fahren zu lassen, beider Lieder noch einmal habhaft zu werden, besonders da die »blaue Flagge« auch außerhalb Ditmarschen bekannt sein möchte.

Der Eindruck der Ereignisse verkehrte schnell im Gemüthe und der Auffassungsweise des Volkes ihre historische Wahrheit. Je mehr man nunmehr überzeugt sein darf, daß auch in Holstein das historische Lied nicht unbekannt war, um so weniger stand ich an eine Reihe Stücke aus dem Presbyter bremensis unter unsre Sagen zu stellen, weil sie einen ganz ähnlichen Geist athmen, ohne freilich behaupten zu wollen, daß sie Auflösungen von Liedern, wie N. 25, sind. Ich meine hier vorzüglich die Stücke, die sich auf die ruhmvollen Kämpfe des Landes und seiner Herren gegen fremde Übermacht und Anmaßung beziehen, N. 11 rc. Der Presbyter schrieb im 15ten Jahrhundert sein ganzes Buch fast aus mündlicher Überlieferung zusammen, und gab eben das, was man sich damals im Lande über die Geschichte der letzten Jahrhunderte zu erzählen wuste. Fast auf allen Punkten steht er mit gleichzeitigen und treuern Berichten in Widerspruch, und so wenig ihn der Historiker als Gewährsmann und Quelle benutzen darf, so sehr glaubte ich ihn ausnützen zu müssen, ohne freilich jede Anecdote oder jede unhistorische Erzählung aus ihm aufzunehmen. Durch ihn zeigt sich, wie sich dem Gemüthe des Volkes seine Helden, schon poetisch umkleidet, darstellten. Keiner war mehr geliebt als Greve Geert, der gröste Held mit treuer, frommer Seele, der treue Herr, der gleiche Knechte fand an den Bauern wie an den Edelleuten, N. 21. 22. 23. 155. Sein Sohn, der eiserne Heinrich, eine unverwüstliche Natur, sucht allezeit Abenteuer und Kriege, überwindet aber jede Gefahr und alle Nachstellungen stets siegreich und ehrenvoll; das ist der durchstehende Gedanke aller Stücke, N. 24; er ist eine hohe Gestalt, aber nicht geliebt, wie der Vater oder der Bruder Greve Klaus. Dieser stand bei den Bauern als ein freundlicher Herr in bestem Andenken; Witz, Humor, List und Sparsamkeit treten als seine Characterzüge hervor, gerühmt wird daneben seine Tapferkeit, N. 25. 525. Gewis ist die Characteristik dieser Persönlichkeiten nicht allein poetisch, sondern hat ihren guten historischen Grund, doch zeigt sie eine Abrundung und Fixierung, wie sie nur durch die Sage kann geschehen sein; keines der Facta, die dafür angegeben werden, möchte wirklich historisch sein. Eine frühere Zeit würde solche drei Charactere noch lebendiger und epischer ausgebildet haben; wir mögen uns aber in diesen Tagen auch so an ihrem Bilde erheben.

Bis hieher verfolgten wir die Geschichte der Volkspoesie und Sagenbildung in raschem Überblick durch anderthalb Jahrtausende; in keinem Jahrhunderte ruhte die Dichtung; zuweilen, wenn sie zu versiegen schien, erhub sie immer schnell sich wieder in neuer sprudelnder Fülle und in immer gleicher Frische. Es ist das eine lange Zeit und eine wunderbare Triebkraft. So wie nun aber mit dem sechszehnten Jahrhundert die letzte Blüthe vorüber war, sehen wir nach und nach die schöpferische Fähigkeit des Volkes dahin schwinden. Das lehren seine heute gesammelten Sagen, in denen es sich Bilder der letztvergangenen Jahrhunderte erhalten wollte. Sein Gedächtnis reicht in die letzten Zeiten des Mittelalters zurück; die Vitalienbrüder und Likendeeler, N. 35 fg. 517, die Raubritter, N. 397 fg., der Katholicismus und die Einführung der Reformation, N. 161 fg. &c. &c., die alten Bauerngerichte, N. 98 fg. 133, die Adelsherrschaft, N. 56 fg., die Schweden- und Moskowiterkriege, N. 86 fg., haften noch in der Erinnerung, aber gehen nur in kleinen und matten Bildern an uns vorüber. Der Anfang des vorigen Jahrhunderts ist die Grenze. Steenbock tritt hier noch bedeutend hervor, N. 524, Sagen, ja selbst Lieder sammeln sich um ihn.* Aber freilich alle diese Sagen zeugen wenig mehr von poëtischer Auffassung und Empfindung, und die Lieder haben einen ganz andern Ton als die frühern. Die Sagen von Christian dem vierten, N. 77. 521, und andre erheben sich nicht über die Prosa; zuweilen fließt eine dürftige Ironie ein, N. 84 fg. Ein Glück ists, wenn ältere Überlieferungen sich an neue Ereignisse und Personen ansetzen, N. 8, vergl. N. 7; oder wenn auch nur eine abergläubische Phantastik sich geschichtlicher Charactere, wie Steenbock und Hans Adolf bemächtigt. Stoffe, die die ältere Zeit mit dem Geist der Ballade erfüllt und gerundet hätte, N. 78. 94 &c., tragen jetzt das flachere, gleichgiltigere Ansehen einer Novelle. Es wird jede echte Sage geglaubt oder will geglaubt sein, weil sie immer meint ein wirklich geschehenes zu erzählen. Dasselbe will der

* Aus derselben Zeit vom Jahre 1700 ist ein ditmarsches Spottlied auf die Heider „Schelm und Deef" gedruckt in Hansen und Wolfs Chronik S. 370. Falk zu Heimreich I. S. XXVII. gab zuerst davon Nachricht.

Mythus; darum geht er später ins historische Epos über, und das Epos und sein Gefolge, die Volkssage, strebt zur geschichtlichen Prosa von vorn herein. Aber so lange eine sinnlich lebendige Auffassung der Dinge im Volke überwog, so lange waren Epos und Sage nie prosaisch. Die Entwicklung der neuern Zeit schlug nun einen Weg ein, der jener Auffassung schnurstrack zuwider läuft; so ward der Untergang der Sage und der gesammten Poesie des Volkes unvermeidlich. Mit der Abnahme der poetischen Fähigkeit, einer Folge der allgemeinen Richtung auf eine vorwiegend verstandesmäßige Bildung, vergieng auch die rechte Freude an dem überlieferten; es ward immer mehr bei Seite geschoben. Je mehr durch Bildung und Verfeinerung die obern Stände sich von der Masse trennten, je mehr strebte diese ihnen nach; die Sagen, Märchen und Lieder galten bald für gemein, auch im Volke selbst. Ich will aber noch einmal meinen alten Büsumer Pastor reden lassen: »De Minschen hebben gemeinlich Lust to nien Dingen und sin sehr vorgetern, und nicht allein bi dissen sondern ock fast allen Nationen, insonderheit averst dübesches Landes wert oft geklagt und ist billich hoch to klagen. Und twar, wenn noch etwes bi etlichen im Gedechtnis, wert lichtlich vorgeten edder is unbekannt; sintemal men in etlichen Karspeln solcher Gesenge beginnt to entsehen und schemen, welches ehm billich eine Ere und Rom, dar it metigen und na Gelegenheit gebruket worde. Se scholden sik vele mehr eres Hochfardes, Stoltes, Avermodes, Unmeticheit, Unart, unkuschen Wesendes und wokerlichen Handels schemen, deren sik ere Vorvaren gemetigt und solche Lust, Vrolicheit und frundliche Bescheidenheit (heitre Lebensweisheit) darvor gebruket und in Werk gestellet hebben.« Diese Worte werden noch heute in weiterm Sinne gelten.

Das Volk ist zum Theil selbst Schuld an dem Untergange seines eigenthümlichen Lebens. Im siebzehnten Jahrhundert dauerten die alten Lieder und Tänze noch fort, ja bis ins vorige Jahrhundert bestanden noch viele alte Gebräuche, und an heitern Märchen und traulichen Sagen wird noch ein größerer Schatz vorhanden gewesen sein. Aber schon Neocorus erwähnt das Eindringen der neuen poesielosen Tanzweise; elende Fiedler traten nun an die Stelle der Lieder, ein scheußliches Getränk verwüstete zugleich Herz und Sinne und zerstörte die wahre Freude. Mit dem Untergange der alten Tänze und Lieder war dem Leben der Kern ausgebrochen; nichts geistiges und sittliches adelte und erhob noch die Sinnenlust, und nur die Scham oder das Gefühl der Ehrbarkeit vermag sie in Schranken zu halten. Aber es waren auch schwere Tage seit dem sechszehnten Jahrhundert gekommen, die dem Volke nur Leiden und keine Thaten brachten, die unerhörteste Adels- und Beamtendespotie, eine beschränkte, orthodoxe Geistlichkeit, räuberische, verwüstende Kriege, kein Unterricht und keine Schule, die, als die Quelle der Überlieferung zu versiegen begann, einen neuen Geist geweckt hätte. So ward dem Volke der Muth gebrochen und es trägt nicht allein die Schuld. Ja noch mehr. Gleichzeitig, als sich die letzte frische Blüthe des Volksgesanges erschloß, hatte der Aberglaube die entsetzlichste Gestalt angenommen und beherrschte alle Stände: die Hexenverfolgungen bilden die finstere Seite der Kultur jener Zeiten. Die Kirche und der Staat wirkten damals mit der Masse zusammen, sie aber und nicht diese trifft der Fluch. Als nun zu Anfang voriges Jahrhunderts endlich die Augen aufgiengen, da ließ man es nicht einfach mit jenen Prozessen aus sein, man gab sich nicht zufrieden damit, dem Volke die Verblendung zu nehmen und dem Aberglauben die Gewalt, das wäre sonst genug gewesen, sondern die Gebildeten, die Geistlichen und die Staatsgewalt traten in eine Reihe, und dem Volke wurden seine Feste und Spiele verboten, die noch bestanden, wegen des Unfugs (dagegen hätte die Polizei ihren Stock gebrauchen können) und die Märchen und Sagen wurden verlacht und dem Volke verleidet, als alberne, dumme Geschichten und als Aberglaube bestritten und verrufen. Ähnliches geschah tausend Jahr früher. Aber damals hatte das Christenthum noch ein bewustes Heidenthum zu bekämpfen; seine Hinterlassenschaft, die Heldensage, blieb dennoch immer, wenn sie auch viel verloren gab, stark genug, um gegen die kümmerliche Bildung der Zeit das Feld zu behaupten. Nunmehr aber war es purer Übermuth oder Unwissenheit oder der Hochmuth der Prosa und Herzlosigkeit, der das letzte schmale Wasser trübte des breiten Stromes, der sich einst ergossen und alle Geschlechter gelabt und das ganze Leben des Volkes bis dahin befruchtet und erfrischt hatte. Man ließ nicht einmal denen ungestört die Freude daran, die sich ihm noch nahten; und solcher Sünde rühmen sich schamlos manche Leute noch heute. Was uns dennoch gerettet ist, das haben die Armen, die Alten und die Kinder gerettet, oder wo sich sonst ein schlichter Sinn bewahrte, dem Scheine und falschen Wesen abhold. Denn die größere Masse des Volkes wandte, überklug geworden, auch der alten Sitte und der alten Poesie den Rücken und gab sich willig der flachen, schalen Prosa des städtischen Lebens hin.

Auf dem Umschlag dieses Buches, wofür ein guter Freund die Zeichnung anfertigte, sieht man unten ein muntres Fest der Unterirdischen, links darüber steht ein Ditmarsche mit umgekehrtem Schilde, N. 12, rechts St. Vicelin mit der Kirche und dem Bischofsstabe; oben aber unter dem altsächsischen Strohdach mit den Pferdeköpfen* und dem Riß in der Eulenflucht, sitzt am Heerde die Mutter und erzählt den Kindern; der Alte mit der Pfeife horcht dazu aufmerksam wie der Spitz und die Katze.

* Die der Steinzeichner allzu steckenpferdartig zugestutzt und gar aufgezäumt hat.

Der Inhalt des Buches stellt sich gleichsam so vor Augen; ich weiß aber nicht, ob das letzte Bildchen noch der Gegenwart entspricht. »Das Märchenerzählen ist aus der Mode gekommen,« heißt es; doch gibt es noch in einigen Dörfern Leute, die an Winterabenden in die Häuser geholt werden und dem Gesinde und den Kindern erzählen müssen. Aber sie sind selten geworden und nicht mehr so gesucht und beliebt wie früher. Es sind meist alte Frauen oder Männer, und der rechte Märchenerzähler weiß aufs fließendste seine Geschichte vorzutragen, der eine geschmückter und erstaunlicher, der andre einfacher und schlichter. Jedes Märchen hat in ihrem Munde eine feststehende Gestalt angenommen, daß es stets fast mit denselben Worten wieder gegeben wird, es sind wenigstens die Hauptwendungen durchaus stehend. Durch solche Kunst erinnern sie an die ältesten Zeiten. Die Verknüpfung der Märchen geschieht meist auch mit solchen herkömmlichen Wendungen: »Na dat weer guet, aber nich alto guet!« und dann folgt die neue Geschichte, die nach dem Sinn des Spruches dann noch schöner und wunderbarer sein soll, als die vorige. Und die Märchen wollen von einem Sinn empfangen sein, der nicht fragt, ob es Wahrheit, oder Dichtung und ein Traum sei. Für die Sagen nur bedarf es der Berufung auf glaubwürdige Autoritäten, dem Zauber des Märchens gibt sich jeder willig hin. Früher fehlte fast auf keinem Hofe oder in keinem Dorfe unter dem Gesinde oder den Tagelöhnern ein solcher Erzähler; ich habe das häufig von ältern Leuten gehört, mit der Klage, daß es jetzt anders geworden. »Ja, wenn de oel Jan noch läev oder de oel Margreet,« oder dieser und jener, dann würde man solcher Geschichten genug erfahren können; nun aber seien sie alle vergessen, sagt man. Ebenso geht es mit den Liedern, deren dieser oder jener Verstorbene so viel gewußt und sie oft genug gesungen hat, bei der Heuernte oder beim »Stickelwüden« (Distelgäten), wovon jetzt aber niemand oder nur halb noch was weiß. Unter der Schuljugend gibt es dennoch nicht selten einige, die die Gabe des Erzählens besitzen; ich habe nicht nur selbst die meisten Märchen, die ich kenne, so empfangen, sondern auch für diese Sammlung sind die meisten aus dem Munde halberwachsener Knaben und Mädchen geschöpft. Ihre Erzählung ist zwar unsicherer, aber doch von eignem Reiz, S. 395. Ich glaube, daß es nicht leicht irgendwo mehr Märchen gibt, als in Ditmarschen. Das flache Marschland bietet der Sage seltener einen Halt; die Unterirdischen kennt man kaum, die meisten Sagen sind zu Märchen verflüchtigt. Man vergleiche N. 255. 415. 417. 492. Fast alle die S. 607 angeführten Märchen oder die ich noch in Bruchstücken besitze, sind in Ditmarschen gesammelt. Vortreffliches in dieser Hinsicht hat freilich Femern und Plön beigesteuert. Und die Lieder hört man wohl zuweilen noch Abends von jungen Burschen und dem Gesinde; Frauen stimmen sie auch gerne einmal an bei langweiliger Arbeit oder schlechtem

Wetter. Aber das Lied ist flüchtig und ohne Halt geworden, und wenn die alten guten Volkslieder auch noch immer fester haften, als die elenden »neuen Lieder, gedruckt in diesem Jahr,« so ist ihr Leben doch ein trauriges und unsicheres. Die Volkssprache ist jetzt, nach dem Verlust fast aller Flexion, unfähig sich selbst dann zu behaupten, wenn die Lieder ursprünglich darin verfaßt waren; der höhere Stil ward ihr durchaus ungewohnt. So ergeht es nun jenem »Et weren twe Königskinder« schlimm, und nicht weniger andern Liedern; und daher war es unmöglich oder ohne Gewalt nicht durchzusetzen, das Lied von Graf Hans und Annchristine in der Volkssprache wieder zu geben. Es herrscht das wunderlichste Gemisch von hochdeutsch und niederdeutsch in allen, daß man oft nicht mit Sicherheit sagen kann, welchem Dialecte sie angehören. — So also ist der Baum verdorrt, der so lange grünte; seine letzten Reiser und Blätter waren wir für unsern Theil bemüht zu sammeln. Sehen wir zu, daß wir noch heuer einen neuen pflanzen. Denn die Hoffnung, die das Volk im stillen hegt, N. 512, möchte vergeblich sein.

Ich habe diese Betrachtung der allgemeinen Geschichte der deutschen Volkspoesie und des Zusammenhangs der unsrigen mit derselben um so lieber angestellt, weil bisher bei der Sammlung der Volkssagen im ganzen auf diese Seite weniger die Aufmerksamkeit gerichtet gewesen ist. Und doch hat Jakob Grimm oft genug schon die heutigen Überlieferungen auch für die Geschichte unserer ältern Poesie zu benutzen gelehrt. Ludwig Uhland wird uns wohl auch nächstens den zwiefachen Zusammenhang derselben mit dem spätern Volksliede ausführlicher zeigen. Am ergibigsten freilich wird eine solche Sammlung immer für die Mythologie und für die vergleichende Sagenkunde sein. Beide Disciplinen hat Jakob Grimm ebenfalls gegründet. Er hat es überhaupt gelehrt den mannichfachsten Gewinn aus der Volkssage zu ziehen und sie zu einer Quelle für die Erforschung der Alterthümer des Rechts und der Sitte, und der Denk- und Anschauungsweise unserer Vorfahren gemacht. Ihm und seinem Bruder verdanken wir vor allen die Wiedererweckung des rechten Sinnes für die Volkspoesie, ihm überhaupt die Grundlegung der ganzen deutschen Sprach- und Alterthumskunde, so daß kein wahres und wissenschaftliches Verständnis auch nur eines Theiles dieses weiten Gebietes möglich und denkbar ist, ohne den Geist, der ihn leitet und mit dem er allen vorleuchtet.

Gerne würde ich jetzt, wenn der Raum es erlaubte, vollständiger das zusammenstellen, was diese Sammlung an Resten aus dem alten heidnischen Götterglauben enthält; ich muß mich aber darauf beschränken einige besondere Punkte hervor zu heben, namentlich die, welche neues oder eigenthümliches gewehren. Es kann überhaupt eine einiger Maßen vollständige Mythologie unseres Landes dann erst möglich werden, wenn die Übersicht der Sitten und Gebräuche in einer Sammlung vorliegt. Das muß und wird ein Sporn sein diese eifrig in Angriff zu nehmen. Ich behalte mir vor einzelne bedeutende Punkte ausführlicher nächstens in unsern nordalbingischen Studien abzuhandeln. Durch die Anordnung und zahlreiche Verweisungen habe ich dafür gesorgt, daß die richtige Auffassung mancher Sagen erleichtert werde. Denn aus der deutschen Mythologie giengen in christlicher Zeit die Vorstellungen von Riesen, Zwergen und Göttern zum Theil auf den Teufel oder auf christliche Heilige, ja auf Gott selbst über. Daher sind mehrere Teufelsagen unter die Riesen- oder die Zwergsagen gestellt; die andre Weise der Verwandlung zeigen die Segen und Sprüche, und Sagen wie N. 213. 379. 479. 480. Ganz ebenso fielen die Vorstellungen von göttlichen Jungfrauen, Schwanjungfrauen, Schlachtjungfrauen, Meerfrauen und ein großer Theil der Mythen von Elben (Elfen) den Hexen und Zauberinnen zu. N. 288. 301. 304. 307. 308. (vergl. N. 453 fg.) 294. 289.

Nur eine sichere Beziehung auf den Gott, der einst wohl für den Stammvater der deutschen Völker unserer Halbinsel galt, lebt noch in einem Märchen, S. 453. Denn Fro (nord. Freyr) hatte ein Schiff, damit konnte er zu Lande und zu Wasser überall hin stets mit gutem Winde segeln, und nach der Fahrt ließ es sich zusammen falten und in die Tasche stecken. Gerade ein solches erhält der Junge in jenem Märchen von dem einen der drei Männer; von ihnen liegt dem mit dem Wünschelstabe sicherlich auch die Vorstellung Wodans zu Grunde. Wer der dritte sein kann, ob Thunar, von dem der Junge die unweigerliche Bitte erhält, weiß ich nicht zu errathen. Auf Fros heiligen Julgalt deutet aber auch noch die Gestalt des Schweins, die man zur Weihnachtzeit in den Bäckerladen unter dem Backwerk zum Spiel für Kinder findet. Der Gott hatte weissagende weiße Pferde zu seinen Mitwissern; die ditmarsche Sage, N. 136—138, läßt weiße Pferde die Stätten zum Kirchenbau finden. Der Frua, Fros Schwester, der Göttin der heitern Luft, war der kleine Käfer heilig, den man Sonnenkalb, Frauenkühlein, Marienpferd nennt. Daher bitten die Reime S. 508 ihn, gut Wetter zu bringen. Ihr war auch die Katze heilig, und sie hatte Walküren in ihrem Gefolge und stand der Zauberei vor; daher der vielfache Aberglaube von dem Thier und seiner Verbindung mit der Hexenwelt.

Von Balder weiß man noch in Nordschleswig, N. 502. S. 606. Die Sage hat aber wohl gelehrten Ursprung. Das Wesen seines Sohnes Fosite, N. 117. 535, möchte jetzt bedeutende Aufklärung durch N. 181 und die Nachrichten auf S. 596. 597. gewinnen können. Daß sein Bruder Welo (nord. Vali) auf dem Wellenberge bei Itzehoe verehrt ward, N. 119, habe ich einmal nachzuweisen gesucht* und glaube im Ganzen bei meiner Auffassung bleiben zu müssen. Er war ein ländlicher Gott, der den Überfluß gab und alles Gut, was nicht gerade zur Lebens Nothdurft und Nahrung gehört. Diese verlieh Wodan.

Deutlicher und bestimmter als alle diese Götter tritt im Volksglauben Thunar (nord. Thôr) hervor, theils als Donnergott, N. 480, theils mit seinem Werkzeug, dem Hammer, als Teufel, N. 360, vergl. S. 601, oder auch unter seinem Beinamen Hamer, S. 603, indem er Unholde verfolgt und abwehrt, vergl. N. 395. 396. Den rothhaarigen Donner nennt man noch auf Silt, er ist auch der Alte, der auf Bergen wohnt, nur in ein teuflisches Wesen verwandelt in N. 354; er verlieh von allem dem das Gegentheil, was ihm dort schädliches zugeschrieben wird. Er ist ebenfalls wohl der starke Mann mit dem Dreschflegel, der zugleich des Windes mächtig ist, in N. 220. Das Gespann seiner Böcke zeigt sich im Märchen S. 445, das überhaupt, wenn auch der Gott selbst entschwand, auf ein ähnliches Märchen wie das altnordische von der Reise Thors ins Riesenland und seinen Abenteuern mit dem Riesen Skrymer zurückdeutet.

Noch entschiedener tritt Wodan hervor. Wode, Wohljäger, Wau, Au, N. 494—500, sind stufenweise Verderbnisse seines Namen. Die Sagen von dem wilden Jäger sind fast nur in waldigen Gegenden verbreitet; in Nordfriesland konnte man bis jetzt keine Spur auffinden. Doch in Ditmarschen ist er bekannt und tritt zum ersten Male in Deutschland in Begleitung seiner beiden Raben auf, N. 492. Als der christliche Gott den Amringern zürnt, weichen sonderbarer Weise des heidnischen heilige Vögel von der Insel, N. 185; sie weisen auch die Stätte zum Kirchenbau, N. 140, oder verkündigen, N. 287. Der Gott segnet das Haus mit Brot, N. 497; auf dem Hesterberg bei Schleswig, N. 490, stellt man seinem Pferde ein Opfer hin, weil er die Saaten segnet; er segnet auch die Seefahrt, daher die merkwürdige friesische Sitte, N. 228, weil er den rechten Wunschwind zu senden vermag. Den weißen Wünschelstab, den breiten Wünschelhut, den grauen Wünschelmantel des langbärtigen alten Gottes kennen manche unserer Sagen und Märchen, S. 432. 457, N. 117. 213. Er ist der Zauberei kundig. Als Himmelsgott gehört ihm der Himmelwagen, Woenswagen in den Niederlanden genannt; Hans Dümkt soll sein Fuhrmann sein, N. 484. In den Zwölften hält er seinen Umzug, N. 500. 493. Dann muß gefeiert werden, weil es seine heilige Zeit war; aber auch in der Johannisnacht, N. 486; er hat seine bestimmten Wege, N. 500. 602. Wenn sonst die Sagen von der wilden Jagd ganz deutlich eine lebendige Auffassung des Sturms enthalten, aber augenscheinlich zwei Vorstellungen, die nemlich des kriegerischen Zuges Wodans mit

* Nordalbing. Stud. I. 11.

den Einherien und die eines Sturmriesen, der seine Heerde (die Wolken) eintreibt, oder die Holzweiblein (das Blättergrün) jagt, N. 500, zusammenflossen, so muß ich hier hervor heben, daß die wilde Jagd in N. 599 nur als kriegerischer Umzug erscheint.

Ehe ich weiter gehe, will ich hier eine Notiz, die ich leider nicht vollständiger geben kann, aus Westphalen monument. ined. IV. praef. 217. mittheilen. Sie lautet; »Von dem geräuschvollen Tanze des Holler mit den ihn begleitenden Alven (Elben) in einem Gehölz bei Meldorf in Ditmarschen hat Peter von Alefeld im Jahre 1692 eine Beschreibung ausgehen lassen, und der Autor singularium providentiae divinae c. 4. n. 17. hat sie wieder abgedruckt.« Trotz aller Bemühungen habe ich der angeführten Bücher nicht habhaft werden können; unser gelehrte Moller führt in seiner Cimbria litterata jenen Adlichen nicht unter den Schriftstellern des Landes auf. Hamconius in seiner Frisia fol. 78 b. erwähnt ebenfalls hen Holler, nennt einen Teich, wo er sein Wesen treibe und erklärt ihn für einen Unterweltsgott. Mit Saxos Ollerus, dem nordischen Ullr, was deutsch Wol (Gen. Wolles) wäre, hat er natürlich nichts zu thun; ich glaube auch nicht einmal, daß ein deutscher männlicher Gott mit Alven Tänze halten kann. Man kann freilich den Dionysos vergleichen; am ehesten ist aber wohl an eine Göttin zu denken. Ich hoffe andre werden glücklicher sein in der Auffindung der angeführten Schriften; es darf nach dem, was Westphalen mittheilt, schon unzweifelhaft sein, daß der deutsche Götterhimmel abermals um eine hohe Gottheit bereichert ist.

Die Reihe der weiblichen Gottheiten ist gegen die männlichen sehr zurück getreten. An Fria (Frigg), Wodans Gemahlin, erinnert jedoch der friesische Name eines Sternbildes, Marirok, das in Schweden der Rocken der Frigg genannt wird, N. 484. Sie fand aber nothwendiger Weise zu gleicher Zeit mit ihrem Gemahl in der Zeit der Zwölften Verehrung; offenbar ist Wodan und dann der Teufel in N. 230. an die Stelle der höchsten Göttin getreten, die dem Spinnen und dem Hauswesen vorstand. Fast nur am Freitag feiert das Landvolk seine Hochzeiten; der Wochentag führt nach der mütterlichen Göttin seinen Namen. Außerdem ist hinter der schwarzen und weißen Dorte, N. 460, nothwendig eine Göttin verborgen, sie ist vielleicht identisch mit der schwarzen Greet. Denn diese muß dem mythischen, unhistorischen Theile ihrer Sagen nach ebenfalls eine hohe Göttin sein, N. 225. 245. 367. 605 ꝛc. Sie alterniert in unserm Aberglauben mit der heiligen Margaret, N. 12. Sie zieht am Dannewerk auf weißem Pferde zur Zeit der Zwölften um, N. 459. Eben daselbst redet man auch von einer andern hohen Frau, die bald einfach die Prinzessin, N. 464, die in der Johannisnacht erscheint, bald mit naiver Gelehrsamkeit Prinzessin Thyra genannt wird. Diese alterniert mit der Greet; denn N. 42. ist nur eine Variation von N. 16, 2. Man darf die schwarze Greet und die Frau in der Thyrenburg für ein und dasselbe mythische Wesen erklären. Andre Göttinnen zeigen sich in N. 461. 462. 463. und überhaupt wohl in allen Sagen von weißen Frauen. Ich werde nächstens diese und andre Nachrichten, die auf weibliche Gottheiten schließen lassen, ausführlicher prüfend erörtern. Sie ergeben noch immer mehr als es anfangs den Anschein hat.

Die zweite Reihe göttlicher Wesen neben den obern Göttern machten die göttlichen Jungfrauen, die Idise, aus. Wir erwähnten schon, daß die Vorstellungen von ihnen auf die Hexen übergegangen seien. Die drei Spinnerinnen unserer Märchen, S. 409. 413. N. 606, die drei alten Jungfern, sind ursprünglich die Nornen. N. 569. nennt Wittfruen; die Sage hat durch ihre Verwechselung mit den Zwergen ihnen gerade das Gegentheil von dem beigelegt, was ihnen im alten Glauben zukommt. In N. 458. sind die Hexen reitende Walküren; aus den Mähnen ihrer Rosse, glaubte man, triefe der Thau. Wasserfrauen sind in N. 169. 456. 455. 132. 324, 1. 404. deutlich zu erkennen. Es ist Entstellung, deren Grund Neocorus ganz naiv verräth, wenn ihnen in N. 453, 1. 2. 3. ein Fischschwanz beigelegt wird.

Die untern Gottheiten machten die elementarischen Wesen der Elbe, Zwerge, Hauskobolde, Nichse und Riesen aus. Die Mythen von den Elben, den Luftdämonen, sind sehr eingeschwunden, theils auf Hexen übergegangen, was wir schon erwähnten, theils auf die Zwerge. Doch die Nachtmahr, N. 332. 333, ist eine Elbin, vergl. N. 458. 322, 2. 3. 577, 1. In N. 482. werden die Junggesellen Windelbe sein, und die langhaarigen Holzweibchen in N. 500. sind Baumelbinnen, wie die dänische Hyldemoer und die nordschleswigsche Frau Ellhorn, S. 510. 608. Die Tanzplätze der Hexen gehörten ehedem den Elben, N. 294. 295. 595. 570 Anm. Die Elbe sind trügerisch, und was sie schenken, verwandelt sich, N. 293. 393. 419. Der Totengräber in Barkenthin befand sich nicht bei den Toten, sondern, wie zahlreiche andre Sagen lehren, in der Zauberwelt der Elbe, N. 236. Wer von dem, was sie reichen, etwas anrührt, ist für immer an sie gefesselt und ihm taugt keine menschliche Speise mehr, N. 422. 472. 443, 2. Die im Mondenschein tanzenden Zwerge N. 380. 383, sind Elbe wie in N. 457, s. oben S. VI.

Die Zwerge bewohnen die Erde, sie legen dem ackernden Landmann das Brot in die Furche und decken ihm nach gethaner Arbeit den Tisch, N. 390 fg. Sie geben nur Fruchtbarkeit und Gedeihen. Wir besitzen wahrlich einen Reichthum schöner Zwergsagen, aus denen sich leicht fast vollständig ihr ganzer mythischer Character entwickeln ließe. Ich mache nur darauf aufmerksam, daß mehrere Riesensagen auf Zwerge übertragen sind. Denn wo ein Zwerg als Baumeister genannt wird, darf man einen

Riesen an die Stelle setzen. Sehr bemerkenswerth und uralt sind unsre Zwergnamen Witte und Watte (Witta und Wada im Wandererlied?), Find und Kind, Finn (Finnr und Ginnr in Völuspá), Ekke Nekkepenn (Ecke, der alte Meerriese), Eisch (der Furchtbare, Grausige), Gebhart (vgl. Gibicho, ein Beiname des gabespendenden Wodans), Hans Donnerstag; die letzte Silbe dieses Namen hindert den Vers; tilgt man sie, hat man den Namen des Donnergottes. Einen solchen Wechsel oder ein ähnliches Herabsinken von Götter- und Heldennamen auf Zwerge lehren manche andre Beispiele. Es ist bemerkenswerth, daß die Zwerge bei uns noch geradezu für Heiden gelten.

Die Hausgeister sind, wo sie in Schaaren eingezogen sind, nicht von den Zwergen verschieden. Allein der einzeln lebende Niß Puk ist zwar ein Zwerg von Gestalt, er verbreitet auch denselben Segen im Hause, wie jene, aber seinem lebhaftern, feurigern Character nach unterscheidet er sich schon von jenem scheuen Geschlecht. Wie Adalbert Kuhn zu seinen märkischen Sagen bemerkte, war der rothmützige Junge ursprünglich eine Heerd- und Feuergottheit, wie der römische Lar. Er verlangt täglich sein Opfer und lebt ganz mit der Familie, wenn auch unsichtbar, N. 451. 433. 434. 437. 446. 448. Sein Name wie die Vorstellung von ihm ist in Holstein und in der Gegend um Schleswig entartet, S. 319. N. 434. 435, vergl. 284. 285. 281; auch in N. 451. In Nordschleswig kennt man ihn gar nicht, sondern nur Puge. Niß Puk hat sein eigentliches Reich nur an der Hever um Husum und zu beiden Seiten der Trene. Eben daselbst ist auch noch heute der Vorname Niß für Nicolaus gangbar.

Die Nichse, die Wasserdämone, zeigen sich bei uns fast gar nicht als Zwerge, wie in andern Gegenden. Nur in N. 426. 589. brechen dafür Spuren durch. N. 266, 3. und 453, 3. verrathen schon riesische Wesen, und in N. 346 Anm. 376. 588. 348. 352. 353. erscheinen nur Wasserriesen und Wasserteufel, ganz analog der uns umgebenden Natur. Auch im Beowulf sind die Nichse Meerungeheuer. Dies reizt zu der ausführlichsten Betrachtung der Mythen und sie wird von der merkwürdigsten Ergibigkeit sein. Wir bemerken hier noch, daß diese Riesen als Stiere erscheinen, N. 168. 328, und daß die Sagen von N. 345—352. mythologisch identisch sind.

Unsre Überlieferungen von den landbewohnenden Riesen sind mager; hätten wir Berge und Felsen, würde es damit anders stehen. Nur einige plumpere Bauten werden ihnen beigelegt, N. 369—372; sonst sind Zwerge für sie eingetreten, N. 410 fg. Der Sage von den Silter Riesen, N. 359, möchte nichts mythologisches zu Grunde liegen, sondern ein historisches Factum, die Vertreibung der Adlichen. An Riesensteinen und Würfen ist Schleswig besonders reich, N. 361. 362. 363. Ich weiß nicht, daß ich N. 376. anderswo angetroffen hätte; N. 377. 378. dagegen scheinen fast über den ganzen Erdboden verbreitet zu sein. Vor dem Landbau weichen die Riesen, denn sie stellen die ungeordneten, ungezähmten und verderblichen Naturkräfte dar. In N. 415. ist der Teufel ein Sturmriese, und man kann mit Sicherheit den schwarzen Tod, der vor Grammdorf, N. 329, in einer schwarzen Wolke erschien, eben so gut als den Kuhtod, N. 328, für eine riesische Erscheinung halten. Denn den Riesen schrieb man große Seuchen zu; die einzelnen Krankheiten erscheinen dagegen als elbische Wesen, die im Lande auf allen Stegen und Wegen umher-irren. Dies lehren unsre Sprüche und Segen, S. 511 fg. Die Krankheiten werden angeredet und überhaupt persönlich aufgefaßt. Die Heiligen, Petrus, Johannes, Paul, auch Christus, der sie abwehrt, stehen an der Stelle hoher Götter; am häufigsten darf man Wodan und Thunar dahinter muthmaßen.

Mit den Riesen stand die alte Totengöttin, die Helle (Hölle), in naher Beziehung. In Nordschleswig, nicht über Tondern hinaus, also nur in einer Gegend mit dänisch redender Bevölkerung, reitet sie noch Nachts umher, N. 335. In Holstein finden sich manche Ortsnamen, Helle, Hellbrook, Helldahl, Hellgroven, die auf die Göttin und ihr Reich deuten; dahin gehört auch Nobiskrug, S. 604. Ihren Vater, den bösen Loke, möchte ich nicht in Mönöloke, N. 284, wieder erkennen; daß der Name auf ein Galgenmännlein angewandt ward, machte freilich nichts aus.* Aber der böse Geist der nordischen Mythologie scheint in Deutschland andere Namen gehabt zu haben. Es führen einige der unter N. 601. zusammengestellten Ausdrücke, wenn sie mit nordischen verglichen werden, entschieden auf ein dem Loke entsprechendes Wesen. Ferner erzählt ein nordischer Mythus, ganz ähnlich wie N. 352 vom Wasserteufel, von Lokes Fischzug und Netzmachen, und seiner Verwandlung in einen Salm, in welcher Gestalt er von Thor gefangen ward, wie Petrus den Schellfisch fängt, S. 605. In N. 479. und 213. darf man den christlichen Gott und Teufel in Wodan und Loke verwandeln. Und das friesische Riesenschiff Mannigfual, N. 323. (vergl. N. 403. 361, 2.) möchte gleich dem Schiff Naglfar der nordischen Mythologie sein, auf dem die Riesen einst heransegeln, wenn der Weltuntergang naht und Lokes Geschlecht den Göttern den Tod bringt.

Schon fanden wir am Dannewerk eine Göttin in die Unterwelt hinab gesunken. So glaubte das Volk auch, daß andre Götter in einen Berg gegangen seien, aber zu Zeiten oder einst in der höchsten Gefahr werden sie wiederkehren und ihre alte Macht bewähren. Wo die Sage nun einen alten bärtigen Mann mit kriegerischer Umgebung nennt, N. 504.

* Man könnte deuten: Meneloke, d. h. Halsbandloke, weil er Fruas Halsband das Brisingemene stahl.

505, 2. 506. 507, darf man mit völliger Gewisheit auf Wodan schliessen. Das lehren manche andre Sagen; so heißt auf Möen der im Klint mit einem großen Heere wohnende Held der Jöde von Opsal, d. i. der Riese von Upsala, wo einst die drei höchsten Götter des Nordens ihr Heiligthum hatten. Es lautet nun bei uns die Verkündigung so, daß der alte Kriegsheld einst wiederkehren wird, wenn der weiße König herrscht und von Norden her mit seinem Heere kommt und seiner Hilfe bedarf in der großen fürchterlichen Schlacht, die in des Landes Mitte geschlagen werden soll, sobald der verhängnisvolle Baum die Höhe erreicht, daß ein Schlachtroß darunter angebunden werden kann. Ich ziehe die überaus wichtigen Sagen N. 505, 2.—511. 605 zusammen. Sie führen darauf, daß nur bei Nortorf das rechte Schlachtfeld sein wird. Der heilige Hollunder möchte der Weltbaum sein, anders gefaßt freilich als in dem nordischen Mythus. Die Türken, oder wie die Feinde sonst heißen, können nur die Riesen sein; denn Türkenberge sind gleich Riesenberge, S. 606. Wer ist aber der weiße König, der wie ein Stern über das Land aufgehen soll? In den Niederlanden nennt man einen witten God. Dem weißen Gott muß mythologisch ein schwarzer gegenüber stehen. Entweder ist dieser nun gleich Surtr (der Schwarze) oder gleich Loke, da beide wohl identisch sind. Und der weiße Gott muß Fro sein, wie Jakob Grimm vermuthete, oder der Gott, der in Deutschland des nordischen Heimdalls Stelle einnahm. Nach dem Kampfe wird ewiger Friede und Segen herrschen. Es sind hier augenscheinlich die Reste eines eigenthümlichen Weltuntergangsmythus erhalten. Tief mythisch scheint auch das Führen der rothen Kuh über die Brücke, N. 509. Ich verspare eine ausführliche Erörterung mir auf; ich hoffe noch auf neue Nachrichten. Enthielte unsre Sammlung im übrigen auch fast nichts als Wiederholungen längst bekannter Mythen (und das ist wahrlich nicht der Fall), hätte aber diesen einen Mythus aufzuweisen, so wäre die darauf gewandte Mühe völlig belohnt und die deutsche Mythologie würde ihr für die Bereicherung dankbar sein.

Es muß dieser Mythus tief im Volke gewurzelt haben, denn er thut es noch heute und wird geglaubt in ganz Holstein bis nach Schleswig hinein. Es wird freilich jede Sage geglaubt, aber dieses Hoffen auf den weißen König hat einen tiefen Sinn. Der Mythus vom ditmarschen Wunderbaum, N. 512, einer Linde nach mündlicher Tradition, hat eine ähnliche Bedeutung. Der schwarze Vogel, der einst darauf nisten soll, wie der Adler auf der Buche zu Arensbök, N. 135, vergl. S. 249, ist doch augenscheinlich gleich dem Adler und Habicht, die nach dem nordischen Mythus auf der Weltesche bauen; wenigstens zeigt sich ein gleich alterthümliches Bild. Nach allen Spuren hat der deutsche Mythus vom Weltbaum nicht bloß die allegorische Bedeutung gehabt, wie der nordische, sondern man kannte und wies Bäume im Lande selbst, an denen das Schicksal der Welt geknüpft war, und Mythen und Kultus schlossen sich zugleich daran.

Was die Spuren alter Rechtsgebräuche in unsern Sagen betrifft, so mache ich nur aufmerksam auf die Buße, die der Wode, N. 500, dem Bauern gibt, den goldgefüllten Hundebalg, Grimms RA. 669 fg.; auf die Strafe, die der Märtyrer in Borgdorf leidet, N. 128. RA. 701; auf das Klaggeschrei iodute, das der Ermordete erhebt, N. 238. RA. 877; auf das Doppen bei der Linde zu Nortorf, N. 123, oder das Toppharten, N. 522; auf die Art der Rechtsfindung in N. 98. 101. 106; auf die Sitte im Gericht bewaffnet zu erscheinen, N. 11 Anm.; auf die Sage von der Tötung der Alten und Schwachen, N. 530 Anm. S. 606 u. s. w.

Für die Geschichte unserer ältern Poesie ist nichts wichtiger als die Erfahrung, die eine solche Sammlung an die Hand gibt, hinsichtlich der Fortbildung und Umgestaltung der Sagen. Wir können mehrere sehr lehrreiche und merkwürdige Beispiele aufweisen, z. B. N. 6. 19. (16, 2. 42.) 220. 345 fg. ꝛc. Wunderbare Verbreitung zeigen N. 6. 9. 10. 24, 1. 2. 516. 66. 70. 93. 178. ꝛc. ꝛc. Mir ist oft das merkwürdige Zusammentreffen mancher unserer Sagen mit niederländischen und märkischen auffallend gewesen, gerade wo man es am wenigsten erwartete, z. B. N. 199. 235. 334. 554. Aber wie kommt es, daß man genau dieselben Reime und dieselbe Geschichte, wie N. 231, im Odenwald und in Schwaben kennt, daß die Sage von unserm Hans Brüggemann und dem Schleswiger Altar, N. 157, ebenso in Blaubeuren erzählt wird? Solcher Beispiele ließen sich noch viele anführen, die Anmerkungen S. 591 fg. weisen ihrer genug nach. Wären die Sagen des übrigen Niedersachsens und Westfalens vollständiger gesammelt, man würde den Zusammenhang eher übersehen. Nun aber kehren unsere Märchen, die aus dem übrigen Deutschland noch nicht bekannt geworden sind, z. B. S. 404. 413. N. 10. S. 420. 464, zum Theil in Norwegen und Dännemark wieder, und zugleich stimmen viele andere in manchen Zügen und Eigenthümlichkeiten, S. 607, mehr zu den nordischen Märchen als mit deutschen, vergl. N. 346. Es scheint in unserm Lande ein vermittelnder Übergang zwischen dem Norden und Süden statt zu finden, wie natürlich. In dänischen Sagen verteidigt sich ein Geist, der gebannt werden soll, genau mit denselben Vorwürfen, wie in N. 349. Die Sagen N. 173 fg. gehören auch in Dännemark (Thiele II. 7 fg.) zu den verbreitetsten, ebenso unsere zahllosen Schatzgräbersagen, N. 277. Aber ganz ähnliche, ja übereinstimmende finden sich in Deutschland. Ich erkenne jedoch auch hier den Zusammenhang mit dem Norden an, aber daß wir diese Sagen von dort empfangen hätten, wäre Thorheit zu behaupten. Haben wir denn auch unsere große holsteinische Sage vom heiligen Hollunderbaum, die wir eben besprachen, von Norden her empfangen, weil sich in Nordschleswig, N. 504, und in Jütland und in Dännemark (Anm. zu N. 605.) ähnliche finden? Sind sie denn dort so vollständig? Ähnlich verhält es sich mit manchen andern. Eine Verpflanzung der Sage von Ort zu Ort fand gewis oft Statt. Aber die Sage verlangt Glauben, und der fremden wird man diesen nicht leicht geschenkt haben. Daher verkümmern fremde Sagen oder werden so assimiliert, daß die Entlehnung nur selten mehr wird behauptet und bewiesen werden können. Überhaupt findet das fremde weit schwerer Eingang, als man nach oberflächlicher Ansicht gewöhnlich meint. In höherm Maße gilt dies Gesetz natürlich bei Mythen, die einst in der Religion des Volkes wurzelten. Fremde Mythen werden nur aufgenommen, wenn die heimischen Götter keinen Glauben mehr finden. Einige Mythen und Sagen mögen, wie die Sprache, aus dem Ursitze der Menschheit mit herüber genommen sein; die bei weitem größere Menge muß in der spätern Heimat selbst erzeugt sein. Die Übereinstimmung derselben aber bei den verschiedensten Völkern mag oft überraschen, aber sie erklärt sich sehr einfach. Denn die Natur und die Lebensverhältnisse, die in Mythen und Sagen sich abbilden, sind nirgend in dem Maße verschieden, daß nicht auch diese ihre Bilder überall einmal einander ähnlich werden könnten, je mehr die Culturentwickelung und die Sinnesart der Völker außerdem zusammen treffen. Und bei benachbarten und blutsverwandten Stämmen ist die Übereinstimmung noch weniger zu verwundern. Dasselbe gilt auch von den Räthseln, Segen und Sprüchen 2c. Je weiter man in der Zeit zurück geht, je mehr nimmt die Verschiedenheit der Völker und Stämme ab; je größer muß also die Übereinstimmung aller auch in diesem Punkte gewesen sein. Die wissenschaftliche Betrachtung der Mythen und Sagen richtet vornemlich nun ihr Augenmerk auf die Eigenthümlichkeit der Ausbildung derselben. Nicht leicht tritt auf andern Wegen lebendiger und in mannigfaltigern Zügen einem eine Volksthümlichkeit entgegen. Wenn man beachtet, welche Seite der Sagenbildung in den verschiedenen Gegenden besonders verfolgt ward, so ist es z. B. gewis characteristisch, daß in Thüringen und Süddeutschland vor allen weibliche mythische Wesen in der Volkssage haften, in Norddeutschland dagegen männliche vorwalten. Wo man aber so viel vom Niß Puk zu erzählen weiß, wird auch die Häuslichkeit und Emsigkeit den Leuten selber nicht fehlen; und der Landmann wird da fleißig sein, wo er so viel vom Segen der Zwerge erzählt, und die Riesen fast verschwunden sind oder nur im Meere hausen. In der Mark muß es fleißige Spinnerinnen geben, nach zahlreichen Sagen zu schließen. Bei uns möchten jene seltener sein, je spärlicher die darauf bezüglichen Sagen sind, N. 229. 230. 553. Wäre aber die Sage, die bei uns zweimal vorkommt, N. 7. 8, auch im übrigen Deutschland bekannt, so würde sie schwerlich mit dem stolzen freien Sinn aufgefaßt sein, wie N. 8. In wenigen deutschen Ländern wird der Bauer wie der unsrige sprechen können. Wir würden über alles dies klarer sehen, wenn schon mehr Sammlungen aus dem übrigen Deutschland, namentlich den uns benachbarten Gegenden, vorlägen. Aus einer solchen Sagenvergleichung wird einst, wenn sich unsre Hoffnung erfüllt, die Ethnographie nicht weniger als die Literatur und Culturgeschichte reichlichen Gewinn ziehen.

Die Sagen, die Holstein und Lauenburg bis jetzt geliefert haben, sind verhältnismäßig zwar nicht so zahlreich, aber an wissenschaftlichem Gewinn zweifelsohne die wichtigsten. Friesland, in der Ausdehnung verstanden, die wir S. 611 angeben, hat freilich reichlich, aber doch noch nicht gleichmäßig beigesteuert; seine Zwerg- und Koboldsagen und N. 228. stellen das Gesammelte jedoch an Werth neben die holsteinlauenburgischen. Characteristisch für diese scheint ein nicht selten hervortretender, heiter ironischer Zug, z. B. in N. 208 – 218, und in manchen andern Beispielen, und daneben eine Vorliebe für solche Stoffe, die eine schweigsame Dibaris enthalten. Oft sind sie auch voll Innigkeit, N. 331. 195. 196. rc. rc. Die friesischen Sagen, namentlich die von den Inseln, verrathen leicht eine gewisse Melancholie, z. B. N. 222. 343. 541; man vergleiche die ditmarsche Sage N. 255. in dieser Beziehung mit der friesischen N. 257. So ist auch der friesische Hexenglaube um ein bedeutendes grauenhafter und dämonischer, als der auf dem Festlande. Und man sehe N. 324, 4. Verhältnismäßig am meisten, durch Arndts nicht genug zu dankende Thätigkeit hat die südliche Schleigegend hergegeben. Die Menge der historischen Erinnerungen, die sich an diese Gegend knüpfen, hat die Sage wacher gehalten, und daher mag es ebenfalls kommen, daß sie oft prächtiger und nicht in so einfachem Gewande, wie in den übrigen Landestheilen erscheint. Man vergleiche N. 215. 464. 468. 469. Angeln ist im ganzen sehr schweigsam gewesen, und das mag auch characteristisch sein. Alle Sagen sind kurz, und die meisten beziehen sich auf Adliche; man muß viel von diesen gelitten haben, N. 56. 58. 63. 191. 192. 543. rc. Es mag an der Weise der Sammlung liegen, aber so viel man jetzt sieht, herrscht in den aus Nordschleswig mitgetheilten unverkennbar Monotonie; Gespenster- und Zaubersagen und auf der andern Seite Sagen von Riesen und Pugen kehren in ewigen Variationen wieder. Aber ein schönes Wort spricht der Hardesvogt im rothen Mantel auf dem weißen Pferde: »Wir haltens mit den Landeskindern.« Diese Sage, N. 72, hat zugleich an epischer Vollendung unter den übrigen wenige ihres Gleichen; doch sehe man N. 66. N. 7. und 8. N. 16, 2. und 42. N. 19, 3. N. 35, 2.

Also des Genusses wie der Resultate vermag unsere Sammlung schon viel zu bieten. Doch nach dem zuletzt gesagten leuchtet ein, daß ihr an Vollständigkeit noch manches fehlt. Ich hoffe, daß die Sammlung jetzt im Stande ist sich neue und noch zahlreichere Freunde und Beförderer zu erwerben. Holstein und Lauenburg, und nicht weniger die übrigen Theile des Landes, werden noch gar manche Schätze bergen. Wir müssen nicht müde werden weiter zu sammeln und zugleich das verschwindende Bild des alten Volkslebens durch eine Zusammenstellung der Nachrichten über die Sitten und Gebräuche unseres Landes zu vervollständigen suchen. Wer nicht das Alterthum und die Vergangenheit seines Volkes liebt und achtet, der fühlt auch nicht den Stolz ihm anzugehören und kein Vertrauen zu der Zukunft kann in seinem Herzen wohnen. Wenn es aber bei uns anders steht, so glaube ich, wird meine Bitte nicht vergebens sein. Nur wer nicht die Sprache versteht, in der die Sage redet, und wen der Anblick nicht ergötzt, wenn sie das Land mit wunderbarem Leben erfüllt, für den ist dieses Buch nicht geschrieben, noch meine Bitte ausgesprochen. Ich aber möchte durch diese Blätter und durch das, was ich für diese Sammlung gethan, mich nicht nur des Vertrauens, das mir entgegen kam, würdig bewiesen und den werthen Männern, die mir halfen, einen Theil des Dankes abgetragen haben, sondern ihre und anderer Hilfe und Beistand mir ferner verdienen. Was wir sammeln, soll dem Lande zur Freude erhalten und der Wissenschaft nutzbar werden, und wir erfüllen damit zugleich eine Pflicht, die unsre Vorfahren für uns sorglos in ihrem Reichthum versäumten, für die Nachkommen.

Bis jetzt kam dieses Buch kaum über die Grenzen unseres Landes. Jetzt aber mag es gehn, und wem ein Gruß und Händedruck von hier willkommen ist, den herzlichsten von uns überbringen.

Kiel, am St. Martinstage 1845.

Karl Müllenhoff.

Erstes Buch.

Friske, riske, starke Degen,
De ehr Höved in den Wolken bregen.

Neocor. I. 134.

I.

Skeáf und Skild.

In alten Zeiten, als noch wenige Menschen hier im Lande lebten, trieb einmal ein Schiff ohne Steuer und Ruder die Schlei herauf: darin lag ein eben geborner Knabe, nackt und schlafend, mit dem Kopfe auf einer Garbe; um ihn her waren Waffen aller Art und viel edles Geschmeide hingelegt. Niemand kannte ihn und wuste woher er gekommen sei; aber man nahm ihn wie ein Wunder auf, pflegte und erzog ihn, bis er erwachsen war, und weil man glaubte, daß ein Gott ihn gesendet habe, und die Herrlichkeit des Jünglings sah, wählte man ihn zum ersten Könige über die Angeln und nannte ihn Skeáf oder Schoof, weil man ihn schlafend auf einem Schoof, einem Bündel Stroh, gefunden hatte. Skeáf aber wohnte an dem Orte, der von Altersher Schleswig heißt und herrschte lange Zeit ruhmvoll über sein Volk.

Sein Sohn hieß Skild, d. i. Schild. Dem musten bald alle Umwohnenden gehorchen; seinem Volke war er ein lieber Landesfürst. Aber lange blieb er ohne Nachkommen, bis ihm im hohen Alter Beówulf oder Beáw geboren ward. Dessen Ruhm verbreitete sich schnell in den Skedelanden zwischen den beiden Meeren.

Als dem alten Könige nun das Schicksal nahte und er dahin gieng, brachte sein Gesinde die theure Leiche zum Ufer, wie er selbst befohlen hatte, da er noch lebte. Zur Ausfahrt stand sein Schiff bereit, glänzend wie Eis: da hinein legten sie trauernd den Fürsten, mit dem Haupte zum Maste. Kein Schiff war je prächtiger ausgerüstet: eine Menge von Schätzen und Kleinoden, Waffen und Kriegsgewändern lagen umher, wie einst in dem Schiffe, das den Skeáf zu Lande getragen hatte. Hoch an den Mast band man ein güldnes Banner als königliches Zeichen und überließ es dann steuerlos dem Spiel der Fluthen.

Von nun an herrschte Beówulf über die Lande seines Vaters und ward durch seine zahlreichen Söhne Stammvater aller edlen Geschlechter, die einst nicht nur bei den Angeln blühten, sondern auch bei den Gothen, Wandalen, Schweden, Dänen, Norwegern, Jüten, Friesen und Sachsen, bei allen den Völkern, die einst an Ost- und Westsee wohnten.

Die Stellen bei Grimm deutsch. Mythol. Anh. XVII. Beów. im Anf. Kemble zum Beów. II. VIII.

II.
Offas Kampf auf der Eiderinsel.

(sec. 5.)

Lange Zeit hatte Wermund, mit dem Beinamen der Weise, über die Angeln geherrscht und war schon hochbejahrt, als ihm erst sein Sohn Offa geboren ward. Aber der Knabe schien keine Stütze seines Reiches werden zu sollen: er blieb blind bis zu seinem siebenten Jahre, und stumm bis zum dreizehnten* und war gelähmt und gekrümmt an allen Gliedern. Darum verachtete man ihn und hielt ihn nicht wie andre Königssöhne. Unterdeß erblindete Wermund vor Alter.

Da nun ein Fürst, der über die Holsteiner herrschte, hörte, daß das Land der Angeln wehrlos sei, sandte er Boten über die Eider und ließ Wermund sagen, entweder solle er Zins geben und sich ihm unterwerfen, oder wenn er einen Sohn habe, diesen zum Kampfe stellen. Diese übermüthige und höhnische Botschaft ward dem alten Könige überbracht: er und alle seine Mannen mußten dazu schweigen und den Uebermuth mit Schmerzen ertragen. Da aber erhub sich Offa, der zufällig im Saale war, und wie aus einem schweren Schlafe erwachend dehnte er seine Glieder, aus dem Lahmen ward ein kräftiger Mann, und der bisher stumm gewesen war, der fieng plötzlich an zu reden und gab den Boten zur Antwort, daß er den Kampf bestehen wolle und sein Land werde zu wehren wissen. Da ließ der blinde Vater ihn näher treten und betastete seine Glieder, Brust und Arme und erkannte, daß sein Sohn geworden sei, wie er selber in seinen Jugendtagen. Offa bestimmte den Tag des Kampfes und hieß die Boten die Antwort ihrem Herrn bringen. Darauf forderte er ein Panzerhemd; aber jedes, das man ihm überhengte, barst, so wie er sich dehnte, bis der alte König sein eignes bringen ließ und man es auf der Seite, die der Schild schützte, auftrennte und mit Riemen zusammen heftete. Auch jedes Schwert, das man ihm reichte, zersplitterte wie ein dürrer Stecken, sobald er es schwang. Da befahl der alte König, ihn zu einem Hügel zu führen, in dem er früher sein Schwert, das trefflicher als alle Schwerter ihm oft in Schlachten gedient, verborgen hatte: wenn das nicht halte, würde kein Schmied ein taugliches liefern können. Als man es nun herausgrub, war es ganz rostig und voller Scharten; damit aber wollte Offa den Kampf versuchen. Alle, die das Wunder der Verwandlung des Königssohnes sahen, folgten ihm willig und getrost, und bald stand Offa mit seinem Heere an der Landesgrenze; an der andern Seite der Eider aber standen die Holsteiner; eine Insel in der Mitte

* Die Vita Offae I. hat usque ad annum tricesimum; aber nach dem Wandererliede war Offa noch sehr jung, als er die Myrginge (Holsteiner) besiegte.

des Flusses (es soll die sein, auf der heute Rendsburg steht) war zum Kampfplatz ausersehen.

Der alte König aber ließ sich auf eine Brücke führen und um nicht den Tod seines Sohnes und den schmachvollen Verlust seines Reiches zu überleben, war er entschlossen, sich in den Fluß zu stürzen, wenn Offa nicht siegreich den Kampf bestünde. Beide Söhne des holsteinischen Königs traten Offa auf der Insel entgegen; von beiden zugleich angegriffen hielt er erst sich ruhig, den günstigen Augenblick erwartend, und fieng ihre Schläge mit dem Schilde auf. Da trat Wermund, der es hörte und seinen Sohn für ungeschickt hielt, ganz nahe an den Rand der Brücke. Offa aber reizte den ältern Bruder mit höhnischen Worten; und als dieser nun hitziger vordrang, erhub er sein Schwert und spaltete mit einem Hiebe Helm und Haupt des Mannes bis auf den Rumpf. Da erkannte der König den Klang seines Schwertes und wich zurück, auf den Ausgang nun voll freudiger Hoffnung. Offa trat darauf zu dem jüngern, und forderte ihn auf, seines Bruders Tod zu rächen. Der lief ihn muthig an; aber Offa wandte sein Schwert und that ihm mit der andern Schneide einen Schlag, wie er seinem Bruder einen gegeben hatte. Als Wermund nun zum zweiten Male es klingen hörte, da stürzten ihm die Thränen aus den Augen, die er im Schmerze nicht geweint hatte.

So schützte Offa sein Land gegen die Holsteiner und hat es später eben so gethan gegen einen König der Dänen, der Alewig hieß, und damals für den trefflichsten aller Männer galt.

Nach den Angaben und Berichten des Beówulf, des Wandererliedes, der beiden Vitae Offae I. und II. bei Watts Matthaeus Parisiens., des Sueno Agonis und des Saxo Gramm.

III.

Von Offas Gemahlin und ihrem Schicksal.

Eines Tages gieng der junge König aus um zu jagen; da aber das Wetter stürmisch ward und der Tag sich verfinsterte, verirrte er sich von seinen Genossen und kam tief in den Wald hinein. Da hörte er eine klagende Stimme, und als er dem Tone nachgieng, fand er mitten im Dickicht weinend ein wunderschönes Mädchen. Mitleidig fragte er nach der Ursache ihres Kummers; da erzählte sie ihm, daß sie die Tochter eines reichen Königs sei. Ihr Vater aber sei, durch ihre Schönheit gereizt, von unzüchtiger Liebe zu ihr entbrannt und habe sie mit Bitten, Geschenken und Drohungen zu seinem Willen bringen wollen. Weil sie aber seinem Begehren widerstanden, und alle seine Drohungen nicht gefruchtet, habe er seinen Dienern befohlen, sie in den Wald hinaus zu führen und zu töten. Diese aber hätten, aus Mitleid mit ihrer Jugend, zwar keine Hand an sie gelegt, aber sie so hilflos zurückgelassen. Seit der Zeit hätte sie sich von

Wurzeln und Kräutern genährt und die wilden Thiere hätten ihr kein Leid gethan.

Der König sah ihre Schönheit und ihre prächtigen Kleider, und glaubte wohl ihren Worten; er ward sogleich von Liebe zu ihr ergriffen. Er nahm sie bei der Hand und beide fanden bald die Höle eines alten Mannes, der da im Walde wohnte, und der am andern Morgen sie auf den rechten Weg wies. Auf seiner Burg angekommen, wählte Offa das Mädchen zu seiner Gemahlin; seine Fürsten und das Land waren wohl zufrieden damit und die Königin wurde von Allen geliebt, weil sie nicht nur schön, sondern auch wohlwollend und freigebig war. Offa verlebte mehrere glückliche Jahre mit ihr und sie gebar ihm eine Reihe Söhne und Töchter.

Da geschah es, daß ein befreundeter König mit Krieg überzogen ward und viel zu leiden hatte. Er schickte darum eine Gesandtschaft an Offa und bat ihn, ihm mit einem Heere zu Hilfe zu kommen. Offa scheute nicht den weiten Zug und bald erschien er, schlug die Feinde und damit nicht zufrieden, verfolgte er sie noch bis in ihr Land. Vorher aber sandte er einen Boten mit einem Briefe, darin sich geheime Aufträge befanden, in sein Land an die Fürsten, denen er für seine Abwesenheit die Verwaltung anvertraut hatte. Da muste es sich nun treffen, daß der Bote eines Abends, ohne es zu wissen wo er einkehrte, auf der Burg des Vaters der Gemahlin Offas Herberge suchte. Der König, nachdem er sich schlau erkundigt hatte, beschloß sogleich, die unerwartete Gelegenheit zur Rache zu benutzen: er nahm den Boten freundlich auf, bewirthete ihn aufs Beste und als dieser endlich vor Trunkenheit in einen schweren Schlaf fiel, erbrach er den Brief, änderte ihn nach seinem Sinne und ließ damit den Boten am andern Morgen weiter reisen.

Wie erstaunt waren die treuen Diener Offas, als sie das Schreiben lasen! Doch wagten sie es nicht, sich dem Befehle des Königs zu widersetzen, und die Königin wurde mit ihren Kindern in den tiefsten Wald hinausgebracht, um an Händen und Füßen verstümmelt ihrem Schicksal überlassen zu werden. Aber die rohen Knechte selbst, die damit beauftragt waren, empfanden Mitleid mit ihrer Schönheit und ließen sie am Leben. Doch die Kinder zerstückelten sie und streuten ihre Glieder umher. Als die Königin nun jammernd und klagend da saß, trat wieder der alte Mann zu ihr und tröstete sie mit freundlichen Worten, und da er die umhergestreuten Glieder sah, gieng er hin und sammelte jedes sorgsam, fügte alle aneinander uund mit geheimen Sprüchen und Gebeten belebte er die Leichen wieder, als wenn keinem der Kinder etwas geschehen wäre. Darauf führte er sie alle in seine Höle und erquickte und pflegte sie, wie er nur konnte. So lebten sie da lange Zeit.

Unterdeß kam Offa von seinem Zuge zurück und wunderte sich nicht wenig, als seine Fürsten ihm mit traurigen Mienen entgegen kamen und die Königin sich nicht blicken ließ. Als er aber Alles erfuhr, und nicht anders meinen konnte, als daß sein Weib und seine Kinder ermordet seien, wollte er vor übergroßem Leide fast vergehen. Viele Tage lang brachte er mit Klagen hin und überließ sich endlich einer finstern Schwermuth. Um ihn aufzuheitern und zu zerstreuen beschlossen seine Gefährten, ihn wieder an die ihm einst so liebe Jagd zu gewöhnen. Aber bald verlor er sich aus ihrem Haufen und kam zu der Höle des alten Mannes. Da setzte er sich davor nieder auf einen Stein und heiße Thränen vergießend dachte er an sein früheres Glück und sein jetziges Unglück und klagte es laut. Da trat der Einsiedel zu ihm und fragte nach der Ursache seines Weinens. Der König erzählte ihm sein Unglück und offenbarte ihm die ganze Sache. Als nun der Einsiedel seine Unschuld sah, da rief er voller Freude die Königin herbei, und bald waren Alle wieder vereint, die nie geglaubt, daß sie sich noch wieder sehen sollten.

Andre erzählen aber von Offas Gemahlin, die den Namen Hygd hatte, etwas ganz Andres.

Hygd war mit einem Könige Hygelâc vermählt, aber bei seinem Volke wegen ihres Uebermuths und ihrer Kargheit verhaßt. Als daher Hygelâc starb, setzte man die Königin in ein steuerloses Schiff. So trug die Fluth sie an Offas Land und als er auf der Jagd sie im Walde traf, vermählte er sich mit ihr, von ihrer Schönheit hingerissen und geblendet. Sogleich begann die Königin wieder ihre Frevelthaten und stiftete Streit und Unfrieden unter den Mannen des Königs, daß manch edler Held, der dem andern ein Freund und Geselle sein sollte, an diesem zum Mörder ward. Man hieß sie darum auch Königin Hexe (Cven Dhrydh). Karg und geizig war sie mit Geschenken, und Freude und Frohsinn wich aus Offas Halle, so lange Hygd lebte; der König vermochte sie nicht zu hindern. Als sie aber endlich seinen liebsten Dienstmann und Schwiegersohn hatte umbringen lassen und der König über seinen Tod so trauerte, daß er drei Tage lang Speise und Trank von sich wies, fürchtete sie seinen Zorn und um einer schmählichen Strafe zu entgehen, stürzte sie sich in einen Brunnen.

Vita Offae I. & II. bei Watts Matth. Parisiens. Lond. 1640. Fol. vgl. Beówulf v. 970 ff.

IV.

Siegfried und Starkad.

In Norwegen lebte ein Held mit Namen Starkad; der war von allen Männern im Norden der weitberühmteste: an Klugheit, Stärke und großen Thaten mochte keiner sich ihm vergleichen. Da er nun hörte, daß König Frode von Dänemark von allen Königen der reichste und mächtigste sei, begab er sich zu ihm in seinen Dienst. Da erhielt Frode Kunde von einem mächtigen Könige in Deutschland, der in Worms am Rheine wohnte und Günther hieß. Weil ihm nun schon viele Könige unterthan waren, schickte er auch an diesen Boten und ließ Schatz fordern, oder er dürfe Krieg gewärtig sein. Aber der deutsche König wollte sich nicht so schimpflich gleich einem Dänen unterwerfen, sondern erst den Krieg versuchen. Er rief Siegfried, den Mann seiner Schwester, zu sich; der war von allen deutschen Helden, die je vor und nach ihm lebten, der herrlichste. Schon in seiner Jugend erschlug er einen Drachen und badete sich in seinem Blute; davon war seine Haut so fest geworden, daß kein Eisen sie verschnitt. Siegfried war schön und jung, kräftig und kühn. Sie zogen hinauf nach Dänemark und als sie nach Holstein an die Eider kamen, fanden sie auf einer Insel schon den Wahlplatz abgesteckt. Bald kam auch Frode mit Starkad und mit seinem Heer von Norden her und Dänen und Deutsche rannten heftig gegen einander; es geschah eine große Schlacht und viele starben auf beiden Seiten. Starkad drang grimmig vor und streckte Männer und Rosse nieder, so daß sie niemals wieder aufstanden. Als Günther seine Leute fallen sah, den Mann aber nicht kannte, sprach er zu Siegfried: „Wenn du dem nicht wehrest, so wird es uns nimmer gut gehn." Da machte sich Siegfried auf mit wenigen Männern, unwillig folgten sie ihm, und drang auf Starkad ein. Als er zu ihm kam, fragte er laut, wie er heiße und woher er wäre. „Ich heiße Starkad," war die Antwort, „und bin aus Norwegen." „So habe ich oft von dir reden hören," sagte Siegfried, „aber selten etwas Gutes; solche Leute soll man fürs Unheil nicht länger sparen;" und damit wollte er ihn anrennen. Starkad aber fragte: „Wer bist du denn, der du mich so in Worten lästerst?" Da nannte Siegfried seinen Namen. „Bist du denn der, der den Drachen erschlug?" „So ist es," sagte Siegfried. Da wandte Starkad sich eilend um und floh; aber Siegfried lief ihm nach, schwang sein Schwert und gab ihm mit dem Griffe in der Faust einen Schlag auf den Kinnbacken, daß er zerbrach und dem Dänen zwei Zähne aus dem Munde fielen. Das war ein schmählicher Hieb, der ihn Zeitlebens entstellte. Starkad war schimpflich besiegt; da hielten auch die Dänen nicht länger Stand und die Deutschen gewannen große Beute. Frode hat später keinen Schatz wieder von Günther gefordert. In deutschen Liedern heißt es, daß dieser ihn seines Reiches beraubt habe. Andere sagen, Günther habe den Dänenkönig erschlagen.

In der Kirche zu Lund in Schonen hat man nachher noch lange als Merkwürdigkeit einen jener Zähne Starkads gezeigt. Er war an einem großen Stricke aufgehengt und wog seine volle sieben Loth.

Siehe Nordalbing. Studien Bd. I. (1844.) S. 191 ff.

V.

De Sassen unn de Jüten.

Ein Mann in Kurborg bei Schleswig am Dannewerk erzählte:

In olde Tyden weer hyr by den Wall de Scheed mang de Sassen unne Jüten. De Sassen waenden datomael den Süderweg unn de Jüten den Noerderweg. De Jüten harren den ollen Wall buet, de nu dat Dannewerk heet.

Nu harren se mael en groten Kryg mang enanner unn de Jüten trökken hyr noch en Grawen vær den Wall, dat he noch säkerer watren schull; den heet man den Kograwen. Da harren se luder rode Ossen achter anbunden unn up jewelk Hoern en Waslicht sett unn witte Döker se üm den Kopp daen; se dachen de Sassen damet bang to maken. Awer de Saß güng doch dar hendær, neem den Kograwen in unn kreeg de jütschen Ossen gefangen. Naest (Nachher) leeg he lang vær den waren Wall; toletz fünn he awer doch en Städ, wo he dörch kunn. De Wall güng da dörch en Torfmoer unn weer man van Torf upsmäten. Da steek de Saß Füer in unn brenn den Wall dael bet up den Grunt. De Städ is noch to seen unn heet de Sydergrunt.

As de Sassen de Jüten nu so neeg kemen, dat düsse sik nich bargen kunnen, müssen se de grote Krygskaß in den Sydergrunt versenken. De Lüde in Jütland wetet oek noch recht goet de Städe, wo se ligt. Dat ist oek noch nich so lang häer, da weer hyr en jütsche Ossendrywer, de na Hamborg güng; de sä', wenn he werrer torüg keem, wull he de Krygskaß uetgrawen unn mitnämen, de syne Værölleern hyr vergrawen harren. He is awer nahäer in Hamborg doet bläwen.

As de Saß nu dorchdräng', unn se up dat Lüerschauer Moer keemen, da höllen se en grote Slagt unn de Jüten verlören da tachentigdusent Mann. Darna keeren de Sassen werrer ümm. Da sammelden sik de Jüten werrer unn leten sik hören: Noch is he nich den Kropperbusch vorby! Se jagen de Sassen na unn up de Heide by Kropp höllen se de twete Slagt. Da verlören de Sassen veertigdusent Mann. Davan kumt noch hüdigen Dages dat Sprikwoert: Noch is he nich den Kropperbusch vorby!* Da verlören de Sassen oek ären Feldherren. Dat weer en Mann so stark, dat he mit synen bloten Finger in de Steen schrywen kunn. Da ligt noch en Steen nich wyt van Auschlag, den he in de Slagt da hen smäten hett. Da kan man noch alle fyf Finger van syn Hant in seen. — De Schepery in Kurborg het in fröhern Tyden oek noch de Gerechtigkeit hatt in äre versägelde Fryheiden, dat se to gewisse Dage äre Schaep up de Lüerschauer Heide drywen kunnen, de doch wyt davan af is. Dat sall oek noch van disse Tyden häer kamen.

Durch Herrn cand. ph. Arndt. — So offenbar diese Sage auch gelehrte Anknüpfung hat, die in einer von Antiquaren so oft durchforschten Gegend begreiflich ist, und keine unmittelbare Erinnerung aus alter Zeit sein kann, verdiente sie doch merkwürdiger, freilich auch sonst begegnender Züge wegen Aufnahme. vgl. No. 16.

* Nach Andern ist das Sprichwort entstanden, weil viele Räuber ehedem da hausten.

VI.
Der treue Küchenjunge.

1.

Im östlichen Holstein lag einst das feste Schloß Nienslag, das mit dreifachen Wall und Graben umgeben war, und dabei lag ein See. Hier wohnte ein Herr von Ranzau. Als aber einst die Wenden es hart bedrängten und eine Verteidigung nicht länger möglich war, entwich der Graf heimlich, um nur sein Leben zu retten, schwamm über den See und ließ die Burg und seine Leute im Stich und dazu seinen einzigen jungen Sohn. Da unterhandelte die Mannschaft mit dem Feinde, übergab die Burg mit Allem, was darauf war, und erhielt freien Abzug, ohne etwas mitnehmen zu dürfen. Nur ein kleiner schwächlicher Junge, der immer mit in der Küche geholfen hatte, erhielt zuletzt auf seine inständige Bitte die Erlaubnis, so viel mitzunehmen, als er tragen könne. Da gieng der treue Junge hin, wo er den Sohn seines Herrn versteckt hatte, die beiden waren immer Spielkameraden und gute Freunde gewesen, und nahm ihn auf seine Schultern, trug ihn hinaus und rettete ihn so.

Heinr. Ranzau bei Westphal. I. 98. I. 49. Dankwerth. p. 230.

2.

Der letzte Besitzer der Burg zu Schönweide, von der noch der Burgplatz mit den Resten der Wälle und Graben zu sehen sind, war ein Ranzau. Er hatte sich den Haß der Dänen zugezogen und ward von ihnen belagert. Von einer Anhöhe auf dem Trestorfer Felde beschoß man die Burg mit Kanonen. Endlich muste der Besitzer mit seinen Dienern fliehen und um die Feinde zu täuschen, ließ er den Pferden die Hufeisen verkehrt auflegen. Er entkam und nie hat man etwas wieder von ihm gehört. Ein anderer Theil der Leute rettete sich auf Kähnen über den Trestorfer See.

Der Graf hatte aber seinen verwachsenen Sohn auf der Burg zurückgelassen, und als die andern alle flohen, blieb allein ein treuer Knecht bei ihm zurück; der steckte ihn in einen Sack und verbarg ihn im Keller. Als nun die Belagerer eindrangen, bat er fußfällig um sein Leben und die Erlaubnis, sein Bischen Zeug mitnehmen zu dürfen, und da man ihm gewährte, nahm er den Sack und rettete so den Sohn seines Herrn.

Mündlich durch Herrn Schull. Pasche in Wankendorf.

VII.
Graf Rudolf auf der Bökelnborg.
(1145.)

Auf der Bökelnborg saß ein Graf Rudolf und hielt die Ditmarschen alle in so schwerer Dienstbarkeit, daß die Bauern zum Zeichen derselben am Halse einen Klawen tragen musten, mit dem sonst das Vieh im Stalle angebunden steht. Sie musten den Schimpf dulden. Des Grafen Frau aber, die Walburg hieß, hatte ihn zu seiner ganzen Härte angestiftet. Sie trieb ihn auch dazu, daß er noch eine große ungewöhnliche Schatzung in einem Jahre auflegte, in dem erst der Winter so hart war und die Kälte so grimmig, daß die Vögel in der Luft erfroren und herunterfielen und darauf Theurung und Hungersnoth folgten, daß Menschen und Vieh bei großer Anzahl starben. Da hielten die Bauern bei dem Grafen an, daß er ihnen das Korn erließe. Er sah wohl ein, daß doch wenig oder gar nichts einkommen könnte, und erließ ihnen also die Schatzung, doch unter der Bedingung, im folgenden Jahre sie doppelt zu entrichten.

Zu der Zeit wohnte zwischen Schaafstede und Eckstede auf Heine Viert ein reicher Bauer, ein vornehmer Mann. Den bat der Graf im folgenden Jahre einmal bei sich zu Gaste und tractierte ihn stattlich; während des Schmauses ließ er viel Musik machen. Nach einer Zeit lud ihn der Bauer dafür wieder ein und stellte ein großes Gastgebot an. Wie noch heutzutage geschieht bei großen Hochzeiten und Bieren, waren Säcke voll Korn dahin gestellt und Bretter darüber gelegt: darauf saßen die Gäste. Anstatt des Saitenspiels und der Musik aber ließ der Bauer erst alle seine Schweine heraus, dann die Schaafe, dann das Jungvieh, darauf die Kühe, und endlich die Pferde, alle nacheinander. Die trieben mit Springen und Laufen ihre Kurzweil und machten keinen geringen Lärm. — Als die Frau des Grafen aber all den Reichthum sah, da schürete sie ihn an, daß er die Pacht nun ernstlich fordere. Darum hielt er auch die Bauern nun mit Gewalt dazu, daß sie beide des vorigen Jahres nachständige und dieses Jahrs fällige Pflicht eines mit dem andern aufbrächten. Die aber wurden ungeduldig und dachten auf Gelegenheit und Mittel, wie sie ihr Joch ablegen und ihre alte Freiheit wieder erlangen könnten. Solches ist ihnen gelungen auf diese Weise.

Als sie am St. Martinsabend das Korn auf die Burg bringen sollten, schickten sie erst einige Wagen mit vollen Säcken voran. Auf dem allerersten aber setzte sich ein Bauer mit seiner schönen Tochter, um die der Bökelnborger Herr gebuhlt hatte. Auf den übrigen Wagen verbargen sich starke Männer in und unter die Säcke, und nebenher giengen nicht weniger starke, als wenn sie das Korn abladen wollten. So fuhren sie eilends hinter einander her; bald war der Burgraum voll und etliche hielten wie verabredet war, unter dem Thor, damit dieses nicht gesperrt würde. Als nun die vordern Wagen abgeladen werden und der Graf sich keines Arges vermuthet, erscholl von hinten her das Losewort:

Röret de Hände,
Snydet de Sacksbände.

Da schnitten sich die Verborgenen heraus, die Wagenführer und die Sackträger rotteten sich mit ihnen zusammen und mit ihren langen

Messern bewaffnet fielen sie über die Leute in der Burg her und ermordeten alle. Die Gräfin aber ergriffen sie und schnitten ihr Brüste, Nase und Ohren ab und warfen sie so in das fließende Wasser, das bis auf den heutigen Tag nach ihr die Wolbersaue heißt. Doch Einige meinen, sie sei, als sie die Gefahr bemerkt und sich nichts Gutes vermuthet habe, aus dem Fenster des Schlosses hineingesprungen. Den Grafen aber suchte man überall vergebens. Als man nun das Schloß schleifte und zerstörte und schon der dritte Tag da war, da bemerkte man, daß die Elster, die der Graf gezähmt und zur Kurzweil immer bei sich gehabt hatte, vor einem verborgenen Gange saß und immer seinen Namen rief. Da zog man ihn hervor, erstach ihn und riß vollends Alles nieder, daß weiter keine Spur nachgeblieben ist, als der große Ringwall, der heutzutage den Burger Kirchhof einfaßt.

Von der Geest führt ein Weg nach Eddelack, den man den Hansweg nennt, weil man früher zu sagen pflegte, wenn die Grafen plündernd und raubend von der Bökelnburg in die Marsch zogen und des Weges kamen: Da kumt de Graef mit all synen Hansen! was so viel als Gefährte bedeuten soll.

Neocorus I. S. 321. Presbyter Bremens. bei Westph. III. 38. — Mündlich.

VIII.

De Markgraef to Sleeswik unn de Buer to Boklund.

To Sleeswik up Gottorp weer vær Tyden mael en Markgraef.* Da weer oek en Buer to Boklund, de müß den Markgrawen jümmer Koern, Botter unn Fisch upt Slot bringen vær synen Disch unn weren gode Fründe met enanner. As de Buer mael to Slot weer unn de Markgraef gerade by Disch seet, lett he em herin kamen unn by sik sitten an syne sülwerne Tafel, unn wys em all dat Sülwergeschirr unn all de Kostborkeden, leet de Muskanten spälen, unn den Buer van de schöensten Spysen gäwen, unn fynen Wyn darto, so väel as he mugg. De Buer seeg unn höer sik dat all mit an, eet unn drunk, sweeg awer still darto. As he nu't Äten daen harr, do fraegd' em de Markgraef, of he sik denn gaer nich darœwer verwunner. „Ja, Herr Markgraef," leet de Buer sik hören, „de Tafel is wul kostbaer genoeg, unn de Wyn unn dat Äten is goet unn düer genoeg; awer, Herr Markgraef, ick getrue my em unn synen ganßen Hoffstaet sodennig to beweerten, dat myne Tafel noch kostbarer is unn will em solke Musyk maken laten, dat de Herr Markgraef segg'n sall, se weer noch bäter as syne."

* Bekanntlich war im vorigen Jahrhundert Friedrich Ernst Markgraf zu Brandenburg Statthalter der Herzogthümer auf Gottorp.

Daræwer worr de Markgraef nygirig unn wull doch wäten, wodennig de Buer dat anfangen wull. Up enen Dag reed he also mit al syne Hoflüde heruet na Boklund. Do harr de Buer twee Regen grote Weetensäcke, stramm vull, up syne grote Däel setten laten. Da weren Bräder up legt, dat weren de Dischen. Unn he harr dat ganße Dörp inladen laten unn harr Äten kaken laten, väel unn goet, so as de Buerslüde dat kaken könt. As de Markgraef sik nu sat äten harr unn mit de Beweertung woll tofräden weer, fung de Buer an em værtoräeknen; unn se fünnen, dat de twee Regen Koernsäck jo so düer weren, as de sülwern Tafel, unn dat syn Äten noch kostbarer weer as den Markgraef syn. „Dat laet ik gelden," sä' de Markgraef, „awer wo blivt denn de Musyk?" Do leet de Buer eers all syn Päer, do de Ossen, do de Köe, do de Swyn unn de Schaep, do de Göes unn de Aenten unn de Höners up den Hoff unn jaeg dann de Hunde da mank. Wenn nu so väle Creaturen tosamen koemt, is dat nich ruhig, dat fleit unn bitt sik unn de höllische Spektakel is loes. Do muß de Markgraef seggen, dat de Musyk doch kostbarer weer, as syne.

Nach Herrn cand. ph. Arndts Mittheilung.

IX.

Die Stellerborg.

(1164.)

Auch auf der Stellerborg saß ein Graf und regierte über die Ditmarschen. Sie dachten aber auch darauf sich von seiner Herrschaft zu befreien.

Um Pfingsten werden ja heute noch allerlei Spiele, als Ringreiten, Katzenschlagen ꝛc. aufgeführt. An einem solchen Tage giengen einmal die Leute vom Schlosse, um sich mit im Dorfe zu erlustigen; die Ditmarschen hatten den Pförtner bestochen, sagt man. Sie besteckten sich alle nun mit grünen Maien und nahmen Zweige in die Hände und zogen so dem Schlosse zu; da hat der Pförtner gerufen: De Wold de kumt! de Wold de kumt! Darum achtete niemand darauf. So gewannen die Ditmarschen mit leichter Mühe das Thor, fielen über die her, die noch auf dem Schlosse waren und töteten sie. Etliche verteidigten aber unter der Zeit den Eingang und wehrten den Leuten, daß sie nicht wieder hinauf kommen konnten. So gewannen sie mit leichter Mühe das Schloß und zerstörten es, und erhielten damit ihre alte Freiheit wieder.

Die Leute in Stelle erzählen, daß man den Grafen in einem Keller gefunden habe, nachdem ihn sein Heister verrathen hatte, und die Gräfin, die Dortchen geheißen, habe man in dem Brunnen ertränkt, der noch heute darum Doertjensoet oder Kuhle genannt werde.

Seit der Zeit aber, behaupten die Ditmarschen, dürfe bis auf diesen Tag kein Adlicher im Lande wohnen, und das Recht sei ihnen vom König verbrieft und bestätigt.

Neocor. I. 323. und Hans Detleff ebendas. 581. — Mündlich.

X.

Wie Graf Geert die Ditmarschen überfiel.

(1317.)

Die Ditmarschen, nachdem sie raubend und plündernd durch Holstein gezogen waren, kamen nach Kiel. Aber bald wurden den Bürgern die Gäste lästig und sie bedachten daher einen behenden Anschlag, stellten mit Pfeifen, Trommeln und Gesang einen Tanz an, und brachten sie so hinaus nach dem Kuhberge, schlossen aber das Thor der Stadt hinter ihnen zu. Die Ditmarschen wollten nun nach Hause ziehn, trieben unterwegs aber ihren alten Muthwillen. Als sie nach Bornhövede kamen, badeten sie sich in den vollen Kufen frisches Biers, die sie im Dorfe fanden, vor lauter Uebermuth, und hielten dann Nachtlager auf der Heide. Des Morgens früh kam aber Graf Geert mit seinem Volke und jeder trug einen grünen Zweig mit Blättern, so daß das Heer aussah wie ein Wald, und die Ditmarschen meinten nicht anders, als daß der Wald käme. So wurden sie unvermuthet überfallen und ein Theil erschlagen; andere ertranken in der Bünzener Aue. Im Ganzen blieben ihrer fünfhundert.

Presbyter Bremens. bei Westph. III. 55. Quelle für Alb. Krantz, Reimer Kock, Joh. Petersen, Neocor. Detmar I. 208 weiß nichts von dieser Sage.

XI.

De Holsten verbidden (verteidigen) ehr Recht mit dem Schwerde.

(1225.)

De swarte Margrete settete up der Borg to Segebarg einen Baget und Hovedmann des Landes to Holsten, dat se sik hadde underdanig gemacket, wente to der Borg (außer bis an den festen Ort) Itzehoe und fletende Water der Stör und Marsch. In der Marsch entholden sik vele Edellüde ut dem Lande to Holsten, umme Seckerheit willen der Stede, de sik den Denen nicht geven wolden. Wente (denn) de Denen wolden dat gantze Lant to Holsten sik und eren Rechte underdanig macken, dat dat Holsten Recht gantz und all scholde vordelget (vertilgt) werden und dat Lovboke richten scholde. Des sik den de Holsten hoch beklageden, dat man se erer gewontlicken und older gebrukeden Rechte beroven wolde, und dat se scholden eines nyen unbekanden Rechtes gebruken, also, dat se dem Hovedmanne, de up Segeberge gesettet was, begunden under Ogen to knurren, und seden, se wolden eres egen Holsten Rechtes gebruken. Do antwordede de Hovedmann: „Gy wiset my juw Recht ut juwen egen Koppe, averst unse, dat denische Recht, is beschreven; na der Schrift kann ik juw und my regeren. Juw Recht weet ik nicht, und beschreven is it ok nicht und entraden (rathen) kann ik it ok nicht: ik mot einen Hund herbringen, de juw juwe Recht bellen kann. Darum beradet juw wat gy vor ein Recht hebben willen und benomet my up einem enkenden (einzelnen bestimmten) Dage juw Recht."

In den Tieden was neen (kein) Herr im Lande to Holsten. Sunder man segt, dat dar ein edel Fruw in der Kremper Marsch by Itzehoe gewest sy von der Borg Kellinkdorp, mit Namen For Deest van Kellingdorpe. Desülve tog to den Graven van Schouwenborg und bat enn, dat he ehr und dem Lande to Holsten wolde geven einen van synen Sons to einem Herren und Regenten. De Grave gaf ehr einen mit Namen Alef. Den sulvigen nam de genömede Fruwe do mit sik in ehr Vaderlant, und förde en henin alse einen Herrn mit groter Freude. Ut desselven Tokumpft entstunt den Holsten, de in der Marsch Itzehoe weren, und he ok under der Gewalt der Denen weren, grote Vortrostinge und Frolicheit.

De Holsten vorsammelden sik to den Hovedmann und Vagede by Segeberge und begerden wedder, dat man ene muchte Holsten Recht werden laten. De Hovedmann antworde und sede: „Wat erwelen gy vor ein Recht in juwen Vaderlande?" Do togen de besten und oldesten Eddellüde des Landes to Holsten ere Schwerde ut, schuddeden de und repen mit unvorschrockener Stemme: „Unse gewonlicke Recht willen wy beholden und mit dem Schwerde vorbidden (verteidigen)." Van der Dat ward ein gemene Spröke im Lande to Holsten und man segt noch hüden: „Unse Recht vorbidden wy mit dem Schwerde." Da de Hovedmann der Holsten ere averdadige Könheit sach und wüste, dat se einen andern nyen Hovedmann und Herren erwelet hadden, fruchtede he sik und gaf sik in de Flucht. Unde de Holsten vorfolgeden en und slogen en dot.

Darna vorhoven de Holsten wedder ehr Hoved und fören den eren Graven Alef van Schouwenborg hervor, de noch ein junk Herre was, und vorhaleden sik, dat se to eren vorigen Kreften wedder quemen, und mit gotlicker Hülpe beschermeden se frimodigen sik und ehr Vaderlant und jageden de Denen mit der Tyt ut eren Grensen. Wente de allmechtige und barmhertige Got lett einen Bemoieden (Bekümmerten, Gebeugten) nicht stedes bemoien, sunder lett ene biwilen tom Atem wedder kamen. Also schach ok in den Tyden den Holsten; den gaf Got wedder eine Vortrostunge, do se dorch de Denen beangstet weren und erweckede einen Vorbidder, genomeden Greven Alef, alse einen rechten Judam Machabeum.

Presbyter Bremens. bei Westph. III. 43. Quelle der spätern Chronisten, die nur aus besserer historischer und chronologischer Kenntnis einzelnes ändern, und an die Stelle der swarten Greet den König Waldemar den Sieger setzen. Heinr. Ranzau fügt hinzu, daß seit der Zeit die Holsten bewaffnet im Gerichte und auf Landtagen erschienen seien.

XII.
Die Schlacht bei Bornhövede.
(1227.)

Als Graf Alf mit seinen Holsten dem König Waldemar auf dem Felde bei Bornhövede gegenüberstand und schon lange gekämpft war, begannen seine Schaaren zu weichen. Denn die Sonne schien ihnen ins Gesicht und die Dänen wehrten sich tapfer. Da flehte der edle Herr mit inbrünstigem Gebete zu der heiligen Maria Magdalena, deren Tag gerade war, und verhieß ihr ein Kloster zu bauen, wenn sie ihm hülfe. Da erschien die Heilige in den Wolken, segnete das Heer und verdeckte mit ihrem Gewande die Sonne. Als die Holsten dieses Wunder sahen und Graf Alf sie zugleich mit Worten ermunterte, faßten sie neuen Muth und nachdem die Ditmarschen wie verabredet war, zum Zeichen des Abfalls ihre Schilde umgekehrt hatten, daß die Spitzen nach oben standen, und den Dänen nun in den Rücken fielen, da ward der vollständigste Sieg erfochten.

In dieser Schlacht hatte der König Waldemar seinen Stand auf dem Hügel, der nach ihm der Köhnsberg heißt. Es ward ihm sein Pferd unter dem Leibe erschossen. Als seine Leute geflohen waren und es schon dunkel werden wollte, irrte er noch hilflos auf dem Schlachtfelde umher. Da traf er einen schwarzen Ritter, der seinen Helm geschlossen hatte; den bat er für eine gute Belohnung ihn nach Kiel in Sicherheit zu bringen. Der Ritter nahm ihn zu sich aufs Pferd und brachte ihn ohne ein Wort zu sagen zur Stelle. Als sie in den Schloßhof einritten und die Diener mit Fackeln erschienen, forderte ihn aber ernstlich der König auf, seinen Helm zu öffnen und seinen Namen zu nennen, damit er seinen Lohn empfange. Da schlug der Ritter das Visier zurück und Alle erkannten erstaunt den Grafen Alf selbst.

Die Belegstellen bei Christiani Gesch. der Herzogth. Schl. u. Holst., Bd. II. 102. Christiani misverstand Herrmanns von Lerbeke Worte. — Mündlich.

XIII.
Graf Alf als grauer Mönch.

Als Graf Alfs beide Söhne erwachsen waren, erfüllte er sein Gelöbnis, das er in der Schlacht bei Bornhövede gethan hatte, und trat in den Orden der grauen Mönche (Franziskaner). Nun erzählt man, daß er bettelnd wie ein andrer Bruder umhergieng und Almosen sammelte. Da begab es sich, daß er einmal in Kiel, wo er auch ein Kloster gestiftet hatte, auf der Straße gieng und gerade eine Kanne voll Milch trug, als seine Söhne die Grafen mit vielem Gesinde daher geritten kamen. Da schämte er sich und wollte die Kanne verbergen; doch besann er sich, so daß die Demuth über die Eitelkeit siegte und er, um sich zu strafen, die ganze Kanne voll sich über den Kopf goß.

Presbyter Brem. bei Westph. III. 49.

XIV.

Erichs Leiche.

(1250.)

Nachdem Herzog Abel seinen unschuldigen Bruder den König Erich hatte ermorden lassen, und die Leiche mit Steinen und Ketten beschwert bei Missunde in die Schlei gesenkt war, so stieg sie doch bald empor und trieb ans Ufer. Als man sie in feierlichem Zuge in die Stadt führte, fiengen alle Glocken von selbst an zu läuten. Man begrub sie in der Kirche St. Peter, und zeigt heute noch, nachdem sie längst anderswo hingeführt ist, dort des Königs Mütze, Rippe und die Ketten.

An dem Orte, wo die Leiche antrieb, errichtete man ein hölzernes Kreuz und nannte ihn zum finstern Stern. Oft haben später Fischer blaue Lichter da gesehen, wobei sie immer ein Grausen angekommen ist.

Der König soll jetzt unter einem Steine zwischen Loitmark und Arnis an der Schlei begraben sein. Jede Nacht, wenigstens in der Nacht, in der er ermordet ward, kehrt der Stein sich um, wenn die Uhr zwölf schlägt.

Cypraei Ann. episc. Slesv. p. 258. — Mündlich. vgl. No. 337. 340.

XV.

König Abel und Wessel Hummer.

(1252.)

König Abel zog hinunter nach Eiderstede mit großem Heere und wollte die Friesen bezwingen. Die aber wehrten sich und schlugen ihn auf dem Königskamp. Als er nun fliehend den Milderdamm erreichte, war ein Rademacher von Nordstrand, Wessel Hummer, ihm vorauf geeilt und hielt sich in einem Siel, das unter dem Damme weg gieng, verborgen bis der König kam: da sprang er hervor, fiel ihn von hinten an und spaltete ihm den Kopf mit seiner Axt, so daß er sogleich tot niederstürzte.

Mehrere Jahre nach dieser That befand sich Wessel Hummer einmal zur See. Da erhub sich ein gewaltiger Sturm, daß das Schiff dem Untergange nahe kam. Da gestand er, daß er ein Königsmörder und wohl der Jonas auf dem Schiffe sei, um dessentwillen See und Sturm tobten. Als nun weiter keine Rettung war, entschlossen sich die Schiffer und warfen ihn über Bord; sogleich legte sich das Unwetter.

Provinzialberichte 1794. 2, 72. — Durch Herrn Schull. Hansen auf Silt.

XVI.

Swarte Margret.

(† 1283.)

1.

Es herrschte einmal eine Königin die swarte Margrete über Dänemark, die ließ die Elbe mit langen Pfählen und einer großen Kette sperren, so daß Niemand heraus noch hinein konnte. So hat sie auch den Kieler und Flensburger Hafen versperrt und die Schlei ruiniert. Sie belagerte einmal Itzehoe und am Tage Mariä Geburt (Sept. 8) hat sie einen großen Wall und eine Brücke quer durch die Stör legen wollen, um das Wasser in die Stadt und in die Marsch zu treiben. Da ist aber an demselben Tage zweimal ganz wider die Ordnung die Fluth gestiegen und zwar so hoch, daß Wall und Brücke zerbrachen. Ueber der Stadt aber sah man die Mutter Gottes erscheinen, und die Bürger haben allezeit den Tag hoch gefeiert und ihn Borgerdag genannt.*

Die swarte Margret hat auch das Dannewerk bauen lassen, um damit Dänemark vor den Deutschen zu verschließen. Als sie noch nicht damit fertig war, ward sie vom Feind angegriffen. Da stellte sie eine Reihe Kühe an dem äußern Graben auf, der davon der Kograben heißt, und die Feinde verschossen alle ihre Munition, weil sie die Kühe für behelmte Soldaten hielten. Unterdeß ward sie fertig.

Sie war überaus listig und ritt immer auf Pferden durchs Land, deren Hufeisen verkehrt standen, so daß niemand wußte, wo sie geblieben sei. So entkam sie auch einmal den Oldenburgern.

Sie hatte nämlich ihren Sohn nach Oldenburg geschickt, um da Schatzgeld einzukassieren. Aber die Oldenburger Schuster griffen ihn, hackten ihn in Stücke und schickten ihn eingesalzen wieder der Mutter zu. Darüber ergrimmt belagerte sie die Stadt und warf Schanzen auf, die noch bei Weißenhaus an der Ostsee zu sehen. Aber die

* Heute der große Itzehoer Herbstmarkt.

Rußen kamen den Bürgern zu Hilfe und Margrete entkam nur mit genauer Noth durch jene List. Seit der Zeit dürfen die Oldenburger Schuster aber nicht aus der Stadt und bis auf diesen Tag keinen Jahrmarkt besuchen.

Bei Bornhövede lieferte sie einmal eine große Schlacht und als sie ihr Pferd bestieg, hat sie ihren Fuß einem Steine eingedrückt, der da lange zu sehen gewesen ist. Andre sagen, es sei der Huf ihres Pferdes und ein eben solcher Stein lag am hohlen Bache an der Grenze der Güter Depenau und Bockhorn.

Diese Königin ist recht eine alte Hexe gewesen. Sie geht noch heute spuken und vieles ist noch von ihr zu erzählen.

Presbyter Brem. bei Westph. III. 41. — Mündlich nach verschiedenen Mittheilungen.

2.

Am Deckerkruge bei Schuby, in der Nähe der Lohheide bei Schleswig, ist ein kleiner Hügel, den man Dronningshoi nennt. Er ist von Soldaten aufgeworfen, indem sie die Erde in ihren Helmen zusammen trugen. Hier hat die swarte Margret einmal einen andern Fürsten erschlagen.

Sie hatte nemlich Krieg mit ihm. Aber da sie sah, daß es ihr nicht gut gehn werde, schickte die alte listige Frau zu ihm und ließ ihm sagen, es wäre doch unrecht, daß so viele tapfere Leute um ihretwillen sterben sollten; besser wäre es, daß sie und er allein den Streit ausmachten. Der Fürst dachte mit der Frau wohl auszukommen und nahm das Anerbieten an. Als sie nun mit einander fochten, sagte die Königin zu ihm, er möchte ihr doch einen Augenblick Zeit geben, sie wolle nur ihre Sturmhaube, wie man sie damals trug, ein wenig fester binden. Der Fürst erlaubte ihr das; sie aber sagte, daß sie ihm doch nicht trauen dürfe, wenn er nicht seinen Degen bis an die Parierstange in den Grund stecke. Auch das that der Prinz. Aber da gieng sie auf ihn los und schlug ihm den Kopf ab.

Er ist in Dronningshoi begraben, und die Leute, die dabei wohnen, haben ihn da noch oft sitzen sehen vor einer silbernen Tafel, mit einem silbernen Theetopf, einer silbernen Milchkanne und einer silbernen Tasse.

(Cypraei Annal. episc. Slesv. S. 276.) Provinzialbericht. 1830. S. 348. Mitgetheilt von cand. ph. Arndt.

XVII.

Der Hasenkrieg.

(1289.)

Die Grafen Hinrich und Johann wollten die Ditmarschen bezwingen und rückten mit großem Heere ins Land. Da geschah es, daß den Vordern im Zuge ein Hase über den Weg lief und sie das gewöhnliche Jägergeschrei darüber erhuben: Löep! Löep! Löep! Nun meinten die hinten im Zuge nicht anders, als daß sie laufen sollten und thaten flugs also. Darüber wurden die Vordern von den Ditmarschen leicht besiegt. Etliche vom Adel sollen den Grafen dies angerichtet haben. Aber die Ditmarschen sagten nachher immer, daß ein Hase die Holsten aus ihrem Lande gejagt habe.

Neocor. I. 353. Alb. Kranz Sax. VIII. 33. Joh. Petersen S. 58. (1557.) — Detmar, S. 164, kennt auch schon das Geschichtchen, setzt aber ein andres den Hexen ebenfalls verwandtes Thier, eine Katze, an die Stelle des Hasen. vgl. No. 311—15.

XVIII.

Split.

(Anfang des 14. sec.)

Im Wagerlande waren so viele Grafen und Herren, daß sie sich ihrer Menge wegen nicht nähren konnten, sondern ihre Untergebenen beschweren musten. Eines Tages schickte Graf Alf (IV.) sein Gesinde auf den Hof eines Edelmanns, Namens Split, um da den Hafer und andres Korn auszudreschen und es dann auf seine Burg zu bringen. Der Edelmann verstand das aber unrecht: er ergriff die Drescher, hieb ihnen die Füße ab, packte sie auf einen Karren und schickte sie so dem Grafen nach Segeberg zurück. Aehnlich ließen es auch die andern Grafen mit ihren Untersassen machen.

Presbyter Brem. bei Westph. III. 53. Quelle für Heinrich Ranzau, Johann Petersen rc.

XIX.

Hartwig Reventlow.*

(1315.)

1.

Graf Alf auf Segeberg hatte dem Edelmann Hartwig Reventlow Gewalt anthun lassen. Da machte dieser sich bei Nacht mit wenigen Leuten auf, wählte einen heimlichen Weg, den er sich gemerkt hatte, nach dem Schlosse zu, stieg über die Mauer und kam unbemerkt in des Grafen Schlafkammen, den er schlafend fand und so gefangen wegführen wollte. Darüber aber erwachte dieser, griff zu seinem Schwerte und vertheidigte sich männlich, ward aber im Kampfe, wiewohl unwillens, von Hartwig erschlagen. Als dieser darauf seinen eignen jungen Sohn, der als Knappe beim Grafen in der Kammer war,

* Wir theilen hier alle vorhandenen Versionen der Sage mit, weil kein andres Beispiel so lehrreich und bestätigend für das Dasein eines lebendigen Volksgesanges ist. S. Einleitung.

erblickte, erstach er auch ihn, damit er nicht später der Verräther seines eignen Herrn gescholten werde, und legte seine Leiche neben die andre. Diese Geschichte ist abgemalet und heutiges Tages noch zu sehen in der Kirche zu Neumünster.

Albert Kranz Saxon. VIII. 39. Vgl. Johann Petersen (1557) S. 80. und den Presbyter Brem. S. 53. Dahlmann folgt Alb. Kranz, obwohl Detmar S. 203 nur weiß, daß Adolf im Bette neben seiner Frau ermordet ward; so auch die Nordelvische Sassenchronik im Staatsbürgerl. Magazin 9. 359.

2.

Hartwig Reventlow war ein Hauptmann des Grafen Alf auf Segeberg, und wohnte mit seinem ganzen Hausgesinde bei ihm auf dem Schlosse. Da hat der übermüthige Herr sich an seiner Hausfrauen, oder wie andre sagen, sich an seiner Tochter vergriffen und sie geschändet. Hartwig, zwar ergrimmt darüber und auf Rache denkend, ließ sich nichts merken. Eines Morgens aber, da er wuste, daß der Graf ein großer Liebhaber der Jagd war, klopfte er früh vor Tage an seine Schlafkammer, weckte ihn und sprach, es habe sich ein großer Haufe Wilds blicken lassen, er solle aufstehn, es ließe sich leicht ein guter Fang thun. Als der Graf darauf eilends die Thür aufthat, rannte er auf ihn ein und erstach ihn also nackend, wie er war, und dazu seinen eignen Sohn, der bei dem Grafen in der Kammer war.

Albert Kranz Saxon. VIII. 40. Johann Petersen S. 81.

3.

Graf Alf auf Segeberg hatte Hartwig Reventlows Tochter geschändet. Als der Vater die Schmach ihres Geschlechtes seinem Bruder erzählte, stieß dieser ohne Scheu starke Drohworte gegen den Grafen aus. Es ward gleich von einem der Leute vom Schlosse hinterbracht, und der Graf entbot den Verwegenen zu sich. Dieser nichts Böses ahnend kam. Da ließ der Graf ihn ergreifen und enthaupten, den Kopf aber schickte er auf einer Schüssel dem Hartwig durch einen Diener. Da setzte sich dieser auf sein Pferd, nahm den Kopf des geliebten Bruders in seine Hand, und einige Tropfen Bluts trinkend sprach er voll Grimm: „Saget dem Grafen, so gewis ich hier meines Bruders Blut trank, so gewis werde ich seinen Tod und den Schimpf des Geschlechtes zu rächen wissen.“ Darauf ritt er spornstreichs davon.

Weil er wuste, daß der Graf die Jagd liebte, fällt ihm dieser Fund ein, ihm beizukommen. In einer Sommernacht, als schon das Korn beinahe reif auf dem Felde stand, des Morgens um drei Uhr, lauerte er einem der gräflichen Jäger auf, der früh ausgegangen war das Wild zu erspüren, und zwang ihn sich auszuziehen. Darauf band er ihn an einen Baum, zog die Kleider selber an und mit des Jägers Pferde und Hunden ritt er Segeberg zu. Der Thorwärter meinte, es sei der Jäger und ließ ihn ein. Im Hofe stieg er ab und gerades Wegs gieng er zu des Grafen Schlafkammer, wie der Jäger gewohnt war, klopfte an die Thür, ein Knabe machte ihm auf; aber kaum trat er ein, redete er den Grafen zornig an: „Du siehst wohl wer ich bin; befiehl dich Gott; denn du must sterben," und nach diesen Worten durchstach er ihn, der noch im Bette lag, und zugleich seinen Sohn, den jungen Grafen, der neben seinem Vater schlief. Unerkannt entkam er wieder im Jägerkleid. Zur Buße des Mordes wanderte er bald darauf nach Rom und stiftete das Kloster in Itzehoe. So lange aber das Schloß Segeberg gestanden hat, sind die Blutspuren an der Wand sichtbar gewesen.

Heinr. Ranzau bei Westph. I. 98. 146. und bei Dankwerth S. 236. Eine abgeschmackte Bearbeitung in Provinzialberichten 1814. S. 211 ff. und von Amalie Schoppe in der Flora von Lotz 1818. Nov.

4.

Bertha Reventlow gebar dem Grafen Alf einen Sohn, aber obwohl ihm ihre Brüder ernstliche Vorstellungen machten, ließ er das Mädchen in Schande und heiratete sie nicht. Diese Beschimpfung des Geschlechtes trieb die Brüder zu Drohungen, die den Grafen aber nur erbitterten. Unter dem Scheine der Freundschaft und Versöhnlichkeit lud er sie nun zu einem Gastmahl ein, ließ aber vorher das Kind töten und es dann den Oheimen vorsetzen, und nachdem diese an der gräulichen Speise sich gelabt, unter einer verdeckten Schüssel den blutigen Kopf auftragen.

Hartwig Reventlow war einer der Brüder Berthas und Oheim des gemordeten Kindes; er beschloß Rache zu nehmen. Nachdem er einem Jäger des Grafen im Walde seine Kleider genommen und angethan hatte, ließ er ihn an einen Baum gebunden zurück und kam so, da es noch frühe vor Tage war, unerkannt auf die Burg bis an des Grafen Schlafkammer. Der Knabe öffnete ihm die Thür; — es soll sein eigner Sohn gewesen sein, andre sagen aber des Grafen; — er stach ihn nieder, damit kein Lärm entstünde, und darauf durchborte er den Grafen, der noch schlafend im Bette lag, mit seinem Hirschfänger. Zur Sühne des Mordes haben Hartwig Reventlow und seine Brüder eine Kapelle bei Segeberg errichtet, wo lange am stillen Freitage den Armen Speise und Trank gereicht ward; sie soll die Berthakapelle geheißen haben.

Mündlich aus Segeberg durch Mommsen, und nach zerstreuten Notizen.

XX.

Die Ditmarschen in der Kirche zu Oldenwörden.

(1319.)

Graf Geert zog mit großen Haufen und vielen adlichen Herren aus, die Ditmarschen zu zwingen; und zweimal schlug er sie. Die da entrannen, flüchteten in die Kirche zu Oldenwörden und befestigten sie, wie sie eben konnten. Als die Holsten sich nun davor legten und Feuer heran brachten, baten die Ditmarschen um Gnade und wollten des Grafen getreue Unterthanen sein. Der aber wollte ihnen kein Gehör geben und befahl, das Feuer näher hinanzurücken. Da fieng bald das Blei, damit die Kirche gedeckt war, an zu schmelzen, und als es herunter tröpfelte und die Ditmarschen keine Rettung sahen, faßten sie Muth und wollten die letzte Schanze wagen. Da brachen sie hervor und stürzten sich auf die sorglosen, zerstreuten Feinde; andre kamen herzu, die sich bisher hinter Hecken und in Graben verborgen gehalten hatten, und man umringte jene auf einem Felde zu Norden Oldenwörden und erschlug ihrer so viele, daß man im Blute watete.

Presbyter Brem. bei Westph. III. 57. Neocor. I. 368. beide mit Abweichungen im Einzelnen. Jener ist historischer, diesem folgt Dahlmann. Detmar S. 210 weiß nichts davon, gibt vielmehr einen Bericht, der zeigt, daß dieser Einfall dem spätern von 1404 ähnlich war. — Dieselbe Sage erzählt Heimreich I. 168 von den Friesen und Dänen bei der Kirche zu Breckling 1399.

XXI.
Schlacht am Hesterberge.
(1325.)

König Christoffer wollte Graf Geerts Schwestersohn, den Herzog Waldemar zu Schleswig unter seine Gewalt bringen; er legte sich darum mit großem Heere auf den Hesterberg, um das feste Schloß Gottorp zu nehmen. Da der Graf dieses erfuhr, versammelte er sein Volk und zog dem jungen Fürsten zu Hilfe. Die Holsten aber hatten alle weiße Kleider übergezogen und da die Dänen sie nun heran ziehen sahen, spotteten sie und riefen, es käme eine Heerde Schafe, oder ein Haufe Weiber wider sie. Wie aber ein Holste dieses hörte, der bei den Dänen diente, sprach er: „Ihr werdet noch heute sehen, daß es keine Weiber sind, sondern Männer.“ Und als es nun an ein Treffen gieng, rief einer von den Holsten mit lauter Stimme: „De Dänen lopen, de Dänen lopen“; da entsetzten sie sich und liefen davon, so schnell sie konnten.

Presbyter Brem. bei Westph. III. 61. cf. Neocor. I. 354.

XXII.
Graf Geert.

Als Graf Geert noch jung war, gieng er in die Schule, um Bischof zu werden; dachte aber nicht an ritterliche Werke. Er war so arm, daß er keine Burg im ganzen Lande hatte und unter den Bürgern in Rendsburg wohnte auf dem Hakenspieker über dem Wasser, und hatte nichts eigenes, als ein paar graue Windhunde, die man zu der Zeit für ganz edel zur Jagd hielt, wie die Jäger sagen. Da kam aber Hartwig Reventlow zu ihm und gab ihm Pferde und Harnisch. Und alsobald wuchs ihm der Muth und der junge Fürst ward ein Held, daß man ihn mit Recht den Großen genannt hat.

Presbyter Brem. bei Westph. III. 67.

XXIII.

Schlacht auf der Lohheide.

(1331.)

Diese Schlacht war ein überaus großes Werk, aber Gott gab dem Grafen Geert doch den Sieg, obwohl die Holsten gegen die Dänen weit in der Minderzahl waren.

In dem Gedränge geschah es, daß der Graf vom Pferde stürzte. Aber ein Bauer aus der Wilstermarsch, aus Büttel bei Brokdorf, half ihm wieder auf und sprach: „Nun gebrauche deiner vorigen Kräfte wieder.“ Für diese Treue des Mannes befreiete der Graf das ganze Dorf von der gemeinen Schatzung des Landes.

Es fielen der Dänen so viel, daß die ganze Feldmark voll Leichname lag. Im ganzen sollen einige tausend Menschen gefallen sein. (Man sagt auch noch, daß die schwarze Greet dabei gewesen sei und vor der Schlacht ihre Sünden in der Kirche zu Haddebye gebeichtet hätte.) Graf Geert verlor einen Edelmann, Wedeke vom Osten, den hatte er so lieb, daß er um seinetwillen weinete.

Er hatte in Rendsburg eine Schaar Landsknechte zurückgelassen, weil die Bürger, obgleich er für sie gut sagte, sie nicht fortlassen wollten, bevor sie ihre Zehrung bezahlt hätten. Als diese nun den Lärm der Schlacht hörten, aber nicht wußten wie es abgelaufen sei, machte der edle Ritter Borchard von Itzehude sich doch auf mit den Leuten. Und da nun schon die Nacht da war, und sie gegen Sehestedt oder nach Königsföhrde kamen, hörten sie den Hufschlag von Pferden, weil sie aber bald merkten, daß es Dänen waren, rüsteten sie sich und griffen das Häuflein an. Einige erschlugen sie und fiengen die übrigen: das war der König Christoffer von Dänemark selbst mit seinem Gesinde. Mit ihnen ritt Borchard nach Gottorp zu, pochte mit großem Schalle an die Pforte, rief den Wächter und verlangte den Grafen zu sprechen. Als dieser den Lärmen hörte, stand er sogleich vom Bette auf, und obwohl er schwer verwundet war, gieng er hinunter und fragte was da wäre. Da antwortete ihm Borchard, der des Grafen Marschalk war: „Herr, da ich euch zuziehen wollt, bin ich verwundet und dazu gefangen; wes soll ich mich trösten? Wollet ihr mich lösen?“ Da der Graf des Edelmannes Stimme erkannte, antwortete er sogleich: „Hab ein wenig Geduld, ich hab der Dänen so viel gefangen, du sollt bald los werden.“ „Getreuer Herr, getreuer Knecht," sprach nun der Edelmann zu sich selber, und sprach weiter mit freudiger Stimme: „Herr, ich bringe bessere und frölichere Botschaft; ich bringe gefangen den König von Dänemark. Stehet auf und thuet das Thor auf, daß wir ihn in Verwahrung bringen." Also ward es hier zu Lande ein gemeines Sprichwort: Treuer Herr, treuer Knecht. Der König Christoffer aber muste sich mit großem Gelde lösen.

Presbyter Brem. bei Westph. III. 70. 71 (Cypraei Annal. episcop. Slesvic. S. 275. Mündlich.) Albert Kranz Saxon. IX. 11 ꝛc. Heinr. Ranzau bei Westph. I. 98. 148. Dankwerth Chronik der Herzogthümer Mſ. — Es ist wahrscheinlich, daß die Sage sich auf die erste Schlacht auf der Lohheide stützt, wo Erich Glipping und die schwarze Margrete gefangen wurden. Dahlmann I. 416.

XXIV.

Isern Hinrik.

(1346. † 1381.)

1.

Graf Geerts Sohn Hinrik begab sich in den Dienst des Königs von Engelland und verrichtete große Thaten. In einer Schlacht (bei Cressy) nahm er den König von Frankreich, oder wie andere sagen, den König von Böhmen gefangen mit zween seiner Ritter, indem er ihn bei den beiden güldenen Ketten ergriff, die er am Halse trug, und aus dem Haufen an sich zog. Die Engelländer aber töteten aus Abgunst den König, damit Hinrik nicht den Ruhm behielte. Doch ist er wegen dieser herrlichen That der Isern Hinrik genannt worden, und der König von Engelland hielt ihn hoch, und machte ihn zu einem Hauptmann in seinem Heere.

Darüber wurden die Englischen noch neidischer. Als Isern Hinrik darum einmal auf Fütterung mit seinen Leuten ausgegangen, fielen sie ihn feindlich an; aber die Schützen der Holsten zogen voran, trafen viele und manche der Englischen musten tot auf dem Platze bleiben. Der König selber kannte der Seinen Hinterlist wohl und hörete auf ihre Klagen nicht, sondern hatte den Grafen nur desto lieber.

Es war auf eine Zeit aber der König in fremden Landen; Graf Hinrik aber blieb auf dem Schlosse sammt der Königin, der die Verläumder immer in den Ohren lagen und sprachen: „Es hat der König diesen deutschen Sachsen vielen in Engelland von hohem Adel fürgezogen; wer weiß aber oder wer will glauben, ob er auch einer vom Adel ist und sich nicht bloß um sein Glück zu machen dafür ausgegeben hat? Es ist die Natur des Löwen, daß er einem gebornen Herren kein Leid thut: lasset uns versuchen, ob der Graf Hinrik einer sei." Also gewannen sie die Königin, die dem Grafen auch nicht die Ehre in ihrem Lande gönnte, und da sie wusten, daß er des Morgens vor Tage sich in die frische Luft zu begeben pflegte, und im Schloß herumspatzierte und dann nachsah, ob alles recht verwahret sei, so ließen sie eines Abends den Löwen los, den der König sich hinter einem Gitter eingesperret hielt, und dachten er solle den Grafen als einen unedlen zerreißen.

Graf Hinrik stund des Morgens wie er pflegte, in der Dämmerung auf, und schlug einen langen Mantel nackend um, hengte ein Messer an einem Riemen um den Hals und gieng also in den Hof hinunter. Wie er herab kam und sich nichts besorgte, sprang der Löwe ihn grimmig an und brüllte. Der Graf aber unverschrocken griff an sein Messer und sprach mit ernstlicher Stimme: „Bis stille, bis stille, du frevellicher Hund!“ Und alsobald legte sich der Löwe stumm zu des Grafen Füßen. Darüber verwunderten sich alle die andern, die heimlich zugesehen hatten; der Graf aber nahm ihn und führte ihn wieder in seinen Stall.

Presbyter Brem. bei Westph. III. 86 ff.; Alb. Kranz Saxon IX. 24. Joh. Petersen S. 91.

2.

Andere erzählen so:

Der Graf sei einmal mit mehreren Engelländern von hohem Adel während eines Festes vor des Löwen Gegitter gestanden. Da er nun wußte was die bösen Zungen über ihn redeten, und er die Natur des Löwen kannte, öffnete er es und sprach: „Ist jemand unter euch vom rechten Adel, der thue mir nach was ich jetzt thu;“ und ist alsobald zum Löwen unerschrocken hineingegangen und hat ihm den Kranz aufgesetzt, den er des Festes wegen auf dem Haupte trug. Darauf gieng er wieder heraus ohne sich umzusehen, der Löwe aber stand stille, gleich als wäre er darob entsetzet. „Ist nun jemand unter euch,“ sprach der Graf zu den Edelleuten, „der seinem edlen Geschlechte getrauen darf, der hole mir mein Kränzlein wieder, das ich drinnen gelassen habe.“ Da sind alle schamroth geworden und davon gegangen, ohne ein Wort zu sagen.

Alb. Kranz und Joh. Petersen a. a. O.

3.

Graf Hinrik aber war der Nachstellungen der Engelländer müde und bat den König um Urlaub. Darüber ward dieser nicht wenig betrübt und bot ihm Land und Schlösser zu Eigen, wenn er bleiben wollte; aber da der Graf auf seinem Willen bestand, hat er ihm und seinen Erben ein Jahrgeld ausgesetzt von vierhundert, oder wie andre sagen, von hundert Nobeln.

Darauf ist der Graf in die Dienste des Pabstes Urbanus gegangen, und hatte auch hier viel von der Hinterlist seiner Feinde zu leiden, entgieng aber glücklich aller Fahr durch seine sonderliche Behendigkeit und Stärke.

Weil der Pabst viel von seinen Kriegsthaten gehört hatte, machte er ihn zum Hauptmann über sein Heer. Der Graf aber wohnte in Rom in einer öffentlichen Herberge, die zum Schwerte genannt war. Als er nun zum Heere abreisen wollte, warnte ihn der Wirth, der ein Deutscher war und die Art der Welschen wohl kannte, vor ihrer Hinterlist und Tücke. Der Graf aber meinte, er wäre niemands Feind, auch keinem vor der Zeit aus dem Felde gewichen, er wolle in Gottes Namen reiten. Da sprach der Wirth: „So nehmet eures Dieners Kleider und Rüstung und thut ihm eure wieder;" das that der Graf und ritt also fort. Wie sie darauf in einen engen Weg kamen, wurden sie von einer großen Zahl feindlich angerannt und obwohl sie riefen, sie seien Freunde und nicht Feinde, kehreten die Welschen sich nicht daran, bis sie den erschlagen hatten, der mit des Grafen Rüstung geziert war. Da fragten sie erst, wer sie wären und von wannen sie kämen. Als sie nun hörten, wen sie erschlagen hätten, stellten sie sich sehr betrübt und sagten, sie seien von ihrem Hauptmanne abgefertigt, alle gefangen zu ihm zu bringen, die ihnen begegneten; sie sollten nun auch mit ihnen reiten.

Wie sie nun zu dem Hauptmann ins Lager kamen, stellte auch der sich sehr betrübt, merkte aber bald, daß der Graf noch am Leben sei, und schwur einen Eid ihm kein Leid zu thun, wenn er sich ihm anzeigen wollte. Da nun der Graf und die Seinen alle gefangen waren, hielten sie nichts für besser als die Wahrheit zu sagen. Da empfieng ihn der Hauptmann mit großer Herrlichkeit, wie man Fürsten zu empfahen pflegt, sagte ihm aber wie unrecht der Pabst an ihm gehandelt habe, daß er einen fremden Hauptmann, ehe die bedungene Zeit um wäre, an seine Stelle setzen wollte; wollte er so lange verziehen, werde er ihm gerne weichen. Das aber wollte der Graf nicht, sondern begehrte lieber sogleich wieder zurück zu reiten. Solches ward ihm gewährt und er entkam auch diesmal der Gefahr. Darauf ist er eine Zeitlang zu Bologna gewesen, wo der Pabst wohnte; hat aber vergeblich gewartet, daß ihm seine Zehrung und erlittener Schade erstattet werde. Als es ihm endlich zu gebrechen anfieng, zog er zum Herzog von Meiland, der ihn herrlich empfieng und ihn weiter bis Köln geleiten ließ. Da nahm er auf Glauben so viel Gelds von den Kaufleuten, daß er wieder in sein Land zehrte. Solches hat er ihnen in Lübek nachher freundlich alles bezahlet.

Früher war Graf Hinrik auch im Dienste eines Königes von Schweden gewesen. Da er nun einmal wider die aufrührerischen Finländer geschickt ward, kam er mit seinem Kriegsvolk durch Wadsteen, wo eine heilige Frau wohnte, mit Namen Brigitte *, die zukünftige Dinge weissagen konnte. Das bewegte ihn, daß er zu ihr gieng, und von ihr forschte, wie der Krieg ein Ende gewinnen würde. Da antwortete ihm die Frau, wenn er das Land unter sich bringen wolle,

* St. Brigitta starb 1385 in Rom.

so müsse er sonder Waffen und Kriegsrüstung dahin ziehen. Alsobald kehrte Graf Hinrik sich zu den Seinen, die umher standen, und sprach: „Dieses Weib ist landbürtig, und ich bin hier fremde; was läge ihr daran, wenn wir alle um unser Leben kämen? Ich will mich in Harnisch rüsten in Gottes Namen.“ Darum verachtete er ihren Rath, zog mit Gewalt in Finland, bezwang das Volk und kam also in Frieden wiederum nach Hause.

Man erzählt noch heute, daß den Isern Hinrik einmal seine Feinde haben fangen wollen, da er sich gerade in einem Saale oben in einem Hause befand. Da sie sich nun um ihn drängten und kein Ausweg weiter war, ist er in voller Rüstung durchs Fenster in den Hof gesprungen und also ihnen glücklich entkommen.

Darum sagt man auch immer noch von einem, der alles durchmachen kann, und den nichts anficht: Dat is recht so en isern Hinnerk.

Presbyter Brem. bei Westph. III. 91 f. 75 f. Die Nordelvische Sassenchronik Staatsbürg. Magaz. IX. 360 weiß von Heinrichs Zuge zum Pabste historischeres zu erzählen, was ganz abweicht von der mitgetheilten Relation. — Mündlich.

XXV.
Graf Klaes.
(† 1397.)

Graf Klaes, Isern Hinriks Bruder, war gütig und freundlich gegen seine Unterthanen. Wenn den Bauern von den Vögten Leid widerfahren war, so pflegten sie ihn in eigner Person zu besuchen und ihm die Sache vorzutragen; dann hörte er sie gerne. Wenn er aber sah, daß die Bauern nicht zu ihm gelangen konnten, gieng er zu ihnen hinunter, fragte sie was ihnen fehlte und entschied ihre Sache.

Als einmal die Ditmarschen ins Land fielen und plünderten, brachte er in Eile nur dreißig Reiter aus seinem Hofgesinde auf und ließ die Bauern in der Nähe aus der Wilstermarsch und Hademarschen aufbieten, die willig folgten, und zog dem Feinde nach. Zuvor aber schickte er einen Kundschafter aus. Als dieser wieder zurückkam, sagte er, der Feinde seien so viele, daß es unmöglich sei, sie zu schlagen. „Barmherziger Gott,“ rief da der Graf nach seiner Gewohnheit aus, „wie erschreckst du uns doch so! folget mir nach, wir müssen doch sehn, wer die sind, die uns unser Gut stehlen.“ Als sie nun den Ditmarschen nahe kamen, standen diese und hatten ihre Spieße in die Erde gesteckt und ließen die Spitzen sehen. Da hub Graf Klaes an: „Da sind die Metzen, die tanzen alle; lasset uns frölich den Reigen treten. Wird aber jemand ausdrehen und nicht mit in der Reihe bleiben, der soll nicht werth sein, daß wir ihn ferner unter uns leiden.“ Und also gieng es an den Tanz. Der Graf setzet seinen

Spieß an und rennt auf die Ditmarschen zu; desgleichen thaten seine Diener und die Bauern. Da war da ein starker Ditmarsche in einer gestickten bunten Jacke. Den ersah sich der Graf und kämpfte eine Weile mit ihm. Endlich schlug er mit dem Schwerte ihn mitten von einander, in einem Hiebe von dem Kopfe bis zum Sattel. So wurden die Ditmarschen überwunden und flohen, obwohl sie die Uebermacht waren. Die Schlacht geschah bei Tippers lo.

Lotterbuben und Schmeichler konnte Graf Klaes nicht leiden. Einmal kam ein solcher aus Dänemark zu ihm nach Itzehoe, und hatte kostbare Kleider und Ketten an, verziert mit den Wappen der dänischen Edelleute. Der Graf ließ ihn unten an der Tafel bei der Spielleuten sitzen und da die Mahlzeit geschehen war, schickte er ihm vier Schilling zum Trinkgeld. Da sprach einer von seinen Räthen, daß es doch nicht schicklich wäre einen solchen Mann mit so kleinem Biergelde gehn zu lassen; „wenn er zu andern Herren kommt, wird er von eurer Kargheit sagen, und euch in übles Gerücht bringen." „Barmherziger Gott," hat da der Graf geantwortet, „was sucht der Bube denn bei mir, dieweil er kostbarere Kleider trägt als ich? Wie kann er mir ein bös Gerüchte machen? Von mir kriegt er nicht mehr."

Presbyter Brem. bei Westph. III. 107 ff. Alb. Kranz Saxon. X. 10.

XXVI.

Klaes Lembeke.

(c. 1350.)

In Jütland war eine edle Wittwe, die das Schloß Dorning und viele Güter inne hatte; die nahm einen Holsten zur Ehe, den Ritter Klaes Lembeke, damit er sie verteidige. Als nun derselbe einmal auf den Höfen umherzog, die er mit der Wittfrauen bekommen hatte, fand er die Dänen, dieweil er ein deutscher Mann war, aufsätzig. Da er solches seiner Frau sagte, antwortete sie: „Ich bin ein Weib, und kann den Tisch decken und Essen und Trinken bestellen. Sieh du zu, daß du alles herbeischaffst. Es ist ein Sprichwort, daß die dänischen Bauorn nicht gerne wenige herbergen, sondern viele, wenn sie mit Gewalt kommen." Das verstand der Edelmann, und nahm mit sich viele bewaffnete holsteinische Knechte und war den Bauern darnach willkommen.

Der König Woldemar warf bald einen Argwohn auf ihn und stellte ihm nach. Auf eine Zeit wollte er ihn mit einem Eide verpflichten, weil er in Jütland wohnte. Er aber sagte er wäre seinen Herrn den Grafen von Holstein verpflichtet. Als ihm aber der König zusetzte, sah Klaes Lembeke sich um und als er merkte, daß er mit guten Freunden wohl verwahret wäre, sprach er: „Dieweil der König einen Eid haben will, so schwöre ich ihm, daß ich ihm nimmer will getreu sein.“ Darauf antwortete der König: „Du hast recht geschworen und wir haben keinen Zweifel daran.“ Es nahm der König seine Worte aber gar tief zu Herzen, obwohl er ein Lachen daran gab und sichs nicht merken ließ.

Eines Tages ließ er ihn zu sich rufen nach Wordenburg, unter sicherem Geleite. Klaes Lembeke kam zu Schiffe; als er nun zur Burg hinaufgieng, sang ein Knabe aus der königlichen Dienerschaft, dem er oft, freigebig wie er war, ein gutes Trinkgeld gegeben hatte, ihm zur Warnung diese Worte:

Das Wasser steht beim Feuer und siebet schon:
Die Eber mögen nur kommen.

Als Klaes Lembeke das hörte, verstand er ihn wohl, begab sich eilend wieder auf sein Schiff und entkam.

Später hat er dem Könige wieder einen Schreck gemacht. Einem Bischofe, von dem er wuste, daß er nicht schweigen konnte und der dem Könige betraut war, beichtete er als ein groß Geheimnis, das er ja nicht vermelden solle, daß ihrer viele wären, die den König vergiften wollten. Der Bischof entsetzte sich und schwieg so lange, bis er zum König kam und der gerieth darüber so in Furcht, daß er aus seinem Reiche gen Böhmen zog und lange draußen blieb.

Endlich hat der König Klaes Lembeke mit einem großen Heere in der Borgsumborg auf Westerlandföhr belagert. Nachdem er sich lage männlich gewehret, gebrach es zuletzt doch an allen Lebensmitteln. Nur eine Kuh hatten sie noch auf der Burg. Um den König glauben zu machen, daß sie noch gut versorgt seien, wurde diese jeden Tag, immer mit einer andern Haut bekleidet, auf dem Burgwall herumgeführt. Aber der König ließ darum nicht ab und Klaes Lembeke muste endlich in einer Nacht auf einem kleinen Boote durch den großen Strom, der noch heute vom Burgwall in die See hinausgeht, entweichen. Man weiß nicht was aus ihm geworden ist. Alle seine Schätze hat er aber vorher da in die Tiefe versenkt und Leute, die nachher sie haben heben wollen, sind durch furchtbare Erscheinungen daran gehindert. Klaes Lembeke soll auch in Schwansen und in der Probstei ein Schloß gehabt haben und man kennt ihn heutzutage noch recht gut. Den König aber hat es noch auf seinem Todbette gequält, daß er ihn damals nicht gebrüht hätte, als das Wasser schon heiß war.

Presbyter Bremens. bei Westph. III. 79 f. Albert Kranz Saxon. IX. 25. Huitfeld I. 485. Alardus bei Westph. I. 1816. — Mündlich und durch Mittheilung des Herrn Schull. Hansen auf Silt. vgl. No. 277. Anm. — Die Geschichte von der Kuh wird auch noch heute in Törning selbst erzählt.

XXVII.

Van dem edlen Helden Rolef Bojeken Sone.

(1404.)

1.

Dar is ein nie Rat geraden
 To Gottorp up dem Schlate:
Dat heft Herr Klaes van Anefelde gedaen
 Sinem edelen Herren to bate.

2.

He leet wol buwen ein gut Schlot
 Unsem eerlichen Lande to gramme.
Do sprak sik Ralves Bojeken Sone
 De beste in unsem Lande:

3.

»Trebet herto, gi stolten Ditmerschen,
 Unsen Kummer wille wi wreken:
Wat Hendeken gebuwet han,
 Dat konnen wol Hendken tobreken.«

4.

De Ditmerschen repen averlut:
 »Dat lide wi nummer mere;
Wi willen drumme wagen Hals und Gut
 Und willn dat gar ummekeren.

5.

Wi willen drumme wagen beide Got und Blot
 Und willen dar alle umme sterven,
Eer dat de Holsten er Avermot
 So scholde unse Lant verderven.«

Neocor. I. 383. Hans Detleff Mscr. Fol. 83. — to bate: zum Nutzen; wreken: rächen. Das Schloß war das feste Haus Delbrücke. Wir haben uns kleine Besserungen in Rücksicht auf Orthographie und Vers erlaubt; so auch später in den Liedern.

XXVIII.

Die adlichen Frauen holen die Leichen ihrer Verwandten aus Ditmarschen.

(1404.)

Dreihundert holsteinische Edelleute, Bürger und Bauern ohne Zahl, waren in der Schlacht in der Hamme von den Ditmarschen erschlagen. Die Leichname wurden nicht begraben, sondern blieben den Hunden, Wölfen und Raben zum Fraße liegen.

Die Ditmarschen gestatteten nicht einmal, daß ihre Freunde sie begruben; es sind die unbarmherzigsten Feinde. Sie verspotten die Toten und entkleiden sie; die Weiber recht wie wilde Thiere und Wölfinnen stecken die Magen auf hohe Stangen und führen sie umher. Man darf keinem Ditmarschen trauen; es gibt ein Sprichwort: „Weise mir deine Hand her; wachsen Haare drin, so will ich dir glauben.“ Daher hieß es in einem Liede:

Dem Ditmarschen kannst du Glauben geben,
Wenn du Haare in seiner Hand findest.

Als die Frauen und Töchter der Erschlagenen deren elendes Looß vernahmen und sie mit Bitten nichts bei den Ditmarschen ausrichteten, da kleideten sie sich in lange weiße Gewänder wie Nonnen, giengen so ins Land und führten die Toten hinaus zu einem ehrlichen Begräbnis. Die Ditmarschen aber ließen solches geschehen aus sonderlicher Andacht gegen die Jungfrau Maria.

(Presbyter Brem. bei Westph. III. 117.) Heinr. Ranzau bei Westph. I. 99. 151. Neocor. I. 386. 388.

XXIX.

Frau von Poggwisch.

(1404.)

Unter denen, die in der Hamme erschlagen wurden, waren auch die acht Söhne der Frau von Poggwisch. Ein Knabe ritt zu ihr und brachte ihr die Nachricht, wie es ergangen wäre; ihr Mann aber lebe. Voll Zorn und Schmerz richtete sie da sich auf und sprach: „Nun der Herzog tot ist, und dazu alle unsre Verwandte und alle unsre Söhne, und er noch alleine lebt, so war er kein Mann und soll nicht länger mein Gemahl heißen und nimmer an meiner Seite schlafen.“ Darauf verwünschte sie ihn und beklagte ihr Geschick. Da antwortete der Knappe: „Edle Frau, wohl lebt euer Herr; aber zürnet nicht; denn er liegt schwer verwundet.“ Als sie das hörte, erhub sie ihre Hände und dankete Gott, daß er ihr solche Söhne und einen solchen Gemahl gegeben hätte, die nicht gezögert hätten Blut und Leben für ihren Herrn und ihr Land hinzugeben; und gieng alsobald hinaus, wo der Kranke lag, verband ihm die Wunden und pflegte sein, wie eine getreue Hausfrau.

Heinr. Ranzau bei Westph. I. 99. 152 ꝛc.

XXX.

Margaretas Tod.

(1412.)

Margareten, der Königin dreier Reiche, sollte es, nachdem sie durch ihre List allerlei Böses und große Zwietracht in unserm Lande angestiftet hatte, durch Gottes Willen am Ende ihres Lebens geschehn, daß sie nicht einen Fuß breit Landes hatte, darauf sie sterben konnte. Sie befand sich auf einem Schiffe im Flensburger Hafen; alsobald erhub sich ein gräuliches Unwetter mit Blitzen und Donnern und in dem verschied ihre Seele.

Auch erzählt man, sie habe einen Rathmann zu Flensburg ungerechter Weise radebrechen lassen. In seinem letzten Augenblicke forderte er die Königin auf, nach dreien Tagen mit ihm sich vor dem höchsten Richter zu verantworten. So geschah auch. Am dritten Tage ward sie tot gefunden, da sie allein auf einem Schiffe war.

Presbyter Brem. bei Westph. III. 145. Nordelvische Sassenchronik im Staatsbürgerl. Magazin IX. 366.

XXXI.
Erich verwüstet Femern.
(1419.)

Zweimal hatten die Femerschen schon das große Heer des Königs zurückgeschlagen und er vermochte nicht mit seinen Schiffen das Land zu gewinnen. Da übten die Einwohner und die Holsten, die ihnen beistanden, allerlei Muthwillen und Hohn, als er abzog; sie wiesen ihnen den Hintern und sangen:

Wenn de Koh kann Syde spinnen,
Sall König Erich unse Lant gewinnen.

Darüber aber ergrimmte der König und seine Leute so, daß sie die Insel zum dritten Male angriffen und bei ihnen beschlossen sie zu gewinnen, oder lieber alle zu sterben. Die Einwohner wehrten sich männlich, erschlugen 1500 Dänen, des Königs Vetter und viele Edelleute und Ritter; aber endlich drangen die Dänen doch auf den Sand und wüteten nun wie tolle Hunde. Es galt ihnen alles gleich, geistlich und weltlich, jung und alt, Mann und Weib; Frauen und Jungfrauen wurden geschändet und dann gräulich getötet, und viele Kinder ertränkt. Andere ließ der König aussetzen auf eine öde Insel, daß sie da verschmachteten. Es thaten sich eine Anzahl Jungfrauen zusammen, machten einen Reien und giengen tanzend vor ihn hin und sangen dazu, weil sie dachten, ihn so zur Barmherzigkeit zu lenken. So wie aber jede vor ihn kam, ließ er sie nacheinander erstechen. Zweihundert und mehr Leute hatten sich in eine Kirche geflüchtet; er aber ließ sie ohne Barmherzigkeit nackt und bloß hervorziehn, niederwerfen wie Schweine und wie Frösche spießen, daß das Blut in Bächen in den Straßen floß. Darnach beraubte er die Kirchen, und schonte nicht die heiligen Sakramente und Kleinode. Kirchen, Häuser und Dörfer wurden zerstört und bis auf den Grund nieder gebrannt und alles Lebende getötet, daß nicht ein Hund in dem Lande blieb.

Als der König nun die Verödung sah, da graute es ihm doch; und als endlich ein heiliges Bild (man hat es lange nachher noch gezeigt) Blut schwitzte, ließ er ausrufen, daß wer noch etwa am Leben wäre, solle getrost hervorkommen und keines Uebels zu befahren haben. Da waren von allen noch drei am Leben; der eine hatte sich in der Landkirchener Kirche verborgen, der andere in einer Schlucht bei Burg, und der dritte in der Bitzdorfer Steinkiste. Man zeigt diese Orte noch heute, und hat den König Erich auch bis auf diesen Tag noch nicht vergessen und lange noch ein Lied gekannt von dem gräulichen Blutbade, das er anrichtete. Er aber hat für seines Lebens Zeit darnach nicht wieder froh werden können und so oft er an den Tag, da er Femern eroberte, nur gedachte, hat er immer bitterlich geweinet.

(Bis zu diesen Zeiten gieng auch ein großer Strom bei Oldenburg vorbei; den hatte König Erich verschüttet. Weil die Ostsee nun hier verlor, erweiterte sie ihre Bahn zwischen Femern und Holstein, und verschlang die Kolberger Heide. Im Weißenhauser Archive liegen noch Papiere, sagen die Leute, die beweisen, daß der Sund so schmal gewesen ist, daß die Leute von Flügge auf Femern grades Weges und trocknes Fußes auf einem hingelegten Pferdekopf nach Weißenhaus herüberkamen, um Hofdienste zu thun.)

Presbyter Brem. bei Westph. III. 161. Nordelvische Sassenchronik a. a. O. S. 368. Joh. Petersen S. 122. Christian Kortholt Femaria desolata. Hamburg 1695. S. 12. Hansen Femarn S. 284 ꝛc. — Pastor Kählers Bericht, Mscr., an die Gesellschaft für vaterl. Alterthümer.

XXXII.

Herzog Alf der Achte.

Die Königin Margareta von Dänemark ließ einmal die Kinder des Herzogs Geerts vor sich kommen und gab dem ältesten Hinrik und dem jüngsten Alf ein Kleinod zum Zierat am Hut. Aber dieser junge Herr wollte es nicht auf seinem Kopfe haben. Da ließ sie es ihm auf den Ärmel binden; aber auch da riß er es wieder mit seinen Händen ab. Zuletzt ward es ihm auf den Rücken genäht. Da saß das Kind nieder, setzte den Rücken gegen die Bank, und rieb es herunter. Da prophezeite die Königin: „Du wirst ein großer Feind meines Reiches werden."

Solches ist auch eingetroffen. Zu keiner Zeit war unser Land glücklicher und es hat lange das Sprichwort gegolten: Es ist nicht mehr wie zu Herzog Alfs Zeiten.

Presbyter Brem. bei Westph. III. 160. u. 167. Das Sprichwort bei Laß Husumsche Nachrichten, Krafft Jubelgedächtniß ꝛc.

XXXIII.
Ralves Karsten.
(1434.)

Die Ditmarschen wurden in dem Jahre unter sich uneins und theilten sich in zwei Parteien. Von dem Hauptmann der einen, der Ralves Karsten hieß, sang man nachher diesen Vers:

Ralves Karsten kleiner Been,
Wo hefftu dat also verseen
In disser sulven Saken:
Kummestu to Meldorp in,
Dyn Hövet geit up den Staken.

Necorus I. 404.

XXXIV.
Die Wogenmänner.
(1370.)

Die Wogenmänner hatten sich an der Westerhever eine große Burg gebaut, die hieß die Wogenmannsburg. Sie hatten kleine und große Schiffe und raubten damit binnen und außer Landes, und hatten die ganze Westerhever wüste gemacht. Das Gut führten sie alles auf die Burg und nahmen die schönsten Mädchen mit Gewalt mit hinauf, behielten sie da und gaben sie ihren Knechten. So hatten sie schon vierzehn ehrliche Bauerntöchter genommen und das ganze Land betrübte sich sehr darüber. Da versammelte der Staller Owe Hering aus den Landen Ewerschop und Utholm das Volk am Margaretentage und zogen zu Schiffe und zu Fuß vor die Burg. Eine Jungfrau, die sie zuletzt hinaufgeholt hatten, hatte sich mit so schlauen Worten verteidigt, daß sie noch Jungfrau geblieben war; denn sie hielt sich so tapfer, als ob sie im Harnisch von der Burg stürmen wollte. Als nun die Lande mächtig und kühn davor zogen und stürmten, und die auf der Burg in großer Wehre stunden, schlich sie zu der Brücke und ehe sie davon wußten, ließ sie die Brücke fallen, sprang damit hinunter und hielt sie also lange mit wehrender Hand, daß die Lande hinaufdrängeten und die Burg gewannen, was sonst ihnen nimmer gelungen wäre. Da hielt der Staller Owe Hering ein Ding vor der Brücke mit den zween Landen und der zween Lande Rathleute über alles Volk, das man in der Burg gefangen hatte. Und es geschah ihnen, wie nach dem Rechte Räubern und Jungfrauenschändern geschieht. Alle Frauen und alles Gut, das auf der Burg war, nahmen sie und zerstörten dieselbige. Etliche Frauen versenkten sie ins Wasser; allem Mannsvolk aber schlug man die Köpfe ab und warf die Leichen in die Rendeln; es waren ihrer sechzig, ohne ihre

Frauen. Die Frauen aber, die sie geraubt hatten, standen dabei und sahen wie ihr Leid gerochen ward.

Aus den Baumaterialien der Burg erbaute man die Kirche und das Pastorat zu Westerhever, die jetzt auf dem Burgplatze stehen.

Chronicon Eidorastad. im Staatsbürgerl. Magazin 9. 701. Heimr. ed. Falck I. 177. Peter Saxe bei Westph. I. 1367.

XXXV.

Klaes Störtebeker und Göde Micheel.

(1400.)

1.

Störtebeker und Göde Micheel waren Seeräuber und trieben lange Zeit vor der Elbe ihr Wesen, so daß kein Schiff heraus oder herein konnte, sie hätten es denn erst vorgenommen. Unser König und die Hamburger konnten ihnen nichts anhaben. Endlich aber hat ein Blankeneser Fischer sie gefangen, als sie einmal in der Elbe lagen. Er war ihr alter Bekannter und Kamerad gewesen, ward freundlich von ihnen aufgenommen und bat sein Boot an ihr Schiff zu legen, weil das Wasser unruhig sei; er wolle sich Essen kochen. Da es nun Nacht ward, und sie meinten, er sei mit dem Essen beschäftigt, schmelzte er Blei und löthete ihnen das Steuerruder damit fest. Unbemerkt entfernte er sich dann und machte den Hamburgern davon Anzeige, die ihn bis an seinen Tod gut dafür verpflegen ließen.

Drei Jachten machten sich sogleich auf, wie man versichert, eine aus Hamburg, eine aus Altona und die dritte eine preußische. Am Morgen fielen sie über die Seeräuber her und da diese sich nicht rühren konnten, wurden sie nach tapferer Gegenwehr endlich alle gefangen. So brachte man sie, siebenzig an der Zahl, nach Hamburg und alle wurden auf dem Grasbrook geköpft, wobei so viel Blut floß, daß es dem Scharfrichter bis an die Knöchel gieng. Nach der Hinrichtung fragte ihn der Senat, wie ihm dabei zu Muthe gewesen sei. „O, gestrenge Herren," antwortete er, „mir war so wohl dabei, daß ich auch noch den ganzen hochweisen Senat hätte abthun mögen." Diese kecke Antwort aber muste er mit seinem Leben büßen.

Vergebens hatten die Hamburger in dem Schiffe nach großen Schätzen gesucht; da man nichts fand, verkaufte man es endlich an einen Zimmermann es zu zerschlagen. Als der aber die Säge ansetzte, traf er gleich auf etwas Hartes und bald schimmerte ihm das helle Metall entgegen. Er machte dem Magistrat Anzeige davon und als man nun die Masten untersuchte, war der eine mit purem Golde, der andere mit Silber und der dritte mit Kupfer angefüllt. So waren auch die übrigen Balken ausgehöhlt. Man belohnte den Zimmermann reichlich und ließ aus dem Golde eine Krone verfertigen, die um den St. Catharinenthurm herumreichte. Daraus haben die Franzosen später Ducaten geschlagen.

Mündlich vom Herrn Cand. th. Rejahl aus der Elbmarsch und durch Herrn Hansen in Keitum auf Silt und aus Tondern.

2.

Man weiß noch vieles von Störtebeker und Göde Micheel zu erzählen und lange ist hier im Lande ein Lied von ihnen gesungen worden. Sie haben in Bombüll in der Wiedingharde, in der Uhlenflucht im Amt Steinburg, an der Stör nicht weit von Hohenaspe und Mehlbek, und anderswo, auch in Dänisch-Wohld und Angeln, ihre festen Burgen und Schlupfwinkel gehabt. In dem Schwabsteder Mühlenberg haben Störtebeker und Göde Micheel eine große silberne Tafel vergraben, und so arg mit Seelen verbannt, daß es niemand noch gelungen ist, sie zu heben. Bei Puttlos, an der Ostsee in der Nähe von Oldenburg, wo sie auch einen Sitz hatten, haben sie viele unterirdische Gänge angelegt, und da ihre Schätze verborgen; sie konnten dadurch vom Schlosse bis an das wilde Wasser kommen, und hatten ihren Ausgang beim Weinberg, einem Holz auf einem Berge. Daher hat man noch heute in Oldenborg das Sprichwort: Du kümms tou laet in'n Wynbarg. Da bei Oldenburg leben auch noch Nachkommen von Störtebeker.

Folgende Geschichte, sagen einige Leute, sei dem Görtmicheel passiert:

In Wandelwitz (oder in Krötz, wie andere sagen,) war einmal eine große hübsche Dirne. Aber auf einmal verschwand sie und man wuste nicht wo sie geblieben war. Die beiden Eltern grämten sich Tag und Nacht um das einzige Kind; aber alles Suchen war vergebens. Es vergiengen sieben Jahre und fast hatte man sie schon vergessen; da war sie mit einem Male wieder da und niemand wuste wieder, wo sie hergekommen sei. Groß war die Freude der Eltern; aber keiner konnte es von ihr herausbringen, wo sie so lange gewesen; sie sagte immer, daß sie es nicht verrathen dürfe. „So klag es dem großen Stein, der neben der Seitenthür liegt," sagte die Mutter. Da gieng die Tochter hin, kniete nieder und sprach:

Stein, ich klag dir meine Noth,
Der Räuber hat mich nach dem Weinberg weggeholt.

Und sie erzählte weiter, daß sie die sieben Jahr bei ihm gewesen sei und ihm sieben Kinder geboren hätte; sie hätte immer gerne einmal wieder nach Hause gewollt, aber der Räuber hätte es nicht haben wollen; sonst hätte sie es gut bei ihm gehabt und könnte über nichts klagen. Endlich aber habe sie Erlaubnis erhalten, aber ihm vorher versprechen müssen, keinem zu sagen, wo sie so lange gewesen sei, und er habe geschworen, wenn sie nicht wieder käme, würde er ihren Kindern die Köpfe abhauen und auf einen Weidenzweig ziehen;

käme sie aber wieder und hätte sie ihn verrathen, so würde er sie dazu umbringen.

Während der Zeit, daß sie das dem Stein klagte, stand die Mutter hinter der Thür und hatte alles gehört; weil sie aber ihre Tochter gerne retten wollte, ersann sie eine List.

Als daher die Tochter zur bestimmten Zeit nach der Höle zurückkehren wollte, sagte die Mutter: „Hier ist ein Beutel mit Erbsen; den nimm und wie du gehst, laß eine Erbse nach der andern fallen bis dahin, wo der Räuber wohnt.“ Die Tochter merkte wohl, was die Mutter im Sinne hatte. Sie hatte den Räuber lieb gehabt; aber da sie nun wieder zu ihm sollte, graute ihr doch vor ihm. Sie nahm daher den Beutel und that wie ihr gesagt war. Der Räuber war voller Freude als sie wieder kam, und nahm sie aufs beste auf. Aber bald kam sie ihm doch wunderlich vor und er wuste nicht was er denken sollte. „Komm,“ sagte er, „kämme mir das Haar und lause mich ein wenig!“ Und damit legte er ihr seinen Kopf in den Schooß. Wie sie nun saß, und that wie er gesagt hatte und sie daran dachte, daß sie ihn verrathen habe und er sie doch immer so lieb gehabt hätte, und nun wohl bald die Leute aus dem Dorfe kämen und ihn totschlügen, da ward ihr doch weich und Thränen fielen ihr aus den Augen nieder in den Schooß. Als der Räuber nun die warmen Tropfen im Gesichte fühlte, da sprang er auf und sprach: „So hast du mich doch verrathen,“ ergriff ihre Kinder und tötete eins nach dem andern; dann zog er die Köpfe auf einen Weidenzweig und hengte sie in der Höle auf. Das muste sie erst all mit ansehn und darauf wollte er sich über sie her machen. Aber da kamen die Wandelwitzer eben zur rechten Zeit (die Mutter hatte ihnen den Weg gezeigt) und überfielen den Räuber und töteten ihn. Also ward die Tochter gerettet; aber sie ward in ihrem Leben nicht wieder froh und glücklich.

Mündlich und nach Mittheilung des Herrn Schull. Knees in Neumünster.

XXXVI.

Die Räuber in der Engelsborg.

Zwischen Nindorf Bargenstede und Warenwinkel bei Meldorf liegt die E n g e l s b o r g. Die ist so hoch, daß man von da ins Land Wursten jenseit der Elbe sehen kann. Früher haben da einmal Mörder gewohnt in der Kuhle, aus der man meint der Berg herausgetragen sei. Viele Jahre haben sie da ihr Gewerbe getrieben und viel Schaden ringsumher angerichtet. Ein Mädchen hatten sie geraubt und lange bei sich gehabt; die aber hat endlich mit Wolle Zeichen gegeben, wo sie sich aufhielten. Und da man ihnen nun nicht anders beizukommen wuste, hat man sie mit siedend heißem Wasser aus der Höle heraus geschmort. Zwei wurden gefangen und bei Meldorf hingerichtet. — Es ist aber das Land hier vor Alters voller Hölzungen und Wald gewesen, also daß ein Eichhörnchen von der Singel in Meldorf an bis zu Osten an des Landes Grenze auf eitel Bäumen springen konnte, ohne den Boden zu berühren. Daher überall viel Spelunken und Mörderkuhlen im Lande gewesen sind, sonderlich zu der Zeit ehe Karolus Magnus den christlichen Glauben einführte.

Neocorus I. 235. Hans Detleff Mscr. Fol. 32 b. S. zu N. 102.

XXXVII.

Der lange Peter.

Der lange Peter war von der Insel Silt gebürtig und ward ein Seeräuber Seine Matrosen und Schiffsleute hatten zum Zeichen ihres Ordens auf ihren Kleidern an der einen Seite den Galgen und an der andern ein Rad. Er pflegte sich zu nennen:

Der Dänen Verhärer,
Der Bremer Vertärer,
Der Holländer Krüz und Beleger,
Der Hamborger Bedreger &c.

Von ihm ist noch eine Schanze in den Dünen auf Silt zu sehen.

Sie plünderten einmal da zu einer Zeit als die Männer von der Insel fast alle auf der See waren. Da vereinigten sich alle noch übrigen Einwohner, jung und alt, Weiber und Männer, besonders aus den Dörfern Westerland und Tinnum, und zogen ihnen entgegen, indem sie das Lied dazu sangen:

Dat geit dar na to mit alle Mann
Mit Böffen Stael en Forken:
De hier nicht fechten will en kann,
Dat sint wol rechte Schorken.

Man schlug die Räuber und nahm ihrer acht in dem Hause des Strandvogts Erk Mannis gefangen. Sieben wurden nachher auf dem Galgenhügel zu Norden Keitum gehenkt; den achten ließ man laufen, weil er noch ein Knabe war. Er rächte aber nach einigen Jahren den Tod seiner Genossen, indem er in einer Nacht das Haus jenes Strandvogts anzündete und abbrennen ließ.

Grauer Erklärung des Götzendienstes Horn. Tondern 1737. 4. S. 64. bei Rhode Antiquitäten Remarques und nach einer Mittheilung des Herrn Schull. Hansen auf Silt.

XXXVIII.

Andre Seeräuber.

1.

An der südöstlichen Ecke der Insel Alsen liegt eine Halbinsel Kaṡnäs, die durch einen schmalen Landstrich mit Alsen zusammenhängt.

Dort stand früher eine Burg, in der der Nässekonge Kaj hauste und Seeräuberei trieb. Man wuste viel von ihm zu erzählen, und ein Prediger in Lysabbel hat das einmal alles aufgezeichnet

Hansen im Archiv für vaterl. Geschichte IV. 292. und Zollassistent Paschke im Bericht der Gesellschaft für vaterl. Alterthümer 1836. S. 6. Vgl. Dansk Atl. VII. 435.

2.

Bei dem Dorfe Wisch in der Probstei lag ein Schloß Bramhorst, wo lange Zeit Seeräuber wohnten, bis die Kaiserlichen die Burg zerstörten; sie hatten auf dem Kaisersberg ihr Lager.

Schmidt in Provinzialberichten 1812, 270. Vgl. 1815, 594.

3.

Auf der kleinen Insel, die Barsöe heißt, bei Apenrade wohnte einst ein König Bars, der sehr unruhiger Natur war. Vor Jahren hat man noch ein Lied von ihm gesungen, das so anfieng:

Hvad om den gamle Bars
Endnu engang saae op ꝛc.

Outzen Alterthümer Schlesw. S. 56.

XXXIX.
Peter Muggel.

In den Zeiten, als Hamburg und Lübek noch mächtig waren, hatte der kühne Räuber Peter Muggel das Dorf und Schloß Schwienkuhlen bei Arensbök in Besitz. Von hieraus plünderte er die ganze Umgegend und besonders paßte er den Kaufleuten und den mit Waaren bepackten Wagen auf, die zwischen jenen beiden Städten hin und herzogen. Bald ward es diesen jedoch zu viel und sie schickten ihre Soldaten, die das Dorf und das Schloß in einen Trümmerhaufen verwandelten. Der Hügel, wo das Schloß stand, heißt heute noch der Muggelberg. Aber Peter war längst auf einen solchen Ueberfall gefaßt gewesen und hatte seine besten Schätze und sein baares Geld, das er sich zusammen geraubt hatte, schon in eine Höle bringen lassen, die er in der Klenzauer Weide, einem Holz bei dem Dorfe Klenzau, eigens dazu eingerichtet hatte. Als nun die Soldaten sein Nest zerstörten, floh er auf seinem Schimmel dahin und setzte bald sein früheres Geschäft eifriger fort, als vorher. Alle Bemühungen der Städte seinen Schlupfwinkel zu entdecken, blieben lange fruchtlos. Endlich fand man ihn, aber er wuste mit seinen tapfern Gefährten die gegen ihn ausgeschickten Leute zu schlagen. Die Bürger schickten aber immer neue Mannschaft und so hatte Peter Muggel bald alle seine Genossen verloren und muste fürchten selbst in die Hände seiner Feinde zu gerathen. Aber er wollte doch nicht seine Schätze an sie kommen lassen und selber das Äußerste versuchen.

In einer dunkeln, stürmischen Nacht berief er darum den Teufel. Bald erschien dieser in der Gestalt eines schwarzen Bocks und befahl ihm, eine Grube zu graben und die Schätze da hineinzulegen. Als Peter nun die erste Erde aufwarf, ward es um ihn hell wie am Tage; denn vor ihm stand der schwarze Bock mit einem brennenden Licht unter dem Schwanze. Als die Grube fertig war, ward der Schatz gezählt hineingelegt und der Teufel setzte sein Siegel darauf, das noch als ein platter Stein zu sehen ist. „So," sagte der Teufel, „nun ist dein Schatz verwahrt; willst du oder ein Anderer ihn einmal wieder haben, so müßt ihr in einer eben solchen Nacht wie diese, mit einem eben solchen Bock wie ich bin, und der euch auf dieselbe Art leuchtet, kommen; aber wenn der Bock auch nur ein weißes Härchen hat, oder ihr anderes Licht gebraucht, wird eure Arbeit umsonst sein."

Da nun bis auf den heutigen Tag des Teufels Siegel unberührt an demselben Orte liegt, so wird der Schatz auch nicht gehoben sein. Dem Peter Muggel aber waren seine Tage gezählt.

Bald machten die Lübeker wieder Jagd auf ihn. Um seine Verfolger zu täuschen, ritt er in der Dämmerung zu einem Schmiede, ließ seinem Schimmel die Hufen verkehrt auffetzen und ritt so wieder in seine Höle. So, meinte er, würden sie glauben, er sei ausgeritten. Sie fanden auch bald die Spur und dachten auch wirklich so; aber in der Hoffnung, Schätze zu finden, giengen sie in die Höle und fanden den Räuber schlafend. Da machte einer sich über ihn her und erstach ihn. Sie hätten ihn wachend auch gewis nicht besiegt.

Seit der Zeit jagt Peter Muggel noch oft auf seinem dreibeinigen Schimmel in der Nacht durch das Dorf Gieselrade mit furchtbarem Gerassel und Getöse. Er reitet dann zu einem großen Teiche in der Nähe des Dorfes und schwemmt da sein Pferd und kehrt eben so wieder nach seinem Schlupfwinkel zurück. Jedermann muß sich hüten, ihm zu begegnen.

Mitgetheilt durch Herrn Schullehrer Kirchmann in Eutin und mündlich. — 1470 verkaufte Frau Abel, Eggerd Muggels Wittwe, das Dorf und den Hof Schwienkuhlen an das Kloster Arensbök. Schröder Topographie von Holstein. II, 340.

XL.
Wesebye.

In Wesebye an der Schlei stand vor vielen Jahren eine große feste Burg, wo ein Fürst mit Namen Weser seinen Sitz hatte. Er trieb von da aus nach allen Seiten hin zu Wasser und zu Lande Räuberei und plackte die Umgegend aufs unbarmherzigste. Seine sanfte Schwester machte ihm oft darüber Vorstellungen und warnte ihn; er kehrte sich nicht daran. Es kam aber bald so weit, daß die Ritter aus der Nähe und ihre Leute sich vereinigten und seine Burg überfallen wollten, als Weser gerade auf einem Raubzuge auf der Schlei abwesend war. Doch bekam er Nachricht und wollte zurückeilen, als er aber eben ans Land stieg, ward er überfallen und gefangen genommen. Man stellte ihm nun die Bedingung, daß er am Leben bleiben sollte, wenn er seine Burg übergäbe, und da es keinen andern Ausweg für ihn gab, muste er sich schon dazu verstehen. Allein seine treuen Leute auf der Burg hatten sich unterdeß gerüstet und wollten nichts von einer Uebergabe wissen, sondern beschlossen, das Äußerste zu wagen, brachen in Haufen heraus und fielen über die Feinde her, bis es ihnen gelang, ihren Herrn zu befreien. Die Burg war stark befestigt und mit Allem wohl versehen; darum hätte sich die Belagerung nun sehr in die Länge gezogen, wenn es nicht den Feinden gelungen wäre, bei einem starken Winde sie in Brand zu stecken. An ein Löschen war bald nicht mehr zu denken; da beschloß Weser lieber einen ruhmvollen Untergang als eine schmachvolle Gefangenschaft zu wählen. Mit seiner Schwester trat er auf einen Thurm des Schlosses und stürzte vor den Augen der Feinde sich mit ihr in die Flammen. Das Schloß brannte bis auf den Grund nieder. Aus den Trümmern wurden später einige Hütten da gebaut und so entstand das Fischerdorf Wesebye.

Durch Herrn Stud. Nissen.

XLI.
Adelbrand und Antolille.

Unfern der jütschen Grenze liegen zwei Güter Fobeslet und Drenderup, wo einst ein paar feste Burgen waren. Auf Drenderup hauste ein wilder, roher Ritter, Herr Adelbrand, der entbrannte in heftiger Liebe für Fräulein Antolille auf Fobeslet. Aber auf seine demüthige Bewerbung gab das Fräulein ihm zur Antwort, er gleiche dem Hunde ihres Vaters, und als er darauf zärtlicher und dringender seine Bitte wiederholte, meinte sie, er sei nicht besser als ein alter Pantoffel. Da war des Ritters Geduld bald zu Ende, seine Liebe verwandelte sich in grimmigen Haß, und er schwur der Stolzen die blutigste Rache. Seit der Zeit wagte sich das Fräulein nicht von ihres Vaters Burg.

Es vergiengen sieben Jahre. Da verbreitete sich das Gerücht, Ritter Adelbrand sei auf einer Reise gestorben. Da athmete Fräulein Antolille einmal wieder auf und befahl, sogleich die Pferde vorzuspannen; sie wolle zur Kirche fahren, die sie so lange nicht besucht hatte. Aber kaum war sie auf dem Wege, als Adelbrand mit seinen Leuten hervorbrach, den Wagen anhielt, die Diener entwaffnete und das Fräulein ergriff. Dann band er die Unglückliche an den Schweif seines Pferdes und jagte so in wildem Galopp seiner Burg zu. Die Mutter sah von den Fenstern ihres Schlosses das Schicksal ihrer Tochter und starb vor Schreck und Schmerz mit ihr in demselben Augenblick. Kaum aber hatte Adelbrand die That vollbracht und seine Rache gekühlt, so fiel er in Verzweiflung und ermordete sich selbst. Am folgenden Morgen begrub man die drei Leichen in Drenderup.

Obgleich aber Adelbrand feierlich bestattet ward, kehrte sein Schädel, in dem die böse List ersonnen war, doch stets zurück nach Drenderup und konnte keine Ruhe in der Erde finden. Selbst der jetzige Besitzer hat den Totenkopf noch fortbringen und begraben lassen, aber dennoch kam er wieder an seinen vorigen Platz auf dem Boden des Herrenhauses zurück und hat da schon manchen, namentlich Diebe, erschreckt.

Schriftliche Mittheilung.

XLII.

Prinzessin Thyra.

Up de Thürenbörg by lütten Dannewerk hett vær lange Tyden ene Künnigsbogter säten, de wür Thüra nennt. Na äer heet ock noch de Borg so. Nu keem da mael en frömde Prinz, de wull na äer fryen. He weer awer so heßlich, dat em keen Minsch lyden kunn; de Prinzeß wull em ock ungeern nämen, se kun em et awer nich afflaen. Toletzt füll äer en Raet by. As balt de Hochtyt syn sul, neemen se en Spatzeerritt vær, den ollen Wall entlank na Hollingstäd, da güng da tomael noch en Inbucht van de Westersee herin. Dahen reed se mit ären Brüdegam. As se nu werrer torügg ryden wullen, leet se mit een Mael äer Schörteldoek fallen, as wenn de Wint dat weg weit harr. Da sä de Prinz: „Prinzeß, se hett äer Schörteldoek fallen laten; will se dat nich mitnämen?" Da sä se em to Antwoert darup: „Wenn he en rechtschapen Cavaleer is, sull he doch sülven afftygen, junge Herr, um my dat Doek upnämen." Da steeg he af unn buck sik dael; syn Swäert weer awer an den Sabel fast. Da reed de Prinzeßin hen to, tröck dat Swäert uet unn slöeg em den Kopp af. As se nu to Hues keem, sul se seggen, wo äer Brüdegam weer. „Ah!" segt se, „wy reden den ollen Wall entlank, da kemen de Unholden achter uns unn hebbt em faten krägen unn em den Kopp afflaen; ik awer reed weg." Da wür de Dode upsöcht unn in en Rysenbarg legt up dat Esperstorfer Felt. Dat plegt man nu to nennen in de Dreebargen.

Nach mündlicher Relation im Dorfe Kurborg bei Schleswig wörtlich niedergeschrieben von Herrn cand. ph. Arndt.

XLIII.

Herr Hinrich.

1.

Her Hinrich und sine Bröder alle dree
vull grone,

Se buweden ein Schepken, ein Schepken tor See
umb de adeligen Rosenblomen.

2.

Do dat Schepken dat Schepken rede wer
vull grone,
Se setteden sik darin, se forden all darhen
umb de adelige Rosenblome.

3.

Do se westwarts awerquemen
vull grone,
Do stunt dar ein Goldschmedes Son vor der Dör
mit der adeligen Rosenblomen.

4.

»Weset nu willkamen, gi Herren alle dree
gar hübsch und gar schone:
Wille gi nu Mede efte wille gi nu Wyn?«
sprak de adelige Rosenblome.

5.

»Wi willen nenen Mede, wi willen nenen Wyn,
vull grone:
Wi willen eines Goldschmedes Dochterlin han,
de van adeligen Rosenblomen.«

6.

»Des Goldschmedes Dochter krige gi nicht,
gar hübsch und gar schone:
Se is Lütke Loiken all togesegt,
de adelige Rosenblome.«

7.

»Lütke Loike, Lütke Loike de krigt se nicht,
vull grone;
Da wille wi dree unse Helse umme wagen,
umme de adeligen Rosenblome.«

8.

Lütte Loike toeg ut syn blankes Schwert,
vull grone;
He houw Her Hinrik sinen lütken Finger af
umb de adeligen Rosenblome.

9.

Her Hinrik toeg ut syn blankes Schwert,
gar hübsch und gar schone;
He houwd Lütte Loiken syn Höved webber af
umb de adeligen Rosenblomen.

10.

»Ligge du aldar, ein Krusekrol,
vull grone;
Myn Herte dat is hundert dusent Freuden vull
umb de adeligen Rosenblome.

11.

Lütke Loike sine Kinder de weenden al so ser,
vull grone;
»Morgen scholn wi unsen Vader begraven
umb de adeligen Rosenblomen.«

Mit kleinen Berichtigungen aus Hans Detleff, fol. 26 b. 27 a. (Neocor. II, 569), vgl. Neocor. I, 177. Das Lied ward in Ditmarschen beim Trümmekenbanze gesungen. Vul grone ist vielleicht corrumpiert aus vul grome, voll Grimm; rede bereit; Krusekrol Krauskopf?

XLIV.

Klaes Steen.

Wer von Schalkholz nach Tellingstede geht, findet auf halbem Wege einen Stein aufgerichtet, mit alten verwitterten Buchstaben, den die Leute in der Umgegend Klaes Steen nennen und bei dem sie folgende traurige Geschichte erzählen.

Zwei Brüder, Klaes und Karsten Groth in Schalkholz, waren beide in ein hübsches Mädchen in Tellingstede verliebt. Sie war beiden gleich gut, aber keiner der Brüder wollte freiwillig vor dem andern zurücktreten. Endlich zog sie den jüngern Karsten vor, und als Klaes es merkte, erwachte in ihm die furchtbarste Eifersucht. Sein glücklicherer Bruder kam einmal an einem Abend von Tellingstede zurück, da lauerte er ihm auf halbem Wege auf und erschlug ihn. Zur Erinnerung an diese That ward der Stein gesetzt, und man will darauf die Worte lesen:

Klaes Groth
sloeg hyr synen Broder doet.

Durch H. Schull. Gudenrath.

XLV.

Die beiden Brüder in Sundewitt.

Auf der Philippsburg in Sundewitt wohnte einst ein Herzog, der das Gut besaß; er hatte zwei Söhne. Als er auf dem Sterbebette lag, ließ er sich von ihnen die Versicherung geben, daß sie das Gut nicht theilen, sondern mit einander besitzen und verwalten wollten. Der Jüngere zog später nach Kopenhagen, um zu studieren, während der Ältere auf dem Hofe blieb. Dort verliebte sich jener in ein Mädchen und verlobte sich mit ihr. Als nun sein Bruder die Nachricht erhielt, lud er ihn ein, mit seiner Braut auf den väterlichen Stammsitz zu ihm zu kommen. Gerne folgte der Jüngere diesem Wunsche; beide Brüder hatten sich immer lieb gehabt, und darum verlebten sie auch die Zeit auf dem alten Schlosse ganz glücklich. Ja das Vertrauen des jüngeren Bruders war so groß, daß als er beschloß, vor seiner Vermählung noch eine Reise zu thun, er seine Braut auf dem Schlosse zurückließ. Während seiner Abwesenheit aber heiratete der Zurückgebliebene die Braut des Bruders, und als dieser heimkehrte, wurde sie verborgen gehalten und dem früheren Bräutigam für tot ausgegeben. Vor lauter Betrübnis mochte er nun nicht länger an dem Trauerorte weilen und begab sich wieder nach Kopenhagen. Kaum aber war er da, so erfuhr er den Trug seines Bruders. Aber nur mit List konnte er sich rächen. Er kehrte nach einiger Zeit auf das Schloß zurück und stellte sich ganz freundlich; aber insgeheim verbündete er sich mit den Bauern umher und überfiel endlich mit ihnen das Schloß, nahm den Bruder gefangen und ließ die treulose Geliebte auch in den Schloßthurm einsperren. Bald gelang es aber dem Gefangenen, sich loszumachen, und er sammelte einen Anhang, um seine Gattin zu befreien. Aber als sie die Burg stürmten, traf ihn ein Schuß aus der Hand des eignen Bruders. So blieb der Jüngere zwar Sieger, er konnte nun aber nie mehr an dem Ort des Gräuels glücklich werden. Darum ließ er seine ehemalige Braut ermorden und das Schloß bis auf den Grund zerstören; vertheilte unter seine fünf Knappen sein angeerbtes Land (daraus sind die umliegenden fünf Höfe entstanden), begab sich hinweg und ist niemals wieder gesehen worden.

Fünfter Bericht der Gesellschaft für vaterländ. Alterthümer. 1840, 11.

XLVI.

Die beiden Brüder auf Pellworm.

Die adlichen Güter Seegaard und Gurde auf Pellworm waren vor Zeiten im Besitze zweier Brüder, von denen der älteste als erstgeborner jenes bekommen hatte. Sie lebten friedlich und glücklich mit einander, wie es Brüdern geziemt, und so wäre es auch wohl geblieben, wenn sie nicht beide auf ein Mädchen ihr Auge geworfen hätten. Man überließ ihr endlich die Wahl, und da sie sich für den älteren, den Erbherrn auf Seegaard, entschied, so erbitterte das den jüngeren Bruder so, daß er sich auf seine Burg zurückzog und sie so befestigte, daß er eine lange Belagerung aushalten konnte. Als nun die Hochzeit auf Seegaard gefeiert ward, erschien er plötzlich, wie alle bei Tisch saßen. Sein Bruder, meinend, er wolle ihn begrüßen, eilte ihm erfreut entgegen; er aber stieß ihn vor aller Augen nieder. Nach der That eilte er auf seine Burg. Aber die Freunde und Diener des Ermordeten belagerten ihn bald und erstürmten das Schloß. Er erlitt seine Strafe; die Burg ward geschleift und verlor ihre adlichen Rechte. Aber noch heute sieht man ihre Spuren.

Husumer Wochenblatt 1837, 47.

Die beiden Brüder in Borsfleth.

Bei Borsfleth (in der Nähe von Glückstadt) lebten einmal zwei Brüder in beständiger bitterer Feindschaft mit einander. Endlich brachten die Verwandten und Freunde durch langes Zureden es dahin, daß sie versprachen, in Zukunft Eintracht und Frieden zu halten; zur Bestätigung sollten beide das heilige Abendmahl nehmen. Sie empfingen das Sakrament und giengen neben einander um den Altar herum, um an der andern Seite den Wein zu empfangen; da entbrannte plötzlich wieder die alte Flamme des Hasses in ihnen, da sie sich beide so nahe sahen, und zugleich zogen sie ihre langen Messer, wie man sie damals in den Schlippen (den langen Hosentaschen) trug, heraus und durchbohrten einander gegenseitig.

Den großen Fleck des vergossenen Blutes hat man lange nicht von der Stelle wegwaschen können. Die Schädel der beiden Brüder wurden oben an der Ostseite der Kirche in die Mauer gesetzt, und viele Leute haben es beobachtet, wie das eine Jahr der nördliche, das andere Jahr aber der südliche eine dunklere Farbe hat.

Andere sagen, der eine Bruder habe dem andern seine Braut für die Zeit seiner Abwesenheit anvertraut. Als der Verlobte zurückkommt, findet er den Bruder mit ihr vor dem Altare, wie sie eben copuliert werden. Da stürzt er mit dem Messer auf ihn ein, der andere zieht ebenfalls das seinige und beide fallen durch Doppelmord.

Durch Herrn Dr. H. Schröder aus Krempdorf, jetzt in Altona.

XLVII.

Bockwold und Walstorp.

Ein Herr von Bockwold war ein reicher übermüthiger Ritter und ein gewaltiger Liebhaber der Jagd. Einmal, da auf seinem Revier es nichts mehr zu jagen gab, fiel es ihm ein, ein großes Treiben auf den Feldern seines ärmeren Nachbarn, eines Herrn von Walstorp, anzustellen. Als nun diesem das Gebell der Hunde und der Schall der Hörner zu Ohren drang, warf er sich schnell auf sein Pferd und ritt dahin; er war ein muthiger und entschlossener Mann und sobald er seines Nachbarn ansichtig ward, forderte er ihn auf, sich ihm zu ergeben; er aber wandte den Rücken und floh. Er hätte wohl zufrieden sein können, so davon gekommen zu sein, zumal das erste Unrecht doch auf seiner Seite war. Allein es war keinem holsteinischen Ritter erlaubt, einen andern zur Uebergabe aufzufordern. Herr von Bockwold, zugleich auf sein Ansehen und seine Macht vertrauend, gieng darum vor den Grafen und brachte eine Klage an gegen den von Walstorp. Doch der verteidigte sich; er führte den erlittenen Frevel und Schaden an seinem Eigenthum an, und sagte, wie es in dem alten Liede hieß:

Ik hebbe nicht gesegt: gif dy,
sunder ut minen Korn hef dy!

Er sei im Eifer gewesen, genau erinnere er sich nicht, was er gesprochen habe; aber jeder sei ja seines eigenen Wortes Ausleger. Der Graf sah wohl, wie die Sache stand, wuste sie aber nicht zu entscheiden, denn beide hatten das Gesetz wider sich, hatte der eine auch nur sich übereilt, der andere aber vor Uebermuth gefrevelt. Er ließ der Sache also ihren Lauf und zwischen den beiden adlichen Herren brach Fehde los. Da muste der von Walstorp bald als der schwächere das Feld räumen und sein väterliches Erbe seinem mächtigen Feinde überlassen. Ehe er aber floh, schwur er, sein Haupt nicht eher zu bedecken, als bis er sich gerochen hätte. In der Entfernung wuchs noch seine Erbitterung. Heimlich kehrte er zurück und hielt sich verborgen, auf eine günstige Gelegenheit wartend. An einem Tage, da nun Bockwold in die Kirche gieng, um das Abendmahl zu nehmen, und Walstorp es erfuhr, machte er sich bereit, und als jener nun vor dem Altar stand und den heiligen Leib empfangen hatte, trat er hervor und stieß ihm sein Schwert in die Seite, indem er die Worte sprach: „Nun geh und jag im Himmelreich; du kommst eher dahin als ich, aber Gott wird auch mir barmherzig sein.“

Heinr. Ranzau bei Westph. I. 99. 150. — Die prosaische kurze Erzählung S. 99 setzt vielleicht eine andere Version voraus, als die in mancher Hinsicht unklare und schwierige poetische Behandlung, S. 150.

XLIX.

Svend Graa und Tule Vognsen.

In Tiislund im Tørninglehn waren in alten Zeiten vier Edelhöfe. Auf dem einen wohnte ein Herr Vogns, der ward von Svend Graa erschlagen. Den Mord muste dieser der Frau Metta Vogns mit dreitausend Mark in Gold und Silber büßen. Für diese Summe ließ sie sich einen goldenen Stuhl in der Kirche zu Tiislund machen. Als nun Svend Graa an einem Festtage in die Kirche kam, ward er darüber so böse, daß, als sie zum Altar gieng, um zu opfern, er sich in den Stuhl setzte, und sich weigerte, ihr, da sie wieder zurückkam, Platz zu machen; weil aber die Frau auf ihrem Recht bestand, schlug er sie und schleppte sie bei den Haaren fort. Weinend über die Mishandlung kam sie aus der Kirche und klagte ihren sieben Söhnen, was ihr widerfahren sei. Da nahm der älteste, Tule Vognsen, sein Schwert, gieng zur Kirche und erschlug den Svend Graa vor dem Altar, wo nun beide begraben liegen. Von dieser traurigen Geschichte giebt es ein altes dänisches Lied.

Danske Viser af Middelald. II. 208. Dansk Atl. VII. 181. Thiele Danm. Folkesagn. II. 248.

L.

Bockwold und Bülow.

Zu Christian des ersten Zeiten wohnte ein Herr von Bockwold auf dem Gute Borstel. Ihm kündigte einer aus dem adlichen Geschlechte Bülow, das damals in Mecklenburg wohnte, Fehde an, und da er einmal unbewaffnet auf dem Felde umhergieng, fiel der Herr von Bülow über ihn her, beraubte ihn seiner goldenen Kette, die er am Halse trug, und anderer Kleider und machte sich dann davon. Schnell schickte Bockwold nun sich an und folgte dem Räuber bis nach Mecklenburg hinein, und da er ihn traf, forderte er ihn auf, seine Kette ihm wieder zu geben. „Ach," sagte der Herr von Bülow, „die ich vor Furcht sogleich unter dem Bettgestell versteckte, das ist deine Kette." „Nun," antwortete Bockwold, „so wirst du auch der Dieb sein. Denn nicht den, der eine Sache behält, die er nahm, sondern wer sie wieder heraus gibt und es dazu gesteht, den kann man so schelten. Darum must du nun mein Gefangener sein und kannst mir wie mein Pudel folgen."

Heinr. Ranzau bei Westph. I. 98. 149.

LI.

Die Prinzessin auf Sonderburg.

Eine Prinzessin auf dem Schlosse Sonderburg auf Alsen hatte sich in einen Knappen, oder wie Andere sagen, in einen Soldaten verliebt, der bei ihrem Vater diente. Beide pflogen lange ein heimliches Einverständnis mit einander; aber ihre Sache ward entdeckt, als die Prinzessin von ihm schwanger war (andere sagen, der Herzog habe sie einmal in einem zärtlichen Augenblick ertappt). Darüber ergrimmte der Herzog und der Knappe ward ergriffen und sollte hingerichtet werden. Die Liebenden hatten sich ewige Treue geschworen, und verabredet, wenn noch im letzten Augenblick Begnadigung käme, so sollte ein rothes Tuch das Zeichen sein; wenn nicht, aber ein weißes, und dann wollte die Prinzessin dem Geliebten in den Tod folgen. — Vor dem Schlosse am jenseitigen Ufer des kleinen Sundes, der die Insel vom festen Lande scheidet, errichtete man einen Hügel; da sollte die Hinrichtung geschehen. Als der Knappe nun hinüber geführt war, schaute die Prinzessin aus ihrem Fenster und achtete auf das Zeichen, hatte aber einen blanken Dolch neben sich liegen. Schon stand er bereit zum Tode da, als Begnadigung eintraf. Aber in der Hast der Freude über die unverhoffte Rettung warf er statt des rothen das weiße Tuch in die Höhe; und die Prinzessin, als sie es erblickte, ergriff den Dolch und erstach sich, daß der Blutstrom über die Mauer rann, wo bis auf den heutigen Tag ein brauner Fleck sichtbar ist, der immer, so oft er auch abgewaschen und übertüncht worden ist, wieder zum Vorschein kommt. Als nun der Knappe ihren

Tod erfuhr, war das Leben ihm auch länger kein Gewinn und auch er ermordete sich. Seit der Zeit hört man in den Gemächern, die einst die Prinzessin bewohnte, Nachts oft ein Seufzen und Ächzen. Man hat sie oft da umhergehen sehen und wie sie am Kamine sitzt und schluchzend ihr langes Haar kämmt; aber als wenn sie sich schämte, niemand hat sie noch von vorne gesehen, sondern jedem wendet sie den Rücken zu.

Mündlich. Hansen im Archiv für vaterländische Gesch. IV. 277. Pontoppidan Theatr. Dan. 243. Die Berührung der Sage mit der von Hagbart und Signe bei Saxo, S. 129, brachte Albert Kranz Chronic. Suec. I. 46. und Heinr. Ranzau bei Westph. I. 98. 143. dazu, letztere in Sonderburg zu localisieren. Aus ihnen sind die letzten Züge entlehnt. Sie erzählen auch noch die Sage von Alf und Alvilda aus Saxo. S. No. 278.

LII.

Der Graf und die Müllerin.

Des Grafen Schack auf Gramm ältester Sohn liebte die schöne Tochter des Müllers im Dorfe und wollte sie heiraten; aber so lange der Vater lebte, wuste er, daß an die Ehe nicht zu denken war, und der Vater wollte nicht sterben. Da ward ihm erzählt, wenn er die Neujahrsnacht in dem Stammbegräbnis unter Gebet hinbrächte, werde er den in die Gruft versinken sehen, der übers Jahr von der Familie stürbe. Und so beschloß er zu thun. In der nächsten Neujahrsnacht gieng er in die Kirche und stieg in das Grabgewölbe, wo er eifrig betete, in der Hoffnung, wenn Mitternacht da wäre, seinen Vater einsinken zu sehen. Aber als es zwölf geschlagen, hörte er draußen auf dem Kirchhofe Geräusch und wie er hinausgeht, sieht er seine Braut, die Müllerstochter, wie sie im Sterbekleide sich ins Grab legt. Darüber ward er tiefsinnig; die Braut aber starb wirklich in dem neuen Jahre.

Volksbuch 1844, S. 89. Durch Herrn Storm.

LIII.

Nehmten.

Als in grauen Zeiten das Christenthum sich hier im Lande verbreitete, hausten am Plöner See zwei Rittersleute, von denen der eine schon Christ, der andere noch Heide war. Sie lebten bald in Unfrieden, bald so mit einander, als wenn sie zwölf Meilen aus einander wohnten und sich gar nicht kännten. Als einmal der christliche Ritter von einer langen Reise zurückkam, war unterdeß des heidnischen

Ritters Töchterlein zur blühenden Jungfrau geworden; beide führte erst der Zufall zusammen, bald aber öfter die Liebe und sie gelobten einander Treue. Lange verweigerte der heidnische Ritter ihrem Bunde seine Einwilligung. Endlich ließ er sich bewegen und ließ nun ein großes Stück von seinem Lande abnehmen, seiner Tochter zur Mitgift, und sprach dabei: „Nehmt hen!“ — Der glückliche Christenritter setzte zu der Krone seines Wappens den Stern seines Schwiegervaters und das Geschlecht der Kronstern besitzt bis auf den heutigen Tag das Gut Nehmten.

Durch Herrn Dr. Klander in Plön. — 1768 kam das Gut erst in die Hände der Familie, die überdies wohl zu den jüngsten des Landes gehört; das letzte ist daher wohl jüngerer Zusatz.

LIV.

Der Kuchen im Wappen.

Einmal ward ein Kind eines Herrn von Plessen von vorüber ziehenden Handelsleuten geraubt, indem es sorglos auf dem Anger vor dem Schlosse spielte. Sie verkauften es später und es kam endlich bei einem Kuchenbäcker in Braunschweig oder am Harz in die Lehre. Als der Knabe herangewachsen war, muste er für seinen Herrn hausieren gehen und weite Reisen mit den Kuchen machen. So kam er auch wieder nach Holstein und bot auf dem Schlosse seines Vaters seine Waare zum Verkauf aus. Da aber hat ihn die Mutter, der gleich die Familienähnlichkeit auffiel, wieder erkannt und zum Andenken an seine glückliche Errettung nahm die Familie einen Kuchen als Zeichen in ihr Wappen auf.

Mündlich. (Westph. III. 1923.)

LV.

Röwerlöwe.

In Windbergen wohnte zu den Zeiten Karls des Großen ein starker und tapferer Held, Namens Röwerlöwe. Als nun der Kaiser hier ins Land kam, trat er in seine Dienste und wurde von ihm über seine Landsleute die Ditmarschen gesetzt, um sie zum Gehorsam und Christenthum zu bringen. Davon aber wollten diese nichts wissen; Röwerlöwe ward ergriffen und von ihnen gerädert. Er ist aber der Ahnherr des adlichen Geschlechts der Reventlowen gewesen. Sein Geschlecht hat noch lange in Ditmarschen gewohnt; zog aber endlich weg um vielfacher Feindschaft zu entgehen.

Solches hat ein Graf Reventlow nach einer alten Familiennachricht bei Tafel einmal dem ehemaligen Landvogt Conferenzrath von Eggers in Meldorf in Gegenwart vieler anderer Herren erzählt.

Mündlich.

4*

LVI.

Die Edelfrau auf Tollgaard.

Auf Tollgaard nahe bei Östergaard in Angeln hat eine Edelfrau in ganz alten Zeiten ihren Sitz gehabt und sich nach Struxdorf zur Kirche gehalten. An hohen Festtagen giengen der Prediger und der Küster dann auf dem Kirchhofe umher und durften den Gottesdienst nicht eher anfangen, weil die Frau von Tollgaard noch nicht gekommen war. Endlich gab der Prediger dem Küster Auftrag zu läuten:

Nu ka' do gaa' op aa ring'!
Nu kömmer ä Frau fra Tollgaard.*

und der Küster antwortete:

Nu kömmer hun,
nu kömmer Ann Post
fra Tollgaard över Tingvaj,
med fiir hviid' Ög,
med Knopper Hör
o Stükker Smör
o stur Rau-Lief.**

Das also schenkte sie den Kirchendienern, weil die auf sie hatten warten müssen.

Jensen Angeln S. 125. vgl. No. 65. 95.

LVII.

Die Gräfin Schack.

1.

Die Gräfin Anna Sophia Schack, Besitzerin der Güter Schackenburg und Gramm, war eine sehr hoffärtige, alte Dame. Sie war kurze Zeit mit einem Grafen Ranzau verheiratet, und lebte auf ihrem Gute Gramm. Ihren einzigen Sohn, Graf Otto Ranzau, ließ sie heimlich enthaupten, als sie einmal mit ihm in Streit gerieth. Da erschien ihr die Ahnfrau des Hauses und verkündigte ihr, daß sie keine Ruhe im Grabe finden, sondern unsichtbar neben ihrem kopflosen Sohn umgehen solle. Von Stund an ward die Gräfin fromm und wollte mit Beten und Fasten ihre Sünden abbüßen. Aber bis auf den heutigen Tag erfüllt sich die Verkündigung. Der junge Graf soll wirklich kopflos in seinem Sarge liegen.

* Nun kannst du hinaufgehn zu läuten. Nun kommt die Frau von T.

** Nun kommt sie, nun kommt Anna Post von Tollgaard über Tingvad, mit vier weißen Schimmeln, mit Kisten Flachs und Stücken Butter und großen Roggenbroten.

2.

Dieselbe Gräfin Schack ließ sich einmal, als sie einen Jagdzug zurückerwartete, von ihrer Kammerjungfer zum Empfang der Gäste putzen. Da dies nicht recht vorwärts gehen wollte, ward sie ungeduldig und schleuderte das Mädchen gegen das Kamingesimse, daß sie für tot da lag. Gleich nach der That hörte sie den Zug unten im Hofe ankommen, und um das Geschehene zu verbergen, schiebt sie die Ohnmächtige in den Kamin, legt ein großes Feuer an, setzt die Thür vor und verbrennt sie. Die Bluttropfen am Gesimse blieben, bis man es in neuester Zeit ganz umgelegt hat.

Durch Herrn Adv. Storm. S. No. 248.

LVIII.

Böse Herrinnen.

So erzählt man auch von Fru Jd Rumohr auf Röest in Angeln, daß wenn die Mägde das Garn nicht gut gesponnen hatten, sie es ihnen um die Finger wickeln ließ und dann absengte. Eine Kammermagd ließ sie an den Ofen binden und stark einheizen, während sie im Schlitten zur Kirche fuhr. Als sie zurückkehrte, war das arme Mädchen verbrannt und die Lippen waren verdorrt, daß die Zähne fletschend hervorragten. „Weisest du mir noch die Zähne?" rief hereintretend die Herrin und gab der Leiche einen Schlag, daß sie in Staub zusammenfiel. Dies soll auf Öhe, nach andern in Ohrfeld geschehn sein.

Dasselbe erzählt man in Angeln auch von der Frau von Zago, die einst auf Satrupholm wohnte. Auch die böse Margret Ranzau auf Arensburg machte es ebenso; ihr Sarg ist mit sieben Schlössern verwahrt, damit sie nicht heraus kann. Auch auf dem Gute Pronstorf hat einmal eine Gräfin eine Magd zu Tode geheizt, weil sie klagte, sie hätte vor Kälte nicht abspinnen können. Dafür hat auch sie keine Ruhe im Grabe.

Die Frau Metta, die vor Zeiten ein Edelgut bei Bordelum besaß, hatte ihre Magd auch so umgebracht. In der Nacht darauf erschien aber die Tote, wimmerte und ächzte, rief die Frau bei ihrem Namen und verfolgte sie überall hin. Das wiederholte sich lange Zeit, so daß die Edelfrau nirgend mehr Ruhe fand, und zuletzt in Verzweiflung vom Schlosse rannte und sich in die See stürzte. Da haben in der Nacht Vorübergehende noch oft bald eine klägliche Stimme gehört, bald ein Fluchen und Schwören. Das Gespenst der Magd aber hat sich darauf nicht wieder blicken lassen. Das Schloß ward abgebrochen und daraus die Kirche zu Ockholm gebaut.

Jensen Angeln S. 106 und nach mündlichen und schriftlichen Mittheilungen. vgl. No. 70.

LIX.

Der verlorne Ring.

Auf Borgaard bei Flensburg wohnte ein Edelmann, der besaß einen sehr kostbaren Goldring. Als dieser einmal vermißt ward, fiel der Verdacht auf zwei Diener, die sogleich gefangen gesetzt wurden und durch Anwendung der Tortur zum Geständnis gebracht werden sollten. Sie läugneten aber beide standhaft, daß sie schuldig seien, und starben in Folge der Mishandlung. Kurze Zeit darauf fand der Edelmann seinen Ring wieder und nahm sich nun den Tod der unschuldigen Diener sehr zu Herzen. Ein nagender Gram zehrte Tag für Tag an seinem Leben und sein trauriger Zustand konnte dem übrigen Gesinde nicht lange verborgen bleiben. Darunter befand sich ein Diener, der erbot sich, seines Herrn ganze Schuld tragen zu wollen, wenn er ihm zum Lohn einige gute Kleider gäbe. Man kann sich wohl denken, daß er diese bald bekam. Aber am nächsten Morgen lag er tot in seinem Bette und man fand, daß ihm das Genick gegen die Wand zerbrochen war, wo man mehrere Blutflecken bemerkte, die auch mit der stärksten Lauge nicht konnten abgewaschen werden. Ja, obgleich die Mauer herunter genommen und neu wieder aufgeführt ward, sind sie doch an derselben Stelle wieder zum Vorschein gekommen.

Thiele Danm. Folkes. I. 324.

LX.

Der Burenklaes.

In alten Zeiten hat das Dorf Westerau einem reichen Grafen gehört. Da hatte einmal eine Gräfin eine Magd, die sich vor allen andern durch Treue auszeichnete und viele Jahr bei ihr diente. Die Gräfin hatte ein solches Zutrauen zu ihr, daß sie nichts vor ihr verschloß. Einmal als die Herrschaften nach Lübek fuhren, blieb eine schöne goldne Kette auf dem Tische liegen. Bei ihrer Zurückkunft aber war sie verschwunden und das arme Mädchen sollte sagen, wo sie geblieben sei. Vergeblich betheuerte sie ihre Unschuld; weil niemand sonst in die Zimmer der Gräfin kam, ward sie für schuldig gehalten, ihr der Prozeß gemacht und sie hingerichtet. — Viele Jahre waren seitdem verflossen, als einmal der Graf das Holzwerk in der Stube wegbrechen ließ, und dahinter die lange vermißte Kette fand. Nun klärte sich leicht Alles auf; denn Klaes, die zahme Elster, hatte sie gewis gestohlen und in eine Ritze versteckt. Da gereuete den Grafen sein rasches Verfahren und zur Erinnerung an den Tod der treuen Magd stiftete er eine Summe Geld, von deren Zinsen jährlich achtzig Mark der Dorfschaft Westerau sollten ausgezahlt werden, damit die Eingesessenen davon am zweiten Donnerstage vor

Weihnachten eine Festmahlzeit halten könnten. Diese Zusammenkunft wird noch heute alljährlich gefeiert und heißt der Burenklaes.

Mitgetheilt vom Herrn Schull. Grotkopp in Harkhorst.

LXI.

Die Pfenningwiese.

Einst war ein Graf Ranzau von Breitenburg eine starke Meile östlich vom Schlosse auf der Jagd. Ueberall war damals noch tiefes Moor oder öde Heide, wo jetzt Weiden und Äcker sich ausbreiten. Der edle Graf, allein wie er war, und zu hitzig in der Verfolgung eines Wildes, nahm sich nicht in Acht, er gerieth in ein bodenloses Moorloch und versank immer tiefer, jemehr er sich abmühte herauszukommen. Glücklicher Weise hörte ein in der Nähe arbeitender Bauer seinen Hilferuf; vorsichtig näherte er sich ihm, der dem Untergange nahe war, reichte ihm seine sichere Hand und brachte ihn auf festen Boden. „Habe Dank, guter Freund," rief der Graf, als er sich gerettet sah, „womit kann ich dir lohnen?" Aber der Bauer meinte, er habe nur seine Pflicht gethan und seinem edlen Herrn geholfen; des Lohns bedürfe er nicht. Doch der Graf bestand auf seinem Willen, der Bauer solle nur bitten. „Nun, gnädiger Herr, so gebt mir das Land, wo euch das Unglück getroffen," sagte der Bauer, „und etwa noch so und so viel von dem umherliegenden dazu; und laßt es mich abgabenfrei besitzen." Der Graf gab gerne das Geschenk, nur bestimmte er, daß der Bauer und seine Nachkommen von dem Lande jährlich einen Pfenning Steuer erlegen sollten.

Seit der Zeit sind Jahrhunderte verflossen. Aber am Tage Martin Bischof (11. Nov.) Mittags 12 Uhr, kommt noch alljährlich der Besitzer der Pfenningwiese auf das Schloß und bringt die Steuer. Die Nachkommen des geretteten Grafen halten treu das Gelöbnis ihres Ahnen: der Bauer wird jedesmal festlich von den gräflichen Dienern empfangen, erhält einen Platz an der gräflichen Tafel, unter deren Gerichten niemals dann die Martinsgans fehlt, und wird nach der Tafel vom Grafen freundlich entlassen.

Itzehoer Wochenblatt 1844. No. 39.

LXII.

Wie die lübschen Herren in Stakendorf den Zehnten holten.

Alle Jahr gegen Fastnacht schickte der lübsche Senat einige Herren, die in der Probstei alles nachsehen musten und die Zehnten und Abgaben holten. Als sie einmal nach Stakendorf kamen, waren die Leute gerade dabei und feierten Fastnacht. Da giengen die alten Herren mit ins Gildehaus und die Bauern räumten ihnen den Ehrenplatz unter dem Schwibbogen am großen Feuer ein, und da es noch kalt in der Jahrszeit, das Probsteier Getränk aber nicht schlecht war, so geschah, daß von dem vielen Herumgehn des Krugs mit dem heißen starken Bier und Meth — Branntwein trank man damals noch nicht — die alten Herren schläfrig wurden und endlich einschliefen. Daß sie betrunken gewesen seien, will ich nicht behaupten. Die jungen Leute aber dachten nun sich einen Spaß zu machen; sie bohrten in die beiden Pfosten, die neben der Feuerstelle standen und den Schwibbogen trugen, so viel Löcher, als Herren da waren, stopften dann ihre lange Bärte in jedes und schlugen einen Pflock dazu hinein. Die alten Bauern mögen wohl geschlafen haben oder hatten auch ihren Spaß mit daran. Als sie nun meinten die Herren hätten ausgeschlafen, machten sie plötzlich einen erschrecklichen Lärm, bliesen in die Waldhörner und schrien, das Haus brenne. Da fuhren die Herren aus dem Schlaf und keiner hat seinen Bart wieder mit nach Lübek gebracht, noch ist einer wieder gekommen, um von den Stakendorfern Geld zu holen.

Andre sagen, es sei auf dem Gute Schmoel passiert und der Lübeker Senat über die Bosheit der Bauern so erzürnt worden, daß er das Gut verkauft und die Bauern dadurch alle Leibeigne geworden seien.

Provinzialberichte. 1812. 414. Mündlich durch Herrn Jürgensen. vgl. No. 87.

LXIII.

Die treuen Bauern.

Auf Rundtoft war einmal bei einem Herrn Rumohr ein fremder Edelmann zum Besuch. Da trat einer der Bauervögte herein: verwundert und misfällig bemerkte der Fremde die silbernen Knöpfe an seiner Kleidung. „Was meine Bauern haben," antwortete Rumohr, „das werden sie gerne bereit sein mir zu geben, wenn es darauf ankömmt." Der Fremde zweifelte daran, da giengen sie eine Wette ein. Im nächsten Umschlag ließ darum der Gutsherr aus Kiel die Nachricht nach Rundtoft kommen, er sei im Einlager und bäte, man möge ihm helfen mit Geld oder Silber. Da brachten die Bauern alles zusammen was sie hatten, und der Herr hatte seine Wette gewonnen.

Jensen Angeln S. 106.

LXIV.

Die Leibeigenen.

Zwei Depenauer wollten einst der Leibeigenschaft entfliehn. Sie machten sich deshalb an einem dunkeln Abend auf und schritten rüstig vorwärts. Wie erstaunten sie aber, als der Tag aufgieng und sie noch nicht die Grenze des Gutes überschritten hatten, sondern sich erst beim hohlen Bache befanden, der die Landstraße nach Bornhövede durchschneidet. Betrübt nahmen sie ihren Weg zurück und wusten sich die Sache gar nicht zu erklären, bis eine alte kluge Frau sie belehrte. Sie hätten nemlich die Grenze nicht überschreiten können, weil sie ihre Westen nicht verkehrt angezogen hätten; würden sie dies gethan haben, so wären sie ungehindert fortgekommen. Sie befolgten später diesen Rath, wanderten zum zweiten Male aus und niemals hat man wieder etwas von den beiden gesehen noch gehört.

Mitgetheilt durch Herrn Schull. Pasche in Wankendorf.

LXV.

Die Isemanschlacht.

In Büsum war die Isemanschlacht unter den Bauern vor Zeiten die größeste und gewaltigste, also daß der Priester in der Kirche seine Ceremonien nicht eher beginnen durfte, als bis sie gekommen. Einen, der durch ihre muthwillige Verzögerung sich nicht länger aufhalten wollte und gleichwol anfieng, haben sie vor dem Altare getötet.

Neocor. I. 225. vgl. No. 56. 95.

LXVI.

Henning Wulf.

(1472.)

In der Kirche zu Wewelsflet in der Wilstermarsch befindet sich ein altes Gemälde auf einer langen Tafel, das schon im Kirchenbuche der 1593 neuerbauten Kirche erwähnt wird, 1741 aber renoviert ward. Dies Gemälde zeigt auf einem großen grünen Platze einen Schützen mit abgespanntem Bogen; in einiger Entfernung vor ihm steht ein Knabe mit einem von einem Pfeil durchbohrten Apfel auf dem Kopfe. Einen andern Pfeil hat der Schütze noch quer im Munde. Ein Wolf oder Hund steht zwischen dem Knaben und dem Schützen und richtet auf diesen seinen Blick. Dies Bild ist eine Erinnerung an folgende Begebenheit.

In den Zeiten König Christierns des Ersten wohnte ein reicher Mann Henning Wulf im Kirchspiel Wewelsflet und hatte seinen Hof mit vielen Ländereien in der Dammbucht. Als die Leute in der Marsch sich gegen den König empörten und ihn nicht anerkennen wollten, ward er ihr Hauptmann und Anführer. Weil der König aber mit großer Macht heranzog und die Hamburger ihm halfen, wurden die Marschleute geschlagen und Henning Wulf muste fliehen. Da verbarg er sich in einem Rethschallen und niemand wuste ihn zu finden. Aber sein treuer Hund, der auf dem Gemälde mit abgebildet ist, war ihm nachgelaufen und da er ihm nicht in den Sumpf folgen konnte, ward er sein Verräther. Man holte den Henning Wulf heraus und brachte ihn zum König und da dieser wuste, daß er von allen der vortrefflichste Schütze sei, befahl er ihm höhnisch, seinem einzigen jungen Sohne einen Apfel vom Kopfe zu schießen; gelänge es ihm, solle er frei sein. Henning Wulf muste gehorchen, holte seinen Bogen und seinen Knaben und that glücklich den Schuß; hatte aber vorher einen zweiten Pfeil in den Mund genommen. Da fragte ihn der König, für wen denn dieser bestimmt sei, und Henning antwortete, wenn er seinen Sohn getroffen hätte, sei der Pfeil für den König selber gewesen. Da erklärte ihn dieser in die Acht und Henning muste fliehen; sein Land aber ward eingezogen und muß bis auf diesen Tag noch schwere Abgaben tragen und heißt das Königsland. Man zeigt auch noch das Haus, wo Henning Wulf gewohnt hat.

Provinzialberichte 1798. II. 39. Kirchen u. Schulblatt für Schlesw. Holst. u. Lauenb. 1844. No. 11. vgl. Falks Abhandlungen aus den Schlesw. Holst. Anzeigen I. 410. vom Jahre 1753. — Wahrscheinlich ist das Gemälde alt, und beruhte auf der Sage, die schon im 13. sec. in Norddeutschland vom alten mythischen Helden Eigil erzählt ward, dann am Rhein von einem andern Meisterschützen im 15. sec., dann vom Tell in der Schweiz, von William of Cloudesle in England; im Norden auch im 12. sec. schon von Palnatoke, dann vom Eindridi und heiligen Olaf, und endlich vom König Harald Sigurdarson und dem Schützen Hemming. Die Sage ward spät an den historisch bedeutenden Henning Wulf geknüpft und das ältere Bild auf ihn gedeutet. An eine Entlehnung aus dem Norden zu denken ist albern. Unsre Sage hat Züge, die den andern Relationen fehlen. Grimm Mythol. I. 353 ff. II. 1214. Molbech histor. Tidskrift I. 45.

LXVII.

Was König Johann von den Ditmarschen wollte.

(1490.)

1.

Wille gi hören einen nien Sang
Van Koning Hans dem averdadigen Man?
He wolde Ditmerschen dwingen.
He sende Bref unde Baden int Lant:
Se scholden Volmacht bringen.

2.

Do se to Hamborg binnen kemen,
Do heten se en vor Here:
»Here, leve Here,
Wat is vam Lande juw Begere?«

3.

He sette wol vöftein dusent Mark an
To einem kleinen Schatte;
Darto wold he buwen dre Schlöte int Lant:
Dat scholde men wesen mit der Korte.

4.

Dat eine scholde to Brunsbüttel staen,
Dat ander an der Eider Fähre,
Dat dorde scholde to Meldorp staen,
Dar wolde he wesen ein Here.

5.

Do repen de Ditmerschen averlut:
»Dat schüt nu und nummermere:
Darumme wiln wi wagen Hals unde Gut
Unde willen dar alle umme sterven,
Eer dat de Koning van Dennemark
So scholde unse schone Lant verderven.«

Neocor. I. 423. — Auch wohl ein Tanzlied. vgl. No. 27.

LXVIII.
Lieder von der Schlacht bei Hemmingstede.
(1500.)

1.

Wille gi hören im nien Sang,
Wat uns heft Koning Johan gedan?

Se hebben also tosamende gesprafen,
Se wolden to Brüssel ein Samlent maken.

Se konden sik dar nicht alle beseen,
Do wolbens up eine grone Heide teen.

De togen up eine grote Heide,
De heten se vor eine Jittenweide.

Sille Johans Jacob de was darmede,
Dat was jo er Bungenschleger.

De Bungenschleger de schlog an:
Darmit so togen se vordan.

Se kemen to Wintbergen in dat Blick:
Dar jageden se ut beide Arm unt Rik.

Se togen to Meldorp in de Stat:
Dar weken ut beide Borger unde Rat.

»De olde Rat is utgewaken,
Koning Johan is ingebraken.«

Carsten Holm de quam darto:
»Min lever Her Hans, wo haget juw to?«

»Min lever Carsten, ik löve juwe Wort:
Ik mene, it schal hier werden got.

Min lever Carsten, schnacket eine Wile:
Ik will juw geven dat Schlot tom Tile.« *

* Die Tielenburg an der Eider.

»Min lever Herr Hans, ik kans nicht wesen:
Ik mot all mang de Buren wesen.

Denn worden se hier miner enwar,
Wo drade dat ik min Levent verlor.

All up der Heide dar is ein Blick:
Dar wanet Peters Hans und ik.

Morgen fro kamet to uns to Gaste:
Wi willen juw doen dat allerbeste.

Ik will juw schenken Mede und Wyn
Damit schole gi na Lunden teen.

Und steket an de groten Dorp,
Dar liggen de Buren also stark.

Unde steket an dat halve Lant
Dat ander geit juw wol tor Hant.« —

Isbrant dat is ein framer Mann,
De will wol bi Loven staen:

He gaf dem Lande eine wise Ler
To Hemmingstede* all vor de Dör:

»Legget juw ein lüttik hier under den Wal,
Dat juw nemant hier scheten schal.

Und legget de Spere wat bi juw neder
Und latet se teen bewesten vör.«

Dat hörten wol dordehalf hundert Man:
De gingen de groten Garden an.

De Buren repen averlut:
»Schlaet de dugden Garden dot!«

Se schlogen de dugden Garden dot:
De Rüter quam in groter Not.

De Rüter grep einen schnellen Rat,
He wolde up riden na der Stat.

It wart een averst belegt dat Paß:
De Buren schlogen wat dar was.

Se gingen ein weinig wat mank de Wagen,
Dar funden se Saden unde Braden.

»Segget dem Konige gude Nacht,
He heft uns braden Höner bracht.

Tastet to, gi leven Gesten;
Dit gift uns Koning Hans tom besten.

Gistern weren se alle rike:
Nu steken se hier in dem Schlicke;

* Zwischen Meldorf und Heide oder Lunden, wohin Carsten Holm den König einlud. Seine Worte werden mit dem neunzehnten Reimpaar zu Ende sein.

Giftern vörden se einen hogen Mot:
Nu hacken en de Raven de Ogen ut.«

Neocor. I. 518. Hans Detleff Mscr. Fol. 141. — Das Lied ward zum Tanze gesungen. Hans Detleff theilt es in 15 vierzeilige Gesetze und ein (das letzte) sechszeiliges; doch trifft die Abtheilung dann nicht überall mit dem Sinne zusammen. Die Melodie umfaßte wohl zwei Reimpaare und wiederholte jedesmal das letzte, so daß auch sechszeilige Gesetze ihr gerecht waren. — Jitte Ziege, auch eine alberne Frauensperson. Bunge Pauke. Blick Flecken. Hagen vgl. behagen. Drade schnell. Love Glaube, Treue. Bugden übermüthig, stolz? Saden gesottnes Weißbrot, noch um Fastnacht gebacken. — Nach einer Nachricht bei Neocor. I. 511. waren die Hühner gepflückt und mit Rosinen und Kraut gefüllt und die Ditmarschen entschlossen sich, weil sie keine Zeit zum Braten hätten, sie zu kochen und die Brühe zu trinken.

2.

De wolgebarne König ut Dennemarken reet.
Wo wol dat em geluste!
He wolde teen in dat ditmersche Beet,
Dar sin Vader nuwerle in dorste.

He leet wol schriven einen Bref,
He sende en in Freßlande,
Dat dar scholde kamen de junge Man Greve
mit voftein dusent Mannen.

De junge Man Greve dat nicht enlate:
He quam al mit den ersten.
Se togen aldar to Meldorp drade,
To Meldorp in dat Kloster.

Dar eten se dat Krut, dar drunken se de Meden,
Dar eten se schonen wilden Braden.
Und do se wol geteret hebben,
Do scholden se dar van Staden.

Se togen aldar vor Hemmingstede:
En ankede ok also harde.
Do sprak Junker Slens aldar,
De Averste all mang der Garde:

»Dat is mi in den Sinn gekamen,
Wi wille uns ummewenden.«
»Neen,« sprak Koning Hans mit Namen,*
»Juw Solt schöle gi vordenen.

Wi willen den Ditmerschen jegen staen,
Wi willen uns dar wol weren:
Se scholen uns gar nicht entgaen,
Wi willen se wol vorweren.«

* H. Detleff list gefallen: vor allen, statt gekamen: mit Namen.

Do se den Ditmerschen entjegen kemen,
De schlogen also sere:
Se schlogen de Garde wol voftein dusent Man,
Dar was ok jo neen mere.

Do se de Garde all dot geschlagen habben,
Do scholden se den Haveman beginnen.
Se schlogen den Haveman schnelle to Dot
Up einem kleinen Plane.

Des wart de Koninginne enwar,
Se weende ok also sere.
»Sin gi Knechte nu to Hus gekamen,
Wo lat gi juwen eddelen Heren?«

»De Ditmerschen hebben en albot geschlaen:
Des konne wi nicht enkeren.
Se dragen finen Helm, se vören sinen Schilt,
Dar to sine stolte Banneren.

De sik jegen Ditmerschen setten will
De stelle sik wol tor Were;
Ditmerschen dat schölen Buren sin,
It mögen wol wesen Heren.«

Neocor. I. 521. Hans Detleff Mscr. Fol. 142. — Auch offenbar Tanzlied. Beet Feld. nuwerle niemals. anken Angst haben, bedrängt sein; unpers. es ward ihnen bange. Haveman Hofman soll offenbar der König Johann selber sein. Statt beginnen ist ein wahrscheinlich obsoletes Wort zu vermuthen, das zum Reime paßt. Bei Hans Detleff folgt noch der Schluß:

Leven de Ditmerschen noch söven Jar,
Se werden der Holsten Heren.

3.

De König wol to dem Hertogen sprak:
»Ach Broder, harteleve Broder,
Ach Broder, hartleveste Broder min,
Wo wille wi dat nu beginnen,
Dat wi dat frie, rike Ditmarschen Lant
Ane unsen Schaden mögen gwinnen?«

Sobalt dat Reinholt von Meilant vornam
Mit sinem langen gelen Barde,
De sprak: »Willn maken einen Baden bereit
Und schicken na der groten Garde.
Will uns de grote Garde Bistant doen,
Ditmarschen schal unse wol werden.«

Sobalt de Garde dise Märe vornam,
Se rüstede sik so mechtig sere;
Se rüste sik wol vöftein dusent Man
Aver de grone Heide to trecken.

»Köne wi men des Königs Besoldung erwarwen,
Unse Fröukens de schölen wol mede.«

De Trummenschleger de schlog wol an,
Se togen aver de grone Heide.

Und do de Garde tom Könige wol quam;
»Ach König, min lever Here,
Wor ligt doch nu dat Ditmarschen Lant,
Im Heven odr up schlichter Erden?«

Dem Könige befil de Rede nicht wol,
He dede balt wedderspreken:
»It is nicht mit Keden an den Heven gebunden,
It ligt wol an der siden Erden.«

Der Garde Herr sprak do mit Mot;
»Ach König, min lever Here,
Is it nicht gebunden an den Heven hoch,
Ditmarschen schal unse balt werden.«

He leet de Trummelen umme schlaen,
De Fenlin de leet he flegen.
Darmit togen se einen langen breden Weg
Bet se't Lant int Gesichte kregen:
»Ach Lendeken deep, nu bin ik di nicht wyt,
Du schalt min nu balde werden.«

Darmit togen se to hoger Wintbergen in,
Se legen dar men ene kleine Wile;
Se togen do vordan na Meldorp to,
Eren Avermot deden se driven.

Se steken des Königs Banner tom hogen Torne ut,
Den Ditmarschen dar to gramme.
Se hengeden er Schilt wol aver de Mur:
Daraver ist en nicht wol ergangen.

Se togen noch ein weinig wider fort
Wol na der Hemmingsteder Velde:
Dar bleef ok de grote Garde geschlagen
Mit eren dapperen Helden.

Dat Wedder was nicht klar, de Weg was ok schmal
De Graven weren vull Water:
Nochten tog de Garde wider fort
Mit einem trotzigem Mode.

He hadde einen Harnisch aver sinen Lief getagen,
De schinede van Golde so rode;
Daraver was ein Panzer geschlagen,
Darup dede he sik vorlaten.

Mit dem do sprank dar ein Landsman herto
Mit einem langen Spere:
He stak so stark, dat drut ein Krumhake wart
Und hangede in dem Panzer so schwere.

Dem Landesman ein ander to Hülpe quam,
Dat Sper wolden se wedder halen.

De Garde was stark, dre habben vull Wark,
Eer se en kunden aver:
Se togen en mit Sadel und Roß herdal
Wol in den depen Graven.

Dar wart ok der Holsten König geschlagen
Mit alle sinem groten Here:
Dar lag do sin Pert, dar lag sin Schwert,
Darto de königlike Krone. —
De Krone de schal uns Maria dragen
To Aken wol in dem Dome.

Hans Detleff Mscr. Fol. 143 a. Uhland I. 444. Dahlman Neoc. II. 565 theilt aus Peter Saxe noch ein Tanzlied mit, das vom vorhergehenden nicht verschieden ist. Es ist nur zersungen und verstümmelt; statt Achen steht Schleswig und ein Schluß ist hinzugekommen, mit einer gewis unwahren Behauptung:

De uns de grote Guardie dot schlog,
Dat wil ik ju wol sagen:
Dat heft de grote Reimer van Wimerstede gedaen,
De heft de grote Guardie geschlagen.
De uns dat nie Liedlein sang,
Van nie heft he it gesungen,
Dat heft de grote Reimer van Wimerstede gedaen
Mit sinen langen gelen krusen Haren.

Der im Liede kurz erwähnte Aufenthalt in Windbergen wird in einem Bruchstück Neocor. I. 522 ausführlicher beschrieben:

Dre Dage vor Sünte Valentin (14. Febr.)
Tog Konink Hans to Wintbergen in
Mit dortig dusent Mannen.
He schlog de kleinen Kinder dot:
De Schilt vlot in dem Blode rot:
Dat mochte wol Gott erbarmen.

He tog to Meldorp in dat Blick,
He vörede dar vele Gudes mit sik,
Bi einem Aventsterne.

Die Handschrift läßt Raum für 5 oder 6 Strophen. — In Windbergen soll am Tage vorher noch eine große Hochzeit gefeiert sein, nach der späteren Ueberlieferung Neocor. I. 460.

LXIX.

Peter Swyn.

In dem Kriege des Jahres 1500 machten die Ditmarschen große Beute. Zu keiner Zeit waren die Holsten mit so viel Kleinoden und Edelsteinen geschmückt und in so prächtigen Kleidern und kostbaren Rüstungen in den Krieg gezogen. So kriegten die Dithmarschen so viel Geld und Gut, als sie nie zuvor begehrt noch gewünscht hatten, also daß sie nicht groß darauf achteten, noch es ordentlich probieren ließen. Güldene Ketten, dieweil sie schwarz geworden waren, hielt man für Eisen und legte die Hunde daran, bis man sie erst beim Abschleißen erkannte.

Aus der Beute hatte Peter Swyn in Lunden, einer der acht und vierzig Regenten des Landes, ein kostbares sammetnes Wamms gewonnen. Damit erschien er auf einem Fürstentage in Itzehoe und trug dabei ein paar weiße Webbeshosen. Ihn begleitete Junge Johanns Detlef; beide waren ein paar beredte scharfsinnige Männer von geschwindem Wort. Als nun die holsteinischen Herrn den wunderlichen Anzug sahen, lachten sie darüber; aber Junge Johanns Detlef sprach alsobald zu ihnen: „Lachet doch nicht; denn wo der Wamms geholt ward, hätte man auch wohl die Hosen kriegen können, hätte Ehre und Zucht das nicht gehindert.“ Auch erzählt man, man habe Peter Swyn selbst um seine Kleidung gefragt, worauf er geantwortet: „Das sammetne Wamms trage ich, dieweil ich ein Landesherr bin; die Webbeshosen aber, weil ich ein Hausmann.“

Neocor. (und Hans Detleff) I. 229. 230.

LXX.

Mettenwarf.

Zur Zeit des ditmarschen Krieges befand der König Johann sich in einem Hause, wo er von allen Seiten umringt war. Eine kluge Magd, Metta, diente da und rettete den König dadurch, daß sie einen ihrer Röcke zerschnitt und seinem Pferde um die Hufen band. In der Nacht führte sie es am Zügel auf einen sichern Weg und der König entkam. Andre sagen sie habe ihn mit einem Knappen über die Eider gesetzt; und noch andre, daß sie ihn aus dem Wasser rettete, als er mit seinem Schiffe in einer Sturmfluth bei der Wiedingharde strandete. Aus Dankbarkeit ließ der König sie erst an seinen Hof kommen und gab ihr dann viel Land im Bordelumer Koege, wo er ihr ein großes Haus bauen ließ, dessen Stelle noch Mettenwarf heißt. Darauf bat Metta auch um etwas Geestland und der König erlaubte ihr sich so viel zu zueignen als sie an einem Tage umpflügen könne. Die kluge Frau nahm den König beim Worte und zog in weitem Kreise bis ganz nach Lütjenholm eine Furche und bekam so an einem Tage ein gutes Stück, das bis auf diesen Tag Fru Metten Land heißt.

Mündlich nach mehreren Mittheil. vgl. No. 58. — Auch bei Flensburg soll ein Bauer seinen Hof abgabenfrei besitzen, weil sein Vorfahr den König Johann gerettet habe. Doch sieh Dahlmann z. Neocor. II. 570. — Das abliche Gut Grosztondern soll entstanden sein, weil der Herzog oder der König einem treuen Diener erlaubte, so viel Land zu nehmen, als er umpflügen könne. — Heimreich ed. Falck I. 163 erzählt, ein Mann, Namens Hatte, habe auf dieselbe Weise soviel Land in Besitz genommen, als noch die Feldmark des Dorfes Hattstede ausmacht. — Danske Atlas VII. 148 wird erzählt, daß ein Besitzer vom Gute Röy bei Frörup, Amts Hadersleben, seiner Tochter soviel Land gegeben habe, als sie an einem Tage umgehen könnte.

LXXI.

Friplov.

In Bollersleben bei Apenrade war ein Hof, der Friplov genannt ward, und war frei von allen Schatzungen und Abgaben. Einmal war der König nemlich da mit einem kleinen Gefolge und ward von unserm Herzoge umzingelt, der sich mit ihm in Streit befand. Zu entkommen war unmöglich. Aber der Besitzer des Hofes, der ein starker und großer Mann war, sagte zum Könige, daß er ihn wohl retten könnte, wenn er sich ihm anvertrauen wollte. Der König, keinen andern Rath sehend, entschloß sich leicht dazu und der Mann steckte ihn, der klein und schwach war, in einen Sack, stopfte rund umher Heu und trug ihn so durch das feindliche Lager. Dafür befreite der König nachher seinen Hof.

Rasks Moerskabsl. 1839. 505.

LXXII.

Der Mantel in der Bülderuper Kirche.

(1524.)

Westlich von Apenrade zwischen Tolsted und Bollersleben, auf dem Wege von Hadersleben nach Flensburg, erstreckt sich ein Landrücken, der von Altersher Wornhöi oder Urnehöved heißt. Hier wurden einst die alten schleswigschen Landtage unter freiem Himmel gehalten, wie die holsteinischen zu Bornhövede, und die Herzoge wurden hier von Adel und Bauern gewählt. Man zeigt noch eine Anhöhe Lögpold, die frühere Dingstätte; ein Weg heißt Aielveien, der Adelsweg; ein andrer Platz heißt Staatsryggen. Hier ward ein König erschlagen* und einem anderen gehuldigt. In Bollersleben ist eine Freihufe, weil der Besitzer vormals verpflichtet war, den hohen fürstlichen Personen Stallraum und Unterkommen zu geben. Darum heißt das Haus auch noch das Königshaus.

Einmal war hier nun im Lande ein alter König, der zwei Söhne hatte. Der älteste zog außer Landes und kam erst zurück, als der Vater gestorben war, um diesem als König zu folgen. Aber der jüngere Bruder, der zu Hause geblieben war, machte ihm das Recht streitig. Endlich aber vereinigten sich beide dem ältesten Hardesvogt im Lande die Sache zur Entscheidung zu übertragen.

* Erich Eimund?

Der Hardesvogt der Sluxharde, Nis Hinrichsen auf Heistruphof, war der älteste und er erhielt den Auftrag, zu einer gewissen Zeit das Urtheil zu sprechen. Der kluge Mann sah wohl ein, daß wie er auch entschiede, er eine Partei sich immer zu Feinden machen würde; er dachte daher darauf mit einer behenden List sich vor Gefahr zu sichern.

Der Hardesvogt hatte ein schönes milchweißes, oder wie andre sagen, ein gelbes Pferd; das fütterte er alle Tage ein Jahr lang mit Semmeln und Milch und führte es oft heraus und übte es so im Rennen und Springen, daß keines ihm an Kraft und Schnelle gleich kam. Er selber aber kaufte sich einen großen dicken rothwollenen Mantel; und als nun der Tag des Things kam, hüllte er sich darein, setzte sich auf sein weißes Pferd und ritt hinauf an den bestimmten Ort, der eigens dazu mit Steinen gebrückt worden war, wie man noch heute sieht. Die beiden Prinzen, begleitet von ihren Parteien, die alle bewaffnet waren, hielten schon da; nun kam der Hardesvogt auf sie zu und rief mit lauter Stimme: Des Landes Leute haltens mit dem Landeskinde. Und warf rasch sein Pferd herum und eilte auf Bollersleben zu. Die Reiter des ältern Prinzen aber stürzten ihm nach und überschütteten ihn mit Pfeilen; doch sein rother Mantel blähte sich auf und schützte ihn. So kam er dem Dorfe nahe, wo mehrere Wagen im Wege standen und die Straße sperrten. Als die Bauern den lieben Mann an seinem Pferde und seinem Mantel erkannten, wollten sie ihm Platz machen. Er aber rief ihnen zu, sie sollten alles stehen lassen und setzte mit seinem Pferde im Fluge drüber hin. So kam er seinen Verfolgern weit voraus, und nahm seine Richtung nach dem großen, dichten Walde zu, der damals auf dem Gröngaarder Felde stand. Ein altes Weib eilte herbei und wollte ihm ein Heck öffnen, das den Weg verschloß; aber auch ihr rief er zu, es zuzulassen und setzte auch darüber weg. So erreichte er den Wald und hielt sich da so lange verborgen, bis er sich hervor wagen und nach Hause zurückkehren durfte. Aus Dankbarkeit schenkte der junge König ihm für seinen Hof die Freiheiten, die Heistruphof bis auf diesen Tag genießt. Sein großer Mantel war ganz schwer von Pfeilen und wie gespickt damit. Zum Andenken an die glückliche Rettung hengte er ihn in der Bülderuper Kirche auf, wo er eingepfarrt war. Noch im Jahr 1786 hieng der Mantel da, fiel aber endlich ganz vermodert herunter und ward mit dem Schutte hinaus gefegt. Man sieht aber in der Kirche noch ein Gemälde, welches des Hardesvogts Familie gestiftet hat.

Pastor Beier in Carlum im Staatsbürgerl. Magazin 4. 245. Rasks Moerskabsl. 1839. 507—8. Schriftliche Mittheil. von Herrn Fries in Apenrade und Herrn cand. th. Meßtorf in Raepsted. Letzterer erzählt, der Hardesvogt habe eine Menge Schachteln, eine über der andern übergeben, mit dem Bedeuten, darin befinde sich sein Urtheil. Über dem Öffnen gewann er Zeit, schon weit voraus zu kommen. — Historischer Grund der Sage sind die Streitigkeiten über die Absetzung Christierns II. und die Wahl Friedrichs I. vgl. Christiani neue Gesch. der Hzgth. I. 368.

LXXIII.

Als König Christian bei Brunsbüttel einen Einfall in Ditmarschen machen wollte.

(1531.)

1.

Dar is ein nie Rat geraden
To Rostorp* up der Heide.
Dat hebben de Achtundveertig gedaen,
De besten in unsen Lande,
Dat dar scholden viefhundert Man
To Brunsbuttel up der Wachte.

Klaes Marcus Hergen stund im Dore,
He sprak: »Gott sy gelavet!
Ik seh so mannigen finen Man
Van Norden her gebravet.«

Se togen ein lüttik bi Dike lang
Wol na der Dikes Horne:**
Dar schlogen se de Speisen schwank
Wol na der Landsknecht Wise.

Wiben Peter und Klaes Marx Hergen
De schoten de groten Bussen af
Darto de witten Schlangen.
Se stelden de Bussen up dat Sant,
Se schoten aver int Kebinger Lant:
Den Kebingern den wart bange.

Dat hebben de ditmarschen Buren gedaen,
Se mögen wol Heren wesen:
Leveden se noch söven Jar,
Ditmarschen worden Landesheren.«

2.

Will gi hören einen nien Gesang?
Konde ik en juw man ramen.
Ik sach so mennigen finen Man
Van Norden her kamen.

Se togen to hogen Meldorp in,
Se wolden eine kleine Wile teren:
Se eten Krut, se drunken Wyn,
De Braden deden se keren.

Do se wol geteret habdn,
Se mosten wedder to Wege;
De Trummenschleger de schloeg an,
Er Fenlin leten se flegen.

* Heute Rüsdorp bei Heide in Ditmarschen Ksp. Weddingstede.

** Diekshörn zwischen Marne und Brunsbüttel.

Se togen den Süderstrant enlank
Wol na der Dikes Horne.
Se stelden er Bussen an ein Sant,
Se schoten wol an dat Kedinger Lant
All na dem nien Huse.*

Dat vorhorde de Koning ut Engelant
Und em wart also bange.
Do sprak dar ein gut Landesman:
»Dat syn de ditmerschen Buren al,
De driven de klare Schande.

Ditmerschen, dat schölen Buren syn,
It mögen wol wesen Heren:
Leveden de Ditmerschen noch söven Jar,
It worden der Holsten Heren.«

Neocor. II. 73 ff. Hans Detleff Mscr. Fol. 169 b. — Das zweite Lied ist augenscheinlich eine jüngere Version des ersten. — ramen treffen.

LXXIV.

Wiben Peter.

(1545.)

1.

Wille gi hören ein ny Gedicht?
Wat kortlich is utgericht,
Darvan wil ick juw singen.
Ein Man is Wiben Peter genant,
De Ditmerschen wolde he dwingen.

He toeg ut sines Vaders Lant;
Darup heft he gerovet und gebrant,
Mit Gewalt vel Gudes genamen,
Etliche gefangen unde weggeföert:
Is nu to Utbracht kamen.

He heft sik Hans Pomerening genant,
Heft Schaepstede sulvest utgebrant
Mit sinem Broder und Knechten.
Dat worden de Achtundveertig enwar,
De Sake moste he vorvechten.

Darna wart he gefangen schon,
Dat man em scholde geven sin Lon
Na sinen Vordeenst und Rechte.
To Rendsborg wart he gefunden los
Vam adelichen Geschlechte.

* Neuhaus im Hannöverschen.

It warede nicht gar lange Tyt
Toeg he in düdeschem Lande wyt
Na Karol dem römischen Keiser,
Umme sin Mandat to halen dar;
Unglücklich wart sin Reise.

Den Achtundveertig is Badeschop kamen:
Wiben Peter hedde Knechte angenamen
To Jevern in Freuken Lande.
Damit wolde he up de Ditmerschen nemen
Und doen en we und bange.

Up einen Sonnavent, dat dit geschach,
De was na Hemmelfartes Dag,
Einen Hövedmann hebben se karen:
Boldes Johan, ein framen Mann;
De Schanz de scholde he waren.

Rode Reimer, Klaes Fake sin ok erwelt,
Reinholt Grote ein framer Helt;
Dat beste deden se raden.
Se segelden ut, all gegen de Flot:
To Hilge Lant kemen se drade.

Se hadden ein Schipken rüstet ut
Mit Victualien und Büssenkrut,
Mit Speisen und guden Schütten.
Ein Jachtken dat was ok darmit;
Dat wart en ok wol nütte.

Se segelden to Hillig Lant langst dat Klif,
Dar Wiben Peter up bestaende blef:
Dat dede em doch nen Baten.
Johan sin Broder de was darbi,
De moste sin Levent laten.

Se lepen dar frischlik an dat Lant.
Wiben Peter twe Baden utgesant
De Hovetlüde to stüren:
De eine was Baget, de ander Pastor,
Des Name hete Herr Lüder.

He wolde sik gerne fangen geven,
Woldens en fristen sin junge Leven,
Und nemen een gefangen
Wol na des loflichen Koninges Recht:
Darna stunt sin Vorlangen.

Boldes Johan sprak altohant:
»De Ditmarschen hebben mi utgesant,
He schal sik fangen geven.
Heft he dem Koepmann kein Leit gedaen,
Fristen schal he sin Leven.

Hansken wol to Peter sprak:
»Ik fruchte alhier grot Ungemak;
Och Peter, gif di gevangen.«

Peter hof up sine witte Hant,
Schlog Hansken an de Wangen.

He settede de Kanne vor sinen Munt;
He drank se ut det up de Grunt.
Ein Fenlin he so drade,
Darto ein Schwert ummet Hövet schwang,
Habde men de Spiße to bade.

De Ditmerschen lepen an dat Klif:
Wiben Peter mit Hanse bestaende blef,
Dat dede en beid kein Baten:
Twe andere Gesellen weren ok darbi:
Er Levent mosten se laten.

Do heft he men veer Schöte gedaen,
Darmit is he na der Kerken gegaen:
Den Böne heft he gekaren.
Mit sinem Broder und Knechten dar
Sin Levent heft he vorlaren.

Dat Schetent warede ein ganze Stunt
Wol in der Kirken to Hillige Lant;
Einer wart gefangen namen.
Bort ganze Lant wart he gefört,
Is em to Unfall kamen.

De Achtundveertig schloten einen Rat
Wegen der drier Doden drat,
Wo ment darmit scholde maken:
Wiben Peter scholde up ein Rat,
Sin Hövet up ein Staken. —

De uns dat nie Leedlin sang,
Reinholt Junge is he genant,
He heft it gar schone gesungen.
He was van twintig Jaren olt,
Den Rei heft he gesprungen.

Jerren Reimer de was darbi:
Reinholt Jung de schreef it fri,
Se hebben it gar wol gesungen.
Se drunken lever gut Beer edder Wyn,
Den it Water ut dem Brunnen.

Neocor. II. 93 ff. Hans Detleff Mscr. Fol. 180 b. ff. — utbracht Austrag, Entscheidung. Freuken Lant hieß die Herrschaft Jever, weil sie 1515 dreien Fräulein erblich zufiel. Dahlm. zum Neocor. I. 213. karen erkoren, erwählt. Speisen wie früher, Spieße; Spiße Spitze. bate s. oben S. 34.

2.

Will gi hören einen nien Sang,
Wat de stolten Ditmerschen gedaen?

Se sin mit Schepen ut getagen,
Büssen und Krut vor vol hadden se geladen.

Runge Michel was Trummenschleger:
Boldes Johan * was Fenikenbreger.

De Trummenschleger de schloeg an,
De Fenikenbreger de toeg an.

Darmit velln se int Hillge Lant:
Dar wolden se Wiben Peter af han.

De Kerkherr kam entjegen gaen:
»Wo sy gi Hillge Lant so gram?«

»Wi sint dem Hillge Lant nicht gram,
Wi willen men Wiben Peter daraf han.«

De Kerkherr als he dat vornam,
He gieng vor Wiben Peter staen.

»Wiben Peter, du most di vangen geven;
It wil di kosten din junge Leven.«

»Ik wil mi noch nicht vangen geven,
Scholde ik ok nicht ein Stunde mehr leven.

Ik wolde mi noch wol vangen geven,
Hadde ik den witten Hanenfeder.« ** —

Reimer Grote sprak men ein Wort:
To allen Schöten gingen se vort.

Do se hadden vief Schöte gedaen,
Do kam dat Bloet vam Böne afgaen.

Se boden dem Buren einen Daler,
He scholde men Wiben Peter afhalen.

De Buer de dacht in sinem Mot:
»De Daler de were mi wol got.«

He nam Wiben Peter wol bi den Haren,
Und dede en van dem Böne afbören.

He nam Wiben Peter wol bi den Bart
Und warp en dar an Schepesbort.

Dat geschach up einen Pingstedag,
Dat se Wiben Peter up de Heide bracht.

Dar wart he vam ditmerschen Lant
Mit sinem Broder tom Schwert erkant.

Neocor. II. 96. Hans Detleff a. a. O. — Auch von diesem Liede gilt das oben S. 65 bemerkte. Das erste Reimpaar ist, wie dort, gleichsam ein Präludium; dann umfaßte die Melodie wol immer ihrer zwei.

* Neocor. auch Wollers Johann. Hans Detleff Rolves Johann.

** Neocor. und Hans Detleff auf dem Rande: Reimer Grote.

LXXV.

Wie der Grütztopf in das friesische Wappen kam.

Die Friesen waren einst im Kriege mit den Dänen. In einer Schlacht geriethen sie in Unordnung und flohen. Die friesischen Weiber, welche im Lager eben Brei kochten, ergriffen die Grütztöpfe, als sie ihre Männer so feige sahen, und giengen damit dem Feinde entgegen. Rechts und links flog nun der heiße Brei den Dänen um die Ohren. Sie verwunderten sich anfangs und lachten; aber als die Friesen die Kühnheit ihrer Frauen sahen, kehrten sie von Scham erfüllt um und begannen die Schlacht von neuem. Da kam die Reihe des Fliehens an die Dänen, und es hieß später, die friesischen Weiber hätten die Dänen mit dem Breitopf in die Flucht geschlagen, die Männer aber ihn aus Dankbarkeit in das friesische Wappen aufgenommen.

Herr Hansen auf Silt im Volksbuch 1845. — Auf dieselbe Weise verteidigten die Frauen der Ditmarschen in der letzten Fehde Meldorf, als die Feinde stürmend auf die Singel drangen.

LXXVI.

Wallenstein vor Breitenburg.

(1626.)

Vierzehn Tage lang hatte Wallenstein mit seinem ganzen Heere vor dem festen Schlosse Breitenburg gelegen, das hauptsächlich von Bauern aus der Umgegend verteidigt ward. Endlich ward es im Sturm genommen. Der tapfere Oberst in der Burg stellte die Kanonen gegen den Eingang und streckte die über die Brücke eindringenden Feinde haufenweise nieder. Als dennoch die Uebermacht siegte, ließ er eine volle Pulvertonne in das Thor stellen, setzte sich mit einer brennenden Lunte in der Hand darauf, und sobald die Feinde wieder anzubringen wagten, sprengte er sich und alle, die ihm genaht waren, in die Luft. Darüber erbittert, überließ Wallenstein die ganze Besatzung der Rache seiner Soldaten. Er selber saß im Vorhofe und schlug ein lautes Gelächter auf, als die Bauern alle in einem Saal zusammengetrieben und niedergemacht wurden. Darauf ward den Frauen der Getöteten befohlen, das Haus vom Blute zu reinigen und die Leichen zu entfernen. Allein sie waren bereit, lieber den Tod zu leiden, als solch widernatürliche Arbeit zu thun.

Andere sagen jedoch, daß sie wirklich dazu gezwungen seien. Bis vor wenigen Jahren aber zeigte man in einer Tannenkoppel beim Schlosse noch ein schmales Stück Land, das den Namen Aasstück hatte, weil die da begraben waren, die bei der Belagerung umgekommen. Jetzt ist das Land ausgestochen, weil man einen Kanal dahindurch gezogen hat.

Alardus bei Westph. I. 1975. Provinzialberichte. 1822. IV. 85 ff. Der gleichzeitige Alardus berichtet dies nur als ein Gerücht. Es wird noch heute erzählt.

LXXVII.

Christian der Vierte.

(1644.)

1.

In der Schlacht auf der Kolberger Heide bei Femern neigte sich erst der Vortheil auf die Seite der Schweden; die Dreifaltigkeit, das königliche Admiralschiff, ward sehr zerschossen und der König selber schwer verwundet. Als er niedersank, ward ein Matrose hinauf kommandiert, die Flagge zu streichen, damit die Schweden aufhörten, auf das Schiff zu schießen. Aber der brave Kerl konnte das nicht übers Herz bringen, sondern verwickelte die Flagge so im Tauwerk, daß sie nicht fallen konnte. Als der König das später erfuhr, ward er so erfreut darüber, daß er dem Matrosen einen Hof Landes bei Hadersleben schenkte.

Dannevirke 1839, Januar.

2.

Zu gleicher Zeit, als den Dänen der Muth entfiel, trat ein anderer tapferer Matrose hervor, der ein Friese war aus Ballum, und rief: „Der König ist ja nur Ein Mann, und unser ist noch genug, den Feind zu schlagen.“ Da schämten sich die Dänen, griffen von neuem zu den Waffen und ein rühmlicher Sieg ward erfochten. Nach der Schlacht ließ der König den Ballumer vor sich kommen und er erschien unverzagt, obgleich man versucht hatte, ihm wegen seiner respectwidrigen Worte Furcht einzuflößen. Der König empfieng ihn freundlich und erlaubte ihm, sich eine Gnade zu erbitten. Der Matrose besann sich nicht lange und bat für sich und seine Nachkommen um ein Privilegium zur Führung einer Gastwirthschaft in Ballum. Das ertheilte ihm der König und gab ihm obendrein noch eine Summe zur Einrichtung. Seine Nachkommen haben lange Zeit da die Krugwirthschaft geführt.

Mitgetheilt durch Herrn Schull. Hansen auf Silt.

3.

Als der König seine Flotte bemannte, kam auch ein landflüchtiger Mann aus Villeböl an der Königsau, der Paul Bartscherer genannt ward, heimlich zurück und ließ sich als Matrose annehmen. Er kam auf die Dreifaltigkeit, und da nun der König verwundet ward, war da kein Chirurgus auf der ganzen Flotte. Paul bot darum seine Hilfe an und machte seine Sache zu des Königs Zufriedenheit. Nachdem dieser geheilt war, erlaubte er ihm, sich eine Gunst auszubitten. Da erzählte Paul, wer er sei und bat den König um Gnade. Diese ward ihm nicht allein gewährt, sondern auch ein Hof in Villeböl dazu geschenkt, den er frei von Abgaben so lange besaß als er lebte. Er kam aber um in der Königsau. Man warnte ihn, sich in Acht zu nehmen, wenn er oft sich äußerst verwegen hinein wagte; aber Paul antwortete: „Ach, hab ich doch so manche gefährliche Fahrt zur See gemacht; es müßte eine Schande sein, wenn ich in dieser Rinne ertrinken sollte!“ Doch ertrank er gleich nach diesen Worten. Er ward in der Kirche zu Karlslund begraben und eine ausgehauene Tafel meldet, daß er da ruht.

Danske Atlas VII. 166.

4.

Als Christian der Vierte einmal in Odensee war und ihm erzählt ward, wie eifrig die Alsinger bei der Lysabbeler Kirche Wache hielten, daß die Schweden nicht landeten, war da ein Junker Tapp, der sich erdreistete, mit dem König die Wette einzugehen, daß er binnen vier und zwanzig Stunden doch mit seinen Dienern ans Land kommen wolle, ohne daß sie es merkten. Aber da er am nächsten Morgen kam und von Mummark sich hinauf nach der Kirche schleichen wollte, ward er von den Alsingern mit seinen Dienern totgeschlagen; und der König verzieh es ihnen, da dies ein noch größerer Beweis ihrer Achtsamkeit war.

Danske Atlas VII. 434; vgl. Hans Detleff in Dahlmanns Neocor. II. 474.

LXXVIII.

Düerhues.

In Tondern hatte zur Zeit des dreißigjährigen Krieges das schönste und reichste Mädchen der Stadt sich mit einem braven jungen Manne verlobt, und ihn, obwohl er arm war und aus niedrigem Stande, vielen reichern Freiern vorgezogen. Als nun die Schweden ins Land kamen, muste er die Braut verlassen und mit in den Krieg gegen sie ziehn. Doch mit rühmlichen Auszeichnungen kehrte er nach einiger Zeit zurück und die Liebenden hofften bald ein glückliches Paar zu werden. Es sollte aber doch traurig enden.

Ein paar Kriegskameraden und Freunde waren mit dem Bräutigam gekommen und einer von ihnen verliebte sich in seine Braut. Als sie nun einmal in einem Wirthshause beisammen saßen und lustig zechten, fieng der neidische Nebenbuhler Streit mit seinem andern Kameraden an, und da ein Wort das andere gab und der Beleidigte endlich heftige Worte ausstieß, riß jener dem Bräutigam den Degen aus der Scheide, stach damit seinen Gegner nieder und floh. Der unschuldige Freund ward nun bei dem Sterbenden gefunden und da seine blutige Waffe gegen ihn zeugte, vom Gericht verurtheilt; er muste unter der Hand des Henkers sterben. Die unglückliche Braut folgte ihm bald in den Tod, von Gram verzehrt.

Sieben Jahre waren seit der Zeit verflossen, als der Mörder, der unterdeß in der ganzen Welt unstät umhergeirrt war, nach Tondern zurückkehrte, und um seiner Seele Ruhe zu verschaffen, den Richtern seine Schuld bekannte und die arme Mutter des Hingerichteten bat, sein ansehnliches Vermögen als Erbin anzunehmen. Bevor er aber die gewünschte Strafe litt, ließ er des ehemaligen Freundes Leiche ausgraben und mit Gepränge in ein ehrliches Begräbnis bringen. Und dann ließ er auf das Grab einen blauen Stein legen, worauf ein Herz mit einem Kreuz oder Dolch ausgehauen war. Weil aber ein unschuldig Hingerichteter darunter lag, so tröpfelte alljährlich in der Nacht des Mordes Blut aus dem Herzen. Der Stein ist jetzt fortgenommen. Die Mutter kaufte von dem Gelde, das sie empfangen hatte, eine kleine Viertelmeile von Tondern einen Hof und nannte das Haus darauf Düerhues, weil sie es nur um den Tod ihres Sohnes erhalten hatte. Dieses Haus zeigt man bis auf diesen Tag.

Nach den übereinstimmenden Mittheilungen des Herrn Pastor Carstens in Tondern und Herrn Schumann in Flensburg. — Frl. D. Tamsen in Tondern erzählt: Zwei Kriegsleute zur Zeit des dreißigjährigen Krieges bekommen Streit in einem Wirthshause in Tondern. Einer ersticht den andern. Als der Mörder flieht, findet er auf der Bank vor dem Hause einen jungen Mann schlafend, dem er seinen blutigen Degen in die Hand gibt. Der Jüngling wird hingerichtet und hinterläßt eine traurende Braut und Mutter u. s. w. Im Folgenden herrscht Uebereinstimmung. — Herr Hansen auf Silt erzählt so, daß die Tochter und ihre Mutter schon das reiche Haus besessen hätten. Den begünstigten Freier sucht sein eifersüchtiger Nebenbuhler im Michaelismarkte in Tondern auf und ersticht ihn im Gedränge in einem Wirthshause. Das blutige Messer gibt er einem schlafenden Menschen, der nach der Tortur sich schuldig bekennt, hingerichtet und auf dem Schindanger begraben wird. Darauf hat der Mörder keine Ruhe, geht in den Krieg, kommt dann nach Tondern zurück und verräth im Traume einem Bürger die That. Der macht Anzeige und die Strafe trifft ihn.

LXXIX.

Die halbgefüllte Flasche.

Als die Schweden hier im Lande waren und die unsrigen gerade eine Schlacht gewonnen hatten, bekam ein gemeiner Soldat einen Wachtposten auf dem Schlachtfelde. Mit Mühe hatte er für seinen brennenden Durst nur eine Flasche Bier erhalten. Eben aber als er sie an seinen Mund setzt, hörte er neben sich die Stimme eines Schweden, dem beide Beine abgeschossen waren, und der ihn flehentlich um einen Labetrunk bat. Mitleidig gieng der Soldat zu ihm und beugte sich über den Verwundeten, um ihm die Flasche zu reichen. Aber der tückische Schwede ergriff sein Pistol und feuerte es auf seinen Wohlthäter ab, in der Hoffnung, sich noch zu rächen und zugleich in den Besitz der ganzen Flasche zu kommen; doch glücklicher Weise gieng der Schuß fehl. Ruhig griff der Soldat nun nach seiner Flasche, trank sie halb aus und reichte sie dann dem Sterbenden; „Da, du Schlingel! nun kriegst du sie nur halb!“

Als der König dies erfuhr, ließ er den Soldaten kommen und gab ihm ein Wappen, darin eine halbgefüllte Flasche stand. Des Soldaten Urenkel wohnen noch in Flensburg und führen denn noch heute dieses Zeichen.

Mitgetheilt aus Flensburg; vgl. Thiele I. 114.

LXXX.

Die Riesburg.

Vor Alters lag bei Ries eine Burg, von der die Graben noch deutlich sind. Ein dort wohnender Ritter war einmal abwesend im Kriege, als seine Frau starb. Als er nun gleich darauf nach Hause kam und sie nicht mehr am Leben fand, brach er in solchen Jammer und solche Klagen aus, daß die Leiche auf einige Augenblicke wieder erwachte. Bis vor wenigen Jahren ist von dieser traurigen Geschichte noch ein Lied bekannt gewesen.

Im dreißigjährigen Kriege ist die Burg erstürmt, die Besatzung und die Burgfrau, die Ingeborg geheißen, erschlagen und Alles dann verbrannt worden.

Durch Herrn H. Petersen in Soes bei Apenrade. vgl. No. 223. 224.

LXXXI.

Die keusche Silterin.

Auf der südlichen Halbinsel Silts, die Hörnum heißt, erhebt sich eine gewaltige Düne, von mehr als 100 Fuß Höhe und einer halben Stunde im Umfang. Sie heißt der Buder, weil ehemals da in einer Meeresbucht Fischerbuden standen, die die Fischer von Silt im Frühjahr und Herbst benutzten, welche aber auch wohl Seeräubern zum Schlupfwinkel dienten.

Hier in dem versteckten Ankerplatz landeten einst schwedische Seeräuber. Zwei Jungfrauen waren eben in jenen Hütten mit dem Reinigen und Einsalzen gefangener Fische beschäftigt; die Männer waren alle draußen auf der See und fischten. Sobald sie darum die Ankunft der Schweden bemerkten, flohen sie, nichts gutes ahnend, nordwärts längs dem Ufer dem nächsten Dorfe zu. Glücklich erreichte die eine das Dorf Nieblum, das weiland südwestlich von dem jetzigen Rantum lag; die andre aber, nicht so schnellfüßig, ermüdete bald auf dem anderthalb Meilen langen Wege und sah die lüsternen Räuber ihr immer näher kommen. Am Ende muste sie erkennen, daß ihr nichts mehr übrig blieb als entweder sich ins Meer zu stürzen oder ihre jungfräuliche Ehre hinzugeben. Eben glaubten die Räuber ihre Beute sicher in Händen zu haben, als das Mädchen der See zueilte und vor ihren Augen in der Tiefe verschwand.

Hansen auf Silt im Volksbuch 1844.

LXXXII.
Herzog Hans Adolf.
(c. 1660.)

Der Herzog Hans Adel von Plön ist seiner Zeit ein großer Zauberer gewesen. Er hat viele Kriege mitgemacht, aber weil er kugelfest war, ist er immer unverwundet zurück gekommen, und wenn er dennoch in große Gefahr kam, machte er sich unsichtbar. Den Feinden, wenn sie die überlegenen waren, hat er oft die Augen so verblendet, daß sie ihn und seine Leute nicht erkannten. Ja einmal, als er sich mit den Türken schlug und in Gefahr war zu unterliegen, wuste er sich und seine Leute so täuschend in Bäume zu verwandeln, daß die Feinde sich daran stellten und ihnen die Stiefel voll pißten.

Er hielt sich gerne und oft in Stocksee auf. Wenn er dahin wollte, so fuhr er im Winter und im Sommer mit Pferden und Wagen immer gerades Weges über den Plöner See. Ein Bauer aus Stocksee fuhr einmal hinter ihm her. Als beide hinüber waren, fragte der Herzog, in wessen Namen er es gethan habe. „In euer Gnaden Namen," antwortete der Bauer. „Das ist gut," sagte der Herzog, „daß du es in meinem Namen gethan hast; versuche es nur nicht wieder, es möchte dir sonst schlecht gehen."

Als er einmal eine von seinen großen Reisen antrat, befahl er, daß bis zu seiner Rückkehr Stocksee vergrößert und zu einer Stadt gemacht sein solle. Seine Gemahlin verwandte das ausgesetzte Geld aber zur Erbauung der Neustadt Plön. Als der Herzog zurückkam, fuhr er gleich nach Stocksee, und da er nun alles unverändert fand, schwur er seiner Frau den Tod. Das erfuhr sie sogleich, und als sie ihn nun aus einem Fenster des Schlosses am Kuppelsberge heranfahren sah, stürzte sie sich hinunter.

Aber am Ende hat der Teufel ihn auf Ruhleben aus dem Fenster geholt. Die Sache sollte freilich vertuscht werden, sie ist aber doch herausgekommen. Sein einziger Vertrauter war ein Kammerdiener, der jedoch nicht ganz eingeweiht gewesen ist und der sich auch zuletzt mit Hilfe von Geistlichen den Teufel vom Leibe hielt. Der Kutscher sollte dem Herzog einmal sein Zauberbuch holen, das er vergessen hatte. Neugierig fieng er an, darin zu lesen; aber bald kamen eine solche Menge von Geistern und gräulichen Erscheinungen, die er nicht wieder zu entfernen wuste, daß er froh sein konnte, als der Herzog selber kam und ihn befreite.

Durch Herrn Dr. Klander in Plön und Herrn Schullehrer Pasche in Wankendorf. — Wie besonders wohlthätige und gütige adliche Frauen durch die Sage in ihr Gegentheil verwandelt wurden, S. 53, so hier auch Herzog Adolf. Hansen, kurzgef. Nachricht von denen Plön. Landen, S. 284. Er diente dem Keiser Leopold in den Niederlanden, in Ungarn gegen die Türken, gegen die Polen. S. ebendas. S. 258. — vgl. No. 263. 264.

LXXXIII.

Das Kegelspiel im Ratzeburger Dom.

An der Ratzeburger Domkirche sind zahlreiche Kanonenkugeln eingemauert, die bei der Belagerung von 1693 durch die Dänen hineingeschossen sein sollen.

Die Hannöverschen hatten damals den Vertrag mit den Dänen gemacht: Wenn ein berühmter Schütze, der sich bei den Dänen vor der Stadt befand, in Kegelspiel in die Mauer der Domkirche hineinschießen könnte, so sollte die Stadt kapitulieren; könnte er es nicht, sollte das Heer abziehn. Der Kanonier stand auf der Schanze bei der Vogelstange und schoß wirklich ein ganzes Kegelspiel hinein. Als er aber zuletzt den Kegelkönig hineinschießen wollte und alle in der größten Besorgnis waren, lud ein hannöverscher Kanonier seine Kanone und schoß dem Dänen den Kopf vom Rumpfe. Darum sieht man noch heute das Kegelspiel an der Domkirche eingemauert, aber der König fehlt.

Durch Herrn Candidaten Arndt aus Ratzeburg.

LXXXIV.

Tisborg bei Schleswig verteidigt.

In früherer Zeit konnte man noch Rudera von dem alten Schlosse und der Schanze sehen, die zwischen Wold und Bünge lagen. Man hat da auch Kugeln, Bomben und Dachpfannen ausgegraben. Der Herzog hatte hier einen tapfern Obersten zum Verteidiger eingesetzt und das erste Mal ist der König von Dänemark von der Nordseite gekommen, hat die Schanze lange beschossen, aber hat doch zuletzt abziehen müssen. Darauf ist er den weiten Süderweg herum von dem Wold gekommen; da hat er besser schießen können, so daß die in der Schanze sich nicht bergen konnten. Viele wurden getötet und die Lebensmittel wurden knapp. Sie hatten nur noch ein Schwein übrig; das haben sie alle Tage bei den Ohren gekniffen und haben es schreien lassen, auf daß der König von Dänemark meinte, sie hätten noch so viel, daß sie alle Tage eins schlachten könnten. Des Herzogs Leute wollten sich nicht geben und hatten ihren Spott mit den Feinden. Sie setzten ihren Tisch mit Gläsern und Flaschen vor die Thür und tranken lustig. Das ärgerte den König und er ließ herein sagen, ob er ihr „Klakels Mahl“ vom Tisch herunter schießen solle. Er möchte es gerne thun, wenn er könnte, gaben sie zur Antwort, und bald flog eine Kugel herein und fegte alles vom Tische. In der Schanze wusten sie, daß der König seine Pferde bei dem Wirth in

Tisborg stehen hatte; da schossen sie in den Stall hinein und ein Pferd nach dem andern tot. Man sieht noch die Kugeln in der Wand. Zuletzt, als all ihr Proviant gerade auf war, schickte der König um nicht länger davor liegen zu dürfen, herein, daß sie frei abziehen könnten mit voller Musik und fliegenden Fahnen. Das nahmen sie an. Als sie nun heraus kamen, da waren da nicht mehr als dreizehn Mann.

Durch Herrn Candidaten Arndt.

LXXXV.

Die Burg zu Rathjensdorf.

Bei Rathjensdorf liegen zwei große Hügel; der eine heißt Barg op de Borg, der andre Barg op de Schüen. Auf dem grösten stand vor Zeiten nemlich eine Burg, darin drei Jungfern wohnten. Die haben die Kirche zu Neuenkirchen, Grube und Altenkrempe gebaut. Als sie mit der ersten fertig waren, wurden sie schon sehr besorgt, sie möchten nicht mit allen dreien fertig werden. Als sie nun bei der Kirche zu Grube waren, ward ihnen wirklich grauen; davon bekam sie den Namen, und als sie die dritte fertig hatten, war ihr Geld zu Krempe, d. h. auf; davon erhielt die dritte ihren Namen. Die drei Jungfern haben auch den Fußsteig von Rathjensdorf nach Heiligenhafen gemacht; der ist so breit, daß alle drei in weiten Reifröcken darauf neben einander gehen konnten.

Später ist der Feind gekommen und schoß lange mit Flinten ins Schloß hinein. Der Graf aber machte sich nichts daraus uud fegte die Kugeln immer nur so mit einem Besen auf die Seite. Da hat der Feind aber mit Kanonen angefangen und der Graf muste das Schloß übergeben, das bis auf den Grund niedergeschossen ward.

Sie haben einmal später auf dem Berge, wo die Burg stand, eine Vogelstange aufgestellt und ein Schießen gehalten; da kam aber eine Stimme aus dem Grunde, daß man sich das Piffpaffen wollte verbeten haben.

Mündlich.

LXXXVI.

Der tapfere Bauer.

Zu der Zeit, als bald die Schweden, dann die Polakken im Lande waren, lebte in Aarsleben bei Apenrade ein Bauer Behrendsen, der das Herz auf dem rechten Fleck hatte.

Einmal kommen eine Menge Schweden in sein Haus und drohen es nieder zu brennen und rein auszuplündern, wenn er ihnen nicht Essen und Geld brächte. Behrendsen bat sie, sich einstweilen ein wenig niederzusetzen, gieng hinaus und legte eine große Stange von der Dicke einer Deichsel ins Feuer und, nachdem das dicke Ende gehörig angebrannt war, erschien er wieder in der Stube und theilte damit rechts und links solche Schläge aus, daß die Plünderer diesmal das Haus verlaufen musten. Er dachte aber gleich, daß siie wohl wieder kommen würden, um sich zu rächen, und er sann daher auf eine Verteidigung. Darum schichtete er eine Menge schwerer Baumstämme, die er auf dem Hofe liegen hatte, so über einander, daß in der Mitte ein Raum zu einem sichern Versteck blieb. Am andern Tage kamen auch richtig zwölf Mann und als Behrendsen ihre Absicht merkte, war er gleich auf seinem Posten, bewaffnet mit seinem mit mehreren Kugeln geladenen Muskedonner. Die Kerle wagten nicht ins Haus zu gehn, wollten es daher in Brand stecken und traten auf einen Haufen, um sich über die Art und Weise zu besprechen. Diesen Augenblick nahm der Bauer wahr und streckte mit einem Schuß eilfe nieder; der zwölfte entfloh.

Behrendsen setzte noch lange den kleinen Krieg fort. Auf Feinde lauernd lag er eines Morgens im Walde an der Landstraße, als ein junger schwedischer Offizier andächtig seinen Morgengesang singend daher geritten kam. Behrendsen legte an und schoß ihn nieder; aber noch auf dem Todbette gereute ihn diese That, daß er einen Menschen getötet habe, der ihm nichts zu Leide gethan. — Seine Nachkommen wohnen noch auf seiner Hufe.

Durch H. Petersen in Soes.

LXXXVII.

Die Polakken in Toftlund.

Es war eine unglückliche Zeit, als die Polakken hier im Lande waren. Viele Dörfer wurden verbrannt und ausgeplündert und die Einwohner musten sich in die Waldungen flüchten, um nur ihr Leben und die beste Habe zu retten.

Damals war in Toftlund oder Herrested ein frommer Prediger, der keine Lust hatte sein Haus für nichts und wider nichts ausplündern zu lassen. Ein Haufe Polakken kam ins Dorf geritten: da ersann er eine List, um sich vor diesen Gästen zu bewahren. Er hatte in seinem Garten eine große Anzahl Bienenstöcke. Die kehrte er um, so daß das Unterste zu oberst stand, und nun schwärmte eine unsägliche Menge Bienen ums ganze Haus, daß kein Mensch an dem Tage hinein kommen konnte. Aber am folgenden Tage kamen die Polakken wieder und besuchten nun den Prediger. Einer war so gottlos, daß er hingieng und ein Loch in den Thürpfosten bohrte, den Prediger bei seinem langen Barte ergriff, diesen hineinstopfte und einen Pflock darauf schlug. So muste der arme Mann stehn, bis die Gäste fort waren und andre Leute hinzukamen und ihm halfen. Der Uebelthäter sollte aber nicht so davon kommen, sondern konnte seit der Zeit nicht wieder froh werden. Er schwand so hin und fühlte doch, daß er nicht sterben könne, bevor er des Predigers Verzeihung erhalten hätte. Deswegen reiste er zurück und der Prediger vergab ihm seine Sünde. Nun starb er eines ruhigen Todes und ward auf dem Kirchhof in Herrested begraben, wo man noch seinen Grabhügel sehen kann.

Dannevirke. 1843. Dec. N. 45. — Der Grabhügel soll aber ein Hünengrab sein. vgl. oben No. 62.

LXXXVIII.

Die Moskowiter in Bordesholm.

(1700.)

Die Kirche in Bordesholm hieß vor Zeiten nur die reiche. Sie bewahrte an einem geheimen Orte so viele Reichthümer, daß man noch eine solche Kirche hätte dafür bauen können. Als nun die Moskowiter ins Land kamen, hörten sie von den Schätzen und durchstöberten alle Ecken, Winkel und Kammern, aber ihr Bemühen den Schatz zu finden war vergeblich. Unmuthig und verdrossen zogen sie endlich ab, doch ihre Gedanken blieben noch bei der Kirche. Als sie nach dem Dorf Eiderstede kamen, sahen sie noch einmal nach Bordesholm zurück, und einer der Räuber entdeckte jetzt durch ein Fernrohr das kleine Fenster, das noch an der östlichen Seite der Kirche zu sehen ist. Das hatten sie früher nicht bemerkt und das Verlangen nach dem Schatze brachte sie auf den Gedanken, noch einmal nachzusuchen. Zum Schrecken der Bordesholmer, die sich schon sicher geglaubt hatten, kehrten sie also zurück und fanden diesmal was sie suchten. Seit der Zeit heißt die Kirche nicht mehr die reiche.

Durch Herrn Schull. Rathjen in Fiefharrie. — Man erinnert sich der Moskowiter oder Polakken noch überall, und unterscheidet sie durch diese Namen von den Russen von 1813.

LXXXIX.

Der Tempel zu Nordoe.

An der Landstraße von Itzehoe nach Hamburg findet man rechts am Wege einen Hügel mit einem steinernen Obelisk, den man den Tempel zu Nordoe nennt. Auf diesem Hügel sollen früher Nymphen ihren Sitz gehabt haben, wie der Herr Statthalter Heinrich Ranzau in seinem Buche versichert.

Bei ihm war einmal der König Friedrich II. auf Breitenburg zum Besuch, und bei einer Ausflucht in die Umgegend fiel diesem besonders der schöne stattliche Thurm der Kremper Kirche in die Augen. Da rühmte sich der Statthalter, in einer Nacht eine eben so hohe Spitze errichten zu können. Der König gieng eine Wette mit ihm ein und am nächsten Morgen führte ihn Ranzau nach dem Hügel von Nordoe, wo in der Nacht der Obelisk errichtet war. Nachdem die Messung angestellt war, fand man wirklich, daß seine Spitze sich noch über den Thurm erhebe, und der König muste seine Wette mit einer Mühlengerechtigkeit bezahlen, die die Mühle in der Nähe bis auf diesen Tag genießt.

Wem der Tempel zum ersten Mal gezeigt wird, der muß dies Räthsel rathen:

De Tempel to Nordoe
Is Kremp neger, as Itzehoe.

Wer nun weiß, daß Krempe anderthalb Stunden entfernt ist, Itzehoe aber nur eine halbe, sagt, der Spruch sei nicht richtig. Allein die Leute da werden das auch wissen und sagen doch, der Spruch sei richtig. Nun denke man nach!

Vom Schloß Breitenburg nach dem Hügel soll ein unterirdischer Gang gehn. Bei einer Belagerung retirierte sich der Kommandant des Schlosses dahin und ward in der Verwirrung nachher darin vergessen. Nach vielen, vielen Jahren entdeckte man den Gang wieder und fand den Mann in einer nachdenklichen Stellung mit der Feder in der Hand an einem Tische sitzen, ganz als wenn er noch lebte. Kaum aber berührte man ihn, fiel er in Staub zusammen.

Durch Dr. H. Schröder aus Krempdorf. vgl. No. 235.

XC.
Der Brunnen am Segeberger Kalkberge.

An der einen Seite des Segeberger Kalkbergs ist ein tiefer, tiefer Brunnen, aus dem die Bewohner und die Besatzung der ehemaligen Burg ihr Wasser schöpften. Der Brunnen steht mit dem nahe gelegenen See in Verbindung. Einmal hat man eine Ente hinabgelassen und die ist im See wieder zum Vorschein gekommen. Zwei gefangene Grafen, oder wie Andre sagen, zwei Sklaven, oder nach Andere, eilftausend Sklaven haben den Brunnen um den Preis der Freilassung ausgehauen und sieben Jahr lang Tag und Nacht abwechselnd dran gearbeitet.

Mündlich durch Mommsen.

XCI.
Steinkrenz.

Nicht weit von dem Theil des Kirchdorfs Gnissau, der Steinkreuz heißt, stand einst ein Schloß, wo ein reicher Graf wohnte, der eine wunderschöne Tochter hatte. Sie hatte ein heimliches Einverständnis mit einem jungen Mann; der Vater aber war hart und stolz und sie wagten nicht ihm ihre Liebe zu gestehn. Schon oft hatten sie in der Nacht an dem Orte sich zusammen gefunden, wo Steinkreuz jetzt steht. Einmal war auch das Fräulein vom Schloß gegangen und erwartete den Geliebten wieder an der Stelle. Als aber dieser kam, fand er seine Braut von wilden Thieren zerrissen; da ermordete er vor Schmerz und Trauer sogleich sich selbst.

Zur Erinnerung an dies traurige Ereignis ward ein steinernes Kreuz errichtet, das den Häusern nachher den Namen gab und dessen Trümmer noch heute da zu sehen sind.

Mündlich.

XCI.

Hartsprung.

Auf Alsen heißt ein Hof Hartsprung. Hier stand einst eine Ritterburg, deren Besitzer von seinem Nachbarn befehdet ward, weil er ihm seine Tochter zur Ehe verweigert hatte. Die Burg war mit tiefen, breiten Graben umgeben und obgleich nicht reichlich bemannet, wähnte der Herr sich doch hinter der aufgezogenen Brücke sicher. Da langte sein Gegner mit zwanzig Reitern an: sie halten vor dem Burggraben, ein Zeichen ihres Führers und Alle setzen auf die andere Seite mit ihren Pferden hinüber. „Das war ein harter Sprung!" rief der Ritter aus und nannte nachher die Burg so, als er sie so leicht eroberte und die schöne Tochter dazu gewann.

Schriftliche Mittheilung. vgl. eine andre Sage bei Thiele I. 323.

XCIII.

Die nächtliche Trauung.

In einem Dorf in der Gegend von Apenrade, das in der Nähe der Ostsee liegt, ward der Prediger in einer Nacht von zwei fremden Matrosen geweckt, die zu ihm in die Stube gedrungen waren. Der eine hatte einen großen Beutel mit Gold in der Hand, der andre einen Säbel, und sie sagten zu ihm, entweder solle er ihnen folgen und in der Kirche sogleich eine Traurede und eine Leichenpredigt halten und dann den Beutel erhalten, oder er müsse sterben. Der Prediger stand auf und folgte. Als er zu der Kirche kam, die ein wenig vom Dorfe ablag, war sie erleuchtet und voll von fremden bewaffneten Seeleuten. Er ward zu einem Herrn in einer prächtigen Uniform geführt, an dessen Seite bleich und zitternd eine junge Dame stand. Wie ihm befohlen ward, verrichtete er nun die Trauung und wie diese geschehen, hielt er auch die Leichenrede. Darauf eilte er, so schnell er konnte, davon. Aber kaum war er eine kleine Strecke von der Kirche entfernt, als er einen Pistolenschuß hörte und gleich darauf einen kurzen Schrei. Dem Prediger war es verboten das Geschehene zu erzählen. Aber am folgenden Morgen gieng er mit zween guten Freunden zur Kirche und sie fanden da in einem offenen Grabe die Leiche der jungen Dame, die er in der Nacht getraut hatte. Draußen auf der See segelte ein großer Dreimaster.

Dannevirke. 1844. Jan. N. 57. — Derselbe Vorfall soll auch in Lunden in Norderditmarschen sich ereignet haben. Nur bleibt der Prediger in der Kirche und der Pistolenschuß fehlt. Ein großer glänzender Zug von prachtvollen Kutschen hält in den Straßen des Orts und geht nachher der Eider zu, wo ein Schiff die unbekannten Fremden aufnimmt. — Bekannt ist Henrik Steffens meisterhafte Novelle, die eine Bearbeitung der seeländischen Version dieser Sage ist, die auch auf Anholt zu Hause ist. Thiele Danm. Folkesagn I. 194.

XCIV.

Das Osethal auf Silt.

Ein Bauer, der in dem nordwestlichen Hause des Dorfes Wenningstede wohnte, hatte in einem Jahre sein Heu glücklich geerntet und gab nun der Gewohnheit gemäß denen, die ihm dabei geholfen hatten, einen Ernteschmaus. Während der Mahlzeit entstand ein heftiger Streit unter den Gästen. Der Wirth mischte sich hinein und im Zorn erschlug er einen der Streitenden. Kaum war das Unglück geschehen, da erschrak er über seine That, floh aus seinem Hause und man suchte ihn in den folgenden Tagen überall vergebens; es hieß, er wäre von der Insel und damit den Händen der Gerechtigkeit entkommen. Seine Gattin muste nun die gewöhnliche Mannbuße statt seiner bezahlen und darum einen Theil des zum Hause gehörenden Landes verkaufen; sie ernährte sich und ihre Kleinen in Zukunft durch ihrer Hände Arbeit.

Jahre vergiengen indeß, ohne daß man von dem unglücklichen Totschläger etwas hörte. Fast schien sein Name und seine That vergessen zu sein, als das Gerücht entstand, die fromme unbescholtene Ose, des entwichenen Mörders Frau, sei schwanger. Das muste nicht nur in dem einsamen Dorfe, sondern auf der ganzen Insel Aufsehn erregen und die Leute zerbrachen sich die Köpfe darüber, wer wohl der Freier der unglücklichen Frau sei. Die Neugierigsten gönnten sich eher keine Ruhe, als bis sie die Sache entdeckt hatten.

Da fand es sich denn, daß der Mörder gar nicht von der Insel gekommen sei, sondern seit jenem unglücklichen Tage sich in einer Höle in den Wenningsteder Dünen verborgen gehalten hatte, und da von seiner Gattin so lange war ernährt worden. Seine langjährige Büßung und die Art und Weise seiner Erhaltung beschwichtigten jede bittere Erinnerung an das einst Geschehene und freudig ward der Wiedergefundene von allen aufgenommen. Zum Andenken aber an die Treue der Gattin und ihre aufopfernde Liebe, mit der sie alles Unglück ertragen und überwunden und Mann und Kinder ernährt hatte, heißt das Dünenthal bis auf diesen Tag das Osethal.

Mitgetheilt durch Herrn Schull. Hansen auf Silt.

CXV.

Henscherade.

Das Dorf Henschrade bei Bergenhusen in Süderditmarschen ist schon vor langer Zeit ausgestorben; war ehemals aber so mächtig, daß der Priester nicht eher auf den Stuhl treten durfte, die Henschrader wären denn gekommen. Von allen Einwohnern war nur noch ein Mann mit seinen Söhnen übrig. Der hatte eine große Sache, die ihm aber von einem Achtundvierziger, der zu Windbergen wohnhaft, verdreht wurde; er verlor sie darum. Da sagten die Söhne zum Vater, er solle nur ruhig sein: „wir wollen euch das Blatt holen, das euch eure Sache verrathen;“ machten sich bei Nachtzeit auf, brachen ins Haus des Achtundvierzigers und schnitten ihm die Zunge aus, die sie ihrem Vater brachten. Darauf packten sie Hab und Gut zusammen und begaben sich nach Femern.

Neocor. I. 55. vgl. No. 56. 65.

XCVI.

Der Scharfrichter in Sonderburg.

In Sonderburg gabs einmal einen sehr geschickten Scharfrichter, der immer die armen Sünder nur so vor sich hinstellte und dann ihre Köpfe herunter hatte, ehe sies merkten; „denn,“ sagte er, „ich bin kein Barbier nicht: darum braucht ihr nicht zu sitzen.“ Einmal bei einem scharfen Frostwetter schwang er auch sein Schwert so geschickt, daß der Kopf auf dem Rumpfe stehen blieb und sogleich wieder festfror. Der arme Sünder freute sich nicht wenig, so davon gekommen zu sein und gieng mit seinen Freunden gleich ins nächste Wirthshaus. Aber in der warmen Stube fühlte er bald, wie es ihm am Halse und in der Nase wunderlich ward, als wenn er niesen sollte. Und als er nun zugriff, behielt er den Kopf in der Hand und stürzte tot nieder.

Durch Herrn Hansen auf Silt. vgl. Reusch Saml. Sagen No. 70.

XCVII.

Alle Neun.

Ein Missethäter war zum Schwert verurtheilt. Je näher der Tag der Hinrichtung kam, je mehr vergieng dem Scharfrichter der Muth sein Geschäft zu vollführen, und endlich am Tage vor demselben war er ihm ganz geschwunden. Er klagte das seinen Freunden.

Da bereitete einer ihm einen Trank, nach dem er schon in wenigen Stunden Kräftigung fühlte und am andern Tage eine solche Wuth ihn befiel, daß er den Augenblick kaum mehr erwarten konnte. Der arme Sünder war ein leidenschaftlicher Kegelspieler gewesen und da nun seine Stunde schlug, bat er sich als letzte Gnade aus noch einmal sein Spiel zu machen. Der Scharfrichter sollte sein Mitspieler sein; aber als der Verurtheilte nun die Hand ausstreckte um die Kugel aufzunehmen, konnte der Scharfrichter sich nicht länger halten, sondern schlug zu, so daß der Kopf dem armen Sünder in die Hand fiel. Damit that er nun noch den Wurf, die Kegel fielen und der Kopf schrie: „Alle Neune!“

Aus den Fideicommis-Gütern durch Herrn Bruhns in Eutin. — »Charakteristisch für die Rohheit, die sich so häufig bei Hinrichtungen ausspricht.«

XCVIII.

Knaben entscheiden einen Rechtsfall.

Ein Arm der Widau bei Tondern führt den Namen Renzau von dem kleinen Dorfe Renz, Kirchspiels Burkall. Wo die Ufer ziemlich hoch und steil sind, fiel einmal ein Mann hinein, und er wäre ertrunken, wenn nicht einer, der in der Nähe arbeitete, sein Geschrei gehört und herbei geeilt wäre: der hielt ihm eine Stange entgegen, und der Mann half sich daran heraus, stieß sich jedoch ein Auge dabei aus. Darum erschien er auf dem nächsten Thing, verklagte seinen Retter und verlangte von ihm Buße für das verlorne Auge. Die Richter wusten nicht, was sie aus der Sache machen sollten, und sie verschoben sie aufs nächste Thing, um sich inzwischen darauf zu besinnen. Aber das dritte Thing war schon da und der Hardesvogt war noch nicht mit sich einig. Mismüthig setzte er sich auf sein Pferd und ritt langsam und nachdenklich auf Tondern zu, wo das Thing damals gehalten ward. So kam er nach Rohrkarrberg, und dem Hause, das da noch steht, gerade gegenüber lag ein Steinhaufe, darauf drei Hirtenknaben saßen und was wichtiges vorzuhaben schienen. „Was macht ihr da, Kinder?“ fragte der Hardesvogt. „Wir spielen Thing,“ war die Antwort. „Was habt ihr denn für eine Sache vor?“ fragte er weiter. „Wir halten Gericht über den Mann, der in die Renzau fiel,“ antworteten sie. Da hielt der Hardesvogt sein Pferd an um auf das Urtheil zu warten. Die Jungen kannten ihn aber nicht, weil er ganz in seinen Mantel gehüllt war, und ließen sich nicht stören. So ward es also für Recht erkannt, daß der gerettete Mann an derselben Stelle wieder in die Au geworfen werden solle: könne er sich dann selbst retten, so solle er Ersatz für das Auge haben; könne er es aber nicht, so hätte der andere gewonnen. Ehe der Hardesvogt weiter ritt, langte er in die Tasche und gab den Jungen ein gutes Trinkgeld und ritt dann fröhlich nach

Tondern und entschied, wie die Hirtenknaben gethan hatten. Der Schurke konnte sich wirklich nicht allein retten und muste ertrinken; und so gewann der andre seine Sache.

Auch bei Raepstede haben einmal Knaben eine schwierige Sache geschlichtet. Ein Schneider und ein Bauer, die beide nichts anders hatten als eine elende Kathe, schlossen einmal einen großen Handel von so und so viel Tonnen Korn und zu dem und dem Preise ab, obgleich der Schneider wuste, daß der Bauer kein Geld, und der Bauer wuste, daß der Schneider wohl eine Nadel hätte, aber kein Korn. Das Korn stieg bald im Preise und der Bauer bestand nun vor Gericht darauf, daß der Schneider es ihm liefern solle. Die Richter wusten nicht ob sie einen solchen Handel gelten lassen sollten. Da haben Knaben wieder das Urtheil gefunden, daß alles ungültig sei, weil beide gegenseitig als Nacharn ihre Umstände gekannt hätten, und daß beide noch dazu strafbar seien, weil sie einen solchen betrieglichen Handel geschlossen hätten.

Durch Herrn Fries in Apenrade und Herrn cand. th. Meßtorf in Raepstede.

XCIX.

Die Doppelhufner im Amt Schwarzenbek.

Die Dörfer Talkan, Fuhlenhagen, Mühlenrade und Kötel im Amte Schwarzenbek haben Bauervögte, die jährlich 28 Thaler vom Amte bekommen. Sie sind Doppelhufner und haben nur 15 Thaler jährlicher Abgaben. In frühern Zeiten musten sie alle Montage nach Schwarzenbek zum Gericht, um Beisitzer zu sein und das Urtheil zu finden. Seit aber die Dänen ins Land gekommen sind, hat das aufgehört. Sie ritten dann auf weißen Pferden dahin und die achtundzwanzig Thaler bekamen sie, um einen Knecht zu halten, der den Tag für sie arbeitete. Weiße Pferde waren damals auch auf ihren Hausthüren gemalt.

Durch Herrn cand. ph. Arndt aus Ratzeburg. — Seit Menschengedenken soll nach andern kein Dinggericht in Schwarzenbek gewesen sein.

C.

Wie die Wensiener Gericht halten.

Im Wensiener Herrenhause ward ein Diebstahl begangen und gleich darauf durch einen Erbschlüssel es ausfündig gemacht, daß der Dieb nach der Hamburger Seite hin mit dem Raube entwichen sei. Sogleich spürten die Wensiener nach und fanden ihn richtig in einem Gehölze. Da fieng einer von ihnen an herum zu fragen, erst bei seinem Nachbar: „Wat fœrn Straef hett en Deef to lyden? „De

Deef wart hungen," antwortete natürlich dieser, wie ja bekannt ist; darauf fragte er den zweiten, dann den dritten und so die Reihe herum, und alle antworteten dasselbe, bis er zum Dieb selbst kam, und fragte auch diesen: „Wat fœrn Straef hett'n Deef to lyden?" Und der Dieb muste dasselbe antworten, was bekannt ist: „De Deef wart hungen." Da hatte er selbst sein Urtheil gesprochen und weil es im Holze häufige und gute Gelegenheit zum Hengen giebt, knüpften die Wensiener ihn auch sogleich da auf.

Mündlich.

CI.

Die streitige Eiche.

Zwischen den Dörfern Fjersted und Höm liegt die Heidefläche Sönderskau, die vor Zeiten mit Wald bewachsen war. Eine große Eiche stand mitten drin, gerade auf der Feldscheide der beiden Dörfer, so daß ein Streit entstand, welchem von beiden sie gehörte. Man vereinigte sich endlich, daß jedes Dorf seine vier stärksten Männer stellen sollte um die Eiche zu fällen. Die vier aus Fjersted standen auf der östlichen Seite, die aus Höm auf der westlichen und man fieng zu gleicher Zeit auf beiden Seiten mit dem Fällen an; als endlich die Eiche nach Osten hin fiel, war der Streit, wie vorher bestimmt war, für Fjersted entschieden. Zur Erinnerung ward aus dem Holze ein Tisch verfertigt, den die Eltern gerne noch ihren Kindern zeigen und dabei erzählen, wie starke Männer ihre Vorfahren gewesen seien und welche Ehre sie ihrem Dorfe gebracht hätten.

Dr. Reimers auf Gramm.

CII.

Die Üfflinger Heide.

Von dem Kirchdorfe Bau in der Wiesharde, Amts Flensburg, zieht sich nach Schaflund hinüber eine Heidestrecke, die Üfflinger Heide. Früher war hier lauter Wald und mitten drin lag ein Raubschloß, das einem gräflichen Geschlechte gehörte. Der Letzte dieses Geschlechts sengte und brannte in der Umgegend und war eine rechte Plage und ein Schrecken für sie. Einmal war er mit seiner Bande von einem Raubzuge beutebeladen zurückgekehrt und sie saßen nun im Schlosse bei einem wilden Saufgelage, als plötzlich ein rother Feuerschein den Saal erhellte. Sie rannten an die Fenster und Thüren: da stand der ganze Wald ringsumher in hellen Flammen und nirgend war ein Ausweg mehr. Als das Feuer niedergebrannt war, fand man vom Schlosse keine Spur und der Wald ist auch seitdem verschwunden. Niemand in der ganzen Umgegend wuste woher der

Brand entstanden sei und man hielt ihn für ein Strafgericht Gottes.

Durch Herrn Fries in Apenrade. — Auch in Angeln war vor Zeiten viel Waldung, so daß ein Eichhörnchen von Böel bis Norkirchen von Baum zu Baum springen konnte ohne den Boden zu berühren. Jensen Angeln S. 411. vgl. oben No. 36.

CIII.

Hörholt.

Vor alten Zeiten stand, wo jetzt Hörholt oder Högstholt im Kirchspiel Raepstede liegt, ein Schloß, das lag so tief damals im Walde, daß die Bewohner meinten, als einmal der Feind kam, sie würden ganz sicher sein und er könne sie nicht entdecken. Aber gegen Morgen krähte der Hahn; das hörten die Feinde, fanden das Schloß und zerstörten es. Seit der Zeit ist auch aller Wald verschwunden.

Durch Herrn cand. th. Meßtorff in Raepstede.

CIV.

Springhirsch.

Bei Brinjah im Amt Rendsburg war früher alles dichter Wald. Als nun einmal Zimmerleute kamen und mit Andern Hand anlegten und den Wald eines Morgens frühe nieder zu hauen anfiengen, ward ein Hirsch aufgescheucht und sprang in wilder Flucht über das schon gefällte Holz und den Platz, den man für den Bau eines Hauses ausersehen hatte. Man nannte das Haus darum Springhirsch und es ist jetzt ein gutes Wirthshaus.

Durch Herrn J. Vollert.

CV.

Der Klawenbusch bei Kampen.

Daß einst Gehölz auf Silt gewesen ist, erzählt man sich nicht nur, sondern der Hagedorn, der im Südosten vom Dorfe Kampen steht, gibt auch davon Zeugnis.

In alten Zeiten war die ganze Thalschlucht bis nach der Wuldemarsch hinunter mit solchem Gebüsch bedeckt. Das Gehölz hieß das Wolderholz oder noch häufiger der Klawenbusch, weil die Bauern aus den krummen Zweigen die Klawen ihres Pferdegeschirrs zu schneiden pflegten. Aber die Einwohner des Dorfes, auf deren Feldmark das Gehölz lag, waren besorgt, daß Leute aus andern Dörfern in der Benutzung des Holzes ihnen zuvorkommen möchten und gönnten ihnen keine Klawen aus ihrem Busch; ja, unter sich selbst sahen sie neidisch einer auf den andern und meinten der eine hätte unnöthiger Weise seinen Pferden neue Klawen gegeben oder sich zu reichlich überhaupt mit Holz und Busch versehen. So kam es, daß weil jeder dem andern zuvorkommen wollte und jeder sich so reichlich versah, als er nur konnte, durch den Wetteifer der Kamper selbst das ganze Wolderholz bis auf den Hagedorn ausgerottet ward. Da kamen sie endlich zur Besinnung, und wohl zur Warnung der Nachkommen vor Eigennutz und Neid ist der Strauch bis auf den heutigen Tag stehen geblieben.

Mitgetheilt von Herrn Schull. Hansen auf Silt.

CVI.

Die Füllenbeißer.

Daß die Zeiten immer besser und die Menschen Tag für Tag vernünftiger werden, will mancher nicht glauben; es ist aber doch so. Nirgend im Lande passieren noch solche Geschichten, wie man sie von den ehemaligen Böelern und Struxdorfern, von den Jaglern oder den Gablern, den Kisdorfern, Bishorstern, Büsumern oder noch andern erzählt. Die Leute sind jetzt alle vernünftig geworden, und man thut unrecht, wollte man selbst noch die Böeler und die Struxdorfer, die Jagler und die Gabler, die Kisdorfer, die Bishorster und die Büsumer für dumm und unvernünftig halten.

Es ist schon lange her, daß einmal auf der Grenze der Kirchspiele Böel und Struxdorf in Angeln ein Füllen gefunden ward, dem ein großer Streifen Haut vom Rücken geschunden war. Wer war der Schinder? Die Böeler sagten, die Struxdorfer hättens gethan; die Struxdorfer aber gaben den Böelern die Schuld, aber keiner glaubte es dem andern. Es entstand großer Streit und jede Nacht wurden Leute ausgestellt, Böeler, um das Füllen auf das Struxdorfer Feld, Struxdorfer, um es auf das Böeler Gebiet zu treiben. Dieser Zustand dauerte eine Weile, bis man es doch besser fand, Schiedsmänner zu wählen, um die Sache zu schlichten. Es war ein schwieriger Punkt und das Gericht traf endlich diese Entscheidung. Auf der Grenze, wo das Füllen gefunden war, stand eine junge Eiche; den Streitenden ward nun auferlegt, diese wie eine Weide zu drehen und in einen Knoten zu schlagen, ohne sie zu zerbrechen; die Struxdorfer sollten nämlich drehen und die Böeler den Knoten machen. Eines Abends machten sich die Struxdorfer an die Arbeit, schlugen die Eiche nieder, brachten sie über ein Gluthfeuer und drehten sie nun, da sie schmeidig geworden war, ohne Mühe mit Radwinden. Die Böeler waren unterdeß überzeugt, daß die Struxdorfer mit ihrer Arbeit nicht zu Stande kommen würden, und hatten sich um nichts bekümmert. Da hörten sie, das Werk sei gethan und machten sich also auf. Doch über Nacht war die Eiche kalt und steif geworden und zerbrach ihnen unter den Händen. Also hießen die Böeler von nun an de Falenbiters und man sang ein Spottlied in Angeln von ihnen, das man jetzt aber bis auf diesen Vers vergessen hat:

Nu daegt et achter Düttebüll,
Nu belln de Kappler Hünn':
Staet op, Strustrupper Herreslüd,
Unn wäert ju, wenn jy könnt.
Böeler Faelbiders kamet my her,
Mit Faelfleesch in ju Mund.

Wie die Böeler Falenbiter heißen, so heißen die Söruper de Honniglikkers wegen einer Geschichte, die sich aber nicht erzählen läßt.

Durch Herrn Marquardsen in Schleswig. — Et daegt achter Düttebüll ist eine Angler Redensart von einem, dem ein Licht aufgeht. Das Gut Düttebüll bildete früher fast den ganzen District zwischen Schleimünde und dem Geltinger Noor, lag also im ganzen Osten von Angeln. In Sundewitt (und auf Alsen?) sagt man statt Düttebüll Düppel, das ebenfalls im Osten der Landschaft liegt.

CVII.

Die Jagler.

Die Leute im guten Dorfe Jagel bei Schleswig heißen zwar immer nur die tollen Jagler, aber sie sind darum nicht aus der Anstalt bei St. Jürgen entlaufen. Sie nehmen noch Vernunft an. Denn einmal sollte in Jagel in einem Hause ein Balke gebraucht werden, und da merkten die Leute, die Thür sei zu schmal, der Balke aber zu breit (weil sie ihn nemlich verquer nahmen). Während sie noch berathschlagen, was zu machen sei, um ihn hineinzubringen, sahen sie, wie ein Sperling einen Halm in sein Nest über der Thür brachte; da ließen sie sogleich das Berathen sein und machtens, wie ers gemacht und trugen den Balken der Länge nach hinein. So thut man noch in Jagel bis auf diesen Tag.

Durch Herrn Marquardsen in Schleswig.

CVIII.

Die Hostruper.

„Ga hen na Hostrup un laet dy de Dœs uetschnyden," sagt man in Angeln, weil man glaubt, die Hostruper hätten einen eigenen Speicher, um alle Dummheiten darin aufzubewahren.

An einem schönen Sommertage befand sich einmal das ganze Dorf auf dem Felde beim Grasmähen; da kam einer zu ihnen und erzählte vom Kriege, über den er eben in der Stadt hatte reden hören. „Krieg, wat is denn Krieg?" fragte ein Hostruper. „Wenn de Trummel geit," antwortete der andere. „Wo geit de Trummel denn?" fragten wieder die Hostruper. Der Fremde antwortete: „Bum, bum, bum!"

Nun arbeiteten sie ruhig eine Weile weiter, aber die Trommel steckte allen noch in den Köpfen. Sie hatten eine Tonne Bier mit auf dem Felde gehabt und bei der großen Hitze schon ausgetrunken; eine Hummel traf das Spuntloch des leeren Fasses, konnte aber den Ausgang nicht wieder finden, und fieng an darin zu summen, und bum! bum! stieß sie immer mit ihrem dicken Kopfe an das Holz: „da is de Krieg all!“ rief der Klügste unter den Hostrupern aus, und Alles stürzte augenblicklich in wilder Flucht davon. Ein beherzter Mann wollte aber doch wenigstens etwas retten, nahm das Bierfaß mit dem Riemen auf den Rücken, und lief den andern nach. Da hörten sie nun den Feind mit dem schrecklichen Bum! bum! dicht hinter ihnen, und jeder Hostruper hätte gern mehr gehabt als zwei Beine. Einer sprang schnell auf ein Pferd, das am Wege graste; aber der Pflock, an dem es angebunden stand, flog heraus und schnellte dem Reiter an den Kopf, der Verwundete schrie den Andern nach: „de Fynd het my drapen!“ Da kannte die Angst der Hostruper keine Grenzen mehr und wer nur konnte, sprang über Hecken und Zäune.

Durch Herrn Marquardsen in Schleswig.

CIX.

Die erste Katze in Gabel.

Vor vielen, vielen Jahrem kam einmal ein Handelsmann nach Gabel mit einer Katze im Sack. Von einem solchen Thier hatten die Gabler noch nie gehört; fragten darum, was es für eins sei. „Das ist ein Thier zum Mäuseausrotten,“ antwortete der Handelsmann. „So'n Thier steht uns an,“ sprachen die Gabler; „was solls kosten?“ Um 300 Thaler, versteht sich, Courant, ward man einig; das ganze Dorf brachte die Summe zusammen, und man hielt es für das Beste, mit der Ausrottung bei dem einen Ende des Dorfes anzufangen; die Katze könnte dann von einem Nachbar zum andern gehen und so das ganze Dorf durchmachen. Der Handelsmann aber war schon fort, als es den Gablern erst einfiel, daß sie nicht wüsten, was das Thier fräße. Da muste einer sich schnell zu Pferde setzen und dem Manne nachreiten, und als er ihn nur in der Ferne erblickte, rief er ihm zu und fragte, und der Mann antwortete: „Milch und Mäuse.“ Das klang dem auf dem Pferde wegen der Entfernung so wie Milch und Menschen. „Menschen?“ riefen die Gabler voller Schrecken und liefen aus dem Hause, wo sie bis dahin die Katze betrachtet hatten. Was war zu machen? Um des wilden Thieres nun los zu werden, beschlossen sie, auf gemeinschaftliche Kosten das Haus niederzubrennen; aber die Katze lief, als die Hitze empfindlich ward, ins nächste Haus; auch das steckten die Gabler an; die Katze lief ins dritte; auch das steckten die Gabler an, und so giengs fort bis das ganze Dorf in Asche lag.

Dr. Reimers auf Gramm. — Auch sonst von den Büsumern ꝛc. und von den Schildbürgern.

CX.

Die Romöer.

Die Romöer sind just nicht die Klügsten und man weiß allerlei von ihnen zu erzählen.

Einmal wars auf Röm Mode geworden, rothe Jacken zu tragen. Nur ein Mann, ein armer Robbenschläger und Thranschlucker, Paul Moders, hatte keine rothe Jacke; er war aber ein Philosophus, und wenn einer ihn wegen seiner grauen Jacke fragte, so sagte er, daß er keine andre haben wolle. Aber die Nachbarn neckten ihn dann und meinten, er könne nur keine rothe bekommen.

Nun kam in der Zeit den Romöern der Gedanke, ihre Kirche um zwei Ellen wenigstens zu versetzen. Das ganze Land nahm die Angelegenheit in Erwägung, weil sie da nur eine Kirche haben, und man stritt lange und heftig auf dem Thing. Da trat Paul Moders vor und sagte, die Kirche sei ja nur von wenigen Leuten gebaut; viele müßten sie also leicht von der Stelle bringen können. Alle Mann sollten sich also gegen die Nordseite stemmen, auf die Südseite aber zwei Ellen von der Mauer eine rothe Jacke hinlegen, damit man nachher wüßte, ob die Kirche auch so weit geschoben sei. Man fand allgemein den Vorschlag des Robbenklopfers sehr verständig, und alle Leute auf der Insel eilten an die Nordseite und schoben. Aber nicht lange, so kam Paul Moders um die Ecke und meldete, daß die Kirche stünde, wo sie stehen sollte und daß von der Jacke nichts mehr zu sehen wäre. Die Romöer warens wohl zufrieden und freuten sich, mit der schweren Arbeit so bald zu Ende zu sein; konnten es aber doch am nächsten Sonntage gar nicht recht begreifen, wie Paul Moders zu einer rothen Jacke gekommen sei.

Durch Herrn Hansen auf Silt.

CXI.

Die Büsumer.

Weil die Büsumer an der See wohnten, kann man sich denken, daß sie gute Schwimmer sind.

Eines Sonntags schwammen ihrer neun hinaus, und als sie eine Strecke geschwommen waren, wandte der Vordermann sich um und sagte: „Jungens, ik mutt doch w'raftig mael tellen, of da ok wull versapen is unn wy noch all tohopen sünt.“ Er fieng also an: „Een, twee, dree, veer, fyf, süß, sœben, ach! ik bün ik,“ sagte er zuletzt, „so mutt dar wull versapen syn.“ „Laet my man ins (einmal) tellen,“ sagte ein Anderer und fieng an: „Een, twee, dree, veer, fyf, süß, sœben, ach; ik bün ik; dar is waraftig een versapen.“ Traurig schwammen sie nach dem Ufer zurück und suchten den Neunten. Einer fieng wieder an zu zählen. Da kam ein Fremder des Weges, und wie er die nackten Büsumer stehn sah, fragte er, was sie da machten. Sie erzählten ihm nun, wie sie ihrer neun hinausgeschwommen wären, aber nun nur acht herauszählen könnten; einen müsten sie also verloren haben. Da gab ihnen der Fremde den Rath, daß jeder seine Nase einmal in den Sand stecke und dann sollten sie die Löcher zählen. Die Büsumer thatens und fanden die richtige Zahl, denn es waren wirklich neun Löcher. Vergnügt kleideten sie sich nun wieder an und giengen ins Dorf zurück.

Es wäre noch viel von ihnen zu erzählen, z. B. wie sie den Mond aus dem Brunnen schneiden wollten, wie sie einen Hummer für einen Schneider hielten, wie sie ein Thor in Heide kauften, und ein Feld mit Kuhsamen bestellten, in der Hoffnung, es sollten da Kühe wachsen, und besonders von den Abenteuern derer, die auf die Reise geschickt wurden, um den Mann wieder zu suchen, der ihnen den Mühlstein gestohlen hatte; wie sie nun nach Friedrichstadt kamen und den Senf entdeckten, und der eine seine Nase da im Stiche ließ; wie dann, um nicht so nahe am Feuer zu sitzen und zu viel Hitze auszustehn, sie einem Wirth ein gut Stück Geld gaben, um die Wand weiter zurückſetzen zu lassen, er aber, während sie hinausgiengen, nur ihre Stühle ein wenig rückte; wie sie dann nach Hamburg kamen, und wie sie da gegessen und getrunken und endlich in dem Pastoren in der Michaelskirche den Mann mit dem Mühlenstein erkannten: von Allem wäre noch viel zu erzählen, aber man möchte die Büsumer damit böse machen.

Mündlich.

CXII.

Die Bishorster.

Bishorst war ein Dorf, das zu der Haseldorfer Marsch gehörte, und soll seinen Namen davon erhalten haben, weil es dem Bischof Vicelin, wenn er verfolgt ward, zur Zuflucht diente. Jetzt ist Bishorst von der Elbe so weit weggerissen, daß nur noch eine Baumgruppe im Außendeich davon übrig ist, und eine Stelle im tiefen Wasser wird von den Schiffern der Bishorster Kirchhof genannt. Von den Bishorstern erzählen die Haseldorfer nun folgende Geschichte.

In alten Zeiten war es gebräuchlich, am Morgen des heiligen Christtages vor Tages Anbruch zur Kirche zu gehen, um, wie man sagte, den frommen Hirten im Evangelio nichts nachzugeben. Um nun in der Dunkelheit den Weg zur Kirche zu finden, hatten die Bishorster ein Seil ausgespannt, das sie des rechten Weges führte. Ein Schalk aber wuste darum, und da er den Leuten einen Streich spielen wollte, leitete er das Seil statt nach der Kirchenthür einmal zu einem tiefen Brunnen. Die Bishorster dachten an nichts Arges und giengen an ihrem Seil einer hinter dem andern her. Als nun der erste an den Brunnen kam, fiel er hinein und das Wasser schlug ihm überm Kopf zusammen. Der Nächste meinte, es ist die Kirchenthür und rief: „Plump in helgen Karken; laet apen! ik will ock h'rin!" und damit fiel auch dieser hinein. Und der Nächste dachte ebenso und sagte dasselbe, und er und die andern alle fielen bis auf den letzten in den Sot. Also kamen die Bishorster um.

Erzählt von Dr. Baumgarten aus Haseldorf.

CXIII.

Die Kisdorfer.

Von den Kisdorfern bei Bramstede gibt es viele Dönchen. In der Krempermarsch heißen die Neuenkirchener an der Elbe aber auch Kisdorfer.

Einmal fuhr ein Geestbauer mit Torf nach Kisdorf und hatte eine Sense mit auf dem Wagen, um damit am Wege das nöthige Gras für seine Pferde zu mähen. Nahe beim Dorfe bemerkte er schönes Gras; er stieg ab und schnitt seinen Pferden eine gute Mahlzeit; ließ aber die Sense liegen, um am Abend noch eine gute Portion mit nach Hause zu nehmen. Die Kisdorfer merkten bald, daß auf ihrer Meente Gras fehle, und da sie die Sense fanden, hielten sie diese für ein grimmiges, Gras fressendes Thier, und beschlossen, um ihrer fernern Verwüstung Einhalt zu thun, den Platz zu umzäunen. Abends fand der Geestbauer die wunderliche Einrichtung und lachte sich herzlich satt darüber; er hat nachher diese Geschichte unter die Leute gebracht.

Ein ander Mal hatten die Kisdorfer ein wildes, störrisches Pferd, das in keinem Stalle bleiben wollte. Sie beschlossen, ein eigenes Haus um dasselbe herum zu bauen. Als sie damit fertig waren, hatten sie die Fenster vergessen und musten nun ein Loch ins Dach machen und den Tag mit Säcken hineintragen.

Durch Herrn Dr. H. Schröder.

CXIV.

Die Fockbeker.

Ein Fockbeker hatte einmal in Rendsburg sich für ein paar Schillinge gesalzene Heringe gekauft und seine Nachbarn darauf zu Gast geladen. Sie fanden das Essen vortrefflich und wünschten viele solcher Fische zu haben. Der Klügste unter ihnen gab endlich den Rath, einen ganzen Korb voll aus der Stadt zu holen und sie in den Teich des Dorfes zu setzen; da würden sie sich vermehren und sie alle dann davon reichlich haben. Gesagt, gethan. Gieng nun während des Jahres ein Fockbeker am Teiche vorbei und es regte sich etwas im Wasser, lief er zu den andern und erzählte es ihnen, und alle waren des künftigen Gewinnes froh. Im nächsten Herbst ward ein großes Netz angeschafft. Aber der Klügste fand es am gerathensten den ganzen Teich ablaufen zu lassen. Alle standen herum und kukten nach den Heringen; aber auch nicht ein einziger war zu sehen, als alles Wasser schon fort war. Nur ein ziemlicher Aal wälzte sich im Schlamm. Er wurde erhascht und darüber waren alle einig, daß er nur ihnen die Heringe würde aufgefressen haben; dafür müsse er nun gehörig bestraft werden. „Laet uns em schlachten unn upäten," sagte einer. „Dat weer em jüs (gerade) recht," meinte ein Andrer und weil er sich einmal gebrannt hatte, schlug er vor, ihn ins Feuer zu werfen. „Brennen is slimm," sagte ein Dritter, der einmal ins Wasser gefallen war und bald ertrunken wäre; „laet uns em in de Au smyten und em versupen; dat is myn Meenung." Alle stimmten ihm bei, daß Ertrinken der schrecklichste Tod sein müsse und man ward einig den Aal in die Aue zu werfen. Der Bauervogt nahm ihn in einen Korb, gieng voran und alle folgten ihm; und wie er ihn nun ins Wasser warf und der Aal sich krümmte und fröhlich rechts und links machte, rief jener aus, der den Rath gegeben hatte, „seet! wat he sik quält!" Da giengen alle Fockbeker ganz glücklich über die ausgeführte Rache nach Hause.

Sie haben auch einmal eine Kuh auf der Firste grasen lassen, und haben außerdem noch viele andre Heldenthaten ausgeübt.

Durch Herrn Schull. Bahr in Wrohe, Ksp. Westensee.

CXV.

Der Gänsehirte.

Einmal passierte der König Friedrich der Vierte durch Ditmarschen. Ein kleiner Gänsejunge wollte gerne den Zug sehen; weil er aber fürchtete, daß während der Zeit seine Gänse sich verlaufen möchten, band er je zwei mit den Köpfen zusammen, und hengte sich selbst die beiden schlimmsten über die Schultern. Damit stellte er sich an den Weg und als nun der Zug vorbeikam und die hohen Herrn den wunderlichen Jungen mit seinen Gänsen sahen, fiengen sie an zu lachen und einer fragte, was er wolle. Er möchte gerne den König sehn, antwortete der Knabe, und sagte warum er die Gänse zusammengebunden hätte. Er gefiel den Herren und sie riethen ihm am andern Tage nach Meldorf zu kommen und da den König aufzusuchen. Er gieng richtig hin; als die Lakeien ihn aber nicht einlassen wollten, drängte er sich durch, man hätte ihn eingeladen und er müsse den König sehn. So kam er in den Saal, wo alle die Herren waren, und fragte gleich, wer von ihnen der König sei. „Das bin ich," antwortete freundlich der König. „So ist er ja ein Mensch, wie andre Menschen," sagte der Junge und wollte wieder zur Thür hinaus. Aber auch dem König gefiel er und die andern Herrn hatten schon von ihm erzählt; darum muste er da bleiben und der König hat ihn nachher mit nach Kopenhagen genommen und zu seinem Hofnarren gemacht. Er hat ihm mit seinen Einfällen manche trübe Stunde erheitert. Einmal hatten die Holländer dem König ein Stück Land abgenommen. Als der Narr ihn darüber betrübt sah und fragte, was ihm fehle, klagte der König sein Unglück. „Habens die Holländer denn mitgenommen?“ fragte der Narr. Der König verneinte es. „Nun, wenn sie es liegen lassen, so behalten wir es ja,“ meinte er; da lachte der König.

Mündlich aus Marne.

CXVI.

Die drei Alten.

In Angeln leben noch Leute, die sich erinnern, nachstehende Erzählung aus dem Munde des verstorbenen Pastor Oest gehört zu haben. Nur weiß man nicht, ob die Sache ihm selbst oder einem benachbarten Prediger begegnet ist.

Mitten im vorigen Jahrhundert geschah es, daß der neue Prediger die Markung seines Kirchensprengels umritt, um sich mit seinen Verhältnissen genau bekannt zu machen. In einer entlegenen Gegend steht ein einsamer Bauerhof, der Weg führt hart am Vorhof der Wohnung vorbei. Auf der Bank saß ein Greis und weinte bitterlich. Der Pfarrer wünschte ihm guten Abend und fragte, was ihm fehle. „Ach,“ gab der Alte zur Antwort, „mein Vater hat mich geschlagen.“ Befremdet band der Pfarrer sein Pferd an und trat ins Haus; da begegnete ihm auf der Flur ein Alter, noch viel greiser als der erste, mit erzürnter Gebärde und in heftiger Bewegung. Der Prediger sprach ihn freundlich an und fragte nach der Ursache seines Zürnens. Da sprach der Greis: „Ei, der Junge hat meinen Vater fallen lassen.“ Damit öffnete er die Stubenthür, und der Prediger verstummte vor Erstaunen, als er einen vor Alter ganz zusammen gedrückten, aber noch rührigen Greis im Lehnstuhl hinterm Ofen sitzen sah.

Schmidt von Lübek im Freimüthigen. 1809. No. 1. Grimms deutsche Sagen I. 464. — Dieselbe Sache soll auch ein Reisender einmal in Norwegen erlebt haben; und sonst.

Zweites Buch.

Als Vicelin um das Jahr 1126 an den bestimmten Ort (Neumünster) kam, fand er eine endlose, dürre Heidefläche und die Bewohner roh und ungebildet; vom Christenthum hatten sie nicht mehr als den Namen. Denn es ist bei ihnen vielfacher Irrthum von heiligen Hainen und Quellen und von anderem Aberglauben verbreitet. Da er also in der Mitte dieses entarteten und verderbten Volkes zu wohnen begann, an dem Orte schauervoller Einsamkeit, empfahl er sich um so mehr dem göttlichen Beistande, je verlassener er von menschlichem Troste war. Der Herr aber gab ihm Gnade in den Augen jenes Volkes. Es ist ganz unglaublich zu sagen, welche Menge in jenen Tagen sich zur Buße wandte; und die Stimme seiner Predigt erscholl über das ganze Land der Nordelbinge.

Helmold I. 47 (48).

CXVII.

Fositesland.

Auf Helgoland war zur Zeit des Heidenthums ein Heiligthum und Tempel des Gottes Fosite. Heilige Thiere weideten dabei, die niemand auch nur berühren durfte, und eine Quelle sprudelte hervor, aus der man nur schweigend schöpfte. Jeder, der die Heiligkeit des Ortes gering achtete und irgend etwas da berührte oder verletzte, ward mit einem grausamen Tode bestraft. Als der heilige Wilibrord von den Thieren schlachtete, glaubten die Leute er müsse augenblicklich entweder in Wahnsinn verfallen, oder auch von einem plötzlichen Tode getroffen werden. Der heilige Liudger hat den Tempel zerstört und dafür eine Kirche erbaut.

Allein noch viel später glaubten die Seeräuber, wenn einer auch nur die geringste Beute von dem Lande nähme, er immer entweder bald durch Schiffbruch umkomme, oder erschlagen werde; keiner sei noch ungestraft geblieben. Den dort lebenden Einsiedlern brachten sie darum auch immer mit der größten Ehrfurcht den zehnten Theil ihrer Beute dar. Die Quelle mit süßem Wasser blieb allen Schiffern ein heiliger Ort und das Land empfieng davon den Namen Heiligeland, und heißt noch heute gewöhnlich dat hilge Lant. Sie soll die heutige Sappskuhle sein.

(Eine Dame, deren Vater früher Prediger auf Helgoland war, erzählte mir, daß neben der alten Predigerwohnung, die jetzt abgebrochen ist, auch ein Brunnen, der Hartbrunnen genannt, gewesen sei. Dahin kam früher oft in der Nacht eine graue schattenhafte Gestalt mit schweren schlürfenden Schritten seufzend und stöhnend über den sogenannten Hingstplatz gegangen und man hörte sie dann etwas Schweres hinunter werfen. Der unglückliche Geist soll später Ruhe gefunden haben.)

Die Zeugnisse aus dem 8., 9. und 11. Jahrhundert bei Grimm Mytholog. 2. Ausg. S. 210. — Mündlich.

CXVIII.

Der Geldsot.

Zwischen dem Dorfe Hopen und dem St. Michaelisdonn (bei Marne in Süderditmarschen) findet man an dem dürren Abhange der Geest, dem Kleve, eben über der Marsch eine immer hellfließende

Quelle, die der Geldsot genannt wird. Vor vielen Jahren lag in der Nähe ein reiches Dorf; das starb aber aus, oder wurde im Moskowiter Kriege verödet, so daß nur ein Hirte nachblieb, dem Geld und Gut nun zufiel. Ehe er aber starb, versenkte er alles in den Brunnen, weil er keinen Erben hatte; und dieser erhielt davon seinen Namen. Stößt man mit einem Stocke hinein, so klingt es ganz hohl und oft hat man auf dem Grunde des klaren Wassers einen grauen (kleinen schwarzen) Mann mit einem dreieckigen Hute gesehen, der ein brennendes Licht in der Hand trug und es immer hin und her leitete. Kam einer herzu und griff darnach, verschwand alles.

Oft hat man versucht den Schatz zu heben. Einmal machten sich mehrere in einer Nacht auf und gruben stillschweigend die Quelle auf, bis sie auf einen großen Braukessel trafen. Da legten sie einen Windelbaum quer über das Loch und befestigten Seile an dem Kessel, um ihn herauf zu ziehn, als zu ihrem Schrecken ein ungeheures Fuder Heu, mit sechs weißen Mäusen davor, den Kleve spornstreichs hinauf an ihnen vorüber sauste. Doch behielten sie so viel Besinnung, daß keiner einen Laut von sich gab, und der Kessel war schon so hoch heraufgezogen, daß sie ihn mit der Hand reichen konnten, als der graue Mann mit seinem dreieckigen Hut auf einem dreibeinigen Schimmel herauf geritten kam und den Leuten guten Abend bot. Aber sie antworteten nicht. Als er nun aber fragte, ob er nicht noch das Fuder Heu einholen könnte, rief einer: „Du Schrœkel, (hinkender Krüppel) mags den Deuwel!“ Da versank augenblicklich der Kessel, der Windelbaum brach und der graue Mann verschwand. Viele haben es nachher noch wieder versucht, aber alle sind durch ähnlichen Spuk gestört und zum Sprechen gebracht.

Mündlich. — Es ist eine in der ganzen Marsch, selbst in der Wilstermarsch berühmte Quelle; sie selbst hat bekanntlich keine Quellen. — Der graue Mann mit dem dreieckigen Hut und dem Schimmel ist sonst in Volkssagen Wodan. vgl. zu 277.

XIX.

Die Quelle auf dem Wellenberge.

Auf dem Wellenberge bei Itzehoe weihte der heilige Ansgar ein kleines Bethaus und brachte dahin den Kopf des heiligen Sixtus, den er als großes Heiligthum immer bei sich zu führen pflegte. Neben dem Hause aber befand sich eine Quelle. Weil Ansgar nun zum Fleische gemeiniglich Brot und Wasser genoß, schickte er eines Tags einen zum schöpfen hinaus; da war das Wasser in Wein verwandelt worden. Der Quell hat lange Zeit der heilige Born geheißen. Einem Fieberkranken träumte einmal, wenn er daraus einen Trunk nähme, würde er genesen; es ist auch wirklich eingetroffen. Er war aber ein Franzose. Der Herr Statthalter Heinrich Ranzau hat den

Brunnen neu einfassen lassen, und noch heute weiset man ihn und sagt, sein heilkräftiges Wasser sei einst weit verschickt.

Presbyter Brem. bei Westph. III. 24. Schröder im Archiv für vaterländische Gesch. II. 103. Nordalbing. Stud. (1844.) I. 13. — Auch bei der Trese in Ratzeburg gab es einen Brunnen, aus dem der Bischof Isfrid schöpfte und dessen Wasser sich diesem in Wein verwandelte. Alb. Kranz Metropol. VI. 49.

CXX.

Die Quelle zu Marienstede.

In Marenstäd' (Marienstede in Lauenburg) dor stünde vor väle hundert Joren en Kapelle unn in de Kapelle stünd en Bilt van de Mutter Maria. De har dat lütt Jesuskind upn Arm unn dicht by de Kapelle flöet en Water. Wenn dat en krank Minsch drünk oder sik dorin bade, so würde he so gesunt, wat förn Krankheit he ok hebben müg. Dat würde nu bald bekannt unn väle Lüde, de Krankheiden an sik harn, kemen na Marenstäd, unn däden äer Gebet för dat Marienbilt unn wenn se dat daen harrn unn dat Water drünken, würden se gesunt.

Nu läwe doentomael en halve Stunde van Marenstäd' en Eddelmann. Dat weer en gottlosen leegen Keerl, de söep unn späel den ganßen Dag unn har sinen grötsten Spaes daran, wenn he de armen Lüde, de na Marenstäd' güngen, kunn förn Narren hebben. Up sinen Hof harr he'n Vaegt, dat weer äben soen Keerl as syn Herr. Enmael würde em syn Peert krank unn keen Docter kunn wat helpen. Doer dach he, du sast dormit na Marenstäd' trecken unn dat Peert uet dat Water börmen (tränken).

Nu harr disse Vaegt en olen frommen Vader, de harr em all oft vermaent; awer de gotlose Jung' lach em ümmer wat uet unn säde he weer so lang' ane Gott fardig worden, dat he dach, he würde oek noch wol länger ane em fardig. As nu de ole Vader höre, wat syn Jung' doen wull, doer güng he to em unn bäde em, he sull't doch nich doen, Gott würde em dat nich so hengaen laten. Öwer de Soen säde, he hüll syn Peert noch för väel bäter, as al de olen Kræpel, de Dag för Dag na de Marenstäder Kapell tröcken. As de Ole em so mit goden nich holn kunn, doer wull he Gewalt bruken unn stell sik för dat Peert im faet'n Toem an unn wull em dörchuet nich wyder laten. Dor neem de Vaegt syn Swäep unn slöeg sinen olen Vader damit annen Kopp. Da hülde de Ole syn Hant in de Höegt na'n Himmel unn säde: „Dat dy Gott strafen müg, du Unminsch!“ Öwer de gotlose Jung lach doröwer unn günge mit syn Peert na Marenstäd' unn börmede et uet dat Water. Van der Tyt an harr dat Water sine Krefte verloren und weer nich bäter, as al dat anner.

Mit den Vaegt öwer neemt en böes Ende. He har van de Tyt an kenen gesunden, vergnöegten Dag meer unn störfe bald dorup. Dat weer up'n Namiddag as se em ingröven unn jeder Minsch säde, den wart't baven noch leeg gaen. As den annern Morgen de Köster tydig up'n Kirchhof keem, do seh he up den Vaegt syn Graff wat witts tiggen, unn as he dichter heran güng, weer dat en Minschenhant, de sülvige womit de Vaegt sinen Vader slaen harr. Se gröven de Hant wedder int Graff, öwer se kunn nich darin bliven unn müß ümmer wedder heruet. Dor bröchen se se in de Kirche unn leggen se doer in en Lok in der Kirchenmuer; unn alle Joer wenn de Pastor de Verornung vorlesen müß, denn faet he de Hant an unn wise se de Kinner unn sä' doby: „Disse Hant hett sik gegen den Vader up-haven unn hett keen Ru in de Eerde bit up dissen Dag."

Durch Herrn Rector Vieth in Ratzeburg. — Die Sage von der Hand, die Vater und Mutter schlug, und immer wieder aus dem Grabe wuchs, dann in die Kirche kam, wird auch bei Oldenburg erzählt.

CXXI.

Die theure Zeit.

An der neuen Chaussee von Eutin nach Oldenburg, dreiviertel Meilen von ersterer Stadt, an einem hügeligen Orte liegt eine kesselförmige Vertiefung, deren Wasser der Abfluß fehlt. Sie heißt die theure Zeit. Denn für den Kornhandel sagt sie ganz untrüglich die Preise vorher. Vor vierzig Jahren kamen am Maitagmorgen die Hamburger Kornkaufleute noch da zusammen und sahen nach wie es stand. War viel Wasser darin, gab es hohe Preise; war aber nur wenig oder fallendes da, dagegen niedrige.

Auch in einem Gehölz bei Preetz ist eine Grube, aus der man für den Sommer prophezeit: viel Wasser im Frühjahr macht ihn trocken, wenig Wasser naß. Eine eben solche Grube findet man im Gute Gaarz im Lande Oldenburg.

Durch Herrn Bruhns in Eutin. — Solche Quellen heißen sonst in Deutschland Hungerbrunnen.

CXXII.

Der Hirschhornbrunnen.

Vor langer, langer Zeit war die Gegend, wo jetzt der dritte Stadttheil von Schleswig, der Friedrichsberg liegt, mit Gestrüpp und Holz dicht bewachsen und menschenleer. Einige Hirten und Jäger sammelten sich jedoch nach und nach um eine Quelle mit schönem, reinen Wasser und es entstand ein Dorf. Eines Tages aber geschah das Unglück, daß die Quelle versiegte. Weit und breit war sie die einzigste gewesen und die armen Leute standen nun hilf und rathlos da. Die Noth war groß. Da gieng ein Jäger bei Nachtzeit in den Wald, um da, er wuste nicht wie, Abhilfe zu schaffen. Nach langem

Suchen sah er ganz nahe auf einmal einen weißen Hirsch mit goldenem Geweih. Schon legte er an, als ihm ein Mitleid mit dem schönen Thiere kommt nnd er die Büchse absetzt und nach Hause geht. Am andern Morgen fand man das goldene Geweih bei der Quelle, den Hirsch aber hat Niemand wieder gesehen. Jetzt konnte man den stattlichsten Brunnen bauen, der bis auf den heutigen Tag der Hirschhorn- oder Hornbrunnen heißt und das schönste Wasser in ganz Friedrichsberg gibt, das vor Zeiten heilkräftig war.

Durch Herrn Marquardsen in Schleswig.

CXXIII.

Die Klause der Mönche zu Rueklofter.

Es haben die Mönche zu Rueklofter eine Klause oder Kapelle bauen lassen am Heerwege und es zu St. Annen genannt. Da war groß Wallfahrt, daß wer lahm krank oder sonst Mangel hatte und ihre Opfer brachten, der ward auf Vorbitte der Mutter Marien und St. Annen gesund. Wenn sein Vieh krank wurde und er nur die Klawen, daran es gebunden war, oder die Halfter von den Pferden dahin brachte, wurde es alsobald gesund. Dergleichen Exempel auch zu Kliplef St. Hjelper und bei Rinkenis St. Kjersten Sot oder Brunn am Berge vorkamen, daß wer sich daraus gewaschen, gesund geworden ist. — Als die Kapelle zu Klus Anno 15.. ist abgebrochen, hat man etliche hundert Klawen und andre Sachen, auch Krücken gefunden, so die, so krank dahin kamen, da gelassen haben und gesund davon gegangen.

Falk. Abhandlungen aus den Schl. Holst. Anzeigen I. 296.

CXXIV.

Die Grönnerkeel.

Auf dem Habermarkte in Flensburg steht ein alter steinerner Brunnen, der die Grönnerkeel heißt. Sein klares reiches Wasser fällt aus vier Hähnen in ein weites Becken und versorgt einen nicht kleinen Theil der Stadt. Die Flensburger halten den Brunnen in hohen Ehren. Denn in dieser Stadt bringt nicht der Storch die kleinen Kinder, sondern sie werden aus dem Brunnen aufgefischt. Dann erkälten sich die Frauen dabei und müssen das Bett hüten.

Allein die Flensburger haben noch mehr Ursache den Brunnen in Acht zu nehmen. Denn weil Flensburg aus dem Wasser entstanden ist, muß es einst wieder im Wasser untergehn. So lautet nemlich eine alte Prophezeiung: Einst an einem Sonntagmorgen, wenn die Leute eben aus der Kirche kommen, wird ein ungeheures, schwarzes Schwein wild und schnaubend durch die Straßen rennen bis an die Grönnerkeel; da wird es sich vor einen Stein stellen und ihn aufzuwühlen anfangen. Dann ist der Untergang der Stadt nahe.

Sobald der Stein gelöst ist, wird ein Wasserstrahl hervorspringen, der bald zu einem großen unaufhaltbaren Strome wächst, der mit reißender Schnelle sich nach allen Seiten hin ergießt und die ganze Stadt in seine Fluthen begräbt. —

Die Flensburger geben aufs Genaueste Achtung darauf, daß kein Schwein auf ihren Straßen wühlt, und vor mehreren Jahren haben sie noch den Brunnen mit einem großen Stein bedecken und versehen lassen, alles nur des furchtbaren Schweines wegen.

Durch Herrn Pastor Jensen in Angeln, Frl. D. Tamsen in Tondern und mündlich. — Die Stadt steht bekanntlich ganz auf Quellgrund.

CXXV.

Quelle in Sommersted.

Ehe die Sommersteder Kirche gebauet wurde, war die Stelle schon heilig, wo sie jetzt steht. Nördlich von der Kirche ist ein Brunnen eingefriedigt, wohin man einst um des heiligen Wassers willen wallfahrtete.

Fünfter Bericht der Gesellsch. für vaterl. Alterthümer. 1840. S. 13.

CXXVI.

Quelle bei Rohrkarr.

Bei Rohrkarr in der Nähe von Tondern war vor Zeiten eine berühmte Heilquelle, in der Viele ihre verlorne Gesundheit wieder fanden. Ein alter Pfahl bezeichnet noch das Wasser. Urplötzlich aber verlor das Wasser seine Heilkraft, weil ein Gottloser sein krankes Pferd darin badete.

Durch Pastor Karstens in Tondern.

CXXVII.

Bischof Poppo am Hilligebek.

Zwischen Flensburg und Schleswig ist ein Bach, der Hilligebeke, der früher der Jüdebeke hieß, aber seinen Namen änderte, weil der heilige Poppo darin das heidnische Volk taufte. Daneben heißt noch ein Gehölz das Poppholz, weil er da seine Predigten hielt. Reiter und Fuhrleute lassen ihre Pferde nicht aus dem Bache trinken, weil es bekannt ist, daß diese sich sogleich darnach verfangen.

Hier bei diesem Bache hat Poppo einmal ein Wunder verrichtet. Er zog ein mit Wachs getränktes Hemde an und forderte nun die ungläubigen Heiden auf es anzustecken; wenn er beschädigt werde, so brauchten sie seiner Predigt nicht zu glauben; bliebe er aber unversehrt, sollten sie sich taufen lassen. Das gelobten sie. Als nun das

Gewand angezündet war, erhub er seine Hände zum Himmel und erduldete den Brand mit großer Ruhe und Heiterkeit; und da es ganz herunter gebrannt war, war auch nicht ein Brandfleck an seinem ganzen Körper sichtbar. Da nahmen Tausende den Christennamen an. Einige sagen aber, dieß sei zu Ripen, andre in Schleswig selbst geschehn.

Der Teufel ist dem Bischof in seinem Werke vielfach in den Weg getreten. Einmal hatte er da im Hilligenbeke eine ganze Schaar getauft, als der Böse einen ungeheuren Stein ergriff und auf ihn schleuderte. Aber in seiner Wuth hatte er dem Wurfe einen zu großen Schwung gegeben und der Stein flog über den Kopf des Bischofs hin und lag nachher noch lange auf der Heide zwischen Stolk und Helligbek. Er hieß der Teufelstein und maß 20 Fuß in der Länge, 14 in der Breite und 12 in der Dicke. Man zeigt noch Ueberreste von ihm, das meiste aber ist abgesprengt worden.

Cypraei Ann. episc. Slesvic. 82 f. — Durch den Herrn Organ. Schmidt in Fahrentoft.

CXXVIII.

Der Bischofswarder.

Bei Bossee, nicht weit von Kiel, liegt eine Wiese, die Übelteich genannt wurde, weil darin einst viel Schlangen, Würmer und andres Ungeziefer gehaust hat. Ein kleiner Hügel darin heißt der Bischofswarder.

Denn zu der Zeit, als das Christenthum eindrang, kam ein in der Kirchengeschichte wohlbekannter Bischof (Vicelin?) hierher, und wollte die Heiden bekehren. Aber sie ergriffen ihn, kleideten ihn nackt aus, bestrichen ihn mit Honig und setzten ihn so auf jenem Hügel, der nach ihm seinen Namen hat, auf einen Pfahl. So muste er da, von dem Ungeziefer gemartert, den Geist aufgeben. Davon erhielt auch das Dorf seinen Namen Bossee, weil so boshafte Leute darin wohnten, und ein nahe gelegener Hof hieß Bissee, d. i. Bischofssee.

Ex Mss. Bossoens. in Majors Collectan. Mss. Fol. 10 a. und durch Herrn Schull. Rohweder in Thienbüttel.

CXXI.

Der Ehrengang.

Man findet noch an mehreren Orten unseres Landes meist auf Anhöhen oder erhabeneren Ebenen eine Art alter Denkmäler; es sind nemlich eine große Anzahl Granitsteine in einem länglichen rechtwinkeligen Viereck aufgestellt. Vier Steine stehen nahe bei einander und einer darunter ist immer viel größer als die andern. Ein solches

Denkmal nennt man nun einen Ehrengang, weil in alten Zeiten nach einem Siege die Fürsten und Helden hier feierliche Umzüge und Ritte mit allerlei Ceremonien gehalten haben sollen. Bei Rehmten, zwischen Bornhövede und Stocksee, und auf dem Kremsfeld bei Segeberg sind diese Denkmäler am besten erhalten.

Meyer Darstellungen aus Norddeutschland S. 297. beruft sich auf Tradition; doch war seine Quelle, wie sonst auch, wohl eine sehr unlautere; allein der Name ist merkwürdig, und vielleicht gibts wirkliche Sagen?

CXXX.

Die Brutkoppel.

So heißt eine Koppel beim Hofe Seekamp im Gute Clausdorf. Da liegt ein großer flacher Stein und rings um ihn her im Kreise sind andere kleinere gesetzt. Und der Ort hat den Namen davon erhalten, weil in alter Zeit, da es noch keine Kirche gab, hier sich die Brautleute mit ihren Eltern und Verwandten versammelten, auf den großen Stein sich setzten und dann getraut wurden.

Pastor Kählers Bericht Mscr. an die Gesellschaft für vaterl. Alterthümer. — Bei Alversdorf heißt das Feld, wo der bekannte sogenannte Opferstein, im Volke Abensteen (Ofenstein) genannt, von alten Bäumen umringt steht, der Brutkamp und bei Schuby, No. 289, ein Feld Brutkoppel. vgl. Kuhns Märk. Sagen.

CXXXI.

Die Bridfearhoger auf Silt.

Ein Mädchen in Eidum hatte sich mit einem jungen Manne verlobt und ihm geschworen, sie wolle eher zu Stein als die Frau eines andern werden. In dem Glauben an ihre Treue gieng der junge Mann zur See. Doch das Mädchen vergaß ihn bald, nahm Nachts Besuche anderer Freier an und verlobte sich endlich mit einem Schlachter aus Keitum. Der Hochzeitstag ward bestimmt und der Brautzug mit einem Vormann an der Spitze ordnete sich nach alter Weise und gieng von Eidum auf Keitum zu. Da begegnete ihnen auf der Mitte des Weges ein altes Weib, und wenn das schon immer ein böses Zeichen für eine Braut ist, so rief das Weib sogar: „Eidemböör, Keidemböör, ju Brid is en Hex!“ * Ärgerlich und erzürnt antwortete der Vormann: „Es üüs Brid en Hex, do wild ik, dat wü jir altimaal dealsonk, en wedder apwugset üs grä Stiin!“ **

* Eidumer, Keitumer, eure Braut ist eine Hexe (Falsche, Ungetreue).

** Wäre unsre Braut eine Hexe, dann wollte ich, daß wir allesammt die Erde sänken und wieder aufwüchsen als graue Steine.

Kaum waren die Worte gesprochen, so versank die ganze Gesellschaft sammt der Braut und dem Bräutigam in die Erde, und alle wuchsen als graue Steine wieder zur Hälfte hervor. Man hat diese fünf großen Steine, zwei und zwei neben einander mit dem Vormann an der Spitze, bis vor wenigen Jahren noch gezeigt. Sie standen nördlich von Tinnum nicht weit vom ehemaligen Dinghügel, und dabei waren zur Erinnerung an jene Begebenheit zwei kleinere runde Hügel aufgeworfen, die man die Bridfearhoger d. i. die Hügel der Hochzeitgesellschaft nannte. Sie sind jetzt abgetragen.

Herr Schull. Hansen auf Silt im Husumer Wochenbl. 1837. — Statt eines Vormannes nennen andre einen Fuhrmann.

CXXXII.

Der Brutsee.

Ganz nahe bei Schleswig neben dem Wege nach Moldenit liegt ein kleiner schöner See, der Brutsee. In alten Zeiten war er ganz von Wald umgeben und ein Dorf lag daran, das zu St. Jürgen in Schleswig eingepfarrt war. Hier wohnte einmal ein reicher Bauer, dessen schöne Tochter einen armen Knecht liebte und ihm Treue gelobt hatte. Aber der Vater wollte sie einem reichen Hufner geben, und die Hochzeit ward auf den Pfingsttag angesetzt. Zum letzten Male sahen sich am Abende vorher die Liebenden an dem großen Steine, der noch am Ufer des Sees liegt. Als nun am andern Morgen Braut und Bräutigam mit ihren Verwandten über den See zur Stadt fuhren, ertönte plötzlich die Totenglocke, wie es bei uns Sitte ist, wenn einer gestorben ist. Und in demselben Augenblick erhub sich ein gewaltiger Wirbelwind, das Boot schlug um und alle ertranken. Die Leichen fand man bis auf die der Braut; sonst hätte man sie mit ihrem alten Liebsten begraben, dem das Läuten gegolten hatte. Aber in jeder Pfingstnacht steigt nun ein wunderschönes Mädchen in prächtigen Kleidern aus dem See, setzt sich auf jenen Stein und kämmt singend ihr langes goldnes Haar, bis der Morgen graut. Dann verschwindet sie wieder im See, der nach ihr der Brutsee heißt.

Auch bei Husum und andern Städten gibt es solche Brutlöcher oder Seen, die alle unergründlich sind.

Mündlich. Nach dem Aberglauben entsteht Sturm, sobald sich einer erhenkt hat. — Andre erzählen, daß der Wagen der Braut am steilen Ufer umgeworfen sei und sie aus Sehnsucht nach dem verlornen Geliebten oft emporsteige. Ferner sagen andre, daß ein Mädchen durch Uebermuth einen braven jungen Mann zur Verzweiflung gebracht und er sich in den See gestürzt habe. Darauf schwört sie, als ihre Eltern ihr Vorwürfe machen, keinen zu heiraten; sonst möge der Teufel sie holen. Als sie dennoch mit einem sich trauen lassen will, kommt der Teufel und holt sie in den See. In einigen Nächten des Jahres steigt ein Stein hervor und die Braut sitzt kämmend da, bis gegen Morgen eine Stimme aus dem See ruft und der Stein wieder mit ihr versinkt. — Noch andre sagen, sie habe sich selbst um ihrem ersten Geliebten treu zu bleiben hinein gestürzt, als der Zug zur Kirche will.

CXXXIII.

Die Linde in Nortorf.

Auf der südwestlichen Seite des Kirchhofs zu Nortorf steht eine alte ehrwürdige dreiästige Linde, unter deren Zweigen ehemals Gerichte, Feste, Trauungen, Contracte u. s. w. vollzogen wurden. Man machte alles nur mündlich ab und versiegelte es, wie man sagt, mit einem Doppen. Das Doppen bestand nämlich darin, daß man den Daumen nur gegen den Stamm der Linde setzte.

Mündlich. Andre Bäume, an die sich nicht unwahrscheinlich früher ein Kultus knüpfte, führt Westphalen in seinen Monument. ined. IV. 216 praef. an, ohne jedoch Sagen mitzutheilen.

CXXXIV.

Stiftung des Klosters Preetz.

Vor Zeiten bedeckte ein großer ungeheurer Wald die ganze Gegend, wo jetzt Preetz und die Gründe des Klosters liegen. Dort jagte einmal Graf Albrecht von Orlamünde. Ein edler Hirsch sprang auf und lange verfolgte der Graf das fliehende Thier, bis es mit einem Male unter einer großen Eiche stille stand und den Grafen ruhig anblickte, als wenn es den Tod nicht fürchte. Schon legte er an, um es niederzustrecken, als ein glänzendes goldnes Kreuz zwischen seinem prächtigen Geweih sichtbar ward. Da erkannte der Graf, daß der Ort heilig sei und schonte des Hirschen; er ließ den Wald rings umher ausreuten und baute ein Kloster dahin, dem er reiche Einkünfte und weite Strecken Landes gab. Bis auf den heutigen Tag steht noch die große heilige Eiche mitten im Orte vor der Wohnung des Klosterprobsten. Ein Graf Alf von Holstein soll unter ihren Ästen später seinen Schießplatz gehabt haben.

Mündlich vom Herrn cand. th. Rejahl. — vgl. die St. Hubertuslegende.

CXXXV.

Arensbök.

Nach einem alten Erdbuche im plönischen Archiv hat der Bischof zu Lübek Eberhardus die geschriebene Nachricht hinterlassen, daß in der Gegend, wo jetzt Arensbök liegt, eine starke Waldung gewesen, so in sumpfigen und morastigen Orten gelegen. In derselben stand ein Buchbaum, welcher vor andern herfür geraget. Auf demselben hat vor langen Zeiten ein Adler, auf plattdeutsch Arn genannt, alljährlich genistelt und seine Jungen ausgebracht. Da ließ sich aber über demselben die heilige Jungfrau Maria als ein Wunderbild in einem hellen Glanze sehen, welcher bis zum Himmel zu gehen schien. Wie dies Wunder unter den Leuten bekannt ward, gieng das Volk in großer Menge dahin wallfahrten, und hat Gelübde und Opfer dargebracht. Von dieser Buche und dem darauf nistelnden Adler heißt der Ort nun Arensbök.

Hansen, Nachricht von denen plönischen Landen. S. 54.

CXXXVI.

Neukirchen im Fürstenthum Lübek.

Auf des Hufners Jäger Koppel, die die Dörpstäd' heißt, stand ehemals Neukirchen. Hier ist alles Nachts von der Stelle verschwunden, was man am Tage an der Kirche gebaut hat. Aber da hat man beobachtet, wie jede Nacht ein hellglänzender Schimmel gerade so weit im Kreise herumgieng, als jetzt der Kirchhof groß ist. Morgens hat man im thauigen Grase genau den Kreis sehen können. Man baute also die Kirche dahin. Noch jetzt zeigt sich Nachts ein Schimmel im Bookholz, auf der Malkwitzer Schafweide, an der Stelle wo man zum Kirchenbau den Kalk grub. Als man damit zu bauen anfieng, ist Nachts eben so viel hinzugekommen, als man des Tags gemacht. Nachdem die Kirche aber fertig geworden, ist der Kalk verbraucht gewesen und die Grube zugefallen. Doch ist noch eine große Hölung da zu sehen.

Durch Herrn Schull. Kipp in Sieversdorf. vgl. No.

CXXXVII.

Unse leve Fru up dem Perde.

Als die Kirche zu Delve in Norderditmarschen gebaut werden sollte und man keinen Platz wuste, ward man eins, daß man ein Marienbild auf ein buntes Mutterpferd binden und das ausgehen lassen wollte; wo man es aber des andern Morgens fünde, da sollte gebaut werden. Das Pferd stand am andern Morgen in einem dichten Bruch von Gebüsch und Dornen. Nachdem man diesen mit vieler Mühe niedergeworfen und hinweggeschafft, baute man das Dorf dahin und nannte die Kirche: unse leve Fru up dem Perde.

Neocor. I. 228.

CXXXVIII.

Ein weißes Pferd weiset die heilige Stätte.

Im Norden von Alversdorf in Süderditmarschen liegt eine weite Heidestrecke, die Immenstieder Loh (d. i. Waldung), wo in alter

Zeit ein reiches Dorf Immenstede lag, das von einem von Norden kommenden Feinde bis auf den Grund zerstört ward. Die Einwohner wollten sich nun einen andern Wohnplatz suchen und man kam nach langem Zwiste überein, einen Schimmel laufen zu lassen; wo der stille stehe, solle die Kirche und das Dorf gebaut werden. Der Schimmel gieng fast eine halbe Meile südlich und fieng im Osten vom Beek, der Gieselau, auf einem schönen grünen Platze bei einem Fliederbusche an zu grasen. Da erbaute man die Alversdorfer Kirche und der Fliederbusch war westlich davon auf dem Kirchhof noch vor wenigen Jahren zu sehen.

Aber auch die Tellingsteder behaupten die Nachkommen der Immensteder zu sein und sagen, daß der Platz ihrer Kirche auf dieselbe Weise gefunden sei. — Ebenfalls in Süderditmarschen erzählen die Süderhasteder, daß ihre Vorfahren ein weißes Pferd haben gehen lassen und das am andern Morgen mitten in einem großen Dorngesträuch gefunden sei. Dieses reutete man aus und baute dahin die Kirche. — Auch in Jevenstede bei Rendsburg hat man nach langem Streit das weiße Pferd gehen lassen, und es am andern Morgen in einem Sumpfe gefunden, daher auch die Kirche und ein großer Theil des Dorfes noch in einer Niederung liegt.

Mündlich.

CXXXIX.

Rinder weisen die heilige Stätte.

Auf einem hohen Marschgrund unweit Breckum hatten einst drei adliche Jungfrauen ihre Wohnung. Sie entschlossen sich eine Kirche auf einer südlichen Anhöhe, dem Steenbarg, zu erbauen; allein was an einem Tage aufgeführt ward, war am andern verschwunden. Da ließen die frommen Jungfern einen Wagen beladen, spannten zwei säugende Kühe davor und ließen diese gehen, wohin sie wollten. Sie standen zuletzt still, wo jetzt die Kirche von Breckum steht. — Auf dem Kirchthurm stehen noch drei sehr alte, aus Holz geschnitzte Bilder. Das sollen die drei Jungfern sein. Als eine von ihnen einmal wegen einer natürlichen Begebenheit verlacht und verspottet ward, zogen alle drei fort nach dem nahen Drelsdrup, als noch kaum die Kirche aus der Erde herausgebaut war. Wie sie fertig geworden ist, weiß Niemand zu sagen.

In Schwesing, im Amte Husum, koppelte man zwei junge Stiere zusammen und erbaute die Kirche wo diese ihr Nachtlager hielten. Sie hatten sich an einem sehr morastigen Orte niedergelegt und dieser muste erst ausgefüllt werden, ehe der Bau beginnen konnte.

Auch in Stintebüll erbaute man nach einhelliger Beliebung die Kirche an dem Orte, wo man am Morgen die beiden Ochsen fand, die man Abends zusammengejocht hatte gehen lassen. Auch von der Haddebyer Kirche erzählt man dasselbe; man wollte jenseit des Selker Noors bauen.

Als man die Sonderburg auf Alsen bauen wollte, stritt man sich auch lange, und nachher, als man sich für einen Ort beim Dorfe Broe entschied, ward Nachts das am Tage Gebaute immer zerstört. Man band endlich einem schwarzen Stier einen Balken an den Hals und fand ihn am andern Morgen am Sunde, wo jetzt das Schloß steht. Andre sagen, man habe zwei Stieren die Augen verbunden und noch andre, daß die Ochsen, die die Baumaterialien herbei fahren sollten, nicht zu bändigen waren und durchaus nach dem Alsinger Sund wollten,

Laß in Kamerers nord. Beiträgen I. 1. S. 19 f. — Desselben Husumsche Nachrichten St. III. S. 101. — Heimreich ed. Falk. I. 408. — Hansen im Archiv für vaterländische Geschichte IV. 280. — Mündlich. Auch in Ditmarschen wiesen zwei Kühe in einem Sumpfe die Stelle der Kirche zu Hemme. Hansen und Wolf Chron. S. 88.

CXL.

Rabenkirchen.

In katholischen Zeiten wollte man bei Kappeln in Angeln eine Kirche bauen; das Geld dazu war zusammen, nur konnte man sich über den Ort nicht einig werden. Da schickte man zwei Mönche aus den Platz zu suchen, aber da auch sie nicht wusten, wen sie wählen sollten, flehten sie inbrünstig zur Jungfrau Maria um ein Zeichen, daß sie nicht irre giengen. Sogleich flogen ein paar Raben über ihre Köpfe hin und ließen sich bald an einem Orte nieder, wo nun die Kirche aufgeführt ward. Als sie vollendet war, kamen die Raben wieder, setzten sich an der Westseite der Kirche nieder und verwandelten sich in Stein, ohne ihre Gestalt zu verändern, wie noch heute zu sehen ist. Die Kirche und die Gemeinde heißt darnach Rabenkirchen.

Durch Herrn Organisten Schmidt in Fahrentoft.

CXLI.

Schneefall bezeichnet die heilige Stätte.

Die meisten Kirchen in Angeln liegen verkehrt und meist an einer entlegenen Ecke im Kirchspiele. Ueberall fast giebt man als Grund an, daß man zuerst auch anders habe bauen wollen, aber was man am Tage aufführte, ward Nachts abgebrochen. Da hat man zu Gott gefleht ein Zeichen zu geben, wo sein Haus stehen solle; und es ist dann mitten im Sommer auf Johannistag an den Plätzen Schnee gefallen, wo jetzt die Kirchen stehen. So fiel einmal an drei Orten zugleich Schnee, und man erbaute da die Kirchen Esgrus, Steinberg und Queern oder Steerup. Bis dahin hatte man in einer Scheune zu Osterholm Gottesdienst gehalten. In Grundtoft hat man die Kirche zuerst auf dem Bügberg, oder wie andre sagen, bei Troldskjær bauen wollen. Aber dasselbe ereignete sich. — Auch von der

Hüttener Kirche, bei Eckernförde, erzählt man dasselbe, wie auch von der Schwansener.

Als man in Ries bei Apenrade die Kirche bauen wollte, fand man die Steine verschleppt bis an den Ort, wo jetzt die Kirche steht. Dasselbe hat sich beim Bau der Kirchen Herrested im nördlichen Schleswig, in Morsum auf Silt, in Borlum bei Husum, in Heiligenstedеn bei Itzehoe, in Westensee zwischen Kiel und Rendsburg, des Hofes Osterade, und der Kirche in Gettorf bei Eckernförde ereignet. In Westensee hatte man lange keine Thür in der Kirche, bis man eine eiserne Kiste fand mit einem Schatze, die noch in der Kirche zu sehen ist. Eine andre Lade hat man zu gleicher Zeit da auf dem Felde gesehen, hat aber nicht herausgebracht werden können.

Jensen Angeln. — Achter Bericht der Gesellschaft für vaterländische Alterth. S. 3 rc. Mündlich.

CXLII.

Der Märtyrer in Borgdorf.

Zu der Zeit als das Christenthum hier im Lande verkündigt ward, war mitten im Borgdorfer See in der Nähe von Nortorf ein festes Schloß, wo ein heidnischer Fürst wohnte, der von allen Christen in der Umgegend sehr gefürchtet ward. Er ließ jeden umbringen, dessen er habhaft ward. Einer der Prediger beschloß zu ihm zu gehn und machte ihm dringende Vorstellungen wegen seiner Uebelthaten. Da versammelte der Fürst alle übrigen heidnischen Fürsten und der Prediger hielt ihm nochmals eine Strafrede; augenblicklich aber ergriffen sie ihn, ließen ihn auf einen Spieß stecken und auf dem Langenberg (Langbarg), einem Hügel, der aus dem See herausgetragen ist, elendiglich verbrennen. Sogleich versank das Schloß des Gottlosen nach dieser That in den See und nun erkannten alle zu spät die Göttlichkeit des Christenglauben. Sie bekehrten sich und beschlossen eine Kirche auf jenem Hügel zu bauen und errichteten da ein Kreuz. Aber die Nortorfer stahlen es in der Nacht fort und brachten es in ihr Dorf, das damals nur aus wenigen elenden Hütten bestand. Der Fürst ließ das Kreuz am andern Morgen wieder aufsuchen und an seinen frühern Platz stellen; doch in der Nacht bestachen die Nortorfer die Wächter und brachten es wieder fort. Nun glaubte der Fürst darin den göttlichen Willen zu erkennen und erbaute die Kirche in Nortorf, die eigentlich in Borgdorf hätte stehen sollen.

Mündlich und durch Herrn Schullehrer Rohweder in Thienbüttel.

CXLIII.

St. Annen Bild in Herzhorn.

Die Gemeinde von Herzhorn war einst Willens die Kirche an dem Ort zu bauen, wo itzt Theis Moor sein Haus stehet. Man hatte auch das Bildnis St. Annen und die Materialien zum Bau schon an die Stätte geführet. Wie die Bauleute nun an einem Morgen dahin kommen, fanden sie das Bildnis daselbsten nicht, sondern es war des Nachts dahin gewandert, wo itzt die Kirche steht. Hoben darauf das Bild von der Stelle auf; aber, ob es gleich nur klein war, war es doch von solcher Last, daß ein Wagen mit zwei Pferden es kaum von der Stelle bringen konnte. Des andern Morgens wurden die Bauleute wieder gewahr, daß St. Anna abermals von der Stätte gewandert sei; und wie sie sich nach dem vorigen Ort begaben, und das Bild wieder an den bestimmten Ort bringen wollten, machte es sich dermaßen schwer, daß nicht acht Pferde es bewegen konnten. Da merkten die Einwohner, daß St. Anna alldort wollte ihr Haus gebauet haben; haben auch darauf ihren Willen vollbracht und die Kirche gebauet, wo sie anitzo stehet.

Aus Hieronymus Sauckes Stormaria oder Harbeshornische Chronik (im Kirchenarchiv zu Herzhorn) S. 109. — Auch in Neuendorf, vormals Langenbrook, bei Glückstadt erzählt man, daß man sich nicht einig über den Bauplatz der Kirche werden konnte. Man wollte die Mutter Gottes selber den Streit entscheiden lassen und stellte ihr Bild auf den Platz, den eine Partei gewählt hatte, und bat die Jungfrau inständig um Entscheidung. Am andern Morgen fand man das Bild ganz am östlichen Ende des Kirchspiels, wo jetzt die Kirche steht, so daß die westlichsten Bewohner dahin einen Weg von zwei Stunden haben.

CXLIV.

Das eherne Kreuz zu Windbergen.

Einmal pflügte ein Mann das Feld um, wo jetzt die Windberger Kirche steht. Auf einmal standen seine Ochsen (mit denen man auch in Ditmarschen damals pflügte) und konnten den Pflug nicht aus der Stelle bringen. Da legte er noch zwei, und dann wieder zwei und endlich gar noch vier davor und doch konnten alle zwölf den Pflug nicht weiter ziehen. Da spannte er ab, grub in die Erde und fand ein kleines ehernes Crucifix, nur eine Spanne lang, das den Pflug aufgehalten hatte. Als ein besonderes Heiligthum hub der Bauer es auf und legte es zu Hause in eine Lade; aber jedesmal wenn er des Morgens auf den Acker kam, lag wieder das Crucifix auf der Stelle. Da er dennoch niemand es offenbaren wollte, ward er darüber wahnsinnig; sobald er es aber zeigte, kam er wieder zu seinem Verstande. Da baute man eine Kapelle, wo das Kreuz gefunden war und lange Zeit geschahen große Wallfahrten und Opfer dahin.

Hans Detleff bei Neocor. I. 259.

CXLV.

Arkelspang.

In Sörup ist leicht die schönste Kirche in Angeln. Die Mauern sind bis an das Dach aus lauter gebahnten Steinen aufgeführt, das Dach ist von Blei und der prächtige Thurm von 200 Fuß ist jedenfalls in Angeln der höchste. Aber es ist leicht zu bemerken, daß ihre Norderseite an Genauigkeit und Sauberkeit des Baus die Süderseite übertrifft. Diese führte der Baumeister Namens Arkel, selbst auf, jene aber sein Geselle, der Spang hieß. Kurz vor Vollendung des Ganzen bemerkten Sachkundige laut die Verschiedenheit der Arbeit, darüber der Meister einen tödlichen Haß auf den Gesellen warf. Eines Abends begaben sie sich nach vollendeter Tagesarbeit nach Sörupmühle, wo sie ihr Quartier hatten, eine Viertelstunde von der Kirche. Aber schon fünf bis sechshundert Schritt von dieser, fiel der Meister, der das Lob des Gesellen an dem Tage wieder hatte hören müssen, über ihn her und erschlug ihn. Eine kleine steinerne Brücke befindet sich heutzutage an der Stelle, wo der Mord geschah, und heißt Arkelspang.

Durch Herrn Organisten Schmidt in Fahrentoft. — Ähnliche Sagen fast in jeder Stadt Deutschlands.

CXLVI.

Die Doppelthürme in Broacker.

Die Kirche in Broacker hat einen schönen Doppelthurm, der den Schiffern zehn Meilen weit in der See als Merkzeichen dient. Er ist von zwei Schwestern, die zusammengewachsen waren und auf dem Schlosse wohnten, erbaut worden; weil aber die eine sieben Jahre vor der andern starb, ist der eine Thurm etwas niedriger geblieben als der andre.

N. Staatsbürgerl. Magazin 2. 95.

CXLVII.

Die Glocke in Keitum.

Zwei alte Jungfern oder Nonnen, Namens Ing und Dung, die ein Haus oder Kloster eben nördlich von der Kirche in Keitum besaßen, haben dieser auf ihre Kosten den Thurm bauen lassen. Zu ihrem Andenken hat man zwei aufrecht stehende, pyramidenförmige Feldsteine, die die Erbauerinnen vorstellen sollen, daran angebracht und man hört ganz deutlich in den Tönen der Thurmglocke die Namen Ing und Dung.

Die Glocke hatte einen so schönen hellen Ton, daß man sie bei klarem Wetter am gegenüberliegenden Ufer des festen Landes hören konnte und der Neid der Einwohner des Flecken Hoyer rege ward. Einmal machten darum diese einen Versuch sie zu stehlen; deswegen banden die Keitumer Kirchenvorsteher einen Zwirnsfaden oder, wie andre sagen, ein Pferdehaar um den Klöpfel, so daß die Hoyringer glaubten, die Glocke sei gesprungen, und sich nicht länger darum Mühe gaben. — Es ist eine alte Prophezeiung, daß die Glocke einmal niederstürzen und den schönsten Jüngling von Silt erschlagen werde; aber auch daß der Thurm ebenfalls niederstürzen und die schönste Jungfrau zerschmettern werde. Wirklich ist im Jahre 1739 nun die Glocke herunter gestürzt und ein schöner Jüngling erschlagen; darum wagt es seit der Zeit eigentlich kein Mädchen auf Silt dem Kirchthurm nahe zu kommen.

Durch Herrn Schullehrer Hansen in Keitum auf Silt.

CXLVIII.

Die Brunsbüttler Glocken in Balje.

In frühern Zeiten hatte Ditmarschen viel von Ueberschwemmungen zu leiden. Einsmals, als das wilde Wasser Brunsbüttel und die Umgegend überfluthet hatte, benutzten die Kedinger von jenseit der Elbe den Augenblick und stahlen den Brunsbüttlern die Glocken aus dem Thurm, die weit und breit wegen ihres schönen Klanges berühmt waren. Da soll ein Brunsbüttler ihnen diese Verwünschung nachgerufen haben:

Van nu an schöllen gy sülves verklaren,
Wer tom hilligen Deenst ju heft erkaren:
Bet de Kedinger eer Lant ünner Water seen
Unn int Kedinger Lant de Ditmarschen teen,
Schöllen gy jammern unn zagen,
Schöllen gy stänen unn klagen
    Na Brunsbüttel!
    Na Brunsbüttel!

Die Kedinger hengten die Glocken im Baljer Kirchthurm auf und wenn sie geläutet wurden und der Ton über das breite Wasser herüberkam, hörte man ganz vernehmlich, wie sie riefen: „Na Brunsbüttel! Na Brunsbüttel!“ Viele Jahre hat man den Ruf gehört und immer wars ein Zeichen von Sturm und Unwetter; und die Brunsbüttler warnten dann einander oft mit den Worten: „Waer dy, dat Haff kummt; de Baljer Klocken roept!“ Nun kam die Fluth von 1825 (vom dritten auf den vierten Februar) und die Deiche der Kedinger brachen durch, das ganze Land stand unter Wasser, keine Hülfe konnte den Leuten vom innern Lande aus kommen; ein Frost trat ein und Noth und Elend stiegen aufs Höchste; denn Brot und Kleider fehlten. Da rüsteten die Brunsbüttler ihre Schiffe aus und fuhren hinüber ins Kedinger Land; aber nicht um die Glocken zu holen; sie brachten nur was den Kedingern Noth war. Seit der

Zeit will man den Glockenruf nicht mehr gehört haben, und die Prophezeiung soll erfüllt sein.

Ditmarscher Zeitung 1844. Anf. Juli.

CXLIX.

Glocken im Wasser.

1.

In einem Kriege war den Schaalbyern oder Kahlebyern die Glocke aus dem Thurm fortgekommen. Da erhielten sie von dem Könige die Erlaubnis, sich irgendwo eine zu stehlen, wo es deren zwei gäbe. Sie kamen nach Haddebye und nahmen da die eine weg. Als aber das Boot in die Borgwedeler Breite kam, versank es sammt dem Raube. Alle Neujahrsmorgen um sechs Uhr hört mans nun in der Tiefe läuten.

Durch Candidat Arndt.

2.

Die Geltinger in Angeln hatten sich in Lübek zu ihrer großen noch zwei kleinere Glocken gießen lassen. Man brachte sie zu Wasser nach Schleimünde; aber beim Ausschiffen versank die eine dort im Sande. So oft nun die andre geläutet wird, ruft sie immer: „Min Mag ligger i ä Minn.“ (Mein Gefährte liegt in der Schleimünde.)

Durch Herrn Pastor Dr. Jensen in Gelting.

3.

In der Kirche zu Gramm in Nordschleswig gab es eine Glocke, die wurde von einem Diebe gestohlen. Als er aber damit über die Au bei Endrupskov fuhr, zerbrach der Wagen und die Glocke versank so tief, daß sie nicht wieder zu finden war. Doch hört man sie mitunter noch läuten.

Danske Atlas VII. 177.

4.

Eine Kapelle bei Neukirchen in der Wiedingharde — da wo es noch jetzt heißt up de Kapell — ward von Seeräubern geplündert und die Glocke ward mitgenommen. Ihr Fahrzeug lag bei Hornburg an einem Arm der Widau, dem Siel; dorthin musten sie ihren Raub bringen. Es war aber die Nacht auf Ostern und wie sie gegen Hornburg kamen, graute der Morgen des ersten Ostertages. Da der Kapellan in Neukirchen das Fest nicht mehr einläuten konnte, so betete er es ein und betete so inbrünstig, daß die Glocke den Händen der Räuber entfiel, wie sie eben sie ins Schiff bringen wollten, und sie in das Siel versank. Aber noch klingt jeden Ostermorgen ihr Geläute aus der Tiefe herauf und Kinder gehen dann dahin und horchen und hören es wirklich.

5.

Im Flemhuder See liegt eine Glocke, die vor vielen Jahren von Feindes Hand aus der Kirche geraubt ist. Es war im Winter und der See fest zugefroren. Da wollten sie die Glocke übers Eis ziehen; aber es brach in der Mitte des Sees und die Glocke versank mit den Räubern. Der Fischer hakt oft noch fest mit seinem Netz in dem Knebel und an einem bestimmten Tage im Jahre läutets im See um Mitternacht. Das haben manche gehört, die noch am Leben sind.

Volksbuch 1844. S. 95 f.

CL.

Die Glocke in Krempe.

Ehe noch die schöne Kremper Kirche im Russenkriege von den Schweden in die Luft gesprengt ward, hieng in ihrem noch heute berühmten Thurme eine Glocke, die sich vor allen andern durch ihren Klang auszeichnet.

Als sie nemlich gegossen ward und die Speise schon zum Gusse fertig war, gieng der Meister noch einmal davon und befahl dem Lehrjungen unterdeß des Ofens wahrzunehmen. Der benutzte nun die Zeit und goß einen ganzen Tiegel voll geschmolzenes Silber hinein, ums recht gut zu machen oder weil er wohl meinte, es solle doch noch dazu. Als der Meister nun zurückkam und den leeren Tiegel sah, ergrimmte er so, daß er einen Stock ergriff und damit auf den Jungen losschlug, daß er tot niederfiel. Da man nun die Glocke auf ihren Stuhl brachte, gestanden alle, daß sie nimmer einen hellern Klang gehört hätten; aber so lange man sie geläutet hat, war es, als sage sie immer mit traurigem Tone: Schad' um den Jungen! Schad' um den Jungen!

Die Glocke erregte bald den Neid der Hamburger; aber vergebens boten sie den Krempern große Summen. Endlich aber ward man Handels einig; die Hamburger wollten für die Glocke eine goldene Kette geben, so groß, daß sie um ganz Krempe herum reichte. Als man nun die Glocke auf einen Wagen brachte und man damit auf den hohen Weg ganz nahe bei Krempe kam, sank der Wagen ein und so viel Pferde man auch davor spannte, er war nicht von der Stelle zu bringen. Als man aber umkehrte, gieng er ganz leicht mit zwei Pferden wieder nach Krempe zurück und die Glocke muste da bleiben und hat bis zu jenem unglücklichen Tage im Thurm gehangen. Die Glocke heißt Maria. Man hat vergeblich nach der Sprengung der Kirche nach einem Bruchstück gesucht; einige meinen, die Schweden hätten sie vorher gestohlen, aber andre sagen, sie sei tief hinunter in die Erde gesunken.

Dr. H. Schröder im Archiv für Gesch. der Herzogth. Bd. IV. S. 66. und schriftlich. — Auch von den Glocken in Zarpen bei Oldesloe wird erzählt, daß die Lübeker sie einmal gekauft hätten, aber keine auch noch so große Zahl von Pferden sie hätte fortschaffen können.

CLI.

Mödebrook.

Als man die Gebeine des heiligen Vicelin von Neumünster nach Bordesholm brachte, ist der Wagen eingesunken und hat nicht von der Stelle gebracht werden können, bis eine unbekannte Stimme die Mönche erinnerte und sie ein Gelübde thaten vor dem Kloster ein Armenhaus zu bauen. Darauf gieng der Wagen weiter und der Ort hieß von Stund an da Mühebrook oder Mödebrook.

Noodt Bordesh. Merkwürdigkeiten (1737. 4.) S. 2.

CLII.

Stawedder bei Segeberg.

Feinde beraubten einst die Segeberger Kirche und luden das schwere schöngeschnitzte Altarblatt auf einen Wagen, um damit davonzuziehen. Aber das Altarblatt ward immer schwerer und schwerer und man muste ein Pferd nach dem andern vorspannen, um es nur von der Stelle zu bringen. Aber als der Wagen eben aus Segeberg hinaus war, wurde es rein unmöglich und kein Vorspannen half mehr. Da musten sie das Heiligthum lassen, wo es bisher gewesen war. An dem Orte aber, wo man umkehren muste, steht heutzutage das Haus Stawedder.

Durch Mommsen.

CLIII.

Der Bischof Blücher.

Der Ratzeburger Kirche stand im dreizehnten Jahrhundert als Bischof einer aus dem Geschlechte von Blücher vor. Der war ein frommer Mann und überaus mildthätig und freigebig. Einmal bei einer großen Hungersnoth und Theurung hatte er nach und nach seinen ganzen Speicher, der voll von Mehl und Korn gewesen war, ausgeleert und den Armen gegeben, so daß ihm selber und seinem Gesinde nichts nachblieb. Als nun wieder Arme kamen und flehentlich um Speise baten, ließ er seinen Schaffner kommen und hieß ihn den Armen geben, was noch etwa da wäre. Aber der Schaffner wuste, daß der ganze Speicher rein ausgekehrt sei, antwortete also, es sei nichts mehr da, was den Armen könne gegeben werden. „So geh doch, geh," sagte der Bischof, „und sieh nach ob nicht noch ein Bischen da ist, damit diese nicht leer davongehn. Geh nur in Gottes Namen und gib es ihnen." Er glaubte wohl, daß der Schaffner allzusehr für die Zukunft sorgte und vielleicht etwas aufgehoben hätte, da doch in Wahrheit nichts mehr da war. Als der Schaffner aber den Speicher öffnete, fand er ihn dennoch wieder ganz voll von Korn und Mehl und gab nun den Armen reichlich; und der fromme Bischof vergoß Thränen als ihm das Wunder kund ward, und dankte Gott inbrünstig für seine Gnade.

Alb. Kranz Metropol. VIII. 29.

CLIV.

Abel und die Friesen.

(1252.)

De Konink Abel habbe de Fresen in groten Brüchten (Furcht) gebrocht. Wente (denn) he lach mit sinem ganzen Here up de Vorgeest unde wolde in düsse Lande getagen hebben unde wolde düsse Lande sere vornichtigen. Do nemen düsse Lande St. Christianus Bilde to sik in dat Her unde togen mit groter Manheit deme Koninge entgegen buten deme Dike up dat Is, dar se dat Lant beschermen muchten. So laveden se St. Christiano, weret Sake dat se de Segevechtinge (wäre es der Fall, daß sie den Sieg) muchten beholden, so wolden se St. Christianum beslaen laten mit deme allerbesten Golde. It is gescheen, alse de Konink Abel jegen de Fresen scholde teen up dat Is, dar gaf uns Gott de Gnade, dat dar vil so grot Regenwater van deme Himmel, dat se dat Bilde nowe (kaum) up dem Wagen muchten droge bewaren, unde konden nowe-liken van deme Ise droge kamen. Unde de Fresen togen mit groten Eren to Hus unde leten St. Christianus Bilde mit deme allerbesten Golde beslaen; und Konink Abel tog torügge unde quam in Natiden webber unde wart van den Fresen dot geslagen.

Chronic. Eidorastad. im Staatsbürgerl. Magazin 9. 699.

CLV.

Marienbild in Itzehoe.

Das Kloster in Itzehoe besaß vor Zeiten ein kleines wunderthätiges Marienbild. Wenn Graf Geert der Große in den Krieg zog, pflegte er es am Halse zu tragen und vor einer Schlacht anzurufen. Als er gegen den König Christoffer die Schlacht am Hesterberge bei Schleswig lieferte, kniete er nieder und sang dreimal den Vers aus dem Kirchenliede: Nos hac die tibi congregatos serva, virgo, in lucem mundi, d. i. Uns die wir an diesem Tage hier vor dir versammelt sind, bewahr, o Jungfrau, an das Licht der Welt. Darauf ward im Getümmel dem Bilde eine Hand abgehauen und alle auch noch so geschickten Schnitzer vermochten diese nicht wieder auzusetzen. Denn was sie an einem Tage ausbesserten, war am andern wieder abgebrochen. Es war das Bild vom Himmel gefallen und das himmlische Holz litt das irdische nicht.

Es ward im Kloster zu Itzehoe auch noch der Flügel der Taube gezeigt, die damals sich in den Wolken zeigte, als die Stadt von der schwarzen Greet belagert ward und die Jungfrau Maria sie beschützte. Ein Soldat hatte den Flügel herunter geschossen.

Presbyter Brem. bei Westphal III. 59 f. Heinrich Ranzau ebendas. I. 12 f. Geuß Beitr. z. Kirchengesch. S. 82. vgl. oben N. 16. 21.

CLVI.

Der Donner holt ein Klosterfräulein.

Mehrere Wochen hindurch zog sich täglich ein Gewitter über Preetz zusammen und stand immer gerade über dem Kloster. Da erklärte eine Nonne, daß das Gewitter sie holen wolle; im Traume wär es ihr angezeigt, und sie bat, man möchte sie hinaus gehen lassen. Das Gewitter wiederholte sich noch immer. Darum gieng sie eines Tages mit zwei Schwestern hinaus auf den Degenkamp und plötzlich kam ein starker Donnerschlag und der Blitz nahm das Fräulein aus der Mitte ihrer Begleiterinnen. Nur eine Locke und ein Pantoffel entfiel ihr; die sind lange im Kloster aufbewahrt. Das Gewitter aber war vorüber. — In der Preetzer Klosterkirche hengt noch ein kleines Gemälde, das diese Begebenheit darstellt.

Durch Herrn Stud. Volbehr. — Provinzialberichte 1813, 381 wird berichtet, daß die Priorin Barbara Sehested (1656—58) gen Himmel gefahren sei, ihre Schuhe aber zurückgelassen habe.

CLVII.

Hans Brüggemann.

Den Meister Hans Brüggemann in Husum beriefen die Mönche im Kloster Bordesholm zu sich und bestellten bei ihm ein großes Altarblatt für ihre klösterliche Kirche. Der Meister gieng ans Werk, schnitt eine Figur nach der andern kunstvoll aus Holz, sott jede in Oel, daß der Wurm ihnen nicht schade und arbeitete mit seinen Gesellen sieben ganzer Jahre. Als die Altartafel fertig war, kam König Christian der Zweite mit seiner Gemahlin Elisabeth und betrachteten das Werk. Der König verwunderte sich über die Kunst, seine Gemahlin aber zeigte ihm die Bilder mit den Fingern. Als der Meister dieses sah, benutzte er die Gelegenheit und entwarf alsobald die beiden Bilder der hohen Herrschaften nach dem Leben und stellte sie in Holz geschnitzt auf zwei Pfeilern zu beiden Seiten des Altars. Als den Herren in Lübek der Ruhm des Werkes zu Ohren kam, lagen sie dem Meister an, daß er ihnen auch solchen Altar lieferte für ihre Stadt. Er sagte ihnen das nun nicht allein zu, sondern versprach sogar, ihnen einen noch weit schöneren liefern zu wollen. Darüber wurden die Bordesholmer Mönche neidisch, und um es zu verhindern, daß kein anderer Ort den Ruhm mit ihnen theile, brachten sie es durch schändliche Mittel dahin, daß dem Meister beide Augensterne wegthränten. Da konnte er nicht mehr arbeiten und also geblendet lebte er noch eine kümmerliche Zeit in einem kleinen Hause des Dorfes Eiderstede bei Bordesholm, das man lange gezeigt hat, wo er auch sein Werk vollendet hatte und endlich in dem Herrn verschied.

Nach einer Nachricht vom Jahre 1669 bei Laß Husumsche Nachrichten III. 337. vgl. Roodts Beitr. II. 48. — Im Jahre 1666 kam der Altar in den Dom von Schleswig.

CLVIII.

Der Löwe mit dem Kinde im Rachen.

An der Südseite des Hauptgebäudes der jetzigen Schleswiger Domschule ist ein Stein eingemauert, worauf das Bild eines Löwen steht, der ein nacktes Kind im Rachen hält. Früher stand hier ein altes Kloster und man erzählt, daß bei der Einführung der christlichen Religion die Geistlichen oft von der Jugend verspottet wurden, wenn sie ihren Gottesdienst mit aller Feierlichkeit hielten. Sie bedrohten dann die Kinder damit, daß reißende Thiere kommen, wie im zweiten Buch der Könige Cap. 2, V. 24, und sie verschlingen würden, wenn sie nicht von der Verspottung der Heiligen abließen. Zur bessern Warnung ließen sie den Stein da einsetzen.

Capit. v. Schröder im Staatsbürgerl. Magazin 9. 450.

CLIX.

Pancratius halet sine Tüffelen wedder.

In Stintebüll war einst eine der Hauptkirchen am Strande zu Ehren St. Pancratii, wohin viele Wallfahrten geschahen. Einmal wurden dem Heiligen ein Paar vergoldete Pantoffeln gestohlen. Da erhub sich ein Ungewitter und der Dieb, der aus dem Lande fahren wollte, ertrank. Die Pantoffeln aber sind bei ihm gefunden, da er von den Wellen wieder an den Strand getrieben ward; daher ist das Sprichwort entstanden: P a n c r a t i u s h a l e t s i n e T ü f f e l e n w e d d e r.

Heimreich ed. Falck I. S. 178.

CLX.

Die Kirchenräuber.

Eben vor der Schlacht auf der Lohheide nahm der König Christoffer die Stadt Schleswig ein und überließ sie seinen Soldaten zur

Plünderung. Die haben aufs grausamste gewirthschaftet, die Bürger ermordet und Frauen und Kinder geschändet und verstümmelt. Ja nicht einmal die Kirchen blieben sicher vor ihren zuchtlosen Händen. Aber Gott strafte die Frevler wunderbar.

Einige rühmten sich nachher des Raubes, den sie in der Stadt gemacht hatten und warfen dabei einem dritten vor, daß er seine Beute allein behalten und nicht mit seinen Kameraden getheilt hätte. Er verwünschte und verfluchte sich, zog sein Schwert aus der Scheide und sprach: „Wenn ich einen von euch betrogen habe, so mag das Schwert in meinen Leib fahren." Und kaum hatte er das Wort gesprochen, als er wie von einem bösen Geist getrieben sich selber durchbohrte. Da erschraken die andern, so daß sie alles Geraubte zurückbrachten und zum Beweise aufrichtiger Reue und Sinnesänderung Wallfahrten nach heiligen Örtern unternahmen. Ein anderer Räuber fiel nachher in eine schwere Krankheit und muste große Qualen ausstehn. Da ermahnte er seine Gefährten und sie folgten seinem Rathe und stellten der Kirche alles zurück.

Ein dritter, der in einer Kirche seinen Muthwillen getrieben hatte, fiel plötzlich in Wahnsinn und Tobsucht, so daß er in lautes Geheul ausbrach und zur Kirche hinaus geführt, draußen auf der Straße im Beisein vieler Menschen sich selbst mit seinen Händen zerfleischte und unter furchtbaren Zuckungen endlich den Geist aufgab. Denn der Bösewicht hatte ein lautes Gelächter aufgeschlagen, als er die Bildsäule eines Heiligen schwitzen sah, und hatte gesagt, alte Weiber hätten sie mit Wasser begossen. Noch ein andrer hatte auch darüber gespottet, als er das Bild der Maria reichliche Thränen vergießen sah; aber augenblicklich erblindete er und muste von andern aus der Kirche geführt werden. — Ein Soldat, der die Kirche des heiligen Nikolaus angesteckt hatte, litt nachher mitten im Winter von solcher Hitze und innerlicher Gluth, daß er sich nicht zu retten wuste und voll Verzweiflung ins Wasser stürzte. Auf ähnliche Weise haben alle die Uebelthäter damals ihre Strafe gefunden und keiner von ihnen ist freigekommen.

Cypraei Annal. episcop. Slesvic. S. 270 ff.

CLXI.

Der Steinhügel bei Hedehusum.

Drei junge Föhringer kamen als Studenten aus Wittenberg nach Hause und begannen Luthers Lehre unter ihren Landsleuten zu verbreiten. Sie geriethen mit den katholischen Predigern der Insel darüber in Streit und disputierten namentlich einmal auf einer Kindtaufe in Üttersum mit ihnen. Da ward der Diaconus zu St. Laurentii für die neue Lehre gewonnen; aber die übrigen blieben dem papistischen Glauben getreu. Ein Mönch oder Prediger an der

St. Johanniskirche in Nieblum war so voll Eifer gegen die Reformation, daß er eigens nach Amrum ritt, um die dortigen Einwohner und Mönche zu vermahnen, daß sie beständig bei der alten Lehre sollten verbleiben. Und er ließ sich vernehmen, daß wenn die päpstliche Religion nicht die rechte Religion wäre, er nicht begehre lebendig wieder heimzukommen. Als er nun wieder auf Föhr gekommen und von Witzum nach Hedehusum reiten wollte, stürzte er vom Pferde und brach den Hals. Als ein altes Weib ihn da mit dem Tode ringend fand, soll er, nun die Wahrheit der lutherischen Lehre einsehend, die Worte gesprochen haben: „Zwischen Rand und Sand ich noch Gnade fand!“ und damit verschieden sein. — Zu seinem Gedächtnis ward ein Steinhaufe an dem Orte errichtet und lange gezeigt und wer des Weges kam, pflegte sich mit einem Stein zu versehen und auf den Haufen hinzuwerfen. Diejenigen, welche Steine gebrauchten, konnten sich dann davon von Zeit zu Zeit ein Fuder holen. Jetzt ist dieser Haufe von lauter kleinen Steinen ganz verschwunden, seit das Land vertheilt und urbar gemacht; aber jedermann kennt noch seine Stelle, und weiß die Geschichte zu erzählen.

Heimreich ed. Falck I. 403. Staatsbürgerl. Magazin II. 861. — Schriftlich durch Herrn Schull. Hansen auf Silt und Herrn Arfsten auf Föhr. Falck bemerkt a. a. O., daß man in Schottland eben solche Hügel fände.

CLXII.

Der Mönch auf Helgoland.

Im Jahre 1530 schickte unser König einen Mann nach Helgoland, der früher Mönch gewesen war, um dort die neue Lehre Luthers zu verkündigen. Aber die Helgolander hielten an ihrem alten Glauben fest, verspotteten den frommen Mann und wollten ihn zwingen wieder katholisch zu werden. Als er sich aber dessen hartnäckig weigerte, stürzte man ihn endlich vom Felsen hinunter, an der Stelle wo vor einigen Jahren noch eine Klippe aus dem Wasser hervorragte, die ganz deutlich wie ein Mönch aussah und auch so genannt ward.

Doch gleich in der ersten Nacht nach seinem traurigen Ende zeigte sich der Geist des Bekehrers auf dieser Klippe und predigte von neuem mit einer Donnerstimme die neue Lehre, daß viele sich gleich vom Papstthum abwandten, und bald auch die übrigen, da der Geist nicht eher zur Ruhe kam, als bis alle bekehrt waren. Man hat auch später noch oft seine drohende Stimme gehört, besonders wenn ein böser Mensch auf der Insel eine böse That auszuführen im Begriffe stand.

Mündlich.

CLXIII.

Das Schwert im Schleswiger Dom.

Vor Jahren war Schleswig einmal in Feindes Hand und die Soldaten trieben in der Domkirche ihr Unwesen. Es sollen Kosacken gewesen sein. Sie lagerten sich ringsum in den Gängen, tranken, spielten und fluchten. Vor allen einer, dem die Karten entgegen waren, that es den Andern zuvor und rief endlich aus, er wolle Gott die Augen ausstechen und dazu warf er sein Schwert in die Luft. Das Schwert aber kam nicht wieder herunter, sondern flog durch sich selbst ans Gewölbe hinauf, wo es zum Schrecken der Spieler stecken blieb.

Gleich nach dem Abzug der Feinde wurde es wieder herausgehauen, aber sein Schatten blieb am Gewölbe haften. Oft hat man versucht, ihn zu vertilgen; Stein und Mörtel hat man herausgeschlagen, und die Öffnung von neuem ausgefüllt; doch immer vergebens. Denn am folgenden Tage war der Schatten wieder da, noch heute zeigt der Küster ihn am Gewölbe über dem Hauptaltar.

Mündlich. — Herr Marquardsen erzählt, daß ein dänischer Soldat zum Beweise seiner Stärke das Schwert an das Gewölbe geschleudert habe; davon sei eine unvertilgbare Spur nachgeblieben.

CLXIV.

Die Kirche unserer lieben Frauen in Schleswig.

Die Kirche unserer lieben Frauen war vor Zeiten in Schleswig, ja im ganzen Lande die schönste und prächtigste. Als sie aber verfiel und nicht mehr benutzt ward, kaufte sie der Gottorfer Kanzler Adam Tratziger für 200 Mark im Jahr 1571, ließ sie abbrechen und erbaute daraus ein ansehnliches Gebäude den Marschallshof. Allein zur gerechten Strafe des Himmels für solche Entheiligung giengen ihm bald die Pferde durch und als er aus dem Wagen springen wollte, brach er das Genick. Aber auch die betrieglich erworbenen Steine konnten keine Ruhe finden, sondern schon nach hundert Jahren brach man den Marschallshof ab und erbaute daraus eine Meile davon den Meierhof Winningen.

Schröder Gesch. der Stadt Schlesw. S. 46.

CLXV.

Die abgehauene Zehe.

In der Schleswiger Domkirche befindet sich ein altes von Holz geschnitztes Bild aus der katholischen Zeit: Christus unter dem Kreuze sitzend. Ein betrunkener Holzbauer gieng einmal zur Zeit des Herzogs Christian Albrecht mit seinem Beil durch die Kirche und hieb in rohem Uebermuth dem Bilde die große Zehe des linken Fußes ab. Abends aber beim Auskleiden fand er seinen Strumpf voll Blut und seine eigne Zehe vom Fuße getrennt.

Schröder Gesch. der Stadt Schlesw. S. 135.

CLXVI.

Der entweihte Taufstein.

Bei Gramm im Törninglehn lag in vorigen Zeiten, östlich von Endrupskov, die St. Theokari Kirche. Sie ward niedergebrochen und es geschah, daß der Taufstein auf den Hof Nübel kam und da als Hundetrog gebraucht ward. Aber weil alle Hunde, die daraus fraßen, toll wurden, erkannte man die Strafe für die Verunehrung des Steins. Daher ist er auf den Kirchhof von Gramm zurückgebracht.

Danske Atlas VII. 177.

CLXVII.

Das gestorbene Hündchen.

Vor Zeiten lebte in einem Dorfe der Gemeinde Eckwadt eine Jungfer, die hatte einen kleinen Schooßhund, den sie über die Maßen liebte. Das Thier aber ward krank und starb troß aller angewandten Mittel. Die Jungfrau hierüber trostlos wollte ihrem Liebling alle mögliche Ehre anthun, sie hatte die Frechheit ihn auf dem Kirchhofe einzuscharren. Darauf stieg sie in den damals immer offenen Thurm und läutete über den Toten. Deswegen hatte sie nach ihrem Tode keine Ruhe und saß immer auf der Treppe, die zur Glocke führt. Man sah sie da in weißen Kleidern sitzen, besonders wenn welche hinkamen, um für ihre Toten zu läuten. Kühnere Männer, die sie erst beim Hinuntersteigen bemerkten, sind oft über sie weggeschritten, wenn sie keinen Platz machen wollte. Jetzt erscheint sie nicht mehr. Wo aber das Hündchen begraben lag, wuchs kein Gras und nur ein ganz kleiner Dornstrauch schoß am Ende da an der Westseite der Kirche auf. Er ist nun aber bei Planierung des Kirchhofs weggenommen.

Durch Herrn Petersen in Hellewadt.

CLXVIII.

Das verschüttete Dorf.

Eine Heilige gieng am Strand, sah nur zum Himmel und betete. Da kamen die Bewohner des Dorfs Sonntags Nachmittag, ein jeder in seidenen Kleidern, seinen Schatz im Arm, und spotteten ihrer Frömmigkeit. Sie achtete nicht darauf und bat Gott, daß er ihnen die Sünde nicht zurechnen wolle. Am andern Morgen aber kamen zwei Ochsen und wühlten mit ihren Hörnern in einem nahgelegenen großen Sandberg bis es Abend war; und in der Nacht kam ein mächtiger Sturmwind und wehte den ganzen aufgelockerten Sandberg über das Dorf hin, so daß es ganz zugedeckt wurde und alles darin, was Athem hatte, verdarb. Wenn die Leute aus benachbarten Dörfern herbeikamen und das Verschüttete aufgraben wollten, so war immer, was sie Tags über gearbeitet, Nachts wieder zugeweht. Das dauert bis auf den heutigen Tag.

»Mündlich aus Holstein« in der Brüder Grimm deutschen Sagen I. S. 155. No. 96. Keine andre Relation dieses merkwürdigen Stücks, das wohl dem östlichen Holstein gehört, ist uns bekannt geworden. Doch meinen wir ähnliches früher von den Anwohnern der Dünen in Eiderstede und von untergegangenen Orten in Pellworm und Nordstrand gehört zu haben. Thiele II. 257 hat eine vollständige dänische Version. Von einem Nordstrand ist die Rede, die Heilige ist eine Wasserfrau, und hat eine Heerde Rinder ꝛc.

CLXIX.

Helgoland.

Die eilftausend Jungfrauen landeten einst auf Helgoland, das damals ein schönes grünes Land war. Die Leute aber waren so gottlos und trieben Schande mit den heiligen Jungfrauen. Darauf ist das Land versunken und abgerissen und alles zu Stein verwünscht. Johann Adolfi, genannt Neocorus, weiland Prediger in Büsum, der dieses erzählt, hatte noch ein Endchen Wachslicht in Verwahrung, das ganz zu Stein geworden war.

Andere aber melden:

Verfolgt sprangen einmal heilige Jungfrauen in der Gegend, wo jetzt Helgoland ist, aus dem Schiffe und tanzten so lange auf dem Wasser, bis der Fels heraus getanzt war. Die Jungfrauen haben dann ihre Fußstapfen dergestalt in die Erde gedrückt, daß solche niemals in vielen Jahren mit Gras überwuchsen. Die Fußstapfen waren zu sehen, so lange bis das Stück Land vom Wasser ist weggespült. Man nannte diesen Platz auch den Jungfernstuhl.

Hier bei Helgoland ist auch einmal mit einem Ostenwinde ein Crucifix angetrieben und eine kleine Glocke ohne Knebel hat auf seiner Brust gestanden. Man hob diese in der Kirche auf und wenn einmal lange Zeit schlechter Wind gewesen ist und man guten Ostenwind wünschte, giengen die Helgolander paarweise zur Kirche, beteten vor dem Altar und tranken einander aus der Glocke zu auf eine glückliche Zeit. Am dritten Tage wenigstens stellte sich dann der Ostwind ein.

Neocor. II. 85. — Benjamin Knobloch (1643) bei Laß Nachrichten Helgol. S. 13. 41. vgl. Westph. IV. 220. vgl. N. 181. 186.

CLXX.

Woher die großen Fluthen kommen.

Die Nordsee ist eine Mordsee, ist ein Sprichwort hier zu Lande, und wo einmal Wasser gewesen ist, kann auch wieder Wasser kommen, ist ein alter Glaube. Darum hat alles Land von der Elbe an bis Riperfurt immer viel vom Wasser zu leiden; es ist aber nicht immer so gewesen.

Um das Jahr 600 nach Chr. regierte in England eine Königin, Namens Garhöven; der versprach der damalige König von Dänemark, sie zu heiraten. Aber er hielt sein Wort nicht und ließ sie sitzen. Da ergrimmte die Königin und gedachte alle ihm zugehörigen Länder zu ertränken und zu versenken. Darum ließ sie die Höveden (die Vorgebirge) zwischen England und Frankreich, die sich sieben ganzer Meilen erstreckend bis dahin das Wasser aufgehalten hatten, von sieben hundert Mann, die sieben Jahre unaufhörlich arbeiteten, durchstechen. Gleich damals geschah durch das Hereinbrechen der Fluth an unserer Küste ein merklicher Schade und hunderttausend Menschen wurden ersäufet. Darüber erzürnten die Leute im Lande auf den König, also daß einige vom Adel ihn mit Gift töteten und sein Name ganz und gar vertilgt und vernichtet ward. Seit der Zeit haben bis auf diesen Tag die Küsten alljährlich noch zu leiden vom Zorn der Königin. Um dieselbe Zeit trieb mit dem Nordwestwind ein Moor aus Island oder wie andre wollen, aus Schottland in Nordfriesland bei dem großen, dicken Walde an, der nur der düstere Damswald geheißen ward, wo sich viele ungeheure wilde Thiere aufgehalten haben. Das Moor ließ sich auf den Wald nieder und bedeckte ihn ganz, also daß seit der Zeit Friesland an Holz und Wald ganz arm ist. Im Kirchspiel Niebüll sind noch einige Häuser aus dem gedachten Walde gebaut. -- Andre aber berichten, daß die Königin mit den Aquitaniern und den See- und Holländern Krieg geführt und dieselben nicht eher habe bezwingen können, als bis sie jene Höveden durchgehauen. Da sollen die Länder also untergegangen und zur wüsten See geworben sein. Doch die Friesen, so nächst am Meere gewohnt, haben einen Theil derselben bei kleinen Koegen wieder eingeholt. Deshalb empfiengen sie zum Lohn von Karl dem Großen ihre Küren und Freiheiten.

Heimreich ed. Falck I. 83. 84. Kielholt ebendas. II. 345.

CLXXI.

Horsbüll.

Nordwestlich vom jetzigen Horsbüll jenseit eines Stromes wohnte in dem längst untergegangenen Dorf Rentoft ein Mann, dessen Stute, auf friesisch Hors, schwamm immer durch jenen Strom und verlief sich nach der Gegend, wo jetzt Horsbüll liegt. Da nahm er den Trieb des Thiers nach Osten zu wandern als ein Vorzeichen und verließ seinen bisherigen Wohnort, der bald von dem Wasser verschlungen ward, und siedelte sich an dem Ort an, der nach der Stute benannt ward. Die Horsbüller Harde führt darum auch ein Pferd im Wappen.

Durch Herrn Schull. Hansen auf Silt.

CLXXII.

Die Hausleute an der Milde.

Anno 1362 in der Nacht auf Lätare war die große Fluth, die man die große Mandrenke oder Madetuen nennt, in der zwischen der Elbe und Riperfurt zweimal hundert tausend Menschen umgekommen sind.

Bei Römes oder Rademis hat vor dieser Zeit das beste Land an der Milde gelegen. Es gehörte achtzehn reichen Hausleuten, die ihren Kirchengang zu Mildstede gehalten., Sie trieben mit ihren Kleidern und mit Gepränge also großen Uebermuth, daß andere Leute, wenn sie von der Kirche heimgegangen sind, unterwegs nicht genug davon haben reden können. Da kam die große Fluth und die Leute ertranken und das Land ward verdorben, so daß immer Wasser auf den Fennen steht und sie die Seefennen heißen bis auf den heutigen Tag. Das Gedächtnis der Leute aber ist geblieben und Heikebull, Edenshamm, Hunnehamm, Kophamm, Adebull ꝛc. haben ihre Namen von denen, die weiland das Land besaßen.

(Neocorus I. 371.) Heimreich I. 261.

CLXXIII.

Rungholt.

In Rungholt auf Nordstrand wohnten weiland reiche Leute; sie bauten große Deiche und wenn sie darauf standen, sprachen sie: „Trotz nu, blanke Hans!“ —

Ihr Reichthum verleitete sie zu allerlei Uebermuth. Am Weihnachtsabend des Jahres 1300 machten in einem Wirthshause die Bauern eine Sau betrunken, setzten ihr eine Schlafmütze auf und legten sie ins Bett. Darauf ließen sie den Prediger ersuchen, er möchte ihrem Kranken das Abendmahl reichen und verschwuren sich dabei, daß wenn er ihren Willen nicht würde erfüllen, sie ihn in den Graben stoßen wollten. Wie aber der Prediger das heilige Sakrament nicht so gräulich wollte misbrauchen, besprachen sie sich unter einander ob man nicht halten sollte, was man geschworen. Als der Prediger daraus leichtlich merkte, daß sie nichts gutes mit ihm im Sinne hätten, machte er sich stillschweigends davon. Indem er aber wieder heim gehen wollte und ihn zween gottlose Buben, so im Kruge gesessen, sahen, beredeten sie sich, daß so er nicht zu ihnen hereingehen würde, sie ihm die Haut voll schlagen wollten. Sind darauf zu ihm hinausgegangen, haben ihn mit Gewalt ins Haus gezogen und gefragt, wo er gewesen. Und wie ers ihnen geklaget, wie man mit Gott und ihm geschimpfet habe, haben sie ihn gefragt, ob er das heilige Sakrament bei sich hätte, und ihn gebeten, daß er ihnen dasselbige zeigen möchte. Darauf hat er ihnen die Büchse gegeben, darin das Sakrament gewesen, welche sie voll Biers gegossen und gotteslästerlich gesprochen, daß so Gott darinnen sei, so müsse er auch mit ihnen saufen. Wie der Prediger auf sein freundliches Anhalten die Büchse wiederbekommen, ist er damit zur Kirche gegangen und hat Gott angerufen, daß er diese gottlosen Leute strafe. In der folgenden Nacht ward er gewarnet, daß er aus dem Lande, so Gott verderben wollte, gehen sollte; er stand auf und gieng davon. Und sogleich erhob sich ein ungestümer Wind und ein solches Wasser, daß es vier Ellen hoch über die Deiche stieg und das ganze Land Rungholt, der Flecken und sieben andre Kirchepiele dazu, untergieng, und niemand ist davon gekommen als der Prediger und zwo, oder wie andre setzen, seine Magd und drei Jungfrauen, die den Abend zuvor von Rungholt aus nach Bopschlut zur Kirchmeß gegangen waren, von welchen Bake Boisens Geschlecht auf Bopschlut entsprossen sein soll, dessen Nachkommen noch heute leben. Die Ulversbüller Kirche hat noch eine alte Kirchenthür von Rungholt.

Nun giebt es eine alte Prophezeiung, daß Rungholt vor dem jüngsten Tage wieder aufstehn und zu vorigem Stande kommen wird. Denn der Ort und das Land steht mit allen Häusern ganz am Grunde des Wassers und seine Thürme und Mühlen thun sich oft bei hellem Wetter hervor und sind klar zu sehen. Von Vorübrrfahrenden wird Glockenklang und dergleichen gehört. — Imgleichen wird bei der Süderog am Hamburger Sand ein Ort gezeigt, welcher Süntkalf geheißen und es ist ein Sprichwort:

Wenn upstaen wert Süntkalf,
So werd Rand sinken half.

Heimreich I. 250. vgl. 172. 182. 240. und Herr Hansen auf Silt nach noch währender, fast völlig einstimmender Ueberlieferung. — Heimreich deutet dieselbe Sage Bd. I. 86 bei einer Fluth vom Jahre 716 an. Ein Fechter soll damals das Sakrament entheiligt haben. — Ein Ritter auf dem Flensburger Schloß zwang den Prediger, einer Sau das Abendmahl zu reichen. Sein Schloß versank in den blauen Damm; so auch eines Junkers Burg Braaborg im Kirchspiel Ulberup. — Das alte Plön lag zwischen der jetzigen Stadt und Ruhleben, erzählt man, an einem Hügel am See, der der hohe Berg heißt. Fischer sehen die Stadt noch oft im Wasser.

CLXXIV.

Der Eckſee und der Kattſee in Ditmarſchen.

Rechts am Wege von Schalkholz nach dem jetzigen Tellingstede, nicht weit vom Schalkholzer Tepel, lag das alte Tellingstede. Die

Leute waren so gottlos und übermüthig, daß sie einen Prediger zwangen einer Sau das Abendmahl zu geben. Doch schon als er ins Haus kam, drang ihm ein Schwefelgeruch entgegen und als er nachher wieder auf die Diele trat, wimmelte sie von Aalen mit großen Augen und zischend wie Schlangen, und gräßliche Kröten und andres Ungeziefer lief umher und ein furchtbarer Sturm erhob sich und die Hunde heulten. Da rief der Prediger schnell die frommen Leute des Orts zu sich und sie flohen und erbauten nachher das jetzige Tellingstede. Gleich hinter ihnen war mit Krachen das alte Dorf in die Erde gesunken und ein trüber bodenloser See, der Eckse e oder Neksee, steht jetzt da, in dem kein Fisch lebt.

Ein paar Meilen weiter südlich bei Burg in Süderditmarschen lag in der Dorfschaft Kuden auch einst ein reiches übermüthiges Dorf Hardendorf. Da begiengen sie denselben Frevel an dem Sakramente. Am andern Morgen lagen Wege und Häuser ganz voll von Fischen und der Prediger erhielt von Gott den Befehl, den Ort zu verlassen. Kaum war er fort, so trat Wasser über das Dorf und der Kattsee liegt da jetzt, anmuthig von Hügeln umgeben. Anfangs hat man noch mit einem Windelbaum die Thurmspitze fühlen können, aber jetzt ist der See längst ganz grundlos geworden.

Mündlich. — In Ditmarschen erzählt man ferner, daß das alte Marne mit sieben Kirchspielen draußen in der See liege. Ebenso von Brunsbüttel; bei niedrigem Wasser will man noch Spuren davon in der Elbe entdecken. Doch ist hier nie viel Land abgerissen.

CLXXV.

Das gerettete Kind.

In der großen Fluth des Jahres 1717, die den ganzen Süderstrand von Ditmarschen überschwemmte, wichen ein paar Eltern vom Marnerdeich glücklich hinauf auf die Geest, vergaßen in der Eile aber ihr jüngstes Kind, das noch in der Wiege lag. Als sich das Wasser verlaufen hatte und man sich endlich wieder nach der Marsch hinunter wagte, fanden sie die Wiege in Marne oben in einer hohen Pappel hangen und schlafend lag wohlbehalten ihr Kind darin. Man zeigt den Baum noch heute. In derselben Fluth sind auch die reichen Darenwurter Bauern ertrunken, die da wohnten wo jetzt bei der Helser Mühle die große Wele ist.

Mündlich.

CLXXVI.

Das brave Mütterchen.

Es war im Winter und das Eis stand. Da beschlossen die Husumer ein großes Fest zu feiern: sie schlugen Zelte auf und Alt und Jung, die ganze Stadt versammelte sich draußen. Die einen liefen Schrittschuh, die andern fuhren in Schlitten und in den Zelten erscholl Musik, und Tänzer und Tänzerinnen schwenkten sich herum und die Alten saßen an den Tischen und tranken eins. So vergieng der ganze Tag und der helle Mond gieng auf; aber der Jubel schien nun erst recht anzufangen.

Nur ein altes Mütterchen war von allen Leuten allein in der Stadt geblieben. Sie war krank und gebrechlich und konnte ihre Füße nicht mehr gebrauchen; aber da ihr Häuschen auf dem Deiche stand, konnte sie von ihrem Bette aus aufs Eis hinaus sehen und die Freude sich betrachten. Wie es nun gegen den Abend kam, da gewahrte sie, indem sie so auf die See hinaus sah, im Westen ein kleines weißes Wölkchen, das eben an der Kimmung aufstieg. Gleich befiel sie eine unendliche Angst; sie war in frühern Tagen mit ihrem Manne zur See gewesen und verstand sich wohl auf Wind und Wetter. Sie rechnete nach: in einer kleinen Stunde wird die Fluth da sein, dann ein Sturm losbrechen, und alle sind verloren. Da rief und jammerte sie so laut als sie konnte; aber niemand war in ihrem Hause und die Nachbarn waren alle auf dem Eise; niemand hörte sie. Immer größer ward unterdeß die Wolke, und allmählich immer schwärzer; noch einige Minuten und die Fluth muste da sein, der Sturm losbrechen; da rafft sie all ihr bischen Kraft zusammen und kriecht auf Händen und Füßen aus dem Bette zum Ofen: glücklich findet sie noch einen Brand, schleudert ihn in das Stroh ihres Bettes und eilt so schnell sie kann hinaus, sich in Sicherheit zu bringen. Das Häuschen stand nun augenblicklich in hellen Flammen und wie der Feuerschein vom Eise aus gesehen ward, stürzte alles in wilder Hast dem Strande zu. Schon sprang der Wind auf und fegte den Staub auf dem Eise vor ihnen her; der Himmel ward dunkel, das Eis fieng an zu knarren und zu schwanken, der Wind wuchs zum Sturm und als eben die letzten den Fuß aufs feste Land setzten, brach die Decke und die Fluth wogte an den Strand. So rettete die arme Frau die ganze Stadt und gab ihr Hab und Gut daran zu deren Heil und Rettung.

Durch Ludw. Meyn und Herrn Mielck.

CLXXVII.

Die Fluth in Osterwisch.

In der Probstei nahe am Strande der Ostsee lag das große Dorf Osterwisch. Nirgend gab es üppigere Wiesen und fruchtbareres Land; nirgend waren auch reichere und wohlhabendere Bauern. Aber obgleich das Christenthum in diesen Gegenden schon Eingang gefunden hatte, so wurden die Leute doch übermüthig und gottlos. Immer trieben sich die Männer in dem großen Walde umher, der hinter Osterwisch lag und voll von Bären, Wölfen und Schweinen war.

Selbst die Frauen entliefen gerne der Spinnstube und dem Heerde, wenn sie einen Wolf im Garne oder in der Grube heulen hörten, und sie töteten ihn dann mit eigner Hand, sangen und jubelten dazu. Die übermüthigen Leute ließen keinen Reisenden ungeplündert vorbei und jedem Fahrzeuge paßten sie auf, beraubten es und theilten sich die Beute im Walde. Da war ein alter Mann unter ihnen; der hielt ihnen oft ihre Gottlosigkeit vor und ermahnte sie zur Besserung. Vergebens forderte er sie auf einen Damm gegen die See zu errichten, die schon einmal früher ein Stück Land mit fortgenommen habe. Aber sie lachten ihn aus und meinten Gottes Hand könne sie nicht reichen. Da kam in einer Nacht ein Engel zum Greise und befahl ihm den Ort zu verlassen; denn Gott wolle den Frevel nicht länger ansehn. Eilig erhub er sich und floh auf den Kapellenberg, wo damals eine kleine Kirche stand. Und nun erhub sich ein furchtbarer Sturm und das Wasser stieg so schnell von Nordost her, daß niemand entkam und die See von der Zeit an bis an die Hügel geht. Das Dorf und seine reichen Felder waren am andern Morgen verschwunden; nur bei niedrigem Wasserstande sieht man noch Backsteine und dergleichen am Grunde liegen.

Rethwisch Ernst uud Laune, Bd. I. S. 54.

CLXXVIII.

Die übermüthige Frau.

Auf der Kolberger Heide an der Ostsee in der Probstei lag vor Zeiten ein großes Gut, der Verwellenhof. Noch giebt es da einen Verwellenberg. Darauf wohnte eine Frau von Verwellen, eine stolze, übermüthige und grausame Herrin, die allezeit auf ihren Reichthum trotzte. Sie hielt ihn für so unerschöpflich, daß als sie einmal auf der See in einem Boot eine Lustfahrt machte, sie ihren kostbaren Ring vom Finger zog und in die See warf, indem sie dabei zu ihrer Gesellschaft die Worte sprach: „So unmöglich ich den Ring wieder erhalten werde, eben so unmöglich wird es sein, daß ich je Noth leide.“ Nach ein paar Tagen aber brachte ein Fischer einen großen Dorsch aufs Schloß; als die Köchin ihn zerlegte, fand sie den Ring in seinem Bauche und zu nicht geringem Schrecken brachte sie ihn ihrer Herrin. Nicht lange nachher kam die große Fluth, die die ganze Kolberger Gegend weit umher verschlang (1625) und man sieht noch oft in der Bucht bei dem Dorfe Holm, die noch immer die Kolberger Heide heißt, bei niedrigem Wasser Backsteine und andres am Grunde liegen.

Die reiche Frau hatte nun all ihr Hab und Gut verloren und war so arm geworden, daß sie betteln gieng. Früher in ihren guten Tagen hatte sie, wenn sie ins heimliche Gemach gieng, immer eine Riste Flachs genommen. Eine Magd wusch ihn nachher sorgfältig aus und verspann ihn. Wenn das nun die reiche Frau sah, sprach sie immer: „Fu dik an!“ (Pfui dich an!) und spottete über sie. Nun aber als sie selber arm geworden war, kam sie bettelnd zu ihrer ehemaligen Magd und bat um Leinen für ein Hemde. Diese gab ihr das Verlangte, aber sprach dabei: „Dat is von ären Fudikan!“ Mit weinenden Augen gieng die Frau fort. Seit der Zeit heißt in der Probstei aller Abfall vom Flachs Fudikan.

Schmidt in den Neuen Provinzialberichten 1812, 310. und durch Herrn Schull. Pasche in Wankendorf. — Die Sage vom Ringe gehört zu den allerverbreitetsten. S. Thiele I. 262. Anm.

CLXXIX.

Hans Haunerland.

Hans Haunerland war ein reicher, lebenslustiger Bauer, der einen großen Hof auf der (Kolberger) Heide hatte. Als er einmal gerade in Schönberg war und die Fastelabendsgilde mitmachte, kam die große Fluth und sein Hof verschwand. Hans blieb nun in Schönberg und lebte eben so lustig weiter wie vorher. Er hatte noch eine ganze Hufe und sieben Kathen, wirthschaftete aber alle Tage darauf los, verkaufte eine Kathe nach der andern, endlich auch die Hufe und ließ alles durch den Hals gehen. Zuletzt hatte er nur noch einen großen Wallnußbaum. Den muste er stehen lassen, weil er nicht durch den Hals konnte, wie die Probsteier sagen. Der Baum steht noch zum Andenken auf der Hofstelle und man zeigt ihn noch heute. Hans Haunerland hat auch den Damm gebaut, den Fahrweg nemlich über die Wiesen von Schönberg nach Krockau. Sonst muste man, wenn man nach dem letztern Orte wollte, über Fiefbergen fahren.

Durch Herrn Rethwisch auf Oevelgönne.

CLXXX.

Die verlorne Quelle auf der Hallig Nordmarsch.

Auf den Halligen, wie in der Marsch überhaupt, giebt es selten Brunnen mit ganz frischem Wasser und man fängt daher den Regen in Cisternen auf, die Regenbäche oder Fedinge heißen. Auf der Hallig Nordmarsch war eine Quelle mit süßem Wasser, aber bald ward sie ein Gegenstand des Neides und des Streites. Einer war zuletzt boshaft genug einen großen Stein hinein zu werfen und den Brunnen dadurch zu verstopfen. Seit der Zeit leiden nun die Bewohner der Hallig bei großer Dürre oder nach Ueberschwemmungen oft Mangel an frischem Wasser. Man hat vergebens nach dem verlornen Brunnen gegraben; wenn man sich um Gottes Gabe streitet, weicht sein Segen allezeit. Darum sind auch die Fische aus den Strömen zwischen den Halligen gewichen, seit die Obrigkeit sich den Fang aneignete, und seit sie den Gänsefang besteuerte, fliegen alle Gänse an Silt vorüber, und keine Heringe kommen mehr an diese Küsten, seit man mit den Helgolandern um den Fang Krieg führte.

Durch Herrn Hansen auf Silt.

CLXXXI.

Die Heringe auf Helgoland.

Als das Christenthum eingeführt ward, taufte man ein altes kleines Götzenbild zum heiligen Tynthias oder Tyetens um, weil es immer der Fischerei günstig gewesen war. Eines Jahres aber, da die Heringe lange ausblieben, beschloß man das Bild dreimal um die Insel zu tragen. Bei der Gelegenheit unterstanden sich einige Muthwillige es zu prügeln; und seit der Zeit ist niemals wieder ein Hering nach der Insel gekommen.

Andre erzählen so: Man habe immer ein gewisses Crucifix, wenn man auf den Fang auswollte, um die Insel herumgetragen und wenn solches geschehen, hätten die Heringe in unzähliger Menge oben auf dem Wasser sich sehen lassen. Als aber ein Heringfänger aus Uebermuth einmal einen Hering mit Ruthen peitschte, und ihn darauf wieder ins Wasser warf, sind die Heringe alle weggezogen; und die Heringsfischer und die Einwohner auf dem Lande sind noch obendrein dergestalt von der Pest heimgesucht, daß nicht mehr als vierzehn Hausgesessene am Leben geblieben.

Jacob Andresdn-Siemens Helgoland 1835. S. 36. Laß Nachrichten von Helgoland S. 11 und Benjamin Knobloch ebendas. S. 35. — Mündlich: Die Heringe waren einst so häufig, daß die Helgolander oft nicht Tonnen und Salz genug hatten. Die Fische liefen sogar auf den Strand hinauf. Da nahm eine alte Helgolanderin ärgerlich einmal einen Besen und fegte sie hinunter. Seit der Zeit sind sie ausgeblieben. — Vgl. No. 169.

CLXXXII.

Die vertriebenen Dorsche.

An der Mündung der Schlei wurde in alten Zeiten eine solche unglaubliche Menge Dorsche gefangen, daß sogar das Gesinde und die Tagelöhner endlich den Fisch verschmähten. Da frevelte ein übermüthiges Mädchen so sehr, daß sie einem großen Dorsch einen Splitter durch beide Augen spießte und ihn so in die Ostsee warf. Sie wünschte ihm dabei viel Glück auf die Reise und bat ihn nie wieder zu kommen. Seit der Zeit verschwand die liebe Gottesgabe und die

Dorsche wurden so selten, daß man sie jetzt nur auf den Tischen der Wohlhabenden findet.

Schröder Gesch. der Stadt Schleswig S. 462 und mündlich.

CLXXXIII.

Die Möven in Schleswig.

König Abels Leute, die ihm bei der Ermordung seines Bruders Erich halfen, sind alle eines elenden Todes gestorben; der eine ward beim Spiel erstochen; ein andrer gerädert; der dritte von seinen eignen Leuten erschlagen rc. Sie und alle die zwanzig Ritter, die mit dem Könige den Reinigungseid thaten, sind nach ihrem Tode für immer an den Ort ihrer Schandthat gebannt.

Nahe an Schleswig, der Stelle wo Abels Schloß stand gegenüber, in der Schlei erhebt sich eine kleine Insel, der Mövenberg; alljährlich kommen am Gregoriustage die Möven dahin und nisten ungestört; die Stadt bestellt ihnen einen Fischer zum Hüter, der der Mövenkönig heißt. Wenn sie nun zweimal Junge gebrütet haben und die dritten eben aus dem Ei gekrochen sind, dann stürmt es an einem Sonnabend Mittag, so wie die Uhr zwölf schlägt, von allen Seiten auf den Berg. Knaben greifen die nackten Jungen; die andern erreichen die Schützen, die ganze Schlei ist mit Böten bedeckt und Schüsse knallen ringsherum. Bis zum Sonntag Mittag um zwölf Uhr dauert der Mövenpreis. Die noch lebenden Möven sind dann traurig davon gezogen; aber in jedem Jahre müssen sie wieder kommen und brüten.

Denn die Möven sollen Abels Leute sein, und sie können nicht von dem Orte loskommen. Nur wenn einmal ihr Mövenkönig sie nicht beschützt und sie in der Zeit vor dem Mövenpreise keine Ruhe haben, brauchen sie in sieben Jahren nicht wieder zu kommen. Das ist noch im Anfange dieses Jahrhunderts geschehen, wo sie in einem bösen Kriegsjahre gestört wurden. Aber erst wenn dreimal nach einander ihnen das Gleiche geschieht, man also binnen einundzwanzig Jahren gegen die alte Sitte verfährt, werden sie erst vom Fluche frei. — Andre sagen, daß auf der Möveninsel in einem Schlosse vor alten Zeiten ein mächtiger Herr gewohnt hat, der mit seinen Dienern und Knechten die Leute der Umgegend hart bedrückte. Das Schloß ist darnach versunken und er mit seinen Dienern in Möven verwandelt, die seit der Zeit die Insel allein bewohnen.

Mündlich. vgl. Volksbuch 1844.

CLXXXIV.

Die Bergenten auf Silt.

Wie die Störche auf dem festen Lande, so sind die Lerchen und vor allen die Bergenten fast heilige Vögel auf Silt. Man stellt ihnen niemals nach, sondern hilft ihnen ihre Nester bauen, indem man Löcher und Gänge für sie in die Dünen und Heidehöhen gräbt. An jedem Morgen nimmt man ihnen nur ein Ei aus dem Neste, läßt ihnen aber die übrigen, oft zehn bis zwölf Stück, sobald die Brutzeit anfängt. Daher wenn eine Bergente im Fluge einem Silter begegnet, nickt sie mit dem Kopfe und ruft ihrem Freunde ein „Gud Day! Gud Day!" nach dem andern zu. Weil sich aber diese Vögel mit den Störchen durchaus nicht vertragen können, leben beide von Alters her im Kriege, und die Störche sind so ganz von der Insel verscheucht, daß nur einzeln sich einer dahin verirrt und niemals da nistet.

Hansen im Volksbuch 1845.

CLXXXV.

Die Krähen verlassen Amrum.

Vor vielen hundert Jahren wollte ein Prediger auf Amrum seine Pfarrkinder von ihrem alten Fehler, der Stranddieberei, heilen. Aber seine scharfe Anrede besserte die Amrumer nicht, sondern erbitterte sie nur. Allerhand Böses dichteten sie ihm an und neckten und verfolgten ihn so, daß er endlich von der Insel flüchten muste. Als er abreiste, bat er Gott, er möchte ein Zeichen seines Zornes geben. Seit der Zeit übernachtete keine Krähe mehr auf Amrum. Am Tage sieht man freilich in den Wintermonaten die Vögel; allein sobald der Abend kommt, ziehen sie alle nach Föhr hinüber. Die Amrumer erkannten freilich das Zeichen des Misfallen, haben aber ihre alte Leidenschaft des Strandlaufens doch nicht abgelegt.

Durch Herrn Schull. Hansen auf Silt. — Für Krähen gelten dem Volke auch die Raben (graue und schwarze Krähen). Der Rabe war ein heiliger Vogel. — Herr Dr. Clement erzählt, der Prediger sei eines allzuvertrauten Umganges mit einer schönen Frau beschuldigt worden.

CLXXXVI.

Die verschworne Stätte.

Auf Amrum ist eine Wiese, die sonst ganz voller Graswuchs ist, aber ein Ring darauf ist ganz dürr und kahl, ebenso ein schmaler Strich, der davon südwärts ausläuft. Hier standen vor vielen, vielen Jahren einige Männer im Kreise herum und schwuren armen Weisenkindern den Acker ab. Als sie solches gethan, erbleichte die Erde unter ihren Füßen und alles Gras, darauf die Meineidigen traten, verdorrte und verschwand, und für keinen Thau und Regen ist das Land noch empfänglich; auch wächst kein Korn darauf; denn Gott hat den Ort verflucht und gezeichnet. Wenn die Leute aus der Kirche kamen, sprachen sie früher oft von der verschwornen Stätte (thet ferswearne Sted) auf dem Acker, der am Wege liegt; der, der mir dies erzählt, dem gehört das Feld jetzt selber.

Auch von der Borg auf Amrum, einem großen Hügel auf der nördlichen Hälfte der Insel, giengen einmal eine Anzahl Verschworner nach Südwesten zu nach dem Mohrwasser über das jetzige Merum, um ihren Plan auszuführen. Da verdorrte auch das Land unter ihren Füßen und es wächst nur elendes Gestrüpp darauf, und das Korn ist da immer leicht und ganz versengt. Fragen die Schnitter nach der Ursache, so antwortet man ihnen: „Dear haa a föörswären Lidj gingen, an Gods Segen me nimmen." (Da sind verschworne Leute gegangen und haben Gottes Segen mitgenommen.)

Herr Dr. Clement und Storm. — Herr Hansen auf Silt. vgl. N. 169.

CLXXXVII.

Die Eiche am Elbufer.

Nicht weit von Glückstadt steht unter dem Deiche, wo sonst nur Weiden stehen, eine schöne große Eiche, wohl weit herum die einzige in der ganzen Marsch. Vor vielen Jahren stand hier nur ein Busch. Ein paar Tagelöhner ruhten sich einmal an einem heißen Tage dahinter aus, als sie an der andern Seite einen Handelsmann, der sich auch da niedergesetzt hatte, mit seinem Gelde klimpern hörten. Da erwachte der böse Geist in ihnen und sie fielen über den armen Mann her, erschlugen ihn, nahmen ihm sein weniges Geld und warfen seinen Packen in die Elbe. Die Leiche verscharrten sie unter dem Busch. Aber als sie noch mitten im Werke waren, war eine Schaar wilder Enten schreiend über sie hingeflogen; sterbend hatte der Unglückliche ihr Geräusch gehört und seine Hand zum Himmel erhebend sie zu Zeugen der That angerufen.

Doch viele Jahre blieb der Mord unentdeckt. Aber an der Stelle wuchs seit der Zeit ein blutrothes Kraut und sonst nirgend in der Gegend. Man nannte sie daher nur den rothen Fleck. Und Abends wenn die Jungen die Pferde aus dem Außendeich holten, mußten sie immer schnell daran vorüber jagen und die Pferde mit Gewalt dazu zwingen. Denn sie wieherten und bäumten sich und scharrten mit den Hufen, wie sie immer an Stellen thun, wo unschuldig Blut vergossen ist. Der eine Mörder hatte sich unterdeß verheiratet, der andere diente noch als Knecht auf einem Hofe; beide waren alt und grau geworden und wurden von allen als brave und tüchtige Leute geachtet. Da begab es sich nun, daß einmal an einem Abend jener mit seiner Frau am Deiche spatzieren gieng und sie unvermerkt in die Nähe des rothen Flecks kamen. In demselben Augenblick kam der Knecht über den Deich, um ein Pferd zu holen, und wie er am Busche vorüberstreifte, flatterten schreiend einige Enten auf:

beide Männer fuhren vor Schreck zusammen, sahen starr einander an, und giengen an einander vorüber ohne ein Wort zu sagen. Während der Knecht das Pferd suchte, und der Mann mit seiner Frau noch eine Strecke weiter gieng, ließen sich aber die Enten wieder nieder und flogen nun abermals auf, als beide sich noch einmal in der Nähe des Busches begegneten. Wenn der Frau beider Benehmen schon anfangs wunderlich vorgekommen war, so verwunderte sie sich jetzt noch mehr, als sie beide bleich und zitternd sah und fluchen hörte. Doch wich ihr Mann allen ihren Fragen aus; aber seit dem Abend war sein ganzes Wesen verändert, still und schwermüthig gieng er umher und mied jede Gesellschaft. Die Frau klagte es endlich der Nachbarin, erzählte ihr alles, was sie gesehen und fragte sie um Rath, weil sie für die Gesundheit ihres Mannes besorgt war. Der Nachbarin aber stiegen gleich böse Vermuthungen auf; ohne ein Wort zu sagen gieng sie fort und hinterbrachte alles ihrem Manne. Der gieng sogleich zum Bauervogt und als man nun auf der Stelle beim Busche nachgrub, fand man das Gerippe des Ermordeten. Die beiden Männer wurden festgenommen, und von Gewissensbissen gepeinigt gestanden sie die That, die sie vor vierzig Jahren vollbracht, und litten in Reue und Ergebung bald in Glückstadt ihre Strafe. Zum Gedächtnis pflanzte man jene Eiche.

Mündlich.

CLXXXVIII.

Die Eiche auf dem Galgenberg.

Die Hexen trieben in der Umgegend von Eutin ihr Unwesen eine Zeit lang so stark, daß die Obrigkeit oft genöthigt war welche hinzurichten. Es wohnte damals eine alte Frau in Eutin und da sie arm und häßlich war und einsam lebte, fiel auf sie der Verdacht der Leute. Als nun einmal die Nachbarn bemerkten, daß ein schwarzer Kater zu ihr ins Fenster kam und sie ihn freundlich streichelte, machten sie Anzeige; die Alte ward eingezogen und obschon sie hoch und heilig ihre Unschuld betheuerte, zum Tode verurtheilt. Man hatte auf dem großen Eutiner See die Wasserprobe mit ihr vorgenommen und sie war wie eine Ente oben geblieben. Eine große Menge Menschen folgte ihr, als sie auf den Galgenberg hinaus geführt ward, und hingerichtet werden sollte. Auf ihren Stock gestützt gieng sie weinend den Berg hinan; aber als sie oben war, stieß sie den dürren Stab in den vom Regen erweichten Boden und sprach zu den Zuschauern sich wendend: „So wahr Gott weiß, daß ich unschuldig bin, so gewis wird er euch davon ein Zeichen geben und diesen Stock grünen lassen.“ Darauf litt sie den Tod; aber der Stock schlug bald aus, bekam Blätter und Zweige und ward ein Eichbaum, weit und breit in der Gegend bekannt als das Zeichen der Unschuld. Als der Berg vor einigen Jahren halb abgefahren ward, ist die Eiche durch einen Sturm umgestürzt und bald darauf ward auch die andere Hälfte des Berges fortgenommen.

Herr Schull. Kirchmann in Eutin.

CLXXXIX.

Der wachsende Pfahl.

Auf dem Nordermarkte in Flensburg steht ein Pfahl; den läßt der Magistrat in jeder Nacht abhauen. Aber jedesmal wächst er wieder aus der Erde hervor. Es ist das nemlich der Pfahl, mit dem einst ein unschuldiges Mädchen auf eine falsche Anklage hin lebendig gepfählt wurde.

Durch Herrn Fries in Apenrade.

CXC.

Der gottlose Edelmann.

Zwei Meilen von Eutin wohnte ein Edelmann; der war so ruchlos, daß da er schon mit eigener Hand eilf Menschen getötet hatte, er einmal schwur, er wollte des Teufels sein, wenn er nicht das Dutzend voll machte. Als er nun bald darauf halb trunkeu zu Eutin hinausgeritten kam, begegnete ihm von ungefähr ein Bauer, dem er gram war. Sogleich spornte er sein Pferd und rief: „Du kommst mir zur rechten Zeit und sollst der zwölfte sein.“ Der Bauer rief Gott an in seiner Noth und um dem Hiebe des Edelmanns auszuweichen, warf er sich hinter einem nahen Stein nieder; der Edelmann sprengte in toller Wuth auf ihn ein, stürzte und brach den Hals. Die beiden Vorderhufen des Pferdes mit dem Eisen sind lange Zeit zum Zeugnis göttlicher Strafe, auf dem Steine zu sehen gewesen, wie der Herr Statthalter Heinrich Ranzau mit vielen andern bezeugt.

Heinrich Ranzau bei Westph. I. 28.

CXCI.

Jochim von der Hagen.

Auf Rübel in Angeln hat 1573 residieret einer, Namens Jochim von der Hagen. Dieser hat am stillen Freitage mit seinen Hunden unter der Predigt am salzen Wasser gejaget, da sich denn der Teufel in Hasengestalt hat jagen lassen und als dieser Hase über den großen Stein bei Hattlund, worinnen die Fußstapfen noch heutiges Tages zu sehen sein sollen, gesprungen ist, haben sich die Windhunde an selbigem Stein den Hals gebrochen. Nochmalen hat sich der Hase wieder gewendet und ist wieder über denselbigen Stein gesprungen, deswegen die Fußstapfen kreuzweis hinüberlaufen. Als der Junker ihn mit seinem Pferde eifrig verfolget, hat er sich sammt dem Pferde an sothanem Stein gleicher Weise den Hals gebrochen.

Majors Collectan. Mscr. Fol. 9 b. nach Coronäus? — Jensen Angeln S. 156.

CXCII.

Des Grafen Fußstapfen.

Bei Röest in Angeln soll ein großer Stein liegen mit der Fußspur eines Mannes. Denn einsmals gab es in der Gegend einen harten, ungestümen Grafen, der die Bauern besonders durch seine Jagden plagte; immer ritt er mit seiner Jägerei querfeldein durch Korn und Wiesen. Einmal als der Graf auch auf der Jagd war, muste er bei jenem großen Steine absteigen und wie er den Fuß darauf setzte, hielt der Stein ihn fest und bis Sonnenuntergang muste er in dem steinernen Schuh stehen, ob er gleich lieber gejagt hätte.

Mündlich durch Momsen.

CXCIII.

Das Hufeisen im Stein.

Bei dem Gute Ludwigsburg liegt ein großer Stein in einem Steinwall, mit der Spur eines Hufeisen. Denn vor vielen Jahren ritt einmal eines Morgens ein Mann des Weges nnd als die Betglocke schlug, fluchte er und sagte: „Mich soll der Teufel holen, wenn ich heut Abend nicht wieder hier zur Stelle bin, wenn die Glocke schlägt.“ Er kam gerade zur rechten Zeit wieder dahin; aber als die Glocke schlug, trat sein Pferd auf den Stein und brach ein Bein; davon ist das Hufeisen noch da zu sehen.

Schull. Hessen in Westerbelmhusen.

CXCIV.

Der Stein auf dem Blotenberge.

In Eckhöft am großen Westensee wohnte ein überaus geiziger Bauer. Alle Tage muste sein Gesinde die schwersten Arbeiten thun, und die Sonntagsfeier ward versäumt. In einem Frühjahr hatten einige Unglücksfälle den Mann noch mehr erbittert: ein paar Pferde waren ihm gestorben und er war daher etwas mit der Arbeit zurück; der Dünger aber sollte aufs Land gefahren werden, als gerade die Osterzeit eintrat. Am Vormittage des grünen Donnerstages hatte seine Frau ihn dazu vermocht, die Leute zur Kirche gehen zu lassen. Aber am Nachmittage musten sie desto ärger an die Arbeit. Als nun am Abend noch einige Fuder nachblieben, schwur der Mann, der Dünger solle am andern Morgen aufs Land gefahren werden, und wenn ihn auch der Teufel selber hindern wollte. Als die Leute am Morgen des stillen Freitags zur Kirche giengen, lud der Bauer seinen Wagen und fuhr auf seine Koppel, die auf dem Blotenberge lag, dem höchsten Hügel der ganzen Gegend. Mit einem Male saß sein Wagen fest. Nachdem er lange gebetet und der Vormittag vorüber war, gieng endlich der Wagen los und man hat lange den Stein da gezeigt mit der Wagenspur, der den Bauern festgehalten hatte. Dieser kam totkrank nach Hause, verlangte nach dem Prediger und starb noch an demselben Tage. — Auf dem Blotenberge ist es überhaupt nicht richtig; der Teufel haust da.

Durch Herrn Schull. Bahr in Wrohe. — Auch auf dem Tuteberg bei Westensee zeigte man einen Stein mit einer Wagenspur. Einer hatte am Sonntage Korn gefahren und war erst am Montag los gekommen. Meyer Darstellungen S. 246.

CXCV.

Des Kindes Fußstapfen.

Dicht an der Breitenberger Kirche liegt ein Haus, wo einst ein glückliches Elternpaar wohnte, dessen größte Freude ihr einziges, blühendes Kind war. Aber das Kind ward krank und starb nach kurzem Lager. Die Trauer der Mutter war grenzenlos. Nächte und Tage saß sie weinend da, und wollte von keinem Troste hören; und es ward mit ihr nicht anders, wie lange Zeit auch verstrich. Da kam Nachts das Kindlein in leibhaftiger Gestalt wieder zu ihr und sprach:

Nu laet dyn Klagen onn dyn Ween!
Ik patte (trete) Lock dörch harden Steen.

Und damit verschwand es wieder, aber die Mutter weinte noch immer fort. An einem Morgen aber fand man in einem harten Felsstein, der auf dem Hofe lag, den völlig ausgetretenen Fußstapfen des Kindes. Die Eltern füllten ihn mit Erde aus; aber an jedem Morgen war die Spur wieder leer. Da ließ endlich die Mutter das Weinen, damit ihr Kind im Grabe Ruhe fände. Es soll sich aber in dem Hause noch ein alter Balke befinden, aus dem zu gewissen Zeiten Blutstropfen hervorquellen und niederfallen. Der Stein ward später herausgenommen und in die Breitenburger Kirche vermauert, an deren Südseite bei der Pforte er noch mit den kleinen Fußstapfen zu sehen ist.

Durch Herrn Ketelsen auf Breitenburg und Herrn Pastor Rehquate in Breitenberg an der Stör. — Zwischen Elmshorn und Horst auf der Horstheide liegt der sogenannte Bödenteich, wo ein Stein mit einer Fußspur eines Menschen und eines Schafes gezeigt wird; und auf dem Segeberger Kalkberg ist oder war eine Mägdetrappe. Von letzterer soll eine ähnliche Sage existieren, wie vom Harzischen Mägdesprung; und auch von jenem Trappstein gab oder gibt es sicherlich eine Sage.

CXCVI.

Die weinende Mutter.

In Bornhövede lebte eine arme Wittwe, die ihr einziges Kind über alle Maßen liebte. Doch das Kind ward krank und starb. Da wollte sich die Mutter gar nicht trösten lassen, sondern grämte sich und weinte Tag und Nacht. Erst nach vielem Zureden gestattete sie, daß das Kind begraben werde. Nach einigen Tagen als die Frau, noch immerfort weinend, nach der Koppel gieng, um ihre Kuh zu melken, bemerkte sie neben sich ein kleines Mädchen in einem weißen Kleide, das ihr immer zur Seite blieb, wohin sie sich auch wendete. Sie erschrak anfangs, erkannte aber bald ihr gestorbenes Töchterlein. Da sah sie, wie das Kind sich fortwährend bückte um die Thränen, die ihr aus den Augen fielen, in sein Händchen zu sammeln; die es dann, sie traurig anblickend, zum Munde führte und aufküßte. Nun erkannte die Mutter, daß durch ihre unmäßige Trauer sie dem armen Kinde keine Ruh im Grabe lasse. Da kniete sie nieder, betete einmal inbrünstig zu Gott und weinte nicht mehr. Von dem Augenblick an war das Kind verschwunden.

Mündlich.

CXCVII.

Vicelins nasses Kleid.

Als der heilige Vicelin gestorben war, klagte und trauerte keiner mehr als sein Freund Eppo. Keiner konnte ihn trösten und viele Tage brachte er in Thränen und Seufzern hin. Da erschien in einer Nacht der heilige Mann einer keuschen, frommen Jungfrau und sprach: „Sage unserm Bruder Eppo, daß er aufhöre zu weinen; mir ist wohl, aber ich leide Schmerzen von seinen Thränen; sieh, ich trage sie alle in meinen Kleidern.“ Dabei zeigte er sein Gewand von blendender Weiße und es war ganz naß von Thränen.

Helmold. I. 78. (79.) vgl. Grimms Kindermärchen ꝛc. — Dies ist wohl das älteste Zeugnis des weitverbreiteten Glaubens?

CXCVIII.

Der eingemauerte König.

Südwärts von Schleswig bei Niederselk liegt ein großer Hügel mit einem gewaltigen Riesengrab. Man nennt ihn den Könsee. Vor alten, alten Zeiten war hier nemlich ein König, der war gegen die Bauern hart und grausam. Schwere Schatzungen forderte er von ihnen und wenn sie nicht bezahlen konnten, ließ er ihnen das Brot vorm Munde wegnehmen. Da standen die Bauern auf und fiengen ihn, und zur Strafe mauerten sie ihn bis an den Bauch fest in große

Felsensteine und hengten über ihm ein Brot auf. So muste er einen qualvollen Tod sterben. Lechzend hatte er die Zunge ausgestreckt und da er mit ihr das Brot eben berührte, ein großes Loch hineingeleckt. Als er tot war, schüttete man den großen Hügel über ihn auf. Darin sind noch die großen Felsensteine.

Durch Herrn Cand. Arndt. — Unsere Antiquare haben herausgebracht, daß im Könsee oder Kongsiehöi ein König Sigurd Falle begraben sein soll, der mit den Lodbroks Söhnen im 9. sec. bei Schleswig eine große Schlacht geliefert haben soll. Neues Staatsbürgerl. Magazin II. 629.

CXCIX.

Das versteinerte Brot.

Es lebten einmal zwei Schwestern, von denen die eine sehr reich, aber dabei hartherzig und boshaft war, die andere aber hatte viele Kinder, und nicht einen Bissen in ihren Mund zu stecken. An einem Sonntagmorgen nahm sie einen gelben messingenen Kessel, das einzige werthvollere Stück, das sie noch besaß, über den Arm und gieng zu der reichen Schwester mit der Bitte ihr darauf ein Brot oder etwas Korn zu leihen. Aber die hartherzige Schwester wieß sie ab und sagte, sie hätte nichts im Hause. Als die andere aber dringend bat, schwur sie sogar, wenn sie etwas hätte, sollte ihr Brot gleich zu Stein werden. Weinend gieng die Frau fort zu einem Manne, der so gutherzig war und ihr auf den Kessel einen Scheffel Weizen that. Unterdeß kam der reichen Schwester Mann aus der Kirche zurück, und da ihn nach dem weiten Wege hungerte, bat er seine Frau ihm vor Mittag noch ein Butterbrot zu geben. Als sie nun zum Schranke gieng, war das Brot schwer wie Stein und das Messer glitt ab, so oft sies ansetzte. Da muste sie ihrem Manne gestehn, was geschehen sei und was sie gesagt habe. Und von der Zeit kamen sie immer mehr zurück und musten endlich ihr Brot betteln. Aber der Armen verhalf Gott zu ihrem Auskommen, sodaß sie ihre Kinder redlich ernähren und erziehen konnte.

Aus Puttgarden auf Femern. — Fast übereinstimmend in Wolfs Niederländ. Sagen. S. 436.

CC.

Das liebe Brot.

Bei Galhus im Gute Schackenburg ist eine tiefe Wiese. Ein Mädchen holte aus der Stadt (Mögeltondern) für ihre Mutter Brot. Aber der Rückweg war tief und das Mädchen war geputzt und hatte neue Schuhe an, denn es war Sonntag. Wie sie nun an eine Pfütze kam, legte sie die Brote hinein und trat darauf, um trocknes

Fußes hinüber zu kommen; aber die Brote wichen unter ihren Füßen und sie versank vor den Augen der Leute, die sie zu retten herbei gekommen waren, indem sie sie vor dem Hochmuth warnte und vor der Verachtung des lieben Brotes.

Volksbuch 1844. S. 91. — Früher konnte man von Amrum nach Silt gehen über einen hingelegten Pferdekopf, oben S. 34; ein Mädchen gebrauchte dazu einmal ein Brot und versank in der Rinne. Herr Hansen auf Silt.

CCI.

Die Tänzerin.

1.

Bei einer großen Hochzeit auf dem alten adlichen Gute Hoiersworth in Eiderstede war unter den Gästen auch eine Dirne, die war die flinkste Tänzerin weit und breit und sie konnte vom Tanzen gar nicht lassen. Die Mutter warnte; aber sie sprach übermüthig: „Und wenn der Teufel mich selbst zum Tanze auffordert, so schlüg ich es ihm nicht ab!" Augenblicks kam ein Unbekannter zur Thüre herein und forderte sie zum Tanzen auf. Das war aber der Teufel, mit dem sie zu tanzen versprochen. Er hat sie so lange herum geschwenkt, bis ihr das Blut aus dem Munde brach und sie tot hinfiel. Die Blutspuren in dem Saale sind unvertilgbar. Die Dirne selbst aber hat noch keine Ruh. In jeder Nacht um Mitternacht muß sie aus dem Grabe in den Tanzsaal, eine höllische Musik bricht los und das ganze Schloß hüpft auf und ab. Jeden, der zufällig eine Nacht in dem Saale schläft, fordert sie zum Tanze auf; noch hats keiner gewagt mit ihr zu tanzen. Thuts aber einmal ein Christenmensch, so ist sie erlöst. Einen jungen Mann, der auch ein wilder lustiger Geselle war, hat sie einmal so erschreckt, daß ihm für immer die Lust an Gelagen vergieng, und wenn er nur Violinen hörte, er meinte, der Spuk bräche wieder los.

Husumer Wochenbl. 1837. No. 5. Durch Herrn Hansen auf Silt, und aus Ditmarschen.

2.

Zwei Mädchen giengen mit einander zum Abendmahl. Als sie es eben genossen und noch um den Altar herumgiengen, fragte die Eine die Andre: „Gehst du heut Abend mit zur Hochzeit?" „So sprich doch nicht davon," antwortete die Gefragte; aber die Andre fuhr fort: „Ich will hin und mich einmal recht satt tanzen; ich könnte mich heute wohl tot tanzen." Als sie nun Abends zur Hochzeit gieng und im besten Tanzen war, kam ein schöner langer junger Herr in die Thür, den keiner kannte, forderte sie zum Tanze auf, und tanzte anfangs ganz ordentlich; dann aber immer toller und toller, und wenn die

Musikanten ihre Pausen machten, giengs mit den beiden fort ohne Aufhören. Da wards den übrigen Gästen unheimlich und sie ließen einen Gesang aufspielen, um sie zum Stillstand zu bringen. Aber der Fremde tanzte mit dem Mädchen zur Thür hinaus und verschwand; das Mädchen aber fand man in einer Mistpfütze, wo sie vor den Augen der Gäste versank. Man glaubte, ihre Mutter habe sie schon als Kind dem Teufel verkauft. — Nach andern soll der Teufel sie in seiner Kutsche mit vier schwarzen Pferden fortgeführt haben.

Mündlich aus der Gegend von Eckernförde; ebendaher aus Hummelfeld unvollständig durch Cand. Arndt.

CCII.

Der verwünschte Geiger.

Im Kirchdorf Bröns zwei Meilen südlich von Ripen waren an einem Sonntagabend mehrere Mädchen und junge Leute versammelt und hatten große Lust zum Tanzen. Aber es war kein Geiger zur Stelle und man wuste augenblicklich nicht, woher man einen bekommen sollte. Ärgerlich sagte endlich einer: „Ich will schon einen Musikanten schaffen, und sollts der Teufel selber sein," und damit gieng er auf gut Glück hinaus. Kaum war er draußen, so begegnete ihm ein alter Mann mit einer Geige unterm Arm. Beide wurden schnell einig und der Alte ward in die Gesellschaft geführt, fieng an zu spielen und das junge Volk begann zu tanzen. Aber der Geiger strich immerfort und die Tänzer tanzten ohne Aufhören und keiner konnte zum Stillstand kommen. Da muste der Prediger erst geholt werden und einige ernste Worte zum Spielmann sprechen; worauf dieser verschwand.

Herr Dr. Reimers auf Gramm.

CCIII.

Der Teufel holt den Letzten.

Maeß Anneken Herken war ein wohlhabender, aber gottloser Bauer zu Epenwörden bei Meldorf. Nicht anders war sein Bruder Maeß Anneken Hans gewesen und ihr Vater. Aber dieser und darauf auch jener ertranken an der Mielbrücke nach einander, als sie einmal von Meldorf nach Hause wollten. Eines Tages war Maeß Anneken Herken auch nach Meldorf geritten, um allerlei einzukaufen. Er brachte aber den ganzen Tag zu in Schwelgen und Saufen, ließ sich in jeder elenden Schenke sehen und führte gotteslästerliche Reden. Als er darauf bei Nacht nach Hause wollte, gab man ihm einen Knaben zum Geleit mit und setzte ihm ihn hinten aufs Pferd. Eben draußen vor Meldorf befahl ihm aber Maeß

Anneken Herken abzusteigen und wieder umzukehren, ritt allein weiter und rief: „Der Teufel hole den Letzten.“

Am andern Morgen da man ihn im Dorfe vermißte, und an die Mielbrücke kam, sah man weiter südwärts den Strom hinunter sein Pferd ledig stehen. Man untersuchte den Ort und fand bald den Toten, der noch einen kleinen Korb über dem Arm hatte. Was da in der Nacht geschehen, weiß zwar niemand zu sagen, aber viele wusten, daß am Tage zuvor bei hellem Mittag ein schwarzer Reiter mit seinem Pferde da hinein geritten sei; und wo dieser weiter geblieben, hatte niemand gesehen.

Neocor. II. 384.

CCIV.

Der Teufel und die Kartenspieler.

1.

In Stellau lebten drei Brüder in einem Hause; die hatten weder Eltern, noch Großeltern, noch Frau, Kind, Magd oder Knecht bei sich, sie lebten ganz allein. Sie ackerten, melkten, kochten, und thaten alles ohne fremde Hilfe. Einst an einem Weihnachtsabend saßen sie so bei einander; sie hatten nicht viel zu sprechen und kamen auf den Einfall durch ein Spiel Karten die Zeit zu vertreiben. Ein alter Knecht aus der Nähe, einer ihrer wenigen Freunde, kam zu ihnen und sie fiengen an. Gewinn und Verlust machte die Vier bald immer hitziger; sie vergaßen den Weihnachtsabend, sie spielten die Nacht hindurch, dann den ersten Weihnachtstag, die folgende Nacht, dann auch den zweiten Weihnachtstag, die Augen fielen ihnen vor Müdigkeit zu; aber an ein Aufhören war nicht zu denken. Da am Abend des dritten Tages bekamen sie unversehens einen fünften Mitspieler, ohne daß sie wusten wie. Nun begann das Spiel erst recht zu rasen; der Einsatz ward verdoppelt, verdreifacht, Hab und Gut standen drauf, so giengs wieder bis an den lichten Morgen. Da verlor einer der Brüder seine Karte, nahm das Licht und suchte unter dem Tische. Aber entsetzt fuhr er zurück und schrie: „Hilf Himmel, der leibhaftige Satan!“ Da verschwand der fünfte Mitspieler, der an seinem Pferdefuß erkannt war, mit entsetzlichem Geräusche und ließ einen Gestank zurück, der noch lange nachher nicht aus dem Hause weichen wollte. Die vier Spieler aber gaben alles wieder zurück, was sie an einander verloren hatten, vergruben das Geld des Teufels und haben seit dem Tage keine Karte wieder angerührt. Die Geschichte wäre nie ruchtbar geworden, wenn nicht der alte Knecht sie endlich verrathen hätte.

Durch Herrn Ketelsen auf Breitenburg.

2.

Südlich im Dorfe Hellewadt, hart an der Landstraße, die von Apenrade nach Lügumkloster führt, liegt das Wirthshaus Klöveres (Treff-As). Diesen Namen erhielt es von folgender Geschichte. Ehemals war hier nicht die beste Wirthschaft und es ward viel Karten gespielt. So saß auch einmal an einem Winterabend eine Gesellschaft beisammen und an Flüchen und unziemlichen Reden fehlte es nicht; besonders ward häufig der Teufel angerufen, als unerwartet und von niemand bemerkt ein Handwerksbursche in die Stube kam und sich unter die Spielenden setzte. Bald wandte sich alles Glück auf des Fremden Seite und die übrigen kamen dadurch nicht in die beste Laune. Da fiel einem eine Karte unter den Tisch: das war gerade Treff-As, und wie er sie wieder aufnehmen wollte, bemerkte er, daß der Fremde einen Pferdefuß hatte. Stillschweigend legte er seine Karten hin und gieng fort ohne etwas zu sagen. Das fiel den andern auf und als ein zweiter nun absichtlich eine Karte fallen ließ und dasselbe bemerkte, gieng auch er dem andern nach. So machtens auch die übrigen und der Teufel saß am Ende allein in der Stube. Der Wirth war in großer Verlegenheit. In seiner Angst schickte er zum Prediger, um den Bösen zu bannen. Der Prediger kam mit drei Büchern unterm Arm, aber zwei schlug ihm erst der Teufel mit seinem Fuße aus der Hand; das dritte hielt er zum Glück fest. Nun ließ der Prediger sich von den Wirthsleuten eine Nadel geben, machte damit ein Loch ins Fensterblei und durch Lesen aus dem Buche zwang er den Unhold da hindurch zu schlüpfen und das Weite zu suchen.

Dannevirke 1843. No. 53. Durch Herrn C. Petersen in Hellewadt und Herrn H. Petersen in Soes. Nach letzterem gebraucht der Prediger einen Stock statt der Nadel. — Unvollständig durch Cand. Arndt mitgetheilt auch aus Esperehm bei Schleswig; mündlich auch aus Wakendorf; die Geschichte soll da bei einem Marketender zur Zeit des Canalbaues passiert sein. Auch in Ditmarschen in einem Wirthshause bei Heide oder Wesslingburen. Letztere Version ist dadurch merkwürdig, daß vom Fluchen ꝛc. keine Rede ist, sondern der Teufel aus besonderer Lust und Liebe zum Kartenspiel sich einfindet. In allen entweicht der Teufel durchs Fenster und hinterläßt Gestank. Von der Nadel ist nicht die Rede.

3.

In der Kieler Nicolaikirche spielten während der Predigt die Chorknaben in einem Winkel hinter der Orgel Karten; einer fluchte sogar dabei. Da ist der Teufel gekommen und hat ihm den Hals umgedreht (oder ihm so an die Ohren geschlagen), daß das Blut an die Wand spritzte, und darauf ist er mit ihm zum Fenster hinaus gefahren. Der Blutfleck ist noch zu sehen und durch kein Uebertünchen weg zu bringen. Das Fenster kann auch nicht wieder eingesetzt werden; denn gleich ist es wieder entzwei.

Soll auch in Rendsburg und im Schleswiger Dom passiert sein; doch erzählt man auch, der Teufel habe dem bösen Jungen an der Kirchthür aufgepaßt und ihn, als er herauskam, an die Wand geschleudert. — Mündlich.

CCV.

Der betriegerische Wirth.

Dree Handwarksbursen köumen enmael innen groet Holt unn verbistern daer inn. Se löpen hin unn häer, inne Krüez unn Kwier unn kunnen ne weller heruet finden. Toulezt as se fœr Mödigheit ne mier gaen unn staen kunnen, leggen se sik ünnern Boum dael uun dachen: „Hier will wy starwen.“

Daer köum de Böes tou äer unn sä': „Wenn ji myn syn wüllt, so will ik ju helpen.“ „Nä,“ sä'n se all dree, „dat wüll wy ne; lewer wüll wy starwen.“ Daer sä' de Düwel: „Ik will ju uk helpen, wenn ji my tou'n lebendigen Minschen verhelpen wüllt.“ „Wo künn wy dat?“ fröugen de Handwarksbursen. De Düwel sä': „Ji schüllt nu en Tyt lang wyder niks seggen, as de een wir drei, de anner ums Geld, unn de drörre das ist recht. Dat schüllt ji so lang seggen bet ji mi tou'n lebendigen Minschen verholpen hebbt.“ Daer sä'n de dree: „Dat künnt wy woll, wennt wyder niks is.“ Daer geew de Böes äer so väel Gelt, as se man äwen släpen kunnen, un wys äer uet't Holt na en Wiertshues. Daer sä' de Wiert: „Was beliebt meine Herren? Befehlen sie zu essen und zu trinken?“ „Wir drei,“ sä' de een, „Ums Geld,“ sä' de anner, „Das ist recht,“ sä' de drörr. As se nu wat äten harrn, fröug de Wiert, op se uk tou Bett wullen, daer sä de een weller „Wir drei,“ unn de anner „Ums Geld,“ unn de drörr „Das ist recht.“ De Wiert verwunner sik unn füng an allerlei mit äer tou spräken, kunn awer wyder niks uet äer heruetbringen, as „Wir drei,“ „Ums Geld,“ „Das ist recht.“

Daer wier by den Wiert uk en Koepmann ankiert, de väel Gelt by sik harr; dat lach den Wiert rech inne Ogen, unn as he nu mark, dat de dree Handwarksbursen wyder niks seggen kunnen, as „wir drei, ums Geld, das ist recht,“ daer köumen em böse Gedanken. Daer bröch he inne Nach den Koepmann üm unn nöum syn Gelt, unn den annern Morgen maek he Larm, de Koepmann wier ümbröch unn dat harren de dree Handwarksbursen daen. Daer wörren se fastnamen unn köumen inn't Förhüer unn de Richder fröug äer: „Habt ihr den Kaufmann umgebracht?“ Daer sä' de een: „Wir drei,“ de anner „Ums Geld,“ unn de drörr „Das ist recht.“ „Nä,“ sä' de Richder, „wie sollte das wohl recht sein! Warum habt ihr das gethan?“ Unn de Handwarksbursen antwuerden weller: „Wir drei, ums Geld, das ist recht." Wyder kunn de Richder niks heruet bringen. „Nu," sä' he, „ihr habt gestanden, euer vieles Geld zeugt wider euch; übermorgen sollt ihr hangen."

So lang harren de dree Handwarksbursen noch gouden Mout hatt; as awer de letz Nach heran köum, daer wiern se doch in Angsten, awer kener harr dat Hart, wat anners tou seggen, as he lævd harr. Daer köum de Böes in äer Gefängnis unn sä': „Morgen schüllt ji richt warren; wenn ji nu den Strick ümme Käel hebbt, so roept: Gna', wy sünt ünschüllig, de Wiert hett den Koepmann ümbröch, de Mann in roet Schaerlaken is uns Tüeg; denn kaem ik unn will ju helpen."

As nu Morgen wörr, wier de Wiert ok nyschyrig wo dat aflopen dä'. He leet anspannen unn föer hin na'n Richplatz. Daer stell sik en Mann in roet Schaerlaken dich by em unn as nu de dree Handwarksbursen röupen: „Gna', wy sünt ünschüllig, de Wiert hett den Koepmann ümbröch, de Mann in roet Schaerlaken is uns Tüeg," unn de Wiert nu sä': „So schall my de Düwel halen, wenn dat waer is," daer kreeg de in syn roet Schaerlaken em mit twee Finger tou faten unn faer mit em dörch de Luff. De Wiert awer leet noch en Schou unn dree Bloutdröppen fallen unn de dree Handwarksbursen wörren frylaten unn reisten wyder.

Durch Schull. Knees in Neumünster aus der Gegend von Oldenburg. vgl. oben No. 156. — Dieselbe Sage zuerst wohl in David. Chytraei epistola bei Samuel Meigerius de Panurgia lamiarum Hamborg 1587. 4.

CCVI.

Der diebische Müller.

Ein böser, gottvergessener, diebischer Müller wollte keinen christlichen und ehrlichen Umgang mit seinen Nachbarn halten, sondern wenn sie im Wirthshause waren, gieng er lieber auf die Mühle und untersuchte die Säcke der Bauern; denn ihm schien, daß er dann die beste Gelegenheit dazu hätte. Was geschah aber am St. Martinstage? — Der Teufel kam leibhaftig zu ihm in die Mühle und sagte: „Nun, Gevatter, was machst du da? Ich versteh, du machst dir ein Geschäft in fremden Taschen; wir wollen nun einmal zusammen mahlen!" Damit hub er den Mühlenstein auf und steckte den Müller darunter, machte die Mühle los und mahlte ihn zu Brei. Diese Geschichte ward übers ganze Land bekannt und seit der Zeit wollen die Müller kein Korn mehr mahlen am Martinstage.

Helvader. Calendar. Nov. 11. Thiele II. 79.

CCVII.

De Möller von de Brakermæl.

Een gode half Stunn von de Stadt Eutin da ligg'n Mæl, de Brakermæl. Up diß Mæl da waen vær olen Tyden en Möller; de besöep sik all Dag, späel all Sünndag unn unner de Predig Kaerten unn flucht daby, dat em de Ogen innen Kopp bestaen blewen. All de arm Lüer, de em dat Koern to Mæl bringen müsten, bedröeg he mit de Matt unn mennig arm Wittfro, de'n Schäpel Koern to Mæel bröch, kreeg man en halm weller.

Dat Dink güng so lang goet, bet de Möller störf. Morns, as he begrawen warrn schull, kömen ach Dräges unn all de Folges in de Mæl to hoep. As nu de Lyk up den Wagen sett warrn schull, wörrn veer von de Dräges unn Folges lykenblas; denn se segen en groten, swarten Kater mit fürigen Ogen up dat Sark sitten. Diß veer dat weern Sündaegskinner. De ach Dräges faten dat Sark an, sä'n: help Gott! unn bæren to, se kunnen abers dat Sark nich rippen, noch rögen. Do faten noch ach von de Folges mit an unn sä'n: help Gott! unn all de söstein Mann kunnen dat Sark nich rögen. Do röep een von de Dräges: „Nu, in dre Döbelsnamen!" unn nu kreegen se dat Sark gans flärig (leicht) uppen Wagen. Den Möller syn veer swarten Päer schuln denn do em na'n Karkhof teen; abers se bruken up den Weg hup'm (reichlich) dre Stunnen, den jeder oel Fro in een Stunn krupen kann. De veer Sündaegskinner segen den swarten Kater noch jümmer up't Sark liggen. As nu de Lykentog in de Stadt köem, leeg so väel Schuem up de swarten Päer, dat de Stadtlüer äer fæ Schimmels ansegen. Fæ de Karkendær bæren de söstein Mann dat Sark waller vonnen Wagen; abers do all de Folges uk mit angrepen, weer dat, as wenn se hunnertdusent Punt höllen unn kregen dat Sark nich inne Kark herin. Nu müß de Preester kamen unn syn Räd' fæ de Dær holn. Na de Kuel kunnen de Söstein dat Sark flärig drägen; se setten dat Sark in de Kuel unn de Sünndaegskinner segen den Kater noch baben up sitten; as abers Eer' upsmäten wörr, güng'n de Kater na't Sark herin.

Nich lang'n daerna reed de Buervaeg uet Klenzau laet ut de Stadt, as de Klock äben twölf slagen harr. Do köem he by de Brakermæl, dörch de Au. Inne Mæl weer't gans düster, he höer abers noch wat kloppen unn dach by sik: „Weer schull hier noch so laet Tüeg afkloppen?" He kunn innen Düstern nümms seen unn röep: „Goen Aben! wat wasch ji hier noch so laet?" „Wy wasch den Möller, den Koerndeef, den Duß (Staub, Schale des Korns) ut de Seel!" antwoert em een. „Na," seggt de Buervaeg, „dat geit uk, wenn de Loeg man goet is." „Wullt du se mael pröwen?" segg waller een unn göet em achter wat up't Päert. Do löep dat Päert, wat dat lopen kunn unn stünn nich eer still, as bet dat in't

Hues weer. Den annern Morgen beseeg de Buervaeg syn Päert unn da weer Huet unn Haar achter afbrennt.

Nach Herrn Schull. Kirchmanns in Eutin schriftlicher Mittheilung und in Firmenichs German. Völkerst. S. 44.

CCVIII.

Der Müller ohne Sorgen.

Der König kam einst durch Ditmarschen und bei eines Müllers Haus vorbei, an dessen Thür stand geschrieben: Ich lebe ohne Sorgen. Der König ließ den Müller sogleich zu sich kommen, und fragte ihn, wie er sichs einfallen lassen könnte, das über seine Thür zu schreiben, da er, der König selber, es nicht einmal von sich sagen könnte. Der Müller antwortete, es wäre nun einmal so und ließe sich nichts dabei machen. „Nun," sagte der König, „so komm er morgen früh nur einmal zu mir; dann will ich an ihn drei Fragen thun und kann er die beantworten, will ichs ihm glauben." Am andern Morgen kam der Müller. „Guten Morgen, guter Freund," sprach der König, „was meint er, was ich denke in diesem Augenblick?" „Ihr meint," antwortete der Müller, „der Müller kommt." „Allerdings," sagte der König; „aber nun die zweite Frage: wie schwer ist wohl der Mond?" „Höchstens," antwortete der Müller, „vier Viertel, und wenn ihr es nicht glauben wollt, müßt ihr selbst nachwegen." „Und wie tief ist das Wasser?" fragte der König wieder und der Müller antwortete: „Einen Steinwurf." Da lächelte der König und sagte: „Höre er, Müller, er ist ein Schalk; aber wenn er mit Allem so schnell fertig werden kann, ists kein Wunder, daß er keine Sorgen hat." Der König beschenkte darauf den Müller reichlich und sind ihre Lebtage gute Freunde geblieben.

Mündlich aus Marne.

CCIX.

Die aufrichtige Lüge.

Ein Spitzbube ward gefangen. Der Amtmann wollte ihn henken lassen. Als der Mann ihn aber bat, sagte er ihm das Leben zu, wenn er eine aufrichtige Lüge erfinden könnte. Der Spitzbube sagte, es wäre nichts leichter als das. „Ein altes Weib," fieng er an, „pflanzte auf den Misthaufen drei Körner, ein Weizenkorn, ein Haferkorn, ein Buchweizenkorn; da vergieng das Weizenkorn, da verschwand das Haferkorn, aber eine Buchweizenstange wuchs hervor und wuchs bis in den Himmel. Da stieg sie dran hinauf und gieng durch den Himmel und gieng durch die Hölle, sah mancherlei Freude und mancherlei Pein, sah da auch den Teufel, der hatte den Herrn Amtmann seine alte Mutter auf 'der Schiebkarre" — „Kerl," rief der Amtmann, „das ist nicht wahr!“ „Verzeihung, Herr Amtmann, antwortete er, „das ist eine aufrichtige Lüge.“

Aus Kurborg am Dannewerk durch Cand. Arndt.

CCX.

Die Wahrheit ohne Herberge.

Ein abgedankter Soldat zog von Thür zu Thür und bat um ein Obdach; aber niemand nahm ihn auf. Zuletzt kam er zu einer Hütte, wo ein hinkender Mann und eine verwachsene Frau wohnten. Er klagte ihnen seine Noth und bat sie um ein Unterkommen für die Nacht. Verwundert fragten ihn die beiden Alten, wie so viele reiche Leute ihn hätten abweisen können? „Ja,“ sagte der Soldat, „ich bin der Mann, der allzeit die Wahrheit sagt; und Wahrheit findet keine Herberge, ist ein Sprichwort.“ Da meinten die beiden Leute ein christlich Werk thun zu können, und führten ihn in die Thür. Als der Soldat aber nun fragte:

Myn krumme Fru unn hinken Mann,
Wo schall ik myn Ranzel uphang'n?

da wurden die beiden gleich so böse, daß sie ihn wieder zur Thür hinaus wiesen. So muste der Soldat die Nacht im Freien zubringen und läuft vielleicht noch herum, wenn er seine Gewohnheit, die Wahrheit zu sagen, nicht abgelegt hat.

Mündlich aus Marne.

CCXI.

Michel Hartnack.

Old' Michel Hartnack in Tiebensee de harr ock jümmer so drullige Grappen in den Kopp, he weer awerst en ganzen Kloken. He har't ümmer so mit'n Woert: „Wenn my't gefallt,“ plag he jümmer to seggen, daer keert man sik denn wyder nich an. De seet ock denn mael in'n Kroeg, so kaemt daer Muskanten an unn fangt an optospälen. Michel Hartnack was daer en besondern Leefhebber van unn word' gans lustig. „Jungens, weet jüw wat?“ segt he am End', „jüw kunden my noch na myn Hues henspälen, ik gäw' juw en Speetschenbaler, wenn my't gefallt.“ De Muskannten weren denn gewaltig by de Hant: ja wul, dat kunb' angaen. So togen se denn loes, de Muskanten faeran unn Michel Hartnack achterop, langs dat ganze Dorp, jümmer mit de Musyk. De Lüd' legen all faer de Daer unn wusten nich wat daer loes weer. As se nu by Michel Hartnack syn Hues ankaemt, so staet se denn ja still unn luert op den Speetschen. Do segt Michel Hartnack unn maekt en ganz eerbaer Gesicht: „Välen Dank,“ segt he, „faer den guden Willen; awerst wenn ik my recht besinn, so hett my't doch egentlich nich gefullen. Gude Nacht!"

Durch Herrn Adv. Griebel in Heide.

CCXII.

Wie Frau Abel sich ein Ei holte.

Vor Zeiten wohnte zu Stakendorf in der Probstei eine alte geizige Frau, die hieß Frau Abel. Damals gab es noch viele Wölfe im Lande, die man in Gruben fieng. Jeder im Dorfe muste, so wie die Reihe an ihn kam, eine Ente oder Gans zur Witterung geben. Als endlich Frau Abel daran kam, nahm ihr Knecht eine Gans und setzte sie auf die Wippe über der Grube. Da fiel es aber der Frau ein, daß die Gans noch ein Ei bei sich hätte. Schnell lief sie hinaus durch den Schnee, obgleich der Abend schon da war, und langte nach der Gans, aber die Wippe gab nach und sie fiel in die Grube. Nun schrie und rief sie; doch niemand hörte. Vor Frost und Angst klapperten ihr die Zähne; um Mitternacht fiel ihr aber das Ei in den Schooß. Allein gegen Morgen kam der Wolf geschlichen, schnoberte da erst herum, kukte in die Grube, tastete leise auf die Wippe und wollte nach der Gans langen: da schlug das Brett um und er war bei der Frau in der Grube. Ob er aber nicht hungrig war oder vom Falle einen Schreck bekam: ganz ruhig setzte er sich in die eine Ecke, Frau Abel saß in der andern mit dem Ei in der Hand, und beide sahen einander an, gewis mit verschiedenen Gedanken. Endlich ward es Tag und der Knecht kam um nachzusehen, wie der Fang abgelaufen; wie erschrak er! Eilig lief er zurück, und schrie das ganze Dorf zusammen. Mit Stricken kamen sie wieder zur Grube. „Ja," sagte der Knecht, „wenns nun aber glücken soll, unsre Frau, so macht nur die Röcke los und laßt die dem Wolf, wenns sein muß." Und just als man sie herauf zog, besann sich der Wolf, sprang zu und packte die Röcke; Frau Abel aber ließ sie gleiten und kam wohlbehalten mit dem Ei nach Hause.

Durch Herrn Rethwisch in Ovelgönne. — In Malkwitz im Fürstenthum Lübek erzählt man nach der Mittheilung des Herrn Schull. Kipp eine sonst gleichlautende Version von einer Wittwe Lembke. Man vergl. ein lat. Gedicht des 10. oder 11. sec. in Jac. Grimms lat. Ged.

CCXIII.

Der liebe Gott und der Teufel.

Unser liebe Herrgott und der Teufel giengen einmal mit einander über Feld. Da begegnete ihnen ein Mann und grüßte höflich. Der liebe Gott erwiderte den Gruß und zog seinen Hut; aber der Teufel behielt die Hände in der Tasche und steckte die Zunge aus. Da machte der liebe Gott ihm Vorwürfe wegen seiner Unart und fragte, warum er nicht auch seinen Hut abgenommen? Der Teufel antwortete, der Gruß habe ihm doch nicht gegolten, sondern dem lieben Gott; wenn er allein gienge, nehme kein Mensch vor ihm den Hut ab, und die Leute schimpften oft obendrein noch hinter ihm her. Da stellte der liebe Gott dem Teufel vor, wie das alles nur davon herkäme, weil er immer so böse sei und nur böses thäte; er sollte nur einmal was gutes thun, so würds anders sein, meinte der liebe Gott und hatte eine lange Predigt gehalten. „Höre," sagte der Teufel, als der liebe Gott fertig war, „thät ich einmal was gutes, so hättest du doch den Dank; und thätest du was schlechtes, würde ich die Schuld haben." Der liebe Gott wollte das nicht glauben. „Nun," sagte der Teufel, „so stoß nur die Kuh da in den Graben; dann wollen wir sehen." Der liebe Gott stieß die Kuh hinein, die grasend am Wege gieng und einem armen Manne gehörte. Darauf setzten sich die beiden, um zu sehen wies abliefe, auf einen Hügel in der Nähe. Nicht lange, so kam der arme Mann und fand seine Kuh im Graben. „Wat fœr'n Düwel hett my dat daen?" rief er aus und lief nach dem Dorfe zu um Leute zu holen. Der Teufel aber fragte den lieben Gott: „Wer hat denn nun die Schuld bekommen?" und gieng darauf hin und brachte die Kuh wieder auf die Beine, so daß sie wieder ruhig grasend am Wege gieng, als der Mann mit Helfern kam. „Nu, Gott sy gedankt!" rief er aus, „dat't so gaen is." „Hörst du wol," sagte der Teufel, „wer hat nun den Dank?"

Mündlich aus der Gegend von Rendsburg.

CCXIV.

De Knech unn de Buer.

Daer wier mael'n Knech, de müch giern äten, awer niks doun. As se nu en Mirrag (Mittag) Arfen krygen dön, steek he syn Läpel verkiert int Schöttel unn sä': „Hakks du dropp, so äet ik dy." * Dat verdröet den Buern unn he leet em lopen. De Knech dach: dat is uk bäter, wenn man syn egen Herr is; dann kann man äten na syn Mæg (Geschmack, Lust) unn arbeiden na syn Beleew. He söch sik en lütt Diern uet, de en bäten inne Melk tou kröumen harr, eet na syn Mæg unn arbeid' na syn Beleew. Dat güng so lang gout, as se noch wat inne Melk tou kröumen harrn. As dat awers all wier, wat nu anfangen? He dach, du muß man na dyn Nawer gaen, (dat wier de Buer, den syn Arfen he ne müch harr) unn em üm'n Spint Arfen birrn (bitten). He güng hin unn sä': „Gouden

* Bleibst du dran hängen, wie Mehlspeise ꝛc., so äße ich dich.

Dag, Nawer." De Buer sä': „Gouden Dag, sett dy!" He sett sik unn seet unn seet unn müg syn Warw (Gewerbe) ne anbringen. De Buer dach wat schull he wull op syn Harten hebben? He müß doch endlich daer mit heruet unn sä': „Ik heff en fröndlich Bäd' an dy, lütt Nawer, wenn du my dat man ne afflagen wulls." „Laet hüern," sä' de Buer unn de Knech sä': „Ik wull dy ümmen Spint Arfen birrn; Gelt heff ik ne, awer ik wull dy dat ierlich afverdenen." De Buer sä': „Kumm mit." As se by de Arfen ankaem dön, steek de Buer de Schüffel verkiert herin unn sä': „Hakks du dropp, so mäet ik dy." „Lütt Nawer, hestu dat nonne weller vergäten?" sä' de Knech; „dat see ik in, dat kann ne mier so gaen, as ik dat drä-wen heff." „Wenn du dat man insühst," sä' de Buer, „so will ik dy en Spint doun," unn he geef em en Spint Arfen, unn van de Tyt an eet de Knech wat daer köum, unn dö, wat he schull, unn de Buer sä' oft van em: „Dat is rech sun ullen Slaev!"

Aus der Gegend von Oldenburg durch Herrn Schullehrer Knees in Neumünster.

CCXV.

Die schwarze Greet.

Zwei arme Fischer, die auf dem Schleswiger Holm wohnten, hatten die ganze Nacht vergeblich gearbeitet, und zogen zum letzten Mal ihre Netze wieder leer herauf. Als sie nun traurig heimfahren wollten, erschien ihnen die schwarze Greet, die sich öfters den dortigen Fischern zeigt; sie kommt vom andern Ufer her, wo eine Stelle im Dannewerk in der Nähe von Haddebye nach ihr Margretenwerk heißt, und erscheint in königlicher Pracht mit Perlen und Diamanten geschmückt, aber immer im schwarzen Gewande — ganz so, wie sie früher auf dem Husumer Schloß im sogenannten Margretensaal zu schauen war. Die sprach zu den Fischern: „Legt eure Netze noch einmal aus, ihr werdet einen reichen Fang thun; den besten Fisch aber, den ihr fangt, müßt ihr wieder ins Wasser werfen." — Sie versprachen es und thaten, wie die Greet gesagt; der Fang war so überschwenglich groß, daß ihn der Kahn kaum fassen wollte. Einer der Fische aber hatte Goldmünzen statt der Schuppen, Flossen von Smaragd und auf der Nase Perlen.* „Das ist der beste Fisch," sprach der Eine, und wollte ihn wieder ins Wasser setzen. Aber der Andre wehrte ihm und versteckte den Fisch unter den übrigen Haufen, daß die Greet ihn nicht sähe; dann ruderte er hastig zu, denn ihm war bange. Ungern folgte ihm sein Gefährte. Aber wie sie so hinfuhren, fiengen die Fische im Boote allmählig an zu blinken, wie

* Der Hauptfang der dortigen Fischer besteht in Brassen, deren Oberkiefer perlenähnliche Erhöhungen hat und deren Schuppen wie Gold glänzen.

Gold, denn der Goldfisch machte die übrigen auch golden. Und der Nachen ward immer schwerer und schwerer, und versank endlich in die Tiefe, in die er den bösen Gesellen mit hinabzog. Mit Noth entkam der Andere und erzählte die Geschichte den Holmer Fischern.

Volksbuch 1844, 87. — Mündlich.

CCXVI.

Die Hand des Himmels.

In Blankenese war ein junger Fischer; dem giengs unglücklich und es wollte ihm mit dem Fange gar nicht gelingen. Er gerieth in Mangel und Elend und Frau und Kinder musten Hunger leiden. Einmal wars ein heißer Sommertag. Als aber gegen Abend ein Gewitter mit der Fluth im Westen aufstieg, entschloß sich der Fischer noch eine Fahrt zu wagen, weil er gehört hatte, daß in solchen Augenblicken die Fische am besten ins Garn giengen. Er stieg ins Boot und fuhr auf die Elbe hinaus, obgleich alle ihn warnten und das Wasser schon dunkel und unruhig ward. Kaum aber hatte er seine Netze ausgeworfen, so konnte er sie auch schon wieder aufziehn und in einem Augenblick war seine Jolle voll. Da wollte er noch einen Zug versuchen und die Netze noch einmal auswerfen, als ein fürchterlicher Donnerschlag über ihm losbrach und ihn erschreckte. Wie er wieder zu sich kam, sah er mitten auf den Fischen eine weiße Totenhand liegen. Da setzte er rasch die Segel auf, denn ihn graute, und wie ein Pfeil schoß seine Jolle dem Strande zu. Es war ein Glück für ihn, daß er sich hatte warnen lassen und Gott nicht länger versucht hatte. Die Totenhand hengte er nachher als Wahrzeichen in der Nienstedter Kirche auf, und sie ist lange noch da zu sehen gewesen, da sie ganz unverwest blieb. Man nannte sie die Hand des Himmels. Als sie endlich herunter fiel', verbrannte man sie zu Asche und bereitete eine Oblate daraus, die bis auf den heutigen Tag gezeigt wird. Der Fischer ward seit jenem Tage ein reicher und begüterter Mann, weil, wie man sagte, die Hand des Himmels mit ihm war.

Mündlich. vgl. No. 120.

CCXVII.

Ewig läwen.

Tou de Tyt, aß dat Wünschen noch helpen dā', do wier da en Fru, de wier frisch unn munter, gesunt unn stark, müch giern äten unn drinken unn harr all, wat äer Hart begäer. Wyl dat nu so mit äer stünn, so wünsch se sik ewig tou läwn. Bet hundert Jaer güng' dat uk heel gout; aß se awer de hunnert tou faten harr, daer füng' se an tousaem tou krupen unn dat neem mitte Tyt so tou, dat se ne mier gaen unn staen, äten unn drinken künn, unn starwen künn se uk nich. De Minschen müssen äer kanten unn kieren, unn wat tou äten gäwen, aß wenn se'n lütt Kint wier. Dat wier awer nonne (noch nicht) noeg; se kröup all na gra' ümmer mier unn mier tousaem unn se eet niks mier unn se drünk niks mier. 't köum toulețz so wyt, dat se sik man dann unn wann mier bewägen dä'. Daer dachen de Lüer, dat wier am bessen, wenn se ünnern Föuten uet kaem dä'; wyl awer noch Läwen in äer. wier, so kregen se äer innen Glas unn hängen äer op inne Kirch. Se hengt nu inne Lübeker Marienkirch, unn se iß nu so lütt aß en Mues unn bewäg sik man all Jaer eenmael mier.

Aus der Gegend von Oldenburg durch Herrn Schullehrer Knees in Neumünster.

CCXVIII.

Klaus Nanne.

Von Hamburg aus ward Klaus Nanne aus Lunden auf seiner Reise nach Jerusalem mit Geld und Wechseln versehen. In Jerusalem aber traf sein Wechsel nicht ein zur bestimmten Zeit. Der Ritter kam in Verlegenheit, wuste und wagte in der fremden Stadt keinen Menschen anzusprechen und gieng traurig umher. Da redete ihn ein Bettler an und fragte, warum er so traurig sei. „Du kannst mir doch nicht helfen," erwiderte Nanne. „Das kannst du nicht wissen," sagte der Bettler, „sag mir nur deine Noth." Da gestand ihm Nanne, daß sein Wechsel ausgeblieben sei, und der Bettler langte in die Tasche und gab ihm einen großen Beutel mit Goldstücken mit den Worten: „Brauchst du mehr, so hab ich mehr." Voll Erstaunen fragte Nanne, wie er dazu käme und ihm das Geld gäbe ohne ihn zu kennen. Der Bettler antwortete: „Ich bin in deinem Hause gewesen, du heißst Klaus Nanne und wohnst in Kleinlehe nahe bei Lunden in Ditmarschen und ich komme in ein paar Jahren wieder zu dir in dein Haus, das Geld selber abzuholen." Mehrere Jahre vergiengen und Klaus Nanne war längst wieder zu Hause. Da trat endlich der Bettler bei ihm ein, an einem Tage und zu einer Stunde, da er gerade mit vornehmen Gästen bei Tisch saß. Nanne erkannte ihn schon an der Thür und gieng auf ihn zu, führte ihn auf den besten Platz, legte ihm reichlich vor und erzählte den verwunderten Gästen die ganze seltsame Geschichte. Bleibens aber hatte der Bettler nicht bei ihm, soviel er auch gebeten ward: er nahm sein Geld wieder und ließ von dem dankbaren Manne sich nicht ein Mehreres aufdringen. Die Gäste fragten ihn, wie er doch bei solchem Reichthum eine solche Lebensart führen möchte. „Die soll auch nun aufhören," antwortete er, gieng damit fort und niemand hat erfahren, wohin er gegangen ist.

Harms Gnomon S. 177. aus dem patriot. Nachlaß.

CCXIX.

Der Wanderjude.

Seit vielen vielen Jahren kommt der Wanderjude in die Städte. Er wird nicht hungrig, er wird auch nicht durstig, er wird nicht alt. Er soll seine Ruhe immer draußen nehmen und darf unter keinem Dache schlafen. Vor einigen Jahren soll er noch in Lüneburg gewesen sein; da hat er auf einem Stein geschlafen, der vor der Stadt liegt.

Aus Lanken in Lauenburg durch Cand. Arndt.

CCXX.

Die beiden Drescher.

1.

Ein armer schwächlicher Mann gieng nach einem Hofe um sich Arbeit anweisen zu lassen. Der Herr ward mit ihm einig und wieß ihm Korn an, das er abdreschen sollte. Da gieng der Mann aus sich einen Makker zu suchen und traf bald einen Menschen, der ihn fragte was er suche. Der Arme sagte was er wolle, und der andere versprach zn kommen. Am andern Tage gieng er auf dem Hof und wartete auf seinen Helfer; dieser kam und setzte seinen Dreschflegel an den Eckstender; da fieng der an zu knacken. Darauf fragte er den Armen, ob er abwerfen oder dreschen wolle. Der Arme wollte lieber abwerfen, und wie er damit anfieng, drosch der andre sogleich ab und rief sogar bald: „Das ist ja, als wenn die Hühner was vom Boden scharren, ich muß nur selber abwerfen." Der Starke stieg also hinauf, drängte sich in eine Ecke und schob alles Korn auf einmal vom Boden hinunter, begann darauf wieder zu dreschen und in ein paar Schlägen war alles abgedroschen.

Als nun der Herr am Abend sah, daß alles abgedroschen war, gab er ihnen einen Verweis; denn sie hatten alles unter einander gedroschen, Hafer, Gerste, Roggen und Weizen. Sie sollten am folgenden Tage das Korn rein machen. Da fieng der Starke an zu blasen so, daß der Hafer hierhin, die Gerste dahin, der Roggen und der Weizen auch jedes an seinen Ort flog. Da schickte er den Armen zum Herrn und ließ sagen: „Das Korn ist rein; morgen wollen wir aufmessen; sollen wir nur soviel davon haben als wir tragen können?" „Ja," sagte der Herr, „so viel könnt ihr nehmen." Und als sie am andern Tage dabei giengen, fragte der Starke den Armen, ob er auch einen recht großen Sack hätte „Ich hab einen, der faßt wohl anderthalb Tonnen," antwortete der Arme; da sagte der Starke: „So habe ich doch noch einen größeren; erst wollen wir für uns soviel abnehmen und dann das übrige aufmessen." Der Starke füllte also zuerst den Sack des Armen, steckte ihn dann in eine Ecke des seinen und schaufelte darauf alles Korn hinein, was nur da war. „So," sagte er und nahm den Sack auf, „jetzt komm nur," und sie giengen mit einander fort. Da bemerkte sie der Herr: „Das soll euch nicht glücken" dachte er und ließ seine beiden wilden Stiere los. Als diese nun auf den Starken einrannten, da ergriff er den einen beim Schwanz und hengte ihn über die linke Schulter, langte darauf nach dem andern und hengte den über die rechte. „Nun," dachte der Herr, „laß sie nur gehen, sie können ja so nicht durchs Thorhaus." Als aber der Starke davor kam, bückte er sich, hob es in die Höhe und trug alles mit einander fort. „Wo willst du den Kram hin haben?" fragte er den Armen; „da steht mein Haus," antwortete dieser und der Starke trug ihm alles dahin und schenkte ihm, was sie verdient hatten.

Durch Dr. Klander aus Plön.

2.

In Eiderstede bei Witzwort liegt ein schöner Hauberg (so heißen da die Bauernhöfe, die auf Wurten liegen), darin ist eine große Loh; an der Thür davor sind zwei Drescher abgebildet. Der eine ist sehr groß und stark, der andre klein und hat einen schwarzen Rock an. Unter dem Großen steht der Spruch:

Ich bin der Mann,
Der dreschen kann;

unter dem kleinen aber: „Ich kann auch wohl dreschen, wenn es nur Arbeit lohnen soll." Man erzählt darüber folgende Geschichte.

Es war einst in jenem Dorfe ein so großer und starker Mann, daß keiner das Dreschen mit ihm aushalten konnte; alle seine Makker drosch er zu Tode. Am Ende wollte keiner mehr es mit ihm aufnehmen; und wenn er einmal auf den Markt kam und sich einen neuen Helfer suchen wollte, sagte ihm jeder: „Mit dir mag der Teufel selbst nicht dreschen." Als er nun einmal wieder auf dem Markte war, trat ein klein schwarz Männlein an ihn heran nnd fragte: „Bist du der Mann, der dreschen kann?" „Ja, ich bin der Mann, der dreschen kann," antwortete der Große; der Kleine sprach: „Ich kann auch wohl dreschen, wenn es nur Arbeit lohnen soll; willst du's einmal mit mir versuchen und mich zum Makker haben?" Da antwortete der Große: „Ich habe schon ganz andre Gesellen gehabt und sie alle tot gemacht; aber du siehst doch wohl darnach aus, daß du dreschen kannst, komm nur mit." „So schnell gehts noch nicht," erwiederte der Kleine, „morgen will ich kommen; ich muß erst meinen Flegel holen." Da meinte der Große, daß das nur Ausflüchte wären und der Kleine sich fürchtete, er sagte darum: „Einen Flegel will ich dir wohl leihen." Doch der Kleine war damit nicht zufrieden: „Ich muß durchaus meinen eignen haben." „So will ich den Knecht darnach schicken," sagte der Große. „Dann muß er einen Wagen nehmen; tragen kann er ihn nicht." Der Große lachte, schickte aber doch einen Wagen hin.

Als nun der Knecht zurück kam, muste man ihm abladen helfen; denn der Flegel war ganz von Eisen. „Frau," sagte der Kleine zu der Bäuerin, „die Teller, Grapen und Pfannen must du herunter nehmen." Die Frau aber lachte ihn aus. „So will ich keine Schuld haben, wenn Unglück passiert," sagte er, und nun ward alles Korn auf die Loh geworfen. Da that der Kleine den ersten Schlag und die Teller und Grapen und Pfannen stürzten von den Borten und alles was da war. Der Große entsetzte sich, aber wollte sich nicht geben, sondern sie droschen in die Wette Schlag um Schlag, die Loh hinunter und hinauf, bis sie ganz in Grund und Boden geschlagen war. Da strengte sich der Große übermäßig an, und schlug rascher zu und der Kleine folgte immer schneller und schneller, und das trieben sie so lange bis der Große tot niederstürzte. — Darnach ist das Bild zum Andenken gemalt worden.

Mündlich. — Herr Cand. Arndt theilte auch dies Stück mit und zwar mit einem Anhange. Der Kleine geht nun auf den Markt und sucht sich einen neuen Makker, findet den armen Mann und es folgt die erste schon mitgetheilte Sage, nur verstümmelt und unvollständig. Nachdem sie ihren Lohn bezahlt erhalten haben, geht der Arme nach Hause. Unterwegs verspricht ihm der Kleine viel Geld, wenn er das haben solle, was ihnen zuerst vor seinem Hause begegne. Dem Armen fällt zur rechten Zeit noch seine schwangere Frau ein, er pfeift und sein Hund wird des Teufels Beute, der ihm das Genick umdreht und mit einem Stank verschwindet; die Frau aber ist gerettet.

3.

Kurz vor Garding, rechts am Wege nach Husum, liegt ein netter Hof, auf dessen Lohthüre zwei Drescher, ein kleiner und ein großer, abgemalt sind. Vor vielen Jahren wohnte hier nemlich ein reicher Bauer, der hatte eine hübsche Tochter. Die beiden jungen Drescher bewarben sich um sie, aber dem Vater waren beide gleich lieb und da er keinem Unrecht thun wollte, gab er zur Antwort, der solle seine Tochter haben, welcher von ihnen in vier und zwanzig Stunden den meisten Weizen ausdreschen würde. Da entstand auf der Diele ein Dreschen, wie es noch in ganz Eiderstede nicht gesehen war. Keiner gab dem andern nach, das Korn flog nur so aus den Garben; so gieng es die Diele hinauf und hinunter und der Tag vergieng und keiner ließ nach. Als aber der Morgen kam und die Stunden um waren, sanken beide tot nieder und die Braut hat keiner bekommen.

Nach Herrn Storms Mittheilung.

CCXXI.

Die Schnitterin.

Der einzige Sohn einer Ballumerin ward eines schweren Verbrechens angeklagt und schuldig befunden. Da er zum Tode verurtheilt war, eilte die Mutter in der Angst ihres Herzens zu dem Gerichtsherrn, dem Grafen von der Schackenburg, warf sich ihm zu Füßen und bat flehentlich um Gnade für ihren Sohn, den einzigen Trost und die einzige Stütze ihres Alters. Schon stand die Sonne im Mittag; da sprach der Graf um des flehenden Weibes los zu werden: „Kannst du noch, ehe die Sonne untergeht, mir drei Äcker Gerste schneidgn, so soll dein Sohn frei sein.“ Da gieng die Mutter aufs Feld und schwang die Sichel; ein Schwaden sank nach dem andern nieder, sie schaute nicht um und auf, bald lag der eine Acker, dann der zweite und eben als die Sonne verschwand, fiel der letzte Halm. Aber von der übermäßigen Arbeit erschöpft oder vor Freude über das kaum gehoffte Gelingen sank sie selber zusammen und man trug sie tot vom Felde. — Auf dem Kirchhofe in Ballum liegt sie begraben. Dort zeigt man noch einen grauen, bemoosten Leichenstein, den man einst zu ihrem Gedächtnis ihr aufs Grab legte. Ein Weib mit einer Sichel und einigen Garben im Arme ist darauf ausgehauen.

Nach einer Mittheilung des Herrn Schull. Hansen auf Silt.

CCXXII.

Das Licht der treuen Schwester.

An dem Ufer einer Hallig wohnte einsam in einer Hütte eine Jungfrau. Vater und Mutter waren gestorben und der Bruder war fern auf der See. Mit Sehnsucht im Herzen gedachte sie der Toten und des Abwesenden und harrte seiner Wiederkehr. Als der Bruder Abschied nahm, hatte sie ihm versprochen, allnächtlich ihre Lampe ans Fenster zu setzen, damit das Licht weit hin über die See schimmernd, wenn er heimkehre, ihm sage, daß seine Schwester Elke noch lebe und seiner warte. Was sie versprochen, das hielt sie. An jedem Abend stellte sie die Lampe ans Fenster und schaute Tag und Nacht auf die See hinaus, ob nicht der Bruder käme. Es vergiengen Monde, es vergiengen Jahre und noch immer kam der Bruder nicht. Elke ward zur Greisin. Immer saß sie noch am Fenster und schaute hinaus und an jedem Abend stellte sie die Lampe aus und wartete. Endlich war es bei ihr dunkel und das gewohnte Licht erloschen. Da riefen die Nachbarn einander zu: „Der Bruder ist gekommen,“ und eilten ins Haus der Schwester. Da saß sie da, tot und starr ans Fenster gelehnt, als wenn sie noch hinaus blickte, und neben ihr stand die erloschene Lampe.

Durch Herrn Hansen auf Silt.

CCXXIII.

Das Geisterschiff.

Es war um die Zeit, da alle Schiffe auflegten und alle Schiffer heimkehrten; aber einer Dirne wollte der Bräutigam noch immer nicht kommen, und als alle andern schon daheim waren, war er noch immer nicht da. Da wollte sie ihr Herz gar nicht zufrieden geben, und Nachts saß sie am Wasser und jammerte und schrie nach ihrem Liebsten. Da kam eines Nachts das Schiff, das mit ihrem Bräutigam verunglückt war; das nahm sie auf, und niemand hat sie wieder gesehen.

Aus Pellworm oder Föhr durch Herrn Storm.

CCXXIV.

De Doet de ritt so snell.

Et weer enmael en lütje, smucke Däern, de heet Greetjen. De har'n Fryer, de Hans heet, unn se harren sik beid' enanner so rech vun Harten leev. Do muß et awer so kamen, dat Hans krank word' unn storf unn se em to Karkhof drogen. Do wull sik Greetjen gaer nich tofräden gäwen unn ween unn jammer den ganßen Dag unn wenn't Abent word', so güng se hen unn sett sik op syn Graff unn ween unn jammer de lewe, lange Nach. As et nu all de drütte Nach weer unn se da wedder seet unn ween, do keem dar en Rüter oppen Schimmel an unn froeg äer: „Wullt du mit my ryden?" Greetjen sloeg de Ogen op unn seeg wull, dat et äer Hans weer. Do sä' se: „Ja, ik will mit dy ryden, wohen du wullt," unn modig steeg se to em op syn Päert, unn foert gung't mitten Wind' in de wyde Welt. As se nu en guden Ennen räden harren, so segt Hans:

De Maen de schynt so hell,
De Doet de ritt so snell:
Myn Greetjen, gruet dy ni'?

„Nä, myn Hans," segt se, „wat schull my wull gruen? ik bün ja by dy." Unn et gung wyder unn wyder unn ümmer duller as færhäer; Greetjen awer seet by em achter op't Päert unn heel sik an em. Do froeg Hans tum tweeten Mael:

De Maen de schynt so hell,
De Doet de ritt so snell:
Myn Greetjen, gruet dy ni'?

„Nä, myn Hans," segt se, „wat schull my wull gruen? ik bün ja by dy;" awer et word' äer doch all en bäten wunnerlich; unn do froeg he tum drütten Mael:

De Maen de schynt so hell,
De Doet de ritt so snell:
Myn Greetjen, gruet dy ni'?

Do word' äer gruen, se faet em faster an unn sä' keen Woert: do suef' dat Päert dreemael mit se 'rum innen Krink unn weg weren se.

Mündlich und durch Herrn Advokat Griebel aus Ditmarschen. Auch ähnlich in der Probstei und sonst. vgl. Haupt und Hoffmann Altdeutsche Blätter I. 203. — vgl. No. 80.

CCXXV.

Der Teufel und die Braut.

In Moldenit, einem Kirchdorfe in Angeln, begehrte ein junger Mensch ein Mädchen zur Frau. Sie aber wollte ihn durchaus nicht, so sehr er ihr auch mit Bitten nachstellte, und sagte endlich, eher wolle sie den Teufel nehmen, als mit ihm zur Kirche gehn.

Obgleich sie sich so selber dem Teufel zugesagt hatte, gab sie dem Freier doch endlich das Jawort. Wie das Brautpaar nun zur Kirche geht und in die Nähe des sonderbar geformten Hügels kommt, den man noch da sieht, ruft ein altes Weib ihnen zu, sie sollten eilen, der Teufel laure auf die Braut. Kaum sind sie auch an der andern Seite des Hügels und wollen eben in die Kirche treten, als der Teufel hervor tritt und eine schwere Kette ihnen nach schleudert. Glücklicher Weise setzten sie eben den Fuß in die Kirche; sonst wäre die Braut verloren gewesen. Der Teufel hatte die Kette mit solcher Macht geworfen, daß ihre Spuren noch in der Mauer über der Kirchthür zu sehen sind. Einige sagen auch, daß die Kette sitzen geblieben sei und da noch herabhänge.

In der Söruper Kirche sind an der Innerwand eben solche Spuren einer Kette zu sehen. Eine meineidige Braut, die schon mit einem andern verlobt war, gieng mit dem zweiten da zur Kirche um sich trauen zu lassen. Als sie aber kaum in die Thür trat, ließ der Böse eine schwere Kette herab, hakte die Braut hinein und fuhr mit ihr durch die Luft fort, und zwar mit solcher Gewalt, daß durch das Anstreifen der Kette jene Löcher in der Mauer entstanden, die in scheitelrechter Richtung über einander da noch zu sehen sind.

Mündlich und durch Mommsen. vgl. No. 131. 132.

CCXXVI.

Der Uglei.

Nicht weit von Eutin mitten in einem Buchengehölze liegt ein kleiner See, der Uglei. Sein dunkles Wasser ist immer still und unbewegt und es sieht alles um ihn her so recht traurig und schwermüthig aus. Der See ist nicht immer da gewesen; doch ist es schon lange her, daß er entstanden ist. Oben auf dem Hügel, wo jetzt das Sommerhaus steht, stand früher eine Burg, in der ein junger schöner, aber wilder Ritter hauste. Er liebte nichts mehr als die Jagd, und jeden Morgen früh begab er sich in den Wald. Da begegnete ihm oft eines armen Bauern Tochter; sie muste jeden Morgen ihres Vaters Pferde in den Wald auf die Weide treiben. Der Ritter ward bald durch ihre Schönheit von heftiger Liebe entzündet; aber das Mädchen wieß seine Bitten und seine Geschenke zurück, und auf alle seine Bewerbungen gab sie zur Antwort, daß sie doch nimmer seine Frau werden könnte, da sie nur eines armen Mannes Tochter sei. Und doch hatte das Mädchen auch den schönen Ritter längst liebgewonnen. Eines Morgens, da er sie wieder mit seinen Bitten und Versprechungen verfolgte, waren sie zu einer Senkung im Walde gekommen, wo eine kleine Kapelle stand. Da führte der Ritter das Mädchen hinein und vor den Altar tretend sprach er: „Hier vor Gottes Angesicht nehme ich dich zu meinem Ehegemahl und der Himmel soll mich an dieser Stätte vernichten, wenn ich dir nicht treu bleibe und mein Wort halte.“ Das Mädchen glaubte seinem Schwure und an jedem Morgen trafen sie sich nun im Walde. Als das Mädchen aber den Ritter an sein Versprechen erinnerte, vertröstete er sie anfangs, bald blieb er ganz aus und kam nicht wieder. Als sie sich nun verlassen sah, da legte sie ein schwarzes Kleid an, grämte sich, ward krank und starb in kurzer Zeit. Der Ritter hatte sich unterdeß mit einer reichen Gräfin verlobt und der Hochzeitstag ward bestimmt. Sie sollten in der kleinen Kapelle im Walde getraut werden. Als der Prediger aber seine Rede gehalten hatte und das Brautpaar eben zusammengeben wollte, da ist der Geist des unglücklichen Mädchens erschienen, hat drohend gegen den Bräutigam den Finger erhoben, und als dieser vor Schrecken umsank, brach augenblicklich ein solches Unwetter mit Donner und Regen los, als wenn der Himmel einstürzen wollte. Da ist die Kapelle mit allen, die darin waren, versunken und der See steht seit der Zeit an dem Orte. Nur der Prediger, die Braut und ein kleines unschuldiges Mädchen, die auf die hölzernen Stufen des Altars getreten waren, wurden gerettet. Zuweilen aber bei stillem Wetter gegen Abend klingt noch der Ton des Glöckleins der Kapelle aus dem Wasser herauf.

Preetzer Wochenblatt 1831. No. 46. 47. 48.

CCXXVII.

Van den Graeven, den de Düwel haelt.

Da weer enmael in Sleeswik en Graef, de verleevt sik in en wunnerschönes Mäken. De Vatter vun dat Mäken sä' awers, da sull niks uet warren, he wull em syn Dochter nich gäwen. Nu güng de Graef hen, bet he keem an enen hogen Barg, wo de Düwel syn Wäsen harr. Da leeg he dre Dage unn dre Nechte mit dat Gesicht up de Eerd' unn birrt (bittet) den Düwel an, he sall em dat wunnerschöne Mäken gäwen. Tolezt kummt de Düwel unn fraegt em, wat he em dafœr gäwen wull, wenn he em dat wunnerschöne Mäken bröch. He sä', Allens unn syn Läwen darto, he sull em bloet dre Joer mit äer in Freuden läwen laten. Dat verspröek de Düwel ock unn bröch den Graeven dat Mäken, unn se fyern nu Hochtyt. As nu de dre Joer üm weren, keem de Düwel; de Graef seet by syn Abendbroet. „Büstu farrig?“ sä' de Düwel; do sä' de Graef:

„Kumm morgen werrer, ik bün noch nich satt.“ Den tweten Dag keem de Düwel unn fröeg: „Büst du nu farrig?“ De Graef antwoer' werrer: „Ik bün noch nich satt, kumm morgen.“ As de Düwel nu den drürren Dag keem unn de Graef äben werrer seggen wull „kumm werrer,“ do harr de Düwel em by de Been unn flöeg' em mit den Kopp an de Want. Da bleef syt en Bloetplacken, den keen Minsch het afwaschen kunt.

Aus Esperehm bei Schleswig durch Cand. Arndt.

CCXXVIII.

Das Biikenbrennen.

Am Tage Petri Stuhlfeier dem 22. Februar ward in Nordfriesland früher ein großes Fest gefeiert. Es war ein Frühlingsfest; denn dann verließen die Schiffer das Land und begaben sich wieder zur See. Am Abend des Tages zündete man auf gewissen Hügeln große Feuer, Biiken, an, und alle tanzten mit ihren Frauen und Bräuten dann um die Flamme herum, jeder Tänzer hielt in der Hand einen brennenden Strohwisch und diesen schwingend riefen sie in einem fort: Wedke teare! oder Bike tare! Wedke zehre!). Die Morsumer brannten ihr Feuer auf dem Hilligenhoog ab, der auf dem Hilligenört liegt, und früher mit Bäumen umgeben war. Die Archsumer, in deren Feldmark der Hügel liegt, hatten oft mit den Morsumern Streit darum; die Morsumer ließen sich aber nicht vertreiben. — Die Keitumer hatten ihre Biiken anfänglich auf dem Wedes-Wends- oder Winjshoog, auf der Anhöhe Weenken. (Auf Silt heißt der Mittwoch noch heute Winjsday.) Um Feuersgefahr zu vermeiden wählte man später den Tipkenhügel. — Die Tinnumer benutzten je nach der Richtung des Windes bald den südlichen Wedhoog, bald den nördlichen Winjshoog. In Westerland und Keitum gab es außerdem einen Hellhoog, in Morsum einen Hiilshoog.

Noch im vorigen Jahrhundert, alte Leute wissen es zu erzählen, wurde überall das Fest gefeiert und am andern Tage dann geschmaust. Die Prediger hatten schon lange dagegen geeifert, konnten aber die Sitte nicht ausrotten. Einst in einer Nacht vor dem Petritage hatten die Rantumer wie gewöhnlich den Wede angerufen; die Feuer waren erloschen und die Leute waren schon alle zu Bette gegangen, als sie um Mitternacht wieder geweckt wurden und zu ihrer Verwunderung auf dem Biikenberge abermals ein gewaltiges Feuer lodern sahen. Als sie nun dahin eilten um es zu löschen, da sahen sie ein schwarzes Ungeheuer, gleich einem großen Pudel von dem Hügel schleichen. Nun fürchteten sie den Teufel leicht für immer beherbergen zu müssen, oder daß er doch oft seinen Besuch bei ihnen wiederholen möchte; darum so gelobten sie von nun an das Biikenbrennen zu unterlassen. Doch auf Westerlandföhr und Osterlandsilt zünden Kinder am 22. Februar noch heute die Feuer an.

Durch Herrn Hansen auf Silt. — An demselben Tage ward früher auch auf Silt auf den Thinghügeln das Frühlings- oder Petrithing gehalten. Das Sommer- oder Petri-Paulithing geschah am 29. Juni, und das Herbstthing am 26. October. — In Ditmarschen zündet man am Walpurgisabend, dem Abend vor dem ersten Mai, auf Hügeln und Kreuzwegen große Feuer an, die man Baken nennt. Knaben und junge Leute tragen von allen Seiten Stroh und dürre Reiser zusammen, und unter Jubeln und Springen wird der Abend bei der Flamme hingebracht. Einige größere Bursche nehmen ganze Strohbündel auf eine Forke, laufen damit umher und schwenken sie so lange, bis sie ausgebrannt sind. Ebenso feiert man auch auf Femern, das von Ditmarschen aus vor Zeiten ist bevölkert worden, mit Bakenbrennen den Maiabend. — In der Wilstermarsch stecken die Knechte und Jungen große brennende Schoofe am Osterabend in die Weiden (Pullwicheln); das nennt man Ostermaenlüchten. Im östlichen Holstein zündet man auch am Osterabend, aber auch am Johannisabend solche Feuer auf Hügeln und Wegen an.

CCXXIX.

Sonnabends Abend darf nicht gesponnen werden.

Daß Sonnabends Abend nicht gesponnen werden darf, ist eine weitverbreitete Meinung. Es bringt auch nur Nachtheile und Strafe obendrein. Zwei alte Frauen waren gute Freunde und die eifrigsten Spinnerinnen im Dorfe, so daß sogar an jenem Abend ihre Räder nicht stille standen. Endlich starb die eine; aber am nächsten Sonnabend spät erschien sie der andern, die noch saß und eifrig spann, und zeigte ihr ihre glühende Hand, indem sie sprach:

Sieh, was ich in der Hölle gewann,
Weil ich am Sonnabendabend spann!

(Seer du, hvad jeg i Helvede vandt,
Fordi jeg an Löverdag Aften spandt!)

Aus Sundewith.

CCXXX.

In den Zwölften.

(In den Zwölften hütet man sich zu spinnen oder Flachs auf dem Rocken zu lassen, sonst jagt der Wode hindurch.)

Eine Frau wollte es doch versuchen, setzte sich hin und spann. Gleich fiel ihr Gesinde in einen schweren Schlaf, aus dem sie nicht zu wecken waren, und bald gieng die Thür auf und einer kam herein, hieß ihm das Spinnrad geben und fieng an zu spinnen. Die Frau konnte nichts anders thun als den Flachs, den sie hatte, ihm nur immer zuwerfen; gleich war alles gesponnen, gehaspelt und gewickelt und immer verlangte der Teufel mehr. Nun holte die Frau alles was sie an Hede im Hause hatte, darauf all ihre Wolle; aber damit giengs ebenso und es war erst vier Uhr und der Tag noch weit. In ihrer Angst lief sie zu ihrer Nachbarin, die eine alte kluge Frau war und wohl schon gemerkt hatte, was in ihrem Hause vorgieng. Denn sie kam ihr schon entgegen und machte sie darauf auch glücklich frei. Hätte der Teufel alles aufgesponnen und hätte die Frau ihm bis Tagesanbruch nicht genug zu thun gegeben, würde es ihr Leben gekostet haben.

(Dav. Franck altes und neues Mecklenburg I. 55.) Mündlich aus Marne in Ditmarschen.

CCXXXI.

Neujahrsnacht.

In der Neujahrsnacht sprechen die Kühe und Pferde mit einander. Ein Bauer, der nicht daran glauben wollte und doch neugierig war, legte sich an dem Abend in die Raufe und horchte. Um Mitternacht fieng das eine Pferd an und sagte zu dem andern: „Dit Jaer mœt wy noch mit unsen Buer los;“ da erschrak der Bauer so, daß er krank ward und nicht lange darauf starb; die Pferde zogen ihn zum Kirchhofe.

In derselben Nacht oder irgend einer andern Festnacht ist um zwölf Uhr alles Wasser in Wein verwandelt. Eine Frau war so dummdreist und gieng in der Nacht zu einem Brunnen. Als sie sich nun hinüberbeugte und schöpfen wollte, kam da einer und sagte:

All Water is Wyn,
unn dyn beiden Ogen sünt myn.

Und damit nahm er ihr beide Augen, daß die Frau Zeitlebens geblendet war. Andre aber sagen von einer andern Frau, daß er gesagt habe:

All Water is Wyn,
unn wat dar by is myn,

und darauf sei er mit der Frau verschwunden.

Mündlich aus Marne.

CCXXXII.

Die Weihnachtsfeier im Preetzer Kloster.

In dem Preetzer Kloster war früher die Sitte in der Christnacht Gottesdienst zu halten, wobei von den Klosterfräulein das Christkind gewiegt ward. Als man diese Sitte abschaffen wollte, (jetzt wird sie längst nicht mehr befolgt) so ertönte dennoch die Orgel zu der bestimmten Zeit. Ein Fräulein verwunderte sich darüber und meinte, es solle also doch wohl Gottesdienst gehalten werden und gieng mit ihrer Jungfer zu Kirche. Aber in der Kirche war ihr alles so wunderbar und als sie sich eben in ihrem Stuhle niedergesetzt hatte, kam ein weiß gekleidetes Fräulein zu ihr und sagte, sie solle hingehn und den Andern sagen, sie möchten Weihnachtabend halten; sonst würden sie ihn halten. Die Klosterfrau that wie ihr befohlen war; aber als die andern darauf zur Kirche giengen, konnte sie schon nicht mehr mit gehn und drei Tage darauf war sie tot.

Durch Herrn Volbehr.

CCXXXIII.

Gottesdienst der Toten.

In einer Nacht erwachte eine alte Frau in Kiel und meinte es sei Zeit zur Frühpredigt zu gehen; es schien ihr, als wenn die Glocken und die Orgel giengen. Sie stand auf, nahm Mantel und Laterne, es war Winter, und gieng zur Nikolaikirche. Aber da konnte sie sich gar nicht mit den Gesängen zu recht finden, alle Zuhörer sangen ganz anders als in ihrem Gesangbuche stand, und die Leute kamen ihr auch so unbekannt vor, ja neben ihr erblickte sie eine Frau, gerade wie ihre längst verstorbene Nachbarin. Da näherte sich ihr eine andre Frau, auch längst verstorben, es war ihre selige Gevatterin; die sagte zu ihr, sie sollte hinaus gehen, denn die Kirche wäre jetzt nicht für sie; sie möchte sich aber nicht umsehen, sonst könnte es ihr schlimm ergehen. Die Frau gieng fort so schnell sie konnte, und da die Kirchthür rasch hinter ihr zu schlug, blieb ihr Mantel hangen. Da schlug die Uhr eben zwölf. Sie häkelte den Mantel von den Schultern los und dachte ihn am andern Morgen wieder abzuholen. Aber am andern Morgen, als sie wieder kam, war er in lauter kleine Fetzen zerrissen: die Toten waren darüber hin getrippelt.

Durch Herrn Stud. Volbehr. — Auch vom Schleswiger Dom nach Cand. Arndt etwas abweichend.

CCXXXIV.

Der bestrafte Vorwitz.

Vor langer Zeit wohnte in Schenefeld ein Prediger, der hatte die Gewohnheit jeden Sonntag seine Bücher auf der Kanzel [illegible]n zu lassen. Nachmittags schickte er dann sein Mädchen zur [illegible]che, um sie zu holen; oft, namentlich im Winter, war es schon [illegible] und dunkel. Der Knecht fragte mitunter wohl das Mädchen, [illegible] sie sich nicht dabei fürchte; und sie sagte dann, sie gehe ja in

Gottes Namen und ihrem Gewerbe hin; da könnte ihr ja niemand was anhaben. Der Knecht dachte sich einen Spaß zu machen. Einmal, als das Mädchen wieder spät zur Kirche geschickt ward, nahm er sein Bettlaken, schlich ihr voraus und stellte sich, darein gehüllt, ihr in den Weg, als sie eben zur Kanzel wollte. Sie erschrak freilich ein wenig, doch gieng sie rasch vorüber und holte die Bücher, eilte wieder der weißen Gestalt vorbei und warf die Kirchenthür mit aller Gewalt hinter sich zu. Sie sagte zu Hause nichts von dem was ihr begegnet war. Als aber zum Abendessen der Knecht sich nicht einstellte, und sein Bettlaken fehlte, gieng sie zu ihrem Herrn und erzählte ihm alles. Sie vermutheten gleich, der Knecht müsse es gewesen sein. Als sie nun zur Kirche giengen, fanden sie ihn tot mitten im Steige liegen. Seine Gedärme waren ihm herausgerissen und über die Stühle ausgespannt. Wände, Decke und Boden waren mit Blut bespritzt und die Flecke sind unauslöschlich bis auf diesen Tag.

Aus Ditmarschen; es wird auch von der Meldorfer Kirche erzählt. — Auch durch Herrn Stud. Volbehr von der Preetzer Fleckenkirche.

CCXXXV.

Die silbernen Apostel in Meldorf.

Von der alten Meldorfer Kirche geht ein unterirdischer Gang unter der Papentwiete weg, wo es noch immer ganz hohl klingt, wenn da ein Wagen fährt, bis in den Keller des jetzigen Hauptpastorats, wo früher die Mönche gewohnt haben; von demselben Keller aus gieng ein anderer Gang nach dem eigentlichen Kloster, der jetzigen gelehrten Schule. Die Mönche giengen immer durch diese Gänge hin und her, besonders wenn sie in der Kirche Gottesdienst halten wollten. Als nun die luthersche Lehre kam, haben sie in dem Gange, der nach der Kirche führt, die großen Bilder der zwölf Apostel aus purem Silber verborgen und dazu viele andre Schätze. Einige sagen sogar, daß die Bilder von Gold seien. Früher war noch eine große eiserne Thür im Keller zu sehen, aber niemand hat es gewagt durch den Gang zu gehen. Einem Diebe bot man einmal an, daß ihm das Leben geschenkt sein solle, wenn er es wagen wollte. Man gab ihm zwei Wachslichter in die Hand; aber kaum hatte er ein paar Schritte gethan, so kam er erschrocken zurückgelaufen und bat, ihn lieber seine Strafe leiden zu lassen, als ihn dazu zu zwingen.

Zu Probst Sanders Zeit im Anfang des vorigen Jahrhunderts (andre aber sagen zu Pastor von Ankens Zeit) war an der Nordermauer des Kellers der Eingang zwar noch da, aber so versteckt, daß keiner ihn ahnen konnte. Einmal scherzten und jagten sich der Bediente und das Mädchen des Probsten, die mit einander freiten, im Keller; das Mädchen schlüpfte in die Oeffnung, der Bediente spornstreichs hinterher, und ehe sie sich versahen, sprang eine Thür offen und sie befanden sich plötzlich in einer dunklen Kammer. Da ward ihnen schwul und sie holten ein Licht um die Sache näher zu untersuchen. Nun fanden sie eine Lade, sie öffneten sie und sie war voll Silberzeug. Gleich nahmen sie mehreres davon mit hinauf zu ihrem Herrn. Der gebot ihnen aber Stillschweigen, verheiratete sie bald darauf und gab ihnen eine reiche Aussteuer.

Damals soll die Oeffnung vermauert sein. Doch wird erzählt, daß noch vor funfzig Jahren zu Probst Jochims Zeit der Gang offen gewesen sei. Der Probst und seine Frau waren einmal aus in Gesellschaft, und der Knecht und die beiden Mädchen musten so lange auffitzen und wachen, bis die Herrschaft zu Hause käme. Sie unterhielten sich die Zeit über von Spuken und Vorwarnen, und der Knecht sagte zum Kleinmädchen: „Ich gebe dir vier Schilling, holst du mir die Schuhbürste aus dem Keller; sie liegt in dem großen Gewölbe.“ „Das Geld will ich verdienen,“ sagte die muthige Dirne und stieg hurtig ohne Licht in den Keller. Es war um zwölf Uhr. Lange suchte sie, konnte aber die Bürste nicht finden. Schon wollte sie wieder hinauf, als sie aus dem Gewölbe ein schwaches Licht schimmern sah. Die Thür stand in der Kirre offen und das Mädchen gieng hinein. Da sah sie einen alten grauen Mann, das Haupt auf dem Ellenbogen gestützt, vor einer silbernen Tafel sitzen. Teller, Gabel, Messer, Schüsseln, alles war von Silber. Da der Alte aber so unbeweglich da saß, faßte das Mädchen Muth und rührte ihn an um zu sehen ob er noch lebe. Allein er fiel in Asche zusammen und die Asche fiel auf den Tisch. Da füllte das Mädchen ihre Schürze voll Silberzeug und wollte zum Keller hinaus. Als sie aber kaum ein paar Stufen nach oben gegangen, ward sie wieder von hinten herunter gerissen und man fand sie am andern Morgen bewußtlos am Boden liegen. Der Aschmann ist seit der Zeit verschwunden und nicht wieder gesehen worden.

Man zeigt in der einen Ecke des Chors der Meldorfer Kirche hinter einem Gegitter ein altes steinernes Bild einer Frau. Diese hatte nemlich damals als die Kirche gebaut ward, der Gemeinde fünfhundert Mark dazu geschenkt. Für diese Summe konnte man die Kirche darum so groß bauen, weil zu der Zeit eine Kuh nur einen Sechsling kostete, und das Bild errichtete man obendrein zum Gedächtnis der frommen Stifterin.

Hansen und Wolf Chron. von Ditmarschen S. 21. Mündlich. vgl. No. 89. und Kuhns Märk. Sagen No. 221.

CCXXXVI.

De Kulengraver.

In ole Tyden weer da man een Kulengraver œver dat ganze Karspel Parkentin; de müß eenmael des Avens Klock nägen noch to Kulengraven, denn de Dode het den annern Morgen bysett warn sult. Up ene Städe söcht he mit dat Karkenysen na, sind aver niks. As he avers dael graeft unn deper in kumt, steit da en lütte Rustkist (Sarg mit plattem Deckel). De neem he heruet unn sett' se da by sik upn Över, unn maekt de Kuel so väel deper, dat de Rustkist da ünner in kann. Nu weer de Rustkist so hübsch, as wenn se eerst nyg maekt weer. De Kulengraver schrüft se up, do het de Dode en schön roet Sammetküssen ünnern Kop. Do segt he: „Du büst my wol eer en vornämen Herr wäsen; bi dy much ik wol to Gast syn!“ De Dode antwoert em: „Du kanst ja noch bi my to Gast kamen.“ Do segt he: „Kumm eerst bi my to Gast!“ „Dat sal syn,“ segt de Dode; do sä' de Kulengraver: „So kumm morgen Aven man an de grote Karkenpoert, da wil ik dy entfangen.“

De annern Dag segt de Kulengraver to syne Fru: „Mudder,“ segt he, „kaek to, ik kryg Fremde van Aven.“ De Fru segt, wat dat wol vor Fremde syn suln. „Du sast em wol to seen krygen,“ segt de Kulengraver, „kaek man en bäten to, du sast em wol to seen krygen.“ — As de Klock nägen wart, entfangt de Kulengraver em an de grote Karkendœr, bringt em in syn Hues, sett sik mit em dael unn itt unn drinkt mit em as en anner Gast. As he vőr Genöeg äten het, haelt he em ok en Pyp unn Toback; do roekt he ok een. Nu he en Stunn sik da verwylt het, do segt he to den Kulengraver: „Du gifst my nu dat Geleit bet an de groet Karkenpoert unn morgen Aven büst du bi my to Gast.“

De annern Dag entfangt he den Kulengraver up den sulvigen Klockenslag unn up de sulvige Städ unn geit mit em ünner de Eer' herin. Do weer da en wunnerschően Gemaek; da weer allens so schően unn herrlich in, unn daby is en anner Stuev mit ene wunnerschöne Musyk. De Kulengraver müß avers in de eerste Stuev blyven unn da gefallt em dat so goet unn wol, dat he meent, he weer noch kene Stunn da wäsen, unn weer da geern al hunnert Joer. Nu kemen da welke dörch de Stuev, de syne Vattern unn Verwante wäsen sünt. „Vattern, wo wült gy hen?“ röpt he. Se heft em nich antwoert, güngen all in de Stuev mit de wunnerschöne Musyk. Dat duer nich so lang', so keem da syne Fru. „Moder, wo wult du hen?“ röpt he werrer. Se het em nich antwoert, is ok da herin gaen wo de wunnerschöne Musyk weer. Nu keem syne eerste Dochter. Da Kulengraver röep werrer, se het em nich antwoert unn güng ok da herin. Nu kemen noch syne annern Vattern unn Bekannte, de heft em ok nich antwoert, unn do keem syne leste unn leevste Dochter. „Deern, wo wult du hen?“ röep de Kulengraver; de süet em nich an unn antwoert em nich, is oek in stillen hen gaen. Da verwunnert he sik unn segt: „Dat mag my hyr wol dat rechte Horenlok wäsen, loept al van Hues weg na de wunnerschöne Musyk hen.“ As he nu meent, dat de Stunn sacht herum is, kumt de werrer, by den he to Gast wäsen is, unn bringt em na de grote Karkenpoert hen; da verafscheed he em. De Kulengraver kumt an syn Hues unn klopt an, Avends Klock tein. „Wer is dafœr?“ röpt ener. „Fraeg noch lang, ik bün dafœr; wo is myn Fru unn myn Deerns?“ segt de Kulengraver. „Wat förn Fru unn wat för Deerns?“ „Myne Fru unn myne beden Deerns. Ik bün ja de Kulengraver.“ „Nä,“ segt de anner, „dat bün ik, du büst wol wirrig,“ unn do will he em heruetstöten. De Kulengraver vermarkt Unraet: „Swärenoet,“ segt he, „denn behoel my man by Nacht; morgen frö wölt wy seen, wer de rechte Kulengraver is.“ He birt so väel, dat de anner em in let. Do is he de Nacht upn Stoel besitten bläven, unn as se morgens upwaekt, fraegt he den annern, wo de Preester heet. De segt em, so unn so. „Den Namen kenn ik nich akkraet,“ antwoert de Kulengraver unn birt em, dat he mit em naen Pastoren geit. De Paster sleit dat Kirchenboek up; da stöit darin, dat vör sös hunnert Joer en Kulengraver in de Gemeen wegkamen is, unn kener het wüst, wo he bläven is. Da fraegt de Preester em, wat he oek dat Nachtmael verlangen deit. „Ja!“ segt de Kulengraver. De Köster wart haelt, dat he de Kark upslüt. Do gift de Preester em dat Avendmael. Dat het he völlig entfangen. As he avers den Wyn entfangen het, is he sacht tosamen sackt unn weer nu doet.

Durch Herrn cand. ph. Arndt aus Ratzeburg. vgl. Grimms Irische Elfenmärch. S. XXIV.

CCXXXVII.

Die unverträglichen Pastoren.

In Eutin waren einmal zwei Prediger, die sich gar nicht vertragen konnten und ihr Lebelang mit einander in Streit lagen. Als nun beide gestorben und begraben waren, hat man sie oft in der Nacht in langen weißen Gewändern sich aus ihren Gräbern erheben sehen, und dann fiengen sie an sich aufs wüthendste zu prügeln. Ein furchtbares Getöse und Gepolter entstand, die Hunde heulten im ganzen Orte und es war ein Rumoren, daß alles aus dem Schlafe kam. Um ein Uhr gieng jeder wieder in sein Grab; sie haben das aber viele Nächte hindurch fortgesetzt.

Mündlich.

CCXXXVIII.

Tutland.

Im südlichen Angeln an der Landstraße von Schleswig nach Kappeln liegt am Osbek bei Loit ein Hügel, der Tutland genannt wird. Hier stürzte nemlich vor vielen Jahren einmal ein Halbmeister vom Pferde und brach den Hals. Er durfte nun nicht in geweihter Erde begraben werden, sondern die Ecke der anstoßenden Koppel Westerlük nahm den Leichnam auf. Seit der Zeit wars nicht geheuer an dem Orte. Alle Reisende wurden da beunruhigt, und die Leute im

Dorf hörten an jedem Donnerstagabend, dem Todestage des Halbmeisters, den noch in Angeln gebräuchlichen Weheruf: O jaue tut! o jaue tut! Wer über die Brücke, die über den nahen Bach führt, ungehindert hinüberkam und nicht ins Wasser geworfen ward, konnte von Glück sagen. Sie heißt noch die Schelmenbrücke; aber auch auf dem Hügel Tutland hat der Spuk jetzt aufgehört.

Herr Organist Schmidt in Fahrentoft. — Ueber den Ausruf Arnkiel I. 150.

CCXXXIX.

Der Dikjendälmann.

In der Gegend des alten Eidums auf Silt liegt das Dünenthal Dikjendäl. Hier strandete einst in einer Sturmnacht (man sagt in der Christnacht des Jahres 1713) ein in Archsum wohnender Schiffer. Mit großer Gefahr und Mühe rettete er sich und seinen Geldkasten auf den heimatlichen Strand und hoffte einen menschenfreundlichen Landsmann zu finden, der sich seiner annehmen, ihn erquicken und zu den Seinigen führen würde. Doch raubgierige Strandläufer hatten seine Ankunft und seinen Geldkasten bemerkt und statt sich seiner anzunehmen fielen sie mitleidlos über ihn her, schlugen ihn mit ihren Knitteln zu Boden und verscharrten ihn in den Sand. Noch einmal richtete sich der Sterbende wieder empor, doch die Unmenschen traten mit Gewalt den Kopf des Unglücklichen in den weichen Grund, hieben seinem stets wieder aufstrebenden rechten Arm die Hand ab und schleppten den Geldkasten davon. Seit der Zeit wandert, den blutigen Stumpf des abgehauenen Armes emporrichtend und Gerechtigkeit fordernd, allnächtlich in jenem Dünenthale, wo der Mord geschah, ein Gespenst umher, das nach dem berüchtigten Thale der Dikjendälmann genannt wird.

Herr Hansen im Volksbuch 1844. S. 102.

CCXL.

Steenbock.

Im Jahr 1713 brannte der schwedische General Steenbock Altona bis auf den Grund nieder. Er hat seitdem aber noch keine Ruhe gefunden. Er fährt immer Nachts in einer Kutsche in den neuen Straßen herum; nur in keiner, die mit einer andern ein Kreuz bildet. Auf dem Bocke sitzt ein kopfloser Kutscher. Es bringt kein Glück dem Gefährt zu begegnen: man hört einen Knall und muß erblinden. Doch sind die Nachtwächter ausgenommen. — In Kiel fährt auch jeden Abend um eilf Uhr eine Kutsche mit vier schwarzen Pferden auf den Weisenhof hinauf, in der Muhlius, der Gründer des Weisenhauses, sitzt.

Mommsen. Mündlich.

CCXLI.

Der versunkene Wagen.

In den Apenrader Meerbusen mündet ein kleiner Bach, an dessen Ausfluß sich eine bodenlose Tiefe befinden soll. Früher war hier ein großer Sumpf.

Einst am Weihnachtsabend fuhr ein Mann mit Frau und Kind zur Stadt. Die Nacht war dunkel und kein Stern schien am Himmel. Schon hatten sie ihr Ziel beinahe erreicht, aber noch sollten sie jenem Sumpfe vorbei. Doch als wenn es vom Unglück bestimmt gewesen wäre, es kam der Wagen dem Rande desselben zu nahe und ehe Rettung möglich war, war er mit allen, die drauf saßen, versunken. Seit dem ist das Wasser des Baches übergetreten, und vom Sumpfe sieht man keine Spur mehr. Aber alljährlich um die Zeit des heiligen Festes kann man den versunkenen Wagen mit schwarzen Rossen bespannt die Stadt umfahren. sehen, wie er sich vergebens bemüht die Einfahrt zu gewinnen. Mit dem letzten Schlage der Mitternachtsstunde muß er aber mit Mann und Roß wieder an dem alten Unglücksort versinken.

Durch Fräul. D. Tamsen in Tondern.

CCXLI.

Die unruhige Totenmütze.

In der Michaeliskirche in Schleswig sieht man einen Leichenstein, unter welchem der Großvdgt Hansen begraben liegt. Der muß ein böser Mann gewesen sein, denn seine Totenmütze wollte nicht im Sarge bleiben, so oft man sie auch wieder hinein legte. Als man im vorigen Jahrhundert das nicht glauben wollte, öffnete man das Grab und fand die Mütze unversehrt auf dem Sarge liegen, obgleich die Leiche schon in Staub zerfallen war. Die Mütze wurde damals in einen eigens dazu verfertigten Kasten gelegt und in der Gruft beigesetzt.

Schröder Gesch. der Stadt Schleswig.

CCXLII.

Der Strandvogt.

Lorenz Jens Grethen war lange zur See gewesen und hatte viel auf Grönland gefahren. Nachher erhielt er die Oberaufsicht über das Strandwesen in Silt und that viel zur Verminderung der Räubereien. Einmal aber hat er bei einem Raubmorde die Augen zugedrückt. Dafür irrt er noch heute fortwährend am Strande umher, rettet aber bei Nachtzeit die Schiffbrüchigen, weckt die Strandvögte und muntert sie auf, wenn sie lässig werden, und an die Strandläufer theilt er Ohrfeigen aus, daß sie so leicht nicht wieder kommen.

Durch Herrn Hansen auf Silt. — Eine ähnliche Erzählung auch in Ditmarschen von einem Außendeichspächter. — In Lauenburg: Ein Deichgraf reitet den Deich an der Elbe entlang um nachzusehen. Man zwingt ihn in die Fluthen hinein zu reiten. Seitdem sieht man ihn allnächtlich auf seinem weißen Pferde.

CCXLIV.

Sara Limbek.

Zu Törning, im Amte Hadersleben, sieht man auf einem Berge noch Spuren eines Schlosses, das einst dem edlen Geschlechte der Limbek gehörte. Hier wohnte vor Zeiten Sara Limbek, gewöhnlich schön Sara genannt. Sie war an einen alten kranken Ritter verheiratet und es behagte der jungen muntern Frau schlecht bei ihm. Die meiste Zeit brachte sie in lustiger Gesellschaft zu, ohne sich um ihren kranken Mann zu kümmern, und wenn sie nicht auf ihrem eignen Schlosse ein Banket gab, ließ sie ihre große Kutsche mit den vier schwarzen Rappen anspannen und fuhr aus. Einsam und unbeweint starb der Ritter auf seiner Burg. Die leichtsinnige Frau aber muß bis heute noch in jeder Nacht die Runde machen durch Törnings Felder und Waldungen; ihr gespenstisches Fuhrwerk macht in einem Zaun jedes Mal eine Oeffnung, die der Besitzer des Feldes vergebens zu schließen sucht; denn was er am Tage herstellt, wird in der Nacht wieder vernichtet.

Schriftliche Mittheilung.

CCXLV.

Payssener Greet.

Auf der großen Heide zwischen Itzehoe und Hohenwestede bei dem Dorf Payssen in der Nähe des einsamen Wirthshauses zeigt man noch die Stelle, wo einst ein großes Schloß stand. Das Wirthshaus heißt der Payssener Pohl (Pfuhl). Hier auf dem Schlosse wohnte eine gottlose Herrin; sie war gefürchtet in der ganzen Umgegend; die Reisenden nahm sie erst freundlich auf, führte sie aber bald an eine Fallthür, wo eine solche Vorrichtung war, daß die Hinabsinkenden getötet wurden; auch an ihrem Gesinde übte sie die größten Grausamkeiten und ihren Mann hatte sie in ein dunkles Gefängnis einsperren lassen, und soll ihn dann mit eigener Hand ermordet haben. Darauf hat sie noch einen falschen Schwur gethan, in dem sie ihre Unschuld an seinem Tode betheuerte. Alsbald ist aber das Schloß versunken und zur Strafe ward der Frevlerin aufgelegt die Heideblümchen des ganzen Reviers zu zählen; wenn sie einmal damit fertig würde, solle sie erlöst sein. Wenn sie nun in einer Nacht ein Stück gezählt hat, sind am Morgen eine neue Menge Blumen hinzu gekommen und andre verschwunden, und so geht es immer fort und sie wird niemals fertig. Ihr Gespenst irrt noch immer auf dem hohen Heideviert umher; man nennt sie die Paysſener Greetje, und sie ist weit und breit bekannt, da die Landstraße von Rendsburg nach Itzehoe gerade an dem Ort ihrer Strafe vorbei führt.

Die Paysſener Greet hat sich oft den Vorüberreisenden gezeigt und sie erschreckt. Wer sie anruft, dem erscheint sie und manchem Verirrten hat sie bei Nacht und Nebel den richtigen Weg gezeigt. Böse Menschen aber verfolgt sie. Oft hat sie den Pferden in die Zügel gegriffen und den Wagen umgestürzt. Ein Fuhrmann hatte in dem Wirthshause vor der Heide einmal ein Glas zu viel getrunken und wollte spät Abends noch weiter. Man warnte ihn vor der Greet; er aber sagte, sie solle nur kommen, er wolle ihr schon Bescheid thun. Mitten auf der Heide standen nun seine Pferde plötzlich still und giengen nicht von der Stelle, so sehr er auch drauf einschlug. Der Fuhrmann fluchte und tobte, da stand mit wildem flatternden Haar, die Faust drohend geballt, das riesige Gespenst mit einmal vor ihm. Der Kerl außer sich vor Wuth, erhub die Peitsche um einen Streich auf sie zu führen, als der Wagen umkippte und er zu Boden stürzte. Am andern Morgen fand man ihn besinnungslos da liegen.

Einmal kam ein fremder Herr, der sich hier im Lande auf unehrliche Weise viel Geld und Gut erworben hatte, hier durch. Er wollte mit dem Erworbenen nun ins Ausland reisen, aber die Fuhrleute weigerten sich bei Nacht über den Viert zu fahren. Da gieng er dreimal, unverständliche Worte murmelnd, um jeden Wagen und sagte darauf, daß sie nun zauberfest wären. Als sie aber an den Kreuzweg kamen, sahen die Fuhrleute eine große Frauengestalt neben her gehen, die mit langem Arm überlangte und mit dem Zeigefinger auf jede Kiste im Wagen tippte, als wenn sie sie zählte. „Gott sei uns gnädig!“ rief der Fuhrmann, bei dem der Herr im Wagen saß. Da machte dieser drei Kreuze über seine Augen und der Fuhrmann sah die Gestalt nicht mehr. — Wenn überhaupt einer ungerechtes Gut über die Heide fährt, so hockt die Paysſener Greet hinten auf den Wagen und die stärksten Pferde können ihn nicht von der Stelle ziehn. Eben so thut sie, wenn Leute gestohlene und unrechtmäßig erworbene Sachen tragen. Ein Dieb hatte im Dorfe einen Sack voll gestohlen; als er auf die Heide kam, muste er irregehen, und seine Last ward immer schwerer und schwerer, und auf keine Weise wars ihm möglich sie abzulegen, so gerne er ausgeruht hätte. Als er sich endlich aber umsah, saß die Greet hinten auf und vor Schreck sank er um. Da er am andern Morgen erwachte, befand er sich bei dem Hause, wo er in der Nacht gestohlen hatte. Er gab nun dem Eigenthümer alles zurück und erzählte, wie die Greet ihn in der Nacht irregeführt, und bat um Verzeihung. Seit der Zeit hat er nicht wieder gestohlen.

Viele glauben, daß die Payssener Greet dem nur etwas anhaben könnte, der in den Bezirk ihres ehemaligen Schlosses käme und sie beim Zählen der Blumen störe; wer sie einmal über den Kreis hinausbrächte, der würde sie erlösen, so habe auch eine alte Prophezeiung gelautet und ein Prediger hätte sie endlich wirklich erlöst. Er sollte nemlich einem Sterbenden das Abendmahl reichen und den letzten Trost geben. Da es aber Nacht war, wollte Niemand ihn über den Viert bringen nach dem Dorfe, wo der Kranke lag. Da verlangte der Prediger zwei weißgeborne Pferde und wollte selbst hinüberfahren. Es erbot sich noch ein achtzehnjähriger Jüngling ihn zu begleiten. Als sie an den Kreuzweg kamen, standen die Pferde still und giengen nicht weiter. Der Prediger und sein Fuhrmann sahen sich um und mitten im Wagen stand hoch aufgerichtet die Greet. Der Prediger sprach seinen Segen und fragte sie, warum sie sich in ihrer Arbeit stören lasse. Sie antwortete nicht, sondern setzte sich so schwer in den Wagen nieder, daß die Achse brach und das Rad seitwärts überfiel. Da stieg der Prediger vom Wagen, langte über und hob die Greetje herunter und befahl ihr die Achse anzufassen und dem Wagen fortzuhelfen. Sie muste nun ohne niederzusetzen mit dem Wagen fort bis an die Grenze, wo dieser mit einem Male wieder heil war, und Greetje verschwand. Seit der Zeit soll sie Ruhe haben. Der Pastor war ihr zu schwer gewesen, weil er niemals was Böses gethan hatte, noch je ein Fluch oder Schwur über seine Lippen gekommen war.

Nach einer schriftlichen Mittheilung. vgl. No. 265.

CCXLVI.

Das händeringende Weib.

Auf der kleinen Insel Katholm bei Sebbelow auf Alsen landete im vorigen Jahrhundert einmal ein Schiff und fuhr sogleich darauf wieder ab. Als nach einiger Zeit ein Bauer, der da einige Weideplätze besaß, dahin kam, fand er ein weibliches gut gekleidetes, aber von Kälte und Hunger halbtotes Wesen. Mitleidig nahm er sie in sein Haus auf und die Leute im Dorfe sorgten alle für sie. Sie erholte sich körperlich, aber ihr Geist war verwirrt und das einzige, was sie undeutlich hervorbrachte, war: „Manns Moder is Düwels Unnerfoder!“ Es gab nichts, woran sie Freude gehabt hätte; nur das Spinnen ausgenommen, worin sie eine damals noch den Bewohnern des Dorfs unbekannte Fertigkeit besaß. Nach einigen Jahren starb sie in dem Hause jenes Bauern, ohne daß man jemals erfahren hat, woher sie gekommen. Seit der Zeit sieht man aber oft auf der kleinen Insel das Gespenst eines händeringenden Weibes umhergehen.

Schriftlich.

CCXLVII.

Troyburg.

In der Troyburg bei Flensburg ist in einem großen geräumigen Zimmer ein dunkler Fleck zu sehen; das ist ein Blutfleck; denn einst hat ein Ritter hier einen andern beim Trinkgelage erstochen. Es ist in der alten Burg überhaupt gar nicht geheuer und Nachts geht die Ahnfrau in den Gemächern umher.

Vor vielen Jahren hat hier der alte Peter Ranzau gewohnt, der ein unermüdlich thätiger Mann war. Seinen Geist sieht man noch auf dem Hoffelde zur Mitternachtsstunde umherwandeln, rasselnd mit messingenen Ketten und das Land messend.

Zweiter Bericht der Gesellschaft für Alterthümer S. 12. 14.

CCXLVIII.

Das Gespenst auf Gramm.

Die Gräfin Anna Sophia Schack war früh Wittwe geworden. Sie lebte nun auf Gramm in Saus und Braus und führte die leichtsinnigste Wirthschaft. Zuletzt verschwor sie dem Teufel ihre Seele. Diese sollte er nach einer bestimmten Zahl von Jahren an dem und dem Abend holen, sobald ihr Wachslicht auf dem Tische niedergebrannt wäre; und von nun an giengs fast noch toller auf Gramm her, als früher. Der Abend kam und das Wachslicht stand vor der Gräfin, die nun mit einem Male von namenloser Angst ergriffen ward. Sie ließ den Prediger rufen und vertraute ihm ihr Geheimnis: da rieth er ihr die Kerze auszulöschen und das noch übrige kleine Stück in der östlichen Mauer der Kirche einmauern zu lassen. Das geschah und der Böse hatte keine Macht über sie. Bald aber brach Feuer in der Kirche aus. Es war früh am Morgen und die Gräfin war noch im Bette als sie die Nachricht erhielt. Sogleich aber sprang sie auf und in ihrem leichten Morgenanzuge ohne Schuhe an den Füßen eilte sie nach der eine Viertelmeile entfernten Kirche und ermunterte durch ihre eifrigen Zureden und Bitten das Landvolk zum Löschen des Feuers, so daß wenigstens die östliche Mauer geschützt ward. Seit dieser Zeit war die Gräfin ganz verwandelt, Frohsinn und Heiterkeit waren dahin und ein nagender Kummer brachte sie ins Grab. Doch um Mitternacht wird im Schlosse eine schöne Frauengestalt in schneeweißem Kleide gesehen, die händeringend mit gesenktem ängstlichen Blick und angehaltenen Schritten von einem Zimmer zum andern wandelt, und zuletzt sich in den obern Saal des Mittelgebäudes begiebt, wo sie vor die Ofennische tretend, einige Minuten auf ein paar Blutflecke unbeweglich hinstarrt und dann wehklagend verschwindet. -- Eine junge Gräfin, die in spätern Jahren einmal auf Gramm zum Besuche war und eben am Clavier saß und spielte, hat das Gespenst so erschreckt, daß sie bald darnach starb. Niemand geht ohne Grauen auf das alte Schloß.

Schriftliche Mittheilung S. No. 57.

CCXLIX.

Das Gespenst am Brunnen.

In einem Walde nicht weit von Westensee liegen zwei einsame Häuser, die einst ihr Trinkwasser aus einer jetzt versiegten Quelle holten. Längst war es bekannt, daß es da nicht geheuer sei. Einige behaupteten, es gienge um Mitternacht seufzend und händeringend da ein Weib umher, andre wollten sie butternd an einer Karne gesehen haben. Die meisten verlachten aber alles wie ein Märchen.

Einst diente nun in einem der Häuser eine Magd, die sich durch einen mehr als gewöhnlichen Muth auszeichnete. Sie hatte einmal bei dem Brunnen ein Stück Zeug vergessen und da die Hausfrau überaus strenge war, so gieng sie, als es ihr um Mitternacht einfiel, sogleich dahin. Hell schien der Mond durch die Bäume und ohne Furcht näherte sie sich. In der Ferne sah sie schon ihr Stück Zeug, aber als sie es auflangen wollte, wie erschrak sie, da sie eine weiße Gestalt mit gefalteten Händen vor sich stehen sah, und diese starr auf das Zeug hinblickte! Das Mädchen wollte entfliehen, aber die Gestalt winkte ihr und wie sie sich zitternd wieder näherte, wies das Gespenst mit jammervollen unverständlichen Gebärden immer auf den Brunnen; das Mädchen wagte vor Furcht nicht zu reden und eilte bald so schnell sie konnte wieder davon nach Hause, und verbarg sich in ihr Bett. Am andern Morgen sah sie bleich und elend aus und die Hausfrau fragte was ihr fehle. Nach einigem Weigern gestand sie, was ihr in der Nacht begegnet sei. Die verständige Frau antwortete, daß das Gespenst keinen anreden dürfe, sondern sie hätte fragen sollen. Aber das Mädchen gelobte, daß sie sich ferner hüten wolle um Mitternacht zum Brunnen zu gehen.

Aber in jeder Nacht war es ihr doch, als zöge sie eine unbegreifliche Gewalt dahin; lange widerstand sie. Endlich aber kam es ihr einmal Nachts vor, als wenn es schon spät am Morgen wäre und sie Wasser holen müsse. Obgleich ihr eine innere Stimme sagte, du irrst dich, das Gespenst ruft dich, so ergriff sie doch Tracht und Eimer und gieng. Da stand die händeringende Gestalt wieder und machte allerlei Gebärden. Das Mädchen faßte Muth und fragte: „Was willst du?" Da erheitere sich schnell ihr trauriges Gesicht und das Weib sprach: „Nun hoffe ich Erlösung." Sie erzählte darauf dem Mädchen, daß ihre Eltern brave aber strenge Leute gewesen, die vor hundert Jahren in demselben Hause gewohnt hätten. Sie sei zu Fall gekommen und vom Verführer verlassen worden; aber es sei ihr gelungen ihren Zustand vor der Mutter zu verbergen. Hier am

Brunnen hätte sie geboren, aber das Kind sogleich im Wasser ertränkt, und die Leiche darauf unter der Schwelle der Stallthür vergraben. Seit der Zeit hätte sie jede Nacht ein Irrlichtchen gesehen, weil das Kind ungetauft gestorben sei und weder in den Himmel noch in die Hölle kommen konnte; darüber hätte sie keine Ruhe gehabt, weil sie ihre Sünde nicht bekannt und mit ins Grab genommen habe. „Nun muste ich so lange an dem Ort der Uebelthat wandern bis jemand mich anredet und mein Bekenntnis anhört, und verspricht die Reste meines armen Kindes auf dem Kirchhofe zu begraben. Willst du mich nun erlösen?“ fragte sie die Magd, „so gib mir die Hand.“ Die Magd reichte ihr das eine Ende der Tracht und eilte nach Hause. Am andern Morgen meinte sie erst einen schweren Traum gehabt zu haben. Als sie aber Wasser holen wollte, fand sie an der Tracht die fünf Finger des Gespenstes tief eingebrannt. Nun sagte sie der Hausfrau alles und es ward unter der Schwelle nachgegraben. Man fand da bald die kleinen Knöchlein, legte sie sorgfältig in einen Sarg und brachte ihn auf den Kirchhof von Westensee. In der andern Nacht stand das Gespenst am Bette des Mädchens, beugte sich über sie und sagte: „Jetzt bin ich erlöst; ich danke dir!“ und damit verschwand es. Die merkwürdig gezeichnete Tracht ward nach Kopenhagen in die Kunstkammer geschickt, wo sie noch zu sehen ist.

Durch Herrn Schull. Bahr in Wrohe Ksp. Westensee. — Bei der Sidsellebsbro, nicht weit von Jägerup, Amts Hadersleben, gieng auch ehedem eine Frau um, die ihr Kind ermordet. Ein Mann kam einmal des Weges und sah das Gespenst für seine Frau an, die ihm entgegen gegangen. Da das Gespenst stumm und ruhig blieb, griff er darnach und sagte: »Du sollst mir nicht entwischen, ich kenne dich schon!« Da bemerkte er, daß das Gespenst kopflos wäre. Vor Schreck stürzte er nieder und man fand ihn am andern Morgen betäubt da liegen.

CCL.

Die weiße Frau auf dem Sandfelde.

In Eutin lebte einst eine reiche schöne, aber übermüthige Dame, um deren Hand sich alle jungen Leute der Gegend bewarben. Jeden wuste sie durch ihre Reize anzulocken und jeder glaubte einmal der glückliche Freier zu sein, dann aber ward er mit Hohn und Spott abgewiesen. Unter den Freiern zeichneten sich besonders zwei Brüder aus und das Mädchen zog die beiden auch sichtbarlich den übrigen vor. Weil aber beide von gleich heftiger Liebe entbrannt waren und jeder endlich glaubte nur der andre stünde seinem Glücke entgegen, so erwachte die glühendste Eifersucht in ihrem Herzen. Einmal trafen sie in einem Gehölze auf der Jagd zusammen, ein böser Geist ergriff sie, und sie erschossen sich gegenseitig. Da hat ihr nun kinderloser alter Vater das übermüthige Mädchen verwünscht und von Stund an-war sie aus ihren Zimmern verschwunden. Wer aber Nachts über das Sandfeld zwischen Eutin und Stendorf kommt, dem erscheint sie in langer weißer Kleidung; sie ist noch ganz die schöne reizende Gestalt wie früher, und mit sehnsüchtigem Blick ladet sie jeden zum Kusse ein. Wer aber sich ihr nähert, vor dem verwandelt sie sich plötzlich und ein Scheusal von verwestem Ansehn mit feuersprühenden Augen steht vor ihm. Sie wird jedoch so lange auf dem Sandfelde umherirren müssen, bis es endlich einer wagt sie zu küssen. Ihrem Retter wird sie viele Reichthümer, besonders einen großen silbernen Tisch übergeben. — Ein armer Tagelöhner hat einmal die Erlösung versucht; erschrak aber so dabei, daß er erkrankte und in wenigen Tagen starb. Von dem kleinen Dr. X. in Eutin sagte man aber früher oft, er habe die Prinzessin geküßt und den silbernen Tisch dafür erhalten; denn niemand wuste wie er zu seinem Gelde gekommen sei.

Mündlich. — Etwas abweichend von Herrn Kirchmann in Eutin.

CCLI.

Die Gongers.

In Keitum auf Silt starb einmal eine Frau vor ihrer Entbindung; da ist sie mehrere Male dem Knecht des Predigers erschienen und hat nicht eher Ruhe im Grabe gehabt, als bis man ihr Scheere Nadel und Zwirn ins Grab gelegt. So thut man bei Frauen in Nordfriesland gewöhnlich.

Es gibt da überhaupt manche Wiedergänger oder Gongers; denn wer unschuldig ermordet ist, oder Grundsteine versetzt und Land abgepflügt hat, findet keine Ruhe im Grabe. Ebenso müssen auch die Gotteslästerer und wer sich selbst verflucht, und die Selbstmörder wiedergehen. Einem solchen Gonger darf man nicht die Hand reichen; sie verbrennt, wird schwarz und fällt ab.

Wenn einer von der Verwandtschaft auf der See ertrunken ist, meldet er es nachher den Anverwandten. Wem ein solcher Gonger begegnet, der erschrickt nicht, sondern wird vielmehr betrübt. Der Gonger meldet sich aber nicht in der nächsten Blutverwandtschaft, sondern im dritten oder vierten Gliede. In der Abenddämmerung oder bei Nacht läßt er sich sehen in eben der Kleidung, worin er ertrunken ist. Er sieht dann zur Hausthür herein und lehnt sich mit den Armen darauf, geht auch sonst im Hause herum, verschwindet aber bald und kommt am folgenden Abend um dieselbe Zeit wider. Nachts öffnet er, gewöhnlich in schweren aufgezognen Stiefeln, die voll Wasser sind, die Stubenthür, löscht mit der Hand das Licht aus und legt sich dem Schlafenden auf die Decke. Am Morgen findet man einen kleinen Strom salziges Wassers, das dem Ertrunkenen von seinen Kleidern abgetröpfelt ist, in der Stube. Lassen die Verwandten durch dieses Zeichen sich noch nicht überreden, so erscheint der

Gonger so lange wieder, bis sie es glauben. Der Gonger gibt auch andre Zeichen. Man erzählt:

Ein Schiffer mit zwei Söhnen segelte von Amrum aus mit Saat nach Holland. Der jüngste Sohn hatte gar keine Lust zu der Reise. Er flehte seine Mutter an: „O Mutter, laß mich doch zu Hause bleiben, ich mag nicht mit!“ „Ich kann ja nichts dazu thun,“ sprach die Mutter, „dein Vater will es.“ Der Sohn muste also mit. Als sie auf dem Wege zum Hafen in Bosk über den Steindamm giengen, sagte er zu seiner Mutter und den Andern, die ihn begleiteten: „Denket an mich, wenn ihr über diese Steine geht.“ Noch in derselben Nacht verunglückten sie. Des Schiffers Schwester wohnte bei ihm im Hause. Nachts hatte sie ihr weißes Brusttuch vor dem Bette liegen; am Morgen fand sie drei Tropfen Bluts darauf. Da wuste sie, daß die Ihrigen umgekommen, und sie in der Nacht bei ihr gewesen seien.

Herr Hansen auf Silt. Lorenzen in Camerers Nachrichten I. Herr Dr. Clement.

CCLII.

Die Male des Mütterchens.

In einem Wäldchen bei Hadersleben lebte vor nicht gar vielen Jahren ein altes Mütterchen, das an beiden Handgelenken ein paar dunkelrothe Reife hatte. Wenige hatten diese unnatürlichen Male gesehen, aber man erzählte davon diese Geschichte.

In ihrer Jugend diente sie auf einem Bauerhofe zwischen Tondern und Hadersleben. Einmal war sie als es schon spät war, erst zum Melken hinaus aufs Feld gegangen. Da hörte sie mitten in der Arbeit im nahen Gebüsch ein Geräusch; in dem Glauben aber, es sei ihr Bräutigam, blieb sie ruhig und melkte fort ohne umzusehen. Plötzlich fühlte sie sich von zwei kalten knöchernen Händen an beiden Armen gefaßt und eine hohle Stimme rief: „Bete ein Vaterunser!“ Mit bebenden Lippen stammelte sie das Gebet; als sie geendigt, stand ein kleines Männchen in altmodischer Tracht vor ihr und sprach mit derselben Stimme wie vorher: „Du sollst Dank haben; denn nun kann ich Ruhe finden. Ich war verflucht so lange umher zu irren, bis das Gebet einer reinen Jungfrau mich erlöste. Komm morgen wieder, und dein Lohn soll dir werden.“ Damit verschwand die Erscheinung. Voller Schrecken kam das Mädchen in das Haus ihres Brotherrn und erzählte, was ihr begegnet sei. Die Furcht vor dem Kleinen war bei ihr so groß, daß sie erklärte, sie werde um keinen Preis wieder dahin gehen. Da unternahm der Herr am andern Abend an ihrer Statt den Gang. Was ihm aber da begegnet und was er gesehen und gehört, hat er nachher niemand erzählen wollen; aber sichtlich ruhte seit jenem Abend ein ganz besonderer Segen auf seinem Besitze.

Durch Fräulein D. Tamsen in Tondern.

CCLIII.

Der Bröddehoogmann.

Auf dem Bröddehoog, einem alten Grabhügel zwischen Braderup und Kampen, haben viele Leute, oft bei hellem Tage, einen Mann von mittlerer Höhe, grau gekleidet, mit einer altmodischen Mütze auf dem Kopfe stehen sehen. Den Kopf hatte er gesenkt und mit nachdenklicher, schwermuthsvoller Miene schaute er vor sich nieder. Er hieß der Bröddehoogmann.

Einst wohnte er in einem der nördlichen Dörfer Silts und erwarb sich durch See- und Strandraub ein großes Vermögen. Die von ihm ausgeplünderten und ermordeten Schiffbrüchigen verscharrte er in der Gegend des Bröddehügels. Vor den Augen der Leute und seiner eigenen leichtsinnigen Söhne verbarg der geizige Mann seine Schätze sorgfältig in dem geräumigen Gewölbe jenes Hügels. Während der Nacht aber schlich er oft dahin, zählte sein Geld, und saß stundenlang in seiner unterirdischen Schatzkammer auf seinen Säcken. Er brütete auf seinen Goldeiern, wie man sagte, und davon bekam der Hügel den Namen Brütehügel.

Der Mann starb ohne seinen Söhnen Nachricht von seinem Reichthum zu geben. Aber ob diese eine Ahnung davon hatten, oder dem Vater einmal nach gegangen waren, sie stellten wenigstens gleich in jenem Hügel eine Nachsuchung an. Aber unrecht Gut kommt nicht an den dritten Mann. Während sie im Steinkeller arbeiteten, stürzte er ein und begrub die habgierigen Söhne des geizigen Mannes, der hinfort auf dem Grabe seiner Kinder und zugleich der ermordeten Schiffbrüchigen als Gespenst umgehen muß.

Durch Herrn Schull. Hansen auf Silt. — Es wird auch so erzählt, daß ein Mädchen aus Braderup an einen Kampener verheiratet diesem ein großes Heidefeld bei dem Bröddehoog (also meint man Briddhoog, Brauthügel S. 108) zugebracht habe. Nach ihrem Tode haben die Kamper es nicht, wie es Gesetz gewesen wäre, an die Verwandten der Frau zurückgeliefert. Ihr (meineidiger?) Rathgeber in dieser Sache soll nun jenes Gespenst sein. — Der Hügel ist vor einiger Zeit abgetragen und man fand den gewöhnlichen Inhalt solcher Gräber. Rendsb. Wochenbl. Febr. 1845.

CCLIV.

Der vergrabene Schatz.

Nicht weit von Ütersen liegt das Dorf Heist. Hier lebte vor Jahren ein alter Mann, der viel zur See gereist war und sich viele Reichthümer erworben hatte. Denn so muste man im Dorfe glauben, obwohl er nur zur Miethe wohnte, weil er den Armen immer reichlich gab und immer Geld vollauf hatte. Doch nach seinem Tode fand man zur Verwunderung der Leute nichts in seiner Wohnung.

Aber seit der Zeit zeigte sich auf der Loge, der Meente des Dorfes, ein großes helles Licht in dunkeln Nächten, viel größer als ein gewöhnliches Irrlicht und auch flackerte es nicht umher wie diese, sondern stand unbeweglich auf einer Stelle. Ein paar junge Bauern beschlossen endlich es einmal näher zu untersuchen. An einem Abend, als das Licht sich wieder zeigte, giengen sie hinaus auf die Loge, und als sie in seine Nähe kamen, stießen beide nach Verabredung einen tüchtigen Fluch aus, weil sie wusten, daß ein gewöhnliches Irrlicht davor wegliefe; aber dies Licht blieb stehen. Sie fluchten zum zweiten Mal und zum dritten Mal; da fuhr das Licht zischend empor und floh nicht, sondern kam gerade auf sie los. Voll Schreck ergriffen sie die Flucht und erreichten eben noch das Wirthshaus, als es ihnen ganz nahe auf den Fersen war; und da sie eben die Thür zugeschottet hatten, fiel ein so furchtbarer Schlag dagegen, daß sie vor Schreck niederfielen. Am andern Morgen fand man ein großes Hufeisen darauf eingebrannt und so oft der Tischler das Brett auch herausnahm, immer war es am andern Morgen wieder zu sehen. Nach längerer Zeit wollte der eine Bauer auf der Loge einen Feldstein mit Pulver sprengen. Als man nun eine Grube aufwarf, um den Stein dahinein zu legen, traf man auf etwas hartes und fand bald einen eisernen Kasten, der, als man ihn mit vieler Mühe öffnete, eine große Menge der allerblanksten Geldstücke enthielt. Nun erkannte man, daß sie zufällig die Stelle getroffen hätten, wo sich immer das Licht zeigte und auf dem Deckel des Kasten war ein eben solches Hufeisen zu sehen wie an der Wirthsthür. Der Bauer war so klug das Geld nicht allein für sich zu behalten, sondern theilte es mit dem ganzen Dorfe, weil es auf der Gemeindewiese gefunden war. Seit der Zeit ist das Licht verschwunden und auch das Hufeisen an der Wirthsthür blieb weg, als man ein neues Stück einsetzte. Die Loge ist jetzt seit Jahren auch aufgetheilt.

Mündlich.

CCLV.

Dat lütje Tümmeldink.

Et weer hier inne Marsch mael en ryken, ryken Buer. De weer so stolt unn so hoechmödig op synen Rykdoem unn wenn de armen Lüd' kemen unn em um en Stück Broet beden, unn se äer „Väel dusent Gottsloen" säen, so antwoerd' he: „Ik bruek dyn Gottsloen ni'; ik heff all noeg," unn lach se darto noch uet. Darfœr muß he, as he storven weer, ewig twischen Himmel unn Höll swäben unn muß so lang noch op Eerden wandeln, bet he sik een „Gottsloen" verdeent harr.

Nun kunn man Nachs ümmer en Füer seen, dat brenn as en Bunt Stro, unn leep ümmer hen unn häer unn wenn noch laet daer wull wanken däd', (spät da jemand gieng) so keem dat Füer op'n to, unn so gau (schnell) se uk lepen, et leep ümmer so by se häer, bet se to Hues weren. De Lüd' worden eerst ümmer bang' daerfœr; awer tolet worden se dat gans gewent unn worden gans vertruet damit. Wenn't enmael rech düester weer unn ener sä': „Kumm, lüch mi ins," glyk weer dat lütje Tümmeldink da (denn so nömen se dat Füer) unn wenn ener sik verlopen harr unn he sä' man: „Wenn dat lütj' Tümmeldink doch man hier weer!" so weer et uk glyks daer unn broch em na Hues. So ging' dat nu väle, väle Jaer unn dat lütje Tümmeldink harr mennig een holpen, awer noch keenen Dank verdeent.

Enmael by Nach wull en bedrunken Mann na Hues. Syn Weg weer noch wyt unn de Nach weer düester; et weer by Harvsttyden, de Gröben weeren allerwegens vull Water. He verfäel en Steg unn full in en depe Gröef unn weer neeg daran to verdrinken; do reep he in syn Hartensangst: „Och, weer doch man dat lütj' Tümmeldink hier!" Glyks word' et gans hell by em, lütj' Tümmeldink weer by de Hant, holp em heruet, unn broch em to Hues. Fœr Küld' unn Mödigheit kunn de Mann nich wyder unn do he de Dœr opmaek, sackt he dael unn sä': „Du schast vœl dusent Gottsloen hebben!" Do sprung dat lütj' Tümmeldink hoech op unn reep: „Gottlof! nu bin ik fry!" unn syt de Tyt het et sik ni wedder seen laten.

Mündlich aus Marne in Süderditmarschen.

CCLVI.

Der verwünschte Prinz.

Unweit der Horstmühle auf dem Bödenteich zwischen Elmshorn und Horst geht ein verwünschter Prinz um, und zwar zur Zeit des Neumonds. Er ist eine große lange feurige Gestalt mit brennendem Kopfe und trägt ein Spinnrad unterm Arm. Diese Strafe leidet er, weil er einst einen falschen Schwur gethan hat, nun schon seit vielen hundert Jahren.

Durch Mommsen.

CCLVII.

Die Mäher.

Die Brorkenkoegswisch in der Tonderschen Marsch bei dem Kanzleihof Fresmark hat ihren Namen von einem reichen Bauer, Namens Brork, der vor seinem Tode all sein Vermögen unter seine drei Söhne theilte bis auf diese schöne Wiese, über die sie sich brüderlich vereinbaren sollten. Als nun der Vater gestorben war, machten die drei unter sich aus, daß dem die Wiese gehören solle, der bei der ersten Maht auf ihr die meisten Schwaden schlüge. Beim Mähen aber wurden sie eifersüchtig auf einander und erschlugen sich zuletzt einer den andern mit den Sensen.

Seit der Zeit tanzen auf der Brorkenkoegswisch allnächtlich drei Irrlichter herum und machen das Wettmähen und den Bruderzwist nach; dann verlöschen sie eins nach dem andern.

Volksbuch 1844. S. 90. — Nördlich von Tiislund, Amts Hadersleben, giengen einmal zwei Brüder auf ihr Roggenfeld und mähten. Sie geriethen bald in einen heftigen Streit (Trætte) und erschlugen sich mit ihren Sensen. Davon heißt der Acker Trædblock; Block bedeutet in Nordschleswig wie in Ditmarschen einen kurzen Acker.

CCLVIII.

Die Irrlichter bei Jordkirch.

Von Jordkirch aus sieht man in den Monaten August und September, scheinbar an der Ostseite der Drawitter Hölzung, die wohl drei Meilen entfernt sein mag, nach Sonnenuntergang zwei Feuer oder Lichter, deren eines größer ist als das andre.

Ein armer Schneider in Höist hatte nemlich ein böses, trunkfälliges Weib; die verbitterte ihm das Leben so, daß er keine frohe Stunde mehr hatte; alles was er verdiente, das vergeudete und vertrank sie. Eines Tages hatte er kein Bischen Brot mehr im Hause. Da kam sein kleiner Sohn und bat weinend um etwas; denn ihn hungerte so. „Komm mit," sagte der Vater, „ich will dir Brot geben, daß du nie mehr Hunger leiden sollst," und damit gieng er mit ihm nach der Drawitter Hölzung, die nicht weit vom Dorfe liegt. Als sie nun dahin kamen, da ermordete der Vater in seiner Verzweiflung erst seinen Sohn und verscharrte ihn im Sande, und dann erhenkte er sich selbst. Seit der Zeit sieht man dort jene Lichter wandeln.

Durch Herrn Pastor Hansen in Jordkirch bei Apenrade.

CCLIX.

Der Scheidevogt.

Zur Zeit der Auftheilung und Einkoppelung entstanden zwischen den Dörfern Alversdorf und Röst in Süderditmarschen Gränzstreitigkeiten. Die Scheide konnte nicht ermittelt werden, bis ein Mann aus Alversdorf erklärte, daß er sie genau wisse und mit einem Eide seine Aussage bekräftigen wolle. Zu dem Ende begab er sich an die Grenze der Alversdorfer Feldmark, füllte bei der Tensbüttler Furt, wo es durch die Gieselau geht, seine Schuhe mit Sand, gieng dann nahe vor Röst und that da seinen Eid, daß er auf Alversdorfer Grund und Boden stehe. Er glaubte den Meineid vermieden zu haben. Aber nach seinem Tode muste er als Feuerkerl auf der Scheide umgehn (scheelgaen). Eine Flamme von Manns Höhe hat da gerade auf der Scheide in dunkeln Nächten lange umher gehüpft, bis das Moor trocken gelegt ward. Wenn sie recht hoch aufflackerte, erkannten sie die Leute und riefen: „Dat is de Scheelvaegt!" — An der Stelle wo er den Sand einfüllte, muste jeder, der Nachts da hindurch gieng und kein reines Herz hatte, eine ziemliche Strecke weit den Teufel wie eine centnerschwere Last auf seinem Rücken fortschleppen.

Auch zwischen dem Gute Röest und dem Dorfe Rabenkirchen in Angeln war einmal Streit um eine Hölzung. Der Edelmann füllte an einem Morgen Erde aus seinem Garten in die Schuhe, steckte Zweige von den Bäumen auf seinem Hofe auf den Hut, und that nun im Gehölze, das den Rabenkirchnern eigentlich gehörte, den Schwur, daß er auf seiner Erde stünde und die Zweige über seinem Haupte sein wären.

Drei Männer aus Spandet im nördlichen Schleswig haben dem Dorfe Fjersted einmal die schöne Wiese Elkjær abgeschworen; dafür erhielt Fjersted die schlechtere, Sepkjær. Sie hatten auch Erde in die Holzschuhe genommen und büßten ihre Schuld, indem man sie nach ihrem Tode lange händeringend auf der Wiese umhergehn sah und sie ausriefen:

Med Ret og Skjel, (Fug,)
Det ved vi vel,
Elkjær ligger til Fjersted Bye,
Sepkjær ligger til Spandet.

Mündlich. — Jensen Angeln S. 232. — Herr Dr. Reimers auf Gramm. — Bei Jordkirch, Probstei Apenrade, sieht man mitunter zwei oder drei Lichter, die Braurup Trabeeld die Brauruper Prozeßfeuer heißen, weil drei Bauern durch einen Meineid, indem sie Erde in ihre Schuhe nahmen, ihren Nachbaren Land abgeschworen und nun dafür brennen.

CCLX.

Das Gespenst mit dem Grenzpfahl.

In den niedrigen Fennen zwischen Lindholm und Maasbüll, Amts Tondern, die im Winter meist unter Wasser stehen, tobte allnächtlich ein Gespenst. Es war ein Mann mit einem großen Pfahl auf dem Nacken und indem es umherstürmte, schrie es beständig: „Wo schall ik den Pael daelschlaen? wo schall ik den Pael daelschlaen?" Die ältesten Leute hatten davon schon von ihren Eltern gehört und immer gieng das Gespenst noch umher. Es that keinem etwas zu Leide und jeder gieng still vorüber; es bekümmerte sich niemand weiter darum. Einmal aber kamen zwei Nachbarn mit einander vom Markte zurück, und der eine war etwas betrunken. Als sie nun an die Stelle kamen und das Gespenst rief, fragte er: „Wat seggt de Käerl?" „Um Gottes Willen, so schwyg doch," sagte der andre, „he deit dy niks." „Ik will awer wäten, wat he seggt," erwiederte der andre mürrisch und rief das Gespenst an: „Wat seggst du?" Gleich stand es vor ihnen und schrie: „Wo schall ik den Pael daelschlaen? wo schall ik den Pael daelschlaen?" Vor Schreck plötzlich nüchtern faltete der Mann die Hände und antwortete: „In Gottes Namen schlaeg em dael, wo he fröer staen hett." Unter lautem Danke, weil es auf dieses Wort schon über hundert Jahr gehofft hatte, rannte das Gespenst nach einer Stelle, schlug den Pfahl da hinunter, so daß das Wasser weit über seinen Kopf und über den Pfahl hinweg stob, und war zugleich verschwunden.

Der Mann hatte nemlich bei Lebzeiten den Gränzpfahl verrückt und hatte damit umgehen müssen, bis jemand ihn anredete und dadurch erlöste.

Schriftliche Mittheilung. — Zwischen Maugstrup und Kjestrup, Amt Hadersleben, hat der Prediger, Herr Jacob, auch den Grenzstein verrückt; dafür muß er umgehen. Aehnliche Sagen werden sich überall finden.

CCLXI.

Der nächtliche Pflüger.

In der Breder Gemeinde hatte ein Mann seinem Nachbarn ein Stück Land betriegerischer Weise abgenommen. Nach seinem Tode konnte er darum keine Ruhe finden. Jeden Abend wenn es dunkel zu werden anfieng, sah man ihn mit Pflug und Pferden und dem Knecht, der ihm früher geholfen hatte, auf den Acker ziehen und pflügen. So oft er die Wende hinunter gekommen war, hörte man ihm seinem Knechte zurufen: „Willads vend!" (Wilhadus kehre um!) Gegen Mitternacht zog er auf einem schmalen Wege wieder zum Kirchhof hinauf, um noch zur rechten Zeit im Grabe zu sein. Da dachten einige muthwillige Bursche einmal den Pflüger zu fangen. Sie kauften ein neues ungebrauchtes Hanfseil, bespickten es mit ungebrauchten Nähnadeln und spannten es über den Weg. Dann stellten sie sich daneben um zu sehen wie es abliefe. Aber je näher die Zeit der Heimkehr des Pflügers kam, je schwüler ward ihnen ums Herz und endlich eilten sie furchtsam davon. Bald darauf hörten sie einen durchdringenden Schrei, dann war alles wieder still. Am Morgen fand man das Seil zerrissen; der Nachtwandler kam aber später nicht wieder.

Durch Herrn Petersen in Soes.

CCLXII.

Schwarze Hunde.

1.

Von Elmshorn nach seinem combinierten Antheil Vormstegen hin führt ein langer hölzerner Steg über die Wiesen. Es war gefährlich Abends hinüber zu gehen. Denn ein wegen einer großen Uebelthat verwünschter Ritter muste in der Gestalt eines ungeheuern Hundes nach einem Hügel bei Vormstegen, dem Krögersberg, wo einst sein Schloß gestanden, jeden Abend zwischen zehn und eilf Uhr wandern und zwischen eilf und zwölf muste er von dort wieder zurückkommen, weil eine jede Stunde längeres Verweilens ihm ein Jahr Strafe mehr gebracht hätte; zugleich durfte er nicht trockenes Fußes gehen. Wenn daher die Wiesen nicht feucht genug waren, so gieng er in dem Graben entlang, der die alte Aue heißt. Weil nun aber sein Kopf so groß war wie der eines Ochsen, sein Schwanz wie ein Windelbaum und seine Haare länger als das längste Gras, so muste sich der Steg aus einander thun, wenn er herzukam, daß er frei durchgehen konnte. Kamen dann gerade Leute, so fielen sie hinab in die feuchte Wiese oder ins Wasser. Aber noch schlimmer wars, wenn einer auf den Hund zu reiten kam. Dann giengs her und hin die ganze Nacht hindurch bis zum ersten Hahnkrat; sobald der gehört ward, fiel der Reiter ab und fand sich weit unten hinunter an der Krückaue bei den Pfahlbuchten. Jetzt geht die Eisenbahn über die Wiesen und der Hund soll verschwunden sein.

Mündlich.

2.

Der böse Bürgermeister Peter Pommerening in Flensburg ward abgesetzt und erhielt kein ehrliches Begräbnis. Er ward nur hinter seinem Hause eingescharrt und in der Dämmerung sieht man ihn nun als großen schwarzen Hund im Stadtgraben umgehen. So lange die Sonne scheint, rufen die Knaben keck:

Peter Pommerening,
Plag dy de Röring! (der Schlag.)

Aber wenn die Dämmerung anbricht und ein schwarzer Hund sich zeigt, fliehen sie furchtsam.

Durch Herrn Pastor Dr. Jensen.

3.

Von nächtlichen Umtreibern und Ruhestörern hatte man in Alversdorf früher nichts zu fürchten. Denn mitten im Dorfe zeigte sich um Mitternacht ein großer schwarzer Hund mit glühenden Augen und hielt die Unfugtreiber in Respect. Wenn junge Leute spät von der Jort* kamen, giengen sie darum still und ohne Geräusch nach Hause. — Am Marnerdeich und anderswo schreckt ein solcher

* Ein zweifelsohne aus dem Norden eingewanderter Ausdruck, auch in Eiderstede gebräuchlich. Auf der ditmarschen Geest bezeichnet man damit die sonntäglichen Zusammenkünfte und Tänze junger Leute, wozu nicht eingeladen wird wie zu Bieren und Hochzeiten. vgl. Falks Abhandlungen aus Schl. Holst. Anzeigen.

Hund jeden, der Abends spät in böser Absicht ausgeht, namentlich Strandläufer. Ein Mann kam einmal spät über den Deich, als ihm der Hund begegnete. Darüber erschrak er so, daß er krank ward und in drei Tagen starb.

Mündlich.

CCLXIII.

Cyprianus.

In alter Zeit lebte auf einer dänischen Insel ein Mann Namens Cyprianus; der war schlechter als der Teufel. Deshalb ward er, als er gestorben und zur Hölle gefahren war, vom Teufel wieder hinausgeworfen und auf seine Insel zurück versetzt. Hier schrieb er neun Bücher in altdänischer Sprache mit Hexereien und Zaubersprüchen. Wer diese Bücher alle neun durchliest, ist dem Teufel verfallen. Von diesem Original sollen drei (oder neun) Exemplare von einem Mönche abgeschrieben und dann zerstückelt über die ganze Welt verbreitet worden sein. Ein vollständiges Exemplar soll von einem Grafen, der auf dem Plöner Schloß wohnte *, in Ketten geschmiedet und unter das Schloß vergraben sein, weil ihm nach Durchlesung der ersten acht Bücher so angst ward, daß er sie vor den Augen der Welt zu verbergen beschloß. — Eins dieser Bücher existiert noch in Flensburg. Einzelne Zaubereien aus den neun Büchern sind auch noch vielen alten Leuten bekannt. Will man aber darin eingeweiht werden, muß man zuerst das Christenthum verschwören.

Herr Storm in Husum. — In Flensburg soll man noch mehr vom Cyprianus zu erzählen wissen.

CCLXIV.

Die schwarze Schule.

Von der schwarzen Schule weiß man in Nordfriesland und im Dänischen besonders viel zu erzählen. Der Teufel ist selber darin Lehrmeister und namentlich angehende Prediger werden unterrichtet. Fast jeder Pastor versteht etwas von der Kunst; andre sind dagegen ganz ausgelernt und haben dafür dem Teufel ihre Seele verschreiben müssen, jedoch nur unter Bedingungen. Einer muste z. B. sein Leben lang eine und dieselbe wollene Unterjacke tragen; ein andrer durfte sich nur Sonnabends rasieren, ein dritter nur ein Strumpfband tragen, ein vierter verpflichtete sich nie in die Kirche zu gehen oder nie eine Minute länger als eine oder eine halbe Stunde darin zu bleiben; hätten sie nur einmal aus Versehen die Bedingung übertreten, wäre ihre Seele ewig verloren gewesen. Jeder, der in der schwarzen Schule

* S. No. 82.

gewesen ist, hat Macht über die Geister, und versteht sich besonders auf das Bannen der Wiedergänger und Gespenster. Durch ein Wort können sie sich von einem Orte nach dem andern wünschen, und wissen alles was in ihrer Abwesenheit in ihrem Hause passiert. Ein Pastor Fabricius in Medelbye, Amts Tondern, war besonders geschickt; einmal als er auf einer Kindtaufe in Holt war, zwang er einen Jungen, der einen Apfelbaum im Pastoratgarten plündern wollte, so lange sitzen zu bleiben, bis er zurück kam und ihn befreite. Ein ander Mal schlug er mitten in der Predigt nur auf das Kissen der Kanzel und rief: Halt! da stand als die Leute nachher aus der Kirche kamen, ein Mann mit einem Sack voll frisch geschnittenes Grases unbeweglich da, das er während der Predigt vom Kirchhofe hatte stehlen wollen. Er hatte auch sehr viele Zauberbücher. Sein Dienstmädchen machte einmal während der Predigt seine Studierstube rein und neugierig fieng sie in einem kleinen Buche an zu lesen. Plötzlich ward es in der Stube lebendig und eine Menge der scheußlichsten Gestalten und Geister ließen sich sehen und es kamen immer mehr und mehr und immer näher kamen sie auf das Mädchen los, das vor Angst fast gestorben wäre. Der Pastor merkte in der Kirche gleich was in seinem Hause vorgieng; plötzlich sagte er mitten in der Predigt Amen, lief nach Hause und brachte die Geister wieder zur Ruhe, die sonst das Mädchen umgebracht hätten.

Der Teufel stellt aber allen, die mit ihm einen Kontract gemacht haben, nach und hätte der Pastor Fabricius je mehr als ein Strumpfband umgelegt, hätte er ihn mitgenommen. Aber Fabricius war klüger als der Teufel; er nahm sich in Acht, wenn er am Morgen zwei Strumpfbänder vor seinem Bette liegen sah. Der Teufel hat auch oft das Mädchen, das die Strümpfe für den Pastoren strickte, als Floh geplagt und sie so im Zählen der Maschen irre gemacht. Gewöhnlich war der Strumpf dann zu weit geworden und schlotterte dem Pastoren um die Ferse; woraus dieser sich jedoch nichts machte. Der Teufel hat ihm nie was anhaben können.

Schriftliche Mittheilung. vgl. No. 82. — Der Verfasser eines holsteinischen Idiotikon, Pastor Ziegler, trug auch nur ein Strumpfband; die Leute erzählen, daß er mit dem Teufel einen Kontract gehabt. Als dieser abgelaufen, sei der Teufel früh Morgens gekommen um ihn abzuholen. Der Pastor will sich erst ordentlich ankleiden, zögert und zieht die Strümpfe verkehrt an. Aergerlich sagt endlich der Teufel, als er das letzte Strumpfband anlegt, zu ihm, daß er nicht länger warten wolle, als bis er damit fertig. »So leg ich das Band in meinem Leben nicht an,« sagte Ziegler und legte sich wieder schlafen; der Teufel muste abziehn.

CCLXV.

Der Teufel muß den Wagen tragen.

Enmael foer ik mit myn Tæte (Vater, Brotherr) na Flensborg, erzählte ein alter Mann; ik weer do noch en jungen Käerl.

Wy harn elkeen (jeder von uns) veer Päer vör den Wagen unn de Tœte foer vörup. Mit eens holt he still; ik heel myn Päer an unn froeg: „Wat is der?“ Do segt de Tœte niks unn wenk man mitte Handen. Ik steeg vunnen Wagen, unn froeg em noch enmael. „Jung, süchst du ni,“ sä de Tœte unn seeg ganz verveert uet: „süchst du nich, dat de Düwel to merren innen Weg sitt?“ Do ik niks seen kunn, segt he to my, ik schull op dat Leidpäert stygen unn em twischen de Oren dörchseen. Do seeg ik den Düwel merren innen Weg sitten unn he harr waraftig! en rode Hüll (Mütze, Kaputze) oppen Kopp. „Jung,“ sä nu de Tœte, „nu styg man gau raff unn smyt een vunne achtersten Ræd' oppen Wagen, dat wy wyder kaemt.“ Do muß de Düwel de Achs anfaten unn bet to Flensborg hrinn drägen, unn wy jagen aerdig. Man mutt em man wat annerš to doen gäwen, so het man Rau fœr em.

Mündlich. vgl. No. 245. Wird auch von Pastor Fabricius und andern erzählt.

CCLXVI.

Geister gebannt.

1.

Der Herr von Zago auf Satrupholm war nicht weniger grausam gegen seine Dienstboten und Gutsuntergehörigen, als seine Frau, die böse Frau von Zago. Gleich nach seinem Tode gieng ein Rumoren und Poltern im Schlosse an; sein unseliger Geist tobte umher, schlug und quälte die Schlafenden und drang endlich ins Schlafzimmer der Frau. Da ward ein damals besonders berühmter Prediger aus Adelbye bei Flensburg, dem früher schon mehrere Male es geglückt war Geister zu bannen, herbei gerufen. Er versprach mit Zuversicht auch hier Ruhe zu schaffen. Gegen zwölf Uhr gieng er mit der Bibel unter dem Arm in das Zimmer, wo sich der Spuk immer zuerst zeigte. Als die Uhr geschlagen, ließ sich sogleich ein schallendes Gelächter vernehmen und der Geist trat ein. Der Prediger öffnete die Bibel und las die Stellen laut her, die sonst von Erfolg gewesen waren. Aber der Geist kam auf ihn zu und schlug ihm das Buch aus der Hand und der Geistliche konnte froh sein noch mit heiler Haut davon zu kommen. Der Spuk im Schlosse ward darnach doppelt so arg; man war nahe daran das Schloß ganz zu verlassen, als noch eben zur rechten Zeit Hilfe kam.

An einem Abend kam ein von der Universität relegierter Student der Theologie im Wirthshause in Satrup an und bat um Nachtquartier. Nach langem Weigern gewährte der Wirth es ihm. Unter den übrigen Gästen kam bald die Rede auf den Spuk und einer erzählte alles genau; der Student hatte aufmerksam zugehört und er erbot sich nun sogleich den Spuk zu bannen. Er ward in dasselbe Zimmer geführt, wo der Prediger seinen Versuch gemacht hatte.

Bald kam der Geist. Der Student hielt ihm erst eine lange Strafpredigt und stellte ihm alle seine Schandthaten vor. Darauf erwiderte der Geist, wer sich zum Strafprediger aufwerfe, müsse erst selbst rein sein; er, der Student, habe einmal beim Bäcker Semmeln gekauft, sei aber ohne bezahlt zu haben davon gegangen. Der Student griff sogleich in die Tasche und warf dem Geist den schuldigen Schilling zu; darauf muste dieser schweigen. Nun hielt der Student ihm das heilige Buch hin uud forderte ihn auf es ihm aus der Hand zu schlagen; aber der Geist konnte es nicht und muste sich für überwunden erklären; nur eine Bitte hatte er noch, daß er unter der Zugbrücke seinen Platz nehmen dürfe. Allein die Bitte fand kein Gehör; der Geist hätte da sicherlich die Vorübergehenden nicht in Ruhe gelassen und schon war eine große hohle Buche, nördlich vom Schlosse, als Verbannungsort ausersehen. Der Kutscher war schon bereit, Geist und Geisterbanner dahin zu fahren, als dieser ihm erst befahl das Hinterrad abzuziehn und in den Wagen zu werfen. In vollem Galopp giengs nun zum hohlen Baum und der unglückliche Geist muste bis dahin die Achse tragen; dann mahnte ihn der Student schnell hinein. Seit der Zeit war Ruhe im Schloß. Viele Jahre später wollte ein neuer Besitzer alles Widerrathens ungeachtet den gefährlichen Baum fällen lassen. Aber die Knechte kamen bald wieder zurück und meldeten, daß keine ihrer Äxte gegen den steinharten Baum hielte. Da erbot sich der Schmied in Ausacker, der was von der Kunst verstand, die Beile zu schärfen. Es gelang nun den Baum zu fällen; aber kaum stürzte er, als eine ungeheure Schaar von Uhus und Eulen herbeigezogen kam und mit entsetzlichem Geheul lange die Luft erfüllte.

Herr Organist Schmidt in Fahrentoft in Angeln. vgl. No. 58. 359. — Aehnlich wird erzählt, daß einmal ein Herr die unterirdischen Gänge bei Puttlos, S. No. 35, 2. habe öffnen lassen, dabei der Kutscher vor Schreck sogleich starb, der Schmied und Vogt bald nachher. Als man eine große eiserne Thür gesprengt, sei ein großer Schuhu herausgeflogen und habe sich aufs Herrenhaus gesetzt. Man habe einen katholischen Priester aus Wien holen müssen, der erst, aus einem kleinen Katechismus lesend, den Vogel wieder zur Ruhe habe bringen können. — Auch als man in Rübel in Sundewitt einen dicken Eichenstamm auf dem Hofe eines Bohlmanns herausnahm, ward Hofraum, Scheune und Haus voll von Krähen und Raben. Erst als man den Pfahl, unter den ein Gespenst gebannt war, wieder einsteckte, wurden sie ruhig. Dritter Bericht der Gesellschaft für Alterthümer S. 23. — In dem Schlosse Rütschau im östlichen Holstein hängt ein großes Schloß an starken Ketten im Schornstein. Herunternehmen darf man es nicht; sonst entsteht ein furchtbares Gerappel und Gepolter in allen Zimmern, daß man nirgends aushalten kann. Mündlich.

2.

Der Besitzer von Südergaard hatte sich ungerechter Weise ein Torfmoor zugeeignet, das zum Gute Kürbüll gehörte. Darum hatte er im Grabe keine Ruhe. Man fragte endlich den Toten was ihn beunruhige? Er antwortete, solange das Moor an den Besitzer von Kürbüll nicht zurückgegeben sei, werde er umgehen müssen. Als die Antwort der Familie des Gestorbenen bekannt ward, sagte der, dem nun der Hof gehörte: „Lieber eine Seele verdammt, als die ganze Familie beschämt!“ und behielt das Moor. Das Gespenst ward endlich an der Thür des Schafstalles zu Südergaard mit einem Pfahl in den Grund gebannt. Der Pfahl aber stand bei dem Öffnen der Thür nicht wenig im Wege; er bekam deswegen oft einen Stoß und fieng an sich zu lösen. Einst hatte eine Magd ihm einen kräftigen Stoß gegeben; da rief es unter dem Pfahl: „Noch einen Ruck!“ Erschrocken lief sie zur Herrschaft und erzählte was sie gehört. Da ließ man den Pfahl vollends in den Grund rammen und seit der Zeit ist das Gespenst gefesselt. Man zeigt in der Wiedingharde in der Gegend bei Tondern und auch im Dänischen viele Pfähle, worunter Wiedergänger gebannt sind; so auch einen in der Scheune des Pastorats zu Medelbye. Man hütet sich sie anzurühren.

Durch Herrn Schull. Hansen auf Silt ꝛc.

3.

Auf dem Heiligenhafener Felde war ein Loch oder eine Wiese; darin befanden sich zwei verwünschte Leute, und machten Nachts so viele Unruhe und ängstigten die Vorübergehenden, daß die Heiligenhafener endlich einen Mann aus Oldenburg beriefen, der das Geisterbannen verstand. Es war am hellen Mittage. Ein Mädchen hütete auf dem Sulsdorfer Felde die Schafe und stand eben am Heiligenhafener Weg, als der Mann in scharfem Trabe angeritten kam und ihr sagte, es würden gleich zwei Menschen kommen; sie sollte sich aber hüten auf ihre Fragen zu antworten. Darauf jagte er eilig weiter und bald kamen zwei ganz nackte Menschen angelaufen, deren Haare zusammen geknotet waren. Da erschrak die Dirne und lief davon so schnell sie konnte, und die nackten Menschen musten dem Geisterbanner nacheilen, der sie nach dem Oldenburger Brook brachte, oben auf den Bungsberg, wohin früher selten jemand kam. Da sollen noch sonst manche Verbannte gewesen sein.

Herr Schull. Knees in Neumünster.

CCLXVII.

Der Ziegenbock.

Als der Pastor Moldenhauer in Alversdorf gestorben war, entstand im Pastorate ein entsetzliches Gepolter in jeder Nacht und der unruhige Geist plagte besonders die Dienstboten sehr, so daß zuletzt niemand mehr im Hause dienen wollte. Ein vertriebener Student kam endlich dahin und überwand den Geist, band ihn in ein Schnupftuch und brachte ihn nach dem Hademarscher Gehege. Seit der Zeit sah man das Gespenst lange da in Gestalt eines Ziegenbocks und oft hat es Reisende, die den Weg durch das Gehölz bei Nacht kamen, irregeführt und geprellt.

Mündlich aus Ditmarschen.

CCLXVIII.

Der gebannte Knecht.

In H. lebte einst ein Prediger, der sich aufs Bannen verstand. Er hatte die Gewohnheit jeden Abend in die Kirche zu gehen, um nachzusehen, ob es da auch richtig zugienge. Seine Frau konnte sich aber nicht darin finden, und brachte den Knecht dazu sich in eine Pferdehaut zu hüllen, um einmal ihrem Manne, wenn er wieder aus der Kirche käme, einen Schreck einzujagen. Der Knecht muste sich ihm so in den Weg stellen. Aber die Frau irrte sich, denn der Prediger erschrak nicht, sondern sprach: „Bist du ein Mensch, so rede! Bist du der Teufel, so weiche!“ Der Knecht blieb stille; da bannte der Prediger ihn in die Erde hinunter und erst als der Knecht bis an die Knie hineingesunken war, rief er: „Ich bins ja, Vater!“ aber da war es zu spät und keine Rettung mehr; der Knecht ward in die Erde hinuntergebannt.

Aus Sundewith.

CCLXIX.

Der Teufel und der Schüler.

Ein Bauer war einst in Armuth gerathen ohne seine Schuld. Nun war er ganz trostlos und gieng umher in tiefen Gedanken. Da kam ein Mann des Weges daher, der hatte einen Menschenfuß und einen Pferdefuß; der fragte ihn was ihm fehle. Der Bauer erzählte daß er so bitterlich arm und elend wäre und seine Frau schwanger daheim läge und zu keinem Dinge Rath wäre. Da bot ihm der fremde Mann seine Hilfe an; aber wenn der Sohn, den seine Frau gebären werde, zwanzig Jahre alt wäre, sollte er ihm gehören; dafür sollte er Nachts um zwölf seine Thür aufmachen und so viel Geld empfangen als er nur wollte. Der Bauer wuste selbst nicht was er that als er das eingieng, so traurig war er. Bald aber that es ihm leid und er sagte seiner Frau nichts davon. Als es zwölf schlug, klopfte es an die Thür; und ob es ihm gleich unheimlich war, so stand er doch auf und brachte dem Pferdefüßigen seine Kornsäcke, die dieser nun einen nach dem andern voll lauter blanker Speciesthaler schaufelte, während der Bauer sie aufhielt. Darnach baute der Mann sich ein stattliches Haus, richtete große Scheunen auf und lebte glücklich und zufrieden. Er wollte auch, daß sein Sohn lernen sollte alles was nur zu lernen wäre, schickte ihn in die Schule, und dann auch auf die hohe Schule und keinen Wunsch hatte der Sohn, den der Vater ihm nicht erfüllte. Als aber die Zeit herankam, wo der Sohn des Teufels sein sollte, ward der Vater betrübt und sagte es seiner Frau. Die strafte ihn und sagte, daß sie ihm das nimmermehr verzeihen könnte und daß sie viel lieber ganz arm oder tot sein wollte, als ihren einzigen Sohn ewig verlieren. Als sie es dem Sohn erzählten, war dem aber gar nicht bange und er meinte, er sei all seine Tage gottesfürchtig gewesen, so könnte der Böse ihm auch nichts anhaben. Doch gieng er mit seinem Vater zu einem Prediger, der ein frommer und gelehrter Mann war, und sie zeigten ihm an was für einen Verbund der Bauer mit dem Teufel gemacht hätte. Der Prediger schalt freilich den Alten, aber dem Jungen versprach er zu helfen. Sie nannten ihm den Tag und der Prediger befahl dem Schüler am Abend zu ihm zu kommen. Da ward er vom Pastoren in die Kirche geführt und erhielt ein ganz schönes Buch zum Lesen. Der Prediger machte einen Kreis um ihn mit der Kunst und sagte, den solle er nicht verlassen, es möge kommen was da wolle. Darauf verließ er den Jüngling, der nun aus dem Buch mit klarer Stimme zu lesen anfieng. Da schlug die Uhr zwölf; zugleich klopfte es ganz leise an die Thür. Der Jüngling kehrte sich an nichts. Nach einiger Zeit klopfte es wieder an, ein Pastor trat herein und sagte: „Es ist nun vorbei, komm nur!“ Der Jüngling kehrte sich an nichts; und das war gut, denn es war der Teufel. Darnach klopfte es zum dritten Male: die Thür sprang auf und der Teufel kam herein wie ein Pastor und fuhr mit einer Kutsche in der Kirche herum, darin hatte er sechs splinternackte Frauenzimmer. Er fuhr immer ganz dicht um den Kreis herum. Der Jüngling aber kehrte sich an nichts, sondern fuhr fort zu lesen. Da verschwand die Kutsche und der Teufel kam ganz nahe heran, grub mit seinen Krallen ein Grab auf dicht neben dem Schüler, und mit den halbverwesten Leichen trieb er ein gräßlich Spiel, zerriß sie und zog ihnen die Haut ab. Der Jüngling blieb ruhig; als aber ein Fetzen dicht neben den Kreis fiel, streckte er seinen Stecken aus und zog den Fetzen zu sich in den Kreis. Den konnte der Böse nun nicht wieder erlangen und ward mit einem Male demüthig und versprach dem Schüler, ihn nicht wieder zu belästigen und ihm gänzlich zu entsagen, wenn er ihm nur den Fetzen wieder geben wollte. Denn vor dem Hahnenschrei mußten die Leichen wieder ganz sein. Der Jüngling kehrte sich an nichts. Als aber der Teufel immer erbärmlicher bat, warf er ihm den Fetzen endlich hinaus. Da machte der Teufel den Toten wieder heil, begrub ihn und verschwand mit einem Gestank. Da kam auch der Pastor. Aber der Jüngling wollte es nicht glauben, sondern sagte: „Ich habe nun so viel den Satan in Priesterkleidern gesehen, daß ichs nicht glauben will.“ Das lobte der Pastor, daß er so vorsichtig wäre, löste den Kreis mit der Kunst und der Jüngling war nun gerettet.

Aus Schleswig durch Cand.-Arndt. — Aehnlich werden andre Rettungen vom Teufel erzählt; z. B. die des bösen Amtmann in Apenrade durch seinen treuen Diener; sein Sarg ward in die Kirche gebracht ꝛc. So auch eine Beschwörung des Teufels durch Schatzgräber in der Köseler Kirche ꝛc. Der mitgetheilten fast gleich ist eine Erzählung aus der Herrschaft Breitenburg.

CCLXXI.

Festlesen.

Ein Mann kam in eine der Kirchen Hamburgs und fand hinter dem Altar ein Buch. Er fieng an darin zu lesen, und las und las und hatte sich endlich festgelesen. — Er bemühte sich umsonst los zu kommen und seine Gedanken auf etwas andres zu bringen; er konnte es nicht, er muste stehn und immerfort lesen, der kalte Schweiß trat ihm auf die Stirne und er zitterte an allen Gliedern; er wäre des Todes gewesen, wenn nicht ein alter Mann, es soll der katholische Priester gewesen sein, ihn gesehen und seine Noth errathen hätte. Der gab ihm den Rath alles wieder zurück zu lesen, bis dahin wo er angefangen hätte; das sei das einzige Mittel um los zu kommen. Der Mann that es und kam nun glücklich frei.

Aus der Elbmarsch durch Cand. Rejahl.

CCLXXII.

Festschreiben.

In Wilster verstanden sich manche aufs Festschreiben. Bei einem reichen Mann brachen Nachts zwei Diebe ein und verlangten ungestüm die Schlüssel. Er bedeutete ihnen, sie sollten nur fein ruhig sein, er würde ihnen alles herausgeben und sie sollten alles friedlich unter einander theilen; er möchte gerne, daß es in Ruh und Ordnung abgienge. Nachdem die Diebe das Geld erhalten, setzten sie sich an den Tisch und theilten. Als sie nun damit fertig waren, wollten sie aufstehn; da konnten sie aber nicht die Hand vom Gelde und das Geld nicht vom Tische nehmen. Unterdeß waren die Hausleute zusammen gekommen: „Si so,“ sagte der Hauswirth, „laet ons man wedder to Bedde gaen, de hebt goet sidden!“ Am andern Morgen ließ er die Polizeidiener holen und machte die Diebe los.

Ein anderer, dem immer der Kohl aus dem Garten gestohlen ward, schrieb den Dieb in der Nacht vom Sonnabend auf den Sonntag fest, da er eben mit der vollen Kohlhucke auf dem Nacken über die Planke steigen wollte. Da muste er oben sitzen und auf der

Planke reiten, bis die Leute zur Kirche giengen und wieder aus der Kirche kamen und ihn alle gesehen hatten. Dann machte er ihn los und ließ ihn gehn.

Schriftliche Mittheilung.

CCLXXII.

Siebdrehen.

Zur Zeit eines Krieges hatte ein Schlachter auf Amrum zu viel zu thun um allein damit fertig werden zu können; er nahm daher den Sohn seines Nachbarn zum Gehülfen und hatte zu diesem so viel Zutrauen, daß er ihm sogar einen Ort zeigte, wo er ein paar hundert Thaler aufbewahrt hätte. Der Sohn erzählte das seiner Mutter und beiden kam eine große Lust nach dem Gelde. Als am nächsten Nachmittage auf der Diele des Nachbarn eine Kuh geschlachtet ward, kam die Mutter ans Fenster um ein paar Pfund Fleisch zu holen, die bereits für sie abgewogen waren; da gieng der Sohn hin und reichte ihr den Korb hinaus mit dem Fleisch und dem Geldbeutel, den er zuvor auf den Boden des Korbs gelegt hatte. Nach einigen Tagen entdeckte der Schlachter seinen Verlust. Er warf sogleich Verdacht auf seinen Gehülfen und gab ihm solches zu verstehen. Allein dieser verfluchte sich und betheuerte seine Unschuld bei allem was heilig ist.

Zu dieser Zeit war in Morsum auf Silt ein berühmter Hexenmeister, der die Diebe herausbringen und sie zwingen konnte, das Gestohlene wieder zu bringen. Der Schlachter ließ daher seine Frau zu ihm hinüberreisen und der Hexenmeister traf sogleich seine Anstalten. Er ließ sich einen Mehlsieb bringen, legte einen Schlüssel und eine Scheere hinein und setzte den Sieb auf ein großes mit Wasser angefülltes Gefäß. Darauf sprach er seine Zauberformeln und die Frau muste nun die Namen aller verdächtigen Personen mehrmals nennen. So oft sie nun die Namen ihrer Nachbarn nannte, tanzten Schlüssel und Scheere herum; und als der Hexenmeister die Frau ins Wasser schauen ließ, sah sie deutlich wie der Gehülfe ihres Mannes seiner Mutter das Geld reichte. Der Hexenmeister erklärte aber, daß es ihm unmöglich sei ihr das Geld zurück zu liefern, weil die Diebe schon damit über Wasser gereist wären. Uebrigens ist nachher im Hause der diebischen Nachbarn doch kein Segen gewesen, sondern die Betthüren haben da beständig offen gestanden, weil immer einer krank gelegen.

Durch Herrn Schull. Hansen auf Silt. — In Ditmarschen braucht man zum Sieblaufen eine Erbbibel und einen Erbschlüssel. Dieser wird erst einige Augenblicke in jene gelegt, um geheiligt zu werden; dann nimmt ihn der kluge Mann, läßt den Sieb darauf herum kreiseln, nennt dabei die Namen, und der ist der Dieb, bei dessen Namen der Sieb herunterfällt.

CCLXXIII.

Mörder citiert.

In einem Wirthshause in Tondern saßen gottlose Leute während der Kirchzeit beim Kartenspiel. Das Spiel ward immer leidenschaftlicher und im Streit erstach endlich einer einen andern mit seinem Messer. Der Mörder floh. Als der Tote begraben werden sollte, ward der Sarg auf den Marktplatz niedergesetzt und mit einem Hammer auf den Deckel geschlagen und der Mörder citiert. Dieser war damals in Riga und entdeckte sich später einem dorthin kommenden Freunde, und gab die Stunde an als jene Hammerschläge fielen, die in sein Herz geschlagen.

Durch Herrn Pastor Karstens in Tondern.

CCLXXIV.

Der Zauberkessel.

Eine alte Frau aus Schönkirchen in der Probstei erzählte:

Da weer mael in Oppendörp en Knecht, en heel büchtigen Keerl. Nu harr in de Tyt sik dat all verluden laten, as wenn de Lyfeegnen fry gäben warrn schuln. De jungen Keerls de freien sik gewaltig darup unn kunnen den Dag nich aftöwen (abwarten), dat se fry weeren. Unsen lewen Knecht worr dat oek to lang unn eenmael des Morgens as he plögen schull, weer he œwer alle Bargen. De Herr arger sik, dat he syn besten Knecht missen schull unn he kreeg up an Lüd' wat he upkrygen kunn, um em werder intofangen. Keen Minsch aber kreeg den Knecht toseen. Enige säen man, dat se vun en jungen Keerl höert harrn, wat na de Beschrybung de rechte weer, de œwer de Elv sik wegmaekt harr.

Na de Tyt keem mael en Jued up den Hof, den se de Geschichte vertellen däen. Do sä' de Jued: „Den wüllt wy wull werder krygen." De Lüed säen dat to den Herrn unn de Herr leet den Jued to sik kamen unn froeg em, ob dat waer weer. De Jued sä', ja, wenn se harrn, wat he darto bruk unn se em dat goet betalen wullen. Œwer de Betalung wörren se nu licht enig unn de Jued versproek den Knecht werder to schaffen wenn se en Stück Tüeg harrn, wat de Knecht en Jaer lank dragen harr. De Herr leet nasöken unn se bröchen em en ole Unnerjack. Do leet de Jued sik eerst en swarten Haen, naesten en swarten Kater fangen, slach de af unn söch sik darup noch annere Saken; dat höll he awer ganz geheem. In de Nacht kreeg he en groten Kätel to Füer unn um Mitternacht dä' he den Knecht syn Jack, den swarten Kater, den swarten Haen unn syn annere geheemen Saken daer herin unn fung an to kaken. Unn he kaek unn kaek de ganze Nacht dœr unn den Dag unn so kaek he noch tweemael veeruntwintig Stünn. As awer de Abent int Lant keem, do keem en Minsch up den Hof lopen, vun ünnen bit baben vull Dreck, de ganz uter Aten weer unn fær des Huesdœr hinfull unn aen Besinnung liggen bleef. Dat weer de weglopen Knecht. As he werder to sik keem, do weer syn eersies Woert: „Gottlof, dat ik werder in Oppendörp bin!" He vertell nu, dat he in Amsterdam west weer, as he mit eenmael in de Nacht upwaken dä, unn so schnaeksch to Moet weer, as he dat syn Läben nicht west. He harr sik antrecken müst, he harr sülver nicht wust worüm, unn denn harr he jümmers lopen müst, Dag unn Nacht unn Nacht unn Dag jümmers lyk uet. Wodennig he œwer dat Water kamen weer, dat wust he sülver nich; he weer so möed unn so hungrig west, dat harr aber all niks holpen, he harr jümmer tolopen müst unn so geern he oek wult harr, so harr he doch nich still staen kunnt.

Myn Mutter äer Swester, sagte die alte Frau, de deen in de Tyt up Oppendörp unn het den Knecht recht goet kennt, unn myn Mutter het my de Geschichte sülver vertellt, as ik noch en lütt Deern weer.

CCLXXV.

Der Liebestrank.

Bei Aitrup im Amte Hadersleben sieht man noch die Überreste des Schlosses Fromhave. Dahin kam einmal ein elender Krüppel und wuste der Frau vom Schlosse einen Liebestrank beizubringen, darauf sie sich so in ihn verliebte, daß sie Haus und Hof und ihren Mann verließ und ihm nachlief. Aber der Mann eilte ihnen nach, schlug den Krüppel tot und nahm seine Frau wieder mit zurück. Er schenkte später dem Prediger in Biert ein großes Stück Land.

Danske Atlas VII. 151.

CCLXXVI.

Der schwarz und weiße Bock.

Ein reicher Bauer schickte einmal Sonntags alle seine Kinder und Leute aus dem Hause, theils in die Kirche, theils aufs Feld. Darauf grub er im Pferdestalle ein Loch, setzte einen Koffer hinein und schüttete sein Geld muldenweise darin auf. Darnach verschloß er den Koffer, machte das Loch wieder zu und versiegelte es mit den Worten: „Na, Düwel, nu verwaer dat so lank, bet se dy en schwart unn witten Sägenbock bringt." Ohne Wissen des Geizigen hatten aber seine Kinder einen armen alten Mann die Nacht beherbergt. Der hatte auf dem Heuboden geschlafen und stand gerade auf, wie der Bauer all sein Geld vergrub; so hatte er alles mit angesehen. Der Teufel bemerkte ihn gleich und sagte: „Twee Ogen seht! schal'k de uetpußen?" Der Bauer dachte, das könnte nur eine Katze sein und sagte: „Laet sehen, wat föht!" In aller Stille verließ der alte Mann darnach das Haus.

Der Bauer starb und seine Kinder bewirthschafteten nun schon seit einiger Zeit die Stelle; da kam der alte Mann einmal wieder dahin und bat um Aufnahme. Sie wiesen ihn anfangs ab; bald aber, als sie sich erinnerten, daß sie ihn schon einmal wider Willen ihres Vaters beherbergt hätten, ließen sie ihn da bleiben. Das Gespräch kam bald auf die schlechte Zeit und die Kinder klagten. Der Alte fragte, ob denn ihr Vater ihnen nicht reichlich Geld hinterlassen hätte? „Ach nein," sagten sie, „nichts als Schuld und Ungeduld." Da versprach er ihnen Geld genug zu verschaffen, wenn sie ihn lebenslänglich versorgen wollten und einen schwarz und weißen Ziegenbock schaffen könnten. Die Leute waren damit gerne zufrieden; aber es kostete Mühe einen solchen Ziegenbock zu finden, weil damals hier im Lande die Ziegen noch viel seltener waren. Als man ihn endlich fand, brachte der Sohn des Bauern ihn in den Pferdestall und sagte, wie der alte Mann ihm vorgeschrieben hatte:

Daer, Düwel, daer heft dyn:
Nu gif du my myn.

Sogleich zerriß der Teufel wüthend den Bock, die Leute aber holten sich den reichen Schatz, mit dem sich sonst der Teufel wohl manche Seele erkauft hätte.

Durch Dr. Klander in Plön. vgl. N. 349. — Nach Cand. Arndts Mittheilung aus Kurborg bei Schleswig: Ein Prediger vergräbt sein Geld unter einem Apfelbaum, der Knecht sitzt in den Zweigen; der Teufel soll es nur wieder losgeben, wenn der Prediger selbst geritten käme rc. — In Wilster vergräbt ein Reicher sein Geld unter einer alten Linde. Der Teufel soll es nur für einen pechschwarzen Hahn mit weißem Kamm austhun. Des Reichen armer Nachbar hat gelauscht und findet endlich einen solchen Hahn.

CCLXXVII.

Die Schatzgräber.

1.

Das Dorf Groß-Meinsdorf bei Eutin gehörte vor 1426 der adlichen Familie von Meinsdorf. Einer der Edelleute führte ein arges Räuberleben und beraubte besonders die Lübeker Kaufleute, die durch die Gegend zogen. Als endlich die Lübeker Soldaten gegen ihn ausschickten, vergrub er sein Geld in der Nähe seines Schlosses und bestellte den Teufel zum Wächter darüber. Er hält treulich Wache und glüht alle sieben Jahr den Schatz in der Nacht aus. Das Schloß ist längst abgebrochen und die adliche Familie ausgestorben. An der Stelle aber, wo der Schatz vergraben liegt, stand später das Wohnhaus eines Hufners und gerade in der Küche war der rechte Ort. Man hatte öfter das Ausglühen des Schatzes beobachtet. Da kam einst ein Mann mit einer Wünschelruthe zu dem vorigen Besitzer der Hufe und versprach den Schatz zu heben, wenn der Hufner erst eine Schrift unterschreiben wollte, die er ihm vorlegte. Weil der Hufner aber keine geschriebene Schrift lesen konnte, so rief er seine Frau; aber der Fremde weigerte sich nun die Schrift zu zeigen. Darüber entstand Streit und sie warfen den Kerl zuletzt aus dem Hause. Er hatte aber die Wünschelruthe im Beisein des Bauern schlagen lassen. Da sie nun die Stelle genau wusten, fiengen der Hufner und seine Frau in einer Nacht, nachdem sie alle Thüren des Hauses sorgfältig verschlossen, stillschweigend an zu graben. Ihre einzige Tochter war nur noch mit dabei. Während sie gruben, rannte eine ungeheure große Sau mit wildem Geheul ums Haus; sie winkten der Tochter, das Thier zu verjagen, allein diese konnte seiner nicht ansichtig werden. Endlich fühlte der Bauer mit seiner Stange einen eisernen Kasten, und voller Freude rief er seiner Frau zu: „Ik hefft!" aber sogleich konnten sie nichts mehr fühlen, und sie fanden nichts, so tief sie auch gruben. Später ist das Haus abgebrochen und der Schatz liegt jetzt im Lambrechtschen Garten. Im Jahre 1787 hat man zum letzten Male gesehen, daß er ausgeglüht ward.

(Eine Wünschelruthe bekommt man auf diese Weise: Man sucht einen einjährigen Stock mit zwei Armen und schneidet ihn zu einer gewissen Zeit unter den Worten: „Im Namen des Vaters, des Sohnes und des heiligen Geistes;" dann faßt man den Stock an den beiden Armen und leitet ihn über die Erde hin. Sobald sich die Spitze neigt, liegt da ein Schatz.)

Durch Herrn Schull. Kirchmann in Eutin. (Aus Ditmarschen.) — Die gewöhnliche Weise der zahlreichen Erzählungen von Schatzgräbereien ist No. 118 mitgetheilt; überall erscheint ein mit Mäusen bespannter Wagen. Bekannt sind mir fast gleichlautende Versionen aus Föhr von Klaes Lembeks Burg No. 26; aus Hattstede von dem Schatz in der Kirche, den man einmal so weit herausbrachte, daß ein kleiner vergoldeter Löwe erbeutet ward, der noch in Thoms Jensens des Deichgrafen Haus in Horrsted über der Peselthür sitzt; aus Elpersbüttel bei Meldorf; aus Liensfeld bei Eutin, (der Teufel ruft einem Krüppel zu, der dabei war: »Hinkelbeen is myn!« worauf dieser ärgerlich antwortet); vom Schatz in der Wittorfer Burg bei Neumünster; von der goldenen Wiege im lübekischen Dorfe Pöggendorf; vom Goldberg bei Blorborf im Kirchspiel Westensee (ein Flämmchen hatte den Schatz gezeigt; eine Frau fängt an zu sprechen, als sie sieht, daß ganz Blorborf brennt; das war aber nur Spuk gewesen); von der Kriegskasse auf dem Espersdorfer Felde No. 5; einer fängt an zu sprechen, als der Teufel ihm seine alte Großmutter am Galgen hängend zeigte; ein paar Ringe wurden von der Kiste erbeutet, die sich noch an der Thür der Eggebeker Kirche befinden; — auch vom Schatz in den Gräbern bei Schwansen Majors Collectan. Mscr. Fol. 938 b. — Als man die goldene Wiege im

Koberger Moor in Lauenburg haben wollte, ritt ein Ritter auf einem dreibeinigen Pferde immer um die Arbeiter herum; einer rief endlich: Gott help! Da verschwand alles.

2.

Zwischen den Dörfern Alsleben und Mellerup liegt ein Schatz. Drei oder vier Männer aus Ries, die Nachbarn waren, begaben sich auf den Weg und langten um Mitternacht am bezeichneten Orte an. Da es aber kalt und stürmisch war, legte der Eine sich unter einen Wall, um, während die Andern gruben, sich gegen den Wind zu schützen. Schon trafen sie auf einen großen Kessel. Da hörte der, der sich nieder gelegt hatte, ganz deutlich wie wenn kleine Kinder weinten; und doch war das Dorf weit entfernt. Er stand darum auf und sagte zu seinen Gefährten: „Ich höre Kinder weinen; wenn aber meine oder eure Kinder über unser Werk weinen sollen, so will ich keinen Theil daran haben.“ Da verschwand der Schatz und sie musten nach Hause zurückkehren.

Durch Herrn H. Petersen in Soes. — Bei den Erzählungen wird öfter bemerkt, daß man versäumt habe Stahl auf den Schatz zu werfen. Das hindert die Macht der bösen Geister.

CCLXXVIII.

Der Schatz des Räubers.

In alten Zeiten war bei Gravenstein eine Räuberhöhle. Zwölf Räuber waren darin, und gebrauchten die List eine Schnur über den Weg zu spannen, so daß, wenn Reisende vorüber kamen, die Glocken in der Höle angezogen wurden. Aber da sie alle wohl verborgen waren, so geschah es, daß sie einer nach dem andern eines gewöhnlichen Todes starben und zuletzt allein der zwölfte nachblieb. Der war schon hochbejahrt und hatte einen langen grauen Bart. Als er in seinen letzten Tagen einmal allein im Walde umhergieng, begegnete ihm ein Mann; dem versprach er einen großen Kasten mit Gold und manchen Kostbarkeiten zu geben, wenn er ihn begraben wollte, sobald der Augenblick käme. Doch bedang er dabei aus, daß die Kiste nicht geöffnet noch etwas herausgenommon werden dürfte, bevor sie auf der andern Seite des Wassers wäre.

Als nun der alte Räuber tot war und der Mann ihn begraben hatte, war es just Winterzeit, so daß die Kiste übers Eis gezogen werden muste. Es ward wie es gebräuchlich ist und geschehen muß, denen die den Schatz zogen, befohlen mause still zu sein und kein Wort zu reden, bevor sie die Kiste am Lande hätten. Aber da sie aufs beste zogen, vergaß einer die Vorschrift und der Schatz brach sogleich ein und sank durchs Eis. Untersucht man aber mit einer Stange die Stelle, so kann man die Kiste noch genau fühlen.

Dieser Räuber hieß Alf, und von ihm hat Alnoer bei Gravenstein seinen Namen. Wenn er die Schiffe in der Ostsee beraubt hatte, schlüpfte er geschwind durch den schmalen Eckerumsund in das von Wäldern rings umgebene Nübeler Noer. Man hat später noch den Ort wieder aufgefunden, wo dieser Alf seine Wohnung von großen Feldsteinen in der Erde gehabt hatte.

Thiele I. 383. Gude Bericht von Sundewitt S. 82. — 1208 soll Alf hingerichtet sein. Ihn meinen zweifelsohne Alb. Kranz und Heinr. Ranzau mit dem Alf und Alvilda des Saxo. S. No. 51. Anm.

CCLXXIX.

Der geträumte Schatz.

Einem Bäckerknechte in Lübeck träumte einmal, er werde einen Schatz auf der Brücke finden. Als er nun darauf immer hin und hergieng, redete ihn ein Bettler an und fragte nach der Ursache, und hernach sagte er ihm, ihm habe auch geträumt, daß auf dem Kirchhofe zu Möllen unter einer Linde ein Schatz liege, aber er wolle den Weg nicht daran wenden. Der Bäckerknecht antwortete: „Ja es träumt einem oft närrisch Ding, ich will mich meines Traums begeben und euch meinen Brückenschatz vermachen;" gieng aber hin und hob den Schatz unter der Linde.

Grimm deutsche Sagen I. 291. — Aehnlich erzählt Thiele I. 257. von einem Mann aus Tanslet auf Alsen, der nach Flensburg geht um einen Schatz zu finden. Einer, der ihm da begegnet, erzählt ihm, daß ihm geträumt habe, er werde in Tanslet einen finden. Der Mann eilt nach Hause und findet nun den Schatz.

CCLXXX.

Der Drache.

Der Drache ist ein großes feuriges Thier mit einem langen Schweif, von der Größe eines Bese- oder Windelbaums. Bald zieht er hoch, bald ganz niedrig eben über der Erde hin und schlüpft mitunter in ein Haus. Wenn zwei Brüder, indem sie mit einander fahren, einen solchen Besuch sehen, und nehmen sie dann ein Wagenrad ab, stecken es aber verkehrt wieder auf und fahren weiter, so kann der Drache nicht wieder zurück und das Haus muß verbrennen. Wenn einer ihn niedrig und in dunkelrothem Feuer glühend hinziehen sieht, so muß er sich unter ein Dach stellen, den Hintern entblößen und die blanke Scheibe dem Drachen zukehren; dann entsetzt er sich, platzt und die schwere Geldladung, die er, wenn er so aussieht, immer mit sich führt, fällt heraus und macht den Finder zum reichen Mann. Er muß es aber ja nicht auf freiem Felde thun; denn dann bewirft ihn der Drache mit Unrath. Der Drache kommt zu den Leuten, die mit ihm in Verbund sind, gewöhnlich durch den Schornstein oder das Eulenloch. Er bringt ihnen nicht nur Geld, sondern auch Geldeswerth. So sah einer aus dem Gute Neversdorf einmal, daß der Drache mit schöner Leinwand angezogen kam, die er einem reichen Bauern bringen wollte. Er stellte sich unter den Vorsprung des Daches, erschreckte den Drachen auf die angegebene Weise und erhielt so ein schön Stück Leinwand, weil der Drache damit nach ihm warf, aber ihn nicht treffen konnte. An demselben Orte sah ein andrer auch, wie der Drache bei einem reichen Bauern in die Eulenflucht hineinschlüpfte. Weil er dem Bauern nicht gut war, steckte er ein Wagenrad verkehrt wieder auf und das Haus muste verbrennen. Die Sarauer Fischer sahen auch Nachts den Drachen in das Haus des reichen Bauern Bartelmann ziehen, und alsbald stand das ganze Dach in Flammen. Vor zwei oder drei Jahren sah man in Pogetz, Sarau, Buchholz und Einhaus am Ratzeburger See in einer und derselben Nacht viele feurige Drachen in der Luft schweben.

Aus Lauenburg durch Herrn Cand. Arndt, aus dem Gute Jersbek und der Gegend von Lütjenburg.

CCLXXXI.

Die Teufelskatze.

Es war mal ein Bauer, der hatte drei schöne große Katzen. Sein Nachbar kam und bat ihn um eine. Er erhielt sie und setzte sie auf den Boden um sie anzugewöhnen. Nachts steckte die Katze den Kopf durch die Bodenluke und fragte: „Was soll ich bringen über Nacht?“ „Mäuse sollst du bringen,“ antwortete der Bauer. Da fieng die Katze Mäuse und warf sie alle auf die Diele. Am andern Morgen lag die Diele so voll, daß man die Thür gar nicht öffnen konnte und der Bauer fuhr den ganzen Tag die Mäuse fuderweise weg. Nachts steckte die Katze den Kopf wieder durchs Bodenloch und fragte: „Was soll ich bringen über Nacht?“ „Roggen sollst du bringen,“ antwortete der Bauer. Da schüttete die Katze die ganze Nacht Roggen hinab, daß man Morgens wieder die Thür nicht öffnen konnte. Da merkte der Bauer, daß die Katze eine Hexe sei, und brachte sie wieder zum Nachbar. Und daran hat er klug gethan; denn hätte er ihr zum dritten Mal Arbeit gegeben, so hätte er sie niemals wieder los werden können. Aber daran that er nicht klug, daß er nicht das zweite Mal sagte: „Geld sollst du bringen!“ Dann hätte er soviel Geld gehabt, als nun Roggen.

Aus Kurborg bei Schleswig durch Herrn Cand. Arndt.

CCLXXXII.

Der Zauberhund.

Bei Nübel in Angeln auf Pushof wohnte ein blinder Bauer mit zwei blinden Söhnen. Er war darum doch nicht so hilflos, denn er hatte einen Verbund mit dem Teufel gemacht, der ihm einen schwarzen Hund gegeben hatte. Der sorgte für alles, fegte die Kühe und fütterte die Pferde bei Nachtzeiten. Wenn der Bauer aus war, erzählte ihm der Hund alles, was seine Diensten gethan und gesagt hatten, und er wuste alles, als wenn er dabei gewesen war, wenn einer auch nur eine Flocke Wolle genommen hatte. Der Hund pflegte still vor der Scheunenthür auf einem alten Pflugrad zu liegen und wenn der Bauer dann in den Hof kam, erzählte er ihm alles. Oft sind die Leute bei dem Bauern gewesen nnd wollten wissen, wie es mit dem Hund wäre. Dann führte der Herr sie auf die Wiese; da stand ein kleiner weißer Stock. Wenn sie dann herankamen, sprang der schwarze Hund aus dem kleinen Stock heraus.

Aus Kurborg am Dannewerk durch Cand. Arndt.

CCLXXXIII.

Der verteufelte Stock.

Auf einem Hofe in Süderdeich Kirchspiels Wesselburen diente ein Knecht, der mit einer Magd in einem benachbarten Dorfe eine Liebschaft hatte. Einmal an einem Sonntagabend, als er sie besucht hatte, war das Wetter so schlimm geworden, und die Nacht so dunkel, daß er seine Braut um einen Stock bat, darauf er sich beim zu Hause gehen stützen könne. Das Mädchen gab ihm einen alten Stock, den sie neulich beim Fegen unter einem Schrank gefunden und in die Uhrverkleidung gestellt hatte. Damit geht der Knecht fort; das Wetter wird immer ärger und die Nacht immer dunkler: „Ach! wärst du doch nur zu Hause!“ sagte er bei sich und mit einem Male war er da, ehe er sichs versah. Er achtete anfangs nicht weiter darauf, aber es ward ihm doch angst, wenn er später oft bei einer Arbeit war und nur dachte, ich wollte, daß ich damit fertig wäre, daß es dann mit einem Male alles gethan war. Da erinnerte er sich des Stocks und dachte sich diesen vom Halse zu schaffen. Er zerbrach ihn und warf ihn ins Wasser; allein kam er in seine Kammer, stand der Stock wieder da; ebenso giengs als er ihn verbrannte. Der Knecht gieng endlich zum Prediger und klagte ihm sein Unglück. Der Prediger ließ ihn ungetröstet gehen und sagte, dabei wäre nichts zu machen. Aber der Knecht gieng zum zweiten Male zu ihm und bat aufs flehentlichste ihm zu helfen; denn im Hause könne er so nicht länger aushalten. Da führte der Prediger ihn in der Nacht um zwölf Uhr in die Kirche; aber was er da gehört und gesehen, wollte der Knecht nachher nicht erzählen; nur ein Dritter sei noch da gewesen. Als sie da fertig waren, befahl der Prediger dem Knecht den Stock zu nehmen und nach Hause zu gehen; wenn auch noch so viel Ungeziefer ihm auf der Hofstelle entgegen komme, solle er sich doch durcharbeiten und dann irgend ein Loch suchen und den Stock hineinstoßen; zweimal würde er zurückkommen, aber wenn er zum dritten Male ihn hinein stoße und dabei sage: „In Gottes Namen," werde der Stock weg bleiben. So ist es auch wirklich alles nachher geschehen. Der Knecht steckte den Stock ins Hundeloch und erst beim dritten Male blieb er weg.

Mündlich. vgl. Grimm. Mythol. 2. Ausgabe. S. 928.

CCLXXXIV.

Mönöloke.

Es hat kurz vor dem kaiserlichen Kriege sich allhier durchgehends im Lande begeben, daß ein Gespenst unter den Leuten ausgekommen, so daß, wenn Einer stillschweigends reich geworden, man von ihm gesaget: „Es sieht ihm die Mönöloke aus dem Schubsack." Es ist aber die Mönöloke gewesen eine Teufelspoppe, so ohn allen Zweifel die Besitzer dieser Poppe in des Teufels Namen verfertiget. Es ist diese Poppe gemacht gewesen von weißem Wachs und ist gekleidet gewesen in blauen Taft, und davon hat es einen Rock angehabt um die Lenden, auch ein schwarz Sammetwamms am Leibe, die Beine aber und Füße sind nackt und bloß gewesen. Sie hat unter dasjenige, worinnen man die Hülfe verlanget, wohl müssen verwahret und reinlich gehalten werden.

Hieronymus Sauckes Hardeshornische Chronik. S. 434.

CCLXXXV.

Das Allerürken.

Die Frau eines Bauern hatte ein Allerürken im Hause. Das machte, daß wenn sie auch nur ein Bischen Teig anrührte, doch immer der ganze Kessel voll Klöße ward. Die Dienstmagd kam einmal mit andern Mägden vom Felde, mit dem Milcheimer auf dem Kopf. Da fragten sie die andern, ob sie denn nicht wüßte, daß ihre Frau ein Allerürken habe. „Nein," sagte das Mädchen, das erst kürzlich da in den Dienst gekommen, „wo hat sie es denn liegen?" Die andern bezeichneten ihr den Koffer; der wäre immer sorgfältig verschlossen. Eines Sonntags gieng der Bauer und die Bäuerin in die Kirche und die Frau hatte in der Eile die Schlüssel zu Hause gelassen. Das neugierige Mädchen öffnete nun den Koffer und fand eine kleine Puppe darin. Als sie diese anfaßte, kukte sich die Puppe ein paar Mal um und machte allerlei Bewegungen. Erschreckt schlug das Mädchen die Lade wieder zu. Mittags rührte sie Klöße an und nahm so viel Teig, als für die Leute im Hause nöthig war. Aber nun kamen davon im Grapen so viel Klöße, daß er über und über voll ward und wohl das ganze Dorf genug gehabt hätte. Als die Frau zu Hause kam und die vielen Klöße sah, sagte sie: „Was hast du so viel gekocht? Bist du nicht klug?“ Das Mädchen antwortete: „Ich hab nicht mehr Teig genommen als nöthig war.“ „So geh hin und wasch dir die Hände!“ sagte die Frau und von der Zeit an hatte das Mädchen die Kraft des Allerürken verloren.

Durch Erdmann Bruhn in Elpersbüttel bei Meldorf. Das Allerürken ist in Ditmarschen allgemein bekannt; der Name ist vielleicht nur Corruption von dem gleichbedeutenden Alraun (Galgenmännlein).

CCLXXXVI.

Von der Frau, dies Rathen lernte.

Ein reicher Mann hatte eine Frau lange bei sich in Arbeit. Da sie nun alt und schwach ward und nichts mehr verdienen konnte, rieth er ihr einmal scherzweise sich aufs Rathen zu legen. Sie antwortete, das verstünde sie nicht. „Ei,“ sagte der Herr, „sie kann ja nur sagen:

Hislepis,
Wenn't nich bäter wart,
So blift as't is.

Dabei muß sie Feuer schlagen und immer pusten.“ Die Frau folgte dem Rathe, und wenn jemand sich den Fuß verbrannt, oder die Rose hatte oder ein böses Auge, gieng sie hin und

Hislepis,
Wenn't nich bäter wart,
So blift as't is,

half einmal, zweimal, dreimal und die Frau kam in Ruf. — Nun traf es sich, daß dem reichen Manne beim Fischessen eine Gräte einmal im Halse stecken blieb und auf keine Weise heraus zu bringen war. Da rieth man ihm doch die kluge Frau kommen zu lassen. Sie kam. Als sie aber hörte was sie sollte, sagte sie: „Ach Gott, ich kann ja nichts weiter als was der Herr selber mich gelehrt hat.“ Das hatte dieser längst vergessen und fragte was es denn sei? „Ja,“ antwortete sie, er wisse wohl: „Hislepis, wenn't nich bäter wart, so blift as't is.“ Darüber muste der Herr heftig lachen und die Gräte flog ihm aus dem Hals.

Herr Dr. Klander in Plön.

CCLXXXVII.

Gott einmal verschworen, bleibt ewig verloren.

In dem Dorfe Fissau lebte vor vielen Jahren ein alter Hexenmeister; dem war es nicht genug über Menschen und Vieh böse Krankheiten zu bringen, sondern er verführte auch Jünglinge und Jungfrauen zu seiner höllischen Kunst und überlieferte ihre Seelen dem ewigen Verderben. In einer dunkeln Nacht begab er sich einmal mit einem jungen Mädchen, ohne daß ein Dritter davon wuste, nach Eutin auf den Kirchhof und das Mädchen muste den Ring der Kirchenthür anfassen und ihm die Worte nachsprechen:

Hier faet ik an den Karkenrink,
Unn schwöre Gott af unn syn Kint.

Das Mädchen war erst wenige Tage vorher in der Kirche confirmiert; nun hatte sie seit der Zeit keinen frohen Tag mehr und lebte in tiefer Schwermuth. Sie ward nachher an den Schmied des Dorfes verheiratet, ward Mutter mehrerer Kinder, still und fleißig arbeitete sie den Tag über in ihrem Hause, aber die Nächte hindurch lag sie und weinte ihre bittern Thränen. Nichts gab ihr Freude und Ruhe und sie welkte so hin, bis endlich ihr letzter Tag da war. Da ward nach altem Brauch der Prediger zur Sterbenden gerufen; er betete und tröstete sie, sie aber sprach: „Ach Herr Pastor, bete er nur immer zu; mir hilfts doch nichts; denn ich bin eine Hexe," und erzählte ihm die Geschichte jener Nacht. „Es ist kein Sünder so groß, der sich nicht legt in Christi Schooß," tröstete sie der Prediger und bat sie, ihm nach ihrem Tode Nachricht zu geben, ob sie die ewige Seligkeit erlangt hätte oder nicht; im ersten Falle sollte sie ihm als Taube, im andern aber als Krähe erscheinen. Als man mitten im Todeskampfe der Sterbenden noch einen Trunk reichte, seufzte sie laut: „O, wie brennt dat na de Höll herin!" und verschied.

Schon war eine längere Zeit seitdem verstrichen, als eines Sonntags Nachmittags der Prediger in seiner Laube im Garten saß, und eine Krähe laut schreiend sich darauf niedersetzte. Der Prediger gieng hinaus um das Thier zu verjagen; aber es blieb sitzen und rief immer lauter. Da erinnerte er sich der Frau des Schmieds und fragte: „Also bist du doch nicht zu Gnaden gekommen?" Da antwortete die Krähe: „Gott einmal verschworen, bleibt ewig verloren!"

Herr Schull. Kirchmann in Eutin. — Als auf dem Dengelsberg bei Ehlersdorf (am Kanal) einmal drei Hexen verbrannt wurden, flogen zwei Raben über sie hin und riefen auch jene Worte; man kennt sie auch in Ditmarschen.

CCLXXXVIII.

Die Hexen in Friesland.

Die Leute in Donsum auf Föhr gelten für Zauberer und besonders sollen die Frauen alle Hexen sein. Es verkehrt darum niemand gerne mit ihnen und keiner freit aus dem Dorfe. Freitags findet man keine Frauensperson zu Hause. Denn an diesem Tage haben sie ihre Zusammenkünfte und Tänze auf einer öden Heide. Abends reiten sie auf Pferden dahin, gewöhnlich aber haben sie Flügel an den Schultern und fliegen. Dann sind sie oft so in der Fahrt, daß sie nicht zu rechter Zeit einhalten können, wenn ein Kirchthurm kommt, sondern dagegen anfliegen müssen. Von den Wunden des Falles liegen sie nachher am andern Tage krank. Da wo sie ihre Tänze gehalten haben, findet man am andern Tage Lumpen von allerlei Art und Farbe, Fetzen und Bandstücke, Nadeln womit sie in Zauberwachs manchem das Herz durchstochen, Blut und Eiter. Sie können sich in Katzen und Pferde, in Schwäne und Adler verwandeln. Ein junger Mensch wollte einmal seine Braut besuchen; als er in das Haus wollte, lag ein weißes Pferd in der Thür. Da erkannte er, daß seine Braut eine Hexe sei. Es war gerade Freitagabend. — Ein Mann, der von den Hexen viel geplagt ward, gieng einmal auf die Jagd; da sah er einen Vogel mit wunderschönen Federn. Er legte an und schoß; da ward aus dem Vogel ein Weib. — Bei einem Wasser in der Nähe von Donsum kam ein Brautpaar vorbei. Auf dem Wasser segelten Schwäne. Da sprach die Braut: „Ich will einen Augenblick zu den Schwänen gehn," und sie gieng hin und fand ihre Schwestern, das waren die Schwäne. Da ward auch sie zu einem Schwan und alle flatterten und schlugen mit den Flügeln. Der Bräutigam muste alleine nach Hause gehn. — Oft verwandeln sich die Hexen auch in Salhunde und verfolgen die Schiffer und Fischer. Oft kommen sie als Kröten in die Häuser. Kleine Kinder hütet man vor ihrem Blick. Wenn man ein Band oder kleines Tau mit einem Knoten darin am Wege liegen findet, rühre man es nicht an; denn die Hexen haben es hingelegt. Man darf den Zauberinnen keine scharfe Instrumente, Scheeren, Messer, am wenigsten Nadeln leihen. — Einem Manne starb seine Kuh; er setzte das Herz mit andern Eingeweiden aufs Feuer, kochte es und die Hexe muste kommen. Wenn keine Butter kommen will, steckt man Messer um den Deckel des Butterfasses. Das erste Weib, das dann in die Thür kommt, ist die Hexe. Man kann Häuser und Ställe dadurch gegen Hexen verwahren, wenn man über die Thür einen Pferdefuß nagelt oder eine lebendige Eidechse unter der Schwelle vergräbt. Auch gebraucht man Teufelsdreck dazu.

Dies gilt aber nicht allein von den Frauen in Donsum, sondern auch auf Silt, Amrum und den andern Inseln gibt es Hexen. Auf Silt waren der Öwenhügel am südlichen Ufer der Insel, der Klöwenhügel zwischen Keitum und Tinnum, der Stippstienhügel bei Wenningstede ihre Versammlungsörter. In der Mainacht reiten sie alle nach dem Blocksberg. — Traalbutter Hexenbutter heißt auf Silt der Holzschwamm.

Mündlich und schriftlich.

CCLXXXIX.

Die Hexen.

Wer eine Hexe werden will, ergiebt sich dem Teufel und schwört Gott ab mit diesen Worten:

> Hier trete ich in dieses Nest,
> und verlasse unsern Herrn Jesu Christ!

Dann gelingt die Zauberei, worin sie sich einander unterrichten und die sie von dem Teufel lernen, der zu ihnen kommt. In der Johannisnacht, auch in der Mainacht, halten sie ihre Zusammenkünfte und Tänze. Das geschah bei Schleswig auf der Kropperheide und auf dem Priserfelde oder Priserberge. Bei Schuby zeigt man auf der sogenannten Brutkoppel noch den kleinen Pisberg, wo auch die Hexentänze geschahen. In Holstein versammelten sie sich auf dem Blumenberge bei Finzier, nicht weit von Oldesloe oder dem bei Süsel. Von da kommen sie immer totkrank nach Hause. Die aber, welche auf dem Rugenberge bei Heiligenhafen, auf dem Lütjenbroder Felde an der Ostsee, einem großen Grabhügel, sich versammelten, spürten keine Müdigkeit darnach und niemand konnte ihnen am andern Morgen was anmerken. Es wird aber auch von allen Hexen erzählt, daß sie am Wolbersabend nach dem Blocksberge geritten seien. Niemand darf sie an dem Abend hindern und wer ein Kreuz über die Thür macht, durch die sie abfahren müssen, erfährt nachher ihre Rache und wird durchgeprügelt. Sie fahren zu den Schornsteinen und den Eulenlöchern hinaus, und reiten auf Besen, Ziegenböcken, Katzen, Hähnen, alten Säuen, Eseln und bunten Hunden, die der Teufel ihnen oft schickt. —

Von dem Fest auf dem Rugenberg wird nun so erzählt: Sobald die Hexen jede auf ihre Weise da angelangt sind, bereiten sie sich eine Mahlzeit, entweder aus Gänse- oder aus grünem (ungekochtem) Ochsenfleisch und besprengen es mit Senf. Dazu essen sie Grapenbrote und trinken Bier aus hölzernen oder zinnernen Schalen. Den Kessel bringt der Teufel mit aus Lütjenbrode. Dann beginnt der Tanz, jede Hexe tanzt mit ihrem Teufel, ein altes Weib singt dazu und zwei Kessel werden geschlagen: auf den Bergen umher leuchten die Feuer dazu. Wer in die Nähe kommt, wird mit in den Kreis hineingezogen und so lange herumgeschwenkt, bis er athemlos niedersinkt. So bald es Tag wird, verschwindet alles. Am andern Morgen findet man auf dem Berge Spuren von Federvieh, von Pferde- und Ziegenfüßen und in der Mitte liegt ein Häuflein Asche.

Die alte Wiebke Thams in Lägerdorf, Herrschaft Breitenburg, erzählte: Vor Zeiten wären da bei dem Dorfe die Hexen in der Johannisnacht auf freiem Felde verbrannt. Das wäre nun freilich nicht eigentlich geschehen, sondern auf diese Weise. Auf einer Koppel machte man ein großes Feuer an; darüber hengte man an einem

Querbaum zwischen zwei großen Seitenpfählen einen Braukessel mit Bier auf. Daraus schöpfte man mit Bierkannen und trank das warme Bier. Alt und Jung, das ganze Dorf nahm an diesem Feste Theil. Dann und wann gieng eine gewisse Frau etwas vom Feuer weg und rief: „Kummt häer jü ole Hexen 'rint Füer!“ Und das hätte man das Verbrennen der Hexen genannt.

Nach mündlichen und schriftlichen Mittheilungen. Hexenproceßacten in Mscr.; gedruckt in (Riemann) Blätter für Polizei und Kultur 1799, I, 64. Provinzialberichte 1812, 303. 1817, 174. Staatsbürgerl. Magazin IV, 475. VI, 703. VII, 745. X, 608. 1004. Schl. Holst. Anzeigen 1841, No. 32 ff.

CCXC.

Hexen erkannt und belauscht.

Wenn man ein altes Weib für eine Hexe hält, so braucht man nur eine Hand voll Salz ihr nach zu werfen, um sie zu erkennen. Denn ist sie eine Hexe, so muß sie sich umsehen; oder will eine, die man in Verdacht hat, in die Thür treten, so braucht man ihr nur einen Besen verkehrt in den Weg zu legen und sie kann nicht eintreten wenn sie eine Hexe ist. Man kanns aber auch so machen, wie einmal ein paar junge Knechte thaten. Die giengen in der Johannisnacht hinaus auf eine Wiese und wälzten sich nackend im Thau. Sonntags darauf giengen sie in die Hüttener Kirche, sie dienten da in der Nähe, und sahen nun, daß jede Frau, die eine Hexe war, eine Milchbütte auf dem Kopfe trug, und das waren damals sehr viele Frauen und Mädchen.

Ein paar junge Bauern beschlossen einmal in einer Johannisnacht die Hexen zu belauschen. Sie spannten ihre Pferde vor ein paar Erbeggen, und zogen damit auf der einen Seite des Dorfs hinaus, der eine rechts, der andre links. Sie fuhren um das Dorf herum, bis sie auf der andern Seite wieder zusammen kamen. Den Kreis, der nun ums Dorf gezogen war, durften die Hexen nicht überschreiten. Nur ließen sie einen schmalen Ausgang; da erwarteten sie die Hexen, indem sie die beiden Erbeggen schräge gegen einander stellten und sich darunter legten. Um Mitternacht flogen die Hexen zu allen Schornsteinen hinaus, auf Besenstielen und Forken. Sie kamen alle an ihnen vorüber; da erkannte der eine seine eigne Frau: „Kumst du ok, myn ole Möem?“ sagte er und war verrathen. Da stürzten die Hexen auf ihn los und drückten ihm die spitzen Eggennägel in den Leib, weil er so unbesonnen gewesen war die Zinken nach innen zu kehren. Er kam nicht mit dem Leben davon.

Wenn man die Hexen tanzen sehen will, so muß man ein altes Brett von einem Sargdeckel nehmen, aus dem ein Knast herausgestoßen ist, und durch das Loch schauen.

Aus Niederselk durch Cand. Arndt. — Dieselbe Erzählung kennt man an mehreren Orten, in der Herrschaft Breitenberg, Ditmarschen rc.

CCXCI.

Die Hexenfahrt.

Ein Knecht war in der Johannisnacht nicht fest eingeschlafen. Da sah er, wie seine Wirthin und ihre Tochter aufstanden und aus dem Schrank einen Topf mit Hexensalbe hervorlangten. Damit bestrichen sie sich, setzten sich dann rittlings auf einen Besen und sagten:

Fleeg up, fleeg uet!
Fleeg narns an!

So flogen sie zum Kaploch hinaus. Als der Knecht das sah, wollte ers ihnen nachthun. Er nahm von der Salbe, beschritt eine Forke und sagte:

Fleeg up, fleeg uet!
Fleeg allerwägens an!

Er stieß nun überall mit dem Kopf an die Balken, gelangte aber doch endlich hinaus und kam nach dem Blocksberg, wo er fast die ganze Nacht hindurch mit vielen andern Hexen und seiner Wirthin und ihrer Tochter tanzte. Am andern Morgen als sie aufstanden, lachte die Tochter ihn aus und fragte: „Na, Mars (Marx), deit dy ok de Kop noch wee?“ Er hats nachher nicht wieder gethan; sie drohten ihm auch.

Aus Niederselk bei Schleswig durch Cand. Arndt. — Ebenso erzählt man in Husby: Ein junges Mädchen sah die alten Weiber auf dem Besenstiel davon reiten unter den Worten:

Wolup unn wol uet!
Tom Kaplok henuet!

Sie wollte es ihnen nachmachen und sagte:

Wolup unn wolan!
Tom Kaplok henan!

Da fuhr sie gegen die Decke und blieb da schweben, bis die Hexen wiederkamen und sie befreiten. — Dannewirke 1844, No. 53: Ein Knecht sieht, daß seine Herrin in der Johannisnacht sich auf den Besenstiel setzte, den sie vorher mit einer Salbe bestrichen. Er machte es ihr nach und flog über Berg und Thal hinterdrein; endlich kam er über ein großes Wasser; da rief er verwundert: »Das ist doch des Satans!« und augenblicklich stürzte er hinunter. Dasselbe widerfuhr nach einer ditmarschen Erzählung einem, den eine Hexe mit auf ihren Ziegenbock genommen hatte, oder nach einer Breitenburger Erzählung einer Magd, die ihre Herrin mit auf ihren Kater nahm; als sie das Stillschweigen brachen, fielen sie in die Elbe.

CCXCII.

Die drei Haare.

Eine Frau lag krank. Da trat ihr Mann ans Bett und sprach: „Was fehlt dir? Sage mir was du wünschest; ich will Alles thun.“

„Wenn mir geholfen werden soll," sagte die Frau, „so must du den Fuchs nehmen, der in unserm Stalle steht und dich diese Nacht zwischen zwölf und eins darauf setzen und sprechen:

Fahre hin,
nach dem Blocksberg steht mein Sinn!

und wenn du dahin kommst, so nimm drei Haare vom Kopfe einer alten schwarzen Frau, die zu dir kommen wird." Der Mann schlug ein Kreuz und sprach: „Ich denke, du hast doch wol nichts mit Hexen zu thun." „Nein," antwortete sie, „reite nur schnell aus, sonst sterbe ich." Der Mann stieg in der Nacht auf den Fuchs und sagte:

Fahre hin,
nach dem Blocksberg steht mein Sinn!

Da sauste er durch die Luft und gleich ritt er den Blocksberg hinan. Da kamen ihm viele Hexen entgegen, einige ritten auf Haspeln, andre auf Katzenschwänzen: zuletzt kam eine alte schwarze Hexe, die gieng ganz krumm, hatte feuerrothe Augen und einen Strohwisch zum Schwanz. Er ritt auf sie zu und wollte ihr die drei Haare ausreißen; aber sie widersetzte und wehrte sich sehr. Ach, dachte er, was soll ich viel Umstände machen! faßte seinen Stock, schlug die Alte tot und nahm was er wollte. Als er seiner Frau nun das brachte, was sie gewünscht hatte und er erzählte, er habe die alte Hexe darum totschlagen müssen, schrie sie auf: „So hast du meine Großmutter totgeschlagen!" Darüber erschrak der Mann, daß seine Frau von Hexen herstammte; und er gieng hin und verklagte sie. Nach einigen Tagen wurde sie verbrannt.

Aus Puttgarden auf Femern.

CCXCIII.

Das Geschenk der Hexen.

Spät Abends gieng ein Mann, der ein Musikant war, von Todendorf nach Puttgarden. Auf der Mitte des Weges begegneten ihm eine Menge Hexen, die ihn sogleich umringten und sagten: „Spiel uns was vor." Vor Angst konnte er nicht reden, brachte es aber doch endlich heraus und sagte, daß er keine Violine hätte. „Thut auch nicht nöthig," antworteten die Hexen, „wir haben eine." Als er nun zu spielen begann, tanzten sie wild um ihn her und sprangen haushoch. Endlich waren sie müde und gaben dem Manne zum Lohne eine Schürze voll Kröbeln (eine Art Apfelkuchen). Als er zu Hause kam, legte er die Violine und die Kröbeln auf die Essigbank (den Ofenschrank), und gieng zu Bette. Am andern Morgen aber, als er seine Hexengeschenke besehen wollte, war die Violine zu einer alten Katze, der Bogen zu einem Schwanz und die Kröbeln zu Pferdedreck geworden.

Aus Puttgarden auf Femern.

CCXCIV.

Die Hexen in Wilster.

In Wilster gab es ehedem viele Hexen und böse Leute; das ist aber schon lange her. Die Altermutter meiner Großmutter hat es dieser als Kind erzählt und die Geschichte immer angefangen: „Dat weer all lang' fær myn Tyt."

Es war in Wilster ein junger Mann, ein Sonntagskind, der die Hexen vorzüglich sehen und kennen konnte. Eines Tages stand er auf einem Platz in der Stadt, wo eine Menge Bauholz gelagert war, vor einem alten Hause und schimpfte zum Giebelfenster hinauf: „Wat sittst du daer all wedder unn spinnst, du ole verfluchte Hex?" Da rief die Hexe herunter: „Sönken, Sönken, laet my doch myn Faden spinnen!" und augenblicklich saß der junge Mensch unter dem Bauholz, wo die Leute ihn mit Mühe hervorzogen.

In einer Nacht ward derselbe junge Mann durch einen fürchterlichen Lärm aus dem Schlafe geweckt. Gleich muste er aus den Federn und da sah er einen ewig langen Zug von Weibern auf Besenstielen und Ofengabeln reiten, die mit Feuerzangen an blanke Kessel schlugen, und so giengs fort; er muste hinderdrein. Als sie auf den Kreuzweg kamen, hielten sie einen großen Tanz, er muste mit allen rund tanzen. Auch hatten sie einen großen silbernen Becher; der gieng von Hand zu Hand und sie tranken dem jungen Mann daraus zu und hielten einen Ringeltanz um ihn. Aber gerade als er den Becher in die Hand bekam, schlug die Uhr eins, die Hexen verschwanden und er blieb allein nach mit dem Becher in der Hand. Als er sich besonnen hatte und den Becher betrachtete, fand er die Namen aller Hexen darauf ausgegraben; obenan stand die Frau Bürgermeisterin. Da gieng er am andern Morgen zum Bürgermeister und meldete ihm alles, wie schändlich es in der Stadt hergehe, und wie seine eigne Frau eine Hexe sei. Da gab ihm der Bürgermeister viel Geld, damit er nicht weiter davon rede.

Zu dieser Zeit stand die Stadt noch nicht, wo sie jetzt steht, sondern weiter nach Norden zu an einem Arm der Wilsterau, der die alte Wilster heißt. Die Leute thaten alles um die Hexen auszurotten und ihrer los zu werden. Als sie aber sich daran machten die mächtigste und bedeutendste unter ihnen zu vertreiben, versank plötzlich an einem Sonntagvormittag während der Kirchzeit die ganze Stadt, so daß nur die oberste Spitze des Thurms sichtbar blieb. Vor fünfzig Jahren konnte man diese noch immer sehen, und Nachts um zwölf Uhr hat man die Hexen darauf tanzen sehen und gehört wie sie jubelten und frohlockten über den Sieg, den sie über ihre Gegner errungen.

Schriftlich und mündlich.

CCXCV.

Das Geistermahl.

Als König Friedrich der Dritte von Dänemark eine öffentliche Zusammenkunft nach Flensburg ausgeschrieben, trug es sich zu, daß ein dazu herbeigereister Edelmann, weil er spät am Abend anlangte, in dem Gasthaus keinen Platz finden konnte. Der Wirth sagte ihm, alle Zimmer wären besetzt, bis auf ein einziges großes; darin aber die Nacht zu zubringen wolle er ihm nicht rathen, weil es nicht geheuer und Geister darin ihr Wesen trieben. Der Edelmann gab seinen unerschrockenen Muth lächelnd zu erkennen und sagte, er fürchte keine Gespenster und begehre nur ein Licht, damit er, was sich etwa zeige, besser sehen könne. Der Wirth brachte ihm das Licht, welches der Edelmann auf den Tisch setzte und sich mit wachenden Augen versichern wollte, daß Geister nicht zu sehen wären. Die Nacht war noch nicht halb herum, als es anfieng im Zimmer hier und dort sich zu regen und zu rühren und bald ein Rascheln über das andre sich hören ließ. Er hatte anfangs Muth, sich wider den anschauernden Schrecken festzuhalten, bald aber als das Geräusch immer wuchs, ward die Furcht Meister, so daß er zu zittern anfieng, er mochte widerstreben wie er wollte. Nach diesem Vorspiel von Getöse und Getümmel kam durch ein Kamin, welches im Zimmer war, das Bein eines Menschen herabgefallen, bald auch ein Arm, dann Leib, Brust und alle Glieder, zuletzt, wie nichts mehr fehlte, der Kopf. Alsbald setzten sich die Theile nach ihrer Ordnung zusammen, und ein ganz menschlicher Leib, einem Hofdiener ähnlich, hob sich auf. Jetzt fielen immer mehr und mehr Glieder herab, die sich schnell zu menschlicher Gestalt vereinigten, bis endlich die Thüre des Zimmers aufgieng und der helle Haufen eines völligen königlichen Hofstaats eintrat.

Der Edelmann, der bisher wie erstarrt am Tisch gestanden, als er sah, daß der Zug sich näherte, eilte zitternd in einen Winkel des Zimmers; zur Thür hinaus konnte er vor dem Zuge nicht.

Er sah nun wie mit ganz unglaublicher Behendigkeit die Geister eine Tafel deckten, alsbald köstliche Gerichte herbeitrugen und silberne und goldene Becher aufsetzten. Wie das geschehen war, kam einer zu ihm gegangen und begehrte, er solle sich als ein Gast und Fremdling zu ihnen mit an die Tafel setzen und mit ihrer Bewirthung vorlieb nehmen. Als er sich weigerte, ward ihm ein großer silberner Becher dargereicht, daraus Bescheid zu thun. Der Edelmann, der vor Bestürzung sich nicht zu fassen wuste, nahm den Becher und es schien auch, als würde man ihn sonst dazu nöthigen; aber als er ihn ansetzte, kam ihn ein so innerliches, Mark und Bein durchdringendes Grausen an, daß er Gott um Schutz und Schirm laut anrief. Kaum hatte er dies Gebet gesprochen, so war in einem Augenblick alle Pracht, Lärm und das ganze glänzende Mahl mit den herrlich scheinenden stolzen Geistern verschwunden.

Indessen blieb der silberne Becher in seiner Hand und wenn auch alle Speisen verschwunden waren, blieb doch das silberne Geschirr auf der Tafel stehen, auch das eine Licht, daß der Wirth ihm gebracht. Der Edelmann freute sich und glaubte, das alles sei ihm gewonnenes Eigenthum, allein der Wirth that Einspruch, bis es dem König zu Ohren kam, welcher erklärte, daß das Silber ihm heimgefallen wäre und es zu seinen Händen nehmen ließ. Woher es gekommen, hat man nicht erfahren können, indem auch nicht, wie gewöhnlich, Wappen und Namen eingegraben war.

Aus Bräuers Curiositäten S. 336 f. und Erasmi Francisci höll. Proteus S. 426. in der Brüder Grimm deutsch. Sagen I. S. 257.

CCXCVI.

In der Haddebyer Gemeinde gibts keine Hexen.

Einmal gieng einer aus Haddebye bei dem Hexenberg vorbei. Da sah er alle Hexen tanzen und springen und der Pastor war auch dabei in seinem Priesterrock auf einem Besenstiel. Das ward dem Prediger angesagt, daß man ihn unter den Hexen gesehen habe. Da ließ er den Teufel zu sich kommen und fragte ihn, wie er sich unterstehn könne seine geistliche Tracht und Gestalt auf solche Weise zu misbrauchen. Da antwortete der Teufel, daß es ihm zum Schabernack geschehen sei; denn das wäre ihm ärgerlich, daß er aus seiner Gemeinde nimmer keine Hexen noch bekommen habe.

Aus Kurborg am Dannewerk durch Cand. Arndt.

CCXCVII.

Noch einen Stich.

Einer freite mit einem Mädchen aus einem andern Dorfe. Nachts kam er daher und auf der Hälfte des Weges begegneten ihm eine Schaar Zauberinnen mit fliegendem Haar und pfiffen gräulich. Als er eben vorbei war, sprang eine ihm von hinten auf die Schultern; das war seine Braut, die er eben verlassen hatte. Sie saß fest und drückte ihm die Arme zusammen, daß er sein Messer nicht aus der Tasche ziehn konnte. Endlich ward er dessen habhaft, stach zu und traf die Zauberin. Da muste sie ihn verlassen, sagte aber: „Noch an Pui!" (Noch einen Stich!) „Davor will ich mich schon hüten," erwiderte er. Am folgenden Tage zeigte es sich, daß es seine Braut gewesen war. Der zweite Stich hätte sie wieder heil gemacht.

Aus Amrum durch Herrn Dr. Clement.

CCXCVIII.

Mutter Potsaksch.

Bei Hollingstede an der Treene war vor nicht langer Zeit eine alte Frau, die man nur Mutter Potsaksch nannte, weil sie niemals Schuhe trug, sondern immer barfuß oder in Socken gieng. Sie konnte hexen und Wetter machen (böten). Ihre Tochter hatte sie in allen ihren Künsten unterrichtet. Sie vermiethete diese endlich bei einem reichen Bauer als Kindermädchen. Einmal als Wirth und Wirthin ausgegangen waren und die Knechte und Mägde in der Stube saßen und sich allerlei erzählten, kam die Dirne, die das Kind wiegen sollte, herein und setzte sich zu ihnen. Die alte Magd hieß sie hinausgehn und wiegen. „Ei was," antwortete das Mädchen, „die Wiege geht schon von selbst." Da riefen alle, daß sie das doch einmal sehen möchten. „Dann könnt ihr noch ganz andre Dinge zu sehen bekommen," sagte das Mädchen und ließ die Wiege zur Stube herein und wieder hinaus wiegen. „Und das ist noch gar nichts," fuhr die Dirne fort; „wenn ihr wollt, so will ich euch eine von den Kühen tot melken, die da auf der Koppel gehen." Alle wünschten es einmal zu sehen, und nun nahm sie ein Messer, steckte es in einen Stender und verlangte, daß man ihr ein Wahrzeichen gäbe, welche Kuh es sein sollte. Man zeigte ihr eine bunte Kuh. Nun fieng sie an auf dem Heft des Messers zu melken und die Kuh stand, als wenn sie im Stalle gemolken würde. Als das Mädchen aufhörte, fiel die Kuh tot nieder. „Da habt ihrs," sagte sie; „nun will ich euch noch mehr zeigen was ich kann. Ich will juchhe! rufen und ein dreimastiges Schiff soll auf der Mistpfütze schwimmen." Alle meinten, daß es unmöglich sei; als sie aber nur einmal juchte, sahen alle das Schiff. Darauf juchte sie zum zweiten Male und eine große Musikbande war auf dem Schiff und spielte lustige Stückchen.

Unterdeß kamen Wirth und Wirthin wieder nach Hause und die Knechte und Mägde erzählten was geschehen sei. Da ließen sie die alte Potsaksch holen und verlangten von ihr, daß sie ihr Kind wieder wegnehmen sollte; und die Kuh sollte sie wieder lebendig machen. „Nichts leichter, als das," rief die Alte, steckte drei Gabeln mit den Stielen in die Erde, daß die Zinken in die Höhe standen, stellte sich darüber und alsbald stand die Kuh auf und graste wie vorher.

Diese Geschichte ward ruchtbar und bei der Obrigkeit angezeigt. Nun sollte die alte Hexe verbrannt werden. Auf der Koppel, wo die Kuh tot gemolken ward, wurden drei Faden Holz mit vielem Stroh geschichtet, und man ließ darin einen Raum wie eine kleine Stube. Als die alte Hexe dahin geführt ward, eine unzählige Menge Volks war zugegen, gieng der Zug an des Bauervogts Hause vorbei. Da bat Mutter Potsaksch die Frau des Bauervogts, die in der Thür stand, um einen Tropfen Milch. Die stieß sie aber fort und sagte, sie solle ja doch gleich brennen, sie brauche keine Milch. Da sagte die alte Potsaksch: „Das hat mir schon heut Nacht geträumt.“ Man brachte sie nun in die kleine Stube und zündete das Feuer an. Als es niedergebrannt war, und man in der Asche nach den Knochen suchte, da kam Mutter Potsaksch über die Koppeln dahergegangen und sagte: „Was habt ihr nun gethan! Ihr habt des Bauervogts Frau verbrannt!“ Alle erschraken; des Bauervogts Frau war nirgend zu finden und niemand wagte sich mehr an die alte Hexe.

Der Amtmann wuste nicht was er aus der Sache machen sollte und berichtete darüber an den König. Da bot der König ewig viel Geld aus dem, der die Hexe umbrächte. Aber keiner wollte sich daran machen. Endlich fieng ein Schmiedgesell damit an, daß er der Alten viele schöne Worte und Schmeicheleien sagte und sie zuletzt ganz verliebt machte; sie wollte ihn heiraten. Der Hochzeitstag kam und sie sollten zur Kirche. Auf dem Wege dahin musten sie über ein breites Wasser. Da hatte der Schmiedgesell überall Netze hin und her aufstellen lassen und Fischer lauerten hinter den Büschen am Ufer. Als sie nun im Kahn saßen, sagte er zu ihr: „Potsaksch, kann sie die Kirche schon sehn?“ „Nein,“ sagte sie, „dann muß ich mich erst umkehren.“ Als sie sich nun umwandte, stieß er sie ins Wasser und rief den Fischern, daß sie die Netze zuzögen. So muste die Alte umkommen.

Aus Kurborg bei Schleswig durch Cand. Arndt.

CCXCIX.

Die Schürze der Hexe.

In Störkathen wohnte einst eine Frau, die ihre beiden Kälber auf einer Weide nahe bei der Stör graste. Oft aber schwammen sie durch den Fluß und giengen jenseits einem Bauern ins Heugras. Darüber schalt dieser immer gewaltig. Einmal kam die Frau gerade darüber zu, als die Kälber wieder hinübergeschwommen waren und der Bauer hinter ihnen jagte, fluchte und schalt. Da nahm sie ihre Schürze ab, breitete sie auf der Stör aus einander, setzte sich darauf und segelte hinüber. An der andern Seite angekommen rief sie: „Kaemt häer, myn olen Schäkers, kaemt her; de Lüed schöllt œwer ju mi meer schelln.“ Darauf liefen die Kälber schreiend zu ihr; sie aber nahm sie mit auf ihre Schürze und fuhr wieder über die Stör.

Durch Herrn Schull. Jahrstorf in Lägerdorf.

CCC.

Der Hexenschiffer.

In Erfde an der Eider wohnte ein Schiffer, der wenn er ausfuhr und ein Sturm kam, immer zu seinem Knecht sagte: „Ga du man to Koje!" und dann segelte er ganz allein durch Wasser Luft und Land. Einmal steckte der Knecht seinen Kopf heraus und sah, wie sie eben einem Kirchthurm vorbeikamen. „Dat güng äbenmist *," rief er und der Schiffer antwortete:

Wenn dat nich gaen harr äbenmist,
So weer't de Blixdorper Toern gewis.

Aus Kurborg am Dannewerk durch Herrn Cand. Arndt.

CCCI.

Die Windknoten.

In Siseby an der Schlei wohnte ein Weib, das Zauberei verstand und den Wind drehen konnte. Die Schleswiger Heringsfischer pflegten oft da zu landen. Einst wollten sie nach Schleswig zurück; da war Westwind; darum baten sie das Weib den Wind zu drehen. Sie sagte es zu für ein Gericht Fische und die Fischer boten ihr Heringe, Brassen, Barse und Hechte; andre Fische hätten sie nicht. Darauf gab sie ihnen ein Tuch mit drei Knoten und sagte, daß sie den ersten und den zweiten öffnen könnten, den dritten aber nicht eher als bis sie Land hätten. Die Fischer spannten die Segel auf, obgleich noch Westwind war; als aber der älteste der Gilde den einen Knoten öffnete, kam alsbald ein schöner Fahrwind aus Osten. Er öffnete den zweiten; da hatten sie Sturm und kamen mit der größten Schnelligkeit nach der Stadt. Nun waren sie neugierig, was es wohl werden würde, wenn sie auch den dritten öffneten. Kaum geschah das, als ein fürchterlicher Orkan aus Westen über sie herfiel, daß sie eilig ins Wasser springen musten um ihre Schiffe ans Land zu ziehen.

Aus Fahrdorf bei Schleswig durch Cand. Arndt.

CCCII.

Das Johannisblut.

Zu Klostersande bei Elmshorn lag früher zwischen dem Pilger- und dem Kuppelberg die sogenannte Hexenkuhle. Man sieht hier oft an gewissen Tagen, namentlich am Johannistage Mittags zwischen zwölf und ein Uhr, alte Frauen wandeln, die auf den Pilgerberg wollen um in dieser Stunde ein Kraut zu pflücken, das allein da wächst. Dies Kraut hat in seiner Wurzel Körner mit einem purpurrothen Saft, der das Johannisblut heißt. Die alten Frauen sammeln dies in blecherne Büchsen und bewahren es sorgsam auf; aber nur

* Ein Schifferausdruck: mit genauer Noth.

wenn es in der Mittagsstunde gepflückt wird, kann es Wunder thun. Mit dem Schlage ein ist seine Kraft vorbei.

Schriftliche Mittheilung.

CCCIII.

Das Wachsbild.

Ein Mann auf Amrum lag lange schwer krank und ihm konnte gar nicht geholfen werden. Da sah ein Müller, während jener noch krank lag, von seiner Mühle aus tagtäglich ein Weib in den Vordünen (un Dönkam). Er verfolgte einst ihre Spur, grub und fand im Sande das wächserne Bild eines Männchens mit einer Stecknadel im Herzen. Er zog die Nadel aus, nahm das Bild mit nach Hause und verbrannte es. Darnach ward der Mann alsbald gesund. Aber nach seinem Tode, als seine Güter getheilt wurden, gieng die Theilung ungerecht und er muste wiedergehn.

Durch Herrn Dr. Clement.

CCCIV.

Die Hexen stopfen Unfrieden.

Man nehme sich ja in Acht, wenn ein Brautbett gestopft wird; denn Hexen stopfen Frieden und Unfrieden hinein, je nachdem sies gut oder böse mit dem Brautpaar meinen. Einem jungen Paar, das sich herzlich lieb hatte, dem aber die alten Weiber aus irgend einer Ursache gram waren, stopften sie Unfrieden hinein. Braut und Bräutigam hatten den Hochzeittag in Freuden verlebt. Als sie aber kaum im Bette waren, fiengen sie an sich zu zanken, und vom Zanken kams zum Streit und vom Streit zum Prügeln. Die Eltern des Bräutigams, die im Bett daneben schliefen, hörten den Lärm und konnten sie nicht zu Ruhe bringen. Da riethen sie den jungen Leuten endlich sich in ihr Bett zu legen, und nun vertrugen sie sich für die Nacht ganz gut. Aber als die beiden Alten sich ins andre Bett legten, gieng unter ihnen gleich das Streiten los, obgleich sie ihr Lebelang nicht uneins gewesen waren, und das dauerte bis an den lichten Morgen. Da untersuchte man das Bett und schnitt die Decken auf; als man die Federn herausnahm, fand man alle in Kränze und Ringe zusammengeflochten mit seidenen Fäden von allerlei Farben. Da wuste man, daß die alten Weiber, die das Bett gestopft hätten, Hexen müsten gewesen sein und „Streit hineingeflochten" hätten.

Mündlich aus Marne. — Auf Amrum ward ein Mann krank und endlich tot gezaubert (buad traalat). Sein Bein fiel ihm ab, als man ihn in den Sarg legte. Als man aber sein Kopfkissen öffnete, fand man einen Hexenkranz von Federn aller Art und Farbe darin. Der Kranz ward im Ofen verbrannt. Herr Dr. Clement.

CCCV.

Die Hexen nehmen die Butter.

Es war einmal eine Zeit wo die Hexen ihr Unwesen überaus arg trieben. Damals war es für jede Hausfrau nothwendig, einen Stiel vom Holz des Vogelbeerbaums an der Butterscheibe zu haben; sonst konnte man sicher sein niemals Butter zu kriegen. Einmal gieng ein Mann bei Zeiten von Jägerup nach Hadersleben. Als er bei Woiensgaard vorbei gieng, hörte er, daß man da auf dem Hofe butterte; aber zugleich bemerkte er, daß eine ihm bekannte Frau an dem vorbeilaufenden Bache stand und mit einem Stock im Wasser karnte. Später sah er sie an demselben Tage in Hadersleben ein groß Stück Butter verkaufen. Als er Abends wieder bei Woiens vorbei kam, karnte man da noch; da gieng der Mann auf den Hof und versicherte, daß das unnütze Arbeit sei, die Butter sei schon in Hadersleben verkauft.

Herr J. F. Lorenzen in Kiestrup. — Sonst bindet man bei uns auch um die Butterkarne einen Zwirnsfaden; denn wenn eine Hexe vorübergeht und die Reifen des Gefäßes zählen kann, so kann man nicht abbuttern.

CCCVI.

Der Dünenstrauch.

Ein Bauer auf Amrum war einmal Abends bei schlechtem Wetter noch in Merum, um Torf zu holen. Da kam ein Dünenstrauch (Dünrabel) herangefallen, als er schon auf seinem Fuder saß. Den kannst du mitnehmen, sagte er bei sich selbst, stieg also ab und warf ihn auf den Wagen. Eine Weile hernach auf dem Wege sah er sich um und sieh da, der Dünenstrauch war nun der alte Peter.

Aus Amrum durch Herrn Dr. Clement.

CCCVII.

Hexen als Sturzwellen.

Drei Männer von einer nordfriesischen Insel waren auf einem und demselben Schiffe zur See. In ihrer Abwesenheit ergaben sich ihre Frauen der Hexerei. Weil sie mistrauisch gegen ihre Männer waren, folgten sie ihnen in allerlei Gestalten überall hin und bald entdeckten sie die Untreue der Männer. Voll Zorn beschlossen sie bei nächster Gelegenheit das Schiff zu versenken, und der Tag ward festgesetzt. Sie hatten aber den Plan eines Abends auf dem Schiffe abgeredet, als sie meinten, daß alle ans Land gegangen wären; allein der Schiffsjunge hatte alles mit angehört. Eine der Hexen äußerte noch die Furcht, daß sie selbst dabei zu Schaden kommen möchte;

eine andre aber antwortete: „Nur wenn ein Reiner mit reinen (ungebrauchten) Waffen uns abwehrt, haben wir zu fürchten.“ Der Schiffsjunge wuste sich eine neue Waffe zu verschaffen, und als bald darauf das Schiff den fremden Hafen verließ und das Wetter in einer Nacht stürmisch ward, gieng er mit dem Degen unter dem Arm immer an der Leeseite auf und nieder und wartete. Bald kamen drei thurmhohe, schneeweiße Sturzwellen auf das Schiff los und es wäre gewis verloren gewesen, wenn nicht der Junge ihnen den Degen entgegen gehalten. Augenblicklich sanken sie zusammen und an der Stelle wo die Spitze sie berührte, färbten sie sich mit Blut. Als das Schiff nun glücklich in Hamburg ankam, erfuhren der Kapitain und die beiden Steuermänner, daß ihre Frauen plötzlich alle drei krank geworden seien, und als sie sich näher erkundigten, fanden sie, daß dies in derselben Nacht geschehen sei, als die drei Sturzwellen auf das Schiff los gekommen wären. Nun glaubten sie den Worten des Schiffsjungen. Weil sie aber sahen, daß ihre Frauen Hexen wären, beschlossen sie ihr Leben für die Zukunft zu ändern, wenn sie sich nicht neuen Gefahren aussetzen wollten.

Durch Herrn Hansen auf Silt.

CCCVIII.

Die Wasserhose.

An einem heißen Sommertage setzte ein Mann aus Nieblum auf Föhr, der in der Wohlmende mit Grasmähen beschäftigt war, sich nieder, um ein Stück Brot in Ruhe zu verzehren. Aber da kam eine große Wasserhose in gerader Richtung auf ihn los. Der Mann, der wohl wuste, daß diese von Hexen herrühren, warf beherzt sein Brotmesser hinein, um die Hexe zu verwunden. Da im Nu ward er gefaßt und wirbelnd durch die Luft getragen, bis er endlich wohlbehalten auf einer kleinen Insel am Ende der Welt wieder den Boden berührte. Er sah den elendesten Tod voraus, denn die Insel war ganz wüst und durchaus unbewohnt, und von einem wilden stürmischen Meere umgeben. In seiner Angst und Noth schrie er um Hilfe und bat die Hexe um Verzeihung. Da ward ein Stuhl vor ihm niedergelassen, an dem ein Strick mit drei Knoten befestigt war. Er setzte sich darauf und es kam eine Stimme aus der Luft, die ihm zurief, wenn er wieder nach Hause wolle, solle er den einen Knoten öffnen; gienge dann die Fahrt nicht schnell genug, könne er auch den zweiten lösen; vor dem dritten aber solle er sich hüten. Sogleich gieng seine Reise durch die Luft vor sich, als er den ersten Knoten löste. Bald machte er auch den zweiten los, und er fuhr nun so geschwind wie eine Kanonenkugel dahin. Bald lag Föhr wieder vor seinen Augen; da konnte er nicht der Versuchung widerstehen, auch den dritten Knoten zu öffnen. Mit ungeheurer Schnelligkeit giengs nun fort und hätte er nicht auf den Kirchthurm zu St. Johannis getroffen, wäre er über die Insel hingeflogen. Bei dem Zusammentreffen mit dem Thurmhahn aber verlor der unglückliche Mann beide Beine und hatte nun die traurige Erfahrung gemacht, wie gefährlich es sei, sich mit Hexen abzugeben.

Durch Herrn Arfsten auf Föhr.

CCCIX.

Eine Hexe als Pferd.

Ein junger Mann befand sich Nachts auf dem Wege nach Hause, als er bemerkte, daß ein weißes Pferd schnell hinter ihm her kam und ihn einzuholen suchte, indem es über Stege und Thore wegschritt. Sobald es bei ihm war, zog er aber sein Messer und stieß es ihm in den Leib. Da stand stark blutend ein altes Weib vor ihm, das er kürzlich beleidigt hatte, und bat ihn inständig ihrer doch zu schonen, sie habe ihn ins Wasser stürzen wollen, aber nun müsse sie bald sterben. Der junge Mann ließ sie laufen und bald erfuhr er, daß sie wirklich gestorben sei.

Durch Herrn Heinrich.

CCCX.

Die Hexe mit dem Zaum.

Die Frau eines Predigers war eine Hexe. Nachts stand sie auf, legte ihrem Knecht einen Zaum an und sogleich war er in ein Pferd verwandelt. Dann setzte sie sich auf ihn und ritt zu einem Gastgebot. Kam sie an den bestimmten Ort, so band sie das Pferd an einen Baum und gieng als Mann verwandelt hinein zum Gelage. Das that sie fast jede Nacht und quälte die Knechte so, daß sie krank und elend wurden und bald aus dem Dienste liefen. Einmal hatte sie einen neuen, jungen Knecht angenommen und gleich in der ersten Nacht ritt sie wieder auf ihm aus. Er hatte schon von der Zauberei der Frau Pastorin gehört und gleich gedacht, daß der Zaum gewis die Kraft hätte. Sobald sie daher ins Haus gegangen war, riß er sich vom Baume los und machte sich vom Zaume frei. Sogleich war er wieder ein Mensch. Als nun gegen Morgen die Frau wieder zurückkam, stellte er sich hinter den Baum und warf ihr den Zaum über. Da ward sie zu einem Pferde, und er ritt zu einem Schmiede und ließ es vorne und hinten beschlagen. Darnach ritt er nach Hause und band das Pferd im Stalle an. Der Prediger wußte gar nicht wo seine Frau geblieben war, und als es Mittag ward, klagte er es dem Knecht. Da zeigte der Knecht ihm das Pferd und als er den Zaum herunternahm, lag die Frau auf der Streu und hatte Hufeisen an Händen und Füßen. Bald darnach starb sie. Da ihr Mann ihr viele Vorstellungen wegen ihres gottlosen Lebens gemacht und sie zuletzt auch aufrichtige Reue gezeigt hatte, so hatte er sie gebeten ihm ein Zeichen zu geben, ob sie selig geworden sei. Nach einigen Tagen kam ihm eine kleine weiße Taube ins Fenster geflogen und rief:

Gott einmal verschworen
Ist ewig verloren.

Durch Erdmann Bruhn aus Elpersbüttel bei Meldorf. vgl. No. 287. — Eine auch sonst hier bekannte Sage.

CCCXI.

Die abgehauene Pfote.

In Eiderstede war ein Müller, der hatte das Unglück, daß ihm alle Weihnachtsabend seine Mühle abbrannte. Einmal hatte er einen dreisten Knecht, der übernahm es in der gefährlichen Nacht Wache zu halten in der Mühle. Er legte ein großes Feuer an und kochte sich einen Kessel voll Brei, den er mit einem großen Schleef umrührte. Einen alten Säbel hatte er neben sich liegen. Bald kam eine ganze Schaar Katzen in die Mühle. Da hörte er wie eine leise zu der andern sagte: „Mäuselein! setze dich zu Hänselein!" und eine schöne schneeweiße Katze kam darauf herbeigeschlichen und wollte sich zu ihm setzen. Da langte er in den Kessel und warf ihr einen Schleef voll heißen Brei ins Gesicht, und sogleich ergriff er seinen Säbel und hieb ihr eine Pfote ab. Da verschwanden die Katzen; als er aber genauer zusah, fand er statt der Pfote eine schöne Frauenhand mit einem goldenen Ringe, und auf dem Ringe stand seines Herren Zeichen. Am andern Morgen lag die Müllerin im Bette und wollte nicht aufstehn. „Gieb mir deine Hand, Frau!" sagte der Müller, und obgleich sie sich weigerte, muste sie zuletzt doch den Arm hervorstrecken; da fehlte die Hand. Als die Obrigkeit das erfuhr, da ward die Müllerin als Hexe verbrannt.

Aus Kurborg bei Schleswig durch Cand. Arndt. — Die Sage ist in mannigfachen Variationen allgemein bekannt; auch in Märchen.

CCCXII.

Hexen als Katzen.

Als mein Vater noch ein Knabe war, passierte hier folgende Geschichte, erzählte eine alte Frau in Kiel. In einem Hause auf dem Walkerdamm, das einem Manne Namens Arp gehörte, war mehrere Tage schon ein gewaltiger Lärm von Katzen auf dem Boden gewesen. Eines Abends will das Dienstmädchen Heu vom Boden für die Kühe herabholen (daeltükken). Da das Geheul der Katzen fortdauerte, sagte sie: „Du verdammte Kat, wat jaulst du so?" und wirft dann mit dem Tückhaken nach der Katze. Wie das eben geschehen ist, fahren alle Katzen auf das Mädchen los, zerreißen und beißen sie, und machen sie ganz zu Schande. Das Mädchen schrie und jammerte, aber es dauerte noch etwas, ehe die Herrschaft es hörte und hinauskam. Da konnten sie kaum die Katzen von dem Mädchen loskriegen. Das Mädchen war davon sterbenskrank geworden. Es hielt zehn bis eilf Wochen an; die Doctors konnten ihr nicht helfen und im Hause war jede Nacht ein schrecklicher Lärm, die Katzen schrien und miauten, auch die Kühe brüllten beständig, keiner wagte sich auf den Boden. Da hörten die Leute endlich, daß ein Mann auf Dorfgaarden wohne, Namens Thöming, der so was verstehe. Sie ließen ihn holen, und als er die Kranke sah, so sagte er, er wolle das bald helfen. Er setzte sich darauf vor das Bett, drückte aus einer Wunde des Mädchens etwas Blut, und fieng dann an zu lesen aus einem Buche. Da kamen alle Katzen in die Stube über die Schwelle gepurzelt nacheinander bis vor das Bett, gewis zehn Stück; dann hat er wieder gelesen und sie eben so wieder hinausgelesen. Am andern Morgen war die nächste Nachbarin ebenso zerrissen, wie das Mädchen; denn sie war eine Hexe gewesen und nun hatte der Mann die Katzen durch das Lesen gezwungen sie auch so zu zerreißen. Von dieser Zeit an war Alles ruhig im Hause, das Mädchen ward wieder gesund, aber hinkte davon. Als ich ein kleines Kind war, habe ich sie noch gekannt, sagte die alte Frau.

Durch Herrn Stud. Vollbehr.

CCCXIII.

Die weiße Katze.

Vor nicht gar vielen Jahren kam ein Erbpächter zu dem Herrn des Guts Jersbek und suchte Rath wider eine weiße Katze, die täglich in sein Haus schlich, sich auf die Hilgen über den Kühen setzte, und dann miaute und dem Vieh allen Segen nahm. Der Herr wollte seinen Jäger schicken um die Katze totschießen zu lassen, der Bauer bat aber flehentlich davon abzustehen, lieber wolle er sich dann an einen klugen Mann wenden; sein Nachbar habe einen ähnlichen Fall erlebt, die Katze in einem Sack gefangen, und tüchtig mit einem Dreschflegel drauf losgeschlagen; zu seinem Schrecken hätte er nachher ein totes altes Weib herausgeschüttet.

Der Hexenbanner ward geholt und wandte seine Kunst an. Als er nach Hause kam, sagte er zu seiner Frau: „Die Hexe ist gebannt, sie rauschte aber, als ich durch den Garten des Erbpächters gieng, wie ein böser Gänserich hinter mir her. Wecke mich ja morgen früh vor Sonnenaufgang; sonst behält sie Gewalt über mich und ich verlasse das Bett nicht wieder.“ Zur bestimmten Stunde schlief der Mann ruhig und die Frau weckte ihn nicht. Als er erwachte und die Sonne hoch am Himmel sah, erklärte er sich gleich für verloren. Kein Zureden und Wehklagen der verzweifelnden Frau konnte den Mann zum Aufstehn bewegen. Schon vor Mittag hatte er, der kräftig und gesund gewesen war, in schwerem Todeskampf geendet. Dies ist eine wahre Geschichte, die vor etwa sechszig Jahren sich wirklich ereignet hat.

Schriftliche Mittheilung.

CCCXIV.

Die blanken Hunde.

Eine Frau ward sehr von Zauberei geplagt. Da gab man ihr den Rath, auf den Kirchhof zu gehen und Erde von einem Grabe in die Tasche zu nehmen. Als sie solches gethan, erschien das Zauberweib und sprach: „Was hast du vor?“ Sie antwortete nicht, weil es dann nicht gut ist, zu antworten. Aber die Zauberin nahm der Frau die Erde wieder ab und machte sie wieder ohnmächtig. Endlich erhielt sie Hilfe vom Arzt und trug beständig Zauberarznei bei sich. Die Zauberin vermochte jetzt nichts. Da kam sie mit ihren Gefährtinnen um Mitternacht vor die Fenstern der Frau, heulend mit den Schürzen über den Kopf, zuletzt aber in Gestalt von vier blankschimmernden Hunden. Die kratzten an der Hausthür; doch konnten sie ihr nichts anhaben.

Aus Amrum durch Herrn Dr. Clement.

CCCXV.

Hexe als Hase.

In Bödelsdorf wohnt noch jetzt eine steinalte Frau. Bei der wollten niemals Dienstleute bleiben. Denn wenn sie auf dem Felde waren, so wuste die Alte immer, was sie gethan und was sie gesprochen hatten; denn sie war immer bei ihnen. Bald war sie eine Ente und schwamm auf dem Wasser. Dann mochten die Knechte und Dirnen noch so viel mit Steinen nach ihr werfen, so tauchte sie nur unter und kam gleich wieder hervor. Bald war sie ein Hase und lief durch das Korn wenn gemäht ward, und sie blieb immer unversehrt, wenn die Knechte auch noch so viel nach ihr schossen. Als sie einmal wieder zum Mähen giengen, hatte ein Knecht sich mit einem geerbten silbernen Knopf versehen, den er in seine Flinte lud, und damit schoß er. Abends als sie nach Hause kamen, hatte die Frau ein Loch im Arm, das nimmer zuheilen kann. Mit Erbsilber kann man alles treffen, was mit Zauberei festgemacht ist. Es können freilich auch Flinten und Büchsen behext sein; denn es gibt Leute, die die Kugeln vorbei leiten können. Das beste Mittel dagegen ist, wenn man eine Schlange lebendig in das Gewehr ladet und herausschießt.

Dann weicht der Zauber. — Erbsilber ist sonst noch zu vielen Dingen nütz. Schabt man ein wenig ab und gibt das einem Kranken, so weichen die Anfälle. Wenn einer einen geerbten silbernen Ohrring hat und trägt, weichen die heftigsten Zahnschmerzen.

Aus Kurborg und Niederselk bei Schleswig durch Herrn Cand. Arndt.

CCCXVI.

Hexe als Fuchs.

Vor hundert Jahren lauerte in dem Rebber *, der von Segeberg nach Kleinrönnau führt, oft ein Fuchs Vorübergehenden auf, biß sie und nahm besonders Kindern die Sachen weg, die sie mit sich führten. Der Weg war zuletzt so verschrien, daß Niemand ihn mehr zu passieren wagte; keine Kugel hatte den Fuchs noch erlegen können. Zwei Bauern luden endlich ihre Flinten mit einem ererbten silbernen Knopf; und als der Fuchs bellend auf sie zukam, schoß der eine seine Flinte auf ihn ab und verwundete ihm den einen Vorderfuß. Nun eilte der Fuchs so schnell davon, daß die Jäger nicht folgen konnten; doch sahen sie, daß er in einen runden Backofen in Kleinrönnau schlüpfte. Als sie dahin kamen und die Thür öffneten um ihm den Rest zu geben, kroch ein altes Weib, dessen Arm stark blutete, heraus und schrie: „Kommt, Hunde, freßt!“ — Wenn eine Hexe nemlich verwundet wird, muß sie ihre wahre Gestalt wieder annehmen.

Durch Herrn Heinrich. — Dieses Stück wird auch häufig z. B. im Gute Wensien, in Ellerbek bei Kiel ꝛc. von Hexen erzählt, die sich in Hasen verwandelt haben; verwundet fliehen sie in einen Backofen.

CCCXVII.

Die Frau mit dem Wolfriemen.

Da war einmal eine alte Frau in Husby bei Schleswig, die konnte hexen. Ihre Knechte wusten gar nicht wie es kam, daß sie alle Sonntage frisch Fleisch auf den Tisch kriegten, weil doch niemals etwas gekauft ward. Ein beherzter Dienstjunge versteckte sich endlich einmal auf dem Heuboden, als die andern alle in die Kirche gegangen waren, und da sah er, wie die Frau einen Wolfsriemen hervorlangte und umlegte. Da ward sie ein Wolf und lief aufs Feld und kam bald mit einem Schaf zurück. Wenn sie so leicht zum Fleische kommt, dachte der Junge, so kann sie es uns auch wohl reichlicher

* Rebber ist ja ein von Wällen eingeschlossener Weg mit hohen Zäunen auf beiden Seiten.

geben. Als daher die Frau das Fleisch in den Topf steckte und dabei nach ihrer Gewohnheit seufzte:

»Ach, du lewe Gott, weer ik by dy!«

da stellte der Junge sich als wäre er der Herrgott und antwortete:

»Nun unn Ewigkeit, kumst du nich to my!«
»Worum denn nich, du lewe Gott?«
»Du gifst dyn Volk nich nog in Pott.«
»Ei, so will ik bätern my.«
»Ja gewis, dat raed' ik dy!«

und die Frau steckte von nun an ein viel größeres Stück in den Topf.

Der Junge konnte aber nicht schweigen und verrieth die Sache im Dorfe. Als die Frau daher an einem Sonntagmorgen wieder ein Schaf holte, paßten ihr die Leute auf; aber keine Kugel schadete ihr, bis man zuletzt eine Flinte mit Erbsilber lud. Seit der Zeit hatte die Frau ihr Lebelang eine offne Wunde, die kein Doctor kurieren konnte.

Durch Herrn Cand. Arndt.

CCCXVIII.

Werwölfe.

1.

An einem heißen Erntetage legten sich einige Knechte auf dem Felde nieder zum Mittagsschlafe. Da bemerkte einer, der nicht einschlafen konnte, wie sein Nachbar leise aufstand und einen Riemen umspannte, worauf er zum Wolfe ward. Auf einer Weide nebenan gieng eine Stute mit einem Füllen. Der Wolf lief auf sie zu, kämpfte lange mit der Stute, ergriff zuletzt das Füllen, und ruhte nicht eher, als bis er es mit Haut und Haar aufgefressen. Darauf legte er sich wieder nieder zum Schlafen. Bald darauf aber erwachten die andern und es sollte nun wieder an die Arbeit gehn. Aber der Knecht, der den Wolfsriemen hatte, bat, sie möchten ihn noch ein wenig liegen lassen, es sei ihm noch gar nicht recht bequem. „Ja,“ sagte der Andre, der ihn beobachtet hatte, „das glaub ich wohl, wenn einer ein ganzes Füllen im Leibe hat.“ „Das ist dein Glück, daß du das nicht eine Viertelstunde eher gesagt hast,“ antwortete jener und drohte ihm wenn er etwas verrathen würde.

Mündlich aus Marne in Ditmarschen, aus Niederselk bei Schleswig durch Cand. Arndt, aus Osterrade bei Bovenau, aus Kiestrup, Amts Hadersleben, durch Herrn J. F. Lorenzen.

2.

Auf einer kleinen Stelle im Dorfe Elmenhorst, Guts Jersbek, an der alten Landstraße von Hamburg nach Oldesloe, wohnte ein Mann, der hatte von Geburt an die Gabe sich in einen Wolf verwandeln zu können. Die Nachbarn hatten ihn längst in Verdacht; aber erst durch Zufall kam man zur Gewisheit darüber. Denn vor Tagesanbruch, an einem Sommermorgen kamen einmal zwei Hamburger Schlachter des Weges und bemerkten einen Wolf in der Nähe des Dorfes. Sie verfolgten ihn mit ihren großen Peitschen, konnten ihn aber nicht einholen. Als er endlich in das Haus schlüpfte und die Schlachter ihm nach in die Stube giengen, fanden sie zwar Mann und Frau im Bette liegen, doch war der Mann noch nicht ganz wieder verwandelt, sondern der Wolfsschwanz hieng noch unter der Decke hervor. Wenn man einen solchen Wolf mit einer Ladung Erbsilber verwundet, muß er augenblicklich wieder seine menschliche Gestalt annehmen.

Schriftliche Mittheilung.

3.

In Owschlag gab es früher viele Hexen und da geschahen wunderbare Dinge. Einst fuhr ein Bauer von da zur Stadt nach Eckernförde. Da sah er zu beiden Seiten des Wegs hier einen Wolf und da einen. Sie giengen immer vor ihm her bis nach Kochendorf; da sprangen sie über eine Thür. Als der Bauer ihnen nachgieng, standen die Bäuerin und ihre Tochter mit Wolfsriemen in der Hand auf der Diele.

Einem andern Bauer begegnete auf dem Felde eine alte Wölfin. Sie sprang immer auf sein Pferd zu, um es am Halse zu packen. Da kam dem Bauern ihre Stimme so bekannt vor und er rief: „Büst du dat, myne olle Möem, odder büst du dat nich?“ Da stand seine eigne alte Mutter in leibhaftiger Gestalt vor ihm und konnte kein Glied rühren. Der Bauer lud sie auf den Wagen und brachte sie nach Hause; aber sie lebte nicht mehr lange hernach.

Aus Niederselk bei Schleswig durch Herrn Cand. Arndt.

CCCXIX.

Der Werwolf in Ottensen.

In Ottensen bei Altona war ein Bauer, der mit dem Bösen einen Contract machte. Von nun an lebte er in Saus und Braus, und das Geld fehlte ihm nicht, obwohl er vorher so arm gewesen war, wie nur einer. Dafür aber muste er an dem letzten Tage jedes Monats sich in einen Werwolf verwandeln und jedesmal einen Menschen umbringen. Lange gelang es ihm auch. Aber als er einmal eine alte Frau, die hinter der Thür stand, anfallen wollte, schlug diese schnell den obern Theil zu und klemmte so lange seinen Kopf dazwischen, bis er sich nicht mehr rührte. Da ließ sie los und er fiel zurück, war aber noch nicht tot, sondern hatte sich nur so gestellt und lief voll Angst fort. Als er aber in der folgenden Nacht im Bette lag, kam der Teufel um ihn zu holen, weil er seinen Contract nicht gehalten habe. Doch kam der Bauer diesmal noch frei; denn er versprach seine eigne kleine Tochter aufzufressen.

Ungefähr ein Jahr darauf war der Bauer mit seiner Magd allein auf dem Felde bei dem Heu, als es Mittag schlug und er sich erinnerte, daß es der letzte des Monats sei. Sogleich spannte er seinen Riemen um, den er immer bei sich trug und stürzte sich plötzlich als Wolf auf die arme Magd. Glücklicher Weise erinnerte die sich gleich seines Taufnamen, und als sie ihn dreimal dabei gerufen hatte, stand er wieder verwandelt vor ihr; denn das allein kann helfen. Da lief die Magd eilig nach dem Dorfe, holte ihre Sachen und gieng ohne einem Menschen etwas zu sagen, nach Hamburg. Denn sie wollte vor Furcht nicht länger in seinem Hause bleiben, das er sich prächtig am Graswege erbaut hatte. In der Nacht kam der Böse wieder zu ihm und nur durch den Tod seines zweiten, einzig noch übrigen Kindes konnte er sich retten. Da erkannte seine fromme Frau, daß ihr Mann ein Werwolf sei, und gieng von ihm in ein Kloster (Pflegehaus) und alle Leute verließen ihn und niemand wollte mehr in seinem Hause bleiben. So muste auch er es zuletzt verlaufen und gieng nach Hamburg, wo er in einem Wirthshaus sich einmiethete und seine Schandthaten ungestört und unerkannt zu vollbringen dachte. Aber seine frühere Magd diente zu seinem Unglück jetzt in dem Hause und sie hatte ihn gleich erkannt. Als daher der letzte Tag des Monats kam und der Bauer sich eben auf seinem Zimmer eingeschlossen und verwandelt hatte, holte sie die Wache, nannte dreimal seinen Namen, und da er nun sogleich wieder zu einem Menschen wurde, ergriff man ihn und führte ihn ins Gefängnis.

Sagenbibliothek. Hamburg bei Menck 1833. Heft II. und III.

CCCXX.

Werwölfe kommen in kein Roggenfeld.

Ein junger Mann aus Jägerup kam eines Abends spät von Billund. Da er schon in die Nähe von Jägerup gekommen war, stürzten ihm drei Werwölfe entgegen, und hätten ihn wahrscheinlich zerrissen, wenn er nicht durch einen Sprung sich in des Schmieds Roggenfeld gerettet hätte. Da hatten sie keine Macht mehr über ihn. Die drei Werwölfe sollen drei Frauen und Schwestern aus Jägerup gewesen sein, die sich an dem jungen Mann rächen wollten, weil er die Tochter der einen nicht hatte heiraten wollen.

Herr J. F. Lorenzen in Kiestrup.

CCCXXI.

Das lange Pferd.

Die jungen Leute des Dorfes Kassöe bei Apenrade wollten einst an einem Sonntagabend nach Hüdewad zum Tanz. Als sie aber an den zwischen beiden Dörfern fließenden Bach kamen, konnten sie nicht hinüberkommen, weil er durch den kurz vorher gefallenen Regen bedeutend angeschwollen war. Indem sie umherschauten, wurden sie eines alten Pferdes gewahr, das in der Nähe stand. Da beschlossen sie auf zu steigen und hindurch zu reiten. Als aber ein Paar aufstiegen, bemerkten sie, daß für Einen noch Platz sei. Es stieg also noch Einer auf und abermals war wieder Platz für noch Einen da. So saßen sie endlich alle auf dem Pferde. Da sie aber mitten im Bache waren, blickte einmal einer der vordersten zurück, und wie er die vielen Leute auf dem Pferde sitzen sah, brach er voller Verwunderung in die Worte aus: „Jesu Christi Kreuz, welch eine lange Mähre!“ Kaum hatte er das Wort gesprochen, brach dem gespenstigen Pferde der Rücken, die Reiter fielen insgesammt ins Wasser und das Pferd verschwand mit fürchterlichem Geheul. Die jungen Leute aber eilten erschrocken nach Hause; denn die Lust zum Tanze war ihnen vergangen.

Durch Herrn Petersen in Soes.

CCCXXII.

Das Teufelspferd.

1.

Ein Bauer aus Husby bei Schleswig hatte sich ein Fuder Heu von der Bünge geholt, einem großen Torfmoor; ein andrer begleitete ihn. Als sie nun von Silberstede herkamen bei Kappesbroe, wurden die Pferde lahm und das eine fieng an zu hinken, daß sie nur langsam vorwärts kamen. Da sahen sie neben dem Wagen ein loses Pferd herlaufen. Der eine von ihnen wollte es einspannen; aber der andre sagte: „Laet du dat tom Deuwel lopen!“ Bald aber ward ihr Pferd noch viel lahmer und der eine sagte wieder: „Laet uns dat schöne grote Päert doch inspannen;“ doch der andre sagte: „Laet du dat to alle Deuwel lopen!“ Der Wagen stand endlich still und das fremde Pferd kam ganz nahe, als wollte es sich freiwillig einspannen lassen. Da nahm der Bauer seine Peitsche und schlug so arg darauf los, als er konnte und rief: „Ga du na Europa unn da herüm!“ Da bäumte sich das Pferd, ließ einen Furz, schnob Dampf und Feuer und stob durch die Luft davon. Da sahen sie, daß es nur drei Beine hatte. Das geschah, als ich noch die Gänse hütete, sagte ein alter Mann.

2.

Der Küster in Siebeneichen in Lauenburg erzählt jedermann, der es hören will, daß in der Franzosenzeit einst der Pächter in Lanken ihm ein Pferd zuschickte, auf dem er zum Hochzeitschmause reiten sollte. Er machte sich auf den Weg. Bald kam er an einen Ort, wo der böse Geist sein Wesen hatte; das Pferd bäumte und warf ihn ab. Nachdem er es lange gejagt und mit Gras gelockt hatte, gelang es ihm endlich sich wieder in den Sattel zu schwingen. Nun aber begann das Thier seinen Lauf hoch über die Wiesen und Büsche, über Wälder, Häuser und Höhen hin und brachte ihn im Nu vor die Thür des Hochzeitshauses.

3.

Ein Bauer in Siebeneichen wollte des Nachts ein junges Pferd von der Weide holen. Er rief: „Pagen, Pagen!“ Das Pferd kam auf ihn zu, erhub sich aber plötzlich von der Erde und nahm seinen Lauf durch die Luft auf einen Eichbaum zu, der in einem kleinen Eichwald stand, wo es überhaupt nicht geheuer war. Da blieb es in den Zweigen hangen. Der Bauer sagte ruhig zu seinem Knechte: „Nun wollen wir nach Hause gehn, da oben ist es gut aufgehoben.“ Als er nun aber in das Dorf kam, rannte der Pagen auf ihn zu und ließ sich geduldig einspannen.

Durch Herrn Cand. Arndt. — Ganz ähnliche Sagen im preußischen Samland. Reusch No. 22.

4.

Nicht weit von Pinneberg geht ein Weg durch ein Moor, der heißt der schwarze Weg. Da sieht man um Mitternacht oft ein schneeweißes Pferd in wildem Laufe hin und her rennen. In einem Busch nicht weit davon fährt eine Häcksellade bei Nacht immer auf und nieder und man hört deutlich wie sie schneidet. — Auch auf der Schmilower Heide bei Ratzeburg, wo einst eine große Schlacht gegen die Wenden ist geliefert worden, läuft ein weißes Pferd immer hin und her.

Mündlich.

CCCXXIII.

Das Riesenschiff Mannigfual.

Die nordfriesischen Seefahrer erzählen von einem Riesenschiff, de Mannigfual. Das ist so groß, daß der Kommandant immer zu Pferde auf dem Verdeck herumreist um seine Befehle zu ertheilen. Die Matrosen, die jung in die Takelage hinaufklettern, kommen bejahrt, mit grauem Bart und Haar, wieder herunter; unterdeß fristen sie ihr Leben dadurch, daß sie fleißig in die Blöcke des Tauwerks, die Wirthsstuben enthalten, einkehren.

Einmal steuerte das Ungeheuer aus dem atlantischen Meere in den brittischen Kanal hinein; konnte jedoch zwischen Dover und Calais des schmalen Fahrwassers wegen nicht durchkommen. Da hatte der Kapitain den glücklichen Einfall die ganze Backbordseite, die gegen die Ufer von Dover stieß, mit weißer Seife bestreichen zu lassen.

Das half. Der Mannigfual drängte sich glücklich hindurch und gelangte in die Nordsee. Die Felsen bei Dover behielten aber bis auf den heutigen Tag von der Masse der abgescheuerten Seife und dem abgeflogenen Schaum ihre weiße seifenartige Farbe.

Einst war das Riesenschiff, Gott weiß wie, in die Ostsee hineingerathen. Die Schiffmannschaft fand aber bald das Wasser zu seicht. Um wieder flott zu werden, muste der Ballast sammt den Schlacken und der Asche der Kabüse in die See geworfen werden. Aus dem Ballast entstand nun die Insel Bornholm und aus dem Unrath der Kabüse die nahe dabei liegende kleine Christiansöe.

Durch Herrn Hansen auf Silt.

CCCXXIV.

Unheimliche Orte.

1.

Die Buchholzer Fischer sehen auf dem Ratzeburger See oft bei Nachtzeit Fischerböte und Netze, die sie nicht kennen. Es ist gefährlich sich heran zu wagen. Denn plötzlich schweben sie herbei und die Vorwitzigen empfangen Stöße und Schläge.

Auf dem Plötschensee, eine Stunde von Ratzeburg, erscheint zu Zeiten die Gestalt eines Mönches, der dort ertrunken ist und die eines Mädchens, das auf einer Blume schwebt. — In dem Verließ der alten Lauenburg wandelt Nachts ein Eremit.

Durch Herrn cand. ph. Arndt aus Ratzeburg.

2.

Vor der Reformation hatten die Bordesholmer Mönche Besitzungen in Breitenberg. Sie kamen öfter dahin und zwar giengen sie vom rechten Störufer, unweit von dem Orte wo jetzt die Kirche steht, über die Stör und fiengen Fische in dem Teiche, wo jetzt Wiesenland ist, das aber noch die Mönkwiese heißt. Auch die Stelle, wo sie durch die Stör giengen, heißt noch heute Münkenfort. Sie giengen zu Fuß hinüber, obwol die Stör jetzt da ein breiter, schiffbarer Fluß ist. Nur wenn ganz hohes Wasser war, legten die Fischer, die hier wohnten, ein Garstelbrett, ein Brett worauf das Brot gegarstelt wird, über und dies genügte. Bei Nacht kommen sie noch zuweilen nicht größer als kleine Unterirdische, zwei Spannen hoch, übers Wasser, und hüpfen auf dem hohen Acker herum, der nahe bei der Stör liegt; dann sagt man: „Da danst de Münche!“

Durch Herrn Pastor Rehquate in Breitenberg.

3.

Auf dem Wege von Friedrichstadt nach Stapelholm in einer Allee, die nach der Eider hinuntergeht, springt den Leuten, die Nachts des Weges kommen, ein Wolf auf den Nacken und läßt sich bis ans Ende der Allee tragen. Dort geht auch zwischen zwei Mühlen immer eine weiße Frau umher.

Mündlich.

4.

Drittehalb Meilen erstreckt sich von Silt aus die schmale Halbinsel Hörnum ins offne Meer. Die ganze Landstrecke ist von wüsten flüchtigen Sandbergen bedeckt, unaufhörlich tobt die Brandung der See an ihren Seiten. Nur wilde Seevögel und einige Hasen hausen in den Schluchten; einzelne Hütten allein für Fischer findet man an der Ostseite. Früher waren hier Wiesen, Äcker, Dörfer und Kirchen, aber Sand- und Wasserfluthen haben alles in die traurige Einöde verwandelt. Man hat in diesen Jahren noch Trümmer der Kirchen, Brunnenplätze, einen Kirchhof, allerlei Geräth und alte Münzen gefunden. Es gibt nichts unheimlicheres als diese Gegend. Hier wimmelts von Geistern der Mörder und Ermordeten, von Wiedergängern und Unholden. Es spuken hier der Dikjendälmann, der Geist des Strandvogts, das Stademwüfke, (das Dünenweibchen), eine kleine weißlich dunstige Gestalt, die auf den Stavenplätzen des alten untergegangenen Rantums umherstreift, und die Meerweiber (Mearwüffen), das Thalkalb (Dälkekualf) und die Flödkualver, die eine nahe Überschwemmung anzeigen, werden hier am häufigsten gesehen. Auch die Unterirdischen hausen hier am ärgsten. Vorspukende Flammen und Jammertöne der Strandenden gehören gleichsam zur Ordnung jeder Nacht; Hexen und Tröler haben auch hier vorzüglich früher oft Stürme und Schiffbrüche veranlaßt. Große, schwarze Schattenvögel erschrecken Nachts den Wanderer.

Durch Herrn Schull. Hansen auf Silt. vgl. No. 239. 243.

CCCXXV.

Der Basilisk.

Wenn ein Hahn sieben, oder wie andre meinen, zwanzig Jahr alt wird, so legt er ein Ei, und aus diesem Ei kommt ein Thier, das ist der Basilisk. Alles Lebende, das er mit seinem Blicke trifft, muß sogleich sterben und Steine selbst zerspringen davor. Es hat Leute gegeben, die ein solches Thier in einem dunkeln Keller lange Jahre gehabt haben. Man durfte den Keller nicht öffnen, damit kein Licht hinein kam. Wenn man aber dem Basilisken einen Spiegel vorhält und er sich selbst zu sehen bekommt, muß er sterben, wie ein andres Wesen.

Aus der Bielenberger Marsch.

CCCXXVI.

Der Lindwurm in Eckwadt.

Vor Zeiten hatte hinter der Eckwadter Kirche ein Lindwurm seine Höle oder sein Lager. Er war ein übler Gast und Nachbar; er raubte in der ganzen Umgegend so viel Vieh vom Felde, als er nur immer wollte; kaum verschonte er die Menschen. Doch wagte niemand sich ihm zu widersetzen. Endlich aber verschworen sich zwei Männer das Ungeheuer zu töten, wenn es auch ihr Leben kosten sollte. Sie ließen sich dazu eine Sense machen, die nicht im Winkel, sondern grad aus am Stiele stand. Damit giengen sie auf den Lindwurm los. Mitten im Kampfe aber verlor der eine von ihnen den Muth und lief weg; der andre im Stich gelassne setzte jedoch muthig den Kampf fort und erlegte den Wurm. Darauf aber erstach er seinen feigen eidbrüchigen Kameraden, der ihn in der Gefahr verlassen hatte.

Andre aber erzählen, daß den Eckwadter Bauern in ihrer Noth gerathen sei, ein Stierkalb drei Jahre lang mit neugemolkener Milch und Semmelbrot zu füttern und aufzuziehn. Dann sollten sie es auf den Kirchhof führen und da loslassen. Das geschah. Als nun der starke Stier auf dem Kirchhofe allein war, kam der Lindwurm um ihn als Beute mitzunehmen. Aber der Stier ließ sich nicht so leicht fangen, sondern fiel den Wurm mit seinen Hörnern wüthend an und ward nach einem langen fürchterlichen Kampfe Sieger; doch starb er bald hernach an den im Kampfe empfangenen Wunden.

Durch Herrn Pastor Hansen in Jordkirch bei Apenrade.

CCCXXVII.

Das Viehsterben.

Einst wüthete in unserm Lande eine furchtbare Seuche unter dem Vieh, und fraß die Ställe mancher Dörfer leer. Damals wohnte ein Mädchen in Ratjendorf in der Probstei, mit Namen Elsbeth; die verdiente ihr tägliches Brot mit ihrer Hände Arbeit und war geliebt und geachtet von allen; man nannte sie nur die fromme Elsbeth. Als die Seuche sich Ratjendorf näherte, flehte sie zu Gott doch ihre kleine Habe und ihr Dorf zu behüten, und that ein groß Gelübde in dieser Noth: sie wolle drei Jahre trauern; in diesen drei Jahren niemals tanzen, noch ihren Bräutigam sehen. In der Nacht kam ein Engel und gab ihr im Schlafe ein Weidenreis und sagte, sie solle das erste gefallene Vieh auf dem Hügel vor dem Dorfe in aller Frühe verscharren und das Reis darauf pflanzen. Als der Engel verschwand, erwachte sie; eilends stand sie auf und gieng zum Stalle: da lag ihr Kalb tot neben seiner Mutter. Nun that sie wie der Engel ihr befohlen hatte, begrub das Kalb und pflanzte das Reis darauf. Sie hielt ihr Gelübde volle drei Jahre, und das Dorf und ihr Haus blieben allein verschont; die Weide aber gedieh und ist größer und schöner geworden als irgend eine andre im ganzen Lande. Man sieht sie heute noch.

Bei Schleswig haben die Bauern in einer schlimmen Zeit des Viehsterbens einer zweijährigen Quien lebendig den Kopf abgeschnitten und haben diesen, die Augen nach Osten gekehrt, oben im Kapploch angebunden. Darnach ist das Sterben nicht ins Haus gekommen. Um das Sterben der Kälber zu verhüten muß man das Herz eines Kalbes in eine bestimmte Wand des Feuerheerds einmauern. Das hilft.

Nethwisch Ernst und Laune S. 58. — Mündlich. — Samuel Meigerius (weil. Pastor in Nortorf) schreibt in seinem Buche de Panurg. lamiar. Buch II. c. I.: Men vindet hen unde wedder hyr im Lande up den Tünen steken Perde edder Ossenköppe, daran se ungetwivelt Byloven hebben, welkes ick nicht hebbe ervaren könen. — Man findet an den Giebeln alter Bauerhäuser, namentlich noch im Lauenburgischen, zwei aus Holz geschnitzte Pferdeköpfe. (S. Mythol.) Als man seit dreißig Jahren anfieng den Brettern eine andre Gestalt zu geben, waren die alten Leute darüber sehr ungehalten.

CCCXXVIII.
Der Kuhtod.

Der Kuhtod ist ein großer ungeheurer Stier mit langen Hörnern. Sein Brüllen ist viel dumpfer und hohler, als das andrer Stiere und so fürchterlich, daß jeder sich davor entsetzen muß. Er geht von Dorf zu Dorf und wo er sich sehen oder hören läßt, kommt ein Sterben unters Vieh und alles fällt.

Es ist nicht so ganz lange her, da zeigte er sich in der Gegend von Schleswig. In ganz Husby waren damals nur sieben Stück Vieh noch am Leben. Ein Mann aus dem Dorfe gieng einmal mit einem Kalbe zu Felde und einer war bei ihm und trieb eine Kuh. Plötzlich sahen sie einen ungeheuren Stier vor sich; sie meinten es wäre der Bull von Schuby. Da sahen sie aber wie das Thier die Kuh kaum anrührte, als sie auch gleich niederstürzte und starb. „Nun helf uns Gott," sagte der Mann mit dem Kalbe, „der Kuhtod ist bei uns," und schlug mit seinem Stock auf ihn los; da war er so hart wie Eichenholz und hatte auch nur drei Beine. „Wo willst du hin?" fragte ihn der Mann. „Na Husby" antwortete das Ungethüm mit hohler Stimme. „Ga du na Reid' unn na Sluxhaid' unn da herüm," sagte der Mann und schlug so auf den Kuhtod los, daß er umkehrte und seit der Zeit in Husby nicht wieder gewesen ist.

Zu derselben Zeit oder früher gieng einmal der Bauer Klaes Ramm auf einen Berg, den Kohlhof, als ihm der Kuhtod begegnete, der wie ein Riese aussah. „Wo willst du hin?" fragte der Bauer.

„Ich will nach Fahrdorf zu einem Bauer und will ihm alle seine schönen blauen Kühe totschlagen," antwortete der Riese. Da fiel der Bauer vor ihm nieder und bat, er möge ihn doch verschonen; denn er sei es selbst, der die schönen blauen Kühe habe. „Aber was versprichst du mir?" sagte der Riese. Der Bauer versprach alles zu thun, was er nur haben wolle. Da verlangte der Riese, daß er geloben solle, niemals am Sonnabend wieder Mist zu fahren; denn das tauge nichts und störe die Leute, die Sonnabends zur Beichte giengen. Klaes Ramm gelobte das und nun sollte er auch noch versprechen, daß auch die andern im Dorfe das Düngerfahren unterließen. Auch das sagte er zu, und er wollte alles thun was er nur könnte. Darauf verlangte der Kuhtod seinen Handschlag. Als Klaes Ramm sich dessen weigerte, wollte der Kuhtod an ihm vorbei nach Fahrdorf. Da hub Klaes Ramm seine Axt auf und hieb sie ihm tief in seinen Kopf; und so fest saß sie da, daß er mit aller Macht sie nicht herausreißen konnte. Klaes Ramm lief nun nach Fahrdorf und rief die Bauern zusammen; sie beschlossen einmüthig, am Sonnabend keinen Mist zu fahren, nicht aus Furcht, sondern weil das ohnehin Unrecht sei. Als Klaes Ramm nun wieder hingieng, um nach seiner Axt zu sehen, fand er sie fest eingekeilt in einem Holzapfelbaum. Klaes Ramms Erben leben noch in Fahrdorf und zeigen auf ihrer Koppel noch den Baum. Der Kuhtod ist nie nach Fahrdorf gekommen und die Fahrdorfer fahren am Sonnabend auch keinen Mist. Nur einige jüngere und solche, die sich da eingeheiratet haben, fangen jetzt an die alte Sitte zu übertreten.

Als der Kuhtod bei Esprehm sein Brüllen hören ließ, machte das ganze Dorf sich auf, um ihn zu töten. Aber auch das schärfste Eisen verwundete ihn nicht, und alle Kugeln prallten ab. Die Obrigkeit bot endlich die Mannschaft aus den drei Dörfern Fahrdorf, Steckswig und Esperehm auf. Nachdem das Thier den ganzen Tag hin und her gejagt war, stutzte es und fragte: „An welchem Tage wollt ihr versprechen, künftig keinen Dünger zu fahren?" „Am Sonnabend," riefen alle und von einer Kugel getroffen, sank das Unthier augenblicklich um und starb. An der Stelle, wo es gestorben, fand man eine große Menge Theer, darin sich die drei Dörfer theilten.

Man hat trotz aller Nachforschung es nicht herausgebracht, wo das Ungeheuer eigentlich hergekommen sei; aber die haben wohl Recht, welche meinen, daß es aus dem Wasser, aus der Schlei, ans Land gekommen sei.

Durch Herrn cand. ph. Arndt aus Ratzeburg und Herrn Koch. — Die Sage vom Bauer in Fahrdorf wird auch so erzählt, daß nur von einem Riesen und nicht vom Kuhtod die Rede ist; und dies ist wol eine ältere Form derselben.

CCCXXIX.

Der schwarze Tod.

In der Gegend von Oldenburg hat man das Sprichwort: He went daerfœr üm, as Gott fœr Grammdörp. Man sagt, das Sprichwort komme daher, weil in alten Zeiten einmal die Grammdorfer sich Gottes Misfallen in hohem Grade zugezogen hätten. Die Grammdorfer selbst erzählen aber so:

As in olen Tyden in uns Lant de swarte Doet väel Minschen ümt Leben bröch unn ok in unse Gegent väle Hües unn ganße Dörper uetstarwen däen, do seeg man eenmael enen swarten Näwel uet't Norosten baem in de Luft op Grammdörp tokam'n. Darœwer wörren de Lüed' ganß bestört unn helen düt allgemeen fœr en böses Waerteken. Damals läev hyr en ole Fru, de heet Stien Wietsch (Christine Witt). De sä to de Lüed': „Dat is niks as de swarte Doet, de op uns Dörp to kömmt: hyr hölpt niks anners, as wy mœt all to unsen Herrgott bäden, dat he uns verschonen mag.“ Do güngen all de olen gottsfürchtigen Manns unn Fruens uet dat Dörp daerhin, wo de swarte Doet häer köum, bet op den Barg, wo de Weg afgeit na Meischenstörp in de Eutiner Lantstraet; se rungen de Hänn' unn bäden to unsen Herrgott. Do sweng' sik de swarte Doet, unn uns Herrgott leet em nich in dat Dörp kamen, söndern güng' mit em by Grammdörp üm, sytwarts na de Gegent von Karlshof, na en Dörp, dat Geneni heten hett; man kunn den swarten Doet noch lang' in de Luft seen. Dat Dörp Geneni störv ganß uet unn is gänßlich sleift unn ingaen, äbenso dat Dörp Stoof in uns Gout, dat in den Stoover Diek by Charlottenhof lägen hett. Von de Tyt häer, dat unse Herrgott den swarten Doet fœr Grammdörp ümwenden leet, segt man noch ümmer: He went daerfœr üm, oder: Wi wüllt daerfœr ümwenden as Gott fœr Grammdörp.

Durch Herrn Schull. Jensen in Grammdorf, Gut Farve bei Oldenberg. — Des schwarzen Todes erinnert man sich wohl allgemein; aus Friesland, Schleswig, dem östlichen Holstein sind mir Zeugnisse bekannt. Man zeigt Pestkuhlen, wo haufenweise die Toten begraben seien. Die Häuser seien leer geworden und Diebe hätten gestohlen, was sie wollten.

CCCXXX.

Die Theurung.

Als man den mittelsten Deich auf Büsum, das damals noch Insel war, legte, war es eine geschwinde theure Zeit. Die Kühe brauchte man bei der Arbeit und trieb sie des Tages vor dem Wagen, die man am Abend melken sollte; was sie dann gaben, verzehrte man sogleich. Manche, die gar nichts hatten, ließen sich wenigstens zum

Scheine des Mittags die leeren Körbe nachbringen. Als sich das Korn nur eben auf den Halmen sehen ließ, hat man es in Milch zerrieben und gegessen. — Da die Leute ihre Kinder nicht erhalten und doch es nicht übers Herz bringen konnten, ihren Tod anzusehen, haben sie dieselben auf die wüste Insel Helmsand gebracht und da ausgesetzt. Doch durch Gottes Gnade erhielten sie wunderbar ihr Leben durch das runde süße Gras, das da wächst und vom Vieh so gerne gefressen wird. Als man sie in besserer Zeit wiederholte und ihnen ordentliche Speise reichte, starben sie alle nach einander.

Neocor. I. 219. — Chronicon Eidorastad. im Staatsbürgerl. Magazin 9, 700 erzählt von großem Hunger und theurer Zeit, die durch anhaltenden Regen entstanden sei. Man hätte einen Gerstenschoof auf ein Mühlensegel gebunden und ließ die Mühle leer damit herumgehn vierzig Tage und Nächte, und doch hätte der Schoof nicht trocken werden können.

CCCXXXI.
Das vergrabene Kind.

Bei Heiligenstеden war am Stördeich ein großes Loch, das man auf keine Weise ausfüllen konnte, soviel Erde und Steine man auch hineinwarf. Weil aber der ganze Deich sonst weggerissen und viel Land überschwemmt wäre, muste das Loch doch auf jeden Fall ausgefüllt werden. Da fragte man in der Noth eine alte kluge Frau; die sagte, es gäbe keinen andern Rath als ein lebendiges Kind da zu vergraben, es müste aber freiwillig hinein gehn. Da war da nun eine Zigeunermutter, der man tausend Thaler für ihr Kind bot und die es dafür austhat. Nun legte man ein Weißbrot auf das eine Ende eines Brettes und schob dieses so über das Loch, daß es bis in die Mitte reichte. Da nun das Kind hungrig darauf entlang lief und nach dem Brote griff, schlug das Brett über und das Kind sank unter. Doch tauchte es noch ein paar Mal wieder auf und rief beim ersten Mal: „Ist nichts so weich als Mutters Schooß?“ und beim zweiten Male: „Ist nichts so süß als Mutters Lieb?“ und zuletzt: „Ist nichts so fest als Mutters Treu?“ Da aber waren die Leute herbeigeeilt und schütteten viel Erde auf, daß das Loch bald voll ward und die Gefahr für immer abgewandt ist. Doch sieht man bis auf den heutigen Tag noch eine Vertiefung, die immer mit Seegras bewachsen ist.

Mündlich.

CCCXXXII.
Die Nachtmähr.

1.

Wenn sieben Knaben oder sieben Mädchen nach einander geboren werden, so ist eins darunter eine Nachtmähr, die sich zu den

Schlafenden begibt und sich auf ihre Brust setzt, sie ängstigt und quält. Ein Mann hatte eine solche Nachtmähr zur Frau bekommen, ohne daß er davon wuste. Aber es fiel ihm bald auf, daß in mehreren Nächten seine Frau aus seinem Bette verschwunden war. Darum hielt er sich einmal wach, um sie zu beobachten, und da sah er, wie sie sich aus dem Bette erhub und, da die Thür fest verriegelt war, durch das Loch des Riemen schlüpfte, mit dem die Klinke aufgezogen wird. Auf dieselbe Weise kam sie auch nach einiger Zeit wieder zurück. Der Mann verstopfte am andern Morgen die Öffnung in der Thür aufs sorgfältigste und er fand von nun an seine Frau immer neben sich. Als er aber nach längerer Zeit meinte, sie hätte nun wohl ihre Unart abgelegt und vergessen, so zog er den Pflock heraus, um die Klinke wieder gebrauchen zu können. Da fehlte gleich in der folgenden Nacht die Frau und kam nun gar nicht wieder zurück, wie sie sonst gethan. Nur an jedem Sonntagmorgen fand der Mann von ihr reine Wäsche für ihn hingelegt.

Mündlich aus Ditmarschen.

2.

Zu einem jungen Manne kam jede Nacht die Nachtmähr und plagte ihn so entsetzlich, daß er es zuletzt seinen Freunden klagte. Nun wuste einer von diesen, daß die Nachtmähr nur durch ein Loch kommen könnte, das mit einem Harkenbohrer gemacht sei. Sie suchten nach und fanden wirklich in der Thür ein solches Loch. Nachts paßten sie auf und verschlossen es mit einem Pflock als die Mähr drinnen war. Am hellen Morgen fanden sie nun eine schöne Frau bei ihrem Freunde im Bette liegen. Da ließen sie Hochzeit anrichten und beide lebten zwei Jahr ganz glücklich mit einander. Sie gebar ihm in der Zeit ein paar Zwillinge. Endlich aber gerieth der Mann mit seiner Frau einmal in Streit und fragte sie ärgerlich, wo sie denn eigentlich her sei. „Das weiß ich gar nicht,“ antwortete die Frau, und der Mann nahm sie bei der Hand, führte sie zur Stubenthür und sagte: „So will ich es dir zeigen!“ und damit zog er den Pflock heraus. Da verschwand die Frau mit einem kläglichen Ton; nur an jedem Sonntagmorgen kam sie und brachte ihren Kindern schneeweiße Wäsche.

Wer von der Mähr geplagt wird, dem sei die Mistel, ein Gewächs, das auf alten Eichen wächst, empfohlen. Man nennt es darum auch Marentaken oder Alfranken. Auch die Donnersteine, die man auch Hucksteine nennt, sind Mittel dagegen.

Aus Esperehm bei Schleswig durch cand. ph. Arndt. — Westph. mon. ined. IV. 224. praef.

CCCXXXIII.

Säwenrant.

An dat will Water (der Ostsee) hörr (hütete) en stuer Diern dat Vee. Wenn se sik nu to slapen leggen dö, so köum ümmer de Nachmaer unn drück äer. As enmael äer Brouder by äer wier, sä se tou em: „Ik will my dael tou slapen leggen; wenn ik awers an tou jammern fang'n dou, so weck my op." De Brouder lä' sik by äer dael, unn dat wier nonne lang', daer füng' syn Süster an tou stœnen. He reet 'n Kopp inne Höeg': daer söug he'n Säwenrant (Siebrand) unn wyder niks. He steek syn Arm daer dörch unn dach, wo schull dat wol aflopen. Kuem awers harr he dat daen, so füng' de Säwenrant an tou tuksen unn wull sik losryten, kunn awers ne. Op eenmael hüer de Brouder spräken:

Och Säwenrant, och Säwenrant,
Wannier kaemt wy na Engellant?

Da verfier (entsetzte) he sik unn leet loes; unn ier he sik dat nu noch versöug, wier de Säwenrant tou Water, swömm weg unn wier em balt uten Ogen. Vun de Tyt an köum de Nachmaer ne weller.

Aus der Gegend von Oldenburg durch Herrn Knees in Neumünster.

CCCXXXIV.

Der Sargfisch.

In den Brüchen oder Welen am Marnerdeich hält sich ein Fisch auf, der ist so groß wie ein Kalb und trägt einen Sarg auf dem Rücken. Darum heißt er der Sargfisch. Fischer und überhaupt jeder, der ihn zu Gesichte bekommt, muß bald darnach ertrinken. Darum warnen die Mütter immer ihre Kinder vor dem Sargfisch, wenn sie Abends noch spät an den Welen spielen wollen.

Mündlich.

CCCXXXV.

Hel.

Der Hel ist der Tod selber und reitet bei Pestzeiten auf einem dreibeinigen Pferde umher und erwürgt die Menschen. Daher sagt man, wenn eine Seuche wüthet, der Hel geht umher, oder wenn Nachts die Hunde ungewöhnlich bellen und heulen, der Hel ist bei den Hunden; wenn die Seuche an einem Orte anfängt, der Hel ist angekommen, oder wenn sie aufhört, der Hel ist verjagt. Man kann nemlich den Hel von einem Orte zum andern verjagen; man weiß Geschichten davon zu erzählen und gewisse Leute zu nennen, die aus dieser oder jener Stadt und Dorfschaft den Hel vertrieben.

Wenn jemand totkrank liegt, sagt man er hat seine Helsoot; kommt ein solcher wieder auf, heißt es, er hat sich mit dem Hel abgefunden (han har for denne Gang kjöbt af med å Hel). Man sagt dann auch, er hat sich mit ihm versöhnt, ihm was geopfert, ihm einen Scheffel Hafer gegeben, sein Pferd damit zu füttern. Wenn jemand in einem eiligen Gewerbe ausgesendet wird und dann zu lange wegbleibt, sagt man noch heute: „Du er god at skikke efter å Hel," (Du bist gut nach dem Hel zu schicken).

Bei Jordkirch in der Nähe von Apenrade gieng das böse Wesen früher oft auf einem abgelegenen Wege, der Langfort hieß, umher, und machte ein Geräusch wie ein an allen vier Hufen wohlbeschlagenes Pferd auf dem Steinpflaster. Es soll kopflos sein. — In Tondern trabt noch jede Nacht um Mitternacht ein altes dreibeiniges, graues (oder weißes) blindes Pferd klappernd durch die Straßen. Vor welchem Hause es stehen bleibt und wo es hineinkukt, muß jemand sterben. Alte Leute haben das oft erlebt und den Tod dann bestimmt vorhergesagt. Man nennt auch da das Pferd Hel, und es sei herrenlos, sagen einige; doch behaupten andre, daß eine schwarzgekleidete alte Frau darauf sitze. Nachts fährt in Tondern auch oft ein feuriger Rollwagen durch die Osterstraße zum Westerthore hinaus.

Arnkiel Cimbr. Heidenrelig. I. 55. 125. — Herr Pastor Hansen in Jordkirch. Mehrere Mittheilungen aus Tondern.

CCCXXXVI.

Eins, zwei, drei.

Eine alte Frau, die 1744 in Stenderup auf Sundewith verheiratet ward, erzählte einst, daß einige Jahre, nachdem sie nach Stenderup gekommen sei, ihr Vater aus Stackebüll sie und ihren Mann einmal besucht habe. Es seien noch mehrere da gewesen und ihr Vater sei erst spät gegen eilf Uhr nach Hause gegangen. Als er nun dahin gekommen, wo der Weg, der von Düppel nach Stackebüll führt, mit dem von Stenderup sich vereinigt, da habe es ihm geschienen, als ob drei weiße Bettlaken, die an den Ecken mit einander verbunden gewesen, nach einander von der Düppeler Kirche her angeflogen kämen, und daß sie gesprochen hätten: ein, zwei, drei, worauf er, der gutes Muths gewesen, gesagt habe: vier, fünf. Als er nach Hause gekommen, habe er es erzählt und beinahe bereut, daß er etwas gesagt. Nun starben in dem kleinen Dorfe, das nur sieben Hufen hat, in demselben Jahre noch, erst drei Bauern und bald darauf noch zwei, so daß nur zwei Bauern am Leben blieben. Der fünfte und letzte der Gestorbenen war der Mann selber, der die Laken hatte fliegen sehen.

Aus Sundewith.

CCCXXXVII.

Flämmchen im Wasser.

Fischer erzählen, daß sich oft an einer Brücke in Rendsburg ein Wimmern im Wasser hören lasse, wie das eines kleinen Kindes. Zuweilen auch schlagen da kleine Flämmchen auf, und immer sind das Zeichen, daß einer umkommen wird. Die Eider ist überhaupt ein böses Wasser; jedes Jahr fordert sie ihr Opfer. Dasselbe nehmen sich alljährlich z. B. auch der Kieler Hafen und vor allen der Plöner See.

Am südlichen Ende des Ratzeburger See nahe bei der alten Burg Vorhau liegt der Düwelsdiek. Da ist es nicht geheuer; er ist unergründlich. Geister hausen darin und ziehen Vorübergehende hinein. Man sieht da oft auch jene Lichter.

Solche kleine Flammen heißen auf Silt Lickschnücken, auch wohl Lochtermaner. Ein Mann aus Tinnum sah eines Abends eine kleine Flamme aus dem südlichen Haff herauftauchen, bei Wadens, dem südlichen Ufer, ans Land steigen und sich darauf längs dem Tinnumer Damm und dem Tinnumer Kirchwege nach dem Keitumer Kirchhofe bewegen. Bald darauf kam ein Silter bei Hörnum ums Leben und seine Leiche wurde auf demselben Wege heraufgebracht.

Das Lauffeuer zeigte sich auf Helgoland gewöhnlich am Rande des Felsens, oft auch an Misthaufen oder bei der großen Wassergosse an der Nordseite am Abhange der Klippe. Hatte es sich blicken lassen, warnten Mütter ihre Kinder. Heute, wenn es von Zank und Streit zu Thätlichkeiten kommt, heißt es noch: „Diar hatt en 'Jal lippen." (Da hat sich ein Lauffeuer gezeigt.) Es kündigte überhaupt Unglück an. Wenn auf der See jemand verunglücken sollte, so entstieg dem Meere ein schwarzes Ungeheuer, det bisterk Ding met Telliarogen, und lagerte sich vor der Treppe, ja ließ sich zu verschiedenen Zeiten selbst auf dem Oberlande bei Nacht sehen, in den Winkeln von Ställen und Scheunen.

Mündlich. Herr Cand. Arndt. Herr Hansen auf Silt. Herr Heikens auf Helgoland.

CCCXXXVIII.

Der feurige Mann.

In Bergenhusen sehen die Mägde, wenn sie früh Morgens in der Dämmerung zum Melken giengen, einen großen feurigen Mann auf einem der größern Häuser des Dorfs stehen; von da trat er mit einem großen Schritt auf ein kleineres daneben stehendes. Da verschwand er. Das sahen sie drei Tage nach einander, und in der dritten Nacht brannte zuerst das große, dann das kleine Haus auf.

Durch Storm. — Auf den friesischen Inseln brennt fast kein Haus ab, von dem man es nicht durch ähnliche Zeichen will vorher gesehen haben. Solches »Vorbrennen« glaubte man früher dadurch erfolglos machen zu können, wenn man in einer Kirche jenseit des Wassers, z. B. in Hoyer, bitten ließ.

CCCXXXIX.

Das Hornblasen in der Nacht.

In einem Winter hörte man in jeder Nacht in Büsum ein Horn blasen und das gieng so im Dorfe herum, als wenn ein Hirte das Vieh sammelte. Als darauf der Herbst kam und mit ihm einmal bei einem Sturm ein eiliges hohes Wasser, sind der Bauerschaft Nortorf (Büsum) hundert Schafe ertrunken.

Neocor. II. 319.

CCCXL.

Der Friedensberg.

Nicht weit von Flensburg in Angeln liegt ein Hügel, der heißt der Friedensberg. Dort wurde einst eine große Schlacht geliefert und der Hügel zum Andenken aufgeworfen. Ein Stein steht darauf; der fällt jedesmal herunter, wenn Krieg bevorsteht.

Vierter Bericht der Gesellschaft für vaterländ. Alterth. 1839. S. 33.

CCCXLI.

Kämpfe in der Luft.

Im Jahre vor dem, da der König Johann und der Herzog von Holstein herein kamen um Ditmarschen einzunehmen, geschahen wunderbare Zeichen. Denn in dem Sommer, als die Arbeitsleute die Graben neben dem Wege am Dusentdüwelswarf kleieten, erhub sich jeden Abend, sobald die Sonne sich geneigt hatte und es dunkel werden wollte, ja auch bei hellem Tage, jedes Mal ein gräßliches Getöse und Geprassel, allerlei Erscheinungen ließen sich sehen und hören, daß sich die Arbeiter nie verspäten oder bei Abendzeit dahin wagen durften. Sie mußten oft ihre Arbeit stehen lassen und zu Hause gehen. Nie war der Ort recht geheuer gewesen; aber niemals war der Spuk so furchtbar gewesen, als zu dieser Zeit. Es war der Ort, an dem im folgenden Jahre der König mit all seinem Volke erliegen mußte.

Imgleichen sah man in einer Nacht des Jahres 1560 nach der Eroberung des Landes den ganzen Himmel von Feuer brennen und zwei Heere rannten gegen einander und kämpften. Da sind die Leute erschrocken und einer hat den andern geweckt und meinten nicht anders als sei der jüngste Tag gekommen und alles werde vergehen. Sie warfen sich alle auf die Knie und flehten Gott an. — Heut zu Tage sagen die Leute, weil sie klüger geworden sind: Jt is dat Norderflüß oder en Nordbleus! und soll eine Veränderung des Wetters bedeuten.

Neocor. I. 483. II. 243. vgl. Happel relat. curios. III. 509. IV. 571 bis 580.

CCCXLII.

Untergang der Schackenburg.

Im Gute Schackenburg geht die Sage, es solle dasselbe durch Feuer zu Grunde gehen, wenn dort zwei goldne Hörner und ein Tisch mit einem goldnen Service gefunden werden. Die ersten sind schon gefunden; ein Kind stolperte auf dem Schulwege über etwas hartes, das aus der Erde hervorragte; als man nachgrub, fanden sich zwei goldene Trinkhörner, die auf die Kunstkammer in Kopenhagen gebracht sind. Wenn nun aber der Tisch gefunden wird, wird das Schloß untergehn.

Herr Storm.

CCCXLIII.

Die weise Frau Hertje.

Anno 1400 is een Frauwensperson in Wiedingharde gewesen, mit Namen Hertje, ut Moder Liefe gesneden. Etlike willen seggen, se sy in Goßharde gebaren, da se den ock entlich hen gerücket to Bredsted und allda gestorven, welke nachfolgende Dinge gewiessaget hef.

It wart een gülden Rink umme Wiedingharde kamen, de wart nene Bestant hebben.

Darna werden twe Dämme geschlagen, de enne van Tundern, de ander van Rüttebüll na Brunsot. Dar wert man söven Jaer an macken und wert vel kosten, aber nicht lange bestaen. Na de Tyt wert vel Schande und Laster int Lant kamen und neen Ere meer geachtet werden.

Dana wert een Diek ut Goßharde int Moer geschlagen, und na etliken Jaren en andern Diek ut dem Moer in Wiedingharde. De warden beide bestaen!

Wehe den Minschen, de den leven, wen de Lüde veer Arme kriegen und twe Paar Schö över de Vote dragen, und twe Höde up den Kop hebben, und wenn de Wörme ut de Kleder krupen!

Wehe den Minschen, de dar leven, wenn de grote Penninge kamen; wente wenn de grote Penninge gekamen, so wart dat grote Arge ock kamen.

Wehe den de da leven, wen Geld von Geld geschlagen wert. De Tyt wart kamen, dat wenn einer Geld des Avents upnimt, so schal he it des Morgens nicht wedder ut geven konnen.

De Tyt nahet, dat Blomen vor allemans Düer kamen werden.

De Tyt wart kamen, dat de Prester wert sine Platte bedecken und seggen, sy he neen Prester.

Und de Ridder wart syn Schwert vornemen und syn Finger up holden, he sy neen Edelman.

Und de Herren wert syn egen Mente versacken. De Tyt wart kamen, dat man de Minschen nicht wart by eren Namen nömen, sondern beestwys nömen wart.

It wart de Koe den Buren afgeschattet warden, und wenn de Koe hinweg ist, wart he dat Kalf sülvest verbidden und wart neen Horde syn, de em verdädiget.

It wart enn Boem ut Niekarken ut den harden Steen wassen, darup wart een schwart Vagel witte Jungen toen. (teen?)

Na de Tyt wart een grote Schlachtung gescheen by Flensburg in Harslebael, dat man bet över de Enkel im Blode wart gaen.

(Item Rynkarken wart een Böerhues warden.

Item Rynkarken wart midden int Lant kamen.) It werden Frembde int Lant kamen in Wiedingharde und de Man dar int Haff jagen; so warden se na dem Huse lopen, de to plündern. So wart en olt Man mit en Bleß op den Kop seggen: »It is beter eerlich to fechten, als so schändlich to verdränken«, und wart ropen: »Holdet an, wi willen eerlich winnen.« So warden de Wiedingharder wedder um keren und verschlaen, alle de verstreuet sint.

De Tyt wart kamen, wenn de Buer syn Quick schall börnen, und wart sehen enen Man in bunten Klebern, so wart he von sinen Quick lopen to syn Naber und ropen »Kom und help my den Hareman to Dode schlaen.« Ach, Wiedingharde wart noch vergaen vor Verschwar. Wehe den jenen, de da leven, wenn Winter und Sommer sich vermengen.

De Tyt wart kamen, dat en wohl geklebeter Edelman wart lopende kamen to enen Buren by de Plog, mit enen grauen Rock, und bidden, dat he wolde mit ehm syn Rock verbüten. Wenn de Bargen daelgaen und Missteden upgaen, so wart et övel in de Welt staen.

It wart ock Detzbüll und Risum von den solten Water vergaen, und een Prester dat ganze Moer regeren. Als Lindholm de erste Karke is gewesen, also wart se ok de leste bliven.

It werden tom lesten alle disse Länder dorch Water vergaen und de Schipper wart to syn Stüerman seggen: »Höde di vor Holmer Sant!«

Hertje heft eenmael een holten Beker voll duppelt Schillings gehat. Densülven heft se Agatha, Godber Nissens Grotmoder, to verwaren gedaen. Als se densülven weddergekregen, heft se gesegt: „O Trön, und abermael gesegt, ik weet, dat du von dissen Gelde nicht meer geröret als dissen enen Penning, welken du heft umgekeret!"

Hertje is eenmael up Gottorp gefordert, damit man ehre Wahrseggungen ens möchte versöken. Als man se hät nedderfitten heten, — und waren heemliken Eier under den Küssen — heft se geantwortet, se möchte nicht Eier utsitten.

Hertje is eenmael von enen Dotschläger gefraget worden, eft he synes Fiendes Toern und List entgaen möchte. „Ga he," segt se, „unverzagt, recht entjegen und see he nicht torügge." Und ist geschehen, dat he also unverletzt ist davon gekamen.

Heimreich ed. Falck II. S. 41. vgl. I. 271. 180. II. 55. Es scheinen im 16. Jahrhundert ähnliche Prophezeiungen namentlich an den Nordseeküsten verbreitet gewesen zu sein. Neocorus kennt einige davon und die ostfriesischen Prophezeiungen in Haupts Zeitschrift für deutsches Alterth. III. 457. haben viel verwandtes. In der Elbmarsch soll man heute noch ganz ähnliches, z. B. das Eiersitzen, von einer weisen Frau erzählen. — Eine Silter Prophezeiung lautet: Wan fif Fögeds (Landvögte) ön grä Rokker kum, da skell Söld fuargung fuar Fuarspreek (aus Mangel an Vertretung dem Untergang nahe kommen). Man da kumt en Föged ön en blö Rok, di skell dit Länd reddi me Help fan en Man üp Keidem Kleff. Durch Herrn Hansen. über Stapelholm S. Bolten Beschreibung S. 266 ꝛc.

CCCXLIV.

Vor dem jüngsten Gericht.

Ene bögetsame Fruwe, de by erem Wocken sat und gesponnen, heft my vertelt von enen Mann, genömet Kunt Alten, de er vermelt und gesegt, wat vor dem jüngsten Gericht noch scholde geschehen. Vererlei Geloven, also erstlik heidensche, de allrede gehat, tom andern papistische, darna das Evangelium up Latine gelesen wart, tom drüdden so schall dat Evangelium up düdscher Sprake gelesen werden mank den Lüden, welkes man nömen wert de düdsche Misse, und tom veerden und letzten, wenn alle Avericheit hen und wedder mit enander werden anfangen mit Kriege und Upror, und de Eidum Karke to tween Malen is ostert von der See und Sande in gesettet worden, welkes unrede eenmael geschehen, so wart een seltsame und wunderlike Glove upkamen mank den Lüden, dat de ene Naber wart striden mit den andern um den Gloven, und de rechten Dener Godes und der Apostein werden ut dem Lande wiken möten, und weh, weh denen de disse Tyt werden beleven! Wente se werden ut ere egen Lande, von eren Oldern in fernen Landen reisen und nümmer wedder to den erigen kamen. Averst doch scholen dar etlike Bekannten een den andern bejegnen und seggen: „Wor kömpst du her?“ edder: „Wor heff du dy so lange verborgen, dat du nich bist dod geschlagen edder gestorven?“ und wenn selkes is geschehen, so is gewislik dat Ende und jüngste Gericht nicht wyt. Darumme alle Minschen olde und junge wol bidden mögen um een seliges Ende ut dissen Jammerdale.

Hans Kielholts Silter Antiquitäten in Falcks Heimreich II. 346. aus dem 15. Jahrhundert??

Drittes Buch.

Von dem weiten Felde der Volkssagen her steht unserer Mythologie die ergibigste Ausbeute bevor. In fünf oder zehn Jahren wollen wir ganz anders sprechen.

Aus einem Briefe Jacob Grimms.

CCCXLV.

Beówulf.

Beówulf war fast noch ein Knabe, da wettete er mit Brecca seinem Genossen im Schwimmen auf Leben und Tod. Es war Winter, die See war rauh und eisig, doch fünf Tage und fünf Nächte schwammen beide gleich neben einander, das nackte Schwert in der Hand; da erhub sich ein Nordsturm und trennte sie. Brecca stieg bei den Schweden ans Land und kehrte zurück in seine Heimat. Aber den Beówulf ergriffen Meerunthiere und wollten ihn zu Grunde ziehn, doch seine Brünne, der handgeflochtene Panzer, schützte ihn und er diente ihnen mit seinem Schwerte. Am Morgen lagen sie alle wund auf dem Rücken der Wellen. So tötete er neun der Seeunholde und riesiger Nichse; da trug ihn die Fluth bei den Finnen ans Land.

Nach dieser Zeit, da er dem Könige Hygelác diente, erscholl das Gerücht vom Unglück Hrôdgârs, des Königs der Dänen. Der hatte eine Halle gebaut, größer und prächtiger als sonst eine unter dem Himmelsdache; Hirschburg nannte er sie, ihr Ruhm sollte ewig dauern. Da war täglich laut der Freude Getös, wenn der König und seine Helden beim Mahle saßen auf der Methbank; da war Harfenklang. Doch nicht lange währte die Freude. Das fröhliche Leben erbitterte Grendel, einen Unhold, der im Sumpfe wohnte; allnächtlich, wenn der Edlinge Schaar sorglos schlummerte, brach er in die Halle, und fieng und mordete Hrôdgârs Helden. Kein Eisen verwundete ihn, zwölf Jahre dauerte die Feindschaft, der herrliche Bau stand verödet, niemand wuste das Unheil zu wenden. Da hörte Hygeláks Degen daheim Grendels Thaten. Sein Schiff hieß er rüsten und mit fünfzehn Genossen suchte er das Land der Dänen. Mit Ehren empfieng ihn Hrôdgâr, als einen nahen Verwandten; wohl waren ihm seine Thaten kund, doch sorgten alle um Degen, da er nicht von seinem Willen ließ und am Abend allein mit seinen Genossen in der Halle blieb, des Unholds wartend. Da stieg Grendel aus dem Sumpfe herauf und der Riesensohn kam daher gegangen, rannte gegen die Thür und riß sie mit den Fäusten auf, obgleich sie wohl verriegelt war. Aus den Augen schoß ihm das helle Feuer. Da sah er in der Halle schlafen der Helden Menge. In grimmer Hast ergriff er einen, schliß ihn auf, zerbiß die Gebeine, trank das Blut aus den Adern und verschlang ihn. Doch einer wachte; und als jener weiter schritt und nach dem Helden die Hand ausstreckte, da fühlte er gleich, daß er noch keinen Mann auf dem Erdringe fand von härterem Griffe. Beówulf hatte, auf den Arm sich stützend, behende an der Faust den Feind gefaßt, nun erhub er sich. Furcht ergriff den Bösewicht, er wollte entfliehn, aber konnte nicht; es dröhnte die Halle unter den Tritten der Kämpfer und drohte in Trümmer zu fallen, manch goldgeschmückte Bank ward zertreten. Grendel erhub ein grausiges Wehgeschrei, Schrecken befiel die Burgbewohner. Der Held hielt ihn fest in Todes Haft. Da sprangen dem Unhold die Sehnen an der Achsel und die Gelenke barsten, Grendel floh zum Tode wund, aber Beówulf behielt zum Siegeszeichen Arm und Achsel. Die Nägel an den Fingern waren starr und hart wie Stahl. — Da ward ein hohes Fest mit Freuden wieder in der Halle begangen, unter Sang und Klang, beim Mahle und frohem Trinkgelage gieng der Tag dahin. Beówulf und jedem, der mit ihm kam, reichte der König zum Lohne viele edle Geschenke und Kleinode. Am Abend legten sich die Helden in großer Zahl, wie sie früher oft gethan, schlafen auf die Polster der Bänke, Schilde Helm und Panzer zu Häupten. Keiner gedachte weiteres Unheils.

Doch Grendels Mutter, ein entsetzliches Weib, gedachte ihres Leides und der Rache für den Sohn. Sie kam zu dem Saale, wo die Helden schliefen. Alles fuhr auf als sie herein schlich, manches Schwert ward gezückt; da wollte sie fliehen, doch einen der Edelinge ergriff sie noch, den liebsten Mann des Königs, und schleppte ihn mit sich zum Sumpfe. Von neuem erfüllte Klage und Wehruf die Burg und die Sorge war erneut. Hrôdgâr hieß Beówulf kommen in seine Wohnung und trauernd sprach er zu ihm: „Alle Hoffnung, Held, steht auf dir; obwohl du die Gegend, wo der Wicht haust, nicht kennst, so suche ihn doch wenn du Muth hast, und rette uns.“ Beówulf antwortete: „Sei nicht in Kummer; auf! suchen wir Grendels Verwandten, ich verspreche dir, entkommen soll er nicht weder unter die Erde, noch in den Wald, noch in das Meer.“ Da stieg der greise König zu Roß und weit durch den Wald zog die Männerschaar an den Vorgebirgen hin auf schmalen Pfaden, bis sie zwischen grausigen Föhren das trübe Gewässer fanden. Da lag des in der Nacht gemordeten Helden Kopfpanzer auf einer Klippe, das Gewässer war voll Blut. Beówulf gürtete sich um in die Tiefe zu tauchen, sein Panzer sollte ihn schützen und der blanke Helm mit dem Eberbilde. Ein Freund unter Hrôdgârs Leuten reichte ihm einen Dolch mit giftigen Zeichen und in Blut gehärtet, eine Waffe, die noch niemals versagt hatte. Darauf stürzte er sich in die Tiefe des Wassers, es währte lange ehe er den Grund erreichte. Da merkte die Unholdin sein Nahen, und schoß auf ihn zu, ergriff ihn und schleppte ihn in ihre Wohnung. Das war ein Gewölbe, um und um dicht verschlossen, Wasser konnte nicht herein und ein Feuer gab Helle. Da gab der Held dem Meerweib einen Schlag, aber des Stahles Schneide biß nicht. Zornig und ohne den Muth zu verlieren, warf er die Waffe von sich und packte nun Grendels Mutter an der Achsel und beugte sie zur Erde; doch schnell bezahlte ihn das Weib und vergalt ihm, daß er hinfiel. Da setzte sie sich über den Helden, griff nach ihrem breiten Messer, und es wäre um ihn geschehen, wenn ihn nicht seine Brünne am Halse geschützt hätte und der siegverleihende Gott. Wieder auf sprang er und erblickte in der Höle an der Wand ein altes Schwert der Vorzeit, ein Werk der Riesen. Das ergriff er, und hieb nach ihrem Halse; es faßte und drang durch Mark und Bein, daß sie tot zu Boden fiel. Die Helden, die am Ufer standen, sahen den Blutstrom aufsteigen und fürchteten, die Wölfin hätte den Helden umgebracht und sie würden ihn nimmer wiedersehen. Bis zum Nachmittag hatten sie gewartet; da wandte sich Hrôdgâr traurig heim mit seinen Leuten. — Es schmolz die Klinge des Schwertes, das Beówulf gebraucht hatte, von dem giftigen Blute ihm vor der Hand weg, wie Eis im Frühling. Nur den Griff behielt er und nahm von allen Kleinoden, die in der Höle lagen, nichts weiter zu sich. Rasch tauchte er dann empor und schwamm ans Ufer; da giengen ihm seine lieben Genossen entgegen, die seiner angstvoll warteten. Sie freuten sich ihn gesund zu sehen und heimwärts zogen sie zur Halle, wo Hrôdgâr sie empfieng. Am andern Morgen schieden sie vom Könige; der Greis weinte, da er von Beówulf Abschied nahm, und reich beschenkte er sie nochmals alle. So kehrten sie wieder in ihr Land, an Gaben reich und des Sieges froh.

Von nun an diente Beówulf wieder bei Hygelâc, seinem Könige. Doch als dieser starb und der Sohn erschlagen ward, kam das große Königreich zu seinen Händen und er regierte es fünfzig Jahre. Da kam ein Drache und verwüstete das Land weit und breit. Dreihundert Jahre hatte er in einer Höle gewohnt und seine Schätze bewacht; da erzürnte ihn ein Mann, der den Schatz entdeckte und einen Goldbecher ihm entwandte. Feuerflammen speiend brach er in jeder Nacht hervor und durch die Luft fliegend verbrannte er die Herrenhäuser und die Saaten auf den Feldern. Nichts lebendiges mochte sich bergen vor dem Unthier. Da kam Beówulf die Kunde, sein eignes Königshaus gienge in Feuer auf. Der greise König erhub sich, ihn reute seines Landes Unglück, einen Eisenschild nahm er sich zu decken, er war entschlossen den Wurm in seiner Höle zu suchen; sein Gesinde folgte ihm. Ein Feuerstrom brach aus dem Berge, als er über das Steingeklüft hinabschritt; das Ungethüm schnob und fuhr heraus, den Helden schützte der Schild weniger, als er gehofft hatte; sein Schwert auch hielt nicht aus im Kampfe. Der König gieng dem Tode entgegen; die Genossen flohen bis auf einen, den jungen Wiglâf, Wihstâns Sohn; vergeblich ermahnte er sie. Dann drang er durch den Qualm und trat seinem Herrn zur Seite; da kam der Wurm zum zweiten Male wüthend hervor, Wiglâfs Schild verbrannte, und Beówulfs Schwert zerbrach bei dem neuen Hiebe auf des Wurmes

Haupt. Da packte der Held den Drachen, als er zum dritten Male herausfuhr, beim Halse mit hartem Griffe, und Wigláf hieb ihn mit dem Schwerte, bis das Feuer nachließ. Da zog Beówulf sein Messer, das er über der Brünne trug, und schnitt den Wurm mitten entzwei. So fällten die beiden Edlinge den Feind und der König konnte sich noch des Sieges freuen. Aber bald begannen seine Wunden zu brennen und zu schwellen, das Gift wüthete in seinem Innern. Wigláf führte ihn auf einen Stein und labte ihn mit Wasser; doch Beówulf fühlte wohl, daß die Zahl seiner Tage abgelaufen war und er nun zu Ende getragen hätte die Frist seiner Erdenwonnen. „Fünfzig Jahre war ich König des Volkes," sprach er, „ich achtete auf das Schickliche, regierte das Meine wohl, pflog nie tückische Bosheit, noch schwur ich Eide mit Unrecht. Froh kann ich meine Todeswunde beschauen. Aber eile, theurer Wigláf, in den grauen Fels und hole den Schatz und die Kleinode, die der Drache besaß, daß ich nach dem Anblick des Reichthums mit Freuden sterbe." Wigláf gehorchte seinem verwundeten Herrn. Da lagen in der Höle zu Haufen die wundervollsten Werke, Krüge und Schüsseln, Waffen und Zierate in Menge. Mit solchen Kleinoden eilte er zurück; da fand er, überströmt von Blut, ohne Bewußtsein den König liegen. Wieder besprengte er ihn mit Wasser, bis er zu sich kam und sprach: „Für alle Kleinode, die ich schaue, sage ich dem Herrn Dank, dem ewigen Fürsten. Solcher Reichthum wird nach meinem Tode meinem Stamme in der Noth förderlich sein. Ich muß von hinnen. Laßt mir auf dem Vorgebirge den Leichenhügel errichten nach dem Brande, einen hohen Hügel, den die Seefahrer über der Fluthen Dunkel fernhin treibend, Beówulfs Hügel nennen werden." Von dem Halse nahm er einen Goldring und reichte ihn Wigláf: „Du bist der letzte meines Geschlechts, alle meine Verwandten, die edlen, sind dahin gerafft; ich folge ihnen nach." Dies war das letzte Wort des Greisen. Wigláf saß in Trauer lange bei der Leiche, dann wusch er sie mit Wasser und sandte hinauf in die Burg nach den Edelsten des Landes, daß sie den Helden bestatten hülfen. Einen Scheiterhaufen schichteten sie, einen großen, helmbehangenen; darauf legten sie den theuern Herren und begannen das größte Leichenfeuer anzuzünden. Dann bauten sie an dem Orte den Hügel, einen hohen und breiten, wie der Fürst es selbst gewünscht hatte. Dahinein thaten sie der Ringe viele, edele Gesteine und aller Art Rüstzeug, wie sie es aus dem Schatze genommen hatten; da liegt es nun noch unnütz wie sonst. Dann ritten um den Leichenhügel zwölf der Edelinge und sangen zu seinem Preise, sie rühmten des Helden Thaten, sagten, daß er von allen Königen der Welt der freigebigste gewesen sei und freundlichste, dem Volke der mildeste und nach Edlem begierig.

Größtentheils nach H. Leos Auszug in seiner Schrift über das angelsächsische Heldengedicht Beówulf. Halle 1839.

CCCXLVI.

Der Wassermann und der Bär.

In Steenholt weer mael en Möller, de harr dat Unglück, em brenn alle sœven Joer syne Mœl af, graed up densülvigen Dag, unn denn würren oek alle Lüde ümbröcht, de in de Mœl weren. Nu keem da mael en Möllergesell, de wull geern Arbeit hebben. Da segt de Herr „nä" to, he kann em keen Arbeit gäwen; œwermorgen sünt just sœwen Joer herüm, dat syn Mœl upbrennt is, da brennt se werrer af. De Möllergesell sä', he sull em de Mœl schenken, so sull se nich afbrennen. De Herr sä': „Dat könnt wy versöken; wenn em de Mœl nich upbrennt, so will ik se em schenken unn myn Dochter sall he darto hebben." — As nu de Nacht keem, bleef de Möllergesell da ganz alleen in de Mœl; he möek Finster unn Dœren fast to, Klock tein awer kloppt da wat an de Dœr. De Möllerknech will nüms inlaten unn sä': „Hier wart hüet Nacht allens umbröcht, wat in de Mœl is; blyf du man buten." De Mann sä': „Laet he my man in; kann syn, ik kann hüet Nacht syn Retter warren." So lett he em denn in unn nöbigt em to Disch. As he nu Licht maekt, sitt da en Käerl, de hett en groten Baren.

Nu sleit de Klock tolf. Da kumt de Waterkäerl in de Mœl splinternakend, unn smitt twe grote Fisch up den Disch; de suln se kaken, he will se spysen. Se krygt de Fisch denn to Füer unn fangt se an to kaken. As nu de Fisch goer sünt, segt de Mann mit den Baer: „Nu mütt ik mynen Gesellen da oek mit tonödigen," unn nimt den Baren den Muelkorf af. De Baer wull nu mit den Watermann spysen, de Watermann awer wull dat nich hebben; de Baer wart sik mit em byten unn kratzen unn wart em œwer, dat de Watermann toletz werrer tom Finster heruet mütt, unn blött. De Mœl brenn de Nacht nich af; de Möllergesell fry de Möllerdochter unn kreeg de Mœl.

As nu de sœven Joer werrer um sünt, geit de Möllerknecht mael an synen Waterdyk spatzeren. Da stikt de Waterkäerl den Kopp uten Water unn segt: „Heft du de grote Katt noch, de fœr sœwen Joer by dy weer?" Do sä' de Möller: „Ja, de liggt ünnern Awen unn hett sœwen Junge." Do sä' de Watermann: „So will ik in mynen ganzen Läwen nich werrerkamen."

Aus Kurborg bei Schleswig durch Cand. Arndt. vgl. oben No. 311. In einer andern gleichlautenden Erzählung aus der Gegend des Plöner Sees wird der Wassermann ein Wasserriese genannt. In allen bedeutsamen Zügen stimmt ein deutsches Märe aus dem 13. sec. bei Mone teutsche Heldensage S. 281. (nur daß hier ein Schretel, ein Waldmensch, mit einem zahmen Wasserbären kämpft; diesen sendet ein König von Norwegen einem Könige von Dänemark zum Geschenke) und das norweg. Märchen bei Moe und Asbiörnsen No. 26.

CCCXLVII.

Der Dränger.

Zu Wollerwiek an der Eider lebte auf einem Hofe ein Lehnsmann, der ein gottloses Leben führte und von dem es hieß, daß er sich dem Teufel verschrieben habe. Als er nach seinem Tode umgieng, bannte man ihn über den Eiderdeich hinaus. Unaufhörlich strebt er nun in jeder Nacht seinem Hofe zu, kann aber trotz aller Arbeit nur alle sieben Jahr einen Hahnentritt weiter thun. Jetzt ist er bis an das eine Wagengeleis des Weges gekommen, der vor dem Deiche hinläuft; wenn er erst das andre erreicht, wird der Deich bald einstürzen, und die See kommt ins Land. Darum heißt er der Dränger.

Es ist nicht gut ihm in den Weg zu kommen. Man sieht ihn nicht, aber man kann nicht vorwärts und es drängt einen mit übermenschlicher Gewalt von dem Geleise zurück. Viele Leute haben stundenlang schweißtriefend mit ihm gerungen; aber nur wer das Geleise meidet und sich näher an den Deich hält, der begegnet ihm nicht.

Mündlich. — Man erzählt dies letzte wohl richtiger sonst in Eiderstede von einem feurigen Gespenst, dem Waterpedder. Volksbuch 1844, 82.

CCCXLVIII.

Der Teufel in Flehde.

Vor wenigen Jahren stand im Dorfe Flehde in Norderditmarschen ein Haus, (jetzt steht ein neues an der Stelle), worin der Teufel sein Wesen trieb, und zwar so arg, daß die Einwohner ausziehen musten. Da beriefen sie den Prediger von Lunden und den von Hemme um den Teufel zu bannen. Der von Lunden aber fürchtete sich und kam nicht. Da trieb der von Hemme allein ihn durch Absingen geistlicher Lieder und durch Bibellesen aus dem Hause, immer vor sich her bis in den Mötjensee, der in der Nähe des Dorfes sich befindet. Jedes Jahr kommt aber der Teufel seiner alten Wohnung einen Hahnentritt näher, bis er endlich wieder davon Besitz nehmen und es dann ärger treiben wird als vorher.

Mündlich.

CCCXLIX.

Juchen Knoop.

Auf Blangenmoor bei Eddelack in Süderditmarschen* wohnte vor reichlich hundert Jahren ein reicher Bauer und Landmesser, Namens

* Man nennt eben so häufig den Helserdeich bei Marne und Oestermoor, Ksp. Brunsbüttel, als Buhmanns Wohnort.

Buhmann. Er war aber ein gottloser Mann, hatte einen Meineid geschworen, einen Krug Landes absichtlich falsch gemessen, als Armenvorsteher und Kirchenbaumeister Geld unterschlagen und den Armen und Waisen es entzogen und andre ruchlose Thaten mehr verübt. Dafür hatte er nach seinem Tode keine Ruhe und muste umgehen. Er tobte und lärmte in jeder Nacht auf seinem Hofe, rasselte mit Meßketten, grub unter den Leden des Hauses, fütterte aber auch die Pferde im Stalle an dem einen Ende, wenn der Knecht am andern war; niemand konnte es zuletzt mehr aushalten, die Nachbarn selbst hatten keine Ruhe. Da rief man den Pastor Hellmann aus Marne zu Hilfe, um den Geist zu bannen, der ein kluger Mann war, und oft schon das Feuer besprochen hatte. Nach andern soll es aber der Pastor Zahrdorf gewesen sein. Der Prediger nahm die Bannung vor; der böse Geist war auch bereit zu weichen, nur bat er, ihn doch aufs trockne Land zu verweisen und nicht auf die Watten ins Haff *. Denn wer dahin verwiesen wird, kann niemals wieder zurück kommen. Der Prediger gewährte ihm seine Bitte und verwies ihn auf den gemeinen Viert, die große Heide auf der Geest, wo viele andre Geister auch sonst sich aufhalten. Diesen Viert sollte er ausmessen, erhielt aber dabei die Erlaubnis alle sieben Jahre einen Hahnentritt seinem Hause wieder näher kommen zu dürfen. Eben langte der Geist an dem Orte seiner Verbannung an, als ein Bauer vom Helserdeich bei Marne mit einem Fuder Torf von der Geest herunterkam. Da hockte Buhmann gleich hinten auf und obgleich der Bauer merkte, daß seine Pferde immer schwerer zu ziehen hatten, kam er doch nach dem Helserdeich. Nun begann er auf dem Hofe des Bauern von neuem und noch viel ärger sein Poltern und Rumoren. Der Pastor ward wieder gerufen, aber der Geist floh auf einer Henne nach dem Fahrsteder Deich; das konnte er weil der Pastor ihn draußen auf dem Felde zur Rede stellte. Nun aber ertappte er ihn abermals und zwar in einer Wohnstube und fragte ihn gleich, wie er sich habe unterstehen können zurückzukommen und den Spektakel wieder anzufangen? Buhmann antwortete, er sei zu Wagen herunter gekommen, und das Fahren sei ihm nicht verboten gewesen. Da erzürnte der Prediger und gelobte ihn ins Haff zu bannen, wo niemand ihn wieder erlösen würde. Der Geist versuchte nun sich zu verteidigen und sagte, daß der Prediger vielleicht ein eben so großer Sünder sei, wie er selber; einmal habe er drei Roggenähren abgerissen. Der Prediger antwortete, das sei unversehens mit den Schuhschnallen geschehen, als er einmal durch ein Feld gegangen; er habe sie gleich wieder angeknüpft. Dann beschuldigte ihn der Geist, daß er auch einmal einem Bäcker einen Stuten genommen, ohne zu bezahlen. Aber der Pastor erklärte, daß er ihm den Schilling gleich darnach ja hingebracht hätte. „Nun,"

* Die großen Schlamm- und Sandbänke, die sich meilenweit in die See erstrecken.

sagte der Geist, „so hast du doch einmal ein Mädchen geküßt, wozu du kein Recht hattest.“ Der Pastor aber antwortete: „Das geschah aus wirklicher Liebe.“ Nun konnte sich der Geist auf keinerlei Weise loswickeln und bat nur, ihm zu erlauben, vorher die beiden Lichter auszulöschen, die er durchs Schlüsselloch brennen sähe. Da bemerkte der Prediger, daß die Dienstmagd an der Thür lausche, und befahl ihr fort zu gehen, den Geist aber bannte er ins Haff, und legte ihm auf, den Sand auf den Watten zu zählen. Könnte er einmal damit bis zu Mitternacht fertig werden und die Süderthür der Marner Kirche noch vor dem Glockenschlage erreichen, dann solle er frei sein. Mehrere Male soll Buhmann wirklich bis auf wenige Schritte sein Ziel erreicht haben; dann aber schlägt die Uhr zwölf und er muß wieder zurück und von vorne anfangen.

Man erzählt aber auch, daß er im Pastorate selbst rumort habe und dann vom Prediger ins Haff gebannt sei. Jedes Jahr oder alle sieben Jahr könne er einen Hahnentritt thun, und sei nun schon bis an des Bäckers Johann Hinrich Detlefs Haus gekommen, das westlich unten an der Wurt steht, worauf die Kirche liegt. Kommt er erst auf die Wurt und erreicht dann das Pastorat, das im Osten liegt, so geht das Rumoren wieder an und niemand wird ihn vertreiben können. Er soll sich oft auf dem Kreuzwege im Kronprinzenkoege blicken lassen.

Da draußen im Haff gehen noch viele andre Geister umher, kopflos und mit Ketten rasselnd; die armen Fischer, die auf den Butt- und Krabbenfang ausgehen, sehen sie oft da umher schweben. Den Buhmann, den die Fischer Juchen Knoop nennen, sehen sie meist an lebensgefährlichen Tiefen stehen; beständig zieht er sein Netz auf und füllt unaufhörlich die Fische in seine Kiepe, die er auf dem Rücken trägt. Nähert sich ihm einer, so weicht er immer weiter und weiter hinaus, an noch gefährlichere Stellen. Wer so unvorsichtig ist ihm zu folgen, der verliert bald die Spur, verläuft sich im Schlick und Sande und bald kommt die Fluth und er muß ertrinken. Alte erfahrene Fischer kehren sich gar nicht daran wenn sie den Juchen Knoop fischen sehen, oder wenn er ihnen winkt und gute Fangstellen anzugeben scheint; sie fischen auch in keinem Priel wo er gefischt hat; denn da fängt niemand etwas.

Doch schadet er nicht immer und ist nicht immer der böse Geist. Einen Fischer, der an der fallenden Sucht litt und den seine Krankheit einmal beim Fischen befiel, schleppte er ans Land und rettete ihn vor der Fluth. Ein ander Mal bei einer Sturmfluth konnte ein Außenbeichshirte das Vieh nicht so schnell, als das Wasser kam, auf den Koegsdeich zusammentreiben. Da rief er in seiner Noth: „Juchen Knoop, Juchen Knoop, hael uns dat Gut to hoep!“ Augenblicklich erschien der Gerufene und im Nu war alles Vieh geborgen, das zu tausenden auf dem Außendeich grast. Den Hirten hat er oft so beigestanden.

Mündlich aus Marne.

CCCL.

Schwertmann.

Vor hundert oder zweihundert Jahren wohnte auf einem Hofe, den man noch zeigt, in Rethwisch, in der Krempermarsch, einer, Namens Schwertmann. Er ist noch in aller Gedächtnis wegen seines tollen Lebens und wo es übel hergeht, da, heißt es, „regeert Swertmann.“ Er hat bei seinen Lebzeiten ein junges Mädchen, das von ihm schwanger war und die er nicht heiraten wollte, in einen Backofen geworfen und verbrannt; aber niemand konnte ihm das beweisen und er starb darüber hin, ehe ihn die Strafe getroffen hätte. Kaum aber hatte man den Sarg mit der Leiche auf den Neuenbrooker Kirchhof in die Grube gesenkt, als man den Schwertmann oben darauf stehen und dann heraufkommen sah, um mit großem Eifer die Grube selbst zu zuwerfen. Darauf ließ er sich hinten auf dem Leichenwagen stehend wieder nach Hause fahren. Andre, deren Großeltern es von Augenzeugen erfahren haben, erzählen aber, er habe sich vorn auf die Deichsel des Wagens gestellt und sie immer auf und nieder geschwenkt (öp unn dael dümpelt). Die Gäste sahen ihn nachher vor seinem Hause hin und her gehen, als wenn er gar nicht im Grabe gelegen; näherte man sich ihm, so verschwand die Erscheinung mit einem Knistern und Knattern wie ein Holzfeuer. Als sie beim Leichenschmause saßen, war Schwertmann bald unter ihnen, bald war er auf dem Heuboden und sah mit einer widerlichen Fratze durch die Luke. Er trieb ziemlich lange sein Unwesen im Dorfe. So kam einmal eine Bruthenne gackernd und ganz wild aus einem Stall heraus geflogen; die Bauerfrau gieng hinein um nachzusehen: da saß Schwertmann im Eierkorbe und glotzte sie an. Man rief endlich den Pastoren, den Küster und den Schullehrer zu Hilfe; aber der Pastor und der Küster wusten sich nicht gegen des Geists Vorwürfe zu verteidigen. Der eine hatte einmal Äpfel gestohlen, der andere Stachelbeeren, und beide hatten den Diebstahl nicht vergütet. Als er dem Schullehrer aber vorwarf, daß er einmal eine Kornähre in seiner Schuhschnalle vom Felde mit nach Hause genommen habe, antwortete dieser: „Ja, ich habe sie aber gleich wieder hingelegt, sobald ichs merkte.“ Da muste der Geist sich gefangen geben. Der Schullehrer trug ihn nun auf dem Rücken nach dem wilden Moor. Unterwegs aber zischelte der Geist ihm ins Ohr: „Banne mich nicht in einen engen tiefen Sumpf!“ Da hätte der Schulmeister vor Schreck fast seine Last fallen lassen, doch kam er glücklich aufs Moor. Andre freilich sagen, daß Schwertmann auf einer sumpfigen Wiese zwischen Neuenbrook und Rethwisch geblieben sei. Viele Leute haben ihn nachher da lange wie einen großen hellbrennenden Schoof umhergehen sehen, und viele sind dadurch in Angst und Schrecken gesetzt. Doch war der Geist gar nicht bösartig. Wenn die Knaben früh Morgens in der Dämmerung die Pferde von den

Wiesen in der Nähe des Moors holten, so riefen sie oft: „Du, Swertmann, kumm unn bœr my mael op!" Dann wurden sie beim Fuß gefaßt und leicht und rasch aufs Pferd gehoben, gewöhnlich aber auf die andre Seite hinüber weggeworfen, und jedesmal segelte das Pferd dann im Galopp davon. Ein paar Waghälse haben einmal den Schwertmann selbst aufs Pferd gehoben, obgleich er anfangs sich sträubte und sie warnte. Kaum aber wars geschehen, so pfiff eine Kugel zwischen ihnen und dem Pferde vorbei und schlug tief in den nächsten Baum, wo sie lange zu sehen gewesen ist. Das arme Pferd fand man am andern Morgen mit tiefen Brandwunden auf dem Rücken zu Tode gehetzt auf dem Moore liegen. — Einst fischten mehrere Knaben in der Nähe; sie fiengen nichts und es ward dunkel. Da rief ein übermüthiger: „Swertmann, kumm unn lüch my ins!" Sogleich war eine helle Flamme bei ihnen, die andern Knaben flohen, aber der muthige blieb und sah nun eine Menge großer schöner Aale und Schleie im Graben. Er that einen guten Fang und bedankte sich bei Schwertmann. Als er aber nach Hause kam, fand er in seinem Netz nichts als Poggen, Puespögg und Meerputjen. — Wenn die Leute ihr Schuhzeug auf dem Moore stehen ließen, so zog Schwertmann es an, um seinen brennenden wunden Füßen Linderung zu geben. Aber gleich war es durchgebrannt und ganz zerfetzt fand man es am andern Morgen wieder. Es muste ihm aber doch sehr angenehm sein; denn oft hörten die Bursche, denen er aufs Pferd half, wie er ihnen ins Ohr raunte: „Bring' my een Paer Scho!" Niemand unterließ dann die Bitte zu erfüllen; es war aber ganz einerlei wie alt und steif oder wie groß und wie klein die Schuhe waren; sie waren Schwertmann immer recht. — Einst war ein junges Ehepaar, das eben verheiratet war, fleißig beim Torfstechen. Wie sie einmal auffahen, stand Schwertmann mit wehmüthiger Gebärde vor ihnen. „Was willst du?" fragte der junge Mann, „geh weg oder ich steche dir mit dem Spaten die Füße ab." „Ach," jammerte Schwertmann, „sie brennen mir so; habt ihr nicht ein paar Schuhe für mich?" „Die sollst du haben," antwortete der Bauer; „aber geh fort, morgen will ich sie dir bei dem großen Stein hinsetzen." Die Schuhe wurden hingesetzt und waren gleich verschwunden. — Einmal gieng ein Bauer in einer dunkeln Nacht übers Moor. Bald gieng jemand dicht hinter ihm her und trat ihm immer auf die Fersen, daß sie ihm schmerzten. Wie er sich umsah, stand Schwertmann vor ihm, in der einen Hand ein langes Messer, in der andern ein Licht, und beide sahen einander an. — Ein frommer Bäckergesell soll den Schwertmann endlich vom Moore fortgeschafft haben. Er gieng mit seiner Stutenkiepe dahin, rief Schwertmann und bot ihm Brot an. Der Geist wollte sich nun selbst aussuchen und bückte sich über den Rand — da schlug der Bäckergesell den Deckel zu und versenkte die Kiepe mit dem Gespenst ins Moor. Seitdem ists ruhig.

Herr Ketelsen auf Breitenburg, Herr Conr. Lucht in Glückstadt rc.

CCCLI.

Der Teufel in Klein-Wesenberg.

Sieben Koppeln der Kleinwesenberger Feldmark haben noch jetzt den Namen Teufelsgrube. Hier hat in alten Zeiten der Teufel gehaust. Zuletzt ist er weggezogen nach Barnitz und bei einer Altentheilerin eingekehrt, bei der oft junge Leute zusammenkamen und Karten spielten. Er spielte mit, gewann bedeutend, als aber einer eine Karte fallen ließ und sie aufnehmen wollte, entdeckten sie, wer er sei, und als sie davon liefen, gieng er mit dem Gelde zum Fenster hinaus. Jeden Abend aber stellte er sich wieder ein. Da ließ die Frau ihn endlich nach der Lübekischen Scheide hinbringen. Er versuchte es nun wieder hinzugehn, konnte aber nicht über die Scheide kommen, als er einen Fuhrmann erblickte und den bat ihn für einen Thaler noch heut Abend mit nach Barnitz zu nehmen. Der Fuhrmann war bereit. Als aber der Teufel aufstieg, ward der Wagen so schwer, daß die Pferde ihn kaum von der Stelle ziehen konnten. Der Fuhrmann schalt, er solle absteigen, aber es half nichts bis in Barnitz, da sprang der Teufel vom Wagen ohne zu bezahlen. Der Fuhrmann lief ihm nach und forderte sein Geld; der Teufel aber hatte nichts. Er sagte zu der Altentheilerin, sie sollte es nur für ihn auslegen, und sie that es in der Angst. Nun aber muste sie ihn wieder bannen lassen und diesmal ließ sie ihn nach dem Kleinwesenberger Holze hinbringen, wo er noch jetzt sich aufhält.

Schriftlich. vgl. No. 204.

CCCLII.

Der Teufel und die Alte im Hollenhoop.

An der rechten Seite des Weges von Damsdorf nach Stocksee der Landstraße von Plön nach Segeberg liegt ein königliches Gehege, der Hollenhoop. Links vom Wege zieht sich ein ziemlich langer, mit Gebüsch bewachsener Hügel hin, der Teufelsberg, und etwa dreißig Ruthen davon auf der Scheide der Damsdorfer und Stockseer Feldmark liegt ein kleiner See, der Teufelssee, der aber grundlos ist und worin keine Fische aushalten. Der Teufel riß nemlich einst all die Erde heraus, wo jetzt der See ist, lud sie auf seine Achsel und wollte damit, Gott weiß wohin. Als er nun neben den Hollenhoop kam, begegnete ihm eine alte Frau, die aber mehr als Brot essen konnte; sie sagte ihm guten Morgen und bat ihn seine Last eine Weile niederzusetzen, weil sie ein Wörtlein mit ihm zu reden hätte. Der Teufel that ihr den Gefallen; da er aber nachher wieder aufladen wollte, war es ihm auf keine Weise möglich; fast hätte er seinen Fuß dabei abgebrochen. Den Erdklumpen muste er also da liegen lassen und das ist jetzt der Teufelsberg. Während der Zeit aber, daß der Teufel sich noch da abarbeitete, stand die Alte zwischen den Bäumen im Hollenhoop und lachte. Der Teufel gieng voll Ärger fort und stürzte sich in den See, weil er hoffte, Neugier werde die Alte dahin locken und dann dachte er sich zu rächen. Sie kam auch und glotzte in den See: da fuhr der Teufel rasch in die Höhe, streckte beide Arme lang aus und ergriff sie bei der Schürze, um sie ins Wasser zu ziehen. Aber die Alte machte schnell das Schurzband los und floh; der Teufel mit der Schürze in der Hand hatte nur das Nachsehen. Doch tröstete er sich und um sich ein Plaisir zu machen, machte er sich aus der Schürze ein großes Fischernetz und fischte in seinem See so fleißig wie einer; brachte aber nach langer Arbeit endlich nichts weiter heraus als einen einzigen einäugigen Hecht von ekelhaftem Aussehen, den er sogar nicht einmal verspeisen mochte, so hungrig er auch war. Für dies Mal muste er seine Arbeit aufgeben und um später es noch einmal zu versuchen, breitete er sein Netz zum Trocknen am Ufer des Sees aus. Am andern Morgen aber suchte er es lange vergebens, bis er es auf den höchsten Gipfeln des Hollenhoops ausgebreitet sah, von wo er es nicht herunter holen konnte, weil sein Pferdefuß ihn am Klettern hinderte. Der Alten, die ihm abermals diesen Streich gespielt hatte, Rache schwörend, verließ er nun diese Gegend und man hat ihn nachher nicht wieder gesehen. Auch von der Alten weiß man nichts mehr zu erzählen.

Herr Schull. Leptien. — Vielleicht gibt es noch eine weniger zerrüttete Relation dieses merkwürdigen Stücks? S. Einleitung.

CCLIII.

Der Teufel in der Elbe.

Ein Kapitain gieng traurig an einem Hafen auf und nieder, weil er gar nicht wuste, wie er ein Schiff bekommen sollte. Da trat ein feiner Herr zu ihm, der aber niemand anders als der Teufel selber war, und versprach ihm ein Schiff: er solle es sogar für immer behalten, wenn er ihm, dem Teufel, bei seiner Rückkehr in die Elbe etwas zu thun geben könne, das ihm auszurichten unmöglich wäre. Der Kapitain nahm in seiner Noth das Anerbieten an und er erhielt ein Schiff; es war ganz leer, aber neu und gut; er bemannte es, fand Ladung und machte die vortheilhafteste und schnellste Reise. Als er aber wieder vor die Elbe kam, gedachte er seines Versprechens und voller Sorgen gieng er auf dem Verdeck hin und her. Sein Sohn, der Steuermann war, bemerkte seine Verstimmung und drang mit Fragen in ihn. Da bekannte der Kapitain endlich, wie es zwischen ihm und dem Teufel stünde. Aber der Sohn sagte: „Wenns weiter nichts ist, so geh nur ruhig in den Raum und laß mich nur machen.“ Der Vater gieng hinunter; der Junge saß am Steuer, die Fluth kam mit Macht herein, ein scharfer Wind war mit: da ließ er alle

Segel aufsetzen und wie ein Blitz flog das Schiff in die Elbe. Kuxhaven gegenüber kam der Teufel mit einem Male an Bord und forderte man möchte ihm nun seine Aufgabe stellen oder er würde mit dem ganzen Schiff davon gehen. Da befahl der Junge den Matrosen das große Anker herunter zu lassen, und wie nun das große dicke Tau von der Welle flog, muste der Teufel zugreifen und sollte das Schiff im Laufe aufhalten. Da war aber die Fahrt so groß und der Teufel hielt das Tau so fest, daß er durch das Loch, darin das Tau gieng, hindurch gezogen ward und weit hinaus ins Wasser flog. — Seit der Zeit hat er für immer darin bleiben müssen. Bei stürmischem Wetter, wenn Leute von einem Ufer zum andern wollen und niemand sie übersetzen will, dürfen sie nur rufen; dann muß der Teufel kommen und sie über den meilenbreiten Strom hinübertragen; er darf kein Fährgeld nehmen. Man sagt, daß er viel zu thun und immer hin und her zu waten hat. Der Amtmann von Zewen im Hannöverschen hat vor zweihundert Jahren einen Kontract mit ihm gemacht.

Mündlich aus Marne in Ditmarschen.

CCCLIV.

De Uald.

Auf Silt bei den Friesen hört man den Teufel oft den Alten, de Uald, nennen. Auch nennt man ihn de uald Knecht, oder de Hinger, den Henker. Er heißt aber auch Pitje fan Skottlönd, Peter von Schottland, weil er vornehmlich auf den schottischen Gebirgen haust und Kälte und die Nordweststürme schickt, dadurch bewirkt er die Sand- und Wasserfluthen, Schiff- und Uferbrüche, Fieber, Miswachs, kurz all das Unglück, das unsre Westküste treffen kann. Er hat früher den christlichen Bekehrern dieser Gegend viel zuwider gethan.

Durch Herrn Hansen auf Silt.

CCCLV.

Hans Heesch.

Am Fuß des hohen Heeschenberges bei Schierensee ist eine noch wohl erhaltene, aus Granitblöcken erbaute Grotte. Daneben ist eine jetzt sumpfige Vertiefung. Hier saß nemlich früher ein Felsblock, den am Ende des vorigen Jahrhunderts der Herr von Saldern heraus-nehmen und zerhauen ließ und zur Grundmauer des Herrenhauses verwandte. Der Block war so groß, daß er völlig ausreichte; er soll 70 Fuß im Geviert gemessen haben; wohl zehn Fuß ragte er aus der Erde hervor. Er hat in alten Zeiten einem Riesen, Namens

Hans Heesch, zum Sitze gedient, der in der Höle wohnte und der dem waldigen Berge den Namen gegeben hat.

Meyer Darstellungen aus Norddeutschl. S. 266.

CCCLVI.

Die Riesen in Krumesse.

Über der Kirchthür in Krumesse ist ein hoher Bogen in der Mauer noch zwölf Fuß über der Thür. Sie reichte einst dahinauf, als noch Riesen da aus- und eingiengen. Noch heutzutage findet man die großen Knöpfe, die sie an ihren Röcken hatten; da ist oben ein Kreuz darauf.* Jetzt sind die Riesen vertrieben und alle nach Nordamerika gereist; da soll es noch welche geben.

Durch Cand: Arndt.

CCCLVII.

Riese steigt aus der Erde.

Bei Altmühl in der Nähe von Schleswig war ein Berg der Klinkeberg, der jetzt abgetragen ist. Hier hütete ein Mann die Schafe. Plötzlich sah er einen Mann vor sich aus der Erde steigen, der immer größer und größer ward, bis er am Ende als ein Riese auf der Erde stand. Bald aber ward er wieder kleiner und kleiner und sank langsam in die Erde hinein.

Herr Koch in Schleswig.

CCCLVIII.

Der Riese holt einen Baum.

„Komm mit zu Holz," sagte ein Riese zu einem Knecht, „wir wollen einen Baum holen." Der Knecht folgte, wunderte sich aber doch, da er sah, daß der Riese ohne Axt war. Wie, dachte er, will der wohl einen Baum fällen? Als sie ins Holz kamen, gieng der Riese zu dem größten Baum, der da war, faßte ihn oben an, wackelte ihn erst ein Bischen los und riß ihn dann mit der Wurzel heraus. „An welchem Ende willst du tragen?" fragte er den Knecht. Der Knecht dachte, die Spitze trägt sich am leichtesten; er sagte also hinten. Nun nahm der Riese den Baum bei der Wurzel auf die Schulter; dann fragte er den Knecht: „Hast du schon angefaßt?" „Ja," antwortete der, und der Riese gieng mit dem Baum fort, obgleich der Knecht noch kein Blatt angerührt hatte. Und als der Knecht nun sah, wie leicht es dem Riesen ward, so setzte er sich sogar noch dazu hinten auf; der Riese aber trug ihn mit fort, ohne etwas zu merken.

Herr Koch aus Schleswig.

* Krötensteine, Echiniten.

CCLIX.

Die Silter Riesen.

In alten Zeiten sind hier auf Silt heidnische Völker gewesen und haben einen seltsamen Glauben gehabt; sie sind ihre eignen Herren gewesen dieses Landes. Unter ihnen waren viele große Riesen fünf oder sechs Ellen lang; die nannte man Kämpen, denn sie waren so geschickt mit Bogen und Pfeilen zu schießen auf Fingers Breite, dazu mit Stangen, daß alles was sie nur über halb sehen konnten, es wären Menschen oder Thiere, — das war alsobald tot. Und hatten drei Festungen und Burgen im Lande, Arentsburg, Tinseborg und Rathsborg, dazu oben bei Heidum einen Wachtthurm wohl und fest verwahrt, daß sie allda des Tages sehen konnten, wannen und wo die Feinde wären. So stritten sie für das Land und sicherten und befriedeten es; aber die Leute darinnen musten ihnen Schatz und Zins geben. Diese Riesen thaten große Gewalt und Uebel bei dem Volk. Denn so ein Bauer hingieng seine Schuld auf zu mahnen, so haben sie ihn nachher heimlicher Weise mit Pfeilen oder Stockschlägen getötet und das Geld ihm dann genommen. Das musten die armen Leute leiden und nicht klagen, denn sie hatten keine andre Herren als diese Riesen; und man höret sagen, daß wo ein Mann oder Frau unter ihnen gestorben, so musten sie nicht unter den Gemeinen begraben werden, sondern man muste ihre Leichname mit Feuer verbrennen und die übrigen Knochen an einem besondern Ort begraben.

Zuletzt hat der König von Dännemark einen dieser Riesen zu sich gefordert, der ein kunstreicher Arzt gewesen ist. Denn des Königs Tochter war mit einer innerlichen Krankheit beschwert, und hatte gelobt, so er ihr helfen könne, wollte ihm der König eine große Summe Geldes verehren. Der Doctor ist dahin gereist und hat des Königs Tochter gesund gemacht; da hat der König ihm großes Geld verehrt und mit Essen und Trinken ganz überflüssig tractieret. Damit wollte der Doctor wieder nach seinem Lande. Aber der König bat ihn: er hätte einen Edelmann, der auch innerlich krank wäre; könnte er den besser machen, so wollte er ihm noch mehr Geld geben. Darinnen willigte er.. Aber in der Trunkenheit hat der König ihn ausgefraget wegen des Landes Silt und der Doctor hat ihm alle Gelegenheit davon ausgesagt. Dieser ist, darauf zu dem Edelmann gereist. Aber der König ward darüber verursachet, daß er seine besten Kriegsleute mit Rüstung, Gewehr und Harnischen bekleidet nach dem Lande Silt sandte dasselbe einzunehmen. Die Kriegsleute haben sich in zwei Haufen getheilt, der eine Theil vom Westen zu Schiffe, der andere zu Lande von Osten zu Fuß, auf daß sie ja an einem gewissen Tage mochten zusammen kommen. Als nun die Fußgänger sich haben merken lassen, sind ihnen die Riesen entgegen gekommen also, daß die Fußgänger sich bald in die Flucht gegeben haben. Aber die andern, so zu Schiffe angekommen waren, haben nicht gesäumt und sind von hinten über sie gekommen. Da konnten sie sich nicht länger wehren, sondern haben sich alsobald fangen und binden lassen, und sie wurden eilig in den Wachtthurm zu Heidum festgesetzt und verwahret mit zweihundert von des Königs besten Kriegsleuten, bis man bei dem Könige gefragt, was man dabei thun sollte. Darauf der König also urtheilte, man sollte ihnen nach ihrem Verdienst und Rechte durch den Büttel mit dem Schwerte die Köpfe abhauen lassen, und sie auf dem wüsten Felde begraben wegen ihres morderischen Handels. Und damit des Königs Befehl ernstlich mochte vollenbracht werden, so ist des Königs Anwalt mit dem Scharfrichter gekommen, und diese Riesen, so an Zahl hundert und zwanzig gewesen, wurden ganz trunken geschenket mit gutem Weine, also daß sie gesungen haben, dieweil etliche gerichtet wurden. Aber die beiden letzten haben nicht singen wollen, weil ihre Stunde so nahe war. Sie wurden auf der Heide im Felde begraben nach des Königs Befehl, und darauf ward das ganze Landvolk unter des Königs Gewalt gethan bei Eidespflicht und bezwungen, bei Leibes- und Lebensstrafe ihrer eignen Gerechtigkeit abzustehen.

Hans Kielholt in Falks Heimreich II. 343.

CCCLX.

Der Teufel mit dem Hammer.

Damals als das Plöner Schloß gebaut ward, stand der Teufel oft bei Sonnenaufgang auf dem Segeberger Kalkberge und sah mit Verdruß das schöne Gebäude sich erheben. Als ihm aber endlich die Fenster des Schlosses entgegen funkelten, ergrimmte er so, daß er seinen großen silbernen Hammer ergriff und hinüber schleuderte. Er hätte auch wahrscheinlich das Schloß zerschmettert, wenn nicht unterwegs glücklicher Weise der Hammer vom Stiel geflogen wäre. Nun fuhr er nieder auf eine Koppel der Dorfschaft Pehmen am Plöner See, Gemeinde Bosau, und drang so tief in die Erde, daß er eine Kuhle bildete, die meist mit Wasser angefüllt ist, und noch heute die Hammerkuhl heißt. Ein alter Eichstamm stand früher daneben und das war der Stiel des Hammers gewesen. — Man sagt auch, daß dies zu Herzogs Hans Adolfs Zeiten geschehen und der Teufel so böse geworden sei, weil der Herzog seinen mit ihm geschlossenen Contract nicht hatte erfüllen wollen. — Das Loch läßt sich bis auf den heutigen Tag durch nichts völlig ausfüllen; so tief ist es.

Mündlich und nach vier schriftlichen Mittheilungen aus Plön. — Herr Kirchmann in Eutin erzählt, der Teufel habe Nachts den Hammer geholt und sei nun durch die Luft auf Plön zu gefahren, als der Hahn kräht und er zurück kehren muß, vorher aber habe er noch ärgerlich den Hammer niederschleudert.

CCCLXI.

Riesensteine in Holstein.

1.

Bei Jevenstede lag vor Zeiten ein so großer Stein, daß ein Fuhrmann mit vier Pferden vor dem Wagen bequem darauf hätte umwenden können. Als nun in Nortorf die Kirche erbaut ward, nahm ein Riese den Stein auf und legte ihn in seine Schleuder; aber der eine Strick riß und der Stein blieb in den hohen Heinkenborstler Bäumen hangen. Da hat er lange im Holze gelegen. Ein Bauer hat sich jetzt Tränktroge von achtzehn Fuß Länge daraus machen lassen, der größte Theil aber ward bei dem letzten Bau der Nortorfer Kirche verwandt, so daß der Stein, der der alten Kirche an den Kopf schlagen sollte, der neuen unter die Füße gethan ward. Man sagt auch, daß die schwarze Greet diesen Stein von Hohenwestede aus nach Nortorf habe schleudern wollen.

Durch die Herrn Schull. Rathjen in Fiefharrie und Rohweder in Thienbüttel.

2.

Als die Alversdorfer Kirche gebaut ward, erzürnte ein im Norden wohnender Riese so sehr darüber, daß er einen Stein bei Ehlingstede aufnahm und gegen das Dorf warf; aber seine Augen wurden verschielt und der Stein fiel ohne Thurm und Kirche zu treffen auf dem Brutkamp nieder. Bei Alversdorf müssen überhaupt viele Riesen gewesen sein; man zeigte da vor wenigen Jahren noch vier oder fünf Resenbetten, wo die Riesen begraben liegen; ein Gehölz in der Nähe heißt Resenreem und ein Hügel Resenbarg.

Im Kirchspiel Hademarschen lag, als noch die Riesen hier im Lande wohnten, ein großer Stein. Einer der stärksten nahm ihn auf und wollte ihn über die Grenze werfen; da zersprang der Stein im Werfen in zwei Stücke, das eine fiel im Kirchspiel Schenefeld nieder, das andere in der Marsch. Beide Stücke passen aber genau an einander.

Mündlich. S. oben No. 130.

CCCLXII.

Riesensteine in Schleswig.

1.

Auf Barsö, der kleinen Insel vor dem Apenrader Meerbusen, wohnte ein Riese Bars, der baute sich eine Burg, die nannte er Warborg; man sieht noch ihre Spuren. Er bekam einmal Streit mit einem andern Riesen, der an dieser Seite auf der Halbinsel

Loit wohnte. Da warf er ihn mit Steinen zu Tode und bedeckte ihn über und über damit. Bei dem Gute Höckeberg sieht man auf dem schmalen Landstriche, der da einen See in zwei Hälften theilt, die großen Steine liegen; sie sind schon ganz mit Dornbüschen bewachsen; aber der Riese liegt darunter begraben. Bars unterwarf sich dadurch die ganze Seeseite der Halbinsel und sie erhielt von ihm den Namen Barsmark. — Einst wollte er durch den Sund ans Land gehn; weil es aber gerade Sturm war und die See hoch gieng, wagte er es nicht, da standen die Bauern am Ufer und verhöhnten ihn. Aber darüber gerieth er in Wuth, ergriff einen großen Stein und schleuderte ihn nach ihnen hinüber. Der Stein liegt noch da und wo er seine fünf Finger angesetzt hat, sind fünf große Hölungen.

Durch Cand. Arndt. — Schröder Topographie von Schleswig erzählt: Barsmark und Barsöe empfiengen ihren Namen von einem Unterkönige Baars, der die mit Holz und Gebüsch bedeckte Gegend zuerst anbaute und der in der mit tiefen und breiten Graben umgebenen Hofburg Elsholm residierte. Man zeigt noch die Hügel Baarshöi und Birrethöi, wo Baars mit seiner Gemahlin Birret begraben liegt. — Hiezu vgl. No. 38, 3.

2.

In alten Zeiten wohnte auf Alsen ein großer Riese und die Leute auf Sundewith waren seine Zinsleute. Einst aber weigerten sie sich den Zins zu bezahlen und als er nun sie züchtigen und durch den Sund von Alsen nach Sundewith waten wollte, da schossen sie mit Pfeilen und Steinen nach ihm, daß er nicht herüber konnte. Nun ergriff er einen großen Stein und warf den hinüber; und das ist der Barstein oder Deggerstein auf dem Düppelberg, der sechzig Ellen im Umfang hatte und noch zwölfmal so tief in der Erde stecken soll.

Man erzählt von diesem Stein auch so: Es war einmal vor vielen hundert Jahren auf Alsen eine Dame, die in allen Zauberkünsten hocherfahren war und die deshalb nicht nur die Reichste und Mächtigste, sondern selbst, obgleich sie schon über hundert Jahr alt war, die Schönste genannt ward. Sie hatte aber eine schwarze Seele und war ein boshaftes altes Weib. Als ihr Liebhaber sie einmal heimlich verließ, gerieth sie so in Wuth, daß sie den großen Stein ihm nachschleuderte. Aber sie verfehlte ihr Ziel, und der Stein fiel auf dem Düppelberge nieder. Nun schleuderte sie einen zweiten Stein ihm mit ihrem Strumpfbande nach; aber das Strumpfband riß und der Stein fiel bei Tombüll, Kirchsp. Feldsted, nieder. Auch der Stein, den man noch weiter westlich ins Land hinein bei Ulderup weist, soll von ihr herrühren. Den großen Hattlunder Stein auf dem Schiersberge in Angeln warf sie über den Flensburger Busen herüber, als sie in Quern die erste christliche Kirche erbauen sah und sich ärgerte, daß der Thurm den ihres Schlosses überragte.

Auch da riß zum Glück das Strumpfband; doch steht der Queerner Thurm noch immer ein Bischen schief. Hinter dem Dollerupholze in Angeln liegt auch ein großer Stein, der Fyensteen; den hat der Teufel von Fühnen herüber geworfen.

Herr Cand. Arndt. Herr Hansen auf Silt ꝛc. N. Staatsbürgerl. Magazin II. 66. Itzehoer Wochenblatt 1842. No. 35. Achter Bericht der Gesellschaft ꝛc. S. 6. vgl. No. 127. 191.

3.

In der Landschaft Bredstede wohnten in alten Zeiten zwei Riesen, ein friesischer zu Drelsdorp und ein dänischer zu Viöl. Jeder rühmte sich oft gegen den andern seiner Stärke und beide lebten in fortwährendem Streit. Zuletzt, um diesem ein Ende zu machen und die Sache zu entscheiden, verabredeten sie sich, daß jeder einen Wurf nach des andern Kirchthurm thun sollte. Der Drelsdorper Riese nahm einen großen Stein und schleuderte ihn mit aller Macht gegen den Viöler Kirchthurm, so daß er seit der Zeit bis auf diesen Tag stumpf geblieben ist. Darüber ergrimmte nun der Viöler Riese noch mehr und nahm einen noch weit größern Stein, um den Drelsdorper Kirchthurm zu zerschmettern. In der Hitze aber zielte er nicht recht, warf vorbei, und man zeigt noch heute den großen Felsblock im Moor eine gute Strecke hinter Drelsdorp. Aber viel hätte doch nicht gefehlt, so wäre der Drelsdorper Thurm verloren gewesen; denn der Stein ist so nahe daran vorbei geflogen, daß er bis auf den heutigen Tag ein Bischen schief steht. Es liegen noch zwischen Drelsdorp und Bredstede zwei Hünengräber, das eine ist ungewöhnlich lang; da soll ein Riese begraben sein, und das mag der Drelsdorper Riese sein.

Man sagt auch von dem Düppeler Stein, daß er gegen eine Kirche in der Nähe von Flensburg gerichtet gewesen sei. — Einen andern Stein, den eine Riesin auf die Kirche von Arrild im Törninglehn zuwarf, zeigt man bei diesem Dorfe. Bei Spandet zeigt man zwei Steine, einen, den ein Riese aus Arrild, den andern, den einer von Hvidding gegen die Kirche richtete. An dem Stein bei Medelbye, den ein Riese aus der Hand von Handewitt aus gegen die Kirche schleudern wollte, zeigt man noch die Spuren aller fünf Finger. Von dem Hamsdorfer Berge in der Hohner Harde wollte ein Riese einen Stein über die Eider werfen; er blieb aber diesseits liegen und ist der große Deckstein eines Riesenbettes.

Volksbuch 1845. 90. Herr Hansen auf Silt. — Dannevirke 1844. No. 57. Schriftlich. Vierter Bericht der Gesellsch. S. 35.

CCCLXIII.

Lubbes Stein.

Im Jahre 1131 belagerte König Magnus, Niels Sohn, Knud Lawards Mörder die Stadt Schleswig. Ihn nannten die Seinen nur den Starken. Als er aber nach Joldelund kam, das damals von Friesen bewohnt war, trat ein Bauer aus dem Dorfe Namens Louwe oder Lubbe zu ihm, um ihm eine Probe seiner Stärke zu zeigen. Der Bauer nahm nemlich einen großen Kampstein auf, einen solchen, der zur Feldscheide diente, und warf ihn mit großer Leichtigkeit zum Erstaunen des Königs über ein Haus. Noch heute zeigt man den Stein an dem Orte und nennt ihn Louwes Stein; es können ihn jetzt kaum zwölf Männer heben.

Outzen Alterth. Schleswigs. S. 58. S. Grimms Mythol. S. 492.

CCCLXIV.

Der unmäßige Teufel.

Der Teufel machte einst eine Reise durch das fette Land Schwansen; auf allen Höfen sprach er bei den Bauern ein, ließ sich tractieren und wo er einkehrte, schlug er sich den Magen voll von Speck und Mehlbeutel. Damit machte er sich wieder auf den Weg. Aber er hatte des Guten zu viel genossen, und als er an die Hüttener Berge bei Breckendorf kam, ward ihm so übel, daß er zuletzt alles wieder von sich geben muste. Seit der Zeit findet man in und auf den Hüttener Bergen die Steine in so großer Anzahl; das werden nemlich die Mehlklöße sein. Zugleich entstand auch der Ramsee, der mitten in den Bergen liegt, weder Zu- noch Abflüsse hat und ganz unergründlich tief ist. Es ist kein Fisch, überhaupt keine lebendige Creatur in ihm zu finden.

Durch Herrn Schull. Boysen in Bistensee.

CCCLXV.

Der Teufel trägt Ohrfeld.

Der adliche Hof Ohrfeld in Angeln stand früher in Kronsgaard. Der Teufel sollte ihn an einen andern bestimmten Ort tragen; in einer Nacht lud er ihn auf; da aber krähte der Hahn, als er eben jenseits der Geltinger Scheide war, und er muste ihn fallen lassen. Darum liegt Ohrfeld jetzt so nahe an Gelting.

Schriftlich und Jensen Angeln. S. 247.

CCCLXVI.

Die Teufelsspuren.

Auf Föhr in der Marsch zeigt man ein paar ganz kahle, von jeder Pflanze entblößte Stellen, eine halbe Ruthe im Durchmesser groß. Man hat sie ausgegraben und mit anderer Erde ausgefüllt; aber weder Kraut noch Gras gedieh darauf und kein Vogel läßt sich darauf nieder. Als nemlich der Teufel Helgoland aus Norwegen herholte, kam er über Föhr und hat dabei seine Fußspuren eingedrückt; die Stellen heißen darum auch die Düwelssporen.

Durch Herrn Arfsten auf Föhr. vgl. No. 169 und No. 186.

CCCLXVII.

Der Klinkenberg.

Zwischen den Dörfern Husberg und Rendswühren bei Neumünster liegt in einem Moore der Klinkenberg; den hat die schwarze Greet in ihrer Schürze dorthin getragen, um ihn als Schanze zu benutzen. An der Stelle, wo sie ihn wegnahm, steht seit der Zeit der Belauer See.

Dr. Klander. vgl. No. 361. I.

CCCLXVIII.

Der Segeberger Kalkberg.

Von dem Segeberger Kalkberg erzählen die Leute so viele Geschichten, daß ich nicht weiß, welche die richtige ist.

Der Herr Statthalter Heinrich Ranzau versichert, daß der Teufel den Berg aus dem kleinen See herausgetragen habe, der sich da in der Nähe befindet und der daher eben so tief ist als der Berg hoch. Segeberg soll darum auch eigentlich Seeberg heißen. Man pflegt heute noch davon zu sagen:

Daß dich der thu plagen,
Der Segeberg hat getragen.

oder: „Ruhe, du bist gut," sä' de Düwel, do harr he Sägebarg dragen."

Andre erzählen, daß der Teufel einst den Felsen von einem weit entfernten Gebirge hergeholt habe um damit die erste christliche Kirche in unserm Lande zu zerschmettern. Er trug ihn auf seinem Nacken bis Segeberg, muste ihn da aber fallen lassen und konnte ihn nicht wieder aufheben. — Man sagt auch, er habe den großen Plöner See damit ausdeichen wollen, um die Plöner in Schaden zu bringen, deren Gottesfurcht und Wohlstand ihn ärgerte. Er hatte den Felsen von Lüneburg geholt und flog damit durch die Luft, als ein altes Weib ihn erblickte und schnell ihm ihren bloßen Hintern zukehrte. Darüber aber erschrak er so, daß er seine Bürde bei Segeberg fallen ließ.

Die Gleschendorfer versichern, daß der Kalkberg früher bei ihrem Dorfe gestanden hätte, da wo jetzt der Kuhlsee liegt. Hier wohnte der Teufel. Als aber in Segeberg ein Kloster erbaut ward, so ward er darüber so erbittert, daß er den Berg herausriß und auf Segeberg zu warf. Doch verfehlte er sein Ziel, der See aber steht seit der Zeit da. — Der Teufel soll auch den Berg, als er noch bei Gleschendorf stand, einmal an die Lübeker verkauft haben. Als er ihn in der Nacht nun in die Nähe der Stadt tragen wollte, machte er einen so großen Umweg, daß als der Hahn krähte und er den Berg fallen lassen muste, dieser bei Segeberg liegen geblieben ist.

Heinrich Ranzau bei Westph. I. 25. Provinzialberichte 1811. 584. Mündliche und schriftliche Mittheilungen. vgl. No. 110.

CCCLXIX.

Der Alsinger Sund.

Auf Alsen wohnte ein Riese; der wollte eine Brücke bauen nach Arröe, wo seine Braut wohnte. Er fieng damit an und legte das große Riff bei Poel; aber als er an die Tiefe kam, ertrank er. Da weinte seine Braut, und von dem Strom ihrer Thränen entstand der Sund zwischen Alsen und Sundewith.

Durch Herrn Dr. Pastor Jensen in Gelting in Angeln.

CCCLXX.

Die Teufelsbrücke.

Von dem adelichen Gutsdorfe Groß-Zecher in Lauenburg erstreckt sich eine Landzunge wohl eine Viertelstunde lang in den Schaalsee hinein. An ihrem äußersten Ende liegt ein steiler Berg, bei dem finden sich gewaltige Felssteine, durch die er wie mit einer Mauer eingefaßt ist. Wenn das Wetter ruhig ist, so kann man am Boden des Sees wenige Schritte vom Strande eine noch größere Menge von Felsblöcken liegen sehen, die alle in einem Kreise herum gelegt sind; zwischen den größern Steinen ist jedesmal ein kleinerer hingestellt. Bei ganz niedrigem Wasser kann man auf dieser Steinmauer herum gehen. Diesen merkwürdigen Berg mit seinen Steinen nennt man nun seit undenklichen Zeiten die Teufelsbrücke; man erzählt davon folgende Geschichte.

Damals als das Christenthum in diesen Gegenden eindrang, lebte in Dargau ein heidnischer Fürst, der die Christen aufs Heftigste verfolgte und mit Räubereien plagte. Aber oft war ihm bei seinen Streifereien der See im Wege, weil er durch ihn zu weiten Umwegen gezwungen ward, um den Pilgern und Reisenden, die nach den Capellen von Klein-Zecher und Marienstede und nach dem Zarrentiner Kloster wallfahrteten, beizukommen. Er machte daher mit dem Teufel einen Bund, und sagte ihm Leib und Seele zu, wenn er ihm bis zum nächsten Hahnenschrei eine steinerne Brücke über den See bauen könnte. Sobald es nun Abend war, machte sich also der Teufel ans

Werk. Einen großen ledernen Sack hatte er vor der Brust herabhangen, damit fuhr er jetzt auf dem Felde umher und steckte bald hier, bald dort einen ungeheuren Stein hinein. Hatte er den Sack voll, so sprang er mit einem Satz an das jenseitige Ufer, an den Berg, wo der Bau beginnen sollte, und stürzte da die Steine hinunter. Dann sprang er wieder zurück, um den Sack nochmals zu füllen. Schon wars um Mitternacht; aber grade in dem Augenblicke, wie er wieder eine Ladung hinabschütten wollte, da krähte ein Hahn in dem nahen Seedorf. Wüthend warf er die Steine ans Ufer, sprang in einem Satze nach Seedorf hinüber, ergriff den Hahn und schmiß ihn gegen einen Steinblock, daß das Blut hierhin und dorthin spritzte. Man kann noch bis auf diesen Tag an einem Stein den dunkelrothen Fleck sehen.

Aus Ratzeburg.

CCCLXXI.

Das Dannewerk gebaut.

Als die schwarze Greet den Margretenwall oder das Dannewerk baute, machte sie einen Bund mit dem Teufel. Er sollte das ganze Werk in einer Nacht fertig liefern und ein einziges eisernes Thor hineinsetzen, was aber zuerst lebendes durchpassierte, sollte ihm gehören. Alsbald verdoppelte sich die Zahl ihres Heeres, und jeder Mann durfte nur drei eiserne Hüte voll Erde auffüllen, so war die ganze Arbeit gethan; so viel Volks war da. Nun stellte sich der Teufel auf die Lauer hinter den einen Flügel des Thors, denn er sah schon einen vornehmen Herr die Landstraße daher kommen. Aber der Herr hatte einen Pudel bei sich, der lief vorauf und kam eher durch das Thor als der Herr selber. Da muste sich der Teufel mit ihm begnügen, weil er das erste Lebendige war, das hindurch passierte; aber er ergrimmte so, daß er den Pudel ergriff und vollständig zerschmetterte.

Provinzialberichte 1830. S. 348. 371. und Herr Cand. Arndt. vgl. oben No. 16. 1. 2. Man erzählt auch so, daß die Greet dem Teufel ihre Seele versprochen, wenn er bis zum ersten Hahnenruf fertig würde. Als sie sieht, wie rasch das Werk vor sich geht, reitet sie zu einer alten Frau in Großdannewerk, die macht einen Hahn krähen. Dafür brach ihm der Teufel den Hals.

CCCLXXII.

Die sechs Kirchen.

Zwischen Apenrade und Tondern stehen sechs Kirchen zwei bei zwei neben einander in einer Reihe, jedes Paar aber ist von dem andern gleich weit entfernt; zwei und zwei sind auch im Bau einander ganz gleich. In Uk und Jordkirch sind beide Kirchen klein und ohne Thurm und Spitze; in Tinglef und Bjolderup haben sie hohe, spitze Thürme, in Bülderup und Raepsted aber sind die Thürme breit und stumpf. Diese Thürme sind nemlich nach einander von zwei Riesen gebaut, immer zwei zu gleicher Zeit. Die Riesen hatten bei der Arbeit nur ein einziges Werkzeug, nemlich eine Axt; die warfen sie sich wechselweise zu, sobald einer sie gebrauchte. Weil aber jeder auf des andern Arbeit genau Acht gab, so ist es gekommen, daß die Kirchen alle paarweise so zusammen passen.

Rask Moerskabsl. 1840. 623.

CCCLXXIII.

Der Teufel ein Zimmermann.

Der Teufel hat in seinem Leben allerhand versucht. Einmal da er Lust zum Zimmerhandwerk in sich verspürte, gieng er zu einem Zimmermeister und begab sich bei ihm in die Lehre. Er wußte aber gar nicht mit dem Handwerkszeuge umzugehen. Zuletzt fiel ihm die Queraxt in die Hand, die ja an beiden Seiten scharf ist und deren eines Blatt quer über dem andern steht. Damit giengs dem Teufel recht unglücklich. Denn als er einen Balken behauen wollte und die Axt in die Höhe hub, traf er mit der einen Schärfe seine Stirn so, daß ihm ein blutiger Strich quer hinüber lief. „Wy mœt dat Dink man vun'n annern Enden anfangen," meinte er und kehrte die Axt um. Aber als er den zweiten Hieb gethan hatte, stand ihm ein Kreuz vor der Stirn. „Da hest du dy tekent," sagte er und legte die Axt hin, „dat verdammte Krüez!" Sachte gieng er aus der Werkstatt und kam nicht wieder. Seit der Zeit aber hat er solche Furcht vor Kreuzen.

Herr Marquardsen in Schleswig.

CCCLXXIV.

Der starke Tabak.

Als der Teufel noch keine Flinte kannte, gieng er einmal im Walde spatzieren; da begegnete ihm ein Krupschütze. „Wat hest du daer?" fragte der Teufel, als er die Flinte sah. „Dat ist myn Tabaksdoes," antwortete der Wildschütz. „Ah, so laet my ins en Pryschen krygen," bat er; der Wildschütz hielt ihm den Lauf unter die Nase und schoß los. Da fieng der Teufel gewaltig an zu prusten, als er die Ladung bekommen hatte, und sagte: „Dat is my waraftig en starken Tabak!"

Aus der Gegend von Oldenburg durch Herrn Schull. Knees in Neumünster.

CCCLXXV.

Die Trauben sind sauer.

Wie man wohl bei Gelegenheit sagt: die Trauben sind sauer, so hat man in Angeln das Sprichwort: „Ja, ä herr ingen Ti, ä skal a Wakkerballe, soj ä Trold (Ik hef keen Tyt, sä' de Düwel, ik schall na Wakkerballe to Hochtyt).“ Das ist daher entstanden.

Einmal ward gewettet um ein Schip Gerste, ob jemand es wagen dürfe eine Nacht im Geltinger Glockenhause zuzubringen. Einer wollte es wagen, kletterte hinauf und hielt sich an den Glocken. Um Mitternacht kam der Teufel unten an um ihn zu holen; da er ihn aber im Schutze der heiligen, geweihten und getauften Glocken sah, sagte er: „Ä vild' nok hiilp dä nier a di helle Ting; men ä herr ingen Ti, ä skal a Wakkerballe (Ich wollte dich bald von den heiligen Dingern herunter bringen; aber u. s. w.).“ Auf Wakkerballig wurden nemlich auf einem Platze, dem sogenannten Hochzeitsplatze, wo ein einzelnes Haus stand, das von dem ganzen Dorfe allein übrig geblieben war, alle Hochzeiten im ganzen Gute Gelting gehalten, und da es dabei früher fast nie ohne Mord und Totschlag abgieng, glaubte der Teufel dabei sein zu müssen.

Durch Herrn Marquardsen in Schleswig und Jensen Angeln. S. 158.

CCCLXXVI.

Die Riesen bei der Flachsernte.

In alten Zeiten wohnten bei Kembs Riesen oder Kämpen im Wasser; das Dorf hat von ihnen den Namen erhalten. Mitunter kamen sie heraus und spielten dann am Strand mit den großen Steinen, die da noch umher liegen, indem sie sie sich einander zu warfen. Einst fanden sie bei solcher Gelegenheit, nicht weit von der Ostsee, Arbeiter, die eben mit dem Aufziehen des Flachses beschäftigt waren. Da fragten die Riesen sie: „Wat willt ji mit dat Kruet?“ „Daer willn wy uns Hemden van maken,“ antworteten die Leute. „Wo fangt ji dat denn an?“ „Wi mœten ierst den Flaß röupeln.“ „Is dat denn all noug?“ „Nä, denn mütt he ierst röten.“ „Unn denn?“ „Denn kümt he up de Spree.“ „Unn denn?“ „Denn wart he braekt.“ „Unn denn?“ „Wart he swungen.“ „Unn denn?“ „Wart he häkelt.“ „Unn denn?“ „Wart he spunnen, unn denn wäeft; denn wart dat Linnen bleekt unn unse Fruens snyden dat tou unn neien dat tousamen unn denn hebben wi ierst Hemden.“ Da meinten die Riesen, das wäre doch viel Mühe um nichts, und sie wären glücklich, daß sie nichts damit zu thun hätten.

Aus dem Lande Oldenburg durch Pastor Kählers Bericht Mſ. an die Gesellschaft für vaterländ. Alterthümer. Dieselbe Erzählung aus der Gegend von Schleswig durch Cand. Arndt so: Ein Riesenmädchen trifft eine Bäuerin beim Flachssäen. Sie bittet um ein Hemd. Die Bäuerin verspricht's ihr. Sie freut sich, als der Flachs keimt, blüht und endlich aufgezogen wird. Da meint sie, das Hembe sei fertig u. s. w. Als ihr die Bereitung aber zu langwierig scheint, wirft sie ihre langen Brüste über die Schultern und springt in einem Satz über den nächsten Berg und verschwindet.

CCCLXXVII.

Die getheilte Ernte.

Ein Bauer und der Teufel mietheten einmal gemeinschaftlich einen Krug Landes. Damit aber später kein Streit um die Ernte entstünde, sagte der Teufel zum Bauern: „Laß uns würfeln, wer das, was über der Erde oder wer das, was darunter wächst, endlich haben soll.“ Der Bauer wars zufrieden. Aber der Teufel verstand den Kniff, warf und hatte die meisten Augen; so sollte er das haben, was oben wüchse. Der Bauer aber hatte das Feld zu bestellen und besäete es mit eitel Rüben; da erhielt der Teufel, als der Herbst kam, nur das Kraut. Das ärgerte ihn, doch konnte er nichts dazu sagen. Weil sie aber das Feld auf zwei Jahre gemiethet hatten, so würfelten sie zum zweiten Male: da warf der Teufel mit Absicht die wenigsten Augen, aber der Bauer säete nun Weizen und im nächsten Herbst erhielt der Teufel allein die Wurzeln. Nun schimpfte er erst dem Bauern die Haut voll, als er sich abermals betrogen sah, und sagte voll Ärger: „Übermorgen komme ich, dann sollst du dich mit mir kratzen.“ Hatte der Bauer erst gelacht, so ward ihm nun doch bange. Seine Frau merkte seine Traurigkeit und fragte ihn darum. Der Mann sagte ihr nun, so und so, und morgen solle er sich mit dem Teufel kratzen. Da sprach die Frau: „Sei nur ganz ruhig, ich will schon mit ihm fertig werden, geh du nur aus.“ Der Mann gieng also am bestimmten Tage aus und als der Teufel kam, that die Frau, als wenn sie ganz böse und ärgerlich wäre. „Was fehlt ihr denn, kleine Frau?“ fragte der Teufel. „Ach,“ antwortete sie, „seh er nur mal her, da hat mir mein Mann eben mit dem Nagel seines kleinen Fingers diesen großen Riß quer in meinen schönen eichenen Tisch gemacht.“ „Wo ist er denn?“ „Wo sollt er wohl anders sein, als beim Schmied? Er ist schon wieder hin und läßt sich die Nägel schärfen. Ist das nicht zum ärgerlich werden?“ “Da hat sie ganz Recht, gute Frau, das muß ärgerlich sein, so einen im Hause zu haben,“ sagte der Teufel, und gieng darauf sachte aus der Thür und machte, daß er fortkam.

Mündlich aus der Wilstermarsch.

CCCLXXVIII.

Die Riesen und die Bauern.

Bei Esperehm auf der Heide liegt ein Feld, das das Rötsal genannt wird; da war vor Zeiten der Riesen Wohnung. Sie waren von ungeheurer Größe. Da kamen nun die Bauern in diese Gegend und fiengen an mit dem Pflug das Land umzureißen. Da musten die Riesen weichen. Einmal sah eine Riesenfrau lange zu, wie ein Bauer pflügte; dann ergriff sie ihn und seine Pferde, nahm alles in ihre Schürze und zeigte ihn den andern, indem sie sagte: „Süh, dat sünt unse Verdrywers!"

Aus Esperehm bei Schleswig durch Cand. Arndt.

CCCLXXIX.

Die Erschaffung der Unterirdischen.

Unser Herr Christus wandelte einmal auf Erden. Da kam er in ein Haus, wo eine Frau wohnte, die hatte fünf hübsche und fünf häßliche Kinder. Als aber der Herr ins Haus trat, versteckte sie die fünf häßlichen Kinder im Keller. Da ließ der Herr die Kinder vor sich kommen, und als er die fünf hübschen Kinder sah, fragte er die Frau, wo ihre andern Kinder wären. Da sprach das Weib: „Andere Kinder hab ich nicht." Nun segnete der Herr die fünf schönen Kinder und verwünschte die häßlichen, indem er sprach: „Uuat onner as, skal onner bliw, an uuat bawen as, skal bawen bliw." Als nun das Weib wieder in den Keller kam, waren ihre fünf Kinder verschwunden; aus ihnen sind die Unterirdischen entstanden.

Von Amrum durch Herrn Dr. Clement. vgl. Thiele II. 175. Jac. Grimm in Haupts Zeitschrift. II. 257. Myth. 540.

CCCLXXX.

Die Unterirdischen.

Unter der Erde, meist in alten Grabhügeln wohnen kleine Leute, die man in Holstein Dwarge oder Unnererske, auch auf Silt Önnererske, aber auf Föhr und Amrum Önnerbänkissen nennt. Im dänischen Schleswig heißen sie Unnervæstöi, Unnerborstöi oder Unnerboestöi, auch Biergfolk und Ellefolk.

Sie sind hier seit undenklichen Zeiten im Lande. Bei Heinkenborstel, im Amte Rendsburg, wohnten in dem großen Elsbag einmal solche Leute. Diese erzählten, daß sie schon vor der Erfindung des Bierbrauens gelebt hätten. Das ist ein ganz alter Berg, ein platter großer Stein liegt oben drauf und auf demselben steht eine Buche, deren Wurzeln erst über die Seiten des Steins in die Erde kommen. Darunter soll viel Geld liegen, früher hat hier auch oft ein Licht gebrannt.

Es ist aber ganz gewis, daß es solche Unterirdische gibt. Eine alte Frau in Angeln hat es von ihrem Großvater gehört, daß er einmal, auf seiner Koppel, wo ein Riesenberg war, pflügend, gesehen habe wie ein unterirdisches Weiblein in einem weißen Hemdchen herausgekommen sei ihr Wasser zu lassen. Als sie ihn aber erblickte, lief sie schnell davon.

Jedesmal fast, wenn im Pinnebergischen Hochzeit ist, so kann man merken, daß die Unterirdischen unsichtbar mit am Tische zwischen den Leuten sitzen; sie helfen ihnen essen und es wird an der Seite, wo sie sich aufhalten, noch einmal so viel verzehrt als auf der andern; die Speisen verschwinden nur so. Dasselbe thun sie auch im nördlichen Schleswig.

Auf Sötel zu Süden Horrsted wohnten sie früher auch. Der Schafhirte von Horrsted hat oft mit ihnen getanzt. Sie hatten dann viele goldene Ketten um sich und nöthigten oft den Schafhirten in ihre unterirdische Wohnungen zu kommen. Auf den Büschen in der Nähe hatten sie zu Zeiten viel Leinenzeug ausgebreitet zum bleichen oder zum trocknen, auch viele goldene Gefäße zum Auswettern daran aufgehengt.

Sie können sehr bösartig sein. Einen Mann in Süderstapel, der mit den neuen Kolonisten ins Land zog, haben sie sein Leben lang verfolgt. Sie stahlen ihm einmal seinen Schimmel und brachten ihn erst wieder, als er lahmte.

Mündlich und nach verschiedenen Mittheilungen. — Wenn ein Kind fällt und weint, so tröstet man es damit, es sei nicht Schuld daran, die Unterirdischen hätten es bei den Beinen gefaßt.

CCCLXXXI.

Die Untererschen im Köpfelberg.

Ein Hühnengrab bei Krumesse in Lauenburg heißt der Köpfelberg. Da giengen einst bei Nachtzeit ein Mann mit seiner Frau vorüber. Da sahen sie einen langen Zug untererscher Menschen herausziehn, alle nicht höher als ein Stuhlbein. Einer ritt voran auf einem kleinen Pferde, mit einer außerordentlich hohen spitzen Mütze. Da sagten die beiden: „Alle guten Geister loben Gott den Herrn!“ und sogleich fieng der Kleine, der voranritt, an zu wachsen und ward immer höher und höher und war zuletzt ein Riese. Darnach kehrte der ganze Zug wieder um und alle zogen in den Berg hinein.

Durch Cand. Arndt.

CCCLXXXII.

Die Ofensteine bei Alversdorf.

Zu Osten Alversdorf in Süderditmarschen liegt ein Stück Ackers, von Altersher der Brutkamp genannt, auf welchem in der Mitte sich ein kleines Gehölz befindet um einen Hügel. Darin ist eine Höle, die von fünf großen Steinen gebildet wird; einer liegt oben darüber. Man kann auf der westlichen Seite hineinkriechen, und ein Mann kann vollkommen darin stehen. Dieser Stein heißt der Abensteen, d. i. Ofenstein. Vor Zeiten haben die Unterirdischen darin gewohnt. Darum muste jeder, der vorüber gieng, entweder jedes Mal, oder zum wenigsten doch das erste Mal etwas da zurück lassen, wenn es auch nur ein Bändchen oder ein Senkel wäre. Jedem, der einen Sechsling in die Höle opferte, soll, wenn er eine Strecke vorwärts gegangen, immer ein kleines Brot vor die Füße gelegt sein.

Ein anderer eben solcher Ofenstein lag nicht weit von Alversdorf zwischen Schrum und Arkebeke in der Gegend der Quellen der Gieselau. Darin lag stets ein Besen und der Ofen muste allezeit rein gefegt sein. Wer des Morgens zuerst kam und ihn ausfegte, der fand jedes Mal einen Sechsling oder ein anderes Geldstück darin. Hirten haben das oft erfahren.

Es haben die Unterirdischen, die sich hier aufhielten, oft von den Leuten allerhand Gefäße, Töpfe und Kessel geborgt, und sie jedes Mal wieder an ihren Ort gebracht. Als aber die Glocken aufkamen, sollen sie gewichen sein. Da musten ihnen die Arkebeker Ochsen leihen, damit sie ihre Sachen fortbrächten; man fand die Ochsen am andern Tage früh Morgens in vollem Schweiß auf der Hofstätte stehn. Für das Fahrlohn aber haben die Leute im Dorfe noch heutiges Tages dieses, daß ihr Vieh keine ansteckende Seuche bekommt, auch nicht wenn Lungensucht ist. Wenn solch ein krankes Vieh ohne Vorwissen im Dorfe gekauft wird, so klebt die Seuche bei den andern dennoch nicht.

Neocorus (und Hans Detleff) I. 262. Rhode Antiquitäten-Remarques Hamburg 1720. 4. S. 74. nach einem Bericht vom 12. Juli 1696. Mündlich. vgl. No. 133. 361. — Rhode S. 67. erzählt aus der Hamburger Gegend, daß die Unterersken oft zu den Leuten ins Haus gekommen und Gefäße, besonders einen großen Braukessel geliehen hätten. Morgens hätten die Leute ihm vom Hügel wieder abholen müssen.

CCCLXXXIII.

Die Onnerbänkissen im Fögedshoog.

Die Onnerbänkissen auf Amrum haben besonders in dem Fögedshoog bei den Dünen ihr Wesen. Da hat man sie Abends im

Mondenschein ringsherum tanzen und bei Tage ihre Wäsche darauf ausbreiten sehen. Auf dem Wasser Merum haben sie im Winter auch Schrittschuh gelaufen. Einem übermüthigen Mann fiel es ein ihre Wohnung zu zerstören. Er grub tief in den Hügel hinein, und glaubte schon die Kammern der Onnerbänkissen gefunden zu haben, als er zu seinem Schrecken gewahrte, daß sein eignes Haus in Flammen stünde. Schnell warf er Spaten und Hacke fort und lief dem Dorfe zu; da aber fand er, daß es nur eine Täuschung gewesen sei. Doch den Schrecken ließ er sich zur Lehre dienen und niemand hat seit der Zeit die Onnerbänkissen im Fögedshoog wieder beunruhigt.

Durch Herrn Hansen auf Silt. vgl. No. 277, Anm.

CCCLXXXIV.

Der Schatzgräber und die Unterirdischen.

Ein Bauer war so gewaltig aufs Schatzgraben versessen, daß er fast für nichts andres Gedanken mehr hatte. Da entdeckte ein Nachbar, der einmal mit ihm Streit gehabt und dabei den Kürzern gezogen hatte, zufällig eine Höle der Unnereerschen und er wollte sich nun durch diese an dem Schatzgräber rächen. „Höre," sagte er den andern Tag zu ihm, „ich will dir nur sagen, daß ich längst die Stelle gewust habe, wo der Schatz liegt; aber ich habe nicht den Muth. Gehe du hin und hebe ihn; so wollen wir ihn theilen." Der Andre nahm das bereitwillig an, der Nachbar beschrieb ihm genau die Stelle; da müsse er vor dem Loche stehen bleiben, ganz mausestill, bis sich etwas rege, dann aber mit dem Spaten darauf losstoßen; denn das sei der Drache, der den Schatz hüte.

Der Bauer that wie ihm gesagt war; er begab sich zur gehörigen Zeit an die Stelle, und als er ein Rascheln merkte, stieß er darauf los. Da erscholl ein feiner heller Schrei und im Augenblick war er von den Unnereerschen umzingelt, von denen er eins mit seinem Spaten tödlich verwundet hatte. Zwei von ihnen trugen den Verwundeten hinweg, die übrigen aber fielen über den unglücklichen Schatzgräber her, kletterten an ihm hinauf, hackten und kratzten ihm Nase und Augen aus, und bissen ihm die Ohren ab. Der Bauer rief: „Alle guten Geister loben Gott den Herrn!" Aber die Kleinen riefen: „Wir loben ihn wohl mehr als du, du Mörder!" — Da fuhr zum Glück ein Prediger vorüber, der einem Sterbenden das Sakrament gereicht hatte. Er hörte den Hilferuf aus der Höle und trat hinein, und wie er den Mann unter den Händen der Unterirdischen erblickte, hielt er das Heiligste in die Höhe und rief: So weichet Diesem! Da waren die Unnereerschen im Nu verschwunden. „Se gloovten wol an Gott," setzte der Mann hinzu, der dies erzählte, „aber se harrn doch keen Christendoem." Dem Bauer aber ward es nie wieder wohl in dieser Gegend: seine Felder wurden ihm zertreten und Gänse und Lämmer starben auf dem Felde. Daher verließ er das Dorf und zog anderswo hin.

Volksbuch 1844, 94. Durch Storm aus Husum.

CCCLXXXV.

Die unterirdischen Töpfer.

Auf Morsumkliff auf Silt findet man in großer Menge allerlei künstliche Schmiede- und Töpferarbeiten in Gestalt von Röhren, Dosen, Kugeln, Töpfen ꝛc. Man nennt sie Önnererskpottjüg auf Silt, auf Amrum Traalbaasker, weil die Unterirdischen sie verfertigen.

In Holstein glaubt man: der aus den Urnen der alten Gräber gesäete Same gedeiht auf Äckern und in Gärten besser als irgend ein andrer. Die Milch wird fetter, wenn sie in solchen Töpfen steht und gibt mehr Butter. Läßt man die Hühner aus ihnen trinken, so werden sie nicht krank.

Man hüte sich einen solchen Topf muthwillig zu zerschlagen. Bei Hemmingstede liegen Berge, darunter einer, der der höchste war, unten um rings von gewaltigen Steinen umgeben war. Als man nun die Steine verführte, spaltete und verbaute, ward ein Keller aufgegraben, darinnen fand man ein Stück von einem kupfernen Schwerte und einen Topf mit kleinen Knochen. Einer schlug nun den Topf entzwei, darüber kam er aber ganz von Sinnen. Als man deswegen andre Leute Raths fragte, haben sie geantwortet: „Were de Pott ganz gebleven, so were Rat, nu averst nicht.“ Man meinet, sie seien auf ein ander Feld gezogen.

Herr Hansen auf Silt. — Rhode Antiq. Remarq. S. 68. — Hans Detleff in Dahlmanns Neocor. I. 253. vgl. No. 117.

CCCLXXXVI.

Die unterirdischen Schmiede.

Ein Mann ritt eines Morgens bei den Dreibergen am Wege von Apenrade nach Jordkirch vorbei. Da hörte er in einem derselben schmieden. Der Bauer rief laut, man möchte ihm doch ein Häckerlingsmesser machen, und ritt weiter. Abends als er wieder zurückkam, fand er außen am Hügel wirklich ein nagelneues Messer liegen; nun legte er soviel Geld dafür hin, als der gewöhnliche Preis ist, und nahm das Messer mit. Da fand es sich, daß es von ganz vorzüglicher Schärfe und Tauglichkeit war; aber die Wunden, die damit geschnitten wurden, waren unheilbar.

Im Gute Dollrott in Angeln ist ein Hügel, wenn man sich darauf schlafen legt, hört man drunter die Geister arbeiten. Ebenso kann man in dem großen Struckberg bei Heiligenhafen zu gewissen Zeiten, wenn man das Ohr darauf legt, es hämmern und pochen hören wie in einer Schmiede. In ihm liegen auch Schätze verborgen. Oft sieht man in der Nacht auf ihm ein Licht brennen.

Durch Herrn Pastor Hansen in Jordkirch. — Dritter Bericht der Gesellschaft für Alterthümer S. 13. — Pastor Kählers Bericht 2c. Mscr.

CCCLXXXVII.

Die geliehenen Kessel.

Unmittelbar neben Geltorf, Ksp. Haddebye bei Schleswig, liegt ein Berg, der Hochberg, und dicht daneben der Brehochberg. Darin wohnten die Unterirdischen; man hat oft gehört wie sie butterten und einmal trieb ein Junge eine Sau mit Ferkeln dahin, da verschwanden die Ferkel mit einem Male hinter dem Hügel, und man hat sie nie wieder gesehen. Die Bauern waren in früheren Jahren hier ganz außerordentlich befreundet mit den Unterirdischen. Wenn Hochzeit im Dorfe war und Kessel, Pfannen, Töpfe und dergleichen gebraucht würden, so giengen die Bauern an den Berg und klopften an. „Was wollt ihr?“ fragten dann die Unterirdischen. „Wir wollen Kessel bei euch leihen; denn morgen soll Hochzeit bei uns sein von Hans und Trina.“ „Wie groß sollen die Kessel sein?“ fragten nun wieder die Unterirdischen und die Bauern konnten dann Kessel und Geschirre gerade so groß, wie sie gesagt hatten, am andern Morgen vor Sonnenaufgang jedes Mal abholen. Dafür gaben sie zum Dank nichts weiter als die Ueberbleibsel von allen Speisen, die darin gekocht waren und damit setzten sie die Kessel nur wieder vor dem Berg. Ein übermüthiger Bauer that aber einmal was hinein, und seitdem leihen die Unterirdischen ihre Kessel nicht mehr aus.

Durch Cand. Arndt und Herrn Koch.

CCCLXXXVIII.

Der arme und der reiche Bauer.

Ein armer Bauer im Meggerskoeg bei Rendsburg, der eine große Familie hatte, aber weiter nichts besaß, als ein Stück Moorland, einen alten Gaul und einen schlechten Karren, wollte eines Abends, nachdem er den Tag seinen Arbeitslohn verdient hatte, noch den Mondschein benutzen, um aus seinem Moore einen Karren Torf zu holen; denn der Tag darauf war ein Markttag, und da wollte er ihn in Rendsburg zu Kauf bringen. Der Torf stand auch grade gut im Preise, aber die Wege waren tief und nur mit Mühe arbeitete er sich mit seinem Wagen durch. Doch kam er endlich an Ort und Stelle und hatte auch nach einiger Zeit ein kleines Fuder aufgeladen. Als er sich aber mit seinem Fuhrwerk auf den Weg nach Hause machte, ward das Fahren auf dem durchweichten Boden immer schwieriger und endlich sanken Wagen und Pferd so tief ein, daß sie nicht mehr von der Stelle zu bringen waren. Der arme Bauer arbeitete, weinte und betete umsonst; er muste beides sitzen lassen und einen weiten Weg zurück machen, um von seinem reichen Nachbar Hilfe zu suchen, bei dem er den Tag über gearbeitet hatte. Er weckte ihn, klagte ihm seine Noth und bat, ihm einen Knecht und zwei seiner starken Pferde mitzugeben; sonst sei das seine verloren. Dieser aber im Aerger darüber, daß er aus dem Schlaf geweckt war, antwortete dem Armen, das sei seine eigene Schuld; was er denn auch bei Nacht im Moore zu thun habe? er wolle seine guten Pferde nicht für seine Kracke preisgeben. „Warum büst du so unkloek! Maek, dat du wegkümmst, unn laet my up en andermael slapen," sagte er und schlug das Fenster zu.

Der arme Bauer lief in der Verzweiflung den Weg zurück, in der sichern Erwartung, sein kleines Fuhrwerk jetzt ganz versunken wieder zu finden. Er betete in seiner Herzensangst, daß der liebe Gott doch nur diesen kleinen Augenblick einmal an ihn denken möge; wie er aber nun nach der Stelle seines Unglückes hinblickte, nahm er mit Verwunderung von ferne wahr, was für ein wunderliches Gewimmel an dem Platze sei, als ob gegraben und Erde ausgeworfen würde. Als er nun selber dort anlangte, fand er sein Pferd schon auf ebenem Boden stehn; die Unnereerschen hatten sein Jammern gehört und gruben nun auch seinen Karren aus, mit einer Behendigkeit, daß dem Bauern darüber Hören und Sehen vergieng. Als er ihnen aber danken wollte, waren sie auf und davon.

Am andern Morgen kam singend des Reichen Knecht daher gefahren; kaum aber war er in einen Moorweg, der seinem Herrn gehörte, eingelenkt, da sanken auf einmal Pferde und Wagen so tief in den Grund, daß der Knecht sich nur mit genauer Noth retten konnte, und als er mit Hilfe zurückkam, da war von allem keine Spur mehr, als das Loch, worin Pferde und Wagen versunken, das unterdeß voll Wasser gelaufen war. — Dieß Loch hatten die Unnereerschen gegraben, und dünne Reiser und Erdschichten darüber gelegt, um den unbarmherzigen Bauern zu bestrafen. Er versuchte später, das Loch zuzuwerfen, was ihm jedoch nicht gelang. Jetzt ist die Stelle, die nach ihm den Namen trägt, so groß, daß sie Wellen schlägt. Die Bauern in der Gegend pflegen sich beim Moorgraben die Geschichte gerne zu erzählen.

Von D. St. durch Storm.

CCCLXXXIX.

Die Dragedukke.

Auf dem Nübbeler Felde bei dem Geisehoi pflügte einst ein Mann. Da ward er neben dem Hügel einen zerbrochenen Brotschieber und eine zerbrochene Ofenkrücke gewahr. Der Bauer nahm die Geräthschaften mit nach Hause, besserte sie aus und legte sowohl den Schieber als den Raker wieder an ihre Stelle. Dafür ward ihm nachher eine Dragedukke zugestellt. Das ist nemlich eine Schachtel, in der immer zwar nur wenig Geld ist, aus der man aber soviel herausnehmen kann als man will. Diese Dragedukke ist lange auf seiner Hufe in Rübbel geblieben und die Besitzer derselben sind allezeit wohlhabende Leute gewesen.

Herr Pastor Hansen in Jordkirch.

CCCXC.

Der Tisch der Unterirdischen.

Auf einem Berge in der Nähe von Kiel haftete ein besonderer Segen. Wenn der Bauer vom Morgen an gepflügt hatte und nun endlich Mittag da war, so brauchte er nicht nach Hause zu gehen um zu essen; denn um diese Stunde stand da ein Tisch vor ihm, sobald er sich umkehrte, gedeckt mit feinem Tafelgeräth und beladen mit trefflichen Speisen. Das kam alles von den Unterirdischen. Lange Zeit gieng es gut, und viele Leute haben von dem Tische mit gegessen; aber Vorwitz und Uebermuth machten der Herrlichkeit zuletzt ein Ende. Einst war auch ein Junge mit bei dem Essen; der wollte die unsichtbaren Wirthe narren und nahm ihnen beim Aufstehen eine Gabel mit. Niemand hatte es gemerkt; aber als den andern Tag der Tisch wegblieb und die Bauern nach Hause gehen musten, wo für sie nicht zugekocht war, da erschrak er und gestand sein Vergehen. Die Leute aber hießen ihn hingehen und die Gabel wieder zurückbringen. Das that er denn auch, und wie er aufs Feld kam, da stieg der Tisch vor ihm auf mit allem Geräthe, und es fehlte nur die Gabel. Er legte sie an ihren Platz, und sogleich versank der Tisch und ist seitdem nicht wieder gesehen. Seit der Zeit müssen auch dorthin die Bauern sich ihr Essen weit her bringen lassen.

Volksbuch 1844, 91.

CCXCI.

Kaspers Läpel.

Auf einer Koppel bei Gnissau tafelten die Unterirdischen oft, wenn die Leute pflügten. Da schlich sich einmal ein übermüthiger Junge herzu und stahl ihnen einen silbernen Löffel vom Tische weg. Seit der Zeit hatte der Bauer keine Ruhe mehr bei der Arbeit, bis der Dieb entdeckt und der Löffel wieder auf den Tisch der Zwerge hingelegt war. Auf ihm stand geschrieben: Kaspers Läpel. Nach dieser Zeit verschwanden diese kleinen Leute, die nicht höher als drei bis vier Fuß, aber sehr dick waren und alle stets einen großen Hut trugen; sie ließen sich auf jener Koppel nicht wieder sehen.

Durch Dr. Klander in Plön.

CCCXCII.

König Piper.

Einst waren zwei Leute auf einer Koppel beim Pflügen. Da roch es mit einem Male sehr angenehm nach Pfannekuchen. Das werden nur die Unterirdischen sein, die da backen, meinten sie beide und wünschten sich jeder einige Pfannekuchen. Kaum hatten sie den Wunsch ausgesprochen, so stand das Gericht lieblich duftend vor ihnen. Sie verzehrten es mit gutem Appetit, dann legte der eine einen Schilling, der andere aber Dreck auf den leeren Teller. Augenblicklich kam der König Piper heraus und verfolgte den Übermüthigen. Der Knecht schnitt schnell die Strenge ab und warf sich aufs Pferd; aber der Kleine lief auf seinem einen Bein mit drohender Gebärde hinter ihm her und hüpfte ihm immer hinten aufs Pferd. In Todesangst erreichte er endlich das Dorf.

Aus Dersau im Gute Ascheberg durch Dr. Klander in Plön. — In dem Kindelberg bei Breckendorf hörte Nachts ein Knecht buttern. Er bat um ein Butterbrot. Einer kam und brachte es ihm. Da erschrak er und lief fort; der Unterirdische hinkte auf einem Bein, doch verfolgte er ihn. Da kam ein andrer Unterirdischer aus dem Berge heraus und rief: »Hinkelbeen loep to! Hinkelbeen loep to!« Aber doch holten sie den Knecht nicht ein.

CCCXCIII.

Das Butterbrot.

By Huesby da ligt en lütte Barg upn Felde; da wanen de Ünnereerschen. Enmael da weer da en Däern by den Barg, de kunn dat Stichwoort; da höer se de Ünnereerschen bottern. As nu en Tuetsch (Kröte) by äer in en Lock krupen wull, da steek se mit en Sticken in dat Lock, dat de Tuetsch nich vörby kunn; to hant weer da en Döer; da sä' se: Epraim thu dich auf! da klaff de Barg ut enanner unn se kunn da herin seen, wo de Ünnereersche da stünn unn botter. Do röep se: „Gif my en Botterbrot!" Glyk keem de Ünnereersche mit en Botterbrot; da würr se awer angst unn se löep weg. De Ünnereersche awer löep äer achterna unn smeet äer dat Botterbrot achterup; da bleef dat Botterbrot sitten unn wenn man dat noch so väel wegsneed', so keem dat doch ümmer werrer. — In Stenderup, Ksp. Toftlund, bat auch ein Junge einen Unterirdischen um ein Butterbrot. Aber er lief vorher weg; da ward ihm das Butterbrot an die Ferse geworfen, die seit der Zeit ganz welk blieb.

Bei dem Dorf Dannewerk befindet sich auch ein Butterberg. Ein Pferdejunge sah ihn einmal offen und eine Unterirdische vor dem Butterfaß; da rief er: „Gif my en Botterbrot!“ Als die Unterirdische ihm eins brachte, lief er aber fort, und die Unterirdische verfolgte ihn. Da hörte er eine Stimme:

Loep awer de Stücken,
So deit dy nüms drücken.

Das that er und sprang über die Graben querfeldein; die Unterirdische aber, weil sie alle einen unmäßig dicken Kopf haben, stolperte jedesmal beim Ueberspringen. Der Junge kam glücklich ins Haus; da ward das Butterbrot gegen den Thürstender geworfen, und als man nachsah, wars eine grüne Grassode. Aber viele haben doch ein Butterbrot von den Unterirdischen bekommen und ihnen immer einen Pfenning dafür gegeben.

Durch Cand. Arndt. — In dem Geisehoi bei Rübbel Ksp. Jordkirch haben ein paar Mädchen es auch buttern hören; andre hörten einen dumpfen Schlag, wenn der Bergmann seine Kiste zuwarf.

CCCXCIV.

Kulemann.

Bei Jagel liegt der hohe Jagelberg; darin wohnen die Unterirdischen. Ein Bauer Klaes Neve in Jagel war nun einmal in Verlegenheit um fünfzig Thaler. Er hatte aber eine kluge Frau; die gab ihm den Rath die Unterirdischen zu bitten. Da gieng Klaes Neve um den Jagelberg dreimal herum und rief: „Kulemann, Kulemann!“ „Wat sall Kuleman?“ „Ik wull föftig Daler van em lenen.“ „Wo lang' denn?“ „Up en Joer.“ „Ga up de anner Syt van den Barg, da sast du finden wat du söchst.“ Klaes Neve gieng um den Berg; da fand er fünfzig blanke Thaler. Als nun das Jahr herum war, sagte seine Frau, vor allen Dingen sollte er nun die fünfzig Thaler zusammenpacken und den Unterirdischen bringen; sonst möchte es ihnen gehen wie ihren Nachbarn, die auch von den Unterirdischen geliehen, aber nicht wieder bezahlt hätten; dafür sei ihnen nachher alles von den Unterirdischen behext worden, so daß sie zuletzt von ihrer Stelle gemust hätten. Der Bauer that wie seine Frau gesagt hatte, und nahm noch dazu einen schönen großen Schinken auf den Nacken. Damit gieng er dreimal um den Berg und rief: „Kulemann, Kulemann!“ „Wat sall Kulemann?“ „Ik will em syne föftig Daler werrer bringen, de he my för en Joer leent hett; hyr is oek en Schinken för de Tinsen.“ Da antwortete es aus dem Berge: „Kulemann is doet, unn da du so en eerlike Mann büst, so sölt dy de föftig Daler schenkt syn.“

Durch Cand. Arndt.

CCCXCV.

Die Gevatter.

Ein Mann gieng zu einem Hügel und rief den Bergmann an, ihm einen Sohn zu geben; dann wolle er ihn auch zu Gevatter bitten. Der Bergmann versprach ihm das, wenn er Wort halten wolle. Als seine Frau nun einen Sohn gebar, wollte der Bauer aber ungerne daran und den Bergmann einladen. Er muste aber ja hin. Der Bergmann rechnete sich das zur großen Ehre an und versprach zu kommen; als aber der Mann fortgieng, rief er ihm nach: „Welche Gesellschaft kommt denn mehr da?“ „Christus, Maria und St. Petrus sind die übrigen Gevattern,“ antwortete der Mann. „So must du mich entschuldigen,“ sagte der Bergmann, „wenn ich nicht komme,“ aber er gab doch ein großes Gevattergeschenk.

Durch Herrn Cand. Meßtorff in Raepsted. — In der jütschen Gestalt dieser Sage bei Molbech Eventyr S. 359. erscheint statt Christus ꝛc. Tordenveir, und in einer schwedischen Thor selbst.

CCCXCVI.

Die Trommelmusik.

Auf dem Melleruper Felde, an der Landstraße nach Apenrade, liegt ein Grabhügel. Da kam eines Abends ein Mann vorbei, der nächster Tage Hochzeit geben wollte und dazu in der Stadt eingekauft hatte. Indem er vorüber fuhr, sprang ein kleiner Mann heraus und lud sich selbst zu der Hochzeit ein; er wolle auch ein Stück Gold zum Geschenk mitbringen, so groß als ein Menschenkopf. Dann solle er nur kommen, sagte der Bauer. Darauf fragte der Kleine, was es denn da für Musik geben werde? Der Bauer antwortete: „Pauken und Trommeln.“ Da bat der Kleine sein Versprechen zurücknehmen zu dürfen; denn die Trommelmusik könne er nicht vertragen.

Herr Pastor Hansen in Jordkirch. S. Anm. z. vorhergehenden Stück.

CCCXCVII.

Der Mühlstein am Seidenfaden.

An einem heißen Sommertage arbeiteten bei den Steller Bergen ein Knecht und ein Mädchen im Heu; sie waren Braut und Bräutigam und hätten gerne Hochzeit gemacht, waren aber bitterlich arm. Da sahen sie um Mittag eine dicke Tutsche (Kröte) vorüberschleichen. Der Knecht nahm die Heugabel und wollte das häßliche Thier durchstechen; aber das Mädchen fiel ihm in den Arm und bat ihn soviel, das arme Thier doch leben zu lassen. Er aber hatte noch eine Zeit lang seinen Spaß mit seiner Braut und that immer als wenn er das Thier töten wollte, bis es verschwunden war. Abends als sie nach Hause kamen, sagte der Bauer zu ihnen, daß sie auf den andern Tag zu Gevatter gebeten seien, und erzählte, wie am Mittage eine Stimme ganz deutlich sich habe hören lassen, aber man hätte niemand sehen können. Der Knecht und das Mädchen wusten gar nicht was sie davon denken sollten. Am andern Morgen als sie früh aufstanden, fand aber der Knecht vor seinem Bette Grütze oder Sägespäne gestreut, auf der Diele und vor dem Hause lagen auch Körner und wie er diesen nun immer weiter nachgieng, kam er bis an die Steller Berge. Da kam eine Stimme aus einem Berge und sagte, er solle zu Mittag wieder kommen und seine Braut mitbringen, sie sollten Gevatter stehen. Nun sagte der Knecht dem Mädchen Bescheid, beide machten sich zurecht und giengen um Mittag an den Berg. Da stand dieser offen und ein kleines Männchen in einem grauen Rock empfieng sie und führte sie durch einen langen Gang hinein. Da drinnen war alles ganz herrlich und prächtig, Wände, Boden und Decke funkelten von Gold und Edelsteinen, eine kostbare Tafel mit Gold- und Silbergeschirr und mit den herrlichsten Speisen besetzt stand in der Mitte; der ganze Raum aber grimmelte und wimmelte von lauter kleinen Leuten, die sich alle um das Bett der Wöchnerin drängten. Als nun der Knecht und das Mädchen kamen, brachte einer dem Knecht das Kind, das er zur Taufe halten sollte, und führte ihn zu einer Stelle wo die heilige Handlung verrichtet ward. Aber da blickte einmal während derselben der Knecht über sich und sah wie gerade über ihm an der Decke ein Mühlstein an einem seidenen Faden hieng. Er wollte etwas von der Stelle weichen, aber konnte keinen Schritt thun. In Todesangst wartete er das Ende ab und trat dann schnell zurück. Da kam der kleine Mann in dem grauen Rock wieder zu ihm und bedankte sich; von dem Mühlstein aber sagte er zu dem Knecht, daß er nun wohl wisse, wie seiner Frau gestern müsse zu Muthe gewesen sein, da er sie mit der Heugabel habe erstechen wollen; denn sie sei die Kröte gewesen. Darauf wurden der Knecht und das Mädchen von den kleinen Leuten noch wohl tractiert; und nachdem sie gegessen, brachte das graue Männchen sie wieder aus dem Berg, gab aber dem Mädchen vorher die Schürze voll Hobelspäne. Die wollte sie sogleich wegwerfen, aber der Knecht sagte: „Nimm sie mit, du kannst noch ein Feuer dabei anzünden." Auf dem halben Wege nach Hause ward die Tracht aber so schwer, daß sie die Hälfte doch heraus warf; als sie aber nach Hause kamen, war das übrige zu lauter blanken Dukaten geworden. Da lief der Knecht hin und wollte auch noch das, was sie weggeworfen, nachholen; allein es war alles verschwunden. Doch hatten die beiden soviel bekommen, daß sie sich einen Hof kaufen und heiraten konnten; und sie haben viele Jahre glücklich gelebt.

Mündlich aus Norderditmarschen; in mannigfachen, unbedeutenden Variationen überall, in der Gegend von Schleswig, auf Silt, in Dersau bei Plön, in Thienbüttel, Amts Rendsburg, bekannt.

CCCXCVIII.

Eisch is doet!

In Lüttenborg weer in olen Tyden in ener afslägenen Straet en Hues, wo en Unnereerdsche alle Abent, den Gott warn leet, sik äer Melk haelde. Se bröcht äer egene lütte Kann mit, de weer van bawen bet nedden mit witten Banden dicht unn dicht beslagen. Se sülvst sproek oder broek nich unn wurr glyk vertöernt, wenn man äer wat affragen wull. So gïng dat Jaer uet, Jaer in. Eenmael awer as se mit äer Melk wedder weggaen wull, keem dar en anner Lütt gans uter Aten anlopen unn röep: Eisch is doet! Eisch is doet! As se dat höerde, leet se för Schreck äer Melkkann fallen unn schrie:

> Is Eisch doet, is Eisch doet,
> So sünt wy all in groter Noet!

Damit löpen se beid weg unn keen Minsch hett se all syn Daeg wedder seen. Awer de lütt Kann hebbën de Lüd' noch lang darna toem Andenken verwaert.

Durch Herrn Dr. Blohm in Kiel.

CCCXCIX.

Pingel ist tot!

In Jagel bei Schleswig war vor Zeiten ein Wirth, der bemerkte mit Verdruß, daß sein Bier immer zu früh all ward, ohne daß er wuste wie. Einmal fuhr er nach der Stadt um neues Bier zu holen. Als er nun zurückkam und bei dem Jagelberg vorbei fuhr, wo ein Riesengrab ist, hörte er ganz jämmerlich schreien: Pingel ist tot! Pingel ist tot! Er gerieth darüber in die größte Angst, und fuhr schnell nach Hause; da erzählte er seiner Frau: „Ach, was hab ich eben für Angst ausgestanden; da fuhr ich an dem Jagelberg vorbei, und da schrie es so jämmerlich: Pingel ist tot! Pingel ist tot!“ Kaum hatte er diese Worte gesprochen, so kam ein Unterirdischer aus dem Keller gesprungen und schrie:

> Ach, ist Pingel tot, ist Pingel tot,
> So hab ich hier Bier genug geholt,

und damit lief er fort. Nachher fand man einen Krug bei dem Fasse im Keller stehen, den der Unterirdische zurückgelassen hatte; denn er hatte für den kranken Pingel das Bier gestohlen.

Aus Niederselk bei Schleswig durch Cand. Arndt. — Auf Alsen dieselbe Sage vom Stakkelhoi zwischen Norburg und Sonderburg. Ein Bauer hört: »No is Pippe Kong dod!« und erzählt das einem Bauern in Hagenberg ꝛc. Der Unterirdische vergißt einen silbernen Krug, und läuft schreiend davon: »Is

Pippe Kong dod? Is Pippe Kong dod?« Rask Moerskabsl. 1840, 735. und mündlich aus Sundewith. — Auf Amrum: Einer hört auf dem Felde die Unterirdischen über den Tod ihres Königs klagen: Pilatje as duad! Er erzählts im Dorf; da rufts: As Pilatje duad, Pilatje duad, Hatje-Pilatje duad?

CD.

Bitte und Batte.

Im Kirchspiel Toftlund bei Lybekgaard liegt ein kleiner Hügel, Egehöi genannt; darin wohnten in alten Zeiten Bergleute. Die Leute auf dem Hofe konnten Abends deutlich hören, wie darinnen Kisten zugeschlagen, mit Geld geklimpert ward 2c. Einmal kam der Besitzer der Halbhufe Abends spät von Baulund, im Kirchspiel Agerskov; da hörte er aus einem Hügel dicht neben dem Wege einen sagen: „Wenn du zu Hause kommst, so grüße Bitte, Batte sei tot!“ Der Mann erschrak, fuhr rasch zu und da er auf seinem Hofe anlangte, erzählte er seinen Leuten gleich, welche Nachricht er dem unbekannten Bitte zu bringen habe; aber schnell erfuhr er, wo Bitte wohnte; denn aus dem kleinen Hügel hörte man eine klägliche Stimme, die sagte: „O ist Batte tot! ist Batte tot!“

Herr Schull. Langvad in Tiislund.

CDI.

Find und Kind.

Bei dem großen Tingberg östlich von Sommersted fuhr Abends spät ein Mann aus Oxenvad vorbei, der von Hadersleben kam; da sah er den Berg auf Pfeilern in die Höhe gehoben und darunter tanzte eine große Menge Bergleute. Er nahm sein Taschenmesser heraus und warf es unter den Haufen; da fiel einer tödlich verwundet nieder, das sah der Bauer und eine Stimme rief ihm nach: „So grüße Find, die kleine Kind sei tot!“ Der Mann fuhr so schnell nach Hause als er konnte. Beim Abendessen erzählte er die Begebenheit im Tingberg. Da hörte sein Dienstknecht aufmerksam zu und als der Bauer den Gruß bestellt hatte, griff er ein großes Brotmesser vom Tische und stieß es dem Bauern in die Brust, daß er tot umsank; der Knecht aber verschwand vor den Augen der Leute. Nun wuste man, daß er der Find gewesen, der unter einem angenommenen Namen auf dem Hofe gedient habe, und wahrscheinlich der Mann oder Bräutigam zu der Kind sei, die vom Bauern war getötet worden.

Durch Herrn J. F. Lorenzen in Kiestrup.

CDII.
Die Kirchenbecher.

1.

Ein Mann aus dem Kirchspiel Viöl ritt in einer Nacht von Bredsted nach Norsted. Als er schon dem Dorfe nahe war, stand das Ünnereersche am Wege vor einem Hügel, das seit alten Zeiten schon da seine Wohnung hatte, und bot ihm aus einem glänzenden goldenen Becher einen Trunk an. Der Mann ließ sich den Becher reichen, ohne vom Pferde zu steigen, als er ihn aber ansetzen wollte, kam ihn ein Grauen an und statt zu trinken, goß er den Inhalt des Bechers hinter sich, gab seinem Pferde die Sporen und eilte mit seiner Beute davon. Sogleich aber hörte er, wie der Kleine seinen Kameraden oder Untergebenen rief; augenblicklich waren alle in seiner Nähe und Steine hagelten über ihn her. Es war gut, daß das Dorf so nahe war, sonst wäre er verloren gewesen. Mit seinem Pferde setzte er über das Heck hin, das den Eingang verschloß, und war in Sicherheit; denn die nachgeworfenen Steine prallten nun alle gegen das Thor. Als er aber Halt machte und sein Pferd besah, waren diesem von dem verschütteten Getränk hinten alle Haare weggebrannt. Zum Dank für seine glückliche Rettung schenkte er den Becher der Kirche zu Viöl, wo er lange gebraucht und erst vor einigen Jahren, als das Pastorat vom Blitze getroffen ward, mit verbrannt ist.

Durch Herrn Schull. Petersen in Norsted. vgl. No. 72. 207. 294. 295.

2.

Ein Bauer aus Rackebüll ritt eines Abends spät von Satrup nach Hause. Als er nun dem Hügel, den man Boehöi nennt, vorbei kam, fand er ihn emporgehoben und auf vier goldnen Pfeilern ruhen. Drinnen sind sie ganz lustig und trinken sich munter zu; da ruft der Bauer, man möge ihm auch zu trinken geben. Da kam einer sogleich heraus und reichte ihm einen goldnen Becher. Der Bauer aber wagte nun nicht zu trinken und goß alles rückwärts über aus, daß dem Pferde davon Haut und Haare weggiengen. Dann ritt er mit dem Becher in der Hand spornstreichs seinem Dorfe zu. Der aber, der ihm den Becher gebracht, rief gegen den Hügel: „Komm schnell Einhorn, Goldhorn ist fort!" Da liefen sie beide dem Reiter nach und eben als er in die Stallthür ritt, packten sie noch das Pferd bei einem Bein und rissen es beinahe ab. Der Mann wagte darnach nicht den Becher im Hause zu behalten, sondern schenkte ihn der Kirche.

Aus Sundewith.

3.

Auch die Kirche zu Jordkirch erhielt auf dieselbe Weise ihren Altarbecher. Aber da man ihn nicht allein in der Kirche, sondern auch bei Krankencommunionen gebrauchte, so zeigte sich, daß der Becher eine wunderbare heilsame Kraft habe. Die meisten Kranken, die daraus tranken, genasen. Es war auch in Gebrauch, daß er bei

Hochzeiten ausgeliehen und den Neuvermählten vorgesetzt ward; denn man meinte, daß der Segen und das Glück der Ehe dadurch besonders gefördert werde. Nachdem das nun schon viele Jahre hindurch Sitte gewesen war, kam einmal ein armer, in Lumpen gekleideter Mann auf eine Hochzeit in Alsleben und bat, man möchte ihm doch erlauben einen Trunk aus dem Becher zu thun, weil ihn das, wie ihm gesagt wäre, von einer sonst unheilbaren Krankheit heilen würde. Mitleidig gewährte das junge Ehepaar ihm seine Bitte; aber kaum hatte der Bettler den Becher in die Hand bekommen, so verschwand er damit vor den Augen der Leute.

Herr Pastor Hansen in Jordkirch.

CDIII.

Der gestohlene Becher.

1.

Ein Mann aus Tensbüttel, Namens Klaus Fink, ist einmal mit seinem Pferde in einen der Berge hinein geritten, die zwischen dem genannten Dorfe und Alversdorf sich hinziehen und die die Mannigfalligen oder die Mannigfulen Bargen heißen. Da hielten die Unterirdischen einen lustigen Schmaus und sie ließen den Bauern Theil nehmen; dieser aber stahl einen silbernen Becher und ritt damit eilig fort. Als nun der Neujahrsabend kam, langte man den Becher aus der Kiste hervor, um daraus zu trinken. Da fieng plötzlich das Vieh im Hause schrecklich an zu schreien. Als nun alle hinaus liefen und nachsahen, aber nichts fanden, da hatten die Unterirdischen ihr Eigenthum wieder geholt, als die Leute wieder in die Stube kamen.

Rhode Antiquitäten-Remarques S. 77.

2.

Zwei kleine Bauerjungen spielten an einem Mittage im Felde. Während sie nun emsig nach bunten oder runden Steinen scharrten, öffnete sich eine Höle. „Laet uns daer mael in krupen," sagte der Eine. „Nä, Jung'," antwortete der Andre, „dar wanen gewis Unnererschen." „Denn will ik herin," sagte der Erste, ein beherzter Bube, „des Middags schlöppt dat Tüeg." Er warf sich auf die Erde und kroch auf allen vieren hinein; da schliefen richtig die Unnererschen, eine ganze kleine Familie, ringsherum an den Wänden. Alle lagen auf Matten. Dem Jungen ward aber unheimlich und er wollte sich schon wieder davon schleichen, als er auf einem runden Tischchen einen kleinen hübschen Becher gewahr ward, den er ergriff und mit fortnahm. Die Mutter freute sich, als er nach Hause kam, über das leicht erworbene Kleinod, aber der Vater verwieß es dem Jungen und gebot ihm aufs ernstlichste den Becher wieder an Ort und Stelle zu bringen. Der Junge muste sich also wieder auf die Beine machen. Unterdeß hatte aber das kleine Volk ihren Verlust bemerkt und um ihre Höle zu verbergen, alles wieder dem übrigen Boden so gleich gemacht, daß auch nicht eine Spur zu finden war. Weinend kam der Junge mit dem Becher wieder nach Hause. Da war da eben ein Kaufmann eingekehrt; denn sein Vater hielt ein Wirthshaus. Nachdem der den Becher betrachtet, sagte er: „Das Ding ist von dem feinsten Golde, ihr werdet doch nicht so närrisch sein und es dem Unzeug wiederbringen; was soll es unter der Erde!“ „Na,“ sagte der Wirth, „dat wart en schöne Geschichte warrn, wenn wy't beholen!“ — Nun kam Abends ein junger Mann spät vom Felde und wollte ins Dorf; da umzingelten ihn die Unnereerschen und sagten, er solle im Dorfe bekannt machen, daß wer ihnen den Becher genommen, ihn in künftiger Nacht an den Grenzpfahl der Freimarken setzen möge, sie würden ihn da abholen. Geschähe es nicht, so würde es dem ganzen Dorf schlecht ergehn, aber der ehrliche Überbringer würde immer mit allem seinem Gut unter ihrem besondern Schutze stehen. Als der Wirth das erfuhr, nahm er Abends seinen Sohn bei der Hand und ließ ihn selber den Becher zum Grenzpfahl tragen. Der Junge hat in seinem Leben diese Geschichte nicht wieder vergessen, aber ihm nnd seinem Hause ist es nachher allezeit gut gegangen.

Aus der Stapelholmer Kirche durch D. St.

CDIV.

Das Horn der Büsumer Brandgilde.

Ao. 1515 heft einer up Busen gelevet, so man den olden Dammer geheten. Diser is siner Wisheit und Vorstandes in groten Ansehen und Berop gewest, also ok eines males in der Nacht van twen Personen mit groten Beden van sinem Bedde gehalet, dat he doch mochte sik bequemen mit enen gaen und eine Sake wegen eines gefundenen Schattes under se schlichten und scheden, so vollenkamen bi eme gesettet. Wowol he ungerne sik gebruken laten in solcher Saken an solchen Orde in solcher Tyt, heft he up er velvoldig emsig Anholden gevolget; und als he in einen Krog sudwesten sines Huses gevöret, sin se in de Erden gegaen, dar se ein Karspel, als do Busen, vorgefunden. Se hebben en fruntlich entfangen und mit gebloteden Hovede vorgegeven, wo einer einen Krog Landes vorhuret edder eine Wurtstede, und als de Hursman de ummegeplöget, hebbe he einen Grapen mit Gelde gefunden: de Frage, weme de gebőre, dewile beide Here und Hurling er Recht daran to hebben vormeinen und einer vor dem andern den sich toegenet? Do heft he na gehabten Bedenken gefunden: so ferne man sehen konde, dat de Plog den Grapen berőret, wat so verne were horede dem Hurling, dat nedderste dem Eigendomer und Gudheren. Do sin se alle fro geworden, hebben en gelavet und eme einen prechtigen groten Horne, so ardig ane Schening in de Runde gebőget, vorerret, einer Kannen Mate: wile de bi sinem Geschlechte, schole dat geluckhaft sin. Den heft hernach Hans Heske, do he mit Sulver belegt, vor 100 Mk. gekoft, und de heft en wedder der Brandgilde vor 100 Mk. verkoft, de en stattlich heft vornien und beleggen laten cum inscriptione:

Dat Wittman Schlacht In groter Acht
Mi lang Tyt hebben geholden.
Hans Hesk mi koft, Ock Hudman Kloft
Wolden mi nicht beholden.
Itz de Brandgild Mi betert mild:
Bi der wil ik vorolden.
H. Johann Adolf.

Neocorus I. 542. von dem auch die Inschrift herrührt. — Schening Schienung. In Schlachten und Kluften theilten sich die ditmarschen Geschlechter.

CDV.

Die zerbrochene Schaufel.

Ein Bauer pflügte in der Nähe eines Grabhügels bei Keitum. Da fand er eine zerbrochene Schaufel der Önnerersken hingelegt; er legte einen Nagel dabei und pflügte weiter. Als er aber wieder an die Stelle kam, waren Schaufel und Nagel verschwunden und dafür war ein Kuchen hingelegt, den der Bauer sich wohl schmecken ließ.

Die Önnerersken leben überhaupt gewöhnlich mit den Menschen in Frieden, besuchen sie und lassen sich besuchen, und nehmen und geben immer allerlei Geschenke.

Durch Herrn Hansen in Keitum auf Silt.

CDVI.

Der zerbrochene Brotschieber.

Ein alter Mann, der noch lebt, diente in seiner Jugend in Loit. Er war einen Tag über einmal in Arbeit auf einem Felde, das seinem Herrn gehörte, wo ein Hügel, der Illingberg, lag. Er wollte eben einmal auf den Hügel steigen, um sich ein wenig umzusehen, als ein kleines Bergmädchen heraus kam mit einem zerbrochenen Brotschieber und ihn bat, ihr den ein Bischen auszubessern. Nachdem er es gethan, gieng das Mädchen wieder in den Berg, kam aber sogleich wieder heraus und brachte ihm einen kleinen Kuchen für seine Dienstfertigkeit. Der Mann hatte aber nicht das Herz ihn aufzuessen nnd gab ihn dem Hofhunde; doch dem hätte nichts darnach gefehlt, sagte er.

Herr Joh. Fried. Lorenzen in Kiestrup.

CDVII.

Die Kindbetterin.

Die alte Wartfrau Lottjen in Husum erzählte gern und mit festem Glauben, daß zu ihrer Urgroßmutter einmal mitten in der

Nacht ein Unnererschen gekommen sei, und sie flehentlich gebeten habe, mit ihm zu kommen und seiner Frau in ihren Kindesnöthen beizustehen; er wolle sie nach geleisteter Hülfe sicher wieder nach Hause geleiten. Die Urgroßmutter von dem Bitten des Kleinen gerührt, stand auf und gieng mit ihm. Er führte sie darauf aus dem Hause zu einem hohlen Baume, und durch denselben stiegen sie hinab über eine enge, lange und dunkle Treppe. So kamen sie endlich in der Wohnung der Unterirdischen an, wo die Kleinen sie mit Angst erwartet hatten; denn es war die Königin, die der Hilfe bedurfte. Die Entbindung ward glücklich beendigt. Da brachte der Führer der Frau sie in eine Kammer, wo eine Menge Hobelspäne lagen, und hieß sie davon so viel in ihre Schürze füllen, als sie wollte. Die Frau zögerte anfangs; aber der Kleine ermunterte sie und sie nahm endlich eine Schürze voll davon; dann ließ sie sich wieder über die lange Treppe und aus dem hohlen Baum hinauf auf die Erde bringen. Da war es noch Nacht; der Kleine verließ sie und sie wanderte mit ihren Hobelspänen nach Hause. Je länger sie aber gieng, desto schwerer ward ihr die Schürze, so daß sie, zu Hause angelangt, die Last kaum mehr tragen konnte; nachdem sie alles in die eine Ecke des Heerdes geschüttet hatte, gieng sie noch wieder zu Bett; als sie aber am andern Morgen aufstand, lag da pures Gold und Silber.

In unsern Zeiten aber kommen die Untererschen nicht mehr zu den Menschen, seitdem der König von Dännemark im ganzen Königreich und den Herzogthümern die Löcher zustopfen ließ, woraus sie sonst hervorkamen, und allenthalben Wachen davor hinstellte.

Durch Storm. — Ähnlich, nur einfacher aus Sundewith. Die Unterirdischen wohnen unter dem Pferdestall und bitten die Frau den Stall zu verlegen; dafür erhält sie viel Gold und Silber. Damit stimmt völlig eine Lauenburgische Erzählung aus Beidendorf und eine andere nordschleswigsche aus Stenderup im Kirchspiel Toftlund. Nach letzterer bewirkt die Unterirdische immer den Tod der Kälber, bis man auf ihre Bitte den Stall verlegte. — Aus Jordkirch: Die Frau erhält Hobelspäne, wirft sie weg, entdeckt aber nachher durch einen, der hangen geblieben, daß es Gold gewesen. Ihr Nachsuchen ist vergeblich.

CDVIII.

Die Salbe der Unterirdischen.

Im Bügberg bei Felsted wohnten vor Zeiten Unterirdische; wo noch die Senkung an der Seite des Berges ist, da war der Eingang zu ihrer Wohnung. Sie raubten Kinder und schwangere Frauen. Einst ward die vorletzte Hebamme in Felsted von einem Unterirdischen zu Hilfe herbei geholt. Als aber die Frau an den Eingang des Berges kam, weigerte sie sich weiter zu gehen, weil sie sich fürchtete. Aber der Unterirdische versprach ihr, daß ihr kein Leids geschehen sollte, sondern sie solle reichlich belohnt werden. Da entschloß sie sich, gieng mit in den Berg und entband eine geraubte schwangere Frau eines Kindes. Nun erhielt sie von den Unterirdischen eine Salbe um damit die Augen des neugebornen Kindes zu bestreichen; davon aber nahm die Frau selber unbemerkt ein wenig und bestrich ihr eignes eines Auge damit. Dann ward sie zum Berge hinaus geführt und erhielt eine Schürze voll Hobelspäne zur Belohnung, die sie sogleich als sie hinauskam, weg warf; ein Span aber, der am Kleide hangen blieb, war am andern Morgen zu purem Golde geworden. — Nun kam sie einmal nach längerer Zeit hinter vielen Leuten aus der Kirche; da ward sie den Unterirdischen gewahr, der sie in den Bügberg geholt, die andern sahen nichts von ihm, sie aber grüßte ihn. Sogleich trat er auf sie zu und fragte: „Wie siehst du mich?“ Die Hebamme wollte es erst nicht sagen, dann aber gestand sie: „Ich habe mein Auge mit eurer Salbe bestrichen.“ Da fuhr der Unterirdische auf sie los und stach ihr augenblicklich das Auge aus, mit dem sie so hell sehen konnte.

Durch Dr. Jessen in Flensburg. vgl. Grimm Irische Elfenmärch. CV.

CDIX.

Der verschüttete Eingang.

Der Krüger und Krämer aus dem Meggerskoege kam eines Abends spät im Mondscheine auf seinem Schimmel von Rendsburg geritten, als unterweges auf einmal das sonst so fromme Thier scheu wurde und nicht aus der Stelle zu bringen war. Der alte Mann glaubte zuerst, es sei der Schatten eines langen am Wege stehenden Pfahles, der das Thier so in Angst setzte; als er aber absteigen und sein Pferd ziehen wollte, sah er am Pfahle ein ganz kleines Männlein stehen, das ihn schüchtern bat, doch mit ihm zu gehen; der Eingang sei hinter ihm verschüttet, und er könne die Erde nicht wegräumen. Der Krüger merkte bald, daß es ein Unnererschen war, band sein Pferd an den Pfahl und gieng mit. Als sie eine Strecke gegangen waren, zeigte der Kleine ihm die Stelle und der Alte grub den Eingang bald wieder frei. Darauf bat der Kleine ihn, doch mit hinunter zu steigen und sich ein wenig zu erquicken. Obgleich ihm nicht wohl dabei war, so hatte der Krämer dennoch nicht das Herz es abzuschlagen. Er stieg daher mit hinunter; drunten aber kam ihm die ganze kleine Familie entgegen, die ihn durchaus bewirthen wollte. Er schützte vor, daß seine Frau ihn längst zu Haus erwarte, daß er überhaupt auch keinen Hunger habe; indeß wolle er gern ein Butterbrot mitnehmen. Er steckte eins in die Tasche, und der Kleine begleitete ihn nun wieder zurück zu seinem Pferde. So schnell er nur konnte, saß er droben, gab dem Schimmel die Sporen und warf dabei das Butterbrot mit Gewalt gegen den Pfahl; dann jagte er nach Haus. Am andern Tage war er aber doch neugierig, was wohl aus dem Butterbrote geworden sei. Er gieng daher nach der Stelle zurück und fand es noch am Pfahl sitzen, aber es war kohlschwarz und dick aufgequollen.

Diese Geschichte pflegte der alte Krüger gerne zu erzählen und dann am Schluß hinzuzufügen: „Na, ik will my wull waren, unn kamen daer wedder by Abentyt! Harr ik dat nu upäten, weer ik doet west; unn denn seggen se noch, dat man ryk wart, wenn man sik mit dat Untüeg afgift.“

Von D. St. durch Storm. vgl. No. 393.

CDX.

Zi der Baumeister.

Ein Mann hatte es angenommen die Eckwabter Kirche bis zu einer bestimmten Zeit zu erbauen, aber er sah sich bald außer Stande sein Wort zu erfüllen. Mismüthig gieng er eines Abends umher und grübelte, was für ihn wohl in dieser Sache zu thun sei, da trat ein kleines Männchen, ein Bergmann, zu ihm und bot ihm seine Dienste an. Der Baumeister hörte anfangs spöttisch die großprahlerischen Reden des Kleinen an, endlich aber wurden sie doch einig, daß der kleine Mann in kurzer Zeit die Kirche bauen, hingegen der Baumeister bis dahin seinen Namen ausfündig machen sollte; könnte er das nicht, so müste er selbst mit Leib und Seele dem kleinen Mann gehören. Seelenvergnügt gieng der Baumeister heim, denn er dachte: Will er mir nicht selbst seinen Namen sagen, so will ich ihn schon aus seinen Leuten herauslocken. Aber es gieng anders als er dachte mit dem kleinen Mann; der brauchte weder Handwerker noch Handlanger, sondern alles vollbrachte er selbst mit unglaublicher Behendigkeit, so daß der Baumeister wohl sah, er würde leicht bis zur bestimmten Zeit fertig werden. Traurig wie das erste Mal gieng er wieder über Feld. Als er aber bei einem Hügel vorbei kam, so hörte er etwas drinnen schreien, und als er darauf genauer lauschte, sagte eine drinnen:

Bys! vær still Baen mint,
Maaen kommer Faer Zi
Mæ Christen Bloi te dæ.
(Sch! Sch! väes still myn Kint,
Morgen kummt dyn Vader Zy
Mit Christenbloet för dy!)

Da ward der Baumeister froh, denn er wuste wohl, wem die Worte galten, eilte zu Hause, und da es gerade der letzte Morgen war, daß am Tage die Kirche fertig sein sollte, und er den Bergmann eben beschäftigt fand den letzten Stein einzusetzen, — er pflegte nur des Nachts zu arbeiten — so rief er ihm schon von ferne zu:

God Maaen, Zi! God Maaen Zi!
Sætter du nu den sidste Steen i!
(Guten Morgen Zi! Guten Morgen Zi!
Setze nur ein den letzten Stein!)

Da ward der Kobold rasend als er seinen Namen hörte, und warf den Stein, den er eben einsetzen wollte, fort und fuhr in seine Höle. Man hat das Loch, das da nachblieb, niemals zumauern können; in der Nacht ward immer alles wieder heraus gestoßen. Ein Mauermann, der es einmal auszumauern versucht hat, bekam darnach eine auszehrende Krankheit. Später setzte man da ein Fenster ein; das ließ der Kobold unangetastet; es befindet sich am Aufgang zum Thurm, zwischen diesem und dem Karnhause. Nach der Erbauung der Kirche war noch lange bei derselben ein solcher Lärm und Spuk, daß die Einwohner es nicht auszuhalten vermochten, und allmählig fortzogen. Sie haben sich darauf da angesiedelt, wo jetzt das Dorf Hönkys ist, weil die Einwohner sich von ihrer Kirche, die nun allein steht, hatten wegschrecken (henkyse) lassen.

Dannevirke 1840. No. 18. Herr Pastor Hansen in Jordkirch. Herr H. Petersen in Soes und Herr C. Petersen in Hellewad.

CDXI.

Vater Finn.

In ganz alten Zeiten haben die Zwerge oft und lange mit den Menschen und unter einander Krieg geführt; mitunter schlossen sie auch Friede mit einander. Ihre Weiber sangen dann, wenn die Zwerge aus im Kriege waren, zu Hause bei der Wiege eine eigne Art Lieder. Nördlich von Braderup auf der Heide liegt der Reisehoog; da hat einer einmal gehört, wie drinnen eine Zwergin sang:

Heia, hei, dit Jungen es min.
Mearen kumt din Vaader Finn
Me di Mann sin Haud.

Das ist:

Heia hei, das Kind ist mein.
Morgen kommt dein Vater Finn
Mit dem Kopf eines Mannes.

Durch Herrn Hansen auf Silt.

CDXII.

Der rothe Hauberg

1.

An der Landstraße nicht weit von Witzwort steht ein großer schöner Hof, der rothe Hauberg; der hat neun und neunzig Fenster. Vor Zeiten stand hier ein kleines elendes Haus und ein armer junger

Mann wohnte darin, der in die Tochter des reichen Schmieds, seines Nachbarn gegenüber, verliebt war. Das Mädchen und die Mutter waren ihm auch gewogen; doch der Vater wollte nichts davon wissen, weil der Freier so arm war. In der Verzweiflung verschrieb er seine Seele dem Teufel, wenn er ihm in einer Nacht bis zum Hahnenschrei ein großes Haus bauen könnte. In der Nacht kam der Teufel, riß das alte Haus herunter und blitzschnell erhuben sich die neuen Mauern. Vor Angst konnte der junge Mann es nicht länger auf dem Bauplatze aushalten; er lief hinüber in des Schmieds Haus und weckte die Frauen, wagte aber nun nicht zu gestehen, was ihm fehle. Doch als die Mutter einmal zum Fenster hinaus sah und mit einem Male ein großes Haus erblickte, dessen Dach eben gerichtet ward, da muste er bekennen, daß er aus Liebe zu dem Mädchen seine Seele dem Teufel verschrieben habe, wenn er, ehe der Hahn krähe, mit dem Bau fertig würde. Schnell gieng die Mutter in den Hühnerstall, schon waren neun und neunzig Fenstern eingesetzt und nur noch das hundertste fehlte: da ergriff sie den Hahn, schüttelte ihn und er krähte laut. Da hatte der Teufel sein Spiel verloren und fuhr zum Fenster hinaus. Der Schmied aber gab seine Tochter nun dem jungen Mann, dessen Nachkommen noch auf dem Hauberge wohnen. Aber die hundertste Scheibe fehlt noch immer und so oft man sie auch am Tage eingesetzt hat, so wird sie doch Nachts wieder zerbrochen.

Durch Herrn Storm.

2.

Einst brannte einem Bauer in Eiderstede sein Haus nieder. Traurig gieng er auf dem Felde umher, da kam ihm ein kleiner Mann in einem grauen Rock und mit einem Pferdefuß entgegen und fragte, was ihm fehle. Der Mann erzählte ihm sein Unglück und wie er kein Geld habe sein Haus wieder zu bauen. Da versprach der Kleine ihm ein Haus mit hundert Fenstern zu bauen, und es in einer Nacht bis zum ersten Hahnkrat fertig zu liefern, wenn er ihm seine Seele verspräche. Sogleich gieng der Bauer den Vertrag ein und in der Nacht fieng der Teufel an zu bauen und bald war das Haus fertig und der Teufel fieng schon an die Fenster einzusetzen. Als er nun zu dem letzten kam, da fieng der Bauer an zu krähen und klatschte in die Hände; der Teufel lachte. Aber der Hahn im Stalle hatte es gehört und antwortete, als der Teufel eben die letzte Scheibe einsetzen wollte. Da muste er weichen, drehte dem Hahn den Hals um und gieng davon. Das Fenster hat niemand einsetzen können und es bleibt keinerlei Geräth in dem Zimmer, wo die Scheibe fehlt; alles fliegt heraus. Es braucht keiner da rein zu machen; denn es ist da immer ganz besenrein.

Durch cand. ph. Arndt und nach mündlicher Mittheilung aus Ditmarschen, wo man mit unbedeutenden Abweichungen dieselbe

Sage von einem Hofe in Norderditmarschen erzählt. Ebenso von einer Scheune in der Wilstermarsch.

3.

Der Stammvater der vormals reichen, jetzt ganz verarmten Owenschen Familie in Eiderstede war in der schwarzen Schule gewesen und hatte sich ausbedungen, daß der Teufel ihm neun und neunzig Hauberge liefern sollte. Der Teufel hielt sein Versprechen, wollte aber zuletzt den Owen selbst holen. Da überlistete dieser ihn durch folgenden Fund. Er entdeckte unter den Trümmern der alten Kirche, die neben seinem Hause stand, ein buntes bemaltes Fenster. Das nahm er und setzte es in sein Zimmer. Darüber hatte der Teufel nun keine Macht und Owen konnte stets dadurch entkommen, und entkam dem Teufel auch wirklich. Seit der Zeit hat in dem Hause immer ein Fenster offen stehn oder eine Scheibe aus sein müssen, dadurch blieb das Haus auch stets vor Feuer und Wassersnoth bewahrt.

Durch Mommsen.

CDXIII.

Vom Teufel ist nicht los zu kommen.

Ein Mann hatte viel von des Teufels Gefälligkeit gegen die Menschen gehört und da er nun einen großen Steindamm zu pflastern übernommen hatte, aber zur bestimmten Zeit nicht fertig werden konnte, aus Geiz auch keine Gesellen mehr annehmen wollte, so berief er den Teufel. Der Teufel kam und versprach gleich ihm nicht nur zu helfen, sondern überdies noch viele Häuser, Pferde, Kutschen und Geld zu verschaffen, wenn er ihm seine Seele verschriebe. Der Mann gieng den Vertrag ein und unterschrieb seinen Namen; der Teufel steckte die Tafel ein, und in zwei Nächten war nun der Steindamm fertig. Der Mann erhob sein Geld dafür und nahm von nun an kostspielige große Bauten an, die der Teufel immer ohne seine Hilfe und ohne daß es ihm etwas kostete, für ihn aufführen muste. Der Teufel hielt sein Wort, der Mann ward steinreich, wohnte in prächtigen Häusern, fuhr in schönen Kutschen und hatte immer Geld vollauf. Als aber endlich der Vertrag abgelaufen war und der Teufel in einer Karjole angefahren kam um ihn abzuholen, gefiels ihm noch zu bleiben und der Teufel muste so wieder abziehen. Da fielen aber mit einem Male alle von ihm aufgeführten Gebäude um und alle seine Werke verschwanden eben so schnell als sie entstanden waren. Die Leute verklagten nun den Bauherrn und er sollte alles vergüten und wieder herausgeben. Da konnte er sich nun nicht anders helfen, als daß er noch einmal sich an den Teufel wandte. Da aber nahm ihn dieser gleich beim Schopf, steckte ihn in eine Tonne, die inwendig ganz mit Nägeln beschlagen war, spannte vier Füchse davor und er läßt ihn so bis auf den jüngsten Tag quälen, ohne daß der Unglückliche sterben kann.

Aus St. Margreten durch Herrn Heinrich.

CDXIV.

Der gestrichene Scheffel.

Ein Mann befand sich in großer Geldnoth und rief den Teufel an. Der Teufel kam und versprach ihm einen Scheffel Goldgeld zu geben; er solle ihn gehäuft voll empfangen, und nach zehn Jahren nur gestrichen wieder abliefern. Könne er das nicht, sei er seiner Seele verlustig. Der Teufel hoffte, der Mann sollte ein Schlemmer werden und würde dann ihm sicherlich zufallen. Der Mann aber fragte, ob er das Geld, wenns ihm möglich wäre, nicht früher wieder abliefern könnte; der Teufel sagte dazu ja. Als er darum dem Mann den gehäuften Scheffel brachte, nahm dieser ein Brett, strich ab und sagte zu ihm, er könne das übrige nun wieder mitnehmen; denn mehr gebrauche er nicht. Seit der Teufel diesen Aerger gehabt hat, ist er vorsichtiger bei solchen Contracten geworden.

Herr Marquardsen in Schleswig.

CDXV.

Die Zahlen eins bis sieben.

Es war einmal ein Mann in Ditmarschen, der war ein Bauer, hatte Weib und Kind, sein Land gewährte ihm ein gutes Auskommen, und wenn er auch sonst weiter kein Vermögen hatte, so lebte er doch glücklich und zufrieden. Da kam aber eine Seuche unter das Vieh, und seine Kühe starben und dann auch seine Pferde. Doch wuste er sich das erste Mal noch neues Gut zu verschaffen, aber als die Seuche abermals und noch einmal seinen Stall leer fraß, da konnte er es nicht länger gut machen, wie es kleinen Bauern leicht geht, die nichts nachzusetzen haben, und er kam in die traurigste Lage. Milch, Rahm, Butter, alles fehlte im Hause; bei den Nachbarn giengs nicht viel besser und mit seinem baren Schilling in der Hand konnte er nichts bei ihnen bekommen. Die Noth war groß. Sein Land muste dies Jahr wüst und unbebaut liegen bleiben; denn die Pferde waren gestorben, die es bearbeiten sollten; und was war nun für den Herbst zu hoffen? In traurigen Gedanken über sein Unglück gieng der Bauer in der Zeit, da sonst die Feldarbeiten begannen, übers Feld; er glaubte, Gott hätte ihn vergessen, und verzweifelnd schlug er die Hände über den Kopf zusammen, wenn er an Weib und Kind gedachte. Da stand mit einem Male ein ganz kleines Männchen vor ihm in einem grauen Rock und mit einem dreieckigen

Hut, das aber besonders klug aus den Augen sah. Der Bauer stutzte und wuste gar nicht, wo es herkam, da ja kein Fußsteig über sein Land gieng; er wollte vorüber gehn; aber das Männchen lief immer neben ihm her und redete ihn an: „So sag er mir doch, warum er so traurig ist, guter Mann. Vielleicht kann ich ihm helfen.“ „Ach,“ antwortete der Bauer, „wozu wäre das nütze und wie solltest du mir helfen können?“ Der kleine Mann ließ aber gar nicht nach und fragte immer dringender wieder, bis ihm der Bauer alles offenbart hatte. Da kniff er seine kleinen Augen zu, schnalzte mit den Fingern und rief: „Wenns weiter nichts ist, wenns weiter nichts ist! Hör er also: Ich will ihm auf fünfundzwanzig Jahre vier Pferde geben, die können gegen zehn arbeiten und brauchen gleichwohl nicht gefüttert zu werden. Er kann sie jeden Morgen vorspannen und braucht sie nur Abends in den Stall zu lassen; so will ich schon sorgen. Und in diesen fünfundzwanzig Jahren soll sein Land über und über reichlich tragen. Nur mache ich eine Bedingung: er soll, wenn die Zeit abgelaufen, mir eine Frage beantworten oder muß selber mein sein.“ Der Bauer, ohne sich weiter zu bedenken und froh der Aussicht auf seine Rettung und sein Glück, sagte ja, er solle nur die Frage stellen, in fünfundzwanzig Jahren würde er schon die Antwort darauf finden. „Nun,“ sagte der Kleine, „so sollst du mir heute über fünfundzwanzig Jahre sagen, was die Zahlen von eins bis sieben bedeuten.“ Er hielt seine Hand darauf hin und der Bauer schlug ein. Der kleine Mann gieng nun noch mit dem Bauern bis ans Dorf, gab ihm einen vollen Beutel mit Geld und verschwand; als der Bauer zu Hause kam, standen die vier Pferde im Stall, und seine Frau sagte, daß ein fremder Knecht sie gebracht habe.

Nun kehrte Freude und Zufriedenheit wieder ins Haus zurück. Gleich wurden neue Kühe gekauft und die Haushaltung wieder in den alten Gang gebracht. Jeden Morgen gieng der Bauer mit seinen vier Pferden aufs Feld und es war wunderbar anzusehen, wie rasch die Arbeit von Statten gieng. Abends brachte er sie in den Stall und ließ den Kleinen für sie sorgen. Seine Ernte war reichlicher und besser als die seiner Nachbaren, und so giengs von Jahr zu Jahr, und bald ward der Bauer ein reicher, vermögender Mann, baute sich ein neues prächtiges Haus und kaufte viele große und schöne Ländereien um seinen Hof zu vergrößern. Wenn ihm einmal die Frage einfiel, die er beantworten sollte, so dachte er, darauf kannst du dich noch nächstes Jahr besinnen, und er verschob sie. Endlich aber waren vierundzwanzig Jahre herum; da half nun kein Verschieben mehr. Er fieng an zu grübeln und zu rathen, was wohl die Zahlen von eins bis sieben bedeuten, dachte Tag und Nacht und quälte sich, konnte aber nichts herausbringen. Darüber ward er erst ganz traurig und still, und dann krank und elend und zehrte so allmälig ab. Seine Frau und Kinder sahen das mit großer Betrübnis und wollten von ihm wissen, was ihm fehle, er aber schwieg hartnäckig. Je näher aber der Tag kam, je schlimmer ward es mit dem Bauern. Speise und Trank wies er von sich, unruhig und voller Angst lag er in seinem Bette, bald betete und bald weinte er. Seine Frau und Kinder wichen nicht von seiner Seite. Als es nun gegen Mittag des bestimmten Tages kam, schärfte er seiner Frau auf dringendste ein, alle Thüren und Fensterladen des Hauses zu verschließen und niemand einzulassen, der ihn sprechen wollte. Da entstand ein gräuliches Wetter, ein Sturm brach los mit Donnern und Blitzen und der Regen strömte vom Himmel. Da klopfte es leise an die Thür; weil sie aber drinnen ruhig blieben, klopfte es noch einmal und immer wieder und aufs flehentlichste bat einer um Einlaß und Schutz gegen das böse Wetter. Da wagte sich die Frau an die Thür und erblickte einen langen, schönen Mann von freundlichen, wohlwollenden Mienen, in schlichten Kleidern mit einem Stock in der Hand. Er ließ nicht nach mit Bitten und sagte, daß er es verstehe Kranke zu heilen; da ließ die Frau ihn mitleidig endlich ein. Nun befahl er ihr und den Kindern ihn bei dem Kranken allein zu lassen; er setzte sich an sein Bett, sprach ihm Trost ein und wuste durch seine Rede und sein Benehmen den Mann zu gewinnen, daß er unter vielen Thränen ihm den Grund seines Unglücks bekannte. Da sprach der Fremde: „Guter Freund, ihr seid leichtsinnig gewesen; aber ich will euch helfen. So sage ich euch denn:

Eins ist eine Schiebkarre,
Zwei eine Karjole,
Drei ein Dreifuß,
Vier ein Wagen,
Fünf die Finger an der Hand,
Sechs die Werkeltage in der Woche,
Sieben das Siebengestirn.

Und nun steht auf und seid gesund und getrost.“ Der Bauer erhub sich und fühlte sich wirklich wieder leicht und wohl; als er aber sich umsah, war der Fremde verschwunden. Da merkten sie, daß es unser Herr Christus selbst müste gewesen sein; wo aber der Herr selber kommt, da hat der Teufel das Spiel verloren. Das Unwetter dauerte indeß noch immer fort und schien immer ärger zu werden. Gegen Abend kam mit einem Wirbelwind der Böse ins Haus und fragte sogleich nach den Zahlen. Da lachte der Bauer und sagte es ihm. Nun konnte er ihm nichts anhaben; fluchend auf den lieben Herrgott gieng er in den Stall, nahm die Pferde und fuhr mit ihnen durch die Luft davon. Sogleich nahm das Wetter ab und als der Teufel in der Hölle ankam, war es wieder ganz still und heiter. Der Bauer aber lebte fromm und fleißig noch lange Jahre glücklich unter dem Segen des Himmels.

Mündlich aus Ditmarschen. — Oben bei No. 269. ward verabsäumt, daß in einer ditmarschen Erzählung, ähnlich wie hier, aus einem Erdmännchen und Kobold der Teufel wird, der den vor der Taufe versprochenen Knaben eines armen Bauern versucht. Auch jene unter No. 269. haben dieselbe Verwandlung erlitten. Dies bestätigt eine nordschleswigsche, leider unvollständige Sage, in der ein armer Bauer einem hilfreichen Bergmann seinen ältesten Sohn verspricht, sobald er zwölf Jahr alt ist und sieben Fragen nicht beantworten kann. Zur festgesetzten Frist stellt sich glücklicherweise ein Fremder ein, der beantwortet die Fragen für den Knaben; der Bergmann verschwindet mit Gestank. vgl. No. 104. Dies ist zugleich offenbar dieselbe Sage mit der mitgetheilten.

CDXVI.

Knirrficker.

Ein armer Mann machte mit dem Teufel einen Bund. Da versprach der Teufel ihm so viel Geld durch einen Stiefelschaft, den er durch ein Loch der Thür stecken sollte, ins Haus zu gießen, als er er nur immer wünschen möchte. Dafür aber solle er das erste, was ihm geboren würde, sobald es funfzehn Jahre alt wäre, ihm lassen, wenn er dann nicht wisse wie er heiße. Der arme Mann gieng in seiner Noth den Handel ein, und bedachte nicht, daß seine Frau schwanger wäre. Der Teufel brachte ihm das Geld. Er lebte von nun an herrlich und in Freuden; als seine Frau ihm aber bald eine Tochter gebar, da gereute ihn schon sein übereiltes Versprechen. Und jemehr sie heran wuchs und je näher der Tag kam, wo die Frist abgelaufen, je trauriger und unglücklicher ward er, da er gar nicht den Namen des Teufels erfahren konnte. Am Abend vor dem Tage gieng er ganz niedergeschlagen durch den Wald. Da begegnete ihm ein Mann und fragte ihn nach der Ursache seiner Traurigkeit. „Ach," sagte er, „ihr könnt mir doch nicht helfen!" Als der Fremde aber gar nicht aufhörte nachzufragen, sagte er ihm, daß er morgen den Tag seine Tochter verlieren müsse, wenn er nicht den Namen dessen kenne, dem er sie zugesagt. Da erzählte der Fremde, daß er eben einem Mann begegnet sei, der immer so vor sich hingesagt:

Knirrficker heet ik,
En junk Mäken weet ik,
Morgen schal'k äer halen. —

„Das muß der Teufel sein," sagte der Mann und gieng vergnügt nach Hause. Am andern Tage kam der Böse. Da sagte der Mann: „Knirrficker heetst du, myn Dochter krigst du nich." Und der Unhold muste abziehn.

Aus Dersau im Gute Ascheberg durch Dr. Klander in Plön. vgl. No. 269.

CDXVII.

Gebhart.

Ein Mädchen hatte eine böse Stiefmutter. Die quälte sie auf alle Weise, besonders mit Flachsspinnen. Denn immer trug sie ihr schon neue Arbeit zu, wenn sie mit der alten noch nicht zu Ende war; fast jeden Tag verdoppelte sie das Tagewerk und weil das Mädchen einen Bräutigam hatte und gerne heiraten wollte, so sagte die Mutter: „Wenn du damit zum Abend fertig bist, so soll Hochzeit sein; eher kommst du aber nicht aus dem Hause." Die böse Mutter hielt aber nie Wort, weil sie die fleißige Arbeiterin ungerne aus dem Hause lassen wollte und ihr dann auch ihr Vermögen hätte auskehren müssen. Zuletzt brachte sie ihr gar die halbe Stube voll Flachs; sagte aber, wenn sie das in drei Wochen abgesponnen hätte, solle sie ganz gewis Ruhe haben. Das Mädchen sah, daß ihr das nimmer gelingen würde, wenn sie auch Nacht und Tag arbeitete; traurig gieng sie hinaus und kam in einen Wald, wo sie sich niedersetzte, um sich einmal recht satt zu weinen. Als sie aber die Augen aufschlug, da stand da ein kleines Männchen in einem kurzen Rock vor ihr und fragte, was ihr fehle. Sie klagte ihm ihre große Noth; da hüpfte das Männchen herum und sagte: „Wenns weiter nichts ist, so kann ich dir schon helfen! Aber du must drei Wochen lang meinen Namen behalten; ich heiße G e b h a r t; vergißt du den, so nehm ich dich mit und du must meine Frau werden." Das Mädchen dachte, wie sollte ich nicht den Namen behalten? und nahm seinen Dienst mit Freuden an, führte ihn in ihre Kammer, er fieng an zu spinnen und spann und spann, sie konnte ihm nur immer zuwerfen, und in einem Augenblick war alles aufgesponnen. Darauf verschwand der kleine Mann. Das Mädchen freute sich, daß sie nun frei sei, dachte an ihre Hochzeit und rüstete alles darauf zu; als aber die drei Wochen fast um waren, fiel ihr erst die Bedingung, die der kleine Mann gemacht hatte, wieder ein; da hatte sie den Namen vergessen und konnte sich gar nicht wieder darauf besinnen. Sie rechnete sich alle Namen vor, die ihr bekannt waren und im Lande gebraucht werden, sie sah im Kalender nach; aber nirgend fand sie den rechten, oder bald dachte sie, dieser sei der rechte, bald jener. Vergeblich suchte sie auch das Männchen im ganzen Walde; er war durchaus nirgend zu finden. Darüber ward sie ganz traurig. Ihr Bräutigam bemerkte das und am letzten Tage vor der Hochzeit muste sie ihm alles erzählen. Da gieng der Bräutigam noch den Abend in den Wald, um das Männchen zu suchen; lange irrte er umher und fand nichts; doch zuletzt traf er auf ein ganz kleines Häuschen, das er früher nie gesehen. Da stand auf dem Tisch, mitten in der Stube, wie er durchs Fenster sah, ein brennendes Licht und das kleine Männchen tanzte und sprang immer rund herum, klatschte in die Hände und sang dazu:

Morgen must du mit,
Morgen sind wir quit!
Gebhart heiß ich, hopsasa!
Morgen bin ich wieder da.

Da lief der Bräutigam schnell zurück zu seiner Braut, erzählte ihr, was er gesehen und gehört, und als nun am Morgen das Männchen kam und fragte: „Wie heiß ich?“ antwortete das Mädchen: „Gebhart heißt du;“ da verschwand das Männchen, und weil die böse Mutter nun nichts mehr dawider haben konnte und ihr Wort halten muste, so gaben Braut und Bräutigam Hochzeit und lebten noch lange glücklich.

Mündlich aus Marne in Ditmarschen.

CDXVIII.

Tepentiren.

Einmal war ein König mit seiner Tochter auf die Jagd gegangen. Aber beim Verfolgen eines Wildes verirrten sie und sahen sich endlich in einer wüsten, unbekannten Gegend. Erschöpft vom langen Umherstreifen und Fasten ruhten sie aus; keine menschliche Seele ließ sich blicken. Da aber sahen sie eine kleine wunderliche Gestalt, ein Männchen, krumm, verwachsen, mit einem langen Barte von purem Golde, auf dem Kopfe eine lange spitze Mütze, das sprang immer auf den Steinen herum. Endlich kam es zu ihnen und versprach, sie wieder in ihre Stadt zu führen, wenn die Königstochter gelobte, ihn nach vierzig Tagen zu heiraten, sobald sie nicht seinen Namen wüste; dreimal könne sie rathen und träfe sie seinen rechten Namen, wolle er ihr seinen Bart schenken. In ihrer Noth musten König und Königstochter auf die Bedingung eingehen, und der wunderliche Mann führte sie richtig nach Hause.

Nun ließ der König die Weisen seines Landes zusammenkommen. Die sollten ihm sagen wie der sonderbare Mann hieße; aber keiner konnte es herausbringen. Da ließ der König ein Gebot ausgehen und verhieß dem ein große Belohnung, der ihm den Namen zu sagen wüste oder den kleinen Mann selber gefangen bringen könnte. Aber niemand meldete sich; die Königstochter vergieng nun fast vor Angst und Sorgen. Am neun und dreißigsten Tage aber kam der Kuhhirt auf das Schloß und verlangte zum König gelassen zu werden. Ohne von allem dem, was vorgefallen, etwas zu wissen, erzählte er nun, er sei mit seinen Kühen an eine wüste Stelle gekommen, da habe er einen kleinen wunderlichen Mann immer herumspringen sehen, daß ihm sein goldner Bart vorn und hinten seine lange spitze Mütze an die Beine geschlagen hätte; dazu habe er gesungen:

Tepentiren heet ik.
Unse Königsdochter,
Wenn se weet,
Wie ik heet,
Schall se mynen Baert hebben.

Da beschenkte der König den Kuhhirten reichlich; denn nun wusten sie den Namen.

Am andern Tage kam der Zwerg. Die Prinzessin wollte ihn erst necken für die lange Angst, die er ihr gemacht, und nannte erst zwei andre Namen. Aber der Zwerg sagte: „Nä, so heet ik nich!“ und sah die Prinzessin immer verliebter an. Nun fragte sie: „Denn heetst du wol Tepentiren?“ Da machte er ein wunderbares Gesicht und riß voller Wuth seinen goldenen Bart aus, warf ihr den hin und rief: „Dat het de verfluchte Koharderjung segt!“

Durch Dr. Klander in Plön aus Dersau.

CDXIX.

Ekke Nekkepenn.

Die Zwerge mögen die Frauen der Menschen besonders gerne leiden. Einer verliebte sich einmal in ein Mädchen aus Rantum und verlobte sich mit ihr. Sie besann sich aber nach einiger Zeit anders und sagte ihm den Kauf auf. Da sagte der Kleine: „Ich will dich schon lehren Wort halten; nur wenn du mir sagen kannst, wie ich heiße, sollst du frei sein.“ Nun fragte sie überall herum nach dem Namen des Zwergs; aber niemand wuste es ihr zu sagen. Traurig gieng sie umher und suchte die einsamsten Orte, je näher die Zeit kam, daß der Zwerg sie holen wollte; da kam sie endlich bei einem Hügel vorbei und hörte darin diesen Gesang:

Delling skell ik bruw,
Mearen skell ik baak,
Aurmearn skell ik Bröllep haa:
Ik jit Ekke Nekkepenn,
Min Brid es Inge fan Raantem;
En bit weet nemmen üs ik alliining. *)

Als der Zwerg nun am dritten Tage kam, um sie zu holen, und fragte, wie er heiße, da sagte sie: „Du heißt Ekke Nekkepenn!“ Da verschwand der Zwerg und kam nimmer wieder.

Durch Herrn Hansen in Keitum auf Silt.

*) Taglang (heute) soll ich brauen, Morgen soll ich backen, übermorgen Hochzeit haben: Ich heiß Ecke Neckepenn, Meine Braut ist Inge von Rantum; Und das weiß niemand als ich alleine.

CDXX.

Ein Mädchen heiratet einen Zwerg.

Ein junges Mädchen in Braderup auf Silt hatte, wie die meisten Frauen auf den friesischen Inseln, täglich die schwersten Arbeiten zu verrichten; sie fühlte sich oft unglücklich und beneidete im Stillen die Zwerge, die immer fröhlich sind, aber selten arbeiten. Einmal gieng sie mit ihrer Nachbarin bei einem Hügel vorbei, wo man oft die Önnerersken hatte singen und tanzen hören, aufs Feld zur Arbeit. „Ach," rief sie, „könnte mans auch doch haben wie die Leute da drunten!" „Möchtest du denn wohl bei ihnen sein?" fragte das andere Mädchen. „Ach ja, warum nicht?" antwortete sie. Das hörte ein Zwerg, und als nun am andern Morgen das Mädchen wieder vorüber kam, warb er um ihre Hand, führte sie in seinen Berg und heiratete sie. Da soll sie ganz glücklich gelebt und dem Zwerge mehrere Kinder geboren haben.

Durch Herrn Schullehrer Hansen auf Silt.

CDXXI.

Die Unterirdischen wollen eine Frau stehlen.

Ungetaufte Kinder schützt man auf Silt dadurch vor den Zwergen, daß man ihnen eine Bibel in die Wiege legt. Einmal aber hätten sie beinahe eine Wöchnerin selbst aus ihrem Hause in Keitum geraubt. Glücklicher Weise kam der Mann noch eben zeitig genug vom Felde zurück um die Räuber zu verjagen und seine Frau aus dem Netze zu befreien, in dem sie sie fortschleppen wollten. Als die Zwerge flohen, hielten sie aber noch einen Augenblick wieder an und riefen dem Manne zu: „Deesmaal heest dü wonnen; man sa bald üs dü aur (über) din Wüf flöckst (fluchst), da sünkt jü deal ön de Gründ, en kumt nimmer wedder ap!" Einige Zeit darauf besuchte nun die Frau eine Gevatterin und blieb ihrem Manne zu lange aus. Als sie darum nach Hause kam, fragte er erzürnt: „Hur (Wo) heest dü Düwel sa lung wessen?" Da verschwand die Frau vor seinen Augen in der Erde und kam nicht wieder zum Vorschein.

Durch Herrn Hansen auf Silt.

CDXXII.

Die geraubte Frau.

In Sülzdorf bei Ratzeburg war ein Bauer, dessen Frau verschwand plötzlich. Es gieng das Gerücht, die Unterirdischen hätten sie in ihre Berge geschleppt. Nach langen Jahren fuhr der Bauer einmal nach Lübek. Als er nun Abends wieder zurückkam, sah er seine Frau an einem Berge sitzen mit einem unterirdischen Kinde auf dem Schooß. Er hörte sie singen mit ihrer schönen klaren Stimme, womit sie so oft seine Kinder in Schlaf gesungen hatte; daran erkannte er sie. Er rief: „Mudder, büst du hier?" und gieng näher heran. Da sagte sie: „Laet my nu man hier, ik bün nu doch de Spys nich meer wennt!" Dennoch zwang er sie mit zu kommen, aber da ist sie bald nachher gestorben.

Aus Barkentien durch Cand. Arndt.

CDXXIII.

Die ausgehauene Liese.

Der Bauer, der vor hundert Jahren auf der Hufe wohnte, die am Fuße des Bügbergs bei Felsted liegt, fuhr einst nach der Mühle am Strande, als seine Frau gerade in Wochen lag. Als er nun nicht weit mehr von der Mühle durch die Enge zwischen den Bergen fuhr, hörte er drinnen rufen: „Hau die Liese mit ihrer langen Nase aus!" Er dachte, das kann nur meine Frau sein, aber es soll euch doch nicht glücken, was ihr im Sinne habt. Sobald er also nach Hause kam, bestellte er zwei Wächterinnen bei der Kindbetterin, und gieng selber zu Bette, weil er sehr schläfrig war, aber vor Unruhe konnte er doch nicht einschlafen. Um Mitternacht waren die Frauen, die wachen sollten, eingeschlafen; da hörte der Mann ein Geräusch und merkte wie die Unterirdischen zum Fenster herein kamen, Frau und Kind aus dem Bette huben und ein Holzbild an die Stelle legten. Rasch fuhr er heraus, ergriff seine Frau noch eben am Bein, und rief: „Halt, laßt mir das Meine und nehmt ihr das Eure!" Da musten die Unterirdischen wieder mit ihrer ausgehauenen Liese abziehen und der Mann behielt die seine.

Durch Dr. Jessen in Flensburg.

CDXXIV.

Ein Unnererschen gefangen.

Einmal beschlossen einige junge Bauern, ein Unnereerschen einzufangen. Obgleich manche von diesem Unternehmen abriethen, so konnten doch die Übrigen der Lust nicht widerstehen. Die Unterirdischen kommen aber bei Tage nie und zur Nachtzeit nur selten zum Vorschein; es war die Sache auch keineswegs leicht. Sie ließen es bis zur Johannisnacht; da stellten mehrere von den Beherztesten sich auf die Lauer, um eins zu erwischen. Doch die Dinger sind flüchtig und ihre Schlupflöcher klein; fast wären sie alle entkommen, wenn nicht der Behendeste der jungen Burschen noch so eben ein kleines

Mädchen von den Unnereerschen bei der Schürze gefaßt hätte. In vollem Jubel ward es zu seiner jungen Frau ins Haus getragen. Die nahm die Kleine freundlich auf den Schooß und schmeichelte ihr; sie gab ihr Zucker und allerlei Leckerbissen und fragte sie darauf hin und her wie sie heiße, wie alt sie sei und so weiter. Aber die Kleine weinte nicht und lachte nicht und sprach und brach nicht. So blieb es einen Tag wie alle; kein Laut war aus ihr durch Versprechungen oder Drohungen herauszubringen. Da kam einmal eine alte Frau, die gab ihnen den Rath, nur alles verkehrt anzufangen, das könnten die Unnereerschen nicht vertragen und fiengen gleich an zu sprechen. Da nahm die junge Frau die Kleine mit in die Küche und befahl ihr, den Torf zur Suppe sauber abzuwaschen, während sie das Fleisch zerhacke, um Feuer damit anzulegen. Die Kleine rührte sich nicht. Da nahm die Frau selbst den Torf und wusch ihn dreimal sauber ab. Die Kleine staunte, aber sie rührte sich nicht. Als die Frau nun auch das Fleisch zerhackt hatte und Feuer damit anlegen wollte, da sagte sie: „Frau, ihr werdet euch doch nicht an Gott versündigen wollen?“ — „Nein,“ versetzte die Frau, „wenn du sprechen willst, will ich recht thun, sonst aber verkehrt.“ Seit der Zeit sprach die Kleine; bald aber fand sie Gelegenheit zu entwischen. Als kurz darauf die Frau eine Tochter geboren hatte, lag am andern Morgen ein Wechselbalg in der Wiege. Die Unnereerschen hatten das Kind geholt.

Volksbuch 1844. 92 fg. durch Storm aus Husum.

CDXXV.

Wechselbälge.

1.

Ehe die Sitte aufkam, die neugebornen Kinder sogleich durch die Hebammen einsegnen zu lassen, vertauschten die Zwerge oft die Kinder mit ihren Kindern. Dabei waren sie sehr listig. Ward nemlich ein Kind geboren, so kniffen sie draußen einer Kuh in die Ohren. Liefen die Leute nun wegen des Gebrülls hinaus, so schlich sich der Zwerg herein und vertauschte das Kind. Da trafs sich aber einmal, daß der Vater es gewahr ward, wie sein Kind aus der Stube getragen wurde. Noch eben zur rechten Zeit griff er zu und riß es an sich, und darauf hielt er auch das Kind des Unterirdischen fest, das bei der Wöchnerin im Bette lag, so sehr sich auch die Unterirdischen bemühten, das ihre wenigstens wieder zu bekommen. Als er den Hut des unterirdischen Kindes auffetzte, konnte er sehen, wie die Zwerge rings um den Kaffetisch zwischen den Frauen saßen und sich am aufgetragenen Kaffe gütlich thaten.

Das Zwergenkind blieb lange Zeit da im Hause, wollte aber nicht sprechen. Da rieth man den Pflegeeltern vor seinen Augen in einem Hühnerdopp einen Brau zu machen und das Bier dann in den Dopp eines Gänseeis zu gießen. Das geschah. Da machte der Zwerg erst allerlei Zeichen seiner Verwunderung, dann rief er aus:

Ik bün so oelt
As de Behmer Woelt,
Unn heff in myn Läebn
So'n Bro nich seen.

Einmal sah einer, wie eine Zwergin mit einem eingetauschten Kinde über eine Wiese gieng. Das sah sonderbar genug aus. Denn sie konnte es nicht hoch genug halten, weil es zu lang war. Dabei rief sie immer dem Kinde zu:

Bœr op dyn Gewant,
Dat du nich haekst
In den gälen Drant.

Durch Dr. Klander in Plön. — Drant oder Dorant (antirrhinum oder marrubium) scheucht Wichtel und Nichse. S. Grimms Myth. S. 1164, wo fast gleichlautende Reime und Sagen aus Thüringen und Westphalen angeführt sind. vgl. No. 413, 1. 380.

2.

So lang' de Kinner noch nich döft sünt, heft de Ünnereerschen Macht da œwer se to vertuschen, wenn nich Dag unn Nacht Licht in de Döns (Zimmer) is. Dat doet hier noch väle Lüde. De Ünnereerschen tuescht dat Kint üm, wenn de Moder inslapen is. Dagegen helpt wenn de Moder en Stück Tüech van den Mann an sick hett.

Nu weer dat doch mael so kamen, dat de Ünnereerschen en Kint ümtueschi harren. De Fru quäel sik mit dat Kint sœwen Joer; dat Kint wull nich wassen, wull nich gaen, dat läer nich spräken, dat harr so'n groten dicken Kopp unn so lange Arm' unn weer so ungestalt. Int sœwende Joer keem da en Taterin to de Fru; de geef äer den Raet, se sull en Goesei nämen unn sull da Beer in bruen œvert Licht; so würr se seen, dat dat en Ünnereerschen weer oder nich. Dat däd' de Fru unn bru' Beer innen Goesei œwer en Licht. As dat Kint dat seeg, dat noch in de Weeg leeg, da sä' he:

»Ik bün so olt,
As Bernholt (Brennholz)
In den Wolt,

unn heff nümmer so wat seen." Da sä' de Moder: „Büst du so olt as Bernholt in den Wolt, so büst du nümmer myn Kint nich." Unn da greep se en Stück Holt unn wull em slaen. Da keem de olle Ünnereersche anlopen, unn neem dat Kint uet de Weeg, unn sä', so wull he syn Kind nich mishandeln laten; unn da harr he en grotes schönes Kint werrer bröcht.

(Einer andern Frau in Jägerup bei Hadersleben, der ihr Kind von den Unterirdischen, die in den alten Gräbern der Gegend wohnen, vertauscht war, rieth eine kluge Nachbarin, den Backofen zu heizen und den Wechselbalg hineinzuschieben. Als nun die Frau das Kind auf das Backbrett setzte und in den heißen Ofen schieben wollte, da kam eine unterirdische Frau herbei, brachte das gestohlene Kind wieder und verlangte das ihre zurück; so schlecht hätte sie jenes nimmer gehalten. — In Eiderstede legte eine Frau bei Nacht mitten in der Scheune ein großes Feuer an und setzte einen ganz kleinen Topf darauf. Als nun der Kielkropf geholt ward, schlug er voller Verwunderung beide Hände zusammen und rief mit kreischender Stimme: „Nun bin ich funfzig Jahre alt, und habe noch nie so etwas gesehen!" Da wollte die Frau das Kind in die Glut werfen, aber es ward ihr weggerissen und ihr eignes rechtes Kind stand wieder vor ihr.) —

Aus Niederselk durch Cand. Arndt. — Durch Dr. Klander in Plön. — In Süderenleben bei Apenrade buk die Frau in Nußschalen und braute in Eierschalen 2c.

3.

Neugebornen Kindern muß man vorm Schlafengehn eine Scheere aufgemacht auf die Wiege legen, bis sie getauft sind. Schlafen sie bei der Mutter, muß man sie beim letzten Wickeln mit einem Kreuz vor Brust und Stirn segnen. Sonst vertauschen sie die Unterirdischen.

Dennoch ward einmal einer Frau auf Amrum von den Onnerbänkissen ihr jüngster Knabe gestohlen. Das Kind, das sie an die Stelle des gestohlenen hingelegt hatten, sah aber diesem so ähnlich, daß die Mutter anfangs den Betrug nicht merkte. Später kam der gestohlene Knabe wieder; da wusten die Eltern nicht, welches ihr eignes rechtes Kind sei, bis ein Zufall sie belehrte. Es war in der Ernte; da gieng die Frau einmal auf die Tenne, nahm die Wurfschaufel und warf damit das gedroschene Korn. Die beiden Knaben saßen dabei. Da fieng der eine plötzlich an zu lachen. „Worüber lachst du?" fragte die Frau. „Ach," sagte das Kind, „da kam eben mein Vater herein und holte sich eine halbe Tonne Roggen, und als er wieder hinausgieng, fiel er und brach ein Bein." Da sprach das Weib: „Du bist es; nun geh wo du hergekommen bist!" Damit nahm sie den Knaben und warf ihn durchs Fenster der Tenne hinaus, und sie sah nachher weder ihn noch seinen Vater wieder. Man muß übrigens die Tenne nicht gegen die Sonne, sondern mit der Sonne fegen, sonst stehlen die Unterirdischen das Korn; und damit hatte die Frau es wohl versehen.

Durch Herrn Hansen auf Silt und Dr. Clement von Amrum.

CDXXVI.

De Kielkropp.

Nich wyt van de Stat Lauenborg ligt en Dörp, dat heet Böken. Doer stünde vör väle hundert Joer een Kapell umn in de

Kapell en Bilt van der Mutter Maria, van Holt maekt. Dit Bilt stünde doentomael in groten Eren; denn wenn de Lüde en Kranken hadden, so drögen se em na dat Bilt unn leten em ne Tytlang doervör liggen; so würde de Kranke gesunt. — Nu läwe doentomael innen Dörp nich wyt daervan en Buer, de harr all mennig Joer en Fru, kunn öwer mit eer keen Kinner krygen. Dat verdröet den Buer gewaltig. He larm unn spectakel den ganzen Dag innen Huse, stött mit syn Fru herüm unn fluech doby ganz grülich. Mit eenmael säde do syn Fru to em: „Hol up to larmen, du krigst dinen Willen, ik föel dat ik Mutter warn sal.“ Do worde de Buer hochvergnöegt unn freue sik unn behandel syn Fru van de Tyt an bäter. Awer dat worup he sik so freut harr, sull em eerst recht väel Elend maken. As syn Fru äer Kint tor Welt bröch, da were dat Kint süs ganz goet unn schicklich an synen ganzen Lywe, awer de Kopp, de weer gröter as by den grötsten Minschen. Soen Kinner nennen de Lüde doentomael en Kielkropp unn glöven dat de Düwel sülvst oder een van syn Gesellen dato Vader weren unn dat soen Kint niks as Unglück int Hues bröch. Genoeg, uns Buer harr nu eenmael synen Kielkropp unn müß en oek beholen. Dat duer so dree Joer, bloet de Kopp würe gröter unn seh uet as en groten Körbs; de öwrigen Glyder blewen so lütt as se west weren, unn dat Kint kunn nich gaen unn staen unn keen Woert spräken, et quarr unn schry Dag unn Nacht. Up enen Abend nu, as de Buerfru ären Kielkropp up'n Schoet harr unn sik mit em afquälen müß, säde se to ären Mann: „Du, my fallt wat inn, villicht kann uns noch holpen warren. Morgen is Sünndag, denn nimm dat Kint in de Kiep unn ga domit hen na Böken na de Mutter Maria; du sulst de Kiep vor äer hen stellen unn dat Kint en Tytlang wegen; villicht dat't helpt.“ — De Buer weer domit to frede; den Morgen dorup kreeg he syn Kiep torecht, läde up'n Grunt Heu unn doröwer en bäten Bettüeg, pack synen Kielkropp henin unn günge loes. As he nu up de Brügg vör Böken köem, de doer öwer en Water günge, so höer he, as he midden up were, en Stimm achter sik uten Water ropen:

Kielkropp, wo wullt du hen?

Unn dat Kint in de Kiep antwoerd:

Ik will my laten wegen,
Dat ik sall gedegen (gedeihen).

Do verfeer sik de Buer gewaltig, as dat Kint mit eenmael an to spräken füng; in den Ogenblick öwer besünn he sik, reet de Kiep heraf unn smeet se mit samt den Kielkropp int Water, unn säde doby:

Kanstu nu spräken du Undeert,
Denn ga dorhen wo du't hest leert.

Mit eens häef sik ünder de Brügg' en groet Geschry an, as wenn väle Minschen mit eenmael an to ropen füngen. Do würde den

Buern bange unn aen sik ümtoseen leep he na syn Hues torügg unn vertelde syn Fru, up wat förn Wyse he synen Kielkropp loes worden were.

Nach einer schriftlichen Mittheilung aus Ratzeburg.

CDXXVII.

Sie wollen ausziehen.

Der Großvater eines noch jetzt lebenden Uhrmachers in Hohn weidete einmal als Knabe die Kühe bei dem unweit des Dorfes gelegenen Gehölze Limhorn. Um sich vor Regen zu schützen, hatte er die weite Jacke seines Vaters übergezogen. So stand er ganz in Gedanken unter einem Baum; da sah er sich auf einmal von einer Menge Unnereerschen umzingelt, die sich bei den Händen gefaßt hatten und einen Kreis um ihn schlossen. Sie sagten ihm, sie wollten nun aus der Gegend ausziehen und er solle mit. Auf seine Frage, weshalb sie denn ausziehen wollten, antworteten sie: sie könnten das Glockenläuten im Dorfe nicht vertragen. Aber der Junge wollte sich doch nicht von ihnen halten lassen und brach durch den Kreis; nur die Jacke faßten sie und streiften sie ihm von den Armen. Am andern Tage aber fand er sie an derselben Stelle an einem Busch hangen.

Durch Storm.

CDXXVIII.

De Ünnereerschen in Eißendörp.

By Eißendörp int Kaspel Noertdörp ligt en hogen Barg, de de Lietbarg heet; daer hebbt fœr olen Tyden de Ünnereerschen in waent. Disse Lüeb' weren gaer nicht so schlecht, so lang se nicht vertöernt weren, onn leenten ümmers an de neechsten Dörper äer Kopper- onn Tenntüeg uet, wenn daer Köst (Hochzeit) oder Kinnelbeer weer. Dar weer dat denn Gebruek, dat de Ünnereerschen en Stöck Fleesch oder een Wost in de Ketels legt warr, onn weer dat de Betalung för de leenten Saken. -- Maleens harr ok en Buer in Ellerdörp en groten koppern Kätel von äer leent onn kreeg syn Jung' daer met hen um em by den Lietbarg wedder af to läwern. De Jung awer eet ünnerwegens de Wost op onn verunreinig den Kätel. As he em nu an den Barg sett, do keem daer en lütten Dwark heruet, de greep den Jung by de Oren onn drei em den Kopp üm, dat dat Achterst fœr to staen keem. So keem de Jung to Dörp onn van de Tyt hebbt de Ünnereerschen niks wedder uetleent. Dat duer oek nich lang', do keem dat Kristendoem hier in der Gegend, onn as to Noertdörp en Kapell boet onn de Klokken lüet worn, do togen de Ünnereerschen weg œwer den Kamp onn sungen:

Evangeeln, Klokken onn Klangen
Dat verdrefft uns uten Landen.

Schriftliche Mittheilung. vgl. No. 387.

CDXXIX.

Des kleinen Volkes Überfahrt.

In den Hüttener Bergen wohnten vor Zeiten eine große Menge Unterirdische. In dem Kindelberg hat man sie besonders häufig gehört wie sie butterten, und im Pläterberg bei Wittensee, wie sie mit einander sprachen. Als aber die Glocken aufkamen, sind sie alle mit einander fortgezogen. Da zogen sie nach der Marsch zu und kamen in der Nacht an die Hohner Fähre und wollten sich übersetzen lassen. Sie weckten den Fährmann. Als aber der herauskam, sah er nichts, gieng wieder ins Haus und wollte zu Bett. Da klopften sie noch einmal und zum dritten Mal an, und als der Fährmann nun wieder heraus kam, sah er wie es vor dem Hause grimmelte und wimmelte von lauter kleinen grauen Leuten. Da war da einer unter ihnen mit einem langen Bart, der sagte zum Fährmann, er sollte sie über die Eider setzen, sie könnten, die Glocken und den Kirchengesang nicht länger vertragen und wollten anderswo hin. Der Fährmann machte die Fähre los und stellte seinen Hut, wie der mit dem Bart ihm sagte, ans Ufer. Und nun kamen sie alle in den Prahm herein, Männer und Weiber und Kinder, und zwar so viele, daß sie sich drängten und der Prahm zum Sinken voll ward. So gieng es jedesmal, wenn der Fährmann wieder zurück kam, und er hatte die ganze Nacht nichts anders zu thun, als immer hin und her zu fahren, und immer war die Fähre gleich voll. Als er endlich die letzten hinübergebracht hatte, sah er, wie das ganze Feld auf der andern Seite von vielen Lichtern flimmerte, die immer durch einander hüpften; da hatten sie alle kleine Laternen angesteckt. Am Ufer aber vor seinem Hause fand er seinen Hut ganz aufgehäuft voll von kleinen Goldpfenningen; denn jeder hatte beim Einsteigen einen hinein geworfen. Dadurch ward der Fährmann Zeit seines Lebens ein steinreicher Mann.

Auch von Klint aus bei Fockbek haben die Unterirdischen sich einmal über die Eider setzen lassen. Auch sind einmal irgendwo über die Trene gekommen. Aber niemand weiß, wo ihr Volk hingezogen ist.

Mündlich. Herr Schull. Boysen in Bistensee; Storm in Husum; Herr Koch in Schleswig.

CDXXX.

Die Wolterkens.

Samuel Meigerius weiland Pastor zu Nortorf schreibt in dem zweiten Capitel des dritten Buches seiner Schrift de Panurgia lamiarum also:

De Wolterkens vinden sik gemeinlik in den Hüseren, dar ein gut Vörrat van allen Dingen is. Dar schölen se sik bedeensthaftigen anstellen, waschen in der Köken up, böten Vür, schüren de Vate, schrapen de Perde im Stalle, voderen dat Quick, dat it vet und glat herin geit, teen Water und dragent dem Vehe vör. Men kan se des Nachtes hören de Ledderen edder Treppen up und dal stigen, lachen wenn se den Megeden efte Knechten de Deken afteen. Se richten to, houwen in jegen dat Geste kamen schölen, stuyten de Ware in dem Huse umme, de den Morgen gemeinliken darna vorkoft wert. — De Husniskens edder Husknechtkens dragen dem Naber dat Voder af und slepen it eres Heren Köien edder Perden vör, dat des Nabers Quick verhungere und eres Werdes gedie und vet werde. Se schölen so lange bliven, bet dat de Neringe begünnet to krimpende unde dat Gelücke sik wendet edder so men erer spottet, de wile de hoverdige Geist neinen Spott liden kan; alsedenn schölen se sik ut den Hüseren vorleren, dat se nicht mer vornamen werden.

Wenn den Hausnischen, die man auch Hauspuken nennt, etwas zu nahe geschieht, machen sie Nachts einen gräulichen Lärm, daß niemand schlafen kann, sie zerbrechen den Hausrath und werfen mit Steinen. — Wenn einer in einem Hause zu wohnen begehrt, trägt er einen Haufen Späne zusammen, füllt die Milchfässer mit Milch an, aber beschmutzt sie mit allerhand Viehdreck. Wenn nun der Hausvater das vermerkt, so esse und trinke er nur getrost mit seinem Hausgesinde die Milch und thue er den Spanhaufen nicht weg noch von einander; so ist das ein Zeichen für ihn und er bleibt im Hause. Dann wird alles im Hause wohl bestellt, das Vieh ist des Morgens gefüttert, die Tennen sind gefegt, nnd das Korn, das am Tage gedroschen werden soll, wird des Nachts herunter geworfen und zurecht gelegt. Ist das Vieh krank, so kennt und holt er für sie die heilsamsten Kräuter. — Dann sagt man: Niß Puk muß gearbeitet, gesorgt, gefuttert und gefegt haben, und wo Segen und Wohlstand ist, heißt es, da wohnt oder regiert Niß Puk.

Gemeiniglich pflegt nemlich zur Zeit nur einer in einem Hause zu wohnen und einen solchen nennt man Niß Puk, oder auch Nißkuk, oder Neßkuk. Darnach heißt auch wol das Schulkinderfest in Meldorf, dann zieren die Mädchen die Schulstube mit Blumen und Nachmittags und Abends wird getanzt; und dann sagen sie: Wir haben Neßkuk, wir feiern Neßkuk.

Die Nisken halten sich stets in finstern verborgenen Winkeln des Hauses und der Ställe auf, oft auch in den Holzhaufen. Sie verschwinden vor jedem, der sich ihnen nähert. Abends aber müssen die Leute im Hause den Feuerheerd sauber aufräumen und zum Dienst der dienstfertigen kleinen Leute einen Kessel mit reinem Wasser hinsetzen. Auch begehrt der Niß Puk allezeit, daß eine Schüssel mit süßer Grütze, Butter oder Milch ihm an einen Ort gestellt wird. Daher pflegt die Hausfrau, wenn sie irgendwo eine Schüssel mit

Essen herumstehen findet, die Mägde zu fragen, ob das für Niß Puk hingesetzt sei.

Dem Nisebok, so hörte ich einmal aus Schleswig, stellt die Frau Abends Milch und Brot in den Schrank, wenn sie sich von den Mägden unbemerkt glaubt, und wenn sie zur Stadt fährt, bringt sie ihm immer einen Stuten mit. Er aber bringt Korn, und wenn man dreschen will, so findet man zwischen jeder Lage Roggenstroh eine Lage schieres Korn.

Leute aus der Landschaft Stapelholm, die den Niß Puk gesehen haben, beschreiben ihn also, daß er nicht größer als ein ein- oder anderthalbjähriges Kind sei. Andre sagen, er sei so groß wie ein dreijähriges. Er hat einen großen Kopf und lange Arme, aber kleine, helle, kluge Augen. *) An den Füßen trägt er ein paar rothe Strümpfe, um den Leib eine lange graue oder grüne Zwillichjacke und auf dem Kopfe eine rothe spitze Mütze. Gar gern hat er auch ein paar weiche Pantoffeln, und wenn ers recht gut hat, so kann man ihn Nachts darin auf dem Boden flink herum schlurren hören.

Diese Wesen offenbaren sich aber auch oft in scheußlicher Gestalt und jagen dem Hausgesinde einen Schrecken dadurch ein, worüber sie dann immer mit einem Gelächter ihre Freude bezeugen.

Mit dem Büsemann, der im Stalle wohnt, macht man unartige Kinder bange. Auf Föhr hält man sie mit dem blinden Jug in Furcht, in Ditmarschen mit dem Pulterklaes. Wer aber kennt nicht den fürchterlichen Roppert!

Samuel Meigerius a. a. O. Hamborg 1587. 4. — Arnkiel I. 49. 50. — Abhandlungen aus den Schl. Holst. Anzeigen, herausgegeb. von Falk. I. 137. 175 ff. 209. — Laß Husumsche Nachrichten Flensb. 1750. 4. Sammlung I. 150. — Mündlich und durch Storm. — Bei Grauer Erklärung des güldenen Horns 1737. 4. S. 75 wird neben Niskepuk ein Geist Koome genannt, von dem Heimreich ed. Falk. I. 120. meldet, daß man ihn auf Föhr mit Tänzen und Sprüngen geehrt habe. — Nach Samuel Meigerius und Arnkiel scheint auch der Name Chimken für die Hauskobolde bei uns gebräuchlich gewesen zu sein.

CDXXXI.

Das Klabautermännchen.

Auf einem Schiffe, das sich mitten auf der See befand, klingelte der Kapitain dem Schiffsjungen: „Bringe mir eine Flasche Wein und zwei Gläser!“ „Zwei Gläser, Kapitain?“ fragte verwundert der Junge; „ihr seid ja allein, wie kriegt ihr denn Besuch?“ Der Kapitain befahl ihm zu gehn und zu thun, wie er geheißen.

*) Die Silter versichern, daß er sehr große Augen habe; daher sagt man von einem neugierigen Menschen: „Hi glüüret üs en Puk.“

Als der Junge nun wieder mit der Flasche und den Gläsern in die Kajüte trat, da saß da der Schiffsgeist bei dem Kapitain und beide sprachen mit einander, der Kapitain schenkte ihm ein und sie tranken zusammen. So lange nemlich ein solcher Schiffsgeist auf dem Schiffe und gut Freund mit der Mannschaft ist, geht das Schiff nicht unter und jede Fahrt gelingt; verläßt er es, so steht es schlimm. Alles was am Tage auf dem Schiffe zerbrochen ist, zimmert er Nachts wieder zurecht; er heißt darum auch der Klütermann. Er bereitet außerdem manche Arbeit für die Matrosen vor oder verrichtet sie gar für sie. Ist er aber in übler Laune, macht er einen gräulichen Lärm, wirft mit Brennholz, Rundhölzern und andern Sachen umher, klopft an die Schiffswände, vernichtet manches, hindert die Arbeiter, ja gibt den Matrosen unsichtbar heftige Ohrfeigen. Von diesem Lärmen, meint man, heiße er der Klabautermann.

Mündlich aus Ditmarschen und durch Herrn Hansen auf Silt.

CDXXXII.

Dr. Faust und Niß.

Doctor Faust hat den Niß einmal in seinen Diensten gehabt. Er fuhr mit ihm in einem gläsernen Kasten über die See an den Küsten entlang, um alle Tiefen und Untiefen auszuspähen. Alles was er so durch seinen Glaskasten wahrgenommen, hat er aufgenommen und zu Papier gebracht; denn die Seecharten, die die Kapitaine und Steuermänner gebrauchen und worauf alles gezeichnet ist, die rühren von dem Dr. Faust her. Als sie an die Fährstelle am Eingange des Flensburger Hafens kamen, da war es aber nahe daran, daß der Glaskasten untergehen sollte. Da rief Dr. Faust: „Hol Niß!" Niß sollte nemlich nicht weiter fahren, weil es nicht mehr gieng, und sollte das Schiff zum Stehen bringen. Seit der Zeit heißt nun der Ort Holnißfähr.

Mündlich durch Mommsen.

CDXXXIII.

Nu quam jem glad Niskepuks.

In der Hattsteder Marsch nahe an einem Deiche wohnte ein Bauer, ein Friese, mit Namen Harro Harrsen. Der Mann lebte in drückenden Umständen und muste, wollte er Umschlag halten, jede noch so geringe Ausgabe ersparen. Aber sein altes Haus drohte ihm über dem Kopf zusammenzufallen, ungeachtet alles Stütz- und Flickwerks. Einige gute Freunde schossen ihm endlich Geld zum Bau her, aber nicht genug, um ganz neu zu bauen. Harro Harrsen muste sich helfen. Alle nur einigermaßen brauchbaren Holzstücke sammelte er aus dem alten Hause und brachte sie in dem neuen an. Da fand er unter diesen einen guten Stender von Eichenholz; oben darin war ein Loch, worin früher ein Strebebalken gelegen hatte. Harro Harrsen war ein anschlägiger Kopf, er wuste zu allen Dingen Rath. Er dachte gleich, wie er die Vertiefung sah, daß sie gut zu einer Wohnung für einen kleinen Niskepuk wäre. Er nagelte also, nachdem das Haus fertig war, ein Brett so groß wie eine Mannshand darunter wie ein Bord, stellte eine Schale mit Grütze darauf, mit reichlich Butter darin, und rief nun freundlich: „Nu quam jem, glad Niskepuks!" (Nu kommt, liebe Niskepuks.) Sie ließen nicht lange auf sich warten. Bald kamen sie, um sich das neue Haus zu besehen, tanzten hindurch und einer, der nur drei Zoll hoch war, blieb zurück und wählte sich die Stenderhöle zur Wohnung. So wie Harro Harrsen die Anwesenheit des kleinen Gastes merkte, sorgte er dafür, daß immer Grütze in der Schale war, und steckte ein noch größeres Stück Butter hinein. Das that er alle Tage. Von der Zeit an waren jedesmal wenn er Morgens in den Stall kam, die Pferde gestriegelt, die Kühe geglättet, die Grüppen gereinigt, Boos und Lucht ausgefegt und das Stroh zum Ausdreschen hingelegt. Das Vieh gedieh von Tage zu Tage, die Kühe gaben reichlicher Milch, und die Schafe warfen regelmäßig drei, vier Lämmer. So ward Harro Harrsen ein wohlhabender Mann und hieß in der ganzen Gemeinde nur der reiche Bauer. Deswegen pflegte er seinen kleinen Einlieger immer besser. Sein Knecht Hans war nicht weniger gut Freund mit diesem. Gieng er spät Abends zu thüren aus (was man anderswo Fenstern nennt), so paßte Niskepuk auf die Stallthür. Öffnete sie ein andrer, erhielt er einen Schlag mit einem Knittel ins Gesicht; vor Hans aber öffnete und schloß sie sich von selbst. Hans fand auch fast jedesmal Morgens seine Früharbeiten gethan, wenn er nach Hause kam, oder wenn er einmal die Zeit verschlief. Zuletzt verheiratete er sich mit Botel Oxen. Der neue Knecht, der in seine Stelle trat, stand sich aber nicht so gut mit dem Kleinen, er wollte es anfangs nicht glauben, was man von ihm erzählte, nachher neckte er ihn oft. Als daher Harro Harrsen starb und seine Söhne in andern Kirchspielen sich angesiedelt hatten, soll Niskepuk zu Hans gezogen sein; dieser ward bei seiner Küsterei und Krugwirthschaft in Schobüll ein wohlhabender Mann. Thede Boje Thießen aber, der andre Knecht, brachte es in seinem ganzen Leben nicht weiter als zu einem Purrenfänger und kam zuletzt auf die Armenkasse.

Durch Herrn Martin Harding in Herstum in der Hattsteder Marsch.

CDXXXIV.

Niß Puk in Owschlag.

1.

Einer der Kolonisten zwischen Thatenhusen und Kropp war sehr reich geworden, wie man sagte, durch einen kleinen Jungen mit einer rothen Mütze, den hatte er sich gekauft. Er warf ihm jeden Morgen einen Species vom Boden, dafür muste er ihm Abends Butter in die Grütze geben und er gehörte ihm an wenn er stürbe. Der Bauer hatte ihn aus der ersten Hand, konnte ihn also wieder verkaufen, und das that er auch, als er reich genug war. Er verkaufte ihn an einen Mann in Owschlag. Bei diesem machte er es ebenso. Der Bauer hatte eine Kammer, in die niemand kommen durfte; darin fehlte eine Fensterscheibe, die nie eingesetzt wurde; denn dadurch gieng der Kleine aus und ein, sonst wohnte er auf dem Boden. Einst bei Nacht machten die Pferde einen furchtbaren Lärm, sie fraßen als wenn sie Eisen bissen, es knirrschte und knarrschte ihnen zwischen den Zähnen. Der Knecht stand auf und wollte nachsehen; als er aber den Pferden in die Krippe sah, bekam er rechts und links Ohrfeigen von dem Kleinen. Wenn der Knecht künftig so etwas hörte, so blieb er ganz ruhig liegen. Der Bauer konnte den Kleinen aber nicht wieder los werden, denn er war der dritte, der ihn hatte. Der Bauer ist nun längst tot und man weiß nicht wie der Nispuk aus dem Hause gekommen ist.

Herr Schull. Boysen in Bistensee. vgl. No. 281. 284. 285.

2.

To Owschlag weer vör etliche Tyt en Buer, de harr en Nisebuk; de waen in en Lok, dat in de Want weer, so groet as en Tägelsteen. Nachts harr he jümmer Haver parat unn foder de Päer unn dat annere Vee; da dörf keen Knecht to de Päer' kamen, süst kreeg he Oerfygen links unn rechts. Morgens awer fünnen se de Krippen vull Haver. De Deerns bruken oek nich eenmael Water to halen unn oek kene Bessen to binden; dat harr he allens daen. Unn wenn se Morgens de Asch van den Heerd raken, da fünnen se allemael da en blanken Speetschendaler.

Aus Niederselk bei Schleswig durch Cand. Arndt.

CDXXXV.

Neß Puk im Kasten.

Ein Bauer in Osterborstel, bei Alversdorf, wurde mit einem Male wohlhabend und reich und in allen Dingen glückte es ihm. Die Leute hatten zwar mehrere Male gesehen, daß der Drache ihm Geld zugetragen hatte; aber sie glaubten doch nicht, daß all sein Glück daher komme und meinten deswegen, er müsse einen Neß Puk haben. Einmal war der Bauer mit seiner Frau ausgegangen, als das Dienstmädchen, die lange schon neugierig gewesen war, fand, daß der Schlüssel in einem alten Schranke stecken geblieben war, bei dem sie oft ihre Herrschaft heimlich hatte kramen gesehen. Sie öffnete ihn und fand weiter nichts darin, als einen kleinen Kasten. Als sie aber auch diesen öffnete, sprang da ein kleiner spannenlanger Kerl heraus mit einer spitzen rothen Mütze auf dem Kopfe und entwischte. So sehr sie sich nun auch bemühte, seiner wieder habhaft zu werden, so war es doch alles umsonst; wenn sie eben meinte, sie hätte ihn in einer Ecke fest, so war er schon wieder in der andern. Am Ende lief er die Treppe hinauf auf den Boden und foppte da das Mädchen ebenso. In der Furcht entdeckt zu werden, weil bald der Bauer zurückkommen muste, eilte sie in die Küche, machte die Feuerzange glühend und gieng damit hinter dem kleinen her. Da merkte er, daß es Ernst wurde; er fieng jämmerlich an zu schreien und wuste nicht mehr, wo er hin sollte, lief hin und her, bis er das Bodenloch fand, die Treppe hinunter eilte und dann wieder in seinen Kasten sprang. Das Dienstmädchen that nachher, als wenn nichts passiert wäre. Von der Zeit an aber wuste man im Dorf, woher der Bauer seinen Wohlstand habe.

Mündlich, aus Ditmarschen.

CDXXXVI.

Der gute Johann.

Es ist vor der kaiserlichen Zeit in vielen Häusern bei abergläubischen Leuten gefunden worden ein Teufelsgespenst, welches man den guten Johann geheißen, welcher da den Leuten alles zugetragen, so lange sie ihm haben nichts zuwider gethan. Wenn man ihn beleidigt, so hat er alles weggeschleppt und sind die Leute blutarm geworden. Diesen guten Johann haben die Leute wohl gehöret, aber gar selten gesehen. Sie haben erfahren, daß sie viel Gutes bekommen, aber nicht gesehn, wo es hergekommen. Wo er sich hat sehen lassen, so ist er gewesen wie ein Schatten, und von Statur eines kleinen Kindes, etwa drei bis vier Jahr alt. Wo er ist wohl gehalten, da sind die Leute stillschweigends reich geworden.

Hieronymus Sauckes Hardeshornische Chron. S. 437.

CDXXXVII.

Thoms und der Niß.

Lange hatte Thoms im Dorfe als Knecht gedient, hatte in manchen Spinnstuben Garn wickeln helfen und Geschichten erzählen hören, alle Häuser kannte er, in welchen ein Niß Puk sein Wesen trieb, ja er hatte sogar in einem derselben gedient, aber ihn selbst hatte er noch nicht zu Gesicht bekommen, so sehr er auch darauf ausgewesen war. Im Herbst wechselte er wieder seinen Dienst und kam auf einen großen Bauernhof. Da war eines Tags eins der Pferde verfangen; es sollte daher mit Kleie und Häcksel gefüttert werden.

Der Bauer schickte Thoms zum Schneiden auf den Boden und bedeutete ihm dabei, er würde die Häckfellade schon finden. Thoms suchte und fand eine alte Lade, die lange außer Gebrauch war, und die Niß sich nun zur Schlafstelle auserſehen hatte. Thoms legte ein Bündel Stroh hinein, setzte die Hand fest darauf und wollte schon anfangen zu schneiden, da krabbelte es ihm unter der Hand. Augenblicklich dachte er an Niß, hielt nun noch desto fester und rief: „Bist du dat, Niß?“ „Ja,“ antwortete Niß, „doe my man niks, dat schal dy oek gut gaen.“ Thoms versprach es; aber unter der Bedingung, daß Niß sich ihm in seiner ganzen Gestalt sehen lasse. Niß willigte ein. „Lügst du oek?“ fragte Thoms noch einmal. „Ik leeg myn Daeg nich,“ antwortete Niß. Darauf ließ Thoms ihn los; Niß zeigte sich ihm in seiner ganzen Gestalt, und bat ihn, er möchte es keinem verrathen, es solle ihm gut gehen.

Der Knecht hielt Wort und er und Niß wurden die besten Freunde; denn Thoms sorgte stets für Niß, und als er nach Jahresfrist seines Herrn Tochter heiratete, da zog Niß Puk mit ihm, und alles, was er anfaßte, gedieh. Thoms starb als reicher Mann und Bauervogt im Dorf.

Aus Stapelholm von D. St. durch Storm.

CDXXXVIII.

Die gestohlene Kuh.

Auf dem früher herzoglichen Gute Arlewatt, Amts Husum, wurden jährlich fünf bis sechshundert Fuder Heu geborgen; die muste der Nische Puk bis in die Spitze des Haubergs hinaufschleppen und bei Seite bringen. Dafür erhielt er dann auch Abends ein gut Stück Butter in seinen Brei. Einsmals aber hatte das Dienstmädchen die Butter so tief in den Brei gesteckt, daß Nisch sie nicht finden konnte und meinte, daß keine Butter drin sei. Da gerieth er so in Wuth, daß er in den Stall gieng und einer grauen Milchkuh den Hals umdrehte. Dann gieng er wieder an seine Schüssel. Als er sich nun weiter hinein gearbeitet hatte, kam plötzlich die Butter hervor; da verdroß ihn sein Zorn. Weil er aber wuste, daß in Horstrup eine ähnliche Kuh wäre, so schleppte er die tote auf seinem Rücken dahin, indem er sie bei den Hörnern faßte, und brachte dafür wieder die lebendige nach Arlewatthof in den Stall.

Dasselbe ist an vielen Orten unsers Landes geschehen: Auf dem Hofe Bombüll in der-Wiedingharde, auf Amrum, wo die Onnerbänkissen für die gemordete Kuh eine auf Föhr kauften und noch dieselbe Nacht sie wieder in den Stall brachten; an mehreren Orten der Hattstedter Marsch und der Landschaft Stapelholm; hierher ward einmal die Kuh von Nordstrand herüber geholt, und nach Rinkenis bei Flensburg von Fühnen. Als diese am andern

Morgen nicht den Weg zur Tränke finden konnte, kam da ein kleiner Mann gelaufen und rief: „Das ist kein Wunder, denn sie ist heut Morgen erst von Fühnen gekommen; ihr müßt sie beim Horn anfassen.“ Bald darauf ward auch aus Fühnen geschrieben, daß in derselben Nacht der Teufel dort eine Kuh geholt habe. Dieselbe Geschichte erzählt man auch in Sundewith und da soll er die Kuh von Alsen geholt haben.

Nach mehreren Mittheilungen.

CDXXXIX.

Die Unterirdischen schlecken Milch.

Vor ungefähr siebzig Jahren hat man auf vielen Höfen in der Wilstermarsch oft kleine Unterirdische gesehen, die weiter nichts thaten, als daß sie die Mägde und Knechte, wenn sie des Morgens gemolken hatten, ins Haus begleiteten und die Tropfen Milch, die verschüttet wurden, sorgfältig von der Erde auflasen. Wenn aber beim Aufmessen gar nichts verspillt ward, so stießen sie alle Gefäße um und liefen dann davon. Diese kleinen Leute waren ungefähr anderthalb Fuß hoch, trugen ganz schwarze Kleider und hatten rothe spitze Mützen auf dem Kopf. Allenthalben, wo sie hinkamen, meinte man, zöge ein besonderer Segen mit ins Haus.

Auf den friesischen Inseln haben die Hausfrauen oft beim Bierbrauen bemerkt, daß die kleinen Leute, gewöhnlich als Kröten, kamen und das verschüttete frische Bier vom Boden aufschleckten. Niemand thut ihnen etwas zu Leide, und man muß ihnen das lassen, wie auch die Brotkrumen, die vom Tische fallen.

Mündlich.

CDXL.

Pugholm.

Bei einem Hufner in Süderenleben war ein Niß Pug von ganz außerordentlicher Stärke; er wohnte in der Scheune auf den Hilgen und paßte auf das Vieh. Ein anderer eben solcher Pug war zu gleicher Zeit bei einem Hufner in Söderup. Nun traf es sich, daß gegen Frühjahr einmal Futtermangel eintrat und besonders bei den beiden Hufnern in Süderenleben und Söderup das Heu sehr knapp ward. Da machten sich beide Pugen in einer Nacht auf den Weg, um Heu für ihre Hausherrn zu holen. Nun gieng aber der Pug von Süderenleben in die Scheune des Hufners von Söderup und der Pug von Söderup in die Scheune des Hufners von Süderenleben; beide nahmen eine gute Tracht Heu auf den Rücken und jeder wollte damit nach Hause. Aber unterwegs begegneten sie sich und wie der Süderenlebener sah, daß der Söderuper, dieser aber, daß jener ihn bestohlen habe, fielen sie wüthend über einander her und prügelten sich die ganze Nacht hindurch bis zu Tagesanbruch. Die Leute in den Dörfern hörten den Allarm und niemand konnte begreifen, was da los wäre; als sie aber am Morgen hinauskamen, fand man auf einer kleinen Wiese unweit des Söderuper Kirchweges nach Jordkirch große Haufen Heu liegen. Da wuste man, welche sich hier in der Nacht geprügelt hatten, und nannte die Koppel seit der Zeit Pugholm.

Herr Pastor Hansen in Jordkirch. — Zwischen Kassöe und Tagholm, Kirchsp. Jordkirch, zeigt man ebenfalls eine Koppel Pugholm und erzählt dieselbe Sage. Herr C. Petersen. — Ein Pug von Toftlund und einer von Romet kämpften ebenso bei Poghöi (nordschl. Paahy) in der Nähe der Kirche Herrested. Dannevirke 1840. No. 16. — Auch zwischen Felsted und Quars ist ein Pugholm.

CDXLI.

Die diebischen Puge.

In Sundewith gabs in frühern Zeiten viele Leute, die Puge auf ihren Höfen hatten; diese trugen Nachts immer Korn, Futter und dergleichen ihren Hausherrn zu. Einst begegneten sich ihrer drei mit einer großen Last Hafer im Stroh und stießen hart an einander. In demselben Augenblick gieng zufälliger Weise der Mann vorüber, dem der eine Pug gehörte. Der Pug sagte zu ihm: „Hast du gesehn, wie ich Bartel stieß?“ „Ja,“ antwortete der Mann, „stoß ihn nur mehr.“ Da stießen sie wieder auf einander und das immerfort bis es Tag ward; da fand man über vier Scheffel ausgedroschenen Hafer an der Stelle.

Schriftlich.

CDXLII.

Der Hochzeitstag der Puke.

Eine Dienstmagd hielt den Puk im Hause allezeit gut. Dafür versprach er ihr, als sie eines Mittags ihm sein Essen brachte, daß sie noch heute einen Brautzug sehen sollte; denn die Puks hätten an diesem Tage Hochzeit. Als das Mädchen nun Mittags mit den übrigen Hausgenossen sich bei Tisch befand, sah sie, und nur sie allein, eine lange Reihe kleiner Puks, die durch das Zimmer und die Küche ihren Zug nahmen bis nach dem gewöhnlichen Aufenthalt des Hauspuks. Vorn an gieng das Brautpaar schön geputzt und paarweise folgten die übrigen, den Schluß machte der Hauspuk selbst, der schon ein etwas ältliches Aussehen hatte. Unterm Arm trug er etwas, das wie ein Wisch Hobelspäne anzusehen war; als er aber an dem

Mädchen vorüberkam, warf er es auf den Heerd mit den Worten: „Nimm du das!" Das Mädchen verwunderte sich über die sonderbare Gabe, war aber wohl zufrieden damit, als sie entdeckte, daß, was sie für Hobelspäne gehalten hatte, alles pures Gold war.

Auf einem Hofe in Stenderup, Kirchsp. Toftlund, saßen die Leute eines Morgens bei ihrer Grütze. Da wandte ein Mädchen den Rücken gegen den Tisch und hielt ihre Eßschüssel in der Hand; aber plötzlich fiel sie ihr weg und fiel nieder auf den Boden. Die Hausfrau schalt, aber der Knecht, der ein Sonntagskind war und alles gesehen hatte, sagte: „Das Mädchen hat keine Schuld; eben kam ein langer Hochzeitszug von Unterirdischen durch die Stube; da schlug einer von den jungen Burschen, die voran ritten, ihr mit seiner Reitpeitsche die Schüssel aus der Hand."

Herr Petersen in Soes. Herr Schull. Langvad in Tiislund. An das letzte Stück knüpft sich als Fortsetzung eine mit N. 407. Anm. übereinstimmende Erzählung.

CDXLIII.

Das Glück der Grafen Ranzau.

1.

In dem uralten und aus einem herzoglich schlesischen Stamme entsprossenen Hause von Ranzau hat sichs zugetragen, daß dero Großfraumutter einsmals in der Nacht an der Seite ihres Eheherrn durch ein kleines Männlein, so eine Laterne getragen, aufgeweckt worden, welche sodann von ersagtem Männlein, das sie zu folgen ermahnt, aus ihrem Schlosse, dessen Thür und Thore sich geöffnet, in einen holen Berg zu einem in Kindesnöthen liegenden Weiblein gebracht worden. Nachdem hochermelte Frau von Ranzau diesem Weiblein auf dessen heftiges Begehren die Hand aufs Haupt gelegt, ist sie alsobald genesen. Hierauf hat die in großen Furchten stehende Dame alsobald wieder zurück geeilet und ist von ermeltem ihrem kleinen Reisegefährten auch von Stund an wieder nach den Ihrigen begleitet worden. Beim Abscheiden aber hat sie von diesem Männlein ein ansehnlich Stück Goldes zum Recompens empfangen, woraus sie auf dessen Angeben fünfzig Rechenpfenninge, einen Hering und zwo Spindeln vor ihre Töchter hat verfertigen lassen. Sie hat auch diese Vermahnung dabei erhalten, daß ihre Nachkömmlinge solche Stücke wohl verwahren müßten, dafern sie aus wohlhabenden nicht mit der Zeit dürftige Leute werden wollten. Hergegen so lange sie nichts davon verlieren würden, sollten sie an Ehre und gutem Namen täglich zunehmen. Mich bedünket von dem, der mir diese seltsame Geschichte erzählet, zugleich auch vernommen zu haben, daß entweder der Hering oder einer wo nicht mehr, von den güldenen Rechenpfenningen von diesen Schätzen abgekommen sind.

Happel Relat. curios. I. 236. Hamburg 1683. 4., etwas unvollständiger, sonst übereinstimmend mit Seyfried in Medulla p. 481. in Grimms Deutsch. S. No. 41., wo richtiger die Kleinode unter zwei Söhne und eine Tochter vertheilt werden. — Nach einer mündlichen Ueberlieferung bei Thiele Danmark. Folkes. I. 133. fährt das Männlein die Gräfin in den Keller des Schlosses Breitenburg; sie erhält eine goldene Spindel für ihre Tochter und einen goldenen Säbel für ihren Sohn. Nach einer Anführung ebendas. aus Miscell. Rostgaard. Mss. bestehen die Gaben aus einem Tischtuch, einer Spule und Gold, woraus eine Kette und Münzen verfertigt werden. Frau Sophia Ranzau auf Seeholm habe dies von ihres Grosvaters Heinrich Ranzaus Frau erzählt. — Die Sage von der Frau von Hahn, die nach Grimm D. S. N. 69. von einem Wassernix geholt wird, stimmt, wie sie mir einst auf Neuhaus am Seelenter See erzählt ward, mit der ranzauischen. Die Gräfin wird in den Keller des Hauses geholt, erhält Hobelspäne zum Geschenk, die sich in Gold verwandeln; ein großer Becher wird auf Neuhaus noch gezeigt, die andern daraus verfertigten Sachen sind abhanden gekommen. Das Geschlecht ist bekanntlich ein meklenburgisches.

2.

Die neuvermählte Gräfin, welche aus einem dänischen Geschlecht abstammte, ruhte an ihres Gemahles Seite, als ein Rauschen geschah: die Bettvorhänge wurden aufgezogen und sie sah ein wunderbar schönes Fräuchen, nur ellenbogengroß mit einem brennenden Licht vor ihr stehen. Dieses Fräuchen hub an zu reden: „Fürchte dich nicht, ich thue dir kein Leid an, sondern bringe dir Glück, wenn du mir Hilfe leistest, die mir Noth thut. Steh auf und folge mir, wohin ich dich leiten werde, hüte dich etwas zu essen von dem, was dir geboten wird, nimm auch kein ander Geschenk an außer das, was ich dir reichen will und das kannst du sicher behalten."

Hierauf gieng die Gräfin mit und der Weg führte unter die Erde. Sie kamen in ein Gemach, das flimmerte von Gold und Edelsteinen und war erfüllt mit lauter kleinen Männern und Weibern. Nicht lange, so erschien ihr König und führte die Gräfin an ein Bett, wo die Königin in Geburtsschmerzen lag, mit dem Ersuchen ihr beizustehn. Die Gräfin benahm sich aufs beste und die Königin wurde glücklich eines Söhnleins entbunden. Da entstand große Freude unter den Gästen, sie führten die Gräfin zu einem Tisch voll der köstlichsten Speisen und drangen in sie zu essen. Allein sie rührte nichts an, eben so wenig nahm sie von den Edelsteinen, die in goldenen Schalen standen. Endlich wurde sie von der ersten Führerin wieder fortgeführt und in ihr Bett zurück gebracht.

Da sprach das Bergfräuchen: „Du hast unserm Reich einen großen Dienst erwiesen, der soll dir gelohnt werden. Hier hast du drei hölzerne Stäbe, die leg unter dein Kopfkissen und morgen früh werden sie in Gold verwandelt sein. Daraus laß machen: aus dem ersten einen Hering, aus dem zweiten Rechenpfenninge, aus dem dritten eine Spindel und offenbare die ganze Geschichte niemandem auf der Welt, außer deinem Gemahl. Ihr werdet zusammen drei Kinder zeugen, die die drei Zweige eines Hauses sein werden. Wer den Hering bekommt, wird viel Kriegsglück haben, er und seine Nachkommen; wer die Pfenninge, wird mit seinen Kindern hohe Staatsämter bekleiden; wer die Kunkel, wird mit zahlreicher Nachkommenschaft gesegnet sein."

Nach diesen Worten entfernte sich die Bergfrau, die Gräfin schlief ein und als sie aufwachte, erzählte sie ihrem Gemahl die Begebenheit, wie einen Traum. Der Graf spottete sie aus, allein als sie unter das Kopfkissen griff, lagen da drei Goldstangen; beide erstaunten und verfuhren genau damit wie ihnen geheißen war.

Die Weissagung traf völlig ein und die verschiedenen Zweige des Hauses verwahrten sorgfältig die Schätze. Einige, die sie verloren, sind verloschen. Die vom Zweig der Pfennige erzählen: einmal habe der König von Dänemark einem unter ihnen einen solchen Pfennig abgefordert und in dem Augenblicke, wie ihn der König empfangen, habe der, so ihn vorher getragen, in seinen Eingeweiden heftigen Schmerz gespürt.

In Grimms D. S. I. S. 52. aus dem Amant oisif Bruxelles 1711. p. 405—411, wo die Gräfin la comtesse de Falinsperk genannt wird. — Eine versificierte Bearbeitung der Sage im Itzehoer Wochenblatt 1830. No. 7. stimmt insofern mit dieser Version, daß auch hier ein Bergweiblein die Vermittlerin zwischen Unter nnd Oberwelt ist. Die Gräfin Anna (Walstorp), Johann Ranzaus Frau, hat sie beschützt, als sie, in eine Kröte verwandelt, einmal im Garten die Gräfin erschreckte und ein Diener sie töten wollte. vgl. No. 397. — Die Gemahlin Johann Ranzaus, des Gründers der Herrschaft Breitenburg, nennt auch Rhode in Antiq. Remarq. S. 68 rc. rc.

3.

Eine mildthätige Gräfin auf Breitenburg, die oft den Kranken selbst die Hausmittel hintrug, ward eines Abends während eines wilden Wetters zu einer alten kranken Frau gebeten, die am andern Ende des Dorfes wohnte. Sie war auch bereit, aber ihr Gemahl verbot es. Als sie nun allein in der Dämmerung saß, hörte sie ein Geräusch und vor ihr stand der Hauskobold mit Kräutern und Tränken; die hieß er sie nehmen und der Kranken hintragen, und der Stimme ihres eignen Herzens mehr folgen, als dem Gebote ihres Eheherrn. Die Gräfin folgte dem Geheiß des Kobolds, und durch ihre Pflege und die Tränke erholte sich die Kranke sichtlich. Als nun am andern Abend die Gräfin wieder in der Dämmerung allein saß, sah sie den Kobold am Kamin stehen und Kohlen schüren. Als das Feuer hell aufloderte, warf er eine Schürze voll Hobelspäne hinein und sprach zu der Gräfin: „Wenn das Feuer ausgebrannt, so suche in der Asche; was du darin findest, das hebe sorgsam auf. So lange die Dinge in deinem Geschlecht sind, wird das Glück den Grafen Ranzau treu sein.“ Als die Gluth verlosch, sah die Gräfin nach und fand eine goldene Spindel, einen goldenen Becher und noch ein drittes. Dies Letzte ist an einen jüngern Zweig gekommen, der es verloren hat und jetzt güterlos ist. Die Spindel aber ist noch auf Breitenburg, der Becher auf Rastorf.

Nach mündlicher Erzählung eines Gliedes der ranzauischen Familie. — Majors Collectan. Mſ. Fol. 17 b.: Auf Breitenburg werden 50 güldene Pfenninge verwahrlich gehalten, in einem silbernen Schachtelchen, worauf Joh. Ranzau und Frau Anna Walstorfen Wappen. Die Schrift auf diesen Pfennigen ist gestochen und mit schwarz ausgemacht. — Es soll auch ein Graf Ranzau in Eutin alle Theile jetzt in Besitz haben, bis auf einen goldenen Pfennig, der sich in einem Kabinet in Frankreich befindet. — Eine poet. Bearbeitung Provinzial-Ber. 1820. 71: Frau Hedwig hat einen Knaben geboren. Eine Kröte kommt auf ihr Zimmer drei Abende nach einander, und sie futtert sie. Darauf kommt ein Zwerg ꝛc. — Vgl. noch Kobbes Humorist. Blätter 1843. im Herbst.

CDXLIV.

Josias Ranzaus gefeites Schwert.

Anna Walstorp wurde eines Nachts, als sie im frommen Gebete ihres abwesenden Gemahls gedachte, von einem unterirdischen Bergmännchen gar demüthig ersucht, seiner kreisenden Gemahlin hilfreiche Hand zu leisten. Sie folgte dem Männlein durch viele ihr ganz unbekannte Keller und Gewölbe ihres Schlosses Breitenburg, bis an einen kristallhellen Felsen. Auf die Berührung ihres Begleiters spaltete sich dieser und sie sah in einer geräumigen Halle eine zahllose Menge eben solcher Männlein um eine Erhöhung versammelt. Sie trat hinzu und fand die Königin in schweren Kindesnöthen, dem Verscheiden nah. Frau Anna, in der Bereitung von Heilmitteln wohl erfahren, mischte der Leidenden einen Trank, worauf sie bald eines Söhnchens genas. Der Jubel war groß und der dankbare Ehemann reichte der Helferin einiges Gold, das wie Späne aussah, und legte ihr zugleich ans Herz, selbiges wie den größten Schatz zu hüten; darauf beruhe ihres Hauses Glück. Sie ließ später dreierlei daraus verfertigen, einige kleine Münzen, einen Wocken und einen Hering, die sich in der Folge unter die verschiedenen Glieder des Hauses vertheilten.

Dem Josias Ranzau ward später der Hering zu Theil, der ihn voll Eifer für den Krieg in einen Degengriff umformen ließ. Er gieng darauf in französische Dienste, machte unzählige Schlachten mit und ward endlich Generalfeldmarschall. Er war einer der tapsten Raufbolde, und als er schon in hohem Alter und der höchsten Würde stand, gieng er verkleidet unter die Lanzknechte und fieng mit ihnen Händel an. Mit einem guten Freunde schlug er sich einmal, weil er seinen Namen verkehrt geschrieben hatte. Aber so lange er das gefeite Schwert trug, ward er in keiner Schlacht von einer Kugel getroffen oder von einem Hiebe verwundet. Man traute ihm schon lange nicht mehr und sah wohl ein, daß es nicht mit rechten Dingen zugehe. Als daher ein holsteinischer Edelmann, Kaspar von Bockwold, die Geschichte vom Bergmännlein einmal in Straßburg beim Weine ausplauderte, ließen sich gar viele Stimmen vernehmen, welche dem Josias Muth und Tapferkeit absprachen und alle seine Thaten dem Heringe beilegten. Josias darüber ergrimmt, warf in Aller Gegenwart den Degen in den Rhein und forderte Kaspar Bockwold zum Zweikampf. Auch seit der Zeit verließ ihn selten der Sieg, aber er muste ihn theuer erkaufen, so daß er zuletzt von allen Gliedern, die ein Mensch doppelt hat, eins verloren hatte und überhaupt sechzig schwere Wunden an seinem Körper trug.

Schilderungen eines Vielgereisten 1833. Bd. 3. S. 78 ffg.

CDXLV.

Die nackten Kinder.

Eine Frau in Aarsleben bei Apenrade gieng in die Küche um Essen zu bereiten; da öffnete sie den Schrank unter dem Küchentisch und fand zwei kleine nackte Kinder von den Unterirdischen darin liegen. Erschreckt lief sie zu ihrer Nachbarin und erzählte ihr, was sie gesehen habe. Da ertheilte die ihr den Rath, nur etwas Leinenzeug zu den Kindern in den Schrank zu legen. Als die Frau das gethan, verschwanden die Kinder und die Leinewand.

Herr Pastor Hansen in Jordkirch.

CDXLVI.

Niß Puk in der Luke.

1.

Auf dem Hofe Bombüll in der Wiedingharde bei Tondern hat sich oft ein Puk aufgehalten und viel Verkehr gehabt mit den Dienstboten, sonderlich aber die Aufsicht über das melkende Vieh geführt. Einmal als in einem langen Winter es an Futter zu mangeln anfieng, klagte der Herr darüber. Da gieng der Puk, der es unbemerkt gehört hatte, in der nächsten Nacht nach einem andern Hofe, wo er einen vollen Heuschober aufgefunden hatte, und trug auf seinem breiten Rücken alles Heu in die Scheune seines Herrn hinüber.

Für seine Dienste aber muste er jeden Abend seinen Teller mit Grütze und einem Stück Butter darin erhalten; ließ man die Butter heraus, so hatte er am andern Morgen der besten Kuh im Stalle den Hals umgedreht. — Er saß gern in der Giebelluke sich zu sonnen. Einmal standen die Leute unten auf dem Hofe, der Puk saß in der Luke und hatte seinen Spaß daran sie zu necken, indem er bald das eine, bald das andere Bein in die Höhe hub und dazu unaufhörlich rief: Hier Puke een Been, hier Puke ander Been! Da schlich sich ein Knecht leise auf den Boden und gab dem Kleinen einen Stoß in den Rücken, daß er hinunterpurzelte auf die Steinbrücke. Da fanden die untenstehenden aber nichts als Topfscherben, vom Puk war nichts zu sehen. Nachts aber schlich er sich in des Knechts Kammer ein, nahm ihn ganz sachte aus dem Bette und legte ihn quer über den offenen Brunnen. Als nun der Knecht erwachte und sah, in welcher Gefahr er sich befand, half er zwar mit großer Behutsamkeit sich davon, aber der Schreck machte ihn lange Zeit krank.

Einmal an einem andern Orte hat ein Puk einem Knecht, der ihn ebenso geneckt hatte, auch bezahlt. Dieser schlief nemlich bei einem andern in demselben Bette und er war kleiner als sein Kamerad. Als er sich nun Abends niedergelegt hatte und eben einschlafen wollte, stellte der Puk sich oben ans Bett, faßte den Knecht bei den Haaren und rief: Nich lyk! Und damit zog er ihn so weit hinauf, daß er mit seinem Kameraden gleich lag. Dann trat er ans andere Ende des Bettes, hub die Decke auf und faßte den Knecht bei der großen Zehe, indem er abermals rief: Nich lyk! und zog ihn wieder hinunter. Auf diese Weise zerrte er ihn die ganze Nacht hin und her und man kann sich denken, daß der Knecht während der Zeit kein Auge zugekriegt hat.

Schriftlich. — Mit dem ersten Stücke stimmt eine nordschleswigsche Relation in Dannevirke 1843. No. 53.: Der Niß hat nicht gut auf die Pferde gepaßt, der Knecht stößt ihn aus dem Bodenfenster hinunter unter die Hunde, die ihn fast zerreißen 2c. — Mündlich.

2.

In Hollbüllhuus bei Schwabstede hat man auf einem Hofe den Niß Puk oft im Sonnenschein in der Bodenluke sitzen sehen, wie er mit den Beinen baumelte und den Kopf sich in beiden Händen stützte. Einmal saß er auch da und machte sich ein Plaisir daraus, den Pudel unten auf dem Hofe zu necken, indem er ihm bald das eine Bein, bald das andere hinhielt; der Pudel bellte darüber und Niß lachte entsetzlich. Da schlich sich der Knecht, um einen Spaß zu machen, von hinten herzu und stieß den Niß mit der Heugabel hinunter, indem er sprach: „Da Pudel, hast du den ganzen Puk!“ Das dachte ihm Niß. Der Knecht hatte noch ein paar nagelneue

Stiefeln in der Kammer stehen. Abends als er eben die Augen zu thun wollte, so kam der Niß, zog die Stiefel an und schlurrte nun die ganze Nacht so lange umher, bis Hacken und Sohlen herunter waren.

In einem andern Hause knickte er sogar die Bodenleiter ein, und als der Knecht nun Korn hinaustragen sollte, muste er beide Beine brechen.

Durch Storm und Herrn Schull. Petersen in Nordsted bei Viöl.

CDXLVII.

Der falsche Racker.

Auf einem Hofe in der Landschaft Stapelholm war jedes Mal, wenn die Magd in den Keller kam, der Rahm von der Milch genascht. Die Magd sagte: „Niß hats gethan," und alle glaubten es. Er war aber ganz unschuldig daran, denn der große Kater hatte es gethan. Der hatte sich immer durchs Fenster geschlichen, das das Mädchen zu schließen vergaß. Als nun der Herr einmal Geräusch im Keller hörte, dachte er den Niß zu fangen, der diesmal auch wirklich drinnen war. Aber er hatte sich hineingeschlichen und eben den Kater gegriffen und unter eine Milchbütte gesetzt, um seine Unschuld zu beweisen. Der Herr öffnete vorsichtig die Thür nicht weiter, als daß er sich eben durchdrängen konnte, der Niß wollte in dem Augenblick durchschlüpfen, streifte aber die Kappe ab und ward gesehen. „Heff ik dy, du falsche Racker!" rief der Herr und faßte ihn bei der Schulter. „Ja," antwortete Niß, „du hest my wull, awer falsch bün ik nich! Süh man ünner de Melkbütt na!" Als der Herr ihn nun los ließ und die Bütte aufhob, sprang der Kater hervor; Niß hatte unterdeß seine Kappe wieder aufgenommen und war verschwunden. Aber den falschen Racker dachte er. Wo nun von der Zeit an der Baüer gieng und stand, so riefs immer hinter ihm, wenn er was sagte: „Du falsche Racker!" Er kam dadurch besonders in Verlegenheit, weil er Vorsteher in der Gemeinde und Bauervogt war. Es war bald nicht mehr zum Aushalten. „Was fange ich einmal an?" sagte der Mann zu seiner Frau, „so gehts nicht mehr, wir müssen ausziehen!" „Das hülfe auch was!" antwortete die verständige Frau, „aber im Guten ist bei dem Niß viel auszurichten, laß mich nur machen!" Wo die Frau von nun an den Niß merkte, suchte sie ihn auf alle Weise einmal zum Reden zu bringen. Als sie es endlich erlangt hatte, so entschuldigte sie ihren Mann und bat den Niß um Verzeihung, und wenn er einen Wunsch habe, möge er es sagen, es solle auch alles geschehn, wenn er ihrem Mann nur wieder gut sein wollte. Da sagte der Niß: „So laß ihn den alten kranken Johann wieder ins Haus nehmen, der schon bei seinem Vater gedient hat, und verpflegt ihn gut bis an sein Ende." Der hatte den Niß früher immer gut gehalten und er war Nachts oft bei ihm in der Kammer gewesen. Die Frau sagte die Bitte zu, Johann kam ins Haus, ward verpflegt und der Niß war ruhig. Endlich aber kam es mit dem Alten zum Sterben und er verlangte nach dem Prediger. Als dieser nun mit dem Heiligsten in die Kammer trat, da sah er den Niß unten auf dem Sterbebette sitzen.

Von D. St. durch Storm.

CDXLVIII.

Der versöhnte Niß.

In einem Dorfe Stapelholms war eine Bauernstelle feil geboten, weil der Bewohner mit dem Niß Puk nicht mehr Haus halten konnte. Morgens ehe der Tag graute, wenn der Hausherr seine Knechte hinaus zur Arbeit trieb, brachte der Niß den ganzen Hühnerstall zum Krähen und so in Aufruhr, daß der Herr auch keinen Schlaf mehr haben konnte. Oft zupfte er ihn bei der Nase oder kniff ihn bei der großen Zehe; das Vieh im Stalle machte er wild, daß es sich Nachts in den Ketten erhengte; darum ließ der Mann sein Haus ausbieten.

Nun wohnte im Hause gegenüber ein wohlhabendes Ehepaar; die sprachen über den Hausverkauf und die Frau sagte: „Das Haus wird wohlfeil wegkommen; du solltest es nur für unsern Ältesten kaufen.“ „Das werde ich wohl bleiben lassen,“ antwortete der Mann, „und ihm all die Plage auf den Hals zu hetzen; das ganze Dorf weiß ja, warum es verkauft wird. Des Tages Arbeit und des Nachts keine Ruhe!“ „Vater,“ sagte die Frau, “du weißt doch, wie ruhig er bei dem vorigen Nachbar war. Jeden Abend ward dem Niß seine Schüssel mit süßer Grütze auf den Heuboden gesetzt und Niemand durfte ihm etwas zu Leide thun. Da war nichts als Segen und Wohlstand im Hause. Nachher aber zogen diese ein und seitdem hatte der arme Puk keine Ruhe mehr; allenthalben machten sie Jagd auf ihn, und die Grütze gaben sie ihm auch nicht mehr. Da ist er grillisch geworden.“ — Der Mann bedachte sichs noch einmal, besprachs wieder mit seiner Frau und als das Haus nun zum Aufgebot kam, so kaufte er es um einen Spottpreis, da sich kein anderer Käufer meldete und der Eigenthümer es um jeden Preis losschlagen wollte. Der Mann wollte es mit seiner Frau selber beziehen, der Sohn aber sollte das väterliche Haus bekommen. Die Frau ließ nun das Haus erst rein machen und während acht Tage, ehe sie es bezogen, jeden Abend süße Grütze mit Butter hinübertragen auf den Heuboden. Die drei ersten Abende war nichts angerührt, in den darauf folgenden aber immer alles rein aufgegessen. Als nun am neunten Abend ein Paar weiche Pantoffeln, die sie für den Niß hinübergesetzt hatten, verschwunden waren, da waren sie sicher, sein Wohlwollen gewonnen zu haben und zogen hinüber. Alte Leute behaupten, an Winterabenden den Niß da mitten unter der Familie, meistens in der kleinen Ecke hinterm Ofen gesehn zu haben, wo er aber bei ihrem Anblick sogleich verschwand. Gewis und allen bekannt ist, daß Alles im Hause gut gieng und sie stets in ungestörter Ruhe lebten.

Von D. St. durch Storm in Husum.

CDXLIX.

Wir ziehen um.

Man kennt Fälle, daß sich ganze Schaaren und Familien von Puken in den Häusern eingefunden und es da arg getrieben haben. In Husum waren einmal zu gleicher Zeit zwei Familien, eine bei einem Bäcker, die andere bei einem Brauer eingezogen und rumorten. Nachts warfen sie alles herum, polterten auf dem Boden, liefen Trepp auf, Trepp ab, bald waren sie im Keller, bald in den Zimmern; dem Bäcker stahlen sie das Mehl, dem Brauer das Bier. Sie waren so klein, daß wenn man sie verfolgte, sie wie Spinnen und Würmer in die kleinsten Ritzen sich verkrochen und von da unaufhörlich schrien. Die Leute konntens am Ende nicht länger aushalten und beschlossen auszuziehen. Sie ließen alles Geräthe hinaustragen, und als schon alles Übrige fort war, giengen die Dienstmägde aus beiden Häusern mit den Besen auf den Schultern zuletzt aus der Thür. Sie begegneten einander. „Wo willst du hin?“ fragte Anne die Susanne. Da riefen, ehe die andre antworten konnte, viele feine Stimmen oben aus dem Besen: Wir ziehen um! Die Mägde erschraken, doch faßten sie sich. Ein Teich war in der Nähe. Rasch tauchten beide ihre Besen tief hinein und ließen sie im Wasser stecken. Dann begaben sie sich in die neuen Wohnungen und hatten nun Ruhe vor den Unholden. Aber da im Teiche bemerkte man bald, daß alle Fische erkrankten und nach und nach starben, und Frauen, die spät Abends aus dem Teiche schöpften, versicherten hoch und heilig, daß sie mehrmals feine Stimmen aus dem Wasser deutlich vernommen hätten, die gerufen: „Wir sind ausgezogen! Wir sind ausgewandert!“

In Neumünster erzürnte man auch einmal einen Niß dadurch, daß man ihm keine Butter in seine Grütze gesteckt hatte. Nun trieb ers so arg im Hause, daß die Leute umziehen musten. Als der Letzte aber mit dem Besen über die Schwelle trat, rief der Niß, der im Besen saß: „Ik bün ook da!“ und zog mit um.

An einem Orte in Angeln verließen die Leute auch einmal des Puks wegen das Haus. Als der letzte Wagen wegfuhr, saß er aber hinten auf und lachte und sprach: „Wi flytter ebau!“ (Wir flütten heute!)

Aus der Hattsteder Marsch durch Herrn Martin Harding. — Mündlich.

CDL.

Der Flöter.

Vor etwa vierzig Jahren fand sich auf einem Hofe im Kirchspiel St. Margrethen, der in der Nähe der Elbe lag, ein Spuk sehr sonderbarer Art ein. Viele Leute aus der Nähe und Ferne haben sich davon überzeugt, und die Kinder des damaligen Hofbesitzers leben noch jetzt: die Sache ist noch in gutem Andenken. Zu Süden des Hauses im Kohlgarten, wo auch einige Obstbäume stehn, ließ sich zu einer Zeit ein Wesen hören, das sich durch beständiges Flöten kund gab. Bald näherte es sich dem Hause und allmählig drängte es sich ein. Das Haus ward nun seine gewöhnliche Wohnung, und auf dem Boden, im Keller, in den Zimmern, überall ließ der Flöter sich hören. Zuweilen machte er auch auf der Nachbarschaft Besuche. Die Leute wurden ganz vertraut mit ihm; wollten die Kinder im Hause oder Knechte und Mägde tanzen, so sagten sie nur: „Späel ins en Walzer so unn so, oder nu Hopsa so und so," und gaben nur die Melodie an; dann spielte er gleich auf. Wenn das Mädchen im Keller war bei der Milch, so sagte sie oft: „Späel my ins enen, myn Jung', du schast oek en Appel hebben!" Dann war ihr der Apfel gleich aus der Hand weg und das lustigste Stückchen ward aufgespielt. Niemand konnte das wunderliche Wesen zu Gesichte kriegen, wenn es gleich lange Zeit auf dem Hofe sich aufhielt und es sich, sobald einer ihn nur aufforderte, auch sogleich hören ließ. Zuletzt aber ward der Flöter immer zudringlicher, und oft zeigte sich seine üble Laune. Er konnte in einer Nacht alle Fenster einschlagen, brach in Küche, Keller und Kammer und stellte alles auf den Kopf, und Mittags wenn die Leute bei Tisch saßen, machte er mit unsichtbaren Händen die Schüssel vor ihnen leer in einem Nu. Wenn sie dann nach ihm schlugen und ihn auf alle Weise verfolgten, so oft sie glaubten, ihn eben in einer Ecke fest zu haben, so pfiff er ihnen zum Hohn schon in der andern. Es war zuletzt nicht mehr mit ihm Haus zu halten. Der Bauer sprach allenthalben den Wunsch aus, daß einer sich finden möchte, der ihn von der Plage befreie; er wollte ihm ein gut Stück Geld geben. Endlich erbot sich ein Mann aus Wilster, den Pfeifer ihm in seiner wirklichen Gestalt oder als Pudel zu zeigen und zu vertreiben. Der Bauer aber sagte, er wolle gar nichts sehen, hier habe er zehn Thaler, er soll nur machen, daß der Unhold fortkäme. Durch sonderbare Sprüche und Ceremonien hat der Mann nun den Geist fortgeschafft und keiner hat darnach im Hause wieder gepfiffen.

Mündlich aus St. Margarethen.

CDLI.

Nißpuk gebannt.

1.

In einem alten Hause, nördlich in Raepsted, war ein sehr dicker eichner Balken, auf welchem nach alter Bauart das Dach ruhte. Im vorigen Sommer ist das Haus abgebrannt. Unter jenen Balken aber war ein Nißpuk hinunter gemahnt, der in alten Zeiten hier im Hause sein Wesen getrieben. Zu gleicher Zeit wohnte auch einer im benachbarten Dorfe Hynding. Beide Puks lebten in beständiger Feindschaft und prügelten sich oft; aber der von Raepsted war der mächtigere und brachte den andern endlich zur Ruhe. Von diesem erzählt man auch, daß einmal, als eine Dienstmagd im Hause einen tüchtigen Griff in die Geldlade ihres Herrn zu thun wagte, er dabei gestanden und gesagt habe: „Streich über!“ Sie sollte es wieder eben darin machen, damit Niemand etwas merke. Aber da hatte das Mädchen einen solchen Schreck bekommen, daß sie alles Geld schnell wieder hineinwarf.

Durch Herrn cand. min. Meßtorff in Raepsted.

2.

In vielen Häusern auf Amrum hat sich ein Onnerbänkis unsichtbar aufgehalten. Es muste immer ein Stücklein Butter im Brei haben und durfte bei keiner Mahlzeit vergessen werden. Mittags ward immer ein Löffel und Messer und Gabel mehr aufgelegt. Wenn die Mutter aus war, wiegte die Wiege von selbst; das that das Onnerbänkis. Bei einem Hause aber lag ein großer Stein. Als man den einmal aufgrub, hatte man keinen Frieden mehr; denn es war ein Lärmen, als wenn die Unterirdischen einen großen Streit untereinander hätten. Sobald der Stein aber wieder eingesenkt war, wards ruhig. Einmal vergaß eine Familie die Butter im Brei, da stand die Schale des kleinen Mannes unberührt und er blieb für immer weg.

Durch Herrn Dr. Clement aus Amrum.

CDLII.

Die Zwerge verbrannt.

Einst hatten sich eine große Menge der Önnerersken in Niß Schmidts Hause im westlichen Morsum auf Silt eingenistet und trieben ihr Wesen im Keller. Die Leute konnten kein Bier und Brot vor ihnen bergen; alles stahlen sie weg. Eines Tages aber ertappte die Wirthin einen von ihnen, da er eben beim Bierzapfen beschäftigt war. Die Frau stellte den Zwerg ernstlich zur Rede; er entschuldigte sich, so gut er konnte und versprach, wenn sie ihn los ließe, einen solchen Segen in die Biertonne zu legen, daß sie nie leer werden sollte, so lange nicht ein Fluch darüber gesprochen würde. Seit der Zeit ward die Tonne nie leer, wie fleißig auch Alle daraus schöpften. Doch eines Tages kam der Hauswirth in den Keller, um sich einen Trunk zu holen. Unbekannt mit dem Segen, der an der Tonne haftete, wunderte er sich darüber, daß das Bier ohne Aufhören herauslief und brach endlich aus: „Dit is dag en Düwelstenn, dear nimmer lebbig uud!“ (Das ist doch eine Teufelstonne, die nie leer wird!) Augenblicklich verschwand der Segen, die Tonne war leer und die Önnerersken stahlen wieder Brot und Bier, wie früher, ohne dafür Ersatz zu geben. Wirth und Wirthin waren in großer Noth und wusten dem Übel nicht abzuhelfen. Sie fragten die Nachbarn um Rath; da sagte eine alte Frau, die in ihrer Jugend mit den Önnererskenviel Verkehr gehabt und oft mit ihnen gespielt hatte, daß einmal einer ihr offenbart hätte, daß es nur ein Mittel für die Menschen gebe, die Önnererskenlos zu werden. Sie müßten nemlich das Haus in Brand stecken und ein Wagenrad vor jede Thür stellen; dann müßten die Önnererskenmit dem Hause verbrennen. Der Mann entschloß sich, sein Haus anzuzünden und stellte vor jede Thür ein Wagenrad. Als es nun in Flammen stand, da kamen die kleinen Gäste vor die Thür und steckten die Hände durch die Speichen und flehten um Erbarmung. Aber die Morsumer hatten kein Mitleid. Da rief der, welcher der alten Frau den Rath gegeben hatte, ihr zu: „Spölke, Spölke! (Gespielin!) wat heest dü mi forratt!“ Es half aber alles nichts, man ließ das Haus verbrennen und ward so die Zwerge los.

Durch Herrn Hansen in Keitum auf Silt.

CDLIII.

Die Meerweiber.

1.

Bleffers Sulf Klauwes Sone, Reimer Sulf Reimer Solaken und Hans Dehne zu Warwen haben am hellen Mittage ein Meerweib am Strande gesehen. Sie hätte sich gekämmt, hätte lange gelbe Haare gehabt und zwei weiße Brüste wie Schnee. Sie hatten ihr Lebtage keine schönere Frau gesehen und hätten sie lange betrachtet. Als sie aber gemerkt, daß Leute da gewesen, sei sie wieder nach dem Wasser gegangen, hätte sich aber noch wieder umgesehen, wenn sie gerufen, wohl zu fünf oder sechs Malen. Unten wäre sie wie ein Fisch gewesen, auf welche Weise die Meerweiber gemalt werden.

Ehedem ist auf dem alten Kirchhof zu Süden Büsum auch eine Meerfrau gesehen und gefangen worden. Als man sie wegbrachte, hat sie gesagt: „Ich gelobe es euch, so weit, als ihr mich schleppt, soll euer Land wegreißen.“

Neocor. II. 432. vgl. I. 377. von einem Meerweib in Holland; und eine Erzählung aus dem Jeverlande bei Firmenich S. 23.

2.

Bei Wenningstede, am Fuße des rothen Kliffs, dem hohen westlichen Ufer Silts, trieb einst eine Meerfrau auf den Strand. Zwei Silterinnen, die eben zur Stelle waren, ergriffen sie, trugen sie nach Hause und setzten sie in einen Kübel, der zur Hälfte voll Wasser war; allein das Meerweibchen schrie und weinte jämmerlich, und wollte sich nicht zufrieden geben. Da befahl der mitleidige Bauervogt des Orts den Frauen, das arme Wesen wieder ins Wasser zu tragen; es wäre sonst auch bald umgekommen.

Solche Wasserjungfern sind halb Fisch, halb Mensch. Wenn sie sich am Bug eines segelnden Schiffes oder auf der Spitze einer Welle zeigen, so ist ein Sturm nahe und ein vorsichtiger Schiffer zieht alle überflüssige Segel ein.

Herr Hansen auf Silt.

3.

Ein Schiff ward auf der See vom Sturm überfallen und gerieth in die äußerste Gefahr. Da tauchte ein Wassermann am Ruder hervor und, den Fischschwanz im Wasser behaltend, begehrte er den Kapitain zu sprechen. Der Kapitain, ein unerschrockener Mann, fragte, was er denn solle. Da beklagte sich der Wassermann, daß seine Frau sich in Kindesnöthen befände und weil sie aller weiblichen Hilfe entbehre, einen großen Lärm in ihrer Wohnung erhoben hätte. Er bat, daß die Frau des Kapitains, die sich an Bord befand, herunterkäme und bei der Geburt Beistand leiste. Er versprach auch, sie ohne alle Gefahr wieder aufs Schiff zurückzuführen. Der Kapitain aber verweigerte die Erfüllung der Bitte. Da drohte der Wassermann, daß der Aufruhr im Meere, der nur eine Folge der Schmerzen und heftigen Bewegungen seiner Gattin wäre, noch ärger werden und das Schiff mit Mann und Maus versinken würde. Die Frau des Kapitains entschloß sich nun, das Wagstück zu bestehen und stieg mit dem Meermann hinunter. Sogleich legte sich der Sturm. Die Geburt des Kindes gieng glücklich von Statten und nach einigen Stunden kehrte die Frau reich beschenkt aufs Schiff zurück, ohne daß auch nur ihre Kleider naß geworden wären.

Herr Hansen auf Silt.

4.

Auf Helgoland zeigte sich in frühern Zeiten den schwangern Frauen, sobald es ihnen abhold war, das Meerweibchen halb als

Mensch und halb als Fisch. War es ihnen aber günstig, kam es als schöne Jungfrau und stand ihnen mit freundlicher Miene bei der Entbindung bei, die dann immer durch ihre Gegenwart und Hilfe leicht und glücklich geschah. Es gab in alter Zeit auf Helgoland gewisse überaus schöne Mädchen, die man für Töchter des Meerweibchens hielt und vor denen man darum immer eine große Scheu und Verehrung hegte.

Herr Heikens.

CDLIV.

Die junge Hexe ersäuft.

In Kurborg am Dannewerk und in andern Orten bei Schleswig weiß man viel von jungen Hexen zu erzählen. Einmal sollten Fischer eine junge Hexe übers Wasser setzen. Da beredeten sie sich heimlich, daß sie sie ersäufen wollten. Unterwegs mitten auf dem Wasser stießen sie das Mädchen aus dem Boot; sie aber faßte es wieder und riß es um, daß die Fischer elendiglich ertrinken mußten. Das Mädchen aber tauchte wieder hervor und die Leute sahen sie später noch oft auf den großen Blättern der Wasserlilien über den Wellen schweben.

Durch Herrn cand. phil. Arndt.

CDLV.

Die weiße Frau am Mühlenteich.

Auf den Koppeln, die an dem obern Mühlenteich des Klein-Wesenberger Müllers liegen, sieht man oft eine Frau herumwandeln, die trägt ein weißes Kleid und hat es stets so aufgenommen, daß ihr blaugrauer Unterrock und ihre Schuhe mit hohen Absätzen zu sehen sind. Abends trägt sie eine Laterne in der Hand, sie geht immer nach dem Mühlenteiche zu und verschwindet da. Man weiß gar nicht aus welcher Ursache sie da umherwandelt, aber wohl fünfzig Leute haben sie gesehen. Eines Morgens um halb vier Uhr gieng ein junger Meusch von Klein-Wesenberg nach Klein-Schenkenberg auf dem Fußsteige, der neben dem Mühlenteich über jene Koppeln führt. Da erblickte er eine Koppel weit vor ihm die herumwandelnde Frau. Der junge Mensch faßte sie fest ins Auge, verdoppelte seine Schritte und dachte sie einzuholen. Plötzlich aber kam es ihm vor, als wenn er in eine Pfütze getreten sei. Darüber stand er einen Augenblick still und wollte das Wasser abwischen; aber zu seiner großen Verwunderung konnte er nirgend Wasser gewahr werden, und wie er nun wieder der Frau nacheilen wollte, da war sie verschwunden.

Durch Herrn A. H. F. Schlobohm aus Klein-Wesenberg.

CDLVI.

Der Jungfernsee.

In der Marienhölzung bei Flensburg stand in ganz alten Zeiten ein Schloß, darin hauste ein wilder Ritter. Lange hatte er sein zügelloses Leben geführt, die Mädchen der Gegend wurden geraubt und geschändet und keine kehrte zu den Ihrigen zurück; da versank eines Nachts das Schloß mit allen, die darin waren; nur eine Kammermagd entkam und schenkte später die Hölzung an die Kirche. An die Stelle des Schlosses aber trat ein See; darin kann man Mittags, wenn nur die Sonne scheint, noch die Thurmspitzen sehen, und man hat da auch mehrere Male Glockentöne aus dem Wasser vernommen. Um Mitternacht aber tanzen die Jungfrauen, die einst entführt und entehrt wurden, in langen weißen Gewändern um das Ufer des Sees herum und dabei hört man sie mit klagender Stimme gar traurige Weisen singen.

Durch Herrn Tamsen in Tondern und Pastor Dr. Jensen in Gelting.

CDLVII.

Die tanzenden Elbinnen.

Im Kirchspiel Osterlügum bei Hauerslund, nicht ganz weit von Apenrade, liegt ein Hügel der Hanbierre, der Hahnenberg. Nahe dabei ist ein Erlenbruch. Einmal lag da ein junger Mensch und schlief so lange, daß er erst spät in der Nacht aufwachte; da hörte er die lieblichste Musik rund um sich, und da er vor sich sah, ward er zwei Mädchen gewahr, die hüpften und tanzten und fragten ihn oft, um ihn zum Sprechen zu bringen; aber er wußte wohl, daß Gefahr dabei wäre und schwieg. Da hörte er ganz deutlich, wie sie sangen:

Aa hör, do Ungersven! aa vil do int
 Mæ os i Jauten tael,
Saa skal, inden Kok gael, di sölslavn Knyw
 Ret lig bint Hiaert i Dvael. *)

Da ward ihm Angst, als er das hörte, und eben wollte er sprechen, als der Hahn krähte, und die Frauen verschwanden. Seit der Zeit hat der Hügel seinen Namen erhalten.

Solche Wesen aber nennt man im Dänischen Ellequinder.

Thiele II. 214. — Schröder Topogr. v. Schlesw.: Bei Gonsacker, Amts Hadersleben, hört man aus dem Skrovhoi oft die lieblichste Musik hervortönen.

*) O hör, du Bursche, o willst du nicht mit uns heut Abend sprechen, so soll, bevor der Hahn kräht, dein silberbeschlagenes Messer recht dein Herz in Ruhe bringen.

CDLVIII.

Die drei Weiber.

In Windbergen, so erzählte ein Mädchen in Meldorf, hätte früher ihre Meddersch (Mutterschwester) gedient und die hätte es gesehen oder von andern gehört, daß einmal an einem Morgen früh, als die Mägde zum Melken gegangen, drei alte Weiber auf einem dreibeinigen Pferde quer übers Feld an ihnen vorbei geritten seien, und das Pferd habe so geschwitzt, daß das Wasser nur so zur Erde gestrichen sei. Als sie vom Melken zurückgekommen seien, hätte eines Bauern brauner Hengst vor der Stallthür angebunden gestanden; der sei auch ganz naß und voller Schaum gewesen, und Mähne und Schweif wären ihm geflochten gewesen.

Mündlich.

CDLIX.

Die schwarze Greet am Dannewerk.

Gott straft die alte Königin Margret so für ihr ruchloses Leben, daß sie keine Ruhe im Grabe hat und in jeder Nacht über den alten Wall, den sie mit Hilfe des Teufels gebaut hat, hinreiten muß. Das haben viele Leute gesehen. Oft kommt sie auch Mittags zwischen zwölf und ein. Sie trägt stets ein schwarzes Kleid, reitet auf einem weißen Rosse, das Dampf und Feuer aushaucht; ihr nach folgen zwei andere Geister in schneeweißem Gewande. So macht sie jedesmal die Runde in vollem Rennen von Hollingstede bis Haddeby. — Einmal war eine Magd ausgeschickt, an dem Walle Kartoffeln auszugraben; es war Mittags um zwölf. Da kam sie plötzlich nach Hause gesprungen und schrie, die schwarze Greet sei ihr vorbei gesaust und ihre Begleiter seien auf sie losgekommen. Da habe sie den Kartoffelsack im Stich gelassen und sei davon gelaufen. Als man nun hingieng und nachsah, fand man die Kartoffeln umhergestreut und zertreten. Das hatte aber die schwarze Greet gethan, weil sie nicht will, daß auf ihrem Wall gebaut werden soll.

Noch in der Neujahrsnacht des Jahres 1844 geschah es, daß die Kinder der Leute, die bei Kurburg am alten Walle wohnen, Abends spät nach eilf von der Nachbarschaft nach Hause giengen. Da kam ihnen auf dem Walle das weiße Pferd entgegen, mit einem weißen Laken behangen, große Klunker an den Ohren, mit einer Laterne vor dem Kopf, es gab Dampf von sich, und darauf saß eine hohe schwarze Gestalt. Das war die Greet. Zwei andere weiße Gestalten folgten ihr zu Fuß. Die Mädchen liefen eilig ins Feld, da sauste das Pferd weiter den Wall entlang, aber die weißen Gestalten verfolgten sie. Die Mädchen waren in großer Noth. Die kleinste fiel und fieng an zu beten, die andern kamen davon. Als nun die Eltern die Kleine nach Hause holten, konnte sie kein Wort reden, als: „Das Pferd! das weiße Pferd!“ Noch mehrere Tage redete sie irre, und als der Vater diese Geschichte erzählte, ward ihr wieder ganz angst und sie hielt die Hände vors Gesicht, war auch auf keine Weise zu bewegen, etwas davon zu erzählen.

Durch Cand. Arndt.

CDLX.

Die schwarze Dorte.

Der Ritter Heinrich Ranzau nahm einst eine verfolgte Frau aus Ungarn in seinen Schutz und erbaute ihr das Schloß zu Mehlbek zu einer sichern Wohnung. Man nannte sie nur die witte Dorte, denn stets ließ sie sich auf dem Thurm des Schlosses sehen in einem nebelartigen weißen Gewande, so oft ein Glück oder Unglück bevorstand. Sie hat sich da lange Jahre auf dem Thurm aufgehalten und war recht der Schutzgeist des Schlosses und seiner Bewohner; als aber ihr Beschützer Heinrich Ranzau starb, zeigte sie sich nur in schwarzen Kleidern und darum nennt man sie seit der Zeit stets die swarte Dorte.

Einst faßten die Bauern des Guts heimlich den Beschluß, den Gutsherrn gefangen zu nehmen und sich seiner Herrschaft zu entledigen. Ob ihr Wohlstand sie übermüthig gemacht, oder der Herr durch Härte sie erbittert hatte, weiß man nicht; genug, sie stürmten alle bewaffnet aufs Schloß, und dachten den Herrn zu fangen, aber sie fanden nur das leere Haus, der Herr, gewarnt, war eben vorher abgereist. Nun fielen die Bauern über das Schloß her und wollten es zerstören; vergebens warnte und ermahnte sie ein alter Bauer, davon abzulassen und ruhig nach Hause zu gehn; sie hörten nicht auf ihn und begannen ihr Werk. Wüthend tobten sie durch das ganze Schloß; als es aber gegen Abend kam und sie in den großen Saal eindrangen, trat ihnen drohend und mit zorniger Gebärde die schwarze Dorte entgegen. Voller Schrecken wichen sie zurück und flohen; aber der Fluch der schwarzen Frau folgte ihnen. Noch in derselben Nacht stand das ganze Dorf in Flammen; da liefen die Bauern eilig nach dem nahen Teiche, um Wasser zum Löschen zu holen, aber keiner kehrte zurück, denn alle wurden mit Frau und Kind in Frösche verwandelt, und wo bisher das Dorf gewesen war, steht von dieser Zeit an der Teich mitten in einer großen grünen Wiese. Die große schöne Eiche, die unter dem Namen des Pfannekuchenbaums in der ganzen Gegend bekannt ist (und sie erhielt diesen Namen, weil die Arbeiter unter ihr gewöhnlich ihr Frühstück verzehren), hat vormals auch zu dem untergegangenen Dorfe gehört. Darunter saß damals in tiefer Trauer der alte Bauer, der die andern gewarnt hatte und hindern wollte; er allein und seine Tochter waren verschont geblieben, aber Hab und Gut waren nun verloren. Da setzte sich ein wunderschönes Vöglein über ihnen auf einen Zweig und sang mit heller Stimme:

Kumm, Vatter, kumm geswinde!
Hier buten weit de Winde.
Swart Doertje hett my häer bestellt,
Ik sall dy gäwen väles Gelt,
Du schast en nees Hues dy maken,
Swart Doertje gift dy schöne Saken.
Wo ik dy't wysen do,
Da, Vatter, blyf unn bo!

Da stand der Alte auf und folgte dem Vogel, der langsam vor ihm hin flog und bald an dem Orte sich niederließ, wo jetzt das Dorf Mehlbek steht. Sogleich verschwand der Vogel; aber unter einem Baume lag ein schwerer Geldsack, darauf stand geschrieben: Meinem treuen Helfer in der Noth. Da fieng der Alte an und ließ ein neues Haus bauen, und bald folgten mehr Leute seinem Beispiele, in der Hoffnung, daß auch ihnen solches Glück zu Theil werde. Allein die schwarze Dorte hat nur einmal ein solches Wunder gethan.

Jetzt ist das alte Schloß und der Thurm, den die Dorte bewohnte, längst abgebrochen, aber die Leute versichern, daß man noch oft, sobald etwas Wichtiges bevorsteht, sie Nachts in einem mit vier schwarzen Pferden bespannten Wagen umherfahren sieht.

Nach einer schriftlichen Mittheilung.

CDLXI.

Die Spinnerin.

An dem Orte, wo der Kirche gegenüber früher das Stellauer Schloß gestanden hat, sieht man zu gewissen Zeiten in stillen Nächten eine schöne Frau in strahlendem Gewande mit langem goldgelbem Haar, die mit dem größten Fleiße stets auf einer goldenen Spindel spinnt. Viele Leute haben sie da gesehen und beobachtet, und zugleich versichern manche, daß früher und auch in den letzten Jahren an demselben Orte oft die prachtvollsten Häuser, Gebäude und Anlagen zu sehen waren, und daß zu gleicher Zeit ein Summen und Brausen sich vernehmen ließ, ähnlich wie in einer großen Handelstadt; was das aber alles zu bedeuten hat, weiß noch niemand zu sagen. Die Eisenbahn von Altona nach Kiel geht jetzt nicht ganz weit davon vorbei.

(Auf dem Hügel, der Trolbryggel heißt, am Wege von Raepsted nach Höist, sieht man Nachts auch eine Spinnfrau sitzen.)

Herr Ketelsen auf Breitenburg (und **cand. min.** Meßtorff in Raepsted).

CDLXII.

De gode Krischan.

Es war einmal eine traurige Zeit für Blankenese. Kein Fisch gieng ins Netz mehr, keiner biß mehr an die Angel, das Korn auf dem Felde verdorrte und war taub, die Obstbäume standen leer, Kühe und Schafe trockneten auf, die Pferde wurden lahm, es herrschte der bitterste Mangel. Und je weiter es in dem Jahre gegen den Herbst kam, je ärger ward es. Eine Scheune und ein Stall nach dem andern brannten ab, so wie Korn und Vieh eingebracht waren. Selbst die kleinen Kinder wurden Nachts vor dem Bette der Eltern aus den Wiegen weggestohlen, obgleich man Thüren und Fenstern wohl verwahrt hatte und sie nachher auch noch immer fest verschlossen fand. Was die Ursache dieses Unglücks sei, wuste niemand zu sagen, niemand wuste auch Rath. Der Ort war dem äußersten Elend nahe. Da entdeckte endlich durch Zufall ein Hirtenbursche wie es damit sei. Er war gegen Abend vor Müdigkeit am Abhange des hohen Sülbergs eingeschlafen. Erst um Mitternacht erwachte er und wollte eben schnell nach dem Dorfe zurückkehren, als er zu seinem Schrecken den Berg sich von einander thun und ein altes häßliches Weib aus der Spalte hervorkommen sah. Eine Weile stand sie noch auf der Spitze des Berges still und sah sich nach allen Seiten um, dann stieg sie hinab und gieng dem Dorfe zu mit den Worten: „Nun, ich will hin und will allen Kühen und Pferden die Schwänze abschneiden. Das soll morgen einen hübschen Spectakel geben.“ Der Hirtenjunge hatte sich aus Furcht hinter einen Busch verkrochen und platt auf den Bauch niedergelegt, um nicht von der Hexe gesehen zu werden. Kaum aber war sie fort, eilte er dem Strande zu, machte ein Boot los nnd fuhr auf die Elbe hinaus; denn ins Dorf wagte er sich nicht, weil er der Hexe leicht begegnet wäre. Am Morgen aber ruderte er wieder zurück, weckte die Leute und erzählte, was er gehört hatte. Da sah man nun in den Ställen nach und kein Pferd und keine Kuh war verschont geblieben; später fand man die abgeschnittenen Schwänze unten am Ufer liegen.

Nun dachten die Blankeneser darauf, wie am besten dem Unheil abzuhelfen sei. Die heilige Christnacht ward zur Ausführung des Planes ausersehen. An der Stelle des Berges, wo der Hirtenjunge das Weib hatte herauskommen sehen, ward ein großer Holzstoß errichtet und viel Stroh zusammengetragen. Am Abend versammelte sich das ganze Dorf, alt und jung, am Fuße des Berges, mit dem Pastor aus Nienstedten an der Spitze; der gute Christian, wie der Hirtenjunge hieß, stand allein in der Nähe des Scheiterhaufen mit einer brennenden Lunte in der Hand. Als nun die Uhr zwölf schlug, so fieng es in dem Holzstoß an zu rasseln, mehrere Stücke fielen auseinander und in einem Augenblick stand die Hexe vor ihm. Sogleich steckte der Bursche die Lunte in das Stroh und in demselben Augenblicke stimmten die Leute unten am Berge einen Gesang an und kamen immer näher herzu. Der Scheiterhaufen stand bald in hellen Flammen; darum konnte die Hexe nicht zurück in den Berg, gegen den Pastor und den Gesang konnte sie auch nicht ankommen, und dem guten Christian konnte sie nichts anhaben, weil er erst eben vorher das Abendmahl genommen hatte und reines Herzens war. Die Blankeneser kamen unterdeß immer näher und näher in einem Kreise auf sie zu und drängten sie so endlich in die Flamme; da muste sie elendiglich verbrennen. Die Stelle, wo dies geschehen ist, blieb bis auf diesen Tag kahl und öde und kein Halm wächst darauf; aber die Geschichte vom g o d e n K r i s c h a n ist noch in Blankenese und der ganzen Umgegend wohl bekannt; denn er war es, der das Dorf von der Plage befreite und es seitdem wieder zu seinem alten Wohlstand kommen konnte.

Auf dem Sülberg, dem höchsten Berge in der ganzen Gegend, stand in alten Zeiten ein Schloß, und der ganze Berg war mit Wald bewachsen. Jetzt ist das Schloß in den Berg verwünscht; aber einmal im Jahre, in jeder Mainacht, thut sich der Eingang dazu auf.

Sagenbibliothek. Hamburg bei Menk. Bd. I. Heft VIII. No. 10. — Mündlich.

CDLXIII.

Die Prinzessin im Nobiskruger Holze.

Jedermann, der einmal von Kiel nach R e n d s b u r g gefahren ist, kennt den Nobiskrug, das letzte Wirthshaus vor der Festung. Da liegen zwei Gehölze dicht bei einander, eine Wiese trennt sie. Hier stand vor alten Zeiten ein großes Schloß, man will noch Spuren finden. Es versank endlich und sitzt jetzt unten im Grunde. In gewissen Nächten aber steigt daraus die Prinzessin hervor, angethan mit einem grünen Jagdkleide, ein großes Bund Schlüssel an der Seite. Sie wandelt dann über die Koppeln bis zu dem wilden Apfelbaum, der neben der Landstraße steht: in den setzt sie sich und klagt, weint und jammert. Manche haben sie da gesehen, aber niemand weiß, was ihr fehlt. Der Apfelbaum ist oft umgehauen, doch immer schlägt die Wurzel schnell wieder aus und jeden Sommer steht er voll Blüthe, aber niemals trug er noch Früchte.

Man meint, die Prinzessin habe schon mehrere Male Leute mit in ihr Schloß genommen; sie sind niemals wieder gekommen; daher warnt man in Rendsburg gerne jeden, der zum Nobiskrug hinaus spaziert, er möge auf seiner Hut sein, die Prinzessin möchte ihn einschließen.

Mündlich.

CDLXIV.

Die Frau auf der Thyrenburg.

An der Westseite des Dannewerker Sees, oberhalb des Wiesengrundes, der Loseck genannt wird, findet man in einem kleinen schönen Buchenwalde den mit einem trockenen Graben umgebenen Burgplatz der sogenannten Thyrenburg. Ringsumher ist alles dürre braune Heide, aber im Sommer steht der schattige Burgplatz voll blühender Vergißmeinnicht. Hier hat man oft in der Dämmerung des Spätsommers eine hohe Frau auf einem goldenen Stuhle sitzen sehen, wie sie ihr langes Haar mit goldenem Kamme kämmt; wenn sie es in Flechten gelegt, so verschwindet sie. In der Johannisnacht sieht man sie jedesmal, besonders gegen Morgen, da sitzen, umgeben von vielen Menschen. Wer dann zu ihr kommt, den zieht sie mit in ihr unterirdisches Reich hinab. Daher warnen Mütter ihre Kinder, in der Zeit nicht dahin zu gehen.

Weil man weiß, daß die Prinzessin viele Schätze besitzt, so haben einmal drei Leute am Johannisabend angefangen da nachzugraben, sie wurden aber beständig so mit Ruthen über das Gesicht geschlagen, daß sie bald gezwungen waren umzukehren. Das folgende Jahr faßten sie neuen Muth; aber es gieng noch schlimmer. Denn nun wurden sie nicht mit Ruthen gestrichen, sondern die hohen Waldbäume fiengen an zu wanken und zu schwanken und drohten über sie zusammenzufallen.

Es ist in alten Zeiten geschehen, daß die verwünschte Prinzessin da unten eine große Hochzeit gehalten hat. Dazu braute sie so viel Bier, daß alles Wasser aus ihrem Burggraben aufgebraucht ward und er seitdem trocken ist. Davon aber hat sie noch eine große Menge Bier in großen Fässern übrig behalten, und es lebt ein Bauer in Dannewerk, von dem man sagt, daß er alle Jahr zur Roggenernte sein Bier sich von ihr holt. Er muß dann am Johannismorgen zur Stelle sein, wenn sie vor der Burg sitzt und sich sonnt; dann bekommt er so viel, als er haben will und gibt ihr nichts dafür, als ein kleines weißes Lamm.

Siebenter Bericht der Gesellsch. für Alterthümer S. 9. und nach mehreren Mittheilungen, besonders Arndts.

CDLXV.

Die Duborg.

In alten Zeiten stand oberhalb Flensburg ein Schloß, das hieß die Duborg. Nun hauste da einmal ein gottloser Ritter, der versündigte sich an dem Heiligsten. Da that sich die Erde auf und das Schloß versank mit allem, was darin war, und an die Stelle trat ein tiefer, unergründlicher Teich, der sogenannte blaue Damm. Von dem Schlosse ist nur ein kleines Stück Mauerwerk nachgeblieben. Aber in jeder Neujahrsnacht, sobald es von St. Marien zwölf schlägt, steht es in seiner ganzen alten Herrlichkeit wieder da. Dann erheben sich die Könige und Herren, die einst in dem Schlosse gewohnt haben, aus dem blauen Damm und reiten mit ihrem ganzen Gefolge in langem Zuge um das Schloß herum und endlich zum Thore hinein. Sobald aber der letzte ins Thor gekommen ist, schlägt es eins und Alles muß wieder versinken. Man will auch oft den großen schwarzen Pudel mit glühenden Augen, der in den Stadtgräben umherstürmt, und der der verwünschte Bürgemeister Peter Pommerening sein soll, hinter dem Zuge gesehen haben.

Es sind viele Schätze mit dem Schlosse versunken. Aber sie werden von zwölf weißen Jungfrauen gehütet; daher ist alles Graben vergebens. Diese zwölf Jungfrauen sollen auch in der Neujahrsnacht, gehüllt in ihre langen Schleier, dreimal um den Platz des ehemaligen Schlosses herumgehen, dann aber verschwinden.

Man erzählt, daß einmal hier zwei Soldaten standen und Wache hielten, aber da der eine in die Stadt gieng, geschah es, daß eine hohe weiße Frauengestalt zu dem andern kam, ihn anredete und sagte: „Ich bin ein unseliger Geist, der nun schon viele hundert Jahre umhergewandelt ist, aber niemals werde ich Ruhe im Grabe finden!“ Dann vertraute sie ihm, daß unter dem Mauerstück ein großer Schatz verborgen sei, den nur drei Menschen in der ganzen Welt heben könnten, er aber wäre einer von diesen. Der Mann, der nun sein Glück gemacht sah, gelobte in Allem ihren Befehlen nachzukommen; da befahl sie ihm, in der nächsten Mitternacht wieder zur Stelle zu sein. Unterdessen war der andere Soldat aus der Stadt zurückgekommen und traf seinen Kameraden noch in dem Gespräch mit der weißen Frau. Doch verschwieg er das, was er gehört und gesehen hatte, er fand sich aber am nächsten Abend bei Zeiten ein und hielt sich in einem Gebüsch in der Nähe verborgen. Als der Soldat nun mit Spaten und Hacke kam, stellte sich auch die weiße Frau ein, aber sobald sie merkte, daß sie belauscht würden, setzte sie die Arbeit aus auf den nächsten Abend. Der andre Soldat, der nun vergebens auf der Lauer gestanden hatte, begab sich nach Hause und ward plötzlich krank; er glaubte, daß es sein Tod sein würde. Da rief er seinen Kameraden zu sich, offenbarte ihm, daß er alles wüßte, und ermahnte ihn dabei, sich nicht mit solchem Spuk abzugeben, sondern lieber bei dem Prediger Rath zu suchen, der ein kluger Mann war. Diese Ermahnung nahm der Soldat zu Herzen und entdeckte die Sache dem Prediger, der ihm jedoch befahl, ganz so zu thun, wie die Frau es wollte, nur daß sie selbst zuerst Hand ans Werk legen müsse. Zur festgesetzten Zeit fand sich der Soldat am rechten Orte ein. Nachdem das Gespenst ihm die Stelle gezeigt hatte und die Arbeit vor sich gehen sollte, sagte sie zu ihm, daß wenn der Schatz gehoben sei, da solle die eine Hälfte ihm gehören, aber die andere solle er zu gleichen Theilen an die Kirche und die Armen geben. Da fuhr ein böser Geist in den Soldaten und seine Habsucht erwachte, so daß er ausrief: „Wie! soll ich denn nicht das Ganze haben?“ Kaum waren diese Worte über seine Lippen, als das Gespenst mit einem gar kläglichen Tone in einer blauen Flamme dahinfuhr und verschwand. Der Mann ward krank und starb am dritten Tage darnach. Nun ward diese Geschichte weit und breit im Lande bekannt und es war da ein armer Student, der meinte, hier könne er sein Glück machen. Er gieng daher um Mitternacht an den Ort, traf auch die weiße, umgehende Frau und sagte ihr, was er wollte. Aber sie antwortete, daß er nicht einer von den dreien wäre, die allein sie erretten könnten, und daß die Mauer noch lange so fest stehen würde, daß keine Menschenhand sie niederzubrechen im Stande sein würde; doch sagte sie ihm zu, daß einst zum Dank für seinen guten Willen er solle belohnt werden. Und es wird erzählt, daß, als derselbe Student einmal später da vorbeigieng und mitleidig sich der Klage der unglücklichen Frau erinnerte, er mit der Nase auf eine eine große Menge Geld fiel, das ihn aber schnell wieder auf die Beine brachte. Aber die Mauer steht unbeweglich, und so oft man versucht hat, sie niederzubrechen, so wächst jedesmal in der Nacht das Abgebrochene wieder nach.

Vgl. No. 173. Das Schloß ward 1719 abgebrochen. Vierter Bericht der Gesellsch. für vaterl. Alterthümer 1839. S. 31. Herr Cand. Arndt. — Herr Tamsen in Tondern. — Thiele I. 358. Von dem Schlosse sollen lange unterirdische Gänge unter einem großen Theil der Stadt hingehen, bis zum Kloster, der jetzigen gelehrten Schule. Die Gänge sind jetzt verschüttet, aber vor einigen Jahren fand man menschliche Gebeine darin, die längs den Wänden in Ketten hiengen. Die sollen von Mönchen herrühren, die hier zur Strafe eines langsamen Hungertodes starben.

CDXLVI.

Die Prinzessinnen im Tönninger Schloß.

1.

Als Tönningen einmal von Feinden belagert war, haben die drei Töchter des Generals, der das alte Schloß bewohnte und die Stadt verteidigte, ein Gelübde gethan, und sich in den Keller verwünscht. Das Schloß ist nun längst abgetragen; aber die Keller sind noch da und von der Wasserseite sichtbar. Darin werden die verzauberten Prinzessinnen von einem großen Höllenhunde mit feurigen

Augen bewacht. Ein Matrose faßte einmal den Entschluß, sie zu befreien. Er gieng zu einem Prediger, ließ sich das Abendmahl geben und über die ganze Sache genau unterrichten. Dann begab er sich, ausgerüstet mit einem guten Spruch, auf den Weg und kam bald an ein großes eisernes Thor, das sogleich aufsprang, sobald er nur seinen Spruch gesagt hatte. Als er nun hineintrat, saßen die drei weißen Jungfern da und lasen und zerpflückten Blumen und Kränze, in der Ecke aber lag der Höllenhund. Der Matrose sah, wie schön sie waren; da faßte er Muth und fragte, wie er sie erlösen könne. Die Jüngste antwortete, daß er das Schwert, das an der Wand hange, nehmen und damit dem Hunde den Kopf abschlagen müsse. Der Matrose nahm das Schwert herunter und erhub es schon zum Hiebe, da sah er seinen alten Vater vor ihm knien, und er hätte ihn unfehlbar getroffen. Voller Entsetzen aber warf er das Schwert weg und stürzte zur Thür hinaus, die mit ungeheurem Krachen zufiel. Er selbst aber starb nach drei Tagen.

Mündlich.

2.

In Tönningen stand früher ein herzogliches Schloß; als aber die Stadt durch Steenbock geschleift ward, wurde das Schloß zerstört. Seitdem zeigen sich alle sieben Jahre an der Stelle des frühern Schlosses (an des Landschreibers Staket) drei Jungfrauen, das sind drei verwünschte Prinzessinnen. Wenn diese entzaubert sind, so steigt augenblicklich das Schloß wieder empor in seiner alten Herrlichkeit. Einer hat es einmal versucht, sie zu erlösen. Es stand noch vor nicht gar langer Zeit an der Norderseite des Schloßplatzes ein großer Baum, dessen Stamm sich eben über der Erde in zwei starke auseinandergehende Wurzeln theilte. Unter diesen Wurzeln gieng ein gemauerter Gang in die Erde. Da stieg nun der, der die Prinzessinnen erlösen wollte, hinein und kam an eine eiserne Thür; davor lag ein Kalb, und er tötete es, wie es zur Entzauberung nöthig war. Dann kam er an eine zweite Thür, davor lag ein anderes Thier; auch dies tötete er, wie es vorgeschrieben war. Da kam er an eine dritte Thür, davor standen seine eignen verstorbenen Eltern, die konnte er nicht töten und er muste umkehren. So sind die drei Prinzessinnen also noch nicht entzaubert, und das Schloß ist auch noch nicht wieder auferstanden.

Durch Storm. — Das Schloß ward 1735 abgebrochen.

CDLXVII.

Der schwarze Hahn.

Zwischen Krockau und Fiefbergen in der Probstei liegt der Sommerhof, jetzt ein Buschblick von ziemlichem Umfange, wo die

Krockauer Bauern jährlich schönen starken Busch zum Brennen hauen. Hier stand früher ein altes Schloß, wovon man noch sehr deutlich Spuren sieht, obgleich dichtes verworrenes Gebüsch und Dorngestrüpp alles überwuchert hat. Es ist dieses Schloß aber auch bezaubert und wird gewis nicht sobald erlöst werden; denn es kann nur durch einen schwarzen Hahn, der hinkend geboren wird, geschehen.

Durch Herrn Rethwisch auf Oevelgönne.

CDLXVIII.

Die gelbe Blume.

König Abels Schloß in Schleswig, wo der Verrath an seinem Bruder Erich geschah, ist spurlos verschwunden. Doch findet man auf dem Möwenberg noch unter dem Grase alte Kellermauern: hier liegen seine Schätze. Man hat da Nachts Lichter und Flämmchen erblickt und Schatzgräber haben da oft ihr Glück versucht. Aber Niemand ist doch noch zu den großen Schätzen gekommen.

Einmal aber in einer Nacht gieng ein Mann an der Schlei herauf und wie er aufblickte, sah er auf dem Möwenberg ein helles Leuchten. Neugierig und erstaunt über das Wunder, folgte er dem Scheine; er merkte endlich gar nicht, daß er über das Wasser gieng und es unter seinen Füßen wie Eis hielt, bis das Leuchten immer heller und heller ward und er am Ende vor einem nie gesehenen großen Schlosse stand. In dem Schloßhof aber sah er eine wunderbare gelbe Blume, die vor allem leuchtete und den Glanz verbreitete. Er brach sie ab und gieng damit näher zum Schlosse, erst gieng er rund herum, dann trat er ein; in dem Schlosse aber fand er alle Thüren verschlossen; sobald er aber die Blume dran hielt, sprangen sie auf. Er gieng so durch alle Gemächer, eines war immer herrlicher als das andre. In dem letzten fand er endlich ein prächtiges Mahl angerichtet und nachdem er sich niedergesetzt und nach Herzenslust gegessen und getrunken hatte, stand er auf und wollte wieder gehen. Da rief ihm eine Stimme zu: Vergiß das Beste nicht! Er sah sich um und erblickte Niemand; unter all den Kostbarkeiten aber, die auf dem Tische standen, däuchte ihn nichts schöner als ein großer silberner Becher von gar künstlicher Arbeit. Da rief es zum zweiten Male: Vergiß das Beste nicht! Aber er langte nach dem Becher und wollte fortgehen; da rief es zum dritten Male: Vergiß das Beste nicht! Er sah sich noch einmal im Saale um, aber da er nichts schöneres fand, behielt er den Becher und gieng damit über das Wasser nach der Stadt zu. Als er nun auf dem Lande sich umwandte, war das Schloß und alle Herrlichkeit verschwunden und nie hat er es wieder gesehen. Erst nach hundert Jahren blüht in einer Nacht die gelbe Blume wieder und ein Glücklicher kann das Schloß erreichen und es öffnen. Den Becher aber behielt der Mann und der ist nachher in die Silberkammer auf Gottorp gekommen, wo alte Leute ihn noch gesehen haben. Die Sachen sind jetzt alle nach Kopenhagen gebracht worden.

Durch Herrn Pfingsten. — Man sagt auch so: Wenn ein keuscher Jüngling und ein braver Ehemann zusammen durch den unterirdischen Gang gehen, der von Graf Moltkes Haus nach dem ehemaligen Schloß auf dem Möwenberge führt, und alles vollbringen, was ihnen dort aufgetragen wird, so soll König Abels Schloß in aller seiner Pracht wieder erstehen.

CDLXIX.

Die Schätze im Margretenwall.

In Kurborg leben noch viele alte Leute, die davon zu erzählen wissen, daß in dem sogenannten krummen Wall, einem Theil des Dannewerks, sich alle sieben Jahre eine silberne Tafel wohl besetzt mit allem Geschirr habe sehen lassen; sie steigt herauf, aber ehe die Leute dahin gelangen, ist sie schon wieder verschwunden.

Der Kuhhirte von Klein-Dannewerk weidete an einem Morgen seine Kühe in der Nähe des alten Walles. Da sah er, daß dieser sich auseinander that, so daß man hinein gehen konnte. An den Wänden zu beiden Seiten hiengen viele goldene und silberne Kostbarkeiten, ganz besonders aber eine erstaunliche Menge Brüllhörner. Der Kuhhirte bekam Lust, eins davon zu holen; als er aber hineintrat, saß da ein großer feuriger Mann auf einem eisernen glühenden Stuhl. Da entsetzte sich der Hirte, floh und sah, wie der Wall hinter ihm wieder zusammenklappte. Weil er sich aber die Stelle genau gemerkt hatte, gieng er später mit Andern dahin, um nachzugraben. Da gukte wieder der Mann mit seinem Kopfe hervor, mit Augen darin so groß wie ein Schillingstopf. Seit der Zeit ließ man das Nachgraben sein, aber die Stelle ist noch zu sehen, wo man es damals versucht hat.

Durch Cand. Arndt und Adv. Heiberg in Schleswig.

CDLXX.

Die goldnen Wiegen.

An gar vielen Orten unseres Landes wissen die Leute davon zu erzählen, wo eine goldne Wiege verborgen liegt. Am Oldenburger Wall auf der Puttloser Heide, in einem kleinen Gebüsch, dicht bei Friederikenhof, sagen sie, liegt außer einer goldnen Wiege auch noch ein goldnes Kleid, fünftausend Thaler an Werth, und andere Kostbarkeiten. Da geht auch eine verwünschte Prinzessin umher. Bei Tönningstede, im Kirchspiel Leezen bei Segeberg, steckt eine goldne Wiege in einem Hügel. Man hat sie schon einmal herausgegraben und versucht, sie ins Dorf zu bringen. Aber gleich standen die Pferde still und der Wagen war nicht von der Stelle zu bringen. Als man aber darauf die Wiege wieder ablud, hat sie sich selbst sogleich an ihren alten Ort begeben und ihre alte Stätte wieder eingenommen.

Auf der Feldmark des Dorfes Bohnert, am südlichen Ufer der Schlei, hat eine Königsburg gelegen. Da hat man zu Zeiten auf dem Burgplatz eine goldne Wiege gesehen. Einem Dienstjungen in Missunde träumte einmal, daß er in Bohnert diene und Abends hingesandt, die Pferde zu holen, die goldne Wiege zu sehen bekomme. Er kam später wirklich bei dem Bauern in Bohnert in Dienst, dem die Ländereien, worauf die Königsburg liegt, zugehörten. Eines Abends gieng er mit diesem aus, um die Pferde zu holen. Der Bauer befahl ihm, unten an der Schlei entlang zu gehen, und die Pferde weiter hinauf zu treiben. Als der Junge nun an den Burgplatz kam, erblickte er zu seiner Verwunderung in der Mitte desselben die goldene Wiege, so blank und glänzend, daß es ihn blendete. Wäre er nun stillschweigend darauf zugegangen und hätte sein Messer darauf geworfen, wäre sie sein gewesen. Aber er lief zu seinem Herrn zurück und erzählte ihm, was er gesehen habe, und als sie nun wieder auf den Burgplatz kamen, war die Wiege verschwunden.

Mündlich und durch Herrn Premierl. Timm in Plön. Vgl. No. 277.

CDLXXI.

Ein Vogel weiset den Schatz.

In einem Hause zu Embüren bei Rendsburg stand eines Tages ein junges Mädchen, die Tochter des Hauses, auf der Hausdiele. Da kam ein wunderlieblicher Vogel und setzte sich auf die halbgeöffnete Hausthür. Es schien dem Mädchen, daß der schöne Vogel nicht recht fliegen könnte; da wollte sie ihn haschen. Aber der Vogel flatterte immer vor ihr her und kroch zuletzt unter die Wurzeln eines hohlen Baums. Nun dachte das Mädchen den Vogel zu haben, griff hinein, aber statt des Vogels bekam sie eine Schachtel in die Hand mit einer zwei Ellen langen silbernen Kette. Dies ist vor ungefähr zweihundert Jahren geschehen und man bewahrt in dem Hause noch bis auf den heutigen Tag die Kette als ein Familienerbstück sorgsam auf.

Durch Herrn J. Vollert in Embüren.

CDLXXII.

Der Goldkeller im Labber Berge.

An einem Ostermorgen, als eben die Frühlingssonne freundlich schien, gieng eine Frau aus Laböe mit ihrem Kinde auf dem Arm hinaus ins Freie, und wie sie so wandelt und endlich an den Wunderberg kommt, findet sie diesen offen stehen. Ein heller Schein leuchtete ihr entgegen und als sie hineintrat, fand sie da Haufen Goldes und Silbers liegen. Da setzte sie ihr Kind auf einen großen Tisch, der in der Mitte stand, und gab ihm die drei rothen Aepfel zum Spielen, die darauf lagen; sie selber füllte ihre Schürze schnell mit Gold und eilte dann hinaus. Sogleich aber merkte sie, daß sie in der Hast ihr Kind vergessen habe. Umsonst klagt und weint sie nun und geht wohl hundertmal um den Berg herum; der Eingang war nirgend mehr zu finden. Gern hätte sie all ihr Gold und Silber drum gegeben, wenn sie ihr Kind wieder gehabt. — Als aber wieder die Zeit der Ostern kam und es um die Kirchzeit war, gieng die Frau wieder zum Berge und worauf sie das ganze Jahr gehofft hatte, war erfüllt. Der Berg stand offen, und wieder funkelten die Schätze. Sie aber sah sich nicht nach ihnen um, sondern eilte hinein und fand ihr Kind noch auf dem Tische sitzen, wie sie es gelassen hatte, mit den Aepfeln munter spielend. Lächelnd streckte es seine Arme der Mutter entgegen; sie ergriff es rasch und eilte hinaus: aber kaum traf der erste Sonnenstrahl das Kind, so verschied es in ihren Armen.

Gardthausen Eidora 1823, S. 169.

CDLXXIII.

Die Schatzquelle.

Eine Viertelstunde westlich von der Stadt Hadersleben liegt ein waldbewachsener Hügel, Böghoved, der Buchenhügel, genannt. Hier hat Herzog Hans gewohnt, ehe er das Schloß an der Ostseite der Stadt erbaute, wovon man noch die Trümmer sieht. Als nun eines Morgens eine Bäuerin Butter nach der Stadt tragen wollte, sah sie oben auf dem Hügel etwas so gewaltig im Glanz der Morgensonne flimmern. Sie kletterte hinauf und wollte doch sehen, was es sei. Da quollen Goldstücke aus dem Boden hervor, als wenn ein Maulwurf sie herauswürfe; sie glänzten ihr recht entgegen, aber ein kleiner schwarzer Hund lag darauf und bewachte sie. Doch die Frau blieb unverzagt und wuste, wie sie sich zu verhalten habe; sie band ihre Schürze los, breitete sie auf dem Boden aus und legte das Hündchen säuberlich darauf; dann scharrte sie einen guten Theil von den Goldstücken in ihren Rock, doch nach Verhältnis der Menge, die da war, bescheiden, nahm dann das Hündchen wieder eben so säuberlich und legte es an seinen Ort. Darauf, als sie nun gehen wollte, sprach das Hündchen: „Wer dich das gelehrt hat, der hat dir keinen Schlag auf den Mund gegeben!" Die Frau aber gieng ungefährdet von dannen. Man hat später von der Goldquelle nichts mehr gehört, sie scheint versiegt zu sein.

Schriftliche Mittheilung.

CDLXXIV.

Der Schlangenkönig.

Einst fanden Mädchen auf dem Felde einen Knäuel von vierzehn oder funfzehn Schlangen, die alle durcheinander zischten; eine aber trug eine goldene Krone. Da band ein Mädchen ihre weiße Schürze ab und legte sie neben den Knäuel auf den Boden. Alsbald kam die größte von den Schlangen, welche der Schlangenkönig war, und legte seine Krone auf die Schürze; die war von lauterm Golde mit vielen grünen Edelsteinen. Nun sprang das Mädchen schnell hinzu und raffte die Krone an sich. Als das aber der Schlangenkönig sah, schrie er so entsetzlich, daß das Mädchen davon ganz taub ward. Die Krone verkaufte sie hernach für vieles Geld.

Aus Niederselk bei Schleswig durch Cand. Arndt.

CDLXXV.

Die Schlange in der Duborg.

In den Ruinen der alten Duborg bei Flensburg lebt eine bläuliche Schlange, die trägt eine kleine Krone von dem feinsten Golde auf ihrem Kopfe. Sie zeigt sich nur einmal am Tage in der Mittagsstunde, aber auch nur auf einen Augenblick. Wer sie aber fangen oder ihr die Krone rauben kann, der ist glücklich. Der König bezahlt ihm sogleich zwanzigtausend Thaler Courant dafür; denn wer sie trägt, der ist unsterblich.

Herr Fries.

CDLXXVI.

Schnaken in Gold verwandelt.

Ein Bauer in Wittorf bei Neumünster, Namens Wittorf, der Aeltervater des noch jetzt da lebenden Hufners, gieng eines Mittags nach seiner hinter der Burg gelegenen Koppel, um sein Füllen einzufangen und nach Hause zu treiben. Als er nun durchs Holz gieng und den sogenannten Schloßberg erreichte, bemerkte er einen seltsam gekleideten Mann, der mit einem großen Stock in einem Haufen Schnaken rührte. Der Bauer erschrak und wollte umkehren, aber der Mann redete ihm zu näher zu kommen, doch sollte er sich ganz ruhig verhalten; dann werde ihm ein großes Glück widerfahren. Er füllte nun dem Bauer die großen Seitentaschen des Rocks mit seinen Schnaken und hieß ihn darauf ruhig nach Hause gehen. Der Bauer wagte nicht, sich zu widersetzen, obwohl ihm unheimlich ward, und er gieng mit den Schnaken fort. Kaum aber war er eine Strecke gegangen, so bemerkte er, daß es ihm in den Taschen immer schwerer und schwerer ward, je näher er dem Dorfe kam; nur mit Mühe konnte er sich zuletzt fortschleppen. Keuchend erreichte er sein Haus; aber wie erstaunt war er, als er nun statt der Schlangen große Haufen des allerschönsten blanken Silbergeldes aus den Taschen schüttete! Dies Geld, versichern die Nachkommen des Bauern, hat den Grund zu ihrem jetzigen Wohlstande gelegt.

Mündlich.

CDLXXVII.

Kohlen in Gold verwandelt.

1.

En Buer uet Geltorp weer enmael in Kochelsdörp to Besöek by syne Süster. Nu harr he so väel drunken unn dat weer all so düester, dat se em nich weg gaen laten wull; he wull awer doch to Hues na syne junge Fru: „Laet den Düwel man kamen," sä he. He weer noch nich wyt kamen, da bemött em en brannige Sæg, de löpt ümmer achter em an unn he mütt sik mit äer herümslaen; tolezt wart he doch mit äer farrig. Da kumt awer en swarte Hunt, de will em byten, unn he mütt sik oek mit den herümslaen, bet he an de Bäek kumt, de æwer den Weg löpt; da mütt de Hunt torügg blywen. As de Buer nu da æwer dat Steg gaen will, so steit da en grote swarte Kys. De seggt to em: „Ga du föran!" He seggt: „Nä, ga du föran!" De Swarte bleef staen unn wull nich nagäwen. Tolezt sä de Buer: „In dree Düwels Namen, so sast du seen, wat ik do!" Da sprüng he flink æwer dat Steg hinæwer unn de anner kunn em nich nakamen. Nu löep de Buer den Styg herup an den Hüttener Barg; da stünn de hele Barg in Füer. He dach, da kanstu dyn Pyp by anstäken. He raek mit synen Stok de Kalen heruet, wenn he se awers anfaten unn up de Pyp leggen wull, weren se uetgaen. He steek de all in syn Dasch un sä: „Wer weet, wo to den Düwel syn Füer goet is!" Syn Pyp awers kreeg he nich to brennen. As he nu to Hues keem, sä syn Fru: „Wo büst du so lang wäsen?" He sä: „Ik heff my mit Deerter unn Minschen herümslaen." Se trök em de Stäweln uet, unn as se syne Büchsen rein maken wull, höer se wat klingeln, unn as se to seeg, weren dat luder Goltstücken; da weren de Kalen to Golt worren, so väel he mit namen harr, unn davan würren de beiden jungen Lüed so ryk, dat se sik en groten Hoff köpen kunnen.

2.

In Owschlag is en Buerstäd', de het kene annere Lasten to drägen, as dat se de Breef uetdragen mütt, de de Hardesvaegt schickt.

Eenmal keem da oek en Breef, da is kener to Hues as de Jungbeern. De trök oek glyk äer Scho unn Strümp uet unn löep weg. As se nu in dat Osterbyholt keem, see se vör sik en Füer, da seet en Käerl daby unn raek Kalen heruet. „Goden Abent!“ sä se. Kene Antwoert. „Goden Abent!“ sä se noch mael. Kene Antwoert. Do sä se noch mael: „Goden Abent!“ unn treed' heran. Da sä he: „Hol dyn Schörteldoek up!“ Dat dä se oek unn he smeet äer dree Schüffeln vull Kalen herin. Nu dach se, de glönigen Kalen sullen straks dörch de Schört brennen; dat gescheeg awer nich. „Wunnerboer is dat doch,“ sä se unn steek de Schört mit de Kalen ünner den Busch. As se den Breef nu wegbröcht harr, neem se de Schört mit unn legg se in äre Laed', unn da se de den annern Dag werrer 'ruet nimmt, legen da luder Goltstücken in. Dafœr hett se sik en Hoff köft twischen Eckernföer unn Kiel.

Aus Riekrug bei Schleswig durch Cand. Arndt. — Einige haben auch den Butterberg bei Espereh m voll glühender Kohlen gesehen; aber gewöhnlich ward ihr Pferd scheu oder sonst ein Hindernis trat ein, sonst hätten sie davon mitgenommen; denn die Kohlen werden zu Gold.

3.

Da est mael en Buer, de op de ander Syt van Föhrden by dat Heikenholt feschen wull. Da seeg he op den Barg, wo fröher en Borg staen hett, en Füer; he geit dahen um syn Pyp antostäken, dat weer des Nachs. He legg no en lütten Kœl in syn Pyp unn geit damet loes. Dat wull aber ni brenn onn so geit he weller t'rügg om Füer to holn. As he da weller hen kummt, ligg da en groten Hunt, de wyst em de Täen. Da segg de Buer: „Wenn du dat ni hemm wullt, so laet ek dat wäen!“ De Buer nemmt no de Pyp onn steek se in de Tasch unn geit weg. Den andern Morgen est en Dukaten in de Pyp; de Dübel hett in de Nacht syn Gelt uetdeckt hatt.

Durch Herrn Schull. Lohse in Stellau. — Auf dem Zarnekauer Sandfelde sah ein Pferdejunge am Silligmoor in der Nacht ein Feuer brennen. Er will seine Pfeife anzünden; es brennt nicht. Am andern Morgen liegt ein Fünfschillingstück unter dem Deckel.

CDLXXVIII.

Der Maulwurf.

Ein Edelmann ließ sich von einem Schlachter das ganze Jahr hindurch Fleisch liefern. Als nun das Jahr um war und der Schlachter seine Rechnung brachte, wog ihm der Edelmann alle Knochen wieder zu und sagte: „Ich habe nur Fleisch verlangt, und keine Knochen; du must dir nun für soviel Pfund abziehen lassen.“ Das wollte der Schlachter natürlich nicht gelten lassen und verklagte den Edelmann, konnte aber gegen ihn kein Recht bekommen. Das folgende Jahr über ließ sich der Edelmann von einem andern Schlachter sein Fleisch liefern und machte es am Ende ebenso, wie mit dem ersten. Zuletzt hatte er alle Schlachter der ganzen Gegend auf dieselbe Weise angeführt. Da haben die armen betrogenen Leute den Edelmann endlich unter die Erde zu einem Thier verwünscht, das sich nur Fleisch ohne Knochen suchen muß. Das ist nemlich der Maulwurf, der ja nur Regenwürmer frißt.

Durch Dr. Klander in Plön.

CDLXXIX.

Der Hagebuttenstrauch.

Als Gott den Teufel vom Himmel auf die Erde hinabgestürzt hatte, gefiel es ihm hier unten schlecht. Um wieder hinauf zu kommen, schuf er einen Strauch mit Dornen, der sollte die Leiter sein. Gott errieth seine Absicht und um sie ihm zu vernichten, richtete er den Strauch so ein, daß er nicht in die Höhe wuchs, sondern sich nach der Seite umwandte. Da ward der Teufel ärgerlich und machte, daß die Dornen, die ihm als Sprossen hätten dienen sollen und darum grade aus standen, sich niederwärts kehrten. So entstand der Hagebuttenstrauch. Aber andre sagen, daß Judas sich an einem solchen Strauch erhenkt habe und daß seit dieser Zeit die Dornen sich niederwärts gewandt hätten. In Angeln und sonst nennt man die Hagebutten darum gewöhnlich Judasbeeren.

Durch Herrn Marquardsen in Schleswig.

CDLXXX.

Der Donner.

Wenn es donnert, so sagt man auf Silt, der liebe Gott fährt seine Kiesen, die Feurung nemlich, die auf den friesischen Inseln aus Mist bereitet wird. In Ditmarschen sagt man: die Engel kegeln und werfen mit großen Steinen. Ist es ein starkes Gewitter, so heißt es: Nu faert de Olde all wedder da bawen unn haut mit syn Ex anne Räd. Denn aus den Funken, die dann herausfliegen, entsteht der Blitz. Aber nur gottlose Jungen sagen das. Ein Bauer hat einmal seinen Knecht sogleich aus dem Dienst gejagt, als er bei einem Gewitter sagte: De lewe Herrgott smitt mit den Brotknust. Man meint auch sonst, daß der liebe Gott beim Gewitter erzürnt sey und mit Steinen um sich würfe. Findet man einen solchen Donnerstein, so hebe man ihn sorgfältig auf; denn in dem Hause, wo sich ein solcher Stein befindet, richtet der Donner nie Schaden an.

Mündlich.

CDLXXXI.

Sonnenuntergang.

Hinter Büsum, sagt man in Ditmarschen, ist die Welt mit Brettern zugenagelt. Da sitzt am äußersten Ende ein großer Riese, der hat die Sonne an einem Tau und windet sie jeden Morgen in die Höhe und jeden Abend herunter.

Man sagt aber auch, daß die Büsumer selbst in ihrem Kirchthurm sitzen und die Sonne am Tau haben; sie bewahren sie darin die Nacht über auf und müssen sie des Morgens wieder in die Höhe stoßen. Man sagt auch so: Wenn sie des Abends in ihre Nähe kommt, so binden die unartigen Straßenjungen des Orts ihre Taschenmesser an Bindfaden und werfen damit in die Sonne hinein, und tucksen sie dann herunter. Andere aber behaupten, daß es in der Nähe von Hamburg ein Dorf gibt mit so gottlosen Leuten, die dasselbe beim Monde thun; auch sie ziehen ihn auf und nieder, schneiden ihn oft zurecht und von ihren Messern hat er die großen Löcher und schwarzen Flecke.

Mündlich.

CDLXXXII.

Die Sterne.

Der liebe Gott gebraucht die alten Jungfern nach ihrem Tode zu einem wunderlichen Geschäft. Sobald nemlich die Sonne am westlichen Himmelsrand (bi wäster Öken) untergegangen ist, so müssen die alten Jungfern aus den abgenutzten alten Sonnen die Sterne zuschneiden; die verstorbenen alten Junggesellen aber müssen diese während der Nacht im Osten allezeit hinaufblasen, indem sie beständig an einer Leiter auf- und absteigen.

Durch Herrn Schull. Hansen auf Silt.

CDLXXXIII.

Der Mann im Mond.

In der Zeit, als noch das Wünschen half, stahl einmal ein Mann am Weihnachtsabend Kohl aus dem Garten seines Nachbars. Eben wollte er mit der vollen Hucke davon gehen, da wurden die Leute seiner gewahr und verwünschten ihn in den Mond. Da ist es ganz deutlich bei Vollmond zu sehen, wie er in Ewigkeit die Kohlhucke tragen muß. An jedem Weihnachtsabend soll er sich einmal umkehren. Andre sagen, daß er Weidenzweige gestohlen habe und sie nun in Ewigkeit tragen müsse.

Auf Silt erzählt man, er sei ein Schafdieb gewesen, der mit einem Kohlbüschel fremde Schafe an sich gelockt habe, bis er zur ewigen Warnung für Andre in den Mond versetzt worden sei, wo er noch immer seinen Kohlbüschel in der Hand hält.

Die Rantumer aber sagen:

Der Mann im Monde ist ein Riese, der steht zur Zeit der Fluth gebückt, weil er dann Wasser schöpft und auf die Erde gießt und dadurch die Fluth hervorbringt. Zur Zeit der Ebbe aber steht er aufrecht und ruht von seiner Arbeit aus, und dann kann sich das Wasser wieder verlaufen.

Aus Ditmarschen; vgl. Claudius Werke I, 92. Hamburg 1844. — Durch Herrn Schull. Hansen.

CDLXXXIV.
Hans Dümkt.

Von dem Karlswagen, dem Gestirn, das man auch den großen Bären nennt, sagt man, daß es der Wagen sei, auf dem Elias, unser Herr Christus und andre Heilige gen Himmel gefahren sind. Der ganz kleine Stern über dem mittelsten in der Deichsel ist aber der Fuhrmann, Hans Dümkt. Der war nemlich Knecht bei dem lieben Gott und hatte es gut in seinem Dienst; aber nach und nach fieng er an, seine Arbeit immer schlechter zu versehen. Der liebe Gott warnte ihn und verwies es ihm oft; Hans Dümkt aber kehrte sich nicht daran. Namentlich versah ers immer im Heckerlingschneiden; alles was er lieferte, war nicht zu gebrauchen und viel zu lang geschnitten. Darüber ward der liebe Gott endlich so böse, daß er ihn auf die Deichsel des Himmelwagens setzte, wo er jeden Abend zu sehen ist, zur Warnung für alle Knechte, die den Heckerling zu lang schneiden.

Mündlich aus der Gegend von Schönwalde. vgl. Grimms Mythol. S. 688. — Der Orion soll, nach einer Mittheilung des Herrn Schull. Hansen auf Silt, den Riesen Goliath bedeuten; Gürtel und Schwert nannte man in alten Zeiten Morirok und Peripik; nach ihrer Stellung richtete man die Zeit des Bettgehens. über Morirok S. Mythol. a. a. O.

CDLXXXV.
Der wilde Jäger in Sundewitt.

In der südöstlichen Ecke vom Stenbruper Holz steht ein langer Stein grade aufrecht, als Feldscheide der drei Dörfer Düppel, Nübel und Stenbrup. Ein Jäger ritt einst in wildem Jagdeifer darauf los, daß beide, Mann und Roß, den Hals brachen. Seit der Zeit jagt er mit seinen drei Hunden noch zu verschiedenen Zeiten im Holze, viele Leute haben ihn gesehen und gehört.

Das Holz ist in zwei Theile getheilt. An den beiden Hecken davor musten einst zwei Knaben Wache halten, damit das Vieh, das in der einen Hälfte weidete, sich nicht in die andere verliefe, wenn etwa aus Unvorsichtigkeit ein Heck offen stehen bliebe. Da gieng nun der eine Knabe einmal hin, um auf der andern Seite nachzusehen; der andre Knabe legte sich nieder und schlief ein, dem Heck so nahe, daß es nicht geöffnet werden konnte, ohne daß er geweckt würde. Als der erste Knabe nun wieder zurück kam, hörte er zu wiederholten Malen rufen: „Hallo! hallo! hallo! hop, hop, hop!" Da merkte er, daß der wilde Jäger unterwegs sei. Er kam noch eben früh genug, um seinen Kameraden bei Seite zu schleppen und das Heck zu öffnen. Dann stürzte der Jäger in voller Fahrt mit seinen drei Hunden, die alle feurige Augen und Zungen hatten, an ihm vorbei; der Knabe hatte das schon früher gesehen und fürchtete sich darum nicht, der andere aber war noch nicht recht wach. Man sagt, daß der Jäger noch zuweilen diesen Weg macht und jedes Mal dahin reitet, wo er den Hals gebrochen. Da ist die Jagd dann zu Ende.

Aus Sundewitt. — Bei Roager, nicht weit von Ripen, sind auf der Feldmark Sönderhoved Spuren einer Burg. Ein ehemaliger Besitzer hat im Grabe keine Ruhe, sondern zieht als Jäger mit Jagdgeschrei durch die Lüfte. Schröder, Topographie von Schleswig u. d. W.

CDLXXXVI.

König Waldemar.

Nicht weit von Bau stand vor Zeiten das alte Jagdschloß Waldemarstoft, das der König Waldemar im Sommer und Herbst bewohnte, um seinem Lieblingsvergnügen, der Jagd, nachzugehen. Einmal ritt der König früh Morgens mit vielen Jägern und Hunden in den Wald. Die Jagd ward gut, aber je größer die Beute war, desto stärker ward in ihm die Lust. Der Tag vergieng, die Sonne neigte sich und noch immer ließ er nicht ab. Als endlich tiefe Nacht eintrat und die Jagd eingestellt werden muste, rief der König aus: „O, wenn ich doch ewig jagen könnte!" Da erscholl eine Stimme aus der Luft: „Dein Wunsch sei dir gewährt, König Waldemar, von Stund an wirst du ewig jagen." Bald darauf starb der König, und von seinem Todestage an reitet er in jeder Nacht auf einem schneeweißen Pferde, umgeben von seinen Jägern und seinen Hunden, durch die Luft im wilden Jagen dahin. In den Johannisnächten ist er allein hörbar, doch hört man ihn im Flensburger Stadtgraben auch an Herbsttagen ziehen. Dann tönt die Luft von Hörnerklang und Hundegebell, von Pfeifen und Rufen wieder, als ob eine ganze Jagd im Anzuge wäre. Man sagt dann: „Da zieht König Wollmer!"

Das alte Jagdschloß ist jetzt in ein Wirthshaus verwandelt, aber ein Zimmer befindet sich noch in dem Zustande, wie der König es bewohnt hat. Die Wände sind mit alten Bildern bedeckt; in der einen Ecke steht ein Himmelbett, darüber eine noch ziemlich wohlerhaltene dunkelrothe Sammetdecke mit goldenen Franzen gebreitet ist. Auch findet man da eine alte Orgel, die der König selbst gespielt haben soll. In diesem Zimmer ist einst nach ihm geschossen worden. Der Mörder schoß durch die Thür, verfehlte aber sein Ziel und traf die Wand, wo des Königs Brustbild hieng. Auf dem Bilde sieht man noch das Loch, das die Kugel machte, ehe sie in die Wand fuhr, und in der Wand ist sie selbst noch sichtbar.

Durch Herrn Tamsen in Tondern und Herrn Pastor Dr. Jensen in Gelting. — Waldemarstoft hieß früher Oldemorstoft, worüber Jonas Hoyer Bericht von etlichen Freigütern S. 20 (in Olaus Henr. Mollers Beiträgen zur Geschichte der Stadt Flensburg 1767. 4.) und Schröder Topographie von Schleswig u. d. W. nachzusehen sind.

CDLXXXVII.

König Abels Jagd.

1.

Nachdem König Abel, der Mörder seines Bruders Erich, von den Friesen am Milderdamm erschlagen war, ward seine Leiche nach Schleswig gebracht und dort im Dome zu St. Peter beigesetzt. Aber gleich in der nächsten Nacht erhub sich ein solcher Lärmen mit Gekrach und Geknirsch in der Kirche, daß es den erschreckten Stiftsherrn nicht möglich war, ihre Psalmen und die gebräuchlichen nächtlichen Gebete abzusingen und herzusagen, indem eine gräuliche Erscheinung sie störte und ängstigte. Als das sich nun so mehrere Male wiederholte und es der verwittweten Königin hinterbracht war, ward beschlossen, den Leichnam des Königs herauszunehmen, ihn zur Kirche hinauszuschaffen und an einem andern Orte zu begraben. Die Leiche ward nun in einen Sumpf des Pölerwaldes, der nahe bei Gottorp liegt, eingesenkt, nachdem ein Pfahl durch den Sarg geschlagen war.*) Dieser Ort wird bis auf den heutigen Tag gezeigt und heißt allgemein das Königsgrab. Von jenem Tage an, versichern die Alten, hätten die Erscheinungen und Gespenster und das Lärmen in der Kirche aufgehört. Aber an dem Orte, wo der König jetzt begraben ist, und den nahegelegenen läßt sich seit der Zeit, früher und noch in unsern Tagen, ein entsetzliches Getöse hören. Das wissen alle Leute, denn oft sind welche, die Nachts des Weges kamen, erschreckt und dadurch in Todesängsten gebracht. Glaubwürdige Männer berichten und versichern, daß gar oft dort die Stimme eines Jägers und sein Hornblasen vernommen werde, und zwar so deutlich, daß mancher sagen würde, es jage da jemand, und das ist oft von den Wachen auf Gottorp

*) Vgl. No. 266.

bei Nacht beobachtet worden. Aber auch, daß Abel selbst in unsern Tagen sich gezeigt habe und gesehen sei, sagen die Leute allgemein: er ist im Gesicht und am ganzen Körper kohlschwarz, er reitet auf einem kleinen Pferde und wird begleitet von den drei Jagdhunden, die man oft in feuriger Gestalt glühen gesehen hat.

Broder Boisen Chronic. Slesv. bei Menken. SS. III, 597. Daraus Cypraeus Annales episcopor. Slesvic. p. 266 sq., aus dem die übrigen schöpften, die Thiele Danm. Folkes. I, S. 124 anführt. Bei Thiele ist noch eine mit No. 211 stimmende Sage angehängt. — Das Volksbuch 1844, S. 84, theilt die Sage mit, wie die »gebildeten« Schleswiger sie zu erzählen pflegen. Da soll Abel um den Dom herumziehen, um den Mövenberg, bis nach Miſſunde zur Stätte des Brudermordes. Da soll er sogar, nach einer Mittheilung, im blutigen Sande kratzen rc. rc. Das ist alles poetische Ausschmückung: die lebendige Volkssage kannte schon im vorigen Jahrhundert den Abel nicht mehr als Brudermörder. S. die fg. No.

2.

Es wird erzählt, daß König Abel all sein Lebtage ein großer Jäger gewesen, also daß er, da er endlich zum Sterben kam, sich statt der ewigen Seligkeit wünschte, ewig jagen zu können. Und das ist ihm gewährt worden. Früher jagte er nun auf der Erde und da belästigte er alle Menschen, die er antraf, und that ihnen Leides an. Da aber grub man seinen Leichnam aus, der im Thiergarten bei Schleswig liegt, und wandte ihn um, und stieß einen Pfahl hindurch. Seit der Zeit jagt er nicht mehr auf der Erde, sondern man hört nur seine Stimme, wie er immer Hurra! Hurra! ruft. Aber seine Hunde laufen noch auf der Erde, haben brennende Augen und speien Dampf und Feuer aus. Man hört ihn oft auf dem Schubyer und Husbyer Felde jagen, und viele haben mit ihm zu thun gehabt.

Einst kam ein Bauer aus Schuby heimgefahren vom Markte, der hatte wohl ein wenig zu viel getrunken. Da hörte er das Hurrarufen, das Peitschenknallen und das Schnauben und Prusten der feurigen Rosse und Hunde. Er rief den König Abel an, und auf vieles Bitten erlaubte ihm dieser, an der Jagd Theil zu nehmen. Da mußte er nun mit der wilden Schaar, man gab ihm Pulver und Flinte und er schoß Hasen genug. Als die Jagd aber gegen Morgen beendet war, bat er König Abel um ein Stück Wild mit nach Hause zu nehmen, und der warf ihm auch eine schwere Last auf den Wagen, indem er sagte: „Da hast du einen Braten, viel zu gut für einen Bauer.“ Als der Bauer nun nach Hause kam, fragte seine Frau, wo er so lange gewesen sei. Da erzählte er, wie er mit König Abel auf der Jagd gewesen sei und habe auch ein Paar Hasen oder eine Hirschkeule mit gebracht. Da sah die Frau nach, aber was fand sie? Es war keine Hirschkeule, sondern die Keule von einem Pferdeaas.

Es gibt viele Leute, die den König Abel gehört und mit ihm gesprochen haben, aber sehen läßt er sich nicht mehr. Der, der dies erzählte, hatte einen Vaterbruder, der, als er noch jung war, einmal selbst dem König Abel seine Hunde hat halten und mit ihm laufen müssen.

Aus der Nähe von Schleswig durch Cand. Arndt nach der Erzählung eines Bauern, der weder von Erich, noch sonst was weiter von König Abel wußte. Damit stimmt Grauer Adv. in Tondern Erklärung des Götzendienstes-Horn. Tondern 1737. S. 32: König Abel hatte einmal gewünscht, in Ewigkeit jagen zu können. Einmal im Jahre, besonders im Schleswiger Holze, wird er mit seinen Jagdhunden und Hörnern in der Luft gehört, mit großem Jagdgeschrei. Seine Statue, in Stein ausgehauen, mit Hunden umgeben, ist bis auf diese Stunde im Schloßgarten zu sehen. — Unter Mommsens Papieren finde ich, daß eine ungedruckte poetische Bearbeitung der Sage von C. Schumacher ähnlich anknüpft: Abel ist leidenschaftlicher Jäger. Er will im Pöler Walde jagen. Da erscheint ihm der Herr des Waldes, halb Bär, halb Jäger, und verbietet es ihm; nur der König dürfe hier jagen. Da rufts von allen Zweigen: Heil dem König Abel! Darauf erschlug er seinen Bruder, den König Erich u. s. w. — Eine gleich apocryphische Nachricht lautet: Im Gehölz von Schuby, ganz nahe bei Schleswig, begegnet den Landleuten mitunter der Waldgott, der die Waldgöttin verfolgt. Wenn das nicht der Wöld, der Wohljäger, der die Waldfrauen verfolgt, s. unten, sein soll, so weiß ich nicht.

CDLXXXVIII.

Künnig Abel syne Hunde.

As myne Groetmoder äer Groetmoder noch en junge Deern weer, erzählte ein Bauer aus dem Dorf Dannewerk, da tomael weer hier noch œwerall väel Woelt by Dennewerk herüm; oek harren de Buern äer Vee jümmer in dat Holt to Weide. Nu weer de Deern mael henschickt, se sul na de Köe seen. As se nu ünner de Böem keem, da höert se mit eenmael en furchtbores Ramentern in de Luft. Da keem Künnig Abel dahäer mit syne Jagd. Tein Hunde harr he by sik, ganze witte, de harrn fürige Tungen uet den Hals hangen. Da dach de Deern: „Ach, nu büst du hier so ganz alleen, wo sall dy dat wol gaen!“ Se harr en witt Schörteldoek üm, dat bünn se af unn wikkel sik dat üm ären Kopp unn sett sik dael by enen groten Boem to wenen. Künning Abel keem nu heran unn möek da en gräsiges Ramentern bi äer herüm; toletz güng he wyder, van de Hunde keem awer de ene to äer heran unn sprüng äer in den Schoet; da legg he sik dael. As nu de Spectakel uet weer, so neem se den Hunt mit na Dennewerk; da sünt noch wekke van dit

Slag Hunde. Künnig Abel hett awers syt de Tyt man nägen Hunde.

Durch Cand. Arndt.

CDLXXXIX.

Der Pferdeschinken.

Da weer mael en arme Buerknecht, unn en Magd de weer syne Fru. De Mann de weer so sümig (fleißig) unn so arbeitsam, de Fru awers weer so fuel, dat se den ganzen Dag to Bett liggen wull. Se plegg to seggen: „Wen uns Hergott leef hett, den gift het't int Liggen.“ Den Mann verdrütt dat, dat se nich upstaen will, wyl he se awers so leef hett, so will he doch niks seggen. Da find he mael Morgens frö en affschinnert Päert, da nimt he en Lendestück van, unn brigt dat ganz sacht herin unn legt dat up de Lad' vört Bett. As de Fru nu upwaekt, so denkt se: „Nu hett uns leef Herrgott my doch wat int Slapen gäwen.“ Da steit se up, legt dat Fleesch in en Servjett unn slütt dat in de Lad'; se dacht dat weer en schönen Braden. As äer Mann to Hues keem, sä' se em dat, uns Herrgott harr äer wat schickt. „He hett dy wol en schönen Braden schickt,“ sä de Mann. Da slütt de Fru de Lad' up unn as se de Servjett van enanner sleit, so is dat luder blankes Golt. „Süest du,“ sä se, „wo uns Herrgott de Lüd' wat int Liggen schickt, de he leef hett?“ Da süet de Knecht grad' na de Dœr unn süet wo de Deuwel int Slœtellock kickt, unn lacht. Naest löpt de Knecht hen wo dat affschinnert Päert lägen harr, da weer allens weg. Syt de Tyt weren se ryk noeg, de Fru leeg den ganzen Dag to Bett, de Deuwel weer awers so arg up se unn leet se kene Ro, so lang se läwen.

Aus Kurborg bei Schleswig durch Cand. Arndt.

CDXC.

Der Sack mit Hafer.

Auf den Hesterberg bei Schleswig bringen die Bauern aus Mielberg jedes Mal, wenn ein gewisses Stück Land mit Hafer besäet wird, einen Sack mit diesem Korn und lassen ihn da stehen. Nachts kommt dann jemand und braucht den Hafer für sein Pferd.

Aus Fahrdorf, Wolde und Kurborg bei Schleswig durch Cand. Arndt.

CDXCI.

Der wilde Jäger und die Holzdiebe.

In Fockbek lebte vor ein paar hundert Jahren ein gottloser Bauer, Namens Holtorf. Einmal brannte sein Haus nieder; da gieng er mit seinem Tagelöhner jeden Abend nach dem Gehege Osterhamm und sägte einen Baum nieder. Dann muste der Knecht mit einem Wagen und vier Pferden nachkommen und so ward in jeder Nacht ein Baum gestohlen. Einmal waren sie bei ganz heiterem und stillem Wetter im Mondschein auch bei ihrem Geschäfte und hatten sich schon etwas verspätet. Da entstand mit einem Male ein fürchterlicher Lärm, der Mond verdunkelte sich, der Wind fieng an zu brausen und im Nu fällt ein Reiter auf einem weißen Pferde, das nur drei Beine hatte, begleitet von einer Menge Hunde, bei ihnen herab und fragte mit rauher Stimme: „Was macht ihr hier? die Nacht ist mein und der Tag ist euer.“ Augenblicklich fiel der Tagelöhner vor Schreck zu Boden; nur Holtorf behielt die Besinnung und antwortete: „Zieh du nur weiter; wir haben hier wohl alle Platz genug.“ Darauf erhub sich der wilde Jäger unter einem eben so fürchterlichen Lärm als wie er angekommen war, mit seinen Hunden wieder in die Luft. Die Diebe hatten aber doch einen solchen Schreck davon gehabt, daß sie sogleich ihre Sägen nahmen und nach Hause giengen. Sie haben seit der Zeit kein Holz wieder gestohlen, aber Holtorf hat doch wegen eines falschen Eides nach seinem Tode umgehen müssen.

Aus dem Amte Rendsburg. — Man erzählt von Holtorfs Bannung in ein Moor eine ähnliche Geschichte, wie No. 349.

CDXCIII.

Der Freischütz.

Es war einmal ein Bauernsohn, ein wilder Bursche, der ließ sich zu keiner Arbeit bringen, weder durch Bitten noch durch Drohungen, und den ganzen ausgeschlagenen Tag muste er auf dem Felde herumstreichen. Seine Eltern verzogen ihn etwas und hielten ihn zu nichts ernstlich an. Als er daher erwachsen war, lief er heimlich davon und ergab sich der Jägerei, um ganz seiner Lust zu leben. Er verheiratete sich endlich, erhielt ein kleines Gewese mitten in einem Walde in Besitz, ein Bischen Land war auch dabei, und davon, besonders aber durch seine Jägerei, ernährte er die Seinigen. Es gieng ihnen nur kümmerlich und oft hatten sie nicht das liebe Brot im Hause, denn die Jagd gibt nur einen unsichern Verdienst, ihr Land aber bestellten sie nachlässig. Einmal war er nun früh Morgens auch auf die Jagd gegangen und Abends hatte er noch nichts geschossen. Mismüthig und verstimmt begab er sich wieder auf den Weg nach Hause; da erblickte er, wie er einmal auffah, in einiger Entfernung vor ihm einen Fremden, der auch auf der Jagd gewesen sein muste, denn er trug Büchse und Jagdtasche. Der Jäger verdoppelte seine Schritte, um ihn einzuholen; aber es war sonderbar, so sehr er auch eilen mochte, so blieb der Fremde doch immer gleich weit von ihm entfernt, obgleich er ganz seinen ruhigen Gang behielt. Der Jäger legte endlich den Zeigefinger in den Mund und pfiff nach Jägerart: der helle schrillende Ton drang weithin durch die Nacht, ein paar Raben wurden aus den alten Bäumen, die in der Nähe standen, aufgeschreckt und erfüllten mit unheimlichem Gekrächze die Luft, aber der Fremde schien nichts gehört zu haben, sondern gieng ohne sich umzusehen weiter. Als er aber einen Kreuzweg erreichte, stand er mit einem Male stille und wandte sich um gegen den Jäger. Er war ein hübscher junger Mann und grüßte freundlich. Der Jäger erwiderte den Gruß und bemerkte sogleich, wie des Fremden Jagdtasche überaus wohlgefüllt war. Seine erste Frage war natürlich, wie er zu all dem Reichthum käme, da ihm selber keine Mühe und Geschicklichkeit in letzter Zeit etwas gefruchtet hätten. Der Fremde antwortete, daß er sich im Besitze eines großen Geheimnisses befinde, das mache aber, daß sein Visier niemals triege und seine Kugel nie fehle. Darauf that er, als wollte er gleich abbiegen, aber der Jäger ward nur noch begieriger, hielt ihn zurück und bat ihn um Mittheilung des Geheimnisses, er wollte es ihm auch so danken, wie er nur immer könnte. Der Fremde sprach; „Ich verlange weiter keinen Dank von dir, als die Erfüllung einer Bedingung. Wenn du mir nemlich mit einem Eide versprechen willst, mein Geheimnis keinem dritten zu verrathen, so will ich es dir wohl anvertrauen. Das ist die einzige, aber nothwendige Bedingung." Der Jäger war gleich bereit, den Eid zu leisten. In dem Augenblicke, als er nun die Hand erhub, kamen die Raben vom Walde herüber und umflogen laut krächzend erst in weiten, dann in immer engern Kreiseu die beiden Männer, während der Fremde dem Jäger das Geheimnis anvertraute; als die beiden von einander Abschied nahmen, verloren sich die Vögel nach verschiedenen Richtungen hin.

Seit dem Abend war der Jäger wie verwandelt. Tagelang blieb er wider seine frühere Gewohnheit im Hause, er gieng stumm und in sich gekehrt umher und wich allen Fragen seiner Frau aus. Die aber ließ nicht nach in ihn zu dringen und endlich in einer schwachen Stunde brachte sie ihn dahin, daß er ihr die ganze Sache verrieth. Da meinte sie, er könnte es doch einmal damit versuchen, vielleicht hülfe es ihnen mit einem Male aus aller Noth, er sollte sich nur nicht so lange bedenken, denn die Sünde könnte doch nicht so groß sein und was dann ihre Reden weiter waren, genug, sie sprach ihm so lange was vor, daß er sich entschloß, das Mittel, das ihm der Fremde angerathen, zu versuchen. Will man nemlich einen Freischuß erhalten, so muß man einmal sein Gewehr mit einer Oblate laden, die vom Altar aus der Kirche entwendet ist; und das hatte der Fremde dem Jäger auch gerathen. Am nächsten Sonntag gieng also der Jäger zur Kirche und that als wenn er sich das Abendmahl reichen ließe, aber er nahm die Oblate mit nach Hause. Dann nahm er seine Büchse von der Wand, nahm zugleich ein weißes Tuch mit und gieng in den Wald hinaus auf einen freien Platz, um alles so auszuführen, wie ihm vorgeschrieben war. Die Sonne stand im Mittag, er breitete das weiße Tuch auf dem Boden aus, stellte sich mit den Füßen darauf und lud seine Büchse, statt des Bleis aber gebrauchte er die Oblate. Dann richtete er den Lauf gegen die Sonne und schoß los. Augenblicklich fuhr eine schwarze Wolke auf und bedeckte den Himmel, Donner und Blitze brachen los, und es war in einem Nu ein Unwetter da, als wolle die Welt untergehn. Der Jäger wollte sich nach Hause flüchten, er bückte sich, um noch das weiße Tuch aufzunehmen, da war die Stelle seiner Fußstapfen mit frischem Blute gezeichnet; in Todesangst rannte er davon. Als er aber sein Haus erreichte, da stand das in hellen Flammen und Weib und Kinder stürzten ihm jammernd entgegen. Zu gleicher Zeit stand der Fremde von neulich wieder vor ihm, der kein andrer gewesen war, als der Teufel selber, und zeigte ihm an, daß er von nun an ewig jagen müsse, sein Weib und seine Kinder aber sollten ihn als Hunde begleiten. Seit dieser Zeit wohnt er nun den Tag über bei den alten Bäumen im Walde bei den beiden Raben, Nachts aber zieht er sausend unter vielem Geräusch durch die Luft, begleitet von seinen Hunden. Das nennen die Leute jetzt die wilde Jagd. Wenn man ihn ziehen hört und das Rufen und Bellen nachmacht, so wirft er mit Knochen herunter. Er muß aber diese Strafe dulden bis an den jüngsten Tag und kann nicht eher Ruhe finden.

Mündlich aus Marne in Ditmarschen. — Das Stück ist vielleicht vom Harze eingewandert, weil es wenigstens von einem dorther eingewanderten, jetzt verstorbenen Weber oft erzählt ward. Doch ist die Sage vom Freischützen sehr verbreitet, auch im Harz bekannt (bei Harrys Sagen Niedersachs. II. S. 22.), wie sie hier bei uns z. B. auch von einem glücksburgischen Jäger erzählt wird. S. unten. Den wilden Jäger kennt man in Ditmarschen uud die Verknüpfung beider Sagen kann also auch leicht da geschehen sein; jener Erzähler hatte während seines Aufenthalts in unserm Lande auch eine Menge einheimischer Geschichten eingesammelt, die er gerne nebst seinen übrigen Erfahrungen auszukramen pflegte.

CDXCIII.

Herr von Wittorf.

Nicht weit von Neumünster sieht man die Spuren einer Burg, die einst von den Herren von Wittorf bewohnt war. Der Letzte aus diesem Geschlechte war ein arger Unhold, der die Menschen plagte und die Nonnen im Kloster zu Neumünster schändete. Seit seinem Tode wandelt er nun schon seit vielen hundert Jahren in jeder Nacht als Leuchtermann zwischen seiner Burg und dem Flecken

Neumünster. Er geht am häufigsten auf einem Fußsteige, der zu einer Furt in der Schwale führt, einher und verwehrt allen, die ihm begegnen, den Weg, daß sie bis an die Hüften durchs Wasser waten müssen. In der heiligen Dreikönigszeit aber fährt er in einem vierspännigen Wagen, unter lautem Hörnerschall, zum Umschlag nach Kiel. Der Wärter am Schlagbaum im Westen von Neumünster kann diesen nicht so schnell öffnen, so ist der Zug schon hindurch und er hört das Horn bei der Kieler Brücke im Osten des Fleckens.

Schriftlich und N. Staatsbürgerl. Magaz. Bd. 4. S. 614.

CDXCIV.

Wau, wau!

Vor hundert Jahren gieng ein Mann aus Bornhövede mit einem andern Nachts zwischen zwölf und ein über Feld. Da hörten sie erst in weiter Ferne, dann immer näher und näher viele Hunde bellen; der wilde Jäger kam endlich auf sie zu. Da war der eine so übermüthig und machte das Gebell der Hunde nach und rief beständig: Wau, wau! Der andere aber war so klug zu schweigen und unter das Dach eines Hauses zu flüchten. Da ließ sich der wilde Jäger augenblicklich aus der Luft hernieder und setzte dem andern einen Pferdeschinken vor, indem er ihm befahl, den Hunden diesen verzehren zu helfen, denn weil er mit den Hunden gebellt habe, müsse er auch mit ihnen speisen.

Durch Dr. Klander in Plön und mündlich aus der Rendsburger Gegend.

CDXCV.

Der alte Au.

In der Probstei weiß Jung und Alt viel von dem alten Jäger Au, Aug oder Auf zu erzählen. Zwar treibt er in unsern Tagen sein Spiel nicht mehr so vor sichtlichen Augen, aber man weiß noch viele Stellen und Häuser zu bezeichnen, wo er mit seinem wilden Gefolge in alten Zeiten am häufigsten hauste und die Leute in Angst und Schrecken setzte. So ist in Fiefbergen ein Haus, da war es früher gar nichts Ungewöhnliches, wenn er es mehrere Male in der Woche ganz durchjagte. Gewöhnlich kam er durch die Hinterthür und wenn er dann, was jedoch nicht immer geschah, auch die Wohnstube und die übrigen Gelegenheiten des Hauses durchzogen hatte, so tobte er durch die Seitenthür wieder hinaus und davon. Er hatte beständig viele Hunde, gewöhnlich ganz kleine, bei sich, auf deren Schwanz ein Licht brannte. Viele alte Leute erzählen davon und versichern, daß der alte Jäger ihnen nichts gethan, wenn sie sich ganz ruhig verhielten und allenfalls den Segen, das Vaterunser oder ein andres Gebet gesprochen hätten.

Einer alten Frau aus Brodersdorf, die noch nicht lange tot ist, ist der alte Aug einmal Nachts zwischen Lutterbek und und Brodersdorf mit seiner ganzen Jagd begegnet. Nichts als Lichter und Lichter brannten bei ihr herum und dabei lärmte, schrie, schoß und heulte es, daß ihr Hören und Sehen vergieng. Denn sie gerieth gerade mitten ins Gedränge. Das hat die alte Frau häufig erzählt und sie log nicht.

Durch Herrn Rethwisch auf Övelgönne.

CDXCVI.

Der wilde Jäger eingefangen.

In Gnissau weten alle Lüde väel vun den wilden Jäger to vertellen. He neem synen Weg ümmer dörch een unn dat sülvige Hues to Noerden int Dörp. Sobalt he in de Neeg vun dat Hues keem, so worr dat Gehuel unn Gejiffel van syn Hunden ümmer lyser unn lyser, unn höer toletz ganz up, et fung awer an de annere Syt glyks darup werrer an. Da hebbt eenmael welke den Spaes maekt unn hebbt de Dœr toschottet, dörch de de wille Jäger werrer aftotrecken plegg; se maken oek de annere to, as he eerst int Hues weer. So harren se de wille Jagd infungen. Den annern Morgen awer, as de Lüde eenmael nasegen, da funnen se op de Däel niks, as en grote Mengde ganz lütte fyne Hundenkœtel.

Durch Dr. Klander in Plön.

CDXCVII.

Das gesegnete Brot.

Ein Bauer in Gadendorf bei Panker hatte spät Abends noch draußen etwas zu thun. Er ließ die Thür offen. Da kam ihm der wilde Jäger durch die große Thür ins Haus geritten und nahm ein Brot vom Brotschragen herab. Darauf ritt er zur Seitenthür des Hauses wieder hinaus, und als er dort den Bauern traf, sagte er zu ihm: „Weil ich dies Brot hier bekommen habe, so solls in deinem Hause nimmer daran fehlen.“ Der wilde Jäger hielt Wort und es ist wirklich in dem Hause des Bauern nie Mangel gewesen.

Mündlich.

CDXCVIII.

Der wilde Jäger auf der Putloser Heide.

Auf unsern Heiden, in Dickichten und Gebüschen ist es oft nicht geheuer. Da haust der wilde Jäger, der ein wilder Geselle ist, obwohl er Niemand was zu Leide thut. Er trägt einen grauen Rock, hat den Kopf unterm Arm, und reitet auf einem kleinen dreibeinigen weißen Pferde, aber doch lauft es so geschwind wie der Wind. Nebenher laufen kleine Dächshunde bei großer Zahl. Treffen die einen Menschen, so beschnuppern sie ihn erst und thun ihm dann wie alle Hunde jedem, der kein Geld bei sich hat. Einmal gieng einer mit zwei andern über die Putloser Heide zur Nachtzeit; jeder hatte eine Tracht Holz auf dem Rücken; da kam der wilde Jäger daher auf seinem Pferde und mit seinen Hunden. Der eine sah ihn allein, die andern nicht; darum duckte er sich schnell nieder, die andern beiden aber giengen dem Zuge nicht aus dem Wege. Da rannte er an ihnen vorbei, die Leute wurden fast niedergeworfen und die Holzbündel wären ihnen beinahe von den Schultern gestoßen. Darüber fiengen sie an, sich zu streiten und zu schelten, und jeder meinte, der andere hätte ihn gestoßen, der dritte aber, der sich niedergeduckt hatte, konnte sich kaum so schnell umsehen, so war der Reiter mit den Hunden im Nu vorüber, und nun sagte er seinen Kameraden, was es gewesen sei.

Mündlich.

CDIC.

Der Wohljäger.

In frühern Zeiten lebte in Eutin ein bischöflicher Jäger, Namens Diederich Blohm. Der hatte nichts lieberes im Himmel und auf Erden, als die Jagd. Tag und Nacht blieb er außer dem Hause und jagte. Endlich ward er krank und ward immer elender und elender, bis der gewisse Tod vor Augen war. Da ließ seine Mutter den Prediger an sein Bett kommen, um ihn zum Tode zu bereiten; aber der Kranke hieß ihn weggehen, und als der Prediger ihm Himmel und Hölle vorhielt, rief er spottend aus: „Ich will Gott gerne seinen Himmel lassen, wenn er mich dafür nur ewig jagen lassen wollte.“ Nach diesen Worten starb Diederich Blohm. Als nun die Leiche zu Grabe gebracht und der Sarg eingesenkt ward, hörte man alsobald ein wildes Jagdgeschrei, Peitschenknall, Pferdegewieher und Hundegebell mit lautem Getöse durch die Luft ziehen. Das kann man seit der Zeit bis auf diesen Tag noch oft an Abenden in der Gegend hören. Wenn man es daherbrausen hört, so sagen die Leute: „Dat is de Wohljäger.“

Einst jagte er des Abends über das Dorf Meinsdorf hin. Da hörte ihn ein Mann und stimmte mit in das Jagdgeschrei ein. Sogleich kehrte der Wohljäger um und warf seinem Jagdgenossen einen Pferdeschinken in die Hausthüre mit den Worten: „Hest du mit jaegt, schast du ook mit fräten.“

Im Jahre 1740 hieng an einem Pfeiler der Stadtkirche zu Eutin noch eine Tafel; darauf war die Inschrift zu lesen: „Bittet Gott vor Diederich Blohm.“

Durch Herrn Schull. Kirchmann in Eutin.

D.

Der Wode.

Den Wode haben viele Leute in den Zwölften und namentlich am Weihnachtsabend ziehen sehen. Er reitet ein großes weißes Roß, ein Jäger zu Fuß und vier und zwanzig wilde Hunde folgen ihm. Wo er durchzieht, da stürzen die Zäune krachend zusammen und der Weg ebnet sich ihm; gegen Morgen richten sie sich aber wieder auf. Einige behaupten, daß sein Pferd nur drei Beine habe. Er reitet stets gewisse Wege an den Thüren der Häuser vorbei und so schnell, daß seine Hunde ihm nicht immer folgen können; man hört sie keuchen und heulen. Bisweilen ist einer von ihnen liegen geblieben. So fand man einmal einen von ihnen in einem Hause in Wulfsdorf, einen andern in Fuhlenhagen auf dem Feuerheerde, wo er liegen blieb, beständig heulend und schnaufend, bis in der folgenden Weihnachtsnacht der Wode ihn wieder mitnahm. Man darf in der Weihnachtsnacht keine Wäsche draußen lassen, denn die Hunde zerreißen sie. Man darf auch nicht backen, denn sonst wird eine wilde Jagd daraus. Alle müssen still zu Hause sein; läßt man die Thür auf, so zieht der Wode hindurch und seine Hunde verzehren alles, was im Hause ist, sonderlich den Brotteig, wenn gebacken wird.

Einst war der Wode auch in das Haus eines armen Bauern gerathen und die Hunde hatten alles aufgezehrt. Der Arme jammerte und fragte den Wode, was er für den Schaden bekäme, den er ihm angerichtet. Der Wode antwortete, daß er es bezahlen wolle. Bald nachher kam er mit einem toten Hunde angeschleppt und sagte dem Bauern, er solle den in den Schornstein werfen. Als der Bauer das gethan, zersprang der Balg und es fielen viele blanke Goldstücke heraus.

Der Wode hat einen bestimmten Weg, den er alle Nacht in den Zwölften reitet. Der geht rings um Krumesse herum über das Moor nach Beidendorf zu. Wenn er kommt, so müssen die Unterirdischen vor ihm flüchten, denn er will sie von der Erde vertilgen. Ein alter Bauer kam einmal spät von Beidendorf und wollte noch nach Krumesse; da sah er, wie die Unterirdischen daher gelaufen kamen. Sie waren aber gar nicht bange und riefen: „Hüet kann he uns nich krygen, he sal uns wol gaen laten, he het sik hüet morgen nich woschen.“ Als der Bauer nun etwas weiter kam, begegnete ihm der Wode, und der fragte ihn: „Wat repen se?“ Der Bauer antwortete: „Se segt, du hest dy van morgen nich woschen, du sast se wol gaen laten.“ Da hielt der Wode sein Pferd an, ließ es stallen, saß ab und wusch sich damit. Nun stieg er wieder auf und jagte den Unterirdischen nach. Nicht lange darauf sah ihn der Bauer zurückkommen; da hatte er sie mit ihren langen gelben Haaren zusammen gebunden und zu jeder Seite mehrere vom Pferde herabhangen. So hat er die Unterirdischen verfolgt, bis sie jetzt alle verschwunden sind. Deshalb jagt er auch nicht mehr auf der Erde, sondern oben in der Luft.

So erzählte dies ein alter achtzigjähriger Mann in Krumesse, der auch stillen und böten kann. Der Wode ist in ganz Lauenburg bekannt und überall schließt man vor ihm die Thüren in der Weihnachtszeit.

Herr Cand. Arndt. — Unterirdische haben keine gelbe Haare: es sind ohne Zweifel die Moosleute und Waldfrauen gemeint. S. Mythol. S. 881. 1231.

DI.

Grabhügel auf Silt.

Zwischen Kampen und Braderup auf Silt liegen zwei Grabhügel von ungewöhnlicher Größe; die nennt man die Prunkenberge, weil in ihnen ein großer General und seine Gemahlin begraben liegen. Südlich von Kampen liegt der größte aller Grabhügel, der Gurt-Brönshoog. Er ist das Grabmahl eines Königs Bröns, der hier, auf einem goldenen Wagen sitzend, bestattet ist. In dem nahe daran liegenden Litj-Brönshoog ruht der Sohn desselben Königs und in dem dritten, kleinsten, dem Hündshoog, sein Lieblingshund. — In dem Ringhoog liegt ein Seeheld, Namens Ring, sammt seinem Schiffe. — So ist auch in dem Klöwenhügel, der auf der Grenze der Keitumer Geest und Marsch liegt, ein Seeheld mit einem goldenen Schiffe begraben, dessen goldene Anker in der nahen Marsch liegen. Einst gruben Leute nach dem Schiffe und die Masten kamen schon zum Vorschein; da erschien ein misgestaltetes Männchen, reitend auf einer lahmen Gans, und erschreckte die Schatzgräber. Einer fieng an zu sprechen, da versank das Schiff.

Kamerers Beiträge I. 2. 130. und durch Herrn Schull. Hansen in Keitum. vgl. No. 278.

DII.

Boldershöi.

Bei Boldersleben sieht man auf einer Anhöhe noch die Spuren eines Schlosses. Da hat früher in alten Zeiten ein König, Namens Bolder, residiert und dem Orte den Namen gegeben. Er gerieth mit einem Könige Hother, der in Hadersleben wohnte, in Streit und erschlug ihn. Nun liegt noch südlich von der Kirche in

Agerskov ein kleiner Hügel, genannt Boldershöi; vor mehreren Jahren pflügte man daraus einige Knochen auf; die sollten von dem starken Bolder herrühren, der hier nachher begraben ward.

Arnkiel I. 71. Rhode Haderslev-Amts Beskrivelse S. 477. vgl. Schröder Topographie von Schlesw. — Bei Kliplef zeigt man einen Grabhügel Jernishoi oder Hiarneshoi, wo ein König mit seiner Gemahlin soll begraben sein. (vgl. Saxo. lib. VI.) — Im Ravnshoi (Rebensbarg) auf dem Schiersberg bei Quern in Angeln ist ein Held mit Roß und Rüstung und einem goldenen Schwerte begraben.

DIII.

Roland.

Bei dem Hofe Leerskov bei Osterlügum, Amts Apenrade, liegt der Rolandsberg und die Rolandsquelle. Da ist eine tiefe Höle und man erzählt davon, daß, nachdem Roland eine große Schlacht verloren hatte, er in einer Karosse mit sechs Pferden davor gefahren kam und bei sich alle seine Schätze und viele silberne Sachen gehabt habe, aber da er an den Brunnen kam, sei er mit seinem Fuhrmann und seinen Leuten jähling hinein gefahren; seine Schätze liegen bis auf den heutigen Tag noch da. Denn wenn man mit einem Stein hinein wirft, so hört man ganz deutlich, wie er gegen eine große Menge Silberzeug klingt. — Nördlich vom Brunnen liegt zwischen einigen Hügeln ein tiefes Moor, Frues Pyt genannt. Darin hat sich Rolands Wittwe voll Verzweiflung nach dem Tode ihres Mannes mit Roß und Wagen begraben.

Antiq. Annal. I. 327. Schröder Topographie v. Schlesw. II. 16.

DIV.

Holger Danske.

Bei Gaardebye im Amt Flensburg findet man Spuren eines alten Walles, der heißt der Holgerdanskesdige oder Olgersdieg, weil Holger Danske ihn gebaut hat. Der tapfere Held sitzt jetzt mit seinem ganzen Heere in einem Berge bei Mögeltondern, von wo er einst aufstehen wird, um für die Christenheit zu streiten. Denn es wird eine Zeit kommen, wo die Türken das ganze Land inne haben und unser Heer geschlagen ist; sie werden ihre Rosse in der Königsau tränken. Dann aber wird Holger Danske kommen und unter seiner Anführung werden die zwölfjährigen Knaben des Landes die Feinde völlig schlagen und das Land befreien.

Schröders Topographie von Schlesw. a. d. W. Antiq. Ann. III. 149. Dannevirke 1843. No. 48.

DV.

König Dan.

1.

Künnig Dan weer de eerste Künnig van Dennemark unn he hett hier in **Sleeswik** waent. He hett fröher oek noch jümmer in den Kalenner staen, ik weet goer nich, dat se em nu da heruet laten heft. Datomael weren hier noch Heidenminschen; de pleggen äre Doden to verbrennen, unn de Asch kregen se in de Pött unn setten se by in Rysenbarge. Künnig Dan hett sik avers wünscht, dat man em na synen Doet nich verbrennen sull, sonnern he wull sitten up synen künnigliken Stoel, unn syn upsadelt Päert met annere Kostborkeden by sik hebben.

As he nu doet weer, da würr dat oek so holden. Dat Graff is mit Felsen upsettet. Da süht man noch de Löcker, wo de Buern de Steen ruet haelt hefft. Disse Rysenbarg liggt by Kuerborg dicht by den Kograben unn liggt mit enen annern Rysenbarg tosamen, darüm hetet de de Twybargen. In den annern Barg sal en Profinz liggen; wat dat avers is, dat kan ik nich seggen.

Wörtlich in Kurborg durch Cand. Arndt aufgezeichnet. Andre sagen statt der »Profinz«, daß dort ein Präsident begraben wäre und seine Orden in einem grauen Topf lägen.

2.

Nahe bei **Tönningen** in Eiderstede, sagt man in Ditmarschen, ist ein kleiner Hügel mit einer Höle. Darin sitzt der König Dan mit zweimalhunderttausend Mann und alle schlafen. Ein Soldat war zum Tode verurtheilt. Da schenkte ihm unser verstorbener König das Leben unter der Bedingung, wenn er in dem Hügel gienge und ihm von König Dan Nachricht brächte. Der Soldat gieng in die Höle. Da saß der alte König da vor einem Tisch und hatte sein Haupt auf den Arm gestützt und schlief, sein Bart aber hieng ihm unter den Tisch und die andern standen alle um ihn herum. Als nun der Soldat eintrat, erwachte der König und fragte ihn, was er wolle. Der Soldat antwortete, daß er vom Könige hereingeschickt sei und Nachricht von ihm bringen solle. Da erwiderte König Dan, er solle nur dem Könige sagen, daß er einst an ihn dächte, wenn er in Noth wäre; dann wolle er ihm mit allen seinen Leuten zu Hilfe kommen und die Feinde vertreiben und ihm zur Herrschaft über die ganze Welt verhelfen. Der König muß aber nicht zu rechter Zeit an ihn gedacht haben.

Die Leute sagten dazumal überhaupt, als der verstorbene König Friedrich der Sechste noch jung war, daß er der weiße Prinz sei, von dem die alte Prophezeiung sage, daß er wie ein Stern über das Land aufgehen werde. „Dat mutt awer ja alltomal nich waer wäsen, oder de ole König mutt noch nich de rechte syn; denn indrapen is et noch nich“, sagte die, die mir dies erzählte.

Mündlich.

DVI.

Der verzauberte alte Kriegsmann in Tönningen.

As Tönningen noch en Festung weer, da legen da mael veer Suldaten in Gefangenschaft. Nu weer da en grote Huel up den Slotplatz, de da noch to seen is. De Kummendant wull geern wäten, wat da in weer, unn sä to de veer, wenn se em Naricht daœwer bringen kunnen, sullen se dat Läwen beholden. Se köffen sik nu en Tau, da leten se den enen an hendael. As de dael keem, weer daer en Päerstall unn an jede Syt stünn en lange Reeg van upsadelte Päer, de harren Hawer vull up in de Krippen unn achter jedes Päert leeg en Ryder up de Streu. Up dat ene End' van dat Gewölwe awer weer en grote Tafel, da seet en Officier an, de har den Kopp up den Disch stütt. Fœr em up den Disch stünn en brennendes Waslicht unn dree Bäker, ene weer van Gult, ene van Sülwer, ene van Holt. Da güng' de Suldat heran unn neem den guldenen Bäker weg; he kunn dat awer nich so sacht doen, dat de Officier nich upwaekt weer. De seggt: „Is noch nich balt Dag?“ „Noch nich,“ sä de Suldat. Da maekt de Officier syne Ogen werrer to unn slöpt in.

As dat den eersten nu so goet gaen weer, steeg de twete oek hendael. He fünn dat allens äbenso da ünnen unn neem den sülwern Bäker van den Disch. De Officier waekt werrer up unn seggt: „Is noch nich balt Dag?“ „Noch nich,“ seggt de Suldat unn güng' mit den Bäker foert.

Nu wull de drürre Suldat oek hendael. De fünn da ünnen oek noch allens äbenso, unn as he niks meer weg to nämen finnen kunn, so neem he den holten Bäker mit. De Officier waekt werrer up unn seggt: „Is noch nich balt Dag?“ „Nu glyk,“ seggt de Suldat, he keem awer oek noch goet werrer heruet. As nu de veerte da hendael kumt, so is da allens in Uproer; da sadelt de Ryder äre Päerde, as wullen se uetryden, de annern maekt äre Gewäre unn Sabels torecht unn se lopen alle dörchenanner: da würr de Soldat angst unn leet sik van syne Kammeraden werrer heruptrekken. De Lüde awer seggt, dat de olle Krygsmann unn syn Folk in dat ünnereersche Lock verzaubert sünt, unn wenn syne Tyt kumt, sall he noch mael werrer kamen unn den Kryg fören gegen den Künnig van Dennemark.

Aus Kurborg am Dannewerk durch Cand. Arndt.

DVII.

Das schlafende Heer.

In katholischen Zeiten, als noch überall im Lande Klöster waren, führten die Mönche im Kloster zu Mönch-Neversdorf das gottloseste Leben. Kein Frauenzimmer in der ganzen Gegend hatte vor ihnen Ruhe. Mit Gewalt rissen sie die Leute aus dem Schlafe, nahmen sie mit und zwangen sie dann dazu, in den Nächten ihnen einen großen unterirdischen Gang auszugraben und auszumauern, der bei Puttlos am Wasser der Ostsee ausmündet. Hierher begaben sie sich oft nnd trieben ihr ärgerliches Leben mit den Schifferfrauen. Die Mönche sollen allzumal einen Bund mit dem Teufel gehabt haben.

Ihr Leben und ihre Unthaten kamen endlich dem Könige zu Ohren. Da schickte er Kriegsvolk aus, das Kloster zu zerstören und die Mönche allesammt gefangen zu nehmen. Aber die Mönche brachten es mit der Kunst dahin, daß sie das Heer bezauberten und es in den großen unterirdischen Gang einzog und da in tiefen Schlaf versank. Hier wird es nun schlafen, bis einst die Türken die ganze Welt erobert haben. Da wird über unser Land ein weißer König herrschen, der auf einem weißen Pferde reitet. Sein Heer wird das letzte in der ganzen Christenheit sein und auch geschlagen werden. Dann aber wird er sein Pferd an einen Weidenbaum binden und in sein Wunderhorn stoßen. Alsobald werden die Schläfer erwachen und ein Heer wird kampfgerüstet aus dem Neversdorfer Gange hervorsteigen und die Türken schlagen, also daß nur ihrer sieben entrinnen.

Durch Herrn Schull. Kirchmann in Eutin.

DVIII.

Die weise Frau in Enge.

Nahe bei dem Kirchdorf Enge im Amte Tondern hat in dem Hause, das Made genannt wird, vor Zeiten eine weise Frau gewohnt, die hat auf einer Hochzeit einmal also prophezeit:

Kriegsgeschrei wird sich erheben im Lande weit und breit; ein König mit weißem Haar wird vom Throne gestoßen. Er wird des Landes verwiesen und mit einem weißen Stabe in der Hand dasselbe verlassen.

Zu derselben Zeit werden blaue Truppen aus der See bei der Wiedingharde ans Land steigen; aber unsere Leute werden siegen und eine große Schlacht gewinnen und ihre Herrschaft verbreiten weit hinaus in andre Länder. Dann wird kein Krieg mehr im Lande sein und aller Unfriede weichen, und die Menschen werden erst recht anfangen glücklich zu sein.

Schriftliche Mittheilung. — Eine Erinnerung an Frau Hertje (S. N. 343) liegt wohl zum Grunde. Von dieser weisen Frau in

Enge wird ebenfalls das Eiersitzen erzählt und eine mit N. 70 stimmende Geschichte. — Gegen Ende des 17. sec. sah man im Herzogthum Schleswig blaue Männlein am Seestrand hin und her laufen und nahms als böses Vorzeichen. Happel Relat. curios.

DIX.

Der Hollunder in Nortorf.

Zu Osten der Nortorfer Kirche, wo es nach dem Kirchenstuhl hinaufgeht, steht seit undenklichen Zeiten ein Fliederbusch; er ist aus der Mauer selbst herausgewachsen. In der ganzen Mitte Holsteins ist er weit und breit bekannt, denn des Landes Schicksal knüpft sich an ihm. Einst nemlich, wenn der Strauch so hoch geworden ist, daß ein Pferd darunter angebunden werden kann, wird in der ganzen Welt Krieg ausbrechen und alle Völker werden wider einander streiten. Der König aber, der am Ende alle bezwingt, wird zuletzt mit seinem großen Heere von Süden her auch in unser Land kommen. Er wird sich lagern auf dem Thienbütteler Kamp im Westen Nortorf. Da wird auch die große Schlacht geschehen und zwar in den Monaten September und October, wann eben der Dünger für die Roggensaat aufs Land gefahren ist. Zu der Zeit wird über unser Land ein König herrschen mit weißem Haar. Sobald nun eine rothe Kuh über eine gewisse Brücke geführt ist, wird er, auf einem weißen Pferde reitend, mit seinem Heere von Norden daher stürmen in solcher Fahrt, daß die Leute, die auf dem Felde arbeiten, kaum Zeit haben, sich vor ihnen hinter die Düngerhaufen nieder zu ducken. Dann wird er sein Pferd an den Hollunder binden und die Schlacht beginnen; während derselben wird es unter dem Baume stehen. Es wird ein langer und fürchterlicher Kampf sein, also daß das Blut längs den Wagenspuren auf den Feldern rinnet und die Kämpfer darin bis an die Knöchel waten. Wenn aber der weiße König mit dem andern gekämpft und ihn erschlagen hat, wird er den größten Sieg gewinnen. Dann wird ihm die ganze Welt zufallen, und für lange Zeit überall auf Erden Friede herrschen. Von seinem eignen Heere aber werden dann nur so wenige nachgeblieben sein, daß jeder von einer Trommel essen kann und der König selber wird nach der Schlacht an einer Trommel seine Mahlzeit halten.

In den Kriegszeiten vor dreißig, vierzig Jahren war nun der Hollunderstrauch so hoch geworden, daß er ans Kirchendach reichte. Da sah man einmal Nachts in der Luft wunderbare Erscheinungen: zwei große Heere standen wider einander, viel schweres Geschütz sah man in den Wolken und Reiterhaufen rannten zusammen; man hörte deutlich Kriegsgetümmel und Schlachtgeschrei. Dadurch wurden die Leute so erschreckt, daß sie überall hin Boten aussandten, um sich Rath und Trost zu holen. Als endlich 1813 die Feinde hier ins

Land kamen und gar nicht weit von Nortorf die Gefechte mit den Unsrigen vorfielen, da meinten viele, die alte Prophezeiung sei erfüllt, besonders da auch der verstorbene König einen weißen Kopf hatte. Sobald aber den Feinden die Prophezeiung zu Ohren kam, haben erst viele von ihren Officieren den Baum in Augenschein genommen und ihn dann abhauen lassen, so daß er nun noch lange zu wachsen hat, ehe er wieder zu seiner alten Höhe kommt. Es kann also immer noch einmal etwas vorfallen.

Meyer Darstellung aus Norddeutschland S. 308. und viele sich ergänzende mündliche und schriftliche Mittheilungen. Nach Einigen scheint der weiße König gar nicht eigentlich Herr unseres Landes zu sein, sondern nur sein Erscheinen, wenn unser Herr schon wankt, bringt plötzlich den Sieg, sobald er sein Pferd anbindet. Es wird auch das Aufwachsen des Hollunders als künftig dargestellt. — In der Gegend des Kanals nennt man Bornhöved statt Nortorf. Nördlicher nach Schleswig zu soll eine ähnliche Verkündigung sich an den Rosenbusch neben der Haddebyer Kirche knüpfen: die große Schlacht geschieht auf der Kropper Heide. — Diese überaus merkwürdige Sage ist, wie sie mir anfänglich mitgetheilt ward, schon in Jacob Grimms 2te Ausgabe der Mythologie S. 911 ff. aufgenommen. Die weitere Nachforschung führte zwar auf die Entdeckung mehrerer ähnlichen, s. die ffg. NN.; zugleich aber überzeugte sie mich zu meinem Bedauern, daß ich das erste Mal wohl getäuscht ward.

DX.

Der Hollunder in Schenefeld.

Auch in Schenefeld steht ein Hollunder zu Norden an der Kirchenmauer. Doch die Schenefelder selbst kennen nur die Nortorfer Prophezeiung. Wie mir aber ein Mann aus Süderhastede in Ditmarschen erzählte, so hängt des Landes Schicksal an dem Schenefelder Strauch.

Es wird hier einst bei Schenefeld eine große Schlacht geschehen. Die Unsrigen werden bald weichen und sie fliehen immer weiter zurück. Wenn sie nun bis zu dem Rothenhahn, einer einzelnen Stelle auf dem Viert bei Süderhastede, gekommen sind und alles verloren scheint, so wird ein weißer König von Norden her mit seinem großen Heere herbeikommen, und in solcher Flucht und mit solcher Hast, daß sie sich nicht die Ruhe gönnen, sondern die Bohnen, die gerade reif auf dem Felde stehen, werden sie aufziehen und aufessen. Dann wird die Schlacht wieder von neuem beginnen, die Feinde werden geschlagen und fliehen zurück, und wenn der Sieg gewonnen ist, wird der weiße König sein Pferd an den Hollunder der Schenefelder Kirche binden. — Einige glauben, daß die Prophezeiung sich in der Russenzeit erfüllt hat, als bei Schenefeld viele einquartiert lagen und auf der Heide oft exerciert und gemustert wurde.

Mündlich.

DXI.

Der Hollunder in Süderhastede.

Auf dem großen ditmarschen Heideviert nicht weit von Süderhastede hat man oft in der Nacht einen König auf einem grauen Schimmel umherreiten sehen. Er soll oft ins Dorf gekommen sein und bei dem Hollunderbaum, der noch vor einigen Jahren an der Kirche stand, sein Gebet verrichtet haben. Man sagt nemlich, daß er der König sei, der Ditmarschen die Freiheit genommen habe. In der Marsch und sonst in Ditmarschen erzählt man so:

Es wird einst auf dem Heideviert eine große Schlacht geliefert werden. Dann wird das eine Heer geschlagen und immer weiter nach dem Dorfe zugetrieben. Wenn es nun schon ganz nahe dabei ist und schon das Getöse und das Getümmel ins Dorf dringt, so wird der König kommen, seinen grauen Schimmel an den Hollunder binden, und niederknien und inbrünstig beten. Dann aber werden dreihundert Ditmarschen mit Sensen, Forken und Dreschflegeln bewaffnet hinter der Kirche hervortreten und einer in grauen Hosen, einer blauen Weste und weißen Hemdsermeln wird dem König auf die Schulter klopfen und sagen, er solle nur gutes Muths sein und wieder sein Pferd besteigen; er hätte ihnen die Freiheit genommen, sie aber wollten ihm beistehen. Dann wird der König sich erheben, die Bauern folgen ihm und halten die Feinde auf, bis die übrigen von den unsern sich gesammelt haben; und nun wird die Schlacht von neuem beginnen, aber nach langem und blutigem Kampfe gewonnen werden; darauf wird die Zeit eines langen glücklichen Frieden folgen.

Mündlich aus der Marsch. — Die Süderhasteder selbst läugnen die Anknüpfung der Verkündigung an ihren Hollunder.

DXII.

Der Wunderbaum in Ditmarschen.

Neben der Aubrücke bei Süderheistede, Kirchsp. Hennstede, wo in alten Zeiten ein Hauptverteidigungswerk des Landes und feste Schanzen angelegt waren, stand zu den Zeiten der Freiheit auf einem schönen, runden, mit einem Graben umgebenen Platze eine Linde, die im ganzen Lande nur der Wunderbaum genannt ward. Sie war höher als alle andern Bäume weit und breit umher, und ihre Zweige standen alle kreuzweis, also daß Niemand ihres Gleichen gewußt; bis zur Einnahme des Landes hat sie jedesmal gegrünt. Aber es war eine alte Verkündigung, sobald die Freiheit verloren wäre, würde auch der Baum verdorren. Und solches ist eingetroffen. Einst aber wird eine Elster darauf nisten und fünf weiße Jungen ausbringen; dann wird der Baum wieder ausschlagen und von neuem grün werden und das Land wird wieder zu seiner alten Freiheit kommen.

Neocorus I 237. (vgl. S. 562. II. 421. u. oben N. 343.) und mündlich.

Viertes Buch.

Ich möcht mich der wundersamen Historien, so ich aus zarter Kindheit herübergenommen, oder auch, wie sie mir vorkommen sind in meinem Leben, nicht entschlagen, um kein Gold.

Dr. Martin Luther.

1.

Ode und de Slang'.

Da weer enmael en Mann, de harr dre Döchter, unn de jüngste de nömeden se Ode. Enmael do wuld' he to Markt. Do froeg he sine Döchter, wat he se mitbringen sull. Do sä' de Öldste, se wull en golden Spinnrad, de Twete, se wull en golden Haspel hebben, Ode awer sä', se wull dat hebben, wat achter sinen Wagen häerleep, wenn he wedder keem. Do koff de Vader denn op dem Markt allens in, en golden Spinnrad för sine öldste Dochter, unn en golden Haspel för de twete, as awer de Markt uet is, unn he wedder to Hues faert, so löpt baer en Slang' achter den Wagen; do nimmt he de för de Ode mit. He smitt se achter innen Wagen unn lett se nöes (nachher) fær de Huesdær liggen. As nu Ode œwer de Däel geit, so fangt de Slang' an to spräken und röpt: „Ode, lewe Ode, schall ik man op de Däel?“ „Wat,“ segt se, „myn Vader hett dy bet an de Huesdær mitnamen, unn du willst oek noch op de Däel?“ awer damit lett se em doch in. — As se nu na är Kamer geit, so röpt de Slang' wedder: „Ode, lewe Ode, schall ik man fær dyn Dær liggen?“ „Ei wat,“ segt se, „myn Vader hett dy bet an de Huesdær brocht, ik heff dy op de Däel laten, und du willst noch för myn Kamerdær liggen? Doch et mag darum syn.“ Nu wull se in de Kamer gaen, und maekd' de Kamerdær apen, do röpt de Slang' wedder: „Och Ode, lewe Ode, schall ik man in dyn Kamer?“ „Nu,“ seggt se, „hett myn Vader dy nicht bet an de Huesdær mitnamen, heff ik dy nicht op de Däel laten und do för der Kamerdær leggt, und nu willst du noch mit in de Kamer? Awer wenn du tofreden syn wullt, so kumm man in, ligg nu awer still.“ Damit so leet se de Slang' in und fangt an sik uettotrecken. As se nu awer to Bett gaen wull, so röpt doch de Slang' wedder und segt: „Och Ode, lewe Ode, schall ik man in dyn Bett?“ „Nu wart et awer to dull,“ segt se, „myn Vader hett dy bet an de Huesdær mitnamen, ik heff dy eerst op de Däel brocht, do för de Kamerdær, do in de Kamer liggen laten, und nu willst du gaer noch by my int Bett? Awerst bistu verfraren, arm Dink, so kumm man herin und warm' dy.“ Und do neem se de Slang' by sik int Bett. As de Slang' awerst eerst by är leeg, do verwandelt se sik mit enen Mael und word to'n færnämen Prinzen und Ode word' syn Fru.

Durch Herrn Adv. Griebel aus Heide.

II.

Vom goldenen Klingelklangel.

Ein König hatte drei Töchter. Als er nun einmal verreisen wollte, fragte er sie, was er ihnen denn mitbringen sollte. Da sagte die älteste Tochter ein goldenes Spinnrad, die zweite wollte eine goldene Haspel haben, die jüngste Tochter aber bat um einen goldenen Klingelklangel. Als nun der König wieder nach Hause wollte und das goldene Spinnrad und die goldene Haspel hatte, da ward er sehr traurig, denn er wuste nicht, wie er den goldenen Klingelklangel bekommen sollte. Wie er nun so da saß und sehr weinte, kam ein alter Mann zu ihm und fragte: „Warum weinst du?“ „Ach,“ sagte der König, „ich weiß nicht, wo ich den goldenen Klingelklangel bekommen kann.“ Da sagte der alte Mann: „Die goldenen Klingelklangel sind auf einem großen, hohen Waldbaum und ein großer Bär bewacht sie; aber wenn du dem Bären etwas versprichst, so gibt er dir einen.“ Da gieng nun der König in den Wald und suchte den großen Waldbaum, und wie er ihn fand und auch den großen Bären darunter antraf, so bat er ihn um einen goldenen Klingelklangel. Der Bär sagte: „Willst du mir das geben, was mir zuerst auf deinem Schlosse entgegen kommt, dann sollst du einen goldenen Klingelklangel haben.“ Der König sagte ihm das zu, und der Bär versprach am andern Morgen aufs Schloß zu kommen und den goldenen Klingelklangel zu bringen. Als aber der Bär am andern Morgen kam, da begegnete ihm zuerst die jüngste Königstochter, die den goldenen Klingelklangel haben wollte. Der Bär wollte sie gleich mitnehmen, aber der König ward sehr betrübt und sagte: „Geh nur fort, sie soll gleich nachkommen!“ Nun wollte der König aber dem Bären seine Tochter nicht geben, sondern er ließ ein anderes Mädchen ganz schmuck machen und schön anziehen, das war die Tochter von dem Schafhirten, und schickte die nach dem Bären. Als sie bei dem Bären ankam, da sagte der: „Geh auf den Baum!“ und als das Mädchen hinaufgeklettert war, so sagte er: „Komm herunter und lause mich!“ Der alte Bär meinte, daß es die jüngste Königstochter sei. Als die Dirne ihn nun lauste, fragte er: „Was thun dein Vater und Mutter wohl, wenn sie zu Hause sind?“ „Sie hüten die Schafe und scheeren sie,“ antwortete das Mädchen. Da ward der große Bär schrecklich böse und sagte: „Du bist die rechte nicht! Setz dich auf meinen rauhen Schwanz, Hulteripulter durchs ganze Land!“ Und so brachte er sie wieder hin. Dem König ward sehr bange, aber er sagte zum Bären: „Wart nur ein Bischen, meine Tochter soll gleich kommen!“ Darauf ließ er des Schweinhirten Tochter ganz schön anziehen und schmuck machen und gab sie dem Bären mit. Als sie nun bei dem großen Waldbaum ankamen, sagte der Bär: „Geh auf den Baum!“ und als das Mädchen oben war, sagte er: „Komm herunter und lause mich!“ Dann fragte er wieder: „Was thun dein Vater und Mutter wohl, wenn sie zu Hause sind?“ Die Dirne dachte nicht daran und sagte: „Sie treiben Schweine in den Stall und füttern sie.“ Da ward der Bär wieder böse und noch viel ärger, als das erste Mal und sagte: „Du bist die rechte nicht! Setz dich auf meinen rauhen Schwanz, Hulteripulter durchs ganze Land!“ und so brachte er sie wieder hin. Nun muste aber die arme Königstochter mit. Als sie darauf bei dem Baume angelangt waren, sagte der Bär wieder: „Steig auf den Baum!“ und dann: „Komm herunter und lause mich!“ Als die Königstochter nun den Bären lauste, fragte er: „Was thun dein Vater und Mutter wohl, wenn sie zu Hause sind?“ „Sie sitzen bei Tafel und trinken den rothen Wein,“ antwortete die Königstochter. Da sagte der Bär: „Du bist die rechte!“ und sie muste nun bei dem Bären bleiben. Als sie aber schon artig lange bei ihm gewesen war, fragte der Bär sie, ob sie auch wohl einmal nach Hause wollte? „Ja,“ sagte die Königstochter, „das thäte ich gerne einmal.“ „Komm,“ sagte der Bär da, „denn wollen wir hin; aber ich will mich unter den Tisch legen, wenn du am Tische sitzst, und du sollst mir dann deinen Teller unter den Tisch halten, und wenn du gegessen hast, must du mit mir tanzen und mich hart auf den Fuß treten.“ Das versprach ihm die Königstochter. Als sie nun bei Tische saß und den Teller darunter hielt, lachten die Leute darüber und sagten: „Was hältst du deinen Teller unter den Tisch?“ und als sie nachher mit dem Bären tanzte, da lachten sie noch viel mehr. Aber die Königstochter tanzte doch mit ihm und trat ihn dann so ganz hart auf den Fuß. Und als sie das gethan hatte, da ward der Bär mit einem Male ein schöner reicher Prinz und die Königstochter ward seine Frau.

Aus der Probstei durch Herrn Rethwisch.

III.

Der weiße Wolf.

Ein König verirrte sich einmal auf der Jagd in einem großen Walde und konnte sich gar nicht zu recht finden. Mehrere Tage war er schon herum gewandert, hungernd und durstend, und er war ganz verweint in seiner Noth. Da kam ein klein schwarzes Männchen zu ihm und sprach: „Ich will dich heimführen, wenn du versprechen willst, mir das zu geben, was dir zuerst aus deinem Hause entgegenkommt.“. Da sagte der König in Gedanken ja. Unterwegs aber sprach der König: „Ich wollte, mein bester Hund käme mir entgegen.“ Aber das Männchen antwortete: „Das wollte ich nicht;

ich wollte, es wäre deine jüngste Tochter.“ Als sie nun bei dem Schlosse ankamen, erblickte die Tochter ihren Vater durchs Fenster, denn sie hatte schon lange nach ihm ausgesehen, und nun lief sie schnell hinaus, ihren Vater zu umarmen. Als sie aber an seinem Halse hieng, da rief er ganz beklommen: „Ich wollte lieber, daß mein Hund mich empfangen hätte.“ Die Tochter hub kläglich an zu weinen und sagte: „Bin ich dir denn nicht besser, als dein Hund?“ Da weinte der Vater mit, denn es war ihm ganz gram, daß das Männchen nun seine Tochter haben sollte. Er erzählte ihr alles unter Thränen, aber sie sprach: „Habe ich dein Leben retten können, so gehe ich gerne hin.“ Nach acht Tagen, so ward bestimmt, sollte das Männchen die Braut holen.

Als die Zeit nun um war, erschien ein weißer Wolf und die Königstochter setzte sich auf seinen Rücken. Und nun giengs fort in schrecklicher Eile durch Dick und Dünn, über Hecken und Knicken, über Berg und Thal, daß sie bald ganz müde ward vom Reiten. Als sie aber fragte, ob sie noch nicht bald zur Stelle wären, antwortete der Wolf: „Schweig, sonst werfe ich dich hinunter, es ist noch weit zum gläsernen Berg!“ Und wieder lief der Wolf durch Dick und Dünn, über Hecken und Knicken, über Berg und Thal, daß sie es fast nicht länger aushalten konnte. Da fragte sie wieder: „Sind wir noch nicht bald da?“ Aber der Wolf sagte: „Sprichst du noch einmal, so werf ich dich hinunter; es ist noch weit bis zum gläsernen Berg!“ Und nun giengs noch viel toller als vorhin. Da konnte sie es am Ende gar nicht länger aushalten und fragte noch einmal: „Sind wir noch nicht bald da?“ Kaum aber hatte sie das gesagt, so stürzte sie herunter und der weiße Wolf lief davon.

Nun war sie ganz allein in der weiten Welt und wuste nicht woher noch wohin. Endlich aber gieng sie weiter und dachte, du must doch zu Leuten kommen und die kannst du fragen nach dem weißen Wolf. Bald darauf kam sie auch zu einer kleinen Hütte, da saß da eine alte Mutter, die kochte sich eine Hühnersuppe. Das Mädchen fragte sie gleich, ob sie nicht den weißen Wolf gesehen habe. „Nein,“ antwortete das Mütterchen, „den weißen Wolf hab ich nicht gesehen, da must du den Wind fragen, der fegt in alle Löcher und reist täglich zu Wasser und zu Lande; aber bleibe nur erst ein Bischen hier und iß eine Hühnersuppe zu Mittag.“ Das that die Königstochter auch. Die Alte aber sprach, als sie wieder gehen wollte: „Nimm die Knöchelchen alle mit, die werden dir noch einmal zu Gute kommen.“ Darauf wieß sie ihr den Weg nach dem Winde.

Als sie nun bei dem Wind ankam, saß der auch und kochte sich eine Hühnersuppe. „Herr Wind,“ sagte das Mädchen, „du reist ja über Wasser und Land alle Tage, hast du nicht den weißen Wolf gesehen?“ „Nein,“ sagte der Wind, „den weißen Wolf hab ich nicht gesehen, heute bin ich noch nicht aus gewesen, da must du zu der Sonne gehen und die fragen; die steht früh auf und weiß und sieht alles, denn sie kukt in alle Löcher und steigt über alle Berge und Bäume; aber erst iß eine Hühnersuppe mit mir.“ Das Mädchen ließ sichs wieder gut schmecken, sammelte alle Knöchlein, wie der Wind ihr rieth, und ließ sich dann von ihm auf den rechten Weg nach der Sonne weisen. Als sie nun zur Sonne kam, hatte auch die den weißen Wolf nicht gesehen, und sie rieth ihr, zum Monde zu gehen, denn der sehe, wenn niemand sehe, und wenn der ihr keinen Bescheid sagen könne, so könne es niemand; aber ehe das Mädchen fortgieng, muste sie auch mit der Sonne eine Hühnersuppe essen und die Knöchlein mitnehmen. Als sie nun zum Monde kam, war der auch dabei, sich eine Hühnersuppe zu kochen, aber vom weißen Wolf wuste er nichts zu sagen. Da fieng das Mädchen an zu weinen und sprach: „Wen soll ich denn nun fragen?“ „Komm,“ sagte der Mond, „iß erst die Hühnersuppe mit mir, und dann wollen wir weiter sprechen.“ Als sie nun saßen und aßen, so sagte der Mond: „Hab ich doch mein Lebtage nicht vom weißen Wolf gehört; was es damit ist, begreife ich nicht; aber das schwarze Männchen gibt diese Nacht Hochzeit im gläsernen Berg.“ „Ach ja, der gläserne Berg! der gläserne Berg! das hatte ich ganz vergessen, der ist es, dahin soll ich,“ rief die Königstochter ganz vergnügt und bat den Mond, sie gleich dahin zu zeigen. „Nun nun,“ sagte der Mond, „wir haben noch Zeit, iß nur erst die Hühnersuppe auf und nimm alle Knöchlein mit, die werden dir noch zu Gute kommen.“ Da aß sie schnell die Hühnersuppe auf, nahm die Knöchlein, aber in der Eile vergaß sie eins. Dann brachte der Mond sie an den gläsernen Berg. Der aber war so glatt und glitzig, daß sie nicht hinauf kommen konnte. Da nahm sie nun ihre Knochen und baute sich eine Leiter daraus, es fehlte aber endlich eine Sprosse, weil sie einen Knochen vergessen hatte. Da schnitt sie sich ein Gliedchen von ihrem kleinen Finger ab und nun kam sie zur Höhe. Von da führte eine wunderschöne Treppe abwärts in den Berg, darauf stieg sie hinab und kam zum schwarzen Männlein. Der aber war ein hübscher verzauberter Prinz und eine junge Frau war ihm angezaubert, mit der feierte er nun Hochzeit in aller Herrlichkeit im gläsernen Berg. Es war da ein prächtiger Saal, wo alles von Gold und Edelsteinen funkelte und der Prinz saß mit seiner Frau an der glänzenden Tafel und speiste, als die Königstochter eintrat; er aber kannte sie nicht, aber sie ihn wohl. Da fieng sie an zu singen von einem weißen Wolf, dem hätte ihr Vater sie versprochen und mit Thränen hingegeben. Der Wolf, schnell wie ein Vogel, hätte sie fortgebracht über Hecken und Knicken, über Berg und Thal und zuletzt sie verlassen einsam und allein in der weiten Welt; nun sei sie überall umher=

geirrt und hätte nach dem weißen Wolf gefragt; aber niemand hätte ihr von ihm Bescheid gegeben. Als der Prinz das hörte, ward er ganz aufmerksam, horchte und sah sie an, und als sie das Lied geendet hatte, bat er sie, es noch einmal zu singen. Und als sie das gethan, da erkannte er sie, und sein Zauber war gelöst. Da verstieß er seine frühere Frau und heiratete die Königstochter; dann aber reisten sie beide zu ihrem Vater, der nun ganz vergnügt darüber ward, daß seine Tochter einen so hübschen Mann bekommen hatte, und sie lebten von nun an so recht froh und glücklich bei einander und wenn sie noch nicht gestorben sind, so leben sie noch heute.

Aus Puttgarden auf Femern. vgl. Grimm H. M. N. 26. Kuhns Märk. Sagen. S. 282.

IV.

Siebenschön.

In einem Dorfe wohnten ein paar arme Leute in einem kleinen Häuschen, die hatten eine einzige Tochter. Das Mädchen besorgte ihnen den Hausstand, sie wusch, fegte, kochte und schaffte alles, was zu thun war; das Gärtchen vor dem Hause war immer wohl bestellt, im Hause aber war alles so blank und reinlich, daß es eine Lust anzusehen war. Es gab auch kein Mädchen in der ganzen Gegend, die geschickter im Nähen und Sticken gewesen wäre, und damit verdiente sie ihren armen Eltern das Brot; denn feine Arbeit wird immer gut bezahlt. Weil das Mädchen aber schöner war, als sieben andere zusammen, so nannten die Leute sie Siebenschön. Sie war aber so sittsam, daß wenn sie Sonntags zur Kirche gieng, was sie fleißig that, sie immer einen Schleier vor dem Gesichte trug, damit die Leute sie nicht angaffen sollten. Da sah sie nun einmal des Königs Sohn und sie war so schlank wie eine Esche, da verliebte er sich in sie und hätte herzlich gerne auch einmal ihr Gesicht gesehen, aber das konnte er nicht vor dem Schleier. Er sprach zu seinen Dienern: „Warum trägt Siebenschön immer einen Schleier, daß man ihr Gesicht nicht sehen kann?“ Die Diener antworteten: „Das thut sie, weil sie so sittsam ist.“ Da sandte der Königssohn einen Diener mit einem goldenen Fingerreif zu Siebenschön und ließ sie so sehr bitten, heute Abend bei der großen Eiche zu sein, er hätte was mit ihr zu sprechen. Siebenschön gieng hin, denn sie dachte, gewis will der Prinz bei dir ein Stück feine Arbeit bestellen. Als aber der Prinz sie nun sah, da verliebte er sich noch viel mehr und verlangte sie zur Frau. Aber Siebenschön sprach: „Du bist so reich und ich nur so arm; dein Vater wird sehr böse werden, wenn er hört, daß du mich zur Frau genommen.“ Aber der Prinz bat so viel und sagte, wie lieb er sie hätte; da sagte Siebenschön endlich: „Wenn du noch ein paar Tage warten willst, so will ich mich darauf bedenken.“ — Am andern Tage schickte der Königssohn seinen Diener zu Siebenschön, der brachte ihr ein paar silberne Schuhe und bat sie, sich heut Abend wieder bei der Eiche einzufinden, denn der Prinz wollte mit ihr sprechen. Siebenschön gieng hin und als der Prinz sie sah, so fragte er, ob sie sich nun schon besonnen hätte. Da antwortete Siebenschön: „Ich habe mich noch nicht bedenken können, denn meine Tauben und Hühner wollten gefüttert, der Kohl muste geschnitten und die Hemden sollten genäht werden; aber was ich dir sagte, ich bin so arm und du so reich, dein Vater aber wird böse werden, darum kann ich nicht deine Frau werden.“ Da bat sie aber der Prinz wieder so viel, daß sie endlich sagen muste, daß sie sich ganz gewis bedenken und mit ihren Eltern sprechen wolle. Am andern Tage schickte er ihr durch einen Diener ein prächtiges goldenes Kleid und ließ sie bitten, heute Abend wieder zu der Eiche zu kommen. Siebenschön gieng Abends auch wieder hin und der Prinz fragte, wie sie sich denn nun besonnen hätte. „Ach,“ sagte Siebenschön, „ich habe mich nicht bedenken können und meine Eltern habe ich auch noch nicht gefragt, es gab den ganzen Tag wieder so viel zu schaffen in und außer dem Hause, daß ich nicht dazu kommen konnte; aber was ich immer gesagt habe, dabei muß es doch bleiben, ich bin viel zu arm und du zu reich und dein Vater wird sehr böse werden.“ Nun ließ der Prinz aber gar nicht mit Bitten nach und stellte ihr vor, daß sie endlich Königin werden sollte, er würde ihr auch ganz gewis treu bleiben und keine andre heiraten, was da auch kommen möchte. Da Siebenschön nun sah, wie lieb er sie hatte, so sagte sie endlich ja.

Von nun an trafen sie sich jeden Abend bei der Eiche und waren ganz glücklich, denn sie liebten sich wirklich so sehr, doch der König sollte es nicht wissen. Aber da war da eine alte garstige Dirne, die sagte es ihm endlich doch, daß sein Sohn immer mit Siebenschön jeden Abend spät zusammenkäme. Da ward der König ganz grimmig und schickte seine Leute hin, Siebenschöns Haus in Brand zu stecken, damit sie darin verbrenne. Siebenschön saß am Fenster und stickte; als sie aber merkte, daß das Haus brenne, sprang sie geschwind hinaus und gerade hinein in einen leeren Brunnen; ihre armen Eltern aber verbrannten beide mit dem Hause.

Es war ihr erst nun gewaltig gram und so traurig ums Herz, daß sie Tagelang im Brunnen saß und weinte. Nachdem sie aber ausgeweint, arbeitete sie sich allmählig hinauf und grub sich dann mit ihren feinen Händen etwas Geld aus dem Schutt ihres verbrannten Hauses. Dafür kaufte sie sich Mannskleider. Dann gieng sie zum Könige an den Hof und bat, er möge sie doch als Bedienter annehmen, denn sie heiße Unglück. Dem Könige gefiel der hübsche junge Mensch und er nahm ihn zum Bedienten an; sie war nun immer treu und fleißig, und bald mochte der alte König Unglück von allen seinen Bedienten am liebsten leiden und ließ sich von keinem andern bedienen.

Der Königssohn aber, als er hörte, Siebenschöns Haus sei niedergebrannt, trauerte sehr, denn er meinte nicht anders, als daß Siebenschön auch mit verbrannt sei. Nachher aber wollte sein Vater, daß er sich eine Frau nehmen sollte; der alte König wollte seinem Sohn das Reich übergeben, aber dann muste dieser auch eine Königin haben. Also freite der Prinz zu eines andern Königs Tochter und ward mit ihr verlobt. Als nun die Hochzeit sein sollte, ward das ganze Land dazu eingeladen und als der König mit seinem Sohn hinreiste, die Braut zu holen, musten alle Bedienten mit. Das war eine traurige Reise für Unglück und es lag ihm so hart auf dem Herzen wie ein Stein. Er hielt sich immer hinten im Zuge, damit die Leute nicht seine Traurigkeit sähen, als sie aber in die Nähe des Schlosses der Braut kamen, hub er an zu singen mit klarer Stimme:

Siebenschön bin ich genannt,
Unglück ist mir wohl bekannt.

Da sagte der Prinz zu seinem Vater, neben dem er vorne an im Zuge ritt: „Wer singt doch da so schön?“ „Wer sollte es wohl anders sein,“ antwortete der Alte, „als Unglück, mein Bedienter?“ Darauf sang er zum zweiten Male:

Siebenschön bin ich genannt,
Unglück ist mir wohlbekannt.

Da fragte der Königssohn wieder: „Wer singt doch einmal da? Sollte es wirklich Unglück, dein Bedienter sein, lieber Vater?“ „Ja gewis,“ sagte der alte König, „wer anders sollte wohl so schön singen, als Unglück, mein Bedienter?“ Nun waren sie ganz nahe vor das Thor des Schlosses der Braut gekommen, da sang Unglück zum dritten Male:

Siebenschön bin ich genannt,
Unglück ist mir wohl bekannt.

Als der Prinz das nun wieder hörte, wandte er schnell sein Pferd und ritt hinten hin zu Unglück, und sah ihm einmal stark ins Gesicht; da erkannte er Siebenschön und nickte ihr ganz freundlich zu, dann aber ritt er wieder weg.

Als sie nun alle beisammen waren auf dem Schlosse der Braut und war eine große Gesellschaft da, so sagte der König, der Vater der Braut: „Wir wollen Räthsel spielen und der Bräutigam soll anfangen.“ Da fieng der Königssohn an: „Ich habe einen Schrank und vor einiger Zeit verlor ich den Schlüssel dazu; da gieng ich gleich hin nnd kaufte mir einen neuen; als ich aber nach Hause kam, fand ich meinen alten wieder; nun frage ich dich, Herr König, welchen Schlüssel soll ich zuerst gebrauchen, den alten oder den neuen?“ Der König antwortete sogleich: „Natürlich den alten!“ Da hatte er sich selber das Urtheil gesprochen und der Königssohn sagte: „So behalte du nur deine Tochter, hier ist mein alter Schlüssel.“ Da griff er Siebenschön bei der Hand und führte sie mitten unter sie; der alte König aber, sein Vater, rief: „Nein, das ist ja Unglück, mein Diener!“ Doch der Königssohn antwortete: „Lieber Vater, es ist Siebenschön, meine Frau!“ Da giengen Allen die Augen auf und sie sahen nun erst, wie schön sie war.

Aus Puttgarden auf Femern.

V.

Jungfer Maleen.

Es waren einmal zwei Könige, der eine hatte einen Sohn, der andere hatte eine Tochter, die hieß Jungfer Maleen. Die beiden jungen Leute hatten sich einander so recht von Herzen lieb und hätten auch sich herzlich gern geheiratet, aber Jungfer Maleens Vater wollte es nicht zugeben. Jungfer Maleen aber wollte nicht von dem Königssohn lassen, den sie so lieb hatte, und hörte nicht auf den Befehl ihres Vaters, so daß dieser darüber endlich so böse ward und sie verurtheilte, sieben Jahre lang eingemauert in einem hohen Thurm zu sitzen. So geschah es denn auch. Jungfer Maleen ward mit einer Kammerfrau in den Thurm geführt und auf sieben Jahre ward ihnen Speise und Trank mitgegeben; dann wurden die Eingänge des Thurms ohne Erbarmen zugemauert. Da saßen sie nun in dem finstern Gefängnis, keine Sonne und kein Mond schien herein, kein Laut von außen konnte zu ihnen dringen. Tag für Tag und Jahr für Jahr gieng ihnen unter Jammern und Klagen in ewiger Dunkelheit und Einsamkeit vorüber, ohne daß sie wusten, wie weit es an der Zeit sei. Endlich aber merkten sie als ihr Speisevorrath aufgezehrt war, daß die sieben Jahre um sein müsten. Aber niemand kam, der sie aus dem Gefängnis befreite und keine Hand ward angelegt, den Thurm zu zerbrechen. Da trieb sie die Noth, sich selber zu helfen und zu versuchen, ein Loch durch die dicken Mauern zu bohren. Drei Tage lang bohrten sie unablässig, da drang der erste Lichtstrahl in ihre Finsternis. Eifrig setzten sie ihre Arbeit fort, bis sie ins Freie schauen konnten. Da sah Jungfer Maleen nun ihres Vaters Reich wieder, aber sein Schloß war zerstört, die Städte und Dörfer waren verbrannt, die Felder weit und breit umher verheert und alles war ganz wüste und öde; keine Menschenseele ließ sich blicken. So musten sie sich denn selber helfen. Sie vergrößerten allmählig das Loch, bis sie hindurch kriechen konnten, dann schlüpfte die Kammerfrau zuerst hinaus und Jungfer Maleen folgte ihr, es gelang ihnen, sich auf den Boden hinab zu lassen. Aber da fanden sie alles ganz menschenleer, denn die Feinde, die das Reich überfallen, hatten die Einwohner erschlagen und den König verjagt. Die Mädchen irrten umher und suchten ihn, aber wo sollten sie ihn finden, da niemand ihnen sagen konnte, wo er geblieben sei? So wanderten sie durch des Königs Reich; Herberge und Speise waren nirgend zu finden: Nachts musten sie auf dem Felde bleiben und Tags musten sie ihren Hunger an einem Brennesselbusch stillen. So groß war ihre Noth. Endlich kamen sie in ein fremdes Land; da erboten sie sich zu jedem Dienste, aber niemand wollte sich ihrer erbarmen, und alle Leute wiesen sie fort, bis sie an den Hof des Reiches kamen. Da wollte man sie freilich im ersten Augenblick auch nicht behalten, nachher aber besannen sie sich, daß sie die beiden Mädchen als Aschenpüster wohl in der Küche brauchen könnten.

Nun war aber gerade der Königssohn, dem das Reich gehörte, eben derselbe, der früher nach Jungfer Maleen gefreit und sich mit ihr verlobt hatte. Es war schon eine andre Prinzessin an dem Hofe, die er heiraten sollte, sie war aber garstig und so häßlich, daß sie sich scheute, sich vor den Leuten sehen zu lassen, Jungfer Maleen aber war so schön wie der Tag. Als nun die Hochzeit sein sollte und die Prinzessin mit ihrem Bräutigam zur Kirche gehen sollte, da schämte sie sich, daß sie so häßlich war, und rief Jungfer Maleen herein und sprach: „Willst du nicht meine Kleider anziehen und für mich zur Kirche gehen?“ Jungfer Maleen wollte das nicht und sagte nein; aber die Prinzessin sprach: „Dann soll es dich dein Leben kosten.“ Da muste sie nachgeben, legte der Prinzessin ihre prächtigen Kleider an, hieng ihren Schmuck um und alle Leute erstaunten, als sie in den Saal trat, über ihre Schönheit und der Königssohn gieng stolz an ihrer Seite. Denn alle meinten, es sei die alte Prinzessin, und wusten nicht, daß es Jungfer Maleen war.

Als sie nun auf dem Wege nach der Kirche waren, stand da ein Brennesselbusch. Da sprach Jungfer Maleen zu ihm:

Brennettelbusch,
Brennettelbusch so klene,
Wat steist du hier allene?
Ik hef de Tyt geweten,
Da hef ik dy
Ungesaden,
Ungebraden eten.

Da sprach der Königssohn: „Was sprichst du da, mein Kind?“ „Nichts,“ antwortete sie, „ich sprach nur von Jungfer Maleen.“ Der Königssohn wunderte sich, daß sie von Jungfer Maleen wüste, aber er sagte nichts. Als sie nun an den Steg vor dem Kirchhof kamen, da sprach Jungfer Maleen zu ihm:

Karkstegels, brik nich,
Bün de rechte Brut nich.

„Kind,“ sagte wieder der Königssohn, „was sprichst du da?“ Sie aber sagte: „Nichts, ich dachte nur an Jungfer Maleen.“ Da sprach er: „Kennst du denn Jungfer Maleen? Die sitzt ja im Thurm gefangen.“ „Nein,“ antwortete sie, „ich kenne sie nicht, ich habe nur von ihr gehört.“ So waren sie an die Kirchenthür gekommen. Da sprach Jungfer Maleen zu der Kirchenthür:

Karkendœr, brik nich,
Bün de rechte Brut nich.

Da fragte der Bräutigam zum dritten Male: „Was redest du denn da für dich?“ und sie antwortete ihm wieder: „Ich habe nur an Jungfer Maleen gedacht.“ Da zog der Königssohn ein köstliches Geschmeide hervor, schlang es um ihren Hals und befestigte es. Dann traten sie in die Kirche und ließen sich trauen. Als sie nun aber wieder nach Hause kamen, da muste die arme Jungfer Maleen all ihre schönen Kleider ausziehen und sie alle der Prinzessin wieder geben, aber das Geschmeide, das ihr der Königssohn um den Hals gelegt hatte, das behielt sie doch für sich.

Als nun der Königssohn Abends mit der Prinzessin zu Bette sollte und mit ihr allein in der Kammer war, da fragte er sie: „Mein Kind, was sagtest du doch auf dem Kirchwege zu dem Brennesselbuch?“ Da antwortete sie: „Zu welchem Brennesselbusch? Ich habe zu keinem Brennesselbusch gesprochen.“ „Freilich hast du zu ihm gesprochen,“ sagte der Königssohn, „und ich will wissen, was du gesagt hast.“ Da kam die Prinzessin etwas in Noth, aber sie half sich und sagte:

Mut heruet na myne Maegt,
De my myn Gedanken draegt.

So lief sie hinaus und fuhr Jungfer Maleen an: „Dirne, was hast du zu dem Brennesselbusch gesagt?“ Jungfer Maleen antwortete: „Ich sagte weiter nichts, als:

Brennettelbusch,
Brennettelbusch so klene,
Wat steist du hier allene?
Ik hef de Tyt geweten,
Da hef ik dy
Ungesaden,
Ungebraden eten.“

Da lief die Prinzessin wieder in die Kammer und sagte es ihrem Mann. Aber dem kam es so wunderlich vor, daß sie hinausgelaufen war, und er fragte weiter: „Und was sagtest du denn zu dem Kirchensteg?“ Die Prinzessin aber antwortete: „Ich hätte zum Kirchensteg gesprochen?“ „Ja freilich,“ sagte der Prinz, „hast du zum Kirchensteg gesprochen.“ Da kam die Prinzessin noch mehr in Noth und sie sagte wieder:

Mut heruet na myne Maegt,
De my myn Gedanken draegt.

Sie eilte hinaus und fragte Jungfer Maleen: „Dirne, was hast du zu dem Kirchensteg gesagt?“ Jungfer Maleen antwortete: „Ich habe weiter nichts gesagt, als:

Karkstegels, brik nich,
Bün de rechte Brut nich.«

„Das soll dich noch das Leben kosten," rief da die Prinzessin zornig, aber sie muste schnell wieder in die Kammer und dem Königssohn sagen, was sie zu dem Kirchensteg gesprochen haben wollte. Dann fragte er sie wieder: „Und was sagtest du zur Kirchenthür?" Die Prinzessin wollte es wieder läugnen, aber der Prinz bestand darauf und so muste sie wieder hinaus und Jungfer Maleen fragen. Jungfer Maleen aber antwortete wieder: „Ich sagte weiter nichts, als:

Karkenbœr, brik nich,
Bün de rechte Brut nich.«

Da ward die Prinzessin noch viel zorniger und schwur, daß es ihr gewislich ans Leben gehen sollte. Als sie es aber zu dem Prinzen in der Kammer gesagt hatte, da sprach er: „Wenn du das gesagt hast, so laß mich auch einmal das Geschmeide sehen, das ich dir an der Kirchenthür gegeben habe." „Was für ein Geschmeide?" fragte die Prinzessin, und sie war in großer Angst, „du hast mir kein Geschmeide gegeben." Nun sagte der Königssohn: „Dann bist du auch die rechte nicht, mit der ich getraut ward; die sollst du mir sogleich zur Stelle schaffen." Da muste sie eingestehen, daß ihr Aschenpüster statt ihrer mit ihm zur Kirche gegangen sei, die habe ihre Kleider angehabt und sei mit ihm getraut worden, weil sie, die Prinzessin, so häßlich sei, daß sie sich vor den Leuten schämen müsse. Der Königssohn befahl ihr nun sogleich, ihm das schöne Mädchen herein zu holen. Da gieng sie hinaus als wollte sie Jungfer Maleen rufen; aber sie befahl den Dienern, Jungfer Maleen sogleich umzubringen. Und die griffen sie und schleppten sie schon fort und wollten ihr den Kopf abhauen, da trat noch eben zur rechten Zeit der Königssohn aus der Kammer und erkannte das Geschmeide an ihrem Halse und daß sie seine rechtmäßig angetraute Frau wäre. Und als er sie nun einmal recht ansah, da giengen ihm erst die Augen auf und er sah, daß sie auch keine andre sei als seine ehemalige Braut, die er ganz vergessen hatte, daß sie Jungfer Maleen selber sei, von der sie immer auf dem Kirchwege gesprochen. Nun befahl er den Dienern, sie in sein Zimmer zu führen; der alten Prinzessin aber ließ er an ihrer Stelle den Kopf abschlagen.

Aus Meldorf. — Auf dieses nicht ganz lückenlose oder doch ein ähnliches Märchen bezieht sich wohl der Kinderreim:

Kling klang kloria,
Wer sitt in dissen Thoria?
Dar sitt en Königsdochter in,
De kann ik nich to seen krygn.
De Muer de will nich bräken,
De Steen de will nich stäken. —
Hänschen mit de bunte Jack,
Kumm unn folg my achterna.

Oder nach Zeile 4:

Nä, Mutter, schaet ni', baet ni':
Steen unn Been verlaet my;
Kumt de olle bunte Rock
Unn faet my achter an.

VI.

Goldmariken und Goldfeder.

Es war einmal ein Edelmann, der hatte eine wunderschöne Tochter, die hieß Goldmariken. Einst wollten ihre Eltern ausfahren und da wollte Goldmariken gerne mit, aber die Eltern wollten es nicht haben. Da blieb Goldmariken allein zu Hause. Nachts aber als sie wieder nach Hause wollten, verirrten sie sich in einem großen Walde und konnten sich gar nicht wieder zurecht finden. Endlich begegnete ihnen ein großer Pudel. „Ich will euch wohl auf den rechten Weg bringen," sagte der Pudel, „wenn ihr mir das geben wollt, was aus eurem Hause euch zuerst begegnet." Da dachten die Eltern gleich an ihr liebes Goldmariken und fürchteten, sie möchte ihnen zuerst entgegen kommen; aber da das Wetter immer schlimmer ward und sie den Weg ganz verloren hatten, so willigten sie endlich ein und versprachen dem Pudel, was er verlangt hatte, denn sie dachten, vielleicht kommt unser Haushund auch zuerst an unsern Wagen. Nun waren sie bald zu Hause; aber die erste, die an ihren Wagen kam, war richtig doch Niemand anders als Goldmariken. Da sprach der Pudel: „Jetzt gehört sie mir und nicht euch." Aber die Eltern baten so viel, er möge sich alles andre nehmen und ihnen nur ihr liebes Goldmariken lassen; allein dem Pudel war es grade recht, daß er Goldmariken haben sollte; darum half kein Bitten etwas. Nur drei Tage wollte er Frist geben, dann würde er wieder kommen und sie abholen.

Goldmariken benutzte nun die Zeit, um von allen Verwandten und Bekannten Abschied zu nehmen; sie war bei all ihren Klagen ganz ruhig und zufrieden. Am letzten Abend sagte Goldmariken zu ihrer Mutter: „Nun will ich unserer alten Nachbarin auch noch Adjeu sagen." „Meine Tochter," antwortete die Mutter, „was willst du doch bei der alten Frau thun?" „Ja," sagte Goldmariken, „ich will und muß dahin." Sie gieng also hin und als sie da kam, sagte die Alte: „Fürchte dich nicht, mein Kind! ich will dich heute Abend, wenn du diese Nacht bei mir schlafen willst, das Wünschen lehren, daran sollst du dein ganzes Leben denken, und das wird dir viel nützen." Goldmariken ward ganz froh und gieng zu ihrer Mutter, um zu sagen, sie wolle diese Nacht bei der Nachbarin schlafen. Da sagte die Mutter: „Was willst du doch bei der Alten schlafen?" Aber Goldmariken hörte nicht darauf, sondern gieng des Abends doch hin.

Sie giengen nun mit einander zu Bette, und als Goldmariken am andern Morgen aufstand, konnte sie alles hervorzaubern, was sie wollte. Sie dankte der Alten von Herzen, und hoffte nun durch ihre Kunst ihre Eltern sehen zu können, so oft sie wollte.

Als sie nun nach Hause kam, war der Pudel auch schon da, sie abzuholen. Goldmariken nahm Abschied von ihren bekümmerten Eltern, sagte aber nichts davon, daß sie das Wünschen gelernt hätte. Als sie aufs Feld kamen, sprach der Pudel: „Setze dich auf meinen Rücken, so will ich dich wohl zur Stelle bringen.“ Goldmariken that das, und es dauerte nicht lange, so kamen sie zu einem Hause, darin wohnten zwei Mädchen; da giengen sie hinein, und der Pudel verwandelte sich gleich zu einem alten Weibe, das war die Mutter von den beiden Mädchen. „Nun,“ sprach sie, „habe ich drei Mädchen, daran ich mich ergötzen kann. Du, Goldmariken, sollst es recht gut bei mir haben, wenn du nur immer gehorsam bist.“ Goldmariken versprach das und wenn die Alte sagte, Goldmariken thue dies oder das, so konnte sie immer leicht damit fertig werden, denn sie wünschte sich nur immer alles zurecht.

Einst gieng die Alte wieder als Pudel in den Wald; da fand sie einen jungen hübschen Mann, der hatte sich verirrt und hieß Goldfeder. Der Pudel sprach zu ihm: „Ich will dich hinausführen, wenn du mir versprichst, nachher zu mir zu kommen und bei mir zu bleiben.“ Goldfeder antwortete, daß er nichts dazu sagen könne, denn er sei eines Königs Sohn und müsse zuvor erst mit seinem Vater sprechen. Endlich aber, da er sich gar nicht zurecht finden konnte, muste er doch ja sagen und dem Pudel versprechen, ihm zu gehören; da brachte der Pudel Goldfeder aus dem Walde an den Hof seines Vaters. Aber nach drei Tagen kam er wieder, um Goldfeder abzuholen. Der Vater wollte es nicht zugeben, muste aber doch darein willigen, denn der Pudel sprach: „Goldfeder hat es selber zugesagt, und er muß Wort halten.“ Da muste Goldfeder mit und er kam nun dahin, wo Goldmariken war. Goldmariken sprach zu Goldfeder: „Nimm dich in Acht vor der Alten, denn das ist keine Gute, und sie kann mehr als Brot essen, morgen sollst du gewis Gras ummähen.“ „Ja,“ sagte Goldfeder, „das kann ich nicht, ich weiß nicht, wie ich das machen soll.“ Am Abend sagte auch die Alte zu ihm: „Goldfeder, du könntest eine Sense zurecht machen, denn morgen sollst du Gras mähen.“ Da gieng Goldfeder zu Goldmariken und sagte: „Ich soll eine Sense zurecht machen und verstehe es nicht.“ „O,“ sagte sie,“ klopfe nur ein Bischen auf die Sense, dann wird sie bald fertig werden.“ Das that Goldfeder und die Sense war sogleich zurecht. Am andern Morgen sagte die Alte: „Goldfeder gehe hin und mähe das Gras!“ Er gieng aber erst zu Goldmariken und fragte sie: „Wie fange ich das an? ich verstehe nichts davon.“ Goldmariken antwortete: „Streiche du nur die Sense, daß es klingt, gegen die Zeit wenn dir die Alte Essen bringt.“ Nun gieng Goldfeder auf die Wiese und legte sich erst nieder und schlief; zu der Zeit aber, als ihm das Essen gebracht werden sollte, strich er die Sense, daß es klang; da fiel alles Gras auf einmal um. Nun kam die Alte, und da sie sah, daß alles gethan war, lobte sie ihn wegen seines Fleißes und versprach ihm, daß er es gut dafür haben sollte.

Am andern Tage sprach die Alte wieder zu Goldfeder: „Heute, mein Sohn, geh hin und mache ein Beil scharf, dann sollst du Holz hauen!“ Er aber wußte wieder nicht, wie er ein Beil scharf machen sollte, gieng darum wieder zu Goldmariken, um sich Raths zu holen. Diese sagte: „Nimm einen Stein und streich das Beil nur zwei, dreimal darauf her und hin, dann wird es wohl scharf sein.“ Goldfeder strich das Beil auf einem Stein zwei, dreimal her und hin und in einem Augenblick hatte er es scharf. Bald darauf sagte die Alte: „Nun geh in den Wald und hau mir Holz!“ Er gieng, aber er konnte gar nichts abkriegen. Endlich kam Goldmariken und brachte ihm Frühstück. „Ach,“ sagte er, „du mußt mir doch wieder helfen, denn ich verstehe das Holzhauen nicht!“ „Ja,“ sagte sie, „ich soll dir immer helfen und du hilfst mir nie!“ „O, süßes Goldmariken,“ antwortete Goldfeder, „glaube mir, ich will dich auch immer lieb haben und nie verlassen, so lange nur noch ein Tropfen warmes Blut in mir ist. Hilf mir nur auch diesmal aus der Noth!“ „Nun denn,“ sagte sie, „so kehre nur das Beil um und schlage an den Baum!“ Da lag in einem Augenblick alles Holz umgehauen. Mittags als die Mutter kam, wunderte sie sich, daß er so fleißig gewesen sei, lobte ihn und versprach ihm, daß er es auch ferner gut haben solle. Als Goldfeder nun Abends nach Hause kam, legte er sich auf sein Bette und dachte viel an seine Eltern, aber mehr noch an Goldmariken.

Am andern Morgen sprach die Alte: „Du kannst wohl einige Harken zurecht machen, denn heute sollt ihr das Heu kehren und eintragen.“ „Mutter,“ sagten die Töchter, „wie sollen wir das Heu eintragen? das geht doch wohl nicht an.“ „Ja,“ sagte sie, „das soll geschehen und ihr müßt es thun!“ Da gieng Goldfeder hin und nachdem Goldmariken ihm geholfen, waren die Harken fertig. Als nun die beiden Töchter mit Goldfeder hinaus auf die Wiese giengen und auch Goldmariken kam, sagte Goldfeder leise zu ihr: „Wie sollen wir nun das Heu eintragen?“ „Nimm du nur,“ sprach sie, „wie ich es mache, einen Stock auf den Nacken; dann wird das Heu schon einkommen.“ Als nun die beiden Töchter mit ein wenig Heu voraufgiengen, so nahmen Goldmariken und Goldfeder ihre Stöcke auf den Nacken und alles Heu kam hinter ihnen her, und bald hatten sie es da zusammen, wo es liegen sollte. Da kam die Alte und lobte Goldfeder und die Andern, daß sie alle so fleißig gewesen waren.

Nun sollte er am Tage darauf das Holz nach Hause tragen. Als er aber hingieng, konnte er gar wenig fortbringen und war gleich müde; da klagte er es wieder Goldmariken. Die aber sprach: „Mache es nur so wie beim Heu," und als Goldfeder das that, war gleich alles Holz nach Hause. Nun sprach die Alte: „Mache jetzt auch einige Spaten zurecht, denn morgen sollst du Lehm graben, und mache auch Formen zu Mauersteinen, denn du sollst mir welche Lehmsteine streichen." Goldmariken muste ihm wieder helfen, da waren Spaten und Formen bald fertig, und als er nun Lehm graben sollte und er nichts herausbringen konnte, kam Goldmariken und sagte ihm, er sollte nur tüchtig mit dem Spaten stoßen, dann würde Lehm genug herausfliegen. Als Goldfeder nun mit der Arbeit fertig war, da kam die älteste der Töchter und lobte ihn gar sehr; aber Goldmariken sprach: „Ihr lobet mir ihn allzuviel, ich habe doch auch mitgearbeitet." Aber die Tochter meinte, Goldfeder verdiente noch viel mehr Lob. „Das bedeutet nichts Gutes für mich," sagte Goldmariken zu Goldfeder, als jene nachher weggegangen war, „daß sie dich so sehr lobte;" aber Goldfeder antwortete: „Ich will dir ganz gewis treu bleiben, liebes Goldmariken, so lange ich lebe." Als jetzt die Alte kam, sagte sie, er solle nun Lehmsteine streichen. Goldfeder that das und als sie trocken waren, sollte er sie nach Hause schaffen, aber sie waren ihm viel zu schwer. Da gieng er wieder zu Goldmariken, sich Raths zu holen. „Du bist doch recht ein Dummerjan," sagte sie, „ich hab es dir ja so oft gesagt, du solltest nur einen Stock auf den Nacken nehmen, dann würde alles wohl nachkommen." Goldfeder nahm einen Stock auf den Nacken und alle Steine folgten ihm. Nun sprach die Alte: „Verstehst du auch einen Ofen zu bauen?" „Nein," sagte er, „aber ich will mir Mühe geben." Goldfeder machte sich ans Werk, konnte aber weder Lehm zurecht machen, noch die Steine legen; er gieng also wieder zu Goldmariken, daß sie ihn aus der Noth hülfe. „O, du verstehst auch nichts," antwortete sie, „nimm einen Stock und schlage in den Lehm, dann wird er wohl was taugen und beim Mauern kannst du ja nur ein Bischen auf einen Stein pinkern, dann wird der Ofen wohl fertig!" Während der Arbeit kam die Alte, um nachzusehen, und als er fragte, ob sie zufrieden sei, bejahete sie es. Aber als er fertig war, kam Goldmariken zu ihm und sprach: „Wir müssen uns nun bald reisefertig machen, denn ich habe die Alte sagen hören, daß wir ihr zu klug würden und wenn der Ofen fertig sei, wir darin sollten gebraten werden. Aber ich sage dir, Goldfeder, wenn dir dein Leben lieb ist, so verlasse mich nicht, denn du allein vermagst nichts gegen sie. Morgen will sie dich ruhen lassen, um dich übermorgen zu braten, darum sei auf deiner Hut." Goldfeder wurde ganz bange, es kam aber so wie Goldmariken gesagt hatte. „Morgen," sagte die Alte zu ihm, „kannst du ausruhen." Aber ganz frühe, da es eben Tag ward, stand Goldmariken auf und weckte Goldfeder. Sie machten sich schnell reisefertig, und als sie davon gehen wollten, spukte Goldmariken ihre Kammerthür zweimal an auf beiden Seiten und sprach: „Wenn die Alte mich zum ersten Male ruft, dann antwortest du, ich komme, und ruft sie zum zweiten Male, so antwortest du, ich komme gleich." Morgens schrie die Alte nun nach Goldmariken; da antwortete die Thür aus der Kammer: „Ich komme!" Als sie aber zum zweiten Male rief, antwortete die Thür aus der Küche: „Ich komme gleich!" aber Niemand kam. Da stand die Alte endlich auf, sah in der Kammer und in der Küche nach; da waren Goldmariken und Goldfeder fort. Nun weckte sie schnell ihre beiden Töchter und sprach: „Stehet auf, Goldfeder und Goldmariken sind fort und ihr müßt ihnen nach! Gehe du zuerst," sprach sie zu der jüngsten, „am Abhange vor dem blauen Berge steht ein Rosenbusch mit einer verdorrten Rose, die must du auf jeden Fall abpflücken und mir bringen!" Die Tochter gieng und eilte den Flüchtlingen nach. Diese waren schon eine gute Strecke gegangen, endlich aber sprach Goldmariken zu Goldfeder: „Tritt mir auf den linken Fuß und sieh mir über die rechte Schulter, ob auch jemand kommt!" Da sprach Goldfeder: „Die jüngste Tochter der Alten kommt uns nachgelaufen!" Goldmariken sagte: „So will ich mich zu einem Rosenbusch und dich zu einer verdorrten Rose machen, aber laß dich ja nicht abbrechen und stich tüchtig; denn bricht sie dich ab, so sind wir beide verloren!" Als nun das Mädchen an den Busch kam, wollte sie die Rose abpflücken, aber die stach so sehr, daß sie davon abstehen muste. Da gieng sie wieder nach Hause, aber von ihrer Mutter bekam sie viel Ausschelte, daß sie so dumm gewesen wäre. Dann sprach die Mutter zu der ältesten Tochter: „Nun gehe du aus, und wenn du über den blauen Berg kommst, so steht da eine weiße Kirche, darin steht ein Prediger auf der Kanzel, den fasse bei der Hand an und nimm ihn mit!" Goldmariken und Goldfeder waren unterdeß weiter gegangen, bald aber sprach Mariken wieder: „Tritt mir auf den linken Fuß und sieh mir über die rechte Schulter, ob uns auch Jemand nachkommt!" „Ja," sagte Goldfeder, „die älteste Tochter kommt!" „So will ich," sprach Goldmariken, „mich in eine Kirche und dich in einen Prediger verwandeln, aber laß dich ja nicht anfassen, denn sonst sind wir verloren!" Nun kam die älteste Tochter und gieng in die Kirche, aber zu der Kanzel konnte sie nicht kommen und muste so wieder zu Hause. Nun aber ward die Alte schrecklich böse und lief gleich selbst fort. Da sprach Goldmariken wieder zu Goldfeder: „Tritt mir auf den linken Fuß und sieh mir über meine rechte Schulter, ob uns auch Jemand nachkommt!" „Ja," sagte Goldfeder, „nun kommt die Alte selbst!" „So will ich mich zu einem Teiche, dich aber zu einer Ente machen; aber ich sage dir, Goldfeder, laß dich nicht an die Kante locken, daß sie dich fassen kann, ihre goldnen Ringe aber, die sie hinwerfen wird, dich zu fangen, die nimm, wenn du sie ohne Gefahr kriegen kannst!" Nun kam die Alte zum Teiche und lockte die Ente, die immer darauf herum schwamm. Sie warf ihre goldenen Ringe einen nach dem andern hinein, aber die Ente ließ sich nicht dadurch verführen, bis die alte Hexe zuletzt keinen Ring mehr hatte; da ward sie so böse, daß sie den Teich austrinken wollte, und da legte sie sich nieder und trank so lange bis sie zerplatzte. Nun nahmen Goldmariken und Goldfeder ihre wahre Gestalt wieder an und schwuren einander ewige Treue und daß sie sich nie verlassen wollten; von der Alten aber hatten sie nun nichts mehr zu fürchten.

Nach langer Wanderung kamen sie endlich in die Stadt, wo Goldfeders Vater wohnte und König war. Als sie nun vor das Schloß kamen und Goldfeder hinein wollte, sagte Goldmariken zu ihm: „Höre, Goldfeder, ich bitte dich nur um eins, damit du mich nicht, wenn du in deines Vaters Haus kommst, vergißt und mich nicht hier draußen auf dem breiten Stein stehen läßt: hüte dich davor, daß dir jemand einen Kuß gibt; dann hats keine Noth, daß du mich sobald vergißt.“ Goldfeder versprach das und dachte der Warnung als er ins Haus kam und Vater und Mutter ihm entgegeneilten und ihn begrüßen wollten; er küßte sie nicht. Als er aber in die Stube trat, da war da seine alte Braut, die hieß Menne; sobald die ihn sah, sprang sie voll Freuden auf, lief auf ihn zu und hatte ihn geküßt, ehe er sichs versah. Da war ihm in einem Augenblicke sein Goldmariken aus dem Sinne. Das stand lange draußen auf dem breiten Stein und wartete, daß er sie einholen sollte; als aber niemand kam, da weinte sie noch erst lange Zeit; dann aber, als sie sich ausgeweint hatte, gieng sie fort, miethete ein kleines hübsches Haus, dem Schlosse gegenüber, und gab sich für eine Näherin aus. Da wohnte sie von nun an ganz allein, nur ein paar Tauben waren stets zur Gesellschaft bei ihr in der Stube, und auf dem Grasplatz hinterm Hause hatte sie ein kleines Kalb gehen, das fütterte sie tagtäglich und hatte ihre Freude daran, es groß zu ziehen. Weil sie aber so geschickt im Nähen war, so bekam sie bald Arbeit vollauf; kein Mädchen, sagte man, in der ganzen Stadt wüßte es feiner und zierlicher zu machen, als Goldmariken.

Nun hatten die jungen Herren vom Schlosse und in der Stadt aber es auch bald herausgebracht, was Goldmariken für ein hübsches Mädchen sei, und sie wären gerne mit ihr genauer bekannt geworden. Aber Goldmariken kehrte sich nicht an sie und sah gar nicht von der Arbeit auf, wenn sie immer vor ihrem Fenster auf und nieder giengen. Da waren nun drei Brüder unter den Hofleuten auf dem Schlosse, die waren vor allen in Goldmariken verliebt. Sie baten endlich ihre Mutter um etwas feine Leinewand, Goldmariken mache so niedliche Arbeit, sie wollten sich von ihr welche Kragen nähen lassen. Der älteste gieng zuerst hin, sagte Goldmariken guten Tag und setzte sich nieder und sprach mit ihr. „Morgen Abend könnt ihr eure Kragen holen,“ sagte Goldmariken. Als er nun am andern Abend wieder kam, um die Kragen zu holen, da bat sie ihn, noch ein wenig zu bleiben; und so blieb er auch bis Bettzeit. Da wollte er wieder fort; aber Goldmariken sagte: „Ihr könnt auch gerne diese Nacht bei mir bleiben.“ Damit war der junge Mann ganz zufrieden. Als Goldmariken aber zu Bette wollte, hieß sie ihn hingehen und die Hausthür zuschließen, und als er das Schloß anfaßte, rief sie:

Mann an Schloß und Schloß an Mann,
Daß ich geruhig schlafen kann.

Da saß er an der Thür fest und muste die ganze Nacht da stehen bleiben. Morgens aber als Goldmariken aufgestanden war, fiel es ihr ein, daß er da noch stehe, und sie sagte:

Mann vom Schloß und Schloß vom Mann,
Daß er herein komme und sich für ruhigen Schlaf bedank.

Da kam er herein, dankte für den ruhigen Schlaf, nahm seine Kragen, mit denen er sehr zufrieden war, und gieng. Zu Hause aber sagte er nichts. Aber der jüngere Bruder sprach: „Heut Abend muß ich hin.“

Abends gieng der nun zu Goldmariken und sagte: „Ich wünsche gerne welche Kragen genäht zu haben, wie mein Bruder sie bekommen hat.“ „Das kann auch angehen,“ sagte Goldmariken, „sitzt nur ein wenig nieder und verweilt euch.“ Der Abend gieng nun so hin, Goldmariken nähte und sie sprachen mit einander; aber um Bettzeit wollte er fortgehen. Da sagte sie auch zu ihm, daß er diese Nacht gerne bei ihr bleiben könnte. Als sie aber zu Bette wollte, sprach sie: „Ich habe ganz vergessen, die Gartenthür zuzumachen; wollt ihr nicht so gut sein und das für mich thun?“ „Recht gern,“ sagte der junge Mann und lief schnell hin. Als er aber den Ring an der Thür angefaßt hatte, rief sie:

Mann an Ring und Ring an Mann,
Daß ich geruhig schlafen kann.

Da konnte er nicht loskommen und muste die ganze Nacht da stehen bleiben, bis Morgens Goldmariken aufstand und sagte:

Mann vom Ring und Ring vom Mann,
Daß er herein komme und sich für ruhigen Schlaf bedank,

Dann ließ der Ring los und er kam herein und bedankte sich für ruhigen Schlaf.

Als er nun mit seinen Kragen nach Hause kam, fragte ihn sein ältester Bruder gleich: „Wo hast du diese Nacht gestanden?“ „Was?“ antwortete er, „ich habe geschlafen.“ „Das ist nicht wahr,“ sagte jener, „sage mir, wo du gestanden, so sage ich dir, wo ich gestanden habe.“ Da sagte er: „Ich habe bei der Gartenthür gestanden.“ „Und ich bei der Hausthür,“ sagte der andre; nun aber machten es die beiden unter einander ab, ihrem jüngern Bruder nichts davon zu sagen, damit er auch angeführt werde.

Der jüngste Bruder gieng am Abend hin. „Guten Abend, Goldmariken,“ sprach er, „willst du mir nicht ein paar Kragen nähen, wie meine Brüder welche bekommen haben, aber wo möglich noch hübscher als sie?“ „Herzlich gern,“ antwortete Goldmariken, „setze dich nur ein wenig nieder und warte.“ Als nun der Abend zu Ende war, bat sie ihn auch, die Nacht bei ihr zu bleiben. Das wollte er gar gerne. Aber als Goldmariken zu Bette wollte, so sprach sie: „Ach, mein Kalb ist noch nicht getüddert, es geht auf dem Hofe, thu mir den Gefallen!“ „Mit Freuden,“ sagte er und lief hinaus. Als er aber das Tau anfaßte, sprach sie:

Mann an Tau und Tau an Mann,
Daß ich geruhig schlafen kann.

Da lief das Kalb mit ihm über Stock und Block und durch Dick und Dünn, die ganze Nacht hindurch. Am andern Morgen erinnerte Goldmariken sich, daß der junge Mann noch mit dem Kalbe herumliefe, und sagte:

Mann vom Tau und Tau vom Mann,
Daß er herein komme und sich für ruhigen Schlaf bedank.

Nun kam er herein, dankte für ruhigen Schlaf und freute sich sehr über seine Kragen, die noch viel schöner waren, als die seiner Brüder. Als er nach Hause kam und seine Brüder ihn fragten, gestand er aber nicht, daß er die ganze Nacht mit dem Kalbe herumgelaufen wäre.

Während dieser Zeit war es so weit gekommen, daß Goldfeder mit Menne Hochzeit geben sollte. Als nun der Wagen mit dem Brautpaar vom Schloß herunter kam und bei Goldmarikens Fenstern vorbeifahren wollte, da wünschte sie, daß er sogleich vor ihrer Thür in einen tiefen Morast versinken sollte. Der Wagen blieb stecken und Pferde und Menschen konnten ihn nicht von der Stelle bringen. Da ward der alte König sehr verdrießlich und befahl mehr Pferde vorzuspannen und daß mehr Menschen anfassen sollten; aber es half alles nichts. Unter der Dienerschaft, die den Bräutigam zur Kirche begleiten sollte, waren nun auch die drei Brüder. Da sprach der älteste von ihnen zu dem König: „Herr König, hier in dem kleinen Hause wohnt ein Mädchen, die kann wünschen, was sie will; gewis hat sie den Wagen hier festgewünscht!“ „Woher weißt du das denn, daß sie das kann?“ sagte der alte König. Er antwortete: „Sie hat mich einmal an die Thür gewünscht und da habe ich eine ganze Nacht daran stehen müssen!“ „Ja,“ sprach der zweite Bruder, „aber wenn sie einen festgewünscht hat, so wünscht sie ihn auch wieder los.“ „Und woher weißt du das?“ fragte der König. „Ich habe einmal die ganze Nacht an ihrer Gartenthür stehen müssen, aber am Morgen hat sie mich wieder frei gemacht.“ Da wollte der alte König schon zu Goldmariken hineinschicken, aber der jüngste Bruder sprach: „Herr König, das Mädchen hat auch ein Kalb, das hat Kräfte für zehn Pferde; laßt den Bräutigam zu ihr hineingehen und sie bitten, es uns zu leihen; so wird der Wagen schon loskommen.“ „Ja,“ sagte der Bräutigam, „das will ich schon thun,“ stieg aus dem Wagen und gieng zu Goldmariken, und bat sie ganz freundlich, ihm ihr Kalb zu leihen; denn er hätte gehört, es hätte so viele Kräfte. „Ja,“ antwortete sie, „das Kalb könnt ihr gerne nehmen, aber ihr müßt mir versprechen, daß ich noch mit zur Hochzeit geladen werde und meine beiden Tauben auch.“ Der Bräutigam versprach ihr das, und als nun das Kalb vorgespannt ward, zog es den Wagen ganz leicht heraus.

Als die beiden jungen Leute nun nach der Trauung nach Hause kamen und viele Gäste sich versammelt hatten, da kam auch Goldmariken mit ihren beiden Tauben. Sie ward ganz freundlich empfangen und in den Saal geführt; ihre Tauben aber blieben immer bei ihr und saßen ihr auf beiden Schultern. Nun gieng es zu Tische und köstliche Gerichte wurden aufgetragen, man setzte auch Goldmariken davon vor, aber sie rührte keinen Bissen an und saß ganz stumm und traurig. Da wunderten sich die Leute darüber, daß das schöne Mädchen so traurig sei und nichts von den Speisen anrührte; als man sie aber darum fragte, da antworteten die Tauben:

Täubchen, Täubchen mag nicht essen,
Goldfeder hat Goldmariken auf dem Stein vergessen.

Das hörte der Bräutigam und er befahl den Dienern, ihr noch einmal, und zwar noch köstlichere Speisen vorzusetzen; aber Goldmariken rührte nichts an und die Tauben sagten:

Täubchen, Täubchen mag nicht essen,
Goldfeder hat Goldmariken auf dem Stein vergessen.

Da ward der Bräutigam ganz nachdenklich, sah Goldmariken einmal recht genau an und erkannte sie. Dann sprach er zu seiner Braut: „Liebe Braut, du must mir doch eine Frage beantworten. Ich habe einen Schrank, dazu habe ich zwei Schlüssel, einen alten, den ich einmal verloren, nun aber wiedergefunden habe, und einen neuen, den ich mir für den alten, als er verloren war, anschaffte. Sage mir nun, welchen ich zuerst nehmen und gebrauchen soll, den alten oder den neuen?“ Da antwortete sie: „Den alten must du erst brauchen!“ „Nun,“ sagte er, „so hast du dein eigen Urtheil gesprochen, denn dies ist mein liebes Goldmariken, mit der ich Freud und Leid bei der alten Hexe im Walde getheilt habe, die mir allezeit half und mich gerettet hat, und der ich ewige Treue geschworen.“ Da muste Menne von Goldfeder abstehen und alle Leute, ihre und seine Eltern sagten, daß keine es auch mehr verdient hätte, seine Frau zu werden, als Goldmariken. So gaben sie denn mit einander Hochzeit und lebten viele, viele Jahre glücklich.

Aus Puttgarden auf Femern. Es ward ergänzt aus dem übereinstimmenden ditmarschen Märchen von Hebreetjen und Sebreetjen: H. u. S. sind zwei Königskinder, früh für einander bestimmt u. s. w. Die Hexe hat eine Schachtel, wer hineinsieht, kann alles sehen und wünschen; Sebreetjen stiehlt sie, sie entweichen u. s. w. Man vgl. Grimms Kinder- und Hausmärchen. N. 56. 113.

VII.

Vom Mann ohne Herz.

Es waren einmal sieben Brüder, die hatten weder Vater noch Mutter mehr. Sie lebten in einem Hause beisammen; alles aber musten sie selber besorgen, waschen, kochen, Stuben kehren und was da noch weiter zu thun war, denn sie hatten auch keine Schwestern. Eine solche Wirthschaft verdroß sie bald. Da sprach einer von ihnen: „Wir sollten ausziehen und uns jeder eine Braut holen.“ Der Rath gefiel allen Brüdern und sie machten sich reisefertig; der jüngste aber wollte zurückbleiben und das Haus hüten; seine sechs Brüder versprachen, ihm auch eine Braut mitzubringen. Die Brüder nahmen Abschied und ihrer sechs zogen nun lustig und fröhlich in die Welt hinaus. Bald kamen sie in einen großen wilden Wald, da trafen sie, nachdem sie lange darin herumgewandert waren, ein kleines Häuschen, vor dessen Thür stand ein alter Mann. Als er die Brüder nun so lustig vorüberziehen sah, rief er ihnen zu: „Wo wollt ihr denn hin, daß ihr so an meinem Hause vorbeigeht?“ „Wir wollen uns jeder eine junge hübsche Braut holen,“ erwiderten sie, „darum sind wir so lustig. Wir sind allzusammen Brüder, einen aber haben wir noch zu Hause gelassen und dem sollen wir auch eine Braut mitbringen.“ „So wünsche ich euch viel Glück auf der Reise,“ antwortete der alte Mann, „aber ihr sehet wohl ein, da ich immer so allein bin, daß ich auch eine Braut nöthig habe, ich rathe euch, bringt mir auch eine mit.“ Die Brüder antworteten nichts darauf, sondern reisten weiter und dachten, was sollte der alte Mann wohl anders als im Scherz geredet haben? er kann ja keine Braut gebrauchen.

Bald kamen sie in eine Stadt; da fanden sie sieben junge und schöne Schwestern. Jeder von den Brüdern nahm sich eine von ihnen zur Braut, aber die siebente jüngste Schwester nahmen sie mit für ihren jüngsten Bruder.

Als sie nun wieder in den Wald kamen, stand der Alte vor seiner Thür und schien auf sie gewartet zu haben. Er rief ihnen schon von Weitem zu: „Nun, habt ihr mir denn auch eine Braut mitgebracht, wie ich euch gesagt habe?“ „Nein,“ antworteten die Brüder, „für dich, alter Mann, konnten wir keine finden; wir haben nur für uns Bräute mitgebracht, und die siebente ist für unsern Bruder.“ „Die könnt ihr mir lassen,“ sagte der alte Mann, „denn euer Versprechen müßt ihr halten.“ Aber die Brüder weigerten sich. Da nahm der alte Mann ein kleines weißes Stäbchen von einem Borte über der Hausthür, und als er damit die sechs Brüder und ihre Bräute berührte, waren sie alle in graue Steine verwandelt. Die legte er mit dem Stabe auf das Bort über der Thür, die siebente jüngste Braut aber behielt der alte Mann bei sich.

Das Mädchen muste nun alles in seinem Hause besorgen, was zu thun war und was eine Hausfrau für Geschäfte hat. Sie vollbrachte das alles mit willigem Herzen; was hätte ihr auch Widerstand geholfen? Sie hatte es auch ganz gut bei ihm, nur der einzige Gedanke plagte sie, daß er bald sterben könnte. Was sollte sie dann so ganz alleine anfangen in dem großen wilden Walde, und wie sollte sie dann ihre armen verzauberten Schwestern und ihre Verlobten befreien? Je länger sie bei ihm war, je schrecklicher ward ihr dieser Gedanke; sie weinte und klagte den ganzen Tag und schrie dem Alten immer in die Ohren: „Du bist alt und kannst leicht sterben, was soll ich dann anfangen, wenn du tot bist? ich werde hier ja ganz allein in diesem großen Walde sein.“ Da ward der alte Mann verdrießlich und sagte: „Du brauchst gar nicht in Angst zu sein, ich kann nicht sterben, denn ich habe kein Herz, aber wenn ich sterben sollte, dann liegen über der Hausthür die zwölf grauen Steine und dabei ein kleiner weißer Stock; schlägst du mit diesem Stock an die Steine, so wirst du deine Schwestern und ihre Verlobten wieder lebendig haben.“ Das Mädchen gab sich nun erst zufrieden, dann aber fragte sie ihn, wenn sein Herz nicht in der Brust wäre, wo er es denn hätte? „Kind,“ sagte der Alte, „sei nicht so neugierig, du kannst nicht alles wissen.“ Aber sie ließ nicht nach mit Bitten und Fragen, bis er etwas unwillig sagte: „Nun, damit du nur Ruhe hältst, so sage ich dir, mein Herz sitzt in der Bettdecke.“

Nun pflegte der alte Mann des Morgens in den Wald zu gehen und erst Abends wieder zu kommen; dann muste seine junge Haushälterin das Essen für ihn bereit haben. Als er nun am Abend darnach zu Hause kam, da fand er seine Bettdecke mit allerlei schönen Federn und kleinen Blumen über und über besteckt und geziert; da fragte er das Mädchen, was denn das bedeuten solle? „Ach Vater,“ antwortete sie, „ich muß ja den ganzen Tag allein sein, und kann dir nichts zu Liebe thun, so wollte ich doch deinem Herzen eine Freude machen, das, wie du sagst, in der Bettdecke steckt.“ „Kind,“ sagte der Alte und lachte, „es war ja nur ein Scherz von mir, mein Herz ist lange nicht in der Bettdecke, das ist ganz anderswo.“ Da fieng sie wieder an zu weinen und zu klagen: „Also hast du doch ein Herz in der Brust und kannst sterben, was soll ich dann anfangen und wie bekomme ich die Meinigen wieder, wenn du tot bist?“ „Was ich dir sage, liebes Kind,“ antwortete der alte Mann, „sterben kann ich nicht und habe gewis kein Herz in der Brust, aber wenn ich sterben sollte, was doch nicht möglich ist, so liegen ja die

Steine über der Hausthür und dabei ein kleiner weißer Stock; damit kannst du ja nur, wie ich dir schon einmal sagte, an die Steine schlagen, so hast du alle die Deinen wieder!“ Aber da bat und flehete sie ihn abermals so lange, wo er denn sein Herz hätte, bis er denn sagte, es sitze in der Stubenthür.

Nun schmückte sie am andern Tage die Stubenthür von oben bis unten mit bunten Federn und Blumen, und als Abends der alte Mann nach Hause kam und nach der Ursache fragte, antwortete sie ihm: „Ach Vater, ich kann dir ja den ganzen Tag nichts zu Liebe thun, so wollte ich doch deinem Herzen eine Freude machen!“ Aber der alte Mann antwortete wieder: „Mein Herz sitzt lange nicht in der Stubenthür, das ist ganz anderswo.“ Da gieng es nun ebenso wie am vorigen Tage; sie weinte, jammerte und sprach: „Vater, du hast doch ein Herz und kannst doch sterben, du willst mich nur täuschen!“ Da antwortete der alte Mann: „Sterben kann ich nicht, aber weil du es durchaus wissen willst, wo mein Herz ist, will ich es dir sagen, damit du dich endlich beruhigst. Weit, weit von hier, in einer ganz unbekannten, einsamen Gegend liegt eine große Kirche, die Kirche ist mit dicken eisernen Thüren wohl verwahrt, um die Kirche fließt ein großer tiefer Burggraben, in der Kirche fliegt ein Vogel, in dem Vogel ist mein Herz, und so lange dieser Vogel lebt, lebe ich auch. Von selbst stirbt er nicht und niemand kann ihn fangen; daher kann ich nicht sterben und du kannst ohne Sorge sein.“

Unterdeß hatte der jüngste Bruder zu Hause gewartet und gewartet; aber da seine Brüder gar nicht wieder kamen, vermuthete er, ein Unfall möchte ihnen begegnet sein. Daher machte er sich endlich selbst auf den Weg, um sie aufzusuchen. Nun war er schon einige Tage gegangen, da kam er auch in den Wald, in den auch seine Brüder gekommen waren, und gelangte zu dem Hause des alten Mannes. Er traf ihn nicht zu Hause, aber das junge Mädchen, seine Braut, empfieng ihn. Er erzählte ihr, daß er sechs Brüder gehabt, die seien ausgezogen, sich Bräute zu holen, aber ihnen müßte ein Unglück zugestoßen sein, weil sie noch immer nicht zurückgekommen wären. Darum sei er selber ausgereist, um sie aufzusuchen. Da erkannte das Mädchen in ihm ihren Bräutigam und sagte ihm, wer sie sei und was aus seinen Brüdern und ihren Bräuten geworden sei. Beide wurden sehr froh, daß sie sich gefunden hätten; sie setzte ihm Essen auf, und nachdem er sich erquickt, sprach er: „Nun sage mir, liebe Braut, wie errette ich meine Brüder?“ Da erzählte sie ihm vom alten Manne, der sein Herz nicht in der Brust, sondern in einer weit entfernten Kirche habe; „die Kirche,“ sprach sie, „liegt in einer einsamen wüsten Gegend, sie ist wohl verwahrt mit dicken eisernen Thüren, um die Kirche fließt ein großer tiefer Burggraben, in der Kirche aber fliegt ein Vogel, der hat das Herz des alten Mannes.“ „Ich will doch versuchen,“ sagte der Bräutigam, „ob ich des Vogels nicht habhaft werden kann; freilich ist der Weg mir unbekannt und weit und die Kirche ist wohl verwährt, aber mit Gottes Hilfe wird es mir gelingen.“ „Ja, das thu nur,“ sagte das Mädchen,“ suche den Vogel; denn so lange der Vogel lebt, können deine Brüder nicht wieder frei werden; für diese Nacht aber must du dich unter dem Bettgestell verstecken, damit der Alte dich nicht merkt; morgen kannst du weiter reisen.“ Das that er denn auch und kroch unter das Bett, sobald der alte Mann nach Hause kam; aber am andern Morgen, als er wieder ausgegangen, holte die Braut den Bräutigam aus dem Versteck hervor, gab ihm einen ganzen Korb voll Lebensmittel, und nach einem zärtlichen Abschied machte er sich auf den Weg. Als er nun eine ganze Weile gegangen war und ihn hungerte, setzte er sich nieder, stellte seinen Korb vor sich und machte ihn auf; indem er aber Fleisch und Brot hervor langte, sprach er: „Wer nun Lust hat mitzuessen, der komme!“ Alsobald kam da ein großer rother Ochse an und sprach: „Hast du gesagt, wer mit dir essen wolle, der solle nur kommen, so wollte ich nun gerne mitessen!“ „Ja wohl, Kamerad,“ antwortete der junge Bursche, „das habe ich gesagt und du sollst dein Theil erhalten.“ Nun fiengen sie an zu essen, und als sie satt waren, sprach der rothe Ochse, indem er wieder gehen wollte: „Wenn du in Noth bist und meiner Hilfe bedarfst, so kannst du deinen Wunsch nur aussprechen, dann komme ich und helfe dir.“ Gleich darauf war er unter den Bäumen verschwunden und der Bursche setzte seine Reise fort.

Als er nun wieder eine weite Strecke gegangen war und ihn abermals hungerte, so setzte er sich nieder, öffnete den Korb und sprach wie früher: „Wer nun Lust hat mitzuessen, der komme!“ Gleich kam aus dem Gebüsche ein großes wildes Schwein und sprach: „Du hast gesagt, wer mit dir essen wollte, der sollte nur kommen; nun wollte ich gerne mitessen.“ Der Bräutigam antwortete: „Das ist mir ganz recht, Kamerad, lange nur zu.“ Nachdem sie aber gegessen hatten, so sprach auch das wilde Schwein: „Wenn du in Noth bist und meiner Hilfe bedarfst, so sprich den Wunsch nur aus und ich will dir helfen.“ Darauf verschwand es im Walde und der Bursche setzte seine Reise wieder fort.

Als er nun am dritten Tage essen wollte und wieder sprach: „Wer nun Lust hat mit mir zu essen, der komme,“ da rauschte es in den Gipfeln der Bäume und der Vogel Greif ließ sich nieder und setzte sich neben den Reisenden, indem er sprach: „Hast du das gesagt, wer mit dir essen wolle, der solle nur kommen, so wollte ich gerne mit dir essen.“ „Recht gerne,“ antwortete der Bräutigam, „in Gesellschaft speisen ist angenehmer, als ohne Gesellschaft, lange nur zu!“ Nun fiengen sie beide an zu essen. Als sie aber satt waren, sprach der Vogel Greif: „Wenn du in Noth bist, kannst du mich nur rufen und ich will dir beistehen.“ Darauf verschwand er in der Luft und der Bräutigam setzte seinen Weg fort.

Es dauerte aber nun nicht lange mehr, so konnte er die Kirche schon in der Ferne sehen; er verdoppelte seine Schritte und bald war er in ihrer Nähe. Aber da war ihm der Burggraben im Wege, der war ihm zu tief, um hindurch zu waten und schwimmen konnte er auch nicht. Da fiel ihm zum Glück der rothe Ochse ein; der könnte dir jetzt helfen, dachte er, wenn er einen grünen Steig durch das Wasser tränke; wenn er doch hier wäre! Kaum hatte er das gesagt, so war der rothe Ochse da, legte sich in die Knie und trank so lange, bis ein grüner trockener Steig durchs Wasser gieng. Der junge Bursche gieng nun durch den Graben und stand vor der Kirche; doch die hatte so starke eiserne Thüren, daß er keine öffnen konnte und die Wände waren viele Fuß dick, nirgends war eine Oeffnung. Da er nun kein anderes Mittel wuste, versuchte er es, einzelne Steine aus der Mauer heraus zu brechen; mit vieler Mühe gelang es ihm, einen heraus zu bringen. Da fiel ihm ein, daß das wilde Schwein ihm helfen könne; er rief: „O wäre das wilde Schwein doch hier!“ Sogleich stürmte es daher und rannte mit solchem Ungestüm gegen die Mauer, daß augenblicklich ein großes Loch entstand. Der junge Bursch gieng jetzt in die Kirche hinein; da sah er den Vogel darin herum fliegen. Den kannst du selbst nicht greifen, dachte er, aber wenn der Vogel Greif nur hier wäre! Kaum hatte er das gesagt, war der Vogel Greif da, aber diesem selbst kostete es viele Mühe, den kleinen Vogel zu fangen; endlich aber griff er ihn, gab ihn dem jungen Mann in die Hand und flog davon. Freudig steckte der seine Beute in seinen Korb und trat nun den Rückweg an nach dem Häuschen, wo seine Braut war.

Als er bei ihr wieder angekommen war und ihr erzählte, daß er den Vogel gefangen im Korbe habe, da freute sie sich sehr und sprach: „Nun sollst du erst schnell ein Bischen essen und dann krieche nur wieder unter die Bettstelle mit dem Vogel, daß der alte Mann dich nicht gewahr wird!“ Das geschah, und eben als er unter dem Bette lag, so kam auch schon der alte Mann nach Hause, er fühlte sich aber krank und klagte. Da fieng das Mädchen wieder an zu weinen und sprach: „Ach, nun stirbt Vater doch, das kann man ja sehen, und Vater hat doch ein Herz in der Brust!“ „Ach, Kind,“ erwiderte der Alte, „schweig doch still, ich kann nicht sterben, es geht gewis bald vorüber!“ Nun aber kniff der Bräutigam unter der Bettstelle den Vogel ein wenig. Da ward dem Alten ganz schlecht, daß er sich niedersetzte, und als der Bursche den Vogel noch fester anfaßte, fiel er ohnmächtig vom Stuhl. Da rief die Braut: „Kneif ihn jetzt nur ganz tot,“ und als der Bursche das gethan, lag auch der Alte tot auf dem Boden. Da holte das Mädchen ihren Bräutigam erst unter der Bettstelle hervor, aber dann gieng sie hin, nahm die Steine und das weiße Stöckchen vom Borte über der Thür, klopfte damit an jeden Stein, da standen mit einem Male alle ihre Schwestern und die Brüder wieder vor ihr. „So,“ sagte sie, „nun wollen wir nach Hause reisen und Hochzeit geben und glücklich sein; denn der alte Mann ist tot und wir haben nichts mehr von ihm zu fürchten.“ Und das thaten sie denn auch. Sie reisten fröhlich mit einander fort, feierten ihre Hochzeit alle an einem Tage und lebten darnach noch viele Jahre einträchtig und glücklich mit einander.

Aus Meldorf durch Wilh. Michaelsen. — Damit stimmt im Ganzen völlig das dänische Märchen bei Winther danske Folkeeventyr. I. S. 91. und das norwegische bei Moe und Asbiörnsen. I. N. 37.

VIII.

Fru Rumpentrumpen.

En ole Fru mit äer smucke Dochter de waenden to medden innen Walt. Do schull de Dochter ins 'sMorgens en Fatt uetgeten, dat Fatt glipp' äer awers uet de Hant unn twei weer dat. Da fung' de Oelsche gewaltig an to schelden unn to hanteren mit äer, wat dat förn Wirtschaft weer, niks kunn fær äer heel blywen, allens smeet se twei, dat weer ja den Düwel syn Wirtschaft. De König weer do jüst mit en groet Gefolg' op de Jagd unn höer dat Larmen. He sä to de annern: „Still ins! wat is dat? dat geit daer ja böes häer; ik mut doch wäten, wat dat is.“ As se nu henkemen, seeg he, wat sik daer öeg (eräugnete): de Dochter stunn unn ween, de Moder stunn unn schull, unn se wullen beid' nich mit de Spraek heruet. De Oelsche segt optletzt: „Myn Dochter schull Flaß spinnen unn nu spinnt se jümmers Syd' darvan; ik heff äer dat verbaden, awer se lett dat nich.“ Do seeg de König de Dochter an unn dach: „De is smuk noeg, de must du man fryen, mit dat Sydespinnen kann se ja väel Geld verdenen.“ He sä nu to de ole Fru, he wull äer Dochter to Fru hebben, awer vær de Hochtyt schull se em eerst vun dree Punt Flaß dree Punt Syd' to Proef spinnen; in dree Daeg awer muß allens daen syn.

As de König nu 'sAbends den Flaß schickt, do wussen se ganz nich wat se anfangen schullen; do güng de Dochter in den Walt henin, se wuß sülven nich warum, unn sett' sik dael op en Steen unn ween. Do full en Steern vun Himmel äer in den Schoot, unn bleef op dat Flaß beliggen. As se dat seeg, word' se ganz vergnöegt unn segt by sik sülven: „Dat bedütt Glück, et wart noch allens gut gaen; nu will ik eerst eenmael geruhig drop uetslapen.“ Nu güng se na Hues unn to Bett.

De Flaß weer den annern Dag awer nicht van sülven to Syd' worden. 'sAbends güng de Dochter wedder in den Walt, sett sik op en Steen unn ween unn dach, wo schall dy dat noch gaen? Do seeg se eenmael op unn innen Maenschyn fær äer seeg se en groten smucken Klewerveer staen. Se plükd' em af unn dach: „Dat bedütt wedder Glük, du kannst noch eenmael geruhig uetslapen."

Nu keem awer de drütte Dag, da schull dat Gaern fardig syn, den annern schull se't afläwern; de Flaß word' awer nicht van sik sülven to Syd'. 'sAbends güng se wedder in den Walt, sett sik op den Steen unn ween. Do keem daer en lüttjen witten Vagel by äer an unn floeg jümmer fœr äer hen, unn se güng em achterna jümmers wyder in den Walt henin. Do kemen se optletzt an en lütt Hues, da floeg de Vagel herin unn se stött de Dœr apen; do seten daer dree ole Hexen unn spunnen; de ene harr so'n groten breden Foet, de anner so'n groten breden Duem unn de drütte so'n lange brede Lipp. Do sä' se to de olen Hexen: „Ik wull ju noch bäden, dat ji my de dree Punt Flaß to dree Punt Syd' spinnt;" se verteld' se do allens, wo äer Moder den König wat fœrlagen harr mit dat Sydespinnen, unn dat se em nu dree Punt to Proef spinnen schull, unn morgen schull se se afläwern; kunn se dat nich, word' de König se gewis wedder verstöten. Do säen de olen Hexen: „Wy wüllt dy noch helpen; elkeen (jede von ihnen) kunn fœr äer en Punt spinnen; se schull uk in äer Läwent keen Syd' wedder spinnen, wenn se alle dree Daeg', dat de Hochtyt fyert word', se alle dree dato bäden wull; denn schull se alle dree Daeg 'sMorgens na den Karkhof gaen unn op den groten Grausteen sik dreemael h'rumdreien unn ropen:

Breetfoet, Breetduem, Breetlipp,
Kaemt unn fyert Hochtyt;

awer wenn se eenmael darin feilmaken däd' unn een vergeet, so schull de den eersten Prinzen hebben." De lüttje Bruet word' ganz vergnöegt. Se versproek de olen Hexen allens, de maken in den Ogenblik fœr äer de Syd' torecht, unn as se de dree Punt nu na den König opt Slot broch', do weer de gewaltig tofräden damit unn sä', nu wullen se balt Hochtyt maken; so'n fyne blanke Syd' vun Flaß spunnen harr he syn Daeg nich seen.

As nu de Hochtyt syn schull, schikd' de König syn Bruet en grote Kutsch', se opt Slot to halen, awer do se antrocken warden schull, sleek se sik eerst ganz lysen weg na den Karkhof, stell sik op den Grausteen unn reep dreemael:

Breetfoet, Breetduem, Breetlipp,
Kaemt unn fyert Hochtyt;

daby drei se sik dreemael h'rum, unn güng denn wedder äben so lysen opt Slot unn leet sik anteen. Do word' se schöner, als all myn Daeg noch keen Königin wäsen weer.

Nu weren all de Gäst' versammelt. Do keem daer en ol' Kutsch anfaren, de holt för dat Slot still unn en ole Fru keem daer heruet stygen. De harr so'n groten breden Foet. Se sä, se weer uk mit inladen unn wull mit to Hochtyt; de Lüd' wyssen ganz nich wo de ol' Fru häer keem. De König fraegt syn Bruet, of se dat ol' Minsch kenn. „Ja," segt de Bruet, „dat is myn Fru Meddern (Mutterschwester)." Nu nödigt se äer herin in den Sael to de annern Gäst' unn laet äer alle Eer tokamen. De König güng en bäten herum unn optletzt kummt he uk wedder to de ole Fru; do froeg he äer, wovun se denn den groten breden Foet harr? Se sä: „Dat kumt vun all myn tippen, tippen Sydespinnen." Do sä de König to syn Bruet: „Denn schast du doch nich gaer to fäel Syde spinnen, dat du nich uk so'n groten breden Foet krigst."

Den annern Dag stünd' dat nau, dat de lütj' Bruet na'n Karkhof keem; de König leet äer ganz nich uet de Ogen. Optletzt sleek se sik doch by Syt, stellt sik op den Grausteen, dreit sik dreemael herum unn röpt dreemael daby:

Breetfoet, Breetduem, Breetlipp,
Kaemt unn fyert Hochtyt.

Se kumt uk düttmael noch glüklich damit to End'. Als nu all de Gäst' versammelt sünt, so kumt da wedder en Kutsch' anfaren; do keem de Breetduemsch heruet. De König fraegt syn Bruet, wat denn dat förn oelt Minsch weer. Se sä: „Dat is uk myn Fru Meddern." Nöest (nachher) fraegt de König de ole Fru, wovun se denn den groten breden Duem harr. Se sä: „Dat kumt vun all myn tippen, tippen Sydespinnen." Do sä de König to syn Bruet: „Denn schast du uk doch gewis nich to fäel Syde spinnen, dat du nich so'n dicken breden Duem krigst."

De junge Königin weer ganz vergnöegt unn dach, dat geit guet; den annern Morgen harr se't meist vergäten na den Karkhof to gaen. Se sleek sik awer doch noch wedder van de Bruetjumfern weg, stell' sik op den Grausteen, drei sik dreemael h'rum unn schull dreemael ropen:

Breetfoet, Breetduem, Breetlipp,
Kaemt unn fyert Hochtyt;

awer do vergeet se in de Hast dat drütte Mael Breetfoet; in Sprung' weer se wedder in't Slot unn läew' herrlich unn in Freuden. As nu Breetlipp keem, unn all de Lüd' sik œwer äer verwunnern, unn de König froeg, do sä de Königin wedder: „Dat is myn Fru Meddern." Do sä de König, dat dat ja recht en Unglük weer, dat all äer Fru Meddern so ungestalt weren; he froeg de Fru, wovun se de brede Lipp krägen harr? Se antwoerd' em: „Dat kumt vun all myn tippen, tippen Sydespinnen." Do verschrok sik de König unn sä: „Dat is ja en ewig syn tippen, tippen Sydespinnen, myn Königin schall in äer Läwent nich wedder Syde spinnen, wenn se so'n brede Lipp davan krigt."

Nu weer de lütj' Königin fry vunt Sydespinnen unn se läew' mit ären König ganz glüklich; as awer de Tyt um weer unn da en lütten Prinz ankeem, do worren se eerst recht vergnöegt, unn de König wuß ganz nich, wat he allens för Freud' doen schull. Twe, dree Fruens mussen alltyt by dat Kint syn unn mit Syd' unn Sammet word' et todekt. Abers den drütten Dag, as de Königin gerade den lütten Prinzen by sik harr, so kloppt daer dreemael wat so ganz spökelhaftig an de Dœr. „Herein! Herein!" röpt de Königin. Ja wul, herein! se harr de ol' Breetfoetsch man lewer buten laten schullt. De keem nu herin unn wull den lütten Prinzen afhalen. De Königin verschrok sik, unn fangt an to wenen unn to bäden, dat se äer den lütten Prinzen doch leet, se wull oek sünst äer gäben, wat se man hebben wull. Allens umsünst; bet optleßt de ole Hex segt: „Ik will dy wat seggen; wenn du um dree Daeg weest, wosölken as ik heet, denn schast du em beholen; anners näem ik em mit."

Nu seet de Königin jümmers to wenen, denn se kunn de Hex ären Namen nich to wäten krygen; all äer Kamerfruens unn Jümfern kunnen äer nich helpen unn de König dörf dat all nich wäten. 'sAbends för den drütten Dag seet de Königin noch ümmer ganz trurig dar häer, unn dach, wo schall't my morgen gaen? Do höert se, dat de lüttj' Koharderjung' inne Kœk wat vun en ole Hex vertell', de jümmer vun de Königin sungen harr. Se reep den Koharderjung' herin unn froeg em; he wull't eerst nich seggen, tonöest verteld' he äer, he harr de Kö in den Walt hött unn do harr he op en lütje frye Städ' en ole Hex funden, de harr jümmers mit en bunten Stok in de Hant um en Füer rumdanzt unn harr sungen:

Gottlof! Gottlof!
Dat myn Fru Königin ni weet,
Dat ik Fru Rumpentrumpen heet.

Do sloeg de Königin för Freuden beide Handen tosamen unn sä: „Nu weet ik't!" Den Koharderjung' awers maek' se to ären eersten Kamerdener unn kreeg en roden Steertrok an.

Den annern Dag klopp dat wedder dreemael ganz spökelhaftig anne Dœr: „Herein!" reep de Königin unn de ole Hex mit den breden Foet keem herin hinken mit ären Stok. De Königin leet sik niks marken, se seet ganz still unn trurig daer unn segt niks. Do segt de Breetfoetsch: „Nu kannstu dreemael raden, unn raedst du denn nich, so näem ik dyn Prinzen mit." Eerst sä de Königin: „Heet se villicht Kofoetsch?" „Nä," segt de ole Hex, „so heet ik nich." „Heet se, heet se denn villicht Komedderschƒ?" „Nä, so heet ik oek nich;" segt de Hex. De Königin word' ümmer truriger unn bedröefter, unn so froeg se denn ganz lysen: „Heet se, — heet se denn — hei, ohei wat schall ik nu raden? — „Gau to (schnell weiter)!" segt de Hex unn faet den Prinzen an, „gau to!" — „Heet se, heet se denn Fru Rumpentrumpen?" „Dat het der verfluchte Koharderjung' segt!" — schreeg de ol' Hex unn weg weer se.

Aus Brunsbüttel in Ditmarschen. Einzelnes ward aufgenommen aus dem sonst auch hier sehr bekannten Märchen von den drei Spinnfrauen, bei Grimm H. M. N. 14. Das Märchen wird gewöhnlich von dem Gesinde erzählt, um die Dienstjungen zu erschrecken. Dazu dient auch N. 418. — In Grimms H. M. N. 55. steht der Zwerg Rumpelstilzchen an der Stelle unserer Frau Rumpentrumpen. Man vergl. oben N. 418.

IX.

De dre Süstern.

En ole Fru harr dre Döchter, de weren alle wunnerschön, awerst alle dre harrn den grawen Fäler, dat se keen Woert rech spräken kunnen unn mussen allens stameln. Se weren awerst so smuk unn so kemen se in'n ganzen Landen in Beroep unn et kemen väle Fryers. Awerst de weren de Moder all ni guet noeg unn kregen all de Schüssel. * Optletzt meld' sik en jungen steenryken Mann unn sä' dat he wul Lust harr, een vun äer Döchter to Fru to nämen; he wull bald mael henkamen unn seen, welke em am besten gefallen däd'. Do sä' de Moder to äre Döchter: „Höert ji wul, wenn nu de Fryer kumt, so mœt ji all ganz still syn, ji mœt ju an niks keren, as an ju Spinnræd' unn jo nich keen Woert seggen!" „Ja, lewe Moder," sä'en de dre Döchter, „dat wüllen wy oek doen, darop kanstu dy verlaten!"

As de Fryer nu keem unn synen Besöek maekd', do seten de dre Döchter unn spunnen unn sä'en niks. De Moder awer maekd' dat Woert unn streek äer Döchter gewaltig heruet unn sä', int ganze Dörp kunn keen gegen äer Döchter an int Spinnen. Do awerst brikt de een de Draet, unn se röpt: „De Daet be bikt!" Do sä de anner: „Tütt em an!" awer de drütt de sä': „Moder sä', wy schulln ni päken, päek all dee!" Do seeg de Fryer wo dat Laken scharen weer, neem synen Hoet unn keem ni wedder, unn wenn de dre Süstern nich uetspunnen hebt, so spinnt se noch.

Aus Meldorf und durch Dr. Schröder aus der Krempermarsch.

X.

Die dümmste Frau.

Es war einmal ein Schlachter, der machte Bankerott. Da sagte er zu seiner Frau: „Nun will ich graben und auf Tagelohn

* Ditmarsche Redensart für den Korb bekommen. vgl. Neocor. I.

arbeiten." Als er aber ein paar Tage gegraben hatte, da waren ihm seine Hände wund, und er sprach zu seiner Frau: „Ich muß nur wieder schlachten." Er gieng also aufs Land sich ein Kalb zu kaufen, und als er in ein Dorf kam, fragte er, ob sie nicht ein Kalb zu verkaufen hätten? „Nein," sagten die Leute, „wir haben nichts; aber hier nahebei wohnt ein Müller, der hat fünf Ochsen." Da sagte der Schlachter: „Die kann ich auch brauchen" und gieng nach der Mühle.

Als er nun nach der Mühle kam, war der Müller nicht zu Hause. Der aber hatte, als er ausgieng, zu seiner Frau gesagt: „Wenn da jemand kommen sollte und wollte auf die Ochsen handeln, so kannst du sie nur für fünfzig Thaler das Stück losschlagen; für weniger aber sind sie nicht feil." Nun kam der Schlachter; er fragte die Frau, ob sie nicht die Ochsen verkaufen wollte? „Ja," sagte sie, „für fünfzig Thaler das Stück, für weniger aber nicht." Der Schlachter wars zufrieden und wollte so viel geben; „aber," sagte er, „ich habe jetzt nicht so viel baar Geld bei mir; wenn ich alle fünf auf einmal nehme, so können wirs ja so abmachen, daß ich zwei gleich mitnehme und dafür die drei übrigen ihr so lange zum Pfande lasse, bis ich komme und das volle Kaufgeld bringe." Die Frau sagte, daß ers machen könnte, wies ihm eben paßte und war froh, einen so schnellen und vortheilhaften Handel abgeschlossen zu haben.

Als nun ihr Mann nach Hause kam, fragte er sie gleich: „Na, hast du die Ochsen verkauft?" „Jawohl," sagte die Frau, „alle fünf auf einmal an einen Schlachter aus der Stadt, das Stück für fünfzig Thaler und um keinen Schilling weniger." „Das ist ein guter Handel," dachte der Mann, aß erst ein wenig und nachdem er gegessen, verlangte er das Geld zu sehen. Da antwortete die Frau: „Das Geld habe ich noch nicht bekommen, der Schlachter aber wird es in vierzehn Tagen bringen, wenn er die drei letzten Ochsen abholt; die hat er so lange zum Pfand hier gelassen, zwei hat er gleich mitgenommen." „Nun," sagte der Mann, „da ist doch auf Gottes weiter Welt keine dummeres Frauenzimmer, als du bist," und er ward ärgerlich genug; „ich will noch vierzehn Tage warten, aber kommt binnen der Zeit der Schlachter nicht, so reise ich weg und komme in meinem Leben nicht wieder, wenn ich nicht eine dummere finde, als du bist." Der Müller wartete nun noch vierzehn Tage; aber wer nicht kam, das war der Schlachter; der Müller reiste also fort.

Er war nun schon ziemlich lange gereist, und nirgend in der Welt hatte er noch eine dummere Frau gefunden, als die, welche er zu Hause gelassen. Endlich aber kam er bei einem Schlosse an, wo eine verwittwete Gräfin wohnte; da sprang der Müller immer hoch auf und gaffte in den Himmel. Die Gräfin ward ihn vom Fenster aus gewahr nnd schickte gleich ihre Kammerjungfer hinunter ihn zu fragen, was er doch da vorhätte oder was ihm fehle. Der Müller sagte: „Wir haben eben im Himmel einen Tanz gehalten, da kam ich der

Luke zu nahe und bin herunter gefallen; nun kann ich gar nicht den rechten Sprung wieder kriegen, um hinauf zu kommen. Ich muß nur weiter gehn und suchen, ob ich nicht anderswo die rechte Fährte wieder finde." Er that nun, als wenn er fortgienge und dabei sah er noch immer an den Himmel. Aber die Kammerjungfer hatte der Gräfin kaum die Nachricht von dem Müller gebracht, so kam diese selber ihm nachgelaufen und fragte, wenn er aus dem Himmel gefallen sei, ob er denn auch ihren verstorbenen Mann kennte. „Ach ja," sagte der Müller, „den kenne ich ganz gut, ich habe noch eben mit ihm getanzt." „Wenn das ist, lieber Mann," sagte die Gräfin, „so kann er mir auch wohl sagen, ob mein seliger Herr noch seine großen Stiefeln trägt mit den goldenen Sporen, und seinen grünen Rock?" Da antwortete der Müller: „Gnädige Frau, der gnädige Herr hat neulich die goldenen Sporen aus Noth verkaufen müssen, die Stiefel hat er noch, aber sie sind schon ganz entzwei, den grünen Rock trägt er auch noch, aber da guckt der Ellenbogen schon heraus." „Gott sei mir gnädig," rief die Gräfin, „das ist ja eine Schande, wie schlecht es ihm da geht. Höre er, er könnte mir einen großen Gefallen thun, wenn er für den seligen Herrn etwas Zeug zu einem neuen Rock mitnehmen wollte. Mein Sohn trägt gerade noch eben solche. Ich will ihm dann auch noch vierhundert Dukaten mitgeben und ein Bischen Gutes zu essen und trinken." Der Müller sagte, daß er das alles herzlich gern besorgen wolle, und die Gräfin gab ihm nun alles mit auf den Weg. „Das wäre doch eine, wie ich sie suchte," sagte er und gieng fort.

Bald darauf aber kam der Junker zu Hause und fand seine Mutter ganz traurig und in großer Betrübnis. Er fragte sie nach der Ursache. „Ach," sagte die Gräfin, „da war hier eben ein Mann aus dem Himmelreich, der hat mir so schlechte Nachricht vom seligen Papa gebracht; der hat seine goldenen Sporen schon aus Noth verkauft, seine Stiefel sind entzwei und sein Rock ist zerrissen; ich habe nun dem Mann etwas Zeug und vierhundert Dukaten mitgegeben; es thut mir wirklich so herzlich leid um den seligen Papa." Der Sohn sah gleich, wie es damit wäre, ließ schnell seinen Schimmel satteln und jagte dem Müller nach.

Es dauerte nicht lange, so merkte der Müller, daß einer hinter ihm drein käme. Verstecken konnte er sich nirgend; aber da begegnete ihm eine alte Frau. Die fragte er, was er ihr geben sollte, wenn sie ruhig eine Zeit lang, ohne ein Wort zu sprechen, unter seinem Mantel auf der Erde sitzen wollte. Die Frau verlangte fünf Thaler, aber der Müller gab ihr zehn, wenn sie nur genau das thun wollte, was er verlange. Das versprach sie und kroch unter den Mantel. Nach einem Augenblick so war der Junker auf dem Pferde bei ihnen und fragte den Müller, ob er auch einen Mann habe eilig vorüber laufen sehen. Da sagte der Müller: „Ja, vor einer Viertelstunde gieng hier einer rasch vorüber und zuweilen lief er sogar. Er nahm den Weg da queer übers Moor, aber wenn ihr nur auf meinen Bienenkorb hier sehen und die Bienen mir hüten wolltet, so lange bis der ausgeflogene ganze Schwarm drinnen ist, so wollte ich den Mann euch bald wieder einbringen." Der Junker versprach ihm noch ein gutes Trinkgeld obendrein, stieg ab und wollte die Bienen hüten; der Müller aber saß schnell auf und jagte mit dem Schimmel davon. Da sah der Junker bald, daß es kein Bienenkorb, sondern eine alte Frau wäre, und nun gieng er nach Hause ohne den Schimmel. Und als ihn seine Frau Mutter fragte, ob er denn den Mann gefunden, so sagte er: „Ja, ich habe ihn bald gefunden und habe ihm auch noch den Schimmel mitgegeben, damit er eher hinkömmt." Der Müller aber reiste wieder zu seiner Frau. Und als er bei ihr ankam, mit dem Schimmel und mit den vierhundert Dukaten und mit dem Zeug zu einem neuen grünen Rock und mit all dem guten Essen und Trinken, das er dem seligen Herrn nach dem Himmel hatte mitnehmen sollen, da sagte er zu ihr: „Nun will ich bei dir bleiben, denn ich habe doch eine dummere gefunden, als du bist, und habe sogar noch mehr verdient, als alle fünf Ochsen werth sind."

Nach zwei Mittheilungen aus dem Kirchsp. Westensee und der Herrschaft Breitenburg. Letztere weicht hauptsächlich darin ab, daß der vom Himmel gefallene die Nachricht bringt, der gnädige Herr müsse vor der Hölle Holz spalten. Beide Relationen sind unvollständig gegenüber dem entsprechenden norwegischen Märchen bei Moe und Asbiörnsen. N. 10.

XI.

Das blaue Band.

Es war einmal ein Mann, der war sehr arm und krank dazu. Als er nun fühlte, daß er sterben sollte, rief er seine Frau an sein Bett und sprach zu ihr: „Liebe Frau, ich fühle, daß es mit mir zu Ende geht; nun würde ich ruhig und ohne Sorge sterben, wenn ich nur wüßte, daß es dir und unserm Hans nach meinem Tode gut gienge. Ich kann euch nichts hinterlassen, was euch vor Noth schützen könnte; aber wenn ich gestorben bin, so geh du mit unserm Sohn zu meinem Bruder, der jenseits des großen Waldes in einem Dorfe wohnt. Das ist ein wohlhabender Mann und er ist immer brüderlich gegen mich gesinnt gewesen; der wird für euch sorgen." Darauf starb der Mann; und als er begraben war, begab die Frau sich mit ihrem Sohn auf den Weg zu dem Bruder, wie ihr verstorbener Mann ihr befohlen hatte. Aber die Mutter haßte den Sohn und war ihm feind auf alle Weise; Hans aber war ein guter Junge und schon ziemlich erwachsen. Als sie nun eine gute Strecke gegangen waren, lag da ein blaues Band am Wege. Hans bückte sich und wollte es aufnehmen, aber die Mutter sprach: „Laß doch das alte

Band liegen; was willst du damit?" Hans aber dachte: „Wer weiß, wozu es gut ist! Es wäre doch wirklich Schade, wenn das schmucke Band hier liegen bliebe;" nahm es also mit und band es heimlich, damit seine Mutter es nicht gewahr würde, unter seiner Jacke um den Arm. Da ward er nun so stark, daß niemand, so lange er das Band trug, ihm etwas anhaben konnte und alle ihn fürchten musten.

Nun giengen sie weiter und kamen in den großen Wald, und nachdem sie lange darin herumgewandert waren, gelangten sie an eine Höle. Da stand da ein gedeckter Tisch, besetzt mit herrlichen Speisen in silbernen Schüsseln. Hans sprach: „Da kommen wir just zur rechten Zeit, mich hungerte schon lange; ich will mich erst einmal hier satt essen, das Essen scheint gut zu sein." Nun setzten sie sich nieder und aßen und tranken nach Herzenslust. Als sie eben gegessen hatten, kam der große Riese, dem die Höle gehörte, nach Hause; er war aber ganz freundlich und sprach: „Das ist recht, daß ihr schon zugelangt und nicht erst auf mich gewartet habt; wenns euch hier gefällt, so könnt ihr gerne für immer bei mir in der Höle bleiben," und zu der Frau sagte er, daß sie seine Frau werden könnte. Sie sagten beide ja dazu und nun lebten sie ganz vergnügt eine Zeit lang bei dem Riesen in der Höle.

Der Riese gewann Hans von Tage zu Tage lieber; aber seine Mutter haßte ihn noch immer, und als sie merkte, wie stark er geworden wäre, ward sie noch grimmiger und sprach eines Tages zu dem Riesen: „Siehst du wohl, wie stark Hans ist? Er kann doch für uns gefährlich werden, je älter er wird und je mehr er an Kräften zunimmt. Dann kann es leicht soweit kommen, daß er uns tot schlägt, damit er die Höle allein hat, oder er uns auch hinaus jagt. Es wäre besser und klug von dir, wenn du dich bei Zeiten vorsähest und bei Gelegenheit ihn über die Seite schafftest." Aber der Riese antwortete: „Sprich mir doch nicht so etwas vor! Hans ist ein guter Junge und wird uns nichts zu leide thun; ich werde ihm kein Haar krümmen, es würde mir übel anstehn."

Als die Frau nun sah, daß der Riese nicht dazu zu bewegen war, legte sie sich den andern Tag aufs Bett und stellte sich krank. Dann rief sie ihren Sohn und sprach: „Lieber Hans, ich bin so krank, daß ich gewis sterben werde. Aber ein Mittel gibt es noch, das mich retten kann. Mir hat geträumt, daß wenn ich von der Milch der Löwin, die hier nicht weit von uns ihre Höle hat, einen Trunk erhalten könnte, ich gewis genesen würde. Wenn du mich lieb hast, so könntest du mir helfen; du bist ja so stark und fürchtest dich nicht, du könntest hingehen und mir etwas Milch holen." „Ja wohl, liebe Mutter," antwortete Hans, „das will ich gerne thun, wenn ich nur weiß, daß es dir helfen wird," nahm also einen Napf und gieng in die Höle der Löwin. Die lag da mit ihren Jungen und säugte sie. Hans aber legte die Jungen bei Seite und fieng an zu melken; das litt die Löwin ganz ruhig. Da aber kam der alte Löwe mit Gebrüll in die Höle und fiel Hans von hinten an. Aber schnell wandte Hans sich um, nahm den Hals des Löwen unter den Arm und drückte ihn so fest an sich, daß er jämmerlich zu winseln anfieng und ganz zahm ward. Da ließ Hans ihn los. Der Löwe legte sich in die Ecke und Hans molk weiter, bis die Schale voll war. Als er nun die Höle verließ, sprang die Löwin hinter ihm her mit ihren Jungen und bald folgte auch der alte Löwe ihnen. So kam er zu seiner Mutter und brachte ihr die Milch; sie erschrak sich aber so vor den Löwen, daß sie rief: „Hans bringe doch die wilden Thiere hinaus, sonst sterbe ich noch vor Angst.“ Da giengen die Thiere von selbst still hinaus, aber legten sich vor die Thür, und wenn Hans hinaus kam, so sprangen sie auf ihn zu und freuten sich.

Da nun dieser Anschlag der bösen Mutter so mislungen war, sprach sie wieder zu dem Riesen: „Wärest du gleich meinem Rathe gefolgt, so hätten wir nun nichts mehr zu fürchten; jetzt aber stehts noch schlimmer als vorher, und da er nun die Thiere hat, werden wir so leicht ihm nichts anhaben können.“ Der Riese antwortete: „Ich weiß auch nicht, warum wir ihm etwas thun wollten. Hans ist ja gut und die Thiere sind zahm; ich möchte nicht Hand an ihn legen.“ Aber die Mutter sagte: „Es könnte ihm doch leicht in den Sinn kommen, uns zur Höle hinauszujagen oder gar tot zu schlagen, um selber darin Herr zu sein; ich kann nicht glücklich sein, so lange ich das fürchten muß.“

Nach einiger Zeit legte die Frau sich aufs Bett und sagte wieder, sie sei krank. Sie rief ihren Sohn zu sich und sprach: „Ich habe wieder einen Traum gehabt, daß wenn ich ein paar von den Äpfeln essen könnte, die in dem Garten der drei Riesen wachsen, ich wieder gesund werden würde; sonst fühle ich, muß ich sterben.“ Hans sagte: „Liebe Mutter, weil dir so große Noth drum ist, so will ich wohl zu den Riesen gehen und dir ein paar Äpfel holen.“ Er nahm nun einen Sack und machte sich sogleich auf den Weg und die Löwen sprangen alle hinter ihm drein; die böse Mutter aber dachte, daß er diesmal ganz gewis nicht wieder kommen würde. Hans gieng gerades Wegs in den Garten und pflückte seinen Sack voll Äpfel; und als er das gethan, aß er selber auch einige; aber darnach verfiel er sogleich in einen tiefen Schlaf und sank unter dem Baume nieder. Das kam allein von den Äpfeln, die diese Kraft hatten. Wären nun nicht die treuen Löwen bei ihm gewesen, so wäre es wohl um ihn geschehen. Denn sogleich stürmte ein großer Riese durch den Garten daher und rief: „Wer hat hier unsere Äpfel gestohlen?“ Hans schlief noch und antwortete nicht. Als ihn aber der Riese sah, lief er zornig auf ihn zu und wollte ihm den Rest geben, aber da sprangen die Löwen auf, fielen den Riesen an und in kurzer Zeit hatten sie ihn zerrissen. Nun kam gleich der zweite Riese und rief auch: „Wer hat hier unsere Äpfel gestohlen?“ und da er auf Hans los wollte, sprangen die Löwen auch auf ihn ein und zerrissen ihn. Darnach kam der dritte Riese und rief: „Wer stiehlt hier unsre Äpfel?“ Hans schlief noch immer, aber die Löwen packten auch diesen Riesen und machten auch ihn tot. Nun schlug Hans die Augen auf und gieng im Garten umher. Da kam er bald in die Nähe des Schlosses, wo die Riesen gewohnt hatten, und nun hörte er wie aus einer tiefen Kellerkammer eine klägliche Stimme hervorkam. Hans stieg hinab; da fand er da eine wunderschöne Prinzessin, die hatten die Riesen ihrem Vater geraubt und hier eingesperrt und mit dicken eisernen Ketten angeschlossen. Hans aber faßte kaum die Ketten an, so sprangen sie entzwei und er führte die schöne Prinzessin hinauf in die prächtigsten Zimmer des Schlosses. Da sollte sie sich erquicken und so lange warten, bis er wieder käme. Sie aber bat ihn, sie zu begleiten an ihres Vaters Hof. Aber Hans sagte: „Wir können es hier erst noch aushalten; jetzt muß ich hin und meiner Mutter die Äpfel bringen; denn die ist sterbenskrank.“ Hans ließ also die Prinzessin auf dem Schlosse, nahm seinen Sack mit den Äpfeln und gieng nach der Höle zurück zu seiner Mutter. Als die ihn kommen sah, wollte sie sich fast tot wundern, daß ihm nichts geschehen sei und er die Äpfel brächte; sie fragte gleich, wie er doch alles habe durchmachen können. „Ja, liebe Mutter,“ sagte er, „seit ich das blaue Band trage, das ich nicht mitnehmen sollte, seit der Zeit bin ich so stark, daß niemand mir was anhaben kann; diesmal haben meine Löwen alle die Riesen tot gemacht. Nun aber sollt ihr mit mir kommen und diese alte Höle verlassen. Wir wollen jetzt auf dem Schlosse in Herrlichkeit und Freuden leben; ich habe da auch eine wunderschöne Prinzessin gefunden, die soll noch bei uns bleiben.“ Die Mutter und der Riese zogen nun mit Hans auf das Schloß; aber als sie alle die Herrlichkeit gewahr wurden und sahen wie schön die Prinzessin war, da gönnten sie Hans sein Glück noch weniger als früher. Die Mutter lauerte nur immer auf eine Gelegenheit, Hans beizukommen. Denn nun wuste sie ja, woher er seine Kraft hatte. Als daher eines Tages Hans in seinem Zimmer auf dem Bette lag, sich zu ruhen, und sein Band hieng auf einem Nagel an der Wand über ihm, so schlich sie sich leise herein und stach ihm, ehe er erwachte, beide Augen aus; dann nahm sie ihm das Band, und da Hans nun blind und hilflos war, stieß sie ihn zum Schlosse hinaus und sagte, von nun an wolle sie allein darin Herr sein. Der arme Hans wäre bald verschmachtet, wenn nicht die treuen Löwen die Prinzessin zu ihm geführt hätten. Die zog nun mit ihm fort und führte ihn; denn sie wollte ihres Vaters Reich aufsuchen und hoffte da Heilung für ihren Retter zu finden. Aber der Weg war weit und lange irrten sie umher. Endlich aber kamen sie in die Nähe der Stadt, wo der Vater der Prinzessin wohnte. Da sah die Prinzessin einen blinden Hasen vor ihnen über den Weg laufen und wie er an einen Bach kam, der vorüber floß, tauchte er dreimal unter und lief sehend wieder fort. Da führte sie Hans an das Wasser und wie er sich dreimal untertauchte, konnte auch er sehen wie vorher. Nun giengen sie voller Freuden in die Stadt, und als der alte König erfuhr, daß Hans seine Tochter befreit hätte, wollte er keinen andern Schwiegersohn haben als ihn und die Prinzessin nahm auch keinen lieber zum Mann, als gerade Hans. Als aber seine Mutter das erfuhr, daß Hans sein Gesicht wieder bekommen und die Prinzessin geheiratet hätte, ward sie vor Ärger plötzlich krank, und diesmal wars Ernst und sie muste daran. Bald darauf starb auch der Riese. Als man nun unter ihrem Kopfkissen nachsah, fand man da das blaue Band wieder und Hans trug es von nun an sein Leben lang und legte es niemals ab. Er folgte später seinem Schwiegervater in der Regierung und war als König weit und breit von allen Feinden sehr gefürchtet, als ein rechter Schutz seines Landes.

Aus Marne. Das Märchen ist leider lückenhaft.

XII.

Der starke Franz.

Ein Bauer hatte zwei Söhne, der älteste hieß Christian und der jüngste hieß Franz. Franz war aber viel größer, als sein älterer Bruder und stärker als sein Vater und Bruder zusammen, obgleich er viel jünger war. An einem Tage sprach der Vater zu seinen Söhnen: „Kommt, wir wollen in den Wald und etwas Brennholz holen.“ Sie giengen hin, konnten aber kein rechtes Brennholz finden. Da faßte Franz den größten Baum beim Stamme an und riß ihn mit der Wurzel heraus und nahm ihn auf die Schulter. So machte er es noch mit sieben oder acht von solchen Bäumen und sprach zu seinem Vater: „Wir wollen uns doch eine Tracht Brennholz mit nach Hause nehmen und nicht umsonst gehen.“ Er trug darauf die Bäume alle mit einander nach Hause. Aber der Vater sprach: „Du verschändest uns noch das ganze Holz, ein ander Mal sollst du nicht so viel herausreißen.“ Als sie daher das nächste Mal wieder in den Wald wollten, um Brennholz zu holen, sprach Franz: „Ich muß mir nur ein anderes Holz suchen oder einen andern Herrn; denn mit euch will ich nicht wieder gehn.“ Darauf gieng Franz allein fort und wanderte weiter in den Wald hinein. Wie er nun da so umhergieng, so begegnete ihm ein kleiner Mann, der hieß Hermanni, und redete ihn an und fragte ihn, wenn er einen Dienst suche, ob er nicht Lust hätte, bei ihm einzutreten? „Ja,“ sagte Franz, „warum nicht, wenn der Herr guten Lohn gibt!“ Da antwortete Hermanni: „Du erhältst vierhundert Mark Lohn und zweihundert Mark zum Gottespfenning; du hast dafür weiter nichts zu thun, als meinen braunen Hengst aufzupassen und um etwas anderes hast du dich nicht zu kümmern.“ Franz war mit dem Lohn zufrieden und der Herr führte ihn auf sein Schloß, das auf einem hohen Berge lag. Da muste Franz den Hengst aufpassen; er striegelte und fütterte ihn alle Tage und versah seinen Dienst, wie es sein muste.

Als nun das Jahr um war, kam der Herr wieder zu Franz und fragte, ob er nicht Lust hätte, wieder ein Jahr bei ihm zu bleiben? „Ja,“ sagte Franz, „aber ich möchte gerne mehr Lohn haben.“ Da sprach der Herr: „Ich will dir dies Jahr achthundert Mark Lohn geben und vierhundert Mark zum Gottespfenning; du hast dafür weiter nichts zu thun, als meinen Hengst aufzupassen, um was anderes darfst du dich nicht bekümmern.“ Franz entschloß sich gleich, noch ein Jahr bei Hermanni auf dem Schlosse zu bleiben; aber er bat um die Erlaubnis, doch einmal seinen Vater und Bruder besuchen zu dürfen. Der Herr antwortete: „Das kann auch gerne angehen; aber es ist nur keiner da, der während deiner Abwesenheit den Hengst aufwartete.“ Da sagte Franz: „Wenn weiter nichts im Wege ist, als das, so kann ich gehen, denn in einem Tage mache ich die Reise und bin am Abend wieder hier.“ Nun gieng Franz bald einmal zu seinem Vater und seinem Bruder, und die freuten sich sehr, daß sie ihn einmal wieder sähen, den sie so lange vermißt hatten. Der Vater fragte ihn, wo er denn so lange gewesen sei. Aber Franz antwortete: „Das kann ich euch nicht sagen.“ Und als Franz Abends wieder nach dem Schlosse wollte, bat sein Bruder Christian ihn begleiten zu dürfen und wollte mit. Aber Franz sprach: „Wo ich hingehe, dahin kannst du mir nicht folgen;“ er gieng nun allein wieder nach dem Schlosse seines Herrn. Da kam dieser am andern Morgen zu ihm und sprach: „Franz, siehst du da zu Norden im Schlosse eine Thür? Die must du ja nicht aufmachen, sonst wird es dir schlecht gehen; bist du mir aber gehorsam, sollst du es auch ferner gut bei mir haben.“ Franz versprach das seinem Herrn, versah treulich seinen Dienst und das Jahr vergieng ihm so schnell, daß es ihn däuchte, es wären nur wenige Tage gewesen.

Als das Jahr vorüber war, kam der Herr Hermanni wieder zu Franz und fragte ihn, ob er wohl wieder bei ihm bleiben wollte. Franz antwortete, daß ers schon zufrieden wäre, wenn er nur etwas mehr Lohn bekäme. Da sprach der Herr: „Ich will dir für dies dritte Jahr sechszehnhundert Mark Lohn geben und achthundert Mark zum Gottespfenning, du weist, wie du deinen Dienst zu versehen hast.“ Franz diente nun bei dem Herrn auch noch das dritte Jahr. Als es aber beinahe um war, war der Herr verreist. Da dachte Franz: „Du könntest doch einmal die Norderthür des Schlosses öffnen, um zu erfahren, was da zu sehen ist. Das kann doch nicht so viel schaden und der Herr merkts nicht; der ist ja nicht zu Hause.“ Franz gieng also zu der Thür und öffnete sie ohne sich lange zu bedenken. Da befand er sich mit einmal in einem wunderschönen Garten voll ganz wunderbarer Blumen; denn alle Sträuche, die er sah, die waren von Demant, Gold und Silber. Da pflückte Franz von jedem Strauche sich ein Sträußchen ab, wickelte sie in sein Taschentuch und steckte sie zu sich. Dann gieng er wieder aus dem Garten; als er nun aber in den Stall kam, konnte der Hengst zu seiner Verwunderung sprechen und fieng an zu reden: „Franz, was hast du gethan! Sattle mich nur gleich und schwing dich auf; die Flucht allein kann uns retten, wir sind sonst beide des Todes.“ Schnell that Franz wie der Hengst ihm befohlen hatte, sattelte ihn und schwang sich drauf und in fliegender Eile jagte er davon.

Als sie nun schon viele Meilen weit gekommen waren, sprach der Hengst zu Franz: „Sieh dich einmal um, mich dünkt, es kommt was hinter uns drein!“ Franz sah sich um und sprach: „Ja, der Herr hat uns schon beinahe eingeholt.“ „So wirf deine Reitpeitsche hinter dich,“ sprach der Hengst, und wie Franz das gethan hatte, war hinter ihnen ein großer hoher dichter Zaun, daß der Herr lange arbeiten muste, ehe er hindurchkam. Unterdeß waren Franz und der Hengst weit voraus gekommen. Endlich aber sprach der Hengst wieder zu Franz: „Sieh dich einmal um, mich dünkt, es ist was hinter uns.“ Franz sah sich um und rief: „Ja, der Herr ist uns gleich auf den Fersen.“ „So wirf deinen Mantelsack hinter dich,“ sprach der Hengst, und als Franz das gethan, stand ein großes Gebirge hinter ihnen, viele tausend Fuß hoch. Da hatte der Herr erst lange zu klettern, ehe er hinüber kam, aber er holte die Flüchtlinge am Ende doch wieder ein. Da sprach der Hengst zu Franz: „Sieh einmal hinter dich, mich dünkt es kommt wieder was.“ „Ja,“ rief er, „der Herr ist uns wieder ganz nahe.“ „So wirf die Pferdedecke von dir,“ sagte der Hengst; da entstand zwischen ihnen und dem Herrn Hermanni ein großes Wasser; da konnte er nicht hinüber kommen und nicht durchwaten, und darum legte er sich nieder und wollte es austrinken. Aber es war eine solche Menge Wasser da, daß er davon mitten von einander barst und starb. Nun ritt Franz noch eine Strecke weiter und kam bald zu einem anmuthigen, grünen Holze. Da ließ er seinen Hengst grasen, legte sich selber in den Schatten und verzehrte seine Kost, soviel er mitgenommen hatte, und nachdem er seine Mahlzeit gehalten, schlief er ermüdet von der beschwerlichen Reise ein.

Als Franz die Augen wieder aufschlug, stand da ein Tisch vor ihm und auf dem Tische lag ein Schwert. Da sprach der Hengst: „Jetzt hau mir mit dem Schwerte den Kopf ab!“ „Das wäre ja der größte Undank, den ich an dir begehen könnte,“ antwortete Franz; „du hast mir so viel Gutes erwiesen und ich sollte dir dafür das Leben nehmen?“ „Thue es nur,“ sprach der Hengst, „es wird dein Glück sein und meines.“ Weil der Hengst nun so viel bat, nahm Franz zuletzt das Schwert und hieb ihm den Kopf ab; da stand mit einem Male eine schöne Dame vor ihm und sprach: „Fürchte dich nicht, lieber Franz! Ich bin eine Prinzessin von Rußland und war von dem bösen Hermanni entführt und in einen Hengst verzaubert. Nun hast du mich erlöst und vorher hast du mich immer so gut bedient; dafür werde ich dir allezeit dankbar und hilfreich sein. Darum hast du hier einen kleinen Stock; damit schlage, sobald du in Noth bist, nur an diesen hohlen Baum; dann werde ich dir aus jeder Verlegenheit helfen.“ Franz nahm das Stöckchen zu sich, dankte der Prinzessin und nahm von ihr Abschied; dann begab er sich zu Fuß auf den Weg und kam bald in eine Königsstadt. Da, dachte er, müste er bleiben und er erkundigte sich, ob nicht etwa ein Gärtner einen Burschen brauchen konnte. Die Leute wiesen ihn zu einem Gärtner, der seinen Garten neben dem Schlosse des Königs hatte. Franz fragte, ob er ihn nicht als Lehrling annehmen wollte; dem Gärtner gefiel der Junge, sie wurden sich einig und Franz trat bei ihm in Dienst.

Nun wies der Gärtner ihm verschiedene Arbeiten an, aber Franz verstand nichts davon und machte alles schlecht. An einem Tage sollte er aus einem Beete, worauf Wurzeln gesäet waren, das Unkraut ausgäten. Der Gärtner sagte: „Das Kraut mit den krausen Blättern must du stehn lassen; denn das sind die Wurzeln; alles andere aber ist Unkraut, das raufe aus.“ Franz zog nun ein Kraut mit krausen Blättern auf, aber er fand keine Wurzeln daran; da dachte er, es sind keine Wurzeln, und zog die Wurzeln nebst dem Unkraut auf. Als nun der Herr kam und sah, daß das ganze Beet verwüstet war, ward er sehr ärgerlich und sagte: „Geschiehts noch einmal, so jage ich dich aus dem Dienst.“ Er wies ihn darauf an, daß er Kartoffeln hacken sollte und zeigte ihm so und so und lehrte ihn wie ers machen müsse, daß die Knollen nicht beschädigt würden und die Pflanzen alle in der Reihe stünden, mit den Rillen dazwischen. Als aber der Herr fortgegangen und Franz allein fortarbeitete, so hackte er alles zu einem ebenen Felde. Nun ward der Herr noch verdrüßlicher und drohte: „Geschiehts noch einmal, so jage ich dich ganz gewis aus dem Dienst.“

Da schickte der Gärtner Franz einmal in den Garten und sagte ihm, er solle nachsehen wie der Weißkohl stünde. Franz kam in den Garten und der Kohl stand gut. Aber er würde doch noch besser aussehen, dachte Franz, wenn er wie die Sträuche im Garten des Herrn Hermanni wäre. Er langte in die Tasche und zog die Zweige hervor, die er damals abgebrochen, und bestrich damit den Weißkohl her und hin, daß er wie lauter Demanten und Gold und Silber funkelte. Das sah die königliche Prinzessin vom Fenster des Schlosses aus und sandte sogleich zum Gärtner und ließ ihm sagen, daß er ihr einiges Gemüse aufs Schloß schicke, aber sein Lehrbursch sollte es bringen. Der Gärtner that darauf junge Erbsen und Wurzeln in einen Korb und Franz gieng damit nach dem Schlosse.

„Guten Tag, Mädchen!“ rief er, als er eintrat; „Danke,“ war ihre Antwort; „Hier bringe ich dir Gemüse, Erbsen und junge Wurzeln.“ „Gut,“ sagte sie, „komm ein wenig herein, setz dich und iß ein wenig.“ „Das könnte ich auch wohl thun,“ sagte Franz, gieng zur Stube hinein, setzte sich an den Tisch, der mit Wein und schönen Speisen wohl besetzt war, und aß und trank, als wenn er in drei Tagen nichts gekriegt hätte. Die Prinzessin freute sich an ihm, als er aber satt war, sagte sie, was sie ihm für das Gemüse schuldig sei. „Hundert Thaler,“ sagte Franz. Die Prinzessin gab ihm das Geld, soviel er verlangt hatte; als er aber nach Hause kam und sein Herr ihn fragte, wie viel er bekommen habe, warf Franz die hundert Thaler auf den Tisch. Da rief der Herr: „Junge, da hast du viel zu viel genommen.“ „Nein,“ sagte Franz, „die Prinzessin hat sie mir gegeben.“

Nach einigen Tagen schickte die Prinzessin vom Schlosse zu dem Gärtner und bestellte abermals Gemüse, aber der Lehrjunge sollte es bringen. Da packte der Herr wieder junge Erbsen und Wurzeln in den Korb für Franz und schickte ihn hinauf. „Guten Tag, Mädchen,“ sagte er wieder, als er ins Haus trat. „Schönen Dank,“ antwortete die Prinzessin. „Hier bringe ich dir wieder Erbsen und Wurzeln.“ „Gut,“ sagte sie und nöthigte ihn herein wie das vorige Mal, bewirthete ihn aufs beste und Franz aß und trank, und trank ziemlich viel Wein, daß er zuletzt auf dem Stuhl einschlief. Da nahm die Prinzessin ihm heimlich die Sträuße von Demanten, Gold und Silber aus der Tasche, als er aber aufwachte, forderte er zweihundert Thaler für das Gemüse. Die Prinzessin gab sie ihm und Hans gieng vergnügt nach Hause. Aber sogleich als er in den Garten kam, langte er in die Tasche, da waren seine Sträuße weg. Er suchte und suchte, konnte sie aber nirgends finden, er ward ganz verdrüßlich und unzufrieden. Sein Herr merkte das und fragte, was ihm fehle und was er verloren. Aber Franz antwortete: „Das kann und will ich ihm nicht sagen.“

Nach einigen Tagen ließ die Prinzessin wieder Gemüse nach dem Schloß bestellen, und Franz muste damit hin. Als er eintrat, sprach er verdrüßlich: „Hier bringe ich euch das Gemüse.“ Die Prinzessin bat ihn nun, er möchte doch herein kommen und wieder ein wenig essen; aber Franz wollte nicht. Da fragte sie ihn, was ihm denn fehle? er wäre ja so mürrisch. „Was sollte mir wohl fehlen?“ sagte Franz, „meine Sträuße sind weg.“ Da antwortete ihm die Prinzessin: „Wenn es nur weiter nichts ist, so sei nur zufrieden; denn die Sträuße habe ich. Als du neulich hier warst, habe ich sie dir aus der Tasche genommen und nun will ich sie dir unter der Bedingung wieder geben, daß du mit mir zu meinem Vater gehst und uns einmal recht deine Kunst zeigst.“ Dazu war Franz gleich bereit; die Prinzessin führte ihn zu ihrem Vater, dem König, und sagte: „Hier bringe ich dir den größten Kunstmaler in ganz Europa.“

„Das will was sagen,“ sagte der alte König, „denn laß ihn einmal seine Kunst zeigen.“ Franz nahm nun seine Sträuße und bemalte den Tisch des Königs über und über mit einer Farbe, als wenn es lauter Demanten, Gold und Silber wäre. Der König erstaunte sich, beschenkte Franz reichlich und wollte ihn nach Hause schicken. Allein die königliche Prinzessin stellte ihrem Vater vor, daß sie den jungen Menschen noch heiraten möchte. Das wollte aber der König nicht; allein die Prinzessin sagte, wenn sie Franz nicht haben sollte, denn wollte sie gar keinen Mann haben. Da muste der alte König einwilligen; Franz ward geholt und gefragt, er sagte nicht nein und die Verlobung ward gefeiert. Da aber sprach der König zu Franz: „Mein Sohn, jetzt must du zusehn, daß du ein Schloß bekömmst; wie wirst du dazu Anstalt machen? du kannst doch nicht eher Hochzeit machen.“ Franz antwortete: „Ich verlange weiter nichts von euch, als den großen Heideviert, vierhundert Morgen groß.“ „Den sollst du haben,“ sprach der König, „aber was weiter?“ „Dafür laßt mich sorgen, lieber Vater,“ sagte Franz.

Am andern Morgen ritt nun Franz in aller Frühe nach dem Holze zu dem hohlen Baum, den ihm die verzauberte Prinzessin angewiesen hatte. Da schlug er mit dem Stocke, den sie ihm gegeben, daran, und sogleich war sie bei ihm und fragte, was er wolle. „Ich soll mir ein Schloß bauen,“ sagte Franz, „aber mir fehlt das Geld dazu.“ Da gab die Prinzessin ihm einen kleinen Beutel mit Geld und sagte: „Lange nur hinein und gib aus, er wird nie leer werden.“ Franz ritt darauf wieder zum König und sprach: „Jetzt habe ich Geld, nun wollen wir bauen.“ Aber der alte König antwortete: „Mein guter Sohn, das schlägt nicht viel an, um ein Schloß zu bauen; dazu gehören andere Summen.“ Franz aber sagte: „Ich glaube, daß es ausreicht, und daß in diesem Beutel mehr Geld ist, als in eurer ganzen Schatzkammer.“ Nun ließ der König das Geld zählen und Franz sein Geldbeutel ward gar nicht leer; je länger sie zählten, je mehr war darin. Da muste der König gestehen, daß sein Schwiegersohn reicher wäre als er, und nun gieng der Bau des Schlosses vor sich und es ward ein Gebäude, schöner und prächtiger, als irgend eins in der Welt.

Als das Schloß nun fertig war, lud Franz seinen Schwiegervater und seine Braut zu sich und zeigte ihnen alles. Sie waren ganz erstaunt über all die Pracht und den Glanz, aber der alte König sprach: „Es ist hier alles wohl herrlich und prächtig genug; aber mein Sohn, mir ist bange, daß wir bald von Krieg bedrängt werden. Eher kann doch aus der Hochzeit nichts werden.“ Der alte König ward ganz bekümmert und traurig; seine Ahnung trog ihn nicht, denn nach wenigen Tagen ließen mächtige Feinde den Krieg ansagen. Aber Franz war gutes Muths und sprach: „Wir haben uns nicht zu fürchten, wenn wir auch ungerüstet sind und nicht so zahlreich wie unsere Feinde; laßt mich nur sorgen, lieber Vater, ich will schon fertig werden." Er ritt darauf wieder in das Holz, klopfte an den hohlen Baum und da die Prinzessin von Rußland sogleich erschien, sprach er: „Nun bin ich wieder in Noth, unser Land ist mit Krieg überzogen, zu klein ist die Zahl unserer Leute gegen die Feinde; ich bitte dich, wenn du kannst, so hilf mir auch jetzt." Da gab die Prinzessin ihm ein Schwert und sprach: „Wenn du damit an einen Baum schlägst, so werden die Soldaten schaarweise herausmarschieren, so viele, als du nur brauchst."

Als Franz nun wieder zum König kam, hatte der die ganze Mannschaft des Landes aufbieten lassen, und waren da Alte und Junge, Arme und Reiche, Krüppel und Gesunde, Verheiratete und Unverheiratete und lagen alle zum Abmarsch bereit. Aber Franz fragte: „Was sollen all die Leute?" Der König antwortete: „Ich meine, wir haben noch lange nicht genug." Franz aber sagte: „Wir haben schon viel zu viel, lieber Vater, laßt nur alle die, denen Frau und Kinder nachgeweint haben, nach Hause gehen, und auch die Armen und die Alten und die Krüppel wollen wir hier lassen." Der König wollte das nicht zugeben, aber Franz sagte: „Weder können noch mögen diese kämpfen; laßt mich nur sorgen, wir wollen schon dem Feinde über werden."

Nun brach das Heer auf, und nachdem sie eine Zeit lang marschiert hatten, begegneten ihnen die Feinde. Deren waren so viele, daß man, so weit das Auge reichte, nichts als Soldaten und Soldaten sehen konnte. Das ganze Feld blitzte und funkelte von Waffen und die Luft erscholl von kriegerischer Musik. „Nun," sagte Franz, „wird es Zeit, daß wir auch Anstalt machen und mehr Soldaten holen." „Wo sollen die wohl herkommen?" fragte der König. Franz antwortete: „Geht nur ein wenig bei Seite, lieber Vater; sie sollen gleich aufmarschieren. Wie viel gebrauchen wir wohl?" Der König meinte, daß er scherze, und wollte es nicht glauben. Aber Franz rief: „Geht nur bei Seite, damit meine Soldaten euch nicht unter die Füße nehmen," und nun schlug er mit dem Schwerte an eine Eiche und sogleich kamen die Regimenter herausmarschiert, erst sechs Regiment zu Fuß, dann acht Regiment zu Pferde, dann zehn Regiment mit schweren Geschützen. Nun gieng die Schlacht an; aber als die Feinde nicht gleich weichen wollten, schlug Franz nur wieder an den Baum; da kamen noch zwölf Regimenter heraus. Da wollte der Feind die Flucht nehmen, aber er ward von Franz seinen Soldaten bis auf den letzten Mann vernichtet. Nun hatte der alte König nichts mehr dawider, daß die Hochzeit gefeiert ward, sondern er freute sich vielmehr, einen solchen Schwiegersohn an Franz zu bekommen. Da ward nun die Hochzeit angerichtet und mit großer Pracht und Herrlichkeit begangen, und wenn sie nicht gestorben sind, so leben die jungen Leute noch heute; soviel kann man sagen, daß sie allezeit glücklich waren und die Prinzessin nicht mit Franz betrogen war.

Aus Frestede in Ditmarschen. Es wird das Märchen mit dem Grefensberg zwischen dem Dorf und Quickborn und anderen Localitäten ziemlich unsicher in Verbindung gebracht. Ihm entspricht das unvollständigere dänische Märchen bei Winther Eventyr. S. 31. und das norwegische bei Moe und Asbiörnsen. N. 14. Unvollständiger auch bei Grimm K.-M. N. 136.

XIII.

Vom Bauersohn, der König ward.

En Buer seet up synen Hof, he weer en ryke unn anseenlike Mann unn harr dree Sæns, de all dree grote unn düchtige Jungens weren. As de nu to Joren kemen, sä de olle Buer: „Nu will ik gy nich länger by my hebben, gaet nu uet in de Welt unn seet to, wo gy afblyvt; de van gy sal na myn Afläwen den Hof hebben, de my de beste Fru int Hues bringt.“ Nu güngen de twe öldsten hen in dat neegste Dörp unn befryen sik mit de smuckſten unn wackersten Buerdeerns, de in dat Dörp weren unn damit kemen se werrer to Hues to ären Vatter. Awerst de jüngste Buersæn, de Hans heet unn den se tosnakt (zugeredet) harrn, dat he alleen synen Weg maken sull, de trök nu wyt weg dorch grote Woelde. As dat awerst Nacht warren sull, keem he för en Hues, da stünn en olle Hex in de Dœr unn de bäed' he, wat he nich de Nacht by äer slapen kunn. Da sä de olle Hex: „Ja, unn wenn du myn olle Witt (mein altes weißes Pferd) fodern wult, so väel, dat äer dat Voder bet an den Buek geit, * unn wenn du my den Kachelaven hitt maken wult, so hitt, dat ik da grad' noch up sitten kann, so sast du so lang' by my blywen as du sülven wult.“ Da sä Hans nich nä to unn güng' mit de olle Hex na dat Hues herin, foder de olle Witt, de up de Däel anbunnen stünn, dat äer dat Foder bet an den Buek güng unn bött (heizte) den Kachelaven so hitt, dat se da grad' up sitten kunn; darna kreeg he wat to äten unn to drinken unn würr up den Bœn (Boden) wyst to slapen. He leggt sik dael unn slöpt geruhig in unn denkt, hier by de Olsch is dat ganz goet, hier mutt ik eerst man en Tyt lank blywen.

Nu weren up den Bœn dree Finster. Morgens as de Sünn upgüng, waek Hans up; da sprüngen de dree Finster apen unn in dat eerste Finster keem en lütte bunte Vagel unn süng:

> Ik weet mael wat, wat du nich weest.
> »Wat weest du denn?«
> Ik weet enen Künnig ryk;
> De Künnig hett en groten Soet (Brunnen),
> He hett keen Water in synen Hoff.
> »Wo is dat denn to finden?«

* Daß sie bis an den Bauch in Futter, Heu und Stroh, stand.

Da sä de lütte Vagel: „In den Soet da liggt dree Kisten mit rodes Golt in versenkt; wenn ener nu so kloek is unn trekt de Kisten heruet, so hett de Künnig dat klorste Water.“ Da keem in dat twete Finster en anner lütte Vagel unn süng:

Ik weet mael wat, wat du nich weest.
»Wat weest du denn?«
Ik weet enen Künnig ryk,
De hett een lütt Bömeken leef;
De Boem dat is en Pappelboem,
De Boem de will nich wassen.
»Wo is dat denn to maken?«

Da sä dat lütte Vœgelken: „Ener mütt den Pappelboem uetryten; da wart he finden in de Eer' ünner de Boem twee grote Eddelsteen, dato en gulden Boek. De mütt he wegnämen, darna ward de Pappelboem wassen.“ Nu keem oek in dat drürre Finster en lütte Vagel flagen unn süng:

Ik weet mael wat, wat du nich weest.
»Wat weest du denn?«
Ik weet enen Künnig ryk,
De Künnig hett en Dochter leef,
De Dochter is de schönste Fru,
Blint is se nu
Unn kann nich seen.

„Wo kann äer denn holpen warrn?“ segt Hans. Da sä de lütte Vagel: „Ener mütt äer dat eerste Blatt gäwen, dat uet den Pappelboem uetbrikt, den de Künnig hett, unn he mütt äer in de Ogen seen den helen Dag unn de hele Nacht; denn ward de Künnigsdochter werrer gesunt warrn.“

As nu de Vagels wegflagen weren, stünn Hans up unn güng hendael to de olle Hex unn böd' äer goden Morgen. „Goden Morgen,“ sä se, „hest du niks dröemt?“ „Ja,“ sä he, „da hebbt dree Vagels by my west, de vertellen my van en Künnig, de harr en Soet unn keen Water up synen Hoff, unn he harr en Pappelboem, awers de Pappelboem wull nich wassen, unn he harr en Dochter, awer de Dochter de weer blint unn kunn nich seen.“ Da leet de olle Hex em straks de oel' Witt sadeln unn tümen unn sett em darup unn sä: „Nu ryd' loes unn do allens, so as dy heten is.“

De oel Witt güng nu mit em dörch den Woelt jümmer lyk uet, bet he keem in den Künnig synen Hoff; da leet he sik annämen as en Kœkenjung'. As da nu tokaekt warrn sull, sä de Kœksch to em: „Spann nu dyn oel Witt förn Waterwagen unn hael uns Water.“ Da müß he wyt weg fören dat Water to halen. So däd' he oek den tweten unn den drürren Dag. As he da awer werrer keem, sä he to de Kœksch: „Worüm mütt ik doch dat Water so wyde Wäge häer halen? unn hier hett de Künnig den schönsten Soet in synen Hoff.“ De Kœksch sä, dat de Soet wol in vörrige Tyden dat allerklorste Water in alle Lande hatt harr, he harr nu awer keen Water meer. Da sä Hans: „Da wüß ik wol Raet för.“

Dat würr nu den Künnig ansegt, dat de lütt Kœkenjung' för synen Soet Raet wüß. He leet den Kœkenjung' för sik kamen unn froeg em, wat he den Soet rein maken unn da klores Water in schaffen kunn? wenn he dat to Stande bringen wul, sul he em de angenäemste van alle Minschen syn. Hans sä den Künnig dat to, dat he dat wol doen wul, wenn de Künnig verspräken wul, em allens to gäwen, wat he uet den Soet heruettrök. Dat versprök em de Künnig unn lach. Hans awer steeg nu in den Soet dael unn trök da dree sware Kisten heruet; da weer da dat klorste reinste Water in den Soet. De Kisten weren awer vul luder rodes Gult, unn Hans weer nu de allerrykste Mann by den Künnig unn würr synen Kammerherr.

Nu güng de Künnig alle Dage in synen Gorden spatzeren, da harr he en Pappelboem, den harr he so leef; da see he alle Dage na. Awer de Pappelboem wul nich wassen unn sett keen Bläder an, unn dat weer doch all Summerdag. Da œwer würr de Künnig ganz bedröeft. Eenmael güng Hans nu mit em in synen Gorden spatzeren; as se by den Pappelboem kemen, stünn de Künnig daby still unn ween. Da sä Hans: „Herr Künnig, ik will em den Boem noch wassen maken, wenn he my allens gäwen will, wat ik by den Boem in de Eer' finn.“ Da sä de Künnig: „Ja, du salst allens hebben unn du salst my förban de leefste up Eerden syn.“ Nu reet Hans den Boem uet de Eer' unn da legen richtig mang de Wörteln twee grote Eddelsteen unn dat gulden Boek. Hans sett den Boem werrer in unn de füng' an to briwen, dat et en Lust an toseen weer. De Steene awer steek he in syne Dasch unn van Stund an würr he so kloek unn so wyse as noch nümmer keen Minsch up Eerden wäsen is, unn he kunn nu al de geheime Geschrift läsen, de in dat gulden Boek stünn. De Künnig kreeg nu oek bald Kundschaft van synen kloren Verstand unn syne grote Wysheet; da möek he em to synen vörnäemsten Raetgäwer unn sä em all syne Heimlichkeet.

Up enen Dag da vertell em de Künnig nu oek syne grötste Noet, dat he man ene Dochter harr, de weer em so leef as syn egen Läwen, awer nu all so väle Jore blint, unn harr alle Meister äre Kunst daby umsünst syn müst. Da sä Hans: „Herr Künnig, ik getrue my wol, se em werrer gesunt to maken, wenn he my tweerlei verlöven wul: eerstlik, dat ik van den schönen Pappelboem de besten Bläder afplücken kann, de toeerst uetbräken, unn tom tweten, dat ik veer unn twintig Stunden mit syn Dochter alleen syn kann.“ Da sä de Künnig up: „Dat gäwe ik to mit Freuden.“ Hans brök nu de eersten Uetschüß van den Päppelboem uet, damit güng' he to de Prinzessin unn slöt de Dœr achter sik af. Nu leg he de Bläder van den schönen Boem äer up de beden Ogen, da däed' se äre Ogen up. Darna see he äer so lang' in de Ogen, bet se syne Ogensteren blinken seen kun, unn darna so lang' bet se syn Gesicht seen kunn, unn darna werrer so lang', bet se em sülwen seen kunn, unn daerna allens wat se süst noch seen wul. Unn em wul nu bedünken, dat he noch nümmer so schön ene Fru seen harr, unn de Künnigsdochter weer nu oek ganz verleevt in em.

As de Künnigsdochter nu werrer seen kun, sä de Künnig, dat se nu oek en Mann hebben sul. Denn de Künnig harr kenen Sœn unn he wul hebben, dat syn Dochtermann dat ganze Ryk na synen Doet to stüern hebben sul. So sä nu syne Dochter, dat se kenen annern Mann hebben wul, as den, de se gesunt maekt harr. Da leet de Künnig grote Hochtyt anrichten unn Hans de Prinzessin antruen. Unn nich lang' daerna bleef de olle Künnig doet unn Hans weer nu Künnig. Da sä he: „Nu ward dat Tyt, dat ik werrer to mynen Vatter kaem.“ He leet nu syne Fru vöruetreisen unn leet by synen Vatter seggen, he sul en groet Gastmael torichten laten, de Künnig sülven würr bald nakamen. As de Buer unn syne beiden öldsten Sœns dat hören, leten se de Fru Künnigin wol bewеerten unn noch en grotes unn herrlikes Gastmael torichten. Hans awer reis' allene na. He keem werrer to de olle Hex in den groten Woelt, de bäed' he, dat se sik up en olle Schuefkaer setten sul, unn so föer he se hen na synen Vader synen Hoff. As he nu by synen Vader ankeem mit de olle Hex up de Kaer, da sä he, dat weer syn Fru; da weer da en groet Gelächter œwer em, unn syne Bröder dachen, se harrn doch bätere Fruen to Hues bröcht unn de Buerhoff weer nu äer. Hans stell sik an as en Narr unn harr se alle för Narren. As se nu to Disch gaen sullen, sett he sik by de Künnigin dael; da sä syn Vatter to em: „Ga du annerswägen hen sitten, du dummdrystige Jung'!“ unn slöeg na em mit den Kœkensleef. Da awer slöeg Hans synen Arm üm de Künnigin ären Hals unn se sä nu: „Sul de nich by de Künnigin sitten, de äer rechte Herr unn Eegemael is?“ Da kunnen de annern wol seen, dat Hans de Künnig syn müß, unn weren ganz vergnöegt, syn Vatter awer sä, dat he em nu den Hoff oek tospräken müß, denn he harr de schönste unn beste Fru int Hues bröcht. Da sä Hans: „Dat is oek wol recht, awer wylen ik nu Künnig bin, wil ik den Hoff myne Bröder schenken.“

Aus Kurborg am Dannewerk durch Cand. Arndt. S. Grimms H. M. N. 29.

XIV.

Der faule Hans.

Es war einmal ein Junge, der hieß Hans; der war so faul, daß wenn ihm eine Fliege auf der Nase saß, er die Hand nicht rühren mochte, um sie wegzujagen, und hätte er auch zehn Thaler damit verdienen können. Einmal sollte er seiner Mutter Wasser holen; da aber war ihm der Weg zu weit und der Eimer war ihm all zu schwer, um ihn so weit zu tragen. Da sagte seine Mutter: „So nimm die Schiebkarre und fahr ihn hin.“ Hans nahm eine Schiebkarre und fuhr mit dem Eimer zum Brunnen. Als er nun bei des Königs Schloß vorüber kam, stand da die Prinzessin am offenen Fenster und schaute auf die Straße, und sie sah auch den faulen Hans mit dem Eimer auf der Schiebkarre. Da muste sie gewaltig lachen und lachte so laut, daß Hans und alle Leute unten es hörten. Hans ward ärgerlich und dachte, könnte ich dir doch einmal was wünschen!

Als er nun zum Brunnen kam, so lief da ein kleines allerliebstes Goldfischchen heraus; Hans wollte es mit nach Hause nehmen. Aber das Goldfischchen hub an zu sprechen und bat so viel, er möchte es doch wieder laufen lassen, er könnte sich auch dafür wünschen, was er wollte. „So wünsche ich, daß die Prinzessin noch vor Abend einen kleinen Jungen kriegt,“ sagte Hans, und ließ den Goldfisch wieder laufen. Als nun der Abend kam, so hatte die Prinzessin auf dem Schlosse einen kleinen Jungen und niemand wuste, wer der Vater wäre. Da wollte aber der König doch, daß seine Tochter den Mann bekäme, der der rechte Vater sei. Darum ließ er überall in seinem Reiche ein Gebot ausgehen, daß alle Männer aus dem ganzen Lande sich an seinem Hofe versammelten. Und als nun der bestimmte Tag kam, gab die Prinzessin ihrem kleinen Jungen einen goldenen Apfel in die Hand und stellte ihn mitten in den großen Saal, und der sollte sein Vater und ihr Gemahl sein, wem von den Männern er den goldenen Apfel geben würde. Nun kamen zuerst all die Fürsten und die Herzöge und die Grafen herein, darauf auch alle Edelleute und alle andern Herrn des Landes, aber das Büblein blieb unbeweglich und reichte keinem den Apfel. Darauf kamen nun die Minister und alle Diener und Beamte des Königs von den Höchsten bis auf die Nachtwächter; aber das Büblein rührte sich nicht. Darauf musten auch die geistlichen Herren und die Kaufleute und die Bauern und die Handwerker und die Tagelöhner, die Dienstknechte und alle bis auf den Schinder herein in den Saal und giengen an dem Jungen vorüber; aber der rührte sich nicht. Als sie aber alle vorübergegangen waren und der König glaubte nicht anders, als daß alle Männer aus seinem Lande da gewesen wären, so kam noch Hans in den Saal gestolpert, den hatte seine Mutter mit Gewalt hinaustreiben müssen; aber kaum sah ihn das Büblein, so lief es auf ihn zu und reichte ihm den goldenen Apfel. Da ließ der König eine große Hochzeit anrichten und Hans muste die Prinzessin heiraten, und sie hatte zum letzten Mal über ihren eignen Mann gelacht.

Durch Storm aus Husum.

XV.

Das Märchen vom Kupferberg, Silberberg und Goldberg.

Da weer mael en König; de König harr en Dochter unn de Dochter schull en Mann hebben. Do leet de König dörch syn ganz Lant bekannt maken, dat wenn daer een weer, de dree Daeg syn nägen Hasen höden kunn unn nöesten uk dree Daeg mitten Papen * fechten wull, de schull syn Dochter hebben; kunn he dat awer nich, schull em de Hant afhaut unn he lebendig in Öel kaekt warrn. Nu weer da uk en Buer de harr dree Sœns unn de jüngst' heet Dummhans, wyl he so dumm weer. As de Sœns dat nu hören, wat da de König harr bekannt maken laten, do sä de Öldst to synen Vader: „Vader, laet my man hen, ik will den König dree Daeg de Hasen höden unn dree Daeg mit den Papen fechten unn de Prinzessin to Fru hebben.“ De Vader wull dat ganz nich hebben unn sä nä; awer de Jung' leet ganz ni na to bäden, unn de Vader muß oplezt ja seggen unn em Verlöef gäwen. Do krigt he denn en Aschpankoken unn en Buttel mit Water mit op de Reis' unn güng foert. As he nu en Enden gaen harr, kummt em en olen Mann in de Möet (begegnet ihm) unn dat weer de lewe Gott. De fraegt em, warum he so trurig is unn wo he hen will. Do will de Jung' em niks seggen, unn sä, he kunn em doch ni helpen. De Jung' gung wyder, kummt by den König an unn meldt sik: „Guden Dag, Herr König;“ „guten Tag, mein Sohn, willst du mir meine Hasen hüten?“ fraegt em de König. „Ja,“ sä he. Do worden de Hasen uetlaten unn weren in den Ogenblick uet enanner staben, as wenn de Wint se wegweit harr. Do word' em eerst de Hant afhaut unn he denn lebendig in Öel kaekt.

Nu wull de twete Sœn to Wäg'. Awer de Vader wull dat ganz nich togäwen, wyl synen öldsten Sœn dat so gaen weer. De Jung' leet awer nich eer Rau (Ruhe), bet de Ole em Verlöef gift; do krigt he uk en Aschpankoken unn en Buttel Water mit. As he nu en Enden henkumt, bemött em de ole Mann wedder unn froeg, wat he so trurig weer unn wo he hen wull. De Jung' wull em uk

* So ward erzählt und der Erzähler leugnete, daß es Drake (Drache) heiße.

niks seggen, he kunn em doch niks helpen. He kummt nu by den König an: „Guden Dag, Herr König," sä he. De König fraegt em: „Guten Tag, mein Sohn, willst du auch die Hasen hüten?" „Ja, dat wull ik noch," antwoert he em; as do awer de Hasen uetlaten worden, weren se uk in den Ogenblick weg unn dat gung em äbenso as synen Broder: em word' eerst de Hant afhaut, unn darop word' he lebendig in Oel kaekt.

Nu wull Dummhans uk hin. Awer de Vader sä, dat he ja de Letzte weer vun syn Bröder, he kunn em nich missen, he schull to Hues blywen; wo de Kloken nich dörchkamen weren, da schull he syn Daeg nich dörchkamen. Dummhans awer wull sik nich holen laten unn güng loes; he krigt uk en Aschpankoken unn en Buttel Water mit. As em nu op den Weg de ole Mann bemött unn em froeg, wat he so trurig weer, do antwoert he em unn sä: „Myn beiden Bröder hebbt den König all (schon) de Hasen höden wullt, de sünt awer all beid' unglücklich wäsen; nu will ik uk hen, ik weét dat awers ganz nich antofangen." Do sä de ole Mann: „Wenn du my mael satt äten unn drinken laten wullt, so will ik dy en Raet gäwen." Do segt Hans: „Wenn du myn Kost man magst, so kumm häer;" unn he gift den olen Mann vun den Aschpankoken to äten unn uet den Buttel Water to drinken. As de ole Mann nu satt is, do gift he Hans en lüttjen witten Stock; wenn he daer op enen Enden op fleut, so sünt de Hasen wyt weg, fleut he awers op den annern, sünt se all neeg by. Unn he segt em uk noch: „Wenn du nu mit de Hasen unnerwägens büst, so kumst du op enen Barg, unn wenn du da büst, so kumt de Rys', den de Barg höert, heruet unn fraegt: „Jung', wat wullt du hier op mynen Barg?" Denn mustu antwoerten: „Gott, ik weer güstern op synen Broder synen Barg unn de hett my niks seggt;" unn denn segt de Rys': „Ja denn kumm häer unn see my en bäten op den Kopp to." Denn mustu doen wat he seggt; wenn awer de Rys' inslöpt, so mustu em mit den lütten Stock in de Dünn' (die Tinne, die Schläfe) slagen, so is de Rys' doet. Denn mustu em allens afnämen. Unn so schall dy dat jeden Dag gaen." Hans bedankt sik nu by den olen Mann unn gung synen Weg.

Nu keem he by den König an: „Dag, Herr König." „Guten Tag, mein Sohn, willst du mir auch die Hasen hüten?" „Ja wul, Herr König, dat wull ik noch," sä Hans. De Hasen worren uetlaten; do fleut he op den enen Enden vun syn lütten Stock, do weren de Hasen œwer alle Bargen. Do fleut he op den annern Enden, do weren se alle nägen neeg by em. He dreef nu mit se loes unn hött se, unn keem balt op en hogen Barg. As he da nu op is, so kummt de Rys' heruet unn segt: „Jung', wat wullt du hier op mynen Barg?" „Gott," segt Hans, „ik weer güstern op syn Broder synen Barg unn de hett my niks seggt." Do sä de Rys': „Ja denn kumm häer unn see my en Bäten op den Kopp to." Nu läe' (legte) de Ryſ' ſik dael mitten Kopp in Hans ſyn Schoet, unn Hans ſeeg em den en Bäten na; he ſlöpt awers bald in. Do neem Hans ſynen lütten witten Stock unn ſloeg em' damit in de Dünn'; do weer de Ryſ' doet. Nu viſenteer' he em allerwägens de Taſchen, unn funn' da en groten koppern Slœtel in; de Slœtel paß' ganz akkraet to den Barg. Hans ſloet den Barg damit op unn güng herin. Do hung' da annen Bœn en groet koppern Swäert unn unner dat Swäert hung en Buttel, da ſtunn op ſchräwen:

> Wer aus dieſer Flaſche trinkt,
> Der kann mich ſchwingen wie der Wind.

Hans drunk nu eenmael uet den Buttel; do is em dat Swäert noch ſo ſtyf as en Broetmeß; he drinkt tom tweten Mael, do kunn he't all en lütt Bäten rögen (bewegen); awer as he tom drütten Mael drunk, do kunn he't ſwingen wie der Wind. Nu wull Hans ſik dat allens en bäten in den Barg beſeen, do gung he in de Stuew, do leeg da en Fru int Bett unn ſleep mit en lütt Kint innen Arm. De haut Hans glyks den Kopp af. Nu keem Hans in den Stall; do ſtunn da en ſadelt Päert mit en koppern Sadel unnen koppern Toem unn en Hunt mit en koppern Halsband weer daby. He gift de beiden nu eerſt wat to fräten unn fodert ſe; nöes ſlutt he den Barg achter ſik to unn drift mit de Haſen naen König. Dat weer de eerſte Dag.

As he nu 'sAbends werrer na Hues keem, freu' de ol' Vader ſik œwer de Maten, dat em dat ſo guet gaen weer. Den annern Morgen kreeg Hans wedder ſyn Aſchpankoken unn ſyn Buttel Water mit unn gung loes. Do bemött em de ole Mann wedder unn froeg, wo em dat gaen weer. „Och ganz ſchön," ſä Hans unn vertell em allens, unn geef em wedder vun den Aſchpankoken af to äten unn uet den Buttel Water to drinken. Do ſä de ole Mann, dat he dat vun Daeg (heute) man äbenſo maken ſchull, unn wenn he op den tweten Barg keem, keem da wedder en Ryſ' heruet unn ſä': „Jung', wat wullt du hier op mynen Barg?" Denn muſtu ſeggen: „Gott, ik weer güſtern op ſyn Broder ſynen Barg unn de hett my niks ſeggt." Denn ſegt de Ryſ': „Denn kumm häer unn ſee my en Bäten op den Kopp na." So muſtu em doet ſlagen unn em allens afnämen." Hans gung nu wedder toen König: „Dag, Herr König!" „Guten Tag mein Sohn, willſt du mir wieder die Haſen hüten?" „Ja wul, Herr König," ſegt he. Do worren de Haſen uetlaten: Hans fleut op den enen Enden, do weren de Haſen œwer alle Bargen; Hans fleut op den annern, do weren ſe all neeg by em. Nu keem he den Dag op den tweten Barg; do kummt da de Ryſ' heruet: „Jung', wat wullt du op mynen Barg?" „Gott," ſegt Hans, „güſtern weer ik op ſynen Broder ſynen Barg unn de hett my niks ſeggt." „Ja denn kumm häer unn ſe my en Bäten op den Kopp na," sä de Rys'. As nu de Rys' mit den Kopp in Hans synen Schoet leeg unn insleep, sloeg he em mit den Stock in de Dünn', do weer de Rys' doet. Nu söch' he em in de Taschen na unn funn en groten sülvern Slœtel, de paß uk to den Barg. Hans sloet den Barg op unn gung herin, do hangt da annen Bœn en groet sülvern Swäert unn darunner en Buttel, darop stunn schräwen:

Wer aus dieser Flasche trinkt,
Der kann mich schwingen wie der Wind.

Hans drunk eenmael, do weer dat Swäert so styf assen Broetmeß; he drunk tom tweten Mael, do kunn he't en lütt' Bäten rögen; he drunk tom drütten Mael, do kunn he't swingen wie de Wind. Hans gung nu in de Stuev, do leeg da en Fru int Bett unn harr twe Kinner in den Arm unn slöpt: Hans haut se den Kopp af. Nu kummt he in den Stall: so steit da en Päert mitten sülvern Sadel unn en sülvern Toem unn en Hunt mit en sülvern Halsband liggt daby. Do gift he se eerst wat to fräten, slutt den Barg to unn drift na Hues. He geit awer noch eerst in den Kopperbarg fœr unn fodert da uk syn Päert mit den koppern Sadel unn den Hunt mit dat koppern Halsband unn bringt denn den König syn Hasen wedder hen. As he 'sAbends nu na Hues kummt, ward syn Vader noch väel vergnöegter unn lœft em, dat he so'n kloken Jungen is. Dat weer de twete Dag.

Den drütten Dag kreeg he wedder syn Aschpankoken unn syn Buttel mit Water mit. De ole Mann bemött em wedder unn Hans vertelt em allens. He gift em vun den Aschpankoken af unn uet den Buttel Water to drinken, da segt de ole Mann, dat he op den drütten Barg en Rysen finden schall, denn he uk doet slagen mutt. Hans gung nu tom König unn de Hasen worren uetlaten; he hött se den Dag wedder unn keem nu op den drütten Barg. Da kummt de Rys' heruet unn sä: „Jung', wat wullt du op mynen Barg?" „Gott," sä Hans, „ik weer güstern op syn Broder synen Barg unn de hett my niks seggt." Do sä de Rys': „Ja denn kumm häer unn see my en Bäten op den Kopp to." Do muß Hans em op den Kopp toseen unn as de Rys' insleep, sloeg he em mit synen Stock doet. Do funn he in den Rysen syn Tasch en groten golden Slœtel to den Barg. Hans sloet den Barg apen unn funn da en golden Swäert mit en Buttel darunner, darop schräwen stunn:

Wer aus dieser Flasche trinkt,
Der kann mich schwingen wie der Wind.

Da drunk Hans nu dreemael uet, dat eerste Mael weer em dat Swäert noch styf as en Brotmeß, dat twete Mael kunn he't en lütt Bäten rögen, dat drütte Mael kunn he't swingen wie de Wind. Nu gung he in de Stuev, da sleep da en Fru mit dree Kinner; de hau Hans den Kopp af. In den Stall stunn en opsadelt Päert, dat harr en golden Sadel unn en golden Toem unn de Hunt harr en golden Halsband. Do gift he se wat to fräten unn slütt den Barg to; nöest geit he eerst noch in den Sülverbarg, do uk in den Kopperbarg fær unn fodert da syn Päer' unn syn Hunnen; denn drift he to den König. As de em nu mit de Hasen ankamen süht, segt he: „Ja, mein Sohn, jetzt bist du hiermit fertig, aber du must nun auch noch drei Tage mit dem Papen fechten. Jeden Tag must du mir eine Zunge bringen und die Zunge muß immer ganz genau passen." Dat weer nu de drütte Dag.

Den annern Morgen hael Hans sik nu uet den Kopperbarg dat Päert mit den koppern Sadel unn den koppern Toem, unn den Hunt mit dat koppern Halsband; dat koppern Swäert harr he an de Syt hangen. Damit ree' he loes unn nu keem de Paep mit dree Köpp op em to. Hans trok syn Swäert unn in enen Slag harr he alle Köpp herunner. Do söch' he sik den rechten Kopp uet unn snee' de Tung uet unn broch se na den König.

Den tweten Dag gung Hans wedder hen unn neem sik uet den Sülverbarg dat Päert mit dat sülvern Geschirr unn den Hunt mit dat sülvern Halsband; an syn ene Hant harr he dat Päert unn den Hunt uet den Kopperbarg unn op beide Syden harr he een Swäert. As em nu de Paep bemött, so hett he süß Köpp. Do haut em Hans eerst mit dat koppern Swäert dree af in enen Slag, unn darop mit dat sülvern Swäert de annern dree Köpp. Denn süht he wedder to, dat he de rechte Tung' krigt, de passen deit, unn schnitt se uet unn bringt se na den König.

Den drütten Dag geit he na den Goldbarg. Do sett he sik op dat Päert mit den golden Sadel unn den golden Toem unn nimmt den Hunt mit dat golden Halsband mit sik; to beiden Syden awer hett he de annern Päer' gaen uet den Sülverbarg unn Kopperbarg, unn alle dree Swäerter harr he sik umbunden. Do keem de Paep unn harr nägen Köpp. Nu nimmt Hans eerst dat koppern Swäert unn haut em dree herdael, unn denn nimmt he dat sülvern Swäert unn haut de annern dree af, unn opletzt nimmt he dat golden Swäert unn haut de letzten dree weg. Do seeg he wedder to, dat he den richtigen Kopp kreeg unn de Tung paß'; unn denn ree' he tom König unn meldt em, dat de Paep nu doet weer, unn hier weer de letzte Tung. Do word' de König ganz vergnöegt unn Hans muß mit syn Dochter Hochtyt gäwen.

Unn dat weer en Fest!
Weerst du da oek mit west!
Da kreeg ik en lütte Mues,
Da reed' ik op na Hues,
Da trok ik se in den Stall —
Nu is myn Vertellen all.

Aus Meldorf. — Man erzählt auch die Geschichte vom Dummhans mit seinen verschiedenen Pferden in Verbindung mit dem bekannten Märchen vom Ritt auf den Glasberg um eine schöne Königstochter. Hans gibt sich nie zu erkennen, bis später die Prinzessin mit einem andern Hochzeit geben will. Da dient er als Küchenjunge am Hofe; bei der Tafel begießt er absichtlich die Prinzessin, der König will ihn bestrafen lassen, da schlägt Dummhans seine schlechten Kleider zurück und erscheint in seiner goldenen Rüstung. Man vgl. Grimm K.-M. N. 165. (Vom Schiff zu Wasser und zu Lande gibts hier ein besonderes Märchen.) Bechstein Märchenb. S. 128.

XIV.

Hans mit de ysern Stang'.

En ryk Künnig, de harr mael dre schöne Döchter; de harren jeder en gulden Klenod, mit grote Kunst maekt; de ölste harr en gulden Sünn, de twet en gulden Steren, de drürre en gulden Maen. De dre Künnigdöchter gingen alle Mirdag in ären Rosengorden mit äre Klenoden unn gingen da spatzeeren. Da kemen eenmael dre Rysen unn nemen de dre Künnigsdöchter mit sik weg, unn föerden se in ären Barg'. As de Künnig se nu to Disch ropen leet, da weren se in den ganzen Gorden nich to finden; do würr de Künnig gor so bedröevt, dat he nich wüß, wo syne Döchter weren; unn he leet dörch dat ganze Lant uetropen, wer em syne Döchter mit äre gulden Klenoden werrerbringen kunn, de sull syn Dochtermann warrn, unn sull dat halve Künnigryk hebben unn na synen Doet dat hele; de olle Künnig harr syne Döchter gor to leew. *

Nu weer da en Jung', de weer so stark as en Rys' unn würr heten de starke Hans unn harr en ysern Stang' toen Spatzeerstock. Hans mitte ysern Stang' de höer oek daervan, wat de Künnig harr bekannt maken laten; da löep he syne Öllern weg. Nu keem he in en groten Woelt, da reis' he väle Dage in; toletzt dröpt he daer en Mann, de weer daby Steen to klöwern (zu spalten). Den birt he üm Gesellschaft unn fraeg em: „Wo heest du?“ „Steenklöwer bün ik; wo ik heet, dat weet ik nich,“ weer de Antwoert. „Wistu mit my gaen?“ fraeg' Hans mit de ysern Stang'; da sä de Steenklöwer mitten frischen Moet ja. Nu gingen de beiden wyder mit enanner, ümmer wyder in den Woelt henin. Da fünnen se den tweten Dag

* Das ditmarsche Märchen sagt: Die Königstöchter waren noch nie in einem Walde gewesen. Endlich nach langem Bitten erhielten sie von ihrem Vater Erlaubnis dahin zu gehen. Da erschien ein verwünschter Esel und leitete sie in einen Berg; denn sie liefen immer hinter ihm her, weil sie so ein Thier noch nie gesehen hatten.

enen Mann by't Bretsagen; Hans mitte ysern Stang' fraeg' em: „Wo heest du?“ „Bretsager bün ik; wo ik heet, dat weet ik nich.“ „Wistu mit uns gaen?“ De Bretsager besinnt sik nich lang' unn segt ja mit enen frischen Moet. As de dre nu wyder innen Woelt henin kemen, da fünnen se den drürren Dag enen Mann by't Holtklöwen. Hans mitte ysern Stang' fraeg' em: „Wo heest du?“ Da antwoert he up: „Holtklöwer bün ik; wo ik heet, dat weet ik nich.“ „Wistu mit uns gaen?“ Da sä de Holtklöwer oek mit enen frischen Moet ja unn se nemen em oek mit. *

Nu tröKken de veer noch lange dörch wilde Woelde unn fünnen kene Hüser unn lebindige Minschen. As dat nu Abent worren weer, unn se nich wüssen, wo se de Nacht blywen suln, so steeg Hans mit de ysern Stang' up den höegsten Boem, da see he en grotes Füer. He smeet synen Hoet up dat Füer to, daerna fünnen de annern den Weg, unn se kemen da balt noeg to en grotes Hues. Da weer awer rund üm dat Hues en grote Graben mit Füer; da kunnen se nich dörchkamen. Se gingen nu üm den Graben, da fünnen se en ysern Brügg, de föer' da œwer in dat Hues. Se gingen nu in dat Hues, da weer da in de Dönschenstuev (der Wohnstube) oek en grot Füer, awerst kene lebindige Seel; unn dat weer doch allens so inricht, as waenden daer welke. Hans mitte yserne Stang' unn syne Kameraden leggen sik dael unn slöpen daer de Nacht, den annern Morgen awer lotten se (loosten sie), wer in dat Hues blyben sul un Äten kaken. Da dröp dat Lot den Steenklöwer; de annern güngen in den Woelt unn schöten Hasen. As de nu weg weren unn de Steenklöwer weer darby unn kaek' Äten, so keem daer en Musche Rothbart an för de Dœr, de harr en langen flassen Bart, de güng em bet up de Been. He sä to den Steenklöwer: „Wat maekst du da?“ De Steenklöwer antwoert em: „Ik kaek Äten.“ „Ik will oek wat to äten hebben, gif häer,“ sä dat Unnereersch; da leet de Steenklöwer em in unn geef em Reebraden. Awers dat Deert smeet em allens in de Asch, wat he tokaekt harr, unn stülp den Kätel int Füer üm. Da wul de Steenklöwer em slaen; awers he keem da œwel by weg, dat Deert neem en Füerholt unn sloeg em unn leet em halv doet liggen. As de annern nu to Hues kemen, weer dat Äten all anbrennt unn vull Asch. Se frogen: „Wo hestu toricht?“ De Steenklöwer leet sik awers niks marken unn neem de Uetschell ruhig hen.

Den tweten Dag sul nu de Bretsager to Hues blywen unn Äten kaken. Da keem Musche Rothbart werrer för de Dœr unn sä: „Wat maekst du da?“ „Ik kaek Äten,“ sä de Bretsager. „Ik will oek wat hebben, gif häer.“ „Wenn du äten wist, sast du eerst my Holt klöwen.“ Dat dä' de Musche Rothbart oek. As de Bretsager

* Nach einer andern Version ziehen ein Jäger, Schneider und Schuster aus; nach der ditmarschen ein Schneider, ein Schuster und ein Lohgerber.

em nu in leet, da güng dat werrer so as den vörrigen Dag; dat Deert smeet allens herüm, stülp den Kätel int Füer unn slöeg den Bretsager halv doet. De sweeg awers oek still da to, as de annern inkemen.

Den drürren Dag hött de Holtklöwer in unn kaek to. Da keem Musche Rothbart werrer: „Wat maekst du da?“ „Ik kaek Äten.“ „Laet my in, ik will oek wat hebben.“ De Holtklöwer sä: „Wistu äten, sast du my eerst Water drägen.“ Dat Unnereersch hael dat Water, as de Holtklöwer awers em in leet, smeet dat Deert werrer allens herüm, stülp den Kätel int Füer unn slöeg den Holtklöwer meist doet.

Nu keem de Reeg an Hans mit de ysern Stang'; de müß den den veerten Dag to Hues blywen. As de annern weg weren to Hasen scheten, keem Musche Rothbart unn keek (kukte) dörch'n Splitt in de Dönschenstuev: „Wat maekst du da?“ „Ik kaek Äten,“ segt Hans. „Ik will oek wat hebben, gif häer.“ „Glyk,“ antwoer' em Hans, maek' de Dœr apen unn slöeg mit de ysern Stang' na em unn klöw em den langen Bart fast. Da slöeg he dat Deert so lang', bet he sik den langen Bart uetreet unn weglöep. As de annern nu to Hues kemen, fünnen se dat Äten nich anbrennt: „Wo geit dat to? hett Musche Rothbart nich hier west?“ „He hett wol hier west, ik heff em awer goet todeckt,“ segt Hans, „he kümmt nich werrer.“ Da wys' he äer den langen Bart, den dat Deert em harr laten müst. Nu vertellen de annern oek allens, wat da mit se vörgaen weer. *

As se nu äten haen harren, da fünnen se de Bloetsporen, wo dat Ünnereersch weglopen weer. Da folgen se up na unn kemen up en hogen Barg, da güng en grote Huel herin. Nu harr Hans syn Jagenett mit sik, da möek he sik Stricke van loes unn de annern müssen em da an dael laten in de Huel. As he ünnen keem, da weer dat da stickendüster. Da fünn he toletzt en Heister van Vagel mit väle bunte Ferrern, den fraeg' he, wat he de dre Künnigsdöchter nich seen harr. De Vagel sprikt to em: „Wenn du de dre Damen söchst, de kann ik dy wol wysen. Wenn de Klok twolf is, Mirdags, da sastu hier dörch all de Stuven gaen, da kumstu toletzt an en groten Sael, da liggen de dre Damen unn slapen de dre Rysen innen Arm. Wenn du nu an de Dœr kumst, so finst du da en grotes ysernes Schwäert; dat kanstu nich bæren, so en grote Helt du dy oek dünken magst. Wenn du dat gode Wapenstück awers bruken wist, so mustu uet den Kumm (der Schale) drinken, de daby steit, eenmael,

* In dem ditmarschen Märchen prügelt der kleine den Lohgerber und den Schuster durch, weil sie ihm nichts zu essen geben. Der Schneider reicht ihm etwas; als der Unterirdische aber sich dabei setzt und ißt, stülpt der Schneider eine Tonne über ihn. Da verräth er, wo die Prinzessinnen sind.

tweemael, dreemael, unn denn see to, wat du doen kanst." Hans dä' as em heten weer. Mirdaegs Klok twolf güng he dörch alle Stuven, da keem he an den groten Sael, da hüng dat grote yserne Schwäert da fœr. He kunn awers dat Schwäert nich bœren; da drünk he uet den Kumm tom eersten Mael, da kunn he dat Schwäert al en lütt bäten rögen; he drünk tom tweten Mael, da kunn he dat Schwäert all upbœren, he harr da awerst noch keen Macht in. He drünk tom drürren Mael, da kunn he dat Schwäert upbœren unn swingen unn in de Luft smyten unn kunn damit spälen as mit en Ferrer. Nu möek he de Dœr ganz sachte up, da legen de dre Rysen unn slöpen unn harren de dre Künnigsböchter in Arm. Hans mit de ysern Stang' güng hen unn slöeg den eersten den Kopp af, unn denn den tweten, unn toletzt den drürren, unn eer de dre Königsböchter noch upwaekt, harr he se oek alle dre de Tungen uten Hals snäden. Nu waken de dre Künnigsböchter up: da würren se œwer de Maten fro unn danken em dafœr, dat he se van de Rysen erlöest harr, unn de ölste geef em äer Klenod, de guldene Sünn, de twete geef em den guldenen Steren unn de drürre den guldenen Maen. *

Nu güng de starke Hans mit de dre Künnigsböchter werrer an dat depe Lok unn wullen sik uptrekken laten. As he awers by den Heister förby keem, sä de Vagel: „Nimm dy int Acht, dat du nicht de letzte warst.“ Awers de ölste van de dre Künnigsböchter nick' em ganz fründlich to unn sette sik aen Ümstände glyk in den Korv unn leet sik uptrekken. Daerna keem de twete; de boed' em ganz fründlich de Hant unn leet sik oek uptrekken. Nu weer de jüngste alleen œwrig unn dat weer de schöenste. Da beed' se em so väel, dat he dat nich œwert Hart bringen kunn, unn he leet se eerst in den Korv stygen unn uptrekken. As nu de Steenklöwer, de Bretsager unn de Holtklöwer de dre schönen Prinzessinnen ant Licht harren, dat se se seen kunnen, säen se: „Wy wöllt sülven de dre schönen Damens hebben; laet den Hans mit de yserne Stang' blywen wo he is.“ Se leten nu den Korv wol werrer dael unn leten den Hans instygen, as se em awerst by na herup harrn, leten se den Strick los, dat he dael füll; naest tröcken se mit de dre Künnigsböchter hen to ären Vatter den Künnig. **

* Ganz abweichend die andre Version: Hans findet im ersten Zimmer eine Dame mit einer goldenen Krone, die sitzt und weint und fragt ihn, ob er sie erlösen wolle. »Ich weiß noch nicht,« antwortet er. Ebenso im zweiten Zimmer. Die Dame hat ein goldenes Spinnrad. Im dritten Zimmer findet er die schönste mit einer goldenen Haspel. Da sagt er auf ihre Frage ja und findet im Fenster eine Flöte. Wie er darauf pfeift (woran die Dame ihn hindern will, weil es ihr verboten sei), so gukt Musche Rothbart durch die Thür, flieht aber sogleich, als er Hans gewahr wird. — vgl. das unten angeführte Märchen bei Grimm. —

** Nach der zweiten Version des Märchens berauben die drei die Königstöchter ihrer goldenen und seidenen Kleider und lassen sie dann laufen.

De starke Hans mit de yserne Stang' leeg nu in Düstern in de depe Huel unn wüß nich wat he anfangen sul. Da keem werrer de bunte Heister van Vagel, den klaegt he syne Noet. „Ik heff dy segt," sä de, „du sulst dy in Acht nämen, dat du nich de letzte würst; nu hest du dat so goet. Awers da is wol noch Raet för, nimm du dat Schwäert, dat du funnen hest, stäek dat dörch de Rysen äer Hart unn denn ga in den Gorden unn sla, stäek unn smyt na de Hasen, de da loept, unn wenn du hunnert hest, so kumm werrer." Hans däed' as em segt weer. He güng in den Sael, wo de doden Rysen legen, steek dat Schwäert dörch äer Hart unn güng denn in den Gorden. Unn dat weer so wunderboer mit dat Schwäert, dat he kenen Slag doen kunn, ane dat en Haes doet bläwen weer. * Nu keem he mit de Hasen torügg an den Schacht, de weer grad' hunnert Klafter deep. Da mütt he alle syne Hasen up den Vagel leggen unn toletzt stigt he sülven mit up; da fangt de Vagel an uptoswäben unn by jeden Klafter smit he enen Hasen dael, süst kann he nich upkamen. As se nu awers an den letzten Klafter kaemt, so hett Hans mit de ysern Stang' sik vertellt unn hett man nägen unn nägentig Hasen bröcht; da kann de Vagel nich upkamen. Da awers gript he üm unn ritt den Hans mit de ysern Stang' en Stück uet de Lend' unn smitt dat dael; da kaemt se heruet. Nu leeg Hans da unn weer en Krœpel worren unn müß syn Läben lang humpeln gaen. ** Toletzt maekt he sik doch up unn güng dörch den Woelt up de Künnigsborg to. As he nu in de Neeg keem, da weer da grote Freud unn Herrlichkeet, dat de Steenklöwer unn de Bretsager unn de Holtklöwer den Künnig syne dre Döchter werrer bröcht harren, unn se sullen se fryen, wenn de dre Künnigsdöchter eerst äre Kleenodien werrer harren, de guldene Sünn, den guldenen Steren unn den guldenen Maen. Dat weer awer so maekt, dat dat ganz unmœgelig weer, dat de dre Künnigsdöchter sik befryen künnen, wenn se äre Klenodien nich harren. Da leet de König uetsenden to alle Guldsmäde in alle Lande, da weer awer keen een, de dat ünnernämen wul, de Smucksaken werrer to maken; so groet weer dat Kunststück daby wesen. De Künnigsdöchter worren ganz bedröeft da œwer.

Hans mit de ysern Stang' den keem dat nu oek to Oren. Do geit he hen to den besten Goldsmit unn gift sik an as en Goldsmidsgesell, he kunn oek de kunstryke Arbeit doen, de de Künnig hebben wul; da weer awer väel Kunststück by unn dato müß he syne Stuev besonners hebben. De Mester worr ganz fro da œwer, neem Hans an as Gesell, gift em en apartige Stuev unn schickt na de Prinzessin de Arbeit to verlangen. Hans harr ja de guldene Sünn unn bruek

* Nach andern schießt der Jäger die Hasen.

** Nach der zweiten Version verirrt er sich jetzt und kommt zu einem Waldmenschen, wo er sich lange aufhält. — Nach dem ditmarschen Märchen trägt der Unterirdische den Schneider wieder hinauf.

nich lang' to arbeiden. Den eersten Dag würr de guldene Sünn to Hove bröcht, da säen de dre Prinzessinnen, de weer goet, äben as se fröer west weer. Den tweten Dag würr de guldene Steern to Hove bröcht; da säen de dre Prinzessinnen, dat de oek goet weer, äben so as fröer. Den drürren Dag keem de guldene Maen. As de Prinzessinnen seen, dat de oek so goet weer, leten se den Mester fragen, wat he doch förn kunstryken Gesellen harr. De Mester sä, dat dat en fremden weer. Da schicken se werrer hen, de Gesell sul mael to Hove kamen, se wullen den kunstryken Mann oek geren sülven seen. Da sä Hans: „Gaen do ik nich, de Künnig mütt my sülven enen Wagen schicken.“ De Künnig schick glyk enen Wagen unn wul Hans halen laten. Hans legg eerst syn ysern Stang' up den Wagen, da weer de Stang' so swäer, dat de Wagen mirren van enanner klöw' unn to beiden Syden de halve Wagen henfüll. Da säen de dre Königsdöchter: „Dat mütt Hans mit de yserne Stang' wäsen unn keen anner.“ Se güngen nu sülven hen, de König güng oek mit, unn se fragen em up wekke Oert he de kunstryke Arbeid so schön harr maken kunnt, dat allens werrer so worren weer, as dat olde. „Seer licht,“ sä Hans, „wyl dat dat olde oek is; denn ik bün Hans mit de ysern Stang',“ unn nu vertell he den König de ganze Geschicht unn tom Woerteken wys' he de dre Rysentungen för. Da sä de König: „Denn salst du myn Dochtermann warren; nu segg my, wat ik mit den Steenklöwer, den Bretsager unn den Holtklöwer anfangen sall.“ Hans sä, de sullen synetwägen ungestraeft syn, de König awer leet se doch enen Kopp körter maken. Darna geef he den starken Hans syne jüngste Dochter in de Ee unn da würr en grote Hochtyt fyert, unn da weer ik oek mit hen unn kreeg enen mitten Kœkensleev, dat ik hier up den Läenstoel flöeg, da bün ik sitten bläwen.

Aus Kurborg am Dannewerk durch Cand. Arndt. Das Märchen hat merkwürdige Abweichungen von dem westphälischen bei Grimm K.-M. N. 91. Die Anmerkung dazu (Bd. III. S. 166.) geben noch andre Versionen vom Rhein, aus dem Hannöverschen, der Hanauischen Gegend u. s. w. In die Reihe dieser Märchen gehört auch noch bei Grimm K.-M. N. 166. und das lausitzische in Haupts Zeitschr. für deutsch. Alterth. III. 358. Hier entspricht der Bergmann mit dem Hammer unserm starken Hans mit der eisernen Stange.

XVII.

Dummhans unn de grote Rys'.

Vör väle Jore weer in enen groten endlosen Woelt en grote Rys', de weer so ungeslacht unn harr en Hart vun Steen. Den [illegible] dat Holt to. Wenn nu Winterdags de armen Lüde [illegible] wullen sik en Bäten Sprock sammeln, so keem he glyk [illegible] he würr se as en Steen kört unn kleen rywen, wenn se nich maken dat se foertkemen. Nu waen da oek en Buer in de Neeg, dat weer en starken Mann unn he harr oek twe Sœns, de weren noch starker; darup verleet he sik. He harr awers noch enen drürren Sœn, van den spröek he syn Daeg nich groet; dat güng to Hues ümmer Dummhans hier unn Dummhans daer, de weer oek doch to gor niks to gebruken! Nu weer dat mael en harden Winter unn de Fürung wür all. Da güng de Buer in groter Noet na den Rysen synen Woelt unn wul sik Sprock söken. Da keem straks de grote Käerl an unn fraeg': „Wat wullt du klene Eerdworm hier?" „Ik wul my en Bäten Sprock söken," sä de Buer. Da sä de Rys' up: „Faetst du enen Splitter an, so ryw' ik dy as en Steen kört unn kleen." Da würr de Buer bang' unn leep weg; so beestig harr he sik em nich dacht.

As de Vader nu na Hues keem, ganz witt vör Schreck, da wul de öldste Sœn dat mael versöken, wo sik mit den Rysen spräken leet. Dat güng em awer nich bäter as den Vader, he würr oek bang' unn leep weg. Da güng de twete Sœn hen, de kreeg noch weniger wat. Se weren alle bang' vör dat kört unn kleenrywen. Da sä Dummhans: „Wenn gy nich wöllt, so will ik hen." Da säen syn beiden Bröder: „Wenn du kloek weerst, güngst du to Bett by de Kalwer, da dyn Lager is." Hans awer wull hin na den Rysen unn sä: „Wo gy nich dörchkaemt, do ik dat villicht." Da wullen de Bröder em enen uetwischen, awer de Vader sä: „Laet em, dat segt he so in syn Dummheit!"

Hans güng weg unn as he nu en Enden henkummt, so fünn he da annen Weg en Löwinkenneſt (Lerchenneſt) unn de Löwink seet up de Eier. Hans neem den Löwink ganz lysen up, steek em in de Dasch: „Wer weet wo dat goet för is!" segt he. Nu güng he werrer en aerdige Streck, da finnt he da en Stück Kees, in Papier bedreit. He nimmt dat up unn steek dat in de Dasch: „Wer weet wo dat goet för is!" segt he unn güng wyder. Da fünn he da en olle Kohuet liggen: „Wer weet wo dat goet för is!" segt he unn bimmt sik de Kohuet vör, dat se em bet an de Kneen güng. Nu keem he in den Woelt. Da bemött em de grote Rys', de segt: „Wat wullt du klene Eerdworm hier?" „Hef ik dy all fraegt, du grote Rys'?" „Du büst en dryste Jung', ik will my en Dracht Füerholt halen," segt de Rys'. „Dat will ik oek," segt Hans. „Höer mael," antwoert em da de Rys', „du Klene, nu will ik dy en Kunst vortellen; wenn du my dat nich na doen kanst, so will ik dy as enen Steen kört unn kleen rywen: Ik ryt den groten Boem dael up de Eer', see to wat du dat na doen kanst." Tohant faet de Rys' den Boem an den Telgen (Zweigen) unn böeg em dael an de Eer'. Da faet Dummhans by den Telgen an, de Rys' leet los, de Boem swäept up, unn Hans springt œwer de Telgen hen. Darup fraeg' he: „Kanstu dat oek, du grote Rys', unn œwer de Telgen springen?" dat kunn he nich. „Nu wöllt wy noch en Wett anslaen," sä de Rys',

„nu wöllt wy mael seen, wer tom höegsten smyten kann.“ Da neem de Ryſ' en groten Steen, den smeet he so hoeg, man kunn em so äben noch seen; awerst naest füll de Steen werrer dael. Nu sull Dummhans smyten. Da nimmt he synen Löwink uet de Dasch unn smitt den in de Luft; de Löwink steeg so hoeg, dat he gor nich meer to seen is. „Süest du, du grote Ryſ',“ segt Hans, „ik heff den Steen in de Luft fast smäten, he kumt goer nich werrer dael.“ Da weer de grote Ryſ' all werrer to kort kamen. „Nu,“ segt de grote Ryſ', „wöllt wy seen, wer tom besten knypen kann;“ he neem en Steen van de Eer' up unn kneep em to luder Mäel. Da sull Hans da oek by. Hans lang' in de Dasch unn kreeg syn Stück Kees heruet, dat knippt he so, dat dat Water heruet löpt. Da is he den Rysen all werrer œwer. Da segt de Ryſ': „Ik kann dy bruken, du salst by my blywen unn kannst myn Knecht warren, nu kumm mit na myn Quarteer.“ Unn damit ritt he noch eerst sik en groten Boem to Füerholt uet de Eer' unn segt to Hans, up welken Enden he anfaten wull. Hans sä: „By de Telgen;“ da nimmt de Ryſ' den Boem up de Nack' unn geit föran unn Hans sett sik in de Telgen unn leet sik to Hues drägen. As se nu in de Huel kaemt, wo de Ryſ' waen, so is da en olle Fru, de hett en ganz Päert to Füer. Denn de Rysen pleggen in de ollen Tyden niks to äten as Päerfleesch; datomael weren hier van de lütten wilden Päerde innen Landen, de grepen se mit een Hant unn verspysen se tom Fröstück. Nu legt de Ryſ' den Boem byt Füer unn gift Hans en grote Stang' inne Hant, dat weer en ganzen Eschenboem, damit sull he dat Füer staken, bet dat Äten goer weer. Hans kunn awers de Stang' nich hanteren, da würr de Ryſ' en Bäten verdreetlich. As dat nu ant Äten güng, segt he: „Nu wöllt wy noch en Stückschen proberen, nu wöllt wy seen, wer tom meisten äten kann; denn sast du dat Läwen behollen.“ Da eet Hans sik eerst satt, naest awer füll he allens wat he äten sull, achter syn Kohuet. De grote Ryſ' segt: „Büstu noch nich bald satt, du klene Eerdworm? ik grote Ryſ' kann nich meer laten.“ Da nimmt Hans dat Meß unn segt: „Ik will nu eerst van fœren werrer anfangen, see du grote Ryſ' to, wat du deist,“ unn so snitt he sik de Kohuet up, dat all dat Äten heruet löpt, unn da füng' he van frischen werrer an. Da denkt de grote Ryſ', dat kannst du oek doen, unn snitt sik dat Lyf up unn is doet. So denkt de olle Rysenmoder: „Wat fangst du nu mit den lütten Eerdworm an?“ Se wyst em in en Bettstatt h'rin, da sall he liggen, unn wenn he slöpt, will se em mit de Eks hauen, dat se em man loes wart. As Dummhans in de Nach dat nu mark', legg he da en swarten Pott hen, wo syn Kopp wäsen weer, unn kröep sülven unnert Bett hen. De Rysenmoder kumt unn sleit mit de Eks upt Bett, dat dat kracht: „De Brägenpann (Hirnschale) is entwei, Gottlof, dat he doet is!“ segt se. Nu güng se oek so Bett. Da stünn Hans werrer up unn söch' all de Scharwen van den Putt uten Bett, naest legg he sik ganz sacht werrer dael. Morgens stigt he up unn segt goden Morgen to äer. De Rysenmoder verwunner sik unn meent dat se em doet slagen hett, se fraegt em: „Hett he oek goet slapen œwer Nacht?“ „Ja,“ segt he, „heel goet (ganz gut), man güstern Awent as ik äben to Bett weer, steek my en Floh in den Kopp.“ Nu wull de olle Rysenmoder niks meer mit em to doen hebben unn geev em Gelt noeg, dat he man werrer wegreisen sull to syne Öllern, se kunnen so väel Sprock sik halen as se wullen. Nu güng Hans to Hues unn vertell wo dat em gaen weer, unn sä to syne Bröder: „Nu kœnt gy hengaen unn Sprock halen, so väel as gy wöllt;“ van de Tyt af an weer he nich meer de Dummhans.

Aus Kurborg durch Cand. Arndt; doch ward die erste Hälfte des Märchens nach einer ditmarschen Relation hinzugefügt. Aus Femern, aus Ahrensburg, aus Ditmarschen wurden mehrere Varianten bekannt. Statt des Pferdebratens wird sonst ein Kessel mit Grütze genannt, die Riesenmutter fehlt; oft ist auch als Fortsetzung ein Ritt auf den Glasberg angefügt. vgl. Grimm K.-M. N. 20.

XVIII.

Die alte Kittelkittelkarre.

Brüderchen und Schwesterchen giengen in den Wald Beeren zu suchen. Da ward es aber ein schlimmes Wetter, es fieng an zu donnern und zu blitzen, der Regen floß in Strömen und bald ward es Nacht; da verirrten sich die Kinder und kamen immer weiter in den Wald hinein. Als das Wetter sich endlich gelegt hatte, und es schon ganz dunkel war, da stieg das Brüderchen auf einen Baum und schaute um sich, ob nicht ein Lichtlein zu erspähen wäre. Da sprach das Brüderchen zum Schwesterchen: „Ja ich seh dort ein Lichtlein, da wollen wir drauf zugehn,“ stieg schnell vom Baume herunter und sie kamen an ein kleines Häuschen, das noch mitten im Walde lag. Da klopften sie leise an und eine Stimme rief von innen: „Wer ist da?“ Die Kinder antworteten: „Ach, wir sind es, Brüderchen und Schwesterchen, und sind beide durchnaß von dem schlimmen Wetter und bitten um ein Unterkommen für die Nacht.“ Da kam ein altes Mütterchen an die Thür und sprach: „Kinderchen, machet nur, daß ihr fortkommt, ich kann euch nicht behalten, denn mein Mann ist ein Menschenfresser und wenn er zu Hause kommt und euch findet, seid ihr gleich des Todes.“ Aber die Kinder baten so viel, daß das Mütterchen sie doch endlich herein ließ und ein wenig beim Feuer Platz nehmen hieß, um ihre Kleider zu trocknen, gab ihnen auch ein Bischen Brot und Salz und einen Trunk Wasser zur Erquickung; „aber behalten kann ich euch nicht,“

sagte sie, „in einer Stunde muß mein Mann kommen und der wird euch fressen.“ Als nun die Stunde beinahe um war und die Kinder sich erquickt und gewärmt hatten, sprach die Frau: „Nun machet, daß ihr fortkommt.“ Da fiengen die Kinder an zu weinen und sprachen: „Wo sollen wir denn die Nacht bleiben? draußen ist es dunkel und wir können nicht mehr den Weg nach Hause finden.“ Sie ließen gar nicht nach mit Bitten. Da sprach die Alte: „Wenn ihrs denn wagen wollt, hier zu bleiben, so will ich euch in dem hohlen Baum hinter unserm Hause verstecken und euch morgen auch den rechten Weg zeigen; aber wenn er euch findet, will ich keine Schuld haben.“ Nun führte sie die beiden in den hohlen Baum und bald darauf kam der Menschenfresser nach Hause und fieng gleich an zu schnubbern und brummen: „Noro, noro, hier ist Menschenfleisch!“ „Ach was,“ sagte die Alte, „ich habe eben ein Kalb geschlachtet, komm her und iß dich satt.“ Der Menschenfresser gab sich erst zufrieden und aß das Kalb auf, das die Frau ihm vorsetzte; aber als er damit fertig war, fieng er gleich wieder an zu schnubbern und zu brummen: „Noro, noro, hier ist Menschenfleisch!“ und suchte die ganze Stube durch, unter der Bettstelle, im Uhrgehäuse, aber nirgends fand er etwas, aber immer rief er: „Noro, noro, hier ist Menschenfleisch!“ Die Frau sprach: „Was willst du suchen? hier ist nichts, du solltest dich schlafen legen.“ Der Menschenfresser aber hörte nicht darauf und suchte noch das ganze Haus durch und als er das gethan, öffnete er auch die Hinterthür und wollte in den Garten; da sagte die Frau: „Bleib doch hier, ich habe draußen nur den Kalbskopf hangen und die Kalbsfüße und das frische Fell; da ist nichts für dich.“ Aber der Menschenfresser gieng in den Garten und „noro, noro, hier ist Menschenfleisch,“ rief er, da fand er Brüderchen und Schwesterchen im hohlen Baume. Nun waren sie in großer Noth und der Riese sprach: „Ich wuste wohl, daß es noch für mich einen Braten gäbe; nun will ich euch in den Keller sperren und morgen will ich euch aufhengen, ohne daß Blut fließt und dann will ich euch auffressen.“ Die Kinderchen weinten sehr, aber der Riese sperrte sie in den Keller. Da musten sie die Nacht sitzen und thaten kein Auge zu vor lauter Angst und Trübsal.

Am Morgen kam der Riese und holte sie heraus. Da hatte er schon zwei Schlingen unter dem Hahnholz gemacht, darin sollten sie aufgehengt werden, ohne daß Blut floß. Das Schwesterchen stieg zuerst auf die Bodenleiter hinauf; wie es aber an die Schlinge kam, that es, als wenn es den Kopf nicht hineinkriegen könnt und zog immer mit den Händen die Schlinge zu und sprach: „Ich weiß es nicht zu machen, lieber Menschenfresser; steig doch einmal herauf und zeig es uns.“ Da stieg der Menschenfresser hinauf, hielt die Schlinge auseinander und legte den Kopf hinein und sprach: „So müst ihrs machen!“ Als nun der Menschenfresser den Kopf in der Schlinge hatte, da zog das Brüderchen unten die Leiter weg und der Menschenfresser hieng unter dem Hahnenbalken. „So, Menschenfresser, da kannst du hangen bleiben,“ sagten die Kinder und wollten fortgehen. Aber da fieng er an sie sehr zu bitten, sie sollten ihn da doch nicht hangen lassen und ihn wieder los machen, er wollte ihnen auch nichts zu Leide thun und beschwur sie hoch und theuer; da sprachen die Kinder: „Und was gibst du uns denn, wenn wir dich los machen?“ Sprach der Menschenfresser:

Myn ole Kittelkittelkaer
Mit twe Bück baerfær,
Unn sæben Sack Gelt achterhäer.

Da machten die Kinder ihn los und der Menschenfresser gab ihnen seine Kittelkittelkarre mit zwei Böcken davor und sieben Sack Geld hinterher. Die Kinder setzten sich nun darauf und fuhren davon und die Böcke liefen so schnell, daß sie bald eine weite Strecke gekommen waren. Nun trafen sie einen Mann, der war auf seinem Lande beim Kartoffelaufkriegen. Da gaben sie ihm eine große Hand voll Geld und sprachen: „Wenn baer een kummt unn fraegt na syn ol' Kittelkittelkaer mit twe Bück baerfær unn sæben Sack Gelt achterhäer, so hestu niks seen.“ Der Mann versprach ihnen, daß er sie nicht verrathen würde. Nun kamen sie weiter, und da trafen sie einen Mann, der war auf seinem Lande bei Wurzelaufkriegen; dem gaben sie zwei große Hände voll Geld und sprachen: „Wenn baer een kummt unn dy fraegt na syn Kittelkittelkaer mit twe Bück baerfær unn sæben Sack Gelt achterhäer, so hest du niks seen.“ „Nä,“ sagte der Mann, „ik will ju nich verraben.“ Nun kamen sie weiter, und da fanden sie einen Mann, der war in seinem Garten beim Äpfelabkriegen; dem gaben sie drei große Hände voll Geld und sagten zu ihm: „Wenn baer een kummt unn dy fraegt na syn ol' Kittelkittelkaer mit twe Bück baerfær unn sæben Sack Gelt achterhäer, so hestu niks seen.“ Auch dieser Mann versprach ihnen, daß er nichts sagen wollte, wohin sie gegangen.

Nun hatte es dem Riesen aber gleich leid gethan, als die Kinder fort waren, daß er ihnen seine Karre mit den Böcken und den sieben Sack Geld gegeben hätte. Da kam er ihnen nachgelaufen und wollte seine Karre wieder holen. Wie er nun zu dem Mann kam, der die Kartoffeln aufkriegte, so fragte er ihn: „Hest du oek seen myn ol' Kittelkittelkaer mit twe Bück baerfær unn sæben Sack Gelt achterhäer?“ Antwortet ihm der Mann: „Düt Jaer staet de Kartüffeln noch billig noeg.“ Da ward der Riese schrecklich böse und lief eilig weiter. Als er nun zu dem Wurzelaufkrieger kam, so fragte er auch den: „Hest du oek seen en ol' Kittelkittelkaer mit twe Bück baerfær unn sæben Sack Gelt achterhäer?“ Antwortete ihm auch der Mann: „De Worteln staet düt Jaer noch billig noeg.“ Nun ward der

Riese noch viel zorniger und stürmte fort, so schnell er laufen konnte; und so kam er bei dem Manne an, der die Äpfel in seinem Garten abkriegte, und fragte ihn: „Hest du oek seen myn Kittelkittelkaer mit twe Bück daerfœr unn sœben Sack Gelt achterhäer?" Da erschrak sich der Mann so vor dem Riesen, daß er gestand, wo die Kinder hingefahren wären. Nun eilte der Riese ihnen nach und bald hörten sie es hinter ihnen prusten und schnauben. Da sprach Brüderchen zum Schwesterchen: „Sieh dich mal um, gewis ist der Riese hinter uns." Das Schwesterchen sah sich um und rief: „Ja der Riese ist hinter uns und uns schon ganz nahe." Da waren sie eben auf einen Berg hinauf gefahren und es war schon Abend; da fuhren sie noch den Berg hinunter und schnell in eine Höle hinein: „So," sagte Brüderchen, „hier wollen wir die Nacht bleiben und morgen weiter fahren, und der Riese soll uns nicht finden."

Nun kam der Riese auch auf den Berg und sah sich allerwärts noch einmal um und konnte nirgends die Kinder mit der Karre und den Böcken sehen. Da stieg er noch den Berg hinunter, legte sich nieder und dachte, morgen wirst du sie schon einholen, du hast heute einen weiten Weg gemacht, und darauf schlief er ein. Aber nun hatte er sich gerade auf die Höle gelegt, worin die Kinder mit den Böcken waren, so daß sein Leib ganz den Eingang bedeckte. Da wusten sies nicht anders anzufangen, als daß sie den Riesen, indem er schlief, heimlich und ohne daß ers merkte, tot machten. Aber nun konnten sie den toten Riesen nicht von der Stelle wälzen und die Kinder kamen in große Noth und litten Hunger und Durst, und die Böcke auch, und sie wusten gar nicht, wie sie wieder aus der Höle kommen sollten. Da aber entstand in der Nacht ein groß Geschrei und Flügelschlagen wie von einem Raubvogel, und sie merkten, daß der Vogel von dem Riesen fresse. Da wurden sie ruhig und warteten bis zu der nächsten Nacht. Da kam der Vogel wieder, machte ein groß Geschrei und schlug mit den Flügeln und fraß von dem Riesen, also daß am andern Morgen schon der Tag durchschimmerte. Nun kam der Vogel auch noch in der dritten Nacht wieder und hackte das Loch noch größer, und hätte er das nicht gethan, so wären Brüderchen und Schwesterchen nimmer heraus gekommen und wären vor Hunger in der Höle gestorben, und die Böcke auch. Nun aber ward das Loch so groß, daß sie hindurch konnten, und darum fuhren sie nach Hause mit der alten Karre mit den zwei Böcken davor und den sieben Sack Geld hinterher, und ihr könnt euch denken, was Vater und Mutter sich gefreut haben, als sie endlich ihre lieben Kinderchen wieder hatten.

Aus Marne.

XIX.

Peter und Lene.

Zwei Kinder, Peter und Lene, giengen einmal in den Wald nach Beeren und Blumen; sie giengen und pflückten und kamen immer weiter in den Wald hinein, ohne daß sie es gewahr wurden. Da ward dem Lenchen endlich so angst, daß sie sich wohl verirrt hätten, und es war auch wirklich so. Je mehr sie nun nach der rechten Straße suchten, je weiter kamen sie von ihr ab und je tiefer geriethen sie in den Wald. Peter erblickte zuletzt ein Lichtchen; darauf giengen sie zu und kamen zu einem ganz kleinen Hause, das war das Pfannkuchenhaus, das war mit Pfannkuchen gedeckt und die Wände waren von frischen Mettwürsten aufgesetzt. Da lief Peter eilig darauf zu, denn er war hungrig, und langte sich einen Pfannkuchen herunter, aber der Pfannkuchen war so heiß, als wäre er eben aus der Pfanne gekommen; da muste er ihn fallen lassen. Aber Lenchen nahm nun auch einen, kehrte ihn ein paar Mal zwischen den Händen hin und her, und als er sich nun abgekühlt hatte, aßen sie ihn auf. Also thaten sie sich gütlich an den Pfannkuchen und auch an den Mettwürsten. Als sie aber kaum mit dem Essen fertig waren, so brach da Donner und Blitz über ihnen los, ein Blitz fuhr in das Haus und mit einem Male war es in ein scheusliches finsteres Loch verwandelt und Peter und Lene steckten darin. Sie weinten und schrien, aber all ihr Weinen und Schreien half nichts, sie musten in dem finstern Loche sitzen bleiben. Vor Müdigkeit und Trübsal schliefen sie endlich ein. Als sie nun am andern Morgen erwachten, so fanden sie da etwas neben ihnen stehen, sie merkten gleich, daß es ein Korb wäre, und als Peter ihn aufmachte, war da der schönste Braten und Wein und Gemüse und Früchte, kurz die allerherrlichsten Speisen waren darin. Daran erquickten sich die Kinder und trösteten sich allmählig über ihre traurige Gefangenschaft. Denn wenn sie auch gar gerne aus dem Loche befreit gewesen wären, so fanden sie doch jeden Morgen einen solchen Korb vor ihnen stehen, immer mit den schönsten Speisen angefüllt. Das dauerte nun so ein paar Wochen. Da an einem Morgen kam wieder ein fürchterliches Gewitter, und als die Kinder von einem grausamen Donnerschlag erwachten, stand eine alte abscheuliche Hexe vor ihnen und glotzte sie mit ihren großen Augen, die wie Kohlen brannten, an und sprach: „Nun habt ihr genug gegessen, nun will ich euch schlachten und auffressen." Sie führte die Kinder nun hinauf in eine Küche und Lenchen sollte den Backofen glühend machen und Peter sollte Wasser tragen. Aber Peter wollte das nicht und wehrte sich; da aber rührte die Alte ihn an und er muste stehen wie eine Bildsäule; er hatte keine Macht gegen sie und muste thun, was sie wollte. Als nun der Ofen glühte und das Wasser kochte, da kam die Alte wieder, faßte Lenchen beim

Arm und wollte sie in den Ofen schieben. Aber in dem Augenblicke erschien über ihnen eine Jungfrau, schön wie der Tag, in einem blauen Kleide, auf einem silbernen, von zwölf Tauben gezogenen Wagen; in der Hand hielt sie einen Becher mit Wasser, den reichte sie Peter und sprach zu ihm: „Lösche die Glut des Ofens.“ Peter nahm den Becher, und wie er ihn in den Ofen schüttete, erlosch die Glut augenblicklich. Darauf sprach die Jungfrau zu der bösen Alten: „Wie konntest du dich unterstehen das Wasser zu misbrauchen, das mir unterthan?“ und als sie die Alte mit ihrem Stabe berührte, fiel die tot zur Erde. Nun hob sie die Kinder zū sich in den Wagen, nahm den Zauberstab der Hexe zu sich und fuhr davon, und die Tauben zogen sie. Unterwegs aber erzählte die Jungfrau den Kindern: „Mir ist das Wasser unterthan, der alten Hexe aber gehörte das Feuer; weil sie aber mein Element gebrauchen wollte, um euch hineinzuwerfen und dann auch aufzuessen, was ich nicht zugeben wollte, so hatte ich Macht über sie; wir sind jetzt von der alten Hexe befreit und das Wasser ist mir von nun an auch unterthan.“ Darauf brachte sie Peter und Lenchen wieder zu ihren Eltern, die ihre Kinder längst für tot gehalten und betrauert hatten; sie beschenkte alle reichlich mit vielen schönen und kostbaren Sachen und die Leute wurden reich bis zum Ueberfluß. Peter und Lenchen lebten lange Zeit glücklich, aber jedes Jahr besuchten sie einmal ihre Wohlthäterin, die schöne Jungfrau.

Mündlich aus Marne. Das gewöhnliche Märchen vom Pfannkuchenhaus, wo die Hexe, wie in N. 6, die Kinder verfolgt, ist außerdem ganz bekannt.

XX.

Herr Nägenkopp.

Da war einmal ein Mann, der hatte drei Söhne und eine Tochter. Als die Tochter groß war und war eine schmucke starke Dirne, sagte sie: „Nun will ich aus dem Hause und dienen bei andern Leuten.“ Sie gieng fort und suchte einen Dienst. Sie gieng weite Wege, da kam sie endlich vor einen Berg und der Berg stand offen. Da gieng sie hinein, und wie sie drinnen war, war da alles von Gold, und wie sie sich ein Bischen weiter umsah, fand sie da eine alte Großmutter sitzen, die fragte sie, ob sie sie wohl in Dienst nehmen wollte. Antwortete die alte Großmutter: „Mein Herr Nägenkopp ist noch nicht gekommen, es dauert nicht lange mehr, so kommt er, kriech hier nur unter dies Faß.“ Das Mädchen kroch hinunter und versteckte sich; aber nicht lange darnach so kam der Herr Nägenkopp in die Höle und sprach: „Ich rieche Menschenfleisch; mag es sein, wo es will, ich finde es gleich.“ Er suchte ein wenig herum und fand sie gleich; da sprach Herr Nägenkopp: „Das ist gut, daß du gekommen bist; so ein schmuckes Mädchen habe ich mir lange gewünscht, du sollst hier bei mir in der Höle bleiben und mir dienen.“ Also hatte das Mädchen einen Dienst gefunden bei der alten Großmutter und dem Herrn Nägenkopp und muste bei ihnen bleiben in der Höle und den Hausstand besorgen. Da träumte es ihrem ältesten Bruder in einer Nacht gar schwer, daß es seiner Schwester gar nicht gut gienge. Er sprach: „Ich will ihr nach und ihr helfen, wenn ich kann.“ Sprach der Vater: „Wie willst du sie finden?“ Der Bruder antwortete: „Laß mich nur gehen, ich will sie schon finden,“ verließ das Haus, gieng weite Wege und kam vor den Berg, der offen stand. Da gieng er hinein und fand alles von Gold, wie ihn aber seine Schwester sah, sprach sie: „Wo kommst du her? Hier wird dir das nicht gut gehen, lieber Bruder, mein Herr Nägenkopp kommt gleich nach Hause, und wenn er dich findet, so bist du verloren; kriech hier schnell unter dies Faß.“ Der Bruder versteckte sich, aber als Herr Nägenkopp nach Hause kam, sagte er: „Ich rieche Menschenfleisch; mag es sein, wo es will, ich finde es gleich,“ und er fand den Bruder bald unter dem Faß. Da sprach er: „Du bist wohl hungrig geworden, komm her und iß,“ und setzte ihm Menschenfleisch und Menschenblut vor. Aber der junge Mensch rührte nichts an und ließ alles stehen; da sagte Herr Nägenkopp: „Wenn du nicht essen und trinken willst, geh hin und kratze meiner alten Großmutter hinter dem Kachelofen ein wenig den Rücken.“ Da gieng er hin und wollte ihr den Rücken kratzen, aber die alte Großmutter gab ihm einen Stoß und er fiel in ein finsteres Gewölbe hinab. Da muste er nun sitzen und hungern. Da träumte es dem zweiten Bruder, daß sein Bruder und seine Schwester in großer Noth wären. Er sprach: „Ich muß hin und sie suchen und will ihnen beistehen.“ Sein Vater aber sagte: „Wo willst du sie wohl finden? bleib zu Hause, es möchte dir gehen wie ihnen.“ Der Sohn aber antwortete: „Ich finde sie schon,“ und begab sich auf den Weg und kam an den Berg. Da gieng er auch hinein, und wie ihn seine Schwester sah, sprach sie: „Ach, wie kommst du doch hierher? Hier wird dir das schlimm gehn; versteck dich nur unter das Faß; denn es ist an der Zeit, daß Herr Nägenkopp nach Hause kommt.“ Kaum hatte der Bruder sich versteckt, so kam auch Herr Nägenkopp und rief: „Ich riech hier Menschenfleisch, es mag das sein, wo es will, ich finde es gleich,“ und er fand auch den Bruder gleich unter der Tonne; da fragte er ihn: „Du bist wohl hungrig geworden?“ und setzte ihm Menschenfleisch und Menschenblut vor. Aber der ließ auch alles stehen und rührte nichts an. Da sprach Herr Nägenkopp: „Wenn du nicht essen und trinken magst, so geh hin und kratze meiner Großmutter hinter dem Kachelofen ein wenig den Rücken.“ Als er nun aber hingieng und der alten Großmutter den Rücken kratzen wollte, da stieß sie ihn auch in das finstere Gewölbe hinab, und da saßen nun beide Brüder zusammen darin und starben fast vor Hunger.

Nun war da noch der dritte Bruder beim Hause, der war der jüngste, aber der stärkste von allen und hieß Tolleteufel. Der hatte einen großen Hund, der hieß Muckerpell und war ein Hund über alle Hunde und klug wie ein Mensch. Tolleteufel sprach zu seinem Vater: „Ich will hin und meine Brüder und unsere Schwester suchen, mir hat geträumt, daß es ihnen schlecht geht.“ Antwortete der Vater: „Ja, aber wo willst du sie finden?“ Sprach Tolleteufel: „Ich finde sie wohl.“ Der Vater wollte ihn gar nicht weglassen, weil er der letzte war, aber zuletzt muste er doch ja dazu sagen: „Was willst du aber mitnehmen? So allein wird es dir nicht gut gehn.“ Tolleteufel sagte: „Ich will meinen Hund Muckerpell mitnehmen und weiter nichts,“ da gieng er aus dem Hause, rief Muckerpell zu sich und Muckerpell lief hinter ihm her. Er kam nun auch zu dem Berge, der offen stand, und wie er hinein trat, sprach seine Schwester zu ihm: „Wie kommst du hier her? Hier wird dir das ebenso gehen, wie deinen Brüdern. Kriech hier nur unters Faß, es ist an der Zeit, daß Herr Nägenkopp kommt.“ Tolleteufel aber sprach: „Ich will nicht unter das Faß kriechen, laß deinen Herrn Nägenkopp nur kommen,“ damit setzte er sich ruhig an den Tisch und Muckerpell lag bei ihm. Nun kam Herr Nägenkopp zu Hause, und wie er Tolleteufel da sitzen sah, fragte er ihn: „Bist du auch hungrig geworden von der Reise?“ und setzte ihm wieder Menschenfleisch und Menschenblut hin. Sprach Tolleteufel: „Das ist nichts für mich, Muckerpell friß du es auf,“ und Muckerpell sprang auf und verzehrte alles. Da sagte Herr Nägenkopp zu Tolleteufel: „Wenn du nicht essen und trinken magst, so geh nur hin und kratze meiner alten Großmutter den Rücken hinterm Kachelofen.“ Tolleteufel sprach: „Muckerpell, du hast gefressen und gesoffen, geh nun auch hin und kratze der alten Großmutter den Rücken hinterm Kachelofen.“ Der Hund gieng hin, sprang zu und riß der alten Großmutter in einem Ruff den Rücken weg, da war sie tot. Tolleteufel sprach nun zu Muckerpell: „Muckerpell, du hast gefressen und gesoffen, du hast der alten Großmutter den Rücken gekratzt hinterm Kachelofen, geh nun hin und fechte auch mit Herr Nägenkopp.“ Da sprang der Hund zu und riß dem Herrn Nägenkopp in einem Ruff acht Köpfe ab. Tolleteufel sprach zu seinem Hund: „Muckerpell, nun halt auf,“ da hielt der Hund auf und Tolleteufel sprach zu Herr Nägenkopp: „Nun hast du ebenso gut nur einen Kopf mehr als ich,“ dann rief er wieder seinem Hund und sagte: „Muckerpell!“ da riß der Hund dem Herrn Nägenkopp auch noch den letzten Kopf herunter. Nun sprach Tolleteufel zu Muckerpell: „Muckerpell, du hast gefressen und gesoffen, du hast der alten Großmutter den Rücken gekratzt hinter dem Kachelofen, du hast mit Herr Nägenkopp gefochten, nun suche mir auch meine Brüder.“ Da gieng Muckerpell hin und suchte, und es dauerte keine Viertelstunde, da hatte er die beiden Brüder aus dem Gewölbe herausgebracht, aber sie waren ganz elend und verhungert. Da sprach Tolleteufel zu seiner Schwester: „Hast du hier gar nichts anderes zu essen, als Menschenfleisch und Menschenblut?“ Die Schwester antwortete: „Ja, wir haben hier kein Menschenfleisch und Menschenblut gegessen, das haben nur alle die gekriegt, die hierher kamen.“ Tolleteufel sprach zu seiner Schwester: „Denn bringe nur was anderes her,“ und die Schwester holte nun Essen, das waren die schönsten Speisen, und wie die Brüder etwas davon genossen hatten, so kamen sie bald wieder zu sich. Darauf sprach Tolleteufel zu seinem Hund: „Muckerpell, du hast gefressen und gesoffen, du hast der alten Großmutter den Rücken gekratzt hinter dem Kachelofen, du hast mit Herr Nägenkopp gefochten, du hast mir meine Brüder gesucht, nun hilf mir auch aus diesem Berg,“ und den andern Mittag, als der Berg wieder offen gieng, da brachte der Hund sie alle hinaus. Da sprach Tolleteufel zu seiner Schwester und zu seinen Brüdern: „Nun geht hin nach Hause, ich will hier bleiben, und sagt zu unserm Vater, er soll nur so viele Wagen herbestellen, als er kriegen kann, denn der Berg ist von purem Gold.“ Und da giengen sie nach Hause, sagten das zu ihrem Vater und ihr Vater bestellte so viele Wagen, als er nur bekommen konnte, und sie fuhren Tag und Nacht das Gold von dem Berge nach Hause, denn ihnen gehörte der Berg und sie hatten ihn erlöst; da sind sie denn auf solche Weise die Reichsten in der ganzen Welt geworden, was wahrhaftig auch nicht zu verwundern war.

Aus Plön durch Dr. Klander. — Dies wohl nicht lückenlose Märchen ist doch in mancher Hinsicht merkwürdig; augenscheinlich ist eine Vermengung der Vorstellungen von menschenfressenden, riesischen Waldmenschen und schatzhütender Zwerge vorgegangen, die zugleich für Frauenräuber gelten. In Angeln erzählt man »eine fabelhafte Geschichte« von drei Hunden Jalm, Köbber, Jernbräkker. Erster Bericht der Gesellsch. für Alterth. S. 12.

XXI.

Rinroth.

Ein Mann hatte einen Sohn, der sprach zu seinem Vater, er wollte in die Welt gehn und sich irgendwo einen Dienst suchen, um sein Glück zu machen. Der Vater gab ihm Erlaubnis und der Junge gieng fort. Nun kam er bald in einen großen Wald, und nachdem er lange darin gewandert, so setzte er sich einmal nieder unter einen großen Baum, um sich auszuruhen und sein Frühstück zu verzehren. Wie er nun so da saß, kamen da drei Leute auf ihn zu, die hatten zusammen nur ein Auge, und wer von ihnen das eine Auge trug, der muste für die beiden andern sehen und sie führen. Da erschrak sich der Junge so vor ihnen, daß er schnell auf den

Baum kletterte. Aber die drei kamen heran und setzten sich unter den Baum, wo der Junge gesessen hatte. Da sprach einer zu dem andern: „Was russelt da immer so in dem Baum?“ Der zweite sprach: „Ich höre da auch immer was, wir sollten einmal zusehen, was da oben im Baume ist.“ Da stieg der, der das Auge hatte, zuerst in den Baum, sah sich um und sprach: „Ich sehe nichts.“ Da stieg auch der zweite hinauf und der erste reichte ihm das Auge hin, und er sah sich um und sagte: „Ich sehe auch nichts.“ Nun kam auch noch der dritte herauf, wie aber der eine ihm das Auge hinlangen wollte, griff es ihm der Junge aus der Hand weg, da konnten sie nicht mehr sehen. Nun fiengen sie an ihn zu bitten, und der eine sprach: „Wenn du uns unser Auge wiedergibst, so will ich dich ein Gebet lehren, wenn du das hersagst, so kann dir niemand eine Bitte abschlagen.“ Und der andre sagte: „Ich will dir ein Schiff geben, das segelt zu Wasser und zu Lande, und wenn du es aus der Tasche nimmst und dich hineinsetzt, kannst du dich allerwärts damit hinwünschen.“ Und der dritte sprach: „Ich will dir einen Stock geben, wen du damit anrührst, der muß sogleich sterben. Und das sollst du alles sogleich haben, wenn du uns unser Auge wiedergeben willst.“ Da sagte der Junge mit Freuden ja, gab ihnen das Auge wieder und die drei Leute gaben ihm die drei Kunststücke; der eine lehrte ihn das Gebet, daß niemand ihm eine Bitte weigern konnte, der andre gab ihm das Schiff, das zu Wasser und zu Lande segelte, und der dritte gab ihm den Stock, der jeden tötete, den er nur damit anrührte.

Nun gieng der Junge weiter und kam an des Königs Hof an. Da gieng er zu dem Koch in die Küche und bat ihn, er möchte ihn als Küchenjunge annehmen. Der Koch sagte nein, sie hätten schon einen Küchenjungen; da sagte er nur sein Gebet her und sie nahmen ihn gleich in Dienst.

Nun war da ein alter Riese, der hatte zwei große Söhne. Da kam eines Tages der älteste Riesensohn zum Könige und sprach, er solle ihm seine Tochter zur Frau geben, sonst werde er ihm sein ganzes Königreich spolieren. Der König versammelte alle seine Minister und fragte sie, was nun zu thun sei und ob nicht einer da wäre, der es mit dem Riesen aufnehmen wollte. Da war da einer, der hieß Rinroth, der sagte, er wollte wohl mit dem Riesen kämpfen, wenn der König ihm seine Tochter zur Frau gebe. Das sagte ihm der König zu und Rinroth machte sich zum Kampfe fertig. Als aber der Küchenjunge davon hörte, bat er seinen Koch, ob er nicht einmal dahin sollte, er wollte sich gerne alles mit ansehen. Da sagte der Koch: „Du sollst da wohl hin, du hast uns aber Bescheid zu bringen, wie es abläuft.“ Da sagte der Küchenjunge ja, nahm sein Schiff aus der Tasche und segelte über Wasser und Land grade zu, bis er zu dem Riesen kam. Da fragte ihn der Riese: „Bist du es, der die Königstochter erlösen will?“ „Ja,“ sagte der Junge. Da lief der Riese auf ihn zu und wollte ihn totschlagen; aber der Junge sprang bei Seite und schlug mit seinem Stock nach dem Riesen, da fiel der sogleich nieder und war tot. Nun gieng er hin, nahm sein Messer aus der Tasche und schnitt dem Riesen die Zunge aus und setzte sich dann wieder in sein Schiff und fuhr nach Hause und sagte, daß er nichts gesehen hätte. Als nun aber Rinroth bei dem Riesen ankam und ihn tot da liegen fand, schlug er ihm den Kopf ab und nahm den mit in seiner Kutsche nach dem König und sagte, er hätte den Riesen totgeschlagen, und der König solle ihm nun seine Tochter geben. Da kam aber gleich der andre Riesensohn an und sagte zum König, sie hätten ihm seinen Bruder totgeschlagen, nun söllte er ihm seine Tochter geben und das halbe Königreich dazu, sonst würde er es ganz spolieren. Da dachte Rinroth, er hätte den einen Kopf ja schon, er würde den andern auch wohl kriegen, sagte darum zum König, er sollte nur ganz ruhig sein, er wollte auch schon mit diesem Riesen fertig werden, wenn er ihm nur seine Tochter und das halbe Königreich versprechen thäte. Das sagte der König ihm mit Freuden zu. Da bat der Küchenjunge seinen Koch, ob er nur wieder einmal dahin sollte, um sich alles mit anzusehen. Der Koch sagte: „Nein, du hast ja vom ersten Mal keinen Bescheid gebracht." Da sprach der Küchenjunge sein Gebet und gleich gab ihm der Koch Erlaubnis. Draußen vorm Schloß langte er dann sein Schiff aus der Tasche, setzte sich hinein und fuhr über Wasser und Land zu dem Riesen hinüber. Da sagte der Riese zu ihm: „Bist du es, der die Königstochter und das halbe Königreich erlösen will?" „Ja," antwortete der Küchenjunge. „Nun, so sollst du hier auf der Stelle sterben," rief der Riese und schlug zu mit seiner Stange; aber der Junge sprang bei Seite und berührte ihn mit seinem Stock, da fiel er nieder und war tot. Der Junge nahm nun sein Messer aus der Tasche und schnitt ihm die Zunge aus dem Halse, und als er zu Hause kam, sagte er wieder zu dem Koch, er hätte nichts davon gesehen noch gehört, das sei schon alles vorbei gewesen. Da wollte Rinroth auch hin und mit dem Riesen kämpfen, aber er fand ihn wieder tot da liegen; da hieb er ihm den Kopf ab und nahm den in seiner Kutsche mit nach Hause und sagte, er hätte es gethan und der König solle ihm nun seine Tochter geben und das halbe Königreich dazu. Da aber kam der alte Riese und sprach, seine beiden Söhne wären tot, der König müsse ihm seine Tochter geben und das ganze Königreich dazu, sonst werde er es ihm ganz spolieren. Rinroth dachte und sagte zum König: „Ich bin schon mit zwei Riesen fertig geworden; Herr König, laßt mich nur hin, wenn ihr mir nachher eure Tochter und euer Königreich geben wollt." Das versprach ihm der König auch in seiner Noth. Da bat der Küchenjunge seinen Koch wieder; aber der sagte: „Nein, du sollst nicht hin, du hast uns von beiden Malen keinen Bescheid gebracht." Da sagte der Junge sein Gebet und der Koch sprach: „Ja, denn kannst du diesmal noch gehn, aber bringst du keinen Bescheid, kommst du nicht wieder weg." Als der Junge nun draußen kam, setzte er sich wieder in sein Schiff und fuhr zu Lande und zu Wasser nach dem Riesen gerade zu. Da sprach der Riese zu ihm: „Bist du das, der meine beiden Söhne totgeschlagen hat und die Prinzessin und das ganze Königreich erlösen will?" „Ja," sagte der Junge. „Denn sollst du nun auch keinen mehr totmachen," sprach der Riese. Da antwortete der Junge: „Das wollen wir sehen, wir wollen uns erst noch darum streiten." Der Riese wollte nun zuschlagen, aber der Junge sprang bei Seite und schlug den Riesen mit seinem Stock tot, und darauf nahm er sein Messer heraus und schnitt ihm die Zunge aus dem Hals, zu Hause aber sagte er wieder, er hätte nichts gesehn und nichts gehört. Als Rinroth aber dahin kam, schlug er wieder dem Riesen den Kopf ab und brachte ihn vor den König und sprach, nun hätte er alle drei Riesen totgeschlagen, darum sollte der König ihm auch gleich seine Tochter geben und das ganze Königreich dazu. Da ward der alte König ganz traurig und nachdenklich und sprach: „Laß uns doch erst einmal die Köpfe ein wenig genauer besehen," und als der König und seine Minister die Köpfe nun besahen, da fanden sie, daß in allen die Zungen fehlten. Sprach der König: „Das ist doch sonderbar, daß die Zunge fehlt, ein jeder Mensch hat doch wohl eine Zunge, wo sind denn diese geblieben?" Rinroth antwortete: „Die Riesen hatten keine Zungen." Da sagten die Minister zu dem König, sie hätten gehört, daß da ein Junge bei seinem Koch wäre, der sei jedes Mal hin gewesen, um zuzusehn; er sollte den Jungen doch einmal rufen lassen. Da schickte der König in die Küche hinunter und der Koch sprach zu dem Jungen: „Wir müssen dich doch erst ein Bischen anders anziehn, du sollst vor den König kommen." Nun zog der Koch ihn erst ein Bischen anders an; aber die drei Riesenzungen steckte der Junge in die Tasche und gieng dann vor den König. Da fragte ihn der König: „Hast du nichts davon gesehen, daß die drei Riesen totgemacht wurden?" „Ja," antwortete er, „das sah ich mit meinen eignen Augen." „Hat Rinroth ihnen denn die Köpfe abgeschlagen?" „Ja, das hat er gethan, aber totgeschlagen hat er die Riesen nicht." „Wer hat das denn gethan?" „Das habe ich und kein anderer gethan," sagte der Junge. Da wollte Rinroth auf ihn los und wollte ihm das Leben nehmen, aber der Junge warf die Zungen auf den Tisch und sprach: „Da ist der Beweis; seht zu, ob die Zungen nicht passen," und die Zungen paßten alle. Da sagten alle Minister, daß er die Riesen müßte erschlagen haben und der König sprach, daß er sein Tochtermann werden und sein ganzes Königreich haben sollte, den Rinroth aber sollten sie an den Galgen hengen. Und so geschah es auch und darauf gabs eine fröhliche Hochzeit, und der Küchenjunge heiratete die Königstochter und ward König, und

Sæben Jaer unn enen Dag
Fyern se dat Bruetgelag:

Da kreeg ik een paar glasern Scho,
Da danz ik op na Hues hento;
Da stött ik an en Steen:
Kling! säen myn Scho unn gingen vun een.

Aus Plön durch Dr. Klander. — Nach einem bitmarschen Märchen versprach ein König dem seine Tochter, der ein Schiff, das zu Lande und zu Wasser segele, ihm bringe. Dummhans zieht nach seinen drei Brüdern aus, deren Reise natürlich vergeblich war; ihm begegnet auch ein alter Mann mit einem langen Bart und einem weißen Stock in der Hand (unn dat weer de lewe Gott, wird, wie oben S. 432, hinzugesetzt) und gibt ihm für einen Aschpfannkuchen das Schiff. Darauf folgt das Märchen von den sechs (oder drei) Dienern. — In einem andern bitmarschen Märchen erscheint ein einäugiger Riese, der den Bauern um sein Korn bestiehlt; Dummhans, der dritte Sohn, wacht in einer Nacht und versteckt sich im Tonnenmaaß. Als der Riese kommt, das Korn sich einzumessen, springt Dummhans ihm auf die Schulter und reißt ihm das Auge aus. Da verspricht der Riese ihm für das Auge seinen Beistand. Dummhans gibt es ihm wieder, dafür aber rüstet der Riese dreimal, jedesmal mit einem schönern Pferde und einer schönern Rüstung ihn aus, und Hans reitet jedesmal den Glasberg hinauf, gibt sich endlich zu erkennen und heiratet die Prinzessin.

XXII.

Die drei gelernten Königssöhne.

Ein König hatte drei Söhne und die sollten auch was lernen. Da gab der Vater dem ältesten Sohn hundert Thaler in die Tasche und sprach: „Nun geh hin und versuche dein Glück." Der Prinz begab sich auf die Reise, da begegnete ihm eine alte Hexe und fragte: „Söhnchen, wo willst du hin?" „Ich will in die Welt und was ordentliches lernen," war seine Antwort. Sprach die Hexe: „So kannst du mit mir kommen, ich will dich schon etwas lehren, willst du mir ein Jahr dienen." Gieng also der Prinz mit ihr, diente ihr ein Jahr lang, muste arbeiten wie ein Pferd und als das Jahr um war, fragte er: „Ich meinte, sie wollte mich was lehren?" Sprach die alte Hexe: „Ich will dir nun ein Sprüchlein geben, das hilft dir aus jeder Noth; wenn du sprichst: „Wir Brüder alle drei," so wird dich nichts anfechten." Das ist ein gutes Sprüchlein, dachte der Prinz, bedankte sich bei der Hexe und reiste vergnügt nach Hause.

Als der König nun hörte, was sein Sohn für ein wackeres Sprüchlein gelernt, so gab er auch seinem zweiten Sohn hundert Thaler in die Ficke und sprach: „Nun geh und versuche auch dein Glück." Der Sohn gieng und begegnete der alten Hexe. „Söhnchen, wo willst du hin?" fragte sie. Antwortete er: „Ich will in die Welt und was ordentliches lernen." Da nahm die alte Hexe ihn wieder mit, er diente ihr ein Jahr, muste arbeiten wie ein Pferd und als das Jahr um war, fragte er: „Ich meinte, daß ich was rechts lernen sollte?" Sprach die alte Hexe: „Ich will dir auch ein Sprüchlein geben, das dir aus jeder Noth hilft; du kannst nur immer sagen: „Um ein Bischen Käs," so geschieht dir nichts." Nun reiste der Sohn vergnügt nach Hause und sagte, was er für ein Sprüchlein bekommen. Da schickte der König auch seinen dritten Sohn aus und gab ihm hundert Thaler in die Tasche; und als die alte Hexe ihm begegnete und fragte: „Söhnchen, wo willst du hin?" so antwortete er: „Ich wollte in die Welt und was ordentliches lernen." Da nahm die alte Hexe ihn auch mit, er muste arbeiten wie ein Pferd ein Jahr lang, und als das Jahr um war, fragte er: „Ich meinte, ich sollte was rechtes lernen?" Da gab die alte Hexe auch ihm ein Sprüchlein und rieth, wenn er in Noth wäre, so sollte er nur immer sagen: „Und das ist recht und billig."

Nun blieb aber der jüngste Bruder zu lange aus, da begaben sich die beiden andern Brüder auf den Weg und wollten ihn suchen. Als sie ihn aber gefunden hatten, da sagten sie, sie wären nun alle drei so klug, sie müsten sich doch jetzt noch ein Bischen mehr in der Welt umsehen; begaben sich also auf die Wanderschaft und kamen bald in einen Wald. Da fanden sie an einem Baume einen Mann hangen, der hatte sich erhenkt und war tot. Die Brüder blieben stehen und sahen ihn noch an, als der König des Landes, der gerade auf der Jagd war, mit seinem Gefolge geritten kam und wie er den Toten da hangen sah und die Brüder standen darunter, so fragte er: „Wer hat das gethan?" Da kamen die drei in große Noth und wusten sich nicht zu helfen; aber dem ältesten fiel sein Sprüchlein bei und er antwortete: „Wir Brüder alle drei." Fragte der König weiter: „Und warum habt ihr das gethan?" Da fiel dem zweiten sein Sprüchlein ein und er sprach: „Um ein Bischen Käs." „Schwere Noth," sagte der König, „so müst ihr ja alle drei aufgehengt werden." Da sprach der dritte in der Noth: „Und das ist recht und billig." „Allerdings ist das nicht mehr als recht und billig." sagte der König und die Brüder alle drei ließ er sogleich an den Baum hengen, um ein Bischen Käs, wie es recht und billig war.

Aus Heide durch Advokat Griebel. — Eine Parodie von N. 205. vgl. Grimms K.=M. N. 120. mit der Anm. Grimm deutsche Sagen N. 210. Kuhn märk. Sag. N. 242.

XXIII.

Vater Strohwisch.

Es war mal eine alte Frau, die hatte keinen Mann, hätte aber gerne einen gehabt. Da sagte sie: „Das erste Bund Stroh, das vom Boden fällt, soll mein Mann sein;" bald fiel ein Bund Stroh vom Boden, da hatte sie einen Mann. Die Frau hatte viele Wolle. Da sagte sie zu ihrem Mann: „Mann, du sollst mit Wolle zu Markt." Sprach der Mann: „Was soll ich denn dafür nehmen?" „Was der Markt gibt," sagte die Frau. Vater Strohwisch gieng auf den Markt, mit der Wolle in seinem Sack. Kamen da drei Brüder zu ihm und fragten: „Vater, was hat er da in seinem Sack?" „Wolle hab ich drin." „Was will er dafür haben?" „Was der Markt gibt." „Der Markt gibt drei Tracht Prügel." Vater Strohwisch sagte: „Wenn ich denn nicht mehr für meine Wolle bekommen kann, so muß ich ja zufrieden sein;" da gab ihm jeder der drei Brüder eine Tracht Prügel. Vater Strohwisch kam nach Hause; sprach seine Frau: „Was hast du für die Wolle bekommen?" „Drei Tracht Prügel habe ich dafür bekommen." „Mann, da haben sie dich angeführt!" „Thut nichts, kann sie wieder anführen." Vater Strohwisch gieng zu Holze, griff sich einen Wolf, und gieng mit dem Wolf zu Markt. Kamen die drei Brüder wieder und fragten: „Vater, was hat er da?" „Hab da einen schönen großen Bock, er hat sich nur die Hörner abgestoßen." „Was will er dafür haben?" „Für meinen Bock muß ich zehn Thaler haben." Gaben ihm die Brüder zehn Thaler, denn sie fanden es gar nicht unbillig, nur stritten sie sich, wer ihn zuerst zu seinen Schafen setzen sollte. Vater Strohwisch sagte: „Der Älteste muß ihn zuerst haben." Also nahm ihn zuerst der Älteste und ließ ihn Abends zu seinen Schafen, aber am Morgen waren alle seine Schafe tot. Da setzte ihn der zweite Abends zu den seinen, aber dem giengs ebenso, und dem dritten Bruder giengs auch nicht anders. Da wurden die Brüder schrecklich böse und beschlossen, Vater Strohwisch totzuschlagen, weil er sie so betrogen hatte. Vater Strohwisch bekam aber früh genug Wind davon, was sie im Sinne hätten. Da zog er sein bestes Pferd aus dem Stall, band es auf der Diele an, steckte ein Zwölfschillingsstück hinten ein und breitete schöne Bettücher darunter aus. Morgens kamen die drei Brüder und sahen das Pferd auf den Bettüchern stehen und Vater Strohwisch im Mist scharren; da fragten sie: „Vater, was sucht er da?" „Ich sammle mir mein Zwölfschillingsstück heraus, jeden Morgen hat mein Pferd eins hinter sich." Sprachen die Brüder: „Das Pferd steht uns an; wie viel solls kosten?" „Unter hundert Thaler kann ichs nicht lassen," sagte Vater Strohwisch. Da kauften die Brüder ihm das Pferd sogleich ab. Und der älteste nahm es zuerst mit nach Hause und deckte ihm schöne Bettücher unter, und morgens lief er voller Freude hin, um das Geld zu holen, aber da fand er nichts als Mist und sein Bettzeug war verdorben. Er sprach zu seinen Brüdern: „Vater Strohwisch hat uns wieder betrogen," aber die Brüder antworteten: „Du hast kein Glück, laß uns es nur versuchen," nahmen also das Pferd, erst der zweite, dann auch der dritte, und jeder breitete das Bettzeug unter und dachte, das Pferd sollte ihm Geld bringen, aber das Pferd brachte kein Geld, sondern beschmutzte nur das Bettzeug. Da wurden die Brüder noch grimmiger und sagten: „Nun wollen wir ihn ganz gewis totschlagen," nahmen Dreschflegel und Heugabeln in die Hand und giengen nach dem Hause, wo Vater Strohwisch wohnte. Der hatte aber sein Schwein geschlachtet und war beim Wurststopfen. Als er nun die Brüder kommen sah, hieng er seiner Frau eine frische Blutwurst um den Hals und verabredete alles schnell mit ihr; und als die Brüder eintraten, rief er ihr zu: „Flink, setze Stühle her und bringe Pfeifen herein, meine Kaufleute sind da." Das wollte die Frau nicht. Aber Vater Strohwisch sprang mit seinem Messer hinzu und sagte: „Ich schneide dir den Hals ab, wenn du nicht gehorsam bist," und schnitt ihr die Wurst entzwei, daß das Blut herausströmte. Da fiel die Frau um, als wenn sie tot wäre, aber Vater Strohwisch nahm eine kleine Pfeife aus der Tasche und pfiff darauf dreimal ganz stark, da stand die Frau wieder auf, setzte Stühle hin und holte Pfeifen. Fragten die Brüder: „Vater, wie machst du das?" Vater Strohwisch antwortete: „Ich habe da eine kleine Pfeife, wenn meine Frau nicht hören will, reiße ich ihr die Kehle aus; pfeife ich aber auf meiner Flöte, so wird sie wieder lebendig und thut alles, was ich will." „Die Pfeife must du uns verkaufen," sagten die Brüder, „unsere Frauen thun selten, was wir ihnen sagen; was soll die Pfeife kosten?" „Hundert Thaler müßt ihr mir geben," und die gaben ihm die Brüder gern. Als der älteste nun nach Hause kam, wollte er es gleich damit versuchen. „Hole mir den Stiefelknecht," sagte er zu seiner Frau. „Du hast ihn dir all deine Tage selbst geholt, warum soll ich es jetzt thun?" sagte die Frau. Da sprang er sogleich auf und riß ihr die Kehle aus, und darauf fieng er an zu pfeifen und pfiff die ganze Nacht hindurch, aber da war kein Leben wieder in die Frau hineinzubringen. Darauf versuchte es auch der zweite und dann auch der dritte und schnitten ihren Frauen die Kehlen durch, aber ins Leben pfeifen konnten sie sie beide nicht. Da giengen die Brüder zum dritten Mal zu Vater Strohwisch und wollten ihn nun ganz gewis totschlagen. Als sie ins Haus kamen, sagten sie zu der Frau: „Wo hast du deinen Mann?" „Der hat sich aufgehengt!" „Wo denn?" „Draußen im Garten." Da liefen die Brüder in den Garten hinaus und dachten, Vater Strohwisch wollte sie wieder anführen, aber da sahen sie da ein Bund Stroh in einem Baum hangen mit Zeug angethan und schrecklich zappeln. Da erschraken sie sich und liefen, daß sie fort kamen und sollen seit der Zeit noch wieder kommen.

Durch Herrn Schull. Bahr in Wrohe.

XXIV.

Die reichen Bauern.

In einem Dorfe wohnten viele reiche und große Bauern, und da war nur ein einziger Armer unter ihnen, der hatte ein ganz kleines kümmerliches Gewese und darauf lebte er mit seiner alten Großmutter. Die reichen Bauern trieben gerne ihren Spott mit ihm und hatten ihn oft zum Besten, sie nannten ihn ihren Dummhans im Dorf, aber er war doch klüger als sie alle zusammen. Dummhans hatte nun eine schwarze Kuh, die war wild, sprang oft über und lief in seines Nachbarn Korn und trat viel darin nieder. Eines Tages sprach der Nachbar: „Werde ichs noch einmal wieder gewahr, so schieße ich dir die Kuh tot.“ Aber die Kuh war nicht zu halten. Nächstes Tags war sie wieder im Korn; da lief der Bauer hin und schoß sie tot, Dummhans aber muste sich das gefallen lassen. Er zog ihr die Haut ab und brachte die zu Markt, und als er sie verkauft hatte, gieng er ins Wirthshaus und saß da bis in die Nacht und ließ sichs wohl sein. Der aber, der die Haut gekauft hatte, das war ein Dieb. Der hieng sich die Haut um, so daß ihm die Hörner vor dem Kopf standen, und gieng in der Nacht zu dem Wirth, der allezeit mit doppelter Kreide anschrieb und seine Gäste betrog und so ein reicher Mann geworden war; der Dieb sprach zu ihm: „Gib mir gleich dein Geld oder ich drehe dir den Hals um, denn du siehst wohl, wer ich bin.“ Der Wirth erschrak vor der fürchterlichen schwarzen Gestalt mit den Hörnern, meinte es sei der Teufel und gab alles heraus, was er hatte. Als aber der Dieb fort war, da besann er sich doch, machte Lärm und ließ nachsetzen. Der Dieb lief, so schnell er konnte, davon, aber das viele Geld machte ihm das Laufen beschwerlich. Da holte er den Bauern ein, von dem er die Haut gekauft hatte und der nun nach Hause gieng. Er sprach zu ihm: „Wenn du mir eine Zeit lang mein Geld tragen und mich nicht verrathen willst, so sollst du die Hälfte abhaben.“ Da nahm ihm Dummhans das Geld ab und der Dieb lief weiter. Bald kamen die Leute, die ihm nachsetzten, und fragten Hans, ob er auch einen Dieb gesehen. „Nein,“ sagte der, „einen Dieb hab ich nicht gesehen, aber der Teufel sauste eben hier vorbei und sagte, er würde allen den Hals umdrehen, die ihm nachkämen.“ Da dachten die Leute, daß es besser wäre, wenn sie umkehrten, Dummhans aber gieng ruhig mit seinem Gelde nach Hause. Am andern Morgen kam der Dieb und sie wollten theilen. Da schickte Dummhans zu seinem Nachbar und ließ ihn bitten um ein Kannenmaaß, er wollte nur sein Geld darin aufmessen. Der Nachbar fieng an zu lachen und sagte: „Dummhans will wohl Kartoffeln ausmessen,“ doch gab er ihm das Kannenmaaß. Aber als Dummhans es wieder schickte und der Bauer nun nachsah und in den Fugen noch ein paar Vierschillingsstücke entdeckte, da lief er zu den andern Bauern und erzählte ihnen, Dummhans sei mit einem Male so reich geworden, daß er sein Geld mit Kannen messen müsse. Und sie kamen nun alle zu Dummhans und fragten ihn, wie er bei dem Gelde käme. Dummhans antwortete so und so, sein Nachbar hätte ihm ja die Kuh totgeschossen, da hätte er die Haut verkauft und habe so viel dabei verdient. Da wollten alle Bauern auch einen solchen Handel machen, schlugen alle ihre Kühe und Ochsen tot und brachten die Häute zu Markt und forderten für jede Haut wenigstens hundert Thaler. Aber sie konnten nicht mehr als den gewöhnlichen Preis bekommen und die Kaufleute meinten, sie wollten sie zum Narren haben, und gaben ihnen noch Prügel in den Kauf. Da kamen die Bauern voller Zorn über Dummhans nach Hause und beredeten sich, daß sie ihn in der Nacht umbringen wollten. Dummhans aber merkte, daß sie so etwas gegen ihn vorhätten. Darum legte er Abends seine alte Großmutter vorne ins Bett, aber er legte sich selbst hinten hin. Da kamen nun Nachts die Bauern ins Haus mit Äxten und Knitteln, und schlugen die alte Großmutter tot, meinten aber, sie hätten Dummhans den Rest gegeben. Dummhans stand des Morgens früh auf, lud Äpfel auf den Wagen, aber seine alte Großmutter nahm er auch mit und setzte sie auf den Stuhl, als wenn sie noch lebte; so fuhr er zu Markt und ließ den Wagen mit den Äpfeln auf dem Markte stehen, er selbst aber gieng in ein Wirthshaus, legte sich aus dem Fenster und paßte auf. Bald kamen ein paar Juden und fragten: „Mutter, was sollen die Äpfel kosten?“ Die alte Großmutter aber saß ganz steif und sagte nichts, die Juden fragten noch einmal und zum dritten Mal, da ward der eine verdrießlich und stieß sie mit seinem Stock an und rief: „He, Mutter!“ Sie aber fiel vornüber und vom Wagen hinunter; da kam Dummhans aus dem Wirthshaus gelaufen und schrie, die Juden hätten ihm seine Großmutter totgeschlagen, das sollte ihnen noch eine Stunde schlimm gehn, er wollte hin und sie verklagen. Da kamen die Juden so in Angst und Noth, daß sie Dummhans viel Geld boten, wenn er nur schweigen wollte. Damit war Dummhans zufrieden und die Juden gaben ihm an zweihundert Thaler; und darauf begrub er seine alte Großmutter und fuhr nach Hause.

Als die Bauern nun sahen, daß ihr Dummhans noch lebte, da verwunderten sie sich und fragten ihn: „Haben wir dich nicht totgeschlagen?“ Antwortete Dummhans: „Was solltet ihr wohl! Ihr habt meine alte Großmutter totgeschlagen und da habe ich einen guten Zug mit gethan. Ich habe sie zu Markt gebracht und habe zweihundert Thaler dafür gekriegt.“ Nun verwunderten sich die Bauern noch mehr und beschlossen, weil noch viele alte Weiber im Dorfe waren, so wollten sie alle totschlagen und dann zu Markt bringen und verkaufen. Als sie aber mit den alten Frauen zu Markt kamen und die Leute fragten: „Was habt ihr da zu verkaufen?“

und die Bauern antworteten: „Tote Grosmütter!“ da gieng es wie ein Lauffeuer durch den Ort, die Bauern hätten ihre Grosmütter totgeschlagen, und der Vogt bekam es zu wissen und wollte die Bauern festsetzen. Da musten sie schweres Geld geben, daß sie nur wieder loskamen und musten machen, daß sie wieder nach Hause kamen. Nun aber waren die Bauern so böse auf Dummhans, daß sie beschlossen, ihn gleich aus der Welt zu schaffen, und wollten ihn versaufen. Sobald sie nach Hause kamen, ergriffen sie ihn, steckten ihn in eine Tonne und fuhren mit ihm los bis an einen Teich. Da setzten sie die Tonne nieder, giengen erst noch einmal ins Wirthshaus und nahmen sich einen. Aber Hans saß immer in der Tonne und rief: „Ich soll die Königstochter haben und will nicht! Ich soll die Königstochter haben und will nicht!“ Der Schafhirte trieb da mit seiner Heerde vorüber und hörte Hans rufen. Da sagte er: „Wenn du nicht willst, so will ich es gern; kann ich nicht die Königstochter kriegen?“ „Ja,“ sagte Hans, „das kannst du; aber dann must du mich heraus lassen und hier in die Tonne kriechen.“ Da kriegte der Schafhirte ihn heraus und stieg selber hinein, und als die Bauern kamen, schrie er: „Laßt mich hinaus, ich will ja die Königstochter haben.“ Aber die Bauern hörten nicht darauf und warfen ihn mit der Tonne in den Fischteich. „So,“ sagten sie, „nun sind wir ihn los,“ und giengen ins Dorf zurück; Abends aber trieb Hans seine Heerde herein; da verwunderten sie sich und fragten: „Hans, wo kommst du her und wie kamst du zu den Schafen?“ Hans antwortete: „Ihr habt mich in den Teich geworfen, da hab ich mir die Schafe herausgeholt; der Teich ist unten ganz voll davon.“ Das wollten die Bauern nicht glauben, aber am andern Tage giengen sie alle mit Hans an den Teich, da spiegelten sich die kleinen Wolken darin, die man Lämmlein nennt. Da sagte Hans: „Seht ihr wohl, daß ich Recht habe?“ Da wollten die Bauern sich auch Schafe holen, jeder eine Heerde, Hans sein reicher Nachbar aber sagte: „Ich will zuerst in den Teich,“ und sprang hinein. Gleich gieng ihm das Wasser über den Kopf, aber er kam noch einmal wieder in die Höhe und rief: „Blubbeleblub! Blubbeleblub!“ „Was sagt er?“ fragten die Bauern. „Er sagt,“ antwortete Hans, „er hat schon einen schönen Bock beim Kopf, ihr sollt ihm helfen.“ Da sprangen alle Bauern in der Hast hinter ihm drein und ertranken wie Ratzen. Und so war nun das ganze Dorf ausgestorben und Hans war der einzige Erbe, und von der Zeit an war er ein reicher Mann, denn ihm gehörte das ganze Dorf und er lebte all seine Tage herrlich und in Freuden, und wenn er noch nicht ausgelebt hat, so lebt er noch heute.

Aus Ditmarschen nach verschiedenen, wenig unter sich abweichenden Relationen aus Heide, Meldorf und Marne. Es werden häufig nur die einzelnen Stücke erzählt. Eine Erzählung aus Wrohe im Kirchsp. Westensee setzt an die Stelle von Dummhans den

Bauer Siwitt: Einmal fährt er mit Holz zur Stadt, da fliegen zwei Kibitze über ihn hin; da meint der Bauer, seine Ochsen vor dem Wagen spotteten über seinen Namen; er nimmt einen Scheit Holz, wirft sie tot und verkauft die Häute. Dann folgen mit geringen Abweichungen, nur zerrütteter, die Abenteuer der mitgetheilten Erzählung. In Ditmarschen setzt man oft auch an die Stelle der Bauern drei Juden, die Hans feind sind und von ihm überlistet werden. Ein Märchen beginnt: Hans hat eine alte Großmutter und ein Pferd. Das Pferd stirbt. Er bringt es zu Markt und stellt es auf, als wenn es lebte, er streicht ihm den Bauch, ein paar Zwölfschillingsstücke, die er vorher hineingesteckt, fallen heraus. Da kommen die Juden u. s. w. Es folgt auf diese List der Betrug mit der Flöte. S. die vorige N. Dann der Schluß des letzten Märchens. — Dies und das vorige Stück geben nun zusammen vollständig den Inhalt des latein. Einochs aus dem 11. Jahrhundert wieder (Grimm lat. Ged. S. 354), vollständiger also, als die Märchen vom Bürle, vom Bauer Rutschki, vom Bauer Kibitz bei Grimm K.-M. N. 61. Anm. S. 111.

XXV.

Dree to Bett.

Da weer mael innen Dörp en ole ryke Fru, de harr väel Gelt unn Guet, unn se weer daby in Beroep, dat se allens wuß unn dat äer niks verhalen blywen kunn. So kloek weer se. Nu weren da awers dre junge Lüd' int Dörp, de wullen dat nich fær vull glöben. Do maken se dat unner sik af, dat se den neegsten Abent by äer luren wullen, unn wullen sik dat mael mit äer versöken. De ole Fru de harr sik nu angewent, 'sAbends wenn se by't Spinnen dat eerste Mael hohjaen' (gähnte), so sä se: „Dat weer Een to Bett;" unn hohjaen' se denn tom tweten Mael, so sä se: „Dat weren Twee to Bett;" dat drütte Mael awer sett se dat Spinnrad by Syt unn sä: „Dat weren Dree, nu kaem ik," unn güng to Bett.

'sAbends do kemen nu de dre jungen Lüd' unn de eerste gung ant Finster unn keek in, do seet de Oelsche achtern Awen (Ofen), de Lamp stunn oppen Disch, unn se spunn. Do fung se an to hohjanen unn sä: „Oha! dat weer Een." De, de fært Finster stunn, meen, se harr em meent unn wuß wat se all dre wullen. Do leep he, wat he kunn, dat he foert keem, unn vertell de annern, wo em dat gaen weer. Nu gung de twete hen unn keek int Finster, do seet de Oelsche noch by äer Spinnrad unn spunn. Do hohjaen se tom tweten Mael unn sä: „Oha! dat weren Twee!" Do verschroek sik de ant Finster oek unn maek dat he weg keem. De Drütte sä: „Jü sünt man all beid' dumme Jungens, laet my man ins (einmal) hen." As he nu ant Finster keem, do hohjaen' de Oelsche tom drütten Mael unn sä: „Dat weren Dree," unn stött dat Spinnrad vun sik, stunn op unn sä: „Nu kaem ik!“ Do kunn sik ook de Drütte nich länger holen unn leep fœr Angst weg unn hen to de annern, de ole Fru awer ging to Bett; unn vun de Tyt an weer daer keen Minsch int hele Dörp, de nich sä, dat de ole Fru allens wuß unn dat se en ganzen Kloken weer.

Aus Ditmarschen, durch Herrn Schull. Knees aus dem Lande Oldenburg und durch Storm aus Husum.

XXVI.

Das goldene Bein.

Da weer mael en Mann unn en Fru, de harrn en Sœn. De Sœn de harr awer so gewaldig de Flœt (Fluß, Gicht) int Been, dat optletzt em dat Been affull; da kunn keen Docter wat an doen. Do leten se em nu en golden Been maken. Awers de Flœt de seet all so däge (schon bis zu dem Grade) in em, dat dat nich lang' meer duer, do bleew he doet unn se mussen em to Karkhoff drägen. Do dach de Fru, dat weer doch Schad' um dat golden Been, dat dat so in de Eerd' beliggen blywen schull. Se gung hen unn hael sik dat Been wedder.

Nu fung daer awer 'sAbends wat in den Törfstall an to ramentern unn mit den Törf herumtosmyten, daer gung en ganz gräsig Spectakeln loes, unn nöes (nachher) fung daer een an to hulen: Myn Been! Myn Been! Myn Been! Dat duer so de ganze Nacht hendœr' mit dat Hulen unn Pultern. De Kœksch seggt to de Fru, wat dat weer; de Fru antwoord' äer, dat se em fragen schall, se weet dat nich. Dat harr de Kœksch awers nich Hart.

Den annern Abent gung de sülvige Spectakel wedder loes, dat smeet daer jümmer to mit den Törf herum unn dat pulter daer so in den Törfstall, dat nüms meer in de Kœk duern (niemand mehr aushalten) kunn, unn jümmers huel' he daby: Myn Been! Myn Been! Myn Been! De Kœksch froeg de Fru wedder, awer de Fru wull äer dat nich seggen.

Den drütten Abent weer de Spectakel unn dat Larmen unn Pultern unn dat Hulen noch väels duller, as vörhäer. Do schull de Kœksch Törf halen, dat harr se awer nich Hart. Se sä' to de Fru, se schull mitkamen, denn will se em uk fragen; do geit de Fru mit äer unn maekt den Törfstall op. Do fangt he an to hulen unn seggt wedder: Myn Been! Myn Been! Myn Been! „Wull (wer) hett dyn Been?“ segt de Kœksch; do segt de Dode: „Du hest myn Been!“

Aus Ditmarschen. Wie N. 418 und N. 8 dieses Buches erzählt werden, um einen oder mehrere der aufmerksamen Zuhörer zu erschrecken, so auch dieses Märchen, dessen ganze Absicht eben dahin geht, indem das letzte »Du« laut und stark hervorgestoßen und einer besonders damit angeredet wird.

XXVII.

Der Teufel ist tot.

Ein Bauer hatte einen Sohn, der hieß Hans, das war aber ein Thunichtgut. Sein Vater gab ihn oft bei andern Leuten in Dienst, aber nach ein paar Tagen lief Hans immer wieder weg und kam nach Hause. Da sagte der Vater endlich zu ihm: „Wenn du dich durchaus nicht schicken willst, so will ich dich noch bei dem Teufel vermiethen." Nach einiger Zeit kam nun ein Mann und suchte einen Diener; da vermiethete der Bauer Hans bei ihm, aber sagte, er sollte ihn doch gut unter Aufsicht nehmen, Hans sei ein Taugenichts und laufe immer wieder weg. „Das hat bei mir keine Noth," sagte der Mann, „denn ich bin der Teufel." „Da sollte er auch gerade hin," sagte der Vater. Hans folgte seinem neuen Herrn. Den ersten Tag, als der Teufel ausgehen wollte, sagte er zu Hans: „Nun kannst du während der Zeit mir meine Bücher abstäuben, aber ich rathe dir, lies nicht darin." Der Teufel gieng aus und Hans verrichtete sein Geschäft, stäubte alle Bücher ab von oben bis unten, als er aber damit fertig war, fieng er an darin zu lesen und las ganz emsig. Abends kam der Teufel nach Hause. „Hast du auch gelesen?" fragte er. „Ja freilich, aber ich habe auch doch gut geputzt," antwortete Hans. Da gab der Teufel ihm einen Verweis und drohte ihm. Am andern Tage gieng der Teufel wieder aus und sagte zu Hans, er sollte ihm seine Bücher putzen, aber läse er darin, würde es ihm eine Zeit lang schlecht gehn. Hans gieng an sein Geschäft, und als er die Bücher geputzt, las er noch eifriger darin, als am ersten Tage. Abends fragte ihn der Teufel: „Hast du auch gelesen?" „Ja freilich," sagte Hans, „aber ich habe auch gut geputzt." Das half aber alles nichts, Hans bekam eine arge Tracht Schläge. Am dritten Tage gieng der Teufel wieder aus und sagte: „Liest du heute wieder in meinen Büchern, so drehe ich dir den Hals um." Hans las den ganzen Tag in den Büchern, als es aber gegen den Abend gieng, daß der Teufel wieder nach Hause kommen sollte, dachte er, nun wirds Zeit, daß ich wieder nach Hause komme, lief fort und gieng wieder zu seinem Vater. Sein Vater aber nahm ihn unsanft auf und schalt und war sehr böse; aber Hans sagte: „Sei nur nicht böse, lieber Vater, ich habe so viel bei dem Teufel gelernt, daß wir uns nun selber helfen können." Also blieb Hans nun bei seinem Vater.

Am andern Morgen sagte er zu seinem Vater: „Nun will ich mich in einen Hengst verwandeln, du must nur einen Zaum schaffen, dann führ mich zu Markt und verkaufe mich, aber ja nicht mit dem Zügel, sonst bin ich verloren." Der Vater schaffte nun einen Zaum, Hans verwandelte sich in einen schönen Hengst und der Vater brachte ihn zu Markt. Da stellte sich bald ein Käufer ein, der aber niemand anders als der Teufel selber war, handelte mit dem Bauern und sie wurden endlich einig um eine große Summe Geldes. Aber den Zügel wollte der Teufel durchaus mit haben. Das wollte der Vater nicht, aber endlich gab ers doch zu, denn er dachte, der Junge ist doch ein Taugenichts. Nun ritt der Teufel auf seinem Hengst zu einem Schmied und wollte ihn beschlagen lassen. Weil aber der Schmied gerade bei seiner Mahlzeit war, so nöthigte er den Teufel, doch so lange herein zu kommen. Der Teufel band seinen Hengst vor der Schmiede an und gieng hinein. Da aber wuste Hans es während der Zeit so zu machen, daß er vom Zügel frei ward, und nun verwandelte er sich in einen Hasen und lief spornstreichs davon. Als das aber der Teufel sah, machte er sich schnell zu einem Windhund und lief hinter dem Hasen drein und bald hatte er ihn eingeholt. Da machte sich der Hase schnell zu einem kleinen Vogel und flog davon, aber der Teufel verwandelte sich in einen Falken und war bald dem kleinen Vogel ganz nahe. Zum Glücke erblickte der am offenen Fenster eines Klosters eine Nonne, die sich mit Nähen beschäftigte; da schlüpfte er schnell ins Fenster, der Nonne in den Schooß, und wie die den kleinen niedlichen Vogel sah, warf sie schnell das Fenster zu und der Falke muste draußen bleiben. Da verwandelte Hans sich in einen Fingerring und die Nonne steckte ihn an den Finger, aber Abends als sie zu Bette gieng, nahm er seine rechte Gestalt an und schlief bei der Nonne; am andern Tage aber war er wieder ein Fingerring. Da kam der Teufel und wollte der Nonne den Ring abkaufen; aber die Nonne sagte: „Nein, den Ring verkaufe ich in meinem Leben nicht.“ Und der Teufel muste unverrichteter Sache wieder abziehn. Abends aber sagte Hans zu seiner Freundin: „Wenn morgen der Teufel wiederkommt, so verkaufe ihm nur den Ring, laß dir aber erst das Geld geben, bevor du ihm den Ring reichst. Wenn du aber diesen ihm hinlangst, so laß ihn fallen; dann werden da drei Gerstenkörner liegen, da setze schnell deinen Fuß auf eins davon.“ Bald kam auch der Teufel wieder; da gieng der Handel vor sich, aber ganz so wie Hans gesagt hatte. Die Nonne empfieng zuerst das Geld, dann langte sie dem Teufel den Ring hin, aber ließ ihn fallen; da lagen da drei Gerstenkörner am Fußboden und die Nonne setzte schnell ihren Fuß auf eins von den Körnern. Da verwandelte sich der Teufel in ein Huhn und pickte die zwei Gerstenkörner auf, aber das dritte konnte er nicht bekommen, doch pickte er darnach. Da machte sich das Körnlein schnell zu einem Fuchs, sprang auf das Huhn los und fraß es auf, und seit der Zeit ist der Teufel tot und aus der Welt.

Durch Herrn Schull. Rohweder in Thienbüttel. Das Märchen hat sein Eignes gegenüber dem entsprechenden bei Grimm K.-M. N. 68 mit den Anmerk. S. 121.

XXVIII.

Fuchs und Wolf.

Fuchs und Wolf machten Freundschaft und brachen Nachts in eine Meierei ein, stahlen da eine Tonne Butter und verabredeten, sie mit einander zu verzehren. Nun aber sagte der Fuchs: „Morgen kann ich nicht kommen, da soll ich Gevatter stehn; wir können übermorgen den Schmaus halten.“ Der Wolf willigte darein und sie versteckten die Tonne hinter einen Busch. Am andern Morgen gieng der Fuchs fort, aber nicht, um den Gevatterdienst zu thun, denn das hatte er nur aufgedacht, sondern er gieng hinter den Busch zu der Tonne, und weil er darauf gehungert hatte, fraß er sie bis zur Hälfte leer. Abends als er nach Hause kam, fragte ihn der Wolf, was das Kind für einen Namen bekommen; da sagte der Fuchs: „Halfuet!“ Am andern Tage sagte der Fuchs: „Ich habe es für heute wieder versprechen müssen, Gevatter zu stehen, wir müssens noch einen Tag hinausschieben.“ Der Wolf hatte nichts dawider. Der Fuchs gieng fort und wieder zu der Buttertonne, und Abends als der Wolf ihn fragte, welchen Namen das Kind bekommen, da antwortete er: „Drevirteluet!“ Den dritten Tag wollte er wieder aus zum Gevatter stehn; der Wolf ward verdrüßlich, aber gab sich doch zuletzt zufrieden. Der Fuchs gieng zu der Tonne, zehrte wacker von dem Rest und als Abends der Wolf fragte, wie das Kind heiße, sagte er: „Schrapopnborn!“ Nun aber wollten sie am folgenden Tage ihre Butter verzehren. Sie giengen hinter den Busch, aber da war die Tonne leer. Da sagte der Wolf: „Fuchs, wer hat hier alles aufgefressen? Ich habe es nicht gethan, du hasts gethan.“ „Ei, was sollt ich wohl,“ sagte der Fuchs, „bin ich nicht in Geschäften ausgewesen? du bliebst allein zu Hause, du allein hast um den Versteck gewust, du selber hast auch alles aufgefressen.“ Aber der Wolf betheuerte, daß er alle drei Tage nicht aus dem Hause gewesen sei und die Butter nicht angerührt habe. Da sprach der Fuchs: „Einer muß es doch gethan haben; wir wollen den Thäter schon herausfinden. Laß uns ein Feuer anlegen und stellen uns beide daran. Wer die Butter aufgefressen hat, der wird der fetteste sein und das meiste Fett wird aus ihm heraus braten.“ Wie gesagt, so gethan. Sie legten das Feuer an und stellten sich daneben; aber der Wolf ward bald von der Wärme müde und schlief ein. Da gieng der Fuchs hin, nahm den Rest der Butter aus der Tonne und schmierte alles dem Wolf in den Pelz, dann weckte er ihn und rief: „He, Wolf, nun sieh dich an!“ Da schlug dar Wolf die Augen auf und sah, daß er ganz von Fett triefte.

Durch Dr. Klander in Plön. Vgl. Grimm K.=M. N. 2. Katze und Maus in Gesellschaft. Anm. S. 7.

XXIX.

Warum de Swyn ümmer inne Grunt wrœten.

En ole Hex unn twe moje Meidjes (schmucke Mädchen) kreegen en Koek (einen Kuchen) to Füer. As de Koek halv gaer is, geit de Koek weg. As he nu en Enden kweem, do kweem em en Haes to möet (entgegen). Do sä de Haes: „Koek, w'näem wullt der hen, Koek?" Do sä de Koek: „Ik sün (ich bin) äwen twe moje Meidjes unn en oel Hex entlopen, ik entloep by, Haes Wippsteert, oek wul." Do fangt de Haes oek an to lopen, fallt um unn blivt doet. Unn de Koek gung wyder.

As de Koek nu wedder en Enden henkweem, do kweem em de Foß to möet. Do sä de Foß: „Koek, wonäem wullt der hen, Koek?" Do sä de Koek: „A, ik sün äwen twe moje Meidjes unn en oel Hex unn en Haes Wippsteert entlopen, ik entloep by, Foß Dicksteert, oek wul." Do fangt de Foß an to lopen, fallt um unn blivt doet. Unn de Koek gung wyder.

As de Koek nu wedder en Enden henqueem, so queem em en Rick (Reh) to möet. Do sä dat Rick: „Koek, w'näem wullt der hen, Koek?" Do sä de Koek: „A, ik sün äwen twe moje Meidjes unnen oel Hex, unnen Haes Wippsteert, unnen Foß Dicksteert entlopen, ik entloep by, Rick Blixsteert, oek wul." Do fangt dat Rick an to lopen, fallt um unn blivt doet. Unn de Koek gung wyder.

As de Koek nu wedder en Enden henqueem, do kweem em en Ko to möet. Do sä de Ko: „Koek, w'näem wullt der hen, Koek?" Do sä de Koek: „Ik sün äwen twe moje Meidjes, unnen oel Hex, unnen Haes Wippsteert, unnen Foß Dicksteert, unnen Rick Blixsteert entlopen, ik entloep by, Ko Swippsteert, oek wul." Do fangt de Ko an to lopen, fallt um unn blivt doet. Unn de Koek gung wyder.

As de Koek nu wedder en Enden henqueem, do queem en oel Sœg (Sau) to möet. Do sä de Sœg: „Koek, w'näem wullt der hen, Koek?" Do sä de Koek: „A, ik sün äwen twe moje Meidjes, unnen oel Hex, unnen Haes Wippsteert, unnen Foß Dicksteert, unnen Rick Blixsteert, unnen Ko Swippsteert entlopen, ik entloep by, oel Sœg, oek wul." Unn as de Koek dat segt harr, gung de Koek na de Grunt 'rin. Do fangt de oel Sœg an to wrœten (wühlen) unn wull em der heruet hebben, kunn em awers nich krygen. Unn vun disse Tyt an wrœten de Swyn noch all inne Grunt unn wüllen de Koek heruet söken, hebbt em awer noch nich wedder funden.

In der Mundart der im Kronprinzenkoege bei Marne in Süderditmarschen wohnenden Ostfriesen. Das Märchen ist auch sonst in Ditmarschen bekannt und eine zweite Relation aus Meldorf diente zur Ergänzung eines richtigen Reimworts.

XXX.

Vom Hähnchen und Hühnchen.

Henk en Huank ging jens üt üp Haagen.
Henk fuand en Saaltkuurn,
En Huank fuand en Maaltkuurn.

(Hähnchen und Hühnchen giengen einmal hinaus aufs Feld.
Hähnchen fand ein Salzkorn,
Und Hühnchen fand ein Malzkorn.)

Dit ürt wear klaar, da waad Henk sa töstig.
Henk fraaget Huank: »Meik jens ürt so?«
»Ja nog,« swaaret Huank, »wan man ek ön Kaar falst.«
Man Henk wear begearelk,
Jü fääl ön de Kaar en bleef stuunen üp jen Bein.

(Der Trank war fertig, da ward Hähnchen so durstig.
Hähnchen fragte Hühnchen: »Kann ich einmal einen Trunk bekommen?«
»Jawohl,« sagte Hühnchen, »wenn du nur nicht in den Bottich fällst.«
Aber Hähnchen war begehrlich,
Es fiel in den Bottich und blieb stehn auf einem Bein.)

Huank löp hen tö de Mann en buad höm:
»Mann webt ek Henk help?
Henk es ön Kaar fäälen,
Staant man üp jen Biin.«
»Naan,« seid de Mann.

(Hühnchen lief hin zum Mann und bat ihn:
»Mann, willst nicht Hühnchen helfen?
Hühnchen ist in den Bottich fallen,
Steht nur auf einem Bein.
»Nein,« sagt der Mann.)

Huank löp tö Hünd en fraaget:
»Hünd webt ek Mann bit? *
Mann well ek Henk help,
Henk es ön Kaar fäälen,
Staant man üp jen Biin.«
»Naan,« seid de Hünd.

(* Hund, willst nicht Mann beißen?)

Huank löp tö Kneppel en fraaget:
»Kneppel, webt ek Hünd slaa?

(Knüppel, willst nicht Hund schlagen?)

Hund well ek Mann bit,
Mann well ek Henk help,
Henk es ön Kaar fäälen,
Staant man üp jen Biin.«
»Raan,« seid de Kneppel.

Huank löp hen tö dit Jölb en fraaget:
»Jöld, wedt ek Kneppel brenn? *
Kneppel well ek Hünd slaa,
Hünd well ek Mann bit,
Mann well ek Henk help,
Henk es ön Kaar fäälen,
Staant man üp jen Biin.«
»Raan,« seid dit Jöld.

(* »Feuer, willst nicht Knüppel brennen?«)

Huank löp töt Weeter en fraaget:
»Weeter, wedt ek Jöld slak? *
Jöld well ek Kneppel brenn,
Kneppel well ek Hünd slaa,
Hünd well ek Mann bit,
Mann well ek Henk help,
Henk es ön Kaar fäälen,
Staant man üp jen Biin.«
»Raan,« seid dit Weeter.

(* Wasser, willst nicht Feuer löschen?)

Huank löp tö Aus en buad höm: *
»Aus, wedt ek Weeter drink?
Weeter well ek Jöld slak,
Jöld well ek Kneppel brenn,
Kneppel well ek Hünd slaa,
Hünd well ek Mann bit,
Mann well ek Henk help,
Henk es ön Kaar fäälen,
Staant man üp jen Biin.«
»Raan,« seid de Aus.

(* Hühnchen lief zum Ochsen und bat ihn:)

Huank löp hen tö de Klaaf en fraaget:
»Klaaf, wedt ek Aus binj?
Aus well ek Weeter drink,
Weeter well ek Jöld slak,
Jöld well ek Kneppel brenn,
Kneppel well ek Hünd slaa,
Hünd well ek Mann bit,

(* Klawe, (ob. S. 11. 90.) willst nicht Ochsen binden?)

Mann well ek Henk help,
Henk es ön Kaar fäälen,
Staant man üp jen Biin.«
»Naan,« seid de Klaaf.

Huank löp tö Müß en fraaget:
»Müß, webt ek Klaaf skear? *
Klaaf well ek Aus binj,
Aus well ek Weeter drink,
Weeter well ek Jöld slak,
Jöld well ek Kneppel brenn,
Kneppel well ek Hünd slaa,
Hünd well ek Mann bit,
Mann well ek Henk help,
Henk es ön Kaar fäälen,
Staant man üp jen Biin.«
»Naan,« seid de Müß.

(* Maus, willst nicht Klawen zernagen?)

Huank löp hen tö de Katt en buad höör:
»Katt, webt ek Müß fang?
Müß well ek Klaaf skear,
Klaaf well ek Aus binj,
Aus well ek Weeter drink,
Weeter well ek Jöld slak,
Jöld well ek Kneppel brenn,
Kneppel well ek Hünd slaa,
Hünd well ek Mann bit,
Mann well ek Henk help,
Henk es ön Kaar fäälen,
Staant man üp jen Biin.«
»Janog,« seid de Katt, »wank min Klauen man
wäät haa.« **

(* Hühnchen lief hin zu der Katze und bat sie:
** »Jawohl,« sagte die Katze, »wenn ich meine
Krallen nur gewetzt habe.)

Da löp Katt eeder (hinter-her) Müß,
Müß eeder Klaaf,
Klaaf eeder Aus,
Aus eeder Weeter,
Weeter eeder Jöld,
Jöld eeder Kneppel,
Kneppel eeder Hünd,
Hünd eeder Mann,
En de Mann hett nei Heiler en Hakken beskketten, *
Ier hi dit Henk ap of Kaar holpen fiing.

(* Und der Mann hat beinahe Fersen und Hacken besch—.)

Von Silt durch Herrn Schull. Hansen in Keitum. Man vergl. das bekannte »der Herr, der schickt den Jochen aus ꝛc.«

XXXI.

Van idelu unmogligen Dinge[n]

Jk weet mi eine schone Maget,
De minem Herten wol behaget,
Jk neme se gerne to Wive,
Konde se mi van Haverstro,
Konde se mi van Haverstro,
Spinnen de kleinen Siden.

Schall ik di van Haverstro :,:
Spinnen de kleinen Siden,
So schaltu mi van Lindekenlof :,:
Ein nie par Kleider schniden.

Schal ik di van Lindekenlof :,:
Ein nie par Kleider schniden,
So schaltu mi de Schere halen :,:
To middewerts ut dem Rine.

Schal ik di de Schere halen :,:
To middewerts ut dem Rine,
So schaltu mi eine Brugge schlaen :,:
Van einem kleinen Rise.

Schal ik di eine Brugge schlaen :,:
Van einem kleinen Rise,
So schaltu mi dat Sövensterne :,:
To hogen Middage wisen.

Schal ik di dat Sövensterne :,:
To hogen Middage wisen,
So schaltu mi de Glasenborg :,:
Mit einem Perde upriden.

Schal ik di de Glasenborg :,:
Mit einem Perde upriden,
So schaltu mi de Sporen schlaen :,:
Wol van dem gladden Ise.

Schal ik di de Sporen schlaen :,:
Wol van dem gladden Ise,
So schaltu se aver dine Vöte dragen :,:
Im heten Sonnenschine.

Schal ik se aver mine Böte dragen :,:
Im heten Sonnenschine,
So schaltu mi eine Schwepe drein :,:
Van Water und van Wine.

Schal ik di eine Schwepe drein :,:
Van Water und van Wine,
So schaltu mi de graven Stein :,:
To kleinen Peper wriven.

Schal ik di de graven Stein :,:
To kleinen Peper wriven,
So schaltu mi alle wilde Schwin :,:
In einen Kaven driven.

Schal ik di alle wilden Schwin :,:
In einen Kaven driven,
So schaltu mi din Moder geven :,:
Vor Jungfrow to einem Wive.

Schal ik di mine Moder geven :,:
Vor Maget to einem Wive,
So schaltu hengen söven Jar :,:
Und webder werden to Live;
De Düvel ut der Hellen Grunt :,:
De kann di nicht vordriven.

Neocor. I. 180. (Hans Detlefs Ms. Fol. 26 a.) Uhland Volkslieder I. S. 14. gibt auch die (unvollständigere) hochdeutsche Gestalt des Liedes. Es ward in Ditmarschen beim langen Tanz gesungen. — Klein, fein; Glasenborg, der Glasberg unserer Märchen; Schwepe, Peitsche; wriven, reiben; Kaven, Kofen; Lif, Leben.

XXXII.

Noch ein Lügenmärchen.

Ik wil juw singen, ik wil nich legen,
Ik sach dre braden Höner flegen,
Se flogen gar ser und schnelle:
De Büke habben se na dem Hemmel gekert,
Den Rüggen na der Helle.

Ein Ambolt und ein Mölenstein
De schwimmeden beide aver den Rein,
Se schwamben also lise.
It frat ein Pogge ein gloiend Plogschart
To Pingsten up dem Ise.

It wolden dre Kerls einen Hasen fangen.
Se quemen up Kröcken und Stölten gangen,
De eine de kond nicht hören,
De ander was blind, de drüdde stumm,
De verde konde nichen Vot rören.

Nu wil ik juw singen, wo it geschach:
De blinde allerst den Hasen sach
All aver dat Felt herdraven.
Do stumme sprak den lamen to,
De kreg en bi den Kragen.

It segelden etliche up ein Lant,
Er Segel hadden se in den Wind gespannt,
Se segelden bi groten Hupen;
Se segelden up einen hogen Berg,
Dar mosten se all versupen.

De Krevet de dede den Hasen entlopen:
De Warheit kumt bi groten Hupen
Und blift doch nicht verschwegen:
It lag eine Kohut up den Daken,
Se was dar henup gestegen.

Hiermit wil ik min Leit beschluten,
Went schon allen Lüden dede vordreten,
Und wil uphören to legen.
In min Lantart sint so grot de Flegen,
As hier to Lande de Zegen.

Hans Detlefs Mſ. Fol. 26 b. (Neocor. II. 568.) Dies Lied ward auch wohl beim langen Tanz gebraucht; sein Gesetz ist dem des vorigen Liedes gleich; es kann nemlich nach derselben Melodie gesungen werden, sobald die vierte Zeile jedes Mal wiederholt wird. — Pogge, Frosch; Stölten, Stelzen; Krevet, Krebs. — Vergl. Haupt und Hoffmann altdeutsche Blätter I. 163 ffg. Haupts Zeitschr. f. d. Alterth. II. 260 ffg.

XXXIII.

Habermanns Brautfahrt.

»Hott, Hott, Habermann,
Treck dyn Vader syn Stäweln an!
Sett dy up dat beste Päert,
Bistu hundert Daler weert.«
He reed' bet hier, he reed' bet daer,
He reed' wul hen na Franken.

Unn as he hen na Franken keem,
Da muß he syn Verwunderung seen:
Daer seet de Ko byt Füer unn spunn,
Dat Kalf leeg in de Weeg unn sung',
De Katt de wusch de Schötteln uet,
De Hunt de knäd' de Botter uet.
De Fleddermues
De fäeg dat Hues,
De Schwölken mit äer spitze Schnuet,
De Schwölken drogen den Dreck heruet;
Unn achter de grote Schüen
Da döschden dree Kapüen,
Se döschden af
Goet Hawerkaff;
Da bruen se goet Beer daraf.
Dat Beer füng an to susen:
De Bruet leep uet dem Huse,
De Voß mit den langen Schwanz
De maek de Bruet den Færdanz;
De Adebaer wull up den Bæn,
Dat weer de Bruet äer Süstersæn;
De Höner up den Wiemen
De däden darvan beswiemen;
De Heister up den Tuen
De word dervan so duen;
De Kukuk int Nest
Versöep in den Gest,
Kalf in den Stall,
Päert in de Eck,
Haen upt Reck:
Kükerekük!

Aus Plön, Eutin, Reinfeld, Ditmarschen 2c. Die Ueberlieferung ist oft lückenhaft, und variiert im Einzelnen und am Schlusse. Der Anfang lautet oft so:

Ik weet en Lant,
Dat kener weet,
Dat weet ik van myn oel Margreet.
Dat schreev ik an de Planken
Unn reed damit na Franken 2c.

— Schwölken, Schwalben; Hawerkaff, Haferspreu; Wiemen, die Hühnerstiege; beswiemen, ohnmächtig werden; duen, betrunken; Gest, Hefe.

XXXIV.

Kettenreime.

Fromme Wünsche.

Oha!
Ik woll, dat'k den besten Vagel harr.
Vagel scholl my Heu drägen,
Heu woll'k de Ko gäwen,

Ko scholl my Melk gäwen,
Melk woll'k den Becker gäwen,
Becker scholl my Stuten gäwen,
Stuten woll'k de Bruet gäwen,
Bruet scholl my Kruet gäwen,
Kruet woll ik Fader gäwen,
Fader scholl my'n Daler gäwen,
Daler woll ik Moder gäwen,
Moder scholl my Titt gäwen,
Titt woll'k de Katt gäwen,
Katt scholl my Mües fangen,
Mues woll'k in Roek uphangen.

Aus Plön, Eutin u. s. w. — Stuten, Weißbrot.

Eine Predigt.

Höert myn lewen Herren,
Appeln sünt keen Bäern.
Bäern sünt keen Appeln,
Unn de Wust hett twe Schnappeln.
Twe Schnappeln hett de Wust,
Unn de Buer litt groten Dost.
Groten Dost litt de Buer,
Unn dat Läben wart em suer.
Suer wart em dat Läben,
Unn de Wynstock hett twee Räben.
Twee Räben hett de Wynstock
Unn dat Kalf is keen Zägenbock.
De Zägenbock is keen Kalf
Unn nu is myn Prädig half.
Half is nu myn Prädig,
Unn myn Broetschapp is ledig.
Ledig is myn Broetschapp
Unn nu styg ik van de Kanzel h'raf.

Aus Kiel. Bekannt ist auch jenes: Eins, zwei drei, alt ist nicht neu ꝛc. in Büschings wöchentlichen Nachrichten I. S. 210. Erlach III. 49.

XXXV.

Storch.

1.

Adebaer to Neste,
Bring my'n lütje Swester.
Adebaer, oder
Bring my'n lütjen Broder.

2.

»Adebaer Langebeen,
Wann wullt du na Femern (to Lande) teen?«

Wenn de Rogge riepet,
Wenn de Poppe piepet,
Wenn de gälen Bäern
In de Böme gläern (glänzen),
Wenn de gälen Appeln
In de Böme klappeln,
    Will Langebeen
    Na Femern teen!

3.

»Adebaer du Langebeen,
Hest du nich myn Vader hangen seen?«
    Ja ja, int Kibitzmoer.
»Wat deit he daer?«
    He snitt syn Haer.
»Wat schöln de Haer?«
    Prücken van maekt warn.
»Wat schöln de Prücken?«
    Herren up hebben.
»Wat schöln de Herren?«
    Koi kopen.
»Wat schöln de Koi?«
    Melk gäwen.
»Wat schal de Melk?«
    Katten slappen.
»Wat schöln de Katten?«
    Mües fangen.
»Wat schöln de Mües?«
    Hackels snyden.
»Wat schal de Hackels?«
    Päer' fräten.
»Wat schöln de Päer'?«
    Lant umplögen.
»Wat schal dat Lant?«
    Koern up wassen.
»Wat schal dat Koern?«
    Broet van backen.
»Wat schal dat Broet?«
    Minschen äten.
»Wat schöln de Minschen?« —
    Arbeiden.

Der Anfang lautet auch: Ottebaer Langebeen, Hest dyn Vatter so lang nich seen. — »Wo is he denn?« In Langeland u. s. w. Dann wird der Schluß so variiert, daß auf die Frage: »Wat schal dat Broet?« geantwortet wird: Wil'k sülven hebben.

XXXVI.

Kleine Stücke.

Kikeriki, du rode Haen,
O, leen my doch dyn Sparen!
Ik wil yet to fryen gaen,
Dat sal nich lange waren.

De Katt de seet in'n Nettelbusch,
In Nettelbusch verborgen.
Do keem de klene König heruet
Und bod äer goden Morgen.

Blindschleiche (Hartworm).

Kunn ik hören, kunn ik seen,
Byten wull ik dær en Flintensteen.

Kibitz.

Kiwitt!
Wo blyw ik?
Achtern Brummelbäerbusch!
Da sing ik,
Da spring ik,
Da hew ik myn Lust.

Kukuk givt Kindelbeer,
Kiwitt maekt Grütt:
Lütten Deerns, haelt Läpeln häer,
Lütten Jungens, äet mit.

Groß und Klein.

De Kukuk unn de Kiwitt,
De danzden op den Butendyk.
Do keem de lütje Spreen
Unn wul dat Spil ansehn.
Do neem de Kukuk en groten Steen,
Unn smeet den lütjen Spreen ant Been.
Do schreeg de lütje Spreen:
»Oweh, oweh, myn Been, myn Been!«

»Lütje Jümfer Spreen!
Weerst du buten bläwen,
Harst keen Schaden krägen!«

Im innern Holstein lautet der Anfang: De Kukuk und de Kiwitt De danzen beid' up enen Sael. — Butendyk, Außendeich, das Vorland der Marsch nach der See zu; Spreen, Staar.

XXXVII.

Der Kukuk.

Kukuk van Häwen,
Wo lang' schal ik läwen?

Kukuk achter de Heken,
Wo lang' schall ik gaen unn bleken? oder:
Wo lang' schal myn Bruet noch gaen to bleken?

Für die letzte Frage, die junge Mädchen oder Burschen thun, ist die entscheidende Antwort gegeben, sobald der Vogel zwischen seinem Rufen einmal lacht; wie vielmal er bis dahin ruft, so viel Jahre dauert noch der ledige Stand. Nach der ersten Frage zählt man gewöhnlich seine Rufe so lange, bis er einmal inne hält; jeder Ruf verkündigt dem Frager ein Lebensjahr. S. Grimms Mythol. S. 640 fgg.

De Kukuk op dem Tune sat :,:
Dat regent en Schuer und he word nat.

Do keem de blyde Sunnenschien, :,:
Do word de Kukuk hübsch und fien.

De Kukuk breed sin Feddern ut :,:
Und floeg wul œwert Goltschmeds Hues.

»Guten Tag, guten Tag, lieber Goldschmied mein, :,:
Schmied meinem Schatz ein Ringelein.

Schmied meinem Schatz einen Rosenkranz, :,:
Einen Rosenkranz zum Abendtanz.

Der Abendtanz der dauert nicht lang, :,:
Er dauert nur einen kleinen Sommer lang.«

Gott gäve de Bruet, wat ik äer wünsch, :,:
Dat eerste Jaer enen jungen Prinz.

Dat ander Jaer enen Appel roet, :,:
Ene junge Dochter in den Schoet;

Und dat so foert van Jaer to Jaer, :,:
Und dat bet fief und twintig Jaer.

All fief und twintig um den Disch, :,:
Dann weet de Fru, wat Huesholen is.

Huesholen und dat is Arbeit, :,:
Fœr Dœr to staen is Fuelheit.

Na Danz to gaen is Lustigheit, :,:
Na Kark to gaen is Eerbaerkeit.

Aus Marne. Uhland I. 43. Wunderhorn I. 241.

XXXVIII.

Van Gold dre Rosen.

Dar steit ein Lindbom in jenem Dal,
Is bawen breit und nedden schmal.
Van Gold dre Rosen. :,:

Darup sitter Fruw Nachtigal;
Is bawen breit und nedden schmal.
Van Gold dre Rosen. :,:

»Gott gröte di, Fruw Nachtigal hübsch und fien!
Wiltu des Leveken Bade nicht sien?«
Van Gold dre Rosen. :,:

»Des Leveken Bade kan icker nicht sien,
Ik sien der so ein klein Waldvögelien.«
Van Gold dre Rosen. :,:

»Bist du der so ein klein Waldvögelien,
Wann eer kannst du des Leveken Bade denn sien?«
Van Gold dre Rosen :,:

Dat flog sik hen, dat flog sik her,
Dat flog vor ein Goldschmiedes Dör.
Van Gold dre Rosen. :,:

Do de Goldringelien was bereit,
Grot Arbeit was daraf geleit.
Van Gold dre Rosen, :,:

Se streken dat Vagelien wol über den Kop,
Dat flog to Hamborg damit in de Stat.
Van Gold dre Rosen. :,:

Dat flog sik hen, dat flog sik her,
Dat flog vor ein Borgermeisters Dör.
Van Gold dre Rosen. :,:

»Gott gröte juw, Borgermeister hübsche und fien!
Wor hebbe gi juw jüngsten Dochterlien?
Van Gold dre Rosen :,:

»Se setter in einer Kammerkien,
Van Gold stickt se der ein Hötelien.«
Van Gold dre Rosen. :,:

Dat Vagel nu was ser behend,
Dat flog tom kleinen Fensterwend.
Van Gold dre Rosen. :,:

»Gott gröte juw, bruns Mädelien hübsche und fien,
Dien Levste schickt di ein Goldringelien.«
Van Gold dre Rosen. :,:

»Schickt mi mien Levste ein Goldringelien,
Wilkamen schal mi der Bade sien.«
Van Gold dre Rosen. :,:

Wat gaf se em henwebber?
Einen Hoet mit goldne Fedder.
Van Gold dre Rosen. :,:

De Fedder habbe einen vergülbeten Twieg:
Ein schöner junger Herr kriegt wol ein Wief;
Van Gold dre Rosen. :,:

De Hoet habbe einen vergülbeten Rand;
Ein schönes Jungfreuchen kriegt wol einen Man.
Van Gold dre Rosen. :,:

Der dieses Lebeken hat erdacht,
De heft it de Levde to Eren gemacht,
Van Gold schenkt se em davor dre Rosen.

Peter Mohr zur Verfassung Ditm. S. 194. theilte zuerst dieses Lied aus der Abschrift des Hans Detlefs mit, die er besaß, die außerdem manches enthielt, was in der Originalhandschrift fehlt. Der Sprache nach war sie noch aus dem 17ten sec. In der Originalhandschrift ist unmittelbar nach den Liedern fol. 27 b. unbeschrieben. — Uhland I. 47. theilt auch das hochdeutsche Seitenstück zu unserm Liede mit.

XXXIX.

Springel edder Langedanz.

»Dat geit hier jegen den Samer,
Jegen de leve Samertiet:
De Kinderken gan spelen
An dem Dale,« dat sprak ein Wief.

»Ach Mömken, min leve Moder,
Mochte ik aldar gan,
Dare ik höre de Pipen
Und de leven Trummen schlan?«
»Och neen, min Dochter nichten dat,
Du schalt, du schalt schlapen gan.«

»Och Mömeken min, dat deit mi de Not,
Dat deit mi de Not:
Kame ik tom Aventdanze nicht,
So mot ik sterven dot.«

»Och nein, du min Dochter,
Alleine schalstu nicht gan;
So wecke du up dinen Broder,
Und lat een mit di gan.«

»Min Broder is junk, is men ein Kint,
Ik wecke een altes nicht;

Vel lever wecke ik einen andern Mann,
Den ik spreken schal.«

»O Dochter min, Got geve di grot Heil,
Got geve di grot Heil:
Nu ik di stüren nichten kann,
So ga du al darhen.«

Do se tom Aventdanze kam,
To dem Kinderspele kam,
Se let er Ogen herummergan,
Eer se den Rüter fant.

De Rüter de was gut, he tog af sinen Hot,
He tog af sinen Hot,
He kussede se vor den Munt
An dem Danze, dar se stunt.

Hans Detlefs Mſ. fol. 27. a. (Neocor. II. 569. Uhland I. 81.) Bemerkenswerthe Abweichungen, die vielleicht nicht bloße Emendationen sind, enthielt die Abschrift des Hans Detlef, die Peter Mohr besaß. Zur Verfassung Ditm. S. 198 fg.

XL.

Anna Susanna.

Anna Susanna,
Sta up un böet Füer.
»Och nä, myn lewe Moder,
Dat Holt is so düer.«

Schüer my den Grapen
Un fäg' my dat Hues,
Hüet Avent kaemt hier
Dre Junggesellen int Hues.

Wöllt se nich kamen,
So wöllt wy se halen
Mit Päer un mit Wagen,
Mit Isern beslagen.

Könnt se nich danzen,
So wöllt wy se leren;
Wy wöllt se de Scho
In Botter umkeren.

XLI.

Kindertänze und Spiele.

1.

(Die tanzenden Kinder bilden einen Kreis und bewegen sich singend in die Runde.)

Ringelbanz, Rosenkranz,
De Kätel hangt to Füre!
De Jumfern sint so düre,
Gesellen sint so goden Koep,
Dat se op de Straten loept.

Moder gif myn Klöckschen,
Dat hang ik an myn Röckschen:
Fäeg ik denn de Stratendœr,
Loept de Gesellen achter my häer,
Ringelbanz, Rosenkranz! ꝛc.

(Zuweilen hat das Liedchen einen andern Schluß:
Moder geef my'n Klöckschen,
Dat bunn ik an myn Röckschen.
Unn as dat Röckschen klaer weer,
Da sä dat Klöckschen: Kling!
Bei dem letzten Worte hocken alle nieder.)

2.

(Eine innerhalb des Kreises stehende Tänzerin hebt an zu singen, die andern respondieren. Am Schlusse erwählt sie eine, die dann ihre Stelle einnimmt.)

Morgen schöln wy Hawer schnyden.
»Wer schal uns den binden?«
Dat schal Jumfer Lieschen doen.
»Wo schöln wy äer finden?«
Hier un daer un allerwägen
Unner dissen allen;
Hier heff ik äer all faet krägen:
Do my den Gefallen.

3.

(Die Kinder stehn in der Ringeltanzstellung (Kette). Nach und nach kehren sie sich nach Aufforderung des Vortänzers, der sich außerhalb des Kreises befindet, bis alle den Rücken nach innen wenden. Dann schließt sich der Kreis von Neuem.)

Trekke my de Käd' op.
»De Käd' is in de Klink.«
Wat is dat allerschönste?
»Dat Mädjen dat dar singt.«

Dat is (Eene) Junker,
De steit up ären Sprunker
Un breit sik mael herum.

(Zu demselben Tanz gibt es ein anderes, noch mehr verstümmeltes Lied:

Kringelkranz, Luise,
Ik spinn so schöne Syde,
As en Haer,
As en Haer,
Suck, suck na sæben Jaer:
De Öldste keert sik h'rum.

Vollständiger würde es wohl die Bewerbung eines Freiers bei einer schönen Spinnerin enthalten.)

4.

(Ein Tänzer steht außerhalb des Kreises und singt. Suo loco öffnet sich dieser, das Kind wählt und singt den Schlußreim.)

Jammer, Jammer hin und her
Über mich zu klagen!
Es drückt mein Herze gar zu sehr,
Ich kann es gar nicht sagen.

Mach auf, mach auf den Garten,
Ich kann nicht länger warten,
Ich muß ihn suchen an diesem Platz —
Sieh da, sieh da! da steht mein Schatz.

Nun ist alle Traurigkeit verschwunden,
Hab ich doch mein Liebsten wiederfunden:
Meine Lieb und deine
Die küssen sich ja beide.

5.

(In der Mitte des Kreises der Tanzenden hockt Ein Kind; ein anderes, als Vortänzer, steht außerhalb desselben und hebt an:)

Wer sitt in dissen hogen Toern?
»Daer sitt en Königsdochter in.«
Kann ik de nich to seen krygen?
»Se is so fast vermuret,
De Muer de will nich bräken,
De Steen de will nich stäken.«
Enen Steen bräek ik uet.
»Beide Ogen fallt dy uet.«
Nä, nä,
Schaet nich, (Es schadet nicht)
Baet nich. (Es hilft nicht)
Steen und Been verlaet my.
Kling, klang, kloria!
Kumm und folg my achterna.

(Bei den letzten Worten erhält eine der im Kreise tanzenden einen Schlag und folgt der Vortänzerin, sie am Kleide fassend. So wird der Tanz fortgesetzt, bis der Kreis aufgelöst und die Königstochter befreit ist. — Oben S. 394 ist der Reim unvollständig und in schlechterer Gestalt mitgetheilt; dieser ist aus der Gegend von Preetz.)

6.

(Die Kinder stellen sich in zwei Abtheilungen hinter einander auf; die einen sind die Freier, die andern die Mutter mit ihren Töchtern. Die Zeilen werden abwechselnd gesungen, während die Züge gegen einander und zurückmarschieren.)

Da kommen zwei Herren aus Lünefeld (Ninive).
Juchheisasa filadi.

»Was wollen zwei Herren aus Lünefeld?«
Juchheisasa filadi.

Sie wollen die älteste Tochter frein.
Juchheisasa filadi.

»Und wer soll denn der Bräutigam sein?«
Juchheisasa filadi.

Das soll der Kaiser selber sein.
Juchheisasa filadi.

(»So nehmt sie hin mit Freuden.«)

(Auf diese Weise werden aus der zweiten Reihe alle abgerufen und schließen sich der der Freier an, bis die Mutter allein nachbleibt. Dann singt man:)

»Was wollen sie mit der Mutter thun?«
Juchheisasa filadi.

Sie wollen sie in ein Kloster sperrn.
Juchheisasa filadi.

(Man schließt einen Ring, aber sie entwischt nach irgend einer Seite und man sucht sie nun zu haschen.) — Das Spiel ist in Kiel, Schleswig rc. zu Hause.

7.

(Die Mädchen sitzen in einer Reihe einander auf dem Schooß. Eine fragt die Reihe entlang:)

Wonäem waent Mutter Marie?
»Kann nich hören op myn rechtes Ohr,
Kann nich hören op myn linkes Ohr.«

(Bei der letzten:)

Is se Mutter Marie?

»Kannst my dat nich anseen?
Ik schlaep nich,
Ik waek nich,
Ik bin nich in Droem.«
Kann ik nich een van äer Lammer krygen?
»Hest ja eerst gistern een krägen.«
Dat lach nich,
Dat schach nich,
Dat wys de lütten witten Täen.
Dat sprung œwert Heck
Un full in den Dreck.
Ik leg em op de Bank,
Do weer he as'n Äel so lank.
Ik leg em op de Eer',
Do wörd' he as en Scheer.
Ik leg em in de Weeg,
Do wörd' he as en Fleeg.
Ik leg em op de Finsterbank,
Do keem de eische Wulf unn hael em weg.
»Harst man en bäten Solt opstreien schult.«
Ik harr niks.
»Harst dy man ja en Bäten lenen kunnt.«
Nabers wullen my niks lenen.
»Harst dy wat köpen kunnt.«
Ik harr keen Gelt.
»Harst dy wat borgen kunnt.«
Se wullen my niks borgen.
»Na, denn nimm dy fœr een weg unn
sluet achter wedder to.«

(Sie nimmt die erste aus der Reihe auf, thut dann, als wenn sie vor der nächsten die Thür abschließt, und nun muß die, welche aufgenommen ward, dreimal ohne zu lachen über einen Strich springen. Gelingts ihr, kommt sie in den Himmel, lacht sie aber, kommt sie in die Hölle. Zuletzt, wenn alle Mitspielenden so vertheilt sind, fassen sich die Mutter Marie und die, welche bisher fragte, bei den Händen, die aus dem Himmel hängen sich an jene, die aus der Hölle an diese, und es gilt, welche von beiden Parteien im Zerren die stärkste ist. — Statt Mutter Marie wird an einigen Orten auch Fru Rosen gesagt, und oft sind die Worte sehr verstümmelt.)

8.

Wolf und Schaf.

All myn Schaep to Hues!
»Ik dörf nich.«
Wo fœr nich?
»Fœr de grote Roggenwulf.«
Wo sitt he denn?
»Achtern Tuen.«
Wat maekt he daer?
»He slippt syn Täen.«

Wat will he denn?
»All de Schaep de Käel afbiten.«
(De bösen Wülfe sünt gefangen
Twischen tween ysern Stangen.)
All myn Schaep kaemt to Hues.

(Einer ist Hirte, ein zweiter Wolf, die übrigen Schafe. Auf den letzten Ruf des Hirten müssen diese den Raum bis zu ihm durchlaufen, indem der Wolf zu haschen sucht. Wer gefangen wird, nimmt seine Stelle ein. — In einigen Orten spielt man Fuchs oder Wolf und Gänse, und darnach ändert sich das Lied.

9.

Hühner und Weihe.

(Der Kükewieh (Hühnerhabicht) hat einen Holzhaufen zu errichten und thut als schüre er Feuer. Die übrigen Spieler, die die Hühner vorstellen, haben einander hinten angefaßt. Der Vormann (der Hahn) fragt, der Kükewieh antwortet.)

Kükewieh, wat bötst du? (heizest du?)
»Füer.«
Wat schal dat Füer?
»Asch brennen.«
Wat schall de Asch?
»Messen wetten.«
Wat schölt de Messen?
»Haen und Häen den Kopp affnyden.«
Wat hebbt se dy to webder daen?
»Se hebbt in myn Herrn syn Koern gaen.«
Wo lank?
»As en Band.«
Wo groet?
»As en Broet.«
Wo lütt?
»As en Drelingsschael vull Grütt.«
Kan'k wol dreemael üm'n Herrn syn Awen gaen?
»Ja wul, sæwenmael,
Wenn du em nich umstötts.«

(Der Vormann geht mit den andern Spielern jetzt um den Holzstapel und stößt ihn endlich um. Da sucht der Kükewieh den hintersten der Spieler zu haschen, woran die übrigen alle ihn zu hindern suchen.)

10.

(Die Spielenden stehen in einem Halbkreis. In der Mitte stehen ihrer zwei, einer macht den Herrn, der andre stellt den Esel vor. Jener fängt an:)

Esel, Esel, wo bist du so lange gewesen?
»In der schönen Mühle.«
Was hast du denn da gethan?
»Schöne Säcke getragen.«

Was war denn in den schönen Säcken?
»Schöne Bücher.«
Was stand in den schönen Büchern?
»Schöne Lieder.«
Esel, sing mir mal ein Liedchen vor!
»O Herr, ich weiß keins.«
(Zu den andern:)
Hol mir die lange Peitsche her!
»Was will der Herr damit?«
Den Esel streichen.

(Der Esel läuft fort, die andern hinterher, und wer ihn hascht und streichen kann, wird an seiner Stelle Esel.)

11.

(Beim Spießruthenlaufen, wenn einer vom Spiel gelaufen.)

Und warum hast du das gethan?
Und warum thust du das?
Und darum sollst du Spitzruth gan
Auf dieser langen Gaß.

Vater, Mutter grämen sich
Um den ungerathnen Sohn,
Und weil sie thuen grämen sich,
Hast du den Lohn davon.

XLII.

Die klugen Mädchen.

En lütje Deern bin ik,
Fien Garen spinn ik,
Kann knütten, kann neien,
Kann Sülverdraet dreien.

Als ik en lütje Deern weer,
Do ging ik mael spatzeern.
Alle Lüde frogen my:
»Wohen du lütje Deern?«

»Na'n Meiergaern, na'n Meiergaern,
Wo all de smucken Blomen staen;
De blauen Blomen plück ik af,
De roden laet ik staen —

De Junggesellen küß ik geern,
De Olen laet ik gaen.«

Vgl. das westphäl. Lied in Mones Anzeiger VI. S. 168.

XLIII.

Spinnerin.

Spinn Dochter spinn!
De Fryer sitt darin;
Spinnst du nich en fynen Draet,
Geit de Fryer en ander Straet;
Spinn Dochter, spinn,
De Fryer sitt darin.

Vgl. Wunderhorn III. 36.

XLIV.

Liebesgedanken.

Die Schenkin spricht:
Ik sitt un denk,
Un tapp un schenk;
Wenn dat so keem
Dat he my neem? —
Un he is en Timmermann.

XLV.

Garbenbinden.

Ik und myn Liesbet willt Sommerfeld gaen,
Willt hocken und binden, als ander Lüd' doen.

Ander Lüd' hocket und bindet dat Koern,
Ik und myn Liesbet sitt achter den Doern.

Achter den Doern da waßt mael schön Kruet,
Da bind ik myn Liesbet en Kränzelien uet.

Aus Ditmarschen. Auch so parodisch: Disteln und Doern is dat nicht gut Krut? Da bind ik myn Liesbet en Kränzelien uet.

XLVI.

Zum Stelldichein.

Dat du myn Leevsten bist,
Dat du wul weest;
Kumm by de Nacht, kumm by de Nacht,
Segg my wo du heest.

Kaem du um Mitternacht,
Kaem du Klock een,

Vader slöpt, Moder slöpt,
Ik slaep alleen.

Klopp an de Kamerdar,
Klopp an de Klink,
Vader meent, Moder meent,
Dat deit de Wint.

XLVII.

Das schöne grüne Haus.

Es gieng ein Matros an einen Brunn
Und schauet ins tiefe Thal;
Was sah er in der Ferne?
Eine wunderschöne Dam'.

»Guten Tag, guten Tag, schön Damelein.«
»Schön Dank, du junger Matros.«
Er bot dem Mädchen zu trinken,
Zu trinken aus seinem Glas.

Sie nahm das Gläslein in ihre Hand
Und brachs in der Mitte entzwei:
»Sieh hier, sieh da, du junger Matros,
Hier hast du meine Treu.«

»Was soll ich mit deiner Treue thun?
Was soll ich denn damit thun?
Du bist nur ein arme Dienstmagd
Und ich bin ein junger Matros.«

»Daß ich nur ein arme Dienstmagd bin,
Das wissen der Leute noch mehr:
Matrose, so du mich nicht haben willst,
Hat Gott mir ein andern bescheert.«

Und als sie auf halbem Wege kam,
Ihr Vater und Mutter waren tot:
Da war sie das reichste Mädchen
In sieben Dörfern groß.

Und als der Matrose das vernahm,
Gieng er zum Bootsmann hin:
»Ach Bootsmann, ich muß reisen
Nach mein'm Feinsliebchen hin.«

Und als der Matrose im Dorfe kam
Vor ein schönes grünes Haus:
»Feinsliebchen, bist du darinnen,
So schaue doch einmal heraus.«

Feinsliebchen die schaute zum Fenster hinaus,
Und sah wohl in der Fern
Einen jungen Matrosen da stehen,
Sie liebte ihn gar zu gern.

»Was schilderst du hier, du Schilderknecht?
Was schilderst du in mein'm Land?
Als ich das letzte Mal bei dir war,
Verweigerst du mir die Hand.

Als ich dir meine Treue anbot,
Was sagtest du da zu mir?
Nun ich das reichste Mädchen bin,
Nun kenne ich auch nicht dich.«

»Feinsliebchen, so du mich nicht haben willst,
So geh ich gleich nach meinem Schiff,
Nach meinem weiten Hafen,
Wo ich allzeit so gerne bin.«

Sie nahm das silberne Becherlein,
Goß darein den rothen kühlen Wein:
»Sieh hier, sieh da, du junger Matros,
Du sollst mein eigen sein.«

Aus Marne. Offenbar eine Umbildung des bekannten Liedes: »Ich stund auf hohen Bergen und sah in tiefe Thal,« oder wie es hier bei uns gesungen wird: Ich stand auf hohen Bergen und sah die Seefahrt an ꝛc. — Uhland I. 216.

XLVIII.

Graf Hans von Holstein und seine Schwester Annchristine.

Es ritt ein Jägersmann über die Heid (den Rhein),
Er wollte Graf Holsteins Schwester frein.

»Meine Schwester Annchristine die krigst du ja nicht,
Denn sie ist von Adel, das bist du ja nicht.«

»Und ist sie von Adel so hübsch und so fein,
So hat sie doch ein klein Kindelein.«

»Musje Jäger, das mustu gelogen sein,
Meine Schwester Annchristine ist Jungfer fein.«

»Sollen alle meine Worte gelogen sein,
So laßt die Christine mal kommen herein.«

Da schickte Graf Hans Annchristine einen Boten,
Sie soll kommen zu Pferde und nicht zu Wagen.

Und als der Annchristine die Botschaft kam,
Sie soll gleich kommen zu Pferde heran:

«Was schickt mir mein Bruder einen so schlechten Boten?
Ich soll gleich kommen zu Pferde heran?

Sonst schickte er mir einen silbernen Wagen,
Die Pferde, die waren mit Golde beschlagen.

So lange mir her mein seiden Wickelband,
Darin ich will wickeln meinen jungen Triafant (? Dreasand?).

Ich wickel ihn heut und gar zu gern,
Ich wickel ihn heut und nimmermehr.

Und langet mir her mein Beutelein fein,
Damit ich kann lohnen die Mägdelein mein.

Ich lohne sie heut und gar zu gern,
Ich lohne sie heut und nimmermehr.

Und langet mir her meinen weißen Rock,
Drin will ich mich schnüren, als wär ich eine Pupp.«

Annchristine wohl zu Pferde sprang,
Ihr gülden krauses Haar lang nieder hangt.

Sie reit wohl über Berg und Thal,
Ihr Bruder schon aus dem Fenster sah.

»Musje Jäger, das mustu gelogen sein,
Meine Schwester Annchristine ist Jungfer fein.«

»Sollen alle meine Worte gelogen sein,
So laßt die Annchristine auf den Tanzboden h'rein.«

Graf Hans der machte wohl nun einen Tanz,
Der Tanz der dauerte sieben Stunden lang.

»Musje Jäger, das mustu gelogen sein,
Meine Schwester Annchristine ist Jungfer fein.«

«Sollen alle meine Worte gelogen sein,
So laßt uns mal zücken den Schnürband fein.»

Und als sie nun den Schnürband zückten,
Die weiße Milch sprang ihr aus den Brüsten.

»Ich habe getrunken den rheinischen Wein,
Das zog mir in die Brüste hinein.«

»Und hast du getrunken den rheinischen Wein,
Das zieht doch nicht in die Brüste hinein.

Annchristine, willst du die Ruthe schmecken,
Oder soll ich dich mit dem Schwerte durchstechen?«

»Viel lieber will ich die Ruthe schmecken,
Eh' du du mich sollst mit dem Schwerte durchstechen.«

Er schlug sie so sehre, er schlug sie so lang,
Bis Leber und Lunge aus dem Leibe ihr sprang.

»Halt ein, halt ein, lieber Bruder mein,
Prinz Friedrich von Engelland ist Schwager dein.«

»Ach Schwester, hättst du mir das eher gesagt,
So hätte ich dich nicht zu Tode geplagt.

Und kannst du noch bis morgen leben,
So will ich dir ganz Schweden geben.

Und kannst du leben noch einen Tag,
So will ich dich führen nach Engelland.«

»Ich kann nicht mehr leben eine halbe Stund,
Wolltst du mich auch führen nach Engelland.

Ich kann nicht mehr bis morgen leben,
Wolltst du mir auch ganz Schweden geben.« —

Es dauerte wohl bis an den dritten Tag,
Prinz Friederich von Engelland geritten kam.

»Guten Tag, guten Tag, lieber Schwager mein,
Wo hast du die Herzallerliebste mein?«

»Dein Herzallerliebste ist krank gewesen,
Und sie wird nun und nimmer genesen.«

»Sie haben mir unterweges erzählt,
Du hättest sie selber zu Tode gequält.«

»Setz dich nieder, setz dich nieder an diesen Tisch,
Es sollen gleich kommen gebratene Fisch.«

»Gebratene Fische, die eß ich nicht gern,
Noch früher sollst du den Tod schmecken lern.

Lege dich, lege dich nur auf den Tisch,
Wir wollen dich hauen wie gebratene Fisch,

Daß jedes Stück nicht größer sei,
Als wie ein kleiner Fisch mag sein.«

Sie legten den Grafen wohl auf den Tisch,
Sie hauten ihn klein wie einen Fisch.

Annchristine die ward getragen zu Grabe,
Graf Hans den fraßen Krähen und Raben.

Aus Marne in Ditmarschen. Leider ist das merkwürdige Lied vielfach zerrüttet und lückenhaft. Ohne Zweifel war es ursprünglich plattdeutsch, was auch Reime (Baden: Wagen; Stock: Popp) bestätigen können. Graf Hans, Graf Holstein oder König Hans, wie er in verschiedenen Relationen genannt wird, soll wohl der zweite Oldenburger sein; er verspricht (als Unionskönig) ganz Schweden. (Seine Schwester Margareta war an Jakob III. von Schottland verheiratet.) Trotz dieser eigenthümlichen Anknüpfung aber ist der Hauptinhalt des Liedes doch vielleicht aus Dänemark herübergekommen. Ein altdänisches Lied (Danske Viser fra Middelald. II. S. 31. Grimms altdän. Heldenl. S. 322.) meldet von der liden Kirsten, Waldemars I. Schwester dasselbe, was hier der Annchristine durch Graf Hans geschieht. Der Jäger entspricht gewissermaßen der Königin Sophie, mehr noch Prinz Friedrich ihrem Bruder, Herrn Buris. Natürlich darf man an keine Uebersetzung denken; Schluß und Eingang beider Lieder sind durchaus verschieden. Vielmehr zeigt sich, daß das, was im 13. 14. 15. Jahrhundert in Dänemark von Waldemar und der kleinen Christel erzählt und zu Liedern verarbeitet wurde, im 16. Jahrhundert bei uns auf König Hans übertragen und glücklicher Weise auch zu einem Liede gestaltet ward: wol nur die Sage vermittelt jene beiden Lieder. Lange nach dem 16. Jahrhundert kann unser Lied unmöglich entstanden sein. Sehr zu beachten ist freilich daneben das Lied vom Pfalzgrafen am Rhein im Wunderhorn. I. 259.

XLIX.

Es kommt doch einmal an den Tag.

Ein Vater hatte drei Söhne. Als er nun sterbenskrank lag, da wollte er gerne noch einmal ein Häslein essen, und versprach demjenigen von seinen Söhnen, der ihm das Häslein brächte, sein ganzes Erbe. Als nun der älteste in den Wald kam, begegnete ihm ein altes eisgraues Männchen, das war St. Petrus, und sprach: „Gib mir ein Bischen ab von deinem Frühstück.“ Da sagte der Bursche nein, aß sein Frühstück auf und gieng in den Wald. Aber er konnte keinen Hasen treffen.

Als nun der zweite Sohn in den Wald kam, begegnete ihm auch das alte eisgraue Männchen und bat, er sollte ihm von seinem Frühstück abgeben. Da sagte er auch nein, aß sein Frühstück allein auf und gieng in den Wald, konnte aber keinen Hasen treffen. Als nun der jüngste Sohn in den Wald kam und das eisgraue Männchen ihm begegnete und ihn bat, da gab er ihm von seinem Frühstück ab, so viel er haben wollte. Dafür zeigte ihm das Männchen den Weg, auf welchem er einen Hasen treffen würde. Nun schoß der jüngste Bruder einen Hasen. Als aber die beiden andern Brüder sahen, daß er glücklicher gewesen war, als sie, da wurden sie neidisch, schlugen ihn tot und begruben ihn unter einem Hollunderbaum; so behielten sie das Erbe ihres Vaters ganz allein.

Nach etlichen Jahren aber kam ein Hirte an den Ort, wo der Bruder begraben war, weidete sein Vieh und hieng sein Horn an den Hollunderbaum. Da fieng das Hörnlein von selber an zu blasen:

Tut, tut, tut,
Als mein Bruder mich begrub
Wohl unter dem Hollunderbaum,
Das Häslein war mein,
Das Häslein war mein,
Das gab mir St. Petrus ganz allein.

Da gieng der Hirte zum Bauervogt und zeigts ihm an. Der Bauervogt kam und hörte auch das Hörnlein blasen. Es kam die ganze Bauerschaft und alle hörten es mit an. Da ergriffen sie die Ubelthäter und gaben ihnen den verdienten Lohn.

Aus Lauenburg durch Cand. Arndt. Es wird auch so erzählt, daß der Hirte sich aus dem Hollunderbaum Flöten gemacht, die den Mord verrathen hätten. Das stimmt zu dem Märchen bei Grimms K.-M. N. 28.

L.

Die drei Schwestern.

Es fielen drei Sterne vom Himmel herab,
Sie fielen wohl auf eines Königs Grab;
Dem Könige starben drei Töchter davon.

Die eine die starb des Abends ab,
Die andre die starb um Mitternacht,
Die dritte da der Tag anbrach.

Die erste die ward mit Rosen bedeckt,
Die andre die ward mit Nelken besteckt,
Die dritte die ward mit Dornen gespickt.

Sie faßten sich all drei wohl an die Hand
Und giengen wohl aus ihres Vaters Land,

Und kamen den schmalen Weg hinan;
Da begegnet ihnen ein weißer Mann.

»Ach Seelchen, ach Seelchen, wo wollt ihr hin?
Ihr gehet ja den schmalen Weg! —«

Und als sie vor die Himmelsthür kamen,
Da klopften sie ganz leise an.

St. Petrus sprach: »Und wer ist hier?«
»Es sind drei arme Seelen dafür.«
Zwei nimmt er herein, eine stößt er zurück.

Da gieng die eine wieder zurück
Und kam nun auf den breiten Weg;
Da begegnet ihr ein schwarzer Mann.

»Ach Seelchen, ach Seelchen, wo willst du hin?
Du gehest ja den breiten Weg! —«

Und als sie vor das Höllenthor kam,
Da klopfte sie ganz grausam an.

Der Teufel sprach: »Wer ist denn hier?«
»Es ist eine arme Seele dafür.«

Da kam ein böser Geist hervor
Und nahm sie herein ins Höllenthor,
Und setzte sie auf einen glühenden Stuhl,

Gab ihr einen glühenden Becher in die Hand,
Darnach ihr Mark und Ader zersprang.

Da fieng sie an zu schrein und sprach:
»Oweh, oweh, meiner Mutter Hand,
Die mich nicht nach der Schule zwang!

Oweh, oweh, meines Vaters Hand,
Der mich nicht nach der Kirche zwang!

Oweh, oweh, mein bunter Rock,
Der mich hier nach der Hölle lockt!

Oweh, oweh, meines Kutschers Pferd,
Das mich hier nach der Hölle fährt!«

Aus Ditmarschen und durch Herrn Schull. Rathjen in Fiefharrie. vgl. Wunderhorn II. 210. — Eine andere Relation aus Ditmarschen stimmt mehr mit der aus Rügen bei Erlach III. 65.

LI.

Der Wunderbrunnen.

Letj Ehlki an grat Ehlki
Siäd bi Suas tu spannan.
Do faal grat Ehlki san Rook un Suas,
An letj Ehlki sprong iinefter.
Do wiär a Suas onnar so widj
En hed föl smok Steggalkar.

Letj Ehlki ging farbar.
Hat kam tu an eban Bagohn.

Klein Ehlke und groß Ehlke
Saßen am Brunnen zu spinnen.
Da fiel groß Ehlke ihr Rocken in den Brunnen,
Und klein Ehlke sprang nach.
Da war der Brunnen unten so weit
Und hatte viele lustige Steige.

Klein Ehlke gieng weiter.
Es kam zu einem offnen Backofen.

A Bagohn sad: »Ragi mi ans ap,
Ik du di so föl warm Bruad,
Üsh man idj mest.«
Letj Ehlki nam bal nant an thonkat. *
Hat nam nant me turagh.

Do kam hat tu an Apalbuum,
Di hingat fol smok Frügt an sad:
»Sköddi mi man an idj,
So föl üsh man mest;
Nem uk me, so föl üsh wäl.«
Letj Ehlki thonkat an nam man an letjan Apal.

Nü kam hat tu an Kü.
A Kü sad: »Molki mi ans,
Do skäl so föl waram Molk ha,
Üsh man brank mest.«
Hat thonkat an nam man letjat
För a äragst Thast,
Am a farbar hat kam,
A hiätar bet wurd.

Un a Firansh siig hat nog föl Sjüllags,
Diär altamal ham loki wul

Der Backofen sagte: »Leer mich mal aus,
Ich thu dir so viel warm Brot,
Als nur essen magst.«
Klein Ehlke nahm bald nichts und dankte,
Es nahm nichts mit zurück.

Da kam es zu einem Apfelbaum,
Der hieng voll schöner Frucht und sprach:
»Schüttle mich nur und iß,
So viel als nur magst;
Nimm auch mit so viel als du willst.«
Klein Ehlke dankte und nahm nur einen
kleinen Apfel.

Nun kam es zu einer Kuh.
Die Kuh sprach: »Melke mich einmal,
Du sollst so viel warme Milch haben,
Als du nur trinken magst.«
Es dankt und nahm nur wenig
Für den schlimmsten Durst,
Denn je weiter es kam,
Je heißer es ward.

In der Ferne sah es noch viel schönes,
Das allzumal sie locken wollte

* Gewöhnlich: Letj Ehlki sad: „Ik wal di wat skidtj!“ (Ich will dir'n Dreck! Amringer Ausdruck der Bescheidenheit.

Farbar tu gungan.
Man hat thogt: »Ik san jo rik an nogh
An brük man letjat.«
Hat kam turagh me a Rok tu sin Sastar.
Hat flekt üb ham, dat hat ütj a Wonnersuas
Egh muar me nimman hed.
Grat Ehlki sprong sallaw un Suas.

Hat kam tu a Bagohn,
Hat kam tu a Buum,
Hat kam tu a Kü.
A Bagohn sad: »Ragi mi ans ap,
Ik du di so föl warm Bruad,
Üsh man idj mest.«
A Apalbuum sad: »Sköddi mi man an idj,
So föl üsh man mest.«
A Kü sad: »Molki mi ans,
Do skäl so föl waram Molk ha,
Üsh man drank mest.«

Hat faan nog muar Smoks, diär ham lokat
An frinjank bäd:
Hat wul man al ha.
Grat Ehlki nam sannar Miät
An sannar am Thonkin tu thenkan
Fan al det Guds so föl,

Weiter zu gehen.
Aber es dachte: »Ich bin ja reich genug
Und brauch nur wenig.«
Es kam zurück mit dem Rocken zu seiner Schwester.
Die fluchte auf sie, daß sie aus dem Wunderbrunnen
Nicht mehr mitgenommen hätte.
Groß Ehlke sprang selbst in den Sot.

Es kam zu dem Backofen,
Es kam zu dem Baum,
Es kam zu der Kuh.
Der Backofen sprach: »Leer mich mal aus,
Ich thu dir so viel warm Brot,
Als du nur essen magst.«
Der Apfelbaum sprach: »Schüttle mich nur und iß,
So viel als nur magst.«
Die Kuh sprach: »Melke mich einmal,
Du sollst so viel warme Milch haben,
Als nur trinken magst.«

Es fand noch mehr Schönes, das sie lockte
Und freundlich bat;
Es wollte aber alles haben.
Groß Ehlke nahm ohne an Maaß
Und ohne an Danken zu denken
Von all dem Guten so viel,

Üſh hat man bregh küb:
Hat füng an hiäl Barn.

Man hark! Nü hiärd hat an Romlin,
An al det Gubs ſonk weg.
Mobbar an Slobbar
Wurd a Grünj annar ſin Fet.
Hat wul flügt, man ſonk weg
So jip del,
An kam nimmar webbar üb a Welt.

Als ſie nur tragen konnte:
Sie nahm eine ganze Laſt.

Aber horch! Nun hört ſie ein Krachen,
Und alles das Gute ſank weg.
Mober und Moraſt
Ward der Boden unter ihren Füßen.
Es wollte fliehen, aber ſank weg
So tief hinunter,
Und kam nimmer wieder auf die Welt.

Von Amrum durch Herrn C. Johannſen. Dr. Clement von Amrum theilte das Märchen in ziemlich abweichender Geſtalt mit; es hat nicht durchweg die rhythmiſche Form: Klein Ehlke kommt zum Apfelbaum, zur Kuh und zum Backofen, und nimmt ſo viel als ſie mag. Dann kommt ſie an ein hölzern Häuschen, wo ein altes Weib wohnt, das ſie lauſen muß; ſie könne überall umhergehen, nur nicht in die ſiebente Kammer. Ehlke laust ſie. Die Alte ſchläft ein. Da ſtreut ſie ihr Grütze auf den Kopf und läßt die Küchlein ſie aufpicken, geht in die Kammer, nimmt einen kleinen Sack voll Geld und flieht; der Apfelbaum rc. verrathen ſie nicht. Groß Ehlke, neidiſch, ſpringt nun hinein, hört nicht auf die Bitte des Apfelbaums rc., laust die Alte und raubt das Geld. Der Baum rc. verrathen ſie. Die Alte packt ſie und zerreißt ſie mit glühenden Zangen. — Damit ſtimmt auch ein Märchen aus Femern: Eine Frau hat zwei Töchter, die eine iſt ihre Stieftochter. Dieſe ſtößt ſie in den Brunnen. Dann ähnlich wie oben: Roſenbuſch, Apfelbaum, Backofen. Das alte Weib iſt eine Menſchenfreſſerin; ſie entkommt glücklich mit ihrem Gelde und wird nicht verrathen. Darauf ſteigt die rechte Tochter in den Sodbrunnen, wird ertappt und die Hexe trinkt ihr das Blut aus. Nun ſteigt die Mutter in den Garten hinab, antwortet auch nicht auf den Gruß der Bäume rc., findet im Hauſe der Hexe viel Gold, aber auch ihre Tochter tot. Da will ſie fliehen, aber die Hexe ergreift und verzehrt ſie auch. So kann die Stieftochter nun vergnügt mit ihrem Gelde leben. — Dieſe beiden letzten Erzählungen kommen dem heſſiſchen Märchen von Frau Holle, Grimms K.-M. N. 24, näher; noch mehr einzelne Züge in den ſieben Varianten (ſ. d. Anm. dazu). Eigenthümlich ſcheint bei uns der grauſame Schluß, der ganz zum Charakter der Waſſerweſen paßt. vgl. oben N. 345.

LII.

Friesische Reime von Silt.

1.

Meik böör bi Borrig rid?
»De Borrig es forbööden.«
Hokken heed bit seid?
»Dear leest kumt, skelt tö weeten fo.«

2.

Rid, rid me Korf bi Sid:
Mearen kumt de Brid
Me höör road Xapler,
Me höör Waagstaapler,
Me guld Knoppen üp höör Sliif;
Jü well de hiile Wunter bliif.

3.

Siil, siil tö Kagelönd
Me en Skep foll Roggel hen,
Wan de Roggi rippet,
Wan de Berri piipet,
Hen om Waagstaaapler,
Om en Lääs Xapler.
Wan wü da de Xapler faa,
Da skell ik uk hokken haa.

4.

Karen er Maren jat toog om en Roop;
Karen wild en Bridmann haa, en Maren wild ook.
Karen noom en Stiin
En smeet Maren aur Biin:
»Uha, min Biin, hud bleef de Stiin?«
De Stiin de seet ön Maren höör Biin.

5.

Sei en Mei
Stönd ap fuar Dei.
Jat bok jaar Broad,
Jat bruud jaar Biir,
Jat schlachtet jaar Stiir,
En da seid Sei tö Mei:
»Hat es jit soowen Stünd tö Dei.«

6.

Dear kam en Skep bi Süder Sid
Me trii jung Friiers ön de Floot.
»Hokken wear de förderst?«
Dit wear Peter Rothgrün.

»Hud sät hi sin Spöören?«
Fuar Hennerk Jerkens Düür.
»Hokken kam tö Düür?«
Marike sallef
Me Krük en Bekker ön de jen Hund,
En gulde Ringer aur de übber Hund.
Jü nöödigt höm en sin Hingst iin,
Död de Hingst Haawer en Peter Wiin.
Toonk, toonk fuar des gud Dei!
Al de Brid en Bridmaaner of Wei
Olter Marike en Peter alliining.
Jü look höm iin tö Kest
En wild höm nimmer muad mest.

7.

Der Jüte als Freier auf Silt.

Dear kam en Mantje fan Ruuden
Me soowen poltig Juuden,
Me soowen Tusen fuar sin Plog,
Me soowen Griskin ön sin Skoog:
»Min kjäre litj Faamen, wan dü well mi haa,
Saa skell dü alle min Griskin faa.«

8.

Ing en Dung,
De Klokken ja gung.
Hokken es doad?
Pua Modders es doad.
Hud kam hi tö Doad?
Bi Daster Soad,
De brokket Kü jü stat höm doad.

vgl. oben N. 110. 147.

9.

Ein Räthsel.

Gleesoogi seet üp Stinkenbarig.
Stinkenbarig broan önner:
Gleesoogi löp na de Hinger.
Wat wear dit?

— ? —

10.

Dear seet en Spook üp Üülkenbarig
En glüüret ön de Daageroad.
De Barig broan önner,
De Daageroad spleet:
Da floog de Spook for de Hinger.

(Wahrscheinlich eine Formel zur Beschwörung eines Spuks. Man vergleiche unten.) — Durch Herrn Hansen auf Silt.

LIII.

Dœntjen.

Da seet en oel Uel in de Eck unn klabüster sik. Do keem so'n Lirumlarumpimpensläger un sloeg de Uel op ären Plattfoet. „J," segt de Uel, „wat sleist du my? Kann ik hier nich sitten un klabüstern my?

Da weer mael en oel Buer un en oel Uel. De Buer de seet in de ene Eck, un de Uel seet in de ander Eck, un de Buer seeg de Uel an un de Uel seeg den Buern an.

Da weer mael en Buer, de plöeg syn Däel. Do fünn he niks as en stuefsteert Mues. Harr de Mues en länger Steert hatt, weer myn Geschicht oek länger west.

„Jung, wat maekst du daer?" Still, uns Weert, ik fang Mües. „Hest denn al welke?" Ja, uns Weert, wenn ik disse heff, wo ik up luer, unn denn noch een, denn heff ik twee.

En Jung' schull mael hen na den Hœker un Seep un Solt halen. Do sä' he ümmer fœr sik hen Seep un Solt. He seeg awer nich na syn Föet un so full he œwer'n Bonenstang'. „Donnerwe'r, Thran un Theer," sä he, un bleev nu oek by Thran un Theer.

Daer weer mael en Mann, de harr dre Sœns. De ene heet Schack, de ander heet Schackschawwerak, de drütte heet Schackschawwerakschackonimmini. Nu weer daer oek en Fru, de harr dre Döchter. De ene heet Sipp, de ander heet Sippsiwwelip, de drütte heet Sippsiwwelippsippelimmini; un Schack kreeg Sipp, un Schackschawwerak kreeg Sippsiwwelipp, un Schackschawwerakschackonimmini kreeg Sippsiwwelippsippelimmini.

LIV.

Räthselmärchen.

1.

Ein Prediger gieng aus und wollte drei Arbeiter dingen, zwei sollten dreschen und einer Häckerling schneiden. Als er nun wieder nach Hause kam, sagte er vergnügt zu seiner Frau: „Morgen kann't Döschen unn Hackelsschnyden loesgaen." „Hest du denn Lüed funden?"

sagte die Frau. „Ja," antwortete er, „Ik un Du schöllt böschen un Nüms schall Hackelsschnyden."

Frage: Wie ist das zu verstehen, da der Prediger in vollem Ernst redete?

Antwort: Die beiden Drescher hießen Ik und Du und der dritte Arbeiter Nüms.

2.

Ein Mann war zum Tode verurtheilt. Da gieng seine Frau hin und bat bei dem Richter um sein Leben. Da sagten die Richter: „Wenn du uns ein Räthsel aufgibst, das wir nicht errathen können, so sollst du deinen Mann wieder haben." Nun sprach die Frau:

As ik hin güng, as ik wedder kam,
Den Lebendigen ik uet den Doden nam.
Süß de güngen de Sœwten quitt,
Raet to, gy Herren, nu is't Tyt.

Da konnten die Richter es nicht errathen und musten den Mann freigeben. Frage: Kannst du das Räthsel errathen?

Antwort: Als die Frau hingieng, fand sie am Wege ein Pferdegerippe und in dem Pferdegerippe ein Vogelnest, und in dem Vogelnest sechs Junge. Die sechs Jungen nahm sie mit, und also gingen sechs den Siebenten quitt, und aus dem Toten nahm sie die Lebendigen.

So erzählt man auch: Einer Frau war ihr Hund, der Ilo hieß, gestorben. Da hatte sie sich aus seinem Fell ein paar Schuhe machen lassen. Als nun ihrem Mann das Leben abgesprochen ward, rettete sie ihn, indem sie den Richtern dies Räthsel aufgab, das sie nicht lösen konnten:

Op Ilo ga ik,
Op Ilo sta ik,
Op Ilo kumm ik herangerannt,
Ilo is my wul bekannt,
Op Ilo keer un wend' ik my.
Op Ilo heff ik Freud und Leid:
Rathet, ihr Herren, nun ist es Zeit.

LV.

Einige Räthsel.

1.

Da köem en Vagel fedderlos
Un sett sik op'n Boem blattlos.
Da köem de Jungfru mundelos
Un freet den Vagel fedderlos
Van den Boem blattlos.

Schnee.

2.

Keem Menneke van Aken
Mit en witt Laken.
He meente, he kunde de ganze Welt bedecken,
He kunn doch nich œwer de Elwe recken.

Schnee.

3.

Achter myn Vaders Kamer
Daer hangt en blanken Hamer;
Wer damit timmern kann,
Dat is en künstlichen Mann.

Eiszapfen.

4.

Daer stünn en oel Mann op een Been,
Harr hundertdusent Swyn by sik.
Se weren all pickenswart,
Se säen all snirk, snårk.

Schlehdorn.

5.

Ich gieng mal über drei Elfen, (?)
Soll mir Gott helfen:
Ich fand da ein klein Meisterstück,
Wie mein kleiner Finger dick.
Ich machte mir zwei Seiten Speck,
Einen Backtrog,
Einen Schweinstrog,
Ein Milchfaß.
Rath mal, was ist das?

Eichel.

6.

Höger as en Hues,
Lütter as en Mues,
Gröner as Gras,
Witter as Flaß,
Bitter as en Gall,
Un doch mægen de Herrn dat all.

Wallnuß.

7.

In den Garden stunn en Kutsch, *
Hier en Kutsch un daer en Kutsch.
In de Kutsch da weer en Duef,
Hier en Duef un daer en Duef.

* Dies Räthsel, im Anfang und Schluß wenig verändert, wird auch als Lied beim Ringeltanz gebraucht.

Von de Duef daer flöeg en Fedder,
    Hier en Fedder, daer en Fedder.
Uet de Fedder word' en Bett,
    Hier en Bett un daer en Bett.
In dat Bett da slöep en Knecht,
    Hier en Knecht un daer en Knecht.
Vor dat Bett da stünn en Weeg,
    Hier en Weeg un daer en Weeg.
In de Weeg da slöep en Kind,
    Hier en Kind un daer en Kind.
Nu rade, wat is dat?

Eine große Bohne.

8.

Daer seet en Jumfer up den Boem,
Harr en roden Rock an,
Harr en Steen achterin,
Rade mael, wat dat mag syn?

Apfel oder Kirsche.

9.

Kumt en Tunn von Engelland,
Sunder Born un sunder Band,
Is tweerlei Beer in.

Ei.

10.

To Wittenbarg im Dome
Da is en gäle Blome,
Un wer de gäle Bloem wil äten,
De mutt ganz Wittenbarg tobräken.

Ei.

11.

Ich weiß ein kleines weißes Haus,
    Hat keine Fenster und auch keine Thore,
Und will ein kleiner Wirth heraus,
    So muß er erst die Wand durchbohren.

Ei mit einem Küchlein.

12.

Daer keem en Mann uet Egypten;
Syn Rock weer uet dusent Stücken,
Harr en knækern Angesicht,
Harr en Kamm un kemmt sik nicht.

Hahn.

13.

En Vagel in de Luft geswäewt,
Desglyken nich up Eerden läewt.
He is so hitzig gewossen,
Un wenn he hungrig ward,
Frit he nägen un nägentig Ossen.

Wetterhahn (Blitz?).

14.

Da flügt en Vagel stark
Twischen hier un Dännemark.
Wat hett he in syn Kropp?
Twölf Last Hopp.
Wat hett he op syn Kron?
Twölf Jumfern de sint schon.
Daby en Fatt mit Wyn,
Mutt dat nich en braven Vagel syn?

Schiff.

15.

Daer leep en lütjen Mann in roden Rock.
He sä: »Moder, waert juw Höner doch!
Far juwe Hunt bün ik gaer nich bangen.«

Wurm.

16.

En holten Hues, en ysern Dær,
Fyf darin un fyf dafær.

Hackfellade.

17.

Gryse, gryse, grau
Steit all Nacht in Dau,
Hett keen Fleesch un Bloet,
Deit likes alle Minschen goet.

Mühle.

18.

Tweebeen seet op Dreebeen,
Do neem Veerbeen Tweebeen Eenbeen.
Do neem Tweebeen Dreebeen un smeet Veerbeen,
Dat Veerbeen Eenbeen fallen leet.

Mensch, Hüker (dreibeiniger Stuhl ohne Lehne), Hund, Knochen.

19.

Daer leep en lütj' Hündjen wul æwert Feld,
He harr syn Steert so krues opkrellt.
Ik do dy't Woert wul in den Mund,
Schast doch nich raden: Wo heet de lütje Hund?

Wo.

20

Da was mael en Hunt,
Un de was bunt.
Den Hündgen syn Naem was mi ne vergäten.
Heff dreemael seggt,
Schast likes ne wäten:
Wat förn Naem harr de Hunt?

Was.

21.

De Küster unn syn Süster,
De Preester unn syn Fro
De gingen dörch de Heier
Unn fünnen en Vagelnest mit veer Eier.
Unn jeder neem een uet,
Bleef doch noch een in.

Die Schwester des Küsters war nemlich die Frau des Predigers.

22.

Keem en Deert ut Noerden,
Harr veer Oren,
Harr söß Föet,
Harr en langen Steert.
Rade, rade wat is dat?

Ein Reiter.

23.

Veer Löpers,
Veer Stöters,
En Smicksmack,
En Brotsack,
Rad' mael, wat is dat?

Wagen mit Fuhrmann und Pferden.

24.

Achtern Aven staen en paer Klawen.
Op de Klawen da steit en Tonn,
Op de Tonn daer steit en Trechter,
Awer den Trechter da is en Licker,
Awer den Licker da is en Rüker,
Awer den Rüker da sint twe Kyker,
Awer de Kykers daer steit wat Gras,
Daer lopen fette Ossen up un af.

Jung und Alt.

LVI.

Sprüche und Segen.

(Jeder Segen wird dreimal leise wiederholt und bei dem J. N. G. 2c. ein Kreuz geschlagen. Mehrere der hier aus mündlicher Überliefernng mitgetheilten finden sich nach Aufzeichnungen aus dem 15ten und 16ten Jahrhundert in Grimms Mythol. Anhang. CXXXVI. ffg. 1ste Ausgabe, und in Mones Anzeiger. 1833, 234. 1837, 464 ffg.)

1.

An den Marienkäfer (coccinella septempunctata).

Aus der Elbmarsch:

Maikatt,
Flügg weg,
Stüff weg,
Bring' my morgen goet Webder med.

Aus Plön:

Marspäert (Markpäert), fleeg in Himmel!
Bring' my'n Sack voll Kringeln,
My een, dy een,
Alle lütten Engeln een.

2.

An den Schmetterling.

Kätelböter (Sommervagel) sett dy!
Räes un Mund de blött dy.

oder in Ditmarschen auch:

Schomaker (Flærlær, Bottervagel) sett dy!
Schast oek Speck un Brot hebben.

(Der Reim gehört wohl eigentlich der Libelle, dem Speckfräter oder Gadespäert (Gottespferd); man nennt auch den Marienkäfer uns Herrgott syn best Päert.)

3.

An eine Schnecke.

Slingemues,
Kruep uet dyn Hues,
Stick all dyn veer, fief Höern uet.
Wullt du's nech uetstäken,
Will ik dyn Hues tobräken.
Slingemues 2c.

oder: Snaek, Snaek komm heruet,
Sunst tobräk ik dy dyn Hues.

oder in Ditmarschen (wo auch der erste Spruch bekannt ist):

Tækeltuet
Kruep uet dyn Hues,
Dyn Hues dat brennt,
Dyn Kinder de schriegt (flennt?)
Dyn Fru de ligt in Wäken:
Kann'k dy nich mael spräken?
Tækeltuet 2c.

Vgl. Mythol. S. 658.

4.

An den Kukuk (vgl. oben S. 480).

Kukuk in Häwen
Wo lang' schal ik läwen?
Sett dy in de gröne Grastyt
Un tell myn Jaerstyt.

oder in Lauenburg:

Kukuk,
Spekbuk,
Ik bir dy:
Seg my doch,
Wo väel Joer
Läw' ik noch?

5.

Wenn die Knaben sich Weidenflöten (Wichelfleuten) machen, singen sie, den Weidenstock klopfend:

Fabian Sebastian,
Laet den Saft uet Holt gaen.

oder im östlichen Holstein:

Baß, Baß, Baß, Buribaß,
Gif my en gode Fleit (goden Brummel) af;
Ik gäv' dy een werrer af.

Vgl. Mythol. S. 1190. — Es ist ein gemeiner Glaube: »Fabian Sebastian (Jan. 20.) Let den Saft int Holt gaen.« Dann darf kein Holz mehr gefällt werden.

6.

An den Hollunder. — Arnkiel I. 179. erzählt:

Man hat den Ellhorn auch heilig gehalten, daß ein Part diesen Baum nicht dürfen unterhauen. Wo sie aber denselben unterhauen musten, haben sie vorher pflegen dieß Gebet zu thun:

Frau Ellhorn,
Gib mir was von deinem Holz;
Denn will ich dir von meinem auch was geben,
Wann es wächst im Walde.

Welches theils mit gebeugten Knien, entblößtem Haupte und gefaltenen Händen zu thun gewohnt, so ich in meinen jungen Jahren zum öftern beides gehört und gesehen. (Vgl. oben S. 378 ffg.)

7.

Wenn die Kuh gezeichnet ist.

Addern (Ottern) un Schlangen
Legen in Sanden.
Un so gewann
Un so verschwann
Un so verschwann düt oek.

8.

Ist ein Pferd oder eine Kuh krank, ziehe man ihnen ein Messer durchs Maul und spreche dazu:

Dat Beest ik krank
Van äten und drinken,
Van Water und van Winde.
So verswinde
Dat, as de Dauw van dem Grase verswindet.

Staatsbürgerl. Magaz. Bd. 10. 1107.

9.

Wenn eine Kuh verfangen ist.

Dat Beest het sik verfankt,
In Frätent un Supent,
In Water un Wint.
Ik will dit stillen
Mit Marien Kint.
I. N. ꝛc.

Oder hat eine Kuh sich verfangen, so spreche man dreimal leise, dabei das Thier dreimal mit der Hand über den Rücken streichend:

Kuh, Kuh, Kuh,
Du bist verfangt,
Unser Herr Christus ist gehangt.
Kuh, Kuh, Kuh,
Du bist vom Verfangen los.
Unser Herr Christus ist vom Hangen los.
I. N. ꝛc.

Ebenfalls:

Uns Herr Christus syn Hangenbloet,
Damit still ik düt Verfangenbloet.

10.

Hat ein Rind den Voß (die Bräune), so muß eine schwangere Frau ihm dreimal in den Mund blasen und sprechen:

Voß, ik rade dik,
Ungebaren jagt dik.
I. N. ꝛc.

11.

Beim Blutstillen.

Auf unserm Herrn Gott sein Haupt,
Da blühen drei Rosen,
Die erste ist seine Tugend,
Die zweite ist seine Jugend,
Die dritte ist sein Will.
Blut, steh du in der Wunde still,
Daß du weder Geschwüre
Noch Eiterbeulen gebest.
I. N. ꝛc.

oder:

Bloet sta still
Na uns Herr Christus syn Will.
Im Namen Gottes des Vaters und Sohn:
Nu steit dat Bloet schon.

oder:

Ich sage dir Blut, stehe still,
Es ist Maria ihr Will,
Es ist Maria ihr Begehr,
Steh du mir nun und immermehr.
I. N. ꝛc.

Ehe die Blutung kommt:
Blut, ich sage dir, du sollst stehen und must stehen.

Ebenso auch gegen Kopfschmerz, Herzklopfen ꝛc.

12.

Gegen den Mord (Schlagfluß).

Mord, du heſt äer daelschlaen:
Unse Herr Christus segt,
Du schast wedder upstaen.

oder:

Uns Herr Christus un de Moert
De güngen tosamen dær en enge Poert.
Uns Herr Christus de gewann,
De Schlag un de Moert verschwand.

13.

Gegen das Schluckſen,

dreimal in einem Athem zu sprechen:

Schluckop,
Loep lank Buek op,
Loep lankt Redder (einen eingezäunten Weg),
Kumm nich wedder.

oder:

Schluckop un ik
Wy stegen dær en Knick,
Ik köem daerdær,
Schluckop bleef dafær.

oder:

Schluckop un ik
Gingen æwern Weg,
Schluckop füll' rin
Un ik leep weg.

oder aus Lauenburg:

Hukup,
Sluckup,
Loep lang' de Häg',
Kum nümmer to Wäg',
Hukup ga weg.
Ga vör min Nabers Dær,
Maek' en lüttes Knickschen fær,
Hukup ga weg.

14.

Gegen die Kolk (Kolik?).

Kolk, ik rade dy mit en Füerfatt uet dat Hues.
En brave Mann un en böse Wief,
Damit rade ik dy de Kolk uet dynen Lief.

J. N. ꝛc.

15.

Gegen das Fieber.

Man schreibt in den Schornstein oder auf einen Zettel, den der Kranke essen muß:

Fieber bleib aus,
NN. ist nicht zu Haus.

16.

Bei stillen Schmerzen (Rheumatismus).

Christus durch den Wunden dein
Entziehen allen Unglück dein
Fünf Wunden Gottes helfen dir
Denn bin ich deine Arzenei für und für. (sic)
J. N. rc.

17.

Gegen Gicht.

Guden Abend, Herr Fecht,
Ik bring em hundert nägenunnägentig Gicht.
Nümm se man an,
So bün ik daervan.

oder:

Man faßt eine Eiche oder den jungen Schößling einer schon abgeschlagenen Eiche (Ekenhessen) an und spricht:

Ekenhessen, ik klag dy,
All de ryten Gicht de plagt my.
Ik kann dar nich fær gaen,
Du kannst damit bestaen.
Den eersten Vagel, de æwer dy flügt,
Den gif dat mit in de Flucht,
De näem dat mit in de Lucht.
J. N. rc.

18.

Gegen die englische Krankheit.

Engelsche Krankheit verswinn,
Wie de Dau an de Sünn,
Wie de Kukuk vör den Sævenstern.

19.

Gegen Flechten.

De Hechel un de Flechel
De gingen all beid æwer en Stechel.
De Hechel de gewunn
Un de Flechel verswunn.
J. N. rc.

20.

Gegen den Barmgrund (tinea).

Man holt stillschweigend Wasser und wäscht den Kopf damit sogleich lauwarm, sprechend:

So standen drei Mädchen wohl vor dem Brunn,
De ene de wusch, de ander de wrung'.
Darin is verdrunken en Katt un en Hunt,
Damit verdryw ik dy den Barmgrunt.

Vgl. Provinzialberichte 1797. S. 238.

21.

Gegen die Rose (Hellbink).

Ik segg: Hellbink, Hellbink,
Du schast ni stäken,
Du schast ni bräken.
Hellbink, Hellbink,
Du schast ni kellen, (quälen, plagen)
Du schast ni schwellen.
Dat schast du ny doen,
Dat schast du ny doen.

oder:

Peter un Paul gingen æwert Moer.
Wat begegen äer daer?
Hellbink, Hellbink! —
»Hellbink, wo wullt du hin?«
Na'n Dörp.
»Wat wullt du daer?«
Kellen un schwellen un wee doen.
»Dat schast du ny doen,
Dat befäel ik dy in Gottes Namen.«

oder:

Hilbink, ik ra' dy.
Ra' ik dy nich seer,
So jag' ik dy noch väel meer.

J. R. rc.

(Dies wird auch dreimal gesprochen, nach einer Pause noch dreimal, und nach einer neuen Pause wieder dreimal. Jedesmal wird die kranke Stelle dabei kreuzweise angeblasen.)

oder:

Rode Ros' un witte Ros',
Dunkle Ros' un helle Ros',
Verswinn,
Wie de Dau vör de Sünn.

22.

Gegen die Bellrose.

Petrus un Paulus
Gingen uet Kruet to söken;

Daer wollen se de Ros' mit verteen,
De Kelleros', de Schwelleros',
De Stäkeros', de Bräkeros',
De Blätterros';
Awer allens wollen se damit verteen.
J. R. G. 2c.

23.

Beim Gewächs.

Man legt den Finger darauf und darf nicht darauf sehen, indem man spricht:

Was ich seh, das wächst,
Was ich seh, das vergeht.
J. R. 2c.

Gegen Warzen gibt es nur ein Mittel. Man kann sie nur im Mondschein los werden. Man muß sich bei zunehmendem Mond ins Freie begeben, den Mond starr anblicken und mit der Hand über die die Warzen hinstreichen, unter diesen Worten:

Was ich ansehe, nimmt zu,
Was ich überstreiche, nimmt ab.

Ähnliche Mittel wird der vor Kurzem unter großem Zulauf hier herumziehende Mondscheinmann angewandt haben, um damit Lahme, Blinde und andere Kranke zu heilen.

24.

Gegen den Adel oder Fiek (Wurm) im Finger.

Nicht zu schnell und zur Zeit nur einmal zu sprechen:

De Adel un de Stoel
De gungen beid an enen Poel.
De Adel de verswunn,
De Stoel de gewunn.
J. R.

25.

Gegen Schmerz im Finger.

Ik rad' en Bäten
Mit Heisterknaken,
Mit Kreienföten,
Schal by de Weedag' uten Finger staken.

26.

Wenn man sich den Fuß vertreten.

Ik hol' myn Foet in'n Kattengang', (wo die
Katzen durchspringen können)
So still ik wol den Gnirrband.

27.

Bei einem Maal auf dem Auge.

Daer seten dre Jünfern an den Weg.
De een de puest dat Sant uten Weg,
De ander de puest dat Lov vannen Boem,
De drürr de puest dat Mael von Oeg.
J. N. rc.

oder:

Statt kreuzweise zu pusten, wird mit Stahl und Stein überkreuz Feuer geschlagen:

Hier schrief ik enen Rink.
Mit en stalern Messer.
De Rink is sunt, (gesund)
Dat Hildink verschwund.

28.

Gegen den Brand.

Brant, Brant,
Du geist œwer Moor un Lant.
Mit myn gesegnete Hant
Nade ik düssen Brant.
J. N. rc.

oder:

Petrus und Johannes
Giengen beide wandeln.
Petrus nahm den Stab in die Hand,
Damit still ik dy den Brand.

oder:

Hoch is de Häwen, (Himmel)
Roet is de Kräwen, (Krebs)
Koelt is de Dodenhant,
Damit still ik düssen Brant.
J. N. rc.

oder:

Hoch is de Häwen,
Koelt is de Näwen (Nebel) rc.

29.

Beim Flachssäen spreche man:

Flaß, ik streu dy in den Sant:
Du must wassen as en Arm dick
Un as en Käerl lank.

So auch beim Wurzelsäen:

Du schast wassen as en Been dick
Un as en Arm lank.

30.

Damit die Hexen nicht über Nacht den Rahm von der Milch nehmen, spricht man beim Zudecken des Topfes:

Hen uu her,
Un wedder um de Dxr!
Wat hest du by myn Roemputt verlaren?

31.

Das Feuer zu besprechen.

Gott und Petrus gehen übers Land,
Sie sehen brennen einen Brand.
Brand, du sollst nicht brennen,
Brand, du sollst nicht sengen,
Brand, du sollst nicht hitzen,
Brand, du sollst nicht schwitzen,
Bis die liebe Mutter Gottes
Ihren andern Sohn sollte gebären.
J. N. rc.

32.

Ofen anbeten beim Pfänderspiel.

Awen, Awen, ik bäd' dy an,
'sWinters bist du'n goden Mann,
'sSommers seh ik dy nich an.

33.

Beim Regenwetter.

Rägen, Rägen rusch'!
De König faert to Busch.
Laet den Rägen œwergaen,
Laet de Sünn wedderkamen.
Lewe Sünn, kam' wedder
Mit dyn golden Fedder,-
Mit dyn golden Stralen
Beschyn uns altomalen.
(Beschyn dat ganze Engelland,
Da hangt de Klocken an de Wand,
Wo Maria baven sitt
Mit dat lütje Kind in Schoet.
Haelt en Stutenbotterbrot,
My wat, dy wat,
Unse lütje Mueschkatt wat;
Denn hewt wy altomael wat.)

34.

Einen Dieb zum Stehen zu bringen.

Mutter Maria reiste wohl über das Land,
Sie hat ihr liebes Kind bei der Hand.

Da kamen die Diebe und wollten stehlen.
Da sprach sie zu St. Peter: Binde!
St. Peter sprach: Ich habe gebunden
Mit eisernen Banden mit Gottes Handen.
Du, Dieb und Diebin, sollst gebunden sein.
Wiederum sollst du stille stehen und nirgends hingehen.
Du sollt stehen als ein Stock und starr sehen als ein Bock,
Und zählen all das Gras, das auf der Erde wachst.
Wiederum sollt du stille stehen und nirgends hingehen,
Sollt stehen als ein Stock und starr sehen als ein Bock
Und zählen die Sterne, die am Himmel stehen.
Wiederum sollt du stille stehen und nirgends hingehen;
Du sollt stehen als ein Stock und starr sehen als ein Bock
Und zählen den Sand, der liegt am Meeresgrund.
Wiederum sollt du stille stehen und nirgends hingehen;
Du sollt stehen als ein Stock und starr sehen als ein Bock,
Bis ich dir mit meiner Zunge Urlaub gebe.
Den Himmel gebe ich dir zu deiner Hütte,
Und die Erde zu Schuhen deiner Füße.
Amen! in des Teufels Namen.

35.

In Schleswiger Hexenprozeßacten wird erzählt, daß einmal drei Kunstfrauen (Zauberinnen) beschlossen, den Müller Claus Selk von seiner Mühle zu treiben und darauf um Leib und Leben zu bringen. Sie holten aus St. Jürgen, der Vorstadt, für einen Witten (alte Scheidemünze) Milch, kochten sie unter Anrufung aller Teufel, und füllten sie dann unter denselben Ausrufungen mit Löffeln auf zwei heiße Steine aus, indem sie sprachen:

So soll in aller Teufel Namen
Der Müller vergehen,
Wie die Milch auf den heißen Steinen.

Und dann rief die eine:

Amen! in aller Teufel Namen.

36.

Gegen Hieb und Stich gesichert ist der, der ein weißes Pergament mit diesem Zeichen † A. 36. m. 9. ††† bei sich trägt und dann, wenn der Stich geschehen soll, sagt:

Ich beschwöre dich, Degen gut,
Daß du nicht von mir sollt bringen Blut;
Dies zähl ich dir, Schwert, zur Buß.
In den Namen der Geister Gufalon, Samalecti 2c.

Laß Husumsche Nachrichten I. 151.

37.

Liebessegen.

Will eine Jungfer ihren zukünftigen Bräutigam sehen, so muß sie zur Mitternacht vor Neujahr rückwärts in der Küchenthür stehen und sprechen:

Gott grüß dich Abendstern,
Du scheinst so hell von fern,
Über Osten, über Westen,
Über alle Kreiennesten.
Ist einer zu mein Liebchen geboren,
Ist einer zu mein Liebchen erkoren,
Der komm, als er geht,
Als er steht,
In sein täglich Kleid.

Laß Husumsche Nachrichten I. 151.

38.

Segen über Neuvermählte.

Neocorus I. 116. erzählt: (Wenn Braut und Bräutigam zu Bette gebracht sind,) den wert ehn beiden togedrunken. Wenn se Bescheid gebaen, hevet an de oldste Schaffer, edder wol darto gebeden, se to bewritten, dat also togeit. He tuet ein Schwert edder Pook (Messer) uet, schermet darmit aver dem Bedde unde gesegnet se mit diesen Worden, welche he dreemael wedderhalet:

Hier bewritte ik twe Kinder,
Twe saliglike Kinder,
Al wat se tellt, schal salig sin.
(Gott gewe enen Glück und Segen
Up allen eren Wegen und Stegen;
Gott gewe enen Glück und Eren,
Welken se sik wenden unde keren;)
Gott gewe enen so vele junge Söne,
Als de Karkenledder heft Treme;
Gott gewe enen so vele junge Döchter,
(As dat Hues heft Rechter (Latten?).)
Des frowen sik beide Geschlechte.

Peters Mohrs Hans Detlefs (zur Verfassung rc. S. 202) enthält wieder mehr, als Neocorus. Die Originalhandschrift des Hans Detlefs theilt den Spruch gar nicht mit. Bewritten heißt ursprünglich beschreiben (Runenstäbe, die ja die Kraft hatten, fruchtbar und unfruchtbar zu machen?) vgl. Wilh. Wackernagel in Haupts Zeitschr. für deutsches Alterth. III. 41.

39.

Zur guten Nacht.

To Bett, to Bett,
De'n Leevsten hett.
De kenen hett,
Mutt oek to Bett.

Goden Abent, gode Nacht!
Mit Rosen bedacht,
Mit Nägelken bestäken
Kruep ünner de Däken!
Morgen frö, wills Gott, wöln wy uns wedder spräken.

Vgl. den Wunsch aus dem 15. sec. in Mones Anzeiger 1834, 290.

Herr Jesu, ik will slapen gaen:
Laet veertein Engel by my staen!
Twee to mynen Höevden,
Twee to mynen Föten,
Twee to myner rechter Hant,
Twee to myner luchter Hant,
Twee de my decken,
Twee de my wecken,
Twee de my wysen
In dat himmlische Paradiesen.

Vgl. Schütze Idiotik. I. 76. Firmenich S. 246.

Nu will ik slapen gaen
Und my op mynen Gott verlaten.
Und wenn de bitter Doet kümmt
Und will my beslyken,
So föer my,
Herr Jesu,
In dyn Himmelryke.

Diesen und den vorhergehenden Spruch führt schon Agricola zum 547sten Sprichwort an.

Nachlese.

Sammelt die übrigen Brocken, daß nichts umkomme. Da sammelten sie und fülleten zwölf Körbe.

Ev. Joh. 6, 12. 13.

DXIII.

Die jungen Wölfe.

(S. N. 1.)

Eine leibeigene Bäurin ward ohne fremde Hilfe von zwölf Söhnen auf einmal entbunden. Voller Sorge darüber, was sie mit so vielen Kindern beginnen und wie sie dieselben ernähren sollte, kam sie zu dem Entschluß, alle zwölf ins Wasser zu tragen und zu ertränken. Sie nahm sie in ihre Schürze und begab sich auf den Weg zu einem Teiche. Da begegnete ihr der Gutsherr, und wie er das Quieken und Wimmern in der Schürze hörte, fragte er die Frau, was sie da trage. Sie antwortete: „Zwölf junge Wölfe, die ich in dem Teich ertränken will.“ Der Edelmann ward neugierig, ließ sich die Schürze öffnen, und da er nun die zwölf neugebornen Kinder sah, befahl er der Frau, alle wieder nach Hause zu tragen. Er ließ sie dann auf seine Kosten erziehen und legte ihnen den Namen Wulf oder Wolf bei. Und diese zwölf Knaben sind die Stammväter aller geworden, die diesen Namen bis auf den heutigen Tag führen.

Durch Herrn Schull. Kirchmann in Eutin. Man vergleiche die beiden langobardischen Sagen bei Paul. Diac. I. 15. und Grimms D. S. N. 406 b., die welfisch-bairische ebendas. N. 515., die schwäbische ebendas. 517., eine thüringische ebendas. 571., die flämische bei Wolf niederländ. Sagen N. 128. vgl. Haupts und Hoffm. Altd. Blätter I. 128 fgg. und Leos Abhandlung über den Beowulf S. 19 fgg.

DXIV.

Graf Geert.

(S. N. 22.)

Graf Geert der große war überaus prachtliebend und freigebig. Einmal, da er mit einem großen Heere aus Flandern heimkehrte und in die Stadt Nimwegen kam, so feierte gerade der Herzog Reinold von Geldern da mit einer Tochter des Königs von England Hochzeit in großer Herrlichkeit. Obwohl nun Graf Geert nicht früher davon gewußt, so beschloß er dennoch zu bleiben, um den Herzog zu ehren, und stellte auch einen Hof und ein Fest an mit großem Gepränge. Da es an Holz für die Küche gebrach, befahl er die Tischgeräthe, als Schüsseln und Gefäße und anderes, soviel zur Hand war, unter die Kessel zu legen und zu verbrennen. Denn er wollte nicht, daß man Kohlen oder Torf an seinem Fest brennte. Also übertraf der Gast und Fremde das Fest des Herzogs vom Lande in Allem, was sowohl Speise und Trank angieng, als auch Musik und andere Zurüstungen. Endlich nahm er vom Herzog Abschied, nachdem er noch seine junge Gemahlin mit kostbaren Kleinoden reich beschenkt, und kehrte darauf unter ehrenvollem Geleit in sein Land zurück.

Hermann von Lerbeke Chron. Schowenburg. bei Meib. SS. RR. GG. I. 516. — Reinold von Geldern vermählte sich 1331 mit Eleonore von England. Wahrscheinlich meint unsere Sage Heinrich den eisernen.

DXV.

Graf Klaes.

(1357.) (S. R. 25.)

Graf Klaes hatte zu einer Zeit viele Schlösser auf Fühnen inne, die ihm der König Waldemar in Pfand gegeben. Dieser aber versuchte mit einem großen Heer sie ihn wieder abzunehmen. Denn er belagerte die Burg Hakenschow, die Herr Benedict von Alevelde inne hatte, und war mit davor in eigener Person. Er versuchte es auf einen Tag, sie mit Sturm zu gewinnen, erst mit den Schildknechten, die ihrer Junker Panzer anhatten, und als die tot geschlagen waren, noch einmal mit den Bauern. Da sagten seine Edelleute und Hofgesinden zu ihm, warum er doch wollte sein Volk vergebens in die Wagschale hengen? ob er nicht sähe, daß man denen auf der Burg mit Bauern nicht möchte widerstehn oder sie erstürmen. Der König antwortete und sagte: „Ich sehe, daß ihr nicht daran wollet; so muß ich die dazu ansetzen, die ich dazu vermag. Der Schildknechte und Bauern Mutter ist nicht tot, deren sind noch mehr da.“ Doch muste der König von der Burg wieder abziehn, als viele Leute davor gefallen waren und er seinen Willen nicht schaffen mochte.

Weiter hatte Graf Klaes auf demselben Eiland Fühnen eine Burg auf dem Manberge erbaut. Da erwartete er den König mit den seinen jeden Tag. Eines Tages aber, da die Frau des genannten Herrn Benedict von Alevelde verstorben war und sollte begraben werden, hasteten die Holsten zu dem Begräbnis. Das ward der König gewahr und kommt mit seinem Heer zu dem Grafen Klaes und lieferte ihm eine Schlacht auf dem Manberge, und behielt das Feld und schlug zu Tode und griff viele Holsten. Graf Klaes verlor ein Auge im Kampfe und ward von einem dänischen Reiter gefangen. Der zog ihm den Panzer aus und ließ ihn geloben, daß er wieder käme, darauf er ihm erlaubte, zu gehen wohin er wollte. Der Graf kam zu einem Bekannten und entwich also wund vom Felde und kam wieder in sein eigen Land. Abends aber oder des andern Tages nach dem Siege wollte der König wissen, wie es in der Schlacht ergangen wäre und was er für Gefangene hätte. Da kam einer mit den Waffen, Schild und Panzer des Grafen Klaes. Der König, da er dieses sah, fragte, wo der geblieben, dem der Panzer gehört und wie er sich genannt hätte. Da antwortete der Mann und sagte, er hätte sich Klaes Holste von Rendsburg genannt. Der König antwortete: „Er hat sich den rechten Namen gegeben, aber hättest du ihn behalten, so wärest du seiner am sichersten gewesen."

Presbyter Brem. bei Westphal. III. 95 fg. Huitfeld I. 513., dem Dahlmann folgt, gibt die Erzählung von Klaes Gefangennahme weniger sagenhaft, doch sehr übereinstimmend. Von dem vorausgehenden Ereignis weiß er nicht. Die ältere latein. Chronik im Archiv II. 214. erwähnt die Gefangennahme kurz als ein Gerücht.

DXVI.

Herzog Adolf in England.

(† 1586.) (S. R. 24. 1. 2.)

Herzog Adolf, König Friederich des ersten Sohn, der Besieger der Ditmarschen, war von Jugend auf ein beherzter und streitbarer Held. Als das Gerücht von seinen Heldentugenden nach England erschollen, hat ihm die Königin Elisabeth geschrieben, daß er in ihre Dienste kommen möchte. Man meint, daß sie ihn hat heiraten wollen und dadurch König Erichs von Schweden Bewerbung wäre verhindert worden. Herzog Adolf hat zu großer Verwunderung Vieler an der Königin Hofe einem ihm entgegenkommenden Löwen die Hand unbeschädigt auf den Kopf gelegt und zu den Zuschauern gesagt, man sollte es ihm nachthun.

Adam Olearii Chronic. (1674. 4.) S. 35.

DXVII.

Klaes Störtebeker und Gödemicheel.

(1402.) (S. R. 35.)

Caspar Dankwerth in seiner ungedruckten Chronik zum Jahre 1404 (?), wie auch Happelius, der lange Zeit in Hamburg gewohnt, bezeugen, daß man zu ihrer Zeit noch ein altes Lied von Klaes Störtebeker und Göde Micheel gesungen habe. Davon kennt man jetzt nur noch den Anfang, der so lautet:

Störtebäek un Gœtmicheel
Roeften beid to glyke Deel
To Water un to Landen.
Se roeften so lank dat't Gott verdroet,
Do worden se to Schanden.

Und eine andre Stelle lautet also:

> De bunte Ko uet Flandern kam
> Mit äer staelysern Höern.

So hieß nemlich das Schiff, das die Räuber einholte, als der schlaue Fischer ihr Steuerruder angelöthet hatte.

Man zeigt in unserm Lande auch noch auf Schmoel, an der Ostsee, hinter dem Schloßgarten auf der Wiese einen Erdhügel, der mit einem breiten Graben umgeben war und von wo aus ein Canal in die See führte. Da hat Störtebeker einen Wartthurm gehabt. Er hatte auch das Gut Bülk im dänisch Wohld in Besitz und hatte daselbst ein großes Schloß, wovon man noch viele Überreste findet. Da in der Nähe liegt ein hoher mit Bäumen bewachsener und von Graben umgebener Berg, der die Störtebekerinsel heißt. Hier hatte Störtebeker seinen versteckten Wartthurm, von wo aus er das Meer beobachtete und den vorübersegelnden Schiffen auflauerte.

Dankwerths Chronik in Abschrift auf der Kieler Universitätsbibliothek. Happel Relat. curios. III. 589. — Die Bruchstücke erhielt ich durch Dr. Klander aus Plön. Das ins Hochdeutsche umgesetzte Lied findet sich vollständig im Wunderhorn. II. 167. Fernere Nachweisungen in Dr. Laurents Abhandlung in der Zeitschrift des Vereins für hamburgische Geschichte Bd. II. Heft 1. S. 59 fg. S. 99.

DXVIII.

Der alte Jakob.

(S. N. 62.)

In alten Zeiten war die ganze Strecke zwischen Schrevendorf und Röpstorf in der Probstei bebaut und Ein Dorf. Damals wohnte in Schrevendorf in dem alten Bauerhause nahe am Bornbrook, der früher ein See war, ein Bauer, der hieß der alte Jakob. Als nun einmal um Fastnacht zwei Lübeker Herren kamen, um die Abgaben zu holen, da waren sie im Dorfe gerade im besten Zuge bei der Fastnachtsgilde und dachten nicht ans Bezahlen, sondern trieben mit den Abgesandten ihren Spott. Diese aber wurden endlich ungeduldig. Da sagte der alte Jakob, daß er sie bald bezahlt machen wollte. Er schnitt dem einen seinen langen Bart weg und stopfte den in den Sack des andern, und dessen Bart selbst keilte er im Pfosten fest; da hatten sie gute Bezahlung. Die Lübeker aber schwuren dafür Rache. Bald kamen ihre Soldaten und brachen das ganze Dorf Haus bei Haus nieder; als sie sich aber auch an des alten Jakobs Haus machen wollten, da trat er in die Thür und hieb seine Axt tief in den Pfosten, der Hieb ist da noch zu sehen, und sprach: „Das Haus ist mein, ihr Lübeker Herrn, und wem das Leben lieb ist, der komme mir nicht herein. So gewis keiner von euch die

Axt da wieder herauszieht, so sicher wird sie jeden treffen, der noch einen Schritt thut." Da hat niemand Hand an das Haus zu legen gewagt, die Lübeker sind wieder davon gezogen und Jakob sein Haus steht noch bis auf diesen Tag. Wo aber die andern Häuser standen, da nennt man die lange schmale Koppel die Höfe.

Später kamen Röpstorf und Schrevendorf an einen Herrn von Poggwisch. Der war nicht damit zufrieden, daß die Bauern ihm nur die Hoftage thaten, sondern er verlangte alle ihre Ländereien noch dazu. Der alte Jakob aber sagte, er hätte seine Pflicht geleistet und mehr könnte die Herrschaft nicht verlangen; sein Land gebe er nicht herab. Der Edelmann drohte, aber Jakob gab sich nicht. Da ließ jener den Fischteich öffnen und Jakobs Haus ward von einem See umgeben. Er aber angelte nun zum Fenster hinaus, und so oft der Edelmann auch nach Schrevendorf kam und dann von dem Hügel aus, den man noch zeigt, mit Jakob verhandelte, so blieb der doch immer beim alten und gab sich nicht. Da muste endlich der Edelmann nachgeben und dem Bauern seine Ländereien lassen.

Durch Herrn Rethwisch auf Övelgönne.

DXIX.

Peter Swyn.

(S. N. 69.)

Peter Swyn, der vornehmste Achtundvierziger zu seiner Zeit, ein Mann fein im Rath und frech in der That, brachte es dahin, daß auf den Morgen Land ein Sechsling Schatzung mehr gelegt ward, die vorhin nur Ein Schilling gewesen. Deswegen wurden alle Leute auf ihn erbittert und ein ganzes Jahr lang hat er sich in seinem Hause zu Großlehe verborgen gehalten. Eines Tages aber wagte er sich zu seinen Kleiern aufs Feld, setzte sich aber aus Vorsicht zu Pferde. Doch kaum kam er auf den Acker, so sprangen die Kerle aus dem Graben und ermordeten ihn. Der Acker ist der, der zwei Wreden östlich von Lehe an dem Quer- und Gooswege rechter Hand liegt, und wo noch bis auf diesen Tag der große Stein steht, da ist die Stätte.

Harms Gnomon S. 176. 2. Aufl., aus mündlicher Quelle.

DXX.

Wiben Peter.

(S. N. 74.)

Vor zweihundert Jahren lebte in Heinkenborstel, Kirchsp. Hohenwestede, ein kühner Mann, mit Namen Wiben Peter. Als nun die Kaiserlichen unter Wallenstein hier ins Land kamen, verband er sich mit einer großen Anzahl Bauern, und alle schwuren zu einander zu halten und ihr Leid an den Feinden zu rächen. Es war ein strenger Winter, und die Kaiserlichen lagen in den Dörfern Puls, Ohrsee, Thaden und andern bei großen Haufen einquartiert. Da machte sich Wiben Peter mit seinen Genossen bei Nacht auf, als alles in festem Schlafe lag, umzingelten das erste Dorf und zündeten es auf allen vier Enden an, ließen aber niemand heraus von denen, die fliehen wollten, also daß die Feinde in den brennenden Häusern auf den Kaphölzern der Sparren sitzend, zu Tode gebraten wurden. So haben sie es der Reihe nach bei den übrigen Dörfern auch gethan und auf diese Weise die Gegend vom Feinde befreit. Wiben Peter aber kam durch diese seine Heldenthaten in solchen Beruf, daß der König ihn nachher in seine Dienste nahm und zu hohen Ehren erhub.

Durch Herrn Schullehrer Rohweder in Thienbüttel.

DXXI.

Christian der vierte.

(S. N. 77.)

1.

Als König Christian der vierte zum ersten Male auf einem holsteinischen Landtage erschien, soll er voll Verwunderung über die außerordentliche Pracht des Adels gestutzet sein. Ein ander Mal begegnete ihm ein holsteinischer Adlicher in einem mit acht kostbar geputzten Pferden bespannten Wagen, während er selber vor dem seinigen nur sechse mit ordinärem Seil und Sattelzeuge hatte; da rief er seinem Kutscher und dem ganzen übrigen Gefolge zu, er solle aus dem Wege fahren und stille halten; es würde jener gewis mehr sein als er, und müste man ihm also billig weichen.

Amthor histor. Bericht S. 95.

2.

Als man um das Jahr 1619 in der Gegend von Bredstede bei den Deichen beschäftigt war, kam der König Christian der vierte in eigner Person dahin und hielt sich besonders viel in dem südersten Hause von Ellerbüll auf, um den Arbeiten, die von da beginnen sollten, immer nahe zu sein. In müssigen Stunden aber drechselte und schnitzelte hier der König selber mit eignen Händen ein sehr gutes Spinnrad zurecht und schenkte es bei seiner Abreise der Frau im Hause. Da hat man es noch bei Menschengedenken als ein Kleinod sorgsam aufbewahrt.

Mittheilungen zur Vaterlandskunde I. 94.

DXXII.

Topphalten.

König Friedrich der dritte hielt sich einmal einige Zeit in Rendsburg auf und machte von dort aus kleine Reisen nach den Städten und Rittergütern in Holstein. Einmal war er nun auf einer dieser Reisen nur von einem alten Offizier und einem Bedienten begleitet, er hatte aus dem Dorfe Westerrönfeld Vorspannpferde genommen und ein großer Junge von dort war dabei als Kutscher. Als sie nun auf den alten Hansberg, der auch die Twieberge genannt wird, zwischen Rendsburg und Jevenstede kamen, gab der Bediente dem Jungen Prügel, weil er zu langsam fuhr. Und gleich darauf gab er ihm abermals eine Tracht. Da sprang der Junge vom Pferde und lief über den Wall in die Koppel. Der König kam dadurch in große Verlegenheit, denn der Bediente konnte nicht fahren und er selber auch nicht und der alte General auch nicht; also musten sie da auf dem Wege halten. Da gaben sie dem Jungen gute Worte und versprachen ihm, daß ihm ferner kein Leid geschehen sollte. Aber der lachte und sagte: „Föert ji man sölben, ek well my ni schlagen laten.“ Da stieg der König selber aus dem Wagen, gieng ihm entgegen und wiederholte seine Bitte. Da antwortete er: „Wenn du my verspräken wullt, dat de Keerl, den du by hest, my ni wedder schlaen schal, so well ek wedder kamen; üm dat ek seker bön, so schast du my awer Topp holen.“ Nun muste der König da auf dem alten Hansberge den Daumen in die Höhe halten, denn das heißt Topphalten und ist so viel als ein Eidschwur. Und darauf gieng der Junge erst wieder zu den Pferden und sie fuhren weiter.

Aus Rendsburg. Vgl. oben N. 133. Es heißt wohl eigentlich Dopphölen, Dopphalten; denn Dopp ist die Fingerspitze, namentlich des Daumen. Brem. Wörterbuch u. d. W. Hochdeutsch ist Doppe gleich Pfote.

DXXIII.

Herzog Hans Adolf.

(S. N. 82.)

In den Kriegen, die Herzog Hans Adolf in kaiserlichen Diensten führte, war Luxemburg einer seiner Hauptgegner. Der verstand auch was von Zauberei und hatte in seinem Übermuth dem König von Frankreich versprochen, ihm die kaiserliche Krone auf die Tafel zu setzen. Doch konnte er gegen Hans Adel nichts ausrichten; der war ihm in Zauberkünsten weit voraus. Einmal stellte Luxemburg in einem Augenblick ein ganzes Kornfeld her, Hans Adel aber ließ gleich ganz viel Gevögel kommen, so daß eben so schnell alles Korn verzehrt war. Ein ander Mal sagte man Hans Adolf: „Luxemburg macht Mäuse.“ „Gut,“ war seine Antwort, „so wollen wir Katzen machen.“ Da waren die Katzen da, und husch! hatten sie alle Mäuse weggefangen. Als es endlich zur Schlacht kam, ließ Luxemburg einen so starken Rauch und Dampf aufsteigen, daß Hans Adolf und seine Leute ihren Feind nicht erkennen konnten. Aber da drehte Hans Adolf den Wind und aller Rauch wehte den Feinden ins Gesicht; so gewann er einen großen Sieg. Eins seiner Hauptkunststücke im Kriege war immer blinde Völker herzustellen, die vor den eigentlichen Truppen hergiengen, bisweilen wohl niedergeschossen wurden aber immer wieder aufstanden. Hatte der Feind so Pulver und Blei verschossen, so kam Hans Adolf mit seinen Leuten hervor und der Sieg war ihm gewis.

Als er einmal in der Gegend von Segeberg sich aufhielt, schickte er seinen Bedienten nach Plön, um eins seiner Zauberbücher zu holen, verbot ihm aber ausdrücklich darin zu lesen. Der Bediente konnte aber der Neugier nicht widerstehen und fieng bei der hintersten Wache, unweit Plön (oder wie andre sagen, beim Broksberge in Dersau oder der Hamdorfer Brücke bei Segeberg), an aus dem Buche zu lesen. Gleich erschienen eine große Menge Männer, die nach seinem Begehr fragten. Um ihrer loszuwerden, wies er ihnen ein naheliegendes Gehölz zum Ausreißen an. In einem Nu hatten sie es heraus und verlangten neue Arbeit. Da las der Bediente in seiner Angst glücklicher Weise den Satz, den er vorher gelesen, wieder rückwärts, und so verschwanden die Männer. Als er aber dem Herzog das Buch brachte, merkte dieser bald, daß er doch darin gelesen hätte, denn die Männer, die er herbei zauberte, waren ganz schmutzig und abgemattet. Da verbot ers dem Bedienten ernstlich, sich so etwas nicht wieder einfallen zu lassen.

Als der Herzog einmal nach Plön zurückkehrte, blieb dem Kutscher seine Peitsche an einem Strauche hangen, wie er in der Dunkelheit meinte. Am andern Morgen aber zeigte ihm der Herzog zu seiner größten Verwunderung die Peitsche oben am Kirchthurm; so waren sie also durch die Luft geflogen. Auf einer solchen Fahrt schlug sich auch einmal ein Pferd am Kirchthurm ein Hufeisen ab, das lange am Hahn hangen blieb.

Als der Teufel endlich den Herzog holen wollte, bat er sich noch so viel Zeit aus, bis er seine eben niedergekrempten Stiefel aufgezogen. Der Teufel willigte ein; der Herzog zog aber nun gar nicht die Krempe auf und ließ sich auch, wenn er neue Stiefel kriegte, immer einen niedergekrempt bringen. Eine Zeit lang schützte ihn die List, endlich holte ihn der Teufel doch auf Ruhleben. Seine Zauberbücher sind an einer Stelle des Plöner Schlosses vermauert. Man hat sie mehrmals herausbringen wollen, aber immer ist man, sobald man in die Nähe kam, durch den scheußlichsten Gestank davon vertrieben worden.

Ein alter Mann in Dersau erzählte, daß sein Großvater den Hans Adolf noch persönlich gekannt habe. Dieser habe als Knabe mit mehreren Genossen aus Hamdorf bei Segeberg (zur Zeit eines Krieges?) fliehen wollen; da sei ihnen Hans Adolf begegnet und habe gefragt, wo sie hin wollten. Als sie ihm den Grund ihrer Flucht gesagt, habe er erwidert, sie sollten nur wieder umkehren, er wolle seinen alten grauen Kopf noch einmal wieder daran wagen.

Aus Dersau bei Plön durch Dr. Klander. vgl. oben N. 263. 264. — Die Sage vom Marschall Luxemburg ist auch in Lauenburg bekannt, wie Arndt mich benachrichtigt. Man erzählt von ihm, daß er den König von Frankreich mit Hilfe des Teufels fest gemacht habe. In Kuhns Märk. Sagen S. 280. wird von ihm ähnliches wie von unsers Hans Adolfs Luftfahrt erzählt. Man vergl. noch Börners Sagen des Orlagau S. 99. Thiele Danm. Folkes. II. 190.

DXXIV.

Steenbock.

(S. N. 240.)

1.

Merken van Hüt un Giestern.

Et was ensmal en Bar. (Graf Steenbock)
De was all in de Klopp gewest
Un was verdrengt ut sinen Nest.
Et was ensmal en Bar.

De Bar kam in en Holt. (Holstein)
He keem in en recht lustig Holt,
Dat was van hogen Bömen stolt.
De Bar kam in en Holt.

Im Holte was en Leu. (König von Dänemark)
De was de rechte Herr vant Holt,
Em ehrden dar de Jung und Olt.
Im Holde was en Leu.

De Leu de was blesseert. (bei Gadebusch)
De Bar de sprak ganz sorgenfry:
»Wat schall de Leu doch schrecken my?«
De Leu de was blesseert.

De Bar de spökt int Holt. (Altona verbrannt)
Mit Brand und Schreck, mit Roof und Mord
He tog herum von Ort to Ort.
De Bar de spökt int Holt.

De Leu reep sine Fründe, (Moskau, Sachsen)
Den Veelfrat und dat Tigerdeert;
Et bleef keen Rum im Holde meer.
De Leu reep sine Fründe.

Da keem de Bar in Not.
He krop in ene klene Eck, (Eiderstede)
Et ward en Spott ut sinen Schreck.
Da keem de Bar in Not.

Im Holt was ock en Foß. (Der Administrator)
Dat was en Wendheuk* in de Hut,
De Leu hatt em to veel totrut.
Im Holt was ock en Foß.

Reink sprunk den Baren by.
Vorerst holp he em ut de Not
Und stack den Dorn in sinen Pot. (Pfote)
Reink sprunk den Baren by.

He nahm em in de Kuhl, (Tönningen)
Und seed: »Dat het de Wolf gedaen,« (der Commandant
Doch kann man genog de Ränk verstaen. Wolf)
He nahm em in de Kuhl.

Da gingt op beide los.
Den Foß ward sin Fell brav gekloppt,
De Kuhl an alle End verstoppt.
Da gingt op beide los.

De Bar brukt Reinkens Streek. (Steenbock'sche Conferenzen)
He schmeerde jedermann dat Mul,
Sik to erholden und de Kuhl.
De Bar bruk Reinkens Streek.

Wat ward toletzt darut?
De Bar ward fast, de Leu getröst,
De Kuhl verstört, dat Holt ganz wöst.
Min Merken dat is ut.

Durch Dr. Klander in Plön nach einer handschriftlichen Aufzeichnung mitgetheilt, die sich bei einer aus Norderditmarschen stammenden Sammlung historischer und polemischer Brochüren über die Belagerung Tönnings fand. Klander bemerkte, daß zwar das Lied kein Volkslied (seine Melodie sei offenbar nach: »Es war einmal ein Mann«), aber doch wohl der Bekanntmachung werth sei. — Es gab noch andere Lieder auf Steenbock. Aus Ditmarschen ist mir diese Strophe bekannt:

Steenbock, bist du noch verwegen,
Wie du pflegest sonst zu sein?
Oder wolltest du den Degen
Freudig mit mir stecken ein?

In Lauenburg (und Mecklenburg) singt man noch den Reim:

Piep, Dänen, piep,
Schonen bist du quiet.
Vör Stralsund (oder Wismar) hestu lange lägen,
By Gadebusch hestu Schläge krägen.
Piep, Dänen, piep ꝛc.

* Ein unbeständiger, wetterwendischer Mensch, einer, der den Mantel nach dem Winde hängt. Hoiken (holl. huyke) ist eine Art kleiner Frauenmäntel, die zugleich den Kopf bedecken; jetzt nur noch in einigen Gegenden und bei besonderer Gelegenheit (Beerdigung ꝛc.) getragen. Sprichwörter sind noch: den Hoiken op beiden Oren drägen, es mit beiden Partcien halten; den Hoiken na den Wind keren. Man vgl. Neocor. 1. 160. Bremisch. Wörterbuch unter dem Worte.

2.

Steenbock hatte nur wenig Mannschaft bei sich, als er sich in Tönningen festsetzte. Unsers Königs Armee aber war sehr zahlreich. Als daher diese heranzog, sah er ein, daß er sich nicht halten könne, sondern ergeben müste. Aber Steenbock hatte einen Bund mit dem Teufel, und mit dessen Hilfe dachte er sich zu retten. Unsere Armee kam den einen Abend vor Tönningen an und am andern Morgen wollte sie den Angriff machen. Diese Zeit benutzte Steenbock und befahl einem seiner Leute hinaus auf die Straße zu gehen, und wer ihm zuerst begegnete, dessen Herz sollte er ihm bringen. Der Soldat gieng hinaus, aber der, der ihm zuerst begegnete, das war sein eigner Bruder. Da konnte er es nicht über sich gewinnen, den zu töten, aber um doch dem Befehl des Generals zu gehorchen, ergriff er den Pudel, den sein Bruder bei sich hatte, schlachtete ihn und brachte das Herz zu seinem Herrn. Da schloß sich dieser in sein Zimmer ein, that seine Zaubereien, zerlegte das Herz in vier Theile und aß diese noch warm eins nach dem andern auf. Am andern Morgen stand der ganze Wall der Festung voll schwarzer Pudel, alle auf zwei Beinen mit Gewehren in den Vorderfüßen. Hätte der Soldat ein Menschenherz gebracht, so wäre der Wall durch bewaffnete Männer besetzt gewesen und die unsrigen hätten die Stadt nicht so leicht erobert. Nun aber muste Steenbock sich ergeben.

Schriftlich aus Altona. — Über das Herzessen s. Grimms Mythol. 1034.

3.

Als Steenbock sich vor Tönningen gefangen geben muste, machte er aber zur Bedingung, daß man ihn, sobald er tot wäre, hinüber in sein Land brächte; denn da wünschte er begraben zu werden. Unser König sagte ihm das auch zu. Sie brachten Steenbock nun auf eine Festung, aber da nahm er nach einiger Zeit einen Schlaftrunk, daß man glaubte, er sei tot. Da ward er zu Schiffe gebracht und sollte in sein Land hinüber geführt werden. Als das Schiff aber eben in den Hafen einlaufen wollte, lebte Steenbock wieder auf; er hatte sich etwas verrechnet mit dem Schlaftrunk. Die Schiffer kehrten schnell wieder mit ihm um und er ward wieder gefangen gesetzt. Als er aber endlich starb, da holte man einen Arzt und fragte ihn um Rath. Da sagte der, daß es das beste und sicherste sei, wenn man ihn einballsamiere und so hinüberschicke. Das hat man gethan und Steenbock ist nicht wieder aufgelebt.

Mündlich aus Marne.

DXXIV.

Franz Böckmann.

Als die Schweden unter Steenbock ins Land gekommen waren und unsers Königs Truppen sich schon ganz zurückgezogen hatten, war in Flensburg ein wackerer Bürger, Namens Franz Böckmann, der brachte es bei dem Könige dahin, daß seine Stadt noch einige Zeit länger besetzt gehalten würde. Als endlich aber doch die Schweden einrückten, ruhte er nicht eher, als bis er die Stadt wieder befreit und von der auferlegten Brandschatzung gerettet hatte. Er schlich sich nach Rendsburg durch, das unsere Truppen noch besetzt hielten, und nahm von da einige Trommelschläger und Pfeifer mit. Mit ihnen verbarg er sich in der Marienhölzung, sammelte da auch noch einige andere Leute, denen er das Aussehen dänischer Soldaten gab, und nun ließ er in der Nacht die Leute immer hin und her marschieren und die Trommler und Pfeifer die ganze Nacht aus Leibeskräften trommeln und pfeifen. Das ward von den schwedischen Posten gleich nach der Stadt gemeldet, und in dem Glauben, die ganze dänische Armee wäre wieder da, hatten die Schweden also am Morgen nichts eiligeres zu thun, als die Stadt zu verlassen. Und es hat sonderbar ausgesehen, wie sie aus dem rothen Thor herauszogen und den steilen rothen Berg hinauf wollten, der von Glatteis ganz spiegelblank war; da sind sie alle ausgeglitten und haben sich Köpfe und Glieder zerschlagen. Die Vorfahren dessen, der dies erzählte, haben damals auf der Papiermühle vor dem Thore gewohnt und den ganzen kläglichen und lächerlichen Rückzug der Schweden mit angesehen. Böckmann, der so die Stadt befreite, steht noch bis heute in gutem Andenken, und es gibt in Flensburg noch von seinen Nachkommen.

Schriftliche Mittheilung.

DXXV.

Der vier und zwanzigste Februar.

In Ditmarschen kannte man vor wenigen Jahren noch ein Lied dieses Inhalts:

Ein junger Mann war lange in der Fremde gewesen. Eines Abends kam er, heimkehrend, wieder vor das Haus seiner Eltern und bat um Herberge für die Nacht, ohne sich ihnen zu entdecken. Nur seine Schwester erfuhr, wer er sei. Es waren arme Leute; aber der Sohn hatte sich viel Geld erspart. Da giengen die Alten in der Nacht hin und erschlugen ihn, ohne daß sie ihn erkannten. Durch das Geräusch aber erwachte die Schwester und (dies Gesetz allein kennt man noch)

Se neem äer Licht wol in de Hant,
Se leep wol äer Slaepkamer enlank:
»Ach Gott, myn eenzigste Broder myn,
Myn hartallerleevste Broder myn!«

Das hörten die Eltern, und wie die Tochter kam und sie den Toten sahen, erkannten sie ihn und stürzten tot vor Schrecken nieder.

Aus Marne. — Das Lied wich also bedeutend ab von den bei Erlach IV. S. 117. 119. mitgetheilten. Es wuste jedenfalls einen poetischern Schluß zu treffen, als Zacharias Werner in seiner Tragödie, deren Titel wir voranstellten.

DXXVI.

Hans mit Gott.

(S. R. 98.)

Vor mehreren Jahren wanderte in Hamburg und Altona ein alter Mann umher, der war blödsinnig und hieß allgemein Hans mit Gott. Er war in seinen jungen Jahren ein Bleidecker gewesen. Da ward ihm einst aufgetragen an dem Thurm der Petri Kirche in Hamburg etwas zu reparieren. Aber er ward bei der Arbeit schwindelig und stürzte hinunter. Gerade in dem Augenblick gieng unten ein Jude vorüber, Hans fiel ihm auf den Kopf und der Jude war auf der Stelle tot. Er selber kam zwar mit dem Leben davon, war aber seit der Zeit von der furchtbaren Erschütterung von Sinnen. Doch des Juden Anverwandten wollten den Tod ihres Vetters nicht so hingehen lassen und klagten Hans auf den Tod an. Da wuste der Rath die Sache gar nicht zu entscheiden, gab aber endlich dieses Urtheil: Es sollte ein anderer Jude an derselben Stelle, wo Hans gearbeitet, vom Thurm hinunter geworfen werden und Hans sollte unten vorüber gehn, und der Jude sollte ihm auf den Kopf fallen. Käme der Jude mit dem Leben davon und würde Hans totgeschlagen, so hätten sie ja ihr Recht; bliebe aber dieser am Leben und jener käme um, so könnten sie von neuem klagen. Da geriethen die Juden in Angst und legten die Sache still bei. Der blödsinnige Hans aber nannte sich nur der arme Hans mit Gott, gieng von Haus zu Haus und fand überall Mitleid.

Schriftlich aus Altona.

DXXVII.

Altona.

Auf dem Hügel, wo jetzt Altona steht, standen vor einigen hundert Jahren nur wenige elende Fischerhütten. Da wetteten zu zu einer Zeit die reichen Hamburger mit einander, sie könnten, wenn sie nur wollten, mit ihrem Gelde noch eine solche Stadt erbauen wie Hamburg. Gesagt, gethan. Um nun zu erfahren, wo das erste Haus gebaut werden sollte, band man einem Weisenknaben die Augen zu, damit er nicht sehen könnte, und ließ ihn gehen, wo er aber zuerst niederfiele, sollte die Stadt stehen. Der Knabe gieng fort, kam bald von dem Hamburger Gebiet auf holsteinischen Grund und Boden, und wie er nun an jenen Hügel kam, stieß er an und fiel nieder. Da riefen die Hamburger: „Dat is ja all to na!" Aber sie hielten doch Wort, die Stadt ward dahin gebaut und bekam den Namen Altona.

Schriftlich aus Altona. — Bekanntlich ist die Etymologie falsch und die Stadt bekam ihren Namen von der »alten Au.« Ebenso aber etymologisiert die Sage vom westfälischen Altena. Wolf deutsche Sagen N. 283.

DXXVIII.

Wyk auf Föhr.

Als die Leute den Flecken Wyk auf Föhr erbauten, konnten sie sich gar nicht darüber einig werden, welchen Namen der Ort bekommen sollte. Indem sie sich noch darüber stritten, kommt ein Ferkel, das fünf Meilen weit von Tondern mit der Fluth weggetrieben war, ans Land geschwommen, läuft mitten unter die Streitenden und schreit mit lauter Stimme: „Wyk, wyk, wyk!" Da stimmten alle vergnügt mit ein und riefen: „Wyk, Wyk, Wyk soll der Ort heißen," und nannten ihn fortan also.

(v. Essen) Fragmente aus dem Tagebuche eines Reisenden S. 68. und Herr Hansen auf Silt.

DXXIX.

Da danzt Bornholm hen.

Dies Sprichwort, das in vielen Gegenden Holsteins gilt, ist auf diese Weise entstanden: Die Insel Bornholm war einmal vom König von Dänemark den Lübekern in Pfand gegeben. Da nun der König zu einer Zeit die Stadt besuchte und man ihm zu Ehren ein Fest anstellte, hat er während der Zeit der Frau des Bürgemeisters gewaltig die Cour gemacht und endlich sogar mit ihr getanzt. Da sagten die Leute: „Da danzt Bornholm hen!" Denn sie wusten, daß der Bürgermeister durch die Ehre seiner Frau sich überaus geschmeichelt fühlte. Ihre Prophezeiung ist auch bald darauf eingetroffen und Bornholm fiel an den König zurück, ohne daß er bezahlt hatte.

Andere erzählen auch so, daß der Lübeker Bürgemeister habe die Ehre haben wollen mit der Frau Königin zu tanzen, welches ihm auch gewährt worden, unter der Bedingung, daß Bornholm wieder an den König käme.

Mündlich und Schütze Idiotikon I. 136. — Auf einem Silbergeschirr im Lübeker Rathhause steht die Inschrift:

Dat Bornholm sin Herren versaket,
Hefft wi to sulkem Krose gemaket.

Schütze Idiotik. IV. 306. — Ähnlich erzählt man: Ein Herzog von Schleswig wollte gerne von dem Kloster den Selker See gegen den Tolker eintauschen. Aber vergebens. Da lud er die damalige Priorin zu einem Tanzfeste im Haddebyer Holze ein, gab ihr die Ehre des ersten Tanzes und brachte sie so zur Einwilligung in den Tausch. Die späteren Priorinnen haben vergeblich versucht, den Selker See wieder an sich zu bringen; als sie dennoch eigenmächtig mit der großen Wade darin fischen ließen, ward ihnen diese genommen und der Klostervogt in den Thurm gesetzt. Schröders Beschreibung der Stadt Schleswig. S. 181.

DXXX.

Die Zigeuner.

Bei Hollmoorskamp, einer Erbpachtstelle in Ascheberg, ist eine Wassergrube, die man die Taterkuhle nennt. Da haben vor Zeiten die Tater ihre alterschwachen Leute, die sie nicht mehr mit fortschleppen konnten, lebendig hineingetaucht und ertränkt, wobei sie riefen:

Duek ünner, duek ünner,
De Welt is dy gram,
Du kanns nich länger läwen,
Du muß der jo van.

Es gab auch weiße Tater, vor denen sich die braunen fürchteten. Sie fragten daher auf ihren Zügen oft, ob man auch weiße Tater gesehen habe. Ihre Kinder beschmierten sie gleich nach ihrer Geburt mit Schmutz, denn, sagten sie, „sönst früsker dat.“ Katzen nannten sie Balkenhasen, und sahen sie eine laufen, so hatten sie sie gleich unterm Mantel. Katzenfleisch war ihre liebste Speise. Von ihren Diebereien erzählt man noch viel. Während einmal ein Taterweib ein krankes Kind räucherte, stahl ein anderes eine große Summe Geldes. In Homfeld, im Amte Rendsburg, traf einmal eine Taterbande eine Hausfrau allein zu Hause. Ein altes Weib gab vor, sie könne alles Unheil, Viehsterben, Krankheiten u. s. w. abwenden. Der Hausfrau wollte oft die Aufzucht ihrer Kälber nicht glücken. Da ließ sie sich von der Alten bereden, in den Backofen zu kriechen und darin dreimal Umzug zu halten. Während nun die Frau das that, plünderte die Bande fast das ganze Haus leer und zog davon, indem das alte Taterweib immer vor dem Backofen saß und der Frau zurief: „Kriech fein langsam, liebe Mutter!“

Sie sprachen ein ganz wunderliches Deutsch; z. B.

Goden Dag, Fru Badvötgat! d. h. Nachbarin.
Leen se my äer Jederwat, d. h. Harke.
„Ga se dörch myn Reet, d. h. Thür,
Waer sik vör myn Spleet, d. h. Hund,
Da steit min Jederwat.“

Durch Dr. Klander aus Plön, ferner aus Rendsburg, und durch Arndt aus Schleswig. Schütze Idiotikon I. 257. führt den ersten Reim nebst der Sage aus der Gegend von Kolmar an. Vgl. Grimms deutsche Sagen. II. S. 389. N. 448 b. — Auf dieselbe Sage deutet auch Taterborm, der Name einer Hufe des Dorfes Garbeke im Gute Wensien, Kirchsp. Warder. vgl. noch Taterpoel, Taterpahl, Taterkrug, Taterberg, Taterbusch. — über das Ertränken der alten Zigeuner Wolfs deutsche Sagen N. 345.

DXXXI.

Der große Wald in Nordschleswig.

(S. N. 102.)

In alten Zeiten waren zwischen Apenrade und Ripen keine Dörfer, noch bebaute Felder, sondern lauter Wald, der so dicht gewachsen war, daß ein Eichhörnchen den ganzen Weg machen konnte, ohne den Boden zu berühren, und daß man zwei Stunden zwischen den beiden Städten fahren konnte, ohne daß ein Sonnenstrahl durch den dichten Wald den Reisenden traf. Aber während eines Krieges mit Schweden ward der Wald in Brand gesteckt und ganz zerstört. Bei Göttrup war in alten Zeiten vor dem Walde eine kupferne Pforte, die mit einem schweren goldenen Schlüssel geschlossen ward. Dieser ward auf einem Hofe jenes Dorfes aufbewahrt und niedergelegt; aber er ward verloren und ist noch nicht wieder gefunden.

Herr Schull. M. Langvad in Tiislund. — Über die Wälder jener Gegend Jensen kirchl. Statistik S. 893. Tagaard Törninglehn. Rhode Haderslev-Amt. S. 330. 383. — Andre Formeln von der Dichtigkeit der Wälder sind: Bei Lund, Amt Tondern, war ein Wald, darin konnte man nicht die Sonne zu sehen bekommen. Bei Osterlügum, bei Apenrade, war einst so viel Wald, daß, wenn eine Braut von Gienner nach Lügum geführt ward, man die niederhangenden Zweige abhauen mußte, um ihre Brautkrone zu schützen. Die Balken der Kirche sind an Ort und Stelle gewachsen. Schröder Topographie. — Wie in dem mitgetheilten Stück märchenartig eine kupferne Pforte mit goldenem Schlüssel vorkommt, so soll vor dem ehemaligen Schloß bei Bosbüll, Amt Tondern, eine kupferne Brücke gewesen sein. Vor einem Bauerhause, eine Meile vor Lunden in Ditmarschen, waren ein paar eherne Thüren, deren Schall, wenn sie Abends zugeschlagen wurden, im Orte gehört ward.

DXXXII.

Der Föhringer Kirchenbau.

(S. N. 110.)

Die Amringer erzählen allerlei närrisches Zeug von den Föhringern und meinen, sie seien viel klüger als diese. Die älteste Kirche, erzählen sie, war anfangs ohne Thür und die Föhringer selbst wusten nicht wie sie hineinkommen sollten. Da reiste einer hinüber zu den klügern Amringern und fragte, was in dieser Noth zu thun sei. Die Amringer sprachen: „Jam mut en Döör mage.“ (Ihr müßt eine Thür machen.) Der Föhringer reiste froh wieder ab, aber unterwegs vergaß er, was man ihm gerathen hatte. Darüber ward er sehr betrübt, nahm seinen Spaten und gieng zu seinem Nachbarn, dem er sein Unglück klagte und den er bat, ihm den verlorenen Rath suchen zu helfen. Beide giengen mit ihren Spaten hinaus auf die Watten zwischen Amrum und Föhr und gruben mit großem Eifer nach dem Rath. Endlich hatte der Nachbar eine Sandbank bis ans Wasser durchgegraben, da rief er: „Ik san böör.“ (Ich bin durch.) „Richtig,“ sagte der andere, „en Döör wast.“ (Eine Thür wars.) Da giengen sie vergnügt heim und die Kirche erhielt eine Thür.

Durch Herrn Hansen auf Silt. Ähnlich wird ja auch von den Büsumern, Kisdorfern, Schildbürgern rc. ein Thor wiedergefunden. Man erzählt unter den Friesen von den Föhringern auch eine Schiffahrt nach dem Monde; man sah ihn in der See schwimmen, fand aber endlich da nur einen Käse rc. rc.

DXXXIII.

Die Thadener.

(S. N. 113.)

Von den Thadenern, im Gute Hanerau, erzählt man viele seltsame Geschichten, die sonst auch in Büsum und anderswo passiert sind. Die Thadener waren einmal beim Grasmähen, da fanden sie ein Thier, das hatten sie in ihrem Leben nicht gesehen, es war aber ein Frosch. Den Thadenern fiel vor Schrecken die Mütze vom Kopf, als das Thier nun anfieng umherzuspringen und dann sich wieder hinsetzte und aufblähte. In ihrer Angst schickten sie zum Bauervogt, er sollte gleich kommen und ihnen sagen, was das für ein Thier sei. Der Bauervogt kam und gieng mit der größten Behutsamkeit näher, wo der Frosch saß. Da betrachtete er ihn lange, dann aber sprach er zu den Leuten: „Lüet, hier bön ek wörklich in Twyfel; wenn dat keen Hartbock (Hirsch) est, so mot dat en Töttelduef (Turteltaube) wäsen."

Mündlich. — Im östlichen Holstein sollen auch die Kussauer bei Plön für Schildbürger gelten.

DXXXIV.

Martje Floris.

In Eiderstede hat man die Sitte, bei jedem frohen Mahle „Martje Floris Gesundheit" auszubringen und darauf anzustoßen und zu trinken; das ist wahrlich eine gute Sitte, die sich auch schon über die Grenzen der Landschaft verbreitete und nimmer sollte vergessen werden.

Als nemlich Tönningen im Jahre 1700 belagert ward, hatte eine Gesellschaft von feindlichen Offizieren auf einem Hofe in Cathrinenheerd (er ist erst vor einigen Jahren eingegangen) Quartier genommen und wirthschafteten nun da arg. Sie ließen Wein auftragen, setzten sich an den Tisch und zechten und lärmten, ohne auf die Hausleute viel zu achten, als wären sie selber die Herren. Martje Floris, die kleine zehnjährige Tochter vom Hause, stand dabei und sah mit Unwillen und Bedauern dem Treiben zu, weil sie der Trübsal ihrer Eltern gedachte, die ein solches Leben in ihrem Hause dulden musten. Da forderte endlich einer der übermüthigen Gäste das Mädchen auf, heranzukommen und auch einmal eine Gesundheit auszubringen. Was that nun Martje Floris? Sie nahm das Glas und sprach: It gah uns wol up unse ole Dage. Und von der Zeit an trennt sich in Eiderstedt selten Gast und Wirth, ohne des Mädchens und ihres Trinkspruchs zu gedenken, und jeder versteht's, wenn es heißt: „Martje Floris Gesundheit."

Mündlich. Cornils Communalverfassung von Eiderstedt. Vorr. XI.

DXXXV.

Fosetesland.

(S. Nr. 217.)

Ludger schiffte auf des Kaisers Rath nach einer Insel, die auf der Grenze lag zwischen dem Lande der Friesen und dem der Dänen, und diese hieß Fosetesland nach dem Gott Fosete, den die Heiden daselbst anbeteten. Als das Schifflein dem Ufer der Insel nahte, nahm Ludger ein Kreuz in die Hand und sang den sechzigsten Psalm. Da sahen diejenigen, welche mit ihm im Schiffe waren, einen dichten Rauch von der Insel aufsteigen und über derselben sich zusammendrängen und alsdann verschwinden. Und Ludger sprach: „Wisset, meine Brüder, daß dieses der Satan war, den der Herr von der Insel vertrieb.“ Und er trat freudig ans Ufer und predigte Jesum und taufte die Neubekehrten an einer Quelle, die auf der Insel sprang. Des Fosete Heiligthum zerstörte er und baute an dessen Stelle christliche Kirchen.

Wolf niederl. Sagen S. 223. aus Surii vitis Sanctorum.

DXXXVI.

Die Kirche zu Sieversted.

(S. N. 127.)

Als der heilige Poppo die Heiden im Hilligbek taufte, benutzte er den Stein, der auf der Poppholzer Koppel, nicht weit vom Wirthshause liegt, als Taufstein. Der Stein ist noch da, und man nimmt ihn nicht weg, obgleich er mitten im Acker liegt. Er ist oben ein Bischen rund, etwa vier Fuß im Geviert und ruht ein wenig erhöht auf mehreren kleinen Steinen.

Zu jener Zeit passierte nun einmal ein Fremder zu Pferde den Bach. Mitten darin hielt er an, sein Pferd zu tränken, und fragte die Leute, die in der Nähe waren: „Ist dies das Wasser, in dem ihr getauft werdet?“ Die Leute bejahten seine Frage. „So wünsche ich,“ rief der Fremde, „daß mein Pferd in euer heiliges Wasser einen Dreck thäte.“ Sein Wunsch gieng in Erfüllung, allein in demselben Augenblick war er mit seinem Pferde wie festgenagelt, er konnte nicht von der Stelle und muste lange Zeit im Bache halten. Da that er in seiner Herzensangst das Gelübde, den Christen des Ortes eine Kirche zu bauen; der fromme Vorsatz half ihm aus der Noth. Und der Fremde hielt sein Wort und die Sieversteder Kirche, die etwa eine halbe Stunde entfernt liegt, ward von ihm gebaut. Sie ist daher eine der ältesten Kirchen unseres Landes.

Man zeigt da bei Poppholz auch noch einen Stein, der der Tempel heißt, weil der heilige Poppo da gepredigt hat; den Taufstein nennt man auch den Poppstein.

Durch Herrn Speck auf Poppenbrügge bei Kiel. Schröder Topographie von Schleswig. — Bei Dybvad, Amt Apenrade, lag vormals östlich vom Dorfe ein kleiner See, Döbevad, wo die ersten Christen der Gegend getauft wurden. — Bei Höirup, westlich von Hadersleben, zeigt man einen Hügel, worunter ein

Däne vom scythischen Stamme (!?) begraben ist, der schon im zweiten Jahrhundert seine Freunde ermahnte, Jesum den Gekreuzigten zu verehren. Rhode Haderslev-Amt S. 509.

DXXXVII.

Hörup.

(S. N. 141.)

Als man die Kirche zu Hörup auf Alsen bauen wollte, begann man damit am Fuße des Berges, worauf sie jetzt steht. Nachts aber kamen die Geister und zerstörten alles, was am Tage vorher gethan war. Und als am Morgen die Bauleute den Bau wieder fortsetzen wollten, kam eine Stimme aus dem Berge und rief: „Höger up! Höger up!“ Man folgte der Weisung, rückte etwas höher hinauf und begann zum zweiten Male. Aber am andern Morgen war wieder alles zerstört und die Stimme rief abermals: „Höger up! Höger up!“ Da stieg man bis zur Spitze des Berges und von nun an schwieg die Stimme, und der Bau ward nicht weiter gestört. Darnach aber hat man später die Kirche und das Dorf Högerup genannt, woraus allmählig Hörup geworden ist. Und das Dorf liegt am höchsten von allen auf der Insel, daß man es fast von jedem freien Punkte derselben sehen kann.

Schriftlich. — Ähnliche Sagen, wie die S. 114 mitgetheilten, erzählt man auch vom Bau der Kirchen zu Warder (man ließ ein blindes Pferd gehen, als der Teufel immer die Steine wegschleppte), zu Gnissau, zu Süderau (zusammengejochte Ochsen), zu Bovenau (Provinzialber. 1824. Heft 3. S. 72), zu Westensee (Kirchenbuch daselbst vom Jahr 1727, S. 101. 102), zu Heils im Amt Hadersleben (Rhode Haderslev-Amt S. 375). — Über Herrested, Thiele Danm. Folkes. I. 250. Süderstapel, Bolten Stapelholm. S. 191.

DXXXVIII.

Die Doppelthürme zu Broacker.

(S. N. 146.)

Auf dem Schlosse bei Broacker wohnte ein frommer Ritter, der auf seine Kosten die Kirche des Orts zu bauen anfieng. Ehe sie aber noch vollendet war, beschloß er einen Zug nach dem heiligen Lande zu thun, und empfahl seiner Frau unterdeß den Bau weiter zu führen. Beim Abschied sagte er zu ihr, die schwanger war, sie solle einen spitzen Thurm bauen, wenn sie einen Sohn gebäre, wäre es aber eine Tochter, so möchte sie den Thurm stumpf lassen, damit er gleich aus der Ferne bei seiner Rückkehr den Segen seines Hauses erkenne. Als nun der Ritter zurückkehrte, da sah er schon aus weiter Ferne, daß zwei spitze Thürme die Kirche zierten. Seine Frau hatte gethan, wie er befohlen. Denn ihm waren zwei Knaben auf einmal geboren.

Mündlich. — So auch von Absalon und Esbern Snare, Thiele Danm. Folkes. I. 30.

DXXXIX.

Ringkjöping.

(S. N. 168.)

Am Wege von Viöl nach Bargum sieht man auf der Heide Hügel von Flugsand. Da stand in alten Zeiten eine Stadt, die die Handelsleute Ringkjöping nannten, weil wegen der Armuth der Einwohner der Verkauf dort gering war. Im Westen war die Gegend mit Flugsand bedeckt, der mit jedem Jahre der Stadt näher rückte und sie zu verschütten drohte. Da erhielten die Einwohner Kunde von einer Grasart in einem fernen Lande, die im Sande wuchert und ihn zum Stehen bringt (Sandhafer). Und sie sandten Männer aus in jenes Land, um Samen zu holen. Ehe aber diese noch wiederkamen, erreichte der Sand die Stadt und bedeckte sie, und alle Einwohner mußten sie verlassen. Es haben die Leute noch später da nachgegraben und Dachziegel gefunden.

Durch Herrn Pastor Karstens in Elmshorn.

DXL.

Das alte Plön.

(S. N. 173. Anm.)

Der Berg, auf dem das Plöner Schloß steht, ist mit Schiebkarren zusammengefahren und jeder Arbeiter erhielt damals täglich einen Schilling. Von dem Berge aber steht nun nur noch ein kleiner Theil. Denn bei einem Erdbeben versank die eine Hälfte nebst dem alten Schlosse und einem Theil der Stadt in den See. Anfangs hörte man noch die Glocken des Thurmes läuten, der mit versunken war, und Fischer sollen ihn noch bei klarem Wetter erblicken. Ein alter Mann erzählte, er habe einmal am großen See einen Haufen Stecknadeln gefunden, so groß wie ein Maulwurfshügel. Die rührten noch von der alten Stadt her.

Bei diesem Erdbeben gewann der große See überhaupt sehr an Umfang. Alte Leute wissen zu erzählen, daß zwischen Godau und

Bosau, wo jetzt eine große Bucht ist, früher gar kein Wasser war, sondern nur eine kleine Au in den See floß, die so seicht war, daß man auf einem hingelegten Pferdekopf hinübergieng. Von dieser bösen Au hat Bosau später seinen Namen erhalten.

Den Wirkungen des unterirdischen Feuers verdankt auch Aschberg seinen Namen.

Aus Plön durch Dr. Klander.

DXLI.

Am Ufer bei Schobüll.

(S. N. 175.)

Am Ufer bei Schobüll wissen die am Strande spielenden Knaben noch eine Stelle zu zeigen, wo einmal bei der großen Sturmfluth, die den grösten Theil von Nordstrand verschlang, ein Heuklamp (Schober) angetrieben kam, darauf saßen Braut und Bräutigam und ein Hahn. Als aber der Klamp, dem Ufer nahe, auf den Grund stieß, gieng er auseinander. Da flog der Hahn ans Ufer, aber Braut und Bräutigam umschlangen sich und hielten sich noch fest umklammert, als sie tot unter dem Heu gefunden wurden.

Durch Herrn Pastor Karstens in Elmshorn.

DXLII.

Sark Hethk auf Amrum.

(S. N. 186.)

Eine Frau aus Nebel auf der Insel Amrum hatte noch nicht ihren Kirchgang gehalten, da hörte sie, daß ihr Mann ein wenig östlich vom Orte an der Wasserkante erschlagen sei. Sogleich lief sie dahin über Sark Hethk, wo jetzt die Häuser vom sogenannten Stoltenberg stehen; das Land war damals Priestergrund. Da ward der Boden überall unrein, wohin sie ihren Fuß setzte, und die Gebäude, die man da aufgeführt hat, verfallen darum immer so bald.

Durch Herrn Dr. Clement. — Über den feierlichen Kirchgang der Amringer Frauen desselben Lebens- und Leidensgesch. der Friesen S. 149 fg.

DXLIII.

Der Frauenschuh im Stein.

(S. Nr. 190 fgg..)

Im Dingholze, ungefähr in der Mitte zwischen Flensburg und Kappeln, liegt an der Seite des Weges ein Stein, in dem die Form eines Frauenschuhs abgedrückt ist, wie diese nemlich in alter Zeit getragen wurden, lang und spitz, mit hohem Absatz. Man erzählt davon dieses:

Auf einem adlichen Gute im östlichen Angeln sollte ein Leibeigner eines Vergehens wegen hart bestraft werden. Seine Frau bat die Herrschaft um Schonung oder um Milderung der Strafe, doch lange umsonst. Endlich aber sagte der Herr, ihr Mann solle frei werden, wenn sie noch vor Sonnenuntergang die Hälfte des Weges zwischen Flensburg und Kappeln abmessen und bezeichnen könnte. Das schien unmöglich, doch die arme Frau machte sich rüstig ans Werk und eilte auf Flensburg zu. Aber schon im Dingholze setzte sie sich ermüdet nieder, um auszuruhen, und als sie wieder aufstehen wollte, saß ihr Schuh in dem Steine, der da an der Stelle lag, fest. Da aber ahnte sie, hier müsse die Hälfte des Weges sein. Und das war ganz genau richtig. So aber hatte sie ihren Mann gerettet.

Durch Herrn Landmesser Nissen in Löstrup. Vgl. Nr. 221.

DXLIV.

Roßtrappe bei Segeberg.

(S. Nr. 195 Anm.)

Wenn man von Lübeck nach Segeberg kam und den Anberg (Alberg) hinauf gieng, so sah man in einem großen platten Stein des alterthümlichen Pflasters eine Vertiefung, die gerade wie die Spur eines Pferdes aussah; nur daß sie sehr groß war. In alten Zeiten nemlich, als noch Grafen auf der Burg wohnten, zog einmal ein feindliches Heer davor. Auf jener Stelle angelangt, sprach der Führer: „So gewis mein Rappe seine Trappe im Stein läßt, so gewis nehmen wir noch heute die Burg.“ Er gab seinem Pferde die Sporen und sprengte davon; da war der Huf im Stein abgedrückt und die Burg ward an demselben Tage zerstört.

Mündlich durch Herrn Pastor Carstens in Elmshorn.

DXLV.

Der Stein bei Hackelshörn.

(S. N. 195 Anm.)

Bei Hackelshörn, wo jetzt die Eisenbahn vorübergeht, liegt ein ziemlich großer, platter viereckiger Stein; der läßt sich nicht von seinem Platze bringen. Denn so oft man ihn auch fortgeführt hat, so lag er doch am nächsten Morgen jedes Mal wieder an seiner Stelle. Auf dem Stein kann man die Spuren von vielen Thieren sehen, den Huf eines Pferdes, die Kralle eines Vogels, ja auch die Spur eines Menschenfußes. Man weiß nicht, wie diese dahin gekommen; aber in der Mainacht haben die Hexen früher hier ihren Tanzplatz gehabt.

Durch Herrn Dr. H. Schröder.

DXLVI.

Der Stein bei Seeth.

(S. N. 199.)

In Seeth, bei Friedrichstadt, wohnten einmal zwei Brüder. Der eine war reich, der andere arm. Der reiche war kinderlos, aber der arme war gesegnet mit sieben Kindern, für die er oft nicht wuste, wo das Brot hernehmen. Eines Tages kam die Mutter mit ihnen vor des reichen Oheims Thür und baten um Brot. Aber die Frau, die gerade allein zu Hause war, war ein hartherziges Weib, schnauzte sie an und sprach: „Was ziehst du herum wie eine Sau mit ihren Ferkeln? Schäme dich, du bekommst von mir nichts.“ Verzweifelnd gieng die Mutter mit ihrem Häuflein davon. Als Abends nun der reiche Mann nach Hause kam und sich ein Stück Brot abschneiden wollte, da quoll Blut unter dem Messer hervor und das Brot war zu Stein geworden. Entsetzt sprach er zu seiner Frau: „Dies Zeichen bedeutet etwas; es ist heute Böses in unserm Hause geschehen.“ „Davon weiß ich nichts,“ antwortete die Frau, „nur die Schwiegerin war hier mit ihren sieben, die hab ich abgewiesen.“ „Da must du doch Sünde mit gethan haben,“ sagte der Mann und eilte nach dem Hause seines Bruders. Er fand unten niemand, wie er aber auf den Boden kam, da hiengen da unter dem Dache sieben Leichen, die Mutter und sechs von den Kindern. Nur der älteste Sohn war entflohn und so dem entgangen, was die Mutter den andern Kindern angethan. Man konnte ihnen kein ehrlich Begräbnis geben, da sie auf diese Weise zu Tode gekommen waren; darum grub man alle sieben Leichen eben draußen vor dem Dorfe an der Landstraße ein, legte aber zum ewigen

Gedächtnis einen Stein darauf, den man noch heute zeigt. Seine Inschrift aber ist jetzt schon ganz verwittert.

Durch Herrn Tamsen in Tondern.

DXLVII.

Knaben in Stein verwandelt.

(S. N. 200.)

Auf der Feldmark von Homfeld, im Kirchspiel Nortorf, stehen dicht neben einander zwei große hohe Steine. Das sind einst zwei Knaben gewesen. Die hatten nemlich Brot geholt, als sie aber an diese Stelle kamen, entzweiten sie sich und warfen mit der Gottesgabe nach einander. Sogleich wurden sie zu Stein verwandelt und stehen noch bis auf den heutigen Tag unverrückt an ihrer Stelle. Man hat vor Jahren einmal die Steine auseinander gebracht und versetzen wollen, aber sie wanderten gleich wieder an ihren vorigen Platz. So sagen alte Leute in der Dorfschaft und der Umgegend; die Geschichte ist im Munde aller, die da zu Hause sind.

Herr Schull. Rohweder in Thienbüttel.

DXLVIII.

Das erröthende Bild.

Mein Freund Storm erzählte mir:

Im großen Rittersaal des Husumer Schlosses waren noch in meinen Knabenjahren die Wände dicht mit alten Ritterbildern behangen, meist in Lebensgröße. Darunter war auch das Bild eines Ritters, das muste roth werden, wenn mans fest anschaute; wir Knaben machten uns oft dies Vergnügen, aber immer mit heimlichem Grauen. Jetzt sind alle Bilder nach Kopenhagen geschafft, und man weiß nicht, ob das Bild da noch so verschämt geblieben ist.

DXLIX.

Der Wanderjude.

(S. N. 219.)

Der Wanderjude ist noch vor ganz wenigen Jahren in Sundewith gesehen, unweit Beuschau. Er trug einen Korb, aus dem Moos heraus wuchs. Er ruht nur am Weihnachtsabend aus, wenn er dann noch auf dem Felde einen Pflug findet. Darauf allein darf er sich setzen.

Durch Herrn Schull. Klaus Dues. — Über die Erscheinung des ewigen Juden in Hamburg im Jahre 1606. Solini Chronologia ed. Ad. Olearius 1674. S. 72.

DL.

Die Teufelsbrücke.

Zwischen Ohrfeld und Koppelheck in Angeln ist in einer ziemlich tiefen Schlucht eine Brücke. Ein Knecht von Ohrfeld war zur Schmiede nach Koppelheck geritten. Er war ein toller Reiter und Waghals, man warnte ihn in der Schmiede. Er aber verfluchte sich; der Teufel möge ihm den Hals brechen, sagte er, und so ritt er weg, aber stürzte von der Brücke und brach das Genick. Die Brücke heißt nun seit der Zeit die Teufelsbrücke.

Durch Herrn Pastor Jensen in Borne.

DLI.

Der Teufel und die Soldaten.

Im Anfange des Jahres 1686 spielte ein gemeiner Soldat in Glückstadt auf der Hauptwache mit seinen Kameraden Würfel. Nachdem er nun alle seine Baarschaft verspielt, haben ihn die, so ihm sein Geld abgenommen, gebeten, er möchte bis zu einer andern Zeit das Spielen anstehen lassen, er könnte jetzt doch nichts gewinnen. Der Soldat aber wollte vom Spielen nicht nachlassen, sondern ergab sich durch harte Schwüre vielfältig dem Teufel, daß er dessen eigen sein wollte, wo er das verlorne nicht wieder gewönne. Indem aber die Uhre schlug, ward er auf seinen Posten abgefordert und muste Schildwacht stehen. Da kam alsobald ein abscheuliches Thier in Gestalt eines grausamen Bären auf ihn zu. Der Soldat rief zwei bis dreimal: „Wer da?“ Das Thier hat ihm darauf geantwortet: „Ich bins, nemlich der Teufel, dem du dich diesen Abend ergeben hast.“ Der Soldat gerieth in große Angst, aber in seinem Gewissen gerührt nahm er zum Gebete seine Zuflucht. Und obschon der böse Geist ihn sehr hart zugesetzt, hat er ihn doch endlich vertrieben. Er hat es nachgehends seinen Oberoffizieren nicht allein bekannt, sondern auch selber zur Tröstung seines Gemüths dem dortigen Hofprediger mit Thränen gebeichtet und seine Sünde bereuet; welcher dann dies Exempel in einer absonderlichen Predigt allen andern unbedächtlichen Flüchern vorgestellt, und sich vor dergleichen zu hüten eifrig ermahnet.

— Im Monat Februar desselben Jahres holte der Teufel aber in einer Stadt unseres Landes leibhaftig einen wohlhabenden Bürger derselben, weil dessen siebenjähriges Pactum zu Ende war, also daß die ganze Gasse, woselbst er wohnte, erschrecklich dabei erschütterte.

Im Jahre 1678 kam der Teufel auch in Glückstadt zu einem Soldaten, der Schildwacht stand, und bot ihm Geld an. Da dieser aber solches nicht annehmen wollte, hat jener ihn dermaßen abgedroschen, daß er für tot zur Erden nieder gelegen und ihm alle Haar aus dem Kopf gerissen worden.

Theatrum Europaeum Thl. XII. S. 1143. 1144. Thl. XI. S. 1449.

DLII.

Der Freischütz.

(S. N. 493.)

Der letzte Herzog zu Glücksburg hatte einen Jäger, der so lange als er in seinem Dienste gewesen, durchaus kein Wild getroffen hatte. Darüber verdrüßlich, verabschiedete der Herzog ihn. Traurig gieng der Jäger davon, nicht wissend, wie er sich ernähren sollte; er konnte es überhaupt gar nicht begreifen, wie es zugehe, daß er jetzt gar nichts treffen könne, da er doch früher ein guter Schütze war. Voll von solchen Gedanken, gieng er durch das Gehölz Trimmerup, als ihm ein altes Mütterchen begegnet. Sie fragt ihn, was ihm fehle, und er erzählte ihr alles. „Dem ist aber leicht abzuhelfen," sagte sie, „wenn du zum Abendmahl gehst, nimm nur die Oblate hinter dem Altar wieder aus dem Mund und henge sie, wenn du nach Hause kommst, in einen Baum und schieße darnach. Dann wirst du sicherer treffen, als jemals." Der Jäger that wie ihm gerathen war. Und darauf gieng er wieder zum Herzog und sagte, er habe sich im Schießen geübt, treffe immer und wolle gerne wieder in seinen Dienst. „Wir wollen versuchen," sagte der Herzog, „nimm deine Flinte und komm mit in den Wald." Als sie nun über die Brücke giengen, sah der Herzog drei wilde Enten über sie hinfliegen; er machte den Jäger darauf aufmerksam und sagte, er solle eine davon schießen. „Welche?" fragte dieser. „Den Enterich," sagte der Herzog. Der Jäger legte an, schoß, und der Enterich stürzte zu ihren Füßen. Da ward dem Herzog unheimlich, denn der Böse muste da mit im Spiel sein. Er sagte daher zum Jäger: „Ich kann dich nicht gebrauchen, du schießt besser als ich," und ließ ihn wieder gehn. Und kurz darauf fand man des Jägers Hut unter der rothen Brücke und seinen Leib geviertheilt hundert Schritte davon, unter den Erlen, die nicht weit vom Wege stehen.

Durch Herrn Schull. Boysen in Bistensee. — Thiele Danm. Folkes. I. 204. 320.

DLIII.

Das Totenhemd.

(S. N. 229.)

In der Marsch, so erzählt man in der Grafschaft **Ranzau**, wohnte vor Jahren ein Käthner, der auf Tagelohn gieng. Seine Frau spann in seiner Abwesenheit vom frühen Morgen bis in die sinkende Nacht, ja auch, wenn er zu Hause gekommen war und sich schlafen gelegt hatte, spann sie noch emsig fort. Schon hatte sie sich viel Leinenzeug bereitet, da ward sie krank und starb. Der Mann aber war geizig und ließ der Leiche ein altes schlechtes Hemd anziehen, dem ein Aermel fehlte. So ward sie begraben.

Nach Verlauf einiger Zeit nahm der Mann sich wieder eine Frau, fleißig wie die erste. Die saß auch eines Abends noch spät und spann, als der Mann schon zu Bett gegangen war. Da hörte sie die Stimme der verstorbenen Frau hinter dem Fenster, die sprach:

Unn de hele Nacht gesponnen,
Wat hest du dar von?
Hemd' med ener Mau (Ärmel)!
Ga du hen un rau (ruhe).

Die Frau am Spinnrade kam ein Grauen an und sie gieng zu Bette. Am andern Tage erzählte sie alles ihrem Manne. Der wollte es erst nicht glauben, zuletzt aber machten sie aus, die Frau sollte am Abend wieder aufbleiben beim Spinnen und der Mann wollte im Bette wach bleiben. Da hörten sie nun zu derselben Zeit, wie am vorigen Abend, es hinter der Wand gehen, und dieselbe Stimme sprach:

Unn de hele Nacht gesponnen,
Wat hest du der von?
Hemd' mit ener Mau!
Ga du hen un rau.

Der Mann war nun überzeugt und ward sehr unruhig, weil er nicht wuste, was er thun sollte, bis man ihm rieth, Abends einen Bretterstuhl hinter die Wand neben das Fenster zu setzen und ein neues Totenhemd darauf zu legen. Das that er und in der folgenden Nacht ward die Stimme nicht wieder gehört. Aber am Morgen war das Hemde weggenommen und auf dem Stuhle lag ein Häuflein Asche.

Durch Herrn Schull. Münster in Elmshorn.

DLIV.

Die Schimmelköpfe.

In Glückstadt wohnte vor Jahren ein vornehmer Mann. Dessen Frau ward krank und starb. Sie ward mit großem Gepränge beigesetzt. Aber der Totengräber hatte große Lust zu den kostbaren Ringen an den Fingern der Leiche. Daher gieng er in der Nacht hin und öffnete den Sarg, um die Ringe abzuziehn. Zu seinem Schrecken aber richtete die Frau sich auf, als er den Deckel abnahm. Er entfloh voller Angst, aber die Frau gieng nach dem Hause ihres Mannes und klopfte an. Ein Diener öffnete, aber auch er erschrak, als er die verstorbene Frau in ihrem Leichengewande vor der Thür stehen sah, eilig lief er zu seinem Herrn, um ihm zu sagen, was geschehen. Der aber antwortete: „Eben so wenig als meine beiden Schimmel kommen und die Treppe hinaufgehen, eben so wenig wird auch meine Frau wiederkommen.“ Kaum hatte er nun das gesagt, so kams tripp trapp die Treppe herauf und die beiden Schimmel waren auf dem Boden. Da ließ der Mann öffnen, und sieh! seine Frau war würklich wieder da. Sie lebte von nun an noch einige Jahre, lachte aber niemals während der ganzen Zeit, denn sie sagte: „Lachen ist Sünde.“ Der Mann aber ließ zum Andenken an das Geschehene oben neben der Treppe im Hause zwei Schimmelköpfe malen, die da noch lange zu sehen gewesen sind.

Durch Herrn Schull. Münster in Elmshorn. — Eine fast ganz übereinstimmende Kölner Sage unter Grimms deutschen Sagen N. 340. Vgl. übrigens oben N. 99. und Anm. zu N. 327.

DLV.

Die Seele im Kirchenbann.

Ein Bauer aus Langballig ritt eines Abends spät am Grundtofter Kirchhofe vorbei. Er grüßte die Toten: „Gute Nacht, ihr Christenseelen alle, und gute Nacht, du Peter Jakob.“ Das war nemlich sein kürzlich verstorbener Nachbar. Da sieh! wie er eben die Worte ausgesprochen hat, knarrt die Kirchhofspforte und eine lange weiße Gestalt kommt auf ihn zu. Der Bauer erschrak, und sein Pferd durch Schläge antreibend, giengs mit ihm in vollem Rennen nach Hause, aber die weiße Gestalt folgte ihm immer. Vor dem Hause riß er dem Pferde den Zügel ab, jagte es in den Stall, er selber aber eilte in die Stube und erzählte seiner Frau, die schon im Bette lag, voller Angst sein Abenteuer. Die beherzte Frau sagte: „Lege dich nur hinter mich und halt dich ruhig.“ Wie er nun eben ins Bett gestiegen, so trat durch die aufspringende Thür auch die weiße Gestalt herein. Die Frau rief: „Wer ist da?“ Aber niemand antwortete. Die Frau rief zum zweiten Mal; wieder keine Antwort. „Im Namen Gottes und aller Heiligen,“ rief sie zum dritten Mal, „tritt neun Schritt vor mein Bett und sage mir, wer du bist und was du willst.“ Da sprach die Gestalt: „Ich bin euer Nachbar und kann im Grabe nicht ruhen, weil ich einmal des Predigers Windhund erschlagen habe, worüber dieser den Kirchenbann ergehen ließ. Wenn ihr dies offenbaren wolltet, hätte ich Frieden im Grabe.“ „Das soll morgen geschehen,“ sagte die Frau, und sogleich verschwand die Gestalt und hatte von nun an Ruhe.

Aus Angeln durch Herrn Landmesser Nissen in Löstrup.

DLVI.

Gnade bei Gott.

Vor reichlich hundert Jahren stand an der Kirche zu Ries ein Prediger mit Namen Herr Peter. Der war fromm und gottselig und seine Ehefrau desgleichen. Gott aber suchte sie heim mit vielem Kreuz. Die Frau bekam einen bösartigen Krebsschaden in der Brust, und bald nahm ihr Leiden überhand und die grimmigsten Schmerzen ergriffen sie. Der fromme Prediger tröstete sie nach besten Kräften, wachte, redete und betete mit ihr ganze Nächte hindurch, aber doch gab es Augenblicke, wo sie im Übermaße des Schmerzes an Gott verzagte und sich verlassen glaubte. Nach langen Leiden verschied sie endlich. Der treue Gatte trauerte sehr um ihren Tod, aber noch mehr lag ihm der Kummer am Herzen, seine Frau möchte um ihres schwachen Glaubens willen nicht Gnade vor Gott gefunden haben. So saß er einige Zeit nach ihrem Tode einmal Sonntags nach gehaltener Predigt in seiner Sakristei und gedachte gesenkten Hauptes wiederum, wie oft, schwermüthig der lieben Verstorbenen. Da indem er aufblickt, sieht er zu seinem Erstaunen sie vor sich stehen, angethan mit einem weißen hellschimmernden Gewande. Sie lächelte ihm freundlich zu, und gab ihm durch Zeichen zu verstehen, er solle nicht länger sorgen, denn sie habe Gnade gefunden. Seitdem war der gute Prediger völlig beruhigt; wohl gedachte er oft der Entschlafenen, aber er grämte sich nicht mehr.

Durch Herrn Petersen in Soes.

DLVII.

Hark Olufs.

(S. N. 253.)

Hark Olufs, ein Amringer von Geburt, ward auf dem mittelländischen Meer von Seeräubern gefangen genommen, in Algier als Sklave verkauft und kam so in die Dienste des Bei Assin von Constantine. Dem diente er treulich zwölf Jahre, ward sein Schatzmeister und General und schlug den Bei von Tunis in einer großen Schlacht. Da erhielt er endlich Erlaubnis in seine Heimath zurückzukehren und lebte nun die übrige Zeit seines Lebens auf Amrum von seinen Schätzen, die er im Türkenlande gesammelt hatte. Nach seinem Tode aber hatte er keine Ruhe im Grabe. Allnächtlich wanderte er in seinem Sterbekleide auf Hochstiän (Hochstein), einer Anhöhe zwischen dem Kirchdorf Nebel und dem Süddorfe, wo er gewohnt hatte, umher, und lange Zeit wagte es keiner den Geist zu fragen, was ihm fehle. Endlich unternahm es einer. Da gab er zur Antwort, daß er in seinen letzten Jahren die meisten seiner Schätze, die er aus dem Türkenlande mitgebracht, unter der Thürschwelle seines Hauses zu Süddorf vergraben hätte, ohne seinen Erben davon zu sagen; das ließe ihm nun keine Ruhe. Als man darauf unter der Thürschwelle nachgrub, fand man einen großen, ganz mit Geld gefüllten Topf, der Schatz ward gehoben und alles unter die Erben vertheilt. Und von da an hatte der Geist Ruhe und man sah ihn nicht wieder.

Durch Herrn Johannsen von Amrum.

DLVIII.

Die Irrlichter bei Ullenbierge.

(S. N. 257.)

Bei Ullenbierge, so heißt es in Tondern, arbeitete einst ein Vater mit seinen beiden Söhnen auf dem Felde. Beide Brüder waren sich längst totfeind. Bald geriethen sie auch mit einander in Streit, der Vater, um sie auseinander zu bringen, mischte sich hinein, da übermannte sie der Zorn und einer erschlug den andern. Man fand alle drei in ihrem Blute schwimmend. Nun sieht man seit der Zeit Nachts auf jenem Felde bei Ullenbierge drei Irrlichter und das mittelste hüpft immer zwischen den beiden andern, als wollte es sie auseinander halten. Das ist der Vater mit seinen beiden Söhnen.

Durch Herrn Tamsen in Tondern.

DLIX.

Die Grenze verrückt.

(S. N. 251. 260.)

In Barkau erschien einem Bauern der verstorbene frühere Besitzer seiner Hufe und forderte ihn auf, einen Theil seines Landes, dessen Grenze er verrückt habe, wieder abzugeben; in der künftigen Nacht solle er an Ort und Stelle kommen, um sich alles näher bezeichnen zu lassen. Als der Bauer nicht erschien, stellte der Geist sich wieder an seinem Fenster ein, machte ihm Vorwürfe und verlangte seinen Handschlag. Der Bauer wagte nicht ihm die Hand zu reichen, sondern hielt ihm einen Stock hin. Doch der Geist griff zu weit und erfaßte das Ende des Daumen, das darnach ganz schwarz ward und bald abstarb.

Durch Dr. Klander in Plön. — Bei Husum erschien die verstorbene böse Hausfrau immer dem Mädchen, wenn dieses beim Melken war. Sie redete jene endlich an und sollte ihr die Hand reichen. Da hielt sie ihr einen Zipfel ihrer Schürze hin, der ganz verbrannte. Man schärft überhaupt die Regel ein, einen unruhigen Geist ja anzureden, aber ihm nie die Hand zu geben, sonst verbrennt sie.

DLX.

Der Mann ohne Schatten.

(S. N. 264.)

Viele Prediger und Küster haben in früheren Zeiten (und noch jetzt) die schwarze Schule besucht und da vom Teufel die schwarze Kunst gelernt, womit sie dann die Gespenster, Wiedergänger, ja den Teufel selbst bannen können. Der Teufel gibt den Unterricht, aber nicht umsonst. Es ist nemlich die Bedingung, daß wer beim Schlusse des Unterrichts, wenn der Cursus beendigt ist, von allen Schülern, die die Schule besuchten, zuletzt aus der Thür geht, dieser ihm gehören soll. Da haben viele, die klüger als der Lehrmeister geworden waren, diesen überlistet, unter andern auch einmal der Küster in Bröns, im westlichen Theil des Amts Hadersleben. Der war der letzte von allen, die die Schule verließen, aber er half sich, als der Teufel ihn behalten wollte. Denn weil die Schule gegen Süden ausgieng und es sich gerade traf, daß sie bei hellem Sonnenschein um Mittag geschlossen ward, so sagte der Küster, daß er nicht der letzte sei, der herausgienge, sondern sein Schatten; den möchte der Teufel behalten. Der Teufel konnte nichts dawider machen und ließ den Mann gehen, behielt aber den Schatten. Der Küster ist sein

Leben lang ohne Schatten geblieben, und das haben viele Leute gesehen, die ihn noch gekannt haben, daß auch bei hellem Sonnenschein nicht das geringste von einem Schatten bei ihm zu erblicken war.

Nach schriftlicher Mittheilung. — Auf einer ähnlichen Sage beruht wohl Chamissos Schlemihl. Es ist der Teufel vielleicht auch hier wieder an die Stelle eines Zwerges getreten. Man sehe außer der spanischen und schottischen Sage in Grimms Mythol. S. 976. die dänische in Winthers Folkeeventyr. S. 18. Übrigens über die alte Schattenbuße Grimms deutsche Rechtsalterthümer S. 677.

DXLI.

Geister gebannt.

(S. N. 266.)

In Ringsberg, Kirchsp. Munkbrarup, hatte ein Bauer den Grenzstein verrückt. Als er gestorben war, muste er immer um den Stein herum wandeln oder ganze Nächte darauf sitzen, und ward von Vielen gesehen. Das war den Verwandten unangenehm, und sie wollten gerne, daß er zur Ruhe käme. Sie baten daher einen Prediger in der Nachbarschaft, der als Geisterbanner berühmt war, dem Geist zur Ruhe zu verhelfen. Der Prediger versprachs. Als es Abend geworden war, sagte er zu seinem Knechte, er solle anspannen, setzte sich dann zu ihm auf den Wagen und ließ ihn nach dem Moore fahren, aber gebot ihm, doch ja nicht sich umzusehen, es passiere auch, was da wolle. Der Knecht fuhr los und merkte bald, daß der Wagen sehr schwer gieng und die Pferde viel zu ziehen hatten, doch sah er sich nicht um. Auf dem Moore stieg der Prediger ab, zog ein Buch aus der Tasche und fieng an darin zu lesen. Sogleich kamen viele Geister herbei, auch der wandelnde Geist des Bauern; einer schlug dem Prediger das Buch aus der Hand. Gleich griff dieser in den Busen und zog ein zweites heraus, das ward ihm auch aus der Hand geschlagen. Er nahm ein drittes und das musten sie ihm lassen. Da sah der Knecht, der auf dem Wagen saß, wie nun, während der Prediger las, der Geist des Bauern immer kleiner und kleiner ward und zuletzt ganz versank und verschwand. Die andern Geister aber tummelten gar gewaltig durch einander, solange bis auch sie verschwanden. Da stieg der Prediger wieder auf den Wagen, ließ den Knecht umwenden und nach Hause fahren, gebot ihm aber nochmals, nicht zurückzusehen. Anfangs giengs auch gut; sie waren aber noch nicht weit gefahren, als der Knecht merkte, daß es hinten hell ward, als wenn der Wagen voll Feuer wäre. Unwillkürlich sah er sich um, dafür aber blieb ihm Zeitlebens der Kopf verdreht auf dem Rumpfe sitzen.

Durch Herrn Schull. Boysen in Bistensee. — Bei Röbbing, Amt Hadersleben, gieng ein Ablicher spuken, wo jetzt Röbbingkroe liegt. Aber der Prediger mahnte ihn hinunter. Man sagt, daß ebendaselbst jährlich ein Unglück geschieht an Menschen oder Vieh. Rhode Haderslev=Amt Beskrivelse. S. 450.

DLXII.

Das bezauberte Wirthshaus.

Zu Gukelsbye, Kirchsp. Siesebye, lebte vor Jahren ein Wirth, zu dem kam ein Tischler, Namens Wiese, der sich auf die Schwarzkunst verstand; denn er hatte das Buch Cyprianus gut durchstudiert. Nachdem Wiese sich eine Zeitlang bei dem Wirth aufgehalten, entzweite er sich mit ihm und ward aus dem Hause gewiesen. Dafür aber bezauberte er nun das Haus. Es fieng bald darin, besonders in der Gaststube, ein Werfen mit Kartoffeln an, nicht von außen, sondern unter dem Bett heraus. Trat ein Gast ein, ward er jedesmal mit Kartoffelwürfen empfangen. Ließ er sich dadurch nicht abschrecken, sondern setzte sich und forderte was zu trinken, so tanzte ihm das Glas auf dem Tische. Überhaupt war alles in der Stube, Tische, Stühle, Schränke, in steter Bewegung. Anfangs kamen viele Leute aus Neugier, allein nach und nach ward das Haus von Fremden gemieden. Wollte der Wirth nun nicht ganz verarmen, so muste er sich mit Wiese vertragen. Er gieng daher nach Eckernförde, wo dieser sich damals aufhielt, vertrug sich mit ihm und gleich darnach ward alles wieder so in seinem Hause, wie es zuvor gewesen war. Die Sache war ganz landkundig geworden, und man sagt, daß sogar Professoren aus Kiel verkleidet dagewesen waren und sie untersucht und ganz so befunden hatten, wie sie hier erzählt ist.

Durch Herrn Schull. Boysen in Bistensee.

DLXIII.

Ogen verschælen.

Fær den Borgduer in Olenborg, wo nu de nye Reeg Hüser steit, legen fröer heel väel grote Steen annen Weg. Nu köum daer mael en Kunstmaker, de kröup dörch den grötsten ümmer hin un häer, un all de Lüer köumen un söugen dat an. Se verwunnern sik daræwer, wo dat angaen kunn. Da köum oek en lütt Diern van Feld' un harr Gras un Kruet in äern Schoet plückt. Se fröug de Lüer, wat daer denn los wier. „Sühst du denn nich,“ säen se, „dat de Mann ümmer hin un häer dörch en Steen krüpp?“ Da sä de Diern: „Nä, wat schull he woll, he krüpp daer ja ümmer herüm.“ Daer sprüng de Kunstmaker op, unn as he äer Schört vull Gras un Kruet seeg, dach he, „daer hett se en Klewervier twischen; dat maekt, dat ik äer de Ogen ni verschœlen kann.“ He sä: „De de Kunst versteit, verrad' den Meister ni,“ unn nöum de Fuest un slöug äer den Schört uten Hant, dat äer Gras un Kruet all an de Jer fallen dä. „Huch!“ sä de Diern, nöum äer Röck op un güng nu so hochbenig dar enlank, as wenn se innen Water waden dä. Daer lachen de Lüer äer all wat uet un säen: „Dat hestu dafær.“

Aus dem Lande Oldenburg durch Herrn Schull. Knees in Neumünster. — Vergl. Grimms Kinder- und Hausmärchen. N. 149.

DLXIV.

Diebe bringen das Gestohlene wieder.

(S. N. 272.)

Einst waren in einem zum Gute Nöer gehörigen Walde viele Arbeiter mit Holzfällen beschäftigt. Wenn Feierabend gekommen war, verbargen die meisten von ihnen ihre Geräthschaften sorgsam oder nahmen sie mit nach Hause; nur drei Meklenburger ließen sie offen und frei liegen. Geraume Zeit gieng das gut. Aber als sie eines Morgens kamen und zu arbeiten anfangen wollten, waren die Sachen weg. Ganz ruhig, als wenn nichts geschehen sei, machten nun die drei ein Feuer an und setzten sich um dasselbe. Wenn die andern sie neckten und sagten, sie hätten ihre Sachen verwahren sollen, antworteten sie: „Man soll uns das Gestohlene wohl wieder bringen.“ So machten sie es drei Tage. Da am Abend des dritten Tages, als alle eben wieder nach Hause gehen wollten, kamen zwei Männer und brachten die Geräthschaften, legten sie beim Feuer nieder und giengen wieder fort ohne ein Wort zu sagen. Die Diebe hatten sich aber nicht früher einstellen können, weil sie nach Schwansen gehörten und wegen eines Sturmes nicht über den Eckernförder Hafen hatten kommen können.

Durch Herrn Schull. Boysen in Bistensee.

DLXV.

Teufel über Teufel.

(S. N. 274. 288.)

Ein Kreuz an die große Hausthür gemalt, sichert gegen die Hexen; auch ist es gut, eine beim Abendmahl entwendete Oblate im Hause zu haben. Ist das Vieh behext und kann man nicht abbuttern, so müssen Kühe, Karnen und Stappen Abends stillschweigend geräuchert werden. Gewöhnlich kommt dann die Hexe und begehrt Einlaß, aber man muß dann überhaupt keinen herein lassen, wenn auch noch so stark an die Thür gepocht wird. Bringt man einen Topf mit Milch zum Kochen, so muß, wenn die Milch überkocht und ins Feuer läuft, die Hexe verbrennen.

In einem Hause in Wilster war ein Kind krank. Eine kluge Frau sagte, es wären Schelmstücke dabei, man müsse es ausräuchern, Nachts um zwölf Uhr, bei verschlossenen Thüren. Dann würde der kommen, ders ihm angethan, und sich irgend ein Gewerbe machen; man müsse aber Blut von ihm auf ein Tuch zu bekommen suchen und das verbrennen. Zur richtigen Zeit verschloß man die Thür, verhieng auch die Fenster bis fast oben hinauf mit Laken, dann räucherte man das Kind, alles wie es die kluge Frau befohlen hatte. Das Haus hatte aber noch nach alter Art Fensterladen, die heraufgeklappt wurden; unter jedem Fenster also hieng eine große Klappe, darauf man stehen und oben ins Fenster sehen konnte, wenn sie nicht aufgeschlagen waren. So war es gerade hier. Als sie das Kind räucherten und die Uhr war noch nicht zwölf, da plötzlich schaute die Hexe oben übers Laken weg in die Stube, der Mann springt hinaus, schlägt der Hexe ins Gesicht und fieng mit einem Tuch das Blut auf. Als man das verbrannt hatte, war das Kind gesund.

In der Nähe von Büsum wohnte ein reicher Bauer, der hatte eine einzige Tochter, die er über alles liebte. Aber seine alte Schwiegermutter war eine Hexe; die Leute wusten, daß sie sich schon zu verschiedenen Malen in Katzen oder andre Thiere verwandelt hatte, sie hatte es auch bei Gesellschaften gemacht, daß die ganze Stube voll von Raben kam und die Gäste es verlaufen musten. Thieren und Menschen that sie böses an; wenn jemand in ihrem Hause übernachtete und die Pantoffeln umgekehrt vorm Bette standen, so kam sie gleich, wenn sie meinte, die Leute schliefen, herein und setzte die Pantoffeln um. Das ist ein sicheres Zeichen, daß sie eine Hexe war. Denn die thun das immer, weil sie sonst keine Gewalt über den Schlafenden haben. Nun müssen alle Hexen aber immer einen aus ihrer Familie quälen. Die alte Schwiegermutter gönnte dem Bauern nicht sein Glück und that endlich seiner Tochter das Schlimmste an. Sie schenkte ihr auf eine Zeit ein neues schönes Kleid. Die Tochter, an nichts arges denkend, wollte es zum nächsten Sonntag zur Kirche anhaben. Aber kaum hatte sie es überm Leibe, so stiegen ihr die Haare zu Berge, sie wurde ganz wild aus den Augen sehen und wuste sich vor innerlichem Brand nicht mehr zu lassen. Sie gieng gegen Fenster und Thüren an, wie eine wilde Katze, raste und wüthete gegen jeden, ohne einen zu kennen, und nur mit Mühe gelang es den Leuten endlich, sie zu Bett zu bringen und zu entkleiden. Da gieng die Wuth zwar vorüber, aber die gröste Schwäche und Ermattung trat ein. Und so lag sie lange Zeit und schwand immer mehr hin; kein Arzt konnte helfen, denn alle gestanden, daß sie die Krankheit nicht verstünden. Darüber waren die Eltern ganz untröstlich. Kluge Leute, an die sie sich wandten, sagten ihnen zuletzt, daß ein altes Weib ihre Tochter unterhätte, aber sie vermochten auch nichts gegen sie. Nur in Hamburg wäre ein Mann, wenn der nicht helfen könnte, so wäre alles vergeblich. Der Bauer wollte nichts unversucht lassen; er fuhr sogleich von Büsum aus nach Hamburg, sprach mit dem Mann, und nachdem er ihm den ganzen Hergang der Sache erzählt, schlug der sein großes Buch auf, das mit Buchstaben geschrieben war, die kein Mensch außer ihm verstand. Nach einer Viertelstunde sagte er dem Bauern, seine Tochter hätten allerdings die Hexen unter, er wollte ihm aber eine Kruke Medizin mitgeben, die wohl helfen sollte, wenn er sie nur heil nach Hause brächte; der böse Feind werde aber alles thun, sie entzwei zu machen. Der Bauer erhielt am andern Tage von dem Wunderdoctor die Kruke, wohl verpackt, setzte sich wieder zu Schiff und kam ohne ein Hindernis bald und glücklich nach Büsum. Aber nun muste es doch noch verkehrt gehen. Der Schiffsjunge sollte den Korb mit der Kruke ans Land und in das Haus des Bauern bringen, kaum aber kam er damit auf festen Boden, so erhob sich der Sand wie eine Wasserhose, warf den Jungen nieder und schleuderte ihm den Korb aus der Hand, daß die Kruke in tausend Scherben gieng. Diese Reise war also umsonst. Aber ohne sich lange aufzuhalten, machte der Bauer sich gleich wieder auf den Weg zum Wunderdoctor und klagte ihm sein Unglück. Der Mann sagte, daß es ihm nun schon viel schwerer geworden sei, er sollte aber nur nach zwei Tagen einmal wieder kommen. Da hatte der Wunderdoctor unterdes alles in Ordnung gebracht, die Kruken eingepackt und empfahl dem Bauern nochmals die gröste Behutsamkeit; es bliebe immer zwar noch ein Mittel, seine Tochter zu retten, aber dazu entschlösse er sich selber ungern, noch würde der Bauer es gerne thun. Der Bauer machte diesmal die Reise zu Lande, den Korb mit der Kruke hatte er in dem Kasten unter seinem Wagenstuhl stehen, so kam er auch ganz glücklich wieder in die Nähe seines Hauses. Schon war er auf eignem Grund und Boden, als der Wagen auf ebner Erde plötzlich umschlug, und wenn der Bauer auch keinen Schaden nahm, so war die Kruke doch wieder entzwei. Dem Bauern lag die Rettung seiner armen Tochter sehr am Herzen; er ließ sich keine Ruhe. Zwar wollte seine Frau, und noch mehr seine alte Schwiegermutter, ihn diesmal zurückhalten, er sollte von der großen Anstrengung erst ausruhen, aber es half nichts, er setzte sich auf sein Pferd und in zwölf Stunden war er wieder oben in Hamburg. Er ritt gleich bei dem Wunderdoctor vor und erzählte ihm alles. Der Mann sagte, daß ihnen nun also nichts anderes übrig bliebe, als die alte Hexe in Oel zu Tode zu kochen. Ehe sie aber dies Mittel ergriffen, sagte er zu dem Bauern, wollte er ihm doch erst die zeigen, die seine Tochter unterhätte. Er gieng darauf in die Stube neben an, murmelte mit allerlei Hokuspokus da seine unverständlichen

Sprüche her und kam dann nach einer Viertelstunde wieder herein mit einem großen Spiegel unterm Arm. Den stellte er auf den Tisch und forderte den Bauern auf hinein zu sehen. Das that dieser und erkannte sogleich seine alte Schwiegermutter darin. Er ward ganz traurig darüber, als er es aber bedachte, was seine Tochter zu leiden hätte und wenn das so fortgienge, in kurzer Zeit es mit ihr vorbei sein würde, da entschloß er sich und sagte zum Wunderdoctor, er sollte seine Sache nur machen, käme auch darnach, was da wollte. Der Wunderdoctor bestellte ihn nun auf den andern Mittag wieder zu sich. Zur rechten Zeit fand sich der Bauer ein, der Doctor brachte ihn in ein besonderes Zimmer und entfernte sich darauf. Nach einer Stunde aber rief er ihn hinaus in die Küche. Da hatte er einen großen Kessel zu Feuer, that Oel und andre Sachen unter allerlei Sprüchen und Ceremonien hinein und verschloß ihn dann dicht mit einem schweren Deckel. Bald fieng es in dem Kessel an zu arbeiten, es ward immer lauter und lauter darin und der Bauer glaubte einen Menschen jammern zu hören. Dann wollte es nicht länger darin bleiben und durchaus Luft haben und arbeitete mit aller Macht gegen den Deckel an. „Nun gilts," sagte der Doctor, sprang hinzu und hielt ihn mit aller Gewalt nieder. Bald rief er auch noch den Bauern zu Hilfe, und nur mit der größten Mühe gelang es den beiden zu verhüten, daß nichts überlief. Als es ausgekocht hatte, ward es immer stiller und stiller, und als es am Ende ganz ruhig war, sagte der Wunderdoctor: „Nun ist eure Tochter gerettet und die Alte ist gewesen." Dem Bauer ward unheimlich, und obgleich ihn die Nachricht freute, kams ihm doch bei dem Arzt gar nicht mehr so recht geheuer vor. Er machte schnell seine Rechnung und eilte in seine Herberge, und mit dem frühsten am andern Tage setzte er sich zu Pferde und ritt nach Hause. Als er ins Haus trat, da kam ihm schon seine Tochter gesund und munter entgegen und nun erzählten sie ihm, daß die alte Großmutter am vorigen Tage eines fürchterlichen Todes gestorben sei. Um Mittag hätte sie ein innerer Brand ergriffen, der von Minute zu Minute zugenommen. Im Bette hätte sie nicht ausgehalten; Fenster und Thüren aufgerissen, die Kleider abgeworfen und sich auf dem Boden gewälzt und gekrümmt, und dabei geschrien und gejammert, daß man es weit habe hören können. Erst hoch am Nachmittage sei sie allmählig immer stiller geworden und habe zuletzt keinen Laut mehr hören lassen. Es hätte bis dahin niemand bei ihr dauern können; nun giengen sie hinein und fanden an der Stelle, wo sie gelegen, ein Häuflein Asche und einige verbrannte Knochen. Von Stund an aber war die Tochter gesund geworden und die hat nachher noch viele Jahre gelebt.

Aus Schwansen, aus Wilster und aus Ditmarschen. — Die Ausdrücke verschieren, beswögen, d. h. durch böse Künste, Blick, Berührung, Besprechen in »Undäegt« (wörtlich Ungedeihen) bringen, führt Schütze Idiot. IV. 43. an. — Umgewandte Pantoffeln hindern auch den Alp ins Bett zum Schlafenden zu kommen. Ebendas. IV. 286. Vgl. Thiele Danm. Folkes. II. 109.

DLXVI.

De Zigeunerin.

(S. N. 277.)

Da est mal ne Zigeunerin. De komt na Hitzhusen by Braemstäd' in dat Weertshues und geef sik fœ'n Schatzgräberin uet. De Fro segg dat by Hitzhusen op den Bag en Schatz est, da geit immer en Lecht. No geit se an een Abent mael met dre Buern dahen. Ünnerwegs wart se möd' und de ene Buer mott se no ganz hendrägen, dafœ' schall he denn ok en golden Spennrat fœruet hemm. As se dahen kaemt, hemm se aber de Kalen vergäten. De ene leppt torügg, brenkt aber Koel onn so geit de Geisterstunn fœœber. No (nun) seit de Zigeunerin Lyn (Leinsamen) op den Bag und segg to de Buern, wenn dat Lyn opkaem est, so well se weller kaem. Dat Lyn und de Schatzgräberin sönt abers beid' uetbläben.

Durch Herrn Schull. Lohse in Stellau. — Auf den Hügeln und an Orten, wo man Nachts ein Licht oder Feuer brennen sieht, liegt ein Schatz oder hausen Geister. So auf dem Rugenberg im Kirchspiel Grömitz bei Neustadt; daneben ist ein Hügel, der Dreifußberg. S. N. 289. 380 ꝛc.

DLXVII.

Die Windmühlen.

Einer hatte einen Verbund mit dem Teufel. Er besuchte den Schulmeister und lud ihn zu sich ein, er wolle ihm auch viel Geld geben, wenn er mit gienge. Der Schullehrer gieng mit. Sie kamen an einer Windmühle vorüber. „Was ist das?“ fragte der Schulmeister. „Eine Windmühle,“ sagte der andre. Darnach kam eine andre Windmühle. „Was ist das?“ fragte der Schulmeister. „Eine Windmühle,“ war die Antwort. Darnach kam eine dritte. „Was ist das?“ fragte der Schulmeister. „Was sollte es wohl sein, als eine Windmühle?“

Als sie nun in das Haus traten, sah der Schulmeister da viel Geld. Er erhielt eine ganze Hand voll. Allein als er das Haus wieder verließ, hörte er einen Knall, und alsbald kam der Teufel und brach jenem den Hals. Da warf der Schulmeister das Teufelsgeld von sich und entfloh in großer Eile.

Aus Lauenburg durch Cand. Arndt.

DLXVIII.

Der leibhaftige Teufel.

(S. N. 282.)

Ein Fischer aus Groß-Wittensee gieng mit einem Damendorfer Bauer, der als Vieharzt berühmt war, von Bünstorf nach Groß-Wittensee. Von dem Bauern erzählte man aber auch, er stünde mit dem Teufel in Verkehr. Sie waren noch nicht weit gegangen, erst bei der sogenannten Kollstätte angekommen, als das Gespräch auf den Teufel kam. Der Bauer fragte den Fischer: „Willst du ihn sehen?" „Ja," sagte der. Als sie nun noch ein paar Schritte vorwärts gegangen, so geht der Teufel leibhaftig vor ihnen vorüber. „Hast du ihn gesehen?" fragte der Bauer. „Nicht recht," sagte der Fischer, und damit giengen sie weiter.

Ein ander Mal kömmt nun der Fischer allein den Weg von Weg von Bünstorf nach Groß-Wittensee, und als er wieder bei der Kollstätte ist, kommt ein großer schwarzer Pudel zu ihm und glotzt ihn mit feurigen Augen an und läuft immer neben ihm her bis Sande. Hier kehrte der Fischer voller Angst ein, in der Hoffnung, der Pudel werde zurück bleiben, sagte aber nichts von dem, was ihm passiert war. Nachdem er einige Zeit da verweilt hatte, machte er sich wieder auf den Weg, aber der Pudel begleitete ihn nun bis nach Klein-Wittensee, wo er abermals einkehrte. Die Leute sahen ihm seine Angst an und wollten ihn bis Groß-Wittensee begleiten, aber der Fischer lehnte das ab und gieng allein wieder fort. Kaum war er aus dem Dorf, als der Pudel sich abermals einstellte und nun ihn erst kurz vor Groß-Wittensee verließ. Man hat überhaupt ganz oft den großen Pudel zwischen Klein- und Groß-Wittensee bemerkt. Da hatte er seinen Aufenthalt und Versteck in einem alten Dornbusch am Wege.

Durch Herrn Schull. Boysen in Bistensee.

DLXIX.

Küster Hans.

Vor einigen hundert Jahren war in Esgrus in Angeln ein Küster, Namens Hans. Er war schon bei Jahren, da brachte ihn noch seine Begier nach Geld und Gut auf den Gedanken, mit dem Teufel einen Bund zu schließen. Er erkundigte sich, wie ers anzufangen hätte, und begab sich um Mitternacht mit einer schwarzen Katze unterm Arm nach der Esgruser Kirche, gieng dreimal herum und klopfte jedesmal an die Kirchthür. Da beim dritten Male öffnete sich die Thür und eine Gestalt trat heraus, so hoch, daß sie sich bücken muste. Da ließ Küster Hans die Katze unterm Arm springen und rannte voller Schrecken nach Hause. Ein hitziges Fieber, die Folge der ausgestandenen Angst, brachte ihn dem Tode nahe, doch genas er, aber sein Gewissen drückte ihn nun sehr. Er gieng zum Prediger, ließ sich das Abendmahl reichen und beichtete alles. Da hatte er einigermaßen in sich wieder Ruhe gefunden. Aber die Geschichte ward später auf irgend eine Weise in der Gemeinde doch bekannt; sie beschwerte sich und trug darauf an den Küster abzusetzen. Der Tag kam, das Urtheil sollte in Flensburg gesprochen werden. Hans ward vorgeladen, aber er war sehr niedergeschlagen, wagte nicht hinzugehen und blieb zu Hause. Erst am Abend gieng er hinaus, den zurückkehrenden Leuten aus der Gemeinde entgegen, da hörte er, daß ihm Amt und Brot verloren sei. Vor Gram erkrankte er sogleich und starb in den Tagen darauf. Man empfand nun allgemein mit ihm Mitleiden und meinte die Strafe sei doch zu hart gewesen. Darum, damit der Dienst in der Familie bliebe, sollte der neue Küster Hansens Tochter Margarethe heiraten. Ein junger Mann aus Schwabstede meldete sich und versprach auch Margarethe zur Frau zu nehmen; daher gab man ihm die Küsterstelle. Nun aber heiratete er seine alte Braut, eine Margaretha aus Schwabstede, und sagte, daß er diese in seinem Versprechen gemeint habe und nicht des alten Küsters Margarethe. So blieb der Dienst auch nicht einmal in der Familie, und sie musten den Küster aus Schwabstede behalten. Von dem lebten noch vor etwa vierzig Jahren mehrere Nachkommen.

Durch Herrn Schull. Claus Dues.

DLXX.

Die Seele vor dem Schafstall.

„Deine Frau ist eine Hexe," sagte ein Nachbar zum andern. Das wollte dieser zwar nicht glauben, doch wurden sie sich einig es in der nächsten Mainacht näher zu untersuchen; denn dann müssen die Hexen zum Blocksberg. Abends gieng der Mann, wie gewöhnlich, mit seiner Frau ruhig zu Bette, aber in der Nacht kam der Nachbar verabredeter Maßen zu ihm. Der Mann ließ ihn ein und da lag die Frau steif und starr im Bett, als wenn sie tot wäre. So trugen sie sie in den Schafstall und verriegelten ihn fest. Gegen Morgen kam die Seele zurück und ließ sich vor dem Stall hören durch ein gar klägliches Piepen, aber sie konnte nicht eher hinein kommen, als bis sie ihn geöffnet hatten. Und gleich darnach kam die Frau wieder heraus, und als sie fragten, wo sie herkomme, antwortete sie, sie habe nur nach den Schafen sehen wollen. Da hatte der Mann die Gewisheit, daß seine Frau eine Hexe sei.

Aus Ludwigsburg in Schwansen durch Herrn Schull. Hessen. — Wie in Meklenburg und anderswo, gibt es bei uns mehrere Orte, Hügel, einzelne Hufen ꝛc., die den Namen Blocksberg führen, so bei Braak, Tungendorf (bei Neumünster), Hörnerkirchen (Grafschaft Ranzau), Mehlbek (bei Itzehoe), Kembs (bei Segeberg), Spechserholz (bei Arensbök), Harmsdorf (bei Lübek), bei Kauslund (Amt Flensburg), Kotzenbüll (Landschaft Eiderstede). S. Schröders Topographien u. d. N.

DLXXI.

Salzstreuen.

Eine alte Frau kam oft in das Haus eines Bauern, sie war aber eine Hexe und man hatte Lust sie anzuführen. Ein Junge wagte es endlich. Man lud sie zum Essen ein und er bekam einen Platz neben ihr. Er erzählte ihr allerlei, klopfte ihr dabei vertraulich die Schulter, warf ihr aber zuletzt unvermerkt eine Handvoll Salz in den Nacken. Da konnte sie nicht aufstehen, weil sie zu schwer geworden. Das gab nun allerlei Kurzweil, weil sich die Hexe ihre Noth nicht merken lassen wollte. Aber erst als der Junge sie wieder vom Salz frei machte, kam sie los. Bald muste er für seinen Muthwillen büßen. Er bekam so viel Läuse, daß er sie gar nicht los zu werden wuste. Nur auf sein flehentliches Bitten befreite ihn die Hexe selbst endlich von der Plage und gab ihm dabei den Rath, künftig alte Leute nicht mehr zum Besten zu haben.

Aus Plön durch Dr. Klander.

DLXXII.

Eine Hexe fliegt davon.

(S. N. 298.)

Auf dem Husbyer Felde, an der Stelle, wo noch jetzt der Überrest eines Galgens steht, sollte einst eine Hexe verbrannt werden. Zu diesem Schauspiele hatte sich eine große Menschenmenge versammelt. Schon brannte der Scheiterhaufen in hellen Flammen und die Hexe sollte hineingeworfen werden, da gewahrte sie im Volkshaufen eine Frau, welche strickte. Sie bat sie um ihr Garnknäuel. Die Frau reichte es ihr. Da wickelte die Hexe, indem sie einige Worte hermurmelte, es um ihre Finger, und wie sie das gethan, flog sie vor aller Leute sichtlichen Augen in die Luft und man hat sie nachher nicht wieder gesehen.

Aus Angeln durch Herrn Landmesser Nissen in Löstrup.

DLXXIII.

Hexen nehmen die Butter.

(S. N. 305.)

Maimorgen muß es gethaut haben, dann gibt es ein gut Butterjahr. An einem solchen Morgen gieng eine Hexe vor Sonnenaufgang auf die Felder ihrer Nachbarn, nahm den Thau mit großen Leinenlaken auf, wrang dann die Tücher aus und sammelte ihn so in eine Kruke. Davon nahm sie jedesmal einen Löffel voll, wenn sie buttern wollte, und goß ihn ins Faß, indem sie dabei sprach: „Uet elk Hues en Läpel vull!“ Damit nahm sie den Leuten, denen die Felder gehörten, jedesmal so viel von ihrer Butter. Ihr Knecht aber muste karnen. Da nahm er einmal auch etwas aus der Kruke, sagte aber, weil ers nicht recht verstanden hatte: „Uet elk Hues en Schäpel vull!“ Dann fieng er an zu karnen und da gab es so viel Butter, daß sie durch das ganze Haus lief und die Leute nichts damit anzufangen wusten.

Mündlich aus Marne. — Der Name Daustriker für Hexen beruht wohl auf diesem Aberglauben. Grimms Mythol. 1027. vgl. N. 285. und Grimms Kinder- und Hausm. N. 103.

DLXXIV.

Vieh behext.

Das Dienstmädchen auf einem Hofe in der Krempermarsch muste Nachts bei dem Leinen wachen, das auf der Bleiche lag. Dabei besuchte sie immer ein Knecht aus der Nachbarschaft. Um sich davon zu überzeugen, stellte sich der Knecht vom Hofe eines Abends auf die Lauer. Wie er nun so da stand, sah er, daß die Nachbarin, eine alte Frau, von ihrem Hofe kam und in den Garten seines Herrn gieng. Vorsichtig sah sie sich um und schlich dann längs der Wand des Hauses zum Kuhstall, nahm dort einen Stein unter der Schwelle weg und vergrub da etwas. Sodald sie sich entfernt hatte, gieng der Knecht hin und fand nun unter dem Stein ein kleines in Leinen gewickeltes Päckchen. Er nahms heraus und trugs hinüber zu der Nachbarin und vergrub es auf dieselbe Weise unter ihrem Kuhstall. Am andern Tage erzählte er, was vorgefallen, seinem Brotherrn; der war zwar anfangs unwillig, aber gab doch nach, um das Weitere abzuwarten. Als nun bald darauf das Vieh auf die Weide gebracht ward, wollte das Vieh der Nachbarin nicht fressen, sondern war unruhig, brüllte, lärmte und jagte umher solange, bis ein Stück nach dem andern tot hinfiel. Da sah man, was die alte Hexe dem Bauern hatte anthun wollen.

Aus Elmshorn durch Herrn Schull. Münster. — In unsern Hexenprocesacten sagen die Zauberinnen oft aus, daß sie allerlei Haare von wilden Thieren und Totengebeine in schwarzen Töpfen unter die Ställe vergraben hätten, um das Vieh zu verderben.

DLXXV.

Kälber behext.

Ein Marschbauer konnte kein Kalb aufziehen; so oft ers versuchte, ward das Thier krank und konnte nicht leben, aber auch nicht sterben, so daß man es töten muste. In der Noth wandte er sich an einen klugen Mann um Rath. Der sprach: „Wenn es noch einmal wieder so geht, so zieh das kranke Thier hinaus auf deine Hofstelle und schieße nur darnach. Totschießen wirst du es nicht können, aber lade nur immer von neuem und schieß, so wird schon jemand kommen und die Sache wird sich finden.“ Nach einiger Zeit kalbte wieder eine Kuh. Der Bauer behielt das Kalb zum Aufziehen, aber es gieng damit wie vorher. Da that er, wie ihm der Mann gesagt hatte, führte das Kalb auf die Hofstelle und schoß fortwährend darnach. Nachdem er nun mehrere Schüsse gethan und das Kalb starb nicht, kam die Nachbarin in großer Eile gelaufen und rief: „Halt doch auf zu schießen, du schießst mir ja alle meine Ochsen auf der Weide tot.“ Da hatte jeder Schuß einen Ochsen getötet. Der Mann aber stellte das Schießen ein und konnte nachher seine Kälber aufziehen.

Durch Herrn Schull. Münster in Elmshorn.

DLXXVI.

Die beiden Bräute.

(S. N. 311 fg. vgl. 309.)

Ein Knecht pflügte; da kamen immer zwei Katzen an ihn heran und jede suchte sich an ihn zu schmiegen und die andre zu verdrängen. Darüber war des Beißens unter ihnen kein Ende. Der Knecht suchte sie fortzujagen, aber vergebens, sie kamen immer wieder. Endlich nahm er seinen Stæker * und warf damit nach ihnen. Da verwundete er die eine am Fuß und sogleich stand eine seiner Bräute vor

* Ein Stiel, unten mit scharfem Eisen, der beim Pflügen gebraucht wird, zum reinigen der Pflugschar.

ihm, am Fuß blutend. „So, Greet, bist du dat!“ sagte der Knecht, „ga man, ik näem dy nich.“ „Ja,“ sagte Greet,“ de ander dat weer Trien, de keem goet weg.“ Da war die andre Katze davon gelaufen, aber der Knecht nahm sich nun fest vor, sich auch nicht mehr mit Trien abzugeben.

Aus dem Gute Ludwigsburg in Schwansen durch Herrn Schullehrer Hessen.

DLXXVII.

Weiße Pferde.

(S. N. 322.)

1.

Einmal hatte ein Bauer in Lägersdorf ein wunderbares weißes Pferd. Es war sonst ein zahmes ruhiges Thier, ein tüchtiger Arbeiter und der Bauer hielt viel darauf. Aber im Anfang konnte er doch gar nicht klug daraus werden. Jedesmal Mittags um zwölf Uhr ließ es sich auf keine Weise vor dem Pfluge, dem Wagen oder im Stalle halten; es zerriß Stränge und Stricke und rumorte so lange, bis es frei kam, und sprengte dann wiehernd davon, und zwar jedesmal der Lägersdorfer Tannenkoppel zu. Hier rannte es immer auf einer Stelle im Holze mit unglaublicher Schnelligkeit eine Stunde lang im Kreise rund herum, bis es endlich athemlos und schweißtriefend stille stand. Dann verschnaufte es sich und gieng darnach ruhig wieder nach Hause, als wenn nichts vorgefallen. Man ließ das Thier gewähren, aber niemand wuste seine sonderbare Eigenschaft zu erklären. Ein Junge war endlich tollkühn genug sich auf das Pferd zu setzen und den Ritt in der Tannenkoppel mit zu machen, wobei ihm Hören und Sehen vergieng. Er behauptete aber, daß sich ein altes häßliches Weib vor ihm auf den Hals des Pferdes gesetzt und immer Hopp! Hopp! gerufen und dadurch das Pferd angetrieben hätte. Das alte Weib sei auch die ganze Zeit in der Tannenkoppel auf dem Pferde gewesen. Die meisten Leute leugneten das, aber einige andre wollen das Weib auch doch gesehen haben.

Durch Herrn Ketelsen auf Breitenburg. vgl. N. 136. — In einem Hause in Malkwitz, wo früher ein Räuber gewohnt hatte, rumorte es jede Nacht, und oft ist ein Schimmel in der Bodenluke gesehen worden und andrer Hokuspokus mehr.

2.

Daß es beim Sulstorfer Galgenberg an der Landstraße von Oldenburg nach Heiligenhafen nicht immer ganz richtig ist, hat schon mancher bei Nacht erfahren müssen. In alten Zeiten gieng einmal spät Abends ein Mann von Heiligenhafen nach Oldenburg. Er dachte so bei sich selbst: „Wenn du nur ein Pferd zu fassen hättest, so wolltest du bald nach Oldenburg kommen.“ Als er nun in der Gegend des Galgenbergs war, bemerkte er in der Dämmerung der Nacht einen alten Schimmel, der sich zu ihm gesellte und nicht von seiner Seite wich. „Du kommst mir eben recht,“ dachte der Mann, faßte den Schimmel, der das auch schon erwartet zu haben schien, und schwang sich hinauf und trabte davon. Aber schon nach ein paar Schritten fieng der Schimmel unter ihm an immer größer und größer zu werden, und wäre der Reiter nicht herabgesprungen, der Schimmel wäre mit ihm wer weiß wohin gegangen. Denn der Schimmel das war der Teufel selber.

Aus Oldenburg durch Herrn Schull. Kruse in Eutin. — Vgl. N. 321.

DLXXVIII.

De Mözer Gloef.

(S. N. 327.)

Vœr välen Jaren weer mael en grote Vehsüek in Mözen. Do segg en ole Fru, de Mözener schuln mael een dode Ko, de an de Vehsüek storben weer, œwer de Feldmark schläpen. Da trock de Buervaegt un all de Mözener schwartes Tüeg an unn schläpen de dode Ko na de Kremser Feldmark. Ob nu de Süek weggaen is, kann ek nich mael seggen. Awer man seggt darvan noch jümmer: „Dat is en Mözer Gloef.“

Herr Heinrich.

DLXXIX.

Der schwarze Tod.

(S. N. 329.)

Als mein Großvater in Blans auf Sundewith noch lebte, sagte ein Mann, erzählte er mir oft von dem schwarzen Tod, von dem sein Urgroßvater ihm gesagt hatte. Zu der Zeit seien die Toten wie Garben auf Wagen geladen und so in eine Hölzung zum Begraben, oder aus dem Wege in eine große Grube geschafft worden. Auf einem solchen Totenwagen sei auch einmal ein Mädchen gewesen, die sei unterwegs wieder lebendig geworden, habe mit den Armen hervorgelangt, einen von einem Baume herabhangenden Zweig ergriffen und so sich von den Toten gerettet; darauf sei sie wieder ins Dorf zurückgegangen. Und diese wäre nachher seines Urgroßvaters Frau geworden.

Durch Herrn Schull. Dues. — Dieselbe Sage auch in Holstein und anderswo.

DLXXX.

Feuer vom Himmel.

Anno 1345 regnete es Feuer vom Himmel über das Meer, gleich wie Schneewolken; das war so hitzig und verzehrend, daß es Stein und Holz verzehrte. Und es war zu verwundern, alle Leute, die den Rauch sahen, lebten nur einen halben Tag, die Leute aber, die berührt (beleidet) waren auf dem Meer, wo die hinkamen, da starb alles Volk und alle, die sie sahen.

Neocor. I. 375. aus Carsten Schröder.

DLXXXI.

Wildes Feuer.

(S. N. 338.)

Am 28. Januar im Jahre 1598 in der Nachmitternacht zwischen Freitag und Sonnabend ward ein großes Feuer, ungleich größer als ein Haus, gesehen, daß es aus Heide herauswandelte und darauf nach Norden zu den Weg nach Lunden vor sich hinfuhr. Dreien Leuten, einem bei Heide, darnach gegen Stelle, endlich bei den Bergen, ist es begegnet, die alle glaubwürdige, auch glaubwürdig erzählen, daß sie nicht allein in solchem Feuer gewesen, sondern auch seine Wärme empfanden.

In demselben Jahre auf Mariä Verkündigung erblickte man in Archsum auf Silt ein Feuer, das wilde Feuer genannt. Es zeigte sich an jedem Tage, begann, wenn die Sonne im Osten war, und brannte fort, bis die Sonne untergieng. Es blieb übrigens nicht an einem Fleck, sondern flackerte hin und her, und obgleich es oft zu verlöschen schien, so begann es doch bald wieder sich zu zeigen. Viele Menschen haben es gesehen, es dauerte bis Jakobi selbigen Jahrs. — Von Westerland und Wenningstede aus, ist südwestlich von Braderup auf dem Fröddenhoog noch heute das Braderuper Licht sichtbar. Es verliert sich, sobald man sich nähert. Was es aber bedeutet, weiß man nicht.

Neocor. II. 342. Herr Hansen auf Silt.

DLXXXII.

Feuer vorgewarnt.

(S. N. 338.)

Ein Bauer in Nordballig beherbergte eine Nacht über einen armen Mann. Am andern Morgen sagte dieser zu seinem Wirth: „Nimm den Stender da aus deinem Hause und leg ihn aufs freie Feld." Der Bauer wollte ungerne daran; aber der arme Mann behauptete hartnäckig: „Thu das, es wird zu deinem eignen Vortheil sein." Da nahm der Bauer endlich das Holz weg und legte es als Steg über eine Aue. Und als nun nach einiger Zeit die Leute aus der Kirche nach Hause giengen, war der Steg verbrannt. Da sah der Bauer ein, daß, hätte er nicht den Stender aus dem Hause genommen, dieses ihm über dem Kopf abgebrannt wäre.

So wollte auch einmal ein Zimmermann einen Balken zu einem Hause behauen, da flogen bei dem ersten Hieb Funken heraus. Der Zimmermann besah die Stelle, ob auch ein Stein oder Nagel im Holz wäre, doch er fand nichts. Dennoch flogen bei jedem Hiebe wieder Funken heraus. Da rieth er dem Bauherrn, den Balken ganz bei Seite zu legen, aber der wollte das durchaus nicht und der Balken kam ins Haus. Kaum war es nun fertig, so brannte es ab und das Feuer fieng gerade in dem Balken an.

Durch Herrn Landmesser Nissen in Löstrup.

DLXXXIII.

Vorbrennen.

In Felsted steht eine uralte Eiche. Wie sie nun nach und nach verfault, so kommen jetzt darin oft Pfropfen und dahinter Überreste von Werg und dergleichen zum Vorschein. Damit sind nemlich früher Feuer hineingebannt, wenn es vorgebrannt hatte. Fällt ein Zweig vom Baum, so läßt man ihn liegen und verfaulen, verbrennt ihn aber nicht.

Hat einer es an einem Hause vorbrennen sehen, und sagt zu dem Eigenthümer: „Dein Haus hat vorgebrannt," so muß der antworten: „Nein, es war nicht meines, sondern deines," oder er nennt einen andern. Dann ist das schlimme Zeichen abgewandt und übertragen. — Meint nun einer, das würde dann wol jeder sagen, so sagt man ihm: „Nein, das thut niemand."

Durch Dr. Ch. Jessen in Flensburg.

DLXXXIV.

Vorherſehen.

In Owſchlag bei Schleswig gab es vor Zeiten merkwürdige Männer. So gab es da auch einen, der konnte Alles vorausſehen und vorherſagen, Leichen, Bräute u. ſ. w. Er muſte, wenn das des Nachts an ſeinem Hauſe vorüber zog, aufſtehen und zuſehen; blieb er zu lange liegen und der Wagen war ſchon vorüber, ſo muſte er ſo ſchnell und ſo lange nachlaufen, bis er ihn zu Geſicht bekam. Die Urſache davon war, daß er früher einmal einem heulenden Hund auf den Schwanz getreten war und zwiſchen den Ohren durchgeſehen hatte. Anfangs machte ihm die wunderbare Eigenſchaft vielen Spaß und er hat vielen Leuten alles aufs genaueſte vorhergeſagt. Als er aber älter ward, ſchlugs ihm zum Verdruß. Er ward aber nicht eher frei davon und konnte nicht eher wieder ruhig ſchlafen, als bis er ein ganzes Jahr hindurch ſein Hemd verkehrt getragen hatte.

Durch Herrn Schull. Boyſen in Biſtenſee. — Man erzählt ſonſt auch überall im Lande ſehr häufig Beiſpiele von Hellſehenden, einſame Wanderer gerathen Nachts ſelbſt ins Gedränge durch einen großen Leichenzug, marſchierende Truppen und was mehr der ſtets einander ähnlich wiederkehrenden Viſionen ſind.

DLXXXV.

Die Wallnüſſe.

In einer Neujahrsnacht trat ein Engel zu dem Nachtwächter eines Dorfes bei St. Margarethen und führte ihn zu einer großen Kiſte mit zwei Schiebladen. Beide waren voll von Wallnüſſen, und der Engel befahl dem Nachtwächter aus jeder einige zu nehmen. Der Nachtwächter nahm welche, aber da fand er, als er ſie öffnete, daß die Nüſſe aus der obern Lade alle taub waren, die aus der untern aber den ſchönſten Kern enthielten. Verwundert fragte er den Engel nach der Urſache und der Engel antwortete: „Bald kommt das Ende der Welt! Von außen ſehen ſich alle Menſchen gleich, aber wenn der jüngſte Tag da iſt, werden alle Schalen zerbrochen und jedermann wird erkennen, warum der Richter die Nüſſe in zwei Schiebladen gebracht.“

Mündlich. — Ähnliche Erzählungen häufig, in Lübek, Berlin ꝛc.

DLXXXVI.

Die Teufel mit den Hämmern.

N. 360 wird auch so erzählt:

Zwei Riesen oder Teufel standen einmal, einer auf dem Plöner Schloßberge, der andre auf dem Segeberger Kalkberge und warfen mit ihren Hämmern gegen einander. Sie erreichten aber einander nicht oder die Hämmer flogen an einander vorbei, so daß der eine in der Nähe des Plöner Sees in Pehmen nieder fiel, der andre im Gute Seedorf. An beiden Stellen findet man daher ein paar große Verhölungen.

Aus Plön durch Dr. Klander.

DLXXXVII.

Der Teufel beim Grasmähen.

(S. N. 373.)

Einst vermiethete sich der Teufel bei einem großen Bauern in Angeln als Knecht. Der Bauer sagte ihm eines Abends und dem Großknecht, sie sollten am andern Tage Gras mähen auf seiner großen Wiese. Da machten sie noch am Abend ihre Sensen scharf, aber der Teufel verstands nicht recht, daß der Großknecht lachen muste. Am andern Morgen aber standen sie vor Sonnenaufgang auf und giengen auf die Wiese. Da mähte der Großknecht erst nach Mäherart einen kleinen runden Platz in der Mitte leer, dann fragte er seinen Makker: „Willst du vormähen oder soll ich?“ Der Teufel antwortete: „Ehre, dem Ehre gebürt; du bist ja der Großknecht, und darum must du vormähen.“ Der Knecht fieng an und auch der Teufel mit seiner stumpfen Sense. Er verstand gar nichts davon, und statt Gras zu mähen, hieb er oft große Stücke aus der Erde und machte seine Sense noch stumpfer. Dazu hatte er auch alle Zeit den größern Kreis zu machen, denn der Knecht mähte ja zur linken Hand und hatte die kleinere Runde. Und der war stark und gewandt. Daher kam es, daß der Teufel schon bei der dritten Runde ganz zurück war. Da fieng der Knecht an ihn zu foppen und zu necken, er sollte doch mitkommen und nicht immer zurückbleiben, er sagte auch: „Ehre, dem Ehre gebürt; du bist ja der Teufel und must nachmähen.“ Das verdroß diesen und er nahm alle seine Kräfte zusammen, um dem Knecht zur Rechten zu bleiben; und als der Knecht lachte und ihm sagte, daß er doch so viel Gras stehen ließe, da fieng er an immer toller mit seiner Sense herumzusäbeln, rechts und links, und hast du mich gesehen! holte er immer größere Klumpen aus dem Grund. Und der Knecht mähte immer flinker und flinker, und der Teufel konnte doch nicht mitkommen. Aber er hielt aus, solange der Morgen noch kühl war, als aber die Hitze mit dem Tage stieg und es gegen den Mittag kam, und der Knecht immer los mähte, da stürzte der Teufel endlich heulend nieder, das Blut brach ihm aus Mund und Nase und in kurzem hatte er da verreckt. Das kam also vom Grasmähen.

Aus Angeln durch Herrn Schull. Dethleffsen in Rellingen.

DLXXXVIII.

Hopsö.

(S. N. 376.)

Bei Augustenhof auf Alsen, nicht weit von Norburg, liegt ein großer See, der Hopsö genannt wird, welchen Namen er durch folgende Begebenheit erhielt.

Einmal vor vielen Jahren landeten da in der Nähe eine Menge Riesen und lagerten sich im Walde an einer Stelle, wo viele kleine Holme waren. Hier erlustigten sie sich damit, auf langen Stöcken von Holm zu Holm zu springen. Außerdem hielten sie da einen Schmaus und waren sehr munter, so daß es weit herum zu hören war. Als die Bewohner der Insel das merkten, schlichen sie sich zum Wald und gaben Acht auf das Spiel der Fremden und ihre Lustigkeit. Aber da man glaubte, dieser Besuch könne gefährlich werden, faßte man einen Beschluß und bereitete sich zur Verteidigung des Landes. Doch da die Fremden nur des Spiels und Schmauses wegen schienen hierher gekommen zu sein, ließen die Einwohner nach eines alten Mannes Rath es fürs erste dabei beruhen zuzusehen, aber waren doch bereit, die Insel zu verteidigen. Nach geendeter Mahlzeit begann das Spiel von neuem und die Riesen hielten gleichsam Jagd auf einander, indem sie mit ihren Stöcken auf den Holmen umhersprangen und nach einander stießen, so daß der schwächere hier und da ins Wasser fiel, was immer ein lautes, schallendes Gelächter erregte. Am Abend schlugen sie ihre Zelte im Walde auf und verzehrten den Rest der Mittagsmahlzeit, packten darauf alles zusammen und verließen die Insel in der größten Ruhe. Als man am nächsten Tage auf der Stelle nachsah, fand man da nur einige Ueberbleibsel von Bärenfleisch und zerbrochenen Knochen, aus denen das Mark herausgenommen war. Nach dieser Zeit ist diese Stelle durch den Einbruch des Meeres zu einem See geworden, der bis auf den heutigen Tag Hopsö genannt wird.

Thiele I. 181. — Die Riesen darf man hier für Wasserriesen halten.

DLXXXIX.

Das Seemännlein.

Etwas seltsames begab sich im Holsteinischen mit einem kleinen Seemännlein. Dieses kam den siebenten Octobris im Jahr 1678 Abends in der Dämmerung von Dranet * her über die Koppeln vor dem Kloster, und als es sich des alten Hausvogts Hausthür, so eben offen gestanden, genähert gehabt, wollte es hinein gehen; weil aber die Kettenhunde dasselbe angebellet, hat es sich flugs gewendet, ist hinten umb die Gärten gelaufen und in eines andern Hause eingelassen worden. Sobald es nun ins Haus kommen, und man gesehen, daß es baarfüßig und kaum so viel Kleider anhatte, daß es seine Blöße bedecken konnte, ist es in die Küche zum Feuer geführt worden, an welches es sich so nahe gesetzt und die Hand in das Feuer gehalten, daß man sollte gemeint haben, es würde ohne Verlust seines Lebens ein solches nicht haben thun können, ihme aber hat es nicht geschadet. Nachdem es nun durchgewärmet, hat man ihm ein wenig Grützwilling zu essen gegeben, welche es sehr begierig verzehret. Als nun ein großer Zulauf von Volk worden und ein jeglicher näher an ihn gedrungen umb ihn zu sehen, hat es angefangen zu weinen, aber zu keinem nichts geredet. Umb Mitternacht kam ein Studiosus, welcher dieses Männlein in die Stube geführt, und nachdem man dasselbe gefraget und mit Zeichen bedeutet, ob es nicht reden könnte, hat es einen Laut, aber mit heischerer Stimme und mit zusammengebissenen Zähnen, von sich gegeben. Darauf ward es in eine Kammer gebracht. Alda begriff es die Riemen eines daselbst liegenden Sattels und streifete dieselbe mit seinen Händen. Wie aber das Stroh kam und aufgelöset wurde, umfasset es erstlich denjenigen, so es brachte, und nachgehends vorbesagten Studiosum; darauf warf es sich nieder aufs Stroh und machte, ehe es sich zum schlafen niederlegte, einige Kreuze mit der rechten Hand vor die Stirn und legte darauf die Hände in einander, man kunnte aber nicht hören, was es sagte, ohne nur allein sehen, daß es die Lippen rührte. Nachdem legte es sich nieder, zog seine alte Fuhrmannsmütze über die Augen, deckte sich mit Stroh zu, legte seine Sachen, nemlich fünf Bretter von einem Bienenkorb und zwei Stück von einem Ahornbaum zur rechten Seiten, und schlief darauf alsofort ein. Morgenden Tags hat man ihn aufgeweckt, und als man ihm ein Butterbrod gegeben, hat es diejenigen, so ihm gütlich gethan, abermal umbfasset und ist darauf fortgegangen. Ehe und bevor es aber aus dem Dorf kommen, gieng er noch in ein anders Haus und trank ein wenig Branntwein, so man ihm geboten. Man hat ihm auch Strümpfe und ander Kleider geben wollen, welche

* Ein Ort dieses Namen kommt schwerlich bei uns vor. Es wird verschrieben sein.

es aber geweigert anzunehmen; und als man ihm einen Sechsling verehret, hat es denselben besehen, aber wieder von sich gegeben; und wie man ihm ein Stück Fleisch gereichet, hat er selbiges angenommen, auf den auf dem Heerd stehenden Rost geleget und gebraten, und der spinnenden Magd etwas davon geboten. Hierauf hat es sich nach der Kirchen begeben, sich vor dem Altar niedergesetzt und ziemlich lang bei sich gebetet. Darauf ist es aus der Kirchen und eben denselben Weg, daher es gekommen, wiederumb gangen, selbigen Abend aber in einem andern Dorf gewesen, und ob es schon angefangen finster zu werden, hat es dennoch daselbst nicht bleiben wollen, sondern ist über die Heide gelaufen, daß man nicht erfahren können wo es hingekommen.

Es war von Person ohngefähr zwei Ellen lang, dem Ansehen nach vierzig Jahr alt, hatte einen schwarzen dicken doch nicht langen Bart, dicker auf den Backen als an dem Kinn, wenig und kurze doch etwas kräuslichte Haare auf dem Haupte, eine breite und kurze Nase, schwarzbraun und schmal von Angesicht, mit einer überhangenden Oberlippen.

Theatrum Europaeum Thl. XI. S. 1449.

DXC.

Noch etwas von den Untereerschen.

(S. N. 500. 429. 407 Anm. 390.)

Jetzt gibt es keine Untererschе mehr, der wilde Jäger ließ ihnen keine Ruhe. Da haben sie zuletzt den Fährmann in Lübek angenommen, daß er sie über das große Wasser (die Ostsee) setze. Einer von ihnen machte den Accord und ehe sichs der Fährmann versah, war das ganze Schiff grimmelnd und wimmelnd voll von Untererschen, die alle mit wollten. Sie bezahlten aber gut und die Familie des Mannes hat noch ihren Reichthum von der Zeit her.

Als sie noch ihr Wesen hier hatten, konnte man in einem Hause in Stocksee durchaus keine Kälber groß ziehn, sie starben immer in den ersten Tagen. Da kam einmal, als die Leute wieder eins zugesetzt hatten, eine ganz kleine Frau heraus und sagte: „Leute, Kälber könnt ihr hier nicht groß ziehn, ich habe mein Bett gerade unter dem Stall. Wenn der Addel (die Mistjauche) herunterläuft, muß das Kalb sterben.“ Da verlegten die Leute den Stall und das Unglück hörte auf.

Auch in Sebelin sind einmal mehrere Unterirdische hinter den Kühen im Kuhstall aus der Erde gekommen und haben geklagt: „De Trippeln sünt œwer de Troll.“ Das sollte heißen, die Kühe stünden gerade über dem Bükkessel. Also büken * die Unterirdischen auch.

* Büken nennt man das Einweichen der Wäsche in einer heißen Lauge von Buchen- oder in der Marsch auch Bohnenstrohasche.

Ein Bauer pflügte mit seinem Jungen. Da rochen sie, daß die Unterirdischen frisches Brot hatten. „Ach," sagten sie, „hätten wir auch doch was ab!" Als sie nun die Wende wieder herumkamen, stand da ein Tisch gedeckt vor ihnen. Sie setzten sich nieder und ließen sichs wohl schmecken. Nach der Mahlzeit aber nahm der Junge die Messer weg, da wollte der Tisch gar nicht verschwinden, thats auch nicht eher, als bis die Messer an ihren Ort gelegt waren. Und nach der Zeit haben sie nicht einmal wieder was gerochen, viel weniger also den Tisch zum zweiten Mal gesehen.

Ein Rendsburger erzählt, es sei in seiner Familie lange ein ganz eigner Stein aufbewahrt gewesen, den man einst bei einem im Freien spielenden Kinde gefunden habe. Das Kind habe gesagt, ein ganz kleines Männchen hätte den Stein ihm gegeben, und es habe noch mit dem Finger auf die Stelle hingezeigt, wo das geschehen. Das Männchen aber war nachher nicht mehr zu sehen.

Durch Dr. Klander aus Plön.

DXCI.

Abendmahlskelch in Viöl.

(S. Nr. 402.)

Ein Mann aus Viöl kam Abends von Flensburg geritten. Als er nun einen Grabhügel erreichte, feierten da die Unterirdischen eben ein großes Fest und ließen einen großen goldenen Becher die Reihe herumgehen; darin war ein Trank, der sah wie Buttermilch aus. Der Bauer hielt sein Pferd an und bat arglistig: „Laßt mich auch einmal einen Schluck aus dem Becher kriegen!" Treuherzig reichten sie ihm denselben dar. Er aber ergriff ihn, goß den Trank hinter sich und sprengte davon. Da hörte er einen Unterirdischen rufen: „Dreibein, komm heraus!" Der Bauer sah sich um und sah ein Ungeheuer hinter sich, das ihn verfolgte. Aber sein Pferd lief schneller als Dreibein. Da hörte er nun viele Stimmen rufen: „Zweibein, komm heraus!" Der Bauer sah sich wieder um und erblickte ein andres Ungeheuer, das sah noch schrecklicher aus und konnte auch schneller laufen als Dreibein, es hätte ihn aber doch nicht eingeholt. Da hörte er alle mit einer Stimme rufen: „Einbein, komm heraus!" Der Bauer sah sich wieder um, da sah er ein drittes Ungeheuer, das war noch viel, viel schrecklicher und viel größer als die andern beiden, und kam in gewaltigen Sprüngen, immer kopfüber, auf ihn los. Das hätte ihn auch gepackt, wäre nicht eben die große Thür seines Hauses offen gewesen. Kaum hatte er sie zugeschlagen, so war Einbein da und fuhr mit großem Geprassel dagegen, muste aber draußen bleiben. Am andern Morgen besah der Bauer sein Pferd, da hatte der Trank ihm den Schweif halb weggesengt.

So beißend war er gewesen. Den Becher aber schenkte der Bauer der Kirche, wie er in der Angst gelobt hatte, als er Einbein sah.

Durch Herrn Pastor Karstens in Elmshorn.

DXCII.

Der Pfenningmeister.

Im Sophienkoege bei Marne diente vor Jahren ein Junge bei einem harten Herrn, den man den Pfenningmeister noch heute nennt. So heißen ja sonst die Schatzmeister der beiden ditmarschen Landschaften. Der Junge muste viel arbeiten und bekam zum Lohn nur Prügel. Da ward es ihm endlich zu arg, er schnürte seinen Bündel und gieng davon. Auf dem Deiche begegnete ihm ein kleines graues Männchen mit einer steifen Perrücke, der fragte ihn, als er ihn weinen sah, was ihm fehle. Der Junge erzählte ihm alles. Da sagte der graue Mann, er könne gleich in seinen Dienst treten, da solle er es besser haben. Der Junge fragte, was er denn zu thun haben würde. Er solle weiter nichts thun, sagte der graue Mann, als unter seine schwarzen Töpfe heizen, aber dürfe nicht hineinsehen und sich in sieben Jahren nicht waschen. Das schien dem Jungen leicht und er willigte ein. Sie giengen in eine tiefe Höle und der Junge fieng sein Geschäft an, heizte unter die großen schwarzen Töpfe, die reihenweis herumstanden, ohne je das Feuer ausgehen zu lassen, und so gieng es manches Jahr. Einmal aber war der Teufel aus über die See, da quälte den Jungen doch die Neugier, was wohl in den Töpfen sei. Er hob einen Deckel auf, da saß der Pfenningmeister, sein voriger Herr, darin. An all die Unbill denkend, die er von ihm erlitten, warf er schnell den Deckel zu und schürte das Feuer viel stärker an. Als der Teufel nun nach Hause kam, sah er gleich, was geschehen war, aber weil der Junge kein Mitleid gehabt, kam er ohne Strafe davon. Als nun die sieben Jahre um waren, verlangte er seinen Lohn und wollte wieder auf die Welt hinauf. Da gab ihm der Teufel ein Felleisen, voll von Goldstücken, schenkte ihm auch ein Pferd und im Nu war er wieder auf dem Sophienkoegsdeich, wo er vor sieben Jahren auch gestanden. Er trabte lustig weiter. Da fiel ihm ein, nun sei er reich, er müsse frein. Er ritt nach einem schmucken Bauerhof, da waren drei hübsche Töchter. Er fragte erst die älteste, dann die zweite, endlich die jüngste. Aber die beiden ältesten wollten ihn nicht, weil er so schwarz war; die jüngste sagte, er sollte nur mal wieder kommen, wenn er gewaschen wäre. Da ritt er wieder fort, und der Teufel kam, wusch ihn rein, machte ihn glatt und sauber und hieß ihn sich Kleider kaufen und dann wieder hingehn. Das that der Junge, und als er nun wieder hinkam, mochten ihn die beiden ältesten auch leiden, aber er heiratete die jüngste und kaufte einen großen Bauerhof und lebte glücklich. Als das aber die ältesten Schwestern erfuhren, giengen sie hin und erhenkten sich und kamen nun auch in die schwarzen Töpfe hinein.

Mündlich durch Tante J. — Dies Stück ist offenbar eine Vermischung der Märchen vom russigen Bruder des Teufels und dem Bärenhäuter bei Grimm K.-M. N. 100 und 101, und zugleich wieder recht ein Beispiel, wie sehr die Sage die trauliche Nähe bekannter Orte und bekannter Personen liebt, an die sie sich heftet: der Sophienkoeg ist erst nach der Fluth von 1717 eingedeicht und bewohntes Land. Vergl. N. 445. 446. Anm.

DXCIII.

Der Teufel und der Glaser.

Do weer mal en Glaser, de gung' to Landen unn harr ganz väel Glas. As he werrer torügg keem, do wull he sik en bäten rauen (ruhen), he sett syn Glas op en Pael hen. Do föll de Pael um un all syn Glas weer entwei. Do ween he syn bittern Tranen darœwer. Do keem en Mann, de sä' em, he soll man nich wenen, he soll naen Walt gaen, op de-un de Städ' stonn en groten Ossen. De Glaser ging' dahen un greep den Ossen, un trök damit weg un verköft em int Dörp. Da kreeg he daer hunnert Daler fœr. As nu't Morgens dat Mäken den Ossen Heu un Water gäwen will, do seggt de Oß to äer: „Heu un Water fräet ik nich." Um dat seggt he äer dreemael. Do geit dat Mäken na den Herrn un seggt em dat. Unn as do de Herr kömmt, is de Oß all uet den Stall heruet. Do is dat de Düwel west.

Aus Plön. — Dasselbe wird von Rübezahl erzählt.

DXCIV.

Hans Donnerstag.

(S. N. 416 fgg..)

Im Gute Depenau war ein Dienstmädchen, die hatte einen Bräutigam, der sie von Zeit zu Zeit besuchte, der aber nie sagte, wo er hin zu Hause höre und wie er heiße. An einem Morgen nun ganz in der Frühe, als das Mädchen zum Melken gieng, hört sie auf der Koppel nebenan einen lustig singen. Sie geht an den Zaun, und schaut durch den Busch, da ward sie einen Zwerg gewahr, der tanzte, sprang und sang:

Uns Margreit
Dat nich weit,
Dat ik Hans
Donnersdag heit.

Da merkte sie, daß der Zwerg ihr Bräutigam sei. Als er daher das nächste Mal wieder kam, sagte sie, sie wollte nichts mit ihm zu thun haben, er könnte man gehen, er wäre ja ein Unterirdischer.

Aus Plön.

DXCV.

Die weiße Frau in Hanerau.

(S. N. 460.)

Zwischen Hademarschen und Hanerau zeigte sich vor wenigen Jahren, zwischen Himmel und Erde schwebend, wieder die weiße Frau und ist von vielen gesehen worden. Sie war vor einigen hundert Jahren Besitzerin des Guts Hanerau. Einer ihrer Vorweser hatte der Hademarscher Kirche einen großen Theil des Geheges, das Rehas genannt wird, geschenkt und darüber auch ein Document ausgestellt. Da gieng eines Tages nun die Frau zum Prediger und bat ihn, ihr einmal das Document zu zeigen. Der Prediger, nichts arges denkend, thut ihr den Gefallen. Aber kaum hatte sie das Papier in Händen, so vernichtete sie es und nahm darauf wieder den Theil des Geheges in ihren Besitz. Natürlich führte die Kirche Klage, aber das Document fehlte und die Frau that einen Eid. So gewann sie ihren Prozeß. Aber seit ihrem Tode muß sie nun zwischen der Kirche und dem Gehege wandeln und alle sieben Jahr läßt sie sich auf dem Wege sehen.

Mündlich. — Bei dem Hofe Ranzau bei Bramstede, besonders in dem Gehölz, das die Hofkoppel heißt, geht eine weiße Frau umher. Das soll eine Gräfin van Orlamünde sein, Verwandte eines frühern Grafen von Ranzau. Ebenfalls bei dem Dorfe Aspern bei Bramstede geht in einer Twiete (einem Feldwege zwischen Hecken) eine weiße Frau; man meidet Nachts diesen Weg.

DXCVI.

Die Wittfruen.

Unter dem Dorfe Sahrensdorf auf Femern wohnten vor Zeiten weiße Frauen oder Wittfruen, die raubten gerne die ungetauften Kinder. Um diese also vor ihnen zu bewahren, zündete man früher gleich nach der Geburt eines Kindes ein Licht an, und bis das Kind getauft war, muste allezeit eins im Zimmer der Wöchnerin brennen.

Hansen Femern. S. 314. — Über die weißen Frauen in Westfriesland Happel relat. curios. III. S. 168. — Dieselbe Vorsicht ward sonst bei uns wohl allgemein wegen der Unterirdischen beobachtet. vgl. N. 425. — In Schützes Idiotik. IV. 352.

werden witte Wywer durch Wahrsagerinnen erklärt und die Redensart angeführt: de witten Wywer (sonst Hexen) hebbt em ünner.

DXCVII.

Das Fräulein in der Wittorfer Burg.

(S. R. 277 Anm. 476. 493.)

Wo die Schwale und Stör zusammenfließen, nicht weit von Neumünster, steht jetzt ein kleines Gehölz, früher aber stand hier die Burg des Herrn von Wittorf. Ihr Wall ist noch sichtbar. An seiner innern Seite findet man eine Hölung, die früher wie eine Laube von Bäumen überschattet war, darin ist ein Schatz vergraben, der von einer verwünschten Prinzessin bewacht wird. Sie kommt Nachts zwischen zwölf und eins hervor und läßt sich sehen; es ist eine hohe Gestalt mit einem Bund Schlüssel in der Hand. Der Schulmeister von Padenstede wuste einst um den Schatz, und daß er nur zwischen zwölf und ein zu bekommen sei. Darum stellte er sich zur rechten Zeit bei der Burg ein und traf die Prinzessin. Sie redete ihn an und sprach: „Wenn du mich erlösest, so kommt das Schloß, das hier früher stand, mit dem Schatze wieder hervor. Du erhältst die Schlüssel und alles ist dein. Ich kann aber nur erlöst werden, wenn du den Muth hast, erst einen Frosch, dann einen Wolf und dann eine Schlange zu küssen.“ Der Schulmeister war dazu bereit. Die Prinzessin gieng ihm aus den Augen und gleich erschien ein großer häßlicher Frosch; das war die Prinzessin selber, aber der Schulmeister wuste es nicht, doch küste er den Frosch. Darauf gieng ihm der Frosch wieder aus den Augen und ein Wolf erschien, der ganz grimmig aussah; und das war wieder die Prinzessin. Der Schulmeister aber war sehr beherzt und küste auch den Wolf. Sogleich gieng ihm nun auch der Wolf aus den Augen, und da rasselte eine Schlange hervor; das war wieder die Prinzessin. Die Schlange aber war ein solches Ungeheuer und rappelte so schrecklich hin und her, daß dem Schulmeister ganz angst und bange ward und er sich ohne langes Besinnen schnell in die Flucht gab. Darnach haben es nun viele versucht den Schatz zu heben ohne zu küssen. Es ist aber niemand noch gelungen. Ein Weber aus Neumünster hatte ihn einmal schon beinahe heraus, da vergaß er sich und sprach vor sich hin. Augenblicklich versank der Schatz und er behielt nur den Griff des Kastens in der Hand, der nachher in der alten Kirche zu Neumünster angeschlagen ward, wo ihn noch viele alte Leute gesehen haben. Man hat auch mehrmals versucht einen Weg über den Burgplatz nach der daran stoßenden Wiese zu graben, aber man muste bald davon ablassen; denn was man am Tage grub, ward in der Nacht alles wieder in seine frühere Ordnung gebracht.

Durch Herrn Schull. Knees in Neumünster. Man vergl. Mones Anzeiger III. 89. VII. 476. und Ulrichs von Zatzichofen Lanzelet V. 7817 fgg. — Drei Schatzgräber haben einen vergeblichen Versuch in der Wittorfer Burg gemacht. Als sie aus dem Holze kamen, begegnete ihnen eine weiße Gestalt, hielt ihnen eine Tafel entgegen und fragte, ob sie sich schriftlich verpflichten wollten, die Hälfte des Schatzes einem Manne in London zu geben, dann sollten sie die andre Hälfte haben. Einer, über den misglückten Versuch ärgerlich, sagte gleich nein. Da verschwand die Gestalt und alle drei konnten sich nie wieder auf den Namen des Mannes in London besinnen.

DXCVIII.

Der Bock mit der Leuchte.

(S. N. 267.)

Zwischen Neumünster und Wittorf ist ein großes Feld, der Wittorfer Kamp. Da geht des Nachts um zwölf ein verwünschter Bock, der hat eine Leuchte zwischen den Hörnern hangen. Damit leuchtet er jedem, der hier zwischen zwölf und ein entlang geht, besonders allen Schneidern. Nun war auch einmal ein Schneider im Winter auf der Jagd gewesen. Er verspätete sich, und es ward dunkel, daß er den rechten Weg verlor. Da kam er auf den Wittorfer Kamp und lief darauf hin und her und konnte nicht herunter finden. So ward es zwölf Uhr und dabei starkes Frostwetter; da dachte der Schneider in der Verzweiflung daran, sich lieber totzuschießen, als hier jämmerlich erfrieren zu müssen. Doch besann er sich noch. Da kam aber auf einmal der große Bock mit der Leuchte zwischen den Hörnern auf ihn zu, stellte sich auf die Hinterbeine und meckerte ihm zu mitzukommen. Aber der Schneider erschrak heftig und in der Angst gieng ihm die Flinte los. Nun wusten am andern Tage alle Schneider gleich, wer Schuld an dem Tod ihres Collegen sei, und aus Rache thaten sie den Bock aus ihrem Wappen, worin er bisher gewesen war.

Durch Herrn Schull. Knees in Neumünster. — Der Necker (Nichs) erscheint als Bock mit einer Leuchte zwischen den Hörnern. Wolf deutsche Sagen N. 242.

DXCIX.

Am Oldenburger Wall.

(S. N. 470. vgl. 390. fgg.)

Daß im Oldenburger Wald viele Schätze liegen, ist eine allgemein bekannte Sache. Einmal pflügten da Wandelwitzer Bauern zu Hofe. Da in der Mittagsstunde, während sie ihre mitgebrachte trockene Kost verzehrten, stand auf dem runden Wall ein gedeckter Tisch mit silbernem Tischgeräth. Den Pflügern stiegen bei der Erscheinung die Haare zu Berge, denn sie merkten, daß das nicht mit rechten Dingen zugehe, und keiner wagte sich dahin. Aber einer von den Pflugtreiberjungen, ein dreister, machte sich unter einem Vorwande von den übrigen fort, schlich auf den Berg und nahm einen silbernen Becher von der Tafel, den er bei sich steckte. Als nun nach der Mittagsstunde der Tisch noch immer nicht wieder verschwand, schöpfte man Verdacht, daß wohl einer was angerührt hätte. Dem Jungen ward auch angst und er gestand, daß er den Becher genommen hätte. Da bedrohten ihn die Andern und er muste den Becher wieder hinsetzen. Und kaum hatte er das gethan, so verschwand die Tafel mit allem und ist seitdem nicht wieder gesehen worden.

Nur derjenige wird die Schätze erhalten, der den Muth hat, den dabei Verwünschten zu erlösen. Das weiß man auch allgemein, und es ist doch noch nicht geschehn. Einmal spät Abends kam ein Mann aus der Stadt über den Wall. Da hörte er, daß hinter ihm einer mit einer Schiebkarre geschoben kam, sah aber nichts. Die Furcht beflügelte seinen Schritt, und kaum war er in seinem Hause vor dem Burgthor, als er auch die Schiebkarre um die Ecke biegen hörte. Er hatte aber nicht das Herz hinauszugehen und den Schieber anzureden. Am folgenden und am dritten Abend kam die Schiebkarre wieder ums Haus und der Mann hörte sogar das Seufzen und Stöhnen des Geistes, der sich nach Erlösung sehnte; allein auch jetzt wagte er es nicht ihn nach seinem Begehr zu fragen, und nun wird er erst nach hundert Jahren wiederkommen. Der Mann hat es in seinen spätern Jahren oft genug bereut, sein Glück so verscherzt zu haben. Denn ihm war es alles bestimmt.

Vor hundert Jahren etwa gieng einmal eine Frau Abends spät bei Mondschein nach dem Walle, um sich aus der Sandgrube gelben Sand zu holen. Als sie nun von dort zurückkam, hörte sie erst in der Ferne, dann immer näher und näher die schönste Musik, wie sie solche in ihrem Leben nicht gehört hatte, und dabei ein Geräusch und Pferdegetrappel, wie wenn zu Roß und zu Fuß ein ganzes Heer vorübergezogen käme, immer von einem Hügel auf den andern, bis es endlich wieder verhallte. Voller Schrecken eilte sie nach Hause und wäre gerne dageblieben, wenn sie nur nicht ihren Spaten in der Sandgrube gelassen hätte. Sie muste also zum zweiten Male hin, hörte jetzt aber nichts. Als sie das nun am andern Tage ihren Nachbarn erzählte, wusten diese noch mehr davon. Denn solche kriegerische Umzüge rührten von den alten heidnischen Wagerwendenfürsten her, die noch immer im Walle hausen. Andre hatten auch den wilden Jäger gehört, der einmal einem, als er rief: „Stah, Haes! stah, Haes!" einen Pferdefuß in seinen Garten warf mit den Worten: „Hest mit jaegt, schast ok mit fräten."

Aus Oldenburg durch Herrn Schull. Kruse in Eutin. — Bei Maugstrup, Amt Hadersleben, hat Herzog Hans ein Lustschloß gehabt, das verstört ward, und der Grund ward vom Herzog an den Prediger geschenkt. Man zeigt aber noch die kleine Insel, worauf das Schloß stand, und die Rudera desselben. Bei Menschengedenken hat man auch dort einen spukenden Ritter gesehen, mit einem Federbusch auf dem Hut, und man hat die Kleider seiner Dame, die er an der Hand führte, rascheln gehört. Rhode Haderslev-Amt Beskrivelse S. 419.

DC.

Schatz gesehen.

Ein Knecht war auf dem Felde Kühe zu hüten. Da sah er, wie sich vor ihm die Erde öffnete und ein Braukessel voll Geld sich hervorthat. Das soll einmal in jedem Jahr geschehen. In demselben Augenblicke aber muste der Knecht sich umsehen, und da schiens ihm, daß seine Kühe im Korn wären. Schnell lief er dahin, aber er merkte gleich, daß es nur Verblendung gewesen. Als er aber wieder zurückkam, war alles verschwunden. Hätte er seinen Feuerstahl in den Kessel geworfen, hätte der böse Geist seine Macht darüber verloren.

Durch Dr. Klander in Plön. vergl. N. 277. 383.

DCI.

Schnee und Regen.

(S. N. 480.)

Man hat doch mitunter recht sonderbare Redensarten. Wenns schneit, so sagen die Leute, St. Petrus wettert sein Bett aus, oder die Engel pflücken Federn und Dunen; im Herbst, wenn an nebligen Morgen an Sträuchern und Gräsern die feinen weißen Fädchen hangen, sagen sie, de Metten hebbt spunnen; ist im Sommer recht lange trocken Wetter, so hat der liebe Herrgott seine Heutage; regnets aber und die Sonne scheint dazu, so sagt man, backt die alte Hexe Pfannkuchen, sie haben in der Hölle einen heiligen Tag, der Teufel bleicht seine Großmutter oder ein Schneider kommt in den Himmel. Möcht aber wohl wissen, ob das letzte wahr ist.

Mündlich. Vergl. Nordalbing. Stud. I. 220.

DCII.

Der wilde Jäger.

(S. N. 494.)

In alten Zeiten, als das Wünschen noch half, wünschte einer, der ein gewaltiger Liebhaber von der Jagd war, einmal, daß er doch ewig jagen könnte; so wollte er auch auf die ewige Seligkeit verzichten. Nach seinem Tode ist ihm dieser Wunsch erfüllt worden und in dunkelen Nächten kann man ihn mit seiner Jägerei umherziehen hören. Einem, der queer über eine Koppel gehen wollte, rief er einmal zu:

Bleib du im großen Marbelweg,
So beißen dich meine Hunde nicht.

Und ein Junge, der die Pferde hütete, rief einmal Hetäh! Hetäh! als die Jagd über ihn hinzog. Da warf ihm frühmorgens der wilde Jäger einen Pferdeschinken auf die Bettdecke und sprach: „Hast du mit gejagt, sollst du auch mit essen.“

Aus Dersau durch Dr. Klander in Plön.

DCIII.

König Frode.

Auf den Feldern der Dörfer Havetoft, Loit und Taarsballig in Angeln war vor noch nicht vierzig Jahren eine große Menge Grabhügel zu sehen. Hier soll nemlich vor Zeiten einmal eine große Schlacht vorgefallen sein. Einer der Hügel, und zwar der größte nach Höhe und Umfang, ist bis jetzt aber noch ziemlich unberührt geblieben. Der heißt Hermenhüi. In demselben ruht der König Frode, wovon dieser Vers Zeugnis gibt:

Den förste Konge Frode,
Den katt do hitt i Hermenhüide.

Das heißt:

Den ersten König Frode,
Den kannst du finden in Hermenhoge.

Aus Angeln. vergl. Thiele Danm. F. I. 15. — In Kirkebye, Amt Hadersleben, befinden sich zwei Grabhügel, worin zwei Kriegshelden, Grim und Bogn, begraben liegen. vergl. Thiele II. 188. Bemerkenswerthe Namen sind: bei Binderup, Amt Hadersleben, Thorshöi; bei Osterlügum, Amt Apenrade, Olufshöi, Wolleshöi, Dverghöi; bei Wilstrup, Amt Hadersleben, Horshöi, Joens Kirkegaard, Dorredeshöi. Schröder Topographie.

DCIV.

Der Itzehoer Briefträger.

Zu einer Zeit war in Itzehoe ein Briefträger plötzlich verschwunden und keiner wuste, wo er geblieben sei. Erst nach dreien Tagen fand er sich zur Verwunderung der Leute eben so unversehens wieder ein und wuste folgende seltsame Geschichte zu erzählen:

Ich gieng, erzählte er, hinter dem Klosterkirchhof; und ich gieng und gieng und konnte gar nicht ans Ziel meines Ganges kommen. Endlich sah ich eine große Stadt vor mir liegen und kam auf dieselbe zu. Da stand über dem Thore mit großen goldenen Buchstaben geschrieben:

GERMANICA

Ich gieng hinein und sah wohl Leute; aber alle hatten ein seltsames Ansehen. Ich fieng an mit ihnen zu sprechen, aber sie sahen mich erstaunt an und ich verstand sie so wenig wie sie mich. Endlich kam ich zu einem Schlosse. Daher kam ein Mann mit einem großen Buche, der sah aus wie ein Candidat. Ich redete ihn an, und er sah mich erstaunt an, wie wenn ich aus dem Monde käme. Doch verstand er die Sprache und ich klagte ihm meine Noth. Er sagte mir, er begreife nicht, wie ich dahin käme, zeigte mir aber den Weg zurück. Diesem folgte ich und fand mich am Ende im Hundegange wieder.

So hat der Mann oft erzählt. Sagte man ihm: „Du lügst,“ so war seine Antwort: „Seid ihr denn Lügen von mir gewohnt?“ Und sagte einer: „Du bist betrunken gewesen,“ so antwortete er: „Hat mich je einer von euch betrunken gesehen?“ Und er genoß nach wie vor den Ruf eines redlichen und wahrhaften Mannes.

Durch Dr. Klander in Plön.

DCV.

Schwarze Greet prophezeit.

(S. N. 16. 509. 504.)

Als einmal die schwarze Greet Bornhövde, das damals eine große Stadt war, belagerte, sagte sie, sie wolle die Stadt so gewis einnehmen und verstören, wie ihr Pferd seine Spur in einen da liegenden Stein haue. Das Pferd schlug die Spur in den Stein, und sie erfüllte ihren Schwur und nahm die Stadt ein. Der Stein lag noch vor einiger Zeit auf dem Bornhöveder Felde. Jetzt ist er in die Wand eines Bauernhauses vermauert; die Spur des Pferdehufs war aber ganz deutlich darin abgedrückt.

Die schwarze Greet hat auch geweissagt von einem Könige lang nach ihrer Zeit, der werde Krieg führen, solange bis er alle seine Leute so weit verloren hätte, daß ihm nur die zwölfjährigen Knaben im Lande übrig blieben. Mit diesen werde er bei Nortorf eine große Schlacht gewinnen und dabei sein Pferd an einen Ellhorn binden, der unter der Kirche heraus wachse. Man sagt auch von dem Hollunderbaum an der Nortorfer Kirche, daß er gar nicht zu verhaten (verwüsten) sei.

Aus Plön durch Dr. Klander. — 1813 sprach man im ganzen Lande vom Nortorfer Hollunder und von dem König mit dem weißen Kopf, der nicht gekrönt sei. Als Friedrich VI. gekrönt ward, frischte sich die Sage wieder auf, und nun hieß es, er sei doch nicht der rechte, den die Prophezeiung meine. Herr Pastor Dr. Jensen in Angeln. — In Emmelsbüll, Amt Tondern, wächst ein Kirschbaum aus der Kirchenwand. Wenn der das Dach erreicht, wird eine Schwalbe (ein schwarz und weißer Vogel S. N. 512.) darauf nisten; bann wird die Kirche untergehn. Jetzt reicht der Baum fast schon bis ans Dach. — Vgl. Thiele Danm. Folkes. I. 20.

DCVI.

Der Freier.

(S. S. 413.)

Ein junger Mann, der heiraten wollte, besuchte drei Schwestern. Er fand ihre Wocken angetockt (voll Flachs), da lobte er ihren Fleiß, aber sie zu prüfen, steckte er doch heimlich einen Schlüssel in den Flachs der ältesten; und als er nun am andern Tage wieder kam, fand er ihn noch darin stecken. Da sah er, daß sie ihn hatte täuschen wollen. Er steckte jetzt den Schlüssel in den Flachs der zweiten Schwester. Aber er fand am andern Tage ihn auch darin wieder. Als er aber den Schlüssel in den Flachs der jüngsten verborgen hatte, da brachte diese ihm denselben am nächsten Tage entgegen und sagte, er hätte seinen Schlüssel in ihrem Wocken stecken lassen. Da sagte der junge Mann: „Du bist die rechte," und nahm die fleißige zur Frau.

Schütze Idiot. I. 334. vergl. Grimms Kinder= und Hausm. N. 155.

DCVII.

Von dem König von Spanien und seiner Frau.

Der alte König von Spanien hatte sieben Söhne. Einmal nun war er krank, da hat sein ältester Sohn ihm was erzählt. Da sagte der König: „Mein Sohn, das hast du aus den Büchern gelesen, das hast du nicht selbst erfahren.“ Das verdroß den ältesten Sohn, und Nacht und Tag sann er darauf, wie er sich selbst was in der Welt versuchen könnte. Da ließ er sich ein Schiff bauen und wollte zur See fahren. Als er aber damit fertig war und wegfahren wollte, ist der alte König tot geblieben; da ließ er ihn begraben und ward nun selbst König. Aber nun muste er auch eine Frau nehmen; das war eine ganz kluge und weise Frau. Des Morgens nach der Hochzeit, als er von ihr aufstand, schenkte sie ihm ein Hemd, das war allezeit weiß, aber wenn sie tot bliebe, sagte sie, würde es schwarz werden, und führte sie sich nicht auf, wie eine Frau müste, dann würde es ganz fleckerig.

Es ließ dem König gar keine Ruh, er wollte sich was versuchen in der Welt. Da gieng er auf sein Schiff und fuhr nun zu See. Da aber kam ein großer Sturm und verschlug das Schiff weit herum bis ganz nach der Türkei, da nahm der Türk ihn gefangen. Der Soltan ward ganz vergnügt, als er hörte, daß es der König von Spanien war; er schickte gleich ein Schiff nach Spanien mit seinem Minister, das sollte die Königin auch holen, er wollte sie zur Frau haben. Aber die Königin ließ ihm sagen, sie müste ihrem König treu bleiben, sie könnte sich nicht verheiraten, so lange sie nicht wisse, wo ihr König hingekommen und ob er noch lebendig oder schon tot sei. Da muste der Minister wieder nach seinem Schiff zurück reisen. Die Königin aber wuste gar nicht, wo ihr Mann geblieben war; das hatte sie nicht erfahren. Nun machte sie sich auf und wollte ihn suchen, und kam in einen großen Wald, da traf sie einen Einsiedler. Den fragte sie, ob er nicht wüste, wo ihr Mann wäre, sie wollte reisen und ihn aufsuchen. Der Einsiedler sagte, sie hätte ja noch ihre königlichen Kleider an, damit könnte sie nicht reisen, die müste sie ablegen und dafür seine anziehn. Das that nun die Königin. Und darauf wies sie der Einsiedler durch den Wald, dann käme die große See, da würde sie ein Schiff finden, da solle sie nur mit fahren. Als die Königin nun an das Schiff kam, so war da ein vornehmer Mann darauf, den erkannte sie aber gleich, daß das des türkschen Soltans Minister sei, der sie hatte holen sollen. Sie fragte den Minister, ob sie nicht mit nach der Türkei fahren könnte, sie könnte so schön spielen und dazu singen. Da hat der Minister sie gerne mitgenommen.

Der Minister ist nun mit ihr nach der Türkei gesegelt, und als er vor den Soltan kam, sagte er: „Die Königin von Spanien haben wir nicht mitbringen können, aber wir haben einen spanschen Einsiedler mitgebracht, das ist allein der Mühe werth, der kann so schön singen.“ Da sagte der Soltan: „Laß die Königin von Spanien bleiben, wo sie lieber ist; aber laß den Einsiedler vor mir spielen, du sollst mit mir und ihm dafür allezeit essen über Tafel.“ Als nun der Soltan den Einsiedler hatte singen gehört, sagte er wieder zu seinem

Minister: „Den Einsiedler laß ich nicht von mir, er ist mir zu lieb, den must du mir lassen, ich gebe dir eine Tonne Goldes dafür." Und darauf ließ der Soltan dem Einsiedler auch ein Instrument holen, worauf er spielen sollte. Er rief den gefangenen König von Spanien herein und sagte: „Der König von Spanien soll dein Fußschemel sein." Da muste der König an der Erde liegen und seine Frau setzte ihm ihre Füße in den Nacken; er hat sie aber nicht erkennen können. Und das geschah jedesmal, wenn der Einsiedler vor dem Soltan spielen muste.

Der Einsiedler sang und spielte alle Tage vor dem Soltan und der hatte ihn immer lieber. Er muste auch jeden Tag mit ihm in seinem Rosengarten spatzieren gehn. Da sprach er einmal zu dem Soltan: „Mein lieber Soltan, kann ich wohl die schöne Rose aus deinem Garten pflücken?" „Ja, mein lieber Einsiedler," sagte der Soltan, „bitte von mir, was du willst, es soll dir alles gewährt werden." Da sagte der Einsiedler: „So bitte ich um den König von Spanien, den wollte ich gerne wieder in sein Land bringen." Das verwilligte der Soltan, aber der Einsiedler muste ihm vorher schwören, daß er wieder kommen wollte, wenn er den König von Spanien in sein Land gebracht hätte. Nun brachte der Einsiedler den König von Spanien wieder in sein Land, aber wollte gleich wieder weg. Da sprach der König von Spanien: „Mein lieber Einsiedler, nun lasse ich dich nicht wieder in die Türkei ziehn, du must bei mir bleiben, ich will mich nicht von dir trennen." Der König wollte ihn gar nicht weglassen und so muste der Einsiedler da bleiben.

Als der Minister nun zu dem König kam, da fragte dieser ihn, wo denn die Königin wäre. Der Minister sagte: „Die hat sich schlecht aufgeführt, sie ist mit ihrem Kutscher weggelaufen." Da sprach der König: „Ei, das wundert mich doch, mein Hemd ist noch ganz weiß, das meine Frau mir gab, als ich sie freite." Der Minister sagte: „Das weiß ich nicht, aber sie ist weggelaufen und niemand weiß wohin." Darüber ward der König ganz traurig. Nun hatte der Minister an ihn das Ansinnen, er sollte seine Tochter wieder zur Frau nehmen. Der König gab sich auch darin. Über Tafel saß die Ministerstochter bei ihm und er ward sich mit ihr herzen und küssen. Aber gleich ward er doch wieder ganz traurig und seufzte immer über seine Frau. Nun muste der Einsiedler immer dabei sein und singen, wenn der König und der Minister über Tafel waren. Da sagte der König zu ihm: „Komm, mein lieber Einsiedler, singe mir ein schönes Stück, mich zu trösten mit deiner schönen klaren Stimme." Und der Einsiedler sang:

Ach, wie muß ich so betrübt
Aus diesem Garten gehen,
Und was ich sonst zuvor geliebt,
Alljetzt in fremden Armen sehen.

Da sagte der König: „Mein lieber Einsiedler, du weist gewis meine Frau.“ Der Einsiedler aber sagte, der Minister hätte ja gesagt, sie wäre weggelaufen. „Ja, wohl sagt er das, aber mein Hemd ist doch noch weiß,“ sagte der König. Nun gieng er mit dem Einsiedler in ein besonderes Zimmer und fragte ihn ganz vertraulich: „Weist du meine Frau, so sage es mir doch.“ „Ja, ich wüßte sie wohl,“ sagte der Einsiedler, „aber wenn ich dir das auch sagen wollte, so würdest du es doch nicht glauben. Ich habe dich aus der Türkei geholt und du bist mein Fußschemel gewesen alle Tage und bin so lange bei dir gewesen und du hast mich nicht gekannt und hast geglaubt, was der Minister dir gesagt hat.“ Da sah der König den Einsiedler einmal recht an und ward gewahr, daß es seine Frau wäre. Nun aber ward er falsch auf den Minister. Er ließ ein groß Gastgebot anrichten und die Minister und seine Statthalter alle dazu einladen, und als sie alle beisammen waren, fragte er sie, was derjenige werth sei, der einen andern während seiner Abwesenheit verleumdet hätte. Da sagte der erste Minister: „Der ist werth, daß ihm die Zunge aus dem Hals gerissen wird.“ Da kam die Königin in ihren königlichen Kleidern herein und der König sagte: „Da steht sie, die du verleumdet hast.“ Und darnach ließ er den Henker kommen und dem Minister die Zunge aus dem Halse reißen, nach seinem eignen Urtelspruch.

Aus Berkenthin in Lauenburg, nach der Erzählung eines alten Mannes, durch Cand. Arndt. — Das Stück entspricht im Ganzen dem Inhalt des Liedes vom Grafen von Rom, jetzt bei Uhland II. 784, und des flämischen Volksbuches vom Ritter Alexander aus Metz und seiner Frau Florentina, bei Grimm deutsche Sagen N. 531. Weil aber jenes Lied doch augenscheinlich nicht die Quelle unserer Erzählung ist, möchte man auf ein deutsches Volksbuch als Quelle schließen?

DCVIII.

Die Sündfluth.

Es war einmal ein Bauer, der gieng zur Kirche. Der Herr Pastor predigte über die Sündfluth und daß Noah in einem Kasten sich gerettet, er ermahnte auch seine Zuhörer zur Wachsamkeit. Als der Bauer nun nach Hause gieng, so dachte er über die Predigt nach. Das Ding gieng ihm gewaltig im Kopfe herum. Wie, dachte er bei sich, wenn nun abermals eine Sündfluth käme? Dann sagte er laut: „Dat schal my nich beschuppen“ (anführen, überraschen). Er nahm seinen großen Backtrog, befestigte an jedem Ende einen Strick und zog ihn nun mit Hilfe seines Knechts auf den Boden, wo er die beiden Stricke um zwei Hahnenbalken schlang, so daß der Backtrog in freier Luft schwebte. Darauf trug er Butter, Brot, Wurst, Schinken und Speck hinein, und aus Vorsicht, daß ihn das vielleicht zur Nachtzeit plötzlich anschwellende Wasser im Bette nicht überrasche, schlief er jede Nacht oben in seinem Backtrog.

Der Bauer aber hatte eine hübsche Frau, die es nicht wenig verdroß jede Nacht allein zu sein. Auf der Nachbarschaft wohnte ein Schmied. Der errieth sehr bald ihre Gedanken und hoffte das Spiel zu gewinnen. Er besuchte in der nächsten Nacht die Frau, allein trotz aller Bitten konnte er es nicht weiter bringen, als daß er ihr die Hand küssen durfte. Damit war er schlecht zufrieden. Doch er kam in der nächsten Nacht wieder, und auch in der dritten, aber konnte es immer nicht weiter bringen, als bis zum Handkuß. Da gieng er ganz erbittert weg und dachte sich zu rächen. Am nächsten Abend kam er wieder, und als sie ihm abermals blos die Hand zum Kuß reichte, zog er schnell ein glühend Eisen hervor, das er in der linken Hand hinter dem Rücken gehalten hatte, und verbrannte der armen Frau die ganze Hand, indem er sprach: „Betriegst du mich, betriege ich dich." Da fieng die Frau gar ängstlich an zu schreien: „Wasser! Wasser!" Sie meinte wegen ihrer verbrannten Hand, aber der Mann oben im Backtrog meinte, daß die Sündfluth käme und seine Frau schon ertrinken wollte, schnitt die Stricke ab, damit sein Schiff flott würde, und der Backtrog fiel, und fiel durch die Luke auf die Diele, und der Bauer, der darin war, der brach den Hals.

Durch Herrn Schull. Bahr in Wrohe.

DCIX.

Die beiden Hähne.

Der Hahn eines Bäckers scharrte im Weizen, und der Hahn eines Tischlers scharrte in den Hobelspänen. Des Bäckers Hahn rief laut: „Mir gehts wohl!" Des Tischlers Hahn antwortete: „Wie lang wirds dauern?" Da kam der Bäcker und warf seinem Hahn einen Klotz ans Bein. Da schrie der Hahn: „Gotts Sapper, Gotts Sapper!" „Das dacht ich wohl," sagte der Hahn des Tischlers und scharrte weiter in den Hobelspänen.

Aus Plön.

Zusätze und Berichtigungen.

Um einem mehrfach geäußerten Wunsche entgegen zu kommen, sollen hier außer den nöthigen Berichtigungen und Zusätzen noch einige Nachweisungen, wie sie eben zur Hand waren, gegeben werden über das Vorkommen derselben Sage, besonders im übrigen Deutschland und in Dänemark. Irgend welche Vollständigkeit ist bis jetzt überhaupt noch nicht möglich; billiger Weise muste ich mich hier auch hauptsächlich an solche Beispiele halten, die die Wiederholung eines und desselben Stücks an oft weit aus einander liegenden Orten augenscheinlicher beweisen können. Daß auf Grimms Mythologie nur in einzelnen Fällen verwiesen wird, geschieht, weil, wenn sie durchweg angeführt werden sollte, des Citierens derselben kein Ende würde. Wer sich also weiter unterrichten möchte, sei hier ein für alle Mal auf jenes Buch verwiesen, das in seinen Abschnitten über Wichte und Elbe, Riesen und denen des ganzen zweiten Theils, den vollständigsten Commentar unserer Sammlung darbietet. — Der Brüder Grimm deutsche Sagen umfassen vorzüglich das mittlere Deutschland.

S. 4 N. 2. Über Offa Grimms Mythol. S. 361.

S. 5 N. 3. erinnert an Genoveva und ähnliche Sagen. Ein mir aus Plön mitgetheiltes Märchen scheint nur ein in mündlicher Überlieferung arg verkümmerter Auszug des Volksbuchs zu sein; nur ist der Schluß eigenthümlich, daß nemlich die Königin (die Namen Genovefa, Siegfried, Schmerzensreich sind vergessen) während einer zweiten Abwesenheit ihres Gemahls im Garten wandelnd auf einen scharfen Flintstein fällt und stirbt; darüber wird ihr alter Vater so bekümmert, daß er sich alle seine weißen Haare ausrauft und stirbt.

S. 9. N. 5. vergl. unten N. 361. fg. Kuhns märk. Sagen N. 40. auch Thiele Danm. Folkes. I. 29.

S. 10. N. 6. Beide Relationen knüpfen an dieselbe Localität: ein Beweis für die zähe Dauer von Sagen.

S. 10. N. 7. über Klawen s. N. 105. S. 471. S. 508, 12. Schütze Idiot. II. 269. Viethen Beschreibung von Ditmarschen S. 243. nennt (wahrscheinlich nach seinem Hans Detlefs, der mit Peter Mohrs stimmt) den vornehmen Mann auf Heineviert Maes Claus Maes, aus dem Vogdemannen Geschlecht, und den Mörder des Grafen Edemans Jürgens. Als Variante des Reims gibt er: »Nu, nu, met Saken to, de Borg ist gewonnen.«

S. 13. 14. N. 9 und 10. Der wandelnde Wald kommt in einer altfränkischen Sage des 6ten sec. bei Aimoin III. 82., in einer hessischen bei Grimm D. S. N. 91, zwei dänischen bei Saxo S. 133. und Thiele I. 172., in Shakespeares Macbeth u. s. w. vor. Ähnlich nahmen auch die Schweizer des Landsbergers Burg, wie hier und in N. 7 die Ditmarschen die ihrer Zwingherrn.

S. 16. N. 12. Bei Gönnebek, in der Nähe von Bornhöved, im Fiendsmoor sollen die Däyen begraben sein.

S. 17. N. 14. Die Leiche Erichs soll die rechte Hand über dem Wasser gehalten haben, gleich als riefe sie den Himmel um Rache an. — Über den sich wendenden Stein Kuhn märk. S. N. 13. 24.

S. 17. N. 15. Bei Mildstede, in der Gegend des Milderdamms, heißen noch jetzt einige Fennen Starflük.

S. 18. N. 16. Die Unionskönigin Margaretha soll sonst die Schlei gesperrt haben. Offenbar meint die spätere Sage auch gerade diese mit der schwarzen Margaret. Ihr wird in dän. Sagen dieselbe Kriegslist beigelegt. Thiele I. 51 fg. vergl. unten N. 39.

S. 24. N. 23. In mehreren Exemplaren steht fälschlich Borchard von Itzehoe statt Itzehude.

S. 25. N. 24. Die Sage vom Löwen ward später auf den Herzog Adolf übertragen. S. unten N. 516. Albert Kranz erzählt dieselbe auch als eine ungarische, und Bechstein thüring. Sagen I. 73. vom Landgraf Ludwig, Thiele Danm. Folkes. I. 67. von Christian IV.

S. 33. N. 30. In Flensburg wird noch das Haus gezeigt, wo Margaretha gewohnt, in der Angelbostraße an der Nordseite. Es sind zwei ganz alte Gebäude.

S. 33. N. 31. Es sollen auf Femern noch Sagen existieren von den nächtlichen Spuken in den Ruinen des Schlosses Glambek, am Eingange des verstopften Hafens. Hansen Femern S. 314.

S. 36. N. 25. 1. vergl. unten N. 517. nebst der in der Anmerkung angeführten Abhandlung.

S. 37. N. 25. 2. Ähnlich erzählt man eine Räubergeschichte an einer Stelle an der Landstraße zwischen Flensburg und Husum. Die Räuber hatten einen Zwirnsfaden über den Weg gespannt, der eine Glocke in der Höle anzog. S. N. 278. Thiele Danm. Folkes. I. 361 fg. Ein kleines Bettelmädchen, das sie bei sich hatten und das alles für sie einkaufen muste, verrieth endlich alles einem Stein, was Feldarbeiter hörten. Am Sonnabend streut sie Grütze rc. vergl. Thiele Danm. Folkes. I. 235. 373. 376. — Vom Papendöneke, einem Räuber, von dem man in Meklenburg (Firmenich S. 71. Hilscher Dresdener Totentanz.), Lübek und Hamburg viel zu erzählen weiß, erzählt man in Lauenburg: Papendöneke hatte seine Höle dicht am Ratzeburger See und beraubte die Lübeker Kaufleute. Jedes Weib, das er raubte, beschlief er, und sobald sie ein Kind geboren, tötete er dasselbe und dann die Frau. Seine siebente Frau hatte er aber zu lieb, er tötete nur ihr Kind, und zog die Köpfe seiner sieben Kinder auf eine Schnur und tanzte herum:

So danzet he,
So danzet he,
So danzt de Papendöneke
Mit syne sœwen Söneke.

Er beschenkte die Frau mit Gold, Edelsteinen und kostbaren Kleidern, und sie erhielt endlich die Erlaubnis zu Markt zu gehen, nachdem sie mit einem Eide geschworen, keinem Menschen etwas zu verrathen Auf dem Markt in Ratzeburg begegnet ihr aber ihr Bruder, er erkennt sie und fragt, verwundert über ihren Reichthum. Sie kann ihm nicht viel sagen, sondern kauft sich einen Scheffel Erbsen, stellt sich an den großen Stein in der Langebrüggerstraße und klagt dem ihre Noth. Darauf nach Hause gehend streut sie Erbsen 2c. Papenböneke wird in Lübek gerichtet. — Vergl. Kuhn märk. S. N. 211. und Harrys Sagen Niedersachsens I. 53.

S. 40. N. 38. Auf der Halbinsel Kekenis von Alsen, vormals ganz bewaldet, erbaute Andreas Kai eine Burg, Kaiborg, wovon noch Spuren. Er hatte den Junker, der auf Munkgaardsmark sein Wesen trieb, im Zweikampf getötet, gieng nach Rom und erhielt vom Pabst Ablaß unter der Bedingung, eine Capelle am Orte des Zweikampfes zu erbauen. Daher die heilige Blutscapelle. vergl. Thiele Danm. Folkes. I. 220. — In Schelde auf Sundewith wird viel von einem Seeräuber Ons erzählt; auch auf Gammelgab war einer. Schröder Topographie von Schleswig.

S. 41. N. 39. vergl. Grimm D. S. 128. In einem Gehölze westlich von Gothendorf, Kirchsp. Eutin, ist ein kleiner runder Platz die Grabstätte von Peter Muggel, und östlich von Klenzau zeigt man eine runde Erhöhung mit einem großen Stein, wo er auch begraben sein soll. Schröder Topographie.

S. 42. N. 41. ist Auflösung eines Liedes. Danske Viser III. 386.

S. 43. N. 43. Uhland Volkslieder I. 309.

S. 47. Vergl. das Lied von der Gräuelhochzeit bei Erlach II. 542. Wunderhorn I. 117. Thiele I. 320.

S. 48. N. 49. Tulles Mose bei Tiislund hat seinen Namen von Tulle Bogensen. — Die St. Stephanskirche daselbst war in katholischen Zeiten zwei Jahr im Bann, wegen eines in der Kirche begangenen Mordes. Ein Bruder hatte seine Schwester mit solchem Nachdruck verteidigt, daß er eine vornehme Person erschlug, die jene aus ihrem goldenen Stuhl gestoßen. Rhode Haderslev-Amt S. 476. — Auch N. 51 ist wohl Auflösung eines Liedes. Danske Viser III. 3. und Anmerk. Andre dänische Lieder, deren Local in Schleswig, in danske Viser I. 201. 281. 2c. Auf Nolde bei Tondern hat Tyge Nolde gewohnt, der in dän. Heldenliedern vorkommt? Schröder Topographie.

S. 51. N. 54. gehört nach Westphal. monum. ined. III. 1923. nach Meklenburg.

S. 52. N. 56. Ein paar andre kleine Sagen, die auf die alten kirchlichen Verhältnisse Bezug haben, bei Jensen Angeln S. 125. 450. und Schröder Topographie von Schleswig unter Ulsbye, wozu man vergl. Thiele Danm. Folkes. I. 190. 209.

S. 53. N. 58. Frau von Zago oder Sager fand ihren Tod im Orbek, als sie ihren Kutscher zwang hindurch zu fahren, da die Eisschollen die Loiter Brücke weggerissen hatten. Nach andern soll dies ihre Tochter sein, und sie hätte der Teufel geholt. Sie war mit ihrem Manne so verfeindet, daß sie aus den Fenstern des Schlosses auf einander schossen. Vergl. N. 266. 1. — Über Frau Metta (Margaretha von Ahlefeld auf Uphusum um 1584) unten N. 70. Jensen kirchl. Statistik S. 504. 709. 1119. und Schröder Topographie. — Von einer Wiebke Kruse in Bramstede werden wohl ähnliche Sagen erzählt. Schröder Topographie von Holstein.

S. 54. N. 59. Borgaard soll wohl Norgaard im Kirchsp. Steinberg sein. — Zu diesem und dem folgenden Stück vergl. Kuhn märk. Sag. N. 61. 201. und Mittheilungen des thüringisch-sächs. Vereins IV. II. 118.

S. 55. N. 62. vergl. N. 518.

S. 64. N. 69. S. N. 519.

S. 66. N. 72. Ein andres Lied von Sorte Plog, dem Mörder Erich Emunds, als in danske Viser 1. 25. scheint in Nordschleswig bekannt gewesen zu sein. Schröder Topographie von Schleswig II. 399. führt eine Stelle an. — Den Hardesvogt nennt die mündliche Überlieferung Nis Hansen, Jonas Hoyer Bericht vom Herzogth. Schleswig S. 25. aber Nis Hinrichsen.

S. 69. N. 74. Wiben Peter, der Mordbrenner, hat sich freilich in ganz andern Verhältnissen selbst im Gedächtnis des eigentlich holsteinischen Bauern erhalten. S. N. 520.

S. 72. Z. 3 lies Rungen.

S. 78. N. 82. vergl. N. 523. — Zu Tiesborg S. 79. N. 84. vergl. oben S. 30. Thiele I. 310. 315.

S. 81. N. 87. Eine andre Sage bei Thiele I. 89. vergl. 95 fg. Über die Polakken Rhode Haderslev-Amt S. 82 fg. Jensen Angeln S. 109. 110: Steinberg war ganz ausgeplündert. Nur eine Kuh hatte man dort lange Zeit verborgen, bis sie, als man kein Futter mehr für sie hatte, sich durch ihr Gebrüll verrieth. Es waren nur zwei Pferde mehr da. Mit diesen muste ein Bauer in Fuhre nach Missund, da nahmen die Polakken ihm auch diese ab und er muste nach Hause gehn. Ermattet und hungrig kam er nach Steinberg, es war am Weihnachtsabend, aber die Frau hatte nichts als einige Kohlstengel für ihn, die sie im Garten sammelte und in Wasser kochte. Das soll auf der jetzt Magnussenschen Hufe geschehen sein. — Die List mit den Bienen ist alt. Widukind II. 23. Bechstein fränk. Sagen S. 152.

S. 82. N. 89. In Zeile 1 lies links statt rechts. — S. 83. N. 91. in mehreren Exemplaren wird Steinkreuz fälschlich als ein Dorf angegeben, es sind nur drei Kathen des Dorfes Gnissau. — S. 88. N. 99. Die Dörfer gehörten eine Zeit lang unter Steinbek; vielleicht ist dies statt Schwarzenbek gemeint. — S. 96. N. 113. Z. 2 l. Stör für Elbe. — N. 114. wird auch von den Grammern erzählt. Einer aus Gramm aber lehnte das ab und sagte, die Geschichte sei in Morsöe in Jütland zu Hause, wo die Leute so »tumbig« wären.

S. 98. N. 116. Pastor Östs Kirchsp. bestand nur aus dem einzigen Dorf Nybye. Er mag die Geschichte oft erzählt haben, wie man sie auch noch heute kennt; aber daß er sie sich selbst beigelegt hätte, wäre widersinnig. Vergl. die Familie Rüstig.

S. 100. N. 117. ist keine Sage, erklärt aber manches in den nächstfolgenden Stücken, vergl. auch N. 385.

S. 102. N. 119. Harrys Sag. Niedersachs. 1. N. 44. Thiele I. 334.

S. 103. N. 120. (vergl. N. 216.) Grimms K.- und Hausm. N. 117. Thiele I. 193.

S. 104. N. 121. Die theure Zeit liegt bei Stendorf. Über Hungerbrunnen s. Bechst. fränk. Sag. S. 174. 265. Grimms D. S. N. 104. Thiele Danm. Folkes. II. 14.

S. 105. N. 123. ist aus Jonas Hoyers Bericht vom Herzogth. Schlesw. S. 27. Derselbe S. 10. erzählt: Der St. Helper (St. Salvator) zu Kliplef ist ein großer Klotz gewesen, formieret als ein Mann; den haben die Leute noch zu unserer Zeit mit allerlei Gaben verehret und haben gemeint, daß der arme Klotz ihnen von ihrer Krankheit, item ihrem kranken Vieh und Beesten helfen könnte, da doch der arme St. Helper sich selbst nicht helfen kann, sondern stehet da als ein ohnmächtiger Gott noch heut zu Tage ohne Arme und Füße. — Der St. Kersten Got zu Rinkenis war mitten im Dorfe. — Bei Bohmstede, Landschaft Bredsted, soll ein heidnischer Tempel, genannt Doiniesthuus, gestanden haben. Dem Götzen, der sich da befand, opferte man Speck und schrieb ihm Heilkräfte zu. Schröder Topographie v. Schleswig. — Zu N. 124. vergl. Kuhns märk. S. 195. Bechstein fränk. Sag. S. 174. — Nach Schröders Topographie und schriftlichen Mittheilungen befinden sich in Schleswig noch eine Reihe heiliger, heilkräftiger Quellen: im Amt Hadersleben bei Kaffrup an der Stelle, die Helligmay (made) genannt wird, bei Gram und bei Oeddis-Branderup eine Helligkilde; im Amt Apenrade bei Tombüll ein Hellehöi und Helligkilde, dabei ein Armenblock; auf Alsen bei Holm am Tinghöi; im Amt Flensburg bei Gintoft, östlich von Wolsroy, die Quelle Möllroi; bei Flensburg selbst auf einer Anhöhe und bei Riehuus eine Helligkilde; im Amt Gottorp bei Taarsballig ebenfalls. Alle Quellen wurden ehedem von vielen Kranken besucht. Auch in Holstein werden noch an mehreren Orten Gesundbrunnen angegeben, doch erfuhr ich bis jetzt nichts, was ihre alte Heiligkeit beweisen könnte.

S. 108. N. 129. Bei Raubjerg, Amt Apenrade, liegt ein mit Steinen umsetzter Platz, Kongs Hestfold (Königs Pferdestall) genannt, wo einst eine sehr blutige Schlacht vorfiel. — Zu N. 130—132. Sagen von Brutsteinen, in Stein verwandelten Brautpaaren rc. bei Kuhn märk. Sag. N. 15. 34. 146. Harrys Sag. Niedersachs. I. N. 21. Grimm D. S. N. 32. 229. 328. Thiele Danm. Folkes. II. 218.

S. 110. N. 133. Zwischen Blumenthal und Sprenge, südlich von Kiel, stand ehemals die heilige Schwerk- oder Dreieiche. In der Nähe lag ein außerordentlich großer Stein, von dem, obgleich er gesprengt war, doch im vorigen Jahrhundert noch ein Stück von 30—40 Fuß Länge und 20 Fuß Breite übrig war. Ein Berg dabei heißt der Heiligenberg. Westphal. monument. ined. IV., praef. 216. und die Abbildung N. 21. Schröder Topographie von Holstein I. 60. — Zu N. 134. vergl. Kuhns märk. Sag. N. 73.

S. 113. N. 139. Wolf niederl. Sag. N. 348. Grimm D. S. N. 349. — Zu N. 141. Harrys Sag. Niedersf. I. N. 39. Wolf niederländ. Sag. N. 147. Reusch Sagen Samlands (bei Königsberg). N. 16. 17. Bechst. thüring. S. II. 55. Grimm D. S. 290. — Unten N. 537. Thiele Danm. Folkes. I. 190. fg.

S. 115. N. 143. Bechstein fränk. S. 82. 94. — Zu N. 144. ebendas. S. 76.

S. 116. N. 145. Bechst. thüring. Sag. III. 133. Thiele Danm. Folkes. I. 222. 232. — Auch in Naumburg, Breslau, Köln, Nürnberg rc.

S. 118. N. 149. Wolf niederländ. Sag. N. 518. Kuhn märk. S. 131. 156. Thiele Danm. Folkes. I. 206.

S. 119. N. 150. aus Breslau Grimm D. S. 125. Kuhn märk. Sag. N. 12. — Wenn auf dem Warder Felde die Knaben die Pronsdorfer Glocken läuten hören, pflegen sie nach einer zweinotigen Melodie zu singen:

Schad' is,
Dat de Lehrburs doet is,

und erzählen dabei dieselbe Geschichte vom Gießer dieser Glocken in Lübek. Er sei ganz traurig geworden und habe auch jene Worte gesprochen, als er zum ersten Male ihren schönen Klang gehört.

S. 120. N. 153. Wolf niederländ. Sagen N. 361.

S. 121. N. 155. Z. 4 steht im ersten Abdruck fälschlich Waldemar statt Christoffer. S. N. 21.

S. 122. N. 156. Grimm D. S. N. 10. — N. 157. fast ganz übereinstimmend in Blaubeuren (Schwaben) Wolf deutsche Sag. N. 417.

S. 123. N. 160. Thiele Danm. Folkes. I. 27 fg.

S. 126. N. 163. vergl. die Lucerner Sage bei Wolf D. S. N. 191.

S. 126. N. 164. hätte wohl keinen Platz finden sollen. Schröders Quelle war Adam Olearii Chronic. S. 54.

S. 127. N. 166. vergl. die schwäb. Sage in Mones Anzeiger IV. 174. — N. 168. Thiele Danm. Folkes. II. 36. Unten N. 538.

S. 128. N. 169. Bertram Poggwisch bei Westphal. mon. ined. IV. praef. 220. berichtet aus dem Jahre 1599: Auf Hillig Land bin etliche Tage gewesen und es haben die Einwohner mir gezeiget etzliche Fußtappen, die man im Grase kennen kann (ist dunkler denn ander Gras), mit diesem Bericht, daß St. Ursula aus England dahin geschifft und ihre Schwester Debora an den Landesherren Heligo zur Ehe gegeben und da Hochzeit gehalten. Als ich dar einige Tage verharret und der Wind contrair gewest, hat mir der Vogt zu erkennen gegeben, daß bei seines Großvaters Zeiten sei ein Crucifix von der Norderseiten ans Land angeflossen kommen, und auf der Brust sei eine Klocke gestanden ohne Knepel. Ich habe begert die Klocke aus der Kirche herzubringen; alsdann habe ich die Klocke vollschenken lassen, daraus getrunken und gesagt: »Gott und die heilige Jungfrau St. Ursula samt ihrer Gesellschaft wolle uns morgen bescheren einen gelinden Westerwind, bis nach Eiderstedt,« (sein sechs Wekesehes (?)). Mein Schiffer, ein Lutheraner, hat alleweg nur Gott allein und nicht die Heiligen wollen mit anrufen und daneben um ein Südwestwind gebeten. Des Morgens aber ist es ein gelinder Westwind gewesen, der sich nicht verändert hat, bis ich hinüber nach Eiderstedt gekommen. Vergl. unten zu N. 181.

S. 129. N. 170. Jonas Hoyer Bericht S. 12. gibt einige abweichende Züge. vergl. Thiele Danm. Folkes. II. 7 fg.

S. 131 im Reim lies Strand statt Rand. Heimreich. I. 182. Nordstrand ist ganz weggerissen; das andere aber ist nicht eingetroffen. — Für Braaborg l. Brattborg, wo ein gottloser Junker mit seinem Schloß und allem Hab und Gut in die Erde versank. Man sieht noch die Spuren. Es gehen aber Gespenster da umher und zu Zeiten hört man deutlich einen Hahn in der Erde krähen. — In Warnitz, Amt Apenrade, gibts Sagen von den Fehden, dem gottlosen Leben und Ende von vier Junkern. Schröder Topographie von Schleswig. — Bei der Nordoer Mühle, bei Itzehoe, zeigt man eine Grube, die Knickenkuhle, wo ein Schloß stand und versank, weil man einer Sau das Abendmahl reichen ließ. S. unten N. 465. — Kuhns märk. Sag. N. 80. 195.

S. 132. N. 175. 176. Vergl. die schwäbische Sage von Suggenthal in Mones Anzeiger VIII. 534.

S. 134. N. 178. Die Sage vom Ringe wird auch von einer reichen Frau in Flensburg erzählt, die am Nordermarkt im Eckhause der Marienstraße wohnte. Auch von einer Edelfrau in Lundsgaarde in Sundewith. Zu den von Thiele I. 262. angeführten Beispielen kommen noch ebendas. I. 277. 294. Wolf niederl. Sag. N. 152. Grimm deutsche Sag. N. 239. Mones Anzeiger VII. 54. — Auf Torsholt war eine adliche Frau, die die Kirche zu Sommersted baute; sie war so stolz auf ihren Reichthum, daß sie dem Himmel trotzte; sie ward nachher so arm und elend, daß sie auf eines Bauern Düngerhaufen starb. Rhode Haderslev-Amt. S. 429.

S. 135. N. 180. ganz ähnlich Wolf deutsche Sagen N. 266. 267.

S. 136. N. 181. Reusch Sagen Samlands N. 64. — S. zu N. 169. Aus einem Ms. vom Jahre 1699 theilt Wesphal. mon. ined. IV. praef. 225. folgendes mit: »St. Giets auf Helgoland ist ein kleiner Gott, welcher die Fischerei hat gesegnen müssen, wovon sein Bildnis hieselbst bis auf den heutigen Tag noch zu sehen. Welcher Gestalt die Anbetung geschehen, davon ist gegenwärtig nichts vorhanden, als daß sie dies Ebenbild gegen dem Frühling mit Prozession auf dem Lande herumgetragen und nachgehends auf seine heilige Stete auf einen Berg geführet, allwo die Verehrung beschlossen im Bedrohen, falls sie seinen Segen nicht verspüren würden, von ihnen bestrafet werden sollte. Der Berg ist noch bis auf diese Stunde und hat seinen Namen St. Gietsberg behalten.« Benjamin Knoblauch ebendas. nennt den Berg Gies oder Kiesberg. Westphalen gibt S. 226 eine Abbildung des St. Giets, die ihm von Helgoland zugesandt war. — In katholischen Zeiten wurden nach bestellter Saat von der ganzen Gemeinde Umzüge um die Felder gehalten, die der Priester segnete. In Medelbye, Amt Tondern, soll noch die Bahre aufbewahrt werden, auf der der Priester bei dieser Gelegenheit herumgetragen ward. Schl. Holst. Kirchen- und Schulblatt 1845. N. 16.

S. 137. N. 183. vergl. unten N. 468. Auf dem Mövenberg stand früher die Jürgensburg, wo Knud Laward wohnte.

S. 138. N. 186. vergl. Wolf niederl. Sagen N. 386. Thiele Danm. Folkes. II. 55. 85. 165.

S. 139. N. 187. außer den »Kranichen des Ibykus« vergl. Haupts und Hoffmanns altd. Blätter I. 117. und die Nachweisungen dazu, und Happel relat. curios. III. 397. Thiele Danm. Folkes. II. 308.

S. 140. N. 188. Kuhn märk. Sag. N. 116. Bechstein thüring. Sag. III. 216. Dess. fränk. Sagen S. 52.

S. 141. N. 191. Der Stein ist jetzt weggenommen. Er ist derselbe, den die Hexe aus Sundewith herüber warf; sein Genosse lag bei der Düppelmühle. S. N. 362. 2. Zur Sage Thiele Danm. Folkes. I. 238.

S. 143. N. 195. Anm. vergl. unten N. 543. Kuhns märk. Sag. N. 234.

S. 144. N. 196. 197. Grimms Kindermärchen N. 109. mit der Anm. Reusch Sag. Samlands N. 32. Wolf deutsche Sagen N. 42. Börner Orlagau S. 142. 152.

S. 145. N. 199. Wolf niederl. Sag. N. 158. 362. 363. Grimms deutsche Sag. N. 240. Kindermärch. II. S. 514. (5te Aufl.) — Zu N. 200. Grimms deutsche S. N. 235 fg. Kuhns märk. Sag. N. 233. Unten N. 544. 545. Thiele Danm. Folkes. II. 17. 309. fg.

S. 146. N. 201. 2. Aus Oldesloe: Ein Mädchen war zum Abendmahl gewesen. Nachmittags war Tanz im Dorf; sie sagt, sie wolle sich mal recht satt tanzen, tanzt immerfort, bis ein Mann in schwarzem Kleide sie auffordert und mit ihr zur Thür hinaus tanzt, wo er sie auf dem Mist stehen läßt. Ihre Freundinnen versuchen es umsonst sie heraus zu ziehen, dann auch die jungen Bursche, dann endlich auch der Priester, weil er nicht den rechten Glauben hatte. Erst einem zweiten rechtgläubigen Priester gelingts sie zu befreien. Vergl. Wolf niederl. S. N. 198. Grimms deutsche Sag. N. 208. Mones Anzeiger VIII. 65. vergl. unten N. 225. 227. und das Lied bei Erlach. IV. 165. vgl. 148.

S. 149. N. 204, 2. auch aus der Horst bei Elmshorn, wo der Teufel gebannt wird trotz der Vorwürfe, die er auf den Prediger zu bringen weiß, ganz so wie in N. 349. Thiele Danm. Folkes. II. 79. Wolf niederl. Sag. N. 467. 468. Kuhns märk. Sag. N. 152. — Zu N. 204, 3. Reusch Samland N. 11. Thiele Danm. Folkes. I. 229.

S. 150. N. 205. vergl. unten S. 458. Luther in seinen Tischreden erzählt auch diese Geschichte.

S. 155. N. 212. wird auch in Gelting in Angeln erzählt und localisiert im Gehölz Nordskov. vergl. Grimm lat. Ged. S. 349.

S. 156. N. 214. ist in ganz Holstein, auch in der Tondernschen Marsch bekannt und wird häufig paränetisch angewendet.

S. 157. N. 215. Es wird auch St. Margaretha an der Stelle der schwarzen Greet genannt. So sagt man statt

Margreet (St. Margarethen Tag)
pißt in de Nœt.
auch: Swatt Greet
hett pißt in de Nœt.

Wenn es an dem Tage regnet, werden die Nüsse faul. Schütze Idiotik. III. 81. II. 66.

S. 158. N. 217. vergl. den griech. Tithonos und Thiele Danm. Folkes. I. 214.

S. 160. N. 219. S. unten N. 549. Thiele II. 311. — N. 220. vgl. Thiele II. 264.

S. 161. Z. 2. Über die Einrichtung eines Haubergs gibt Schütze Idiotik. II. 112. Auskunft.

S. 162. N. 211. Uhlands Gedicht »die Mähderin.«

S. 164. N. 224. Der Reim ward mir auch aus Glückstadt mitgetheilt. Über die erhaltenen Bruchstücke des zu Grunde liegenden Volksliedes W. Wackernagel a. a. O. S. 191. Erlach IV. 196.

S. 165. N. 225. »Vom Trollehöi bei Moldenit gibts viel abergläubische Sagen.« Schröder Topographie. Thiele Danm. Folkes. II. 218. — Zu N. 226. Thiele I. 268.

S. 168. N. 228. Über Johannis und Maifeuer in unserm Lande Arnkiel I. 109. Laß Husumsche Nachrichten I. 150. Schütze Idiotik. IV. 371. (Dazu vgl. unten N. 289.) Schröder Topographie v. Schlesw. II. S. 169. — In der Wilster- und Krempermarsch ruft man beim Aufsteigen jedes neuen Feuers, dessen man ansichtig wird: Ostermaen! Ostermaen!

S. 168. N. 230. Börners Orlagau S. 159. 167. Mythologie S. 247. ꝛc.

S. 169. N. 231. Mones Anzeiger VIII. 179. IV. 164. aus Schwaben und dem Odenwald; ganz übereinstimmend.

S. 170. N. 233. Annalista Saxo ad. ann. 929. Peter Goldschmidt höll. Morpheus. S. 358. Grimm deutsche Sag. N. 175. Kinder- und Hausm. II. S. 520. (5te Aufl.) Mones Anzeiger VII. 53. Bechstein fränk. Sag. S. 124. Bechstein thüring. Sag. III. 134. Wolf niederl. Sag. N. 581. Das Lied bei Uhland II. N. 357.

S. 172. N. 236. Wolf niederl. Sag. N. 148. Grimm deutsche Sag. N. 1. 151. Bechstein thüring. Sagen III. 183. 184. IV. 23. 29. Thiele II. 219.

S. 174. N. 237. Nach Herrn Schull. Kirchmanns Mittheilung verhält sich die Sache so: Im Jahre 1787 ward vom Consistorio die Verlegung des Kirchhofs in Eutin vor die Thore der Stadt beschlossen.

Das erregte allgemein in der Gemeinde Widerspruch. In einem Dorfe behielt man die Leichen sechs Monate zurück und ließ sie unbeerdigt stehen. Endlich aber muste man sich fügen. Als aber zwei Consistorialmitglieder, der Präsident Lotzow und Superintendent Wolf, bald darnach starben und auf dem neuen Begräbnisplatz begraben wurden, sagte man, daß sie sich jede Nacht prügelten, weil keiner die Schuld tragen und jeder sie auf den andern bringen wollte, daß der Kirchhof umgelegt worden.

S. 175. Man sagte früher oft, jetzt selten in Angeln so: Dat is recht en Jauetut; Wat is förn Jauetuten? Jauetut doch nich so! über iobute Grimms RA. 877. — Zu N. 240. vergl. unten N. 523.

S. 177. N. 245. Der Payssener Greet vergleicht sich das Klageweib der Lüneburger Heide. Harrys Sagen Niedersachs. I. N. 48.

S. 180. N. 247. statt Flensburg l. nördlich von Tondern. — N. 248. vergl. Wolf niederl. Sag. N. 456. Thiele Danm. Folkes. II. 84.

S. 182. N. 250. vgl. unten N. 595 fg. — N. 251. Zum ersten Absatz vergl. Mones Anzeiger VII. 473. Thiele II. 135.

S. 185. N. 245. Wolf niederl. Sag. N. 439 fg.

S. 186. N. 255. Kuhns märk. Sag. N. 93. Bechstein fränk. Sag. S. 128.

S. 188. N. 257. Zwischen Nägen und Fiefharrie, Amt Bordesholm, eine Koppel Streithorst; zwischen Owschlag und Sorgwold, bei Schleswig, gehen drei Männer als brennende Strohbündel, weil sie die Grenzen beider Dörfer einst falsch beschwuren. — Vergl. Mones Anzeiger VIII. 223. — Zu N. 259. Kuhn märk. Sag. N. 52. Thiele Danm. Folkes. II. 126.

S. 189. N. 260. Bechstein thüring. Sag. IV. 431. Wolf niederl. Sag. N. 428. Mones Anzeiger VIII. 537.

S. 190. N. 261. Kuhns märk. Sag. N. 27. Haupts Zeitschrift IV. 391. — Zu N. 261. 1. Wolf niederl. Sag. N. 500. Reusch Samland N. 18. 19.

S. 192. N. 263. Über Cyprianus mehr bei Thiele Danm. Folkes. II. 92.

S. 193. N. 264. vergl. Thiele Danm. Folkes. I. 337. fg. Johannes Borchers, Prediger zu Norbhackstedt, im Amt Flensburg, war auch Schwarzkünstler. Sein Knecht fieng einmal in einem Buche an zu lesen, während der Prediger in der Kirche war. Da kamen viele Mäuse. Der Prediger merkts, läuft nach Hause und befiehlt dem Knecht, eine Tonne Hafer vom Boden zu holen und den Mäusen vorzuschütten. Darauf verschwinden sie. Der Pastor liegt vor dem Altar begraben, aber keiner seiner Nachfolger hat neben ihm ruhen wollen. Vergl. unten N. 523 und Mones Anzeiger VI. 309. — Zu N. 265. Thiele Danm. Folkes. I. 332. II. 165. fg. — Christina von Hagen, Otto Ranzaus Wittwe, gieng zu Lübek vor dem Burgthore mit andern fürnehmen Frauen spatzieren. Von welchen sie aber von einem Geiste aufgenommen und weggeführt ward, daß man sie nimmer hat wieder finden können. Ihre Magd hat nachmals berichtet, daß ihre Frau mit der schwarzen Kunst umgegangen und ein Zauberbuch bei sich gehabt hatte. Ex Coronaei Epitaph. nobil. c. 3. ms. in Majors Collectan Ms. fol. 22 b. — Ein Prediger, Herr Peter, in Hygom, Amts Hadersleben, hatte einen Bund mit dem Teufel gehabt. Davon gabs ein Lied. Denn ein Bauer in Harreby sang:

Hygoms Bjerg gik Peder omkring
Og med den Trold han Liörte i Ring.
Men Biblen Herr Peder mistede
Og Peder fra Trolden sig listede.

Rhode Haderslev-Amt S. 446.

S. 196. N. 266. Thiele II. 99. 169. fg.

S. 197. N. 268. Zeile 1 soll wohl der Pastor Kühl in Ulderup sein. Dieselbe Sage in Jütland. Thiele Danm. Folkes. I. 336.

S. 199. N. 272. Rhode Haderslev-Amt S. 516. Der Probst Petrus Aegidii in Bröns war ein Zauberer. Ein Junge, der einen Gang nach Ripen thun sollte, nahm des Probsten Pferd von der Weide. Aber das Pferd gieng nicht vorwärts und er konnte auch nicht herunter kommen, selbst als ihm ein paar Müllerburschen helfen wollten. Da muste er hinauf zum Prediger reiten. „Bist du da?« sagte der, »geh und bring das Pferd wieder auf die Weide und mache mir solche Kunststücke nicht wieder.« — Bergl. Bechstein fränk. Sag. S. 296 fg. Thiele I. 337.

S. 202. N. 275. in besserer Relation bei Rhode Haderslev-Amt S. 361. — Zu N. 276. vergl. die ganz übereinstimmende süddeutsche Sage in Mones Anzeiger VI. 304. und Wolf deutsche Sag. N. 462.

S. 204. N. 277. (Über die Wünschelruthe Cimbrisch-Holstein. Antiquitäten-Remarques S. 55.) Bergl. unten N. 363. 566. Kuhn märk. Sagen N. 32. 91. 111. 134. Reusch Samland N. 41. 42. Bechstein thüring. Sag. III. 176. Mones Anzeiger IV. 174. 394. V. 414. Wolf niederl. Sag. N. 295. Thiele Danm. Folkes. I. 170. 341 fg. II. 182.

S. 206. N. 278. Kuhn märk. Sag. N. 150. Gude schöpft aus Jonas Hoyer Bericht vom Herzogth. Schlesw. S. 8. in Olaus Henrik Mollers Beiträgen zur Gesch. der Stadt Flensburg 1767. 4. — S. zu N. 228.

S. 206. N. 279. Thiele Danm. Folkes. I. 246. 356. — Zu N. 280. Reusch Samland N. 37.

S. 207. N. 281. Kuhns märk. Sag. N. 128. Thiele II. 187.

S. 211. N. 287. Der Reim: »Gott verschworen, ewig verloren,« kehrt in Süddeutschland wieder. Mones Anzeiger VI. 307.

S. 213. N. 287. Grünes Ochsenfleisch ist nicht ungekochtes, sondern vielmehr ungesalzenes und ungeräuchertes, frischgekochtes Fleisch. Grapenbrote vielleicht Grapenbraden? Schütze Idiotik. II. 62.

S. 215. N. 291. Anm. auch in Lauenburg. Wolf niederländ. Sag. N. 385. 563. Thiele Danm. Folkes. II. 90. 208.

S. 217. N. 294. Wolf niederl. Sagen N. 246. 383.

S. 218. N. 295. Wolf niederl. Sag. N. 382.

S. 220. N. 298. Reusch Samlands N. 65.

S. 222. N. 301. Aeolus Schlauch. Thiele Danm. Folkes. II. 52. Mythol. S. 606. — N. 302. lies Pilzerberg statt Pilgerberg. Über das Johannisblut Schütze Idiotik. I. 117.

S. 223. N. 303. Mythol. S. 1045. — N. 304. Wolf niederl. Sagen N. 269.

S. 224. N. 305. Wolf niederl. Sag. N. 406.

S. 225. Z. 6 von oben l. Luvseite statt Leeseite.

S. 226. N. 310. Wolf deutsche Sag. N. 141. niederländ. Sagen N. 389. Mones Anzeiger VIII. 182. Thiele Danm. Folkes. II. 101 fg. 284 fg.

S. 227. N. 311. auch aus Plön, der Störgegend, Ditmarschen rc. Wolf deutsche Sagen N. 148. 149. niederl. Sagen N. 393. Kuhns märk. Sag. N. 134.

S. 229. N. 315 fg. Thiele Danm. Folkes. II. 103. vgl. II. 178.

S. 231. N. 318. 1. Grimm deutsche Sag. N. 213. Kuhns märk. Sag. N. 243. Harrys Sagen Niedersachsens I. N. 34.

S. 234. N. 322. 1. S. unten N. 577. Wolf deutsche Sag. N. 469.

S. 236. N. 324. 1. vergl. N. 454. — S. 237. N. 325. Thiele II. 300.

S. 238. N. 326. vergl. N. 345. Grimms deutsche Sag. N. 142. Thiele I. 125 fg.

S. 241. N. 329. Anm. l. Oldenburg: vgl. unten N. 579.

S. 242. N. 331. Bechstein thür. Sagen IV. 157. fränk. Sagen S. 294. Mythol. 1095 fg. Thiele Danm. Folkes. I. 147. 198. 295. — N. 332. Bechstein thüring. Sag. I. 116. Kuhn märk. S. N. 48. 185. Thiele II. 280 fg. In Ditmarschen sagt man Nachtmahr, sonst Nachmoor, Nachtmahrt, Nachmähr, auch Alp. Schütze Idiotik. I. 31.

S. 244. N. 334. übereinstimmend Wolf deutsche Sagen N. 97. 202. — Zu N. 335. Mythol. S. 804. Wolf niederl. Sagen N. 443. nebst der Anm. Thiele Danm. Folkes. II. 58. 293 fg.

S. 245. N. 336. Z. 3 l. Rackebüll.

S. 246. N. 337. vergl. N. 14. 324. 4. Kuhns märk. Sag. N. 82. — »Wenn ein gefährliches Ungewitter entstehen will, so läßt sich zuvor am Strande von Helgoland ein erbärmliches Heulen und jämmerliches Schreien aus der Erden hören, gleich als wenn ein Mensch in die gröste Noth versetzt wäre.“ Laß Helgoland S. 22.

S. 247. N. 340. lies westlich nach Handewith zu, statt in Angeln. — Bergl. N. 14. nebst Anm. — Zu N. 341. Wolf niederländ. und deutsche Sagen 2c.

S. 248. N. 343. unten N. 508.

S. 257. N. 346. Wenn Mythol. S. 447. gesagt wird, der Stoff der deutschen Erzählung wäre aus dem Norden entlehnt, so wird dies nunmehr unwahrscheinlich.

S. 258. N. 349. Reusch Samland N. 28. Wolf deutsche Sagen N. 50. — vergl. oben zu N. 204. 2. und Thiele Dam. Folk. I. 151. II. 160 fg. 167 fg., wo der Geist mit denselben Vorwürfen sich widersetzt.

S. 261. N. 350. Thiele Danm. Folkes. II. 157. Höchst bedeutsam ist, daß, wie ich nachträglich berichtigt ward, an dem Orte des wilden Moors, wo Schwertmann spukte, eine große Wassergrube sich befand, die die Dönnerkuhl (Donnerloch, vgl. Hammerkuhle N. 360.) hieß.

S. 268. N. 360. Grimms deutsche Sag. N. 20. Mones Anzeiger VIII. 63.

S. 269. N. 361. Kuhns märk. Sag. N. 10. 22. 158. 202. Thiele Danm. Folkes. II. 41 fg. u. s. w. — In Nordschleswig heißt ein Riesenstein schlechtweg Slyngsteen, d. i. Schleuderstein (der Riesen).

S. 270. oben, Harrys Sagen Niedersachs. I. N. 37.

S. 271. Der Stein bei Spandet, den ein Riese von Arrild herüber warf, hieß Krokone, und niemand gieng vorüber, der sich nicht eine Weile dabei niedergelassen hätte.

S. 273. N. 368. Unzählig sind Variationen der Sage vom Kalkberg: Die Segeberger waren gottlose Leute; da hub der Teufel den Klumpen aus der Erde, wo jetzt der See steht, um die Stadt zu bedecken. Aber schnell thaten die Leute Buße und unser Herrgott gab dem Klumpen einen Schub, daß er neben hin fiel. — Zu den vorhergehenden Nummern vergl. Mythol. 502 fg.

S. 274. N. 370. vergl. unter N. 410 fg. Wolf niederländ. Sag. N. 182. Kuhn märk. Sag. N. 196. 203. Grimm deutsche Sagen N. 185 fg. 336.

S. 276. »Wo geht der Teufel auf Stelzen?« fragt man bei uns zu Lande. Antwort: auf Helgoland. Da ist nemlich in der Kirche die Versuchung Christi abgemalt und der böse Feind dabei in jener Positur dargestellt, was ihm ein ganz sonderbarliches Ansehen gibt. Major. Collectan. fol. 29 a.

S. 278. N. 377. Rückerts Fabel nach einer arabischen Quelle; die esthnische bei Grimm Reinhart Fuchs CCLXXXVIII.; eine deutsche, Kinder- und Hausmärch. N. 189. ꝛc. ꝛc. Die dänische bei Thiele II. 249. zeigt einen Bergmann. Daher wäre die Sage wohl richtiger in die Reihe der Zwergsagen gestellt.

S. 279. N. 378. Grimm deutsche Sag. N. 17. 324. Haupts Zeitschrift IV. 392. Mythol. S. 505. Thiele II. 228. — Zu N. 380. Absatz 5. Thiele II. 179.

S. 280. N. 381. Grimm deutsche Sag. N. 45.

S. 283. N. 385. Wolf deutsche Sag. N. 65. — Zu N. 386. Wolf niederl. Sag. N. 560.

S. 284. N. 387. Grimm deutsche Sag. N. 154. 302.

S. 286. N. 390. So auch eine Schweizer Sage bei Grimm deutsche Sag. N. 298. Börner Orlagau S. 208. vergl. unten N. 590. 599.

S. 287. N. 392. Viele Hügel, namentlich Steinhügel, heißen Kindel- oder Kinderberg. In Angeln bei Töstrup ein Barnhye, wo erst die Kirche stehen sollte, bei Rübel, im Amt Gottorf. Man sagt auch, daß auf solchen Barnhyes einst Kinder geopfert wären. — S. 288. N. 393. vergl. Thiele II. 233.

S. 289. N. 395. 396. Thiele II. 245. — N. 397. Ganz übereinstimmend Reusch Samlands Sag. N. 56. vergl. Thiele Danm. Folkes. II. 293.

S. 291. Grimm deutsche Sag. N. 43. Thiele II. 187. 205.

S. 293. N. 402 fg. vergl. die Sage vom Oldenburger Horn bei Grimm deutsche Sagen N. 541. Thiele Danm. Folkes. II. 227. 230. 232 fg.

S. 295. lies aus der Landschaft Stapelholm. Die zahlreichen Sagen von Unterirdischen, die wir aus dieser Gegend mittheilen, haben wohl ihr Local bei den Wollenbergen und dem Braßberg, die Bolten Stapelholm S. 40. 41. erwähnt. — Wer »dreemael um den Glockenbarrig« geht, sagen die Süderstapler, kann nicht wieder aus ihrem Dorfe finden. So schön ist es da.

S. 296. N. 406. Kuhn märk. Sag. N. 72. Grimm deutsche Sag. N. 34. — N. 407. Thiele II. 200 fg. — N. 408. Thiele II. 202.

S. 299. N. 410. Auch die Munkbraruper Kirche in Angeln ward auf dieselbe Weise gebaut. Der betrübte Baumeister hört unter der Erde ein Kind weinen; da sagt die Mutter: Schweig still, du Ding! heut Abend kommt dein Vater Sipp und gibt dir Christenblut zu trinken« u. s. w.

S. 300. N. 411. gehört einem Stück, wie das vorige, an. S. Mythol. S. 515. 976. wo die norwegische und dänische Sage mitgetheilt ist. Thiele II. 195. — Zu 412. vergl. Anm. zu 161. Bechstein thüring. Sag. III. 222. fränk. Sag. S. 260. Grimms deutsche Sag. N. 183. Wolf niederl. Sag. N. 186. 187.

S. 306. N. 416. Knirrficker nennt man sonst einen geizigen und schwächlichen Menschen, besonders die Leinweber. Schütze Idiot. II. 306. III. 342. — Für diese und die folgenden Nummern vergl. unten N. 594. Harrys Sagen Niedersachs. I. N. 5. Thiele II. 217 fg. ꝛc. ꝛc. — Auf Romöe wohnen die Unterirdischen in einem Hügel, der die Burg heißt, weil einst da ein Schloß stand. Von dem Hügel geht ein Fußsteig, den einst ein Liebhaber, einer der Bewohner der Burg, nach dem sogen.

Frauenthale oft zu seiner Geliebten wandelte. Über die eignen Wege der Elbe s. Grimms irische Elfenm. S. LXXVII. Thiele Danm. Folkes. II. 221.

S. 310. N. 421. Grimm irische Elfenmärch. S. XLIV. deutsche Sag. N. 94. (aus Luthers Tischreden). Thiele Danm. Folkes. II. 209. 222.

S. 311. N. 423. Thiele Danm. Folkes. II. 226.

S. 312. N. 425. vergl. N. 380. Thiele Danm. Folkes. I. 211. Schütze Idiotik. III. 173. führt als Sprichwort an:

So oelt
as de Bremer Woelt.

vergl. Grimms Kinder- und Hausm. N. 39, 3. Börner Orlagau S. 201. Grimm deutsche Sag. N. 87. Kuhns märk. Sag. N. 183. 184. Thiele II. 276 fg. — Kielkröpfe (Wechselbälge) sollen an Kopf und Armen fortwachsen, sonst aber werden sie nicht höher als 2 Fuß.

S. 314. N. 426. Grimms deutsche Sag. N. 81. 82. Thiele II. 243.

S. 316. N. 428. Harrys Sagen Niedersachs. I. N. 6. Grimm deutsche Sag. N. 154. Thiele II. 248 fg.

S. 317. N. 429. unten N. 590. Harrys Sag. Niedersachs. I. N. 6. 8. Grimm deutsche Sag. N. 151. 153 Börner Orlagau. S. 117. 125.

S. 318. im zweiten Absatz, von »Wenn einer im Hause« an bis »er bleibt Hanse«, nahm ich aus den angeführten Abhandlungen der Schlesw. Holst. Anzeigen. Nach Wolf niederl. Sag. N. 228. aber muß ich schließen, daß diese stillschweigend nur aus Delrio disquis. magic. geschöpft haben.

S. 319. Zum ersten Absatz Kuhn märk. Sag. N. 180. Wolf niederländ. Sag. N. 340. führt aus einem niederl. Ditmarsen auch einen Nischepook an. — Über den Büsemann, dessen Namen man wohl nicht richtig aus fries. Büisem, niederd. Boos, hochd. Banse (Scheune, Stall) erklärt, vergl. Outzen Glossar u. d. W. Bussemann; mit ihm schreckt man die Kinder vor dem Wasser, worin er sein Wesen hat. Sie sollen nicht zu nahe kommen, denn sonst kommt der Bussemann und holt sie. — In Holstein hat man den Reim:

Hamer (d. i. Donar), sla bamer,
Sla Bussemann doet:

Vergl. Mythol. 474 fg. Man sagt dafür auch: »Sla Bumann ni doet.« Mit dem Bumann, »dem bösen Bumann,« schreckt man auch die Kinder. In einer alten handschriftl. Predigt, gehalten 1628 zu Nordhackstedt im Amte Flensburg, durch Herrn Pastor Jürgen, heißt es von einem Geizhals: »Du beist doch in der Welt neen gut, als dat du Geld tohopen hungerst und datsülve to din egen Nutze bringest, schultu ock darum to Meister Hummelmann (andre Abschr. hat Meister Hemerlings, der Teufel Donar Mythol. S. 166.), ja hen to de böse Buchmann faren; ja far fort, du must doch hen, du magst töven so lange as du wult.« — Den freundlichen, gabespendenden Hausgeist (der nach andern Sagen oft mit den Kindern spielt) meinen ohne Zweifel die Kinderreime vom Buköken vun Halberstadt, vun Bremen, (vun Buten), vun Halle, Schütze Idiotik. I. 177, nicht aber den Bischof Bucco von Halberstadt, was mir albern scheint. So heißt auch in Schottland und auf den shetländischen Inseln das Hausknechtchen, der Hausgeist, bumann, bukow, boodie. Jamieson Dictionary. Er trägt gerne Schellen am Kleide. — Über den Namen Wolterkens, d. i. Waltherchen, Mythol. S. 471 fg. — Niss oder Neß wäre, wie süß aus sechs, wohl als Nichs zu erklären, wenn Niß nicht gleich Nicolaus S. Mythol. a. a. O. Puk bedeutet klein, unerwachsen. Mythol. 468. In Ditmarschen gebraucht man ein Verbum puken von kleinen Diebereien, besonders der Kinder unter einander. — Klabautermann, im Flamänd. Kabotermann, ist entstellt aus Kobold. Mythol. 470.

S. 324. N. 438. Thiele Danm. Folkes. II. 264.

S. 325. N. 440. Pugholm heißt auch eine Wiese bei Munkbrarup in Angeln, und sonst noch häufig in Schleswig. Man muß in Anschlag bringen, daß im nordschleswigschen, wie im niederdeutschen, Pug, Pog eine Kröte oder einen Frosch bezeichnet. Puge heißen nordschlesw. die Zwerge. Pug ist dän. auch ein Knicker, ein Filz; puge knauserig sein.

S. 327. N. 443. Zu den Zeugnissen kommt noch Westphal. mon. ined. IV. praef. 219. wo Drage, nicht Breitenburg, genannt wird. Vergl. Grimm deutsche Sag. N. 35.

S. 330. N. 444. Auch Gustaf Adolf soll einen solchen gefeiten Degen gehabt haben. Georg Wallin Dissertatt. III. refutatio commenti de gladio Gust. Ad. magico Upsal. 1728. 29.

S. 331. N. 446. Thiele Danm. Folkes. II. 270 fg.

S. 334. N. 448. Kuhns märk. Sag. N. 43.

S. 335. N. 449. Kuhns märk. Sag. N. 103. Börner Orlagau S. 243. Grimm deutsche Sag. N. 72. Thiele Danm. Folkes. II. 263. u. s. w. — »Ich habe die Sage so erzählen hören, um damit anzudeuten, daß Ortsveränderung nicht immer Heil bringt.« Pastor Dr. Jensen.

S. 337. N. 452. Vergl. oben N. 452. und Anm. Wolf niederl. Sag. 207. Grimm irische Elfenmärchen S. XXXVII. Fluchen bricht den Zauber.

S. 338. N. 453. 1. Wolf niederl. Sag. N. 565. 507 fg. — 2. Reusch Samland N. 62. — 3. Kuhn märk. Sag. N. 81. Grimms deutsche Sag. N. 49. 58. 65—69. Wolf deutsche Sag. N. 80.

S. 340. N. 454. vergl. N. 132. 324. 1. Grimm deutsche Sag. N. 57. 64.

S. 341. N. 456. Harrys Sag. Niedersachs. I. 1. 2. Bechstein thüring. Sag. IV. 32. Grimm deutsche Sag. N. 61. Wolf deutsche Sag. N. 47. 48. Vergl. unten N. 465. — N. 457. Aus einem Steinhügel bei Kronsgaard, Kirchsp. Gelting in Angeln, hört man bisweilen die lieblichste Musik von Unterirdischen hervortönen, so auch an andern Orten.

S. 342. N. 459. Auch in den Niederlanden kennt man eine schwarze Margret. Wolf deutsche Sag. S. 86.

S. 343. N. 460. ward mir mit diesem Anfang mitgetheilt: »Einer Baumgöttin in Ungarn ward der Baum, den sie bewohnte, durch den Blitz zerschellt. Da konnte sie nicht länger hienieden bleiben, sondern ihre Königin wollte sie nach einem andern Weltkörper versetzen. Aus Furcht aber vor einer so weiten Reise ergriff sie die Flucht, die Königin verfolgte sie, bis sie ganz ermattet in Holstein anlangte, wo Heinrich Ranzau sie in Schutz nahm und ihr einen festen Thurm zur Wohnung erbaute.« Es mag echtes zu Grunde liegen, ich wagte es aber nicht dafür auszugeben.

S. 346. N. 463. Über Nobis- oder Obiskrug (von abyssus, Abgrund, Hölle) Mythol. S. 953 fg. Vergl. Kuhn märk. Sag. N. 19. 62. 110. Haupts Zeitschr. IV. 387. Am Nobisthor, bei Altona an der Elbe auf Hamburger Gebiet, aber gerade an der Grenze, lag früher ein Nobiskrug. Schütze Idiotik. III. 150. In der eben zu S. 319. angeführten Predigt heißt es von Jägern: »Nu vör wem scheten se und jagen se? Vör den översten. Wol is de överste? Dat is de Düwel selvest, de to Flensborg up dat Schlot ligt; vör ehm rittstu, vör ehm rennstu, mit ehm fahrstu von hier bet na Robis Krog, dar sik de witte Engel in kohlschwart verwandelt.« Die andre Abschrift hat: »Dar de Engelen mit Köhlen danzen, dar du denn ut Fründlichkeit dat Schrien nicht warst laten.« — Ein andrer verwandter, früher bei uns gebräuchlicher Ausdruck: »Na Hekelvelde varen,« d. h. zum Teufel, zum Blocksberg, ist Mythol. a. a. O. besprochen. Ebendaselbst auch (vergl. S. 1231.) der Name Hvelgönne. So heißt bei uns in Holstein ein adliches Gut bei Neustadt an der Ostsee, ein Ort bei Ottensen an der Elbe, mehrere Wiesen nördlich von Meldorf. Die Aussprache schwankt zwischen Hvel und Hvergünnen. Daher mag das Hvergönne bei Eismar und das der süderditmarschen Außendeiche hierher gezogen werden, obgleich andre Auffassung zulässig ist. Hvelgönde (Evelgunde) heißt auch ein Meierhof auf Alsen.

S. 347. N. 464. Herr Prem.-Lieut. Timm erzählt, daß die Prinzessin zuerst den Burgplatz umwandelt, ehe sie sich auf den Stuhl setzt und dann ihren Schleier auf eine neben ihr stehende silberne Wiege legt. — Vergl. Kuhn märk. Sag. N. 111. — Zu N. 465. vergl. N. 456 und Anm. und N. 475.

S. 349. N. 466. vergl. N. 505, 2. 506.

S. 350. N. 467. Harrys Sag. Niedersachs. II. N. 38.

S. 351. N. 468. Sonst ist es fast immer eine blaue Blume, die Schlüsselblume. Bechstein thür. Sag. I. 145. III. 171. 211. fränk. Sag. S. 66. Harrys Sag. Niedersachs. (Harz) II. 23. Grimm deutsche Sag. N. 9. 303. 314.

S. 352. N. 470. Grimm deutsche Sag. N. 212. Wolf niederl. Sag. N. 298. Harrys Sag. Niedersachs. I. N. 7.

S. 353. N. 471. Grimm deutsche Sag. N. 123.

S. 357. N. 473. Grimm deutsche Sagen N. 160 fg.

S. 255. 473. Wer dem Schlangenkönig etwas zu Leide thut, den verfolgen alle Schlangen und er kann nicht Friede vor ihnen haben, ist auch bei uns Volksglaube. Bechstein thüring. Sag. II. 148. fränk. Sag. S. 158.

S. 355. N. 476. Von der Wittorfer Burg. N. 493. 597.

S. 356. N. 477. Kuhn märk. Sag. N. 31. Reusch- Samland N. 25. 26. 27. u. s. w.

S. 357. N. 478. Das Märchen vom Schellfisch Wolf deutsche Sag. N. 21. ist, vielleicht sogar mit einiger Abweichung, auch auf Helgoland bekannt. Firmenich Völkerstimmen S. 9. Anm. 48.

S. 358. N. 480. Der andre Name für Riesen ist Ditten, gedörrter Dünger, zum Brennen gebraucht.

S. 359. N. 483. Kuhn märk. Sag. N. 26. 137. Mythol. S. 679 fg.

S. 360. N. 485. Grimms deutsche Sag. N. 308—313.

S. 361. N. 486. Thiele Danm. Folkes. I. 20. II. 113.

S. 365. N. 489. Mones Anzeiger VII. 226. (N. 28.); unten N. 494. — N. 491. Thiele II. 116.

S. 368. N. 492. Mones Anzeiger VII. 223. unten N. 552. — Zu N. 493. Thiele I. 284 fg. 300 fg.

S. 369. N. 494. vergl. N. 489. 499. 602. — Kuhn märk. Sag. N. 23. 63. Wolf niederl. Sag. N. 259. Harrys Sag. Niedersachs. II. N. 5. Grimm deutsche Sag. N. 48. 172. — Zu N. 495. Bechstein fränk. Sag. S. 57. 272.

S. 370. N. 496. Thiele II. 114. 123. vergl. N. 500. — N. 498. Kuhn märk. Sag. N. 175.

S. 372. N. 500. Wolf niederl. Sag. N. 258. Grimm deutsche Sag. 47. 48. Börner Orlagau S. 212. Die Meklenburger Sagen Mythologie S. 876—879. Thiele II. 122.

S. 373. N. 501. Reusch Samland N. 4. — N. 502. In Rasks Morskabslæsning 1839. 506. wird von einem Hügel, östlich von Bollersleben, erzählt, daß daselbst Balder einen Geistlichen, Namens Rune, erschlagen habe; daher der Vers:

Balder, Rune og hans Viv
De ypped dem en stor Kiv.
Men paa Tohöi
Der slog Balder Rune död.

Ballerune ist ein in Flensburg und der Umgegend gebräuchliches Spiel; auch in Dännemark. Thiele I. S. 5. 6.

S. 374. N. 503 fg. vergl. Grimm deutsche Sagen N. 21—28. 295—297. 488. — Zu N. 504. Thiele Danm. Folkes. I. 18. Es gibt in unserm Lande mehrere Türkenberge, z. B. bei Schwabstede; gleich Riesenberge. — S. 375. N. 505. Thiele Danm. Folkes. I. S. 10.

S. 377. N. 507. Bechstein thüring. Sagen IV. 139. — Zu 508. Über die blauen Männer, die der See um 1674 entstiegen und bei Husum und Ockholm gesehen wurden, Happel relat. curios. III. 571. Peter Goldschmidt höllischer Morpheus S. 318. Was unter den gefürchteten blauen Männern zu verstehen, lehrt eine dänische Sage bei Thiele I. 281 fg.

S. 378. N. 509. S. unten N. 605.

S. 380. N. 511. Grimm deutsche Sag. N. 293. Neocorus erwähnt an der angeführten Stelle auch einen westfälischen Wunderbaum bei Schilsche. Jetzt zeigt man in Alversdorf eine verdorrende Linde auf dem Kirchhofe über des alten, im ganzen Lande im besten Gedächtnis lebenden Pastor Rinks Grabe als den einst wieder grünenden Wunderbaum.

S. 525. N. 516. Zu der Zeit des Sohns Herzog Adolfs, Johann Adolf, sagte man in Eiderstedt, hätte es im Lande mehr Silber und Gold gegeben, als Eisen und Messing, und man hätte des Reichthums kein Ende gewust. (Volkmar) Beschreibung von Eiderstedt Vorr. VII. Daher bezieht man wohl jenes Sprichwort S. 34. N. 32. richtiger auf diesen oder den Vater.

S. 537. N. 530. Grimm Rechtsalterth. S. 486 fg. hat die Zeugnisse gesammelt über die Sitte, die Alten und Schwachen zu töten, bei Deutschen, bei den wagrischen Wenden rc.; vergl. Heimreich 2. 86.

S. 575. N. 590. vergl. Thiele II. 241. 242.

Märchen.

Zu N. 24. vergl. jetzt auch Wolf deutsche Sagen N. 11. — N. 25. wird gewöhnlich so erzählt, daß drei Räuber die Frau bestehlen wollen, aber durch ihre Worte verscheucht werden. Gerade so Thiele Danm. Folkes. I. 371. — N. 28. wird auch erzählt mit dem bekannten Abenteuer des Fischens auf dem Eise. Der Fuchs sagt zum Wolf, nachdem er seinen Schwanz in die Wake gesteckt: »Du must nich plempern mit den Steert, sunst fangt wy niks.« De Foß plempert aber ümmer so'n bäten, de Wulf hölt ganz still, do früst em de Steert in rc. — Zu N. 30. vergl. Grimms Kinder- und Hausm. N. 80. In der Übersetzung ist Henk

Hühnchen und Huank Hähnchen verwechselt. Ürt ist eigentlich das frische ungegohrne Bier. Nach Zeile 2 sind ausgefallen:

Henk eet dit Saaltkuurn ap;
Huank will bruu fan dit Maaltkuurn.

— Ich bin zwar noch im Besitze einer Reihe unbekannter oder von den bisher bekannten bedeutsam abweichender Märchen und Schwänke, hauptsächlich in Ditmarschen und Plön gesammelt; aber leider sind sie meist noch so unvollständig und so wenig für die Mittheilung ausreichend, daß erst weitere Nachforschung nöthig ist, um sie in befriedigenderer Gestalt geben zu können. Ich muste sie daher zurücklegen, es war noch nichts damit anzufangen. Doch will ich hier, was manchem nicht unerwünscht sein möchte, die Stücke nach der Märchensammlung der Brüder Grimm anführen, die auch bei uns, zum Theil übereinstimmend, zum Theil abweichend oder unvollständiger bekannt sind. Die eingeklammerten Nummern bezeichnen die bereits mitgetheilten oder verglichenen und die besternten die sehr übereintreffenden Märchen; die unbezeichneten sind entweder abweichend oder nur theilweise bei uns bekannt.

Grimms Kinder- und Hausmärchen N. (2.) 4. u. 121. 7. 9. *10. *13. *14. *15. *19. *20. 21. *22. 23. in Verbindung mit 30. (24.) (28.) 29. 32. 35. *36. (mit einem Anfang wie das norweg. bei Moe und Asbiörnf.) *37. u. 45. (39. 2. 3.) *40. *44. *47. *49. in Verbindung mit 9. (51.) *53? 45. (55.) (56.) 57. 60. (61.) *64. (68.) 71. u. 134. 72. (79.) (80.) *83. (91.) *92. 93. *94. 95. (Hildebrand sitt an de Wand!) 93? *98. (100. 101.) *106. *107. (109.) *110. 111. 113. 114. *116. (117.) (120.) 124. u. 129. 133. *135. *136. 142? (149.) (155.) (159.) (165.) (166.) *171. (189.) *192. Kinderlegenden N. (5. 8.)

Lieder und Reime.

Zu N. 31. Meinert Kuhländchen S. 80. — N. 32. jetzt auch neben dem entsprechenden hochdeutschen in Uhlands Volksl. II. S. 629. — N. 37. Uhland II. 679. — N. 48. Der Graf wird auch Graf Feldmann genannt. — Zu den fries. Reimen S. 501. N. 1. Darf ich durch die Burg reiten? d. h. i. verboten. Wer hat das gesagt? Wer zuletzt kommt, solls zu wissen kriegen. — N. 2. Mearen morgen. Brid Braut. höör ihr. Waagstaapler Wiegenständer. Knoppen Knöpfen. Sliif Ärmel. hiil ganz. Wunter Winter. — N. 3. Siil segle. Kagelönd Kuchenland? Roggel Rochen. Berri piipet die Gerste keimet. Lääs (dän.) Fuder. faa bekommen. hokken welche. — N. 4. Roop zogen an einem Strick. Bridmann Bräutigam. hud wo. Stiin Stein. — N. 5. Sei und Mei weibliche Namen, wie Karen und Maren. Dei Tag. Jat sie beide. book buken. Soowen sieben. — N. 6. Ön de Floot im Gefolg (oder mit der Fluth?) Spöören Sporen. Sallef selbst. Krük Krug. Übber Hund andere Hand. Höm ihn. Hingst allgem. Pferd. Toonk Dank. Of Wei fort alle Bräute und Bräutigame! Olter bis auf, außer. Look schloß. Kest Kiste. Muad mest nimmermehr missen. — N. 7. Nuuben Norden. Poltig Juuben zerlumpten Juden. Aus Ochs. Griskin Ferkel. Skog Schuh. Kjäre Faamen liebes kleines Mädchen. — N. 8. Daster Suad der östliche Brunnen bei Kampen auf Silt. Brokket

Kü bunte Kuh. — N. 9. Gleesoogi Glühauge. Stiinkenbarig Steinchenberg. Broan brannte. Eine Katze saß auf dem in holländische Fliesen (Stintjes) eingemauerten Grapen des Heerdes. Da legte die Wirthin Feuer unter und die Katze lief zum Henker. — N. 10 Spook Spuk. Üülkenbarrig Eulenberg. Glüüret stierte. Dageroad Tageroth, Morgenroth. Spleet zerspliß. — S. 510. N. 6. Über das Anbeten des Hollunders ist vor allen Thiele Danm. Folkes. II. 282 fg. nachzusehen. — S. 514. ist kellen eher quellen, anschwellen. Hillig Dink wird Schütze Idiotik. III. 334. von der Rose unterschieden. — Alle mitgetheilten Reime, Räthsel, vielleicht außer einigen Spielen, sind allen plattdeutsch redenden Gegenden des Landes gemein, bald hier, bald dort minder vollständig und in guter Form. Dr. Klanders reiche Sammlung ist zwar die Hauptquelle gewesen, aber sehr zahlreich sind mir auch die Sachen fast aus allen Theilen des Landes mitgetheilt oder hatte ich sie in Ditmarschen u. s. w. gesammelt, so daß fast überall eine gegenseitige Ergänzung und Berichtigung der oft sehr entstellten Stücke geschehen konnte.

Es mögen hier nun noch die Anfänge der deutschen Volkslieder stehen, die auch bei uns bekannt sind; sie wurden bei Marne in Ditmarschen gesammelt, werden aber auch wohl sonst bekannt sein und daneben noch andre.

1. Ach Rendsburg, ach Rendsburg, du wunderschöne Stadt!
Darinnen da liegt so mancher braver Soldat,
Der Vater und Mutter böslich verlassen hat. ꝛc.

Erlach IV. 185. 14 bis 16 Strophen, mit Räthselfragen zwischen dem Hauptmann und losbittenden Mädchen, wie Erlach I. 439.

2. Es marschierten drei Regimenter
Wohl über den Rhein,
Ein Regiment zu Pferde,
Ein Regiment zu Fuß,
Ein Regiment Draguner ꝛc.

12 Strophen.

3. In Ungerland in Großwardein ꝛc.

Erlach II. 534. 33 Strophen.

4. Schönster Schatz und ich muß fort,
Ich muß dich meiden,
Von dir abscheiden,
Nach einem andern, andern Ort. ꝛc.

Erlach. II. 135. I. 165. 5 Strophen.

5. Es stand eine Lind im tiefen Thal,
War unten breit und oben schmal. ꝛc.

Uhland N. 116. 10 Strophen. Darin die Variante:
Er gab ihr den Ring wohl in die Hand,
Sie weint bis der Ring voll Thränen stand.

6. Ich stand auf hohen Bergen
Und sah die Seefahrt an. ꝛc.

Uhland N. 96. 8 Strophen.

7. Es wollt ein Mädchen Wasser holen,
Aus einem kühlen Brunnen. ꝛc.

Uhland N. 113. vgl. 110. 6 Strophen.

8. Es spielt ein Graf mit seiner Dam'
Sie spielten alle beide. ꝛc.

Uhland N. 97. 18 Strophen. Statt Augsburg wird gewöhnlich Lunden (London) gesagt.

9. Es gieng ein Knab' spatzieren
Spatzieren wohl in den Wald. ꝛc.,

Erlach IV. 114. 8 Strophen.

10. Es war einmal ein Schuhmachergesell,
Es war ein junges Blut ꝛc.

Erlach I. 422. 8 Strophen.

11. Es wollt ein Jäger jagen
Wohl in dem Tannenholz ꝛc.

Erlach III. 182. 9 Strophen.

12. Es waren drei Junggesellen,
Die redten all was sie wollten. ꝛc.

Uhland N. 107. Erlach IV. 43. 8 bis 9 Strophen.

13. Et weren twe Königskinder,
De habben eenander so leev:
Se konden to enander nicht kamen,
Dat Water was ja so deep.

Uhland N. 91. fast ganz übereinstimmend; nur Str. 2—4. 13. 14. fehlen.

14. Zu Straßburg (oder Ratzeburg) auf der Schanz,
Da gieng mein Unglück an ꝛc.

Erlach II. 545. unvollständig.

15. Ach Schätzchen, ich habs erfahren,
Daß du willst scheiden von mir;
Wann du willst wiederum kommen,
Die Wahrheit sage du mir. ꝛc.

Erlach III. 200. IV. 100. 7 bis 8 Strophen.

16. Es liegt ein Schloß in Österreich,
Es ist gar wohl gebauet
Von Silber und von rothem Gold,
Mit Marmelstein gemauert.

Uhland N. 125. ganz vollständig. 16 Strophen.

17. Es war einmal ein feiner Husar,
Der liebte sein Mädchen ein ganzes Jahr,
Ein ganzes Jahr und noch viel mehr:
Die Liebe hatte kein Ende mehr. ꝛc.

Erlach IV. 143. 6 Strophen.

18. Ik seet eenmael in Schwetschenboem,
De Boem wull mit my bräken.
Ik see myn Leevste van Feren staen:
Wo geern wull ik äer spräken! ꝛc. ꝛc.

Vergl. Uhland N. 22. 7 Strophen. Klagen einer jungen Frau über ihren alten Mann.

19. Es wollt ein Jäger jagen
Dreiviertel Stund vor Tagen
Wohl in dem Tannenholz ꝛc.

Uhland N. 104. Erlach III. 115.

20. Es giengen sieben Brüderlein
Ins weite Feld hinein,
Und als sie ein wenig gegangen,
Da wurden sie gefangen,
Gefangen bis in den Tod. ꝛc.

Erlach I. 167. III. 469. 8 Strophen.

21. Es weidet ein Schäfer im langen Holz,
Balladeri di trallara,
Begegnet ihm ein Edelmann stolz.
Blümelein, juchhe! ꝛc.

Erlach I. 173. (III. 454.) Durch Arndt aus Lauenburg.

22. Spinn, myn Dochter, spinn,
Schast hebben en nyen Rock ꝛc.

Erlach IV. 152. 3 Strophen.

Inhaltsverzeichnis.

Abkürzungen: L. Lauenburg. W. Wagrien mit Femern. St. Stormarn. H. Holstein. D. Ditmarschen. F. Eiderstede, friesische Inseln, Amt Husum, Bredsted, Tondersche Marsch. Sch. Stadt Schleswig und alles zwischen Treene, Dannewerk, Schlei auf der einen und Eider und Canal auf der andern Seite liegende Land; außer Stadt Rendsburg. A. Angeln mit Flensburg und was westlich vom Heerwege liegt. NS. der nördliche Theil des Herzogthums mit vorwiegend dänisch redender Bevölkerung. Stücke, die zum Theil oder ganz gedruckten Quellen entnommen, sind mit einem Stern (*) bezeichnet.

(Die Zahlen bedeuten die Seiten.)

Erstes Buch.

Zweites Buch.

Drittes Buch.

Viertes Buch.

www.ingramcontent.com/pod-product-compliance
Lightning Source LLC
Chambersburg PA
CBHW060819310726
48980CB00002B/342